DON QUIJOTE DE LA MANCHA

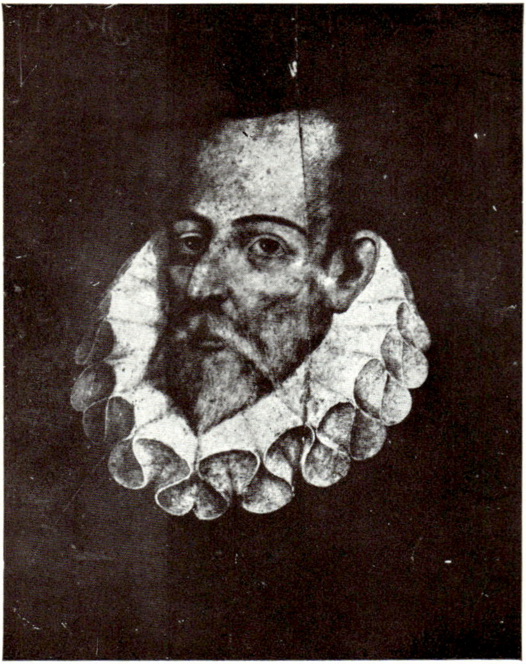

INTRODUCCION

I.—BIOGRAFIA DE CERVANTES

NACIMIENTO.—El 9 de octubre de 1547, en la parroquia de Santa María la Mayor, de Alcalá de Henares, fué bautizado Miguel, el cuarto de los siete hijos que Rodrigo de Cervantes y Leonor de Cortinas tuvieron. No supo Rodrigo conservar la posición social a que el licenciado D. Juan, su padre, había llegado ejerciendo la profesión de letrado y jurista. Médico cirujano, o como hoy diríamos, practicante, y cargado de hijos, vivió Rodrigo en Alcalá, hasta que, a mediados de siglo, se trasladó con toda su familia a la corte de Valladolid; aquí presenció Miguel, niño aún de cinco años, el embargo de los bienes domésticos y la prisión de su padre por deudas.

ESTUDIOS.—No sabemos si de Valladolid pasó Rodrigo a Córdoba, donde vivía su padre († 1556); lo cierto es que en 1561 aparece en Madrid, adonde Felipe II había trasladado su corte y donde Miguel oiría las lecciones de gramática que el licenciado Jerónimo Ramírez daba en el Estudio de la villa; en 1564 le tenemos en Sevilla, y a Miguel acompañando a los dos niños de un rico comerciante y asistiendo él mismo a las aulas de los jesuitas, a quienes había de inmortalizar en el *Coloquio de los perros;* y en 1566 reaparece en Madrid junto con su Miguel, que en el Estudio regentado por López de Hoyos merece el dictado de *caro y amado discípulo* y escribe los primeros versos que de él poseemos.

CARRERA MILITAR.—Consta que en 1569 estaba en Roma, que sirvió de camarero al futuro cardenal Aquaviva, y que poco después sentó plaza de soldado en la compañía del capitán Diego de Urbina (perteneciente al tercio de Miguel de Moncada), la cual, embarcada en la galera *Marquesa*, había de pelear en Lepanto (7 octubre 1571). Cervantes, calenturiento, no quiso permanecer bajo cubierta y pidió con insistencia a su capitán *que le pusiese en la parte e lugar que fuese más peligrosa, e que allí estaría e moriría peleando*. *En la más alta ocasión que vieron los siglos pasados, los presentes, ni esperan ver los venideros* fué herido en el pecho y en la mano izquierda, que si bien no le fué amputada, no pudo gobernarla jamás. Cuando a la mañana siguiente D. Juan de Austria visitó a sus soldados, oídas las hazañas de Miguel, luego le aventajó con tres escudos mensuales sobre la paga ordinaria. Curado en Mesina de sus heridas pasó a la compañía de Manuel Ponce de León, del tercio de Lope de Figueroa. Tomó parte en la expedición a Navarino (1572) y la Goleta (1573); pero en lo sucesivo llevó vida de guarnición en Cerdeña, Lombardía y Nápoles.

APRESAMIENTO.—De aquí volvía a España con su hermano Rodrigo, provisto de expresivas cartas de recomendación de D. Juan de Austria y del duque de Sesa, virrey de Nápoles, para gestionar en la corte el ascenso a capitán, cuando la galera *Sol*, en que venía, se vió atacada (20 sept. 1575) a la vista de Las Tres Marías (junto a las bocas del Ródano) por tres galeras turcas de la escuadra del renegado Arnaúte Mamí. Apresado y conducido a Argel, tocóle ser esclavo del renegado griego Dalí Mamí, quien al ver las cartas comendaticias de D. Juan de Austria le tuvo por personaje de cuenta.

CAUTIVERIO.—Cuatro veces intentó evadirse. La primera, se fugó con otros compañeros hacia Orán guiado por un moro, que le abandonó en la primera jornada, y así tuvo que volver a Argel.

La segunda, reunió a unos catorce o quince compañeros en una cueva oculta, y a su hermano Rodrigo, rescatado por el dinero que llegó de España, envió con encargo de que aprestase una fragata; en efecto, vino ésta, y dos veces intentó aproximarse, pero a la segunda fué apresada: al ser descubiertos los de la cueva por la traición de un renegado (el Dorador), Cervantes, generosamente, se echó a sí la culpa, y fué llevado ante el cruelísimo bey de Argel, Azán Bajá, que, aunque nada pudo sacarle con sus interrogatorios, le echó a su baño o presidio, pagando por él a su antiguo amo 500 escudos.

La tercera, despachó a un moro fiel con cartas para el general de Orán, D. Martín de Córdoba, a fin de recabar de él algunos guías para Orán; mas cogido el moro y leídas las cartas que llevaba, murió empalado por orden de Azán Bajá, y

I.—BIOGRAFÍA DE CERVANTES

Cervantes fué condenado a dos mil palos, de que se salvó por la intercesión de sus amigos.

La cuarta, finalmente, compró por medio de un renegado una fragata para más de sesenta compañeros, y ya lo tenía todo dispuesto, cuando uno de éstos, el Dr. Juan Blanco de Paz, los delató a Azán Bajá, quien recompensó al delator con *¡un escudo y una jarra de manteca!*; con su serenidad y entereza salvó de nuevo Miguel a sus compañeros; pero fué trasladado del antiguo baño a la cárcel de los moros, cargado de cadenas y rigurosamente tratado.

RESCATE.—En 1580 los trinitarios Antonio de la Bella y Juan Gil llegaron a Argel; los 300 escudos que traían de la familia de Cervantes no bastaban para el rescate. Entretanto iban redimiéndose otros cautivos; cuando he aquí que embarcan a Cervantes en una de las cuatro galeras en que Azán Bajá, terminado su gobierno, va a regresar a Constantinopla. Haciendo fray Juan un esfuerzo supremo logra completar la suma exigida de 500 escudos y el 19 de septiembre de 1580 queda rescatado Cervantes, que después de cinco años de cautiverio saldrá para España el 24 de octubre. A los seis meses volverá de nuevo a Orán con una comisión secreta, pero con ella terminará su carrera militar; desengañado, sin duda, por lo que pudo observar en la corte, a la cual fué siguiendo Cervantes hasta Portugal, y con la cual volvió desde Lisboa en 1583 sin lograr su anhelado ascenso.

VIDA LITERARIA.—A fin de allegar recursos emprendió la vida literaria, y entre 1583 y 1587 vemos que vende (1584) a su paisano Blas de Robles el privilegio de su primera novela *La Galatea*, publicada en 1585; que se casa (1584) con Catalina de Salazar y Palacios, diecinueve años más joven que Miguel, manchega y natural de Esquivias (Toledo), donde se avecindó Cervantes, aunque comúnmente siguió viviendo en Madrid; y que alterna con varios actores y literatos, y compone más de veinte comedias.

COMISARÍAS.—*Sevilla*. Tal vez por no serle esta vida muy lucrativa, fué tentando la de agente o comisionista, que le llevó a Sevilla, primero para corta temporada, y luego definitivamente, desde que en 1587 obtuvo el cargo de comisario a las órdenes del proveedor de la Armada Invencible, cargo de poca significación social, escasa retribución, muchos gastos y frecuentes sinsabores, pues le obligaba a andar por los pueblos exigiendo tributos y alcabalas. En esta función tan poco grata fué dos veces excomulgado por haberse incautado de algunos bienes de propiedad eclesiástica.

Mientras se le revisaban las cuentas de su comisión, pobre y sin arrimo, pretende (1590), sin resultado, un oficio en las Indias; entra a las órdenes del proveedor Isunza, y con motivo de esta nueva comisaría sufre en Castro del Río (1592) su primer encarcelamiento: obtiene en Madrid (1594) la comisión de cobrar ciertos tributos en el reino de Granada, la cual dió ocasión a dos encarcelamiento (1597 y 1602) en la Cárcel Real de Sevilla, donde se engendró y en parte se escribió el inmortal *Quijote*.

VALLADOLID.—*El Quijote*. En 1603, según parece, pasó Cervantes de Sevilla a Valladolid, residencia de la corte; en 1604 (26 sept.) obtuvo el privilegio para la publicación del *Quijote*, y lo vendió luego a Francisco de Robles, librero de Su Majestad e hijo de Blas de Robles, el editor de *La Galatea*. Oficialmente no salió la obra a la luz pública hasta principios de 1605, impresa en Madrid por Juan de la Cuesta; pero ya en 1604, mucho antes de su publicación, fué conocida de no pocos.

Sabemos que en 1605 Cervantes, en compañía de sus hermanas Magdalena y Andrea (su mujer debió de seguir residiendo en Esquivias, y tal vez no convivió con él hasta el año siguiente), de Isabel de Saavedra (que tenía entonces veintiún años, y era hija natural suya, habida de Ana Franca o Francisca de Rojas) y de Constanza de Ovando, hija de Andrea, vivía en una casa nueva de la calle del Rastro, cerca del Esgueva, en las afueras de Valladolid, y que mientras Cervantes mejoraba algo su situación económica y se daba a conocer como autor de aquella novela que tanto se iba divulgando y tanto hacía reír a las gentes, el alcalde Cristóbal de Villarroel le encarceló injustamente con motivo de las cuchilladas mortales que junto a esta casa dieron al caballero navarro D. Gaspar de Ezpeleta (27 jun. 1605).

MADRID.—Trasladada la corte a Madrid en 1606, Cervantes, con su familia, fué en pos de ella y se estableció en la calle de la Magdalena, bien que para poco tiempo, pues ya por apuros económicos, ya por otras razones, más de cinco veces cambió de vivienda en los pocos años que le restaban de vida. Casóse su hija Isabel, primero con Diego Sanz del Aguila, que dió una nietecita a Cervantes, y luego (1608) con Luis de Molina, que no se mostró muy cariñoso con su suegro. Muerta su generosa hermana Andrea (1609), trató (1610) de acompañar al conde de Lemos al virreinato de Nápoles; pero su secretario Lupercio Leonardo de Argensola, abrumado con mil peticiones y recomendaciones, no supo reconocer el mérito de Cervantes, a quien dejó fallido en sus esperanzas junto con otros poetas como Góngora y Cristóbal de Mesa. Al año siguiente (1611), con la muerte de su hermana Magdalena, se quedó solo con su esposa y su sobrina.

APOGEO LITERARIO.—Llegaba a su ocaso la vida de Cervantes, e iba a comenzar su época de mayor actividad literaria. En 1613 firmaba la dedicatoria de sus *Novelas ejemplares*, y ya para esta fecha había aparecido el *Viaje del Parnaso;* en 1615 sacaba a luz sus *Ocho comedias y ocho entremeses;* poco después, a mediados de noviembre, estimulado por el *Quijote* del indescifrado Avellaneda (1614), nos daba a conocer lo más culminante de su genio, la *Segunda parte del Quijote*, y el 19 de abril de 1616, ya oleado, escribía la dedicatoria de *Los Trabajos de Persiles y Segismunda*, que no se publicaron hasta pasado un año, y prometía *Las semanas del jardín*, *El famoso Bernardo* y el fin de *La Galatea*, cuyos manuscritos se han perdido.

MUERTE.—En la calle del León, en casa, según parece, del clérigo Martínez Marcilla, a la edad de sesenta y ocho años y siete meses (23 abr. 1616), aquejado de una maligna hidropesía, moría muy pobre, pero cristianamente, el más esclarecido genio de nuestra literatura; su cadáver, con el rostro descubierto y vestido con el hábito de la Venerable Orden Tercera, en la que había profesado hacía veintiún días (como en 1609 lo había hecho en la reciente *Congregación de indignos esclavos del Santísimo Sacramento*), fué trasladado en hombros por sus hermanos de profesión al convento de las Trinitarias Descalzas de la calle de Cantarranas (hoy de Lope de Vega), donde reposan sus restos, así como los de su esposa, confundidos con los de otros mortales.

RETRATO.—La Real Academia Española conserva, según todas las trazas, el retrato original de Cervantes que Juan de Jáuregui pintó en 1600, y que se armoniza muy bien con el que él mismo nos dejó estampado en el prólogo de las *Novelas ejemplares*: «Este que veis aquí de rostro aguileño, de cabello castaño, frente lisa y desembarazada, de alegres ojos y de nariz corva, aunque bien proporcionada, las barbas de plata que no ha veinte años que fueron de oro; los bigotes grandes, la boca pequeña, los dientes no crecidos, porque no tiene sino seis y esos mal acondicionados y peor puestos, porque no tienen correspondencia los unos con los otros; el cuerpo entre dos estremos, ni grande ni pequeño; la color viva, antes blanca que morena, algo cargado de espaldas, y no muy ligero de pies: éste digo que es el rostro del autor de *La Galatea* y de *Don Quijote de la Mancha* y del que hizo el *Viaje del Parnaso*... y otras obras que andan por ahí descarriadas, y quizá sin el nombre de su dueño: llámase comúnmente Miguel de Cervantes Saavedra.»

II.—EL QUIJOTE

DIFUSIÓN.—Ningún otro literato nacional o extranjero de aquel tiempo logró ver su obra tan propagada en tan pocos años. Su difusión comenzó antes de publicarse oficialmente, como lo demuestran las frases despectivas de Lope de Vega y los versos de cabo roto de *La Pícara Justina*. En el primer año de su aparición se agotaron seis ediciones (las dos primeras de Madrid, Lisboa y Valencia), no sólo en Europa, sino en el Nuevo Mundo, adonde fueron a parar en 1605 unos 1.500 ejemplares, según cálculos fundados de R. Marín; fué traducido al inglés y francés antes de que se publicase la segunda parte, y hasta 1617, además de aquellas seis, aparecieron diez ediciones más del *Quijote* (cinco de la 1.ª parte: en Bruselas, 1607, 1611, 1617; Madrid, 1608 y Milán, 1610; cuatro de la 2.ª parte: en Madrid, 1615; Bruselas y Valencia, 1616; Lisboa, 1617, y una de ambas partes en Barcelona, 1617). En época posterior las ediciones y traducciones a la mayor parte de las lenguas se han ido sucediendo continuamente.

VALOR.—No tardaron en pasar al lenguaje corriente muchas frases convertidas en proverbios, y aun nombres de la inmortal novela; sus figuras y lances se trasladaron luego innumerables veces a las fiestas populares, cabalgatas y representaciones teatrales en España y sus vastos dominios. Pero fuerza es reconocer que la sociedad del siglo XVII no supo o no pudo valorar tan portentosa obra; aquella enorme difusión del *Quijote*, más que nada se debía a la risa que producía en sus lectores. Más aún: no sería aventurado afirmar que Cervantes se excedió a sí mismo y no tuvo conciencia plena de lo que había ejecutado.

El pseudoclasicismo del siglo XVIII tuvo el *Quijote* por una obra buena, porque se ajustaba bien a las reglas de la epopeya;

es curioso, por ejemplo, el análisis que Vicente de los Ríos hizo de esta obra comparándola con la *Ilíada* y con las reglas de la *Poética* de Aristóteles.

Quien levantó para siempre el *Quijote* a la altura de las pocas creaciones universales del espíritu humano fué el romanticismo inglés y alemán.

Uno de los críticos que mejor han sabido apreciar y describir la cultura literaria y la razón de la estima de que hoy disfruta esta novela es el certero y profundo crítico montañés D. Marcelino Menéndez y Pelayo, quien, en la solemne fiesta académica organizada por la Universidad Central para conmemorar la publicación del *Quijote*, levantó a Cervantes el monumento más insigne, la estatua más acabada y expresiva. De su incomparable discurso, que todo cervantista debe leer y releer agradecido, no se ha podido menos de entresacar los siguientes fragmentos en que se aquilatan el clasicismo de Cervantes, el mérito de su prosa y la concepción y desarrollo progresivo de su obra genial.

....

«El espíritu de la antigüedad había penetrado en lo más hondo de su alma, y se manifiesta en él, no por la importuna profusión de citas y reminiscencias clásicas, de que con tanto donaire se burló en su prólogo, sino por otro género de influencia más honda y eficaz: por lo claro y armónico de la composición; por el buen gusto que rara vez falla, aun en los pasos más difíciles y escabrosos; por cierta pureza estética que sobrenada en la descripción de lo más abyecto y trivial; por cierta grave, consoladora y optimista filosofía que suele encontrarse con sospresa en sus narraciones de apariencia más liviana; por un buen humor reflexivo y sereno, que parece la suprema ironía de quien había andado mucho mundo y sufrido muchos descalabros en la vida, sin que ni los duros trances de la guerra, ni los hierros del cautiverio, ni los empeños, todavía más duros para el alma generosa, de la lucha cotidiana y estéril con la adversa y apocada fortuna, llegasen a empañar la olímpica serenidad de su alma, no sabemos si regocijada o resignada. Esta humana y aristocrática manera de espíritu que tuvieron todos los grandes hombres del Renacimiento, pero que en algunos anduvo mezclada con graves aberraciones morales, encontró su más perfecta y depurada expresión en Miguel de Cervantes, y por eso principalmente fué humanista más que si hubiese sabido de coro toda la antigüedad griega y latina.»

«No basta fijarse en distracciones o descuidos, de que nadie está exento, para oponerse al común parecer que da a Cervantes el principado entre los prosistas de nuestra lengua, no por cierto en todos géneros y materias, sino en la amplia materia novelesca, única que cultivó. La prosa histórica, la elocuencia ascética tienen sus modelos propios, y de ellos no se trata aquí. El campo de Cervantes fué la narración de casos fabulosos, la pintura de la vida humana, seria o jocosa, risueña o melancólica, altamente ideal o donosamente grotesca, el mundo de la pasión, el mundo de lo cómico y de la risa. Cuando razona, cuando diserta, cuando declama, ya sobre la edad de oro, ya sobre las armas y las letras, ya sobre la poesía y el teatro, es un escritor elegante, ameno, gallardísimo, pero ni sus ideas traspasan los límites del saber común de sus contemporáneos, ni la elocución en estos trozos que pudiéramos llamar triunfales (y que son por ende los que más se repiten en las crestomatías) tiene nada de peculiarmente cervantesco. Cosas hay allí que lo mismo pudieran estar dichas por Cervantes que por fray Antonio de Guevara o por el maestro Pérez de Oliva. Es el estilo general de los buenos prosistas del siglo XVI, con más brío, con más arranque, con una elegancia más sostenida.

»Otros trozos del *Quijote*, retóricos y afectados de propósito, o chistosamente arcaicos, se han celebrado hasta lo sumo, por ignorarse que eran parodias del lenguaje culto y altisonante de los libros de caballerías, y todavía hay quien en serio los imita, creyendo poner una pica en Flandes. A tal extremo ha llegado el desconocimiento de las verdaderas cualidades del estilo de la fábula inmortal, que son las más inasequibles a toda imitación por lo mismo que son las que están en la corriente general de la obra, las que no hieren ni deslumbran en tal o cual pasaje, sino que se revelan de continuo por el inefable bienestar que cada lectura deja en el alma, como plática sabrosa que se renueva siempre con delicia, como fiesta del espíritu cuyas antorchas no se apagan jamás.

»Donde Cervantes aparece incomparable y único es en la narración y en el diálogo... Aquel tipo de prosa que se había mostrado con la intemperancia y lozanía de la juventud en las páginas del *Corbacho;* que el genio clásico de Rojas había descargado de su exuberante y viciosa frondosidad; que el instinto dramático de Lope de Rueda había transportado a las tablas, haciéndola más rápida, animada y ligera, explica la prosa de los entremeses y de parte de las novelas de Cervantes; la del *Quijote* no la explica más que en lo secundario, porque tiene en su profunda espontaneidad, en su avasalladora e imprevista hermosura, en su abundancia patriarcal y sonora, en su fuerza cómica irresistible, un sello inmortal y divino. Han dado algunos en la flor de decir con peregrina frase que Cervantes no fué *estilista;* sin duda los que tal dicen confunden el estilo con el amaneramiento. No tiene Cervantes una manera violenta y afectada, como la tienen Quevedo o Baltasar Gracián, grandes escritores por otra parte. Su estilo arranca, no del capricho individual, no de la excéntrica y errabunda imaginación, no de la sutil agudeza, sino de las entrañas mismas de la realidad que habla por su boca. El prestigio de la creación es tal que anula al creador mismo, o más bien le confunde con su obra, le identifica con ella, mata toda vanidad personal en el narrador, le hace sublime por la ingenua humildad con que se somete a su asunto, le otorga en plena edad crítica algunos de los dones de los poetas primitivos, la objetividad serena, y al mismo tiempo el entrañable amor a sus héroes, vistos, no como figuras literarias, sino como sombras familiares que dictan al poeta el caudal de su cuento. Dígase, si se quiere, que ese estilo no es el de Cervantes, sino el de don Quijote, el de Sancho, el del bachiller Sansón Carrasco, el del Caballero del Verde Gabán, el de Dorotea y Altisidora, el de todo el coro poético que circunda al grupo inmortal. Entre la naturaleza y Cervantes, ¿quién ha imitado a quién?, se podrá preguntar eternamente.»

....

«La obra de Cervantes, como he dicho en otra parte, no fué de antítesis, ni de seca y prosaica negación, sino de purificación y complemento. No vino a matar un ideal, sino a transfigurarle y enaltecerle. Cuanto había de poético, noble y hermoso en la caballería, se incorporó en la obra nueva con más alto sentido. Lo que había de quimérico, inmoral y falso, no precisamente en el ideal caballeresco, sino en las degeneraciones de él, se disipó como por encanto ante la clásica serenidad y la benévola ironía del más sano y equilibrado de los ingenios del Renacimiento. Fué de este modo, el *Quijote*, el último de los libros de caballerías, el definitivo y perfecto, el que concentró en un foco luminoso la materia poética difusa, a la vez que, elevando los casos de la vida familiar a la dignidad de la epopeya, dió el primero y no superado modelo de la novela realista moderna.

»Los medios que empleó Cervantes para realizar esta obra maestra del ingenio humano fueron de admirable y sublime sencillez. El motivo ocasional, el punto de partida de la concepción primera, pudo ser una anécdota corriente. La afición a los libros de caballerías se había manifestado en algunos lectores con verdaderos rasgos de alucinación, y aun de locura. D. Francisco de Portugal, en su *Arte de galantería*, nos habla de un caballero de su nación que encontró llorando a su mujer, hijos y criados; sobresaltóse y preguntóles muy congojado si algún hijo o deudo se les había muerto; respondieron ahogados en lágrimas que no; replicóles más confuso: «Pues ¿por qué lloráis?»; dijéronle: «Señor: *hase muerto Amadís*.» Melchor Cano, en el libro XI, capítulo VI de sus *Lugares teológicos*, refiere haber conocido a un sacerdote que tenía por verdaderas las historias de Amadís y don Clarián, alegando la misma razón que el ventero del *Quijote*; es, a saber: que cómo podían decir mentira unos libros impresos con aprobación de los superiores y con privilegio real. El sevillano Alonso de Fuentes, en la *Summa de philosiphia natural* (1547), traza la semblanza de un *doliente*, precursor del hidalgo manchego, que se sabía de memoria todo el *Palmerín de Oliva* y «no se hallaba sin él aunque lo sabía de coro». En cierto cartapacio de don Gaspar Garcerán de Pinós, conde de Guimerán, fechado en 1600, se cuenta de un estudiante de Salamanca que, «en lugar de leer sus liciones, leía en un libro de caballerías, y como hallase en él que uno de aquellos famosos caballeros estaba en aprieto por unos villanos, levantóse de donde estaba, y empuñando un montante, comenzó a jugarlo por el aposento y esgrimir en el aire, y como lo sintiesen sus compañeros, acudieron a saber lo que era, y él respondió: —Déjenme vuestras mercedes, que leía esto y esto, y diciendo a este caballero. ¡Qué lástima! ¡Cuál le traían estos villanos!»

»Si en estos casos de alucinación puede verse el germen de la locura de don Quijote, mientras no pasó de los límites del ensueño, ni se mostró fuera de la vida sedentaria, con ellos pudo combinarse otro caso de locura activa y furiosa que don Luis Zapata cuenta en su *Miscelánea* como acaecido en su tiempo, es decir, antes de 1599, en que pasó de esta vida. Un caballero muy manso, muy cuerdo y muy honrado, sale furioso de la corte sin ninguna causa, y comienza a hacer las locuras de Orlando: «arroja por ahí sus vestidos, queda en cueros, mató a un asno a cuchilladas, y andaba con un bastón tras los labradores a palos».

»Todos estos hechos, o algunos de ellos, combinados con el recuerdo literario de la locura de Orlando, que don Quijote se propuso imitar juntamente con la penitencia de Amadís en Sierra Morena, pudieron ser la chispa que encendió esta inmortal hoguera.

»El desarrollo de la fábula primitiva estaba en algún modo determinado por la parodia continua y directa de los libros de caballerías, de la cual poco a poco se fué emancipando Cervantes a medida que penetraba más y más en su espíritu la esencia poética indestructible que esos libros contenían, y que lograba albergarse, por fin, en un templo digno de ella. El héroe, que en los primeros capítulos no es más que un monomaníaco, va desplegando poco a poco su riquísimo contenido moral, se manifiesta por sucesivas revelaciones, pierde cada vez más su carácter paródico, se va purificando de las escorias del delirio, se pule y ennoblece gradualmente, domina y transforma todo lo que le rodea, triunfa de sus inicuos o frívolos burladores, y adquiere la plenitud de su vida estética en la segunda parte. Entonces no causa lástima, sino veneración; la sabiduría fluye en sus palabras de oro; se le contempla a un tiempo con respeto y con risa, como héroe verdadero y como parodia del heroísmo, y, según la feliz expresión del poeta inglés Wordsworth, la razón anida en el recóndito y majestuoso albergue de su locura. Su mente es un mundo ideal donde se reflejan engrandecidas, las más luminosas quimeras del ciclo poético, que, al ponerse en violento contacto con el mundo histórico, pierden lo que tenían de falso y peligroso, y se resuelven en la superior categoría del humorismo sin hiel, merced a la influencia benéfica y purificadora de la risa. Así como la crítica de los libros de caballerías fué ocasión o motivo, de ningún modo causa formal ni eficiente, para la creación de la fábula del *Quijote*, así el protagonista mismo comenzó por ser una parodia benévola de *Amadís de Gaula*, pero muy pronto se alzó sobre tal representación. En don Quijote revive Amadís, pero destruyéndose a sí mismo en lo que tiene de convencional, afirmándose en lo que tiene de eterno. Queda incólume la alta idea que pone el brazo armado al servicio del orden moral y de la justicia, pero desaparece su envoltura transitoria, desgarrada en mil pedazos por el áspero contacto de la realidad, siempre imperfecta, limitada siempre, pero menos imperfecta, menos limitada, menos ruda en el Renacimiento que en la Edad Media. Nacido en una época crítica, entre un mundo que se derrumba y otro que, con desordenados movimientos, comienza a dar señales de vida, don Quijote oscila entre la razón y la locura por un perpetuo tránsito de lo ideal a lo real; pero, si bien se mira, su locura es una mera alucinación respecto del mundo exterior, una falsa combinación e interpretación de datos verdaderos. En el fondo de su mente inmaculada continúan resplandeciendo con inextinguible fulgor las puras, inmóviles y bienaventuradas ideas de que hablaba Platón.

«No fué de los menores aciertos de Cervantes haber dejado indecisas las fronteras entre la razón y la locura y dar las mejores lecciones de sabiduría por boca de un alucinado. No entendía con esto burlarse de la inteligencia humana, ni menos escarnecer el heroísmo, que en el *Quijote* nunca resulta ridículo, sino por la manera inadecuada e inarmónica con que el protagonista quiere realizar su ideal bueno en sí, óptimo y saludable. Lo que desquicia a don Quijote no es el idealismo, sino el individualismo anárquico. Un falso concepto de la actividad es lo que le perturba y enloquece, lo que le pone en lucha temeraria con el mundo y hace estéril toda su virtud y su esfuerzo. En el conflicto de la libertad con la necesidad, don Quijote sucumbe por falta de adaptación al medio; pero su derrota no es más que aparente, porque su aspiración generosa permanece íntegra, y se verá cumplida en un mundo mejor, como lo anuncia su muerte tan cuerda y tan cristiana.

»Si éste es un símbolo, y en cierto modo no puede negarse que para nosotros lo sea y que en él estribe una gran parte del interés humano y profundo del *Quijote*, para su autor no fué tal símbolo, sino criatura viva, llena de belleza espiritual, hijo predilecto de su fantasía romántica y poética, que se complace en él y le adora con las más excelsas cualidades del ser humano. Cervantes no compuso o elaboró a don Quijote por el procedimiento frío y mecánico de la alegoría, sino que le *vió* con la súbita iluminación del genio, siguió sus pasos atraído y hechizado por él, y llegó al símbolo sin buscarle, agotando el riquísimo contenido psicológico que en su héroe había. Cervantes contempló y amó la belleza, y todo lo demás le fué dado por añadidura. De este modo, una risueña y amena fábula que había comenzado por ser parodia literaria, y no de todo el género caballeresco, sino de una particular forma de él, y que luego, por necesidad lógica, fué sátira del ideal histórico que en esos libros se manifestaba, prosiguió desarrollándose en una serie de antítesis, tan bellas como inesperadas, y no sólo llegó a ser la representación total y armónica de la vida nacional en su momento de apogeo e inminente decadencia, sino la epopeya cómica del género humano, el breviario eterno de la risa y de la sensatez.

»Cervantes se levanta sobre todos los parodiadores de la caballería, porque Cervantes la amaba y ellos no. El Ariosto mismo era un poeta honda y sinceramente pagano, que se burla de la misma tela que está urdiendo, que permanece fuera de su obra, que no comparte los sentimientos de sus personajes ni llega a hacerse íntimo con ellos ni mucho menos a inmolar la ironía en su obsequio. Y esta ironía es subjetiva y puramente artística, es el ligero solaz de una fantasía risueña y sensual. No brota espontáneamente del contraste humano, como brota la honrada, serena y objetiva ironía de Cervantes.

»Con don Quijote comparte los reinos de la inmortalidad su escudero, fisonomía tan compleja como la suya en medio de su simplicidad aparente y engañosa. Puerilidad insigne sería creer que Cervantes la concibió de una vez como un nuevo símbolo para oponer lo real a lo ideal, el buen sentido prosaico a la exaltación romántica. El tipo de Sancho pasó por una elaboración no menos larga que la de don Quijote; acaso no entraba en el primitivo plan de la obra, puesto que no aparece hasta la segunda salida del héroe; fué indudablemente sugerido por la misma parodia de los libros de caballerías en que nunca faltaba un escudero al lado del paladín andante. Pero estos escuderos, como el *Gandalín* del *Amadís*, por ejemplo, no eran personajes cómicos, ni representaban ningún género de antítesis. Uno solo hay, perdido y olvidado en un libro rarísimo, y acaso el más antiguo de los de su clase, que no estaba en la librería de don Quijote, pero que me parece imposible que Cervantes no conociera; acaso le habría leído en su juventud y no recordaría ni aun el título, que dice a la letra: *Historia del caballero de Dios que había por nombre Cifar, el cual por sus virtuosas obras et hazañosos hechos fué Rey de Mentón*. En esta novela, compuesta en los primeros años del siglo XIV, aparece un tipo muy original, cuya filosofía práctica, expresada en continuas sentencias, no es la de los libros, sino la proverbial o *paremiológica* de nuestro pueblo. El *Ribaldo*, personaje enteramente ajeno a la literatura caballeresca anterior, representa la invasión del realismo español en el género de ficciones que parecía más contrario a su índole, y la importancia de tal creación no es pequeña, si se reflexiona que el *Ribaldo* es, hasta ahora, el único antecesor conocido de Sancho Panza. La semejanza se hace más visible por el gran número de refranes (pasan de sesenta) que el *Ribaldo* usa a cada momento en su conversación. Acaso no se hallen tantos en ningún texto de aquella centuria, y hay que llegar al Arcipreste de Talavera y a la *Celestina* para ver abrirse de nuevo esta caudalosa fuente del saber popular y del pintoresco decir. Pero el *Ribaldo* no sólo parece un embrión de Sancho en su lenguaje sabroso y popular, sino también en algunos rasgos de su carácter. Desde el momento en que, saliendo de la choza de un pescador, interviene en la novela, procede como un rústico malicioso y avisado, socarrón y ladino, cuyo buen sentido contrasta las fantasías de su señor «el caballero viandante», a quien, en medio de la cariñosa lealtad que le profesa, tiene por «desventurado e de poco recabdo», sin perjuicio de acompañarle en sus empresas, y de sacarle de muy apurados trances sugiriéndole, por ejemplo, la idea de entrar en la ciudad de Mentón con viles vestiduras y ademanes de loco. El, por su parte, se ve expuesto a peligros no menores, aunque de índole menos heroica. En una ocasión le liberta el caballero Cifar al pie de la horca donde iban a colgarle confundiéndole con el ladrón de una bolsa. No había cometido ciertamente tan feo delito, pero en cosas de menos cuantía pecaba sin gran escrúpulo, y salía del paso con cierta candidez humorística. Dígalo el singular capítulo LXII (trasunto acaso de una *facecia* oriental) en que se refiere cómo entró en una huerta a coger nabos y los metió en el saco. Aunque en esta y en alguna otra aventura el *Ribaldo* parece precursor de los héroes de la novela picaresca todavía más que del honrado escudero de don Quijote, difiere del uno y de los otros en que mezcla el valor guerrero con la astucia. Gracias a esto, su condición social va elevándose y depurándose; hasta el nombre de *Ribaldo* pierde en la segunda mitad del libro. «Probó muy bien en armas e fizo muchas caballerías e buenas, porque el rey tuvo por guisado de lo facer cavallero, e lo fizo e lo heredó e lo casó muy bien, e decíanle ya el *caballero amigo*.»

»Inmensa es la distancia entre el rudo esbozo del antiguo narrador y la soberana concepción del escudero de don Quijote, pero no puede negarse el parentesco. Sancho, como el *Ribaldo*, fórmula su filosofía en proverbios; como él es interesado y codicioso a la vez que leal y adicto a su señor; como él se educa y mejora bajo la disciplina de su patrono, y si por el esfuerzo de su brazo no llega a ser caballero andante, llega por su buen sentido, aguzado en la piedra de los consejos de don Quijote, a ser íntegro y discreto gobernante, y a realizar una manera de utopía política en su ínsula.

»Lo que en su naturaleza hay de bajo e inferior, los apetitos francos y brutales, la tendencia prosaica y utilitaria, si no desaparecen del todo, van perdiendo terreno cada día bajo la mansa y suave disciplina, sin sombra de austeridad, que don Quijote profesa; y lo que hay de sano y primitivo en el fondo de su alma, brota con irresistible empuje, ya en forma ingenuamente sentenciosa, ya en inesperadas efusiones de cándida honradez. Sancho no es una expresión incompleta y vulgar de la sabiduría práctica, no es solamente el coro humorístico que acompaña a la tragicomedia humana: es algo mayor y mejor que esto, es un espíritu redimido y purificado del fango de la materia por don Quijote; es el primero y mayor triunfo del ingenioso hidalgo; es la estatua moral que van labrando sus manos en materia tosca y rudísima, a la cual comunica el soplo de la inmortalidad. Don Quijote se educa a sí propio, educa a Sancho, y el libro entero es una pedagogía en acción, la más sorprendente y original de las pedagogías, la conquista del ideal por un loco y por un rústico, la locura aleccionando y corrigiendo a la prudencia mundana, el sentido común ennoblecido por su contacto con el ascua viva y sagrada de lo ideal.»

III.—ADVERTENCIAS

La presente edición reproduce la edición príncipe según la trae el eximio cervantista don Francisco Rodríguez Marín, salvo algunas variantes indicadas al fin de este libro.

Las notas son numerosas, pero breves. Son *numerosas* porque no sólo declaran los pasajes oscuros, sino que dan el significado de muchos vocablos y refranes no tan conocidos aunque se hallen en los diccionarios comunes. Pero son *breves*, porque no se ha pretendido agotar la materia, ni hacer inútil la consulta de obras más amplias. Con todo, aun a trueque de alargarlas, se ha cedido a la tentación de trascribir, siempre que ha parecido conveniente, las definiciones de Sebastián de Covarrubias, cuyo *Tesoro de la lengua castellana* vió la luz cuatro años antes de la publicación de la segunda parte del *Quijote*.

Con el fin principal de disminuir el número de notas, lleva esta edición un índice final de vocablos declarados y las siguientes observaciones gramaticales.

Morfología

1. *Conjugación arcaica*, Gram.[1] §§ 222, 235, 558.

No son raros los arcaísmos o vulgarismos siguientes:
   a)   *ides* vais, *va* ve, *vamos vais* vayamos vayáis;
   b)   *vía* veía, *vido* vió;
   c)   presentes como *cayo, trayo, oyas,* caigo, traigo, oigas...;
   d)   e imperativos como *andá* andad, *miraldo* miradlo, *coméme* comedme.

2. *Adverbialización*, Gram. § 382. Se ven a veces adverbializados *continuo, continuado, especial, frontero, secreto.*

Ejs.: *no es posible que esté* CONTINUO [continuamente] *el arco armado* (I, 48); *puestos, pues, todos cuantos había en la venta, y algunos en pie,* FRONTERO [en frente] *del retablo...* (II, 25)

3. *Eufemismos*. Son frecuentes los sustitutos y reticencias:
   a)   en los juramentos e imprecaciones,
   b)   y para nombrar al diablo.

Ejs.: *a) Sancho Panza rompió el silencio y dijo: ¡Voto a* TAL [a Dios], *así me deje yo sellar el rostro ni maneosarme la cara como volverme moro!* (II, 69). *Voto hago solene* A QUIEN PUEDO [a Dios] *que...* (I, 25). *¿A qué palacio tengo de guiar, cuerpo del* SOL [de Dios o Cristo], *respondió Sancho...?* (II, 9). *¿Qué tengo de dormir, pesia a* MI? [a Dios] (II, 17). PARDIEZ [par o por Dios], *señor, yo no sabré deciros qué gente sea ésta* (I, 36). *¡Miró, en hora* MAZA [mala], *dijo a este punto el ama, si me decía a mí bien mi corazón!* (I, 5).
   b)   *Dios lo oiga y* EL PECADO [el diablo] *sea sordo* (II, 58).

---

[1] Aquí se cita la *Gramática española* de R. MENDIZÁBAL (Bilbao, *El Mensajero*, Apartado 73).

Al entrar de la cual [ciudad], EL MALO [el diablo], *que todo lo malo ordena, y los muchachos, que son más malos que* EL MALO [el diablo]... (II, 61).

SINTAXIS

Fraseología

4. NOMBRE. *Género.* Tienen concordancia femenina *camarada, centinela, fraude, guarda* y *guía;* masculina, *hipérbole, tribu,* y ambigua, *color, espía, fin.*

5. *Omisión del artículo. Otro día* significa *al otro día, al día siguiente.*

Ej.: *...que fué poner más deseo en el licenciado de hacer lo que* OTRO DIA *hizo* (I, 5).

6. *Modificativo con* DE, Gram. §§ 491, 508, 514. La locución preposicional con *de* se emplea para determinar:
 a) Adjetivos sustantivados que denoten desprecio o compasión.
 b) Adjetivos sustantivados y adverbios que expresen cantidad.
 c) El posesivo *su,* y a veces los posesivos *suyo, cuyo.*

Ejs.: *a) Diera él por dar una mano de coces al traidor* DE GALALÓN [al traidor Galalón], *al ama que tenía* (I, 1). *Y el bueno* DE ESPLANDIÁN *fué volando al corral* (I, 6).
 b) Le dijo tantas DE COSAS, *que no hay más que oír* (I, 32). *Muchas* DE CORTESIAS Y OFRECIMIENTOS *pasaron entre don Alvaro y don Quijote* (II, 72). *Habéis andado demasiadamente* DE REMISOS Y DESCUIDADOS (II, 32).
 c) Cuando quebró la silla del embajador de aquel rey, delante de SU *Santidad* DEL PAPA (I, 19). *Y juntamente le quitaron lo que es tan* SUYO DE LAS PRINCIPALES SEÑORAS, *que es el buen olor* (II, 10). *Un Viriato tuvo Lusitania, un César Roma...,* CUYA *lección* DE SUS VALEROSOS HECHOS (I, 49).

7. PRONOMBRE. *Significación y concordancia,* Gram. § 474. Conforme al uso popular, algunas veces Cervantes:

a) da a *consigo* sentido directo: *Yo apostaré que este buen hombre que viene* CONSIGO [con él] *es un tal Sancho Panza* (II, 58).

b) emplea *él* con el valor de «vuestra merced» (y a veces, como en el último ejemplo, con sentido reflexivo): *Señor, ¿quiere v. m. darme licencia que departa un poco con* ÉL [con v. m.]? (I, 21). *Sí haré, madre, respondió Sanchica; pero mire que me ha de dar la mitad desa sarta; que no tengo yo por tan boba a mi señora la Duquesa, que se la había de enviar a* ELLA [a v. m.] *toda* (II, 50). *Ahí lo podrán ver* ELLOS [vs. ms.], *respondió Teresa* (II, 50). *Si en esto hay encantamentos o no, vuesas mercedes lo disputen allá entre* ELLOS [entre sí] (II, 50).

Dice Covarrubias a este propósito: «Los avaros de cortesías han hallado entre v. m. y vos, este término *él*».

c) y hace concordar al pronombre reproductor singular con un sustantivo plural: *Son* VERDADES *tan lindas y tan donosas, que no puede haber mentiras que se* LE *igualen* (I, 22).

8. VERBO. *Concordancia*, Gram. § 500. A un sujeto plural se junta a veces el verbo en singular, y al contrario.

Ejs.: *a)* *No se os* DÉ DOS MARAVEDÍS (I, pról.).

b) *Y luego se le* VINO *a la imaginación* LAS ENCRUCIJADAS (I, 4).

c) *No le queda al soldado más espacio del que* CONCEDE DOS PIES *de tabla del espolón* (I, 38).

d) ANDABAN *por aquel valle paciendo* UNA MANADA *de hacas* (I, 15).

e) *Que* LA [vida] DE LOS BUENOS *palmas y lauros* MERECEN (II, 49).

f) *hacer de manera... que os* CUESTEN *poco trabajo* EL BUSCALLOS (I, pról.).

Lo cual, unas veces se debe a que en el sujeto plural el escritor atiende a la unidad del plural (como en *a, b, c;* dos maravedís = *nada*, las encrucijadas = *lo de las encrucijadas*, dos pies de tabla = *una tabla de dos pies*), y en el sujeto singular, si es de alguna manera colectivo, se fija en la pluralidad del singular (v. g. en *d*); otras, a que el autor se deja influir por el número gramatical del complemento (tal es el caso de *e*, donde *buenos* pudo distraer la atención del escritor), y otra, finalmente, a cambio repentino de la idea y a precipitación, sin tiempo o humor para corregir lo escrito (acaso *f* se haya de explicar así).

— 22 —

III.—ADVERTENCIAS

9. Cuando el sujeto singular va seguido de un superlativo relativo plural, nosotros ponemos el verbo en plural. Cervantes lo pone también en singular.

Ejs.: *Sancho Panza es uno de los más graciosos* ESCUDEROS QUE *jamás* SIRVIÓ *a caballero andante* (II, 32). *La ingratitud es... uno de los mayores* PECADOS QUE SE SABE (II, 51).

10. *Omisión del complemento pronominal.* No sólo ocurre *a)* en la combinación pleonástica (Gram. § 547), *b)* en la coordinación, *c)* y en las respuestas, *d)* sino aun fuera de estos casos, pero entonces el pronombre omitido es reflexivo.

Ejs.: *a) Y a mí no* [me] *olvide* (II, 52).
b) Y el otro le sigue y no [le] *alcanza* (II, 32). *Dejáronla* [la bandera] *caer y alcé* [la] *yo* (I, 49).
c) Sancho no se digna de venir conmigo. Sí [me] *digno, respondió Sancho, enternecido* (II, 7). *¿Promete el autor segunda parte?—Sí* [la] *promete, respondió Sansón* (II, 4).
d) Habiendo yo dicho a v. m., si mal no [me] *acuerdo, que...* (II, 9). *Aquí dice que la mujer de Sancho Panza mi escudero se llama Mari Gutiérrez, y no* [se] *llama tal, sino Teresa Panza* (II, 59).

11. ADVERBIO. Es de uso bastante frecuente el adverbio *además*, generalmente pospuesto, con el valor de «por demás, en demasía».

Ej.: *En guisa de hombre pensativo* ADEMÁS (I, 18).

12. PREPOSICIÓN. Delante de adverbios que comienzan con *de*, se omite a menudo la preposición *de*: *Será bien quitarle a nuestro amigo este tropiezo y ocasión* [de] *delante* (I, 6).
Nótese la equivalencia de las preposiciones *a* y *en*, *para* y *por*.
A (= en: cerca de). *Era hijo de un remendón, natural de Toledo, que vivía* A *las tendillas de Sancho Bienaya* (I, 3). *A dos barcadas como ésta, daremos con todo el caudal* AL *fondo* (II, 21).
En (= a). *Andar de Ceca* EN *Meca* (I, 18). *Salir* EN *campaña* (II, 25). *El mono se le subió* EN *el hombro izquierdo, y hablándole, al parecer,* EN *el oído, dijo luego maese Pedro* (II, 25). *Acordamos*

de venir a ver con los ojos lo que tanto nos había lastimado EN
otllo (I, XIII).

Para (= por). ¡PARA *mis barbas, dijo Sancho, si no hace
muy bien Pentapolín...!* (I, 18). *Váyase el diablo* PARA *diablo y el
temor* PARA *mezquino* (II, 35).

Por (= para). *Llevaba bien herradas las bolsas,* POR *lo que
pudiese sucederles* (I, 3). *Las aventuras y desventuras nunca comienzan* POR *poco* [para parar en poca cosa] (I, 20).

Oración

13. GENERALIDADES. *Anacoluto.* Sea por imitar el lenguaje familiar, sea por descuido, Cervantes construye a veces las oraciones de suerte que gramaticalmente queda el sujeto pendiente y sin arrimo, o un complemento ya expresado se vuelve a repetir. Las oraciones así construídas se llaman *anacolutos* y están muy relacionadas con las oraciones *realzadas*, de que se habla en la *Gram.* § 593.

Ejs.: *Y* QUIEN *lo contrario* DIJERE, *dijo Don Quijote,* LE HARÉ *yo conocer que miente* (I, 45). VOLVER *el tiempo a ser después que una vez ha sido,* NO HAY *en la tierra* PODER *que a tanto se haya extendido* (II, 18). ALEJANDRO, *a quien sus hazañas le alcanzaron el renombre de Magno,* DICEN DÉL *que tuvo sus ciertos puntos de borracho* (II, 2).

Aconsejárale yo que usara de una prevención, DE LA CUAL *su Majestad la hora de agora debe de estar muy ajeno* DE PENSAR EN ELLA (II, 1).

14. *Conjunciones cortadas.* Alguna que otra vez se complace Cervantes en separar los elementos de ciertas conjunciones que suelen ir unidos.

Ejs.: *Así, oh Sancho,* QUE *nuestras obras no han de salir del límite que nos tiene puesto la religión cristiana* (II, 8).

15. QUE *sin antecedente.* Con frecuencia se presenta la conjunción *que*, *a)* callado su antecedente *tal, de suerte...*, *b)* y desprovisto del elemento preposicional (con lo cual *que* equivale a *de que, por que...*).

— 24 —

Ejs.: *a) Cuchillada le hubieran dado* [tal], QUE *le abrieran de arriba abajo como una granada* (II, 32). *Hablara yo más bien criado, respondió Don Quijote, si fuera* [el mismo, o tal] QUE *vos* (I, 17).

b) ¿Por ventura habrá quien se alabe [de, por] QUE *tiene echado un clavo a la rodaja de la Fortuna?* (II, 19).

16. *Cambio de modos.* En oraciones subordinadas se ven frecuentemente estos cambios:

A. Indicativo por subjuntivo: *No es posible, señor mío, sino que estas hierbas* DAN [den] *testimonio de que por aquí cerca debe de estar alguna fuente o arroyo* (I, 20). *Ordenó, pues, la suerte y el diablo... que* ANDABAN [anduviesen] *por aquel valle paciendo una manada de hacas* (I, 15). *Cuando el demonio, que no duerme, ordenó que en aquel mesmo punto* ENTRÓ [entrase] *en la venta el barbero a quien don Quijote quitó el yelmo de Mambrino* (I, 44).

Este cambio se da también en oraciones principales cuasi-subordinadas (Gram. § 637): *¡Que todavía* DAS [des], *Sancho, dijo don Quijote, en decir...!* (II, 8).

B. Subjuntivo (presente) por indicativo (futuro): *En verdad que no* SEPA [sabré] *determinar cuál de los dos libros es más verdadero* (I, 6).

17. NEGATIVAS. En vez de *tampoco* y *nada* ocurre también *no*, y *no nada* (cf. Bello, *Gram.* n. 358, nota).

Ejs.: TAMBIÉN *los cautivos del rey que son de rescate* NO *salen al trabajo con la demás chusma* (I, 40).

Debiendo ser los historiadores puntuales, verdaderos y NO NADA *apasionados* (I, 9).

De las negativas hablaré de nuevo en los nn. 24 y 34.

18. PARTICIPIALES, Gram. § 659. Algunas veces se repite la construcción del participio con sentido activo, como si se sobrentendiera la forma *habiendo*.

Ejs.: *... diciendo... que* [habiendo] VISTO *el leonero ya puesto en postura a don Quijote... abrió de par en par la primera jaula* (II, 17).

19. RELATIVAS, Gram. § 688. Cervantes omite no pocas veces la preposición del relativo *que*. Distingamos dos casos:

a) *Que* referido a cosas. *Luego que vió la venta, se le representó que era un castillo... con todos aquellos adherentes* [con] QUE *semejantes castillos se pintan* (I, 2).
b) *Que* referido a persona: *Conocí ser la una la sin par Dulcinea del Toboso, y las otras dos aquellas mismas labradoras que venían con ella,* QUE [a quienes] *hablemos a la salida del Toboso* (II, 23). *En manos está el pandero,* QUE [de quien] *le sabrá bien tañer* (II, 22).

20. *Quien* se refiere también a cosas (Gram. § 677).

Ejs.: *¿Qué podía engendrar el estéril y mal cultivado ingenio mío, sino la historia de un hijo seco, avellanado..., bien como* QUIEN *se engendró en una cárcel...?* (I, pról.): quien se refiere a *historia*. *Porque todo él es una invectiva contra los libros de caballerías, de* QUIEN *nunca se acordó Aristóteles* (I, pról.).

21. En vez de *cuyo* se emplea a veces el relativo *que* seguido del posesivo *su* (Gram. § 685).

Ejs.: *Hablo de las letras humanas,* QUE *es* SU *fin* [cuyo fin es] *poner en su punto la justicia* (I, 37). *Abrasó a Clavileño:* QUE *con* SUS [con cuyas] *abrasadas cenizas y con el trofeo del cartel queda eterno el valor del gran don Quijote de la Mancha* (II, 44).

22. COMPLETIVAS. *Omisión del verbo subordinante.* Ocurre a cada paso en los juramentos.

Ejs.: *En Dios y en mi ánima* [juro] *que miente* (I, 4). *Por el sol que nos alumbra* [juro] *que estoy por pasaros de parte a parte con esta lanza* (I, 4).

23. *Conjunción repetida*, Gram. § 699. Hay ejemplos abundantes de *que* (que llega a expresarse tres veces), y alguno de *si*.

Ejs.: *Me parecía* QUE, *pues entre sus libros se habían hallado tan modernos como* Desengaño de celos *y* Ninfas y pastores de Henares, QUE *también su historia debía de ser moderna* (I, 9). *Y a fe* QUE *si lo hacen,* QUE *primero que salgamos de la cárcel,* QUE *nos ha de sudar el hopo* (I, 10).
Este caballero quiere saber SI *ciertas cosas que le pasaron en una cueva llamada de Montesinos,* SI *fueron falsas, o verdaderas.* (II, 25).

III.—ADVERTENCIAS

24. No *redundante*, Gram. § 702. Las completivas de verbos o locuciones que significan temor, duda, privación, prohibición, negación o cosa semejante, llevan *no*, aun en los casos en que hoy lo omitiríamos.

Ejs.: *Viendo Sancho que sacaba tan malas veras de sus burlas, con* TEMOR *de que su amo* NO *pasase adelante en ellas con mucha humildad le dijo: sosiéguese v. m.* (I, 20).
Y así por esto... se DUDA *que* NO *ha de haber segunda parte* (II, 4).
No FALTARON *algunos ociosos ojos... que* NO *viesen la bajada y la subida de Melisendra* (II, 26).
¿Por qué quieres tú ahora, sin qué ni para qué, ESTORBARME *que* NO *vase a mi hija con quien me dé nietos que se llamen señoría?* (II, 5).
NEGANDO *este señor, como ha negado, que* NO *ha habido en el mundo, ni los hay caballeros andantes* (II, 32). *Y si es mentira* [si no es verdad], *también lo debe de ser que* NO *hubo Héctor* (I, 49).

25. De *con infinitivo*. A muchas completivas de infinitivo precede una preposición *de* que hoy no se emplea. Tales completivas tienen *a)* comúnmente oficio de complemento directo, *b)* a veces, de sujeto.

Ejs.: *a) Propuso* DE HACERSE *armar caballero* (I, 2). *Juro* DE VOLVER *a buscaros* (I, 4).
b) A Sancho le vino en voluntad DE DEJAR *caer las compuertas de los ojos* (II, 12). *A las crías me atengo, respondió Sancho; porque* DE SER *buenos los despojos de la primera aventura no está* [es] *muy cierto* (II, 10).

26. *Preposición separada del relativo*, Gram. § 720. No es rara en el Quijote esta clase de completivas, y aun a veces llevan la preposición repetida.

Ejs.: *Y adviertan* CON LA VEHEMENCIA Y AHINCO QUE [la vehemencia y ahinco con que] *le riñe* (II, 26).
Quisiera... que el dolor que tengo en esta costilla se aplacara tanto cuanto [algo] *para darte a entender, Panza,* EN EL ERROR EN QUE [el error en que] *estás* (I, 15).

26. TEMPORALES. En vez de *apenas*, o *no... apenas* y de *no bien*, dice a veces Cervantes *apenas no, y no... bien*.

— 27 —

Ejs.: APENAS *el caballero* NO *ha acabado* [no ha acabado apenas] *de oír la voz temerosa, cuando...* (I, 50).
No *hubo* BIEN *oído* [no bien hubo oído] *don Quijote nombrar libros de caballerías, cuando dijo* (I, 24).

28. COMPARATIVAS. A veces usa Cervantes en comparativas de igualdad *también* (= tan bien, así) ...*como*.

Ejs.: TAMBIÉN, *y mejor, me lo comería en pie y a mis solas,* COMO *sentado a par de un emperador* (I, 11). *La épica* TAMBIÉN *puede escrebirse en prosa* COMO *en verso* (I, 47).
En tiempo de Cervantes podían construirse las comparativas con *más... como*, y aun con *más... sino*: hoy tenemos que decir *más... que*, o *tanto (tan)... como*.

Ejs.: *Ninguna comparación hay que* MÁS *al vivo nos represente lo que somos y lo que habemos de ser,* COMO *la comedia y los comediantes* (II, 12).
Ninguna de las cosas referidas... ha de hacer MÁS *memorables estas bodas,* SINO *las que imagino que hará en ellas el despechado Basilio* (II, 19).

29. CONSECUTIVAS, Gram. § 767. Hoy apenas se emplea la conjunción *como* en estas oraciones.

Ejs.: *Haced de modo* COMO [que] *en vuestra historia se nombre el río* ... (I, pról.).

30. CONCESIVAS. Entre las conjunciones concesivas usadas en el Quijote que hoy se usan menos, merecen citarse *aunque más, cuando, mas que, puesto que* y *si*.

Ejs.: *Llegando al lugar y sitio donde pensaron hallar el asno, no le hallaron...,* AUNQUE MÁS [por más que] *le buscaron...* (II, 25).
De quien hay noticia que fueron famosos poetas; y CUANDO [aun cuando] *no lo hayan sido... no se os dé dos maravedís* (I, prólogo).
Habilidades y gracias que no son vendibles, MAS QUE [aunque] *las tenga el conde Dirlos* (II, 20).
Como se supo que [yo] *era capitán,* PUESTO QUE [aunque] *dije mi poca posibilidad y falta de hacienda, no aprovechó nada* (I, 40).

Dijo el comisario, ...deja empeñado el libro en la cárcel en doscientos reales.—Y le pienso quitar [desempeñar], *dijo Ginés,* SI [aunque] *quedara en doscientos ducados* (I, 22).

31. COPULATIVAS. *Concordancia*, Gram. § 815. Nuestros clásicos no reparaban en concertar el verbo con el sustantivo próximo.

Ejs.: *El lenguaje, no entendido de las señoras, y el mal talle de nuestro caballero* ACRECENTABA *en ellas la risa y en él el enojo* (I, 2). *Mas no lo* PERMITIÓ *su suerte y la pereza del escrutiñador* (I, 7).

32. *Complementos de preposición diversa*, Gram. § 829. Tampoco sentían nuestros clásicos gran dificultad en coordinar varios elementos cuyo complemento común tuviese preposición diversa.

Ejs.: *Porque defrauda con su tardanza el derecho de los tuertos... y otras cosas deste jaez, que* TOCAN, ATAÑEN, DEPENDEN Y SON ANEJAS *a la orden de la caballería andante* (II, 7): aunque no se dice *depender a*.

33. *Variación de sujeto*. De variar el sujeto en la coordinación verbal nace cierta oscuridad, que el contexto generalmente deshace, pero que hubiera sido muy fácil evitar.

Ejs.: *Veo que están otros libros... tan llenos de sentencias..., que admiran a los leyentes, y tienen* [no los libros, sino los leyentes] *a sus autores por hombres leídos* (I, pról.).

34. *Negativas*, Gram. § 832, d. En la coordinación negativa se omite la partícula *ni* en el primer miembro cuando el verbo lleva negación; y si el verbo está pospuesto, aunque no la lleve.

Ejs.: *El necio en su casa* NI *en la ajena sabe* NADA (II, 43). *Sin ella* [la paz], *en la tierra* NI *en el cielo puede haber bien alguno* (I, 37).

35. *Hendíadis*. Algunas veces Cervantes, imitando a los latinos, expresa por coordinación lo que suele enunciarse por subordinación (lo cual se llama *hendíadis*).

Ejs.: *Cuanto a la* ENTEREZA Y ENTENDIMIENTO [entera inteligencia] *del caso, no hay más que pedir* (II, 51). *Pueda con vuesas mercedes* MI ARREPENTIMIENTO Y MI VERDAD [mi verdadero arrepentimiento] *volverme a la estimación que de mí se tenía* (II, 74). *La partida sea luego, porque me va poniendo espuelas* AL DESEO Y AL CAMINO [al deseo de caminar] *lo que suele decirse que en la tardanza está el peligro* (I, 46). *Con que podremos hacernos* ETERNOS Y FAMOSOS [eternamente famosos] (II, 67).

36. *Y interjeccional.* La *y*, perdido el primitivo oficio conjuncional, queda como partícula de valor adverbial según unos, y mejor según otros de significado interjeccional vago, en bastantes oraciones exclamativas, volitivas e interrogativas de significado exclamativo o volitivo. Esta *y* va generalmente precedida de un vocativo o de una palabra o frase exclamativa: pero a veces también encabeza la frase.

Ejs.: *¡Santiago,* Y *cierra, España!* (II, 4). *¡Santa María,* Y *valme!* (II, 14). *¿Cómo* Y *es posible que hay hoy caballeros andantes...?* (II, 16). *¡Maldito seas de Dios y de todos sus santos, Sancho maldito, dijo don Quijote,* Y *cuándo será el día... donde yo te vea hablar sin refranes...!* (II, 34). *¡Y cómo si queda lo amargo! respondió la Condesa* (II, 39).

37. ADVERSATIVAS. En vez de *que no* (Gram. § 834), *no ya* o *no sólo* se usa con frecuencia la conjunción *no que*.

Ejs.: *Os ha de dar un reino,* NO QUE [que no] *una insula* (II, 44). *Que en sólo oírle mentar* [aquel maldito brebaje] *se me revuelve el alma,* NO QUE [no sólo] *el estómago* (I, 25).

38. Suele Cervantes encabezar algunas exclamaciones de sentido irónico (o contrario) con *no sino*. Primitivamente debió de comenzar la exclamación por una oración negativa, que de puro sabida se redujo a la negación *no*, con lo cual la adversativa vino a hacerse oración independiente (Gram. §§ 837 y 849).

Ejs.: *¡No,* SINO *llegaos a mi condición, que sabrá usar de desagradecimiento con alguno!* (II, 4): es decir, probad mi condición, que ciertamente no será de desagradecido.

imprimiere el dicho libro no imprima el principio, ni el primer pliego dél, ni entregue más de un solo libro con el original al autor o persona a cuya costa lo imprimiere, ni otro alguno, pare efeto de la dicha correción y tasa, hasta que antes y primero el dicho libro esté corregido y tasado por los del nuestro Consejo; y estando hecho, y no de otra manera, pueda imprimir el dicho principio y primer pliego, y sucesivamente ponga esta nuestra cédula y la aprobación, tasa y erratas, so pena de caer e incurrir en las penas contenidas en las leyes y premáticas destos nuestros reinos. Y mandamos a los del nuestro Consejo y a otras cualesquier justicias dellos guarden y cumplan esta nuestra cédula y lo en ella contenido. Fecha en Valladolid, a veinte y seis días del mes de setiembre de mil y seiscientos y cuatro años.

YO EL REY

Por mandado del Rey nuestro señor.
JUAN DE AMEZQUETA

AL DUQUE DE BEJAR [1]

Marqués de Gibraleón, Conde de Benalcázar y Bañares, Vizconde de la Puebla de Alcocer, Señor de las Villas de Capilla, Curiel y Burguillos.

En fe del **buen acogimiento y honra**[2] que hace Vuestra Excelencia a toda suerte de libros, como príncipe tan inclinado a favorecer las buenas artes, mayormente las que por su nobleza no se abaten al servicio y granjerías del vulgo, he determinado de sacar a luz al **Ingenioso Hidalgo don Quijote de la Mancha** al abrigo del clarísimo nombre de Vuestra Excelencia, a quien, con el acatamiento que debo a tanta grandeza, suplico le **reciba agradablemente** en su protección, para que a su sombra, aunque **desnudo de aquel** precioso ornamento **de elegancia y erudición de que suelen andar vestidas las obras que se componen en las casas de los hombres que saben,** ose parecer seguramente en el juicio de algunos que, no continiéndose en los límites de su ignorancia, suelen condenar con más rigor y menos justicia los trabajos ajenos; que, poniendo los ojos la prudencia de Vuestra Excelencia en mi buen deseo, fío que no desdeñará la cortedad de tan humilde servicio.

---

[1] Don Alonso Diego López de Zúñiga y Sotomayor, séptimo duque de Béjar, tenía veintocho años cuando se publicó (1605) la primera parte del Quijote. Cervantes no le dedicó la segunda parte del Quijote ni le volvió a nombrar en sus obras a pesar de que el duque vivía (murió en 1619), sin duda porque no correspondió a la delicadeza de nuestro genio; achaque muy frecuente en aquellos tiempos en casos semejantes.

[2] Escribimos con *este tipo* lo que Cervantes copió de la dedicatoria que Fernando de Herrera había escrito para el Marqués viejo de Ayamonte en sus *Obras de Garcilaso con anotaciones*.

PROLOGO

Desocupado lector, sin juramento me podrás creer que quisiera que este libro, como hijo del entendimiento, fuera el más hermoso, el más gallardo y más discreto que pudiera imaginarse. Pero no he podido yo contravenir a la orden de naturaleza; que en ella cada cosa engendra su semejante. Y así, ¿qué podía engendrar el estéril y mal cultivado ingenio mío sino la historia de un hijo seco, avellanado [1], antojadizo, y lleno de pensamientos varios y nunca imaginados de otro alguno, bien como quien se engendró en una cárcel [2], donde toda incomodidad tiene su asiento y donde todo triste ruido hace su habitación? El sosiego, el lugar apacible, la amenidad de los campos, la serenidad de los cielos, el murmurar de las fuentes, la quietud del espíritu, son grande parte para que las musas más estériles se muestren fecundas y ofrezcan partos al mundo que le colmen de maravilla y de contento. Acontece tener un padre un hijo feo y sin gracia alguna, y el amor que le tiene le pone una venda en los ojos para que no vea sus faltas; antes las juzga por discreciones y lindeza y las cuenta a sus amigos por agudezas y donaires. Pero yo, que, aunque parezco padre, soy padrastro de don Quijote, no quiero irme con la corriente del uso, ni suplicarte casi con las lágrimas en los ojos, como otros hacen, lector carísimo, que perdones o disimules las faltas que en este mi hijo vieres; y ni eres su pariente ni su amigo, y tienes tu alma en tu cuerpo y tu libre albedrío, como el más pintado, y estás en tu casa, donde eres señor

---

[1] «*Avellanado* se dice el hombre viejo, seco, enjuto de carnes, sólido y firme, como la madera del avellano» (Cov.).
[2] Se refiere a la Cárcel Real de Sevilla, donde estuvo dos veces preso (1597 y 1601 ó 1602).

PRÓLOGO

della, como el rey de sus alcabalas [1], y sabes lo que comúnmente se dice, que «debajo de mi manto, al rey mato». Todo lo cual te esenta [2] y hace libre de todo respeto [3] y obligación, y así, puedes decir de la historia todo aquello que te pareciere, sin temor que te calunien [4] por el mal ni te premien por el bien que dijeres della.

Sólo quisiera dártela monda y desnuda, sin el ornamento de prólogo, ni de la inumerabilidad y catálogo de los acostumbrados sonetos, epigramas y elogios que al principio de los libros suelen ponerse. Porque te se decir que, aunque me costó algún trabajo componerla, ninguno tuve por mayor que hacer esta prefación que van leyendo. Muchas veces tomé la pluma para escribilla, y muchas la dejé, por no saber lo que escribiría; y estando una suspenso, con el papel delante, la pluma en la oreja, el codo en el bufete y la mano en la mejilla, pensando lo que diría, entró a deshora [5] un amigo mío gracioso y bien entendido, el cual, viéndome tan imaginativo, me preguntó la causa, y, no encubriéndosela yo, le dije que pensaba en el prólogo que había de hacer a la historia de don Quijote, y que me tenía de suerte, que quería hacerle, ni menos sacar a la luz las hazañas de tan noble caballero.—Porque ¿cómo queréis vos [6] que no me tenga confuso el qué dirá el antiguo legislador que llaman vulgo cuando vea que, al cabo de tantos años como ha que duermo en el silencio del olvido [7], salgo ahora, con todos mis años a cuestas, con una leyenda seca como un esparto, ajena de invención, menguada de estilo, pobre de concetos y falta de toda erudición y doctrina, sin acotaciones en las márgenes y sin anotaciones en el fin del libro, como veo que están otros libros, aunque sean fabulosos y profanos, tan llenos de sentencias de Aristóteles, de Platón y de toda la caterva de filósofos, que admiran a los leyentes, y tienen [8] a sus autores por hombres leídos, eruditos y elocuentes? [9] ¡Pues

---

[1] *Alcabala* = tributo del tanto por ciento sobre las ventas.
[2] *Exentar* = eximir.
[3] Respeto.
[4] *Calumniar* = exigir responsabilidad, principalmente pecuniaria, por un delito o falta.
[5] *A deshora* = a la hora menos pensada, inopinadamente.
[6] Nótese el cambio repentino: iba conversando con el lector, y de pronto se pone a hablar con su visitante.
[7] Hacía unos veinte años que Cervantes dormía en ese silencio.
[8] Los leyentes.
[9] Aquí y en otras partes del prólogo se alude a Lope de Vega.

qué, cuando citan la Divina Escritura! No dirán sino que son unos Santos Tomases y otros doctores de la Iglesia; guardando en esto un decoro tan ingenioso, que en un renglón han pintado un enamorado destraído y en otro hacen un sermoncico cristiano, que es un contento y un regalo oílle o leelle. De todo esto ha de carecer mi libro, porque ni tengo qué acotar en el margen, ni qué anotar en el fin, ni menos sé qué autores sigo en él, para ponerlos al principio, como hacen todos, por las letras del A B C, comenzando en Aristóteles y acabando en Xenofonte y en Zoílo [1] o Zeuxis, aunque fué maldiciente el uno y pintor el otro. También ha de carecer mi libro de sonetos al principio, a lo menos, de sonetos cuyos autores sean duques, marqueses, condes, obispos, damas o poetas celebérrimos; aunque si yo los pidiese a dos o tres oficiales [2] amigos, yo sé que me los darían, y tales, que no les igualasen los de aquellos que tienen más nombre en nuestra España. En fin, señor y amigo mío—proseguí—, yo determino que el señor don Quijote se quede sepultado en sus archivos en la Mancha, hasta que el cielo depare quien le adorne de tantas cosas como le faltan; porque yo me hallo incapaz de remediarlas, por mi insuficiencia y pocas letras, y porque naturalmente soy poltrón y perezoso de andarme buscando autores que digan lo que yo me sé decir sin ellos. De aquí nace la suspensión y elevamiento en que me hallastes: bastante causa para ponerme en ella lo que de mí habéis oído.

Oyendo lo cual mi amigo, dándose una palmada en la frente y disparando en una carga de risa [3], me dijo:

—Por Dios, hermano, que agora me acabo de desengañar de un engaño en que he estado todo el mucho tiempo que ha que os conozco, en el cual siempre os he tenido por discreto y prudente en todas vuestras aciones. Pero agora veo que estáis tan lejos de serlo como lo está el cielo de la tierra. ¿Cómo que es posible [4] que cosas de tan poco momento y tan fáciles de remediar puedan tener fuerzas de suspender y absortar un ingenio tan maduro como el vuestro, y tan hecho a romper y

---

[1] Hoy decimos Zoilo.

[2] Los antiguos gremios de artesanos constaban de *aprendices, oficiales* y *maestros*. Se pasaba de una categoría a otra, mediante un examen de resultado satisfactorio, que se hacía constar en carta o documento.

[3] *Carga de risa* es frase comparable con *costal de malicia, arroba de gracia, montón de necedades*.

[4] Para *cómo que* y *como que* véase *Rev. de Fil. Esp.*, t. XII, p. 133.

atropellar por otras dificultades mayores? A la fe, esto no nace de falta de habilidad, sino de sobra de pereza y penuria de discurso. ¿Queréis ver si es verdad lo que digo? Pues estadme atento y veréis cómo en un abrir y cerrar de ojos confundo todas vuestras dificultades, y remedio todas las faltas que decís que os suspenden y acobardan para dejar de sacar a la luz del mundo la historia de vuestro famoso don Quijote, luz y espejo de toda la caballería andante.

—Decid—le repliqué yo, oyendo lo que me decía—. ¿De qué modo pensáis llenar el vacío de mi temor y reducir a claridad el caos de mi confusión?

A lo cual él dijo:

—Lo primero en que reparáis de los sonetos, epigramas o elogios que os faltan para el principio, y que sean de personajes graves y de título, se puede remediar en que vos mismo toméis algún trabajo en hacerlos, y después los podéis bautizar y poner el nombre que quisiéredes, ahijándolos al Preste Juan de las Indias o al emperador de Trapisonda [1], de quien yo sé que hay noticia que fueron famosos poetas; y cuando no lo hayan sido y hubiere algunos pedantes y bachilleres que por detrás os muerdan y murmuren desta verdad, no se os dé dos maravedís [2]; porque ya que os averigüen la mentira, no os han de cortar la mano con que lo escribistes.

En lo de citar en las márgenes los libros y autores de donde sacáredes las sentencias y dichos que pusiéredes en vuestra historia, no hay más sino hacer de manera que vengan a pelo algunas sentencias o latines que vos sepáis de memoria, o, a lo menos, que os cuesten [3] poco trabajo el buscallos, como será poner, tratando de libertad y cautiverio:

Non bene pro toto libertas venditur auro

Y luego, en el margen, citar a Horacio, o a quien lo dijo [4]. Si tratáredes del poder de la muerte, acudir luego con

---
[1] *Trapisonda* es una de las cuatro partes en que se dividía el imperio griego en el siglo XIII.

[2] *Dos maravedís* equivale a *nada;* por eso está el verbo en singular.

El *maravedí* fué unas veces moneda efectiva y otras imaginaria (como ahora lo es el céntimo), que tuvo diferentes valores y calificativos (v. g. de oro, de plata, cobreño, viejo, nuevo...).

[3] Lo correcto es *os cueste* (cf. pról. 8).

[4] En estos términos lo dijo el autor anónimo de las fábulas llamadas *Esópicas* 3.º, 14 (si bien Lucano, *Farsalia* 4, 227, había ya expresado esta misma idea: *si bene libertas unquam pro pace daretur).*

PRÓLOGO

*Pallida mors aequo pulsat pede pauperum tabernas
Regumque turres* [1].

Si de la amistad y amor que Dios manda que se tenga al enemigo, entraros luego al punto por la Escritura Divina, que lo podéis hacer con tantico de curiosidad [2] y decir las palabras, por lo menos [3], del mismo Dios: *Ego autem dico vobis: diligite inimicos vestros* [4]. Si tratáredes de malos pensamientos, acudid con el Evangelio: *De corde exeunt cogitationes malae* [5]. Si de la instabilidad de los amigos, ahí está Catón, que os dará su dístico [6]:

*Donec eris felix, multos numerabis amicos,
Tempora si fuerint nubila, solus eris.*

Y con estos latinicos y otros tales os tendrán siquiera por gramático; que el serlo no es de poca honra y provecho el día de hoy. En lo que toca al poner anotaciones al fin del libro, seguramente lo podéis hacer, desta manera: si nombráis algún gigante en vuestro libro, hacedle que sea el gigante Golías, y con solo esto, que os costará casi nada, tenéis una grande anotación, pues podéis poner: «El gigante Golías o Goliat. Fué un filisteo a quien el pastor David mató de una gran pedrada, en el valle de Terebinto, según se cuenta en el libro de los Reyes en el capítulo....» que vos hallarédes que se escribe [7]. Tras esto, para mostraros hombre erudito en letras humanas y cosmógrafo, haced de modo como [8] en vuestra historia se nombre el río Tajo, y veréis luego con otra famosa anotación, poniendo: «El río Tajo fué así dicho por un rey de las Españas; tiene su nacimiento en tal lugar, y muere en el mar Océano, besando los muros de la famosa ciudad de Lisboa, y es opinión que tiene las arenas de oro», etc. Si tratáredes de ladrones, yo os diré la historia de Caco [9], que la sé de coro; si de mujeres rameras, ahí está el Obispo de Mondoñedo, que os prestará a Lamia, Laida y Flora, cuya anotación os dará gran crédito; si de

---

[1] De Horacio, *Od.* I, 4, 13.
[2] *Tantico de curiosidad* = un poquito de cuidado.
[3] *Por lo menos* = nada menos que.
[4] San Mateo, 5, 44.
[5] San Mateo, 15, 19.
[6] El dístico es de Ovidio, *Tristium* 1, 9, 5.
[7] Libro 1.º, cap. 17.
[8] Hoy diríamos *que* (cf. prol. 29).
[9] La cuenta Virgilio, *Eneida*, 8, 185.

— 41 —

PRÓLOGO

crueles, Ovidio os entregará a Medea [1]; si de encantadores y hechiceras, Homero tiene a Calipso [2] y Virgilio a Circe [3]; si de capitanes valerosos, Julio César os prestará a sí mismo en sus *Comentarios*, y Plutarco os dará mil Alejandros. Si tratáredes de amores, con dos onzas que sepáis de la lengua toscana toparéis con León Hebreo, que os hincha [4] las medidas. Y si no queréis andaros por tierras estrañas, en vuestra casa tenéis a Fonseca, *Del amor de Dios* [5], donde se cifra todo lo que vos y el más ingenioso acertare a desear en tal materia. En resolución, no hay más sino que vos procuréis nombrar estos nombres, o tocar en la vuestra estas historias que aquí he dicho, y dejadme a mí el cargo de poner las anotaciones y acotaciones; que yo os voto a tal [5] de llenaros las márgenes y de gastar cuatro pliegos en el fin del libro.

Vengamos ahora a la citación de los autores que los otros libros tienen, que en el vuestro os faltan. El remedio que esto tiene es muy fácil, porque no habéis de hacer otra cosa que buscar un libro que los acote todo, desde la A hasta la Z, como vos decís. Pues ese mismo abecedario pondréis vos en vuestro libro; que, puesto que [6] a la clara se vea la mentira, por la poca necesidad que vos teníades de aprovecharos dellos, no importa nada; y quizá alguno habrá tan simple que crea que todos os habéis aprovechado en la simple y sencilla historia vuestra; y cuando no sirva de otra cosa, por lo menos servirá aquel largo catálogo de autores a dar de improviso autoridad al libro. Y más, que no habrá quien se ponga a averiguar si los seguistes o no los seguistes, no yéndole nada en ello. Cuanto más que, si bien caigo en la cuenta, este vuestro libro no tiene necesidad de ninguna cosa de aquellas que vos decís que le faltan, porque todo él es una invectiva contra los libros de caballerías, de quien nunca se acordó Aristóteles, ni dijo nada San Basilio, ni alcanzó Cicerón; ni caen debajo de la cuenta de sus fabulosos disparates las puntualidades de la verdad, ni las observaciones de la Astrología; ni le son de importancia las medidas geométricas, ni la confutación de los argumentos de quien se sirve la retórica; ni tiene para qué predicar

[1] *Metamorfosis*, VII.
[2] *Odisea*, V, VII.
[3] *Eneida*, VII, 20.
[4] Os llene (de *henchir*).
[5] *A tal por a Dios* es un eufemismo (cf. pról. 3).
[6] Hoy diríamos *aunque*.

— 42 —

PRÓLOGO

a ninguno, mezclando lo humano con lo divino, que es un género de mezcla[1] de quien no se ha de vestir ningún ningún cristiano entendimiento. Sólo tiene que aprovecharse de la imitación en lo que fuere escribiendo; que cuanto ella fuere más perfecta, tanto mejor será lo que se escribiere. Y pues esta vuestra escritura no mira a más que a deshacer la autoridad y cabida que en el mundo y en el vulgo tienen los libros de caballerías, no hay para qué andéis mendigando sentencias de filósofos, consejos de la Divina Escritura, fábulas de poetas, oraciones de retóricos, milagros de santos; sino procurar que a la llana, con palabras significantes, honestas y bien colocadas, salga vuestra oración y período sonoro y festivo, pintando, en todo lo que alcanzáredes y fuere posible, vuestra intención; dando a entender vuestros conceptos, sin intrincarlos y escurecerlos[2]. Procurad también que leyendo vuestra historia el melancólico se mueva a risa, el risueño la acreciente; el simple no se enfade, el discreto se admire de la invención, el grave no la desprecie, ni el prudente deje de alabarla. En efecto, llevad la mira puesta a derribar la máquina mal fundada destos caballerescos libros, aborrecidos de tantos y alabados de muchos más; que si esto alcanzásedes, no habríades alcanzado poco.

Con silencio grande estuve escuchando lo que mi amigo me decía, y de tal manera se imprimieron en mí sus razones, que, sin ponerlas en disputa, las aprobé por buenas, y de ellas mismas quise hacer este prólogo; en el cual verás, lector suave, la discreción de mi amigo, la buena ventura mía en hallar en tiempo tan necesitado tal consejero, y el alivio tuyo en hallar tan sincera y tan sin revueltas las historias del famoso don Quijote de la Mancha, de quien hay opinión por todos los habitadores del distrito del campo de Montiel que fué el más casto enamorado y el más valiente caballero que de muchos años a esta parte se vió en aquellos contornos. Yo no quiero encarecerte el servicio que te hago en darte a conocer tan notable y tan honrado caballero; pero quiero que me agradezcas el conocimiento que tendrás del famoso Sancho Panza, su escudero, en quien, a mi parecer, te doy cifradas todas las gracias escuderiles que en la caterva de los libros vanos de caballerías están esparcidas. Y con esto, Dios te dé salud, y a mí no olvide. VALE[3].

[1] *Mezcla*, además del corriente, tiene el significado de «tejido hecho de hilos de diferentes clases y colores»: juega, pues, con el vocablo.
[2] Hoy diríamos sin intrincarlos *ni* oscurecerlos.
[3] Voz latina de despedida.

— 43 —

AL LIBRO DE
DON QUIJOTE DE LA MANCHA

URGANDA LA DESCONOCIDA [1]

Si de llegarte a los bue-,
Libro, fueres con letu- [2],
No te dirá el boquirru- [3]
Que no pones bien los de- [4].
Mas si el pan no se te cue- [5]
Por ir a manos de idio-,
Verás de manos a bo- [6]
Aun no dar una en el cla- [7].
Si bien se comen las ma- [8]
Por mostrar que son curio- [9].

---

[1] *Urganda* es la encantadora que favorecía a Amadís de Gaula. Se llamaba *la desconocida*, porque muchas veces se transformaba y desconocía.

[2] *Ir con lectura* = ir con atención, con cuidado. Era expresión del vulgo.

[3] «*Boquirrubio*, al mozalbete galán que le empieza a salir el *bozo rubio* y se precia mucho de su gentileza» (Cov.). Este bozo del labio, tomando la parte por el todo, hizo que la denominación de rubio se ampliara a toda la boca. Boquirrubio, dejada la noción etimológica, es el mozo fácil de engañar, inexperto, que cree saber y no sabe, presumido, necio.

[4] *Poner bien los dedos* = 1) tocar un instrumento con destreza y habilidad; 2) saber uno bien lo que se hace. Aquí se toma en la segunda acepción.

[5] *No cocérsele a uno el pan* se dice del que anda inquieto por hacer o decir algo.

[6] «*De manos a boca*, in promptu [muy pronto]» (Cov.).

[7] «*Dar en el clavo* es acertar en la razón y acudir a lo sustancial y a lo que hace al caso. Está tomado de los herradores, que dan muchos golpes en la herradura y pocos en el clavo que van hincando, de donde nació otro proverbio, *una en el clavo y ciento en la herradura*» (Cov.).

[8] «*Comerse las manos tras* [o *por*] *un negocio* es hacerlo con mucho gusto» Cov.), desear algo vivamente.

[9] *Curioso* = 1) primoroso, delicado :2) cuidadoso ,diligente ,mirado; 3) entendido.

Y pues la espiriencia ense-
Que el que a buen árbol se arri-
Buena sombra le cobi-
En Béjar tu buena estre-
Un árbol real[1] te ofre-
Que da príncipes por fru-,
En el cual floreció un Du-
Que es nuevo Alejandro Ma-:
Llega a su sombra; que a osa-
Favorece la Fortu-.

De un noble hidalgo manche-
Contarás las aventu-,
A quien ociosas letu-
Trastornaron la cabe-:
Damas, armas, caballe-,
Le provocaron de mo-,
Que, cual Orlando Furio-,
Templado a lo enamora-,
Alcanzó a fuerza de bra-
A Dulcínea[2] del Tobo-.[3]

No indiscretos hierogli-
Estampes en el escu-[4];
Que cuando es todo figu-,
Con ruines puntos se envi-[5].
Si en la dirección[6] te humi-,
No dirá mofante algu-:
«Qué don Alvaro de Lu-,
Qué Aníbal[7] el de Carta-,

---

[1] Se alude al origen de la casa real de Navarra que se atribuían los Zúñigas. Ya queda dicho que el duque de Béjar era Zúñiga.
[2] Aquí es trisílabo: *Dul-ci-nea.*
[3] La maga Urganda se equivocó en su profecía, pues don Quijote se murió sin ver desencantada a Dulcinea.
[4] Lo dijo por Lope de Vega que en algunas de sus obras puso alrededor de su escudo varios lemas.
[5] Parece aludirse a *la primera*, juego en que los naipes que menos puntos valen son las figuras. *Envidar* o *hacer envite* es apostar cierta cantidad a un lance o suerte, o como dice Covarrubias «cuasi invitar, porque el que envida está convidando al compañero con quien juega con el dinero, y no para dárselo, sino para llevárselo si puede». «*Envidar de falso*, cuando con pocos puntos, para amedrentar al contrario.., le envida» (Cov.).
[6] *Dirección* = dedicatoria.
[7] Antaño era agudo *Aníbal* (y no *Aníbal*), cf. CUERVO *Apuntaciones*, número 93.

Qué Rey Francisco en Espa-
Se queja de la Fortu-[1]!»

Pues al cielo no le plu-
Que salieses tan ladi-
Como el negro Juan Lati-[2],
Hablar latines rehu-.
No me despuntes de agu-[3],
Ni me alegues con filó-;
Porque, torciendo la bo-,
Dirá el que entiende la le-[4],
No un palmo de las ore-[5]:
«¿Para qué conmigo flo?»

No te metas en dibu-,
Ni en saber vidas aje-;
Que en lo que no va ni vie-
pasar de largo es cordu-.
Que suelen en caperu-

---

[1] Ridiculizando los romances de Lope de Vega (Belardo) había algún mofante publicado estos versos:

> Preguntóme cierta dama
> Este Berlardo quién era
> Y cuando su suerte supo
> Me dijo desta manera:
> «¡Miren qué grande de España,
> Para que a lástima mueva;
> Qué pérdida de la armada;
> Qué muerte de rey o reina!...»

[2] Tanto latín aprendió Juan, el negrito que al duque de Sesa le llevaba los libros al estudio, que se le dió el sobrenombre de Latino.

[3] «*Despuntar de agudo*, del que por mucha sutileza viene a dar en algún absurdo; como la punta, de muy aguda, suele quebrar» (Cov.).

[4] «*Levada* [o *leva*] es término del juego de la esgrima, cuando el que se va para su contrario antes de ajustarse con él, tira algunos tajos y reveses al aire, para facilitar el movimiento del brazo y entrar en calor... Por otro término se dice esto jugar de floreo» (Cov.). «*Floreo*, el preludio que hacen con las espadas los esgrimidores antes de acometer... De aquí llaman floreo la abundancia de palabras en el orador cuando no aprietan» (Cov.). Pero *leva* y *flor* significan también «engaño, embuste». Respecto de *flor* lo dice expresamente Covarrubias «*flor* entre farsantes burladores llaman aquello que traen por ocasión y escusa, cuando quieren sacarnos alguna cosa, como decir que son caballeros pobres, o soldados que vienen perdidos o que han salido de cautiverio; y destas flores son tantas las que hay en el mundo, que le tienen desflorado».

[5] Dirá muy cerca, al oído.

Darles[1] a los que grace-;
Mas tú quémate las ce-
Sólo en cobrar buena fa-;
Que el que imprime neceda-
Dalas a censo perpe-.

Advierte que es desati-,
Siendo de vidrio el teja-,
Tomar piedras en la ma-
Para tirar al veci-.
Deja que el hombre de jui-
En las obras que compo-
Se vaya con pies de plo-;
Que el que saca a luz pape-
Para entretener donce-,
Escribe a tontas y a lo-[2].

AMADÍS DE GAULA A DON QUIJOTE DE LA MANCHA

Soneto

Tú, que imitaste la llorosa vida
Que tuve ausente y desdeñado sobre
El gran ribazo de la Peña Pobre[3],
De alegre a penitencia reducida,

Tú, a quien los ojos dieron la bebida
De abundante licor, aunque salobre,
Y alzándote[4] la plata, estaño y cobre,
Te dió la tierra en tierra[5] la comida,

Vive seguro de que eternamente,
En tanto, al menos, que en la cuarta esfera
Sus caballos aguije el rubio Apolo,

---

[1] *Dar en caperuza a uno* = hacerle daño, frustrarle sus designios o dejarle cortado en la disputa. La caperuza era una especie de gorro puntiagudo, que pendía hacia atrás.

[2] *A tontas y a locas* puede entenderse adverbialmente «sin orden ni concierto», o como complemento indirecto «para doncellas tontas y locas»

[3] De ella se habla en I, 15 y 25.

[4] Quitándote.

[5] *Sentado en tierra* (sin mesas, ni cubiertos...), o te dió *en tierra*, es decir, en escudillas de barro, no en vajilla de metal.

Tendrás claro renombre de valiente;
Tu patria será en todas la primera;
Tu sabio autor[1], al[2] mundo único y solo[3]

DON BELIANÍS DE GRECIA A DON QUIJOTE DE LA MANCHA

Soneto

Rompí, corté, abollé, y dije y hice[4]
Más que en el orbe caballero andante;
Fuí diestro, fuí valiente, fuí arrogante;
Mis agravios vengué, cien mil deshice.

Hazañas di a la Fama que eternice;
Fuí comedido y regalado amante;
Fué enano para mí todo gigante
Y al duelo[5] en cualquier punto satisfice.

Tuve a mis pies postrada la Fortuna,
Y trajo del copete mi cordura
A la calva Ocasión al estricote[6].

Mas, aunque sobre el cuerno de la luna
Siempre se vió encumbrada mi ventura,
Tus proezas envidio, ¡oh gran Quijote!

LA SEÑORA ORIANA A DULCINEA DEL TOBOSO

Soneto

¡Oh, quién tuviera, hermosa Dulcinea,
Por más comodidad y más reposo,
A Miraflores[7] puesto en el Toboso,
Y trocara sus Londres[8] con tu aldea!

---

[1] Amadís.
[2] *al* = en el.
[3] Así ridiculiza Cervantes los elogios desmesurados, aun puestos en boca de otros, con que encabezaban sus obras los autores.
[4] *Decir y hacer* = ejecutar una cosa con mucha ligereza y prontitud.
[5] *Duelos* = pundonor.
[6] *Al estricote* = al retortero, a mal traer.
[7] En *Miraflores*, castillo cercano a Londres, residía *Oriana*, la amada de Amadís.
[8] Concordancia popular, fundada en la terminación *-es* de Londres.

¡Oh, quién de tus deseos y librea
Alma y cuerpo adornara[1], y del famoso
Caballero que hiciste venturoso
Mirara alguna desigual pelea!

¡Oh, quién tan castamente se escapara
Del señor Amadís como tú hiciste
Del comedido hidalgo don Quijote!

Que así, envidiada fuera, y no envidiara,
Y fuera alegre el tiempo que fué triste,
Y gozara los gustos sin escote[2].

GANDALÍN, ESCUDERO DE AMADÍS DE GAULA, A SANCHO PANZA, ESCUDERO DE DON QUIJOTE

Soneto

Salve, varón famoso, a quien Fortuna,
Cuando en el trato escuderil te puso,
Tan blanda y cuerdamente lo dispuso,
Que lo pasaste sin desgracia alguna.

Ya la azada o la hoz poco repugna[3]
Al andante ejercicio; ya está en uso
La llaneza escudera, con que acuso
Al soberbio que intenta hollar la luna.

Envidio a tu jumento y a tu nombre,
Y a tus alforjas igualmente invidio,
Que mostraron tu cuerda providencia.

Salve otra vez ¡oh Sancho! tan buen hombre,
Que a solo tú[4] nuestro español Ovidio[5]
Con buzcorona[6] te hace reverencia.

---

[1] ¡Quién adornara su cuerpo con tu librea! *Librea* (del fr. *livrée* = dado) = 1) traje que las personas principales dan a sus criados, por lo común uniforme y con distintivos; 2) traje uniforme.

[2] Sin pagar o gastar nada. *Escote* = parte o cuota que cabe a cada uno por razón del gasto común entre varias personas.

[3] La g de *repugna* no se pronunciaba.

[4] *A solo tú* (que es incorrecto, por *sólo a ti* o *a ti solo*) se explica por la repugnancia que el castellano tiene a emplear los casos pronominales oblicuos separados de la preposición (por eso rehusamos decir hoy *entre Antonio y mí* y decimos *entre Antonio y yo*).

[5] Ya se dijo arriba a qué vienen estas alabanzas del autor. Por lo demás, nota Pellicer la oportunidad del epíteto, porque así como Ovidio describió las trasformaciones de los héroes fabulosos, Cervantes describió las que se forjaron en la desvariada imaginación de don Quijote.

[6] *Buzcorona* = burla que se hacía dando a besar la mano, y descar-

— 50 —

DEL DONOSO, POETA ENTREVERADO, A SANCHO PANZA Y ROCINANTE

A SANCHO PANZA

Soy Sancho Panza, escude-
Del manchego don Quijo-;
Puse pies en polvoro-[1],
Por vivir a lo discre-[2];
Que el tácito Villadie-[3]
Toda su razón de esta-[4]
Cifró en una retira-,
Según siente *Celesti*-,
Libro, en mi opinión, divi-,
Si encubriera más lo huma-[5].

A ROCINANTE

Soy Rocinante el famo-,
Biznieto del gran Babie-[6];
Por pecados de flaque-
Fuí a poder de un don Quijo-.

---

gando un golpe sobre la cabeza y carrillo inflado del que la besaba. Hace el buzcorona, así el que da la mano, como el que la toma para besarla.

[1] En la jerga de los truhanes frecuentemente se nombraban las cosas por un adjetivo suyo: así en vez de *calle* decían *polvorosa* (en I, 22 hay más ejemplos). *Poner pies en polvorosa* es, pues, escaparse, huir.

[2] *A lo discreto* = 1) según mi discreción, a mis anchas; 2) discretamente.

[3] Alude al dicho *tomar las de Villadiego*, del cual dice Covarrubias: «Vale *huir más que de paso*. Está autorizado este refrán por el autor de la *Celestina* [acto XII] y no consta de su origen más de que Villadiego se debió de ver en algún aprieto, y no le dieron lugar a que se calzase, y con ellas en las manos se fué huyendo». En otros autores *Villadiego* no es nombre de persona, sino del lugar que se hizo famoso por las calzas en él fabricadas.

Como la retirada en que Villadiego cifró su política sería *tácita* o *callada*, bien pudo recibir éste el calificativo de *tácito*.

[4] *Razón de estado* = política y regla con que se gobiernan las cosas pertenecientes al interés de la nación.

[5] La *Tragicomedia de Calisto y Melibea*, vulgarmente llamada la *Celestina*, se escribió con buen fin y con un lenguaje que aventajaba al de todos los demás libros castellanos, por lo cual sería un libro divino; pero no encubrió lo humano, esto es, pintó tan al vivo las escenas que en el mundo pasan, que su lectura producía muchos males. A esto se refería el Maestro Alejo Vanegas cuando a la *Celestina* la llamaba *Scelestina*.

[6] *Babieca* se llamó el famoso caballo del Cid.

— 51 —

Parejas corrí [1] a lo flo- [2];
Mas por [3] uña de caba-
No se me escapó ceba-;
Que esto saqué a Lazari-
Cuando, para hurtar el vi-
Al ciego, le di la pa- [4].

ORLANDO FURIOSO A DON QUIJOTE DE LA MANCHA

Soneto

Si no eres par, tampoco le has tenido [5]:
Que par pudieras ser entre mil pares;
Ni puede haberle donde tú te hallares,
Invito [6] vencedor, jamás vencido.

Orlando soy, Quijote, que, perdido
Por Angélica, vi remotos mares,
Ofreciendo a la Fama en sus altares
Aquel valor que respetó el olvido.

No puedo ser tu igual; que este decoro
Se debe a tus proezas y a tu fama,
Puesto que [7], como yo, perdiste el seso.

Mas serlo has mío [8], si al soberbio Moro
Y Cita fiero domas, que hoy nos llama
Iguales en amor con mal suceso.

---

[1] «*Correr parejas*, ejercicio de caballeros que pasan dos juntos la carrera a veces asidos de las manos» (Cov.).

[2] *A lo flojo* = flojamente, despacio. Cree R. Marín que se corría *a lo flojo*, cuando ganaba el que menos corría, como hoy en las carreras de burros, donde gana el asno que, a pesar de gritos y golpes, llega el postrero.

[3] Hoy decimos *a*.

[4] Pero fuí veloz para procurarme la cebada: que esto (el mirar por mi provecho propio) aprendí de Lazarillo; en el *Lazarillo de Tormes* se refiere cómo el lazarillo hurtó el vino a su amo el ciego, que tenía asido el jarro, chupándolo por medio de una paja larga.

[5] Juega con la voz *par* que ya significa *igual*, ya uno de los *Pares de Francia*.

[6] *Invito* = invicto.

[7] Hoy diríamos *aunque*.

[8] No puedo ser tu igual (no puedo hacer lo que tú hiciste), mas serlo has mío (pero tú puedes hacer lo que yo hice domando al moro y al cita o escita).

EL CABALLERO DEL FEBO A DON QUIJOTE DE LA MANCHA

Soneto

A vuestra espada no igualó la mía,
Febo español, curioso cortesano,
Ni a la alta gloria de valor mi mano,
Que rayo fué do nace y muere el día.

Imperios desprecié: la monarquía
Que me ofreció el Oriente rojo en vano
Dejé, por ver el rostro soberano
De Claridiana, aurora hermosa mía.

Améla por milagro único y raro,
Y, ausente en su desgracia, el propio infierno
Temió mi brazo, que domó su rabia.

Mas vos, godo[1] Quijote, ilustre y claro,
Por Dulcinea sois al mundo eterno,
Y ella, por vos, famosa, honesta y sabia.

DE SOLISDÁN[2] A DON QUIJOTE DE LA MANCHA

Soneto

Maguer[3], señor Quijote, que sandeces
Vos tengan el cerbelo derrumbado,
Nunca seréis de alguno reprochado
Por home de obras viles y soeces.

Serán vuesas fazañas los joeces,
Pues tuertos[4] desfaciendo habéis andado,
Siendo vegadas[5] mil apaleado
Por follones[6] cautivos[7] y raheces[8].

---

[1] De los *godos* dice Covarrubias «reinaron mucho tiempo... y de las reliquias dellos, que se recogieron en las montañas, volvió a retoñar la nobleza, que hasta hoy dura, y en tanta estima, que para encarecer la presunción de algún vano le preguntamos si desciende de la casta de los godos».

[2] *Solisdán* parece ser anagrama de *Lassindo*, escudero de Bruneo de Bonamar, armado luego caballero.

[3] *Maguer... que* = aunque (cf. pról. 14)

[4] *Tuerto* = injuria. *Tuerto* o *torcido* se opone a *derecho*.

[5] *Vegada* = vez.

[6] *Follón* = 1) hinchado, arrogante; 2) flojo, perezoso; 3) cobarde, vil.

[7] *Cautivo* o *cativo* = malo, miserable, infeliz.

[8] *Rahez* = despreciable, de poco valor.

Y si la vuesa linda Dulcinea
Desaguisado[1] contra vos comete,
Ni a vuesas cuitas[2] muestra buen talante[3],

En tal desmán, vueso conorte[4] sea
Que Sancho Panza fué mal alcagüete
Necio él, dura ella, y vos no amante.

DIÁLOGO ENTRE BABIECA Y ROCINANTE

Soneto

B. ¿Cómo estáis, Rocinante, tan delgado?
R. Porque nunca se come, y se trabaja.
B. Pues ¿qué es de la cebada y de la paja?
R. No me deja mi amo ni un bocado.
B. Andá[5], señor, que estáis muy mal criado
    Pues vuestra lengua de asno al amo ultraja.
R. Asno se es de la cuna a la mortaja.
    ¿Queréislo ver? Miraldo[6] enamorado.
B.   ¿Es necedad amar?
R.   No es gran prudencia.
B. Metafísico estáis.
R.   Es que no como.
B. Quejaos del escudero.
R.   No es bastante.
    ¿Cómo me he de quejar en mi dolencia,
Si el amo y escudero o mayordomo
Son tan rocines[7] como Rocinante?

---

[1] *Desaguisado* = agravio, denuesto, acción descomedida.
[2] *Cuita* = 1) trabajo, aflicción; 2) anhelo, deseo vehemente.
[3] *Talante* = 1) modo de hacer una cosa; 2) semblante, disposición, calidad; 3) voluntad, deseo.
[4] *Conorte* = consuelo. «*Conortar*, animar a uno amonestándole y dándole consejos sanos y buenos. *Conortarse*, consolarse un hombre a sí mismo, buscando razones para no tener por tan pesado su trabajo. *Estar conortado*, estar consolado: de *con* y *hortor, aris*» (Cov.).
[5] Por *andad*.
[6] Por *miradlo*.
[7] «*Rocín* es el potro que, o por no tener edad, o estar maltratado, o no ser de buena raza, no llegó a merecer el nombre de caballo, y así llamamos arrocinados a los caballos desbaratados y de mala traza... *Venir de rocín a ruin*, de mal en peor» (Cov.).

CAPITULO PRIMERO.—Que trata de la condición y ejercicio del famoso hidalgo don Quijote de la Mancha.

«E<small>N</small> un lugar de la Mancha [1]», de cuyo nombre no quiero acordarme [2], no ha mucho tiempo que vivía un hidalgo de los de lanza en astillero [3], adarga [4] antigua, rocín flaco y galgo corredor. Una olla de algo más vaca que carnero [5], salpicón [6] las más noches, duelos y quebrantos los sábados [7], lante-

---

[1] Nota R. Marín que no es ésta la única vez que Cervantes comienza su narración con algún verso (df. I, 9 y 26). Está tomado éste del *Romancero general*.

[2] *No quiero acordarme* = no estoy próximo a acordarme, no me viene a la memoria.—Más adelante (II, 74) nos dirá que Cide Hamete omitió adrede decirlo puntualmente para que todos los lugares de la Mancha contendiesen por ahijarse a don Quijote. Por lo demás es falsa la leyenda, hasta este siglo tan propagada, de que el Quijote se escribió en la cárcel de Argamasilla de Alba, lugar de la Mancha.

[3] «*Lancera*, que por otro nombre se dice *astillero*, de asta, es estante en que se ponen las lanzas, adorno de la casa de un hidalgo en el patio o soportal con algunos paveses, arma defensiva española antigua» (Cov., v. *alancearse*, en pos de *lanza*).

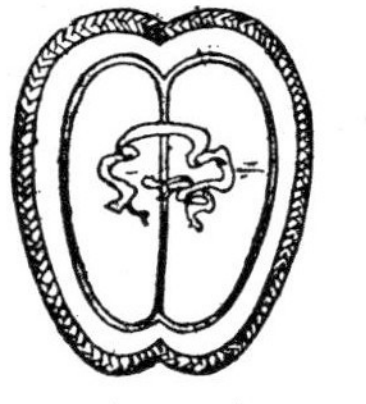

[4] *Adarga*, un género de escudo hecho de ante [= piel de búfalo], del cual usan en España los jinetes de las costas, que pelean con lanza y adarga» (Cov.).

[5] Siendo entonces la carne de carnero más cara que la de vaca, se da a entender que no era hidalgo rico; por lo demás, bien decía el refrán «vaca y carnero, olla de caballero».

[6] «*Salpicón*, la carne [cocida, fiambre] picada y aderezada con sal, pimienta, vinagre y cebolla» (Cov.). Era manjar muy apetitoso, pero impropio de grandes señores.

[7] *Duelos y quebrantos* = *huevos y torreznos*, o *la merced de Dios*. «En las casas proveídas y concertadas, de ordinario tienen provisión de tocino, y si crían sus gallinas, también hay güevos: si viene a deshora el güesped y no hay que comer, el señor de casa dice a su mujer: ¿qué daremos a cenar a nuestro güesped, que no tenemos qué?, y aflígese mucho. La mujer le responde: callad marido, que no faltará *la merced de Dios*, y va al gallinero, y trae sus güevos, y corta una lonja de tocino, y fríelo con los güevos, y dale a cenar una buena tortilla, con que se satisface: y de allí quedó llamar a los *güevos y torreznos*, *la merced de Dios*» (Cov., v. *güevo*); cf. II, 50 y 59.

La abstinencia del *sábado*, que según parece venía de un voto hecho con

1, 1.—CONDICIÓN DE DON QUIJOTE

jas [1] los viernes, algún palomino de añadidura los domingos consumían las tres partes [2] de su hacienda. El resto della concluían sayo de velarte [3], calzas [4] de velludo [5] para las fiestas, con sus pantuflos [6] de lo mesmo, y los días de entre semana se honraba con su vellorí [7] de lo más fino. Tenía en su casa una ama que pasaba de los cuarenta, y una sobrina que no llegaba a los veinte, y un mozo de campo y plaza [8], que así ensillaba el rocín como tomaba la podadera. Frisaba la edad de nuestro hidalgo con los cincuenta años: era de complexión recia, seco de carnes, enjuto de rostro, gran madrugador y amigo de la caza. Quieren decir [9] que tenía el sobrenombre de Quijada, o Quesada, que en esto hay alguna diferencia en los autores que deste caso escriben; aunque por conjeturas verosímiles se deja entender que se llamaba Quejana. Pero esto importa poco a nuestro cuento: basta que en la narración dél no se salga un punto de la verdad.

motivo de la victoria de las Navas, estaba ya notablemente mitigada en el siglo XVI, de suerte que en muchos lugares podían comer libremente cabezas de animales, asaduras, tripas, pies, y aun el gordo del tocino, pero no perniles y jamones. Benedicto XIV suprimió en 1745 la abstinencia sabatina para Castilla, León e Indias.

[1] Antaño se tenían las lentejas, como lo prueba R. Marín, como comida mala, que trae dolor de cabeza y sueños desvariados, y turba mucho el ingenio.

[2] *Las dos partes, las tres partes*... significa «las dos *terceras* partes, las tres *cuartas* partes»; es decir, que se sobrentiende siempre un partitivo o denominador con una unidad más que el numerador.

[3] «*Velarte*, especie de paño fino, y estimado antes que se usasen los limistes y venticuatrenos de Segovia» (Cov.). Era de color negro o azul.

[4] Las *calzas* cubrían los muslos y las piernas, de modo que servían de pantalones. Pero había *calzas enteras* o *calzas* a secas, y *medias calzas* o *medias* (como nuestras medias). Las *enteras* se llamaban también *atacadas*, porque *atacar* según Covarrubias es «atar las calzas al jubón con las agujetas [«*agujeta*, la cinta que tiene dos cabos de metal» Cov.]. El contrario es *desatacar*».

[5] *Velludo* = felpa o terciopelo.

[6] «*Pantuflo*, calzado de gente anciana, de dos corchos o más» (Cov.). Tanto los pantuflos (calzado de hombre) como los chapines (calzado de mujer) se ponían sobre los zapatos.

[7] *Vellorí* = paño entrefino de color pardo ceniciento, o de lana sin teñir, pero de calidad inferior a la del velarte.

[8] No se menciona más a este mozo, destinado tal vez al empleo de escudero que luego se confió a Sancho Panza.

[9] *Quieren decir* está por *sostienen, pretenden*. Cervantes vuelve a emplear esta perífrasis con la misma significación en I, 16 y II, 19.

1, 1.—LOCURA DE DON QUIJOTE

Es, pues, de saber que este sobredicho hidalgo, los ratos que estaba ocioso (que eran los más del año), se daba a leer libros de caballerías con tanta afición y gusto, que olvidó casi de todo punto el ejercicio de la caza, y aun la administración de su hacienda; y llegó a tanto su curiosidad y desatino en esto, que vendió muchas hanegas de tierra de sembradura para comprar libros de caballerías en que leer, y así llevó a su casa todos cuantos pudo haber dellos; y de todos, ningunos le parecían tan bien cono los que compuso el famoso Feliciano de Silva; porque la claridad de su prosa y aquellas entricadas [1] razones suyas le parecían de perlas [2], y más cuando llegaba a leer aquellos requiebros [3] y cartas de desafíos [4] donde en muchas partes hallaba escrito: «La razón de la sinrazón que a mi razón se hace, de tal manera mi razón enflaquece, que con razón me quejo de la vuestra fermosura.» Y también cuando leía: «... los altos cielos que de vuestra divinidad divinamente con las estrellas os fortifican, y os hacen merecedora del merecimiento que merece la vuestra grandeza.»

Con estas razones perdía el pobre caballero el juicio, y desvelábase por entenderlas y desentrañarles el sentido, que no se lo sacara ni las entendiera el mesmo Aristóteles, si [5] resucitara para solo ello. No estaba muy bien con las heridas que don Belianís daba y recibía, porque se imaginaba que, por grandes maestros [6] que le hubiesen curado, no dejaría de tener el rostro y todo el cuerpo lleno de cicatrices y señales. Pero, con todo, alababa en su autor aquel acabar su libro con la promesa de aquella inacabable aventura [7], y muchas veces le vino deseo de tomar la pluma y dalle fin al pie de la letra, como allí se promete; y sin duda alguna lo hiciera, y aun saliera con ello,

---

[1] Intrincadas.
[2] *De perlas* = perfectamente.
[3] *Requebrar* a uno o *requebrarse* con uno es significar con palabras el afecto que hacia alguien se siente (y que interiormente *quiebra* el corazón).
[4] *Desafiar* era romper la *fe* y amistad que se tenía con uno.
[5] *Si* = aunque.
[6] *Maestro* = cirujano.
[7] La *Historia de Belianís de Grecia* quedó incompleta, porque según dice su autor J. Fernández, el sabio Fristón (supuesto autor del original) la había perdido. Pero Fernández da licencia para que cualquiera que la hallare la publique junto con la parte publicada, por el deseo que tiene de verla: lo cual equivalía a prometer la continuación de la historia o aventura interrumpida.

1, 1.—LOCURA DE DON QUIJOTE

si otros mayores y continuos pensamientos no se lo estorbaran. Tuvo muchas veces competencia con el cura de su lugar (que era hombre docto, graduado en Sigüenza) sobre cuál había sido mejor caballero: Palmerín de Inglaterra, o Amadís de Gaula; mas maese Nicolás, barbero del mesmo pueblo, decía que ninguno llegaba al Caballero del Febo, y que si alguno se le podía comparar era D. Galaor, hermano de Amadís de Gaula, porque tenía muy acomodada condición para todo; que no era caballero melindroso, ni tan llorón como su hermano, y que en lo de la valentía no le iba en zaga [1].

En resolución, él se enfrascó tanto en su letura, que se le pasaban las noches leyendo de claro en claro, y los días de turbio en turbio [2]; y así, del poco dormir y del mucho leer se le secó el celebro de manera, que vino a perder el juicio. Llenósele la fantasía de todo aquello que leía en los libros, así de encantamientos como de pendencias, batallas, desafíos, heridas, requiebros, amores, tormentas y disparates imposibles; y asentósele de tal modo en la imaginación que era verdad toda aquella máquina de aquellas soñadas soñadas invenciones que leía, que para él no había otra historia más cierta en el mundo. Decía él que el Cid Ruy Díaz había sido muy buen caballero; pero que no tenía que ver con el Caballero de la Ardiente Espada [3], que de solo un revés había partido por medio dos fieros y descomunales gigantes. Mejor estaba con Bernardo del Carpio, porque en Roncesvalles había muerto a Roldán el encantado, valiéndose de la industria de Hércules, cuando ahogó a Anteo, el hijo de la Tierra, entre los brazos [4]. Decía mucho bien del gigante Morgante, porque, con ser de aquella generación gigantea, que [5] todos son soberbios y descomedi-

---

[1] «*Zaga*... nosotros le tomamos por la cosa que va o está detrás de otra» (Cov.).

[2] *De claro en claro* = de luz a luz (de la tarde a la mañana), de un extremo a otro, de parte a parte. *De turbio en turbio*, que significa lo mismo, fué oportuna ocurrencia de Cervantes sugerida por la oposición: *noche / claro, día / turbio*.

[3] Así se llamó Amadís de Grecia, porque nació con una figura de espada, bermeja como una brasa (y que le estuvo quemando hasta que un sabio le curó de esta incomodidad), que le cogía *desde la rodilla izquierda hasta irle a dar en derecho del corazón la punta*.

[4] Cuantas veces era derribado el gigante Anteo (o Anteón), recibía nuevo vigor de su madre Tierra, hasta que advirtiéndolo Hércules tomó el medio de suspenderlo en el aire y sofocarlo entre sus brazos.

[5] En *que* (cf. pról. 19).

1, 1.—PREPARATIVOS PARA LA SALIDA

dos, él solo era afable y bien criado [1]. Pero, sobre todos, estaba bien con Reinaldos de Montalbán, y más cuando le veía salir de su castillo y robar cuantos topaba, y cuando en allende [2] robó aquel ídolo de Mahoma, que era todo de oro, según dice su historia. Diera él, por dar una mano [3] de coces al traidor de Galalón [4], al ama que tenía, y aun a su sobrina de añadidura [5].

En efeto, rematado ya su juicio, vino a dar en el más estraño pensamiento que jamás dió loco en el mundo, y fué que le pareció conveniente y necesario, así para el aumento de su honra como para el servicio de su república, hacerse caballero andante, y irse por todo el mundo con sus armas y caballo a buscar las aventuras y a ejercitarse en todo aquello que él había leído que los caballeros andantes se ejercitaban, deshaciendo todo género de agravio, y poniéndose en ocasiones y peligros donde, acabándolos, cobrase eterno nombre y fama. Imaginábase el pobre ya coronado por el valor de su brazo, por lo menos, del imperio de Trapisonda [6]; y así, con estos tan agradables pensamientos, llevado del estraño gusto que en ellos sentía, se dió priesa a poner en efeto lo que deseaba. Y lo primero que hizo fué limpiar unas armas que habían sido de sus bisabuelos [7], que, tomadas de orín y llenas de moho, luengos siglos había que estaban puestas y olvidadas en un rincón. Limpiólas y aderezólas lo mejor que pudo; pero vió que tenían una gran falta, y era que no tenían celada de encaje, sino morrión simple [8]; mas a esto suplió su industria, porque de cartones hizo un modo de media celada, que, encajada con el mo-

---

[1] *Bien criado* = de buena crianza o educación.

[2] *En allende* el mar.

[3] *Mano* = manta, vuelta, zurra, tunda.

[4] Por la traición de Galalón murieron en Roncesvalles los doce Pares de Francia. En castigo, Carlomagno le hizo descuartizar vivo entre cuatro caballos.

[5] «*Añadidura* es lo que se da más del justo y cabal peso, o el pedazo pequeño que se añade para que ajuste y venga en fiel» (Cov.).

[6] Cf. pág. 23, núm. 2.

[7] Según esto, como observa Leguina *(Las armas de don Quijote)*, a don Quijote se le debe representar con armadura del siglo XV o principios del XVI, pero no luciente ni homogénea ni resistente como los arneses de justa, sino tomada de orín, compuesta de partes pertenecientes a diversas armaduras (cf. I, 2) y con arnés de guerra (menos resistente y reforzado que el de justa: cf. I, 9).

[8] *Morrión* (de *morro* = redondo), *yelmo* (del franco *helm* = casco), *almete* (del francés *armet*, derivado de helm), *capacete*, *capellina*, *casco* (de

1, 1.—PREPARATIVOS PARA LA SALIDA

rrión, hacían [1] una apariencia de celada entera. Es verdad que para probar si era fuerte y podía estar al riesgo de una cuchillada, sacó su espada [2] y le dió dos golpes, y con el primero y en un punto deshizo lo que había hecho en una semana; y no dejó de parecerle mal[3] la facilidad con que la había hecho pedazos, y, por asegurarse de este peligro, la tornó a hacer de nuevo, poniéndole unas barras de hierro por de dentro, de tal manera, que él quedó satisfecho de su fortaleza y, sin querer hacer nueva experiencia della, la diputó y tuvo por celada finísima de encaje.

Fué luego a ver su rocín, y aunque tenía más cuartos que un real[4]

---

* quassicare = romper) y *celada* (del lat. caelata = cincelada), son nombres de la armadura antigua que cubría la cabeza.—El *morrión* sólo cubría la parte superior de la cabeza, el de don Quijote no era, dice Leguina, de

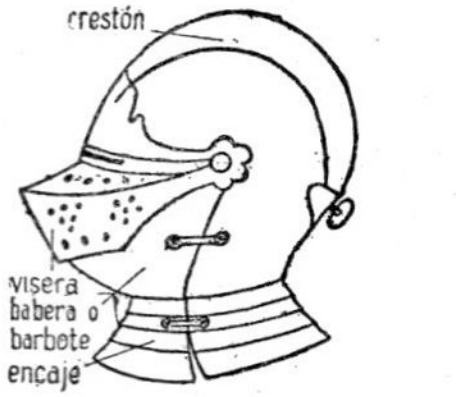

os de ala ancha y levantada, en figura de barco y recubiertos de adornos, sino de los lisos, fuertes y de estrecho reborde.

La *celada de encaje* se caracterizaba por no exigir gola y por llevar una pieza ancha o falda, que al par que resguardaba el cuello, venía a *encajar* sobre la coraza.

[1] La media celada y el morrión.
[2] Don Quijote ceñía espada, por ser hidalgo; así que, junto con las armas de sus bisabuelos, dice Leguina, llevaría la espada que a diario usaba, y que sería, por lo tanto, de *lazo* (a) o *taza* (b), de las usadas en el siglo XVII. 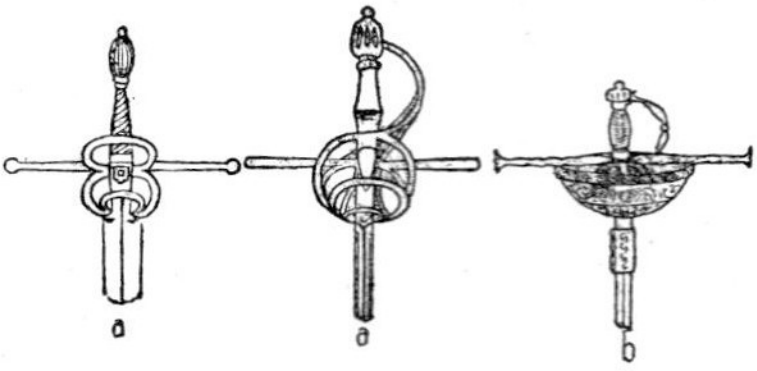
[3] Parecióle mal.
[4] *Cuarto*, además de moneda, significa una enfermedad que las caballerías padecen en los cascos de pies y manos.

1, 1.—PREPARATIVOS PARA LA SALIDA

y más tachas [1] que el caballo de Gonela [2], que *tantum pellis et ossa fuit* [3], le pareció que ni el Bucéfalo de Alejandro ni Babieca el del Cid con él se igualaban. Cuatro días se le pasaron en imaginar qué nombre le pondría; porque (según decía él a sí mismo) no era razón que caballo de caballero tan famoso, y tan bueno él por sí, estuviese sin nombre conocido; y ansí, procuraba acomodársele de manera, que declarase quién había sido antes que fuese de caballero andante, y lo que era entonces; pues estaba muy puesto en razón que, mudando su señor estado, mudase él también el nombre, y le cobrase famoso y de estruendo, como convenía a la nueva orden y al nuevo ejercicio que ya profesaba; y así, después de muchos nombres que formó, borró y quitó, añadió, deshizo y tornó a hacer en su memoria e imaginación, al fin le vino a llamar *Rocinante*, nombre, a su parecer, alto, sonoro y significativo de lo que había sido cuando fué *rocín*, antes de lo que ahora era, que era *antes* y primero de todos los *rocines* del mundo [4].

Puesto nombre, y tan a su gusto, a su caballo, quiso ponérsele a sí mismo, y en este pensamiento duró otros ocho días, y al cabo se vino a llamar *don Quijote* [5]; de donde, como queda dicho, tomaron ocasión los autores desta tan verdadera historia que [6], sin duda, se debía de llamar [7] Quijada, y no Que-

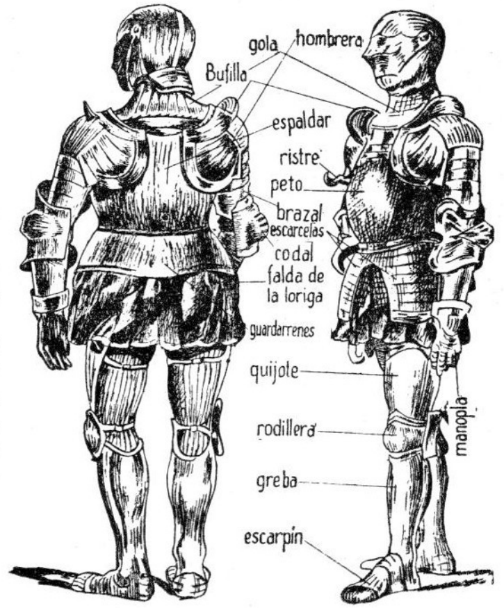

---

[1] «*Tacha*, la falta que se pone a alguna cosa» (Cov.).

[2] *Gonela*, bufón de un marqués o duque de Ferrara en el siglo XV, tuvo un caballo cuya flaqueza y extenuación dió motivo a chistes y se hizo proverbial.

[3] *Ossa ac pellis totust* (= totus est), dijo Plauto, *Aulularia*, 565.

[4] Había sido *rocín-antes* y ya era *ante-rocín* o primero de todos los rocines del mundo.

[5] «*Quijote*, en el arnés, las piezas que cubren los muslos» (Cov.). Por su semejanza fónica con *Quijada* o *Quejada* ninguna otra pieza de la profesión caballeresca ofrecía nombre más oportuno.

[6] Para decir *que*.

[7] En tiempo de Cervantes no se usaba exclusivamente *de-*

1, 1.—PREPARATIVOS PARA LA SALIDA

sada, como otros quisieron decir. Pero, acordándose que el valeroso Amadís, no sólo se había contentado con llamarse Amadís a secas, sino que añadió el nombre de su reino y patria, por hacerla famosa, y se llamó *Amadís de Gaula*, así quiso, como buen caballero, añadir al suyo el nombre de la suya y llamarse *don Quijote de la Mancha*, con que, a su parecer, declaraba muy al vivo su linaje y patria, y la honraba con tomar el sobrenombre della.

Limpias, pues, sus armas, hecho del morrión celada[1], puesto nombre a su rocín, y confirmándose[2] a sí mismo, se dió a entender que no le faltaba otra cosa sino buscar una dama de quien enamorarse; porque el caballero andante sin amores era árbol sin hojas y sin fruto, y cuerpo sin alma. Decíase él: —Si yo, por malos de mis pecados[3], o por mi buena suerte, me encuentro por ahí con algún gigante, como de ordinario les acontece a los caballeros andantes, y le derribo de un encuentro, o le parto por la mitad del cuerpo, o, finalmente, le venzo y le rindo, ¿no será bien tener a quien enviarle presentado[4], y que entre y se hinque de rodillas ante mi dulce señora, y diga con voz humilde, y rendido: «Yo, señora, soy el gigante Caraculiambro[5], señor de la ínsula Malindrania[6], a quien venció en singular[7] batalla el jamás como se debe alabado caballero don Quijote de la Mancha; el cual me mandó que me presentase ante vuestra merced, para que la vuestra grandeza disponga de mí a su talante»? ¡Oh, cómo se holgó nuestro buen caballero cuando hubo hecho este discurso, y más cuando halló a quien dar nombre de su dama! Y fué, a lo que se cree, que en un lugar cerca del suyo había una moza labradora de muy bien parecer, de quien él un tiempo anduvo enamorado, aunque, según se entiende, ella jamás lo supo ni se dió cata [8]

---

ber de para la probabilidad o conjetura, y *deber* para la certeza.

[1] Habiendo *hecho*... (cf. pról. 18).
[2] El *confirmarse* por «mudar de nombre» es alusivo a la costumbre (aunque poco frecuente) de hacerlo al recibir el sacramento de la Confirmación.
[3] Por mis graves pecados.
[4] *Presentado* = como *presente* o *regalo*.
[5] Nombre tomado del mote que vulgarmente se da a los anchos de cara.
[6] Nombre tomado de *malandrín* (= vil, indigno, traidor).
[7] *Singular* = de hombre a hombre.
[8] *Ni se dió cata* (cuenta) *de ello*.

dello. Llamábase Aldonza Lorenzo, y a ésta le pareció ser bien darle título de señora de sus pensamientos; y, buscándole nombre que no desdijese mucho del suyo y que tirase y se encaminase al de princesa y gran señora, vino a llamarla *Dulcinea del Toboso*, porque era natural del Toboso: nombre, a su parecer, músico y peregrino[1] y significativo, como todos los demás que a él y a sus cosas había puesto.

CAPITULO II.—Que trata de la primera salida que de su tierra hizo el ingenioso don Quijote.

Hechas, pues, estas prevenciones, no quiso aguardar más tiempo a poner en efecto su pensamiento, apretándole a ello la falta que él pensaba que hacía[2] en el mundo su tardanza, según eran los agravios que pensaba deshacer, tuertos que enderezar, sinrazones que enmendar, y abusos que mejorar[3], y deudas que satisfacer. Y así, sin dar parte a persona alguna de su intención y sin que nadie le viese, una mañana, antes del día, que era uno de los calurosos del mes de julio, se armó de todas sus armas, subió sobre Rocinante, puesta su mal compuesta celada, embrazó su adarga, tomó su lanza, y por la puerta falsa de un corral salió al campo, con grandísimo contento y alborozo de ver con cuánta facilidad había dado principio a su buen deseo. Mas apenas se vió en el campo, cuando le asaltó un pensamiento terrible, y tal, que por poco le hiciera dejar la comenzada empresa; y fué que le vino a la memoria que no era armado caballero y que, conforme a ley de caballería, ni podía ni debía tomar armas con ningún caballero; y puesto que lo fuera, había de llevar armas blancas, como novel caballero, sin empresa en el escudo[4], hasta que por su esfuerzo la ganase. Estos pensamientos le hicieron titubear en su propósito; mas, pudiendo más su locura que otra razón alguna, propuso de hacerse armar caballero del primero[5] que topase, a imitación de otros muchos que así lo hi-

---

[1] *Peregrino* = singularmente hermoso y excelente.
[2] *Hacer falta* no significa «ser menester», sino «causar u originar falta».
[3] Los abusos *se corrigen; se mejoran* los usos, dice Clemencín.
[4] Cuando los caballeros noveles hacían una proeza notable solían indicarla en la *empresa* (o sea en el símbolo o figura) y adornos del escudo con lo que sus armas cesaban de ser *blancas*.
[5] Del primer caballero.

cieron, según él había leído en los libros que tal le tenían. En lo de las armas blancas [1], pensaba limpiarlas de manera, en teniendo lugar, que lo fuesen más que un armiño; y con esto se quietó y prosiguió su camino, sin llevar otro que aquel que su caballo quería, creyendo que en aquello consistía la fuerza de las aventuras.

Yendo, pues, caminando nuestro flamante aventurero, iba hablando consigo mesmo y diciendo: —¿Quién duda sino que [2] en los venideros tiempos, cuando salga a luz la verdadera historia de mis famosos hechos, que [3] el sabio que los escribiere no [4] ponga, cuando llegue a contar esta mi primera salida tan de mañana, desta manera?: Apenas había el rubicundo Apolo [5] tendido por la faz de la ancha y espaciosa tierra las doradas hebras de sus hermosos cabellos, y apenas los pequeños y pintados pajarillos con sus harpadas lenguas habían saludado con dulce y meliflua armonía la venida de la rosada Aurora, que, dejando la blanda cama del celoso marido [6], por las puertas y balcones del manchego horizonte a los mortales se mostraba, cuando el famoso caballero don Quijote de la Mancha, dejando las ociosas plumas [7], subió sobre su famoso caballo Rocinante, y comenzó a caminar por el antiguo y conocido campo de Montiel.

Y era la verdad que por él caminaba. Y añadió diciendo: —Dichosa edad y siglo dichoso aquel donde saldrán a luz las famosas hazañas mías, dignas de entallarse en bronce, esculpirse en mármoles y pintarse en tablas, para memoria en lo futuro. ¡Oh tú, sabio encantador, quienquiera que seas, a quien

---

[1] Las armas de los caballeros noveles eran también *blancas* por estar tersas y bruñidas, como recientes que eran. Cervantes juega con la doble significación de *armas blancas*, presuponiendo que a pesar del limpión que don Quijote había hecho de sus armas, algo quedaba por hacer para llegar a la limpieza del armiño.

[2] *Sino que* = que.

[3] Este *que* sobra (cf. pról. 23).

[4] Hoy omitiríamos este *no* (cf. pról. 24).

[5] Aquí imita Cervantes las pomposas descripciones de los libros de caballerías.

[6] Titón.

[7] «Antes de la invención de la lana, usaron los antiguos los colchones de pluma, que llamamos hoy plumones... El Petrarca da a las *plumas* el epíteto de *ociosas*, por los que se regalan durmiendo más de lo necesario en las camas blandas...» (Cov.).

ha de tocar el ser coronista desta peregrina historia! Ruégote que no te olvides de mi buen Rocinante, compañero eterno mío en todos mis caminos y carreras. Luego volvía [1] diciendo, como si verdaderamente fuera enamorado: —¡Oh princesa Dulcinea, señora deste cautivo corazón! Mucho agravio me habedes fecho en despedirme y reprocharme con el riguroso afincamiento [2] de mandarme no parecer ante la vuestra fermosura. Plégaos, señora, de membraros [3] deste vuestro sujeto corazón, que tantas cuitas por vuestro amor padece.

Con estos iba ensartando otros disparates, todos al modo de los que sus libros le habían enseñado, imitando en cuanto podía su lenguaje. Con esto, caminaba tan despacio, y el sol entraba tan apriesa y con tanto ardor, que fuera bastante a derretirle los sesos, si algunos tuviera.

Casi todo aquel día caminó sin acontecerle cosa que de contar fuese, de lo cual se desesperaba, porque quisiera topar luego con quien hacer experiencia del valor de su fuerte brazo. Autores hay que dicen que la primera aventura que le avino fué la del Puerto Lápice; otros dicen que la de los molinos de viento; pero lo que yo he podido averiguar en este caso, y lo que he hallado escrito en los anales de la Mancha, es que él anduvo todo aquél día, y, al anochecer, su rocín y él se hallaron cansados y muertos de hambre; y que, mirando a todas partes por ver si descubriría algún castillo o alguna majada [4] de pastores donde recogerse y adonde pudiese remediar su mucha hambre y necesidad, vió, no lejos del camino por donde iba, una venta, que fué como si viera una estrella que, no a los portales, sino a los alcázares de su redención le encaminaba. Dióse priesa a caminar, y llegó a ella a tiempo que anochecía.

Estaban acaso a la puerta dos mujeres mozas, destas que llaman del partido [5], las cuales iban a Sevilla con unos harrieros [6] que en la venta aquella noche acertaron a hacer jornada [7];

---

[1] *Volver* = dar la vuelta, torcer, cambiar (la dirección, el asunto...).

[2] Afincamiento = 1) apremio, pena; 2) congoja.

[3] Plégaos (plázcaos)... membraros (acordaros).

[4] «*Majada*, el lugar donde el ganado se recoge de noche, y los pastores se albergan» (Cov.).

[5] «*Partido*, concierto y avenencia. *Muger del partido*, la ramera pública» (Cov.).

[6] Así se escribía en tiempo de Cervantes y así debe también hoy escribirse.

[7] Hacer jornada o parada.

y como a nuestro aventurero todo cuanto pensaba, veía o imaginaba le parecía ser hecho y pasar al modo de lo que había leído, luego que vió la venta se le representó que era un castillo con sus cuatro torres y chapiteles [1] de luciente plata, sin faltarle su puente levadiza y honda cava [2], con todos aquellos adherentes que [3] semejantes castillos se pintan. Fuése llegando a la venta que a él le parecía castillo, y a poco trecho della detuvo las riendas de Rocinante, esperando que algún enano se pusiese entre las almenas [4] a dar señal con alguna trompeta de que llegaba caballero al castillo. Pero como vió que se tardaban y que Rocinante se daba priesa por llegar a la caballeriza, se llegó [5] a la puerta de la venta, y vió a las dos destraídas mozas que allí estaban, que a él le parecieron dos hermosas doncellas o dos graciosas damas que delante de la puerta del castillo se estaban solazando. En esto, sucedió acaso que un porquero que andaba recogiendo de unos rastrojos [6] una manada de puercos (que, sin perdón, así llaman [7]) tocó un cuerno, a cuya señal ellos se recogen, y al instante se le representó a don Quijote lo que deseaba, que era que algún enano hacía señal de su venida, y así, con estraño contento llegó a la venta y a las damas, las cuales, como vieron venir un hombre de aquella suerte armado, y con lanza y adarga, llenas de miedo se iban a entrar en la venta; pero don Quijote, coligiendo por su

---

[1] «*Chapitel*, el remate de la torre alta en forma de pirámide» (Cov.).
[2] *Cava* = foso.
[3] Con *que* (cf. pról. 19).
[4] «Son las *almenas* lo más alto de los muros, a modo de torrecillas, dejando entre una y otra igual espacio para poder señorear el campo y defenderse de las baterías, tirando desde ellas a los enemigos» (Cov.). 
[5] Se acercó.
[6] «*Rastrojo*, la tierra después de segada la mies» (Cov.). *Rastrojos* = residuos de las cañas de la mies, que quedan en la tierra después de segar.
[7] Que así *los* llaman (cf. pról. 10).

1, 2.—PRIMERA VENTA

huída su miedo, alzándose la visera [1] de papelón [2] y descubriendo un seco y polvoroso rostro, con gentil [3] talante y voz reposada les dijo:

—Non fuyan las vuestras mercedes, ni teman desaguisado alguno; ca [4] a la orden de caballería que profeso non toca ni atañe facerle a ninguno, cuanto más a tan altas doncellas como vuestras presencias demuestran.

Mirábanle las mozas, y andaban con los ojos buscándole el rostro, que la mala visera le encubría; mas como se oyeron llamar doncellas, cosa tan fuera de su profesión, no pudieron tener la risa, y fué de manera, que don Quijote vino a correrse [5], y a decirles:

—Bien parece la mesura en las fermosas, y es mucha sandez además [6] la risa que de leve causa procede; pero non vos lo digo porque os acuitedes ni mostredes mal talante; que el mío non es de ál [7] que de serviros.

El lenguaje, no entendido de las señoras, y el mal talle de nuestro caballero acrecentaba en ellas la risa, y en él el enojo, y pasara muy adelante si a aquel punto no saliera el Ventero, hombre que, por ser muy gordo, era muy pacífico, el cual, viendo aquella figura contrahecha [8], armada de armas tan desiguales como eran la brida, lanza, adarga y coselete [9], no estuvo en nada acompañar a las doncellas en las muestras de su con-

---

[1] *Visera* = parte del yelmo, a veces movible, con agujeros o hendeduras, que cubría el rostro sin impedir la vista (cf. pág. 60).
[2] *Papelón* = cartón.
[3] *Gentil* = gallardo.
[4] *Ca* (de *quia*) = porque.
[5] «*Correrse* vale afrentarse» (Cov.).
[6] Muy mucha sandez (cf. pról. 11).
[7] *Ál* = otra cosa. Esta palabra se acentúa para diferenciarla del artículo contracto *al*, que se pronuncia y se escribe sin acento.
[8] «*Contrahacer*, imitar alguna cosa» (Cov.). Era tan extraña la figura de don Quijote que no parecía natural, sino *fingida*.
[9] Desiguales porque pertenecían a diferentes géneros de armadura.

Eran armadura ligera la *adarga* (cf. pág. 55) y el *coselete* (del fr. *corselet*, derivado de *corset*) que principalmente cubría el pecho y la espalda, y a diferencia del arnés pesado constaba sólo de gola, peto, espaldar, escarcelas, brazaletes y celada borgoñona (que dejaba el rostro descubierto). Los soldados así armados se llamaban también *coseletes*.

La *brida* era manera de montar propia de caballería pesada, a diferencia

tento. Mas, en efecto, temiendo la máquina [1] de tantos pertrechos, determinó de hablarle comedidamente, y así le dijo:

—Si vuestra merced, señor caballero, busca posada, amén [2] del lecho (porque en esta venta no hay ninguno), todo lo demás se hallará en ella en mucha abundancia.

Viendo don Quijote la humildad del alcaide de la fortaleza, que tal le pareció a él el Ventero y la venta, respondió:

—Para mí, señor castellano [3], cualquiera cosa basta, porque

> Mis arreos son las armas,
> Mi descanso, el pelear [4], etc.

Pensó el huésped [5] que el haberle llamado castellano había sido por haberle parecido de los sanos de Castilla [6], aunque él era andaluz, y [7] de los de la playa de Sanlúcar [8] no menos la-

---

de la *jineta* que era propia de caballería ligera y muy usada por los moros. Los *bridones* (los que montaban a la brida) usaban de frenos con camas largas (dos barras laterales [a] que movidas por las riendas [b] giran alrededor de una barra trasversal o embocadura [c] y oprimen con la barbada [d] al caballo) y llevaban los estribos tan largos, que el caballero parecía estar en pie; los *jinetes* (los que montaban a la jineta) tenían frenos recogidos y estribos tan cortos, que el caballero parecía ir sentado, pues sus piernas no bajaban de la barriga del caballo. También se llama *brida* el freno con las riendas.

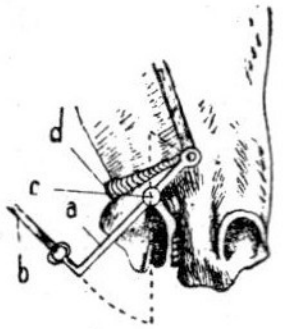

[1] *Máquina* = multitud, abundancia.
[2] *Amén* = fuera. *Amén* generalmente significa *además*.
[3] «*Castellano*, el alcaide o señor a cuyo cargo está el castillo» (Cov.).
[4] Estos versos son de un antiguo romance muy popularizado:

> *Mis arreos son las armas,*
> *Mi descanso es pelear,*
> *Mi cama las duras peñas,*
> *Mi dormir siempre velar...*

«*Arrear* es adornar y engalanar...; y de allí se dijo *arreo* el atavío, y *arreado* el adornado» (Cov.).
[5] Hoy *huésped* se dice del *hospedado;* antes se decía además del *hospedador*.
[6] Los andaluces tenían fama de ladrones; los castellanos, de hombres sencillos, honrados y de *sana* moralidad.
[7] Y por cierto *de los de...*
[8] Uno de los parajes de España adonde concurrían los vagabundos (cf. I, 3).

1, 2.—PRIMERA VENTA

drón que Caco, ni menos maleante [1] que estudiantado paje [2], y así le respondió:

—Según eso, las camas de vuestra merced serán duras peñas, y su dormir, siempre velar; y siendo así, bien se puede apear, con seguridad de hallar en esta choza ocasión y ocasiones para no dormir en todo un año, cuanto más en una noche.

Y diciendo esto, fué a tener el estribo a don Quijote, el cual se apeó con mucha dificultad y trabajo, como aquel que en todo aquel día no se había desayunado.

Dijo luego al huésped que le tuviese mucho cuidado de su caballo, porque era la mejor pieza que comía pan [3] en el mundo. Miróle el Ventero, y no le pareció tan bueno como don Quijote decía, ni aun la mitad; y acomodándole en la caballeriza, volvió a ver lo que su huésped mandaba, al cual estaban desarmando las doncellas, que ya se habían reconciliado con él; la cuales, aunque le habían quitado el peto y el espaldar [4], jamás supieron ni pudieron desencajarle la gola, ni quitalle la contrahecha celada, que traía atada con unas cintas verdes, y era menester cortarlas, por no poderse quitar los ñudos; mas él no lo quiso consentir en ninguna manera, y así, se quedó toda aquella noche con la celada puesta, que era la más graciosa y estraña figura que se pudiera pensar; y al desarmarle, como él se imaginaba que aquellas traídas y llevadas que le desarmaban eran algunas principales señoras y damas de aquel castillo, les dijo con mucho donaire:

—Nunca fuera caballero
De damas tan bien servido
Como fuera don Quijote
Cuando de su aldea vino:
Doncellas curaban [5] dél;
Princesas, del su rocino [6]...

---

[1] *Maleante* = burlador, maligno.
[2] Paje que fué estudiante, o que tiene la malicia de un estudiante.
[3] *Pan* es todo cereal, sea trigo, cebada, centeno...
[4] El *peto* defendía el pecho, el *espaldar* la espalda y la *gola* el cuello (cf. pág. 61).
[5] *Curar* = cuidar.
[6] El antiguo romance de Lanzarote dice así:
Nunca fuera caballero
De damas tan bien servido
Como fuera Lanzarote
Cuando de Bretaña vino;
Que dueñas curaban dél,
Doncellas, del su rocino...

1, 2.—PRIMERA VENTA

o Rocinante; que éste es el nombre, señoras mías, de mi caballo, y don Quijote de la Mancha el mío; que, puesto que no quisiera descubrirme fasta que las fazañas fechas en vuestro servicio y pro [1] me descubrieran, la fuerza de acomodar al propósito presente este romance viejo de Lanzarote ha sido causa que sepáis mi nombre antes de toda sazón; pero tiempo vendrá en que las vuestras señorías me manden y yo obedezca, y el valor de mi brazo descubra el deseo que tengo de serviros.

La mozas, que no estaban hechas a oír semejantes retóricas, no respondían palabra; sólo le preguntaron si quería comer alguna cosa.

—Cualquiera yantaría [2] yo—respondió don Quijote—, por que, a lo que entiendo, me haría mucho al caso.

A dicha [3] acertó a ser viernes aquel día, y no había en toda la venta sino unas raciones de un pescado que en Castilla llaman abadejo, y en Andalucía bacallao, y en otras partes curadillo y en otras truchuelas. Preguntáronle si por ventura comería su merced truchuela [4]; que no había otro pescado que dalle a comer.

—Como haya muchas truchuelas—respondió don Quijote—, podrán servir de una trucha; porque eso [5] se me da que me den ocho reales en sencillos que en una pieza de a ocho. Cuanto más, que podría ser que fuesen estas truchuelas como la ternera, que es mejor que la vaca, y el cabrito que el cabrón. Pero, sea lo que fuere, venga luego; que el trabajo y peso de las armas no se puede llevar sin el gobierno de las tripas.

Pusiéronle la mesa a la puerta de la venta, por el fresco, y trújole el huésped una porción del mal remojado y peor cocido bacallao y un pan tan negro y mugriento como sus armas; pero era materia de grande risa verle comer, porque, como tenía puesta la celada y alzada [6] la babera [7], no podía poner nada

---

[1] *Pro* = provecho.
[2] *Yantar* = comer.
[3] *A dicha* = por ventura.
[4] *Truchuela* es bacalao curado. El bacalao, por venderse trechado (trechar, de *tractare*, manejar algo, significaba abrir y salar pescado) se llamó sin duda *trechuela*; pero el pueblo, cuando olvidó el verbo trechar, relacionó este pescado con trucha y lo llamó *truchuela*.
[5] *Eso* (de *ipsum*) = lo mismo.
[6] *Alzada* = alta.
[7] La edición príncipe dice *visera*, no *babera*; pero el error es manifiesto porque la *visera alzada* no podía ser impedimento para comer, y la

en la boca con sus manos si otro no se lo daba y ponía, y ansí, una de aquellas señoras servía deste menester. Mas al darle de beber, no fué posible, ni lo fuera si el Ventero no horadara una caña, y puesto el un cabo en la boca, por el otro le iba echando el vino; y todo esto lo recebía en paciencia, a trueco de no romper las cintas de la celada. Estando en esto llegó acaso a la venta un castrador de puercos, y así como llegó, sonó su silbato de cañas [1] cuatro o cinco veces, con lo cual acabó de confirmar don Quijote que estaba en algún famoso castillo, y que le servían con música, y que el abadejo eran truchas; el pan, candeal; y las rameras, damas; y el Ventero, castellano del castillo: y con esto daba por bien empleada su determinación y salida. Mas lo que más le fatigaba era el no verse armado caballero, por parecerle que no se podría poner legítimamente en aventura alguna sin recibir la orden de caballería.

CAPITULO III.—Donde se cuenta la graciosa manera que tuvo don Quijote en armarse caballero.

Y así, fatigado deste pensamiento, abrevió su venteril y limitada cena; la cual acabada, llamó al Ventero y, encerrándose con él en la caballeriza, se hincó de rodillas ante él, diciéndole:

—No me levantaré jamás de donde estoy, valeroso caballero, fasta que la vuestra cortesía me otorgue un don que pedirle quiero, el cual redundará en alabanza vuestra y en pro del género humano.

---

visera a lazada (o atada con lazo) como algunos leen, podía alzarse, según se dice en este mismo capítulo un poco más arriba.

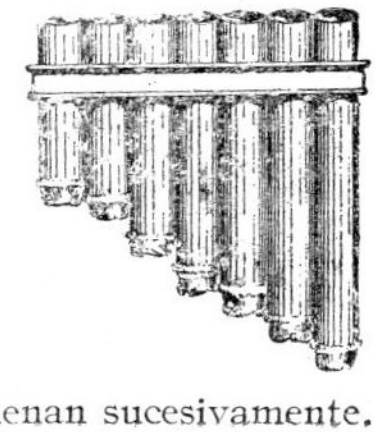

Gillet *(Rev. de Fil. Esp.*, XII, pág. 63) propone esta explicación de *visera:* Como don Quijote tenía ambas manos ocupadas, la una con tener puesta (mantenerse calada) aquella celada tan irregular, y la otra con tener *alzada la visera*, no podía poner nada en la boca con sus manos. Pero esta hipótesis ingeniosa no explica por qué hubo más dificultad en darle la bebida que la comida; y la hubo porque la *babera alzada* o alta impedía que le aplicasen el vaso a los labios.

[1] Estas cañas unidas, con sus bocas alineadas, suenan sucesivamente.

— 71 —

1, 3.—PRIMERA VENTA

El Ventero, que vió a su huésped a sus pies y oyó semejantes razones, estaba confuso mirándole, sin saber qué hacerse ni decirle, y porfiaba con él que se levantase, y jamás quiso, hasta que le hubo de decir que él le otorgaba el don que le pedía.

—No esperaba yo menos de la gran magnificencia vuestra, señor mío—respondió don Quijote—; y así, os digo que el don que os he pedido y de vuestra liberalidad me ha sido otorgado es que mañana en aquel día [1] me habéis de armar caballero, y esta noche en la capilla de vuestro castillo velaré las armas, y mañana, como tengo dicho, se cumplirá lo que tanto deseo, para poder como se debe ir por todas las cuatro partes del mundo buscando las aventuras, en pro de los menesterosos, como está a cargo de la caballería y de los caballeros andantes, como yo soy, cuyo deseo a semejantes fazañas es inclinado.

El Ventero, que, como está dicho, era un poco socarrón y ya tenía algunos barruntos de la falta de juicio de su huésped, acabó de creerlo cuando acabó de oírle semejantes razones, y, por tener que reír aquella noche, determinó de seguirle el humor; y así, le dijo que andaba muy acertado en lo que deseaba y pedía y que tal prosupuesto [2] era propio y natural de los caballeros tan principales como él parecía y como su gallarda presencia mostraba; y que él, ansimesmo, en los años de su mocedad, se había dado a aquel honroso ejercicio, andando por diversas partes del mundo, buscando sus aventuras, sin que hubiese dejado los Percheles de Málaga, Islas de Riarán [3], Compás de Sevilla [4], Azoguejo de Segovia [5], la Olivera de Va-

---

[1] *Mañana en aquel día* era un pleonasmo antiguamente usado y semejante a nuestro *hoy en día*, *hoy día*.
[2] *Prosupuesto* o *presupuesto* = propósito, intención.
[3] Especie de mapa picaresco de España llama con razón Clemencín a esta enumeración.
Los Percheles de Málaga eran un lugar fuera de la ciudad donde se hacía el adobo y salazón de los pescados: debía su nombre a las *perchas* en que colgados se oreaban los pescados.
Por ahí estaban también las *islas* (= «casas que están edificadas sin que otra ninguna se les pegue, siendo esentas de todas partes». Cov.) de Riarán (= del vizcaíno Garci López de Arriarán, capitán de la armada que ayudó al sitio de Málaga por los Reyes Católicos, y recibió en pago aquel arrabal).
[4] Recinto cercado, situado en el extremo de la ciudad, y habitado por gente de mal vivir.
[5] Plazuela del arrabal, por donde pasa el acueducto romano.

1, 3.—DON QUIJOTE ES ARMADO CABALLERO

lencia [1], Rondilla de Granada [2], Playa de Sanlúcar [3], Potro de Córdoba [4] y las Ventillas de Toledo [5], y otras diversas partes [6], donde había ejercitado la ligereza de sus pies y sutileza [7] de sus manos, haciendo muchos tuertos, recuestando muchas viudas, deshaciendo algunas doncellas y engañando a algunos pupilos, y finalmente dándose a conocer por cuantas audiencias y tribunales hay casi en toda España; y que, a lo último, se había venido a recoger a aquel su castillo, donde vivía con su hacienda y con las ajenas, recogiendo en él a todos los caballeros andantes, de cualquiera calidad y condición que fuesen, sólo por la mucha afición que les tenía y porque partiesen con él de sus haberes, en pago de su buen deseo. Díjole también que en aquel su castillo no había capilla alguna donde poder velar las armas, porque estaba derribada para hacerla de nuevo; pero que, en caso de necesidad, él sabía que se podían velar dondequiera, y que aquella noche las podría velar en un patio del castillo; que a la mañana, siendo Dios servido, se harían las debidas ceremonias de manera, que él quedase armado caballero, y tan caballero que no pudiese ser más en el mundo.

Preguntóle si traía dineros; respondióle don Quijote que no traía blanca [8], porque él nunca había leído en las historias de los caballeros andantes que ninguno los hubiese traído. A esto dijo el Ventero que se engañaba: que, puesto caso que en las historias no se escribía, por haberles parecido a los auto-

---

[1] Una plaza de esta ciudad.
[2] Estaba en los alrededores de la puerta de Bibataubín, donde hoy se levanta el Teatro de Cervantes.
[3] El comercio marítimo de Sevilla, que se hacía por Sanlúcar, y la pesca de los atunes atraían a la gente picaresca.
[4] Al sur de la ciudad había una calle con una plaza, y en medio de ésta una fuente de cuatro caños, en cuyo centro se veía sobre un globo un potro de piedra de cuatro a cinco pies de largo, descansando sólo en las dos patas traseras en actitud de saltar. De aquí les vino el nombre a la fuente, a la calle y al barrio.
[5] Estaban en las afueras de la ciudad, junto al camino de Madrid: a ellas iba a comer y a beber principalmente la gente amiga de Baco y pendenciera.
[6] Que serían, como dice R. Marín, el *Barranco de Lavapiés* de Madrid, el *Zocodover* de Toledo, el *Corrillo* y el *Matador* de Valladolid, el *Corral de los Olmos* de Sevilla y algunos otros menos celebrados.
[7] *Sutileza* = habilidad, expedición.
[8] *Blanca* = medio maravedí.

— 73 —

res dellas que no era menester escrebir una cosa tan clara y tan necesaria de traerse como eran dineros y camisas limpias, no por eso se había de creer que no los trujeron; y así, tuviese por cierto y averiguado que todos los caballeros andantes, de que tantos libros están llenos y atestados, llevaban bien herradas las bolsas [1], por lo que pudiese sucederles; y que asimismo llevaban camisas, y una arqueta pequeña llena de ungüentos para curar las heridas que recebían, porque no todas veces en los campos y desiertos donde se combatían y salían heridos había quien los curase, si ya no era que tenían algún sabio encantador por amigo, que luego los socorría, trayendo por el aire, en alguna nube, alguna doncella o enano con alguna redoma de agua [2] de tal virtud[3], que en gustando alguna gota della, luego al punto quedaban sanos de sus llagas y heridas, como si mal alguno [4] hubiesen tenido; mas que en tanto que esto no hubiese, tuvieron los pasados caballeros por cosa acertada que sus escuderos fuesen proveídos de dineros y de otras cosas necesarias, como eran hilas y ungüentos para curarse; y cuando sucedía que los tales caballeros no tenían escuderos (que eran pocas y raras veces), ellos mesmos lo llevaban todo en unas alforjas muy sutiles, que casi no se parecían [5], a las ancas del caballo, como que era otra cosa de más importancia; porque, no siendo por ocasión semejante, esto de llevar alforjas no fué muy admitido entre los caballeros andantes; y por esto le daba por consejo, pues aun se lo podía mandar como a su ahijado, que tan presto lo había de ser, que no caminase de allí adelante sin dineros y sin las prevenciones referidas, y que vería cuán bien se hallaba con ellas, cuando menos se pensase.

Prometióle don Quijote de hacer lo que se le aconsejaba, con toda puntualidad, y así, se dió luego orden como velase las armas en un corral grande que a un lado de la venta estaba; y recogiéndolas don Quijote todas, las puso sobre una pila que junto a un pozo estaba y, embrazando su adarga, asió de su lanza, y con gentil continente se comenzó a pasear de-

---

[1] «Llevar de camino bien *herrada* la bolsa, llevarla con buen dinero» (Cov.).

[2] «*Redoma*, vasija grande de vidrio, ventricosa y gruesa, y angosta de boca. Destos vasos usan los boticarios para sus aguas y jarabes» (Cov.).

[3] *Virtud* = eficacia, fuerza maravillosa.

[4] La oración es negativa *(como si ningún mal)* como se ve por el contexto y por estar *alguno* pospuesto al sustantivo.

[5] *Parecerse* = verse.

1, 3.—DON QUIJOTE ES ARMADO CABALLERO

lante de la pila; y cuando comenzó el paseo comenzaba a cerrar la noche.

Contó el Ventero a todos cuantos estaban en la venta la locura de su huésped, la vela de las armas y la armazón de caballería [1] que esperaba. Admiráronse de tan estraño género de locura y fuéronselo a mirar desde lejos, y vieron que, con sosegado ademán, unas veces se paseaba; otras, arrimado a su lanza, ponía los ojos en las armas, sin quitarlos por un buen espacio dellas. Acabó de cerrar la noche; pero con tanta claridad de la luna, que podía competir con el que se la prestaba; de manera, que cuando el novel caballero hacía era bien visto de todos. Antojósele en esto a uno de los harrieros que estaban en la venta ir a dar agua a su recua, y fué menester quitar las armas de don Quijote que estaban sobre la pila; el cual, viéndole llegar, en voz alta le dijo:

—¡Oh tú, quienquiera que seas, atrevido caballero, que llegas a tocar las armas del más valeroso andante que jamás se ciñó espada! Mira lo que haces, y no las toques, si no quieres dejar la vida en pago de su atrevimiento.

No se curó el harriero destas razones [2] (y fuera mejor que se curara [3], porque fuera curarse en salud); antes, trabando de las correas, las arrojó gran trecho de sí. Lo cual visto por don Quijote, alzó los ojos al cielo y, puesto el pensamiento (a lo que pareció) en su señora Dulcinea, dijo:

—Acorredme, señora mía, en esta primera afrenta que a este vuestro avasallado pecho se le ofrece: no me desfallezca [4] en este primero trance vuestro favor y amparo.

Y diciendo estas y otras semejantes razones, soltando la adarga, alzó la lanza a dos manos y dió con ellas tan gran golpe al harriero en la cabeza, que le derribó en el suelo tan maltrecho, que si segundara con otro, no tuviera necesidad de maestro que le curara. Hecho esto, recogió sus armas y tornó a pasearse con el mismo reposo que primero. Desde allí a poco, sin saberse lo que había pasado (porque aún estaba aturdido el harriero), llegó otro con la mesma intención de dar agua a sus mulos y, llegando a quitar las armas para desembarazar la pila, sin hablar don Quijote palabra y sin pedir favor a nadie,

---

[1] El acto de armar caballero a don Quijote.
[2] *Razones* = palabras; *razonar* = hablar.
[3] Juega con el doble significado de *curarse:* tomar remedios para la salud; cuidar, hacer caso.
[4] *Desfallecer* = faltar.

1, 3.—PRIMERA VENTA

soltó otra vez la adarga, y alzó otra vez la lanza, y, sin hacerla pedazos, hizo más de tres la cabeza del segundo harriero, por que se la abrió por cuatro. Al ruido acudió toda la gente de la venta, y entre ellos el Ventero. Viendo esto don Quijote, embrazó su adarga y, puesta la mano a su espada, dijo:

—¡Oh señora de la fermosura, esfuerzo y vigor del debilitado corazón mío! Ahora es tiempo que vuelvas los ojos de tu grandeza a este tu cautivo caballero, que tamaña [1] aventura está atendiendo [2].

Con esto cobró, a su parecer, tanto ánimo, que si le acometieran todos los harrieros del mundo, no volviera el pie atrás. Los compañeros de los heridos, que tales los vieron, comenzaron desde lejos a llover piedras sobre don Quijote, el cual, lo mejor que podía, se reparaba [3] con su adarga, y no se osaba apartar de la pila, por no desamparar las armas. El Ventero daba voces que le dejasen, porque ya les había dicho cómo [4] era loco, y que por loco se libraría, aunque los matase a todos. También [5] don Quijote las daba mayores, llamándolos de alevosos [6] y traidores, y que el señor del castillo era un follón y mal nacido caballero, pues de tal manera consentía que se tratasen los andantes caballeros; y que si él hubiera recebido la orden de caballería, que él le diera a entender su alevosía;

—pero de vosotros, soez y baja canalla, no hago caso alguno; tirad, llegad, venid, y ofendedme en cuanto pudiéredes; que vosotros veréis el pago que lleváis de vuestra sandez y demasía.

Decía esto con tanto brío y denuedo, que infundió un terrible temor en los que le acometían; y así por esto como por las persuasiones del Ventero, le dejaron de tirar; y él dejó retirar a los heridos, y tornó a la vela de sus armas, con la mesma quietud y sosiego que primero.

No le parecieron bien al Ventero las burlas de su huésped, y determinó abreviar y darle la negra orden de caballería luego, antes que otra desgracia sucediese. Y así, llegándose a él, se desculpó de la insolencia que aquella gente baja con él ha-

---

[1] *Tamaño* (de *tam magnum*) = tan grande.
[2] *Atender* = esperar, aguardar.
[3] *Repararse* = defenderse.
[4] He juzgado más conveniente acentuar siempre el *como* completivo.
[5] *También* = aún.
[6] «*Alevosía*, la traición hecha contra el rey y señor» (Cov.).

— 76 —

1, 3.—DON QUIJOTE ES ARMADO CABALLERO

bía usado, sin que él supiese cosa alguna; pero que bien castigados quedaban de su atrevimiento. Díjole cómo ya le había dicho que en aquel castillo no había capilla, y para lo que restaba de hacer tampoco era necesaria; que todo el toque de quedar armado caballero consistía en la pescozada y en el espaldarazo, según él tenía noticia del ceremonial de la orden, y que aquello en mitad de un campo se podía hacer; y que ya había cumplido con lo que tocaba al velar de las armas, que con solas dos horas de vela se cumplía; cuanto más que él había estado más de cuatro. Todo se lo creyó don Quijote, y dijo que él estaba allí pronto para obedecerle y que concluyese con la mayor brevedad que pudiese; porque si fuese otra vez acometido y se viese armado caballero, no pensaba dejar persona viva en el castillo, eceto [1] aquellas que él le mandase, a quien por su respeto dejaría.

Advertido y medroso desto el castellano, trujo luego un libro donde asentaba la paja y cebada que daba a los harrieros, y con un cabo de vela que le traía un muchacho, y con las dos ya dichas doncellas, se vino a donde don Quijote estaba, al cual mandó hincar de rodillas; y, leyendo en su manual (como que decía alguna devota oración), en mitad de la leyenda [2] alzó la mano y dióle sobre el cuello un buen golpe, y tras él, con su mesma espada, un gentil [3] espaldarazo, siempre murmurando entre dientes, como que rezaba. Hecho esto, mandó a una de aquellas damas que le ciñese la espada, la cual lo hizo con mucha desenvoltura y discreción; porque no fué menester poca para no reventar de risa a cada punto de las ceremonias; pero las proezas que ya habían visto del novel caballero les tenía [4] la risa a raya. Al ceñirle la espada dijo la buena señora:

—Dios haga a vuestra merced muy venturoso caballero y le dé ventura en lides.

Don Quijote le preguntó cómo se llamaba, porque él supiese de allí adelante a quién quedaba obligado por la merced recebida, porque pensaba darle alguna parte de la honra que alcanzase por el valor de su brazo. Ella respondió con mucha humildad que se llamaba la Tolosa, y que era hija de un remendón natural de Toledo, que vivía a las tendillas de Sancho

---

[1] *Eceto* = excepto.
[2] *Leyenda* = lectura.
[3] Bueno, gallardo.
[4] Debería ser *tenían* (cf. pról. 8).

— 77 —

Bienaya [1], y que dondequiera que ella estuviese le serviría y le tendría por señor. Don Quijote le replicó que, por su amor, le hiciese merced que de allí adelante se pusiese *don*, y se llamase doña Tolosa [2]. Ella se lo prometió, y la otra le calzó la espuela; con la cual le pasó casi el mismo coloquio que con la de la espada. Preguntóle su nombre, y dijo que se llamaba la Molinera y que era hija de un honrado molinero de Antequera; a la cual también rogó don Quijote que se pudiese *don*, y se llamase doña Molinera, ofreciéndole nuevos servicios y mercedes.

Hechas, pues, de galope y aprisa las hasta allí nunca vistas ceremonias, no vió la hora don Quijote de verse a caballo y salir buscando las aventuras; y, ensillando luego a Rocinante, subió en él y, abrazando a su huésped, le dijo cosas tan estrañas agradeciéndole la merced de haberle armado caballero, que no es posible acertar a referirlas. El Ventero, por verle ya fuera de la venta, con no menos retóricas, aunque con más breves palabras, respondió a la suyas y, sin pedirle la costa de la posada, le dejó ir a la buena hora [3].

CAPITULO IV.—De lo que le sucedió a nuestro caballero cuando salió de la venta.

La del alba[4] sería cuando don Quijote salió de la venta, tan contento, tan gallardo, tan alborozado por verse ya armado caballero, que el gozo le reventaba por las cinchas del caballo [5]. Mas viniéndole a la memoria los consejos de su huésped cerca [6] de las prevenciones tan necesarias que había de llevar consigo, especial [7] la de los dineros y camisas, determinó volver a su casa y acomodarse [8] de todo, y de un escudero, haciendo cuenta de recibir a un labrador vecino suyo, que era

---

[1] A = en cerca de. *Las tendillas de Sancho Bienaya*, o mejor *Minayas*, estaban en una plaza de este nombre junto al Hospital de la Misericordia.
[2] Ridiculiza Cervantes el abuso de este tratamiento.
[3] En hora buena.
[4] *La hora del alba:* pues el capítulo anterior termina con la palabra *hora*.
[5] La alegría de don Quijote, dice hiperbólicamente Cervantes, fué tal, que redundó en su caballo, y en tal grado que iba reventando por las cinchas.
[6] Acerca.
[7] Especialmente (cf. pról. 2).
[8] *Acomodarse* = proveerse.

1, 4.—PRIMERA VUELTA DE DON QUIJOTE: HALDUDO Y ANDRÉS

pobre y con hijos; pero muy a propósito para el oficio escuderil de la caballería. Con este pensamiento guió a Rocinante hacia su aldea, el cual, casi conociendo la querencia [1], con tanta gana comenzó a caminar, que parecía que no ponía los pies en el suelo.

No había andado mucho, cuando le pareció que a su diestra mano, de la espesura de un bosque que allí estaba, salían unas voces delicadas, como de persona que se quejaba; y apenas las hubo oído, cuando dijo:

—Gracias doy al cielo por la merced que me hace, pues tan presto me pone ocasiones delante donde yo pueda cumplir con lo que debo a mi profesión, y donde pueda coger el fruto de mis buenos deseos. Estas voces, sin duda, son de algún menesteroso o menesterosa que ha menester mi favor y ayuda.

Y volviendo las riendas, encaminó a Rocinante hacia donde le pareció que las voces salían. Y a pocos pasos que entró por el bosque, vió atada una yegua a una encina, y atado en otra a un muchacho, desnudo de medio cuerpo arriba, hasta de edad de quince años, que era el que las voces daba, y no sin causa, porque le estaba dando con una pretina [2] muchos azotes un labrador de buen talle, y cada azote le acompañaba con una reprehensión y consejo. Porque decía:

—La lengua, queda; y los ojos, listos.

Y el muchacho respondía:

—No lo haré otra vez, señor mío; por la pasión de Dios que no lo haré otra vez, y yo prometo de tener de aquí delante más cuidado con el hato[3].

Y viendo don Quijote lo que pasaba, con voz airada dijo:

—Descortés caballero, mal parece tomaros con quien [4] defender no se puede; subid sobre vuestro caballo, y tomad vuestra lanza—[5] que también tenía una lanza arrimada a la encina donde estaba arrendada la yegua—; que yo os haré conocer ser de cobardes lo que estáis haciendo.

El labrador, que vió sobre aquella figura llena de armas

---

[1] «*Querencia*... es el lugar adonde el animal acude de ordinario, o al pasto, o la dormida» (Cov.).
[2] *Pretina* = cinturón de cuero.
[3] *Hato* = ganado.
[4] *Tomarse con uno* = reñir, tener contienda o cuestión con él.
[5] Esto de llevar armas (lanza, espada...) cualquiera, pertenecía, como lo prueba Clemencín, a las costumbres de entonces.

1, 4.—AVENTURA DE HALDUDO Y ANDRÉS

blandiendo [1] la lanza sobre su rostro, túvose por muerto, y con buenas palabras respondió:

—Señor caballero, este muchacho que estoy castigando es un mi criado, que me sirve de guardar una manada de ovejas que tengo en estos contornos; el cual es tan descuidado, que cada día me falta una; y porque castigo su descuido, o bellaquería, dice que lo hago de miserable, por no pagalle la soldada que le debo, y en Dios y en mi ánima que miente.

—¿«Miente» [2] delante de mí, ruin villano?—dijo don Quijote—. Por el sol que nos alumbra que estoy por pasaros de parte a parte con esta lanza. Pagadle luego sin más réplica; si no, por el Dios que nos rige que os concluya y aniquile en este punto. Desatadlo luego.

El labrador bajó la cabeza y, sin responder palabra, desató a su criado, al cual preguntó don Quijote que cuánto le debía su amo. El dijo que nueve meses, a siete reales cada mes. Hizo la cuenta don Quijote y halló que montaban [3] sesenta y tres reales, y díjole al labrador que al momento los desembolsase, si no quería morir por ello. Respondió el medroso villano que para el paso en que estaba [4] y juramento que había hecho (y aún no había jurado nada), que no eran tantos; porque se le habían de descontar y recebir en cuenta tres pares de zapatos que le había dado, y un real de dos sangrías que le habían hecho estando enfermo.

—Bien está todo eso—replicó don Quijote—; pero quédense los zapatos y las sangría por los azotes que sin culpa le habéis dado; que si él rompió el cuero de los zapatos que vos pagastes, vos le habéis rompido el de su cuerpo; y si le sacó el barbero sangre estando enfermo, vos en sanidad se la habéis sacado: ansí que, por esta parte, no os debe nada.

—El daño está, señor caballero, en que [5] no tengo aquí dineros: véngase Andrés conmigo a mi casa; que yo se los pagaré un real sobre otro [6].

---

[1] *Blandir* (del germ. *brand* = espada) = mover un arma u otro objeto, haciéndolo vibrar.
[2] *Desmentir* a uno (= decir a uno que miente) delante de otros era faltar al respeto debido a éstos, y aun entre iguales no se hacía sin pedir perdón a los oyentes (cf. II, 62).
[3] Los meses.
[4] *Para* = por (cf. pról. 12). «Dice el que va a morir: por el paso [o trance] en que estoy» (Cov.).
[5] El mal está en que..., lo malo es que...
[6] *Un real sobre otro* = en dinero contante y sonante.

1, 4.—AVENTURA DE LOS MERCADERES TOLEDANOS

desfecho el mayor tuerto y agravio que formó la sinrazón y cometió la crueldad: hoy quitó el látigo de la mano a aquel despiadado enemigo que tan sin ocasión vapulaba [1] a aquel delicado infante.

En esto, llegó a un camino que en cuatro se dividía, y luego se le vino [2] a la imaginación las encrucijadas donde los caballeros andantes se ponían a pensar cuál camino de aquéllos tomarían; y, por imitarlos, estuvo un rato quedo, y al cabo de haberlo muy bien pensado, soltó la rienda a Rocinante, dejando a la voluntad del rocín la suya, el cual siguió su primer intento, que fué el irse camino de su caballeriza. Y habiendo andado como dos millas [3] descubrió don Quijote un grande tropel de gente, que, como después se supo, eran unos mercaderes toledanos que iban a comprar seda a Murcia [4]. Eran seis, y venía con sus quitasoles, con otros cuatro criados a caballo y tres mozos de mulas a pie. Apenas los divisó don Quijote, cuando se le imaginó ser cosa de nueva aventura; y, por imitar en todo cuanto a él le parecía posible los pasos [5] que había leído en sus libros, le pareció venir allí de molde [6] uno que pensaba hacer [7]. Y así, con gentil continente y denuedo, se afirmó bien en los estribos, apretó la lanza, llegó la adarga al pecho y, puesto en la mitad del camino, estuvo esperando que aquellos caballeros andantes llegasen, que ya él por tales los tenía y juzgaba; y cuando llegaron a trecho que se pudieron ver y oír, levantó don Quijote la voz y con además arrogante dijo:

—Todo el mundo se tenga, si todo el mundo no confiesa que no hay en el mundo todo doncella más hermosa que la emperatriz de la Mancha, la sin par Dulcinea del Toboso.

Paráronse los mercaderes al son destas razones, y a ver la

---

en que se halló de repasar sus escritos; pero no siempre es fácil determinar en cada paso la causa. Quede esta advertencia para lo sucesivo.

[1] *Vapular* o *vapulear* = azotar.
[2] Lo correcto sería *vinieron* (cf. pról. 8).
[3] «*Milla* es un espacio de camino, que contiene en sí *mil* pasos, y tres millas hacen una legua» (Cov.).
[4] En tiempo de Cervantes, Murcia con sus innumerables moreras (de cuya hoja se alimenta el gusano de seda) surtía de seda a los más opulentos mercaderes de España.
[5] *Pasos* = justas o funciones solemnes de caballería.
[6] «*Estar de molde*, estar bien» (Cov.).
[7] Clemencín advierte que los verbos están trastrocados: PENSÓ *hacer uno que le* PARECIÓ *venir allí de molde*.

— 83 —

1, 4.—AVENTURA DE LOS MERCADERES TOLEDANOS

estraña figura del que las decía, y por la figura y por las razones luego echaron de ver la locura de su dueño; mas quisieron ver despacio en qué paraba aquella confesión que se les pedía, y uno de ellos, que era un poco burlón y muy mucho discreto, le dijo:

—Señor caballero, nosotros no conocemos quién sea esa buena señora que decís; mostrádnosla: que si ella fuere de tanta hermosura como significáis, de buena gana y sin apremio alguno confesaremos la verdad que por parte vuestra nos es pedida.

—Si os la mostrara—replicó don Quijote—, ¿qué hiciérades vosotros en confesar una verdad tan notoria? La importancia está en que sin verla lo habéis de creer, confesar, afirmar, jurar y defender; donde no, conmigo sois en batalla, gente descomunal y soberbia [1]. Que ahora vengáis uno a uno, como pide la orden de caballería, ora todos juntos, como es costumbre y mala usanza de los de vuestra ralea, aquí os aguardo y espero, confiado en la razón que de mi parte tengo.

—Señor caballero—replicó el mercader—, suplico a vuestra merced en nombre de todos estos príncipes que aquí estamos que, porque no encarguemos [2] nuestras conciencias confesando una cosa por nosotros jamás vista ni oída, y más siendo tan en perjuicio de las emperatrices y reinas del Alcarria y Estremadura, que vuestra merced sea servido de mostrarnos algún retrato de esa señora, aunque sea tamaño como un grano de trigo; que por el hilo se sacará el ovillo [3], y quedaremos con esto satisfechos y seguros, y vuestra merced quedará contento y pagado [4]; y aun creo que estamos ya tan de su parte, que, aunque su retrato nos muestre que es tuerta de un ojo y que del otro le mana bermellón [5] y piedra azufre, con todo eso, por complacer a vuestra merced, diremos en su favor todo lo que quisiere.

—No le mana, canalla infame—respondió don Quijote encendido en cólera—; no le mana, digo, eso que decís, sino ám-

---

[1] Antes los tuvo don Quijote por caballeros; ahora, según parece, por gigantes o malandrines.
[2] *Encargar* = cargar.
[3] Siguiendo el hilo se llega al ovillo de donde procede; así por los indicios o muestras se viene en conocimiento de las cosas.
[4] *Pagado* = satisfecho. *Quedar*, o *darse por, contento y pagado* es, como dice R. Marín, fórmula escribanil.
[5] El *bermellón* es un mineral (el cinabrio) pulverizado, de color rojo vivo.

— 84 —

1, 4.—AVENTURA DE LOS MERCADERES TOLEDANOS

bar [1] y algalia [2] entre algodones [3]; y no es tuerta ni corcovada, sino más derecha que un huso de Guadarrama [4]. Pero ¡vosotros pagaréis la grande blasfemia que habéis dicho contra tamaña beldad como es la de mi señora!

Y en diciendo esto, arremetió con la lanza baja contra el que lo había dicho, con tanta furia y enojo, que si la buena suerte no hiciera que en la mitad del camino tropezara y cayera Rocinante, lo pasara mal el atrevido mercader. Cayó Rocinante, y fué rodando su amo una buena pieza [5] por el campo; y queriéndose levantar, jamás pudo: tal embarazo le causaban la lanza, adarga, espuelas y celada, con el peso de las antiguas armas. Y entre tanto que pugnaba por levantarse y no podía, estaba diciendo:

—¡Non fuyáis, gente cobarde; gente cautiva, atended [6]: que no por culpa mía, sino de mi caballo, estoy aquí tendido!

Un mozo de mulas de los que allí venían, que no debía de ser muy bien intencionado, oyendo decir al pobre caído tantas arrogancias, no lo pudo sufrir sin darle la respuesta en las costillas. Y llegándose a él, tomó la lanza y, después de haberla he-

---

[1] «*Ámbar*, una pasta de suavísimo olor, tan estimado, como a todos es notorio, pues se vende por onzas, y la onza en buenos ducados... Uno llaman blanco, otro gris y otro ámbar negro. El blanco tienen por más preciado... El segundo en bondad, el pardillo [o gris]: el negro es sofisticado, y lleno de cien mil adulterios, assi que de balde es caro» (Cov.).
No hay que confundir este ámbar de origen animal, que al calor de la mano se ablanda como la cera, sobrenada en ciertos mares y se usa en perfumería, con el ámbar de origen vegetal, amarillo, electrizable, de que se hacen cuentas de collares y boquillas para fumar. 
[2] La *algalia* es un ungüento odorífico, consistente como la miel, que se saca de la bolsa que cerca del ano tiene el gato de algalia, y se usa en perfumería.
[3] El ámbar se guardaba entre algodones; la algalia, en bujetas o redomitas; pero aquí *entre algodones* significa «delicadamente cuidados», como lo dice Covarrubias. «Tener a uno, o llevarle entre algodones, es regalarle como a cosa muy delicada y quebradiza.»
[4] De las hayas del Guadarrama se hacían los husos (molinillos, hormas, cucharas y otros utensilios semejantes) que se llevaban a vender a la Corte. Algunos (cf. SBARBI: *El refranero español*, VI, 15 y 336) creen que los *husos* del Guadarrama son los pinos que allí abundan.
[5] *Pieza* = espacio, trecho.
[6] Cf. pág. 53, 7; y 76, 2.

— 85 —

cho pedazos, con uno dellos comenzó a dar a nuestro don Quijote tantos palos, que, a despecho y pesar de sus armas, le molió como cibera [1]. Dábanle voces sus amos que no le diese tanto y que le dejase; pero estaba ya el mozo picado [2] y no quiso dejar el juego hasta envidar todo el resto [3] de su cólera; y acudiendo por los demás trozos de la lanza, los acabó de deshacer sobre el miserable caído, que, con toda aquella tempestad de palos que sobre él vía [4], no cerraba la boca, amenazando al cielo y a la tierra, y a los malandrines, que tal le parecían.

Cansóse el mozo, y los mercaderes siguieron su camino, llevando qué contar en todo él del pobre apaleado. El cual, después que se vió sólo, tornó a probar si podía levantarse; pero si no lo pudo hacer cuando sano y bueno, ¿cómo lo haría molido y casi deshecho? Y aún se tenía por dichoso, pareciéndole que aquélla era propia desgracia de caballeros andantes, y toda la atribuía a la falta de su caballo; y no era posible levantarse, según tenía abrumado [5] todo el cuerpo.

CAPITULO V.—Donde se prosigue la narración de la desgracia de nuestro caballero.

VIENDO, pues, que, en efeto, no podía menearse, acordó de acogerse a su ordinario remedio, que era pensar en algún paso de sus libros, y trújole su locura a la memoria aquel de Valdovinos y del Marqués de Mantua, cuando Carloto le dejó

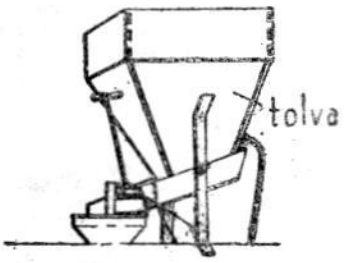

[1] *Cibera* = trigo que se echa en la tolva del molino para que vaya *cebando* la rueda.
[2] «*Picarse y estar picado*, en el juego, pesarle de perder y porfiar en jugar» (Cov.).
[3] Descargar o desahogar toda su cólera. «*Resto*, lo que el jugador tiene en la tabla delante de sí consignado que no lo puede sacar de ella» (Cov.). «*Envidar el resto* cuando ofrece uno al naipe todo lo que le que a en la mesa de caudal» (Cov.), cf. pág. 46, 5.
[4] Hoy *veía* (cf. pról. 1).
[5] «*Brumar*... quebrantar a golpes sin hacer rotura ni herida en el cuerpo» (Cov.).

1, 5.—PEDRO ALONSO: PRIMERA ENTRADA DE DON QUIJOTE

herido en la montiña [1], historia sabida de los niños, no ignorada de los mozos, celebrada y aun creída de los viejos, y, con todo esto, no más verdadera que los milagros de Mahoma. Esta, pues, le pareció a él que le venía de molde para el paso en que se hallaba; y así, con muestras de grande sentimiento, se comenzó a volcar [2] por la tierra, y a decir con debilitado aliento lo mismo que dicen decía el herido Caballero del Bosque:

—¿Dónde estás, señora mía,
Que no te duele mi mal?
O no lo sabes, señora,
O eres falsa y desleal [3].

Y desta manera fué prosiguiendo el romance, hasta aquellos versos que dicen:

«¡Oh noble Marqués de Mantua,
Mi tío y señor carnal!»

Y quiso la suerte que, cuando llegó a este verso, acertó a pasar por allí un labrador de su mesmo lugar y vecino suyo, que venía de llevar una carga de trigo al molino; el cual, viendo aquel hombre allí tendido, se llegó a él y le preguntó que quién era y qué mal sentía, que tan tristemente se quejaba. Don Quijote creyó, sin duda, que aquél era el Marqués de Mantua, su tío, y así, no le respondió otra cosa si no fué proseguir en su romance, donde le daba cuenta de su desgracia y de los amores del hijo del Emperante con su esposa, todo de la mesma manera que el romance lo canta.

El labrador estaba admirado oyendo aquellos disparates; y quitándole la visera, que ya estaba hecha pedazos, de los palos, le limpió el rostro, que le tenía cubierto de polvo, y apenas le hubo limpiado, cuando le conoció y le dijo [4]:

---

[1] El Infante Carloto, hijo de Carlomagno, dejó herido en la montaña a Valdovinos (o Balduino), sobrino del Marqués de Mantua.
[2] *Volcarse* = revolcarse.
[3] Estos cuatro versos no son del antiguo romance del Marqués de Mantua, sino de otro que tiene algunos versos semejantes. La semejanza confundió a Cervantes, que los citaba de memoria.
[4] Lo mismo hizo el Marqués con Valdovinos según cuenta el romance:

Con un paño que traía
La cara le fué a limpiare:
Desque lo hubo limpiado
Luego conocido lo hae...

1, 5.—PEDRO ALONSO: PRIMERA ENTRADA DE DON QUIJOTE

—Señor Quijana—que así se debía de llamar cuando él tenía juicio y no había pasado de hidalgo sosegado a caballero andante—, ¿quién ha puesto a vuestra merced de esta suerte?

Pero él seguía con su romance a cuanto le preguntaba. Viendo esto el buen hombre, lo mejor que pudo le quitó el peto y espaldar, para ver si tenía alguna herida; pero no vió sangre ni señal alguna. Procuró levantarle del suelo, y no con poco trabajo le subió sobre su jumento, por parecer caballería más sosegada. Recogió las armas, hasta las astillas de la lanza, y liólas sobre Rocinante, al cual tomó de la rienda, y del cabestro al asno, y se encaminó hacia su pueblo, bien pensativo de oír los disparates que don Quijote decía; y no menos iba don Quijote, que, de puro molido y quebrantado, no se podía tener sobre el borrico, y de cuando en cuando daba unos suspiros, que los ponía en el cielo; de modo, que de nuevo obligó a que el labrador le preguntase [1] le dijese qué mal sentía; y no parece sino que el diablo le traía a la memoria los cuentos acomodados a sus sucesos: porque en aquel punto, olvidándose de Valdovinos, se acordó del moro Abindarráez, cuando el alcaide de Antequera, Rodrigo de Narváez, le prendió y llevó cautivo a su alcaidía [2]. De suerte que cuando el labrador le volvió a preguntar que cómo estaba y qué sentía, le respondió las mesmas palabras y razones que el cautivo abencerraje respondía a Rodrigo de Narváez, del mesmo modo que él había leído la historia en la *Diana* de Jorge de Montemayor, donde se escribe; aprovechándose della tan a propósito, que el labrador se iba dando al diablo [3], de oír tanta máquina de necedades; por donde conoció que su vecino estaba loco, y dábase priesa a llegar al pueblo, por escusar [4] el enfado que don Quijote le causaba con su larga arenga. Al cabo de la cual dijo:

—Sepa vuestra merced, señor don Rodrigo de Narváez, que esta hermosa Jarifa que he dicho es ahora la linda Dulcinea del Toboso, por quien yo he hecho, hago y haré los más

---

[1] *Preguntar* = demandar, pedir.
[2] Yendo Abindarráez de camino para casarse con Jarifa, cayó en manos de Narváez, el cual, compadecido de su cautivo, le permitió seguir su camino bajo palabra de volver al tercer día. La fidelidad del moro, que volvió con Jarifa, hizo que Narváez les diese generosa libertad.
[3] «Este término *diablo* traen en la boca algunos desalmados, por tenerle en el corazón, y es el bordoncillo [= muletilla] de cuanto hablan» (Cov.).
[4] *Excusar* = evitar.

famosos hechos de caballerías que se han visto, vean ni [1] verán en el mundo.

A esto respondió el labrador:

—Mire vuestra merced, señor, pecador de mí, que yo no soy don Rodrigo de Narváez, ni el Marqués de Mantua, sino Pedro Alonso su vecino; ni vuestra merced es Valdovinos, ni Abindarráez, sino el honrado hidalgo del señor Quijana.

—Yo sé quién soy—respondió don Quijote—, y sé que puedo ser, no sólo los que he dicho, sino todos los doce Pares de Francia [2] y aun todos los nueve de la Fama [3], pues a todas las hazañas que ellos todos juntos y cada uno por sí hicieron se aventajarán las mías.

En estas pláticas y en otras semejantes llegaron al lugar, a la hora que anochecía; pero el labrador aguardó a que fuese algo más de noche, porque no viesen al molido hidalgo tan mal caballero [4]. Llegada, pues, la hora que le pareció, entró en el pueblo, y en la casa de don Quijote, la cual halló toda alborotada; y estaban en ella el cura y el barbero del lugar, que eran grandes amigos de don Quijote, que [5] estaba diciéndoles su ama a voces:

—¿Qué le parece a vuestra merced, señor Licenciado Pero Pérez—que así se llamaba el Cura—, de la desgracia de mi señor? Tres días ha que no parecen él [6], ni el rocín, ni la adarga ni la lanza, ni las armas. ¡Desventurada de mí! que me doy a entender, y así es ello la verdad como nací para morir, que estos malditos libros de caballerías que él tiene y suele leer tan de ordinario le han vuelto el juicio; que ahora me acuerdo haberle oído decir muchas veces, hablando entre sí, que quería hacerse caballero andante, e irse a buscar las aventuras por esos mundos. Encomendados sean a Satanás y a Barrabás tales libros,

---

[1] *Ni* = o.
[2] Los doce Pares, dice más adelante (I, 49) el canónigo de Toledo, «fueron caballeros escogidos por los reyes de Francia, a quien llamaron Pares por ser todos iguales en valor, en calidad y en valentía». Los más nombrados fueron Roldán (u Orlando), Oliveros y Reinaldos de Montalbán.
[3] Tres judíos, Josué, David y Judas Macabeo; tres gentiles: Alejandro, Héctor y Julio César; y tres cristianos: el rey Artús, Carlomagno y Godofredo de Bullón.
[4] Tan mal *caballero*, pues *cabalgaba* tan mal, por lo quebrantado que iba.
[5] *Que* = a quienes (cf. pról. 19, *b*).
[6] El cariño le hacía exagerar al ama. Dos días escasos había estado ausente don Quijote, desde la madrugada de uno hasta el anochecer del otro.

que así han echado a perder el más delicado entendimiento que había en toda la Mancha.

La Sobrina decía lo mesmo, y aún decía más:

—Sepa, señor maese Nicolás—que éste era el nombre del Barbero—, que muchas veces le aconteció a mi señor tío estarse leyendo en estos desalmados libros de desventuras dos días con sus noches, al cabo de los cuales arrojaba el libro de las manos, y ponía mano a la espada, y andaba a cuchilladas con las paredes; y cuando estaba muy cansado decía que había muerto a cuatro gigantes como cuatro torres, y el sudor que sudaba del cansancio decía que era sangre de las feridas que había recebido en la batalla, y bebíase luego un gran jarro de agua fría, y quedaba sano y sosegado, diciendo que aquella agua era una preciosísima bebida que le había traído el sabio Esquife [1], un grande encantador y amigo suyo. Mas yo me tengo la culpa de todo, que no avisé a vuestras mercedes de los disparates de mi señor tío, para que lo remediaran antes de llegar a lo que ha llegado, y quemaran todos estos descomulgados libros; que tiene muchos que bien merecen ser abrasados, como si fuesen de herejes.

—Esto digo yo también—dijo el Cura—, y a fee [2] que no se pase el día de mañana sin que dellos no [3] se haga acto [4] público, y sean condenados al fuego, porque no den ocasión a quien los leyere de hacer lo que mi buen amigo debe de haber hecho.

Todo esto estaban oyendo el labrador y don Quijote, con que acabó de entender el labrador la enfermedad de su vecino, y así, comenzó a decir a voces:

—Abran vuestras mercedes al señor Valdovinos y al señor Marqués de Mantua, que viene mal ferido [5], y al señor moro

---

[1] *Alquife* se llamaba el marido de Urganda, encantador muy celebrado en los anales andantescos.

[2] *Fee* = fe.

[3] Este *no*, que hoy suprimiríamos, no hace sino reforzar la negación expresada por *sin que*.

[4] Alude al acto o auto de fe que, como dice Covarrubias, es «el que la santa Inquisición hace sacando a un cadahalso y público tribunal los penitentes y los condenados y relajados, y allí se les leen públicamente sus culpas y sus sentencias».

[5] Invirtiera Pedro Alonso los nombres *al señor Marqués de Mantua* y *al señor Valdovinos que viene mal ferido*, y no se equivocara.

1, 5.—PEDRO ALONSO: PRIMERA ENTRADA DE DON QUIJOTE

Abindarráez, que trae cautivo el valeroso Rodrigo de Narváez, alcaide de Antequera.

A estas voces salieron todos, y como conocieron los unos a su amigo, las otras a su amo y tío, que aún no se había apeado del jumento, porque no podía, corrieron a abrazarle. Él dijo:

—Ténganse todos; que vengo mal ferido, por culpa de mi caballo. Llévenme a mi lecho, y llámese, si fuere posible, a la sabia Urganda, que cate y cure de mis feridas.

—¡Mirá [1], en hora maza [2]—dijo a este punto el Ama—, si me decía a mí bien mi corazón del pie que cojeaba mi señor! Suba vuestra merced en buen hora; que, sin que venga esa Urgada [3], le sabremos aquí curar. ¡Malditos, digo, sean otra vez y otras ciento estos libros de caballería, que tal han parado [4] a vuestra merced!

Lleváronle luego a la cama, y, catándole las feridas, no le hallaron ninguna; y él dijo que todo era molimiento, por haber dado una gran caída con Rocinante su caballo, combatiéndose con diez jayanes [5], los más desaforados y atrevidos que se pudieran fallar en gran parte de la tierra.

—¡Ta, ta!—dijo el Cura—. ¿Jayanes hay en la danza? Para mi santiguada [6] que yo los queme mañana antes que llegue la noche.

Hiciéronle a don Quijote mil preguntas, y a ninguna quiso responder otra cosa sino que le diesen de comer y le dejasen dormir, que era lo que más le importaba. Hízose así, y el Cura se informó muy a la larga del labrador del modo que había hallado a don Quijote. Él se lo contó todo, con los disparates que al hallarle y al traerle había dicho, que fué poner más deseo en el Licenciado de hacer lo que otro día [7] hizo, que fué llamar a su amigo el barbero maese Nicolás, con el cual se vino a casa de don Quijote.

---

[1] Hoy *mirad* (cf. pról. 1).
[2] *En hora maza* = en hora mala (cf. pról. 3).
[3] Se refiere a *Urganda*.
[4] *Parar, pararse* = poner, ponerse.
[5] *Jayanes* = gigantes.
[6] *Para* (= por, cf. pról. 12) *mi cara santiguada*, por la cruz que hago al santiguarme.
[7] Al *otro día*.

CAPITULO VI.—Del donoso y grande escrutinio que el cura y el barbero hicieron en la librería de nuestro ingenioso hidalgo.

El cual aún todavía dormía. Pidió las llaves [1], a la Sobrina, del aposento donde estaban los libros autores del daño, y ella se las dió de muy buena gana; entraron dentro todos, y el Ama con ellos, y hallaron más de cien cuerpos de libros grandes, muy bien encuadernados, y otros pequeños; y así como el Ama los vió, volvióse a salir del aposento con gran priesa, y tornó luego con una escudilla [2] de agua bendita y un hisopo, y dijo:

—Tome vuestra merced, señor Licenciado; rocíe este aposento, no esté aquí algún encantador de los muchos que tienen estos libros, y nos encanten, en pena de las que les queremos dar echándolos del mundo.

Causó risa al Licenciado la simplicidad [3] del Ama y mandó al Barbero que le fuese dando de aquellos libros uno a uno, para ver de qué trataban, pues podía ser hallar algunos que no mereciesen castigo de fuego.

—No—dijo la Sobrina—; no hay para qué perdonar a ninguno, porque todos han sido los dañadores: mejor será arrojallos por las ventanas al patio, y hacer un rimero [4] dellos, y pegarles fuego; y si no, llevarlos al corral, y allí se hará la hoguera, y no ofenderá el humo [5].

Lo mismo dijo el Ama: tal era la gana que las dos tenían de la muerte de aquellos inocentes; mas el Cura no vino en ello sin primero leer siquiera los títulos. Y el primero que maese Nicolás le dió en las manos fué *Los cuatro de Amadís de Gaula* [6], y dijo el Cura:

---

[1] Quítese el epígrafe de este capítulo, sustitúyase el punto final del anterior por una coma, y se entenderá sin dificultad quién dormía y quién pidió las llaves. Este y otros cortes violentos junto con la poca armonía que a veces se observa entre los títulos y el contenido de los capítulos (v. gr., el cap. 10) persuaden que la división de algunos capítulos se hizo después de escrita la primera parte.

[2] «*Escudilla*, vaso redondo y hondo, a manera de escudo pequeño, y comúnmente se come en ella el caldo» (Cov.).

[3] Sencillez.

[4] *Rimero* o *rima* = montón.

[5] Por ser los corrales mayores que los patios y de paredes más bajas.

[6] Así solía citarse la obra intitulada *Los cuatro libros del virtuoso caballero Amadís de Gaula*.

1, 6.—ESCRUTINIO DE LA LIBRERÍA DE DON QUIJOTE

—Parece cosa de misterio ésta; porque, según he oído decir, este libro fué el primero de caballerías que se imprimió en España [1], y todos los demás han tomado principio y origen déste; y así, me parece que, como a dogmatizador de una secta tan mala, le debemos, sin escusa alguna, condenar al fuego.

—No, señor—dijo el Barbero—; que también he oído decir que es el mejor de todos los libros que de este género se han compuesto; y así, como a único en su arte, se debe perdonar.

—Así es verdad—dijo el Cura—, y por esa razón se le otorga la vida por ahora. Veamos esotro que está junto a él.

—Es—dijo el Barbero—*Las sergas* [2] *de Esplandián*, hijo legítimo de Amadís de Gaula.

—Pues es verdad—dijo el Cura—que no le ha de valer al hijo la bondad del padre. Tomad, señora Ama; abrid esa ventana y echadle al corral, y dé principio al montón de la hoguera que se ha de hacer.

Hízolo así el Ama con mucho contento, y el bueno de Esplandián fué volando al corral, esperando con toda paciencia el fuego que le amenazaba.

—Adelante—dijo el Cura.

—Este que viene—dijo el Barbero—es *Amadís de Grecia;* y aun todos los deste lado, a lo que creo, son del mesmo linaje de Amadís [3].

—Pues vayan todos al corral—dijo el Cura—; que a trueco de quemar a la reina Pintiquinestra, y al pastor Darinel, y a sus églogas, y a las endiabladas y revueltas razones de su autor, quemara con ellos al padre que me engendró, si anduviera en figura de caballero andante.

—De ese parecer soy yo—dijo el Barbero.

—Y aun yo—añadió la Sobrina.

—Pues así es—dijo el Ama—, vengan, y al corral con ellos.

Diéronselos, que eran muchos, y ella ahorró la escalera, y dió con ellos por la ventana abajo.

—¿Quién es ese tonel?—dijo el Cura.

—Éste es—respondió el Barbero—*Don Olivante de Laura*.

---

[1] *Tirant lo Blanch* se imprimió en Valencia en 1490; del *Amadís* no se conoce edición anterior a 1508.
[2] *Las sergas* son las hazañas (y debieran ser *Las ergas* conforme a su origen griego; pero la *s* del plural se extendió malamente al nombre: a no ser que de propósito se quisiera decir las *sergas* o sargas, o telas pintadas, o cuadros maravillosos).
[3] Toda la serie de historias de los descendientes de Amadís.

1, 6.—ESCRUTINIO DE LA LIBRERÍA DE DON QUIJOTE

—El autor de ese libro—dijo el Cura—fué el mesmo que compuso a *Jardín de flores;* y en verdad que no sepa determinar cuál de los dos libros es más verdadero, o, por decir mejor, menos mentiroso; sólo sé decir que éste irá al corral, por disparatado y arrogante.

—Éste que sigue es *Florismarte de Hircania*—dijo el Barbero.

—¿Ahí está el señor Florismarte?—replicó el Cura—. Pues a fe que ha de parar presto en el corral, a pesar de su estraño nacimiento y sonadas aventuras; que no da lugar a otra cosa la dureza y sequedad de su estilo. Al corral con él, y con esotro, señora Ama.

—Que me place, señor mío—respondía ella; y con mucha alegría ejecutaba lo que le era mandado.

—Éste es *El Caballero Platir*—dijo el Barbero.

—Antiguo libro es ése—dijo el Cura—, y no hallo en él cosa que merezca venia. Acompañe a los demás sin réplica.

Y así fué hecho. Abrióse otro libro y vieron que tenía por título *El Caballero de la Cruz.*

—Por nombre tan santo como este libro tiene se podía perdonar su ignorancia; mas también se suele decir, «tras la cruz está el diablo» [1]. Vaya al fuego.

Tomando el Barbero otro libro, dijo:

—Éste es *Espejo de caballerías.*

—Ya conozco a su merced—dijo el Cura—. Ahí anda el señor Reinaldos de Montalbán con sus amigos y compañeros, más ladrones que Caco, y los doce Pares, con el verdadero historiador Turpín [2]; y en verdad que estoy por condenarlos no más que a destierro perpetuo, siquiera porque tienen parte de la invención del famoso Mateo Boyardo, de donde también tejió su tela el cristiano poeta Ludovico Ariosto [3], al cual, si

---

[1] «*Detrás de la cruz está el diablo:* nuestro enemigo a nadie persigue tanto como a los santos y buenos, y teme la cruz y huye della; y así va detrás, por si se descuidan, no osando acercarse. Algunos le dan otro sentido: que las obras buenas suele estragarlas el demonio, induciendo a vanidad o a otros respetos humanos, a los que las hacen. También se endereza contra los hipócritas, que debajo de santidad engañan» (Cov.).

[2] A Juan Turpín, arzobispo de Reims, se atribuyó una historia de Carlomagno tan llena de mentiras, que Turpín llegó a ser el tipo del historiador embustero. Cervantes, por ironía, le llama verdadero.

[3] Boyardo compuso el *Orlando enamorado*, cuyo argumento continuó

— 94 —

aquí le hallo, y que habla [1] en otra lengua que la suya, no le guardaré respeto alguno; pero si habla en su idioma, le pondré sobre mi cabeza [2].

—Pues yo le tengo en italiano—dijo el Barbero—; mas no le entiendo.

—Ni aun fuera bien que vos le entendiérades [3]—respondió el Cura—; y aquí le perdonáramos al señor Capitán [4] que no le hubiera traído a España y hecho castellano; que le quitó mucho de su natural valor, y lo mesmo harán todos aquellos que los libros de verso quisieren volver en otra lengua: que, por mucho cuidado que pongan y habilidad que muestren, jamás llegarán al punto [5] que ellos tienen en su primer nacimiento [6]. Digo, en efeto, que este libro, y todos los que se hallaren que tratan destas cosas de Francia, se echen y depositen en un pozo seco, hasta que con más acuerdo se vea lo que se ha de hacer dellos, ecetuando a un *Bernardo del Carpio* que anda por ahí, y a otro llamado *Roncesvalles;* que éstos, en llegando a mis manos, han de estar en las del Ama, y dellas en las del fuego, sin remisión alguna.

Todo lo confirmó el Barbero, y lo tuvo por bien y por cosa muy acertada, por entender que era el Cura tan buen cristiano y tan amigo de la verdad, que no diría otra cosa por todas las del mundo. Y abriendo otro libro, vió que era *Palmerín de Oliva*, y junto a él estaba otro que se llamaba *Palmerín de Inglaterra;* lo cual visto por el Licenciado, dijo:

—Esa *oliva* se haga luego rajas y se queme, que aun no queden della las cenizas: y esa *palma de Inglaterra* se guarde y se conserve como a cosa única, y se haga para ello otra caja como la que halló Alejandro en los despojos de Darío [7], que

---

Ariosto en su *Orlando furioso*. No se sabe por qué dió Cervantes a Ariosto el calificativo de cristiano.

[1] *Que habla* es el segundo complemento directo de *hallo.*
[2] *Poner sobre la cabeza* era ceremonia y señal de respeto que se observaba con las cédulas o diplomas de los reyes o de los papas en ciertas ocasiones solemnes.
[3] Tal vez por sus pasajes libres y aun obscenos.
[4] El Capitán es D. Jerónimo de Urrea, cuya traducción del *Orlando furioso* fué por sus omisiones, adiciones y negligencias muy desfavorablemente juzgada.
[5] *Punto* = grado de perfección.
[6] Alguna excepción hace el mismo Cervantes más adelante (cf. II, 62).
[7] O Darío: que de ambas maneras se pronunciaba.

1. 6.—ESCRUTINIO DE LA LIBRERÍA DE DON QUIJOTE

la diputó para guardar en ellas las obras del poeta Homero [1]. Este libro, señor compadre, tiene autoridad por dos cosas: la una, porque él por sí es muy bueno; y la otra, porque es fama que le compuso un discreto rey de Portugal. Todas las aventuras del castillo de Miraguarda son bonísimas y de grande artificio; las razones, cortesanas y claras, que guardan y miran el decoro [2] del que habla, con mucha propiedad y entendimiento. Digo, pues, salvo vuestro buen parecer, señor maese Nicolás, que éste y *Amadís de Gaula* queden libres del fuego, y todos los demás, sin hacer más cala y cata [3], perezcan.

—No, señor compadre—replicó el Barbero—; que este que aquí tengo es el afamado *Don Belianís*.

—Pues ése—replicó el Cura—, con la segunda, tercera y cuarta parte, tienen necesidad de un poco de ruibarbo para purgar la demasiada cólera [4] suya, y es menester quitarles todo aquello del castillo de la Fama y otras impertinencias de más importancia, para lo cual se les da término ultramarino [5], y como se enmendaren, así se usará con ellos de misericordia o de justicia; y en tanto, tenedlos vos, compadre, en vuestra casa; mas no los dejéis leer a ninguno.

—Que me place—respondió el Barbero.

Y sin querer cansarse más en leer libros de caballerías, mandó al Ama que tomase todos los grandes y diese con ellos en el corral. No se dijo a tonta ni a sorda, sino a quien tenía más gana de quemallos que de echar una tela, por grande y delgada que fuera [6]; y asiendo casi ocho de una vez, los arrojó por la ventana. Por tomar muchos juntos, se le cayó uno a los pies del Barbero, que le tomó [7] gana de ver de quién era, y vió que decía: *Historia del famoso caballero Tirante el Blanco*.

---

[1] La caja era riquísima, guarnecida de oro, perlas y otras piedras preciosas. La afición de Alejandro a la *Ilíada* llegaba a tanto, que solía tenerla junto con su espada debajo de la cabecera en que dormía.

[2] *Decoro* = conveniencia, propiedad, aptitud.

[3] «*Cala y cata*, la diligencia que hacen para averiguar la cantidad de los bastimentos y provisión: la *cala* se entiende de lo sólido y árido, y la *cata*, de lo líquido, o sea, que sea uno y otro junto» (Cov.).

[4] *Cólera* = 1) bilis; 2) ira.

[5] *Término ultramarino* = 1) (en leng. forense) el plazo que se concede para la prueba que debe hacerse en Ultramar; 2) plazo dilatado.

[6] El ama, con lo hacendosa que era, había de tener tanto mayor gana de *echar* (o hacer) *una tela*, cuanto ésta hubiese de ser más grande, delgada y por tanto de mayor valor.

[7] De suerte *que le tomó* al barbero (cf. pról. 15).

— 96 —

1, 6.—ESCRUTINIO DE LA LIBRERÍA DE DON QUIJOTE

—¡Válame Dios!—dijo el Cura, dando una gran voz—. ¡Que aquí esté Tirante el Blanco! Dádmele acá, compadre; que hago cuenta que he hallado en él un tesoro de contento y una mina de pasatiempos. Aquí está don Quirieleisón de Montalbán, valeroso caballero, y su hermano Tomás de Montalbán, y el caballero Fonseca, con la batalla que el valiente de Tirante hizo con el alano [1] y las agudezas de la doncella Placerdemivida, con los amores y embustes de la viuda Reposada, y la señora Emperatriz, enamorada de Hipólito su escudero. Dígoos verdad, señor compadre, que, por su estilo, es éste el mejor libro del mundo; aquí comen los caballeros, y duermen y mueren en sus camas, y hacen testamento antes de su muerte, con estas [2] cosas de que todos los demás libros deste género carecen. Con todo eso, os digo que merecía el que lo compuso, pues no hizo tantas necedades de industria, que le echaran a galeras por todos los días de su vida [3]. Llevadle a casa y leedle, y veréis que es verdad cuanto dél os he dicho.

---

[1] Acometido Tirante por un alano desenvainó su espada; asustado, retrocedió el perro, pero volvió a embestir cuando Tirante arrojó la espada para que no se dijese que había peleado con ventaja; al cabo de media hora Tirante, que no llevaba la mejor parte, hizo un esfuerzo supremo y mató, al alano de un bocado en el pescuezo.

[2] Muchos leen *otras*.

[3] Este pasaje, tenido por el más oscuro del Quijote, ha sido variamente interpretado según el valor dado a *tantas necedades* y a *de industria*. Merecen citarse por su interés éstas:

a) *No hizo tantas necedades*, tan bellas ficciones caballerescas, *de industria*, sabiendo que tales cosas no se han de escribir en serio, sino para ridiculizarlas, como lo hizo Cervantes en su Quijote: justo es que sea castigada su ignorancia con galeras perpetuas. Así Sanvisenti.

b) *No hizo tantas necedades*, tan obscenas bellaquerías como realmente el libro contiene, *de industria* porque lo exigiese el desarrollo de la fábula, sino adrede, porque su autor era muy lascivo: razón es que su liviandad se castigue con galeras. Esto dice R. Marín.

c) *No hizo tantas necedades* como otros, *de industria*, es decir, gracias a su talento: siendo pues menor su delito, no se le ha de castigar con la pena de fuego antes dada (de la que sólo se excluyeron *Palmerín* y *Amadís*). Es el parecer de Cardaillac y Labarthe.

d) *No hizo tantas necedades* cuantas llevo dichas, *de industria*, de propósito, con previsión del mal que iba a causar, con mala intención: es, pues, razonable que la pena se le mitigue. Poco más o menos esto dice Urdaneta.

Esta última interpretación, que concuerda con la que dieron los más antiguos traductores (Oudin, 1614; Franciosini, 1622), parece ser, por lo natural, la más aceptable.

1, 6.—ESCRUTINIO DE LA LIBRERÍA DE DON QUIJOTE

—Así será—respondió el Barbero—; pero ¿qué haremos destos pequeños libros que quedan?
—Éstos—dijo el Cura—no deben de ser de caballerías, sino de poesía.
Y abriendo uno, vió que era *La Diana* de Jorge de Montemayor, y dijo, creyendo que todos los demás eran del mesmo género:
—Éstos no merecen ser quemados, como los demás, porque no hacen ni harán el daño que los de caballerías han hecho; que son libros de entendimiento [1], sin perjuicio de tercero.
—¡Ay, señor!—dijo la Sobrina—. Bien los puede vuestra merced mandar quemar, como a los demás; porque no sería mucho que, habiendo sanado mi señor tío de la enfermedad caballeresca, leyendo éstos se le antojase de hacerse pastor y andarse por los bosques y prados cantando y tañendo, y, lo que sería peor, hacerse poeta, que, según dicen, es enfermedad incurable y pegadiza.
—Verdad dice esta doncella—dijo el Cura—, y será bien quitarle a nuestro amigo este tropiezo y ocasión delante [2]. Y pues comenzamos por *La Diana* de Montemayor, soy de parecer que no se queme, sino que se le quite todo aquello que trata de la sabia Felicia y de la agua encantada, y casi todos los versos mayores [3], y quédesele en hora buena la prosa, y la honra de ser primero [4] en semejantes libros.
—Este que se sigue—dijo el Barbero—es *La Diana* llamada *segunda*, del Salmantino [5]; y éste, otro que tiene el mesmo nombre, cuyo autor es Gil Polo.
—Pues la del Salmantino—respondió el Cura—acompañe y aciente el número de los condenados al corral, y la de Gil Polo se guarde como si fuera del mesmo Apolo; y pase adelante, señor compadre, y démonos prisa; que se va haciendo tarde.
—Este libro es—dijo el Barbero abriendo otro—*Los diez libros de fortuna de amor*, compuestos por Antonio de Lofraso, poeta sardo.
—Por las órdenes que recebí—dijo El Cura—, que desde

---

[1] Pellicer y otros editores posteriores del Quijote leen «de entretenimiento».
[2] De *delante* (cf. pról. 12).
[3] *Versos mayores* = versos de arte mayor (los de diez o más sílabas).
[4] *Primero* en España.
[5] Porque la escribió Alonso Pérez, médico de Salamanca.

1, 6.—ESCRUTINIO DE LA LIBRERÍA DE DON QUIJOTE

que Apolo fué Apolo, y las musas musas, y los poetas poetas, tan gracioso ni tan disparatado libro como ése no se ha compuesto, y que, por su camino, es el mejor y el más único [1] de cuantos deste género han salido a la luz del mundo; y el que no le ha leído puede hacer cuenta que no ha leído jamás cosa de gusto. Dádmele acá, compadre, que precio más haberle hallado que si me dieran una sotana de raja de Florencia [2].

Púsole aparte con grandísimo gusto, y el Barbero prosiguió diciendo:

—Estos que se siguen son *El Pastor de Iberia, Ninfas de Henares* y *Desengaño de celos.*

—Pues no hay más que hacer—dijo el Cura—sino entregarlos al brazo seglar del Ama; y no se me pregunte el por qué, que sería nunca acabar.

—Este que viene es *El Pastor de Fílida.*

—No es ése pastor—dijo el Cura—, sino muy discreto cortesano: guárdese como joya preciosa.

—Este grande que aquí viene se intitula—dijo el Barbero—*Tesoro de varias poesías.*

—Como ellas no fueran tantas—dijo el Cura—, fueran más estimadas: menester es que este libro se escarde y limpie de algunas bajezas que entre sus grandezas tiene. Guárdese, por que su autor es amigo mío, y por respeto de otras más heroicas y levantadas obras que ha escrito.

—Éste es—siguió el Barbero—*El cancionero de Lopez Maldonado.*

—También el autor de ese libro—replicó el Cura—es grande amigo mío, y sus versos en su boca admiran a quien los oye; y tal es la suavidad de la voz con que los canta, que encanta. Algo largo es en las églogas; pero nunca lo bueno fué mucho: guárdese con los escogidos. Pero ¿qué libro es ese que está junto a él?

—*La Galatea*, de Miguel de Cervantes—dijo el Barbero.

—Muchos años ha que es grande amigo mío ese Cervantes, y sé que es más versado en desdichas que en versos. Su libro tiene algo de buena invención; propone algo, y no concluye

---

[1] *El más único* = el más singular.
[2] *Raja de Florencia* era un paño rico y costoso, de que sólo vestía la gente principal. Huelga advertir que los elogios de este *disparatado* libro son irónicos.

nada: es menester esperar la segunda parte que promete [1]; quizá con la enmienda alcanzará del todo la misericordia que ahora se le niega; y entre tanto que esto se ve, tenedle recluso en vuestra posada [2].

—Señor compadre, que me place—respondió el Barbero—. Y aquí vienen tres, todos juntos: *La Araucana* de don Alonso de Ercilla, *La Austríada* de Juan Rufo, jurado de Córdoba, y *El Monserrate* de Cristóbal de Virués, poeta valenciano.

—Todos esos tres libros—dijo el Cura—son los mejores que, en verso heroico [3], en lengua castellana están escritos, y pueden competir con los más famosos poetas de Italia: guárdense como las más ricas prendas de poesía que tiene España.

Cansóse el Cura de ver más libros, y así, a carga cerrada [4], quiso que todos los demás se quemasen; pero ya tenía abierto uno el Barbero, que se llamaba *Las lágrimas de Angélica*.

—Lloráralas yo—dijo el Cura, en oyendo el nombre—si tal libro hubiera mandado quemar; porque su autor [5] fué uno de los famosos poetas del mundo, no sólo de España, y fué felicísimo en la traducción de algunas fábulas de Ovidio.

CAPITULO VII.—De la segunda salida de nuestro buen caballero don Quijote de la Mancha.

Estando en esto, comenzó a dar voces don Quijote, diciendo:
—¡Aquí, aquí, valerosos caballeros; aquí es menester mostrar la fuerza de vuestros valerosos brazos; que los cortesanos llevan lo mejor del torneo!

Por acudir a este ruido y estruendo, no se pasó adelante con el escrutinio de los demás libros que quedaban; y así, se cree que fueron al fuego, sin ser vistos ni oídos, *La Carolea* y

---

[1] Muchas veces prometida, pero nunca publicada, aunque casi terminada cuando murió Cervantes.
[2] Cervantes, dice Clemencín, habla aquí de su obra por boca del Cura con una modestia que templa y desarma a la crítica.
[3] *Verso heroico* = verso endecasílabo.
[4] «*Carga cerrada*, lo que se compra o toma, sin saber si es bueno o malo» (Cov.).
[5] Luis Barahona de Soto.

1, 7.—CONVALECENCIA DE DON QUIJOTE

León de España, con los hechos del Emperador, compuestos por don Luis de Avila [1] que, sin duda, debían de estar entre los que quedaban, y quizá, si el Cura los viera, no pasaran por tan rigurosa sentencia.

Cuando llegaron a don Quijote, ya él estaba levantado de la cama, y proseguía en sus voces y en sus desatinos, dando cuchilladas y reveses a todas partes, estando tan despierto, como si nunca hubiera dormido. Abrazáronse con él y por fuerza le volvieron al lecho; y después que hubo sosegado un poco, volviéndose a hablar con el Cura, le dijo:

—Por cierto, señor arzobispo Turpín, que es gran mengua de los que nos llamamos doce Pares dejar tan sin más ni más llevar la vitoria deste torneo [2] a los caballeros cortesanos, habiendo nosotros los aventureros ganado el prez [3] en los tres días antecedentes.

—Calle vuestra merced, señor compadre—dijo el Cura—; que Dios será servido que la suerte se mude y que lo que hoy se pierde se gane mañana; y atienda vuestra merced a su salud por agora; que me parece que debe de estar demasiadamente cansado, si ya no es que está mal ferido.

—Ferido no—dijo don Quijote—; pero molido y quebrantado, no hay duda en ello; porque aquel bastardo de don Roldán me ha molido a palos con tronco de una encina, y todo, de envidia, porque ve que yo solo soy el opuesto de sus valentías. Mas no me llamaría yo Reinaldos de Montalbán [4] si en levantándome deste lecho no me lo pagare, a pesar de todos sus encantamientos; y, por agora, tráiganme de yantar, que sé que es lo que más me hará al caso, y quédese lo del vengarme a mi cargo.

Hiciéronlo ansí: diéronle de comer, y quedóse otra vez dormido, y ellos, admirados de su locura.

Aquella noche quemó y abrasó el Ama cuantos libros había en el corral y en toda la casa, y tales debieron de arder, que

---

[1] Llama Cervantes *La Carolea* al comentario que Luis de Avila compuso en prosa sobre la guerra que Carlos V hizo contra los protestantes de Alemania.

[2] Cf. I, 49 nota.

[3] Los fieles o jueces del torneo adjudicaban el *prez* (la honra de la victoria) a los vencedores. En señal del prez obtenido se les solían dar premios muy estimables.

[4] La rivalidad entre Roldán y Reinaldos indujo a don Quijote a creerse Reinaldos ante la acometida de Roldán.

1, 7.—CONVALECENCIA DE DON QUIJOTE

merecían guardarse en perpetuos archivos; mas no lo permitió su suerte y la pereza del escrutiñador, y así, se cumplió el refrán en ellos de que pagan a las veces justos por pecadores.

Uno de los remedios que el Cura y el Barbero dieron, por entonces, para el mal de su amigo fué que le murasen y tapiasen el aposento de los libros, porque cuando se levantase no los hallase (quizá quitando la causa, cesaría el efeto), y que dijesen que un encantador se los había llevado, y el aposento y todo [1]; y así fué hecho con mucha presteza. De allí a dos días se levantó don Quijote, y lo primero que hizo fué ir a ver sus libros; y como no hallaba el aposento donde le había dejado, andaba de una a otra parte buscándole. Llegaba adonde solía tener la puerta, y tentábala [2] con las manos, y volvía y revolvía los ojos por todo, sin decir palabra; pero al cabo de una buena pieza [3], preguntó a su Ama que hacia qué parte estaba el aposento de sus libros. El Ama, que ya estaba bien advertida de lo que había de responder, le dijo:

—¿Qué aposento o qué nada busca vuestra merced? Ya no hay aposento ni libros en esta casa, porque todo se lo llevó el mesmo diablo.

—No era diablo—replicó la Sobrina—, sino un encantador que vino sobre una nube una noche, después del día que vuestra merced de aquí se partió, y apeándose de una sierpe en que venía caballero, entró en el aposento, y no sé lo que se hizo dentro, que a cabo de poca pieza salió volando por el tejado, y dejó la casa llena de humo; y cuando acordamos a mirar lo que dejaba hecho, no vimos libro ni aposento alguno; sólo se nos acuerda muy bien a mí y al Ama que, al tiempo del partirse aquel mal viejo, dijo en altas voces que por enemistad secreta que tenía al dueño de aquellos libros y aposento, dejaba hecho el daño en aquella casa que después se vería. Dijo también que se llamaba el sabio Muñatón.

—Frestón [4] diría—dijo don Quijote.

—No sé—respondió el Ama—si se llamaba Frestón o Fritón; sólo sé que acabó en *tón* su nombre.

—Así es—dijo don Quijote—; que ése es un sabio encanta-

---

[1] *Y todo* = también.
[2] Es decir, *procuraba tentarla*.
[3] *Pieza* = espacio, rato.
[4] Fristón se llamaba el sabio encantador que se supone haber escrito el libro de *Don Belianís de Grecia* (cf. pág. 57, n. 7), y tal vez el leerse aquí y más adelante *Frestón* se deba a errata de imprenta.

— 102 —

1, 7.—SEGUNDA SALIDA

dor, grande enemigo mío, que me tiene ojeriza, porque sabe por sus artes y letras que tengo de venir, andando los tiempos, a pelear en singular batalla con un caballero a quien él favorece, y le tengo de vencer, sin que él lo pueda estorbar, y por esto procura hacerme todos los sinsabores que puede; y mándole [1] yo que mal podrá él contradecir ni evitar lo que por el cielo está ordenado.

—¿Quién duda de eso?—dijo la Sobrina—. Pero ¿quién le mete a vuestra merced, señor tío, en esas pendencias? ¿No será mejor estarse pacífico en su casa, y no irse por el mundo a buscar pan de trastrigo [2], sin considerar que muchos van por lana y vuelven trasquilados?

—¡Oh sobrina mía—respondió don Quijote—, y cuán mal que estás en la cuenta! Primero que a mí me tresquilen tendré peladas y quitadas las barbas a cuantos imaginaren tocarme en la punta de un solo cabello.

No quisieron las dos replicarle más, porque vieron que se le encendía la cólera.

Es, pues, el caso que él estuvo quince días en casa muy sosegado, sin dar muestras de querer segundar sus primeros devaneos [3]; en los cuales días pasó [4] graciosísimos cuentos [5] con sus dos compadres el Cura y el Barbero, sobre que él decía que la cosa de que más necesidad tenía el mundo era de caballeros andantes, y de que en él se resucitase la caballería andantesca. El Cura algunas veces le contradecía, y otras concedía, porque si no guardaba este artificio, no había poder averiguarse con él [6].

En este tiempo solicitó don Quijote a un labrador vecino suyo, hombre de bien (si es que este título se puede dar al que es pobre), pero de muy poca sal en la mollera [7]. En resolución,

---

[1] «*Mandar* es ofrecer alguna cosa, como donación o legado de testamento, que llamamos *manda*, etc.» (Cov.): de aquí que *mandar* se tome por *prometer, asegurar...*

[2] Siendo imposible hallar mejor pan que el de trigo, buscar pan de *trastrigo* (= mejor que trigo) es buscar ocasión de enojo con demasías imposibles.

[3] «*Devanear*, decir desconciertos, por el movimiento [= conmoción, alteración] causado en la cabeza, de algún accidente» (Cov.).

[4] *Pasar* = 1) tener (coloquios, cuentos); 2) (intrans.) tener, hablar.

[5] *Cuentos* = disputas, altercados; cf. *tener cuentos con uno, quitarse de cuentos.*

[6] *Averiguarse con uno* = avenirse con él, sujetarle o reducirle a la razón.

[7] «*Mollera*, aquella parte de la cabeza que toma desde las sienes y

— 103 —

1, 7.—SEGUNDA SALIDA

tanto le dijo, tanto le persuadió y prometió, que el pobre villano se determinó de salirse con él y servirle de escudero. Decíale, entre otras cosas, don Quijote que se dispusiese a ir con él de buena gana, porque tal vez le podía suceder aventura, que ganase, en quitame allá esas pajas, alguna ínsula [1], y le dejase a él por gobernador della. Con estas promesas y otras tales, Sancho Pancha, que así se llamaba el labrador, dejó su mujer y hijos y asentó [2] por escudero de su vecino.

Dió luego don Quijote orden en buscar dineros, y, vendiendo una cosa, y empeñando otra, y malbaratándolas todas llegó [3] una razonable cantidad. Acomodóse asimesmo de una rodela [4], que pidió prestada a un su amigo, y, pertrechando su rota celada lo mejor que pudo, avisó a su escudero Sancho del día y la hora que pensaba ponerse en camino, para que él se acomodase de lo que viese que más le era menester, sobre todo, le encargó que llevase alforjas. Él dijo que sí llevaría, y que ansimesmo pensaba llevar un asno que tenía muy bueno, porque él no estaba duecho [5] a andar mucho a pie. En lo del asno reparó un poco don Quijote, imaginando si se le acordaba si algún caballero andante había traído escudero caballero asnal-

---

frente hasta la coronilla. Díjose así, porque los niños tienen el hueso de aquella parte blando [en lat. *mollis*] y poroso hasta que tienen más edad. De aquí vino el proverbio, cuando algún mozo no es muy asentado, decir dél, que aún no tiene cerrada la mollera» (Cov.). La sal en la mollera se toma por juicio, prudencia..., no por gracia o donaire, como algunos piensan (cf. II, 37).

[1] Llenos estaban los libros de caballerías de tales ínsulas o islas imaginarias. Cuando Sancho logró el gobierno de la ínsula Barataria no se puso a averiguar si era ínsula, ciudad, villa o lugar, pero se quedó con la persuasión de que aun fuera del mar, en tierra firme, había ínsulas (cf. II, 45 y 54).

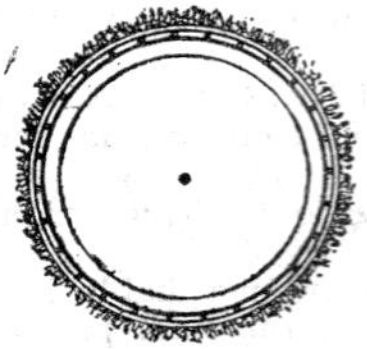

[2] «*Asentar con amo*, obligar [se] por asiento [= concierto, contrato] a servir a otro» (Cov.).

[3] «*Llegar*, ajuntar una cosa a otra» (Cov.), del lat. *plicare* = plegar (cf. I, 29).

[4] La *adarga* era grande, ovalada, de cuero, tenía por dentro un asa y era propia de jinetes (cf. p. 33, n. 2); la *rodela* era pequeña (medio metro de diámetro), redonda, de hierro o de madera guarnecida de hierro, con dos asas por dentro, y propia de infantes.

[5] «*Ducho*, en lenguaje antiguo castellano, vale tanto como acostumbrado... Algunos dicen *duecho*: no estoy duecho, no estoy acostumbrado etcétera» (Cov.).

mente; pero nunca le vino alguno a la memoria; mas, con todo esto, determinó que le llevase, con presupuesto de acomodarle de más honrada caballería en habiendo ocasión para ello, quitándole el caballo al primer descortés caballero que topase. Proveyóse de camisas y de las demás cosas que él pudo, conforme al consejo que el Ventero le había dado; todo lo cual hecho y cumplido [1], sin despedirse Panza de sus hijos y mujer, ni don Quijote de su ama y sobrina, una noche se salieron del lugar sin que persona [2] los viese; en la cual caminaron tanto, que al amanecer se tuvieron por seguros de que no los hallarían aunque los buscasen.

Iba Sancho Panza sobre su jumento como un patriarca, con sus alforjas y su bota, con mucho deseo de verse ya gobernador de la ínsula que su amo le había prometido. Acertó don Quijote a tomar la misma derrota [3] y camino que él había tomado en su primer viaje, que fué por el campo de Montiel, por el cual caminaba con menos pesadumbre que la vez pasada, porque por ser la hora de la mañana y herirles a soslayo los rayos del sol, no les fatigaban. Dijo en esto Sancho Panza a su amo:

—Mire vuestra merced, señor caballero andante, que no se le olvide lo que de la ínsula me tiene prometido; que yo la sabré gobernar por grande que sea.

A lo cual le respondió don Quijote:

—Has de saber, amigo Sancho Panza, que fué costumbre muy usada de los caballeros andantes antiguos hacer gobernadores a sus escuderos de las ínsulas o reinos que ganaban, y yo tengo determinado de que por mí no falte tan agradecida usanza; antes pienso aventajarme en ella; porque ellos algunas veces, y quizá las más, esperaban a que sus escuderos fuesen viejos, y ya después de hartos de servir y de llevar malos días y peores noches, les daban algún título de conde, o, por lo mucho, de marqués, de algún valle o provincia de poco más a menos [4]; pero si tú vives y yo vivo, bien podría ser que antes de seis días ganase yo tal reino, que tuviese otros a él adherentes, que viniesen de molde para coronarte por rey de uno dellos.

---

[1] Otra de las diligencias, como se saca de los caps. 20 y 46, fué hacer testamento cerrado, en que se señalaba salario a Sancho.
[2] *Persona* = nadie.
[3] *Derrota, derrotero, rota* o *ruta* = rumbo, camino.
[4] *Poco más a menos* = poco más o menos.

1, 7.—SEGUNDA SALIDA

Y no lo tengas a mucho; que cosas y casos acontecen a los tales caballeros, por modos tan nunca vistos ni pensados, que con facilidad te podría dar aun más de lo que te prometo.

—De esas manera—respondió Sancho Panza—, si yo fuese rey por algún milagro de los que vuestra merced dice, por lo menos Juana Gutiérrez mi oíslo [1] vendría a ser reina, y mis hijos infantes.

—Pues ¿quién lo duda?—respondió don Quijote.

—Yo lo dudo—replicó Sancho Panza—; porque tengo para mí que, aunque lloviese Dios reinos sobre la tierra, ninguno asentaría bien sobre la cabeza de Mari Gutiérrez [2]. Sepa, señor, que no vale dos maravedís para reina; condesa le caerá mejor, y aún, Dios, y ayuda [3].

—Encomiéndalo tú a Dios, Sancho—respondió don Quijote—, que Él dará lo que más le convenga; pero no apoques tu ánimo tanto, que te vengas a contentar con menos que con ser adelantado [4].

—No haré, señor mío—respondió Sancho—, y más teniendo tan principal amo en vuestra merced, que me sabrá dar todo aquello que me esté bien y yo pueda llevar.

---

[1] En estilo familiar *oíslo* designaba a la persona querida y estimada, principalmente a la mujer respecto del marido.

[2] Poco antes se la llama *Juana Gutiérrez*, ahora *Mari Gutiérrez;* en el cap. 52 será ya *Juana Panza*, porque el apellido en la Mancha se toma del marido; en la segunda parte, en el cap. 5, se convertirá en *Teresa Panza*, pero con la advertencia de que su apellido paterno es *Cascajo;* y en el cap. 59 se reconvendrá al licenciado Avellaneda por haber llamado Mari Gutiérrez a la mujer de Sancho Panza.

[3] «*Dios, y ayuda* [sic] viene con otra sentencia que dice: *ayúdate, y ayudarte he*, y con la que dice: *a Dios rogando y con el mazo dando*» (Cov.). En esta frase, *Dios* es vocativo: *ayuda*, imperativo: para la *y* (cf. pról. 35).

[4] La autoridad de *adelantado* era la superior de la provincia y participaba de gubernativa y judicial; para el despacho de lo forense le acompañaban algunos letrados. A él se apelaba de los merinos o jueces de partido, y de él al rey: en la frontera mandaba también las fuerzas militares.

CAPITULO VIII.—Del buen suceso que el valeroso don Quijote tuvo en la espantable y jamás imaginada aventura de los molinos de viento, con otros sucesos dignos de felice recordación.

En esto, descubrieron treinta o cuarenta molinos de viento que hay en aquel campo, y así como Don Quijote los vió, dijo a su escudero:

—La aventura va guiando nuestras cosas mejor de lo que acertáramos a desear; porque ves allí, amigo Sancho Panza, donde se descubren treinta, o poco más, desaforados gigantes, con quien pienso hacer batalla y quitarles a todos las vidas, con cuyos despojos comenzaremos a enriquecer; que ésta es buena guerra, y es gran servicio de Dios quitar tan mala simiente de sobre la faz de la tierra.

—¿Qué gigantes?—dijo Sancho Panza.

—Aquellos que allí ves—respondió su amo—de los brazos largos, que los suelen tener algunos de casi dos leguas.

—Mire vuestra merced—respondió Sancho—que aquellos que allí se parecen no son gigantes, sino molinos de viento, y lo que en ellos parecen brazos son las aspas, que, volteadas del viento, hacen andar la piedra del molino.

—Bien parece—respondió don Quijote—que no estás cursado en esto de las aventuras; ellos son gigantes; y si tienes miedo, quítate de ahí, y ponte en oración en el espacio que yo voy a entrar con ellos en fiera y desigual batalla.

Y diciendo esto, dió de espuelas a su caballo Rocinante, sin atender a las voces que su escudero Sancho le daba, advirtiéndole que, sin duda alguna, eran molinos de viento, y no gigantes, aquellos que iba a acometer. Pero él iba tan puesto en que eran gigantes, que ni oía las voces de su escudero Sancho, ni echaba de ver, aunque estaba ya bien cerca, lo que eran; antes iba diciendo en voces altas:

—Non fuyades, cobardes y viles criaturas; que un solo caballero es el que os acomete.

Levantóse en esto un poco de viento, y las grandes aspas comenzaron a moverse, lo cual visto por don Quijote, dijo:

—Pues aunque mováis más brazos que los del gigante Briareo [1], me lo habéis de pagar.

---

[1] *Briareo*, uno de los titanes que combatieron contra los dioses, tenía cien brazos.

1, 8.—AVENTURA DE LOS MOLINOS DE VIENTO

Y en diciendo esto, y encomendándose de todo corazón a su señora Dulcinea, pidiéndole que en tal trance le socorriese, bien cubierto de su rodela, con la lanza en el ristre [1], arremetió a todo el galope de Rocinante y embistió con el primero molino que estaba delante; y dándole una lanzada en el aspa, la volvió el viento con tanta furia, que hizo la lanza pedazos, llevándose tras sí al caballo y al caballero, que fué rodando muy maltrecho por el campo. Acudió Sancho Panza a socorrerle, a todo el correr de su asno, y cuando llegó halló que no se podía menear: tal fué el golpe que dió con él Rocinante.

—¡Válame Dios!—dijo Sancho—. ¿No le dije yo a vuestra merced que mirase bien lo que hacía, que no eran sino molinos de viento, y no lo podía ignorar sino quien llevase otros tales en la cabeza?

—Calla, amigo Sancho—respondió don Quijote—; que las cosas de la guerra, más que otras, están sujetas a continua mudanza; cuanto más que yo pienso, y es así verdad, que aquel sabio Frestón que me robó el aposento y los libros ha vuelto estos gigantes en molinos, por quitarme la gloria de su vencimiento; tal es la enemistad que me tiene; más, al cabo al cabo, han de poder poco sus malas artes contra la bondad de mi espada.

—Dios lo haga como puede—respondió Sancho Panza.

Y, ayudándole a levantar, tornó a subir sobre Rocinante, que medio despaldado estaba. Y, hablando en [2] la pasada aventura, siguieron el camino del Puerto Lápice, porque allí decía don Quijote que no era posible dejar de hallarse muchas y diversas aventuras, por ser lugar muy pasajero [3], sino que iba muy pesaroso, por haberle faltado la lanza; y diciéndoselo a su escudero, le dijo:

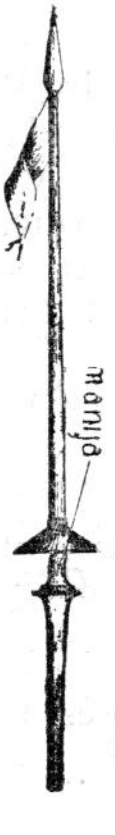

---

[1] «*Ristre* es un hierro que el hombre de armas ingiere en el peto [cerca del sobaco] a la parte derecha, donde encaja el cabo de la manija de la lanza, para afirmar en él» (Cov.); cf. pág. 61, n. 5. La empuñadura de las lanzas consistía en dos rodelas o arandelas que resguardaban la mano del caballero, y un rebajo del asta llamado *manija*.

[2] *Hablar en* = hablar de.

[3] En el camino real de Madrid a Andalucía que atraviesa la Mancha, a dos leguas de la villa de Herencia, estaba *Puerto Lápice*, antiguamente poblado de bosques.

— 108 —

1, 8.—AVENTURA DE LOS MOLINOS DE VIENTO

—Yo me acuerdo haber leído que un caballero español llamado Diego Pérez de Vargas, habiéndosele en una batalla roto la espada, desgajó de una encina un pesado ramo o tronco, y con él hizo tales cosas aquel día, y machucó tantos moros, que le quedó por sobrenombre Machuca, y así él como sus descendientes se llamaron desde aquel día en adelante Vargas y Machuca [1]. Hete dicho esto porque de la primera encina o roble que se me depare pienso desgajar otro tronco [2], tal y tan bueno como aquel que me imagino; y pienso hacer con él tales hazañas, que tú te tengas por bien afortunado de haber merecido venir a vellas, y a ser testigo de cosas que apenas podrán ser creídas.

—A [3] la mano de Dios—Dijo Sancho—; yo lo creo todo así como vuestra merced lo dice; pero enderécese un poco; que parece que va de medio lado, y debe de ser del molimiento de la caída.

—Así es la verdad—respondió don Quijote—; y si no me quejo del dolor, es porque no es dado a los caballeros andantes quejarse de herida alguna, aunque se le [4] salgan las tripas por ella.

—Si eso es así, no tengo yo que replicar—respondió Sancho—; pero sabe Dios si yo me holgara que vuestra merced se quejara cuando alguna cosa le doliera. De mí sé decir que me he de quejar del más pequeño dolor que tenga, si ya no se entiende también con los escuderos de los caballeros andantes eso del no quejarse.

No se dejó de reír don Quijote de la simplicidad de su escudero; y así, le declaró que podía muy bien quejarse como y cuando quisiese, sin gana o con ella; que hasta entonces no había leído cosa en contrario en la orden de caballería. Díjole Sancho que mirase que era hora de comer. Respondióle su amo que por entonces no le hacía menester; que comiese él cuando se le antojase. Con esta licencia, se acomodó Sancho lo mejor que pudo sobre su jumento, y sacando de las alforjas lo que en ellas había puesto, iba caminando y comiendo detrás de su amo muy de su espacio, y de cuando en cuando empinaba

---

[1] El hecho sucedió en el reinado de Fernando III el Santo, en la batalla de Jerez.
[2] *Tronco* es aquí sinónimo de ramo pesado.
[3] *A* = con. Esta cristiana expresión denota el ánimo y brío con que se emprende algo importante o difícil.
[4] Por *les* (cf. pról. 7, *c*).

1, 8.—AVENTURA DE LOS MOLINOS DE VIENTO

la bota, con tanto gusto, que le pudiera envidiar el más regalado bodegonero de Málaga. Y en tanto que él iba de aquella manera menudeando tragos, no se le acordaba de ninguna promesa que su amo le hubiese hecho, ni tenía por ningún trabajo, sino por mucho descanso, andar buscando las aventuras, por peligrosas que fuesen.

En resolución, aquella noche la pasaron entre unos árboles, y del uno dellos desgajó don Quijote un ramo seco que casi le podía servir de lanza, y puso en él el hierro que quitó de la que se le había quebrado. Toda aquella noche no durmió don Quijote, pensando en su señora Dulcinea, por acomodarse a lo que había leído en sus libros, cuando los caballeros pasaban sin dormir muchas noches en las florestas [1] y despoblados, entretenidos con las memorias de sus señoras. No la pasó ansí Sancho Panza; que, como tenía el estómago lleno, y no de agua de chicoria, de un sueño se la llevó toda, y no fueran parte para despertarle, si su amo no lo llamara, los rayos del sol, que le daban en el rostro, ni el canto de las aves, que, muchas y muy regocijadamente, la venida del nuevo día saludaban. Al levantarse dió un tiento a la bota, y hallóla algo más flaca que la noche antes, y afligiósele el corazón, por parecerle que no llevaban camino de remediar tan presto su falta. No quiso desayunarse don Quijote, porque, como está dicho, dió en sustentarse de sabrosas memorias. Tornaron a su comenzado camino del Puerto Lápice, y a obra de [2] las tres del día le descubrieron.

—Aquí—dijo en viéndole don Quijote—podemos, hermano Sancho Panza, meter las manos hasta los codos en esto que llaman aventuras. Mas advierte que, aunque me veas en los mayores peligros del mundo, no has de poner mano a tu espada para defenderme, si ya no vieres que los que me ofenden es canalla y gente baja, que en tal caso bien puedes ayudarme; pero si fueren caballeros, en ninguna manera te es lícito ni concedido por las leyes de caballería que me ayudes, hasta que seas armado caballero.

---

[1] «Floresta vale lo mesmo que selva o monte espeso, y no tomó nombre de las *flores*, como algunos piensan, sino del nombre francés *forest*, silva, a *foris*, por estar fuera de poblado... El lugar que tiene en sí amenidad, decimos que *está hecho una floresta*» (Cov.). Meyer-Lübke, *Rom. etym. Wörterbuch*, n. 3.434, deriva de *forensis* «exterior»; con cambio de sufijo, el francés *foret* y el provenzal *forest*, y de éste el ital. *foresta* y el esp.-port. *floresta* (por etimología popular se le añadió la *l* de *flores*).

[2] *Obra de* = poco más o menos.

1, 8.—AVENTURA DE LOS MOLINOS DE VIENTO

—Por cierto, señor—respondió Sancho—, que vuestra merced sea[1] muy bien obedecido en esto; y más, que yo de mío me soy pacífico y enemigo de meterme en ruidos ni pendencias; bien es verdad que en lo que tocare a defender mi persona no tendré mucha cuenta con esas leyes, pues las divinas y humanas permiten que cada uno se defienda de quien quisiere agraviarle.

—No digo yo menos—respondió don Quijote—; pero en esto de ayudarme contra caballeros has de tener a raya tus naturales ímpetus.

—Digo que así lo haré—respondió Sancho—, y que guardaré ese preceto tan bien como el día del domingo.

Estando en estas razones, asomaron por el camino dos frailes de la orden de San Benito, caballeros sobre dos dromedarios; que no eran más pequeñas dos mulas en que venían. Traían sus antojos de camino[2] y sus quitasoles. Detrás dellos venía un coche, con cuatro o cinco de a caballo que le acompañaban y dos mozos de mulas[3] a pie. Venía en el coche, como después se supo, una señora vizcaína, que iba a Sevilla, donde estaba su marido, que pasaba a las Indias con un muy honroso cargo. No venían los frailes con ella, aunque iban el mesmo camino; mas apenas los divisó don Quijote, cuando dijo a su escudero:

—O yo me engaño, o ésta ha de ser la más famosa aventura que se haya visto; porque aquellos bultos negros que allí parecen deben de ser, y son, sin duda, algunos encantadores que llevan hurtada alguna princesa en aquel coche, y es menester deshacer este entuerto a todo mi poderío.

—Peor será esto que los molinos de viento—dijo Sancho— Mire, señor, que aquellos son frailes de San Benito, y el coche debe de ser de alguna gente pasajera. Mire que digo que mire bien lo que hace, no sea el diablo que le engañe.

—Ya te he dicho, Sancho—respondió don Quijote—, que sabes poco de achaque[4] de aventuras: lo que yo digo es verdad, y ahora lo verás.

Y diciendo esto se adelantó y se puso en la mitad del camino por donde los frailes venían, y, en llegando tan cerca, que a él le pareció que le podrían oír lo que dijese, en alta voz dijo:

---

[1] Por *será* (cf. pról. 16, B).
[2] *Antojos de camino* = antifaces con cristales para resguardar los ojos del polvo y la cara de los rayos de sol.
[3] De las mulas de los frailes.
[4] *Achaque* = asunto, materia.

1, 8.—AVENTURA DE LOS MOLINOS DE VIENTO

—Gente endiablada y descomunal, dejad luego al punto las altas princesas que en ese coche lleváis forzadas; si no aparejaos a recebir presta muerte, por justo castigo de vuestras malas obras.

Detuvieron los frailes las riendas, y quedaron admirados, así de la figura de don Quijote como de sus razones, a las cuales respondieron:

—Señor caballero, nosotros no somos endiablados ni descomunales, sino dos religiosos de San Benito que vamos nuestro camino, y no sabemos si en este coche vienen o no ningunas forzadas princesas.

—Para conmigo no hay palabras blandas; que ya yo os conozco, fementida canalla—dijo don Quijote.

Y sin esperar más respuesta, picó a Rocinante y, la lanza baja, arremetió contra el primero fraile, con tanta furia y denuedo, que si el fraile no se dejara caer de la mula, él le hiciera venir al suelo mal de su grado, y aun mal ferido, si no cayera muerto. El segundo religioso, que vió del modo que trataban a su compañero, puso piernas al castillo de su buena mula, y comenzó a correr por aquella campaña, más ligero que el mesmo viento.

Sancho Panza, que vió en el suelo al fraile, apeándose ligeramente de su asno, arremetió a él y le comenzó a quitar los hábitos. Llegaron en esto dos mozos de los frailes y preguntáronle que por qué le desnudaba. Respondióles Sancho que aquello le tocaba a él legítimamente, como despojos de la batalla que su señor don Quijote había ganado. Los mozos, que no sabían de burlas, ni entendían aquello de despojos ni batallas, viendo que ya don Quijote estaba desviado de allí, hablando con las que en el coche venían, arremetieron con Sancho y dieron con él en el suelo, y, sin dejarle pelo ni las barbas, le molieron a coces y le dejaron tendido en el suelo, sin aliento ni sentido; y, sin detenerse un punto, tornó a subir el fraile, todo temeroso y acobardado y sin color en el rostro, y cuando se vió a caballo, picó tras su compañero, que un buen espacio de allí le estaba aguardando, y esperando [1] en qué paraba aquel sobresalto, y, sin querer aguardar el fin de todo aquel comenzado suceso, siguieron su camino, haciéndose más cruces que si llevaran al diablo a las espaldas.

---

[1] *Esperando* = aguardando (con temor).

1, 8.—AVENTURA DEL VIZCAÍNO

Don Quijote estaba, como se ha dicho, hablando con la señora del coche, diciéndole:

—La vuestra fermosura, señora mía, puede facer de su persona lo que más le viniere en talante, porque ya la soberbia de vuestros robadores yace por el suelo, derribada por este mi fuerte brazo; y porque no penéis por saber el nombre de vuestro libertador, sabed que yo me llamo don Quijote de la Mancha, caballero andante y aventurero, y cautivo de la sin par y hermosa doña Dulcinea del Toboso; y en pago del beneficio que de mí habéis recebido, no quiero otra cosa sino que volváis [1] al Toboso, y que de mi parte os presentéis ante esta señora y le digáis lo que por vuestra libertad le fecho.

Todo esto que don Quijote decía escuchaba un escudero de los que el coche acompañaban, que era vizcaíno; el cual, viendo que no quería dejar pasar el coche adelante, sino que decía que luego había de dar la vuelta al Toboso, se fué para don Quijote y, asiéndole de la lanza, le dijo, en mala lengua castellana y peor vizcaína, desta manera:

—Anda, caballero, que mal andes; por el Dios que crióme, que, si no dejas coche, así te matas como estás ahí vizcaíno.

Entendióle muy bien don Quijote, y con mucho sosiego le respondió:

—Si fueras caballero, como no lo eres, ya yo hubiera castigado tu sandez y atrevimiento, cautiva [2] criatura.

A lo cual replicó el Vizcaíno:

—¿Yo no caballero? Juro a Dios tan mientes como cristiano. Si lanzas arrojas y espada sacas, ¡el agua cuán presto verás que al gato llevas! [3] Vizcaíno por tierra, hidalgo por mar, hidalgo por el diablo, y mientes que mira si otra dices cosa [4].

—¡Ahora lo veredes, dijo Agrajes [5]!—respondió don Quijote.

---

[1] Cf. p. 65, n. 1.
[2] Cf. p. 53, n. 7.
[3] *Llevar el gato al agua* = salir uno con la suya. Rodrigo Caro habla de un juego que se hacía junto a un charco cogiendo dos una soga por los cabos y tirando en dirección contraria; y dice que como el que más puede, lleva al otro yendo *a gatas* para echarlo en el agua, se llama este juego *llevar el gato al agua*. Covarrubias trata de explicar este refrán suponiendo un juego antiguo, que ganaba el que lograse meter en el río un gato.
[4] No estuvo Cervantes muy afortunado en el remedo del castellano avizcaínado.
[5] Por haber respondido así varias veces Agrajes, caballero del linaje de Amadís, a las provocaciones de sus contrarios, se hizo la frase proverbial.

1, 8.—AVENTURA DEL VIZCAÍNO

Y arrojando la lanza en el suelo, sacó su espada y embrazó su rodela, y arremetió al Vizcaíno, con determinación de quitarle la vida. El Vizcaíno, que así le vió venir, aunque quisiera apearse de la mula, que, por ser de las malas de alquiler, no había que fiar en ella, no pudo hacer otra cosa sino sacar su espada; pero avínole bien que se halló junto al coche, de donde pudo tomar una almohada, que le sirvió de escudo, y luego se fueron el uno para el otro, como si fueran dos mortales enemigos. La demás gente quisiera ponerlos en paz; mas no pudo, porque decía el Vizcaíno en sus mal trabadas razones que si no le dejaban acabar su batalla, que él mismo había de matar a su ama y a toda la gente que se lo estorbase. La señora del coche, admirada y temerosa de lo que veía, hizo al cochero que se desviase de allí algún poco, y desde lejos se puso a mirar la rigurosa contienda, en el discurso de la cual dió el Vizcaíno una gran cuchillada a don Quijote encima de un hombro, por encima de la rodela, que, a dársela sin defensa, le abriera hasta la cintura. Don Quijote, que sintió la pesadumbre de aquel desaforado golpe, dió una gran voz, diciendo:

—¡Oh señora de mi alma, Dulcinea, flor de la fermosura, socorred a este vuestro caballero, que, por satisfacer a la vuestra mucha bondad, en este riguroso trance se halla!

El decir esto, y el apretar la espada, y el cubrirse bien de su rodela, y el arremeter al Vizcaíno, todo fué en un tiempo, llevando determinación de aventurarlo todo a la [1] de un golpe solo.

El Vizcaíno, que así le vió venir contra él, bien entendió por su denuedo su coraje, y determinó de hacer lo mesmo que don Quijote; y así le aguardó bien cubierto de su almohada, sin poder rodear [2] la mula a una ni a otra parte; que ya, de puro cansada y no hecha a semejantes niñerías, no podía dar un paso. Venía, pues, como se ha dicho, don Quijote contra el cauto vizcaíno, con la espada en alto, con determinación de abrirle por medio, y el Vizcaíno le aguardaba ansimesmo levantada la espada y aforrado con su almohada, y todos los circunstantes estaban temerosos y colgados [3] de lo que había de

---

[1] *A la ventura* (voz incluída en *aventurar*).
[2] *Rodear* = hacer a una cosa dar vueltas.
[3] «*Estar colgado*, estar suspenso, esperando alguna cosa de que no se tiene certidumbre. *Colgar* o *depender de otro*, tener en aquél resignada la voluntad... *Estar colgado de la boca del que habla*, oírle con atención» (Cov.).

— 114 —

suceder de aquellos tamaños golpes con que se amenazaban; y la señora del coche y las demás criadas suyas estaban haciendo mil votos y ofrecimientos a todas las imágenes y casas de devoción de España, porque Dios librase a su escudero y a ellas de aquel tan grande peligro en que se hallaban. Pero está el daño de todo esto que en este punto y término deja pendiente el autor desta historia esta batalla, disculpándose que no halló más escrito destas hazañas de don Quijote, de las que deja referidas. Bien es verdad que el segundo autor desta obra [1] no quiso creer que tan curiosa [2] historia estuviese entregada a las leyes del olvido, ni que hubiesen sido tan poco curiosos los ingenios de la Mancha, que no tuviesen en sus archivos o en sus escritorios algunos papeles que deste famoso caballero tratasen; y así, con esta imaginación, no se [3] desesperó de hallar el fin desta apacible historia, el cual, siéndole el cielo favorable, le halló del modo que se contará en la segunda parte.

CAPITULO IX.—**Donde se concluye y da fin a la estupenda batalla que el gallardo vizcaíno y el valiente manchego tuvieron.**

Dejamos en la primera parte desta historia [4] al valeroso Vizcaíno y al famoso don Quijote con las espadas altas y desnudas, en guisa [5] de descargar dos furibundos fendien-

---

[1] El autor, es decir, el que *escribe* la historia (sea que la componga o que la traduzca), puede servirse de intérprete para traducir el original o los documentos redactados en lengua extraña. Esto supuesto, el primer autor es Cide Hamete Benengeli (cf. II, 24 y 40); el *segundo autor*, Cervantes; y ambos tuvieron sus intérpretes (cf. II, 44).
[2] Cf. p. 45, n. 9.
[3] Hoy suprimiríamos este *se*.
[4] Cervantes llamó segunda parte a lo que del Quijote publicó en 1615. Sin duda, para evitar confusiones, no se ha hecho caso de otra división en cuatro partes (que terminan con los caps. 8, 14, 27 y 52), en que Cervantes, siguiendo a Cide Hamete, subdividió lo que del Quijote publicó en 1605.
[5] «*Guisa* es vocablo español antiguo, vale *sazón*..., como el romance que dice:

> Armado de todas armas,
> A guisa de pelear.

Vale *manera, modo; calidad, estado*, como hombres de alta guisa...» (Cov.).

tes [1], tales, que si en lleno se acertaban, por lo menos, se dividirían y fenderían de arriba abajo y abrirían como una granada, y en aquel punto tan dudoso paró y quedó destroncada tan sabrosa historia, sin que nos diese noticia su autor dónde se podría hallar lo que della faltaba.

Causóme esto mucha pesadumbre, porque el gusto de haber leído tan poco se volvía en disgusto, de pensar el mal camino que se ofrecía para hallar lo mucho que, a mi parecer, faltaba de tan sabroso cuento. Parecióme cosa imposible y fuera de toda buena costumbre que a tan buen caballero le hubiese faltado algún sabio que tomara a cargo el escrebir sus nunca vistas hazañas, cosa que no faltó a ninguno de los caballeros andantes,

> De los que dicen las gentes
> Que van a sus aventuras [2],

porque cada uno dellos tenía uno o dos sabios, como de molde, que no solamente escribían sus hechos, sino que pintaban sus más mínimos pensamientos y niñerías, por más escondidas que fuesen; y no había de ser tan desdichado tan buen caballero, que le faltase a él lo que sobró a Platir y a otros semejantes, y así, no podía inclinarme a creer que tan gallarda historia hubiese quedado manca y estropeada, y echada la culpa a la malignidad del tiempo, devorador y consumidor de todas las cosas, el cual, o la tenía oculta, o consumida.

Por otra parte, me parecía que, pues entre sus libros se habían hallado tan modernos como *Desengaño de celos* y *Ninfas y pastores de Henares*, que también su historia debía de ser moderna, y que, ya que no estuviese escrita, estaría en la memoria de la gente de su aldea y de las a ella circunvecinas. Esta imaginación me traía confuso y deseoso de saber real y verdaderamente toda la vida y milagros de nuestro famoso español don Quijote de la Mancha, luz y espejo de la caballería manchega, y el primero que en nuestra edad y en estos tan calamitosos tiempos se puso al trabajo y ejercicio de las andantes armas, y al de desfacer agravios, socorrer viudas, amparar doncellas, de aquellas que andaban con sus azotes y palafre-

---

[1] De estos tres lances de esgrima, el *fendiente* se da verticalmente con el filo de la espada u otra arma larga y cortante, el *revés* de izquierda a derecha, y el *tajo* de derecha a izquierda.
[2] Versos tomados de los *Triunfos del Petrarca*, de A. G. de Ciudad Real.

1, 9.—AVENTURA DEL VIZCAÍNO

nes [1], y con toda su virginidad a cuestas, de monte en monte y de valle en valle; que si no era que algún follón, o algún villano de hacha y capellina [2], o algún descomunal gigante las forzaba, doncella hubo en los pasados tiempos que, al cabo de ochenta años, que en todos ellos no durmió un día debajo de tejado, se fué tan entera a la sepultura como la madre que la había parido [3]. Digo, pues, que por estos y otros muchos respetos es digno nuestro gallardo Quijote de continuas y memorables alabanzas, y aun a mí no se me deben negar, por el trabajo y diligencia que puse en buscar el fin desta agradable historia; aunque bien sé que si el cielo, el caso y la fortuna no me ayudaban [4], el mundo quedara falto y sin el pasatiempo y gusto que bien casi dos horas podrá tener el que con atención la leyere [5]. Pasó, pues, el hallarla en esta manera:

Estando yo un día en el Alcaná [6] de Toledo, llegó un muchacho a vender unos cartapacios y papeles viejos a un sedero; y como yo soy aficionado a leer, aunque sean los papeles rotos de las calles, llevado desta mi natural inclinación, tomé un cartapacio de los que el muchacho vendía, y vile con caracteres que conocí ser arábigos. Y puesto que aunque los conocía no los sabía leer, anduve mirando si parecía por allí algún morisco aljamiado [7] que los leyese, y no fué muy dificultoso hallar intérprete semejante, pues, aunque le buscara de otra mejor y más antigua lengua [8], le hallara. En fin, la suerte me deparó

---

[1] *Palafrén* = caballo manso en que montaban las damas.
[2] Cf. p. 59, n. 8.
[3] En vez de «como su madre la había parido» o cosa semejante, Cervantes, inesperada, pero maliciosamente, dice lo contrario.
[4] *Ayudan* por *ayudaran* es propio del lenguaje vivo y familiar.
[5] *Casi dos horas* puede ser locución irónica, como *este diamante habrá costado* ALGUNOS *ochavos;* creo que *Isidro* (un altiricón) LLEGARÁ *a la talla; ya en este tiempo se había levantado Sancho Panza*, algo (= muy) *maltratado de los mozos de los frailes* (I, 10).
R. Marín lo explica también sin ironía: Cervantes, al llegar aquí, no pensaba escribir, en junto, sino para unas dos horas más de lectura.
[6] Alcaná era una calle notable por las numerosas tiendas que los mercaderes de seda allí tenían.
[7] Algún morisco aljamiado, que le tradujese del árabe al castellano. *Aljamía* era el castellano que hablaban los moros, así como *algarabía* el árabe que hablaban los cristianos. *Aljamía* se llama también la escritura del castellano con caracteres arábigos.
[8] Alude al hebreo y a los muchos judíos que en el Alcaná tenían entonces sus tiendas.

uno, que, diciéndole mi deseo y poniéndole el libro en las manos, le abrió por medio, y leyendo un poco en él, se comenzó a reír. Preguntéle yo que de qué se reía, y respondióme que de una cosa que tenía aquel libro escrita en el margen por anotación. Díjele que me la dijese, y él, sin dejar la risa, dijo:

—Está, como he dicho, aquí en el margen escrito esto: «Esta Dulcinea del Toboso, tantas veces en esta historia referida, dicen que tuvo la mejor mano para salar puercos, que otra mujer de toda la Mancha.»

Cuando yo oí decir «Dulcinea del Toboso», quedé atónito y suspenso, porque luego se me representó que aquellos cartapacios contenían la historia de don Quijote. Con esta imaginación, le di priesa que leyese el principio, y, haciéndolo ansí, volviendo de improviso el arábigo en castellano, dijo que decía: *Historia de don Quijote de la Mancha, escrita por Cide Hamete Benengeli, historiador arábigo.* Mucha discreción fué menester para disimular el contento que recebí cuando llegó a mis oídos el título del libro; y, salteándoselo al sedero, compré al muchacho todos los papeles y cartapacios por medio real; que si él tuviera discreción y supiera lo que yo los deseaba, bien se pudiera prometer y llevar más de seis reales de la compra. Apartéme luego con el morisco por el claustro de la Iglesia Mayor [1], y roguéle me volviese aquellos cartapacios, todos los que trataban de don Quijote, en lengua castellana, sin quitarles ni añadirles nada, ofreciéndole la paga que él quisiese. Contentóse con dos arrobas de pasas y dos fanegas de trigo, y prometió de traducirlos bien y fielmente y con mucha brevedad; pero yo, por facilitar más el negocio y por no dejar de la mano tan buen hallazgo, le truje a mi casa, donde en poco más de mes y medio la tradujo toda [2], del mesmo modo que aquí se refiere.

Estaba en el primero cartapacio pintada muy al natural la batalla de don Quijote con el Vizcaíno, puestos en la mesma postura que la historia cuenta, levantadas las espadas, el uno cubierto de su rodela, el otro de la almohada, y la mula del Vizcaíno tan al vivo [3], que estaba mostrando ser de alquiler a tiro de ballesta [4]. Tenía a los pies escrito el Vizcaíno un título

---

[1] El Alcaná estaba cerca de la catedral.
[2] Se refiere a la historia de don Quijote arriba mencionada.
[3] Clemencín recuerda aquí que las figuras de hombres y animales están prohibidas entre los musulmanes, de los que uno era Benengeli.
[4] La *ballesta* era un arco provisto de una caja de madera que facilitaba

que decía: *Don Sancho de Azpeitia*, que, sin duda, debía de ser su nombre, y a los pies de Rocinante estaba otro que decía: *Don Quijote*. Estaba Rocinante maravillosamente pintado, tan largo y tendido, tan atenuado y flaco, con tanto espinazo, tan hético confirmado [1], que mostraba bien al descubierto con cuánta advertencia y propriedad se le había puesto el nombre de Rocinante. Junto a él estaba Sancho Panza, que tenía del cabestro a su asno, a los pies del cual estaba otro rétulo que decía: *Sancho Zancas*, y debía de ser que tenía, a lo que mostraba la pintura, la barriga grande, el talle corto y las zancas largas, y por esto se le debió de poner nombre de *Panza* y de *Zancas;* que con estos dos sobrenombres le llama algunas veces la historia. Otras algunas menudencias había que advertir; pero todas son de poca importancia y que no hacen al caso a la verdadera relación de la historia, que ninguna es mala como sea verdadera.

Si a ésta se le puede poner alguna objeción cerca de su verdad, no podrá ser otra sino haber sido su autor arábigo, siendo muy propio de los de aquella nación ser mentirosos; aunque, por ser tan nuestros enemigos, antes se puede entender haber quedado falto en ella que demasiado. Y ansí me parece a mí, pues cuando pudiera y debiera estender la pluma en las alabanzas de tan buen caballero, parece que de industria las pasa en silencio [2]; cosa mal hecha y peor pensada, habiendo y debiendo ser los historiadores puntuales, verdaderos y no nada [3] apasionados, y que ni el interés ni el miedo, el rencor ni la afición, no les hagan torcer del camino de la verdad, cuya ma-

---

la puntería. La flecha o saeta se encajaba en la *nuez*, pieza menuda y giratoria con que se tiraba de la cuerda y se ponía en tensión el arco.

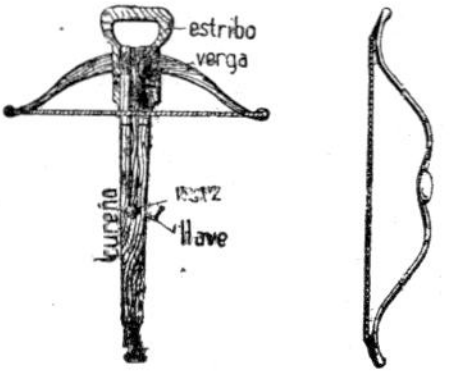

[1] «Llamaron los médicos *ethica* la calentura arraigada continua, haciendo della tres especies, y la que es *confirmada* en tercera especie la tienen por mortal y desesperada, por estar arraigada a las venas» (Cov.). *Hética* y *héctica* son adjetivos que vienen del griego y que se aplican a la *fiebre* con el significado de *habitual, continua.*

[2] Olvidado de esto Cervantes llama después (I, 16) a Benengeli *historiador muy puntual*, y en otro lugar alaba la *curiosidad que tuvo en contarnos las seminimas della* (de la historia), *sin dejar cosa menuda que fuese, que no la sacase a luz distintamente.*

[3] *No nada* equivale a *nada* (cf. pról. 17).

1, 9.—AVENTURA DEL VIZCAÍNO

dre es la historia, émula del tiempo, depósito de las acciones, testigo de lo pasado, ejemplo y aviso de lo presente, advertencia de lo por venir. En ésta sé que se hallará todo lo que se acertare a desear en la más apacible; y si algo bueno en ella faltare, para mí tengo que fué por culpa del galgo de su autor [1], antes que por falta del sujeto [2]. En fin, su segunda parte, siguiendo la traducción, comenzaba desta manera:

Puestas y levantadas en alto las cortadoras espadas de los dos valerosos y enojados combatientes, no parecía sino que estaban amenazando al cielo, a la tierra y al abismo: tal era el denuedo y continente que tenían. Y el primero que fué a descargar el golpe fué el colérico Vizcaíno; el cual fué dado con tanta fuerza y tanta furia, que a no volvérsele la espada en el camino, aquel solo golpe fuera bastante para dar fin a su rigurosa contienda y a todas las aventuras de nuestro caballero; mas la buena suerte, que para mayores cosas le tenía guardado, torció la espada de su contrario, de modo, que, aunque le acertó en el hombro izquierdo, no le hizo otro daño que desarmarle todo aquel lado, llevándole, de camino, gran parte de la celada, con la mitad de la oreja; que todo ello con espantosa ruina [3] vino al suelo, dejándole muy maltrecho.

¡Válame Dios, y quién será aquel que buenamente pueda contar ahora la rabia que entró en el corazón de nuestro manchego, viéndose parar de aquella manera! No se diga más sino que fué de manera, que se alzó de nuevo en los estribos y, apretando más la espada en las dos manos, con tal furia descargó sobre el Vizcaíno, acertándole de lleno sobre la almohada y sobre la cabeza, que, sin ser parte tan buena defensa, como si cayera sobre él una montaña, comenzó a echar sangre por las narices, y por la boca, y por los oídos, y a dar muestras de caer de la mula abajo, de donde cayera, sin duda, si no se abrazara con el cuello; pero, con todo eso, sacó los pies de los estribos, y luego soltó los brazos; y la mula, espantada del terrible golpe, dió a correr por el campo, y, a pocos corcovos, dió con su dueño en tierra.

Estábaselo con mucho sosiego mirando don Quijote, y como [4] lo vió caer, saltó de su caballo y con mucha ligereza se

---

[1] Con el nombre de perro solían motejarse moros y cristianos. Cervantes, especificando el mote, lo convirtió aquí y en otras partes en galgo.
[2] *Sujeto* = asunto o materia.
[3] *Ruina* = caída.
[4] *Como* = luego que.

llegó a él, y poniéndole la punta de la espada en los ojos le dijo que se rindiese; si no, que le cortaría la cabeza. Estaba el Vizcaíno tan turbado, que no podía responder palabra; y él lo pasara mal, según estaba ciego don Quijote, si las señoras del coche, que hasta entonces con gran desmayo habían mirado la pendencia, no fueran adonde estaba y le pidieran con mucho encarecimiento les hiciese tan gran merced y favor de perdonar la vida a aquel su escudero. A lo cual don Quijote respondió con mucho entono y gravedad:

—Por cierto, fermosas señoras, yo soy muy contento de hacer lo que me pedís; mas ha de ser con una condición y concierto; y es que este caballero me ha de prometer de ir al lugar del Toboso y presentarse de mi parte ante la sin par doña Dulcinea, para que ella haga dél lo que más fuere de su voluntad.

Las temerosas y desconsoladas señoras, sin entrar en cuenta de lo que don Quijote pedía, y sin preguntar quién Dulcinea fuese, le prometieron que el escudero haría todo aquello que de su parte le fuese mandado.

—Pues en fe de esa palabra, yo no le haré más daño, puesto que me lo tenía bien merecido.

CAPITULO X.—De lo que más le avino a don Quijote con el vizcaíno, y del peligro en que se vió con una turba de yangüeses [1].

YA en este tiempo se había levantado Sancho Panza, algo [2] maltratado de los mozos de los frailes, y había estado atento a la batalla de su señor don Quijote, y rogaba a Dios en su corazón fuese servido de darle vitoria, y que en ella ganase alguna ínsula de donde le hiciese gobernador, como se lo había prometido. Viendo, pues, ya acabada la pendencia, y que su amo volvía a subir sobre Rocinante, llegó a tenerle el estribo y, antes que subiese, se hincó de rodillas delante dél y, asiéndole de la mano, se la besó y le dijo:

---

[1] Lo del vizcaíno queda ya terminado, y de los yangüeses se hablará en el cap. 15. En sustitución de este título, que equivocadamente puso Cervantes, han adoptado muchos editores el título que la R. A. E. escribió en su primera edición del Quijote (1780): *De los graciosos razonamientos que pasaron entre don Quijote y Sancho Panza, su escudero.*

[2] Este *algo* se ha de entender irónicamente.

1, 10.—DON QUIJOTE Y SANCHO

—Sea vuestra merced servido, señor don Quijote mío, de darme el gobierno de la ínsula que en esta rigurosa pendencia se ha ganado; que, por grande que sea, yo me siento con fuerzas de saberla gobernar [1] tal y tan bien como otro que haya gobernado ínsulas en el mundo.

A lo cual respondió don Quijote:

—Advertid, hermano Sancho, que esta aventura y las a ésta semejantes no son aventuras de ínsulas, sino de encrucijadas; en las cuales no se gana otra cosa que sacar rota la cabeza, o una oreja menos. Tened paciencia; que aventuras se ofrecerán donde no solamente os pueda hacer gobernador, sino más adelante [2].

Agradecióselo mucho Sancho y, besándole otra vez la mano, y la falda de la loriga [3], le ayudó a subir sobre Rocinante, y él subió sobre su asno y comenzó a seguir a su señor, que, a paso tirado [4], sin despedirse ni hablar más con las del coche, se entró por un bosque que allí junto estaba. Seguíale Sancho, a todo el trote de su jumento; pero caminaba tanto Rocinante, que, viéndose quedar atrás, le fué forzoso dar voces a su amo, que se aguardase. Hízolo así don Quijote, teniendo las riendas a Rocinante hasta que llegase su cansado escudero, el cual, en llegando, le dijo:

—Paréceme, señor, que sería acertado irnos a retraer [5] a alguna iglesia; que, según quedó maltrecho aquel con quien os combatistes, no será mucho que den noticia del caso a la Santa Hermandad [6], y nos prendan; y a fe que si lo hacen, que

---

[1] Bastaría decir: *me siento con fuerzas para gobernarla* o *sabré* (= podré) *gobernarla*. Superpuestas ambas locuciones, resultó la frase pleonástica del texto: *me siento* CON FUERZAS DE SABERLA *gobernar*.

[2] De gobernador para arriba.

[3] «Lorica [o *loriga*], armadura del cuerpo hecha de láminas de acero, que por otro nombre llaman corazas» (Cov.). Del peto y espaldar, que formaban la coraza de don Quijote, pendía la *falda* o *faldaje de mallas* (cf. página 61, n. 5): besarla era demostración de cariñoso respeto.

[4] *A paso tirado* = a paso largo, aceleradamente.

[5] *Retraerse* = acogerse a sagrado para gozar del derecho de asilo, conforme a lo prescrito en las leyes.

[6] Para perseguir a los *golfines* (o ladrones y salteadores) que cometían sus crímenes en despoblado, se instituyó la *Santa Hermandad de Toledo* (Talavera y Ciudad Real), cuyos individuos se llamaban *cuadrilleros* (o porque iban en *cuadrilla*, o porque usaban *cuadrillo*, es decir, saeta de madera endurecida al fuego y de sección cuadrada, que se lanzaba con la ballesta).

primero que salgamos de la cárcel, que nos ha de sudar el hopo [1].

—Calla— dijo don Quijote—. ¿Y dónde has visto tú, o leído, jamás, que caballero andante haya sido puesto ante la justicia, por más homicidios que hubiese cometido?

—Yo no sé nada de omecillos [2]—respondió Sancho—, ni en mi vida le caté [3] a ninguno; sólo sé que la Santa Hermandad tiene que ver con los que pelean en el campo, y en esotro no me entremeto.

—Pues no tengas pena, amigo—respondió don Quijote—; que yo te sacaré de las manos de los caldeos [4], cuanto más de las de la Hermandad. Pero dime, por tu vida: ¿has visto más valeroso caballero que yo en todo lo descubierto de la tierra? ¿Has leído en historias otro que tenga ni haya tenido más brío en acometer, más aliento en el perseverar, más destreza en el herir, ni más maña en el derribar?

—La verdad sea—respondió Sancho—que yo no he leído ninguna historia jamás, porque ni sé leer ni escrebir; mas lo que osaré apostar es que más atrevido amo que vuestra merced yo no le he servido en todos los días de mi vida, y quiera Dios que estos atrevimientos no se paguen donde tengo dicho. Lo que le ruego a vuestra merced es que se cure; que le va mucha sangre de esa oreja; que aquí traigo hilas y un poco de ungüento blanco [5] en las alforjas.

—Todo eso fuera bien escusado—respondió don Quijote— si a mí se me acordara de hacer una redoma del bálsamo de

---

Tenía muchos privilegios, que San Fernando confirmó en 1220 y podía juzgar a los presos y condenarles a muerte de saeta.

Los Reyes Católicos establecieron otra Hermandad, nueva y general, pero sin suprimir la vieja de Toledo, cuya jurisdicción se extendía a la Mancha, y, por tanto, a los campos que están recorriendo nuestros héroes.

[1] *Hopo* = rabo o cola que tiene mucho pelo o lana, como la de la zorra, oveja... *Sudar el hopo* = trabajar con afán y fatiga (como el zorro cuando huye de los perros).

[2] «*Omecillo*, vide homecillo, mala voluntad y aborrecimiento de muerte. *Homecillo*, vocablo castellano antiguo, que no embargante se haya dicho de homicidio, muchas veces significa tan solamente enemistad, quistión, contienda, riña; como consta por muchas leyes de Partida, que usan deste término» (Cov.).

[3] *Catar* = guardar.

[4] *De las manos* (= del poder) *de los caldeos* salieron los judíos que habían estado cautivos en Babilonia. Es manera de hablar de la Escritura.

[5] Como anota R. Marín, se hacía de cera, albayalde y aceite rosado; se llamaba blanco por el color, y se usaba para cicatrizar.

1, 10.—DON QUIJOTE Y SANCHO

Fierabrás [1]; que con sola una gota se ahorraran tiempo y medicinas.

—¿Qué redoma y qué bálsamo es ése?—dijo Sancho Panza.

—Es un bálsamo—respondió don Quijote—, de quien tengo la receta en la memoria, con el cual no hay que tener temor a la muerte, ni hay pensar morir de ferida alguna. Y ansí, cuando yo le haga [2] y te le dé, no tienes más que hacer sino que, cuando vieres que en alguna batalla me han partido por medio del cuerpo (como muchas veces suele acontecer), bonitamente [3] la parte del cuerpo que hubiere caído en el suelo, y con mucha sotileza [4], antes que la sangre se hiele, la pondrás sobre la otra mitad que quedare en la silla, advirtiendo de encajallo [5] igualmente y al justo. Luego me darás a beber solos dos tragos del bálsamo que he dicho, y verásme quedar más sano que una manzana.

—Si eso hay—dijo Panza—, yo renuncio desde aquí el gobierno de la prometida ínsula, y no quiero otra cosa en pago de mis muchos y buenos servicios sino que vuestra merced me dé la receta de ese estremado licor; que para mí tengo que valdrá la onza adondequiera más de a dos reales, y no he menester yo más para pasar esta vida honrada y descansadamente. Pero es de saber agora si tiene mucha costa el hacelle.

—Con menos de tres reales se pueden hacer tres azumbres [6]—respondió don Quijote.

—¡Pecador de mí!—replicó Sancho—. Pues ¿a qué aguarda vuestra merced a hacelle y a enseñármele?

—Calla, amigo—respondió don Quijote—; que mayores

---

[1] El gigante *Fier-a-bras* (el de feroces brazos) de Alejandría llevaba dos barriles atados al arzón de la silla de su caballo llenos del bálsamo empleado en la sepultura del Señor, que por fuerza de armas había ganado en Jerusalén: este bálsamo curaba instantáneamente las heridas. Cayéronsele los barriles en una batalla, y Oliveros, su enemigo, uno de los doce Pares de Francia, que los halló, bebió del bálsamo y sanó de sus mortales heridas; pero pensando que ningún buen caballero debe pelear con esperanza de tales brebajes, los arrojó al fondo de un caudaloso río. Fierabrás, vencido por Oliveros, se hizo cristiano y reinó en España, cuando Carlomagno venció al emir Balante, padre de Fierabrás y Señor de las Españas.
[2] Menos escrupuloso que Oliveros fueron don Quijote y otros caballeros, como Ariobárzano y Belianís, que usaron bálsamo milagroso.
[3] *Bonitamente* = cuidadosa o mañosamente.
[4] Cf. p. 73, n. 7.
[5] *De encajallo* todo.
[6] *Azumbre* = cuatro cuartillos, o poco más de dos litros.

secretos pienso enseñarte, y mayores mercedes hacerte; y, por agora, curémonos, que la oreja me duele más de lo que yo quisiera.

Sacó Sancho de las alforjas hilas y ungüento. Mas cuando don Quijote llegó a ver su celada, pensó [1] perder el juicio, y puesta la mano en la espada [2] y, alzando los ojos al cielo, dijo:

—Yo hago juramento al Criador de todas las cosas y a los santos cuatro Evangelios, donde más largamente están escritos [3], de hacer la vida que hizo el grande Marqués de Mantua cuando juró de vengar la muerte de su sobrino Valdovinos, que fué de no comer pan a manteles [4], ni con su mujer folgar, y otras cosas que, aunque dellas no me acuerdo, las doy aquí por expresadas, hasta tomar entera venganza del que tal desaguisado me fizo.

Oyendo esto Sancho, le dijo:

—Advierta vuestra merced, señor don Quijote, que si el caballero cumplió lo que se dejó ordenado de irse a presentar ante mi señora Dulcinea del Toboso, ya habrá cumplido con lo que debía, y no merece otra pena si no comete nuevo delito.

—Has hablado y apuntado muy bien—respondió don Quijote—; y ansí, anulo el juramento en cuanto lo que toca [5] a tomar dél nueva venganza; pero hágole y confírmole de nuevo de hacer la vida que he dicho, hasta tanto que quite por fuerza otra celada tal y tan buena como ésta a algún caballero. Y no pienses, Sancho, que así a humo de pajas hago esto; que bien tengo a quien imitar en ello: que esto mesmo pasó, al pie de la letra, sobre el yelmo de Mambrino, que tan caro le costó a Sacripante [6].

—Que dé al diablo vuestra merced tales juramentos, señor

---

[1] *Pensó* = estuvo para.

[2] La gente de armas juraba y jura poniendo la mano sobre la espada, por la cruz que ésta forma con el travesaño de la empuñadura.

[3] En cabildos, consejos, universidades..., dice R. Marín, fué siempre uso, para prestar juramento, sustituir el libro de los Evangelios por dos o cuatro hojas con cuatro o cinco versículos de cada uno de ellos: así se explica que al jurar por los Evangelios se añadiese: *donde más largamente están escritos*.

[4] *No comer pan a manteles* era muestra de tristeza, que realmente se practicaba.

[5] Se dice: *en* CUANTO *toca* o *en* LO QUE *toca*.

[6] Por equivocación de Cervantes o de don Quijote se dijo *Sacripante* en vez de *Dardinel de Almonte*.

mío —replicó Sancho—, que son muy en daño de la salud y muy en perjuicio de la conciencia. Si no, dígame ahora: si acaso en muchos días no topamos hombre armado con celada, ¿qué hemos de hacer? ¿Hase de cumplir el juramento, a despecho de tantos inconvenientes e incomodidades, como será el dormir vestido, y el no dormir en poblado, y otras mil penitencias que contenía el juramento de aquel loco viejo del Marqués de Mantua, que vuestra merced quiere revalidar ahora? Mire vuestra merced bien que por todos estos caminos no andan hombres armados, sino harrieros y carreteros, que no sólo no traen celadas, pero quizá no las han oído nombrar en todos los días de su vida.

—Engáñaste en eso —dijo don Quijote—; porque no habremos estado dos horas por estas encrucijadas, cuando veamos más armados que los que vinieron sobre Albraca, a la conquista de Angélica la Bella [1].

—Alto, pues; sea ansí —dijo Sancho—, y a Dios prazga [2] que nos suceda bien, y que se llegue ya al tiempo de ganar esta ínsula que tan cara me cuesta, y muérame yo luego [3].

—Ya te he dicho, Sancho, que no te dé eso cuidado alguno; que, cuando faltare ínsula, ahí está el reino de Dinamarca, o el de Sobradisa [4], que te vendrán como anillo al dedo, y más que, por ser en tierra firme, te debes más alegrar. Pero dejemos esto para su tiempo, y mira si traes algo en esas alforjas que comamos, porque vamos [5] luego en busca de algún castillo donde alojemos esta noche y hagamos el bálsamo que te he dicho; porque yo te voto a Dios que [6] me va doliendo mucho la oreja.

—Aquí trayo una cebolla, y un poco de queso, y no sé

---

[1] La relación se halla en el *Orlando* de Boyardo. *Albraca* es un castillo roquero que fué sitiado por dos millones de soldados, que ocupaban un espacio de cuatro leguas.
[2] *Prazga* = plazca o plegue.
[3] Para indicar que el deseo expresado es el mayor de la vida, tal vez aludiendo al *Nunc dimittis* del anciano profeta Simeón, se añade «y muérame yo luego».
[4] *Sobradisa* es nombre de reino fingido, ya mencionado en el *Amadís*.
[5] Hoy diríamos *vayamos* (cf. pról. 1).
[6] *Voto a Dios* (= hago voto, prometo, ofrezco) era sin duda la expresión aseverativa más enérgica: de aquí que para enunciar algo con firmeza se echase mano de ella, aunque no se tuviese ánimo de hacer voto alguno. Así que *yo te voto a Dios que...* equivale a *yo te aseguro cuan encarecidamente puedo que...*

cuántos mendrugos de pan—dijo Sancho—; pero no son manjares que pertenecen a tan valiente caballero como vuestra merced.

—¡Qué mal lo entiendes!—respondió don Quijote—: hágote saber, Sancho, que es honra de los caballeros andantes no comer en un mes, y, ya que coman, sea de aquello que hallaren más a mano; y esto se te hiciera cierto si hubieras leído tantas historias como yo; que, aunque han sido muchas, en todas ellas no he hallado hecha relación de que los caballeros andantes comiesen, si no era acaso y en algunos suntuosos banquetes que les hacían, y los demás días se los pasaban en flores [1]. Y aunque se deja entender que no podían pasar sin comer y sin hacer todos los otros menesteres naturales, porque, en efeto, eran hombres como nosotros, hase de entender también que andando lo más del tiempo de su vida por las florestas y despoblados, y sin cocinero, que su más ordinaria comida sería de viandas rústicas, tales como las que tú ahora me ofreces. Así que, Sancho amigo, no te congoje lo que a mí me da gusto; ni querrás tú [2] hacer mundo nuevo, ni sacar la caballería andante de sus quicios.

—Perdóneme vuestra merced—dijo Sancho—; que como yo no sé leer ni escrebir, como otra vez he dicho, no sé ni he caído en las reglas de la profesión caballeresca; y de aquí adelante yo proveeré las alforjas de todo género de fruta seca para vuestra merced, que es caballero, y para mí las proveeré, pues no lo soy, de otras cosas volátiles y de más sustancia [3].

—No digo yo, Sancho—replicó don Quijote—, que sea forzoso a los caballeros andantes no comer otra cosa sino esas frutas que dices; sino que su más ordinario sustento debía de ser dellas, y de algunas hierbas que hallaban por los campos, que ellos conocían, y yo también conozco.

—Virtud es—respondió Sancho—conocer esas hierbas; que, según yo me voy imaginando, algún día será menester usar de ese conocimiento.

Y sacando, en esto, lo que dijo que traía, comieron los dos en buena paz y compaña. Pero, deseosos de buscar donde alojar aquella noche, acabaron con mucha brevedad su pobre y

---

[1] Sin comer cosa de sustancia. *En flores* es en cosas fútiles, por oposición a *frutos*.
[2] *Ni querrás tú*, según creo.
[3] Pollos, pichones u otras aves.

seca comida. Subieron luego a caballo, y diéronse priesa por llegar a poblado antes que anocheciese; pero faltóles el sol, y la esperanza de alcanzar lo que deseaban, junto a unas chozas de unos cabreros, y así, determinaron de pasarla allí; que cuanto fué de pesadumbre para Sancho no llegar a poblado, fué de contento para su amo dormirla al cielo descubierto, por parecerle que cada vez que esto le sucedía era hacer un acto posesivo [1] que facilitaba la prueba de su caballería.

CAPITULO XI.—De lo que sucedió a don Quijote con unos cabreros.

FUE recogido de los cabreros con buen ánimo, y habiendo Sancho, lo mejor que pudo, acomodado a Rocinante y a su jumento, se fué tras el olor que despedían de sí ciertos tasajos [2] de cabra que hirviendo al fuego en un caldero estaban; y aunque él quisiera en aquel mesmo punto ver si estaban en sazón de trasladarlos del caldero al estómago, lo dejó de hacer, porque los cabreros los quitaron del fuego, y, tendiendo por el suelo unas pieles de ovejas, aderezaron con mucha priesa su rústica mesa y convidaron a los dos, con muestras de muy buena voluntad, con lo que tenían. Sentáronse a la redonda de las pieles seis dellos, que eran los que en la majada había, habiendo primero con groseras ceremonias rogado a don Quijote que se sentase sobre un dornajo [3] que vuelto del revés le pusieron. Sentóse don Quijote, y quedábase Sancho en pie para servir la copa, que era hecha de cuerno. Viéndole en pie su amo, le dijo:

—Por que veas, Sancho, el bien que en sí encierra la andante caballería, y cuán a pique están los que en cualquiera ministerio della se ejercitan de venir brevemente a ser honrados y estimados del mundo, quiero que aquí a mi lado y en compañía

---

[1] En las pruebas de nobleza se llama acto *positivo* el ejercicio de algún cargo o destino que, según las ordenanzas municipales, exige la calidad de noble en los que lo ejercen. Aquí se dice *posesivo* en vez de *positivo*, tal vez por confusión.

[2] *Tasajo* = 1) carne seca y salada; 2) pedazo de cualquier carne.

[3] «*Dornajo*, por otro nombre se llama *dornillo* o *tornillo*, es una artesuela pequeña y redonda en que dan de comer a los cerdos» (Cov.); servía también para otros usos.

1, 11.—AVENTURA DE LOS CABREROS

desta buena gente te sientes, y que seas una mesma cosa conmigo, que soy tu amo y natural señor; que comas en mi plato y bebas por [1] donde yo bebiere: porque de la caballería andante se puede decir lo mesmo que del amor se dice: que todas las cosas iguala.

—¡Gran merced!—dijo Sancho—; pero sé decir a vuestra merced que como yo tuviese bien de comer, también [2], y mejor, me lo comería en pie y a mis solas como sentado a par de un emperador. Y aun, si va a decir verdad, mucho mejor me sabe lo que como en mi rincón sin melindres ni respetos, aunque sea pan y cebolla, que los gallipavos [3] de otras mesas donde me sea forzoso mascar despacio, beber poco, limpiarme a menudo, no estornudar ni toser si me viene gana, ni hacer otras cosas que la soledad y la libertad traen consigo. Ansí que, señor mío, estas honras que vuestra merced quiere darme por ser ministro y adherente de la caballería andante, como lo soy siendo escudero de vuestra merced, conviértalas en otras cosas que me sean de más cómodo [4] y provecho; que éstas, aunque las doy por bien recebidas, las renuncio para desde aquí al fin del mundo.

— Con todo eso, te has de sentar; porque a quien se humilla, Dios le ensalza [5].

Y asiéndole por el brazo, le forzó a que junto dél se sentase.

No entendían los cabreros aquella jerigonza de escuderos y de caballeros andantes, y no hacían otra cosa que comer y callar, y mirar a sus huéspedes, que, con mucho donaire y gana, embaulaban tasajo como el puño. Acabado el servicio de carne, tendieron sobre las zaleas [6] gran cantidad de bellotas avellanadas [7], y juntamente pusieron un medio queso, más duro que si fuera hecho de argamasa [8]. No estaba, en esto, ocioso el cuerno, porque andaba a la redonda tan a menudo (ya lleno,

---

[1] *Beber por* = beber en.
[2] Tan bien, así (cf. pról. 28).
[3] Entre *pavo* y *gallipavo* había la diferencia que hay entre *pavo real* y *pavo*. El gallipavo nos vino de América.
[4] *Cómodo* = utilidad.
[5] San Lucas, XIV, 11 y XVIII, 14.
[6] «*Zalea*, la piel por esquilar, que está con su lana o vellón» (Cov.).
[7] Secas, no frescas o verdes.
[8] *Argamasa* = mezcla de cal, arena y agua que se emplea en las obras de albañilería.

ya vacío, como arcaduz de noria [1], que con facilidad vació un zaque [2] de dos que estaban de manifiesto. Después que don Quijote hubo bien satisfecho su estómago, tomó un puño de bellotas en la mano, y mirándolas atentamente, soltó la voz a semejantes razones:

—Dichosa edad [3] y siglos dichosos aquellos a quien los antiguos pusieron nombre de dorados, y no porque en ellos el oro, que en esta nuestra edad de hierro tanto se estima, se alcanzase en aquella [4] venturosa sin fatiga alguna, sino porque entonces los que en ella vivían ignoraban estas dos palabras de *tuyo* y *mío*. Eran en aquella santa edad todas las cosas comunes: a nadie le era necesario para alcanzar su ordinario sustento tomar otro trabajo que alzar la mano y alcanzarle de las robustas encinas, que liberalmente les estaban convidando con su dulce y sazonado fruto. Las claras fuentes y corrientes ríos, en magnífica abundancia, sabrosas y transparentes aguas les ofrecían. En las quiebras de las peñas y en lo hueco de los árboles formaban su república las solícitas y discretas abejas, ofreciendo a cualquiera mano, sin interés alguno, la fértil cosecha de su dulcísimo trabajo. Los valientes [5] alcornoques despedían de sí, sin otro artificio que el de su cortesía, sus anchas y livianas cortezas, con que se comenzaron a cubrir las casas, sobre rústicas estacas sustentadas, no más que para defensa de las inclemencias del cielo. Todo era paz entonces, todo amistad, todo concordia: aún no se había atrevido la pesada reja del corvo arado a abrir ni visitar las entrañas piadosas de nuestra primera madre; que ella, sin ser forzada, ofrecía, por todas las partes de su fértil y espacioso seno, lo que pudiese hartar,

---

[1] «*Alcaduz* [o arcaduz] es un vaso terrizo con que se saca agua de la noria: ensartados muchos juntos andan sobre una rueda» (Cov.). 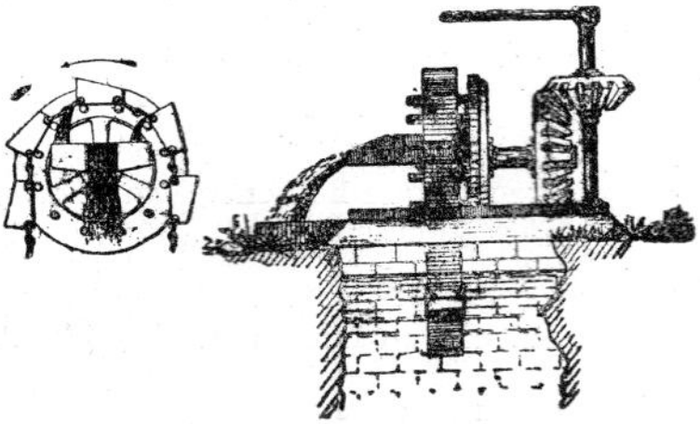
[2] *Zaque* = odre pequeño para contener líquidos.
[3] Cervantes conocía la edad de oro descrita por Ovidio *(Metam.* I, 89) y Virgilio *(Geórg.* I, 125).
[4] Antes dijo *en ellos*, ahora *en aquella venturosa:* una de las dos cosas sobran.
[5] *Valientes* = grandes, corpulentos.

1, 11.—DISCURSO DE LA EDAD DE ORO

sustentar y deleitar a los hijos que entonces la poseían. Entonces sí que andaban las simples y hermosas zagalejas de valle en valle y de otero [1] en otero, en trenza y en cabello [2], sin más vestidos de aquellos que eran menester para cubrir honestamente lo que la honestidad quiere y ha querido siempre que se cubra, y no eran sus adornos de los que ahora se usan, a quien la púrpura de Tiro y la por tantos modos martirizada seda encarecen, sino de algunas hojas verdes de lampazos [3] y hiedra, entretejidas, con lo que quizá iban tan pomposas y compuestas como van agora nuestras cortesanas con las raras y peregrinas invenciones que la curiosidad ociosa les ha mostrado. Entonces se decoraban [4] los concetos amorosos del alma simple y sencillamente, del mesmo modo y manera que ella los concebía, sin buscar artificioso rodeo de palabras para encarecerlos. No había la fraude, el engaño, ni la malicia mezcládose con la verdad y llaneza. La justicia se estaba en sus propios términos, sin que la osasen turbar ni ofender los del favor y los del interese, que tanto ahora la menoscababan, turban y persiguen. La ley del encaje [5] aún no se había asentado en el entendimiento del juez, porque entonces no había que juzgar, ni quien fuese juzgado. Las doncellas [6] y la honestidad andaban, como tengo dicho, por dondequiera, solas y señeras [7], sin temor que la ajena desenvoltura y lascivo intento las menoscabasen, y su perdición nacía de su gusto y propria voluntad. Y agora, en estos nuestros detestables siglos, no está segura ninguna, aunque la oculte y cierre otro nuevo laberinto como el de Creta; porque allí, por los resquicios o por el aire, con el celo de la

---

[1] *Otero* = cerro aislado que domina un llano.
[2] *En trenza y en cabello* = sin tocado, con la cabeza descubierta.
[3] *Lampazo* o *bardana* = planta vulgar, de hojas grandes y vellosas, y de flores rodeadas de pinchos en forma de bola. 
[4] *Decorar* es aprender, y también recitar, de coro por de memoria, alguna cosa; por extensión significa «expresar algo sin entonación ni artificio» (con la sencillez del niño que decora su lección).
[5] «*Ley del encaje*, la resolución que el juez toma por lo que a él se le ha encajado en la cabeza, sin tener atención a lo que las leyes disponen» (Cov.).
[6] «*Doncella*, la mujer moza y por casar...: y en significación rigurosa, la que no ha conocido varón» (Cov.).
[7] *Señero* = solo (cf. *más vale señero que con ruin compañero*).

maldita solicitud, se les entra la amorosa pestilencia y les hace dar con todo su recogimiento al traste. Para cuya seguridad, andando más los tiempos y creciendo más la malicia, se instituyó la orden de los caballeros andantes, para defender las doncellas, amparar las viudas y socorrer a los huérfanos y a los menesterosos. De esta orden soy yo, hermanos cabreros, a quien agradezco el gasajo y buen acogimiento que hacéis a mí y a mi escudero. Que, aunque por ley natural están todos los que viven obligados a favorecer a los caballeros andantes, todavía, por saber que sin saber vosotros esta obligación me acogistes y regalastes, es razón que, con la voluntad a mí posible, os agradezca la vuestra.

Toda esta larga arenga (que se pudiera muy bien escusar) dijo nuestro caballero, porque las bellotas que le dieron le trujeron a la memoria la edad dorada, y antojósele hacer aquel inútil razonamiento a los cabreros, que, sin respondelle palabra, embobados y suspensos, le estuvieron escuchando. Sancho asimesmo callaba y comía bellotas, y visitaba muy a menudo el segundo zaque, que, porque se enfriase el vino, le tenían colgado de un alcornoque.

Más tardó en hablar don Quijote que en acabarse la cena; al fin de la cual uno de los cabreros dijo:

—Para que con más veras pueda vuestra merced decir, señor caballero andante, que le agasajamos con prompta y buena voluntad, queremos darle solaz y contento con hacer que cante un compañero nuestro que no tardará mucho en estar aquí; el cual es un zagal muy entendido y muy enamorado, y que, sobre todo, sabe leer y escribir y es músico de un rabel [1], que no hay más que desear.

---

[1] «*Rabel*, instrumento músico de cuerdas y arquillo: es pequeño y todo de una pieza, de tres cuerdas y de voces muy subidas. Usan déllos pastores, con que se entretienen» (Cov.). Es el violín primitivo. En la figura, tomada del manuscrito escurialense de las *Cántigas de Sta. María*, se ven el rabel (A) y el laúd (B).

1, 11.—AVENTURA DE LOS CABREROS

Apenas había el cabrero acabado de decir esto, cuando llegó a sus oídos el son del rabel, y de allí a poco llegó el que le tañía, que era un mozo de hasta veintidós años, de muy buena gracia. Preguntáronle sus compañeros si había cenado, y respondiendo que sí, el que había hecho los ofrecimientos le dijo:

—De esa manera, Antonio, bien podrás hacernos placer de cantar un poco, por que vea este señor huésped que tenemos, que también por los montes y selvas hay quien sepa de música. Hémosle dicho tus buenas habilidades y deseamos que las muestres y nos saques verdaderos; y así, te ruego por tu vida que te sientes y cantes el romance de tus amores, que te compuso el beneficiado tu tío, que en el pueblo ha parecido muy bien.

—Que me place—respondió el mozo.

Y sin hacerse más de rogar, se sentó en el tronco de una desmochada encina, y, templando su rabel, de allí a poco, con muy buena gracia, comenzó a cantar, diciendo desta manera:

ANTONIO

—Yo sé, Olalla, que me adoras,
Puesto que no me lo has dicho
Ni aun con los ojos siquiera,
Mudas lenguas de amoríos.

Porque sé que eres sabida[1],
En que me quieres me afirmo;
Que nunca fué desdichado
Amor que fué conocido.

Bien es verdad que tal vez[2],
Olalla, me has dado indicio
Que tienes de bronce el alma
Y el blanco pecho de risco.

Mas allá, entre tus reproches
Y honestísimos desvíos,
Tal vez la esperanza muestra
La orilla de su vestido.

Abalánzase al señuelo[3]
Mi fe, que nunca ha podido,
Ni menguar por no llamado[4],
Ni crecer por escogido[5].

---

[1] *Eres sabida* = sabes.
[2] *Tal vez* = alguna vez.
[3] *Señuelo* = 1) «figura de ave en que se ponía el alimento proporcionado a la ave que se amaestra para enseñarla a venir al señuelo, que representa la ave contra quien se quiere que guerree en adelante» (TERREROS); 2) lo que sirve para atraer.
[4] *Por no ser yo llamado.*
[5] Esta alusión, dice Clemencín, a los llamados y escogidos del Evan-

1, 11.—AVENTURA DE LOS CABREROS

Si el amor es cortesía,
De la que tienes colijo
Que el fin de mis esperanzas
Ha de ser cual imagino.
　Y si son servicios parte
De hacer un pecho benigno,
Algunos de los que he hecho
Fortalecen mi partido.
　Porque si has mirado en ello,
Más de una vez habrás visto
Que me he vestido en los lunes
Lo que me honraba el domingo:
　Como el amor y la gala
Andan un mesmo camino,
En todo tiempo a tus ojos
Quise mostrarme polido.
　Dejo el bailar por tu causa,
Ni las músicas te pinto
Que has escuchado a deshoras
Y al canto del gallo primo [1]
　No cuento las alabanzas
Que de tu belleza he dicho,
Que, aunque verdaderas, hacen
Ser yo de algunas malquisto.
　Teresa del Berrocal,
Yo alabándote, me dijo:
«Tal piensa que adora a un ángel
Y viene a adorar a un jimio [2],
　Merced a los muchos dijes
Y a los cabellos postizos,
Y a hipócritas hermosuras,
Que engañan al Amor mismo».
　Desmentíla, y enojóse;
Volvió por ella su primo:
Desafióme, y ya sabes
Lo que yo hice y él hizo.
　No te quiero yo a montón,
Ni te pretendo y te sirvo
Por lo de barraganía [3];
Que más bueno es mi designio.

---

gelio, aunque impertinente y oscura, no era extraña siendo beneficiado el poeta. En las dos últimas estrofas vuelven a verse indicios de ser su compositor clérigo de aldea.

[1] *Al canto del gallo primo* = al primer gallo, a los gallos, primeros o sea, a medianoche.

[2] Según Covarrubias, a la *ximia*, *simia* o *mona* comúnmente llamaba el vulgo *jimia*.

[3] Cf. II, 5.

1, 11.—AVENTURA DE LOS CABREROS

>Coyundas[1] tiene la Iglesia
>Que son lazadas de sirgo[2];
>Pon tú el cuello en la gamella[3]
>Verás como pongo el mío.
>   Donde no, desde aquí juro
>Por el santo más bendito
>De no salir destas sierras
>Sino para capuchino.

Con esto dió el cabrero fin a su canto; y aunque don Quijote le rogó que algo más cantase, no lo consintió Sancho Panza, porque estaba más para dormir que para oír canciones. Y ansí, dijo a su amo:

—Bien puede vuestra merced acomodarse desde luego adonde ha de posar esta noche; que el trabajo que estos buenos hombres tienen todo el día no permite que pasen las noches cantanto.

—Ya te entiendo, Sancho—le respondió don Quijote—; que bien se me trasluce que las visitas del zaque piden más recompensa de sueño que de música.

—A todos nos sabe bien, bendito sea Dios—respondió Sancho.

—No lo niego—replicó don Quijote—; pero acomódate tú donde quisieres; que los de mi profesión mejor parecen velando que durmiendo. Pero, con todo esto, sería bien, Sancho, que me vuelvas[4] a curar esta oreja, que me va doliendo más de lo que es menester.

Hizo Sancho lo que se le mandaba, y, viendo uno de los cabreros la herida, le dijo que no tuviese pena; que él pondría remedio con que fácilmente se sanase. Y tomando algunas hojas de romero, de mucho que por allí había, las mascó y las mezcló con un poco de sal y, aplicándoselas a la oreja, se la vendó muy bien, asegurándole que no había menester otra medicina, y así fué la verdad.

---

[1] *Coyunda* = correa o soga con que se uncen los bueyes al yugo.
[2] *Sirgo* (de *sericum* = seda) = seda torcida. 
[3] «*Gamella*, una parte del yugo que ponen como collera, sobre la cual estriva» (Cov.).
[4] Débese decir *será bien que me vuelvas* o *sería bien que me volvieses*.

CAPITULO XII.—De lo que contó un cabrero a los que estaban con don Quijote.

Estando en esto, llegó otro mozo de los que les traían del aldea el bastimento [1], y dijo:

—¿Sabéis lo que pasa en el lugar, compañeros?
—¿Cómo lo podemos saber?—respondió uno dellos.
—Pues sabed—prosiguió el mozo—que murió esta mañana aquel famoso pastor estudiante llamado Grisóstomo, y se murmura que ha muerto de amores de aquella endiablada moza de Marcela, la hija de Guillermo el rico: aquella que se anda en hábito [2] de pastora por esos andurriales.
—Por Marcela dirás [3]—dijo uno.
—Por ésa digo—respondió el cabrero—. Y es lo bueno que mandó en su testamento que le enterrasen en el campo, como si fuera moro, y que sea al pie de la peña donde está la fuente del alcornoque, porque, según es fama, y él dicen que lo dijo, aquel lugar es adonde él la vió la vez primera. Y también mandó otras cosas, tales, que los abades [4] del pueblo dicen que no se han de cumplir, ni es bien que se cumplan, porque parecen de gentiles. A todo lo cual responde aquel gran su amigo Ambrosio el estudiante, que también se vistió de pastor con él, que se ha de cumplir todo, sin faltar nada, como lo dejó mandado Grisóstomo, y sobre esto anda el pueblo alborotado; mas, a lo que se dice, en fin se hará lo que Ambrosio y todos los pastores sus amigos quieren, y mañana le vienen a enterrar con gran pompa adonde tengo dicho. Y tengo para mí que ha de ser cosa muy de ver, a lo menos, yo no dejaré de ir a verla, si supiese [5] no volver mañana al lugar.
—Todos haremos lo mesmo—respondieron los cabreros—, y echaremos suertes a quién ha de quedar a guardar las cabras de todos.
—Bien dices, Pedro—dijo uno de ellos—, aunque no será menester usar de esa diligencia: que yo me quedaré por todos.

---

[1] *Bastimento* = provisión de boca.
[2] *Hábito* = traje.
[3] Por Marcela, y no por su moza.
[4] «*Abad* vale tanto como padre... En común llamamos abad a cualquiera sacerdote, reverenciándole como padre» (Cov.).
[5] *Si supiese* = aunque me viese precisado a.

1, 12.—MARCELA Y GRISÓSTOMO

Y no lo atribuyas a virtud y a poca curiosidad mía, sino a que no me deja andar el garrancho [1] que el otro día me pasó este pie.

—Con todo eso, te lo agradecemos—respondió Pedro.

Y don Quijote rogó a Pedro le dijese qué muerto era aquél y qué pastora aquélla, a lo cual Pedro respondió que lo que sabía era que el muerto era un hijodalgo rico, vecino de un lugar que estaba en aquellas tierras, el cual había sido estudiante muchos años en Salamanca, al cabo de los cuales había vuelto a su lugar, con opinión de muy sabio y muy leído. Principalmente, decían que sabía la ciencia de las estrellas, y de lo que pasan allá en el cielo el sol y la luna, porque puntualmente nos decía el cris del sol y de la luna.

—*Eclipse* se llama, amigo, que no *cris*, el escurecerse esos dos luminares mayores—dijo don Quijote.

Mas Pedro, no reparando en niñerías, prosiguió su cuento, diciendo:

—Asimesmo adevinaba cuándo había de ser el año abundante o estil.

—*Estéril* queréis decir, amigo—dijo don Quijote.

—*Estéril* o *estil*—respondió Pedro—, todo se sale allá. Y digo que con esto que decía se hicieron su padre y sus amigos, que le daban crédito, muy ricos, porque hacían lo que él les aconsejaba, diciéndoles: «Sembrad este año cebada, no trigo; en éste podéis sembrar garbanzos, y no cebada; el que viene será de guilla [2] de aceite; los tres siguientes no se cogerá gota.»

—Esa ciencia se llama Astrología—dijo don Quijote.

—No sé yo cómo se llama—replicó Pedro—; mas sé que todo esto sabía, y aún más. Finalmente, no pasaron muchos meses después que vino de Salamanca, cuando un día remaneció vestido de pastor, con su cayado [3] y pellico [4], habiéndose quitado los hábitos largos que como escolar traía, y juntamente se vistió con él de pastor otro su grande amigo, llamado Ambrosio, que había sido su compañero en los estudios. Olvidábaseme de decir cómo Grisóstomo, el difunto, fué grande hombre de

---

[1] *Garrancho* (de *garra*) = parte dura, aguda y saliente del tronco o rama de una planta.

[2] «*Guilla*, cosecha o fruto» (Cov.).

[3] «*Cayado*, el báculo del pastor, con que encamina y rige el ganado, que por la parte de arriba está torcido y tiene un gancho para asir con él el pie de las res» (Cov.).

[4] *Pellico, zamarro o zamarra* = prenda rústica de vestir, a modo de chaqueta, hecha de piel con su lana o pelo.

1, 12.—AVENTURA DE LOS CABREROS

componer coplas; tanto, que él hacía los villancicos para la noche del Nacimiento del Señor, y los autos para el día de Dios [1], que los representaban los mozos de nuestro pueblo, y todos decían que eran por el cabo [2]. Cuando los del lugar vieron tan de improviso vestidos de pastores a los dos escolares, quedaron admirados, y no podían adivinar la causa que les había movido a hacer aquella tan estraña mudanza. Ya en este tiempo era muerto el padre de nuestro Grisóstomo, y él quedó heredado [3] en mucha cantidad de hacienda, ansí en muebles como en raíces [4], y en no pequeña cantidad de ganado, mayor y menor, y en gran cantidad de dineros; de todo lo cual quedó el mozo señor desoluto [5], y en verdad que todo lo merecía: que era muy buen compañero, y caritativo, y amigo de los buenos, y tenía una cara como una bendición [6]. Después se vino a entender que el haberse mudado de traje no había sido por otra cosa que por andarse por estos despoblados en pos de aquella pastora Marcela que nuestro zagal nombró denantes [7], de la cual se había enamorado el pobre difunto de Grisóstomo. Y quiero os decir agora, porque es bien que lo sepáis, quién es esta rapaza: quizá, y aun sin quizá, no habréis oído semejante cosa en todos los días de vuestra vida, aunque viváis más años que sarna.

—Decid Sarra [8]—replicó don Quijote, no pudiendo sufrir el trocar de los vocablos del cabrero.

—Harto vive la sarna—respondió Pedro—; y si es, señor, que me habéis de andar zahiriendo a cada paso los vocablos, no acabaremos en un año.

---

[1] O *Corpus Christi*.
[2] *Por el cabo* = acabados, extremados.
[3] *Heredar* = 1) recibir la herencia; 2) dar la herencia.
[4] Según la ley de Partida, 10, 33, 7, cosa *mueble* es la que ome puede llevar o mandar de una parte a otra, o se mueve ella por sí misma. «*Raíces*, en heredades y otras posesiones y en casas; porque estos tales bienes están arraigados y no se pueden llevar de una parte a otra, como los muebles» (Cov.); hoy se llaman también *inmuebles*.
[5] Popular, por *absoluto*.
[6] «Un término hay muy usado cuando vemos alguna cosa hermosa y lozana, usar del nombre de *bendición*, como *hay unos panes, que es bendición de Dios*: y vale tanto como dar ocasión a que por ellos bendigamos a Dios, o en otro sentido, que Dios los ha bendecido con criarlos y prosperarlos» (Cov.).
[7] *Denantes* = antes.
[8] Así llamaban en tiempo de Cervantes a Sara, la mujer de Abraham.

1, 12.—MARCELA Y GRISÓSTOMO

—Perdonad, amigo—dijo don Quijote—; que por haber tanta diferencia de *sarna* a *Sarra* os lo dije; pero vos respondistes muy bien, porque vive más *sarna* que *Sarra;* y proseguid vuestra historia, que nos os replicaré más en nada.

—Digo, pues, señor mío de mi alma—dijo el cabrero—, que en nuestra aldea hubo un labrador aún más rico que el padre de Grisóstomo, el cual se llamaba Guillermo, y al cual dió Dios, amén de las muchas y grandes riquezas, una hija de cuyo parto murió la madre, que fué la más honrada mujer que hubo en todos estos contornos. No parece sino que ahora la veo, con aquella cara que del un cabo tenía el sol y del otro la luna; y, sobre todo, hacendosa y amiga de los pobres, por lo que creo que debe de estar su ánima a la hora de ahora gozando de Dios en el otro mundo. De pesar de la muerte de tan buena mujer murió su marido Guillermo, dejando a su hija Marcela, muchacha y rica, en poder de un tío suyo, sacerdote y beneficiado [1] en nuestro lugar. Creció la niña con tanta belleza, que nos hacía acordar de la de su madre, que la tuvo muy grande; y, con todo esto, se juzgaba que le había de pasar la de la hija. Y así fué; que cuando llegó a edad de catorce a quince años, nadie la miraba que no bendecía [2] a Dios, que tan hermosa la había criado, y los más quedaban enamorados y perdidos por ella. Guardábala su tío con mucho recato y con mucho encerramiento; pero, con todo esto, la fama de su mucha hermosura se extendió de manera, que así por ella como por sus muchas riquezas, no solamente de los de nuestro pueblo, sino de los de muchas leguas a la redonda, y de los mejores dellos, era rogado, solicitado e importunado su tío se la diese por mujer. Mas él, que a las derechas es buen cristiano, aunque quisiera casarla luego, así como a la vía de edad, no quiso hacerlo sin su consentimiento, sin tener ojo a la ganancia y granjería que le ofrecía el tener la hacienda de la moza, dilatando su casamiento. Y a fe que se dijo esto en más de un corrillo en el pueblo, en alabanza del buen sacerdote; que quiero que sepa, señor andante, que en estos lugares cortos de todo se trata y de todo se murmura; y tened para vos, como yo tengo para mí, que debía de ser demasiadamente bueno el clérigo que obliga a sus feligreses a que digan bien dél, especialmente en las aldeas.

---

[1] *Beneficiado* = el que posee un *beneficio eclesiástico* (= cargo u oficio en la Iglesia).
[2] Hoy diríamos *que no bendijera* (cf. pról. 16, A).

1, 12.—AVENTURA DE LOS CABREROS

—Así es la verdad—dijo don Quijote—, y proseguid adelante; que el cuento es muy bueno, y vos, buen Pedro, le contáis con muy buena gracia.

—La del Señor no me falte, que es la que hace al caso. Y en lo demás, sabréis que, aunque el tío proponía a la sobrina y le decía las calidades de cada uno, en particular, de los muchos que por mujer la pedían, rogándole que se casase y escogiese a su gusto, jamás ella respondió otra cosa sino que por entonces no quería casarse, y que, por ser tan muchacha, no se sentía hábil para poder llevar la carga del matrimonio. Con estas que daba, al parecer, justas escusas, dejaba el tío de importunarla, y esperaba a que entrase algo más en edad y ella supiese escoger compañía a su gusto. Porque decía él, y decía muy bien, que no habían de dar los padres a sus hijos estado contra su voluntad. Pero hételo aquí, cuando no me cato [1], que remanece un día la melindrosa Marcela hecha pastora; y, sin ser parte [2] su tío ni todos los del pueblo, que se lo desaconsejaban, dió en irse al campo con las demás zagalas del lugar, y dió en guardar su mesmo ganado. Y así como ella salió en público y su hermosura se vió al descubierto, no os sabré buenamente decir cuántos ricos mancebos, hidalgos y labradores, han tomado el traje de Grisóstomo y la andan requebrando por esos campos; uno de los cuales, como ya está dicho, fué nuestro difunto, del cual decían que la dejaba de querer, y la adoraba [3]. Y no se piense que porque Marcela se puso en aquella libertad y vida tan suelta y de tan poco, o de ningún recogimiento, que por eso ha dado indicio, ni por semejas, que venga en menoscabo de su honestidad y recato; antes es tanta y tal la vigilancia con que mira por su honra, que de cuantos la sirven y solicitan ninguno se ha alabado, ni con verdad se podrá alabar, que le haya dado alguna pequeña esperanza de alcanzar su deseo. Que puesto que no huye ni se esquiva de la compañía y conversación de los pastores, y los trata cortés y amigablemente, en llegando a descubrirle su intención cualquiera dellos, aunque sea tan justa y santa como la del matrimonio, los arroja de sí como con

---

[1] «*Catar*... También significa considerar o pesar una cosa: *no le di cato*, no advertí. *Cuando menos me cato*, cuando no pensé. *Catá, fulano*, id. est, advertí» (Cov.).
[2] *Sin ser parte* para estorbarlo.
[3] Que no sólo la quería, sino que la adoraba.

un trabuco [1]. Y con esta manera de condición hace más daño en esta tierra que si por ella entrara la pestilencia; porque su afabilidad y hermosura atrae los corazones de los que la tratan, a servirla y a amarla; pero su desdén y desengaño los conduce a términos de desesperarse, y así, no saben qué decile, sino llamarla a voces cruel y desagradecida, con otros títulos a éste semejantes, que bien la calidad de su condición manifiestan. Y si aquí estuviésedes, señor, algún día, veríades resonar estas sierras y estos valles con los lamentos de los desengañados que la siguen. No está muy lejos de aquí un sitio donde hay casi dos docenas de altas hayas, y no hay ninguna que en su lisa corteza no tenga grabado y escrito el nombre de Marcela, y encima de alguno, una corona grabada en el mesmo árbol, como si más claramente dijera su amante que Marcela la lleva y la merece de toda la hermosura humana. Aquí sospira un pastor, allí se queja otro; acullá se oyen amorosas canciones, acá desesperadas endechas [2]. Cuál hay que pasa todas las horas de la noche sentado al pie de alguna encina o peñasco, y allí, sin plegar los llorosos ojos, embebecido y transportado en sus pensamientos, le halló el sol a la mañana, y cuál hay que sin dar vado [3] ni tregua a sus suspiros, en mitad del ardor de la más enfadosa siesta del verano, tendido sobre la ardiente arena, envía sus quejas al piadoso cielo. Y déste y de aquél, y de aquéllos y de éstos, libre y desenfadadamente triunfa la hermosa Marcela, y todos los que la conocemos estamos esperando en qué ha de parar su altivez, y quién ha de ser el dichoso que ha de venir a domeñar condición tan terrible y gozar de hermosura tan estremada. Por ser todo lo que he contado tan

[1] «*Trabuco* machina bellica. Latine *tormentum*. Con éste arrojaban de una parte a otra unas piedras gruesas, que iban con tanto ímpetu y fuerza como agora en su tanto una pieza de artillería» (Cov.). Luego denotó una escopeta más corta y de mayor calibre que la ordinaria.

[2] *Endecha* = canción triste y lamentable.

[3] *Vado* = 1) sitio de u ¢ río, tal que permite el paso; 2) salida, remedio o alivio en los casos que ocurren.

averiguada verdad, me doy a entender que también lo es lo que nuestro zagal dijo que se decía de la causa de la muerte de Grisóstomo. Y así, os aconsejo, señor, que no dejéis de hallaros mañana a su entierro, que será muy de ver, porque Grisóstomo tiene muchos amigos, y no está [1] deste lugar a aquel donde manda enterrarse media legua.

—En cuidado me lo tengo [2]— dijo don Quijote—, y agradézcoos el gusto que me habéis dado con la narración de tan sabroso cuento.

—¡Oh!—replicó el cabrero—, aun no sé yo la mitad de los casos sucedidos a los amantes de Marcela; mas podría ser que mañana topásemos en el camino algún pastor que nos lo dijese. Y por ahora, bien será que os vais [3] a dormir debajo de techado, porque el sereno [4] os podría dañar la herida; puesto que es tal la medicina que se os ha puesto, que no hay que temer de contrario acidente.

Sancho Panza, que ya daba al diablo el tanto hablar del cabrero, solicitó, por su parte, que su amo se entrase a dormir en la choza de Pedro. Hízolo así, y todo lo más de la noche se le pasó en memorias de su señora Dulcinea, a imitación de los amantes de Marcela. Sancho Panza se acomodó entre Rocinante y su jumento, y durmió no como enamorado desfavorecido, sino como hombre molido a coces.

CAPITULO XIII.—Donde se da fin al cuento de la pastora Marcela, con otros sucesos.

Mas apenas comenzó a descubrirse el día por los balcones del Oriente, cuando los cinco de los seis [5] cabreros se levantaron y fueron a despertar a don Quijote, y a decille si estaba todavía con propósito de ir a ver el famoso entierro de Grisóstomo, y que ellos le harían compañía. Don Quijote, que otra cosa no deseaba, se levantó y mandó a Sancho que ensi-

---

[1] *Está* = hay.
[2] *En cuidado me lo tengo* = así lo tengo pensado.
[3] Por *vayáis* (cf. pról. 1).
[4] «Comúnmente llamamos *sereno* el aire alterado de la prima noche, con algún vapor que se ha levantado de la tierra» (Cov.).
[5] Seis fueron al principio, pero luego llegó el séptimo con el bastimento.

1, 13.—MARCELA Y GRISÓSTOMO

llase y enalbardase al momento, lo cual él hizo con mucha diligencia, y con la mesma se pusieron luego todos en camino. Y no hubieron andado un cuarto de legua, cuando, al cruzar de una senda, vieron venir hacia ellos hasta seis pastores, vestidos con pellicos negros y coronadas las cabezas con guirnaldas de ciprés y de amarga adelfa [1]. Traía cada uno un grueso bastón de acebo [2] en la mano. Venían con ellos, asimesmo, dos gentiles hombres de a caballo, muy bien aderezados de camino, con otros tres mozos de a pie que los acompañaban. En llegándose a juntar se saludaron cortésmente y, preguntándose los unos a los otros dónde iban, supieron que todos se encaminaban al lugar del entierro, y así, comenzaron a caminar todos juntos.

Uno de los de a caballo, hablando con su compañero, le dijo:

—Paréceme, señor Vivaldo, que habemos de dar por bien empleada la tardanza que hiciéremos en ver este famoso entierro, que no podrá dejar de ser famoso, según estos pastores nos han contado estrañezas, ansí del muerto pastor como de la pastora homicida.

---

[1] La *adelfa* o *rododafne* tiene la flor como el rosal y la hoja como el laurel.
[2] Arbol de madera muy pesada.

1, 13.—AVENTURA DE LOS CABREROS

—Así me lo parece a mí—respondió Vivaldo—; y no digo yo hacer tardanza de un día; pero de cuatro la hiciera a trueco de verle.

Pregutóles don Quijote qué era lo que habían oído de Marcela y de Grisóstomo. El caminante dijo que aquella madrugada habían encontrado con aquellos pastores y que, por haberles visto en aquel tan triste traje, les habían preguntado la ocasión por que iban de aquella manera; que uno dellos se lo contó, contando la estrañeza y hermosura de una pastora llamada Marcela, y los amores de muchos que la recuestaban [1], con la muerte de aquel Grisóstomo a cuyo entierro iban. Finalmente, él contó todo lo que Pedro a don Quijote había contado.

Cesó esta plática, y comenzóse otra, preguntando el que se llamaba Vivaldo a don Quijote qué era la ocasión que le movía a andar armado de aquella manera por tierra tan pacífica. A lo cual respondió don Quijote:

—La profesión [2] de mi ejercicio no consiente ni permite que yo ande de otra manera. El buen paso [3], el regalo y el reposo allá se inventó para los blandos cortesanos; mas el trabajo, la inquietud y las armas sólo se inventaron e hicieron para aquellos que el mundo llama caballeros andantes, de los cuales yo, aunque indigno, soy el menor de todos.

Apenas le oyeron esto, cuando todos le tuvieron por loco; y por averiguarlo más y ver qué género de locura era el suyo, le tornó a preguntar Vivaldo que qué quería decir *caballeros andantes*.

—¿No han vuestras mercedes leído—respondió don Quijote—los anales e historias de Inglaterra, donde se tratan las famosas fazañas del rey Arturo [4], que continuamente en nuestro romance castellano llamamos el rey Artus, de quien es tradición antigua y común en todo aquel reino de la Gran Bretaña que este rey [5] no murió, sino que, por arte de encantamiento, se convirtió en cuervo, y que, andando los tiempos, ha de vol-

---

[1] *Recuestar* = buscar, pedir.
[2] *Profesar* = 1) prometer la guarda de los votos y reglas en una orden; 2) ejercer una ciencia, arte y oficio. Así que *profesión* aquí es «deber, obligación».
[3] *Buen paso* = buen pasar, vida cómoda.
[4] Arturo, rey de los bretones, tuvo que luchar contra los sajones a quienes habían llamado antes a Inglaterra los bretones para defenderse de los escoceses.
[5] *Este rey* es pleonástico: ya había dicho *de quien*.

ver a reinar y a cobrar su reino y cetro; a cuya causa no se probará que desde aquel tiempo a éste haya ningún inglés muerto cuervo alguno [1]? Pues en tiempo de este buen rey fué instituída aquella famosa orden de caballería de los caballeros de la Tabla Redonda [2], y pasaron, sin faltar un punto, los amores que allí se cuentan de don Lanzarote del Lago con la reina Ginebra, siendo medianera dellos y sabidora aquella tan honrada dueña Quintañona, de donde nació aquel tan sabido romance, y tan decantado en nuestra España, de

> «Nunca fuera caballero
> De damas tan bien servido
> Como fuera Lanzarote
> Cuando de Bretaña vino»,

con aquel progreso tan dulce y tan suave de sus amorosos y fuertes fechos. Pues desde entonces, de mano en mano, fué aquella orden de caballería estendiéndose y dilatándose por muchas y diversas partes del mundo, y en ella fueron famosos y conocidos por sus fechos el valiente Amadís de Gaula, con todos sus hijos y nietos, hasta la quinta generación, y el valeroso Felixmarte de Hircania, y el nunca como se debe alabado Tirante el Blanco, y casi que [3] en nuestros días vimos y comunicamos y oímos al invencible y valeroso caballero don Belianís de Grecia [4]. Esto, pues, señores, es ser caballero andante, y la que he dicho es la orden de su caballería; en la cual, como otra vez he dicho, yo, aunque pecador, he hecho profesión, y lo mismo que profesaron los caballeros referidos profeso yo. Y así, me voy por estas soledades y despoblados buscando las aventuras, con ánimo deliberado de ofrecer mi brazo y mi persona a la más peligrosa que la suerte me depare, en ayuda de los flacos y menesterosos.

Por estas razones que dijo acabaron de enterarse los cami-

---

[1] El origen de esta costumbre debió de ser la antigua ley de aquel reino que prohibía matar águilas, grullas y cuervos.

[2] Llamóse así esta orden porque la tabla o mesa a que se sentaban los caballeros, construída por el sabio Merlín, era redonda para evitar preferencias.

[3] *Casi que* = casi casi.

[4] Para explicar este punto bastaba la locura de don Quijote, pero sirven también los anacronismos del libro de don Belianís, tales como la mención de la conquista de los reinos de Granada y Navarra en época no muy reciente.

1, 13.—AVENTURA DE LOS CABREROS

nantes que era don Quijote falto de juicio, y del género de locura que lo señoreaba, de lo cual recibieron la mesma admiración que recibían todos aquellos que de nuevo venían en conocimiento della. Y Vivaldo, que era persona muy discreta y de alegre condición, por pasar sin pesadumbre el poco camino que decían que les faltaba, al llegar [1] a la sierra del entierro, quiso darle ocasión a que pasase más adelante con sus disparates. Y así le dijo:

—Paréceme, señor caballero andante, que vuestra merced ha profesado una de las más estrechas profesiones que hay en la tierra, y tengo para mí que aun la de los frailes cartujos no es tan estrecha.

—Tan estrecha bien podía ser—respondió nuestro don Quijote—; pero tan necesaria en el mundo no estoy en dos dedos [2] de ponello en duda. Porque, si va a decir verdad, no hace menos el soldado que pone en ejecución lo que su capitán le manda, que el mesmo capitán que se lo ordena. Quiero decir que los religiosos, con toda paz y sosiego, piden al cielo el bien de la tierra; pero los soldados y caballeros ponemos en ejecución lo que ellos piden, defendiéndola con el valor de nuestros brazos y filos de nuestras espadas, no debajo de cubierta, sino al cielo abierto, puestos por blanco de los insufribles rayos del sol en el verano y de los erizados hielos del invierno [3]. Así que somos ministros de Dios en la tierra y brazos por quien se ejecuta en ella su justicia. Y como las cosas de la guerra y las a ellas tocantes y concernientes no se pueden poner en ejecución sino sudando, afanando y trabajando, síguese que aquellos que la profesan tienen, sin duda, mayor trabajo que aquellos que en sosegada paz y reposo están rogando a Dios favorezca a los que poco pueden. No quiero yo decir, ni me pasa por pensamiento, que es tan buen estado el del caballero andante como el del encerrado religioso; sólo quiero inferir, por lo que yo padezco, que, sin duda, es más trabajoso, y más aporreado, y más hambriento y sediento, miserable, roto y piojoso; porque no hay duda sino que los caballeros andantes pasados pasaron mucha malaventura en el discurso de su vida. Y si algunos subieron a ser emperadores por el valor de su brazo, a fe que les costó buen

---

[1] *Al llegar* no se refiere a *faltaba*, sino a *decían*.
[2] Hoy diríamos *a dos dedos*.
[3] *Erizados* puede significar *ásperos*, o tener significación activa (como *agradecido*, *leído*...), porque el frío eriza la piel.

porqué [1] de su sangre y de su sudor, y que si a los que a tal grado subieron les faltaran encantadores y sabios que los ayudaran, que ellos quedaran bien defraudados de sus deseos y bien engañados de sus esperanzas.

—De ese parecer estoy yo—replicó el caminante—; pero una cosa, entre otras muchas, me parece muy mal de los caballeros andantes, y es que, cuando se ven en ocasión de acometer una grande y peligrosa aventura, en que se vee manifiesto peligro de perder la vida, nunca en aquel instante de acometella se acuerdan de encomendarse a Dios, como cada cristiano está obligado a hacer en peligros semejantes; antes se encomiendan a sus damas, con tanta gana y devoción como si ellas fueran su Dios; cosa que me parece que huele algo a gentilidad.

—Señor—respondió don Quijote—, eso no puede ser menos en ninguna manera, y caería en mal caso el caballero andante que otra cosa hiciese; que ya está en uso y costumbre en la caballería andantesca que el caballero andante que al acometer algún gran fecho de armas tuviese su señora delante, vuelva a ella los ojos blanda y amorosamente, como que le pide con ellos le favorezca y ampare en el dudoso trance que acomete y aun si nadie le oye, está obligado a decir algunas palabras entre dientes, en que de todo corazón se le encomiende; y desto tenemos innumerables ejemplos en las historias. Y no se ha de entender por esto que han de dejar de encomendarse a Dios; que tiempo y lugar les queda para hacerlo en el discurso de la obra.

—Con todo eso—replicó el caminante—, me queda un escrúpulo, y es que muchas veces he leído que se traban palabras entre dos andantes caballeros, y, de una en otra se les viene a encender la cólera, y a volver los caballos, y tomar una buena pieza del campo, y luego, sin más ni más, a todo el correr dellos, se vuelven a encontrar, y en mitad de la corrida se encomiendan a sus damas; y lo que suele suceder del encuentro es que uno cae por las ancas del caballo, pasado con la lanza del contrario de parte a parte, y al otro le viene también, que, a no tenerse a las crines del suyo, no pudiera dejar de venir al suelo. Y no sé yo cómo el muerto tuvo lugar para encomendarse a Dios en el discurso de esta tan acelerada obra. Mejor fuera que las palabras que en la carrera gastó encomendándose a su dama las gastara en lo que debía y estaba obligado como

---

[1] *Bueno* = mucho, grande (cf. *una buena cantidad*). *Porqué* = cantidad.

cristiano. Cuanto más que yo tengo para mí que no todos los caballeros andantes tienen damas a quien encomendarse, porque no todos son enamorados.

—Eso no puede ser—respondió don Quijote—: digo que no puede ser que haya caballero andante sin dama, porque tan proprio y tan natural les es a los tales enamorados como al cielo tener estrellas, y a buen seguro que no se haya visto historia donde se halle caballero andante sin amores; y por el mesmo caso que estuviese sin ellos, no sería tenido por legítimo caballero, sino por bastardo, y que [1] entró en la fortaleza de la caballería dicha, no por la puerta, sino por las bardas [2]. Como salteador y ladrón.

—Con todo eso—dijo el caminante—, me parece, si mal no me acuerdo, haber leído que don Galaor, hermano del valeroso Amadís de Gaula, nunca tuvo dama señalada a quien pudiese encomendarse; y, con todo esto, no fué tenido en menos, y fué un muy valiente y famoso caballero.

A lo cual respondió nuestro don Quijote:

—Señor, una golondrina sola no hace verano. Cuanto más, que yo sé que de secreto estaba ese caballero muy bien enamorado; fuera que aquello de querer bien a todas cuantas bien le parecían, era condición natural, a quien no podía ir a la mano. Pero, en resolución, averiguado está muy bien que él tenía una sola a quien él había hecho señora de su voluntad, a la cual se encomendaba muy a menudo y muy secretamente, porque se preció de secreto caballero.

—Luego si es de esencia que todo caballero andante haya de ser enamorado—dijo el caminante—, bien se puede creer que vuestra merced lo es, pues es de la profesión. Y si es que vuestra merced no se precia de ser tan secreto como don Galaor, con las veras que puedo le suplico, en nombre de toda esta compañía y en el mío, nos diga el nombre, patria, calidad y hermo-

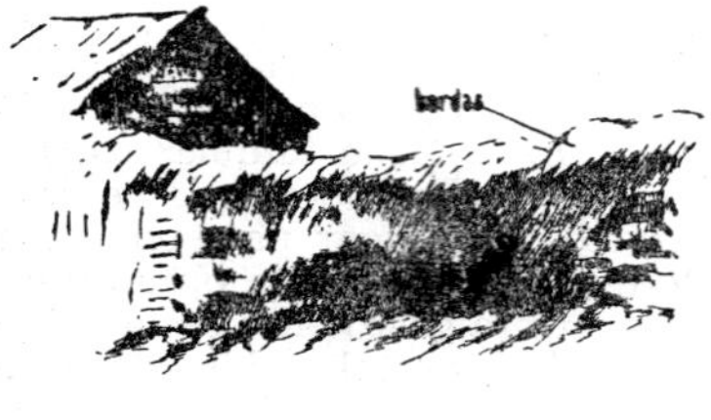

[1] *Que* = por que (= *por hombre que*).
[2] *Barda* = cubierta de sarmientos, paja, espinos o broza, que se pone asegurada con tierra o piedras sobre las tapias de los corrales, huertas y heredades para su resguardo.

sura de su dama; que ella se tendría por dichosa de que todo el mundo sepa que es querida y servida de un tal caballero como vuestra merced parece.

Aquí dió un gran suspiro don Quijote, y dijo:

—Yo no podré afirmar si la dulce mi enemiga [1] gusta, o no, de que el mundo sepa que yo la sirvo; sólo sé decir, respondiendo a lo que con tanto comedimiento se me pide, que su nombre es Dulcinea; su patria, el Toboso, un lugar de la Mancha; su calidad, por lo menos, ha de ser de princesa, pues es reina y señora mía; su hermosura, sobrehumana, pues en ella se vienen a hacer verdaderos todos los imposibles y quiméricos [2] atributos de belleza que los poetas dan a sus damas; que sus cabellos son oro, su frente campos elíseos [3], sus cejas arcos del cielo [4], sus ojos soles, sus mejillas rosas, sus labios corales, perlas sus dientes, alabastro su cuello, mármol su pecho, marfil sus manos, su blancura nieve, y las partes que a la vista humana encubrió la honestidad son tales, según yo pienso y entiendo, que sólo la discreta consideración puede encarecerlas, y no compararlas.

—El linaje, prosapia y alcurnia querríamos saber—replicó Vivaldo.

A lo cual respondió don Quijote:

—No es de los antiguos Curcios, Gayos y Cipiones [5] romanos, ni de los modernos Colonas y Ursinos, ni de los Moncadas y Requesenes de Cataluña, ni menos de los Rebellas y Villanovas de Valencia, Palafoxes, Nuzas, Rocabertis, Corellas, Lunas, Alagones, Urreas, Foces y Gurreas de Aragón; Cerdas, Manriques, Mendozas y Guzmanes de Castilla; Alencastros, Pallas y Meneses de Portugal; pero es de los del Toboso de la Mancha, linaje, aunque moderno, tal que puede dar generoso principio a las más ilustres familias de los venideros siglos. Y no se me replique en esto, si no fuere con las condiciones que puso

---

[1] Acerca de *la dulce mi enemiga* (cf. II, 38).

[2] *Quimera* = 1) monstruo fabuloso que vomitaba llamas y tenía la cabeza de león, el vientre de cabra y la cola de dragón; 2) lo que la imaginación concibe como posible sin serlo; 3) pendencia, riña.

[3] Los campos elíseos eran, según los antiguos, la morada de los justos.

[4] Habla del arco iris.

[5] *Cipiones* llamaban en tiempo de Cervantes a los *Escipiones*.

1, 13.—AVENTURA DE LOS CABREROS

Cervino al pie del trofeo [1] de las armas de Orlando, que decía:

> Nadie las mueva
> Que estar no pueda con Roldán a prueba [2].

—Aunque el mío es de los Cachopines de Laredo [3] —respondió el caminante—, no le osaré yo poner con el del Toboso de la Mancha; puesto que, para decir verdad, semejante apellido hasta ahora no ha llegado a mis oídos.

—¡Como eso no habrá llegado! [4] —replicó don Quijote.

Con gran atención iban escuchando todos los demás la plática de los dos, y aun hasta los mesmos cabreros y pastores conocieron la demasiada falta de juicio de nuestro don Quijote. Sólo Sancho Panza pensaba que cuanto su amo decía era verdad, sabiendo él quién era y habiéndole conocido desde su nacimiento; y en lo que dudaba algo era en creer aquello de la linda Dulcinea del Toboso, porque nunca tal nombre ni tal princesa había llegado jamás [5] a su noticia, aunque vivía tan cerca del Toboso. En estas pláticas iban, cuando vieron que, por la quiebra que dos altas montañas hacían, bajaban hasta veinte pastores, todos con pellicos de negra lana vestidos, y coronados con guirnaldas, que, a lo que después pareció, eran cuál de tejo y cuál de ciprés. Entre seis dellos traían unas andas cubiertas de mucha diversidad de flores y de ramos. Lo cual visto por uno de los cabreros, dijo:

—Aquellos que allí vienen son los que traen el cuerpo de

---

[1] Un tronco con unas ramas de las que se colgaban algunos despojos de los vencidos era antiguamente el monumento de la victoria y un como ex voto ofrecido a los dioses. Se llamó *trofeo*, voz griega (τρόπαιον) que encierra en sí la significación de «lugar donde el enemigo *ha vuelto* las espaldas».

[2] Del Ariosto, *Orlando furioso* (c. 24). Cervino, hijo del rey de Escocia, fué puesto en libertad por Orlando.

[3] *Cachopines de Laredo*, especie de apellido proverbial con que se tildaba a las personas nuevas que, habiendo adquirido riquezas, se entonaban y preciaban de ilustre prosapia.

[4] ¡Como eso (= ¡Cosa tan notable y grande como esa) no habrá llegado!

[5] Hoy no separaríamos *jamás* de *nunca*.

— 150 —

1, 13.—MARCELA Y GRISÓSTOMO

Grisóstomo, y el pie de aquella montaña es lugar donde él mandó que le enterrasen.

Por esto se dieron priesa a llegar, y fué a tiempo que ya los que venían habían puesto las andas en el suelo, y cuatro dellos con agudos picos estaban cavando la sepultura, a un lado de una dura peña.

Recibiéronse los unos y los otros cortésmente, y luego don Quijote y los que con él venían se pusieron a mirar las andas, y en ellas vieron cubierto de flores un cuerpo muerto, vestido como pastor, de edad, al parecer, de treinta años; y, aunque muerto, mostraba que vivo había sido de rostro hermoso y de disposición gallarda. Alrededor dél tenía en las mesmas andas algunos libros y muchos papeles, abiertos y cerrados. Y así los que esto miraban como los que abrían la sepultura, y todos los demás que allí había, guardaban un maravilloso silencio, hasta que uno de los que al muerto trujeron dijo a otro:

—Mirá [1] bien, Ambrosio, si es éste el lugar que Grisóstomo dijo, ya que queréis que tan puntualmente se cumpla lo que dejó mandado en su testamento.

—Éste es—respondió Ambrosio—; que muchas veces en él me contó mi desdichado amigo la historia de su desventura. Allí me dijo él que vió la vez primera a aquella enemiga mortal del linaje humano, y allí fué también donde la primera vez le declaró su pensamiento, tan honesto como enamorado, y allí fué, la última vez, donde Marcela le acabó de desengañar y desdeñar, de suerte, que puso fin a la tragedia de su miserable vida. Y aquí, en su memoria de tantas desdichas, quiso él que le depositasen en las entrañas del eterno olvido.

Y volviéndose a don Quijote y a los caminantes, prosiguió diciendo:

—Ese cuerpo, señores, que con piadosos ojos estáis mirando fué depositario de un alma en quien el cielo puso infinita parte de sus riquezas. Ése es el cuerpo de Grisóstomo, que fué único en el ingenio, solo en la cortesía, extremo en la gentileza, fénix [2] en la amistad, magnífico sin tasa, grave sin presunción, alegre sin bajeza, y, finalmente, primero en todo lo que es ser bueno, y sin segundo en todo lo que fué ser desdichado. Quiso bien, fué aborrecido; adoró, fué desdeñado; rogó a una fiera, impor-

---

[1] Por *mirad* (c. pról. 1).
[2] *Fénix* = 1) ave única en su especie y que renacía de sus cenizas; 2) lo que es exquisito o único en su especie (v. g.: el fénix de los ingenios).

1, 13.—AVENTURA DE LOS CABREROS

tunó a un mármol, corrió tras el viento, dió voces a la soledad, sirvió a la ingratitud, de quien alcanzó por premio ser despojos de la muerte en la mitad de la carrera de su vida, a la cual dió fin una pastora a quien él procuraba eternizar para que viviera en las memorias de las gentes, cual lo pudieran mostrar bien esos papeles que estáis mirando, si él no me hubiera mandado que los entregara al fuego en habiendo entregado su cuerpo a la tierra.

De mayor rigor y crueldad usaréis vos con ellos—dijo Vivaldo—que su mesmo dueño, pues no es justo ni acertado que se cumpla la voluntad de quien en lo que ordena va fuera de todo razonable discurso. Y no le tuviera bueno Augusto César si consintiera que se pusiera en ejecución lo que el divino Mantuano dejó en su testamento mandado [1]. Ansí que, señor Ambrosio, ya que deis el cuerpo de vuestro amigo a la tierra, no queráis dar sus escritos al olvido; que si él ordenó como agraviado, no es bien que vos cumpláis como indiscreto; antes haced, dando la vida a estos papeles, que la tenga siempre la crueldad de Marcela, para que sirva de ejemplo, en los tiempos que están por venir, a los vivientes, para que se aparten y huyan de caer en semejantes despeñaderos; que ya sé yo, y los que aquí venimos, la historia deste vuestro enamorado y desesperado amigo, y sabemos la amistad vuestra, y la ocasión de su muerte, y lo que dejó mandado al acabar de la vida; de la cual lamentable historia se puede sacar cuánta haya sido la crueldad de Marcela, el amor de Grisóstomo, la fe de la amistad vuestra, con el paradero que tienen los que a rienda suelta corren por la senda que el desvariado amor delante de los ojos les pone. Anoche supimos la muerte de Grisóstomo, y que en este lugar había de ser enterrado, y así, de curiosidad y de lástima, dejamos nuestro derecho viaje, y acordamos de venir a ver con los ojos lo que tanto nos había lastimado en oíllo. Y en pago desta lástima, y del deseo que en nosotros nació de remediarla si pudiéramos, te rogamos, ¡oh discreto Ambrosio!, a lo menos, yo te lo suplico de mi parte, que, dejando de abrasar estos papeles, me dejes llevar algunos dellos.

Y sin aguardar que el pastor respondiese, alargó la mano y tomó algunos de los que más cerca estaban; viendo lo cual Ambrosio, dijo:

---

[1] Alude a la disposición que dió Virgilio de que se quemase su Eneida por no haberla podido limar.

LA NOVELA PICARESCA ESPAÑOLA

Introducción, selección, prólogo y notas de
ANGEL VALBUENA PRAT
Catedrático de Literatura

CONTIENE:

INTRODUCCIÓN.
LA VIDA DE LAZARILLO DE TORMES Y DE SUS FORTUNAS Y ADVERSIDADES.
H. de Luna: SEGUNDA PARTE DE LAZARILLO DE TORMES.
Cervantes: LA ILUSTRE FREGONA.—RINCONETE Y CORTADILLO.—EL CASAMIENTO ENGAÑOSO.—NOVELA Y COLOQUIO QUE PASÓ ENTRE «CIPIÓN» Y «BERGANZA».
Mateo Alemán: GUZMÁN DE ALFARACHE.
Mateo Luján de Sayavedra: SEGUNDA PARTE DE GUZMÁN DE ALFARACHE.
Francisco López de Ubeda: LA PÍCARA JUSTINA.
Salas Barbadillo: LA HIJA DE CELESTINA.
Vicente Espinel: VIDA DE MARCOS DE OBREGÓN.
Quevedo: HISTORIA DE LA VIDA DEL BUSCÓN, LLAMADO DON PABLOS.
Doctor Carlos García: LA DESORDENADA CODICIA DE LOS BIENES AJENOS.
Doctor Jerónimo de Alcalá: EL DONADO HABLADOR ALONSO, MOZO DE MUCHOS AMOS.
Alonso de Castillo Solórzano: LA NIÑA DE LOS EMBUSTES, TERESA DE MANZANARES.—AVENTURAS DEL BACHILLER TRAPAZA.—LA GARDUÑA DE SEVILLA Y ANZUELO DE LAS BOLSAS.
María de Zayas: EL CASTIGO DE LA MISERIA.
Luis Vélez de Guevara: EL DIABLO COJUELO.
Antonio Enríquez Gómez: VIDA DE DON GREGORIO GUADAÑA.
Estebanillo González: VIDA Y HECHOS DE ESTEBANILLO GONZÁLEZ, ESCRITA POR ÉL MISMO.
Francisco Santos: PERIQUILLO EL DE LAS GALLINERAS.
Torres Villarroel: TORRES VILLARROEL Y SU VIDA.

AGUILAR, S. A.   DE EDICIONES

EL INGENIOSO HIDALGO
DON QUIJOTE DE LA MANCHA

PARTE PRIMERA

EL INGENIOSO HIDALGO
DON QUIJOTE
DE LA MANCHA

COMPUESTO POR

MIGUEL DE CERVANTES SAAVEDRA

SEGUNDA EDICION

EDICIONES «FAX»
ZURBANO, 80
MADRID

ADVERTENCIA.—La introducción, las notas y los índices de esta edición se han tomado de la expurgada que el R. P. Rufo Mendizábal, S. I., hizo en Madrid (1945), quien ha tenido la amabilidad de revisarlas y ampliarlas para esta edición completa.

ES PROPIEDAD

Impreso en España 1953

Nihil obstat:
DR. ANDRES DE LUCAS
Cens. Eccles.

Imprimatur:
† José María
Obispo Auxiliar y Vic. Gen.
Madrid, 7 de febrero de 1953.

Sucesores de Rivadeneyra, S. A.—Paseo de Onésimo Redondo, 26.—MADRID

—Por cortesía consentiré que os quedéis, señor, con los que ya habéis tomado; pero pensar que dejaré de abrasar los que quedan es pensamiento vano.

Vivaldo, que deseaba ver lo que los papeles decían, abrió luego el uno dellos y vió que tenía por título: *Canción desesperada*. Oyólo Ambrosio, y dijo:

—Ese es el último papel que escribió el desdichado; y porque veáis, señor, en el término que le tenían [1] sus desventuras, leelde de modo que seáis oído; que bien os dará lugar [2] a ello el que se tardare en abrir la sepultura.

—Eso haré yo de muy buena gana—dijo Vivaldo.

Y como todos los circunstantes tenían el mesmo deseo, se le pusieron a la redonda, y él, leyendo en voz clara, vió que así decía:

CAPITULO XIV.—Donde se ponen los versos desesperados del difunto pastor, con otros no esperados sucesos,

CANCIÓN DE GRISÓSTOMO

Ya que quieres, cruel, que se publique
De lengua en lengua y de una en otra gente
Del áspero rigor tuyo la fuerza,
Haré que el mesmo infierno comunique
Al triste pecho mío un son doliente,
Con que el uso común de mi voz tuerza.
Y al par de mi deseo, que se esfuerza
A decir mi dolor y tus hazañas,
De la espantable voz irá el acento,
Y en él mezcladas [3], por mayor tormento,
Pedazos de las míseras entrañas.
Escucha, pues, y presta atento oído,
No al concertado son, sino al ruido
Que de lo hondo de mi amargo pecho,
Llevado de un forzoso desvarío,
Por gusto mío [4] sale y tu despecho.

---

[1] Hoy diríamos *en qué término le tenían* (cf. pról. 26).
[2] *Lugar* = tiempo.
[3] Irá el acento y pedazos de las míseras entrañas en él mezcladas.
[4] El penúltimo verso de cada estancia rima con la cuarta y quinta sílaba del último *(-río* con *mío).*

1, 14.—AVENTURA DE LOS CABREROS

    El rugir del león, del lobo fiero
El temeroso aullido, el silbo horrendo
De escamosa serpiente, el espantable
Baladro [1] de algún monstruo, el agorero
Graznar de la corneja [2], y el estruendo
Del viento contrastado en mar instable;
Del ya vencido toro el implacable
Bramido, y de la viuda tortolilla [3]
El sentible arrullar; el triste canto
Del envidiado buho [4] con el llanto
De toda la infernal negra cuadrilla,
Salgan con la doliente ánima fuera,
Mezclados en un son, de tal manera,
Que se confundan los sentidos todos,
Pues la pena cruel que en mí se halla
Para contalla pide nuevos modos.

    De tanta confusión no las arenas
Del padre Tajo oirán los tristes ecos,
Ni del famoso Betis las olivas:
Que allí se esparcirán mis duras penas
En altos riscos y en profundos huecos,
Con muerta lengua y con palabras vivas [5],
O ya en escuros valles, o en esquivas
Playas, desnudas de contrato humano,
O adonde el sol jamás mostró su lumbre,
O entre la venenosa muchedumbre
De fieras que alimenta el libio llano [6].
Que, puesto que en los páramos desiertos
Los ecos roncos de mi mal, inciertos,
Suenen con tu rigor tan sin segundo,
Por privilegio de mis cortos hados,
Serán llevados por el ancho mundo.

---

[1] *Baladro* = grito, alarido o voz espantosa.

[2] Desde muy antiguo fué la corneja ave agorera, cuyo canto y vuelo significaba, según los casos, augurio bueno o malo (cf. M. Pidal: *Cantar de Mío Cid*, vocabulario).

[3] «*Tórtola...* Es símbolo de la mujer viuda que muerto su marido no se vuelve a casar» (Cov.).

[4] En la cetrería se observaba que las aves de caza bajaban rápidamente al buho puesto en el señuelo (cf. pág. 133, n. 3) y el vulgo creía que esto lo hacían por envidia, para sacarle sus grandes y hermosos ojos.

[5] Porque aunque mi lengua muera, vivas quedarán las palabras de mis canciones.

[6] La llanura de Libia, en Africa.

— 154 —

1, 14.—MARCELA Y GRISÓSTOMO

Mata un desdén, atierra[1] la paciencia,
O verdadera o falsa, una sospecha;
Matan los celos con rigor más fuerte;
Desconcierta la vida larga ausencia;
Contra un temor de olvido no aprovecha
Firme esperanza de dichosa suerte.
En todo hay cierta, inevitable muerte;
Mas yo ¡milagro nunca visto! vivo
Celoso, ausente, desdeñado y cierto
De las sospechas que me tienen muerto,
Y en el olvido en quien mi fuego avivo,
Y, entre tantos tormentos, nunca alcanza
Mi vista a ver en sombra[2] a la esperanza,
Ni yo, desesperado, la procuro;
Antes, por estremarme en mi querella,
Estar sin ella eternamente juro.

¿Puédese, por ventura, en un instante
Esperar y temer, o es bien hacello,
Siendo las causa del temor más ciertas?
¿Tengo, si el duro celo está delante,
De cerrar estos ojos, si he de vello
Por mil heridas en el alma abiertas?
¿Quién no abrirá de par en par las puertas
A la desconfianza, cuando mira
Descubierto el desdén, y las sospechas
¡Oh amarga conversión! verdades hechas,
Y la limpia verdad vuelta en mentira?
¡Oh en el reino de amor fieros tiranos
Celos! ponedme un hierro en estas manos.
Dame, desdén, una torcida soga.
Mas ¡ay de mí! que, con cruel vitoria,
Vuestra memoria el sufrimiento ahoga.

Yo muero, en fin; y porque nunca espere
Buen suceso en la muerte ni en la vida,
Pertinaz estaré en mi fantasía.
Diré que va acertado el que bien quiere,
Y que es más libre el alma más rendida
A la de Amor antigua tiranía.
Diré que la enemiga siempre mía

---

[1] La diferencia de conjugación en *aterrar*, según que se usa en sentido material o inmaterial (o sea con el significado de «echar a tierra» o «causar terror»), es cosa moderna, pues para nuestros mayores en ambos casos significaba «echar por tierra, abatir, propia y figuradamente» y decían siempre *atierro, atierra* (Cuervo, *Nota* 76, I, a la *Gram.* de Bello).

[2] Aun *en sombra*.

1, 14.—AVENTURA DE LOS CABREROS

Hermosa el alma como el cuerpo tiene,
Y que su olvido de mi culpa nace,
Y que en fe de los males que nos hace,
Amor su imperio en justa paz mantiene.
Y con esta opinión y un duro lazo,
Acelerando el miserable plazo
A que me han conducido sus desdenes,
Ofreceré a los vientos cuerpo y alma,
Sin lauro o palma de futuros bienes.

    Tú, que con tantas sinrazones muestras
La razón que me fuerza a que la haga
A la cansada vida que aborrezco,
Pues ya ves que te da notorias muestras
Esta del corazón profunda llaga,
De cómo alegre a tu rigor me ofrezco,
Si, por dicha, conoces que merezco
Que el cielo claro de tus bellos ojos
En mi muerte se turbe, no lo hagas;
Que no quiero que en nada satisfagas,
Al darte de mi alma los despojos.
Antes, con risa en la ocasión funesta
Descubre que el fin mío fué tu fiesta.
Mas gran simpleza es avisarte desto,
Pues sé que está tu gloria conocida
En que mi vida llegue al fin tan presto.

    Venga, que es tiempo ya, del hondo abismo
Tántalo con su sed [1]; Sísifo venga
Con el peso terrible de su canto [2];
Ticio traya [3] su buitre [4], y ansimismo
Con su rueda Ejïón no se detenga [5],
Ni las hermanas que trabajan tanto [6],
Y todos juntos su mortal [7] quebranto

---

[1] A pesar de estar con el agua a la barba.
[2] Del canto o peñasco que, empujado trabajosamente hasta la cumbre de un monte, volvía a rodar obligando a Sísifo a repetir su tarea eternamente.
[3] Por *traiga* (cf. pról. 1).
[4] El que continuamente le roía las entrañas.
[5] A una rueda que estaba siempre dando vueltas se hallaba atado Ejión o Ixión.
[6] Las cincuenta hijas de Dánao condenadas a henchir de agua perpetuamente una cuba agujereada.
[7] Que produce dolores de muerte.

1, 14.—MARCELA Y GRISÓSTOMO

>   Trasladen en mi pecho, y en voz baja
> (Si ya a un desesperado son debidas)
> Canten obsequias [1] tristes, doloridas,
> Al cuerpo, a quien se niegue aun la mortaja.
> Y el portero infernal de los tres rostros [2],
> Con otras mil quimeras y mil monstros,
> Lleven el doloroso contrapunto [3];
> Que otra pompa mejor no me parece
> Que la merece un amador difunto.
>
>   Canción desesperada, no te quejes
> Cuando mi triste compañía dejes;
> Antes, pues que la causa [4] do naciste
> Con mi desdicha augmenta su ventura,
> Aun en la sepultura no estés triste.

Bien les pareció a los que escuchado habían la canción de Grisóstomo, puesto que el que la leyó dijo que no le parecía que conformaba con la relación que él había oído del recato y bondad de Marcela, porque en ella se quejaba Grisóstomo de celos, sospechas y de ausencia, todo en perjuicio del buen crédito y buena fama de Marcela. A lo cual respondió Ambrosio, como aquel que sabía bien los más escondidos pensamientos de su amigo:

—Para que, señor, os satisfagáis desa duda, es bien que sepáis que cuando este desdichado escribió esta canción estaba ausente de Marcela, de quien él se había ausentado por su voluntad, por ver si usaba con él la ausencia de sus ordinarios fueros; y como al enamorado ausente no hay cosa que no le fatigue ni temor que no le dé alcance, así le fatigaban a Grisóstomo los celos imaginados y las sospechas temidas como si fueran verdaderas. Y con esto queda en su punto la verdad que la fama pregona de la bondad de Marcela; a la cual, fuera de ser cruel, y un poco arrogante y un mucho desdeñosa, la mesma envidia ni debe ni puede ponerle falta alguna.

—Así es la verdad—respondió Vivaldo.

Y queriendo leer otro papel de los que había reservado del fuego, lo estorbó una maravillosa visión (que tal parecía ella)

---

[1] «*Obsequias*, las honras que se hacen a los difuntos, que en rigor habíamos de decir *exequias*... Llamámosle nosotros comúnmente *enterramiento*» (Cov.).
[2] El perro llamado *Cerbero*, o *Cancerbero*.
[3] *Contrapunto* = concordancia armoniosa de voces contrapuestas.
[4] Marcela.

1, 14.—AVENTURA DE LOS CABREROS

que improvisamente se les ofreció a los ojos; y fué que por cima de la peña donde se cavaba la sepultura pareció la pastora Marcela, tan hermosa, que pasaba a su fama su hermosura. Los que hasta entonces no la habían visto la miraban con admiración y silencio; y los que ya estaban acostumbrados a verla no quedaron menos suspensos que los que nunca la habían visto. Mas apenas la hubo visto Ambrosio, cuando con muestras de ánimo indignado, le dijo:

—¿Vienes a ver, por ventura, ¡oh fiero basilisco [1] destas montañas!, si con tu presencia vierten sangre las heridas deste miserable a quien tu crueldad quitó la vida [2], o vienes a ufanarte en las crueles hazañas de tu condición o a ver desde esa altura, como otro despiadado Nero, el incendio de su abrasada Roma [3], o a pisar arrogante este desdichado cadáver, como la ingrata hija al de su padre Tarquino [4]? Dinos presto a lo que vienes, o qué es aquello de que más gustas; que por saber yo que los pensamientos de Grisóstomo jamás dejaron de obedecerte en

---

[1] «*Basilisco*, una especie de serpiente, de la cual hace mención Plinio (libro 8, cap. 21...); no es mayor que un palmo; con su silbo ahuyenta las demás serpientes, y con su vista y resuello mata...» (Cov.). Solían representarlo conforme a la figura expuesta. Se le dió este nombre, que en griego significa *reyezuelo*, porque se creía que lo era entre todos los animales venenosos.

[2] Refiérese, dice R. Marín, a la vulgar y supersticiosa creencia de que las heridas del muerto violentamente, volvían a arrojar sangre en presencia del matador.

[3] Según Suetonio, estuvo Nerón contemplando el incendio de Roma desde la *Torre de Mecenas* y cantando la ruina de Troya. Había un romance muy conocido, que aludía a este hecho y comenzaba:

Mira Nero de Tarpeya
A Roma cómo se ardía;
Gritos dan niños y viejos
Y él de nada se dolía,

donde en vez de la *Torre de Mecenas* se pone *Tarpeya* (la roca del Capitolio, desde la que se despeñaba a los traidores).

[4] Está equivocado. Según Tito Livio, Tulia, hija de Servio Tulio, rey de Roma, y mujer de Tarquino el Soberbio, hizo que su coche pasase por encima del cadáver de su padre, que a instigación suya había sido asesinado para que su marido reinase.

vida, haré que, aun él muerto, te obedezcan los de todos aquellos que se llamaron sus amigos.

—No vengo ¡oh Ambrosio! a ninguna cosa de las que has dicho—respondió Marcela—, sino a volver por mí misma, y a dar a entender cuán fuera de razón van todos aquellos que de sus penas y de la muerte de Grisóstomo me culpan; y así ruego a todos los que aquí estáis me estéis atentos: que no será menester mucho tiempo, ni gastar muchas palabras, para persuadir una verdad a los discretos. Hízome el cielo, según vosotros decís, hermosa, y de tal manera, que, sin ser poderosos a otra cosa, a que me améis os mueve mi hermosura, y por el amor que me mostráis, decís, y aun queréis que esté yo obligada a amaros. Yo conozco, con el natural entendimiento que Dios me ha dado, que todo lo hermoso es amable; mas no alcanzo que, por razón de ser amado, esté obligado lo que es amado por hermoso a amar a quien le ama. Y más, que podría acontecer que el amador de lo hermoso fuese feo, y siendo lo feo digno de ser aborrecido, cae muy mal el decir: «Quiérote por hermosa: hasme de amar aunque sea feo.» Pero, puesto caso que corran igualmente las hermosuras, no por eso han de correr iguales los deseos, que no todas las hermosuras enamoran: que algunas alegran la vista y no rinden la voluntad; que si todas las bellezas enamorasen y rindiesen, sería un andar las voluntades confusas y descaminadas, sin saber en cuál habían de parar; porque, siendo infinitos los sujetos hermosos, infinitos habían de ser los deseos. Y, según yo he oído decir, el verdadero amor no se divide, y ha de ser voluntario, y no forzoso. Siendo esto así, como yo creo que lo es, ¿por qué queréis que rinda mi voluntad por fuerza, obligada no más de que decís que me queréis bien? Si no, decidme: si como el cielo me hizo hermosa me hiciera fea, ¿fuera justo que me quejara de vosotros porque no me amábades? Cuanto más que habéis de considerar que yo no escogí la hermosura que tengo: que, tal cual es, el cielo me la dió de gracia, sin yo pedilla ni escogella. Y así como la víbora no merece ser culpada por la ponzoña que tiene, puesto que con ella mata, por habérsela dado naturaleza, tampoco yo merezco ser reprehendida por ser hermosa; que la hermosura en la mujer honesta es como el fuego apartado, o como la espada aguda: que ni él quema ni ella corta a quien a ellos no se acerca. La honra y las virtudes son adornos del alma, sin los cuales el cuerpo, aunque lo sea, no debe de parecer hermoso. Pues si la honestidad es una de las virtudes que al cuerpo y al alma más adornan y hermosean, ¿por qué la ha de perder la que es amada por hermosa, por corresponder a la intención de aquel que, por solo su gusto, con todas sus fuerzas e industrias procura que la pierda? Yo nací libre, y para poder vivir libre escogí la soledad de los campos; los árboles destas montañas son mi compañía; las claras aguas destos arroyos mis espejos; con los árboles y con las aguas comunico mis pensamientos y hermosura. Fuego soy apartado y espada puesta lejos. A los que he enamorado con la vista he desengañado con las palabras; y si los deseos se sustentan con esperanzas, no habiendo yo dado alguna a Grisóstomo, ni a otro alguno, al fin [1] de ninguno dellos, bien se puede decir que antes le mató su porfía que mi crueldad. Y si se me hace cargo que eran honestos sus pensamientos, y que por esto estaba obligada a corresponder a ellos, digo que cuando en ese mismo lugar donde ahora se cava su sepultura me descubrió la bondad de su intención, le dije yo que la mía era vivir en perpetua soledad, y de que sola la tierra gozase el fruto de mi recogimiento y los despojos de mi hermosura; y si él, con todo este desengaño, quiso porfiar contra la esperanza y navegar contra el viento, ¿qué mucho que se anegase en la mitad del golfo de su desatino? Si yo le entretuviera, fuera falsa; si le contentara, hiciera contra mi mejor intención y prosupuesto [2]. Porfió, desengañado, desesperó sin ser aborrecido: ¡mirad ahora si será razón que de su pena se me dé a mí la culpa! Quéjese el engañado; desespérese aquel a quien le faltaron las prometidas esperanzas; confíese el que yo llamare; ufánese el que yo admitiere; pero no me llame cruel ni homicida aquel a quien yo no prometo, engaño, llamo ni admito. El cielo aún hasta ahora no ha querido que yo ame por destino, y el pensar que tengo de amar por elección es escusado. Este general desengaño sirva, a cada uno de los que me solicitan, de su particular provecho, y entiéndase de aquí adelante que si alguno por mí muriere, no muere de celoso ni desdichado, porque quien a nadie quiere, a ninguno debe dar celos; que los desengaños no se han de tomar en cuenta de desdenes. El que me llama fiera y basilisco, déjeme como cosa perjudicial y mala; el que me llama ingrata, no me sirva; el que desconocida [3], no me conozca; quien cruel,

---

[1] Para el fin.
[2] Propósito.
[3] *Desconocida* = ingrata, no reconocida.

1, 14.—MARCELA Y GRISÓSTOMO

no me siga; que esta fiera, este basilisco, esta ingrata, esta cruel y esta desconocida, ni los buscará, servirá, conocerá ni seguirá en ninguna manera. Que si a Grisóstomo mató su impaciencia y arrojado deseo, ¿por qué se ha de culpar mi honesto proceder y recato? Si yo conservo mi limpieza con la compañía de los árboles, ¿por qué ha de querer que la [1] pierda el que quiera que la [2] tenga con los hombres? Yo, como sabéis, tengo riquezas propias, y no codicio las ajenas; tengo libre condición, y no gusto de sujetarme; ni quiero ni aborrezco a nadie; no engaño a éste, ni solicito a aquél; ni burlo con uno, ni me entretengo con el otro. La conversación honesta de las zagalas destas aldeas y el cuidado de mis cabras me entretiene. Tienen mis deseos por término estas montañas, y si de aquí salen, es a contemplar la hermosura del cielo, pasos con que camina el alma a su morada primera.

Y en diciendo esto, sin querer oír respuesta alguna, volvió las espaldas y se entró por lo más cerrado de un monte que allí cerca estaba, dejando admirados, tanto de su discreción como de su hermosura, a todos los que allí estaban. Y algunos dieron muestras (de aquellos que de la poderosa flecha de los rayos de sus bellos ojos estaban heridos) de quererla seguir, sin aprovechar del manifiesto desengaño que habían oído. Lo cual visto por don Quijote, pareciéndole que allí venía bien usar de su caballería, socorriendo a las doncellas menesterosas, puesta la mano en el puño de su espada, en altas e inteligibles voces dijo:

—Ninguna persona, de cualquier estado y condición que sea, se atreva a seguir a la hermosa Marcela, so pena de caer en la furiosa indignación mía. Ella ha mostrado con claras y suficientes razones la poca o ninguna culpa que ha tenido en la muerte de Grisóstomo, y cuán ajena vive de condescender con los deseos de ninguno de sus amantes; a cuya causa es justo que, en lugar de ser seguida y perseguida, sea honrada y estimada de todos los buenos del mundo, pues muestra que en él ella es sola la que con tan honesta intención vive.

O ya que fuese por las amenazas de don Quijote, o porque Ambrosio les dijo que concluyesen con lo que a su buen amigo debían, ninguno de los pastores se movió ni apartó de allí hasta que, acabada la sepultura y abrasados los papeles de

---

[1] Se refiere a *limpieza*.
[2] Se refiere a *compañía*.

Grisóstomo, pusieron su cuerpo en ella, no sin muchas lágrimas de los circunstantes. Cerraron la sepultura con una gruesa peña, en tanto que se acababa una losa que, según Ambrosio dijo, pensaba mandar hacer, con un epitafio que había de decir desta manera:

> Yace aquí de un amador
> El mísero cuerpo helado,
> Que fué pastor de ganado,
> Perdido por desamor.
> Murió a manos del rigor
> De una esquiva hermosa ingrata
> Con quien su imperio dilata
> La tiranía de amor.

Luego esparcieron por cima de la sepultura muchas flores y ramos, y, dando todos el pésame a su amigo Ambrosio, se despidieron dél. Lo mesmo hicieron Vivaldo y su compañero, y don Quijote se despidió de sus huéspedes y de los caminantes, los cuales le rogaron se viniese con ellos a Sevilla, por ser lugar tan acomodado a hallar aventuras, que en cada calle y tras cada esquina se ofrecen más que en otro alguno. Don Quijote les agradeció el aviso y el ánimo que mostraban de hacerle merced, y dijo que por entonces no quería ni debía ir a Sevilla, hasta que hubiese despojado todas aquellas sierras de ladrones malandrines, de quien era fama que todas estaban llenas. Viendo su buena determinación, no quisieron los caminantes importunarle más, sino, tornándose a despedir de nuevo, le dejaron y prosiguieron su camino, en el cual no les faltó de qué tratar, así de la historia de Marcela y Grisóstomo como de las locuras de don Quijote. El cual determinó de ir a buscar a la pastora Marcela y ofrecerle todo lo que él podía en su servicio; mas no le avino como él pensaba, según se cuenta en el discurso desta verdadera historia, dando aquí fin la segunda parte.

CAPITULO XV.—Donde se cuenta la desgraciada aventura que se topó don Quijote en topar con unos desalmados yangüeses.

Cuenta el sabio Cide Hamete Benengeli que así como don Quijote se despidió de sus huéspedes y de todos los que se hallaron al entierro del pastor Grisóstomo, él y su escudero se entraron por el mesmo bosque donde vieron que se había entrado la pastora Marcela; y, habiendo andado más de dos horas por él, buscándola por todas partes, sin poder hallaila, vinieron a parar a un prado lleno de fresca hierba, junto del cual corría un arroyo apacible y fresco; tanto, que convidó, y forzó, a pasar allí las horas de la siesta, que rigurosamente comenzaba ya a entrar. Apeáronse don Quijote y Sancho y, dejando al jumento y a Rocinante a sus anchuras pacer de la mucha hierba que allí había, dieron saco a las alforjas, y, sin cerimonia alguna, en buena paz y compañía, amo y mozo comieron lo que en ellas hallaron.

No se había curado Sancho de echar sueltas [1] a Rocinante, seguro de que le conocía por tan manso y tan poco rijoso [2], que todas las yeguas de la dehesa de Córdoba no le hicieran tomar mal siniestro [3]. Ordenó, pues, la suerte, y el diablo (que no todas veces duerme), que andaban [4] por aquel valle paciendo una manada de hacas galicianas [5] de unos harrieros yangüeses, de los cuales es costumbre sestear con su recua en lugares y sitios de hierba y agua, y aquel donde acertó a hallarse don

---
[1] *Suelta* = traba o maniota con que se atan las manos de las caballerías.
[2] «*Rixoso*, el que siempre está aparejado para reñir. *Cavallo rixoso*, el inquieto, particularmente cuando ven las yeguas, y siempre se lleva mal con los otros cavallos» (Cov.).
[3] «*Siniestro*, el vicio y mala costumbre que tiene el hombre o la bestia» (Cov.).
[4] Por *anduviese* (cf. pról. 16 y 8).
[5] «*Haca* es caballo pequeño, que de su natural no llega su estatura a los demás y es como redrojo o enano. Solemos decir vulgarmente *mañeruelos*, ...*asturiones*, ...*gradarios*, ...y *cuartagos*» (Cov.).
Las hacas galicianas o jacas gallegas suelen ser de poca alzada, pero de muchas fuerzas, y por consiguiente muy a propósito para el servicio de la harriería, profesión a que eran dados los naturales del pueblo de Yanguas, en la provincia de Segovia.

1, 15.—AVENTURA DE LOS YANGÜESES

Quijote era muy a propósito de los yangüeses. Sucedió, pues, que a Rocinante le vino en deseo de refocilarse con las señoras facas, y saliendo, así como las olió, de su natural paso y costumbre, sin pedir licencia a su dueño, tomó un trotico algo picadillo [1] y se fué a comunicar su necesidad con ellas; mas ellas, que, a lo que pareció, debían de tener más gana de pacer que de ál [2] recibiéronle con las herraduras y con los dientes, de tal manera, que a poco espacio se le rompieron las cinchas, y quedó sin silla, en pelota [3]. Pero lo que él debió más de sentir fué que viendo los harrieros la fuerza que a sus yeguas se les hacía, acudieron con estacas, y tantos palos le dieron, que le derribaron malparado en el suelo.

Ya en esto don Quijote y Sancho, que la paliza de Rocinante habían visto, llegaban ijadeando [4], y dijo don Quijote a Sancho:

—A lo que yo veo, amigo Sancho, éstos no son caballeros, sino gente soez y de baja ralea. Dígolo porque bien me puedes ayudar a tomar la debida venganza del agravio que delante de nuestros ojos se le ha hecho a Rocinante.

—¿Qué diablos de venganza hemos de tomar—respondió Sancho—, si éstos son más de veinte, y nosotros no más de dos, y aun quizá no somos sino uno y medio?

—¡Yo valgo por ciento!—replicó don Quijote.

Y sin hacer más discursos, echó mano a su espada y arremetió a los yangüeses, y lo mismo hizo Sancho Panza, incitado

---

[1] «*Picar,* apresurar el paso» (Terrero).

[2] *Ál* = otra cosa (cf. pág. 67, nota 7).

[3] *En pelota,* como su sinónimo *desnudo,* significa falta de ropa, total o parcial, según el contexto. Así, las demás veces que Cervantes emplea esta locución en el Quijote (I, 22; II, 54 y 71) sólo denota falta de ropa *exterior.*

[4] *Ijada* (o *ijar*) = cualquiera de las dos cavidades simétricamente colocadas entre las costillas y los huesos de las caderas. Mover aceleradamente las ijadas por el cansancio es *ijadear;* respirar con dificultad por la misma causa es *jadear.*

y movido del ejemplo de su amo; y a las primeras dió don Quijote una cuchillada a uno, que le abrió un sayo de cuero de que venía vestido, con gran parte de la espalda.

Los yangüeses, que se vieron maltratar de aquellos dos hombres solos, siendo ellos tantos, acudieron a sus estacas, y cogiendo a los dos en medio, comenzaron a menudear sobre ellos con grande ahinco y vehemencia. Verdad es que al segundo toque dieron con Sancho en el suelo, y lo mismo le avino a don Quijote, sin que le valiese su destreza y buen ánimo, y quiso su ventura que viniese a caer a los pies de Rocinante, que aún no se había levantado; donde se echa de ver la furia con que machacan estacas puestas en manos rústicas y enojadas. Viendo, pues, los yangüeses el mal recado [1] que habían hecho, con la mayor presteza que pudieron cargaron su recua y siguieron su camino, dejando a los dos aventureros de mala traza y de peor talante.

El primero que se resintió [2] fué Sancho Panza; y hallándose junto a su señor, con voz enferma y lastimada dijo:

—¡Señor don Quijote! ¡Ah, señor don Quijote!

—¿Qué quieres, Sancho hermano?—respondió don Quijote, en el mesmo tono afeminado y doliente que Sancho.

—Querría, si fuese posible—respondió Sancho Panza—, que vuestra merced me diese dos tragos de aquella bebida del feo Blas [3], si es que la tiene vuestra merced ahí a mano: quizá será de provecho para los quebrantamientos de huesos, como lo es para las feridas.

—Pues a tenerla yo aquí, desgraciado yo, ¿qué nos faltaba?—respondió don Quijote—. Mas yo te juro, Sancho Panza, a fe de caballero andante, que antes que pasen dos días, si la fortuna no ordena otra cosa, la tengo de tener en mi poder, o mal me han de andar las manos [4].

—Pues ¿en cuántos le parece a vuestra merced que podremos mover los pies?—replicó Sancho Panza.

—De mí sé decir—dijo el molido caballero don Quijote—que no sabré poner término a esos días. Mas yo me tengo la culpa de todo; que no había de poner mano a la espada contra hombres que no fuesen armados caballeros, como yo; y así, creo

---

[1] *Recado = recaudo* (lo que se recauda), cobro, ganancia, hecho.
[2] *Resentirse* = dar muestras de dolor por algo.
[3] Fierabrás.
[4] *O mal me han de andar las manos* = o he de andar muy torpe y desmañado.

1, 15.—AVENTURA DE LOS YANGÜESES

que en pena de haber pasado las leyes de la caballería, ha permitido el Dios de las batallas que se me diese este castigo. Por lo cual, Sancho Panza, conviene que estés advertido en esto que ahora te diré, porque importa mucho a la salud de entrambos; y es que cuando veas que semejante canalla nos hace algún agravio, no aguardes a que yo ponga mano al espada para ellos, porque no lo haré en ninguna manera; sino pon tú mano a tu espada y castígalos muy a tu sabor; que si en su ayuda y defensa acudieren caballeros, yo te sabré defender, y ofendellos, con todo mi poder; que ya habrás visto por mil señales y experiencias hasta adónde se estiende el valor de este mi fuerte brazo.

Tal quedó de arrogante el pobre señor con el vencimiento del valiente Vizcaíno. Mas no le pareció tan bien a Sancho Panza el aviso de su amo, que dejase de responder, diciendo:

—Señor, yo soy hombre pacífico, manso, sosegado, y sé disimular cualquiera injuria, porque tengo mujer y hijos que sustentar y criar. Así que, séale a vuestra merced también aviso, pues no puede ser mandato, que en ninguna manera pondré mano a la espada, ni contra villano ni contra caballero, y que desde aquí para delante de Dios perdono cuantos agravios me han hecho y han de hacer, ora me los haya hecho, o haga, o haya de hacer, persona alta o baja, rico o pobre, hidalgo o pechero [1], sin aceptar estado ni condición alguna.

Lo cual oído por su amo, le respondió:

—Quisiera tener aliento para poder hablar un poco descansado, y que el dolor que tengo en esta costilla se aplacara tanto cuanto [2], para darte a entender, Panza, en el error en que estás [3]. Ven acá, pecador: si el viento de la fortuna, hasta ahora tan contrario, en nuestro favor se vuelve, llenándonos las velas del deseo para que seguramente y sin contraste alguno tomemos puerto en alguna de las ínsulas que te tengo prometida, ¿qué sería de ti si, ganándola yo, te hiciese señor della? Pues lo vendrás a imposibilitar, por no ser caballero, ni quererlo ser ni tener valor ni intención de vengar tus injurias y defender tu señorío. Porque has de saber que en los reinos y provincias nuevamente conquistados nunca están tan quietos los ánimos

---

[1] «*Pecho*... [de *pactum*] vale cierto tributo que se da al rey... *Pechero*, el que le paga. Déste están esentos los hidalgos, y por el pecho se dividen de los que no lo son» (Cov.).

[2] *Tanto cuanto* = algo, un poco.

[3] Hoy diríamos *en qué error estás* (cf. pról. 26).

de sus naturales, ni tan de parte del nuevo señor, que no se tenga temor de que han de hacer alguna novedad para alterar de nuevo las cosas, y volver, como dicen, a probar ventura; y así, es menester que el nuevo posesor tenga entendimiento para saber gobernar y valor para ofender y defenderse en cualquiera acontecimiento.

—En este que ahora nos ha acontecido—respondió Sancho—quisiera yo tener ese entendimiento y ese valor que vuestra merced dice; mas yo le juro, a fe de pobre hombre, que más estoy para bizmas [1] que para pláticas. Mire vuestra merced si se puede levantar, y ayudaremos a Rocinante, aunque no lo merece, porque él fué la causa principal de todo este molimiento. Jamás tal creí de Rocinante; que le tenía por persona casta y tan pacífica como yo. En fin, bien dicen que es menester mucho tiempo para venir a conocer las personas, y que no hay cosa segura en esta vida. ¿Quién dijera que tras de aquellas tan grandes cuchilladas como vuestra merced dió a aquel desdichado caballero andante, había de venir por la posta [2] y en seguimiento suyo esta tan grande tempestad de palos que ha descargado sobre nuestras espaldas?

—Aun las tuyas, Sancho—replicó don Quijote—, deben de estar hechas a semejantes nublados; pero las mías, criadas entre sinabafas y holandas [3], claro está que sentirán más el dolor de esta desgracia. Y si no fuese porque imagino... ¿qué digo imagino? sé muy cierto que todas estas incomodidades son muy anejas al ejercicio de las armas, aquí me dejaría morir de puro enojo.

A esto replicó el escudero:

—Señor, ya que estas desgracias son de la cosecha de la caballería, dígame vuestra merced si suceden muy a menudo, o si tienen sus tiempos limitados en que acaecen; porque me parece a mí que a dos cosechas quedaremos inútiles para la tercera, si Dios, por su infinita misericordia, no nos socorre.

—Sábete, amigo Sancho—respondió don Quijote—, que la

---

[1] *Bizma* = emplasto para confortar, compuesto de estopa, aguardiente, incienso, mirra y otros ingredientes. *Estopa* = parte basta o gruesa del lino o del cáñamo, que queda en el rastrillo cuando se peina y rastrilla.

[2] *Por la posta* = con presteza. *Postas* = caballerías prevenidas o apostadas en los caminos a distancia de dos o tres leguas, para que los correos y otras personas vayan con presteza de una parte a otra.

[3] *Sinabafas* y *holandas* son nombres de lienzos muy finos, propios de gente rica.

15.—AVENTURA DE LOS YANGÜESES

vida de los caballeros andantes está sujeta a mil peligros y desventuras, y ni más ni menos está en potencia propincua [1], de ser los caballeros andantes reyes y emperadores, como lo ha mostrado la experiencia en muchos y diversos caballeros de cuyas historias yo tengo entera noticia. Y pudiérate contar agora, si el dolor me diera lugar, de algunos que sólo por el valor de su brazo han subido a los altos grados que he contado, y estos mesmos se vieron antes y después en diversas calamidades y miserias: porque el valeroso Amadís de Gaula se vió en poder de su mortal enemigo Arcalaus el encantador, de quien se tiene por averiguado que le dió, teniéndole preso, más de doscientos azotes con las riendas de su caballo, atado a una columna de un patio. Y aun hay un autor secreto, y de no poco crédito, que dice que, habiendo cogido al Caballero del Febo con una cierta trampa, que se le hundió [2] debajo de los pies, en un cierto castillo, y al caer se halló en una honda sima debajo de tierra, atado de pies y manos, y allí le echaron una destas que llaman melecinas [3], de agua de nieve y arena, de lo que llegó muy al cabo; y si no fuera socorrido en aquella gran cuita de un sabio grande amigo suyo, lo pasara muy mal el pobre caballero [4]. Ansí que, bien puedo yo pasar entre tanta buena gente; que mayores afrentas son las que éstos pasaron que no las que ahora nosotros pasamos. Porque quiero hacerte sabidor, Sancho, que no afrentan las heridas que se dan con los instrumentos que acaso se hallan en las manos, y esto está en la ley del duelo, escrito por palabras expresas: que si el zapatero da a otro con la horma que tiene en la mano, puesto que verdaderamente es de palo, no por eso se dirá que queda apaleado aquel a quien dió con ella. Digo esto porque no pienses que, puesto que quedamos desta pendencia molidos, quedamos

---

[1] *Está en potencia propincua* (o *próxima*) = está muy cerca. Lo correcto sería decir *están* en vez de *está*.
[2] *Dice que... que* (sobre este *que*, cf. pról. 23) *se le hundió* (a Arcalaus) *el Caballero del Febo*.
[3] *Melecina*, un lavatorio de tripas que se recibe por el sieso [= ano: de *sessus*, cf. asentaderas], y el mismo instrumento con que se echa se llama melecina, que es un saquito de cuero con un cañuto. Tomó este nombre de melecina, a *medendo*, porque se ha hallado siempre por experiencia hacer mucho provecho y dar salud. Lo mismo signifca *clistel*, y *gaita*, y *ayuda*» (Cov.).
[4] Nota Clemencín que don Quijote no refirió con fidelidad lo que decían los libros de caballerías.

1, 15.—DON QUIJOTE Y SANCHO

afrentados: porque las armas que aquellos hombres traían, con que nos machacaron, no eran otras que sus estacas, y ninguno dellos, a lo que se me acuerda, tenía estoque [1], espada ni puñal.

—No me dieron a mí lugar—respondió Sancho—a que mirase en tanto; porque apenas puse mano a mi tizona [2], cuando me santiguaron [3] los hombros con sus pinos, de manera, que me quitaron la vista de los ojos y la fuerza de los pies, dando conmigo adonde ahora yago, y adonde no me da pena alguna el pensar si fué afrenta, o no, lo de los estacazos, como me la da el dolor de los golpes, que me han de quedar tan impresos en la memoria como en las espaldas.

—Con todo eso, te hago saber, hermano Panza—replicó don Quijote—, que no hay memoria a quien el tiempo no acabe, ni dolor que muerte no le consuma.

—Pues ¿qué mayor desdicha puede ser—replicó Panza—de aquella que aguarda al tiempo que la consuma y a la muerte que la acabe? Si esta nuestra desgracia fuera de aquellas que con un par de bizmas se curan, aun no tan malo; pero voy viendo que no han de bastar todos los emplastos de un hospital para ponerlas en buen término siquiera.

—Déjate deso y saca fuerzas de flaqueza, Sancho—respondió don Quijote—, que así haré yo, y veamos cómo está Rocinante; que, a lo que me parece, no le ha cabido al pobre la menor parte desta desgracia.

—No hay de [4] qué maravillarse deso—respondió Sancho—, siendo él tan buen caballero andante; de lo que yo me maravillo es de que mi jumento haya quedado libre y sin costas [5] donde nosotros salimos sin costillas.

—Siempre deja la ventura una puerta abierta en las des-

---

[1] «*Estocada*, el golpe que se da de punta con la espada, herida particular de españoles, más peligrosa que tajo ni revés: y porque hay algunas espadas largas, fuera de la marca, las cuales más son asadores que espadas, porque con la ventaja se juega con ellas siempre de punta, se llamaron *estoques*» (Cov.).

[2] Dos espadas famosas ganó el Cid: la *Colada* a don Ramón, Conde de Barcelona, y la *Tizona* (Tizón la llama el CANTAR DE MIO CID) al rey moro Búcar.

[3] *Santiguar* = golpear.

[4] *De* = por.

[5] *Condenar* a uno *en costas* = hacerle pagar todos los gastos que ha ocasionado un pleito civil o criminal.

1, 15.—AVENTURA DE LOS YANGÜESES

dichas, para dar remedio a ellas—dijo don Quijote—. Dígolo porque esa bestezuela podrá suplir ahora la falta de Rocinante, llevándome a mí desde aquí a algún castillo donde sea curado de mis feridas. Y más, que no tendré a deshonra la tal caballería, porque me acuerdo haber leído que aquel buen viejo Sileno, ayo y pedagogo del alegre dios de la risa [1], cuando entró en la ciudad de Las Cien Puertas [2] iba, muy a su placer, caballero sobre un muy hermoso asno.

—Verdad será que él debía de ir caballero, como vuestra merced dice—respondió Sancho—; pero hay grande diferencia de ir caballero al ir atravesado como costal de basura.

A lo cual respondió don Quijote:

—Las feridas que se reciben en las batallas antes dan honra que la quitan; así que, Panza amigo, no me repliques más, sino como ya te he dicho, levántate lo mejor que pudieres, y ponme de la manera que más te agradare encima de tu jumento, y vamos de aquí, antes que la noche venga y nos saltee en este despoblado.

—Pues yo he oído decir a vuestra merced—dijo Panza—que es muy de caballeros andantes el dormir en los páramos y desiertos lo más del año, y que lo tienen a mucha ventura.

—Eso es—dijo don Quijote—cuando no pueden más, o cuando están enamorados; y es tan verdad esto, que ha habido caballero que se ha estado sobre una peña, al sol, y a la sombra, y a las inclemencias del cielo, dos años, sin que lo supiese su señora. Y uno déstos fué Amadís, cuando llamándose Beltenebros, se alojó en la Peña Pobre, ni sé si ocho años o ocho meses; que no estoy muy bien en la cuenta; basta que él estuvo allí haciendo penitencia, por no sé qué sinsabor que le hizo la señora Oriana [3]. Pero dejemos ya esto, Sancho, y acaba, antes que suceda otra desgracia al jumento, como a Rocinante.

---

[1] Baco.

[2] Debió decir la ciudad de Las Siete Puertas que era Tebas, capital de Beocia, patria de Baco. La ciudad de las Cien Puertas, según Homero, era Tebas, capital de Tebaida en el alto Egipto.

[3] Lastimado Amadís por Oriana se retiró a un lugar solitario, desde donde un ermitaño que allí se encontraba le condujo en una barca a su ermita, situada en una peña alta y estrecha, llamada *Peña Pobre*. A ruegos del caballero el ermitaño puso a Amadís el nombre de *Bel-tenebrós* (que nosotros pronunciamos *Beltenebros*), atendiendo a su *belleza* y al estado de amargura y *tinieblas* en que se hallaba.

—¡Aun ahí sería el diablo [1]!—dijo Sancho.

Y despidiendo treinta ayes, y sesenta sospiros, y ciento y veinte pésetes y reniegos de quien allí le había traído, se levantó, quedándose agobiado en la mitad del camino, como arco turquesco [2], sin poder acabar de enderezarse; y con todo este trabajo aparejó su asno, que también había andado algo destraído con la demasiada libertad de aquel día. Levantó luego a Rocinante, el cual, si tuviera lengua con que quejarse a buen seguro que Sancho ni su amo no le fueran en zaga [3]. En resolución, Sancho acomodó a don Quijote sobre el asno y puso de reata [4] a Rocinante, y llevando al asno de cabestro, se encaminó, poco más o menos, hacia donde le pareció que podía estar el camino real. Y la suerte, que sus cosas de bien en mejor [5] iba guiando, aún no hubo andado una pequeña legua, cuando le deparó [6] el camino, en el cual descubrió una venta, que, a pesar suyo y gusto de don Quijote, había de ser castillo. Porfiaba Sancho que era venta, y su amo que no, sino castillo; y tanto duró la porfía, que tuvieron lugar, sin acabarla, de llegar a ella, en la cual Sancho se entró, sin más averiguación, con toda su recua.

CAPITULO XVI.—De lo que le sucedió al ingenioso hidalgo en la venta que él imaginaba ser castillo.

El Ventero, que vió a don Quijote atravesado en el asno, preguntó a Sancho qué mal traía. Sancho le respondió que no era nada, sino que había dado una caída de una peña abajo, y que venía algo brumadas las costillas. Tenía el Ventero

---

[1] Es decir: ¡A eso puede llegar nuestro daño! Dice Cov.: «Al travieso y malo decimos que es un diablo, y a todo lo que es dañoso y pernicioso.»

[2] El *arco turquesco*, dice R. Marín, era de gran longitud, y para disparar con él se apoyaba uno de sus extremos en el suelo, quedando encorvado verticalmente.

[3] *Éste no le iría en zaga a aquél* suele significar (cf. I, 1) que no le sería inferior, no le retrasaría, porque iría a la par con él o le tomaría la delantera. Pero aquí denota lo contrario: tanto se adelantaría Rocinante en quejas, que ya no se podría decir con propiedad que Sancho y su amo le iban en zaga o le seguían.

[4] *Reatar* = atar dos o más caballerías para que vayan en hilera. *De reata* = formando reata o hilera.

[5] Irónico.

[6] *Y aún no hubo andado .., cuando la suerte que sus cosas..., le deparó*

por mujer a una, no de la condición que suelen tener las de semejante trato, porque naturalmente era caritativa y se dolía de las calamidades de sus prójimos; y así, acudió luego a curar a don Quijote, y hizo que una hija suya doncella, muchacha y de muy buen parecer, la ayudase a curar a su huésped. Servía en la venta asimesmo una moza asturiana, ancha de cara, llana de cogote [1], de nariz roma, del un ojo tuerta y del otro no muy sana. Verdad es que la gallardía del cuerpo suplía las demás faltas: no tenía siete palmos de los pies a la cabeza, y las espaldas, que algún tanto le cargaban, la hacían mirar al suelo más de lo que ella quisiera. Esta gentil moza, pues, ayudó a la doncella, y las dos hicieron una muy mala cama a don Quijote, en un camaranchón [2] que, en otros tiempos, daba manifiestos indicios que había servido de pajar muchos años; en el cual también alojaba un harriero, que tenía su cama hecha un poco más allá de la de nuestro don Quijote. Y aunque era de las enjalmas [3] y mantas de sus machos, hacía mucha ventaja a la de don Quijote, que sólo contenía cuatro mal lisas tablas sobre dos no muy iguales bancos, y un colchón que en lo sutil parecía colcha [4], lleno de bodoques [5], que, a no mostrar que eran de lana por algunas roturas, al tiento, en la dureza, semejaban de guijarro, y dos sábanas hechas de cuero de adarga, y una frazada [6] cuyos hilos si se quisieran contar, no se perdiera uno solo de la cuenta.

En esta maldita cama se acostó don Quijote, y luego la Ventera y su hija le emplastaron de arriba abajo, alumbrándoles Maritornes, que así se llamaba la asturiana; y como al bizmalle viese la Ventera tan acardenalado a partes a don Quijote, dijo que aquello más parecían golpes que caída.

---

[1] *Llana de cogote* = sin cogote o descogotada. «*Descogotados*, los que no tienen cogotes, como los asturianos» (Cov.).

[2] «*Camaranchón*, el desván de la casa, que sirve de sólo tener en él trastos viejos» (Cov.).

[3] «*Enjalma*, cierto género de albardoncillo morisco, labrado de paños de diferentes colores» (Cov.).

[4] «*Colcha*, cobertura de cama, abrada y pespuntada, con embutidos de algodón [con] que hacen diversos lazos: las comunes son de lienzo, otras de holanda fina, y otras de seda...» (Cov.).

[5] «*Bodoque*, el globo pequeño o pelotilla de barro, que se tira con el arco, o con la ballesta que llaman de bodoques» (Cov.).

[6] «*Frazada*, la manta tejida de lana, y peluda, que se echa sobre la cama» (Cov.).

1, 16.—CURACIÓN

—No fueron golpes—dijo Sancho—; sino que la peña tenía muchos picos y tropezones, y que cada uno había hecho su cardenal.

Y también le dijo:

—Haga vuestra merced, señora, de manera que queden algunas estopas [1], que no faltará quien las haya menester; que también me duelen a mí un poco los lomos.

—Desa manera—respondió la Ventera—, también debistes vos de caer.

—No caí—dijo Sancho Panza—; sino que del sobresalto que tomé de ver caer a mi amo, de tal manera me duele a mí el cuerpo, que me parece que me han dado mil palos.

—Bien podrá ser eso—dijo la doncella—; que a mí me ha acontecido muchas veces soñar que caía de una torre abajo, y que nunca acababa de llegar al suelo, y cuando despertaba del sueño, hallarme tan molida y quebrantada como si verdaderamente me hubiera caído.

—Ahí está el toque, señora—respondió Sancho Panza—: que yo, sin soñar nada, sino estando más despierto que ahora estoy, me hallo con pocos menos cardenales que mi señor don Quijote.

—¿Cómo se llama este caballero?—preguntó la asturiana Maritornes.

—Don Quijote de la Mancha—respondió Sancho Panza—; y es caballero aventurero, y de los mejores y más fuertes que de luengos tiempos acá se han visto en el mundo.

—¿Qué es caballero aventurero?—replicó la moza.

—¿Tan nueva sois en el mundo, que no lo sabéis vos?—respondió Sancho Panza—. Pues sabed, hermana mía, que caballero aventurero es una cosa que en dos palabras [2] se ve apaleado y emperador: hoy está la más desdichada criatura del mundo y la más menesterosa, y mañana tendrá dos o tres coronas de reinos que dar a su escudero.

—Pues ¿cómo vos, siéndolo deste tan buen señor—dijo la Ventera—, no tenéis, a lo que parece, siquiera algún condado?

—Aún es temprano—respondió Sancho—, porque no ha sino un mes que andamos buscando las aventuras, y hasta ahora no hemos topado con ninguna que lo sea. Y tal vez hay que se busca una cosa y se halla otra. Verdad es que si mi se-

---

[1] De las bizmas (cf. pág. 167, n. 1).
[2] *En dos palabras* = en un momento.

ñor don Quijote sana desta herida o caída y yo no quedo contrecho [1] della, no trocaría mis esperanzas con el mejor título de España.

Todas estas pláticas estaba escuchando muy atento don Quijote, y sentándose en el lecho como pudo, tomando de la mano a la Ventera, le dijo:

—Creedme, fermosa señora, que os podéis llamar venturosa por haber alojado en este vuestro castillo a mi persona, que es tal, que si yo no la alabo, es por lo que suele decirse que la alabanza propria envilece [2]; pero mi escudero os dirá quien soy. Sólo os digo que tendré eternamente escrito en mi memoria el servicio que me habedes fecho, para agradecéroslo mientras la vida me durare; y pluguiera a los altos cielos que el amor no me tuviera tan rendido y tan sujeto a sus leyes, y los ojos de aquella fermosa ingrata que digo entre mis dientes; que los desta fermosa doncella fueran señores de mi libertad.

Confusas estaban la Ventera y su hija y la buena de Maritornes oyendo las razones del andante caballero, que así las entendían como si hablara en griego, aunque bien alcanzaron que todas se encaminaban a ofrecimiento y requiebros; y, como no usadas [3] a semejante lenguaje, mirábanle y admirábanse, y parecíales otro hombre de los que se usaban; y, agradeciéndole con venteriles razones sus ofrecimientos, le dejaron, y la asturiana Maritornes curó a Sancho, que no menos lo había menester que su amo.

Había el Harriero concertado con ella que aquella noche se refocilarían juntos, y ella le había dado su palabra de que, en estando sosegados los huéspedes y durmiendo sus amos, le iría a buscar y satisfacerle el gusto en cuanto le mandase. Y cuéntase desta buena moza que jamás dió semejantes palabras que no las cumpliese, aunque las diese en un monte y sin testigo alguno, porque presumía muy de hidalga, y no tenía por afrenta estar en aquel ejercicio de servir en la venta, porque decía ella que desgracias y malos sucesos la habían traído a aquel estado. El duro, estrecho, apocado y fementido [4] lecho

---

[1] *Contrecho* = maltrecho, baldado, estropeado.
[2] El proverbio, de autor desconocido, en su forma latina es. *laus ore proprio vilescit.*
[3] *No usadas* = no acostumbradas.
[4] *Fementido* o *falso* por la falta de solidez o firmeza.

de don Quijote estaba primero en mitad de aquel estrellado [1] establo, y, luego, junto a él, hizo el suyo Sancho, que sólo contenía una estera de enea [2] y una manta, que antes mostraba ser de anjeo tundido [3] que de lana. Sucedía a estos dos lechos el del Harriero, fabricado, como se ha dicho, de las enjalmas y de todo el adorno de los dos mejores mulos que traía, aunque eran dudos, lucios, gordos y famosos, porque era uno de los ricos harrieros de Arévalo, según lo dice el autor desta historia, que deste harriero hace particular mención, porque le conocía muy bien, y aun quieren decir que era algo pariente suyo. Fuera de que Cide Hamete Benengeli fué historiador muy curioso y muy puntual en todas las cosas, y échase bien de ver, pues las que quedan referidas, con ser mínimas y tan rateras [4], no las quiso pasar en silencio; de donde podrán tomar ejemplo los historiadores graves, que nos cuentan las acciones tan corta y sucintamente, que apenas nos llegan a los labios, dejándose en el tintero, ya por descuido, por malicia o ignorancia, lo más sustancial de la obra. ¡Bien haya mil veces el autor de *Tablante de Ricamonte*, y aquel del otro libro donde se cuentan los hechos del Conde Tomillas y con qué puntualidad lo describen todo [5]! Digo, pues, que después de haber visitado el Harriero a su recua y dádole el segundo pienso, se tendió en sus enjalmas y se dió a esperar a su puntualísima Maritornes. Ya estaba Sancho bizmado y acostado, y, aunque procuraba dormir, no lo consentía el dolor de sus costillas; y don Quijote, con el dolor de las suyas, tenía los ojos abiertos como liebre [6]. Toda la venta estaba en silencio, y en toda ella no había otra luz que

---

[1] *Estrellado* porque sus grietas, luminadas con la luz del día, parecían estrellas en cielo oscuro.

[2] *Enea* o *anea* = especie de espadaña de que se hacen asientos de sillas; las esteras de invierno suelen hacerse de esparto.

[3] «*Anjeo* es una tela de estopa o lino basto, que se trae de Francia [del ducado de Anjou]» (Cov.). «*Tundir*..., el abajar el pelo del paño e igualarle con la tijera del oficial que llamamos tundidor. Díjose de *tondeo*» (Cov.). Decir de la manta de Sancho, la cual debía de ser de lana, que parecía de anjeo tundido, es decir, que estaba pelada y sin borra.

[4] *Rateras* = bajas, despreciables.

[5] Todo esto es irónico.

[6] Pero no dormía. «Dormir los ojos abiertos es de liebres por ser medrosas, y de leones por ser animosos... La verdad es que al uno y al otro animal no le cubren los ojos las pálpebras [= los párpados] superiores, y esta es la razón natural» (Cov.).

1, 16.—SEGUNDA VENTA

la que daba una lámpara que colgada en medio del portal ardía. Esta maravillosa quietud y los pensamientos que siempre nuestro caballero traía de los sucesos que a cada paso se cuentan en los libros autores de su desgracia, le trujo [1] a la imaginación una de las estrañas locuras que buenamente imaginarse pueden; y fué que él se imaginó haber llegado a un famoso castillo (que, como se ha dicho, castillos eran a su parecer todas las ventas donde alojaba), y que la hija del Ventero lo era del señor del castillo, la cual, vencida de su gentileza, se había enamorado dél y prometido que aquella noche, a furto de sus padres, vendría a yacer con él una buena pieza; y teniendo toda esta quimera que él se había fabricado por firme y valederas, se comenzó a acuitar y a pensar en el peligroso trance en que su honestidad se había de ver y propuso en su corazón de no cometer alevosía [2] a su señora Dulcinea del Toboso, aunque la mesma reina Ginebra con su dama Quintañona se le pusiesen delante.

Pensando, pues, en estos disparates, se llegó el tiempo y la hora (que para él fué menguada [3]) de la venida de la asturiana, la cual, en camisa y descalza, cogidos los cabellos en una albanega [4] de fustán [5] con tácitos y atentados [6] pasos, entró en el aposento donde los tres alojaban, en busca del Harriero; pero apenas llegó a la puerta, cuando don Quijote la sintió, y, sentándose en la cama, a pesar de sus bizmas y con dolor en sus costillas, tendió los brazos para recebir a su fermosa doncella. La asturiana, que, toda recogida y callando, iba con las manos delante buscando a su querido, topó con los brazos de don Quijote, el cual la asió fuertemente de una muñeca, y tirándola hacia sí, sin que ella osase hablar palabra, la hizo sentar sobre la cama. Tentóle luego la camisa, y, aunque ella era de harpillera, a él le pareció ser de finísimo y delgado cendal [7]. Traía

---

[1] Por *trujeron* (cf. pról. 8).
[2] Cf. pág. 76, n. 6.
[3] «*Hora menguada*, hora infeliz, la cual calidad ponen los Astrólogos en los grados de las mismas horas» (Cov.).
[4] «*Albanega* y *alvanega*. Latine *reticulum*, cierta red en forma redonda, que las mugeres usan traer en la cabeza con que recogen el cabello» (Cov.).
[5] «*Fustán*, cierta tela de algodón con que se acostumbra aforrar los vestidos» (Cov.).
[6] «*Atentado*, el que va con mucho tiento, y procede de espacio, y con mucha consideración» (Cov.).
[7] «*Cendal*, tela de seda muy delgada o de otra tela de lino muy sutil» (Cov.).

1, 16.—CURACIÓN

en las muñecas unas cuentas de vidrio; pero a él le dieron vislumbres de preciosas perlas orientales. Los cabellos, que en alguna manera tiraban a crines, él los marcó por hebras de lucidísimo oro de Arabia, cuyo resplandor al del mesmo sol escurecía. Y el aliento, que, sin duda alguna, olía a ensalada fiambre y trasnochada, a él le pareció que arrojaba [1] de su boca un olor suave y aromático; y finalmente, él la pintó en su imaginación de la misma traza y modo que lo había leído en sus libros de la otra princesa que vino a ver el mal ferido caballero, vencida de sus amores, con todos los adornos que aquí van puestos. Y era tanta laცeguedad del pobre hidalgo, que el tacto, ni el aliento, ni otras cosas que traía en sí la buena doncella, no le desengañaban [2], las cuales pudieran hacer vomitar a otro que no fuera harriero; antes le parecía que tenía entre sus brazos a la diosa de la hermosura. Y teniéndola bien asida, con voz amorosa [3] y baja le comenzó a decir:

—Quisiera hallarme en términos, fermosa y alta señora, de poder pagar tamaña merced como la que con la vista de vuestra gran fermosura me habedes fecho; pero ha querido la Fortuna, que no se cansa de perseguir a los buenos, ponerme en este lecho, que aunque de mi voluntad quisiera satisfacer a la vuestra, fuera imposible. Y más, que se añade a esta imposibilidad otra mayor, que es la prometida fe que tengo dada a la sin par Dulcinea del Toboso, única señora de mis más escondidos pensamientos; que si esto no hubiera de por medio, no fuera yo tan sandio caballero, que dejara pasar en blanco la venturosa ocasión en que vuestra gran bondad me ha puesto.

Maritornes estaba congojadísima y trasudando, de verse tan asida de don Quijote, y, sin entender ni estar atenta a las razones que le decía, procuraba, sin hablar palabra, desasirse. El bueno del Harriero, a quien tenían despierto sus malos deseos, desde el punto que entró su coima [4] por la puerta, la sintió, estuvo atentamente escuchando todo lo que don Quijote decía, y celoso de que la asturiana le hubiese faltado a la palabra por otro, se fué llegando más al lecho de don Quijote, y estúvose quedo, hasta ver en qué paraban aquellas razones, que él no

---

[1] Y en cuanto al aliento... le pareció que (Maritornes) arrojaba...
[2] Hoy diríamos *que ni el tacto*... le desengañaban.
[3] *Amoroso* = blando, suave.
[4] *Coima* en germanía o lenguaje rufianesco significa *mujer mundana, concubina*.

— 177 —

podía entender; pero como vió que la moza forcejaba por desasirse y don Quijote trabajaba por tenella, pareciéndole mal la burla, enarboló el brazo en alto y descargó tan terrible puñada sobre las estrechas quijadas del andante caballero, que le bañó toda la boca en sangre; y, no contento con esto, se le subió encima de las costillas, y con los pies más que de trote, se las paseó toda de cabo a cabo. El lecho, que era un poco endeble y de no firmes fundamentos, no pudiendo sufrir la añadidura del Harriero, dió consigo en el suelo, a cuyo gran ruido despertó el Ventero, y luego imaginó que debían de ser pendencias de Maritornes, porque, habiéndola llamado a voces, no respondía. Con esta sospecha, se levantó y encendiendo un candil, se fué hacia donde había sentido la pelaza [1]. La moza viendo que su amo venía, y que era de condición terrible, toda medrosica y alborotada, se acogió a la cama de Sancho Panza, que aún dormía, y allí se acorrucó [2] y se hizo un ovillo. El Ventero entró diciendo:

—¿Adónde estás, puta [3]? A buen seguro que son tus cosas éstas.

En esto, despertó Sancho, y, sintiendo aquel bulto casi encima de sí, pensó que tenía la pesadilla [4] y comenzó a dar puñadas a una y otra parte, y, entre otras, alcanzó con no sé cuántas a Maritornes, la cual, sentida del dolor, echando a rodar la honestidad, dió el retorno a Sancho con tantas, que a su despecho, le quitó el sueño; el cual, viéndose tratar de aquella manera, y sin saber de quién, alzándose como pudo, se abrazó con Maritornes, y comenzaron entre los dos la más reñida y graciosa escaramuza del mundo. Viendo, pues, el Harriero, a la lumbre del candil del Ventero, cuál andaba su dama, dejando a don Quijote, acudió a dalle el socorro necesario. Lo

---

[1] *Pelaza* o *pelazga* = riña.

[2] «*Acorrucarse*, cogerse con la ropa y ovillarse, como lo hacen los que están con el accidente del frío» (Cov.).

[3] En el siglo XV esta palabra (y también *hideputa*) tenía la misma significación que hoy, pero la usaban sin dificultad, como bien lo demuestra R. Marín (1927, t. II, cap. XXX, n. 17), aun las amas dirigiéndose a los criados; y todavía un siglo después lo mismo salía de labios imperiales que de místicos labios religiosos.

[4] «*Pesadilla*, un humor melancólico que aprieta el corazón con algún sueño horrible, como que se carga encima un negro, o caemos en los cuernos de un toro, etc.» (Cov.).

mismo [1] hizo el Ventero, pero con intención diferente, porque fué a castigar a la moza, creyendo, sin duda, que ella sola era la ocasión de toda aquella armonía. Y así como suele decirse: «el gato al rato, el rato a la cuerda, la cuerda al palo» [2], daba el Harriero a Sancho, Sancho a la moza, la moza a él, el Ventero a la moza, y todos menudeaban con tanta priesa que no se daban punto de reposo; y fué lo bueno que al Ventero se le apagó el candil, y, como quedaron ascuras, dábanse tan sin compasión, todos a bulto, que a doquiera que ponían la mano no dejaban cosa sana.

Alojaba acaso aquella noche en la venta un cuadrillero de los que llaman de la Santa Hermandad Vieja de Toledo, el cual, oyendo ansimesmo el estraño estruendo de la pelea, asió de su media vara [3] y de la caja de lata de sus títulos, y entró ascuras en el aposento, diciendo:

—¡Ténganse a la justicia! ¡Ténganse a la Santa Hermandad!

Y el primero con quien topó fué con el apuñeado de don Quijote, que estaba en su derribado lecho, tendido boca arriba, sin sentido alguno; y, echándole a tiento mano a las barbas, no cesaba de decir: «¡Favor a la justicia!»; pero viendo que el que tenía asido no se bullía ni meneaba, se dió a entender que estaba muerto, y que los que allí dentro estaban eran sus matadores, y, con esta sospecha, reforzó la voz, diciendo:

—¡Ciérrese la puerta de la venta! ¡Miren no se vaya nadie, que han muerto aquí a un hombre!

Esta voz sobresaltó a todos, y cada cual dejó la pendencia en el grado que le tomó la voz. Retiróse el Ventero a su aposento, el Harriero a sus enjalmas, la moza a su rancho [4]; solos los desventurados don Quijote y Sancho no se pudieron mover de donde estaban. Soltó en esto el Cuadrillero la barba de don Quijote, y salió a buscar luz, para buscar y prender los delincuentes; mas no la halló, porque el Ventero, de industria, había muerto la lámpara cuando se retiró a su estancia, y fuéle forzoso acudir a la chimenea, donde, con mucho trabajo y tiempo, encendió el Cuadrillero otro candil.

---

[1] Acudir a Maritornes.
[2] Lo de *el gato al rato* (o ratón)... puede ser de un juego de prendas o de un cuento infantil que muy curiosamente explica R. Marín.
[3] La *media vara* (por oposición a *vara alta)* de color verde era el distintivo de los cuadrilleros (cf. pág. 122, n. 6) de la Santa Hermandad.
[4] *Rancho* = alcoba, cuarto.

CAPITULO XVII.—Donde se prosiguen los innumerables trabajos que el bravo don Quijote y su buen escudero Sancho Panza pasaron en la venta que, por su mal, pensó [1] que era castillo.

Había ya vuelto en este tiempo de su parasismo [2] don Quijote, y con el mesmo tono de voz con que el día antes había llamado a su escudero, cuando estaba tendido en el val de las estacas [3], le comenzó a llamar, diciendo:

—Sancho amigo, ¿duermes? ¿Duermes, amigo Sancho?

—¿Qué tengo de dormir, pesia [4] a mí [5]—respondió Sancho, lleno de pesadumbre y de despecho—, que no parece sino que todos los diablos han dado conmigo esta noche?

—Puédeslo creer ansí, sin duda—respondió don Quijote—; porque, o yo sé poco, o este castillo es encantado. Porque has de saber... Mas esto que ahora quiero decirte hasme de jurar que lo tendrás secreto hasta después de mi muerte.

—Sí juro—respondió Sancho.

—Dígolo—replicó don Quijote—porque soy enemigo de que se quite la honra a nadie.

—Digo que sí juro—tornó a decir Sancho—que lo callaré hasta después de los días de vuestra merced, y plega a Dios que lo pueda descubrir mañana.

—¿Tan malas obras te hago, Sancho—respondió don Quijote—, que me querrías ver muerto con tanta brevedad?

---

[1] *Pensó* don Quijote.
[2] *Parasismo* = paroxismo, o accidente peligroso en que el paciente pierde el sentido y la acción por largo tiempo. Su primer significado es el de *irritación* o acceso violento de una enfermedad.
[3] Un romance viejo comenzaba así:

Por el val de las estacas
El buen Cid pasado había.

Cervantes usa el primer verso para nombrar festivamente el valle de los yangüeses.
[4] *Pesia* se formó así. En *pese a mí*, la preposición por ser átona, se adhirió al verbo, y la *e*, diptongada con la *a*, se hizo *i* (cf. *rial*, *piazo* por *real*, *peazo* < *pedazo*).
Pero la analogía restableció la preposición *a* separada, y se dijo *pesia a mí*.
[5] Por *pesia a Dios:* es un eufemismo (cf. pról. 3).

—No es por eso—respondió Sancho—, sino porque soy enemigo de guardar mucho las cosas, y no querría que se me pudriesen de guardadas.

—Sea por lo que fuere—dijo don Quijote—; que más fío de tu amor y de tu cortesía; y así, has de saber que esta noche me ha sucedido una de las más estrañas aventuras que yo sabré encarecer, y, por contártela en breve, sabrás que poco ha que a mí vino la hija del señor deste castillo; que es la más apuesta y fermosa doncella que en gran parte de la tierra se puede hallar. ¿Qué te podría decir del adorno de su persona? ¿Qué de su gallardo entendimiento? ¿Qué de otras cosas ocultas, que, por guardar la fe que debo a mi señora Dulcinea del Toboso dejaré pasar intactas y en silencio? Sólo te quiero decir que, envidioso el cielo de tanto bien como la ventura me había puesto en las manos o quizá (y esto es lo más cierto) que, como tengo dicho, es encantado este castillo, al tiempo que yo estaba con ella en dulcísimos y amorosísimos coloquios, sin que yo la viese ni supiese por dónde venía, vino una mano pegada a algún brazo de algún descomunal gigante y asentóme una puñada en las quijadas, tal, que las tengo todas bañadas en sangre; y después me molió de tal suerte, que estoy peor que ayer cuando los harrieros, que, por demasías de Rocinante, nos hicieron el agravio que sabes. Por donde conjeturo que el tesoro de la fermosura desta doncella le debe de guardar algún encantado moro y no debe de ser para mí.

—Ni para mí tampoco—respondió Sancho—: porque más de cuatrocientos moros me han aporreado a mí de manera, que el molimiento de las estacas fué tortas y pan pintado [1]. Pero dígame, señor, ¿cómo llama a ésta buena y rara aventura, habiendo quedado della cual quedamos? Aun vuestra merced, menos mal, pues tuvo en sus manos aquella incomparable fermosura que ha dicho; pero yo, ¿qué tuve sino los mayores porrazos que pienso recebir en toda mi vida? ¡Desdichado de mí y de la madre que me parió, que ni soy caballero andante, ni lo pienso ser jamás, y de todas las malandanzas me cabe la mayor parte!

—Luego ¿también estás tú aporreado?—respondió don Quijote.

---

[1] *Ser* algo *tortas y pan pintado* es ser un trabajo o infortunio menor que otro con que se compara. *Pintar el pan* es imprimir en él antes de cocerlo ciertas figurillas con molde.

—¿No le he dicho que sí, pesia a mi linaje?—dijo Sancho.
—No tengas penas, amigo—dijo don Quijote—; que yo haré agora el bálsamo precioso, con que sanaremos en un abrir y cerrar de ojos.

Acabó, en esto, de encender el candil el Cuadrillero, y entró a ver el que pensaba que era muerto; y así como le vió entrar Sancho, viéndole venir en camisa y con un paño de cabeza, y candil en la mano, y con una muy mala cara, preguntó a su amo:

—Señor, ¿si será éste, a dicha [1], el moro encantado, que nos vuelve a castigar, si se dejó algo en el tintero?

—No puede ser el moro—respondió don Quijote—, porque los encantados no se dejan ver de nadie.

—Si no se dejan ver, déjanse sentir—dijo Sancho—: si no, díganlo mis espaldas.

—También lo podrían decir las mías—respondió don Quijote—; pero no es bastante indicio ése para creer que este que se vee sea el encantado moro.

Llegó el Cuadrillero y, como los halló hablando en tan sosegada conversación, quedó suspenso. Bien es verdad que aún don Quijote se estaba boca arriba sin poderse menear, de puro molido y emplastado. Llegóse a él el Cuadrillero y díjole:

—Pues ¿cómo va, buen hombre [2]?

—Hablara yo más bien criado [3]—respondió don Quijote—, si fuera que [4] vos. ¿Usase en esta tierra hablar desa suerte a los caballeros andantes, majadero?

El Cuadrillero, que se vió tratar tan mal de un hombre de tan mal parecer, no lo pudo sufrir; y, alzando el candil con todo su aceite, dió a don Quijote con él en la cabeza, de suerte que le dejó muy bien descalabrado [5]; y como todo quedó ascuras, salióse luego. Y Sancho Panza dijo:

—Sin duda, señor, que éste es el moro encantado, y debe de guardar el tesoro para otros, y para nosotros sólo guarda las puñadas y los candilazos.

---

[1] Por ventura.
[2] *Buen hombre* y *buena mujer* algunas veces vale todo lo contrario, «sólo consiste—dice Covarrubias—en decirse con el sonsonete, en ocasión, y a persona que le cuadra».
[3] Con mejor crianza o educación.
[4] El mismo o tal, *que vos* sois.
[5] Sólo le levantó dos chichones; pero en estos casos solemos hablar hiperbólicamente *(le molió, le hizo añicos...).*

1, 17.—CANDILAZO

—Así es—respondió don Quijote—; y no hay que hacer caso destas cosas de encantamentos, ni hay para qué tomar cólera ni enojo con ellas; que, como son invisibles y fantásticas, no hallaremos de quien vengarnos, aunque más lo procuremos. Levántate, Sancho, si puedes, y llama al alcaide desta fortaleza, y procura que se me dé un poco de aceite, vino, sal y romero para hacer el salutífero bálsamo; que en verdad que creo que lo he bien menester ahora, porque se me va mucha sangre de la herida que esta fantasma me ha dado.

Levantóse Sancho con harto dolor de sus huesos, y fué ascuras donde estaba el Ventero; y encontrándose con el Cuadrillero, que estaba escuchando en qué paraba su enemigo, le dijo:

—Señor, quienquiera que seáis, hacednos merced y beneficio de darnos un poco de romero, aceite, sal y vino, que es menester para curar uno de los mejores caballeros andantes que hay en la tierra, el cual yace en aquella cama mal ferido por las manos del encantado moro que está en esta venta.

Cuando el Cuadrillero tal oyó, túvole por hombre falto de seso; y porque ya comenzaba a amanecer, abrió la puerta de la venta y, llamando al Ventero, le dijo lo que aquel buen hombre quería. El Ventero le proveyó de cuanto quiso, y Sancho se lo llevó a don Quijote, que estaba con las manos en la cabeza, quejándose del dolor del candilazo, que no le había hecho más mal que levantarle dos chichones algo crecidos, y lo que él pensaba que era sangre, no era sino sudor que sudaba, con la congoja de la pasada tormenta.

En resolución él tomó sus simples, de los cuales hizo un compuesto mezclándolos todos y cociéndolos un buen espacio, hasta que le pareció que estaban en su punto. Pidió luego alguna redoma para echallo, y como no la hubo en la venta, se resolvió de ponello en una alcuza o aceitera de hoja de lata de quien el Ventero le hizo grata donación, y luego dijo sobre la alcuza más de ochenta paternostres y otras tantas avemarías, salves y credos, y a cada palabra acompañaba una cruz, a modo de bendición; a todo lo cual se hallaron presentes Sancho, el Ventero y Cuadrillero; que ya el Harriero sosegadamente andaba entendiendo en el beneficio de sus machos. Hecho esto, quiso él mesmo hacer luego la esperiencia de la virtud de aquel precioso bálsamo que él se imaginaba, y así, se bebió de lo que no pudo caber en la alcuza y quedaba en la olla donde se había cocido, casi media azumbre; y apenas lo acabó de

1, 17.—SEGUNDA VENTA

beber cuando comenzó a vomitar de manera, que no le quedó cosa en el estómago; y con las ansias y agitación del vómito le dió un sudor copiosísimo, por lo cual mandó que le arropasen y le dejasen solo. Hiciéronlo ansí y quedóse dormido más de tres horas, al cabo de las cuales despertó, y se sintió aliviadísimo del cuerpo, y en tal manera mejor de su quebrantamiento, que se tuvo por sano, y verdaderamente creyó que había acertado con el bálsamo de Fierabrás y que con aquel remedio podía acometer desde allí adelante, sin temor alguno, cualesquiera ruidos [1], batallas y pendencias, por peligrosas que fuesen.

Sancho Panza, que también tuvo a milagro la mejoría de su amo, le rogó que le diese a él lo que quedaba en la olla, que no era poca cantidad. Concedióselo don Quijote, y él, tomándola a dos manos, con buena fe y mejor talante, se la echó a pechos, y envasó bien poco menos que su amo. Es, pues, el caso que el estómago del pobre Sancho no debía de ser tan delicado como el de su amo, y así, primero que vomitase le dieron tantas ansias y bascas, con tantos trasudores y desmayos, que él pensó bien y verdaderamente que era llegada su última hora; y viéndose tan afligido y congojado, maldecía el bálsamo y al ladrón que se lo había dado. Viéndole así don Quijote, le dijo:

—Yo creo, Sancho, que todo este mal te viene de no ser armado caballero; porque tengo para mí que este licor no debe de aprovechar a los que no lo son.

—Si eso sabía vuestra merced—replió Sancho—, ¡malhaya yo y toda mi parentela!, ¿para qué consintió que lo gustase?

En esto, hizo su operación el brebaje y comenzó el pobre escudero a desaguarse por entrambas canales, con tanta priesa, que la estera de enea sobre quien se había vuelto a echar, ni la manta de anjeo con que se cubría, fueron más de provecho. Sudaba y trasudaba con tales parasismos y accidentes, que no solamente él, sino todos pensaron que se le acababa la vida. Duróle esta borrasca y mala andanza casi dos horas, al cabo de las cuales no quedó como su amo, sino tan molido y quebrantado, que no se podía tener; pero don Quijote, que, como se ha dicho, se sintió aliviado y sano, quiso partirse luego a bus-

---

[1] La edición príncipe dice *ruinas;* Clemencín y otros creen que debe leerse *riñas;* me parece que Cervantes escribiría como en I, 8 *ruidos* (= pendencias).

1, 17.—BÁLSAMO DE FIERABRÁS

car aventuras, pareciéndole que todo el tiempo que allí se tardaba era quitársele al mundo y a los en él menesterosos de su favor y amparo, y más, con la seguridad y confianza que llevaba en su bálsamo. Y así, forzado deste deseo, él mismo ensilló a Rocinante y enalbardó al jumento de su escudero, a quien también ayudó a vestir y a subir en el asno. Púsose luego a caballo y, llegándose a un rincón de la venta, asió de un lanzón [1] que allí estaba, para que le sirviese de lanza.

Estábanle mirando todos cuantos había en la venta, que pasaban de más de veinte personas; mirábale también la hija del Ventero, y él también no [2] quitaba los ojos della, y de cuando en cuando arrojaba un sospiro, que parecía que le arrancaba [3] de lo profundo de sus entrañas, y todos pensaban que debía de ser el dolor que sentía en las costillas; a lo menos, pensábanlo aquellos que la noche antes le habían visto bizmar.

Ya que estuvieron los dos a caballo, puesto a la puerta de la venta, llamó al Ventero, y con voz muy reposada y grave le dijo:

—Muchas y muy grandes son las mercedes, señor alcaide, que en este vuestro castillo he recebido, y quedo obligadísimo a agradecéroslas todos los días de mi vida. Si os las puedo pagar en haceros vengado de algún soberbio que os haya fecho algún agravio, sabed que mi oficio no es otro sino valer [4] a los que poco pueden y vengar a los que reciben tuertos, y castigar alevosías. Recorred vuestra memoria, y si halláis alguna cosa deste jaez que encomendarme, no hay sino decilla; que yo os prometo por la orden de caballería que recebí de faceros satisfecho y pagado a toda vuestra voluntad.

El Ventero le respondió con el mesmo sosiego:

—Señor caballero, yo no tengo necesidad de que vuestra merced me vengue ningún agravio, porque yo sé tomar la

---

[1] «*Lanzón*, lanza corta y gruesa con hierro largo y ancho. Sirven de guardar la casa, las viñas, y los melonares, etc.» (Cov.). Así que *lanzón* es diminutivo de *lanza* (cf. pelón, rabón, islote, camarote).
Sin embargo, como atinadamente observa Leguina, el lanzón de don Quijote sería de los llamados *de armas* (delgados, cortos y menos resistentes que los lanzones de la gente de campo): siendo de los cortos, difícilmente lo hubiera enristrado don Quijote (I, 19 y 21), o hecho pedazos dando contra el suelo (I, 45).
[2] *También no* = tampoco (cf. pról. 17).
[3] El suspiro parecía arrancarle o salirle a don Quijote de...
[4] *Valer* = amparar (cf. ¡válgame Dios!, desvalido).

venganza que me parece, cuando se me hacen. Sólo he menester que vuestra merced me pague el gasto que esta noche ha hecho en la venta, así de la paja y cebada de sus dos bestias como de la cena y camas.

—Luego ¿venta es ésta?—replicó don Quijote.

—Y muy honrada—respondió el Ventero.

—Engañado he vivido hasta aquí—respondió don Quijote—; que en verdad que pensé que era castillo, y no malo; pero pues es ansí que no es castillo, sino venta, lo que se podrá hacer por agora es que perdonéis por la paga [1]; que yo no puedo contravenir a la orden de los caballeros andantes, de los cuales sé cierto (sin que hasta ahora haya leído cosa en contrario) que jamás pagaron posada ni otra cosa en venta donde estuviesen, porque se les debe de fuero y de derecho cualquier buen acogimiento que se les hiciere, en pago del insufrible trabajo que padecen buscando las aventuras de noche y de día, en invierno y en verano, a pie y a caballo, con sed y con hambre, con calor y con frío, sujetos a todas las inclemencias del cielo y a todos los incómodos [2] de la tierra.

—Poco tengo yo que ver en eso—respondió el Ventero—; págueseme lo que se me debe, y dejémonos de cuentos ni de caballerías; que yo no tengo cuenta con otra cosa que con cobrar mi hacienda.

—Vos sois un sandio y mal hostalero [3]—respondió don Quijote.

Y poniendo piernas a Rocinante y terciando [4] su lanzón, se salió de la venta, sin que nadie le detuviese, y él, sin mirar si le seguía su escudero, se alongó un buen trecho. El Ventero, que le vió ir y que no le pagaba, acudió a cobrar de Sancho Panza, el cual dijo que pues su señor no había querido pagar, que tampoco él pagaría; porque siendo él escudero de caballero andante, como era, la mesma regla y razón corría por él como por su amo en no pagar cosa alguna en los mesones y ventas. Amohinóse [5] mucho desto el Ventero y amenazóle que

---

[1] Por lo tocante a la paga.
[2] *Incómodo* = incomodidad.
[3] «De *hoste* se dijo *hostería*, *hostal*, *hostalero*, que vale en castellano mesonero, y mesón o bodegón» (Cov.).
[4] Siendo *terciar* (o *atravesar*) equilibrar la carga a los dos lados de la acémila, «*Tercio* vale la mitad de una carga que se lleva a lomo» (Cov.): de donde *terciar* el lanzón fué cogerlo por la mitad (cf. I, 52).
[5] *Amohinóse* = disgustóse.

1, 17.—MANTEAMIENTO DE SANCHO

si no le pagaba, que le cobraría de modo que le pesase. A lo cual Sancho respondió que, por la ley de caballería que su amo había recebido, no pagaría un solo cornado [1], aunque le costase la vida; porque no había de perder por él la buena y antigua usanza de los caballeros andantes, ni se habían de quejar dél los escuderos de los tales que estaban por venir al mundo, reprochándole el quebrantamiento de tan justo fuero.

Quiso la mala suerte del desdichado Sancho que entre la gente que estaba en la venta se hallasen cuatro perailes [2] de Segovia, tres agujeros [3] del Potro de Córdoba y dos vecinos de la Heria [4] de Sevilla, gente alegre, bien intencionada, maleante y juguetona; los cuales, casi como instigados y movidos de un mesmo espíritu, se llegaron a Sancho, y apeándole del asno, uno dellos entró por la manta de la cama del huésped, y, echándole en ella, alzaron los ojos y vieron que el techo era algo más bajo de lo que habían menester para su obra, y determinaron salirse al corral, que tenía por límite el cielo; y allí, puesto Sancho en mitad de la manta, comenzaron a levantarle en alto, y a holgarse con él, como con perro por carnestolendas [5].

Las voces que el mísero manteado daba fueron tantas, que llegaron a los oídos de su amo; el cual, deteniéndose a escuchar atentamente, creyó que alguna nueva aventura le venía, hasta que claramente conoció que el que gritaba era su escudero; y, volviendo las riendas, con un penado [6] galope llegó a la venta, y, hallándola cerrada, la rodeó, por ver si hallaba por donde entrar; pero no llego había a las paredes del corral, que no eran muy altas, cuando vió el mal juego que se le hacía a su escudero. Vióle bajar y subir por el aire, con tanta gracia y presteza, que, si la cólera le dejara, tengo para mí que se riera. Probó a subir desde el caballo a las bardas;

---

[1] «*Cornado* fué antiguamente una moneda muy baja de ley, la cual mandó batir... don Alfonso el Onceno, para remediar la falta de dinero... Díjose *cornado* de una *corona* que tenía por señal: y tres cornados valían una blanca. Por vilipendio se dice: *querríame más un cornado*» (Cov.).

[2] *Peraie* o *pelaire* (de * *pararius* = preparador de paños) = cardador de paño (el que saca pelo al paño).

[3] *Agujero* = el que hace o vende agujas. Córdoba era renombrada por sus agujas.

[4] *La Heria* = el barrio de la Feria, así llamado por la que se celebraba todos los jueves.

[5] Consta que por carnaval (o carnestolendas) manteaban a los perros.

[6] *Penado* = penoso.

— 187 —

pero estaba tan molido y quebrantado, que aun apearse no pudo; y así, desde encima del caballo comenzó a decir tantos denuestos y baldones a los que a Sancho manteaban, que no es posible acertar a escribillos; mas no por esto cesaban ellos de su risa y de su obra, ni el volador Sancho dejaba sus quejas, mezcladas, ya con amenazas, ya con ruegos; mas todo aprovechaba poco, ni aprovechó, hasta que de puro cansados le dejaron. Trujéronle allí su asno, y, subiéndole encima, le arroparon con su gabán [1]; y la compasiva de Maritornes, viéndole tan fatigado, le pareció ser bien socorrelle con un jarro de agua, y, así se le trujo del pozo, por ser más fría. Tomóle Sancho, y llevándole a la boca, se paró a las voces que su amo le daba, diciendo:

—Hijo Sancho, no bebas agua; hijo, no la bebas, que te matará. ¿Ves? Aquí tengo el santísimo bálsamo—y enseñábale la alcuza del brebaje—, que con dos gotas que dél bebas sanarás sin duda.

A estas voces volvió Sancho los ojos, como de través [2], y dijo con otras mayores:

—Por dicha, ¿hásele olvidado a vuestra merced como yo no soy caballero, o quiere que acabe de vomitar las entrañas que me quedaron de anoche? Guárdese su licor con todos los diablos y déjeme a mí.

Y el acabar de decir esto y el comenzar a beber, todo fué uno; mas como al primer trago vió que era agua, no quiso pasar adelante, y rogó a Maritornes que se le trujese de vino y así lo hizo ella de muy buena voluntad, y lo pagó de su mesmo dinero; porque, en efecto, se dice della que, aunque estaba en aquel trato, tenía unas sombras y lejos de cristiana [3]. Así como bebió Sancho, dió de los carcaños a su asno, y abriéndole la puerta de la venta de par en par, se salió della, muy contento de no haber pagado nada y de haber salido con su intención, aunque había sido a costa de sus acostumbrados fiadores, que eran sus espaldas. Verdad es que el Ventero se quedó con sus alforjas, en pago de lo que se le debía; mas San-

---

[1] «*Gabán*, capote cerrado con mangas y capilla [= especie de capucha]; del cual usa la gente que anda en el campo, y los caminantes: y algunos en la ciudad se sirven dellos por ropa de por casa» (Cov.).
[2] Como los bizcos.
[3] *Tener sombras y lejos de alguno* es parecerse en algo a él. La expresión está tomada de la pintura.

cho no las echó menos, según salió turbado. Quiso el Ventero atrancar bien la puerta así como le vió fuera; mas no lo consintieron los manteadores, que era gente que, aunque don Quijote fuera verdaderamente de los caballeros andantes de la Tabla Redonda, no le estimaran en dos ardites [1].

CAPITULO XVIII.—Donde se cuentan las razones que pasó Sancho Panza con su señor don Quijote, con otras aventuras dignas de ser contadas.

Llegó Sancho a su amo marchito y desmayado, tanto, que no podía harrear a su jumento. Cuando así le vió don Quijote, le dijo:

—Ahora acabo de creer, Sancho bueno, que aquel castillo o venta es encantado, sin duda; porque aquellos que tan atrozmente tomaron pasatiempo contigo, ¿qué podían ser sino fantasmas y gente del otro mundo? Y confirmo esto por haber visto que cuando estaba por las bardas del corral mirando los actos de tu triste tragedia, no me fué posible subir por ellas, ni menos pude apearme de Rocinante, porque me debían de tener encantado; que te juro por la fe de quien soy que si pudiera subir o apearme, que yo te hiciera vengado, de manera que aquellos follones y malandrines se acordaran de la burla para siempre, aunque en ello supiera [2] contravenir a las leyes de la caballería, que, como ya muchas veces te he dicho, no consienten que caballero ponga mano contra quien no lo sea, si no fuere en defensa de su propia vida y persona, en caso de urgente y gran necesidad.

—También me vengara yo si pudiera, fuera o no fuera armado caballero, pero no pude; aunque tengo para mí que aquellos que se holgaron conmigo no eran fantasmas ni hombres encantados, como vuestra merced dice, sino hombres de carne y de hueso, como nosotros; y todos, según los oí nombrar cuando me volteaban, tenían sus nombres: que el uno se llamaba Pedro Martínez, y el otro Tenorio Hernández, y el Ventero oí que se llamaba Juan Palomeque el Zurdo. Así que, señor, el no poder saltar las bardas del corral ni apearse del caballo en ál estuvo que en encantamentos. Y lo que yo saco en limpio

---

[1] *Ardite* = moneda de poco valor.
[2] Tuviera que.

de todo esto es que estas aventuras que andamos buscando al cabo al cabo no han de traer a tantas desventuras, que no sepamos cuál es nuestro pie derecho. Y lo que sería mejor y más acertado, según mi poco entendimiento, fuera el volvernos a nuestro lugar, ahora que es tiempo de la siega y de entender en la hacienda, dejándonos de andar de Ceca en Meca [1] y de zoca en colodra [2], como dicen.

—¡Qué poco sabes, Sancho—respondió don Quijote—, de achaque de caballería! Calla y ten paciencia; que día vendrá donde veas por vista de ojos cuán honrosa cosa es andar en este ejercicio. Si no, dime: ¿qué mayor contento puede haber en el mundo, o qué gusto puede igualarse al de vencer una batalla y al de triunfar de su enemigo? Ninguno, sin duda alguna.

—Así debe de ser—respondió Sancho—, puesto que yo no lo sé; sólo sé que después que somos caballeros andantes, o vuestra merced lo es (que yo no hay para qué me cuente en tan honroso número), jamás hemos vencido batalla alguna, si no fué la del Vizcaíno, y aun de aquélla salió vuestra merced con media oreja y media celada menos; que, después acá, todo ha sido palos y más palos, puñadas y más puñadas, llevando yo de ventaja el manteamiento, y haberme sucedido por personas encantadas, de quien no puedo vengarme, para saber hasta dónde llega el gusto del vencimiento del enemigo, como vuestra merced dice.

Ésa es la pena que yo tengo y la que tú debes tener, Sancho—respondió don Quijote—; pero de aquí adelante yo procuraré haber a las manos alguna espada hecha por tal maestría, que al que la trujere consigo no le puedan hacer ningún género de encantamentos; y aun podría ser que me deparase la ventura aquella de Amadís [3], cuando se llamaba el Caballero de la Ardiente Espada, que fué una de las mejores espadas que tuvo

---

[1] «*Ceca*, cierta casa de devoción en Córdoba [la mezquita] a do los moros venían en romería: de allí se dijo *andar de Ceca en Meca*» (Cov.), o *de la Ceca a la Meca*, que es «andar de aquí para allí».

[2] «*Andar de zoco* [o *zoca*] *en colodra*—según Galindo, citado por R. Marín—decimos vulgarmente del que sus andanzas son de la plaza (que el arábigo llama *zoco*) a la *colodra* y calabaza de vino, y así, a la taberna». Sin embargo, tal vez esté calcada esta locución en otra que trae Covarrubias: «*andar de zocos en colodros*», sin duda porque el *colodro* [= «género de calzado de palo», Cov.] era inferior al *zoco* o *zueco* (cf. Quij., II, 5: *que si de* zuecos *la sacáis a* chapines).

[3] Amadís de Grecia.

caballero en el mundo, porque, fuera que tenía la virtud dicha, cortaba como una navaja, y no había armadura, por fuerte y encantada que fuese, que se le parase delante.

—Yo soy tan venturoso—dijo Sancho—, que cuando eso fuese y vuestra merced viniese a hallar espada semejante, sólo vendría a servir y aprovechar a los armados caballeros, como el bálsamo; y a los escuderos, que se los papen duelos [1].

—No temas eso, Sancho—dijo don Quijote—; que mejor lo hará el cielo contigo.

En estos coloquios iban don Quijote y su escudero, cuando vió don Quijote que por el camino que iban venía hacia ellos una grande y espesa polvareda; y en viéndola, se volvió a Sancho y le dijo:

—Este es el día ¡oh Sancho! en el cual se ha de ver el bien que me tiene guardado mi suerte; éste es el día, digo, en que se ha de mostrar, tanto como en otro alguno, el valor de mi brazo, y en el que tengo de hacer obras que queden escritas en el libro de la fama por todos los venideros siglos. ¿Ves aquella polvareda que allí se levanta, Sancho? Pues toda es cuajada [2] de un copiosísimo ejército que de diversas e innumerables gentes por allí viene marchando [3].

—A esa cuenta, dos deben de ser—dijo Sancho—; porque desta parte contraria se levanta asimesmo otra semejante polvareda.

Volvió a mirarlo don Quijote, y vió que así era la verdad; y alegrándose sobremanera, pensó, sin duda alguna, que eran dos ejércitos que venían a embestirse y a encontrarse en mitad de aquella espaciosa llanura. Porque tenía a todas horas y momentos llena la fantasía de aquellas batallas, encantamentos, sucesos, desatinos, amores, desafíos, que en los libros de caballerías se cuentan, y todo cuanto hablaba, pensaba, o hacía, era encaminado a cosas semejantes; y la polvareda que había visto la levantaban dos grandes manadas de ovejas y carneros, que por aquel mesmo camino de dos diferentes partes venían, las cuales, con el polvo, no se echaron de ver hasta que llegaron cerca. Y con tanto ahinco afirmaba don Quijote que eran ejércitos, que Sancho lo vino a creer, y a decirle:

---

[1] Y a los escuderos, que los maten penas. *Papar* = tragar, engullir.
[2] *Es cuajada*, italianismo por *está cuajada*.
[3] «*Marchar* vale tanto como caminar por la tierra, o la mar; y es término militar» (Cov.).

1, 18.—AVENTURA DE LOS REBAÑOS

—Señor, pues ¿qué hemos de hacer nosotros?
—¿Qué?—dijo don Quijote—. Favorecer y ayudar a los menesterosos y desvalidos. Y has de saber, Sancho, que este que viene por nuestra frente le conduce y guía el gran emperador Alifanfarón [1], señor de la grande isla Trapobana [2]; este otro que a mis espaldas marcha es el de su enemigo el rey de los garamantas [3], Pentapolín del Arremangado Brazo, porque siempre entra en las batallas con el brazo derecho desnudo.
—Pues ¿por qué se quieren tan mal estos dos señores? —preguntó Sancho.
—Quiérense mal—respondió don Quijote—porque este Alifanfarón es un furibundo pagano [4], y está enamorado de la hija de Pentapolín, que es una muy fermosa y además [5] agraciada señora, y es cristiana, y su padre no se la quiere entregar al rey pagano si no deja primero la ley de su falso profeta Mahoma, y se vuelve a la suya.
—¡Para mis barbas [6]—dijo Sancho—si no hace muy bien Pentapolín, y que le tengo de ayudar en cuanto pudiere!
—En eso harás lo que debes, Sancho—dijo don Quijote—; porque para entrar en batallas semejantes no se requiere ser armado caballero.
—Bien se me alcanza eso—respondió Sancho—; pero ¿dónde pondremos a este asno, que estemos ciertos de hallarle después de pasada la refriega? Porque al entrar en ella en semejante caballería no creo que está en uso hasta agora.
—Así es verdad—dijo don Quijote—. Lo que puedes hacer dél es dejarle a sus aventuras, ora se pierda o no; porque serán tantos los caballos que tendremos después que salgamos vencedores, que aun corre peligro Rocinante no le trueque por otro. Pero estáme atento y mira; que te quiero dar cuenta de los caballeros más principales que en estos dos ejércitos vienen.

---

[1] Voz sacada de *Alí*, nombre musulmán muy conocido, y de *fanfarrón*.
[2] A la isla de Ceilán llamaron los griegos *Taprobane* y los latinos *Taprobane* y *Tapobrana*. Luego se dijo vulgarmente *Trapobana*, como dice el vulgo *Grabiel* en vez de *Gabriel*.
[3] Los garamantas vivían en la parte más meridional que los antiguos conocían de Africa.
[4] *Pagano* = no católico (infiel, moro, hereje, cismático...).
[5] Por demás (cf. pról. 11).
[6] *Para* (= por) *las barbas* se juraba en la Edad Media como por cosa muy apreciable y significativa de autoridad y fuerza.

Y para que mejor veas y notes, retirémonos a aquel altillo que allí se hace, de donde se deben de descubrir los dos ejércitos.

Hiciéronlo ansí, y pusiéronse sobre una loma, desde la cual se vieran bien las dos manadas que a don Quijote se le hicieron ejércitos, si las nubes del polvo que levantaban no les turbara y cegara la vista; pero, con todo esto, viendo en su imaginación lo que no veía ni había, con voz levantada comenzó a decir:

—Aquel caballero que allí ves de las armas jaldes [1], que trae en el escudo un león coronado, rendido a los pies de una doncella, es el valeroso Laurcalco, señor de la Puente de Plata; el otro de las armas de las flores de oro, que trae en el escudo tres coronas de plata en campo [2] azul, es el temido Micocolembo, gran duque de Quirocia; el otro de los miembros gigantescos, que está a su derecha mano, es el nunca medroso Brandabarbarán de Boliche, señor de las tres Arabias, que viene armado de aquel cuero de serpiente, y tiene por escudo una puerta, que, según es fama, es una de las del templo que derribó Sansón, cuando con su muerte se vengó de sus enemigos. Pero vuelve los ojos a estotra parte, y verás delante y en la frente destotro ejército al siempre vencedor y jamás vencido Timonel de Carcajona, príncipe de la Nueva Vizcaya, que viene armado con las armas partidas a cuarteles, azules, verdes, blancas y amarillas, y trae en el escudo un gato de oro en campo leonado [3], con una letra que dice: *Miau* [4], que es el principio del nombre de su dama, que, según se dice, es la sin par Miulina, hija del duque Alfeñiquén del Algarbe; el otro, que carga y oprime los lomos de aquella poderosa alfana [5], que trae las armas como nieve blancas y el escudo blanco y sin empresa alguna [6], es un caballero novel, de nación francés, llamado Pierres Papín, señor de las baronías de Utrique; el otro, que bate las ijadas con

---

[1] *Jalde* = amarillo subido; es voz anticuada fuera de la heráldica.

[2] «El *campo* del escudo de armas, todo lo que se incluye dentro de la tarjeta, sobre que se asientan las armas o insignias» (Cov.).

[3] *Leonado* = rubio, oscuro, como el pelo del león.

[4] *Miau* es el «origen o etimología» de la primera sílaba de *Miulina*: no hay, pues, que pensar en alterar el texto cambiando *miau* por *miu*, o *Miulina* por *Miaulina*.

[5] *Alfana* = yegua muy fuerte y alta.

[6] Cf. p. 63, n. 4.

1, 18.—AVENTURA DE LOS REBAÑOS

los herrados carcaños a aquella pintada y ligera cebra [1] y trae las armas de los veros [2] azules, es el poderoso duque de Nerbia, Espartafilardo del Bosque, que trae por empresa en el escudo una esparraguera, con una letra en castellano que dice así: *Rastrea mi suerte*.

Y desta manera fué nombrando muchos caballeros del uno y del otro escuadrón, que él se imaginaba, y a todos les dió sus armas, colores, empresas y motes [3] de improviso, llevado de la imaginación de su nunca vista locura, y, sin parar, prosiguió diciendo:

—A este escuadrón frontero forman y hacen gentes de di-

La *cebra* tiene el aspecto de un caballo pequeño con listas transversales pardas o negras: es muy veloz y de mucha resistencia.

[2] En heráldica, *forros* son ciertas figuras que recuerdan los forros de piel que los ca-

Cebra    *Armiño*    *Vero*

balleros llevaban en sus vestidos. Son de dos clases: *armiños* y *veros*.

El armiño tiene una piel muy suave, parda en verano y blanquísima en invierno, excepto la punta de la cola, siempre negra. Vero (de *varius* = manchado) era el nombre de la piel de la marta cebellina.

Los *armiños* (a) se representaban con motas negras sobre fondo blanco. Los *veros* (b), con una especie de campanillas alternadas, una de plata y otra de azur (así se llama en heráldica el color azul) y con las bocas opuestas.

a    *b*

[3] *Mote* (del francés *mot*), *lema* o *etra*, es la palabra o palabras que se ponen en las empresas (cf. 63, n. 4) para hacerlas más comprensibles.

Así, Carlos V, aludiendo al dominio sobre las Indias occidentales, puso el mote PLUS ULTRA para declarar más la empresa que constaba de las columnas de Hércules y una águila en medio.

1, 18.—AVENTURA DE LOS REBAÑOS

celebrado por su escondido curso[1]; los que tiemblan con el frío del silvoso[2] Pirineo y con los blancos copos del levantado Apenino; finalmente, cuantos toda la Europa en sí contiene y encierra.

¡Válame Dios, y cuántas provincias dijo, cuántas naciones nombró, dándole a cada una, con maravillosa presteza, los atributos que le pertenecían, todo absorto y empapado en lo que había leído en sus libros mentirosos! Estaba Sancho Panza colgado[3] de sus palabras, sin hablar ninguna, y de cuando en cuando volvía la cabeza a ver si veía los caballeros y gigantes que su amo nombraba; y como no descubría a ninguno, le dijo:

—Señor, encomiendo al diablo[4] hombre, ni gigante, ni caballero de cuantos vuestra merced dice, parece por todo esto; a lo menos, yo no lo veo: quizá todo debe ser encantamento, como las fantasmas de anoche.

—¿Cómo dices eso?—respondió don Quijote—. ¿No oyes el relinchar de los caballos, el tocar de los clarines, el ruido de los atambores?

—No oigo otra cosa—respondió Sancho—sino muchos balidos de ovejas y carneros.

Y así era la verdad, porque ya llegaban cerca los dos rebaños.

—El miedo que tienes—dijo don Quijote—te hace, Sancho, que ni veas ni oyas a derechas; porque uno de los efectos del miedo es turbar los sentidos y hacer que las cosas no parezcan lo que son; y si es que tanto temes, retírate a una parte y déjame solo; que solo basto a dar la victoria a la parte a quien yo diere mi ayuda.

---

[1] Del *Guadiana* dice Covarrubias que nace la primera vez en unas lagunas (las de Ruidera), donde se cría mucho pescado, aunque malsano, y con el nombre de Roydera va corriendo ocho leguas; se sume debajo de tierra y corriendo siete leguas por las entrañas de la tierra torna a nacer en otra laguna, que llaman los *Ojos de Guadiana* (extenso pantano con catorce manantiales por donde sale el agua a borbotones) y desde aquí adelante conserva el nombre de Guadiana.

[2] De *silva* = selva.

[3] Cf. p. 114, n. 3.

[4] *Encomiendo al diablo equivale a ninguno, ni uno*. Véanse otras frases similares de Sancho: *Por Dios, señor Licenciado, que los diablos lleven la cosa que de la carta se me acuerda* (I, 26), o sea, *que ninguna cosa de la carta...*; *alojando en ventas a toda discreción sin pagar ofrecido sea al diablo el maravedí* (I, 52), o sea, *sin pagar ni un maravedí*.

1, 18.—AVENTURA DE LOS REBAÑOS

versas naciones: aquí están los que beben las dulces aguas del famoso Janto [1]; los que pisan los montuosos masílicos [2] campos; los que criban el finísimo y menudo oro [3] en la Félice Arabia; los que gozan las famosas y frescas riberas del claro Termodonte [4]; los que sangran por muchas y diversas vías al dorado Pactolo [5]; los niñudas, dudosos en sus promesas; los persas, arcos y flechas [6] famosos; los partos, los medos, que pelean huyendo [7]; los árabes, de mudables casas; los citas [8], tan crueles como blancos, los etíopes [9], de horadados labios, y otras infinitas naciones, cuyos rostros conozco y veo, aunque de los nombres no me acuerdo. En estotro escuadrón vienen los que beben las corrientes cristalinas del olivífero Betis [10]; los que tersan y pulen sus rostros con el licor del siempre rico y dorado Tajo; los que gozan las provechosas aguas del divino Genil; los que pisan los tartesios [11] campos, de pastos abundantes; los que se alegran en los elíseos jerezanos [12] prados; los manchegos, ricos y coronados de rubias epigas; los de hierro vestidos, reliquias antiguas de la sangre goda [13]; los que en Pisuerga se bañan, famoso por la mansedumbre de su corriente; los que su ganado apacientan en las estendidas dehesas del tortuoso Guadiana,

---

[1] Janto, río de Troya.

[2] Los masilios eran pueblos africanos.

[3] Llama *cribar* a la operación de lavar la tierra mezclada con oro, metiéndola en artesas y balanceándolas para que el agua que entra por un lado, después de mojar y deshacer la tierra, salga arrastrándola por el otro lado y dejando que el oro, como más pesado, se vaya al fondo de las artesas. Termodonte, río de Capadocia.

[5] Del Pactolo, río de Lidia, cuenta la fama que arrastraba arenas de oro, como el Tajo.

[6] Si no está alterado el texto (EN *arcos y...*), *arcos y flechas* tienen valor metonímico (cf. *el ejército constaba de trescientas lanzas*, es decir, *de trescientos lanceros*).

[7] Los partos, no los medos, se distinguieron por pelear huyendo.

[8] Escitas.

[9] Así parece que pronunciaba Cervantes esta palabra.

[10] *Betis* = Guadalquivir.

[11] *Tarteso* llamaron los antiguos a Tarifa.

[12] Los campos elíseos, según los latinos, estaban en el infierno y eran la morada de los justos. La creencia de que estaban junto a Jerez de la Frontera provino tal vez de la semejanza fonética entre *Leteo*, río del invierno, y Guadalete (cuyo primer componente *guada* en árabe significa *río*).

[13] Alude a los habitantes de la costa septentrional, que tenían mucho hierro y no sufrieron tanto en la invasión de los árabes.

1, 18.—AVENTURA DE LOS REBAÑOS

Y diciendo esto, puso las espuelas a Rocinante y, puesta la lanza en el ristre, bajó de la costezuela [1] como un rayo.

Dióle voces Sancho, diciéndole:

—Vuélvase vuestra merced, señor don Quijote; que voto a Dios que son carneros y ovejas las que va a embestir. Vuélvase, ¡desdichado del padre que me engendró! ¿Qué locura es ésta? ¡Mire que no hay gigante ni caballero alguno, ni gatos, ni armas, ni escudos partidos ni enteros, ni veros azules ni endiablados! ¿Qué es lo que hace, pecador soy yo a Dios!

Ni por esas volvió don Quijote; antes en altas voces iba diciendo:

—¡Ea, caballeros, los que seguís y militáis debajo de las banderas del valeroso emperador Pentapolín del Arremangado Brazo, seguidme todos: veréis cuán fácilmente le doy venganza de su enemigo Alifanfarón de la Trapobana!

Esto diciendo, se entró por medio del escuadrón de las ovejas, y comenzó de alanceallas, con tanto coraje y denuedo como si de veras alanceara a sus mortales enemigos. Los pastores y ganaderos que con la manada venían dábanle voces que no hiciese aquello; pero viendo que no aprovechaban, desciñéronse las hondas y comenzaron a saludalle los oídos con piedras como el puño. Don Quijote no se curaba de las piedras; antes, discurriendo a todas partes, decía [2].

—¿Adónde estás, soberbio Alifanfarón? Vente a mí; que un caballero solo soy, que desea, de solo a solo probar tus fuerzas y quitarte la vida, en pena de la que das al valeroso Pentapolín Garamanta.

Llegó en esto una peladilla [3] de arroyo y, dándole en un lado, le sepultó dos costillas en el cuerpo. Viéndose tan maltrecho, creyó, sin duda que estaba muerto o mal ferido, y, acordándose de su licor, sacó su alcuza, y púsosela a la boca, y comenzó a echar licor en el estómago; mas antes que acabase de envasar lo que a él le parecía que era bastante, llegó otra almendra y dióle en la mano y en el alcuza, tan de lleno, que se la hizo pedazos, llevándole, de camino, tres o cuatro dientes y muelas de la boca, y machucándole malamente dos dedos de

---

[1] *Costezuela* diminutivo de *cuesta*.
[2] En la edición príncipe falta este *decía*.
[3] A los guijarros se daban los nombres festivos de *almendra* y *peladilla* (= almendra confitada) por el parecido que con éstas tienen algunos guijarros.

1, 18.—AVENTURA DE LOS REBAÑOS

la mano [1]. Tal fué el golpe primero; y tal el segundo, que le fué forzoso al pobre caballero dar consigo del caballo abajo. Llegáronse a él los pastores y creyeron que le habían muerto; y así, con mucha priesa recogieron su ganado y cargaron de las reses muertas, que pasaban de siete, y sin averiguar otra cosa, se fueron.

Estábase todo este tiempo Sancho sobre la cuesta, mirando las locuras que su amo hacía, y arrancábase las barbas, maldiciendo la hora y el punto en que la Fortuna se le había dado a conocer. Viéndole, pues, caído en el suelo, y que ya los pastores se habían ido, bajó de la cuesta y llegóse a él, y hallóle de muy mal arte, aunque no había perdido el sentido, y díjole:

—¿No le decía yo, señor don Quijote, que se volviese, que los que iba a acometer no eran ejércitos, sino manadas de carneros?

—Como eso [2] puede desparecer y contrahacer aquel ladrón del sabio mi enemigo. Sábete, Sancho, que es muy fácil cosa a los tales hacernos parecer lo que quieren, y este maligno que me persigue, envidioso de la gloria que vió que yo había de alcanzar desta batalla, ha vuelto los escuadrones de enemigos en manadas de ovejas. Si no, haz una cosa, Sancho, por mi vida, porque te desengañes y veas ser verdad lo que te digo: sube en tu asno y síguelos bonitamente [3], y verás cómo, en alejándose de aquí algún poco, se vuelven en su ser primero, y, dejando de ser carneros, son hombres hechos y derechos, como yo te los pinté primero. Pero no vayas agora, que he menester tu favor y ayuda; llégate a mí y mira cuántas muelas y dientes me faltan; que me parece que no me ha quedado ninguno en la boca.

Llegóse Sancho tan cerca, que casi le metía los ojos en la boca; y fué a tiempo que ya había obrado el bálsamo en el estómano de don Quijote, y al tiempo que Sancho llegó a mirarle la boca, arrojó de sí, más recio que una escopeta, cuanto dentro tenía, y dió con todo ello en las barbas del compasivo escudero.

—¡Santa María—dijo Sancho—, y qué es esto que me ha sucedido! Sin duda este pecador está herido de muerte, pues vomita sangre por la boca.

---

[1] Luego don Quijote no llevaba *manoplas* o *guanteletes*.
[2] *Como eso* = cosas como ésas.
[3] Con cuidado o disimulo.

1, 18.—DON QUIJOTE Y SANCHO

Pero reparando un poco más en ello, echó de ver en la color, sabor y olor que no era sangre, sino el bálsamo de la alcuza, que él le había visto beber; y fué tanto el asco que tomó, que, revolviéndosele el estómago, vomitó las tripas sobre su mismo señor, y quedaron entrambos como de perlas. Acudió Sancho a su asno para sacar de las alforjas con que limpiarse y con que curar a su amo, y como no las halló, estuvo a punto de perder el juicio: maldíjose de nuevo y propuso en su corazón de dejar a su amo y volverse a su tierra, aunque perdiese el salario de lo servido y las esperanzas del gobierno de la prometida ínsula.

Levantóse, en esto, don Quijote y, puesta la mano izquierda en la boca, porque no se le acabasen de salir los dientes, asió con la otra las riendas de Rocinante, que nunca se había movido de junto a su amo (tal era de leal y bien acondicionado), y fuése adonde su escudero estaba, de pechos sobre su asno, con la mano en la mejilla, en guisa de hombre pensativo además [1]. Y viéndole don Quijote de aquella manera, con muestras de tanta tristeza, le dijo:

—Sábete, Sancho, que no es un hombre más que otro si no hace más que otro. Todas estas borrascas que nos suceden son señales de que presto ha de serenar el tiempo y han de sucedernos bien las cosas; porque no es posible que el mal ni el bien sean durables, y de aquí se sigue que, habiendo durado mucho el mal, el bien está ya cerca. Así que no debes congojarte por las desgracias que a mí me suceden pues a ti no te cabe parte dellas.

—¿Cómo no?—respondió Sancho.—Por ventura, el que ayer mantearon, ¿era otro que el hijo de mi padre? Y las alforjas que hoy me faltan con todas mis alhajas [2], ¿son de otro que del mismo?

—¿Que te faltan las alforjas, Sancho?—dijo don Quijote.

—Sí que me faltan—respondió Sancho.

—Dese modo, no tenemos qué comer hoy—replicó don Quijote.

—Eso fuera—respondió Sancho—cuando faltaran por estos

---

[1] Por demás (cf. pról. 11).
[2] «*Alhaja*, lo que comúnmente llamamos en casa colgaduras, tapicería, camas, sillas, bancos, mesas... *Estar bien alhajado uno* es tener su casa bien aderezada y adornada de todo lo perteneciente a ella» (Cov.). Así que *alhajas* vale tanto como *cosas*

— 199 —

1, 18.—AVENTURA DE LOS REBAÑOS

prados las hierbas que vuestra merced dice que conoce, conque suelen suplir semejantes faltas los tan malaventurados andantes caballeros como vuestra merced es [1].

—Con todo eso—respondió don Quijote—, tomara yo ahora más aína [2] un cuartal [3] de pan, o una hogaza [4] y dos cabezas de sardinas arenques [5], que cuantas hierbas describe Dioscórides, aunque fuera el ilustrado por el doctor Laguna [6]. Mas, con todo esto, sube mi jumento, Sancho el bueno, y vente tras mí; que Dios, que es proveedor de todas las cosas, no nos ha de faltar, y más, andando tan en su servicio como andamos, pues no falta a los mosquitos del aire, ni a los gusanillos de la tierra, ni a los renacuajos del agua, y es tan piadoso, que hace salir su sol sobre los buenos y los malos, y llueve sobre los injustos y justos [7].

—Más bueno era vuestra merced—dijo Sancho—para predicar que para caballero andante.

—De todo sabían, y han de saber, los caballeros andantes, Sancho—dijo don Quijote—; porque caballero andante hubo en los pasados siglos que así se paraba a hacer un sermón o plática en mitad de un campo real [8], como si fuera graduado por la Universidad de París; de donde se infiere que nunca la lanza embotó la pluma, ni la pluma la lanza.

—Ahora bien, sea así como vuestra merced dice—respondió Sancho—; vamos ahora de aquí, y procuremos donde alojar esta noche, y quiera Dios que sea en parte donde no haya man-

---

[1] Cf. p. 127.

[2] *Aína* (de *agina*) = a prisa, fácilmente.

[3] «*Cuartal*, cierto peso en el pan» (Cov.); que por lo menos originariamente fué la cuarta parte de la hogaza. En Madrid, a fines del siglo XVI, había cuartales de dos libras (cf. R. MARÍN).

[4] «*Hogaza*, pan de harina mal cernida, propio pan de pastores y gañanes, que ellos se lo masan y lo cuecen a su fuego y entre la ceniza» (Cov.). Su peso, que varía según las regiones y los tiempos, oscila entre tres y ocho libras.

[5] «*Arenque*, cierta especie de sardina que suele secarse al humo» (Cov.). Es tal el hambre de don Quijote que aun las cabezas, que la gente pobre suele desechar, comiera de buena gana.

[6] Andrés Laguna tradujo del griego e ilustró con anotaciones y figuras el tratado de Dioscórides acerca de la materia medicinal y de los venenos mortíferos.

[7] San Mateo, 5, 45.

[8] *Campo real* = real, campamento.

— 200 —

tas, ni manteadores, ni fantasmas, ni moros encantados; que si los hay, daré al diablo el hato y el garabato [1].

—Pídeselo tú a Dios, hijo—dijo don Quijote—, y guía tú por donde quisieres; que esta vez quiero dejar a tu elección el alojarnos. Pero dame acá la mano, y atiéntame [2] con el dedo y mira bien cuántos dientes y muelas me faltan deste lado derecho, de la quijada alta; que allí siento el dolor.

Metió Sancho los dedos y estándole tentando le dijo:

—¿Cuántas muelas solía vuestra merced tener en esta parte?

—Cuatro—respondió don Quijote—, fuera de la cordal [3]; todas enteras y muy sanas.

—Mire vuestra merced bien lo que dice, señor—respondió Sancho.

—Digo cuatro, si no eran cinco—respondió don Quijote—; porque en toda mi vida me han sacado diente ni muela de la boca, ni se me ha caído, ni comido de neguijón [4] ni de reuma [5] alguna.

—Pues en esta parte de abajo—dijo Sancho—no tiene vuestra merced más de dos muelas y media; y en la de arriba, ni media, ni ninguna; que toda está rasa como la palma de la mano.

—¡Sin ventura yo!—dijo don Quijote, oyendo las tristes nuevas que su escudero le daba—; que más quisiera que me hubieran derribado un brazo, como no fuera el de la espada. Porque te hago saber, Sancho, que la boca sin muelas es como molino sin piedra, y en mucho más se ha de estimar un diente

---

[1] «*Hato* se llama el vestido y ropa de cada uno. Vale cantidad de cabezas de ganado, como hato de ovejas...» (Cov.). «*Garabato*... es una especie de garfio de donde colgamos la carne o otras cosas...» (Cov.).
El refrán significa echarlo todo a rodar. Pero ¿de dónde viene? Unos suponen que el *hato* cayó en un pozo y que su dueño, no pudiendo sacarlo de él con algún garfio o *garabato*, acabó por echar el instrumento al agua. Otros entienden que el todo que se abandona o echa a rodar es el *ganado* y el *cayado* (cf. p. 137, n. 3), o la *ropa* y el *colgador*.
[2] «*Atentar* es tocar alguna cosa con la mano, y percibir con el sentido del tacto, propio de los ciegos, y de los que andan por lugares escuros, y sin luz» (Cov.).
[3] De la *muela cordal* dice Covarrubias (v. *diente*): «llamamos a las muelas últimas *las del seso*, porque salen con la edad [del juicio o de la cordura]. Arist[óteles]... dice que salen cerca de los veinte años, y a algunos les han nacido a los ochenta años».
[4] *Neguijón* = caries.
[5] *Reuma* = fluxión o corrimiento de humores que carga a alguna parte del cuerpo, como a los ojos, boca...

que un diamante. Mas a todo esto estamos sujetos los que profesamos la estrecha orden de la caballería: sube, amigo, y guía; que yo te seguiré al paso que quisieres.

Hízolo así Sancho y encaminóse hacia donde le pareció que podía hallar acogimiento, sin salir del camino real, que por allí iba muy seguido [1].

Yéndose, pues, poco a poco, porque el dolor de las quijadas de don Quijote no le dejaba sosegar ni atender a darse priesa, quiso Sancho entretenelle y divertille diciéndole alguna cosa, y entre otras que le dijo, fué lo que se dirá en el siguiente capítulo.

CAPITULO XIX.—De las discretas razones que Sancho pasaba con su amo, y de la aventura que le sucedió con un cuerpo muerto, con otros acontecimientos famosos.

Paréceme, señor mío, que todas estas desventuras que estos días nos han sucedido, sin duda alguna han sido pena del pecado cometido por vuestra merced contra la orden de su caballería, no habiendo cumplido el juramento que hizo [2] de no comer pan a manteles ni con la reina folgar, con todo aquello que a esto se sigue y vuestra merced juró de cumplir, hasta quitar aquel almete de Malandrino [3], o como se llama el moro, que no me acuerdo bien.

—Tienes mucha razón, Sancho—dijo don Quijote—; mas, para decirte verdad, ello se me había pasado de la memoria; y también puedes tener por cierto que por la culpa de no habérmelo tú acordado en tiempo te sucedió aquello de la manta; pero yo haré la enmienda; que modos hay de composición [4] en la orden de la caballería para todo.

—Pues ¿juré yo algo, por dicha?—respondió Sancho.

—No importa que no hayas jurado—dijo don Quijote—:

---

[1] *Seguido* = derecho.
[2] Olvidóse Cervantes de referirnos antes algo, en que don Quijote hubiese quebrantado su juramento (cf. p. 125).
[3] Habla del yelmo de Mambrino.
[4] Esto de los *modos de composición* es una alusión a las *bulas de composición* que da el Papa por sí o por sus delegados para componer o arreglar el caso de los que poseen bienes ajenos cuyo dueño se ignora.

1, 19.—AVENTURA DEL CUERPO MUERTO

basta, que yo entiendo que de participantes [1] no estás muy seguro, y, por sí o por no, no será malo proveernos de remedio.

—Pues si ello es así—dijo Sancho—, mire vuestra merced no se le torne a olvidar esto, como lo del juramento: quizá les volverá la gana a las fantasmas de solazarse otra vez conmigo, y aun con vuestra merced, si le ven tan pertinaz [2].

En estas y otras pláticas les tomó la noche en mitad del camino, sin tener ni descubrir donde aquella noche se recogiesen; y lo que no había de bueno en ello era que perecían de hambre; que con la falta de las alforjas les faltó toda la despensa y matalotaje [3]. Y para acabar de confirmar esta desgracia, les sucedió una aventura, que, sin artificio alguno, verdaderamente lo parecía [4]. Y fué que la noche cerró con alguna escuridad; pero, con todo esto, caminaban, creyendo Sancho que, pues aquel camino era real, a una o dos leguas, de buena razón hallaría en él alguna venta. Yendo, pues, desta manera, la noche escura, el escudero hambriento y el amo con gana de comer, vieron que por el mesmo camino que iban venían hacia ellos gran multitud de lumbres, que no parecían sino estrellas que se movían. Pasmóse Sancho en viéndolas, y don Quijote no las tuvo todas consigo: tiró el uno del cabestro a su asno, y el otro de las riendas a su rocino, y estuvieron quedos, mirando atentamente lo que podía ser aquello, y vieron que las lumbres se iban acercando a ellos, y mientras más se llegaban, mayores parecían; a cuya vista Sancho comenzó a temblar como un azogado [5], y los cabellos de la cabeza se le erizaron a don Quijote, el cual, animándose un poco, dijo:

—Ésta, sin duda, Sancho, debe de ser grandísima y peligrosísima aventura, donde será necesario que yo muestre todo mi valor y esfuerzo.

—¡Desdichado de mí!—respondió Sancho—: si acaso esta aventura fuese de fantasmas, como me lo va pareciendo, ¿adónde habrá costillas que la sufran?

---

[1] *Participantes* = 1) los que trataban con ciertos excomulgados; 2) los que tenían participación en algún delito.
[2] *Tan pertinaz* en estas transgresiones y olvidos.
[3] *Matalotaje* = provisión de comida en una embarcación.
[4] Que, siendo cosa ordinaria, natural y sin artificio, parecía extraordinaria y de aventura.
[5] Los vapores que emite el azogue o mercurio produce en los que con frecuencia los respiran, particularmente en los mineros, una enfermedad, cuyo síntoma más visible es un temblor continuado.

1, 19.—AVENTURA DEL CUERPO MUERTO

—Por más fantasmas que sean—dijo don Quijote—, no consentiré yo que te toquen en el pelo de la ropa; que si la otra vez se burlaron contigo, fué porque no pude yo saltar las paredes del corral; pero ahora estamos en campo raso, donde podré yo como quisiere esgrimir mi espada.

—Y si le encantan y entomecen [1], como la otra vez lo hicieron—dijo Sancho—, ¿qué aprovechará estar en campo abierto, o no?

—Con todo eso—replicó don Quijote—, te ruego, Sancho, que tengas buen ánimo; que la experiencia te dará a entender el que yo tengo.

—Sí tendré, si a Dios place—respondió Sancho.

Y apartándose los dos a un lado del camino, tornaron a mirar atentamente lo que aquello de aquellas lumbres que caminaban podía ser, y de allí a muy poco descubrieron muchos encamisados [2], cuya temerosa visión de todo punto remató el ánimo de Sancho Panza, el cual comenzó a dar diente con diente, como quien tiene frío de cuartana [3]; y creció más el batir y dentellear cuando distintamente vieron lo que era; porque descubrieron hasta veinte encamisados, todos a caballo, con sus hachas encendidas en las manos, detrás de los cuales venía una litera cubierta de luto, a la cual seguían otros seis de a caballo, enlutados hasta los pies de las mulas [4]; que bien vieron que no eran caballos en el sosiego con que caminaban. Iban los encamisados murmurando entre sí, con una voz baja y compasiva. Esta estraña visión, a tales horas y en tal despoblado, bien bastaba para poner miedo en el corazón de Sancho, y aun en el de su amo; y así fuera en cuanto a don Quijote [5]; que ya

---

[1] *Entomecer* o *entumecer* = impedir el movimiento de un miembro.

[2] «*Encamisada*, el Santiago que se da en los enemigos de noche, cogiéndolos de rebato; y porque se conozcan los que van a dar el asalto y se distingan de los enemigos, llevan encima de las armas unas *camisas*» (Cov.). Estos asaltantes se llamaban *encamisados*, y a ellos se parecían los de las lumbres por venir con sobrepellices.

[3] *Cuartana* = calentura que entra con frío, de cuatro en cuatro días.

[4] Consta que estos lutos tan largos se usaban entonces.

[5] *Y ojalá fuera así*, anota R. Marín, porque entonces no saliera lisiado el bachiller López de Alcobendas.

Pero tal vez sea la frase correctiva: bastaba para poner miedo en Sancho y aun en su amo, *o mejor dicho*, sólo en su amo, porque en Sancho puso más que miedo.

— 204 —

1, 19.—AVENTURA DEL CUERPO MUERTO

Sancho había dado al través [1] con todo su esfuerzo. Lo contrario le avino a su amo, al cual en aquel punto se le representó en su imaginación al vivo que aquélla era una de las aventuras de sus libros.

Figurósele que la litera eran andas donde debía de ir algún mal ferido o muerto caballero, cuya venganza a él solo estaba reservada, y, sin hacer otro discurso, enristró su lanzón, púsose bien en la silla, y con gentil brío y continente se puso en la mitad del camino por donde los encamisados forzosamente habían de pasar, y cuando los vió cerca, alzó la voz y dijo:

—Deteneos, caballeros, o quienquiera que seáis, y dadme cuenta de quién sois, de dónde venís, adónde váis, qué es lo que en aquellas andas lleváis; que, según las muestras, o vosotros habéis fecho, o vos han fecho, algún desaguisado, y conviene y es menester que yo lo sepa, o bien para castigaros del mal que fecistes, o bien para vengaros del tuerto que vos ficieron.

—Vamos de priesa—respondió uno de los encamisados—, y está la venta lejos, y no nos podemos detener a dar tanta cuenta como pedís.

Y picando la mula, pasó adelante. Sintióse desta respuesta grandemente don Quijote, y trabando del freno, dijo:

—Deteneos, y sed más bien criado, y dadme cuenta de lo que os he preguntado; si no, conmigo sois todos en batalla.

Era la mula asombradiza, y al tomarla del freno se espantó de manera que, alzándose en los pies, dió con su dueño por las ancas en el suelo. Un mozo que iba a pie, viendo caer al encamisado, comenzó a denostar a don Quijote; el cual, ya encolerizado, sin esperar más, enristrando su lanzón, arremetió a uno de los enlutados, y mal ferido dió con él en tierra; y revolviéndose por lo demás, era cosa de ver con la presteza que [2] los acometía y desbarataba, que no parecía sino que en aquel instante le habían nacido alas a Rocinante, según andaba de ligero y orgulloso. Todos los encamisados era gente medrosa y sin armas, y así con facilidad en un momento dejaron la re

---

[1] «*Través*, lo que sale o por detrás o por el lado: y así decimos *dar al través*, que vale caer atrás; y cerca del arte de navegar, henderse el navío y empezarse a hundir por la popa. *Salir de través*, salir por un lado y de repente» (Cov.).
[2] Hoy diríamos *con qué presteza los acometía* (cf. pról. 26).

1, 19.—AVENTURA DEL CUERPO MUERTO

friega y comenzaron a correr por aquel campo, con las hachas encendidas, que no parecían sino a los de las máscaras que en noche de regocijo y fiesta corren. Los enlutados asimesmo, revueltos y envueltos en sus faldamentos y lobas [1], no se podían mover; así que, muy a su salvo, don Quijote los apaleó a todos, y les hizo dejar el sitio mal de su grado, porque todos pensaron que aquél no era hombre, sino diablo del infierno que les salía a quitar el cuerpo muerto que en la litera llevaban.

Todo lo miraba Sancho, admirado del ardimiento [2] de su señor, y decía entre sí: «Sin duda, este mi amo es tan valiente y esforzado como él dice.» Estaba una hacha ardiendo en el suelo, junto al primero que derribó la mula, a cuya luz le pudo ver don Quijote; y, llegándose a él, le puso la punta del lanzón en el rostro, diciéndole que se rindiese; si no, que le mataría. A lo cual respondió el caído:

—Harto rendido estoy, pues no me puedo mover; que tengo una pierna quebrada [3]: suplico a vuestra merced, si es caballero cristiano, que no me mate; que cometerá un gran sacrilegio: que soy licenciado y tengo las primeras órdenes.

—Pues ¿quién diablos os ha traído aquí—dijo don Quijote—, siendo hombre de Iglesia?

—¿Quién, señor?—replicó el caído—. Mi desventura.

—Pues otra mayor os amenaza—dijo don Quijote—, si no me satisfacéis a todo cuanto primero os pregunté.

—Con facilidad será vuestra merced satisfecho—respondió el Licenciado—; y así, sabrá vuestra merced que, aunque denantes [4] dije que yo era licenciado, no soy sino bachiller [5], y llámome Alonso López; soy natural de Alcobendas; vengo de la ciudad de Baeza, con otros once sacerdotes, que son los que huyeron con las hachas; vamos a la ciudad de Segovia acompañando un cuerpo muerto, que va en aquella litera, que es de

---

[1] *Faldamento, faldamenta* o *faldx* = parte de toda ropa talar que va de la cintura abajo.
Loba o *sotana* = vestidura talar y cerrada, que generalmente carecía de mangas.
[2] *Ardimiento* = valor, intrepidez.
[3] Esto lo pudo decir con exageración, para ablandar a don Quijote.
[4] *Denantes* = antes.
[5] «*Bachiller* es el primer grado que se da en las universidades a los que han oído alguna facultad, como *en Artes, Teología, Cánones, Leyes, Medicina*» (Cov.). «*Grados*, en materia de letras, los que dan las universidades, o colegios privilegiados, de *bachiller, licenciado* y *doctor*» (Cov.).

1, 19.—AVENTURA DEL CUERPO MUERTO

un caballero que murió en Baeza, donde fué depositado, y ahora, como digo, llevábamos sus huesos a su sepultura, que está en Segovia, de donde es natural [1].

—Y ¿quién le mató?—preguntó don Quijote.

—Dios, por medio de unas calenturas pestilentes que le dieron—respondió el Bachiller.

—Desa suerte—dijo don Quijote—, quitado me ha nuestro Señor del trabajo que había de tomar en vengar su muerte, si otro alguno le hubiera muerto; pero habiéndole muerto quien le mató, no hay sino callar y encoger los hombros, porque lo mismo hiciera si a mí mismo me matara. Y quiero que sepa vuestra reverencia que yo soy un caballero de la Mancha, llamado don Quijote, y es mi oficio y ejercicio andar por el mundo enderezando tuertos y desfaciendo agravios.

—No sé cómo pueda ser eso de enderezar tuertos—dijo el Bachiller—, pues a mí de derecho me habéis vuelto tuerto, dejándome una pierna quebrada, la cual no se verá derecha en todos los días de su vida; y el agravio que en mí habéis deshecho ha sido dejarme agraviado de manera, que me quedaré agraviado para siempre; y harta desventura ha sido topar con vos, que vais buscando aventuras.

—No todas las cosas—respondió don Quijote—suceden de un mismo modo. El daño estuvo, señor bachiller Alonso López, en venir, como veníades, de noche, vestidos con aquellas sobrepellices, con las hachas encendidas, rezando, cubierto de luto, que propiamente semejábades cosa mala y del otro mundo; y así, yo no pude dejar de cumplir con mi obligación acometiéndoos, y os acometiera aunque verdaderamente supiera que érades los mesmos satanes del infierno; que por tales os juzgué y tuve siempre [2].

—Ya que así lo ha querido mi suerte—dijo el Bachiller—, suplico a vuestra merced, señor caballero andante (que tan mala andanza me ha dado), me ayude a salir de debajo desta mula, que me tiene tomada una pierna entre el estribo y la silla.

---

[1] Cervantes debió de oír en Andalucía la sigilosa traslación del cadáver de San Juan de la Cruz desde Ubeda (cerca de Baeza) hasta Segovia con los sucesos maravillosos en ella ocurridos, y según cree Navarrete *(Vida de Cervantes*, n. 79 y sigs.) este hecho debió de ser el original de la presente aventura.

[2] *Siempre* desde que os vi venir.

— 207 —

1, 19.—AVENTURA DEL CUERPO MUERTO

—¡Hablara yo para mañana [1]!—dijo don Quijote—. ¿Y hasta cuándo aguardábades a decirme vuestro afán [2]?

Dió luego voces a Sancho Panza que viniese; pero él no se curó de venir, porque andaba ocupado desvalijando una acémila de repuesto [3] que traían aquellos buenos señores, bien bastecida de cosas de comer. Hizo Sancho costal de su gabán y, recogiendo todo lo que pudo y cupo en el talego, cargó su jumento, y luego acudió a las voces de su amo, y ayudó a sacar al señor Bachiller de la opresión de la mula, y, poniéndole encima della le dió la hacha; y don Quijote le dijo que siguiese la derrota [4], de sus compañeros, a quien de su parte pidiese perdón del agravio que no había sido en su mano dejar de haberle hecho. Díjole también Sancho:

—Si acaso quisieren saber esos señores quién ha sido el valeroso que tales los puso, diráles vuestra merced que es el famoso don Quijote de la Mancha, que por otro nombre se llama el Caballero de la Triste Figura.

Con esto, se fué el Bachiller, y don Quijote preguntó a Sancho que qué le había movido a llamarle el Caballero de la Triste Figura, más entonces que nunca.

—Yo se lo diré—respondió Sancho—: porque le he estado mirando un rato a la luz de aquella hacha que lleva aquel malandante, y verdaderamente tiene vuestra merced la más mala figura, de poco acá, que jamás he visto; y débelo de haber causado, o ya el cansancio deste combate, o ya la falta de las muelas y dientes.

—No es eso—respondió don Quijote—, sino que el sabio a cuyo cargo debe de estar el escribir la historia de mis hazañas

---

¡Dejara yo eso para decirlo mañana! «*Hablara yo para mañana*, del que viendo que se trata de su negocio, no alega de su justicia. Aplican este dicho a un gobernador, que habiendo mandado ahorcar a uno, cuando ya tenía la soga a la garganta, le llamó al oído en secreto y le aseguró cantidad de coronas, que tenía que darle. Entonces el señor gobernador dijo en alta voz: «*hablara yo para mañana;* si sois de corona, no quiero yo quedar descomulgado»: y volviéronle a la cárcel» (Cov.).

[2] Muy enfrascado había estado en su razonamiento don Quijote, para no advertir a la luz del hacha el afán del bachiller antes de que éste se lo dijera.

[3] «*Acémila*, mulo grande y de hueso, para litera o carga de repuesto» (Cov.). *Repuesto* = prevención de comestibles u otras cosas para cuando sean necesarias.

[4] Cf. p. 105, n. 3.

— 208 —

le habrá parecido que será bien que yo tome algún nombre apelativo, como lo tomaban todos los caballeros pasados: cuál se llamaba el de la Ardiente Espada; cuál, el del Unicornio [1]; aquél, el de las Doncellas; aquéste, el del Ave Fénix; el otro, el Caballero del Grifo; estotro, el de la Muerte; y por estos nombres e insignias eran conocidos por toda la redondez de la tierra. Y así digo que el sabio ya dicho te habrá puesto en la lengua y en el pensamiento ahora que me llamases el Caballero de la Triste Figura, como pienso llamarme desde hoy en adelante; y para que mejor me cuadre tal nombre, determino de hacer pintar, cuando haya lugar, en mi escudo una muy triste figura.

—No hay para qué gastar tiempo y dineros en hacer esa figura—dijo Sancho—; sino lo que se ha de hacer es que vuestra merced descubra la suya y dé rostro a los que le miraren; que, sin más ni más, y sin otra imagen ni escudo, le llamarán el de la Triste Figura; y créame, que le digo verdad; porque le prometo [2] a vuestra merced, señor (y esto sea dicho en burlas), que le hace tan mala cara la hambre y la falta de las muelas, que, como ya tengo dicho, se podrá muy bien escusar la triste pintura.

Rióse don Quijote del donaire de Sancho; pero, con todo, propuso de llamarse de aquel nombre, en pudiendo pintar su escudo, o rodela, como había imaginado. Y díjole:

—Yo entiendo, Sancho, que quedo descomulgado por haber puesto las manos violentamente en cosa sagrada, *juxta*

---

[1] «*Unicornio* es un animal feroz de la forma y grandor de un caballo el cual tiene en medio de la frente un gran cuerno, de longitud de dos codos. Está recibido en el vulgo que los demás animales en las partes desiertas de Africa no osan beber en las fuentes, por temor de la ponzoña que causan en las aguas las serpientes y animales ponzoñosos, esperando hasta que venga el unicornio y meta dentro della el cuerno, con que las purifica... El vulgo tiene también recibido dél, que si ve una doncella, se le domestica y se recuesta sobre sus faldas, y adormeciéndose en ellas, los cazadores llegan y le prenden, y por esto es símbolo de la castidad» (Cov.).

[2] *Prometer* = asegurar.

1, 19.—AVENTURA DEL CUERPO MUERTO

illud: Si quis suadente diabolo, etc. [1], aunque sé bien [2] que no puse las manos, sino este lanzón; cuanto más, que yo no pensé que ofendía a sacerdotes ni a cosas de la Iglesia, a quien respeto y adoro como católico y fiel cristiano que soy, sino a fantasmas y a vestiglos [3] del otro mundo. Y cuando eso así fuese, en la memoria tengo lo que le pasó al Cid Ruy Díaz, cuando quebró la silla del embajador de aquel rey delante de su Santidad del [4] Papa [5], por lo cual lo descomulgó, y anduvo aquel día el buen Rodrigo de Vivar como muy honrado y valiente caballero.

En oyendo esto el Bachiller, se fué, como queda dicho, sin replicarle palabra [6]. Quisiera don Quijote mirar si el cuerpo que venía en la litera eran huesos, o no; pero no lo consintió Sancho, diciéndole:

—Señor, vuestra merced ha acabado esta peligrosa aventura lo más a su salvo de todas las que yo he visto; esta gente, aunque vencida y desbaratada, podría ser que cayese en la cuenta de que los venció sola una persona, y, corridos y avergonzados desto, volviesen a rehacerse y a buscarnos, y nos diesen en que entender. El jumento está como conviene; la montaña, cerca; la hambre carga: no hay que hacer sino retirarnos con gentil compás de pies, y, como dicen, váyase el muerto a la sepultura [7] y el vivo a la hogaza.

Y antecogiendo [8] su asno, rogó a su señor que le siguiese;

Juxta illud = según aquello: y cita luego algunas palabras textuales del canon que excomulga a los que pusieren violentamente sus manos en un clérigo o monje.

[2] Desde *Y díjole* hasta *sé bien* está tomado de la segunda edición de Cuesta. La primera inverosímilmente hacía a Sancho decir: «Olvidábaseme de decir que advierta vuestra merced que queda descomulgado por haber puesto las manos violentamente en cosa sagrada *iuxta illud: Si quis suadente diabolo*, etc.—No entiendo ese latín—respondió don Quijote—; más yo sé bien...»

[3] *Vestiglo* (de *besticulum*) = monstruo fantástico horrible.

[4] *Su... de* (cf. pról. 6).

[5] Este hecho fingido está tomado del *Romancero del Cid*, donde se cuenta cómo el Cid, al ver en la iglesia de San Pedro (no se dice si el Papa estaba delante) la silla «del Rey de Francia junto a la del Padre Santo, y la del Rey su señor un estado más abajo», derribó con el pie la del francés y encumbró la de su señor. El Papa, que lo excomulgó, pronto le otorgó el perdón humildemente pedido.

[6] Estas dos líneas están demás, pues el bachiller ya se había ido.

[7] Lo más corriente era decir *a la fosada* en vez de *a la sepultura*. Este es el primer refrán de Sancho.

[8] *Antecoger* = coger a una persona o cosa, llevándola por delante.

— 210 —

1, 20.—AVENTURA DE LOS BATANES

el cual, pareciéndole que Sancho tenía razón, sin volverle a replicar le siguió. Y a poco trecho que caminaban por entre dos montañuelas, se hallaron en un espacioso y escondido valle donde se apearon, y Sancho alivió el jumento, y tendidos sobre la verde hierba, con la salsa de su hambre, almorzaron, comieron, merendaron y cenaron a un mesmo punto, satisfaciendo sus estómagos con más de una fiambrera que los señores clérigos del difunto (que pocas veces se dejan mal pasar) en la acémila de su repuesto traían. Mas sucedióles otra desgracia, que [1] Sancho la tuvo por la peor de todas, y fué que no tenían vino que beber, ni aun agua que llegar a la boca; y, acosados de la sed, dijo Sancho, viendo que el prado donde estaban estaba colmado de verde y menuda hierba, lo que se dirá en el siguiente capítulo.

CAPITULO XX.—De la jamás vista ni oída aventura que con más poco [2] peligro fué acabada de famoso caballero en el mundo, como la que acabó el valeroso don Quijote de la Mancha [3].

No es posible, señor mío, sino que estas hierbas dan [4] testimonio de que por aquí cerca debe de estar alguna fuente o arroyo que estas hierbas humedece, y así, será bien que vamos [5] un poco más adelante; que ya toparemos donde podamos mitigar esta terrible sed que nos fatiga, que, sin duda, causa mayor pena que la hambre.

Parecióle bien el consejo a don Quijote y, tomando de la rienda a Rocinante, y Sancho del cabestro a su asno, después de haber puesto sobre él los relieves [6] que de la cena quedaron, comenzaron a caminar por el prado arriba a tiento, porque la escuridad de la noche no les dejaba ver cosa alguna; mas no

---

[1] Tal, *que* (cf. pról. 15).
[2] *Más poco* = menos.
[3] Oscuro es este título. Quiere decir que esta aventura, con ser tan extraña e inaudita, la llevó a cabo don Quijote con tan poco peligro, que menor no lo ha tenido ningún otro caballero andante en ninguna de sus aventuras.
[4] Hoy diríamos *den* (cf. pról. 16).
[5] Hoy diríamos *vayamos* (cf. pról. 1).
[6] «*Relieves*, las sobras que se levantan de la mesa: a *relevando*» (Cov.).

1, 20.—AVENTURA DE LOS BATANES

hubieron andado docientos pasos, cuando llegó a sus oídos un grande ruido de agua, como que de algunos grandes y levantados riscos se despeñaba. Alegróles el ruido en gran manera; y parándose a escuchar hacia qué parte sonaba, oyeron a deshora otro estruendo que les aguó el contento del agua, especialmente a Sancho, que naturalmente era medroso y de poco ánimo. Digo que oyeron que daban unos golpes a compás, con un cierto crujir de hierros y cadenas, acompañados del furioso estruendo del agua, que pusieran pavor a cualquier otro corazón que no fuera el de don Quijote. Era la noche, como se ha dicho, escura, y ellos acertaron a entrar entre unos árboles altos, cuyas hojas, movidas del blando viento, hacían un temeroso y manso ruido; de manera, que la soledad, el sitio, la escuridad, el ruido del agua, con el susurro de las hojas, todo causaba horror y espanto, y más cuando vieron que ni los golpes cesaban, ni el viento dormía, ni la mañana llegaba; añadiéndose a todo esto el ignorar el lugar donde se hallaban. Pero don Quijote, acompañado de su intrépido corazón, saltó sobre Rocinante y, embrazando su rodela, terció su lanzón y dijo:

—Sancho amigo, has de saber que yo nací, por querer del cielo, en esta nuestra edad de hierro, para resucitar en ella la de oro, o la dorada, como suele llamarse. Yo soy aquel para quien están guardados los peligros, las grandes hazañas, los valerosos hechos. Yo soy, digo otra vez, quien ha de resucitar los de la Tabla Redonda [1], los Doce de Francia, y los Nueve de la Fama, y el que ha de poner en olvido los Platires, los Tablantes, Olivantes y Tirantes, los Febos y Belianises, con toda la caterva de los famosos caballeros andantes del pasado tiempo, haciendo en este en que me hallo tales grandezas, estrañezas y fechos de armas, que escurezcan las más claras que ellos ficieron. Bien notas, escudero fiel y legal [2], las tinieblas desta noche, su estraño silencio, el sordo y confuso estruendo destos árboles, el temeroso ruido de aquella agua en cuya busca venimos, que parece que se despeña y derrumba desde los altos montes de la Luna [3], y aquel incesable golpear que nos

---

[1] Cf. p. 145, n. 2.

[2] *Fiel y legal* = bueno, acabado, perfecto Cuando de los escribanos se quería significar que eran buenos y ejemplares se ponderaba su fidelidad y legalidad, o se decía que eran fieles y legales (cf. COVARRUBIAS: «*legal*, el que hace su oficio conforme a la ley, como *escribano legal*»). De los escribanos se extendió la alabanza a los demás cargos y oficios.

[3] Alusión al río Nilo, que naciendo en la alta Etiopía en el monte de

hiere y lastima los oídos; las cuales cosas, todas juntas y cada una por sí, son bastantes a infundir miedo, temor y espanto en el pecho del mesmo Marte, cuanto más en aquel que no está acostumbrado a semejantes acontecimientos y aventuras. Pues todo esto que yo te pinto son incentivos y despertadores de mi ánimo, que ya hace que el corazón me reviente en el pecho con el deseo que tiene de acometer esta aventura, por más dificultosa que se muestra. Así que, aprieta un poco las cinchas a Rocinante, y quédate a Dios y espérame aquí hasta tres días no más, en los cuales si no volviere, puedes tú volverte a nuestra aldea, y desde allí, por hacerme merced y buena obra [1], irás al Toboso, donde dirás a la incomparable señora mía Dulcinea que su cautivo caballero murió por acometer cosas que le hiciesen digno de poder llamarse suyo.

Cuando Sancho oyó las palabras de su amo comenzó a llorar con la mayor ternura del mundo, y a decille:

—Señor, yo no sé por qué quiere vuestra merced acometer esta tan temerosa aventura: ahora es de noche; aquí no nos vee nadie: bien podemos torcer el camino y desviarnos del peligro, aunque no bebamos en tres días; y pues no hay quien nos vea, menos habrá quien nos note de cobardes; cuanto más que yo he oído predicar al cura de nuestro lugar, que vuestra merced bien conoce, que quien busca el peligro perece en él [2]; así que, no es bien tentar a Dios acometiendo tan desaforado hecho, donde no se puede escapar sino por milagro, y bastan los que ha hecho el cielo con vuestra merced en librarle de ser manteado, como yo lo fuí, y en sacarle vencedor, libre y salvo de entre tantos enemigos como acompañaban al difunto. Y cuando todo esto no mueva ni ablande ese duro corazón, muévale el pensar y creer que apenas se habrá vuestra merced apartado de aquí, cuando yo, de miedo, dé mi ánima a quien quisiere llevarla. Yo salí de mi tierra y dejé hijos y mujer por venir a servir a vuestra merced, creyendo valer más, y no menos; pero como cudicia rompe el saco, a mí me ha rasgado mis esperanzas, pues cuando más vivas las tenía de alcanzar

---

la Luna, según se creía antiguamente, se precipita con ímpetu estruendoso por dos cataratas o cascadas.

[1] *Por hacerme merced y buena obra* es una frase escribanil de que se hacía uso, dice R. Marín, en las escrituras de préstamo sin interés, y que Cervantes usó en este encargo tan grave para acentuar la nota cómica.

[2] Eclesiástico, 3, 27.

1, 20.—AVENTURA DE LOS BATANES

aquella negra [1] y malhadada ínsula que tantas veces vuestra merced me ha prometido, veo que, en pago y trueco della, me quiere ahora dejar en un lugar tan apartado del trato humano. Por un solo Dios, señor mío, que non se me faga tal desaguisado [2]; y ya que del todo no quiera vuestra merced desistir de acometer este fecho, dilátelo, a lo menos, hasta mañana; que, a lo que a mí me muestra la ciencia que aprendí cuando era pastor, no debe de haber desde aquí al alba tres horas, porque la boca de la Bocina está encima de la cabeza, y hace a media noche en la línea del brazo izquierdo [3].

---

[1] *Negra* = maldita.
[2] Por esta frase se ve que a Sancho se le iban pegando algunos modos de hablar de su amo.
[3] «Una constelación hay en el cielo de estrellas, que llamamos la *bocina*, en el círculo setemptrional o ártico, Ursa minor, por cuyo movimiento la gente que anda en el campo conoce las horas de la noche» (Cov.). La *Bocina* es la *Osa Menor* o *Carro Menor*, cuyas siete estrellas forman una bocina, o un carro sin ruedas con su timón. El extremo del timón o embocadura de la bocina es la estrella polar, que por estar junto al polo aparece inmoble: las dos estrellas posteriores del carro que forman la boca de la bocina, describen diariamente alrededor de la polar y de oriente a occidente un círculo comparable a una esfera de reloj cuyas horas estuviesen en dirección inversa (la una en vez de las once, las dos en vez de la diez...) y se fuesen moviendo, de suerte que pasado medio año cada hora hubiese avanzado medio círculo. Para determinar en cualquier mes la posición de las doce, trazaban los pastores con su imaginación en ese círculo dos diámetros en cruz, uno de ellos perpendicular al horizonte. La boca de la bocina a las doce de la noche estaba a mitad de la primavera en la cabeza de la cruz, a mitad del verano en la línea del brazo *izquierdo* (respecto de la cruz), a mitad del otoño en el pie, y a mitad del invierno en la línea del brazo *derecho*. Fingiendo, pues,

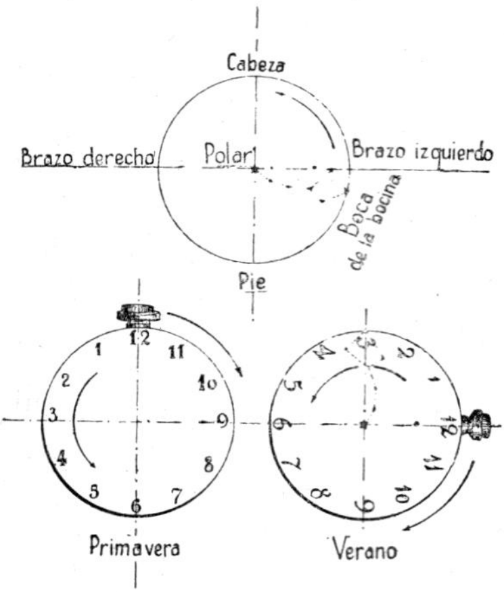

— 214 —

—¿Cómo puedes tú, Sancho—dijo don Quijote—, ver dónde hace esa línea, ni dónde está esa boca o ese colodrillo [1] que dices, si hace la noche tan escura, que no parece en todo el cielo estrella alguna?

—Así es—dijo Sancho—; pero tiene el miedo muchos ojos, y vee las cosas debajo de tierra, cuanto más encima, en el cielo; puesto que, por buen discurso, bien se puede entender que hay poco de aquí al día.

—Falte lo que faltare—respondió don Quijote—; que no se ha de decir por mí, ahora ni en ningún tiempo, que lágrimas y ruegos me apartaron de hacer lo que debía a estilo de caballero; y así te ruego, Sancho, que calles; que Dios, que me ha puesto en corazón de acometer ahora esta tan no vista y tan temerosa aventura, tendrá cuidado de mirar por mi salud y de consolar tu tristeza. Lo que has de hacer es apretar bien las cinchas a Rocinante, y quedarte aquí; que yo daré la vuelta presto, o vivo o muerto.

Viendo, pues, Sancho la última resolución de su amo, y cuán poco valían con él sus lágrimas, consejos y ruegos, determinó de aprovecharse de su industria, y hacerle esperar hasta el día, si pudiese; y así, cuando apretaba las cinchas al caballo, bonitamente y sin ser sentido ató con el cabestro de su asno ambos pies a rocinante, de manera, que cuando don Quijote se quiso partir, no pudo, porque el caballo no se podía mover sino a saltos. Viendo Sancho Panza el buen suceso de su embuste, dijo:

—Ea, señor, que el cielo, conmovido de mis lágrimas y plegarias, ha ordenado que no se pueda mover Rocinante; y si vos queréis porfiar, y espolear, y dalle [2], será enojar a la Fortuna, y dar coces, como dicen, contra el aguijón.

Desesperábase con esto don Quijote, y por más que ponía

Sancho que la boca de la bocina estaba sobre la cabeza de la cruz, deducía que eran las tres de la madrugada—porque en aquel mes (de agosto) ,la boca de la bocina tenía que estar a las doce en la línea del brazo izquierdo— y que, por tanto, para el alba no faltarían tres horas.

[1] *Colodrillo* es diminutivo de *colodra* (como *serrucho* de *sierra*), y *colodra* o *cuerna* es un vaso rústico hecho con un cuerno de res vacuna, quitada la parte maciza y tapado el fondo con un taco de madera. A la *bocina* de Sancho llama don Quijote *colodrillo*.

[2] *Y dalle* (= darle) se agrega para denotar insistencia (cf. *llora, ¡dale!* = sigue llorando; *estuvo hablando una hora, dale que le das* = sin parar, seguido).

1, 20.—AVENTURA DE LOS BATANES

las piernas al caballo [1], menos le podía mover [2]; y, sin caer en la cuenta de la ligadura tuvo por bien de sosegarse y esperar, o a que amaneciese, o a que Rocinante se menease, creyendo, sin duda, que aquello venía de otra parte que de la industria de Sancho; y así, le dijo:

—Pues así es, Sancho, que Rocinante no puede moverse, yo soy contento de esperar a que ría el alba, aunque yo llore lo que ella tardare en venir.

—No hay que llorar—respondió Sancho—; que yo entretendré a vuestra merced contando cuentos desde aquí al día, si ya no es que se quiere apear y echarse a dormir un poco sobre la verde hierba, a uso de caballeros andantes, para hallarse más descansado cuando llegue el día y punto de acometer esta tan desemejable aventura que le espera.

—¿A qué llamas apear, o a qué dormir?—dijo don Quijote—. ¿Soy yo, por ventura, de aquellos caballeros que toman reposo en los peligros? Duerme tú, que naciste para dormir, o haz lo que quisieres; que yo haré lo que viere que más viene con mi pretensión.

—No se enoje vuestra merced, señor mío—respondió Sancho—; que no lo dije por tanto.

Y llegándose a él, puso la una mano en el arzón [3] delantero y la otra en el otro, de modo, que quedó abrazado con el muslo izquierdo de su amo, sin osarse apartar dél un dedo: tal era el miedo que tenía a los golpes que todavía alternativamente sonaban. Díjole don Quijote que contase algún cuento para entretenerle, como se lo había prometido; a lo que Sancho dijo que sí hiciera, si le dejara el temor de lo que oía.

—Pero, con todo eso, yo [4] me esforzaré a decir una historia, que, si la acierto a contar y no me van a la mano, es la mejor

---

[1] *Poner*, o *meter*, *piernas al caballo* = picarle con la espuela.

[2] Se dice: POR MÁS QUE PONÍA..., *no le podía*... o *cuanto más ponía*... MENOS LE PODÍA... A Cervantes se le cruzaron ambos giros.

[3] «*Arzones*, trasero y delantero en la silla, se dijeron así [de * *arciones*], porque son hechos en forma de arcos» (Cov.).

[4] Sin poner *dijo* o *añadió* pasa Cervantes del estilo indirecto al directo.

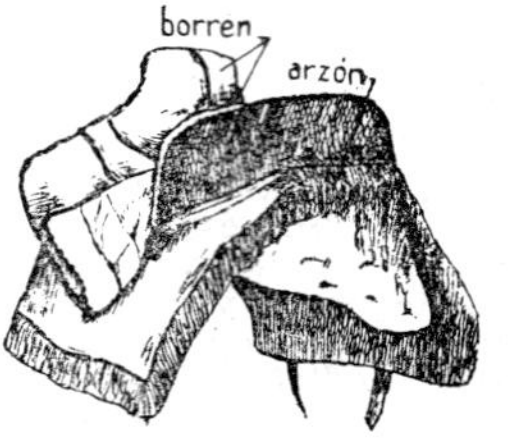

Arzón.

— 216 —

1, 20.—AVENTURA DE LOS BATANES

de las historias; y estéme vuestra merced atento, que ya comienzo. Erase que se era, el bien que viniere para todos sea, y el mal, para quien lo fuere a buscar... Y advierta vuestra merced, señor mío, que el principio que los antiguos dieron a sus consejas [1] no fué así como quiera; que fué una sentencia de Catón Zonzorino [2] romano, que dice: «y el mal, para quien le fuere a buscar», que viene aquí como anillo al dedo, para que vuestra merced se esté quedo, y no vaya a buscar el mal a ninguna parte, sino que nos volvamos por otro camino, pues nadie nos fuerza a que sigamos éste, donde tantos miedos nos sobresaltan.

—Sigue tu cuento, Sancho—dijo don Quijote—, y del camino que hemos de seguir déjame a mí el cuidado.

—Digo, pues—respondió Sancho—, que en un lugar de Extremadura había un pastor cabrerizo, quiero decir, que guardaba cabras, el cual pastor o cabrerizo, como digo de mi cuento [3], se llamaba Lope Ruiz; y este Lope Ruiz andaba enamorado de una pastora que se llamaba Torralba; la cual pastora llamada Torralba era hija de un ganadero rico; y este ganadero rico...

—Si desa manera cuentas tu cuento, Sancho—dijo don Quijote—repitiendo dos veces [4] lo que vas diciendo no acabarás en dos días: dilo seguidamente y cuéntalo como hombre de entendimiento, y si no, no digas nada.

—De la misma manera que yo lo cuento—respondió Sancho—se cuentan en mi tierra todas las consejas, y yo no sé contarlo de otra, ni es bien que vuestra merced me pida que haga usos nuevos.

—Di como quisieres—respondió don Quijote—; y, pues la suerte quiere que no pueda dejar de escucharte, prosigue.

—Así que, señor mío de mi ánima—prosiguió Sancho [5]—,

---

[1] «*Conseja*, la maraña o cuento fingido, que se endereza a sacar della algún buen consejo: de donde tomó el nombre de conseja. Lat. *apologus, fabula*» (Cov.).
[2] *Zonzorino* está por *Censorino*, sobrenombre de algunos censores romanos, pero no del austero Catón Censorio o el Censor, a quien por su austeridad se atribuían los preceptos y sentencias para darles autoridad.
[3] *Como digo de mi cuento* es expresión familiar que se emplea al ir a contar un suceso festivo o a proseguir su narración.
[4] Diciendo dos veces.
[5] Para no cansar al lector Cervantes omite en lo sucesivo las repeticiones con que Sancho contaría su cuento.

que, como ya tengo dicho, este pastor andaba enamorado de Torralba la pastora, que era una moza rolliza, zahareña [1], y tiraba algo a hombruna, porque tenía unos pocos de bigotes, que parece que ahora la veo.

—Luego ¿conocístela tú?—dijo don Quijote.

—No la conocí yo—respondió Sancho—; pero quien me contó este cuento me dijo que era tan cierto y verdadero, que podía bien, cuando lo contase a otro, afirmar y jurar que lo había visto todo. Así que, yendo días y viniendo días [2], el diablo, que no duerme y que todo lo añasca [3], hizo de manera, que el amor que el pastor tenía a la pastora se volviese en omecillo [4] y mala voluntad; y la causa fué, según malas lenguas, una cierta cantidad de celillos que ella le dió, tales, que pasaban de la raya y llegaban a lo vedado; y fué tanto lo que el pastor la aborreció de allí adelante, que, por no verla, se quiso ausentar de aquella tierra e irse donde sus ojos no la viesen jamás. La Torralba, que se vió desdeñada del Lope, luego le quiso bien, mas que [5] nunca le había querido.

—Ésa es natural condición de mujeres—dijo don Quijote—: desdeñar a quien las quiere y amar a quien las aborrece. Pasa adelante, Sancho.

—Sucedió—dijo Sancho—que el pastor puso por obra su determinación y, antecogiendo sus cabras, se encaminó por los campos de Estremadura, para pasarse a los reinos de Portugal. La Torralba, que lo supo, se fué tras él, y seguíale a pie y descalza desde lejos, con un bordón [6] en la mano y con unas alforjas al cuello [7], donde llevaba, según es fama, un pedazo de espejo y otro de un peine, y no sé qué botecillo de mudas[8]

---

[1] *Zahareño* = 1) el pájaro esquivo difícil de amansar; 2) esquivo, desdeñoso, intratable.

[2] «*Yendo días y viniendo días*, pasándose algún tiempo» (Cov.).

[3] *Añascar* = enredar, embrollar.

[4] Cf. p. 123, n. 2.

[5] Aunque.

[6] «*Bordón*, el báculo en que se sustenta el que camina a pie, y le sirve de caballo, aunque bastardo; y por eso se llamó *bordón* [de *burdo*, -ōnis = mulo]..., como se dijo *muleta* de *mula*. Y porque los religiosos de la Orden de San Francisco caminan de ordinario a pie con alguna cayada o báculo, le llamaron el caballo de San Francisco» (Cov.).

[7] Estas alforjas serían de las que tienen una abertura en el medio, para que pase por ella la cabeza y queden las bolsas sobre pecho y espalda.

[8] «*Muda*, cierta untura que las mujeres se ponen en la cara para quitar dellas las manchas» (Cov.) y para hermosearla.

1, 20.—AVENTURA DE LOS BATANES

para la cara; mas llevase lo que llevase, que yo no me quiero meter ahora en averiguallo, sólo diré que dicen que el pastor llegó con su ganado a [1] pasar el río Guadiana, y en aquella sazón iba crecido y casi fuera de madre, y por la parte que llegó no había barca ni barco [2], ni quien le pasase a él ni a su ganado de la otra parte, de lo que se congojó mucho, porque veía que la Torralba venía ya muy cerca, y le había de dar mucha pesadumbre con sus ruegos y lágrimas; mas tanto anduvo mirando, que vió un pescador que tenía junto a sí un barco, tan pequeño, que solamente podían caber en él una persona y una cabra; y, con todo esto, le habló, y concertó con él que le pasase a él y a trescientas cabras que llevaba. Entró el pescador en el barco, y pasó una cabra; volvió, y pasó otra; tornó a volver, y tornó a pasar otra. Tenga vuestra merced cuenta en las cabras que el pescador va pasando, porque si se pierde una de la memoria, se acabará el cuento, y no será posible contar más palabra dél. Sigo, pues, y digo que el desembarcadero, de la otra parte, estaba lleno de cieno y resbaloso, y tardaba el pescador mucho tiempo en ir y volver. Con todo esto, volvió por otra cabra, y otra, y otra.

—Haz cuenta que las pasó todas—dijo don Quijote—: no andes yendo y viniendo desa manera, que no acabarás de pasarlas en un año.

—¿Cuántas han pasado hasta agora?—dijo Sancho.

—Yo ¿qué diablos sé?—respondió don Quijote.

—He ahí lo que yo dije: que tuviese buena cuenta. Pues por Dios que se ha acabado el cuento; que no hay pasar adelante.

—¿Cómo puede ser eso?—respondió don Quijote—. ¿Tan de esencia de la historia es saber las cabras que han pasado, por estenso, que si se yerra una del número no puedes seguir adelante con la historia?

—No, señor, en ninguna manera—respondió Sancho—; porque así como yo pregunté a vuestra merced que me dijese cuántas cabras habían pasado, y me respondió que no sabía, en aquel mesmo instante se me fué a mí de la memoria cuanto me quedaba por decir, y a fe que era de mucha virtud y contento.

—¿De modo—dijo don Quijote—, que ya la historia es acabada?

---

[1] Para.
[2] «*Barca*..., bajel pequeño, mayor que *barco*» (Cov.).

1, 20.—AVENTURA DE LOS BATANES

—Tan acabada es como mi madre—dijo Sancho.

—Dígote de verdad—respondió don Quijote—que tú has contado una de las más nuevas consejas, cuento o historia, que nadie pudo pensar en el mundo, y que tal modo de contarla ni dejarla, jamás se podrá ver ni habrá visto en toda la vida [1], aunque no esperaba yo otra cosa de tu buen discurso; mas no me maravillo, pues quizá estos golpes, que no cesan, te deben de tener turbado el entendimiento.

—Todo puede ser—respondió Sancho—; mas yo sé que en lo de mi cuento no hay más que decir: que allí se acaba do comienza el yerro de la cuenta del pasaje de las cabras.

—Acabe norabuena donde quisiere—dijo don Quijote—, y veamos si se puede mover Rocinante.

Tornóle a poner las piernas y él tornó a dar saltos y a estarse quedo: tanto estaba de bien atado.

En esto, parece ser, o que el frío [2] de la mañana, que ya venía, o que Sancho hubiese cenado algunas cosas lenitivas [3], o que fuese cosa natural (que es lo que más se debe creer), a él le vino en voluntad y deseo de hacer lo que otro no pudiera hacer por él; mas era tanto el miedo que había entrado en su corazón, que no osaba apartarse un negro de uña de su amo. Pues pensar de no hacer lo que tenía gana, tampoco era posible; y así, lo que hizo, por bien de paz [4], fué soltar la mano derecha, que tenía asida al arzón trasero, con la cual, bonitamente y sin rumor alguno, se soltó la lazada corrediza con que los calzones [5] se sostenían, sin ayuda de otra alguna, y, en quitándosela, dieron luego abajo, y se le quedaron como grillo; tras esto, alzó la camisa lo mejor que pudo, y echó al aire entrambas posaderas, que no eran muy pequeñas. Hecho esto (que él pensó que era lo más que tenía que hacer para salir de aquel terrible aprieto y angustia), le sobrevino otra mayor, que fué que

---

[1] Tal elogio es irónico: pues este cuento de nunca acabar se halla en todas las literaturas y anda todavía en una u otra forma en la tradición oral. Suelen contarlo las madres para adormecer a sus hijos con el eterno pasar de las cabrillas, y Sancho pretendió entretener a don Quijote, y tal vez aun infundirle sueño, hasta que llegase el alba.

[2] *O que* fuese *el frío*.

[3] *Lenitivas* = laxantes.

[4] Para conseguir el bien de la paz, ceden a veces algo de su derecho las partes litigantes y se adopta una solución media.

[5] «*Calzones*, un género de greguescos o zaragüelles [pantalones cortos, generalmente anchos]: muchas veces se toma por las *sobrecalzas*, que por otro nombre se llaman *polainas*» (Cov.).

1, 20.—AVENTURA DE LOS BATANES

le pareció que no podía mudarse [1] sin hacer estrépito y ruido, y comenzó a apretar los dientes y a encoger los hombros, recogiendo en sí el aliento todo cuanto podía; pero, con todas estas diligencias, fué tan desdichado, que al cabo al cabo vino a hacer un poco de ruido, bien diferente de aquel que a él le ponía tanto miedo. Oyólo don Quijote, y dijo:

—¿Qué rumor es ése, Sancho?

—No sé, señor—respondió él—. Alguna cosa nueva debe de ser; que las aventuras y desventuras nunca comienzan por poco [2].

Tornó otra vez a probar ventura, y sucedióle tan bien, que, sin más ruido ni alboroto que el pasado, se halló libre de la carga que tanta pesadumbre le había dado. Mas como don Quijote tenía el sentido del olfato tan vivo como el de los oídos, y Sancho estaba tan junto y cosido con él, que casi por línea recta subían los vapores hacia arriba, no se pudo escusar de que algunos no llegasen a sus narices; y apenas hubieron llegado, cuando él fué al socorro, apretándolas entre los dos dedos, y, con tono algo gangoso, dijo:

—Paréceme, Sancho, que tienes mucho miedo.

—Sí tengo—respondió Sancho—; mas ¿en qué lo echa de ver vuestra merced ahora más que nunca?

—En que ahora más que nunca hueles, y no a ámbar—respondió don Quijote.

—Bien podrá ser—dijo Sancho—; mas yo no tengo la culpa, sino vuestra merced, que me trae a deshoras y por estos no acostumbrados pasos.

—Retírate tres o cuatro allá, amigo—dijo don Quijote (todo esto sin quitarse los dedos de las narices)—, y desde aquí adelante ten más cuenta con tu persona, y con lo que debes a la mía; que la mucha conversación que tengo contigo ha engendrado este menosprecio.

—Apostaré—replicó Sancho—que piensa vuestra merced que yo he hecho de mi persona... [3] alguna cosa que no deba.

—Peor es meneallo [4], amigo Sancho—respondió don Quijote.

---

[1] 1) «*Mudarse*, pasarse de una casa a otra» (Cov.); 2) irse; 3) deshabitar, evacuar.

[2] *Por* = para (es decir, para parar en poca cosa).

[3] *Hacer uno de su persona* = hacer del cuerpo.

[4] *Peor es meneallo.* Declara Cervantes esta locución por boca de Sancho en II, 37: *será mejor no menear el arroz* [estando al fuego], aunque se pegue [se apelotone].

1, 20.—AVENTURA DE LOS BATANES

En estos coloquios y otros semejantes pasaron la noche amo y mozo; mas viendo Sancho que a más andar se venía la mañana, con mucho tiento desligó a Rocinante, y se ató los calzones. Como Rocinante se vió libre, aunque él de suyo no era nada brioso, parece que se resintió, y comenzó a dar manotadas; porque corvetas [1] (con perdón suyo), no las sabía hacer. Viendo, pues, don Quijote que ya Rocinante se movía, lo tuvo a buena señal y creyó que lo era de que acometiese aquella temerosa aventura. Acabó en esto de descubrirse el alba, y de parecer distintamente las cosas, y vió don Quijote que estaba entre unos árboles altos, que ellos eran castaños, que hacen la sombra muy escura. Sintió también que el golpear no cesaba, pero no vió quién lo podía causar; y así sin más detenerse, hizo sentir las espuelas a Rocinante, y, tornando a despedirse de Sancho, le mandó que allí le aguardase tres días a lo más largo, como ya otra vez se lo había dicho, y que si al cabo dellos no hubiese vuelto, tuviese por cierto que Dios había sido servido de que en aquella peligrosa aventura se le acabasen sus días. Tornóle a referir el recado y embajada que había de llevar de su parte a su señora Dulcinea, y que en lo que tocaba a la paga de sus servicios no tuviese pena, porque él había dejado hecho su testamento antes de que saliera de su lugar, donde [2] se hallaría gratificado de todo lo tocante a su salario, rata por cantidad [3] del tiempo que hubiese servido; pero que si Dios le sacaba de aquel peligro sano y salvo y sin cautela [4], se podía tener por muy más que cierta la prometida ínsula. De nuevo tornó a llorar Sancho oyendo de nuevo las lastimeras razones de su buen señor, y determinó de no dejarle hasta el último tránsito y fin de aquel negocio.

---

[1] *Corveta* = movimiento que se enseña al caballo obligándole a ir sobre los pies con los brazos en el aire.
[2] En el cual testamento.
[3] *Rata por cantidad* = a prorrata, a proporción.
[4] *Sin cautela* = sin caución o fianza (para obtener la libertad).

— 222 —

1, 20.—AVENTURA DE LOS BATANES

Destas lágrimas y determinación tan honrada de Sancho Panza saca el autor desta historia que debía de ser bien nacido, y, por lo menos, cristiano viejo [1]. Cuyo sentimiento enterneció algo a su amo; pero no tanto, que mostrase flaqueza alguna; antes, disimulando lo mejor que pudo, comenzó a caminar hacia la parte por donde le pareció que el ruido del agua y del golpear venía. Seguíale Sancho a pie, llevando, como tenía de costumbre, del cabestro a su jumento, perpetuo compañero de sus prósperas y adversas fortunas; y habiendo andado una buena pieza por entre aquellos castaños y árboles sombríos, dieron en un pradecillo que al pie de unas altas peñas se hacía, de las cuales se precipitaba un grandísimo golpe de agua. Al pie de las peñas estaban unas casas mal hechas, que más parecían ruinas de edificios que casas, de entre las cuales advirtieron que salía el ruido y estruendo de aquel golpear, que aún no cesaba. Alborotóse Rocinante con el estruendo del agua y de los golpes, y sosegándole don Quijote, se fué llegando poco a poco a las casas, encomendándose de todo corazón a su señora, suplicándole que en aquella temerosa jornada y empresa le favoreciese, y, de camino, se encomendaba también a Dios, que [2] no le olvidase. No se le quitaba Sancho del lado, el cual alargaba cuanto podía el cuello y la vista, por entre las piernas de Rocinante, por ver si vería ya lo que tan suspenso y medroso le tenía. Otros cien pasos serían los que anduvieron, cuando, al doblar de una punta, pareció descubierta y patente la misma causa, sin que pudiese ser otra, de aquel horrísono y para ellos espantable ruido, que tan suspensos y medrosos toda la noche los había tenido. Y eran (si no lo has ¡oh lector! por pesadumbre y enojo [3]) seis mazos de batán [4], que con sus alternativos golpes aquel estruendo formaban.

Cuando don Quijote vió lo que era, enmudeció y pasmóse de arriba abajo. Miróle Sancho, y vió que tenía la cabeza incli-

---

[1] «*Cristiano viejo*, el hombre limpio que no tiene raza de moro, ni de judío. *Cristiano nuevo*, por el contrario» (Cov.).
[2] Para *que*
[3] Frase vulgar y muy repetida, como su equivalente *con perdón*.
[4] «*Batán*, cierta máquina ordinaria de unos mazos de madera muy gruesos, que mueven una rueda con el agua [= los cuales levanta y deja caer un cilindro, provisto de álabes o salientes y movido por una rueda que a su vez se mueve con el agua], y éstos hieren a veces [= alternativamente] en un pilón donde batanan y golpean los paños, para que se limpien del aceite y se incorporen y tupan» (Cov.).

1, 20.—AVENTURA DE LOS BATANES

nada sobre el pecho, con muestras de estar corrido. Miró también don Quijote a Sancho, y vióle que tenía los carrillos hinchados, y la boca llena de risa, con evidentes señales de querer reventar con ella, y no pudo su melanconía [1] tanto con él que a la vista de Sancho pudiese dejar de reírse; y como vió Sancho que su amo había comenzado, soltó la presa de manera, que tuvo necesidad de apretarse las ijadas con los puños, por no reventar riendo. Cuatro veces sosegó, y otras tantas volvió a su risa, con el mismo ímpetu que primero; de lo cual ya se daba al diablo don Quijote, y más cuando le oyó decir, como por modo de fisga [2]: —«Has de saber ¡oh Sancho amigo! que yo nací por querer del cielo en esta nuestra edad de hierro para resucitar en ella la dorada, o de oro. Yo soy aquel para quien están guardados los peligros, las hazañas grandes, los velerosos fechos...» Y por aquí fué repitiendo todas o las más razones que don Quijote dijo la vez primera que oyeron los temerosos golpes.

Viendo, pues, don Quijote que Sancho hacía burla dél, se corrió [3] y enojó en tanta manera, que alzó el lanzón y le asentó dos palos, tales, que si, como los recibió en las espaldas, los recibiera en la cabeza, quedara libre de pagarle el salario, si no fuera a sus herederos. Viendo Sancho que sacaba tan malas veras de sus burlas, con temor de que su amo no [4] pasase adelante en ellas, con mucha humildad le dijo:

—Sosiéguese vuestra merced; que por Dios que me burlo.

—Pues porque os burláis, no me burlo yo—respondió don Quijote—. Venid acá, señor alegre: ¿paréceos a vos que si como éstos fueron mazos de batán fueran otra peligrosa aventura, no había yo mostrado el ánimo que convenía para emprendella y acaballa? ¿Estoy yo obligado, a dicha, siendo, como soy caballero, a conocer y distinguir los sones y saber cuáles son de batán, o no? Y más, que podría ser, como es verdad, que no los he visto en mi vida, como vos los habréis visto, como villano ruin que sois, criado y nacido entre ellos. Si no, haced vos que estos seis mazos se vuelvan en seis jayanes, y echádmelos a las barbas uno a uno, o todos juntos, y cuando

---

[1] *Melancolía* por disimilación *(l-l* dió *l-n)* se hizo *melanconía;* más tarde el vulgo, relacionándola con *mal*, cambió las vocales y dijo *malenconía:* de donde nacieron *enconía*, *encono* y *enconar*.
[2] *Fisga* = burla.
[3] Se afrentó.
[4] Hoy omitiríamos este *no* (cf. pról. 24).

1. 20.—AVENTURA DE LOS BATANES

yo no diere con todos patas arriba, haced de mí la burla que quisiéredes.

—No haya más, señor mío—replicó Sancho—; que yo confieso que he andado algo risueño en demasía. Pero dígame vuestra merced, ahora que estamos en paz, así Dios le saque de todas las aventuras que le sucedieren tan sano y salvo como le ha sacado désta: ¿no ha sido cosa de reír, y lo es de contar, el gran miedo que hemos tenido? A lo menos, el que yo tuve; que de vuestra merced ya yo sé que no le conoce, ni sabe qué es temor ni espanto.

—No niego yo—respondió don Quijote—que lo que nos ha sucedido no [1] sea cosa de risa; pero no es digna de contarse; que no son todas las personas tan discretas que sepan poner en su punto las cosas.

—A lo menos—respondió Sancho—supo vuestra merced poner en su punto el lanzón, apuntándome a la cabeza, y dándome en las espaldas, gracias a Dios y a la diligencia que puse en ladearme. Pero vaya, que todo saldrá en la colada; que yo he oído decir: «Ése te quiere bien que te hace llorar»; y más, que suelen los principales señores, tras una mala palabra que dicen a un criado, darle luego unas calzas; aunque no sé lo que le suelen dar tras haberle dado de palos, si ya no es que los caballeros andantes dan tras palos ínsulas, o reinos en tierra firme.

—Tal podría correr el dado [2]—dijo don Quijote—, que todo lo que dices viniese a ser verdad; y perdona lo pasado, pues eres discreto y sabes que los primeros movimientos no son en mano del hombre, y está advertido de aquí adelante en una cosa, para que te abstengas y reportes [3] en el hablar demasiado conmigo: que en cuantos libros de caballerías he leído, que son infinitos, jamás he hallado que ningún escudero hablase tanto con su señor como tú con el tuyo. Y en verdad que lo tengo a gran falta, tuya y mía: tuya, en que me estimas en poco; mía, en que no me dejo estimar en más. Sí que Gandalín, escudero de Amadís de Gaula, conde fué de la Insula Firme, y se lee dél que siempre hablaba a su señor con la gorra en la mano, inclinada la cabeza y doblado el cuerpo *more tur-*

---

[1] Hoy omitiríamos este *no* (cf. pról. 24).
[2] *Tal podría correr el dado* = tan favorable podría presentársenos la suerte.
[3] *Reportar* = reprimir.

1, 20.—AVENTURA DE LOS BATANES

quesco [1]. Pues ¿qué diremos de Gasabal, escudero de don Galaor, que fué tan callado, que, para declararnos la excelencia de su maravilloso silencio, sola una vez se nombra su nombre en toda aquella tan grande como verdadera historia? De todo lo que he dicho has de inferir, Sancho, que es menester hacer diferencia de amo a mozo, de señor a criado y de caballero a escudero. Así que, desde hoy en adelante, nos hemos de tratar con más respeto, sin darnos cordelejo [2], porque de cualquiera manera que yo me enoje con vos, ha de ser mal para el cántaro [3]. Las mercedes y beneficios que yo os he prometido llegarán a su tiempo; y si no llegaren, el salario, a lo menos, no se ha de perder, como ya os he dicho.

—Está bien cuanto vuestra merced dice—dijo Sancho—; pero querría yo saber (por si acaso no llegase el tiempo de las mercedes, y fuese necesario acudir al de los salarios) cuánto ganaba un escudero de un caballero andante en aquellos tiempos, y si se concertaban por meses, o por días, como peones de albañir [4].

—No creo yo—respondió don Quijote—que jamás los tales escuderos estuvieron a salario, sino a merced; y si yo ahora te le he señalado a ti en el testamento cerrado que dejé en mi casa, fué por lo que podía suceder; que aún no sé cómo prueba en estos tan calamitosos tiempos nuestros la caballería, y no querría que por pocas cosas [5] penase mi ánima en el otro mundo. Porque quiero que sepas, Sancho, que en él [6] no hay estado más peligroso que el de los aventureros.

—Así es verdad—dijo Sancho—, pues sólo el ruido de los mazos de un batán pudo alborotar y desasosegar el corazón de un tan valeroso andante aventurero como es vuestra merced. Mas bien puede estar seguro que de aquí adelante no despliegue mis labios para hacer donaire de las cosas de vuestra merced, si no fuere para honrarle, como a mi amo y señor natural.

---

[1] *More turquesco* = a lo turco. La frase adverbial no se refiere a lo de la gorra, porque entre los turcos era descortesía quitarse el turbante en las visitas. Estas cortesías de Gandalín y el silencio de los escuderos son invención de don Quijote.
[2] *Dar soga, cordel, cordelejo, baya, brega* = burlar, fisgar de alguno.
[3] Porque «*si la piedra da en el cántaro, mal para el cántaro; y si el cántaro da en la piedra, también se quiebra en ella*» (Cov.).
[4] *Albañir* = albañil.
[5] *Por pocas cosas* = por poca cosa.
[6] En el mundo.

—Desa manera—replicó don Quijote—, vivirás sobre la haz de la tierra [1]; porque después de a los padres, a los amos se ha de respetar, como si lo fuesen.

CAPITULO XXI.—Que trata de la alta aventura y rica ganancia del yelmo de Mambrino, con otras cosas sucedidas a nuestro invencible caballero.

En esto, comenzó a llover un poco, y quisiera Sancho que se entraran en el molino de los batanes; mas habíales cobrado tal aborrecimiento don Quijote, por la pesada burla, que en ninguna manera quiso entrar dentro; y así, torciendo el camino a la derecha mano, dieron en otro como el que habían llevado el día de antes. De allí a poco, descubrió don Quijote un hombre a caballo, que traía en la cabeza una cosa que relumbraba como si fuera de oro, y aún él apenas le hubo visto, cuando se volvió a Sancho y le dijo:

Paréceme, Sancho, que no hay refrán que no sea verdadero, porque todos son sentencias sacadas de la mesma experiencia madre de las ciencias todas, especialmente aquel que dice: «Donde una puerta se cierra, otra se abre.» Dígolo porque si anoche nos cerró la ventura la puerta de la que buscábamos, engañándonos con los batanes, ahora nos abre de par en par otra, para otra mejor y más cierta aventura, que si yo no acertare a entrar por ella, mía será la culpa, sin que la pueda dar a la poca noticia de batanes, ni a la escuridad de la noche. Digo esto porque, si no me engaño, hacia nosotros viene uno que trae en su cabeza puesto el yelmo de Mambrino [2], sobre que yo hice el juramento que sabes.

—Mire vuestra merced bien lo que dice, y mejor lo que hace —dijo Sancho—; que no querría que fuesen otros batanes, que nos acabasen de abatanar y aporrear el sentido.

—¡Válate el diablo por hombre [3]!—replicó don Quijote—. ¿Qué va de yelmo a batanes?

---

[1] *Vivirás sobre la haz de la tierra*, sin más aditamento, era frase proverbial.
[2] Era el yelmo encantado que Reinaldos de Montalbán ganó matando al rey moro Mambrino, que lo llevaba.
[3] ¡Válgate el diablo por HOMBRE! equivale a *¡qué hombre!* o *¡vaya con el*

1, 21.—AVENTURA DEL YELMO DE MAMBRINO

—No sé nada—respondió Sancho—; mas a fe que si yo pudiera hablar tanto como [1] solía, que quizá diera tales razones, que vuestra merced viera que se engañaba en lo que dice.

—¿Cómo me puedo engañar en lo que digo, traidor escrupuloso?—dijo don Quijote—. Dime, ¿no ves aquel caballero que hacia nosotros viene, sobre un caballo rucio rodado [2], que trae puesto en la cabeza un yelmo de oro?

—Lo que yo veo y columbro [3]—respondió Sancho—no es sino un hombre sobre un asno, pardo como el mío, que trae sobre la cabeza una cosa que relumbra.

—Pues ése es el yelmo de Mambrino—dijo don Quijote—. Apártate a una parte y déjame con él a solas; verás cuán sin hablar palabra, por ahorrar del tiempo, concluyo esta aventura, y queda por mío el yelmo que tanto he deseado.

—Yo me tengo en cuidado el apartarme—replicó Sancho—; mas quiera Dios, torno a decir, que orégano sea [4], y no batanes.

—Ya os he dicho, hermano, que no me mentéis, ni por pienso, más eso de los batanes—dijo don Quijote—; que voto... [5], y no digo más, que os batanee [6] el alma.

Calló Sancho, con temor que [7] su amo no [8] cumpliese el voto que le había echado, redondo como una bola.

Es, pues, el caso que el yelmo, y el caballo y caballero que don Quijote veía era esto: que en aquel contorno había dos lugares, el uno tan pequeño, que ni tenía botica ni barbero, y

---

hombre! Esta manera de ponderar un nombre (sustantivo o adjetivo) se repite varias veces en Cervantes.

[1] Don Quijote le había prohibido hablar demasiado.

[2] *Rucio* = pardo claro, blanquecino o canoso. *Rodado* = caballo con manchas ordinariamente redondas, más oscuras que el color general de su pelo.

[3] «*Columbrar*, divisar una cosa de lejos, que apenas se puede percibir lo que es» (Cov.).

[4] El refrán entero es: *A Dios plega / que* ORÉGANO *sea, / y no se nos vuelva /* ALCARABEA. Ambas plantas son aromáticas y sirven de condimento, pero no son igualmente apreciables.

[5] Aquí diría don Quijote: *voto a Dios*, pues el voto fué redondo, completo: pero Cervantes, como si tuviese empacho en repetir el voto entero, hace decir a don Quijote *y no digo más*. Más adelante (I, 24) ocurre otro caso semejante, que Cervantes resuelve de otra manera.

[6] *Se batanan* las cosas, *se batanea* a las personas.

[7] De *que*.

[8] Hoy omitiríamos este *no* (cf. pról. 24).

— 228 —

1, 21.—AVENTURA DEL YELMO DE MAMBRINO

el otro, que estaba junto a él, sí; y así, el barbero del mayor servía al menor, en el cual tuvo necesidad un enfermo de sangrarse, y otro de hacerse la barba, para lo cual venía el barbero, y traía una bacía [1] de azófar [2]; y quiso la suerte que, al tiempo que venía, comenzó a llover, y porque no se le manchase el sombrero, que debía de ser nuevo, se puso la bacía sobre la cabeza; y como estaba limpia, desde media legua relumbraba. Venía sobre un asno pardo, como Sancho dijo, y ésta fué la ocasión que a don Quijote le pareció [3] caballo rucio rodado, y caballero, y yelmo de oro; que todas las cosas que veía con mucha facilidad las acomodaba a sus desvariadas caballerías y malandantes pensamientos. Y cuando él vió que el pobre caballero llegaba cerca, sin ponerse con él en razones, a todo correr de Rocinante le enristró [4] con el lanzón bajo, llevando intención de pasarle de parte a parte; mas cuando a él llegaba, sin detener la furia de su carrera, le dijo:

—Defiéndete, cautiva criatura, o entriégame de tu voluntad lo que con tanta razón se me debe.

El barbero, que, tan sin pensarlo ni temerlo, vió venir aquella fantasma sobre sí, no tuvo otro remedio para poder guardarse del golpe de la lanza si no fué el dejarse caer del asno abajo; y no hubo tocado al suelo, cuando se levantó más ligero que un gamo [5], y comenzó a correr por aquel llano, que no le alcanzara el viento. Dejóse la bacía en el suelo, con la

---

[1] La bacía de barbero, según Cervantes, era una vasija *honda, delgada de metal sonoro*. Sin embargo, en uno de los altares del crucero de San Jerónimo de Granada, hay dos guerreros cuyo yelmo tiene la forma de las bacías hoy corrientes (poco profundas, de ancho borde, y con una escotadura semicircular en el mismo).
[2] *Azófar* = latón.
[3] De *que a don Quijote le pareciese* (cf. pról. 19 y 16).
[4] *Enristró* = acometió.
[5] *Gamo* = animal del grupo de los ciervos, que ha desaparecido casi por completo.

1, 21.—AVENTURA DEL YELMO DE MAMBRINO

cual se contentó don Quijote, y dijo que el pagano [1] había andado discreto, y que había imitado al castor, el cual, viéndose acosado de los cazadores, se taraza [2] y corta con los dientes aquello por lo que él, por distinto [3] natural, sabe que es perseguido [4]. Mandó a Sancho que alzase el yelmo; el cual, tomándola en las manos, dijo:

—Por Dios que la bacía es buena, y que vale un real de a ocho [5] como un maravedí [6].

Y dándosela a su amo, se la puso [7] luego en la cabeza, rodeándola [8] a una parte y a otra, buscándole el encaje [9]; y como no se le hallaba, dijo:

—Sin duda que el pagano a cuya medida se forjó primero esta famosa celada, debía de tener grandísima cabeza; y lo peor dello es que le falta la mitad.

Cuando Sancho oyó llamar a la bacía celada no pudo tener la risa; más vínosele a las mientes la cólera de su amo, y calló en la mitad della.

—¿De qué te ríes, Sancho?—dijo don Quijote.

—Ríome—respondió él—de considerar la gran cabeza que

---

[1] Siendo Mambrino moro o pagano, llama pagano al que llevaba su yelmo.
[2] *Tarazar* o *atarazar* = morder o rasgar con los dientes.
[3] *Distinto* = instinto.
[4] El *castor*, como el gato de algalia (cf. p. 85, n. 2), tiene cerca del ano unas bolsas llenas de *castóreo*, sustancia de sabor amargo y olor desagradable, que se usa en medicina. Al castor se le persigue por su piel y por su castóreo: la automutilación de que habla don Quijote, fué creencia antigua, pero es tan fabulosa como la del pelícano que se abre el pecho, la de la víbora que muere al parir, la del fénix que renace de sus cenizas, la del basilisco que mata con su vista, y la de la salamandra que no se quema en el fuego. 
[5] «*Real*, moneda de plata que vale treinta y cuatro maravedís; por tener las armas *reales*» (Cov.). *Real de a ocho* = moneda de plata que valía ocho reales de plata.
[6] Grande *como un maravedí*.
[7] Don Quijote.
[8] Cf. p. 114, n. 2.
[9] Cf. p. 60.

tenía el pagano dueño deste almete, que no semeja sino una bacía de barbero pintiparada [1].

—¿Sabes qué imagino, Sancho? Que esta famosa pieza deste encantado yelmo por algún estraño acidente debió de venir a manos de quien no supo conocer ni estimar su valor, y, sin saber lo que hacía, viéndola de oro purísimo, debió de fundir la otra mitad para aprovecharse del precio, y de la otra [2] mitad hizo esta que parece bacía de barbero, como tú dices. Pero sea lo que fuere; que para mí que la conozco no hace al caso su trasmutación; que yo la aderezaré en el primer lugar donde haya herrero [3], y de suerte, que no le haga ventaja, ni aun le llegue, la que hizo y forjó el dios de las herrerías para el dios de las batallas [4]; y en este entretanto la traeré como pudiere, que más vale algo que no nada [5]; cuanto más, que bien será bastante para defenderme de alguna pedrada.

—Eso será—dijo Sancho—si no se tira con honda, como se tiraron en la pelea de los dos ejércitos, cuando le santiguaron a vuestra merced las muelas, y le rompieron el alcuza donde venía aquel benditísimo brebaje que me hizo vomitar las asaduras [6].

—No me da mucha pena el haberle perdido; que ya sabes tú, Sancho—dijo don Quijote—, que yo tengo la receta en la memoria.

—También la tengo yo—respondió Sancho—; pero si yo le hiciere ni le probare más en mi vida, aquí sea mi hora [7]. Cuanto más, que no pienso ponerme en ocasión de haberle menester, porque pienso guardarme con todos mis cinco sentidos de ser ferido ni de ferir a nadie. De lo del ser otra vez manteado no digo nada; que semejantes desgracias mal se pueden prevenir, y si vienen, no hay que hacer otra cosa sino encoger los hom-

---

[1] *Pintiparado* se dice de lo que viene justo y medido a otra cosa, o es a propósito para el fin propuesto.
[2] *Otra... otra...* puede ser un latinismo *(altera... altera...)* equivalente a *una... otra...*, o una errata del impresor, que no debiera haber escrito el primer *otra*.
[3] La alhaja era de oro purísimo, y la había de componer un herrero. Tal estaba la cabeza del pobre hidalgo.
[4] El dios de las herrerías, Vulcano, hizo armas para Marte, dios de las batallas.
[5] *No nada* = nada (cf. pról. 17).
[6] *Asadura* o *asaduras* = entrañas.
[7] *Aquí sea mi hora* = muérame yo aquí.

1, 21.—AVENTURA DEL YELMO DE MAMBRINO

bros, detener el aliento, cerrar los ojos y dejarse ir por donde la suerte y la manta nos llevare.

—Mal cristiano eres, Sancho—dijo oyendo esto don Quijote—, porque nunca olvidas la injuria que una vez te han hecho; pues sábete que es de pechos nobles y generosos no hacer caso de niñerías. ¿Qué pie sacaste cojo, qué costilla quebrada, qué cabeza rota, para que no se te olvide aquella burla? Que, bien apurada la cosa, burla fué y pasatiempo; que a no entenderlo yo ansí, ya yo hubiera vuelto allá, y hubiera hecho en tu venganza más daño que el que hicieron los griegos por la robada Elena [1]. La cual si fuera en este tiempo, o mi Dulcinea fuera en aquél, pudiera estar segura que no tuviera tanta fama de hermosa como tiene.

Y aquí dió un sospiro, y le puso en las nubes. Y dijo Sancho:

—Pase por burlas, pues la venganza no puede pasar en veras; pero yo sé de qué calidad fueron las veras y las burlas, y sé también que no se me caerán de la memoria, como nunca se quitarán de las espaldas. Pero dejando esto aparte, dígame vuestra merced qué haremos deste caballo rucio rodado, que parece asno pardo, que dejó aquí desamparado aquel Martino [2] que vuestra merced derribó; que, según él puso los pies en polvorosa [3] y cogió las de Villadiego, no lleva pergenio [4] de volver por él jamás. ¡Y para [5] mis barbas si no es bueno el rucio!

—Nunca yo acostumbro—dijo don Quijote—despojar a los que venzo, ni es uso de caballería quitarles los caballos y dejarlos a pie [6], si ya no fuese que el vencedor hubiese perdido en la pendencia el suyo; que en tal caso lícito es tomar el del vencido, como ganado en guerra lícita. Así que, Sancho, deja ese caballo, o asno, o lo que tú quisieres que sea; que como su dueño nos vea alongados de aquí, volverá por él.

—Dios sabe si quiere llevarle—replicó Sancho—, o, por lo menos, trocalle con este mío, que no me parece tan bueno. Verdaderamente que son estrechas la leyes de caballería,

---

[1] Elena, esposa del rey griego Menelao, fué robada por Paris, hijo del rey troyano Príamo: de aquí nació la guerra de Troya, tan mencionada en los libros de caballerías.
[2] Por *Mambrino*.
[3] Cf. p. 31, n. 1.
[4] *Pergenio* o *pergeño* = traza.
[5] Por (cf. pról. 12).
[6] No estaba en lo cierto don Quijote.

pues no se estienden a dejar trocar un asno por otro; y querría saber si podría trocar los aparejos siquiera.

—En eso no estoy muy cierto—respondió don Quijote—; y en caso de duda, hasta estar mejor informado, digo que los trueques, si es que tienes dellos necesidad estrema.

—Tan estrema es—respondió Sancho—, que si fueran para mi misma persona no los hubiera menester más.

Y luego, habilitado con aquella licencia, hizo *mutatio capparum* [1], y puso su jumento a las mil lindezas [2], dejándole mejorado en tercio y quinto [3]. Hecho esto, almorzaron de las sobras del real [4], que del acémila despojaron, y bebieron del agua del arroyo de los batanes, sin volver la cara a miralllos: tal era el aborrecimiento que les tenían, por el miedo en que les habían puesto.

Cortada, pues, la cólera [5], y aun la malenconía, subieron a caballo, y sin tomar determinado camino, por ser muy de caballeros andantes el no tomar ninguno cierto, se pusieron a caminar por donde la voluntad de Rocinante quiso, que se

---

[1] Cervantes, camarero del cardenal Aquaviva, sabía que los cardenales y prelados de la Curia Romana el día de la Resurrección cambiaban sus capas forradas de piel por otras forradas de seda encarnada más propias de la estación calurosa, y que en el *Ceremonial romano* esto se llamaba *mutatio capparum*.

[2] *A las mil lindezas* = a las mil maravillas.

[3] *Mejorado en tercio y quinto* = favorecido mucho más que otro. *Mejora* en sentido amplio es la porción de bienes que un ascendiente deja a un hijo o descendiente, además de la legítima señalada por las leyes: en sentido propio es mejora esa porción de bienes tomada no de la parte de que según la ley puede disponer libremente, sino de otra parte que se ha de dejar precisamente entre los hijos o descendientes, pudiendo escoger a quien se quiera dentro de ellos.

Admitida la mejora en las leyes españolas de origen germánico, en tiempo de Cervantes, la herencia se dividía así: del caudal hereditario se apartaba un quinto, de libre disposición: del remanente se separaba el tercio, que era la mejora propiamente dicha: lo restante era la legítima estricta que se dividía por igual entre los hijos. *Mejorar en tercio y quinto* era dejar a un hijo además de su legítima, el tercio de mejora y el quinto de libre disposición. Se podía mejorar a un descendiente de grado más remoto, v. gr., a un nieto, aunque viviese aún su padre, que recibía la legítima.

[4] Habían despojado (o saqueado) el real (o campamento) de la acémila que los encamisados llevaban, y fué tal el despojo, que a pesar del apetito con que satisficieron sus estómagos el día anterior (pág. 211), pudieron almorzar de las *sobras*.

[5] *Cortar la cólera*, o *bilis* = tomar un taco o piscolabis.

1, 21.—DON QUIJOTE Y SANCHO

llevaba tras sí la de su amo, y aun la del asno, que siempre le seguía por dondequiera que guiaba, en buen amor y compañía. Con todo esto, volvieron al camino real, y siguieron por él a la ventura, sin otro designio alguno:

Yendo, pues, así caminando, dijo Sancho a su amo:

—Señor, ¿quiere vuestra merced darme licencia que departa [1] un poco con él [2]? Que después que me puso aquél áspero mandamiento del silencio se me han podrido más de cuatro cosas en el estómago, y una sola que ahora tengo en el pico de la lengua no querría que se malograse.

—Dila—dijo don Quijote—, y sé breve en tus razonamientos; que ninguno hay gustoso si es largo.

—Digo, pues, señor—respondió Sancho—, que de algunos días a esta parte he considerado cuán poco se gana y granjea de andar buscando estas aventuras que vuestra merced busca por estos desiertos y encrucijadas de caminos, donde, ya que se venzan y acaben las más peligrosas, no hay quien las vea ni sepa, y así, se han de quedar en perpetuo silencio y en perjuicio de la intención de vuestra merced y de lo que ellas merecen. Y así, me parece que sería mejor (salvo el mejor parecer de vuestra merced) que nos fuésemos a servir a algún emperador o a otro príncipe grande, que tenga alguna guerra, en cuyo servicio vuestra merced muestre el valor de su persona, sus grandes fuerzas y mayor entendimiento; que, visto esto del señor a quien sirviéremos, por fuerza nos ha de remunerar, a cada cual según sus méritos, y allí no faltará quien ponga en escrito las hazañas de vuestra merced, para perpetua memoria. De las mías no digo nada, pues no han de salir de los límites escuderiles; aunque sé decir que si se usa en la caballería escribir hazañas de escuderos, que no pienso que se han de quedar las mías entre renglones [3].

—No dices mal, Sancho—respondió don Quijote—; mas antes que se llegue a ese término es menester andar por el mundo, como en aprobación [4], buscando las aventuras, para que, acabando algunas, se cobre nombre y fama tal, que cuando se fuere a la corte de algún gran monarca ya sea el caballero conocido por sus obras; y que apenas le hayan visto entrar los muchachos por la puerta de la ciudad, cuando todos le sigan

---

[1] «*Departir* es razonar» (Cov.).
[2] Con vuestra merced (cf. pról. 7).
[3] Entre renglones se pone lo que se olvidó al escribirlos.
[4] Aprobación, probación o prueba.

y rodeen, dando voces, diciendo: «Éste es el caballero del Sol», o de la Sierpe, o de otra insignia alguna, debajo de la cual hubiere acabado grandes hazañas. «Éste es —dirán— el que venció en singular batalla al gigantazo Brocabruno de la Gran Fuerza; el que desencantó al Gran Mameluco [1] de Persia del largo encantamiento en que había estado casi novecientos años.» Así que, de mano en mano, irán pregonando sus hechos, y luego, al alboroto de los muchachos y de la demás gente, se parará a las fenestras de su real palacio el rey de aquel reino, y así como vea al caballero, conociéndole por las armas, o por la empresa del escudo, forzosamente ha de decir: «¡Ea, sus [2]! Salgan mis caballeros, cuantos en mi corte están, a recibir a la flor de la caballería, que allí viene.» A cuyo mandamiento saldrán todos, y él llegará hasta la mitad de la escalera, y le abrazará estrechísimamente, y le dará paz [3], besándole en el rostro, y luego le llevará por la mano al aposento de la señora Reina, adonde el caballero la hallará con la Infanta, su hija, que ha de ser una de las más fermosas y acabadas doncellas que en gran parte de lo descubierto de la tierra a duras penas se pueda hallar. Sucederá tras esto, luego en continente [4], que ella ponga los ojos en el caballero, y él en los della, y cada uno parezca al otro cosa más divina que humana, y, sin saber cómo ni cómo no, han de quedar presos y enlazados en la intricable [5] red amorosa, y con gran cuita en sus corazones, por no saber cómo se han de fablar para descubrir sus ansias y sentimientos. Desde allí le llevarán, sin duda, a algún cuarto del palacio, ricamente aderezado, donde, habiéndole quitado las armas, le traerán un rico manto de escarlata [6] con que se cubra; y si bien pareció armado, tan bien y mejor ha de parecer en farseto [7]. Venida la noche, cenará con el Rey, Reina e Infanta

---

[1] *Mamelucos* (= esclavos) = soldados (originariamente esclavos turcos) que formaron la escolta de los soldados de Egipto en el siglo XIII y apoderados del mando reinaron hasta que los sometió Selim I (1516).

[2] *¡Sus!* = ¡ánimo!; ¡arriba!

[3] *Dar paz a uno* = saludarle, besándole en el rostro, en señal de amistad.

[4] *En continente* = en seguida.

[5] «*Intricable* o *intrincable*, intrincado, arduo, difícil, enmarañado» (Terreros).

[6] «*Escarlata* es la color subida y fina del carmesí o grana fina: y desta seda o paño se vestían los grandes Príncipes, y hoy día es la color del hábito de los Cardenales y de algunas potestades seglares...» (Cov.).

[7] *Farseto* = jubón o justillo, ropa interior que se llevaba debajo de las armas.

1, 21.—DON QUIJOTE Y SANCHO

donde [1] nunca quitará los ojos della, mirándola a furto de los circunstantes, y ella hará lo mesmo, con la mesma sagacidad porque, como tengo dicho, es muy discreta doncella. Levantarse han las tablas [2], y entrará a deshora por la puerta de la sala un feo y pequeño enano, con una fermosa dueña que, entre dos gigantes, detrás del enano viene, con cierta aventura, hecha por un antiquísimo sabio, que [3] el que la acabare será tenido por el mejor caballero del mundo.

Mandará luego el Rey que todos los que están presentes la prueben, y ninguno le dará fin y cima sino el caballero huésped, en mucho pro de su fama, de lo cual quedará contentísima la Infanta, y se tendrá por contenta y pagada además [4], por haber puesto y colocado sus pensamientos en tan alta parte. Y lo bueno es que este Rey, o Príncipe, o lo que es, tiene una muy reñida guerra con otro tan poderoso como él, y el caballero huésped le pide (al cabo de algunos días que ha estado en su corte) licencia para ir a servirle en aquella guerra dicha. Darásela el Rey de muy buen talante, y el caballero le besará cortésmente las manos por la merced que le face. Y aquella noche se despedirá de su señora la Infanta por las rejas de un jardín, que cae en el aposento donde ella duerme, por las cuales ya otras muchas veces la había fablado, siendo medianera y sabidora de todo una doncella de quien la Infanta mucho se fiaba. Sospirará él, desmayaráse ella, traerá agua la doncella, acuitaráse mucho, porque viene la mañana, y no querría que fuesen descubiertos, por la honra de su señora; finalmente, la Infanta volverá en sí, y dará sus blancas manos por la reja al caballero, el cual se las besará mil y mil veces, y se las bañará en lágrimas. Quedará concertado entre los dos del modo que se han de hacer saber sus buenos o malos sucesos, y rogaréle la Princesa que se detenga lo menos que pudiere; prometérselo ha él con muchos juramentos; tórnale a besar las manos, y despídese con tanto sentimiento, que estará poco por [5] acabar la vida. Vase desde allí a su aposento, échase sobre su lecho, no puede dormir del dolor de la partida, madruga muy de mañana, vase a despedir del Rey y de la Reina y de la Infanta; dícenle, habiéndose despedido de los dos, que la señora Infanta

---
[1] *Donde* = en la cual cena (cf. p. 114, n. 1).
[2] *Tablas* = mesas.
[3] Tal *que*.
[4] Por demás (cf. pról. 11).
[5] *Estará poco por* = faltará poco para.

está mal dispuesta [1] y que no puede recebir visita; piensa el caballero que es de pena de su partida, traspásasele el corazón, y falta poco de no dar indicio manifiesto de su pena. Está la doncella medianera delante, halo de notar todo, váselo a decir a su señora, la cual la recibe con lágrimas, y le dice que una de las mayores penas que tiene es no saber quién sea su caballero, y si es de linaje de reyes o no; asegúrala la doncella que no puede caber tanta cortesía, gentileza y valentía como la de su caballero sino en subjeto real y grave; consuélase con esto la cuitada: procura consolarse [2], por no dar mal indicio de sí a sus padres, y a cabo de dos días sale en público. Ya se es ido el caballero; pelea en la guerra, vence al enemigo del Rey, gana muchas ciudades, triunfa de muchas batallas [3], vuelve a la corte, ve a su señora por donde suele, conciértase que la pida a su padre por mujer, en pago de sus servicios, no se la quiere dar el Rey, porque no sabe quién es; pero con todo esto, o robada, o de otra cualquier suerte que sea, la Infanta viene a ser su esposa, y su padre lo viene a tener a gran ventura, porque se vino a averiguar que el tal caballero es hijo de un valeroso rey de no sé qué reino, porque creo que no debe de estar en el mapa. Muérese el padre, hereda la Infanta, queda rey el caballero en dos palabras. Aquí entra luego el hacer mercedes a su escudero y a todos aquellos que le ayudaron a subir a tan alto estado: casa a su escudero con una doncella de la Infanta, que será, sin duda, la que fué tercera en sus amores, que es hija de un duque muy principal.

—¡Eso pido, y barras derechas [4]!—dijo Sancho—: a eso me atengo, porque todo, al pie de la letra, ha de suceder por vuestra merced, llamándose el Caballero de la Triste Figura.

—No lo dudes, Sancho—replicó don Quijote—; porque del mesmo modo y por los mesmos pasos que esto he contado suben y han subido los caballeros andantes a ser reyes y emperadores. Sólo falta agora mirar qué rey de los cristianos o de los paganos tenga guerra y tenga hija hermosa [5]; pero tiempo

---

[1] *Mal dispuesta* = indispuesta.
[2] Hay una corrección: *consuélase...* (o por mejor decir) *procura consolarse.*
[3] *Batalla* puede tener aquí dos acepciones: 1) conflicto o contienda de dos ejércitos; 2) batallón o escuadrón.
[4] *Barras derechas* = sin engaño. Está tomado del juego de barras.
[5] Ocupado don Quijote en engolosinar a Sancho con estos razonamientos y empujado por su locura, se ha olvidado de Dulcinea.

habrá para pensar esto, pues, como te tengo dicho, primero se ha de cobrar fama por otras partes que se acuda a la corte. También me falta otra cosa: que, puesto caso que se halle rey con guerra y con hija hermosa, y que yo haya cobrado fama increíble por todo el universo, no sé yo cómo se podía hallar que yo sea de linaje de reyes, o, por lo menos, primo segundo de emperador; porque no me querrá el Rey dar a su hija por mujer, si no está primero muy enterado en esto, aunque más lo merezcan mis famosos hechos; así que, por esta falta, temo perder lo que mi brazo tiene bien merecido. Bien es verdad que yo soy hijodalgo de solar conocido, de posesión y propriedad y de devengar quinientos sueldos [1], y podría ser que el sabio que escribiese mi historia deslindase de tal manera mi parentela y decendencia, que me hallase quinto o sesto nieto de rey. Porque te hago saber, Sancho, que hay dos maneras de linajes en el mundo: unos que traen y derivan su decendencia de príncipes y monarcas, a quien poco a poco el tiempo ha deshecho, y han acabado en punta, como pirámide puesta al revés; otros tuvieron principio de gente baja, y van subiendo de grado en grado, hasta llegar a ser grandes señores; de manera que está la diferencia en que unos fueron, que ya no son, y otros son, que ya no fueron [2]; y podría ser yo déstos, que [3], después de averiguado, hubiese sido mi principio grande y famoso, con lo cual se debía de contentar el Rey mi suegro, que hubiere de ser; y cuando no, la Infanta me ha de querer de manera, que a pesar de su padre, aunque claramente sepa que soy hijo de un azacán [4], me ha de admitir por señor y por esposo; y si no, aquí entra el roballa y llevalla donde más gusto me diere; que el tiempo o la muerte ha de acabar el enojo de sus padres.

—Ahí entra bien también—dijo Sancho—lo que algunos desalmados dicen: «No pidas de grado lo que puedes tomar por fuerza»; aunque mejor cuadra decir: «Más vale salto de

---

[1] «*Fidalgo de devengar quinientos sueldos*... cuando un hidalgo recibía agravio de algún otro, podía vengar: conviene a saber, recibir de su adversario por condenación de juez competente, en satisfacción de su injuria, quinientos sueldos [el valor del sueldo fué muy diverso]; mas al que no era noble e fidalgo, como el labrador, no se le aplicaban más de trescientos sueldos: y esta diferencia había entre el hidalgo notorio y el villano» (Cov.).

[2] Y otros son ya, que no lo fueron.

[3] Tal *que*.

[4] «*Azacán* es el que trae o administra [= suministra] el agua: nombre

1, 21.—DON QUIJOTE Y SANCHO

mata, que ruego de hombres buenos». Dígolo porque si el señor Rey, suegro de vuestra merced, no se quisiere domeñar a entregalle a mi señora la Infanta, no hay sino, como vuestra merced dice, roballa y trasponella. Pero está el daño que en tanto que se hagan las paces y se goce pacíficamente del reino, el pobre escudero se podrá estar a diente [1] en esto de las mercedes. Si ya no es que la doncella tercera que ha de ser su mujer se sale con la Infanta, y él pasa con ella su mala ventura, hasta que el cielo ordene otra cosa; porque bien podrá, creo yo, desde luego dársela su señor por legítima esposa.

—Eso no hay quien lo quite—dijo don Quijote.

—Pues como eso sea—respondió Sancho—, no hay sino encomendarnos a Dios, y dejar correr la suerte por donde mejor lo encaminare.

—Hágalo Dios—respondió don Quijote—como yo deseo y tú, Sancho, has menester, y ruin sea quien por ruin se tiene.

—Sea par [2] Dios—dijo Sancho—; que yo cristiano viejo soy, y para ser conde esto me basta.

—Y aun te sobra—dijo don Quijote—, y cuando no lo fueras, no hacía nada al caso; porque, siendo yo el rey, bien te puedo dar nobleza, sin que la compres ni me sirvas con nada. Porque en haciéndote conde, cátate ahí caballero, y digan lo que dijeren; que a buena fe que te han de llamar señoría, mal que le pese.

—¡Y montas [3] que no sabría yo autorizar [4] el litado!—dijo Sancho.

---

arábigo, usado en la ciudad de Toledo, adonde comúnmente los aguadores son gabachos, y se hacen ricos con un solo jumento o dos, por estar la ciudad en alto, y no haber fuentes: es necesario subirlo del río» (Cov.).

[1] «*Estar a diente como haca de buldero*, se dijo porque el buldero llegando al lugar, ataba la haca con su freno y todo recaudo cerca de la iglesia adonde se apeaba: y echadas las bulas y repartidas, pasaba adelante a otro pueblo y no le daba de comer hasta la noche» (Cov.).

[2] Por.

[3] *Montas* o *monta* es una voz aseverativa (como *a fe que*, *digo que*...), que se usa en frases exclamativas y generalmente con sentido irónico (o contrario al que suelen tener las palabras). «*Montar*, vale sumar en una diferentes partidas, porque van haciendo montón todas juntas. Proverbio: *Tanto monta cortar como desatar*. Tomóse este modo de decir, de aquel ñudo Cordio, que no pudiéndole desatar Alexandro, le cortó, diziendo las sobredichas palabras» (Cov.).

[4] Ilustrar, engrandecer.

— 239 —

1, 21.—DON QUIJOTE Y SANCHO

—*Dictado* [1] has de decir, que no *litado*—dijo su amo.
—Sea ansí—respondió Sancho Panza—. Digo que le sabría bien acomodar, porque por vida mía que un tiempo fuí muñidor [2] de una cofradía, y que me asentaba tan bien la ropa de muñidor, que decían todos que tenía presencia para poder ser prioste [3] de la mesma cofradía. Pues ¿qué será cuando me ponga un ropón ducal [4] a cuestas, o me vista de oro y de perlas, a uso de conde estranjero? Para mí tengo que me han de venir a ver de cien leguas.
—Bien parecerás—dijo don Quijote—, pero será menester que te rapes las barbas a menudo; que, según las tienes de espesas, aborrascadas y mal puestas, si no te las rapas a navaja cada dos días por lo menos, a tiro de escopeta se echará de ver lo que eres.
—¿Qué hay más—dijo Sancho—sino tomar un barbero, y tenelle asalariado en casa? Y aun, si fuere menester, le haré que ande tras mí, como caballerizo de grande.
—Pues ¿cómo sabes tú—preguntó don Quijote—que los grandes llevan detrás de sí a sus caballerizos?
—Yo se lo diré—respondió Sancho—. Los años pasados estuve un mes en la corte, y allí vi que, paseándose un señor muy pequeño, que decían que era muy grande [5], un hombre le seguía a caballo a todas las vueltas que daba, que no parecía sino que era su rabo. Pregunté que cómo aquel hombre no se juntaba con el otro, sino que siempre andaba tras dél. Respondiéronme que era su caballerizo [6], y que era uso de grandes

---

[1] *Dictado* (o *ditado*) = título (por ejemplo, Majestad, Conde...).
[2] *Muñidor* = criado de cofradía, encargado de muñir *(monere)* o avisar a los hermanos para que asistan a las juntas o funciones que se celebran.
[3] *Prioste* = hermano mayor de cofradía. Calla Sancho (o Cervantes) que había sido también prioste, pero lo dice más tarde (II, 43).
[4] *Ropón ducal* = manto forrado de armiños (p. 194, n. 2), propio de la dignidad y jerarquía de duque.
[5] Verosímilmente se alude aquí a don Pedro Téllez Girón, gran duque de Osuna, de quien se dijo que *de pequeño no tenía otra cosa que la estatura.*
[6] «Caballerizo, el que pone en el caballo

Ropón ducal.

— 240 —

llevar tras sí a los tales [1]. Desde entonces lo sé tan bien, que nunca se me ha olvidado.

—Digo que tienes razón—dijo don Quijote—, y que así puedes tú llevar a tu barbero; que los usos no vinieron todos juntos, ni se inventaron a una, y puedes ser tú el primero conde que lleve tras sí su barbero; y aun es de más confianza el hacer la barba que ensillar un caballo.

—Quédese eso del barbero a mi cargo—dijo Sancho—, y al de vuestra merced se quede el procurar venir a ser rey, y el hacerme conde.

—Así será—respondió don Quijote.

Y alzando los ojos vió lo que se dirá en el siguiente capítulo.

CAPITULO XXII.—De la libertad que dió don Quijote a muchos desdichados que, mal de su grado, los llevaban donde no quisieran ir.

Cuenta Cide Hamete Benengeli, autor arábigo y manchego, en esta gravísima, altisonante, mínima [2], dulce e imaginada historia, que después que entre el famoso don Quijote de la Mancha y Sancho Panza su escudero pasaron aquellas razones que en el fin del capítulo XXI quedan referidas, que don Quijote alzó los ojos y vió que por el camino que llevaba venían hasta doce hombres a pie, ensartados como cuentas en una gran cadena de hierro, por los cuellos, y todos con esposas a las manos. Venían ansimismo con ellos dos hombres de a caballo y dos de a pie; los de a caballo, con escopetas de rueda [3], y los de

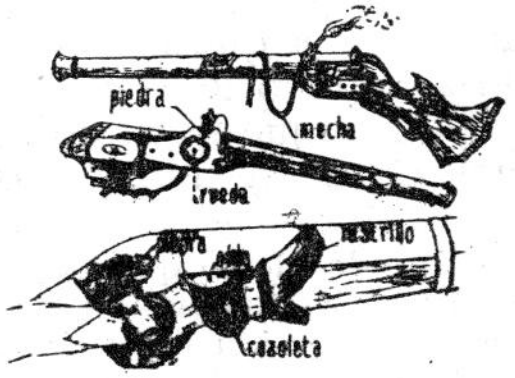

---

el príncipe o señor, con todo lo dependiente del tal oficio» (Cov.).

[1] Así era efectivamente.

[2] *Mínima* aquí tal vez signifique minuciosa.

[3] Entre las armas de fuego, después de las armas de mecha, vinieron las de chispa, a las que pertenece la escopeta de rueda. Al oprimir el disparador giraba rápidamente una rueda de acero contra la piedra de fuego, saltaban las chispas que inflamaban la pólvora de la cazoleta y de aquí por el oído de la escopeta se propagaba el fuego a la carga. Más tarde aparecieron los fusiles, en que la chispa nacía del choque de la piedra contra un

1, 22.—AVENTURA DE LOS GALEOTES

a pie, con dardos [1] y espadas; y que así como Sancho Panza los vido [2], dijo:

—Ésta es cadena de galeotes [3], gente forzada del Rey, que va a las galeras.

—¿Cómo gente forzada?—preguntó don Quijote—. ¿Es posible que el Rey haga fuerza a ninguna gente [4]?

—No digo eso—respondió Sancho—, sino que es gente que por sus delitos va condenada a servir al Rey en las galeras, de por fuerza.

—En resolución—replicó don Quijote—, como quiera que ello sea, esta gente, aunque los llevan, van de por fuerza, y no de su voluntad.

—Así es—dijo Sancho.

—Pues desa manera—dijo su amo—, aquí encaja la ejecución de mi oficio: desfacer fuerzas y socorrer y acudir a los miserables.

—Advierta vuestra merced—dijo Sancho—que la justicia, que es el mesmo Rey, no hace fuerza ni agravio a semejante gente, sino que los castiga en pena de sus delitos.

Llegó, en esto, la cadena de los galeotes, y don Quijote, con muy corteses razones, pidió a los que iban en su guarda fuesen servidos de informalle y decille la causa o causas por que llevaban aquella gente de aquella manera. Una de las guardas de a caballo respondió que eran galeotes, gente de su Majestad, que iba a galeras, y que no había más que decir, ni él tenía más que saber.

—Con todo eso—replicó don Quijote—, querría saber de cada uno de ellos en particular la causa de su desgracia.

Añadió a éstas otras tales y tan comedidas razones para moverlos a que le dijesen lo que deseaba, que la otra guarda de a caballo le dijo:

—Aunque llevamos aquí el registro y la fe [5] de las sentencias de cada uno destos malaventurados, no es tiempo éste

---

rastrillo de hierro que cubría la cazoleta. Ultimamente se han inventado las armas de pistón, al descubrirse la pólvora fulminante, o sea, la que con sola la percusión puede inflamarse.

[1] *Dardo* = lanza pequeña, arrojadiza.
[2] Vió (cf. pról. 1).
[3] La galera se llamó antiguamente *gálea*, de donde vino *galeote*, remero de galera.
[4] Juega Cervantes con las dos acepciones de *forzar*.
[5] *Fe* = testimonio, certificado (cf. *fe de bautismo*).

— 242 —

de detenernos a sacarlas ni a leellas: vuestra merced llegue y se lo pregunte a ellos mesmos, que ellos lo dirán si quisieren; que sí querrán, porque es gente que recibe gusto de hacer y decir bellaquerías [1].

Con esta licencia, que don Quijote se tomara aunque no se la dieran, se llegó a la cadena y al primero le preguntó que por qué pecados iba de tan mala guisa. Él le respondió que por enamorado iba de aquella manera.

—¿Por eso no más?—replicó don Quijote—. Pues si por enamorados echan a galeras, días ha que pudiera yo estar bogando en ellas.

—No son los amores como los que vuestra merced piensa —dijo el galeote—; que los míos fueron que quise tanto a una canasta de colar atestada de ropa blanca, que la abracé conmigo tan fuertemente, que a no quitármela la justicia por fuerza, aún hasta agora no la hubiera dejado de mi voluntad. Fué en fragante [2], no hubo lugar de tormento [3], concluyóse la causa, acomodáronme las espaldas con ciento [4], y por añadidura, tres precisos [5] de gurapas, y acabóse la obra.

—¿Qué son gurapas?—preguntó don Quijote.

—Gurapas son galeras—respondió el galeote.

El cual era un mozo de hasta edad de veinte y cuatro años, y dijo que era natural de Piedrahita. Lo mismo preguntó don Quijote al segundo, el cual no respondió palabra, según iba de triste y malencónico; mas respondió por él el primero, y dijo:

—Éste, señor, va por canario [6], digo, por músico y cantor.

—Pues ¿cómo?—repitió don Quijote—. ¿Por músicos y cantores van también a galeras?

—Sí, señor—respondió el galeote—; que no hay peor cosa que cantar en el ansia [7].

---

[1] «*Bellaco*, el malo y de ruines respetos» (Cov.).
[2] La forma etimológica y más correcta es *en flagrante* (de *in flagranti*) = en el acto mismo de cometer el delito. Por mal influjo de *fragante* (= oloroso, de *fragrantem*) nacieron las formas *en fragante* e *in fraganti*.
[3] Porque éste sólo se daba para obtener entera probanza del delito.
[4] Azotes, cf. p. 51, n. 1.
[5] *Precisos* eran los años a que por lo menos quedaba condenado el reo.
[6] *Canario*, en lenguaje apicarado, llamaban al que confesaba su delito.
[7] *Cantar en el ansia* = confesar en el *agua*: tormento que se daba cubriendo la cara del reo con un paño que no le dejaba respirar ni por las narices, que se las tapaban, ni por la boca, porque a chorro por medio del paño se le echaba agua para que lo arrastrase consigo hasta lo profundo de la garganta.

1, 22.—AVENTURA DE LOS GALEOTES

—Antes he yo oído decir—dijo don Quijote—que quien canta, sus males espanta.

—Acá es al revés—dijo el galeote—; que quien canta una vez, llora toda la vida.

—No lo entiendo—dijo don Quijote.

Mas una de las guardas le dijo:

—Señor caballero, cantar en el ansia se dice entre esta gente *non santa* [1] confesar en el tormento. A este pecador le dieron tormento y confesó su delito, que era ser cuatrero, que es ser ladrón de bestias, y por haber confesado le condenaron por seis años a galeras, amén de docientos azotes, que ya lleva en las espaldas; y va siempre pensativo y triste porque los demás ladrones que allá quedan y aquí van le maltratan y aniquilan, y escarnecen y tienen en poco, porque confesó, y no tuvo ánimo de decir nones [2]. Porque dicen ellos que tantas letras tiene un *no* como un *sí*, y que harta ventura tiene un delincuente, que [3] está en su lengua su vida o su muerte, y no en la de los testigos y probanzas; y para mí tengo que no van muy fuera de camino.

—Y yo lo entiendo así—respondió don Quijote.

El cual, pasando al tercero, preguntó lo que a los otros; el cual, de presto y con mucho desenfado, respondió y dijo:

—Yo voy por cinco años a las señoras gurapas por faltarme diez ducados.

—Yo daré veinte de muy buena gana—dijo don Quijote— por libraros desa pesadumbre.

—Eso me parece—respondió el galeote—como quien tiene dineros en mitad del golfo, y se está muriendo de hambre, sin tener adonde comprar lo que ha menester. Dígolo porque si a su tiempo tuviera yo esos veinte ducados que vuestra merced ahora me ofrece, hubiera untado [4] con ellos la péndola [5] del escribano, y avivado el ingenio del procurador, de manera, que hoy me viera en mitad de la plaza de Zocodover, de Toledo,

---

[1] Tomado del *de gente non sancta*, que dice el sacerdote al principio de la Misa.
[2] «*Nones*... nació del juego que llaman *a pares y nones*, porque el uno decía *par est*, y el otro *non est*» (Cov.).
[3] Porque.
[4] *Untar* = sobornar.
[5] *Péndola* o *péñola* = pluma de ave que cortada sirve para escribir.

1, 22.—AVENTURA DE LOS GALEOTES

y no en este camino, atraillado [1] como galgo; pero Dios es grande: paciencia..., y basta.

Pasó don Quijote al cuarto, que era un hombre de venerable rostro, con una barba blanca que le pasaba del pecho; el cual, oyéndose preguntar la causa por que allí venía, comenzó a llorar, y no respondió palabra; mas el quinto condenado le sirvió de lengua [2], y dijo:

—Este hombre honrado va por cuatro años a galeras, habiendo paseado las acostumbradas [3], vestido, en pompa y a caballo [4].

—Eso es—dijo Sancho Panza—, a lo que a mí me parece, haber salido a la vergüenza.

—Así es—replicó el galeote—; y la culpa porque le dieron esta pena es por haber sido corredor de oreja [5], y aun de todo el cuerpo. En efecto, quiero decir que este caballero va por alcahuete [6], y por tener asimesmo sus puntas y collar [7] de hechicero.

—A no haberle añadido esas puntas y collar—dijo don Quijote—, por solamente el alcahuete limpio no merecía el ir a bogar en las galeras, sino a mandallas y a ser general dellas. Porque no es así como quiera el oficio de alcahuete; que es oficio de discretos, y necesarísimo en la república bien ordenada, y que no le debía ejercer sino gente bien nacida; y aun había de haber veedor [8] y examinador de los tales, como le hay de los demás oficios, con número deputado y conocido, como

---

[1] «*Traílla*, la cuerda con que es asido el perro, el hurón, el pájaro. *Atraillar*, echarles la atraílla» (Cov.).

[2] *Lengua* = intérprete.

[3] Palabra tomada de la sentencia en que se condenaba a azotes, y se mandaba llevar al reo por las calles *acostumbradas*.

[4] Los sentenciados salían, según los casos, montados en un asno, con una coroza (= cucurucho de cartón de una vara con figuras alusivas al delito) en la cabeza, ya desnudos hasta la cintura, ya emplumados (con las espaldas enmeladas y cubiertas de plumas), ya vestidos de hopa o loba, y con lucido acompañamiento de pregonero, corchetes y chiquillos.

[5] «*Corredor*, el que interviene en las compras y ventas» (Cov.). *Corredor de oreja* o de cambios, el que solicita letras para otras partes, o dinero prestado, y ajusta los cambios de interés que se han de dar y las seguridades o resguardos.

[6] Esta voz en tiempo de Cervantes no disonaba.

[7] *Tener puntas* (= encaje que forma ondas o puntas en una de sus orillas) *y collar de* = tener asomos de...

[8] Cf. II, 45.

corredores de lonja, [1] y desta manera se escusarían muchos males que se causan por andar este oficio y ejercicio entre gente idiota y de poco entendimiento, como son mujercillas de poco más o menos, pajecillos y truhanes, de pocos años y de poca experiencia, que a la más necesaria ocasión, y cuando es menester dar una traza que importe, se les hielan las migas [2] entre la boca y la mano, y no saben cuál es su mano derecha. Quisiera pasar adelante y dar las razones por que convenía hacer elección de los que en la república habían de tener tan necesario oficio; pero no es el lugar acomodado para ello; algún día lo diré a quien lo pueda proveer y remediar. Sólo digo ahora que la pena que me ha causado ver estas blancas canas y este rostro venerable en tanta fatiga por alcahuete, me la ha quitado el adjunto de hechicero [3]. Aunque bien sé que no hay hechizos en el mundo que puedan mover y forzar la voluntad, como algunos simples piensan; que es libre nuestro albedrío y no hay hierba ni encanto que le fuerce. Lo que suelen hacer algunas mujercillas simples y algunos embusteros bellacos es algunas misturas y venenos, con que vuelven locos a los hombres, dando a entender que tienen fuerza para hacer querer bien, siendo, como digo, cosa imposible forzar la voluntad.

—Así es—dijo el buen viejo—; y en verdad, señor, que en lo de hechicero, que no tuve culpa; en lo de alcahuete no lo pude negar. Pero nunca pensé que hacía mal en ello: que toda mi intención era que todo el mundo se holgase y viviese en paz y quietud, sin pendencias ni penas; pero no me aprovechó nada este buen deseo para dejar de ir adonde no espero volver, según me cargan los años y un mal de orina que llevo, que no me deja reposar un rato.

Y aquí tornó a su llanto como de primero; y túvole Sancho

---

[1] «*Lonja* es lugar público destinado para juntarse en él los tratantes y mercaderes» (Cov.). *Corredor de lonja* o de mercaderías es el que asiste a los mercaderes para despacharles sus géneros, solicitando personas que los compren.
[2] «*Migas*, cierto guisado rústico de migas, o pedazos de pan desmigajados» (Cov.).
[3] Con la muerte estaba penado el delito de hechicería, en tiempo de Cervantes; pero bien observa R. Marín que esta disposición, por su misma severidad, no se cumplía y que de los hechiceros se encargaba el Santo Oficio y los trataba benignamente.

1, 22.—AVENTURA DE LOS GALEOTES

tanta compasión, que sacó un real de a cuatro del seno y se le dió de limosna.

Pasó adelante don Quijote y preguntó a otro su delito, el cual respondió con no menos, sino con mucha más gallardía que el pasado:

—Yo voy aquí porque me burlé demasiadamente con dos primas hermanas mías, y con otras dos hermanas que no lo eran mías; finalmente, tanto me burlé con todas, que resultó de la burla crecer la parentela tan intricadamente [1], que no hay diablo que la declare. Probóseme todo, faltó favor, no tuve dineros, víame [2] a pique de perder los tragaderos [3], sentenciáronme a galeras por seis años, consentí: castigo es de mi culpa mozo soy: dure la vida, que con ella todo se alcanza. Si vuestra merced, señor caballero, lleva alguna cosa con que socorrer a estos pobretes, Dios se lo pagará en el cielo, y nosotros tendremos en la tierra cuidado de rogar a Dios en nuestras oraciones por la vida y salud de vuestra merced, que sea tan larga y tan buena como su buena presencia merece.

Este iba en hábito de estudiante, y dijo una de las guardas que era muy grande hablador y muy gentil latino.

Tras todos éstos venía un hombre de muy buen parecer, de edad de treinta años, sino que al mirar metía el un ojo en el otro un poco. Venía diferentemente atado que los demás, porque traía una cadena al pie, tan grande, que se la liaba por todo el cuerpo, y dos argollas a la garganta, la una en la cadena, y la otra de las que llaman guardaamigo o piedeamigo; de la cual decendían dos hierros que llegaban a la cintura en los cuales se asían dos esposas, donde llevaba las manos, cerradas con un grueso candado, de manera, que ni con las manos podía llegar a la boca, ni podía bajar la cabeza a llegar a las manos. Preguntó don Quijote que cómo iba aquel hombre: con tantas prisiones más que los otros. Respondióle la guarda porque tenía aquél sólo más delitos que todos los otros juntos, y que era tan atrevido y tan grande bellaco, que aunque le llevaban de aquella manera, no iban seguros dél, sino que temían que se les había de huir.

—¿Qué delitos puede tener—dijo don Quijote—, si no han merecido más pena que echalle a las galeras?

---

[1] Hoy *intrincadamente*.
[2] Por *veíame* (cf. pról. I).
[3] *Perder los tragaderos* = ser ahorcado.

1, 22.—AVENTURA DE LOS GALEOTES

—Va por diez años—replicó la guarda—, que es como muerte cevil [1]. No se quiera saber más sino que este buen hombre es el famoso Ginés de Pasamonte, que por otro nombre llaman Ginesillo de Parapilla.

—Señor comisario—dijo entonces el galeote—, váyase poco a poco, y no andemos ahora a deslindar nombres y sobrenombres. Ginés me llamo, y no Ginesillo, y Pasamonte es mi alcurnia, y no Parapilla, como voacé [2] dice; y cada uno se dé una vuelta a la redonda [3], y no hará poco.

—Hable con menos tono—replicó el comisario—, señor ladrón [4] de más de la marca [5] si no quiere que le haga callar, mal que le pese.

—Bien parece—respondió el galeote—que va el hombre como Dios es servido [6]; pero algún día sabrá alguno si me llamo Ginesillo de Parapilla, o no.

—Pues ¿no te llaman ansí, embustero?—dijo la guarda.

—Sí llaman [7]—respondió Ginés—; mas yo haré que no me lo llamen, o me las pelaría [8] donde yo digo entre mis dientes [9]. Señor caballero, si tiene algo que darnos, dénoslo ya, y vaya con Dios; que ya enfada con tanto querer saber vidas ajenas; y si la mía quiere saber, sepa que soy Ginés de Pasamonte, cuya vida está escrita por estos pulgares.

—Dice verdad—dijo el comisario—; que él mesmo ha escrito su historia, que no hay más, y deja empeñado el libro en la cárcel, en doscientos reales.

---

[1] *Muerte civil* = mutación de estado, por la cual la persona en quien acontece se contempla en el derecho respecto de los efectos legales, como si no fuera.
[2] *Voacé* = vuestra merced.
[3] *Darse* uno *una vuelta a la redonda* = examinarse a sí mismo antes de reprender a otro.
[4] Una de las maneras de reforzar un calificativo injurioso consistía en anteponerle el adjetivo *señor* o *don* (don ladrón). Hoy anteponemos el *so* (proveniente de *señor*): *so ladrón*.
[5] *Marca* = medida establecida para alguna cosa, como para la alzada de las caballerías, el tamaño del papel, lo largo de las espadas...
[6] Es decir, atado.
[7] Hoy diríamos: *Sí me llaman* (cf. pról. 10).
[8] «*Quedar pelándose las barbas* es tomado de los que, perdida una ocasión, quedan con despecho y rabia» (Cov.). En II, 1 emplea Cervantes la expresión entera tal como la cita Covarrubias.
[9] Alusión desvergonzada.

1, 22.—AVENTURA DE LOS GALEOTES

—Y le pienso quitar [1]— dijo Ginés—, si [2] quedara en docientos ducados [3].

—¿Tan bueno es?—dijo don Quijote.

—Es tan bueno—respondió Ginés—, que mal año para *Lazarillo de Tormes* y para todos cuantos de aquel género se han escrito o escribieren. Lo que le sé decir a voacé es que trata verdades, y que son verdades tan lindas y tan donosas, que no puede haber mentiras que se le [4] igualen.

—¿Y cómo se intitula el libro?—preguntó don Quijote.

—*La vida de Ginés de Pasamonte*—respondió el mismo.

—¿Y está acabado?—preguntó don Quijote.

—¿Cómo puede estar acabado—respondió él—, si aún no está acabada mi vida? Lo que está escrito es desde mi nacimiento hasta el punto que esta última vez me han echado en galeras.

—Luego ¿otra vez habéis estado en ellas?—dijo don Quijote.

—Para servir a Dios y al Rey, otra vez he estado cuatro años, y ya sé a qué sabe el bizcocho [5] y el corbacho [6]—respondió Ginés—; y no me pesa mucho de ir a ellas, porque allí tendré lugar de acabar mi libro; que me quedan muchas cosas que decir, y en las galeras de España hay más sosiego de aquel que sería menester [7], aunque no es menester mucho más para lo que yo tengo de escribir, porque me lo sé de coro [8].

—Hábil pareces—dijo don Quijote.

—Y desdichado—respondió Ginés—; porque siempre las desdichas persiguen al buen ingenio.

—Persiguen a los bellacos—dijo el comisario.

—Ya le he dicho, señor comisario—respondió Pasamonte—, que se vaya poco a poco; que aquellos señores no le dieron esa vara para que maltratase a los pobretes que aquí vamos, sino para que nos guiase y llevase adonde su Majestad manda. Si

---

[1] *Quitar* = librar algo, o a alguien, de una obligación; desempeñar.
[2] Aunque.
[3] El ducado tuvo valores muy diversos.
[4] Lo correcto sería *les* (cf. pról. 7).
[5] *Bizcocho* (de *bis coctus*) o *galleta* = pan que se cuece segunda vez para que enjuto dure mucho tiempo y sirva para la navegación.
[6] «*Rebenque* [o *corbacho*], el azote con que castiga el cómitre a la chusma» (Cov.).
[7] Alude Cervantes a la mayor diligencia de los moros en las operaciones marítimas.
[8] *De coro* = de memoria.

1, 22.—AVENTURA DE LOS GALEOTES

no, por vida de... ¡Basta!; que podría ser que saliesen algún día en la colada las manchas que se hicieron en la venta [1]; y todo el mundo calle, y viva bien, y hable mejor, y caminemos; que ya es mucho regodeo [2] éste.

Alzó la vara en alto el comisario para dar a Pasamonte, en respuesta de sus amenazas; mas don Quijote se puso en medio, y le rogó que no le maltratase, pues no era mucho que quien llevaba tan atadas las manos tuviese algún tanto suelta la lengua. Y volviéndose a todos los de la cadena, dijo:

—De todo cuanto me habéis dicho hermanos carísimos, he sacado en limpio que, aunque os han castigado por vuestras culpas, las penas que vais a padecer no os dan mucho gusto, y que vais a ellas muy de mala gana y muy contra vuestra voluntad; y que podría ser que el poco ánimo que aquél tuvo en el tormento, la falta de dineros déste, el poco favor del otro, y, finalmente, el torcido juicio del juez, hubiese sido causa de vuestra perdición, y de no haber salido con la justicia que de vuestra parte teníades. Todo lo cual se me representa a mí ahora en la memoria, de manera que me está diciendo, persuadiendo, y aun forzando, que muestre con vosotros el efecto para que el cielo me arrojó al mundo, y me hizo profesar en él la orden de caballería que profeso, y el voto que en ella hice de favorecer a los menesterosos y opresos de los mayores. Pero, porque sé que una de las partes de la prudencia es que lo que se puede hacer por bien no se haga por mal, quiero rogar a estos señores guardianes y comisario sean servidos de desataros y dejaros ir en paz; que no faltarán otros que sirvan al Rey en mejores ocasiones [3]; porque me parece duro caso hacer esclavos a los que Dios y naturaleza hizo libres. Cuanto más, señores guardas—añadió don Quijote—, que estos pobres no han cometido nada contra vosotros. Allá se lo haya cada uno con su pecado; Dios hay en el cielo, que no se descuida de castigar al malo, ni de premiar al bueno, y no es bien que los hombres honrados sean verdugos de los otros hombres, no yéndoles nada en ello. Pido esto con esta mansedumbre y sosiego, por que tenga, si lo cumplís, algo que agradeceros; y

---

[1] Amenaza, sin duda, Ginés al comisario con publicar algunas ilegalidades que no pormenoriza, cometidas por el comisario en alguna venta.
[2] «*Regodeo, regodearse*, hablar de chacota: de *re* y *gaudium*» (Cov.).
[3] Es decir, voluntariamente, o si a la fuerza, por delitos más graves y mejor probados.

cuando de grado no lo hagáis, esta lanza y esta espada, con el valor de mi brazo, harán que lo hagáis por fuerza.

—¡Donosa majadería!—respondió el comisario—. ¡Bueno está el donaire con que ha salido a cabo de rato [1]! ¡Los forzados del Rey quiere que le dejemos, como si tuviéramos autoridad para soltarlos, o él la tuviera para mandárnoslo! Váyase vuestra merced, señor, norabuena su camino adelante, y enderécese ese bacín [2] que trae en la cabeza, y no ande buscando tres pies al gato [3].

—¡Vos sois el gato, y el rato, y el bellaco!—respondió don Quijote.

Y, diciendo y haciendo, arremetió con él tan presto, que, sin que tuviese lugar de ponerse en defensa, dió con él en el suelo, malherido de una lanzada; y avínole bien: que éste era el de la escopeta. Las demás guardas quedaron atónitas y suspensas del no esperado acontecimiento; pero, volviendo sobre sí, pusieron mano a sus espadas los de a caballo [4], y los de a pie a sus dardos, y arremetieron a don Quijote, que con mucho sosiego los aguardaba; y sin duda lo pasara mal, si los galeotes, viendo la ocasión que se les ofrecía de alcanzar libertad, no la procuraran, procurando romper la cadena donde venían ensartados. Fué la revuelta de manera, que las guardas, ya por acudir a los galeotes, que se desataban, ya por acometer a don Quijote, que los acometía, no hicieron cosa que fuese de provecho. Ayudó Sancho, por su parte, a la soltura de Ginés de Pasamonte, que fué el primero que saltó en la campaña libre y desembarazado, y, arremetiendo al comisario caído, le quitó la espada y la escopeta, con la cual, apuntando al uno y señalando al otro, sin disparalla jamás, no quedó guarda en todo el campo, porque se fueron huyendo, así de la escopeta de Pa-

---

[1] *A cabo de rato* = de repente, a deshora.

[2] *Bacín*, que antiguamente valía *palangana* o *bacía*, en tiempo de Cervantes empezaba a envilecerse con el nuevo significado de vaso de noche, como se saca de Covarrubias.

[3] *Buscar tres pies al gato* = empeñarse temerariamente en cosas que pueden acarrearle daño. Con más frecuencia se dice *cinco pies*.

[4] Al principio del capítulo eran dos los que venían a caballo, con escopetas, y al parecer, sin espadas: ahora los montados parecen ser tres, una la escopeta, y todos armados con espadas. En este reparo de Clemencín lo de la escopeta es indudable, pues Cervantes no dijo que los de a caballo careciesen de espadas, y el plural aquí usado *los de a caballo* es una sinécdoque manifiesta y oportuna por la contraposición de *los de a pie*.

samonte como de las muchas pedradas que los ya sueltos galeotes les tiraban. Entristecióse mucho Sancho [1] deste suceso, porque se le representó que los que iban huyendo habían de dar noticia del caso a la Santa Hermandad, la cual, a campana herida [2], saldría a buscar los delincuentes, y así se lo dijo a su amo, y le rogó que luego de allí se partiesen y se emboscasen en la sierra, que estaba cerca.

—Bien está eso—dijo don Quijote—; pero yo sé lo que ahora conviene que se haga.

Y llamando a todos los galeotes, que andaban alborotados y habían despojado al comisario hasta dejarle en cueros, se le pusieron todos a la redonda para ver lo que les mandaba, y así les dijo:

—De gente bien nacida es agradecer los beneficios que reciben, y uno de los pecados que más a Dios ofende es la ingratitud. Dígolo porque ya habéis visto, señores, con manifiesta experiencia, el que de mí habéis recibido; en pago del cual querría, y es mi voluntad, que, cargados de esa cadena que quité de vuestros cuellos, luego os pongáis en camino y vais a la ciudad del Toboso, y allí os presentéis ante la señora Dulcinea del Toboso, y le digáis que su caballero el de la Triste Figura se le envía a encomendar [3], y le contéis punto por punto todos los que ha tenido esta famosa aventura hasta poneros en la deseada libertad; y, hecho esto, os podréis ir donde quisiéredes, a la buena ventura.

Respondió por todos Ginés de Pasamonte, y dijo:

—Lo que vuestra merced nos manda, señor y libertador nuestro, es imposible de toda imposibilidad cumplirlo, porque no podemos ir juntos por los caminos, sino sólo y divididos, y cada uno, por su parte, procurando meterse en las entrañas de la tierra, por no ser hallado de la Santa Hermandad, que, sin duda alguna, ha de salir en nuestra busca. Lo que vuestra merced puede hacer, y es justo que haga, es mudar ese servicio y montazgo [4] de la señora Dulcinea del Toboso en alguna can-

---

[1] Bien pudo Sancho ayudar a Ginés para salir de la necesidad presente sin que dejara de prever con tristeza el peligro futuro.

[2] Repicando las campanas se convocaba a los cuadrilleros para la persecución de los delincuentes.

[3] «*Encomendar*, enviar encomiendas [recados, o memorias] al ausente» (Cov.).

[4] *Servicio* = contribución que pagaban anualmente los ganados. *Montazgo* = tributo pagado por el tránsito del ganado por un monte.

tidad de avemarías y credos, que nosotros diremos por la intención de vuestra merced, y ésta es cosa que se podrá cumplir, de noche y de día, huyendo o reposando, en paz o en guerra; pero pensar que hemos de volver ahora a las ollas de Egipto [1] digo, a tomar nuestra cadena, y a ponernos en camino del Toboso, es pensar que es ahora de noche, que aun no son las diez del día, y es pedir a nosotros eso como pedir peras al olmo.

—Pues voto a tal—dijo don Quijote, ya puesto en cólera—, don hijo de la puta [2], don Ginesillo de Paropillo, o como os llamáis, que habéis de ir vos solo, rabo entre piernas [3], con toda la cadena a cuestas.

Pasamonte, que no era nada bien sufrido, estando ya enterado que don Quijote no era muy cuerdo, pues tal disparate había acometido como el de querer darles libertad, viéndose tratar de aquella manera, hizo del ojo [4] a los compañeros y apartándose aparte, comenzaron a llover tantas piedras sobre don Quijote, que no se daba manos [5] a cubrirse con la rodela; y el pobre de Rocinante no hacía más caso de la espuela que si fuera hecho de bronce. Sancho se puso tras su asno, y con él se defendía de la nube y pedrisco que sobre entrambos llovía. No se pudo escudar tan bien don Quijote, que no le acertasen no sé cuántos guijarros en el cuerpo, con tanta fuerza, que dieron con él en el suelo; y apenas hubo caído, cuando fué sobre él el estudiante, y le quitó la bacía de la cabeza, y dióle con ella tres o cuatro golpes en las espaldas y otros tantos en la tierra, con que la hizo pedazos [6]. Quitáronle una ropilla [7] que traía

---

[1] *Volver a las ollas de Egipto* = volver a lo que se ha dejado. Se dice aludiendo a la murmuración de los israelitas contra Moisés en el desierto (cf. Exodo, 16, 3; números 11, 5).

[2] Cf. p. 178, n. 3.

[3] Como perro amenazado o golpeado.

[4] *Hacer del ojo* = guiñar.

[5] «*No darse manos a un negocio*, cuando hay mucho que hacer en él» (Cov.).

[6] Está dicho hiperbólicamente por *estropear o deteriorar*.

[7] *Ropilla* era una vestidura corta con mangas y brahones («*brahones*, ciertas roscas o dobles plegados, que caen encima de los ombros sobre el nacimiento de los brazos, que se suelen poner en las mangas de los sayos y las ropas», Cov.), de quienes penden regularmente otras mangas sueltas o perdidas,

— 253 —

sobre las armas, y las medias calzas le querían quitar si las grebas [1] no lo estorbaran. A Sancho le quitaron el gabán y dejándole en pelota [2], repartiendo entre sí los demás despojos de la batalla, se fueron cada uno por su parte, con más cuidado de escaparse de la Hermandad que temían que de cargarse de la cadena, e ir a presentarse ante la señora Dulcinea del Toboso.

Solos quedaron jumento y Rocinante, Sancho y don Quijote; el jumento, cabizbajo y pensativo, sacudiendo de cuando en cuando las orejas, pensando que aún no había cesado la borrasca de las piedras, que le perseguían los oídos; Rocinante, tendido junto a su amo: que también vino al suelo de otra pedrada; Sancho, en pelota, y temeroso de la Santa Hermandad; don Quijote, mohinísimo [3] de verse tan mal parado por los mismos a quien tanto bien había hecho.

CAPITULO XXIII.—De lo que le aconteció al famoso don Quijote en Sierra Morena, que fué una de las más raras aventuras que en esta verdadera historia se cuentan.

Viéndose tan mal parado don Quijote, dijo a su escudero:
—Siempre, Sancho, lo he oído decir, que el hacer bien a villanos es echar agua en la mar. Si yo hubiera creído lo que me dijiste, yo hubiera escusado esta pesadumbre; pero ya está hecho; paciencia, y escarmentar para desde aquí adelante.
—Así escarmentará vuestra merced—respondió Sancho—como yo soy turco; pero, pues dice que si me hubiera creído se hubiera escusado este daño, créame ahora y escusará otro mayor; porque le hago saber que con la Santa Hermandad no

---

y se viste ajustadamente al medio cuerpo, según el jubón: los caballeros la llevaban a veces sobre las armas para conservarlas mejor.—Advierte Clemencín que Ginés le robó a don Quijote la espada, como luego se dice (I, 30).
[1] No se deben confundir con las *musleras* o *quijotes*, que cubrían los muslos, las *grebas* (cf. p. 61, n. 5), que si cubrían por completo la rodilla y la tibia se llamaban *enteras*, y si solamente defendían la parte externa, *medias*, *espinilleras*, *esquinelas* o *canilleras*. Las grebas de don Quijote, que los galeotes no robaron por anticuadas e inútiles, serían enteras, pues evitaron el robo de las medias calzas, sujetas por las grebas.
[2] Cf. p. 164, n. 3.
[3] *Mohino* = disgustado, enojado.

— 254 —

1, 23.—HURTO DEL RUCIO

hay usar de caballerías; que no se le da a ella por cuantos caballeros andantes hay dos maravedís; y sepa que ya me parece que sus saetas me zumban por los oídos.

—Naturalmente eres cobarde, Sancho—dijo don Quijote—; pero porque no digas que soy contumaz y que jamás hago lo que me aconsejas, por esta vez quiero tomar tu consejo y apartarme de la furia que tanto temes; mas ha de ser con una condición: que jamás, en vida ni en muerte, has de decir a nadie que yo me retiré y aparté deste peligro de miedo, sino por complacer a tus ruegos; que si otra cosa dijeres, mentirás en ello, y desde ahora para entonces y desde entonces para ahora [1] te desmiento, y digo que mientes y mentirás todas las veces que lo pensares o lo dijeres. Y no me repliques más; que en sólo pensar que me aparto y retiro de algún peligro, especialmente déste, que parece que lleva algún es no es [2], de sombra de miedo, estoy ya para quedarme, y para aguardar aquí solo, no solamente la Santa Hermandad que dices y temes, sino a los hermanos de las doce tribus de Israel, y a los siete Macabeos, y a Cástor y a Pólux [3], y aun a todos los hermanos y hermandades que hay en el mundo.

—Señor—respondió Sancho—, que el retirar [4] no es huir, ni el esperar es cordura, cuando el peligro sobrepuja a la esperanza, y de sabios es guardarse hoy para mañana, y no aventurarse todo en un día. Y sepa que, aunque zafio y villano, todavía se me alcanza algo desto que llaman buen gobierno: así que, no se arrepienta de haber tomado mi consejo, sino suba en Rocinante, si puede, o si no, yo le ayudaré, y sígame: que el caletre me dice que hemos menester ahora más los pies que las manos.

Subió don Quijote sin replicarle más palabra, y guiando Sancho sobre su asno, se entraron por una parte de Sierra Morena, que allí junto estaba, llevando Sancho intención de atravesarla toda, e ir a salir al Viso o a Almodóvar del Campo, y esconderse algunos días por aquellas asperezas, por no ser hallados si la Hermandad los buscase. Animóle a esto haber visto que de la refriega de los galeotes se había escapado libre la despensa que sobre su asno venía, cosa que la juzgó a mi-

---

[1] *Desde ahora para entonces y desde entonces para ahora* es, como lo prueba R. Marín, una fórmula tomada de las escrituras.
[2] *Algún es no es* = un sí es no es, un poco.
[3] Según la fábula fueron hermanos gemelos.
[4] «*Retirar*, volver atrás con buen orden» (Cov.).

1, 23.—AVENTURA DE LA SIERRA MORENA

lagro, según fué lo que llevaron y buscaron los galeotes.

Aquella noche llegaron a la mitad de las entrañas de Sierra Morena, adonde le pareció a Sancho pasar aquella noche, y aun otros algunos días, a lo menos, todos aquellos que durase el matalotaje que llevaba, y así, hicieron noche entre dos peñas y entre muchos alcornoques. Pero la suerte fatal, que, según opinión de los que no tienen lumbre de la verdadera fe, todo lo guía, guisa y compone a su modo, ordenó que Ginés de Pasamonte, el famoso embustero y ladrón que de la cadena, por virtud y locura de don Quijote, se había escapado, llevado del miedo de la Santa Hermandad (de quien con justa razón temía), acordó esconderse en aquellas montañas, y llevóle su suerte y su miedo a la misma parte donde había llevado a don Quijote y a Sancho Panza, a hora y tiempo que los pudo conocer, y a punto que los dejó dormir. Y como siempre los malos son desagradecidos, y la necesidad sea ocasión de acudir a lo que no se debe, y el remedio presente venza a lo por venir, Ginés, que no era ni agradecido ni bien intencionado, acordó de hurtar el asno a Sancho Panza, no curándose de Rocinante, por ser prenda tan mala para empeñada como para vendida. Dormía Sancho Panza, hurtóle su jumento [1], y antes que amaneciese se halló bien lejos de poder ser hallado.

Salió el aurora alegrando la tierra y entristeciendo a Sancho Panza, porque halló menos su rucio; el cual, viéndose sin él, comenzó a hacer el más triste y doloroso llanto del mundo, y fué de manera, que don Quijote despertó a las voces, y oyó que en ella decía:

—¡Oh hijo de mis entrañas, nacido en mi mesma casa, brinco [2] de mis hijos, regalo de mi mujer, envidia de mis vecinos, alivio de mis cargas, y, finalmente, sustentador de la mitad de mi persona, porque con veintiséis maravedís que ganabas cada día, mediaba yo mi despensa [3]!

Don Quijote, que vió el llanto y supo la causa, consoló a Sancho con las mejores razones que pudo, y le rogó que tuviese paciencia, prometiéndole de darle una cédula de cambio para que le diesen tres [4] en su casa, de cinco que había dejado en ella

---

[1] El modo cómo Ginés hizo su hurto se referirá en II, 4.
[2] *Brinco* vale joya. «También llaman las damas *brinco* ciertos joyelitos pequeños que cuelgan de las tocas: porque como van en el aire parece que están saltando» (Cov.).
[3] *Despensa* = expensa, gasto.
[4] Asnos.

1, 23.—HALLAZGO INESPERADO

Consolóse Sancho con esto, y limpió sus lágrimas, templó sus sollozos, y agradeció a don Quijote la merced que le hacía. El cual [1], como entró por aquellas montañas, se le alegró el corazón [2], pareciéndole aquellos lugares acomodados para las aventuras que buscaba. Reducíansele [3] a la memoria los maravillosos acaecimientos que en semejantes soledades y asperezas habían sucedido a caballeros andantes. Iba pensando en estas cosas, tan embebecido y trasportado en ellas, que de ninguna otra se acordaba. Ni Sancho llevaba otro cuidado (después que le pareció que caminaba por parte segura) sino de satisfacer su estómago con los relieves que del despojo clerical habían quedado; y así, iba tras su amo cargado con todo aquello que había de llevar el rucio [4], sacando de un costal [5] y embaulando en su panza; y no se le diera por hallar otra aventura, entretanto que iba de aquella manera, un ardite.

En esto, alzó los ojos, y vió que su amo estaba parado, procurando con la punta del lanzón alzar no sé qué bulto que estaba caído en el suelo, por lo cual se dió priesa a llegar a ayudarle, si fuese menester; y cuando llegó fué a tiempo que alzaba con la punta del lanzón un cojín [6] y una maleta asida a él, medio podridos, o podridos del todo, y deshechos; mas pesaban tanto, que fué necesario que Sancho se agachase [7] a tomarlos, y mandóle su amo que viese lo que en la maleta venía. Hízolo con mucha presteza Sancho; y, aunque la maleta venía cerrada con una cadena y su candado [8], por lo roto y podrido

---

c [1] Toda esta escena del rucio (desde *Aquella noche*, p. 256, hasta *El ual*) falta en la edición príncipe. En la segunda y tercera edición de Cuesta se reparó el olvido, aunque no totalmente: pues, según lo iremos notando, no se corrigieron todos los pasajes en que se suponía a Sancho en posesión de su jumento.

[2] *El cual... se le alegró...* parece un anacoluto o inconsecuencia gramatical (cf. pról. 13); con todo, *el cual* puede ser sujeto de *entró*.

[3] *Reducíansele* = veníansele de nuevo.

[4] La edición príncipe dice: tras su amo, *sentado a la mujeriega sobre su jumento* (cf. n. 1).

[5] Este costal no podía ser las alforjas, que quedaron en la venta (p. 188), ni el gabán hecho costal (p. 208), que se lo llevaron los galeotes. Es de creer que cuando Sancho (p. 233) trocó los aparejos de su asno con los del de Mambrino, se procuraría algunas alforjas o costal.

[6] *Cojín* = almohada que sirve para apoyar en ella alguna parte del cuerpo.

[7] En la edición príncipe se lee *se apease*, que no se corrigió por olvido (cf. n. 1).

[8] «*Maleta*, la manga o valija en que se llevan vestidos de camino, o

1, 23.—AVENTURA DE LA SIERRA MORENA

della vió lo que en ella había, que eran cuatro camisas de lienzo no menos curiosas [1] que limpias, y en un pañizuelo halló un buen montoncillo de escudos [2] de oro; y así como los vió, dijo:
—¡Bendito sea todo el cielo, que nos ha deparado una aventura que sea de provecho!
Y buscando más, halló un librillo de memoria, ricamente guarnecido. Éste le pidió don Quijote y mandóle que guardase el dinero y lo tomase para él. Besóle las manos Sancho por la merced y, desvalijando a la valija de su lencería [3], la puso en el costal de la despensa. Todo lo cual visto por don Quijote, dijo:
—Paréceme, Sancho (y no es posible que sea otra cosa), que algún caminante descaminado debió de pasar por esta sierra y, salteándole malandrines, le debieron de matar y le trujeron a enterrar en esta tan escondida parte.
—No puede ser eso—respondió Sancho—, porque si fueran ladrones, no se dejaran aquí este dinero.
—Verdad dices—dijo don Quijote—; y así, no adivino ni doy en lo que esto pueda ser; mas espérate: veremos si en este librillo de memoria hay alguna cosa escrita por donde podamos rastrear y venir en conocimiento de lo que deseamos.
Abrióle, y lo primero que halló en él escrito, como en borrador, aunque de muy buena letra, fué un soneto, que, leyéndolo alto, porque Sancho también lo oyese, vió que decía desta manera:

«O le falta al Amor conocimiento,
O le sobra crueldad, o no es mi pena
Igual a la ocasión que me condena
Al género más duro de tormento.
 Pero si Amor es dios, es argumento
Que nada ignora, y es razón muy buena
Que un dios no sea cruel. Pues ¿quién ordena
El terrible dolor que adoro y siento?
 Si digo que sois vos, Fili, no acierto;
Que tanto mal en tanto bien no cabe,
Ni me viene del cielo esta ruína.

---

ropa: propiamente la que es de cuero y va cerrada con su cadena y candado» (Cov.).
 [1] Primorosas, delicadas.
 [2] *Escudo* = moneda de muy diverso valor, así llamada por tener grabado el escudo real.
 [3] *Lencería* = conjunto de lienzos.

— 258 —

1, 23.—HALLAZGO INESPERADO

Presto habré de morir, que es lo más cierto;
Que al mal de quien la causa no se sabe
Milagro es acertar la medicina.»

—Por esa trova [1]—dijo Sancho—no se puede saber nada, si ya no es que por ese hilo que está ahí se saque el ovillo de todo.

—¿Que hilo está aquí?—dijo don Quijote.

—Paréceme—dijo Sancho—que vuestra merced nombró ahí *hilo*.

—No dije sino *Fili*—respondió don Quijote—, y éste, sin duda, es el nombre de la dama de quien se queja el autor deste soneto; y a fe que debe de ser razonable poeta, o yo sé poco del arte.

—Luego ¿también—dijo Sancho—se le entiende a vuestra merced de trovas?

—Y más de lo que tú piensas—respondió don Quijote—; y veráslo cuando lleves una carta, escrita en verso [2] de arriba abajo, a mi señora Dulcinea del Toboso. Porque quiero que sepas, Sancho, que todos o los más caballeros andantes de la edad pasada eran grandes trovadores y grandes músicos; que estas dos habilidades, o gracias por mejor decir, son anejas a los enamorados andantes. Verdad es que las coplas de los pasados caballeros tienen más de espíritu [3] que de primor.

—Lea más vuestra merced—dijo Sancho—; que ya hallará algo que nos satisfaga.

Volvió la hoja don Quijote, y dijo:

—Esto es prosa, y parece carta.

—¿Carta misiva [4], señor?—preguntó Sancho.

—En el principio no parece sino de amores—respondió don Quijote.

—Pues lea vuestra merced alto—dijo Sancho—; que gusto mucho destas cosas de amores.

—Que me place—dijo don Quijote.

Y leyéndola alto, como Sancho se lo había rogado, vió que decía desta manera:

---

[1] «*Trovar...* significa hacer coplas y poetizar; *trova*, la tal compostura poética» (Cov.). Para la noción más exacta de trovador, véase M. PIDAL, *Poesía juglaresca y juglares*, p. 11.

[2] La carta aquí prometida se escribió en prosa (cf. I, 25).

[3] *Espíritu* = aliento, inspiración.

[4] *Carta misiva* o *epístola* se opone a carta diplomática o documento.

1, 23.—AVENTURA DE LA SIERRA MORENA

«Tu falsa promesa y mi cierta desventura me llevan a parte donde [1] antes volverán a tus oídos las nuevas de mi muerte que las razones de mis quejas. Desechásteme ¡oh ingrata! por quien tiene más, no por quien vale más que yo; mas si la virtud fuera riqueza que se estimara, no envidiara yo dichas ajenas, ni llorara desdichas propias. Lo que levantó tu hermosura han derribado tus obras: por ella entendí que eras ángel, y por ellas conozco que eres mujer. Quédate en paz, causadora de mi guerra, y haga el cielo que los engaños de tu esposo estén siempre encubiertos, porque tú no quedes arrepentida de lo que heciste y yo no tome venganza de lo que no deseo [2]».

Acabando de leer la carta, dijo don Quijote:

—Menos por ésta que por los versos se puede sacar más de que [3] quien la escribió es algún desdeñado amante.

Y hojeando casi todo el librillo, halló otros versos y cartas, que algunos pudo leer y otros no; pero lo que todos contenían eran quejas, lamentos, desconfianzas, sabores y sinsabores: favores y desdenes, solenizados [4] los unos y llorados los otros. En tanto que don Quijote pasaba el libro, pasaba Sancho la maleta, sin dejar rincón en toda ella, ni en el cojín, que no buscase, escudriñase e inquiriese, ni costura que no deshiciese, ni vedija [5] de lana que no escarmenase [6], porque no se quedase nada por diligencia[7] ni mal recado [8]; tal golosina [9] habían despertado en él los hallados escudos, que pasaban de ciento. Y aunque no halló más de lo hallado, dió por bien empleados los vuelos de la manta, el vomitar del brebaje, las bendiciones de las estacas, las puñadas del harriero, la falta de las alforjas, el robo del gabán [10], y toda la hambre, sed y cansancio que había

---

[1] De *donde*.
[2] Modelo, dice Clemencín, de aquel estilo exagerado, empedrado de antítesis y sutilezas, que llegó a ser común en España en el mismo siglo de Cervantes.
[3] *Más de que* = nada además de que.
[4] *Solemnizar* = festejar, encarecer.
[5] *Vedija* = porción de lana, apretada y enredada.
[6] *Escarmenar* o *carmenar* = desenredar y limpiar el cabello, la lana o la seda.
[7] *Por diligencia* que se hubiese de hacer = por negligencia.
[8] Descuido (cf. p. 165, n. 1).
[9] *Golosina* = deseo o apetito.
[10] No se acordó Cervantes de incluir en esta enumeración el **hurto del** rucio (cf. p. 257, n. 1).

— 260 —

1, 23.—EL ROTO

pasado en servicio de su buen señor, pareciéndole que estaba más que rebién pagado con la merced recebida de la entrega del hallazgo.

Con gran deseo quedó el Caballero de la Triste Figura de saber quién fuese el dueño de la maleta, conjeturando por el soneto y carta, por el dinero en oro y por las tan buenas camisas, que debía de ser de algún principal enamorado, a quien desdenes y malos tratamientos de su dama debían de haber conducido a algún desesperado término. Pero como por aquel lugar inhabitable y escabroso no parecía persona alguna de quien poder informarse, no se curó de más que de pasar adelante, sin llevar otro camino que aquel que Rocinante quería, que era por donde él podía caminar, siempre con imaginación que no podía faltar por aquellas malezas alguna estraña aventura.

Yendo, pues, con este pensamiento, vió que por cima de una montañuela que delante de los ojos se le ofrecía iba saltando un hombre de risco en risco y de mata en mata, con estraña ligereza. Figurósele que iba desnudo, la barba negra y espesa, los cabellos muchos y rebultados, los pies descalzos y las piernas sin cosa alguna; los muslos cubrían unos calzones, al parecer, de terciopelo leonado; mas tan hechos pedazos, que por muchas partes se le descubrían las carnes. Traía la cabeza descubierta; y aunque pasó con la ligereza que se ha dicho, todas estas menudencias miró y notó el Caballero de la Triste Figura; y aunque lo procuró, no pudo seguille, porque no era dado a la debilidad de Rocinante andar por aquellas asperezas, y más siendo él de suyo pasicorto y flemático. Luego imaginó don Quijote que aquél era el dueño del cojín y de la maleta, y propuso en sí de buscalle, aunque supiese andar un año por aquellas montañas, hasta hallarle; y así, mandó a Sancho que [1] atajase por la una parte de la montaña; que él iría por la otra, y podría ser que topasen, con esta diligencia, con aquel hombre que con tanta priesa se les había quitado de delante.

—No podré hacer eso—respondió Sancho—; porque en apartándome de vuestra merced, luego es conmigo el miedo, que me asalta con mil géneros de sobresaltos y visiones. Y sírvale esto que digo de aviso, para que de aquí adelante no me aparte un dedo de su presencia.

---

[1] La edición príncipe dice: que *se apease del asno* y atajase (cf. p. 257, n. 1).

1, 23.—AVENTURA DE LA SIERRA MORENA

—Así será—dijo el de la Triste Figura—, y yo estoy muy contento de que te quieras valer de mi ánimo, el cual no te ha de faltar aunque te falte el ánima del cuerpo. Y vente ahora tras mí poco a poco, o como pudieres, y haz de los ojos lanternas; rodearemos esta serrezuela: quizá toparemos con aquel hombre que vimos, el cual, sin duda alguna, no es otro que el dueño de nuestro hallazgo.

A lo que Sancho respondió:

—Harto mejor sería no buscalle; porque si le hallamos y acaso fuese el dueño del dinero, claro está que lo tengo de restituir; y así, fuera mejor, sin hacer esta inútil diligencia, poseerlo yo con buena fe, hasta que por otra vía menos curiosa y diligente pareciera su verdadero señor; y quizá fuera a tiempo que lo hubiera gastado, y entonces el rey me hacía franco [1].

—Engáñaste en eso, Sancho—respondió don Quijote—; que ya que hemos caído en sospecha de quién es el dueño, cuasi delante [2], estamos obligados a buscarle y volvérselos; y cuando no le buscásemos, la vehemente sospecha que tenemos de que él lo sea nos pone ya en tanta culpa como si lo fuese. Así que, Sancho amigo, no te dé pena el buscalle, por la que a mí se me quitará si le hallo.

Y así, picó a Rocinante, y siguióle Sancho a pie y cargado, merced a Ginesillo de Pasamonte [3]; y, habiendo rodeado parte de la montaña, hallaron en un arroyo caída, muerta, y medio comida de perros y picada de grajos, una mula ensillada y enfrenada; todo lo cual confirmó en ellos más la sospecha de que aquel que huía era el dueño de la mula y del cojín.

Estándola mirando, oyeron un silbo como de pastor que guardaba ganado, y a deshora, a su siniestra mano, parecieron una buena cantidad de cabras, y tras ellas, por cima de la montaña, pareció el cabrero que las guardaba, que era un hombre anciano. Dióle voces don Quijote y rogóle que bajase donde estaban. Él respondió a gritos que quién les había traído por aquel lugar, pocas o ningunas veces pisado sino de pies de cabras, o de lobos y otras fieras que por allí andaban. Respondióle Sancho que bajase; que de todo le darían buena cuenta.

---

[1] Alusión al dicho: *Al que no tiene, el rey le hace libre*, expresión proverbial con que se da a entender que el insolvente no puede pagar.
[2] Y tenídole *cuasi delante*.
[3] La edición príncipe dice: siguióle Sancho *con su acostumbrado jumento* y habiendo (cf. p. 257, n. 1).

1, 23. —EL ROTO

Bajó el Cabrero, y en llegando adonde don Quijote estaba, dijo:

—Apostaré que está mirando la mula de alquiler que está muerta en esa hondonada. Pues a buena fe que ha ya seis meses que está en ese lugar. Díganme: ¿han topado por ahí a su dueño?

—No hemos topado a nadie—respondió don Quijote—, sino a un cojín y a una maletilla que no lejos deste lugar hallamos.

—También la hallé yo—respondió el Cabrero—; mas nunca la quise alzar ni llegar a ella, temeroso de algún desmán [1], y de que no [2] me la pidiesen [3] por de hurto; que es el diablo sotil [4], y debajo de los pies [5] se levanta [6] al hombre [7] cosa donde tropiece y caya, sin saber cómo ni cómo no.

—Eso mesmo es lo que yo digo—respondió Sancho—; que también la hallé yo, y no quise llegar a ella con un tiro de piedra: allí la dejé, y allí se queda como se estaba; que no quiero perro con cencerro [8].

—Decidme, buen hombre—dijo don Quijote—, ¿sabéis vos quién sea el dueño destas prendas?

—Lo que sabré yo decir—dijo el Cabrero—es que habrá al pie de seis meses, poco más a menos, que llegó a una majada de pastores que estará como tres leguas deste lugar un mancebo de gentil talle y apostura, caballero sobre esa mesma mula que ahí está muerta, y con el mesmo cojín y maleta que decís que hallastes y no tocastes. Preguntónos que cuál parte desta sierra era la más áspera y escondida; dijimosle que esta donde ahora estamos, y es ansí la verdad; porque si entráis media legua más adentro, quizá no acertaréis a salir; y estoy maravillado de cómo habéis podido llegar aquí, porque no hay camino ni senda que a este lugar encamine. Digo, pues, que en oyendo nuestra respuesta el mancebo, volvió las riendas y

---

[1] *De* cometer *algún desmán.*
[2] Hoy omitiríamos este *no* (cf. pról. 24).
[3] *Pidiesen* = reclamasen, exigiesen.
[4] *Sotil* = astuto.
[5] De *debajo de los pies* = donde menos se piensa.
[6] Por *se le levanta* (cf. pról. 10); sin embargo, la omisión del *le* tal vez se deba no a Cervantes, sino al impresor, que fácilmente omitía una sílaba, cuando la siguiente era la misma sílaba repetida.
[7] En la edición príncipe *allombre*, con *ll* etimológica (que sonaba *ele* y no *elle*), sin *h*, y formando ambas una sola palabra.
[8] *No querer perro con cencerro* = no querer cosas que traen consigo más perjuicio que comodidad. Sancho hipócritamente decía que no quería la maleta con mengua de su conciencia.

encaminó hacia el lugar donde le señalamos, dejándonos a todos contentos de su buen talle, y admirados de su demanda y de la priesa con que le víamos caminar y volverse hacia la sierra; y desde entonces nunca más le vimos, hasta que desde allí a algunos días salió al camino a uno de nuestros pastores y, sin decille nada, se llegó a él y le dió muchas puñadas y coces, y luego se fué a la borrica del hato, y le quitó cuanto pan y queso en ella traía; y con estraña ligereza, hecho esto, se volvió a emboscar en la sierra. Como esto supimos algunos cabreros, le anduvimos a buscar casi dos días por lo más cerrado desta sierra, al cabo de los cuales le hallamos metido en el hueco de un grueso y valiente alcornoque. Salió a nosotros con mucha mansedumbre, ya roto el vestido, y el rostro disfigurado y tostado del sol, de tal suerte, que apenas le conocíamos; sino que los vestidos, aunque rotos, con la noticia que dellos teníamos, nos dieron a entender que era el que buscábamos. Saludónos cortésmente y en pocas y muy buenas razones nos dijo que no nos maravillásemos de verle andar de aquella suerte, porque así le convenía para cumplir cierta penitencia que por sus muchos pecados se había sido impuesta. Rogámosle que nos dijese quién era; mas nunca lo pudimos acabar con él [1]. Pedímosle también que cuando hubiese menester el sustento, sin el cual no podía pasar, nos dijese dónde le hallaríamos, porque con mucho amor y cuidado se lo llevaríamos; y que si esto tampoco fuese de su gusto, que, a lo menos, saliese a pedirlo, y no a quitarlo, a los pastores. Agradeció nuestro ofrecimiento, pidió perdón de los asaltos pasados, y ofreció de pedillo de allí adelante por amor de Dios, sin dar molestia alguna a nadie. En cuanto lo que tocaba a la estancia de su habitación, dijo que no tenía otra que aquella que le ofrecía la ocasión donde le tomaba la noche; y acabó su plática con un tan tierno llanto, que bien fuéramos de piedra los que escuchado le habíamos si en él no le acompañáramos, considerándole cómo le habíamos visto la vez primera, y cuál le veíamos entonces. Porque, como tengo dicho, era un muy gentil y agraciado mancebo, y en sus corteses y concertadas razones mostraba ser bien nacido y muy cortesana persona; que, puesto que éramos rústicos los que le escuchábamos, su gentileza era tanta, que bastaba a darse a conocer a la mesma rusticidad. Y estando en lo mejor de su plática, paró y enmudecióse; clavó

---

[1] *Acabar con él* = recabar u obtener de él.

1, 23.—EL ROTO

los ojos en el suelo por un buen espacio, en el cual todos estuvimos quedos y suspensos, esperando en qué había de parar aquel embelesamiento, con no poca lástima de verlo; porque por lo que hacía de abrir los ojos, estar fijo mirando al suelo sin mover pestaña gran rato, y otras veces cerrarlos, apretando los labios y enarcando las cejas, fácilmente conocimos que algún accidente de locura le había sobrevenido. Mas él nos dió a entender presto ser verdad lo que pensábamos; porque se levantó con gran furia del suelo, donde se había echado, y arremetió con el primero que halló junto a sí, con tal denuedo y rabia, que si no se le quitáramos, le matara a puñadas y a bocados; y todo esto hacía diciendo: «¡Ah fementido Fernando! Aquí, aquí me pagarás la sinrazón que me heciste: estas manos te sacarán el corazón, donde albergan y tienen manida [1] todas las maldades juntas, principalmente la fraude y el engaño». Y a éstas añadía otras razones, que todas se encaminaban a decir mal de aquel Fernando, y a tacharle de traidor y fementido. Quitámossele, pues, con no poca pesadumbre, y él, sin decir más palabra, se apartó de nosotros y se emboscó corriendo por entre estos jarales [2] y malezas, de modo, que nos imposibilitó el seguille. Por esto conjeturamos que la locura le venía a tiempos, y que alguno que se llamaba Fernando le debía de haber hecho alguna mala obra, tan pesada cuanto lo mostraba el término a que le había conducido. Todo lo cual se ha confirmado, después acá, con las veces (que han sido muchas) que él ha salido al camino, unas a pedir a los pastores le den de lo que llevan para comer, y otras a quitárselo por fuerza; porque cuando está con el accidente de la locura, aunque los pastores se lo ofrezcan de buen grado, no lo admite, sino que lo toma a puñadas; y cuando está en su seso lo pide por amor de Dios, cortés y comedidamente, y rinde por ello muchas gracias, y no con falta de lágrimas. Y en verdad os digo, señores,—prosiguió el Cabrero—, que ayer determinamos yo y cuatro zagales, los dos criados y los dos amigos míos, de buscarle hasta tanto que le hallemos, y después de hallado, ya por fuerza, ya por grado, le hemos de llevar a la villa de Almodóvar, que está de aquí ocho leguas, y allí le curaremos, si es que su mal tiene cura, o sabremos quién es cuando esté en su seso, y si tiene parientes a quien dar noticia de su desgracia. Esto es, señores, lo que

---

[1] *Manida* = morada, mansión.
[2] *Jaral* = sitio poblado de jaras.

sabré deciros de lo que me habéis preguntado; y entended que el dueño de las prendas que hallastes es el mesmo que vistes pasar con tanta ligereza como desnudez;—que ya le había dicho don Quijote cómo había visto pasar aquel hombre saltando por la sierra.

El cual quedó admirado de lo que al Cabrero había oído, y quedó con más deseo de saber quién era el desdichado loco, y propuso en sí lo mesmo que ya tenía pensado: de buscalle por toda la montaña, sin dejar rincón ni cueva en ella que no mirase, hasta hallarle. Pero hízolo mejor la suerte de lo que él pensaba y esperaba, porque en aquel mesmo instante pareció por entre una quebrada de una sierra, que salía donde ellos estaban, el mancebo que buscaba, el cual venía hablando entre sí cosas que no podían ser entendidas de cerca, cuanto más [1] de lejos. Su traje era cual se ha pintado, sólo que llegando cerca, vió don Quijote que un coleto [2] hecho pedazos que sobre sí traía era de ámbar [3]; por donde acabó de entender que persona que tales hábitos traía no debía de ser de ínfima calidad.

En llegando el mancebo a ellos, les saludó con una voz desentonada y bronca, pero con mucha cortesía. Don Quijote le volvió las saludes [4] con no menos comedimiento, y, apeándose de Rocinante, con gentil continente y donaire le fué a abrazar, y le tuvo un buen espacio estrechamente entre sus brazos, como si de luengos tiempos le hubiera conocido. El otro, a quien podemos llamar el Roto [5] de la Mala Figura (como a don Quijote el de la Triste), después de haberse de-

[1] Hoy más bien diríamos *cuanto menos*.
[2] *Coleto* = vestido de piel, por lo común de *ante* (cf. p. 55, n. 4), con mangas o sin ellas, que cubría el cuerpo, ciñéndolo hasta la cintura, y de ahí para abajo con unos faldones que no pasaban de las caderas. «De las pieles de los búfalos se hacen *coletos* tan fuertes, que la punta de la espada o lanza no las pasa: y llámanse *cueras de ante*, porque arman con ellas el pecho y la delantera del cuerpo» (Cov.).
[3] *De ámbar* = adobado con ámbar (cf. p. 85, n. 1).
[4] *Saludes* = saludos.
[5] «*Roto*, el que trae el vestido rasgado» (Cov., v. *romper*).

— 266 —

jado abrazar, le apartó un poco de sí y, puestas sus manos en los hombros de don Quijote, le estuvo mirando, como que quería ver si le conocía: no menos admirado quizá de ver la figura, talle y armas de don Quijote que don Quijote lo estaba de verle a él. En resolución, el primero que habló después del abrazamiento fué el Roto, y dijo lo que se dirá adelante.

CAPITULO XXIV.—Donde se prosigue la aventura de la Sierra Morena.

Dice la historia que era grandísima la atención con que don Quijote escuchaba al astroso [1] Caballero de la Sierra, el cual, prosiguiendo su plática, dijo:

—Por cierto, señor, quienquiera que seáis, que yo no os conozco, yo os agradezco las muestras y la cortesía que conmigo habéis usado, y quisiera yo hallarme en términos, que [2] con más que la voluntad pudiera servir [3] la que habéis mostrado tenerme, en el buen acogimiento que me habéis hecho; mas no quiere mi suerte darme otra cosa con que corresponda a las buenas obras que me hacen que buenos deseos de satisfacerlas.

—Los que yo tengo—respondió don Quijote—son de serviros; tanto, que tenía determinado de no salir destas sierras hasta hallaros y saber de vos si al dolor que en la estrañeza de vuestra vida mostráis tener se podía hallar algún género de remedio; y si fuera menester buscarle, buscarle con la diligencia posible. Y cuando vuestra desventura fuera de aquellas que tienen cerradas las puertas a todo género de consuelo, pensaba ayudaros a llorarla y plañirla como mejor pudiera; que todavía es consuelo en las desgracias hallar quien se duela dellas. Y si es que mi buen intento merece ser agradecido con algún género de cortesía, yo os suplico, señor, por la mucha que veo que en vos se encierra, y juntamente os conjuro por la cosa que en esta vida más habéis amado o amáis, que me digáis quién sois y la causa que os ha traído a vivir y a morir entre estas soledades como bruto animal, pues moráis entre

---

[1] *Astroso* = 1) desastrado; 2) roto, andrajoso, vil, sucio.
[2] Tales *que*.
[3] *Servir* = pagar.

1, 24.—AVENTURA DE LA SIERRA MORENA

ellos, tan ajeno de vos mismo cual lo muestra vuestro traje y persona. Y juro—añadió don Quijote—por la orden de caballería que recebí, aunque indigno y pecador, y por la profesión de caballero andante, que si en esto, señor, me complacéis, de serviros [1] con las veras a que me obliga el ser quien soy, ora remediando vuestra desgracia, si tiene remedio, ora ayudándoos a llorarla, como os lo he prometido.

El Caballero del Bosque, que de tal manera oyó hablar al de la Triste Figura, no hacía sino mirarle, y remirarle, y tornarle a mirar de arriba abajo; y después que le hubo bien mirado, le dijo:

—Si tienen algo que darme a comer, por amor de Dios que me lo den; que después de haber comido, yo haré todo lo que se me manda, en agradecimiento de tan buenos deseos como aquí se me han mostrado.

Luego sacaron, Sancho de su costal y el Cabrero de su zurrón, con que satisfizo el Roto su hambre, comiendo lo que le dieron como persona atontada, tan apriesa, que no daba espacio de un bocado al otro, pues antes los engullía que tragaba; y en tanto que comía, ni él ni los que le miraban hablaban palabra. Como [2] acabó de comer les hizo de señas que le siguiesen, como lo hicieron, y él los llevó a un verde pradecillo que a la vuelta de una peña poco desviada de allí estaba. En llegando a él, se tendió en el suelo, encima de la hierba, y los demás hicieron lo mismo, y todo esto sin que ninguno hablase hasta que el Roto, después de haberse acomodado en su asiento, dijo:

—Si gustáis, señores, que os diga en breves razones la inmensidad de mis desventuras, habéisme de prometer de que con ninguna pregunta ni otra cosa, no interromperéis el hilo de mi triste historia; porque en el punto que lo hagáis, en ése se quedará lo que fuere contando.

Estas razones del Roto trujeron a la memoria a don Quijote el cuento que le había contado su escudero, cuando no acertó el número de las cabras que habían pasado el río, y se quedó la historia pendiente. Pero volviendo al Roto, prosiguió diciendo:

—Esta prevención que hago es porque querría pasar brevemente por el cuento de mis desgracias; que el traerlas a la

---

[1] O falta un *he* (de serviros), o sobra el *que* (si en esto...).
[2] Luego que.

1, 24.—CARDENIO Y LUSCINDA *(comienzo)*

memoria, no me sirve de otra cosa que añadir [1] otras de nuevo, y mientras menos me preguntáredes más presto acabaré yo de decillas, puesto que no dejaré por contar cosa alguna que sea de importancia para satisfacer del todo a vuestro deseo.

Don Quijote se lo prometió en nombre de los demás, y él, con este seguro, comenzó desta manera:

—Mi nombre es Cardenio; mi patria, una ciudad de las mejores desta Andalucía [2]; mi linaje, noble; mis padres, ricos; mi desventura, tanta, que la deben de haber llorado mis padres, y sentido mi linaje, sin poderla aliviar con su riqueza; que para remediar desdichas del cielo poco suelen valer los bienes de fortuna. Vivía en esta mesma tierra un cielo, donde puso el amor toda la gloria que yo acertara a desearme: tal es la hermosura de Luscinda, doncella tan noble y tan rica como yo, pero de más ventura, y de menos firmeza de la que a mis honrados pensamientos se debía. A esta Luscinda amé, quise y adoré desde mis tiernos y primeros años, y ella me quiso a mí, con aquella sencillez y buen ánimo que su poca edad permitía. Sabían nuestros padres nuestros intentos, y no les pesaba dello, porque bien veían que, cuando pasaran adelante, no podían tener otro fin que el de casarnos, cosa que casi la concertaba la igualdad de nuestro linaje y riquezas. Creció la edad, y con ella el amor de entrambos, que [3] al padre de Luscinda le pareció que por buenos respetos estaba obligado a negarme la entrada de su casa, casi imitando en esto a los padres de aquella Tisbe [4] tan decantada de los poetas. Y fué esta negación añadir llama a llama y deseo a deseo; porque, aunque pusieron silencio a las lenguas, no le pudieron poner a las plumas, las cuales con más libertad que las lenguas suelen dar a entender a quien quieren lo que en el alma está encerrado; que muchas veces la presencia de la cosa amada turba y enmudece la intención más determinada y la lengua más atrevida. ¡Ay, cielos, y cuántos billetes le escribí! ¡Cuán regaladas y honestas respuestas tuve! ¡Cuántas canciones compuse y cuántos enamorados versos, donde el alma declaraba y trasladaba sus sentimientos, pin-

---

[1] De *añadir*.
[2] Sierra Morena separa de Andalucía a la Mancha, y nuestro héroe, como lo prueba Clemencín, se hallaba en la vertiente desde la cual corren las aguas al Guadalquivir.
[3] De suerte *que*.
[4] Se refiere a los amores de Píramo y Tisbe (cf. II, 18, nota).

— 269 —

taba sus encendidos deseos, entretenía sus memorias y recreaba su voluntad! En efeto, viéndome apurado, y que mi alma se consumía con el deseo de verla, determiné poner por obra y acabar en un punto lo que me pareció que más convenía para salir con mi deseado y merecido premio, y fué el pedírsela a su padre por legítima esposa, como lo hice; a lo que él me respondió que me agradecía la voluntad que mostraba de honralle, y de querer honrarme con prendas suyas; pero que siendo mi padre vivo, a él tocaba de justo derecho hacer aquella demanda; porque si no fuese con mucha voluntad y gusto suyo, no era Luscinda mujer para tomarse ni darse a hurto. Yo le agradecí su buen intento, pareciéndome que llevaba razón en lo que decía, y que mi padre vendría en ello como yo se lo dijese; y con este intento, luego en aquel mismo instante fuí a decirle a mi padre lo que deseaba, y al tiempo que entré en un aposento donde estaba, le hallé con una carta abierta en la mano, la cual, antes que yo le dijese palabra, me la dió, y me dijo: «Por esa carta verás, Cardeño, la voluntad que el duque Ricardo tiene de hacerte merced». Este duque Ricardo, como ya vosotros, señores, debéis de saber, es un grande de España que tiene su estado en lo mejor desta Andalucía. Tomé y leí la carta, la cual venía tan encarecida, que a mí mesmo me pareció mal si mi padre dejaba de cumplir lo que en ella se le pedía, que era que me enviase luego donde él estaba; que quería que fuese compañero, no criado, de su hijo el mayor, y que él tomaba a cargo el ponerme en estado que correspondiese a la estimación en que me tenía. Leí la carta y enmudecí leyéndola, y más cuando oí que mi padre me decía: «De aquí a dos días te partirás, Cardenio, a hacer la voluntad del Duque, y da gracias a Dios, que te va abriendo camino por donde alcances lo que yo sé que mereces». Añadió a éstas otras razones de padre consejero. Llegóse el término de mi partida; hablé una noche a Luscinda; díjele todo lo que pasaba, y lo mesmo hice a su padre, suplicándole se entretuviese algunos días y dilatase el darle estado hasta que yo viese lo que [1] Ricardo me quería; él me lo prometió, y ella me lo confirmó con mil juramentos y mil desmayos. Vine, en fin, donde el duque Ricardo estaba. Fuí dél tan bien recebido y tratado, que desde luego comenzó la envidia a hacer su oficio, teniéndomela los criados antiguos, pareciéndoles que las muestras que el Duque daba de hacerme

---

[1] Para *lo que.*

1, 24.—CARDENIO Y LUSCINDA (comienzo)

merced habían de ser en perjuicio suyo. Pero el que más se holgó con mi ida fué un hijo segundo del Duque, llamado Fernando, mozo gallardo, gentil hombre, liberal y enamorado, el cual, en poco tiempo, quiso que fuese tan su amigo que daba que decir a todos; y aunque el mayor me quería bien y me hacía merced, no llegó al estremo con que don Fernando me quería y trataba. Es, pues, el caso que, como entre los amigos no hay cosa secreta que no se comunique, y la privanza que yo tenía con don Fernando dejaba de serlo, por ser amistad, todos sus pensamientos me declaraba, especialmente uno enamorado, que le traía con un poco de desasosiego. Quería bien a una labradora, vasalla de su padre, y ella los tenía muy ricos, y era tan hermosa, recatada, discreta y honesta, que nadie que la conocía se determinaba en cuál destas cosas tuviese más excelencia, ni más se aventajase. Estas tan buenas partes [1] de la hermosa labradora redujeron a tal término los deseos de don Fernando, que se determinó, para poder alcanzarlo [2] y conquistar la entereza de la labradora, a darle palabra de ser su esposo, porque de otra manera era procurar lo imposible. Yo, obligado de su amistad, con las mejores razones que supe, y con los más vivos ejemplos que pude, procuré estorbarle y apartarle de tal propósito; pero viendo que no aprovechaba, determiné de decirle el caso al duque Ricardo, su padre; mas don Fernando, como astuto y discreto, se receló y temió desto, por parecerle que estaba yo obligado, en vez [3] de buen criado, a no tener encubierta cosa que tan en perjuicio de la honra de mi señor el Duque venía; y así, por divertirme [4] y engañarme, me dijo que no hallaba otro mejor remedio para poder apartar de la memoria la hermosura que tan sujeto le tenía, que el ausentarse por algunos meses, y que quería que el ausencia fuese que los dos nos viniésemos en casa de mi padre, con ocasión que darían [5] al Duque que venía a ver y a feriar [6] unos muy buenos caballos que en mi ciudad [7] había, que es madre de los mejores del mundo. Apenas le oí

---

[1] *Partes* = cualidades, prendas.
[2] Alcanzar el término final de sus deseos.
[3] *En vez* = haciendo las veces.
[4] *Divertir* = apartar (del propósito).
[5] *Dar* = decir (cf. *dar una noticia, la lección...; nos daba el corazón*).
[6] *Feriar* = comprar o vender.
[7] Que debía de ser Córdoba.

1, 24.—AVENTURA DE LA SIERRA MORENA

yo decir esto, cuando, movido de mi afición, aunque su determinación no fuera tan buena, la aprobara yo por una de las más acertadas que se podían imaginar, por ver cuán buena ocasión y coyuntura se me ofrecía de volver a ver a mi Luscinda. Con este pensamiento y deseo, aprobé su parecer y esforcé su propósito, diciéndole que lo pusiese por obra con la brevedad posible, porque, en efeto, la ausencia hacía su oficio, a pesar de los más firmes pensamientos. Ya, cuando él me vino a decir esto, según después se supo, había gozado a la labradora con título de esposo, y esperaba ocasión de escurrirse [1] a su salvo, temeroso de lo que el Duque su padre haría cuando supiese su disparate. Sucedió, pues, que, como el amor en los mozos, por la mayor parte, no lo es, sino apetito, el cual, como tiene por último fin el deleite, en llegando a alcanzarle se acaba (y ha de volver atrás aquello que parecía amor, porque no puede pasar adelante del término que le puso naturaleza, el cual término no le puso a lo que es verdadero amor), quiero decir, que así como don Fernando gozó a la labradora, se le aplacaron sus deseos y se resfriaron sus ahincos; y si primero fingía quererse ausentar, por remediarlos, ahora de veras procuraba irse, por no ponerlos en ejecución. Dióle el Duque licencia, y mandóme que le acompañase. Venimos [2] a mi ciudad, recibióle mi padre como quien era; vi yo luego a Luscinda; tornaron a vivir (aunque no habían estado muertos, ni amortiguados) mis deseos, de los cuales di cuenta, por mi mal, a don Fernando, por parecerme que, en la ley de la mucha amistad que mostraba, no le debía encubrir nada. Alabéle la hermosura, donaire y discreción de Luscinda, de tal manera, que mis alabanzas movieron en él los deseos de querer ver doncella de tan buenas partes adornada. Cumplíselos yo, por mi corta suerte, enseñándosela una noche, a la luz de una vela, por una ventana por donde los dos solíamos hablarnos. Vióla en sayo [3], tal [4], que todas las bellezas hasta entonces por él vistas las puso en olvido. Enmudeció, perdió el sentido, quedó absorto, y, finalmente, tan enamorado, cual lo veréis en el discurso del cuento de mi desventura. Y para encenderle más el deseo (que a mí

---

[1] En la edición príncipe se lee *descubrirse*, que no hace buen sentido.
[2] *Venimos*, como *hecimos*..., es pretérito.
[3] «*Sayo*, vestidura que recoge y abriga el cuerpo, y sobre ella se pone la capa para salir fuera de casa... De allí se dijo *saya* el vestido de la mujer de los pechos abajo, y lo de arriba *sayuelo*» (Cov.).
[4] Tan bella.

1, 24.—CARDENIO Y LUSCINDA (comienzo)

me celaba, y al cielo, a solas, descubría), quiso la fortuna que hallase un día un billete suyo pidiéndome que la pidiese a su padre por esposa, tan discreto, tan honesto y tan enamorado, que en leyéndolo me dijo que en sola Luscinda se encerraban todas las gracias de hermosura y de entendimiento que en las demás mujeres del mundo estaban repartidas. Bien es verdad que quiero confesar ahora que, puesto que yo veía con cuán justas causas don Fernando a Luscinda alababa, me pesaba de oír aquellas alabanzas de su boca, y comencé a temer, y a recelarme dél, porque no se pasaba momento donde no quisiese que tratásemos de Luscinda, y él movía la plática, aunque la trujese por los cabellos, cosa que despertaba en mí un no sé qué de celos, no porque yo temiese revés alguno de la bondad y de la fe de Luscinda; pero, con todo eso, me hacía temer mi suerte lo mesmo que ella me aseguraba [1]. Procuraba siempre don Fernando leer los papeles que yo a Luscinda enviaba, y los que ella me respondía, a título que de la discreción de los dos gustaba mucho. Acaeció, pues, que habiéndome pedido Luscinda un libro de caballerías en que leer, de quien era ella muy aficionada, que era el de *Amadís de Gaula*...

No hubo bien oído don Quijote nombrar libro de caballerías, cuando dijo:

—Con que me dijera vuestra merced al principio de su historia que su merced de [2] la señora Luscinda era aficionada a los libros de caballerías, no fuera menester otra exageración para darme a entender la alteza de su entendimiento; porque no le tuviera tan bueno como vos, señor, le habéis pintado, si careciera del gusto de tan sabrosa leyenda [3]: así que, para conmigo no es menester gastar más palabras en declararme su hermosura, valor y entendimiento; que, con sólo haber entendido su afición, la confirmo por la más hermosa y más discreta mujer del mundo. Y quisiera yo, señor, que vuestra merced le hubiera enviado junto con *Amadís de Gaula* al bueno de *Don Rugel de Grecia;* que yo sé que gustara la señora Luscinda mucho de Daraida y Garaya, y de las discreciones del pastor Darinel [4], y de aquellos admirables versos de sus bucólicas,

---

[1] Las seguridades que Luscinda me daba eran tantas, que me hacían sospechar la existencia de algún peligro.

[2] *Su... de* (cf. pról. 6).

[3] Lectura.

[4] A trueco de quemar a este Darinel, quemara el cura a su propio padre, en el escrutinio de la librería de don Quijote (cf. p. 93).

1, 24.—AVENTURA DE LA SIERRA MORENA

cantadas y representadas por él con todo donaire, discreción y desenvoltura [1]. Pero tiempo podrá venir en que se enmiende esa falta, y no durará más en hacerse la enmienda de cuanto quiera vuestra merced ser servido de venirse conmigo a mi aldea; que allí le podré dar más de trecientos libros, que son el regalo de mi alma y el entretenimiento de mi vida; aunque tengo para mí que ya no tengo ninguno, merced a la malicia de malos y envidiosos encantadores. Y perdóneme vuestra merced el haber contravenido a lo que prometimos de no interrumpir su plática, pues en oyendo cosas de caballerías y de caballeros andantes, así es en mi mano dejar de hablar en ellos, como lo es en la de los rayos del sol dejar de calentar, ni humedecer en los de la luna [2]. Así que, perdón, y proseguir, que es lo que ahora hace más al caso.

En tanto que don Quijote estaba diciendo lo que queda dicho, se le había caído a Cardenio la cabeza sobre el pecho, dando muestras de estar profundamente pensativo. Y, puesto que dos veces le dijo don Quijote que prosiguiese su historia, ni alzaba la cabeza, ni respondía palabra; pero al cabo de un buen espacio la levantó, y dijo:

—No se me puede quitar del pensamiento, ni habrá quien me lo quite en el mundo, ni quien me dé a entender otra cosa, y sería un majadero el que lo contrario entendiese o creyese, sino que aquel bellaconazo del maestro [3] Elisabat estaba amancebado con la reina Madásima [4].

—Eso no ¡voto a tal!—respondió con mucha cólera don Quijote (y arrojóle, como tenía de costumbre) [5]—; y ésa es una gran malicia, o bellaquería, por mejor decir: la reina Madásima fué muy principal señora, y no se ha de presumir que tan alta princesa se había de amancebar con un sanapotras [6]; y quien lo contrario entendiere, miente como muy gran bellaco, y yo se lo daré a entender, a pie o a caballo, armado o desarmado, de noche o de día, o como más gusto le diere.

---

[1] *Desenvoltura* = soltura.
[2] Creíase entonces que la luna era planeta húmedo, y causa de todo lo acuoso.
[3] Cirujano.
[4] Advierte Clemencín que, según las historias caballerescas, hay aquí confusión de Madásima con la infanta Grasinda.
[5] Diría, pues: *¡Voto a Dios!* (cf. p. 228, n. 5).
[6] *Potra* = hernia o quebradura. *Sanapotras* es el nombre despectivo del cirujano (cf. sacamuelas, rascatripas...).

— 274 —

1, 24.—CARDENIO Y LUSCINDA *(comienzo)*

Estábale mirando Cardenio muy atentamente, al cual ya había venido el accidente de su locura y no estaba para proseguir su historia; ni tampoco don Quijote se la oyera, según le había disgustado lo que de Madásima le había oído. ¡Estraño caso; que así volvió por ella como si verdaderamente fuera su verdadera y natural señora; tal le tenían sus descomulgados libros! Digo, pues, que, como ya Cardenio estaba loco, y se oyó tratar de mentís y de bellaco, con otros denuestos semejantes, pareció le mal la burla, y alzó un guijarro que halló junto a sí, y dió con él en los pechos tal golpe a don Quijote, que le hizo caer de espaldas. Sancho Panza, que de tal modo vió parar a su señor, arremetió al loco con el puño cerrado, y el Roto le recibió de tal suerte, que con una puñada dió con él a sus pies, y luego se subió sobre él y le brumó las costillas muy a su sabor. El Cabrero, que le quiso defender, corrió el mesmo peligro. Y después que los tuvo a todos rendidos y molidos, los dejó y se fué con gentil sosiego a emboscarse en la montaña. Levantóse Sancho, y con la rabia que tenía de verse aporreado tan sin merecerlo, acudió a tomar la venganza del Cabrero, diciéndole que él tenía la culpa de no haberle avisado que a aquel hombre le tomaba a tiempos la locura; que si esto supieran, hubieran estado sobre aviso para poderse guardar. Respondió el Cabrero que ya lo había dicho, y que si él no lo había oído, que no era suya la culpa. Replicó Sancho Panza, y tornó a replicar el Cabrero, y fué el fin de las réplicas asirse de las barbas y darse tales puñadas, que si don Quijote no los pusiera en paz, se hicieran pedazos. Decía Sancho, asido con el Cabrero:

—Déjeme vuestra merced, señor Caballero de la Triste Figura; que en éste, que es villano como yo y no está armado caballero, bien puedo a mi salvo satisfacerme del agravio que me ha hecho, peleando con él mano a mano, como hombre honrado.

—Así es—dijo don Quijote—; pero yo sé que él no tiene ninguna culpa de lo sucedido.

Con esto los apaciguó, y don Quijote volvió a preguntar al Cabrero si sería posible hallar a Cardenio, porque quedaba con grandísimo deseo de saber el fin de su historia. Díjole el Cabrero lo que primero le había dicho, que era no saber de cierto su manida; pero que si anduviese mucho por aquellos contornos, no dejaría de hallarle, o cuerdo o loco.

1, 25.—AVENTURA DE LA SIERRA MORENA

CAPITULO XXV.—Que trata de las estrañas cosas que en Sierra Morena sucedieron al valiente caballero de la Mancha, y de la imitación que hizo a [1] la penitencia de Beltenebros [2].

Despidióse del Cabrero don Quijote y, subiendo otra vez sobre Rocinante, mandó a Sancho que le siguiese, el cual lo hizo [3] de muy mala gana. Ibanse poco a poco entrando en lo más áspero de la montaña, y Sancho iba muerto por razonar [4] con su amo, y deseaba que él comenzase la plática, por no contravenir a lo que le tenía mandado; mas no pudiendo sufrir tanto silencio, le dijo:

—Señor don Quijote, vuestra merced me eche su bendición y me dé licencia; que desde aquí me quiero volver a mi casa, y a mi mujer y a mis hijos, con los cuales, por lo menos, hablaré y departiré todo lo que quisiere; porque querer vuestra merced que vaya con él [5] por estas soledades de día y de noche, y que no le hable cuando me diere gusto, es enterrarme en vida. Si ya quisiera la suerte que los animales hablaran, como hablaban en tiempo de Guisopete [6], fuera menos mal, porque departiera yo con mi jumento [7] lo que me viniera en gana; y con esto pasara mi mala ventura; que es recia cosa, y que no se puede llevar en paciencia, andar buscando aventuras toda la vida, y no hallar sino coces y manteamientos, ladrillazos [8] y puñadas, y, con todo esto, nos hemos de coser la boca, sin osar decir lo que el hombre tiene en su corazón, como si fuera mudo.

—Ya te entiendo, Sancho—respondió don Quijote—: tú mueres porque te alce el entredicho que te tengo puesto en la lengua. Dale por alzado y di lo que quisieres, con condición,

---

[1] Más corriente era y es decir *imitación de* que *imitación a;* sin embargo, aun hoy se dice *imitación a madera, a mármol.*
[2] Cf. p. 170, n. 3.
[3] En la edición príncipe se lee: *con su jumento* (cf. p. 257, n. 1).
[4] Hablar.
[5] Con vuestra merced (cf. pról. 7).
[6] *Isopete* por *Esopo*, el fabulista, fué corriente entre nuestros escritores; Sancho lo trasformó en *Guisopete*, asimilándolo a *guisopo*, pronunciación vulgar de la voz *hisopo*.
[7] También este pasaje del jumento debiera suprimirse (cf. p. 257, n. 1).
[8] Serán las pedradas de los galeotes.

que no ha de durar este alzamiento más de en cuanto anduviéremos por estas sierras.

—Sea ansí—dijo Sancho—: hable yo ahora, que después Dios sabe lo que será; y comenzando a gozar de ese salvoconduto [1], digo que ¿qué le iba a vuestra merced en volver tanto por aquella reina Magimasa [2], o como se llama? O ¿qué hacía al caso que aquel abad [3] fuese su amigo, o no? Que si vuestra merced pasara con ello, pues no era su juez, bien creo yo que el Loco pasara adelante con su historia, y se hubieran ahorrado el golpe del guijarro, y las coces, y aun más de seis torniscones [4].

—A fe, Sancho—respondió don Quijote—, que si tú supieras, como yo lo sé, cuán honrada y cuán principal señora era la reina Madásima, yo sé que dijeras que tuve mucha paciencia, pues no quebré la boca por donde tales blasfemias salieron. Porque es muy gran blasfemia decir ni pensar que una reina esté amancebada con un cirujano. La verdad del cuento es que aquel maestro Elisabat que el Loco dijo fué un hombre muy prudente y de muy sanos consejos, y sirvió de ayo y de médico a la Reina; pero pensar que ella era su amiga es disparate, digno de muy gran castigo. Y porque veas que Cardenio no supo lo que dijo, has de advertir que cuando lo dijo ya estaba sin juicio.

—Eso digo yo—dijo Sancho—: que no había para qué hacer cuenta de las palabras de un loco; porque si la buena suerte no ayudara a vuestra merced, y encaminara el guijarro a la cabeza como le encaminó al pecho, buenos quedáramos por haber vuelto por aquella mi señora, que Dios cohonda [5]. Pues ¡montas [6] que no se librara Cardenio por loco!

—Contra cuerdos y contra locos está obligado cualquier caballero andante a volver por la honra de las mujeres, cualesquiera que sean, cuanto más por las reinas de tan alta guisa [7] y pro como fué la reina Madásima, a quien yo tengo particular afición por sus buenas partes; porque fuera de haber sido fermosa además, fué muy prudente y muy sufrida en sus calami-

---

[1] *Salvoconducto* = pasaporte; lo que da seguridad.
[2] Madásima.
[3] Elisabat.
[4] *Torniscón* = golpe de mano, particularmente de revés, dado en la cara o en la cabeza.
[5] *Cohonder* = gastar, echar a perder.
[6] Cf. p. 239, n. 3.
[7] Calidad, linaje.

1, 25.—AVENTURA DE LA SIERRA MORENA

dades, que las tuvo, muchas; y los consejos y compañía del maestro Elisabat le fué y le fueron [1] de mucho provecho y alivio para poder llevar sus trabajos con prudencia y paciencia. Y de aquí tomó ocasión el vulgo ignorante y mal intencionado de decir y pensar que ella era su manceba; y mienten, digo, otra vez, y mentirán otra docientas, todos los que tal pensaren y dijeren.

—Ni yo lo digo ni lo pienso—respondió Sancho—; allá se lo hayan; con su pan se lo coman; si fueron amancebados, o no, a Dios habrán dado la cuenta; de mis viñas vengo [2]: no sé nada; no soy amigo de saber vidas ajenas; que el que compra y miente, en su bolsa lo siente. Cuanto más, que desnudo nací, desnudo me hallo; ni pierdo ni gano; mas que lo fuesen, ¿qué me va a mí? Y muchos piensan que hay tocinos, y no hay estacas [3]. Mas ¿quién puede poner puertas al campo? Cuanto más que de Dios dijeron [4].

—¡Válame Dios—dijo don Quijote—, y qué de necedades vas, Sancho, ensartando! ¿Qué va de lo que tratamos a los refranes que enhilas? Por tu vida, Sancho, que calles, y de aquí adelante entremétete en espolear a tu asno [5], y deja de hacello en lo que no te importa. Y entiende con todos tus cinco sentidos que todo cuanto yo he hecho, hago e hiciere, va muy puesto en razón y muy conforme a las reglas de caballerías, que las sé mejor que cuantos caballeros las profesaron en el mundo.

—Señor—respondió Sancho—, ¿y es buena regla de caballería que andemos perdidos por estas montañas, sin senda ni camino, buscando a un loco, el cual, después de hallado, quizá le vendrá [6] en voluntad de acabar lo que dejó comenzado, no de su cuento, sino de la cabeza de vuestra merced y de mis costillas, acabándonoslas de romper de todo punto?

---

[1] A este disponer en orden inverso elementos correspondientes (aquí, sujetos y verbos) se da el nombre de *quiasmo* (de la letra griega X llamada *ji*).

[2] «Proverbio: *no sé nada, de mis viñas vengo*, para escusarse de no se haber hallado en algún mal hecho, y a veces el que esto dice es el principal del daño» (Cov.).

[3] «En las aldeas hincan en las paredes unas estacas, de las cuales cuelgan algunas cosas, y particularmente los tocinos; de donde nació el proverbio *a donde pensáis hallar tocinos, no hay estacas;* cuando tenemos a alguno en posesión de muy rico, y ocurriendo necesidad de averiguarlo, hallamos estar pobre» (Cov.).

[4] Mal.

[5] Cf. p. 257, n. 1.

[6] *El cual... le vendrá...*, inconsecuencia gramatical (cf. pról. 13).

1, 25.—PENITENCIA DE DON QUIJOTE

—Calla, te digo otra vez, Sancho—dijo don Quijote—; porque te hago saber que no sólo me trae por estas partes el deseo de hallar al Loco, cuanto [1] el que tengo de hacer en ellas una hazaña con que he de ganar perpetuo nombre y fama en todo lo descubierto de la tierra; y será tal, que he de echar con ella el sello a todo aquello que puede hacer perfecto y famoso a un andante caballero.

—¿Y es de muy gran peligro esa hazaña?—preguntó Sancho Panza.

—No—respondió el de la Triste Figura—; puesto que de tal manera podía correr el dado, que echásemos azar en lugar de encuentro [2], pero todo ha de estar en tu diligencia.

—¿En mi diligencia?—dijo Sancho.

—Sí—dijo don Quijote—; porque si vuelves presto de adonde pienso enviarte, presto se acabará mi pena, y presto comenzará mi gloria. Y porque no es bien que te tenga más suspenso, esperando en lo que han de parar mis razones, quiero, Sancho, que sepas que el famoso Amadís de Gaula fué uno de los más perfectos caballeros andantes. No he dicho bien «fué uno»: fué el solo, el primero, el único, el señor de todos cuantos hubo en su tiempo en el mundo. ¡Mal año y mal mes para don Belianís y para todos aquellos que dijeren que se le igualó en algo, porque se engañan, juro cierto! Digo asimismo que cuando algún pintor quiere salir famoso en su arte procura imitar los originales de los más únicos [3] pintores que sabe; y esta mesma regla corre por todos los más oficios o ejercicios de cuenta que sirven para adorno de las repúblicas, y así lo ha de hacer y hace el que quiere alcanzar nombre de prudente y sufrido, imitando a Ulises, en cuya persona y trabajos nos pinta Homero un retrato vivo de prudencia y de sufrimiento, como también nos mostró Virgilio, en persona de Eneas, el valor de un hijo piadoso y la sagacidad de un valiente y entendido capitán, no pintándolos ni describiéndolos como ellos fueron, sino como habían de ser, para quedar [4] ejemplo a los venideros hombres de sus virtudes. Desta mesma suerte, Amadís fué el norte, el lucero, el sol de los valientes y enamorados caballeros, a quien debemos de imitar todos aquellos que debajo de

---

[1] Se descuidó Cervantes; o *no sólo... sino*, o *no tanto... cuanto*.
[2] En el juego de los dados, *azar* es el lance favorable, y *encuentro*, el adverso.
[3] Singulares, primorosos.
[4] Para que quedase.

— 279 —

1, 25.—AVENTURA DE LA SIERRA MORENA

la bandera de amor y de la caballería militamos. Siendo, pues, esto ansí, como lo es, hallo yo, Sancho amigo, que el caballero andante que más le imitare estará más cerca de alcanzar la perfeción de la caballería. Y una de las cosas en que más este caballero mostró su prudencia, valor, valentía, sufrimiento, firmeza y amor, fué cuando se retiró, desdeñado de la señora Oriana, a hacer penitencia en la Peña Pobre, mudado su nombre en el de Beltenebros, nombre, por cierto, significativo y proprio para la vida que él de su voluntad había escogido. Ansí que me es a mí más fácil imitarle en esto que no en hender gigantes, descabezar serpientes, matar endriagos [1], desbaratar ejércitos, fracasar armadas y deshacer encantamentos. Y pues estos lugares son tan acomodados para semejantes efectos, no hay para qué se deje pasar la ocasión, que ahora con tanta comodidad me ofrece sus guedejas [2].

—En efecto—dijo Sancho—, ¿qué es lo que vuestra merced quiere hacer en este tan remoto lugar?

—¿Ya no te he dicho—respondió don Quijote—que quiero imitar a Amadís, haciendo aquí del desesperado, del sandio y del furioso, por imitar juntamente al valiente don Roldán, cuando halló en una fuente las señales de que Angélica la Bella había cometido vileza con Medoro, de cuya pesadumbre se volvió loco, y arrancó los árboles, enturbió las aguas de las claras fuentes, mató pastores, destruyó ganados, abrasó chozas, derribó casas, arrastró yeguas, y hizo otras cien mil insolencias [3], dignas de eterno nombre y escritura? Y, puesto que yo no pienso imitar a Roldán, o Orlando, o Rotolando (que todos estos tres nombres tenía), parte por parte, en todas las locuras que hizo, dijo y pensó, haré el bosquejo, como mejor pudiere, en las que me pareciere ser más esenciales. Y podrá ser que viniese a contentarme con sola imitación de Amadís, que sin hacer locuras de daño, sino de lloros y sentimientos, alcanzó tanta fama como el que más.

—Paréceme a mí—dijo Sancho—que los caballeros que lo tal ficieron fueron provocados y tuvieron causa para hacer esas necedades y penitencias; pero vuestra merced, ¿qué causa tiene para volverse loco? ¿Qué dama le ha desdeñado, o qué señales ha hallado que le den a entender que la señora Dulcinea del Toboso ha hecho alguna niñería con moro o cristiano?

---

[1] *Endriago* = monstruo fabuloso medio hombre y medio fiera.
[2] *Guedeja* = mechón de pelos.
[3] *Insolencias* = cosas insólitas, desacostumbradas.

1, 25.—PENITENCIA DE DON QUIJOTE

—Ahí está el punto—respondió don Quijote—, y ésa es la fineza de mi negocio; que volverse loco un caballero andante con causa, ni grado ni gracias [1]: el toque está en desatinar sin ocasión y dar a entender a mi dama que si en seco hago esto, ¿qué hiciera en mojado? Cuanto más, que harta ocasión tengo en la larga ausencia que he hecho de la siempre señora mía Dulcinea del Toboso; que, como ya oíste decir a aquel pastor de marras [2], Ambrosio, quien está ausente todos los males tiene y teme. Así que, Sancho amigo, no gastes tiempo en aconsejarme que deje tan rara, tan felice y tan no vista imitación. Loco soy, loco he de ser hasta tanto que tú vuelvas con la respuesta de una carta que contigo pienso enviar a mi señora Dulcinea; y si fuere tal cual a mi fe [3] se le debe, acabarse ha mi sandez y mi penitencia; y si fuere al contrario, seré loco de veras, y, siéndolo, no sentiré nada. Ansí que, de cualquiera manera que responda, saldré del conflicto y trabajo en que me dejares, gozando el bien que me trujeres, por cuerdo, o no sintiendo el mal que me aportares, por loco. Pero dime, Sancho, ¿traes bien guardado el yelmo de Mambrino?; que ya vi que le alzaste del suelo cuando aquel desagradecido le quiso hacer pedazos, pero no pudo: donde se puede echar de ver la fineza de su temple.

A lo cual respondió Sancho:

—Vive Dios, señor Caballero de la Triste Figura, que no puedo sufrir ni llevar en paciencia algunas cosas que vuestra merced dice, y que por ellas vengo a imaginar que todo cuanto me dice de caballerías, y de alcanzar reinos e imperios, de dar ínsulas, y de hacer otras mercedes y grandezas, como es uso de caballeros andantes, que todo debe de ser cosa de viento y mentira, y todo pastraña, o patraña, o como lo llamáremos. Porque quien oyere decir a vuestra merced que una bacía de barbero es el yelmo de Mambrino, y que no salga deste error en más de cuatro días [4], ¿qué ha de pensar sino que quien tal dice y afirma debe de tener güero el juicio? La bacía yo la llevo en el costal toda abollada, y llévola para aderezarla en mi casa y hacerme la barba en ella, si Dios me diere tanta gracia, que algún día me vea con mi mujer y mis hijos.

---

[1] «*Ni grado ni gracias*, no tener que agradecer» (Cov.).
[2] «*Marras*, vocablo de aldea, significa el tiempo de atrás, y particularmente del año que precedió» (Cov.).
[3] *Fe* = fidelidad.
[4] En tantos días.

1, 25.—Aventura de la Sierra Morena

—Mira, Sancho, por el mismo que denantes juraste te juro —dijo don Quijote—que tienes el más corto entendimiento que tiene ni tuvo escudero en el mundo. ¿Que es posible que en cuanto ha que andas conmigo no has echado de ver que todas las cosas de los caballeros andantes parecen quimeras, necedades y desatinos, y que son todas hechas al revés? Y no porque sea ello ansí, sino porque andan entre nosotros siempre una caterva de encantadores que todas nuestras cosas mudan y truecan, y las vuelven según su gusto, y según tienen la gana de favorecernos o destruirnos; y así, eso que a ti te parece bacía de barbero me parece a mí el yelmo de Mambrino, y a otro le parecerá otra cosa. Y fué rara providencia del sabio que es de mi parte, hacer que parezca bacía a todos lo que real y verdaderamente es yelmo de Mambrino, a causa que, siendo él de tanta estima, todo el mundo me perseguiría por quitármele; pero como ven que no es más de un bacín de barbero, no se curan de procuralle, como se mostró bien en el que quiso rompelle y le dejó en el suelo sin llevarle; que a fe que si le conociera, que nunca él le dejara. Guárdale, amigo, que por ahora no le he menester; que antes me tengo de quitar todas estas armas y quedar desnudo como cuando nací, si es que me da en voluntad de seguir en mi penitencia más a Roldán que a Amadís.

Llegaron en estas pláticas al pie de una alta montaña, que, casi como peñón tajado, estaba sola entre otras muchas que la rodeaban. Corría por su falda un manso arroyuelo, y hacíase por toda su redondez un prado tan verde y vicioso [1], que daba contento a los ojos que le miraban. Había por allí muchos árboles silvestres y algunas plantas y flores, que hacían el lugar apacible. Este sitio escogió el Caballero de la Triste Figura para hacer su penitencia; y así, en viéndole, comenzó a decir en voz alta, como si estuviera sin juicio:

—Éste es el lugar ¡oh cielos! que diputo y escojo para llorar la desventura en que vosotros mesmos me habéis puesto. Éste es el sitio donde el humor de mis ojos acrecentará las aguas deste pequeño arroyo, y mis continos y profundos sospiros moverán a la contina las hojas destos montaraces árboles, en testimonio y señal de la pena que mi asendereado [2] corazón

---
[1] *Vicioso* = lozano, exuberante.
[2] «*Asendereado*, el que anda corrido y acosado por sendas» (Cov.); afligido, trabajado.

padece. ¡Oh vosotros, quienquiera que seáis, rústicos dioses que en este inhabitable lugar tenéis vuestra morada! Oíd las quejas deste desdichado amante, a quien una luenga ausencia y unos imaginados celos han traído a lamentarse entre estas asperezas, y a quejarse de la dura condición de aquella ingrata y bella, término y fin de toda humana hermosura. ¡Oh vosotras, napeas y dríadas [1], que tenéis por costumbre de habitar en las espesuras de los montes! Así los ligeros y lascivos sátiros [2] de quien sois, aunque en vano, amadas, no perturben jamás vuestro dulce sosiego, que me ayudéis a lamentar mi desventura, o, a lo menos, no os canséis de oílla. ¡Oh Dulcinea del Toboso, día de mi noche, gloria de mi pena, norte de mis caminos, estrella de mi ventura! Así el cielo te la dé buena en cuanto acertares a pedirle, que consideres el lugar y el estado a que tu ausencia me ha conducido, y que con buen término correspondas al que a mi fe se le debe. ¡Oh solitarios árboles, que desde hoy en adelante habéis de hacer compañía a mi soledad! Dad indicio, con el blando movimiento de vuestras ramas, que no os desagrade mi presencia. ¡Oh tú, escudero mío, agradable compañero en mis prósperos y adversos sucesos! Toma bien en la memoria lo que aquí me verás hacer, para que lo cuentes y recites a la causa total de todo ello.

Y diciendo esto, se apeó de Rocinante, y en un momento le quitó el freno y la silla; y, dándole una palmada en las ancas, le dijo:

—Libertad te da el que sin ella queda, ¡oh caballo tan estremado por tus obras cuan desdichado por tu suerte! Vete por do quisieres; que en la frente llevas escrito que no te igualó en ligereza el Hipogrifo de Astolfo [3], ni el nom-

---

[1] Entre las innumerables ninfas que, según los antiguos, llenaban tierra y mar, se hallaban las napeas en los valles y las dríadas en los bosques.

[2] Los sátiros son seres mitológicos medio hombres y medio cabras.

[3] Entre otros caballeros andantes, Astolfo se sirvió para sus expediciones del veloz hipogrifo, monstruoso engendro de grifo y yegua. El *grifo*, animal fabuloso con cabeza y alas de águila y cuerpo de león, vivía en los montes ripeos y custodiaba el oro del norte. Los arimaspos, célebres por tener un solo ojo, montados a *caballo* intentaron robarles el oro, de donde resultó el odio entre el grifo y el caballo.

1, 25.—AVENTURA DE LA SIERRA MORENA

brado Frontino [1], que tan caro le costó a Bradamante.

Viendo esto Sancho, dijo:

—Bien haya quien nos quitó ahora del trabajo de desenalbardar al rucio [2]; que a fe que no faltaran palmadicas que dalle, ni cosas que decille en su alabanza; pero si él aquí estuviera, no consintiera yo que nadie le desalbardara, pues no había para qué; que a él no le tocaban las generales [3] de enamorado ni de desesperado, pues no lo estaba su amo, que era yo, cuando Dios quería. Y en verdad, señor Caballero de la Triste Figura, que si es que mi partida y su locura de [4] vuestra merced va de veras, que será bien tornar a ensillar a Rocinante, para que supla la falta del rucio, porque será ahorrar tiempo a mi ida y vuelta; que si la hago a pie, no sé cuándo llegaré, ni cuándo volveré, porque, en resolución, soy mal caminante.

—Digo, Sancho—respondió don Quijote—, que sea como tú quieres, que no me parece mal tu designio; y digo que de aquí a tres días te partirás, porque quiero que en este tiempo veas lo que por ella hago y digo, para que se lo digas.

—Pues ¿qué más tengo de ver—dijo Sancho—que lo que he visto?

—¡Bien estás en el cuento!—respondió don Quijote—. Ahora me falta rasgar las vestiduras, esparcir las armas, y darme de calabazadas por estas peñas, con otras cosas deste jaez, que te han de admirar.

—Por amor de Dios—dijo Sancho—, que mire vuestra merced cómo se da esas calabazadas; que a tal peña podrá llegar, y en tal punto, que con la primera se acabase la máquina desta penitencia; y sería yo de parecer que, ya que a vuestra merced le parece que son aquí necesarias calabazadas y que no se puede hacer ésta obra sin ellas, se contentase, pues todo esto es fingido y cosa contrahecha y de burla, se contentase, digo, con dárselas en el agua, o en alguna cosa blanda, como algodón; y déjeme a mí el cargo; que yo diré a mi señora que

---

[1] *Frontino* es un caballo muy celebrado en las historias caballerescas, y *Bradamante*, un personaje de ellas.

[2] En la edición príncipe, éste es el primer pasaje que presupone la pérdida del rucio (cf. p. 257, n. 1).

[3] *Las* preguntas *generales* de la ley, dice R. Marín, en los procedimientos judiciales se refieren a las tachas de los testigos (v. gr., tener parentesco, amistad o enemistad con alguno de los pleiteantes).

[4] *Su... de* (cf. pról. 6).

1, 25.—PENITENCIA DE DON QUIJOTE

vuestra merced se las daba en una punta de peña, más dura que la de un diamante.

—Yo agradezco tu buena intención, amigo Sancho—respondió don Quijote—; mas quiérote hacer sabidor de que todas estas cosas que hago no son burlas, sino muy de veras; porque de otra manera, sería contravenir a las órdenes de caballería, que nos mandan que no digamos mentira alguna, pena de relasos [1], y el hacer una cosa por otra lo mismo es que mentir. Ansí que, mis calabazadas han de ser verdaderas, firmes y valederas [2], sin que lleven nada del sofístico [3] ni del fantástico. Y será necesario que me dejes algunas hilas [4] para curarme, pues que la ventura [5] quiso que nos faltase el bálsamo que perdimos.

—Más fué perder el asno—respondió Sancho—, pues se perdieron en él las hilas [6] y todo. Y ruégole a vuestra merced que no se acuerde más de aquel maldito brebaje; que en solo oírle mentar se me revuelve el alma, no que [7] el estómago. Y más le ruego: que haga cuenta que son ya pasados los tres días que me ha dado de término para ver las locuras que hace, que ya las doy por vistas y por pasadas en cosa juzgada [8], y diré maravillas a mi señora; y escriba la carta y despácheme luego, porque tengo gran deseo de volver a sacar a vuestra merced deste purgatorio donde le dejo.

—¿Purgatorio le llamas, Sancho?—dijo don Quijote—. Mejor hicieras de llamarle infierno, y aun peor, si hay otra cosa que lo sea.

—Quien ha infierno—respondió Sancho—*nula es retencio* [9], según he oído decir.

---

[1] So *pena de relapsos* (= reincidentes), la cual era mayor que la de los que caían por primera vez.

[2] *Verdaderas, firmes y valederas*, adjetivos tomados de las escrituras públicas.

[3] *Sofístico* = aparente, fingido con sutileza.

[4] «*Hilas*, los hilitos destramados de la tela o lienzo, para poner en las heridas para enjugarlas» (Cov.).

[5] *La mala ventura*.

[6] Ginesillo robó el rucio, pero no las alforjas (p. 257), donde estarían las hilas.

[7] No ya (cf. pról. 37).

[8] El fallo o sentencia que no admite más examen ni diligencia se dice *pasado en cosa juzgada* o *en autoridad de cosa juzgada*. «*Pasar en cosa juzgada*, no valer el remedio de la apelación» (Cov., v. *juzgado*).

[9] *Quia in inferno nulla est redemptio*, canta la Iglesia en el Oficio de difuntos (3.er noct., lect. 1.ª, resp.).

1, 25.—AVENTURA DE LA SIERRA MORENA

—No entiendo qué quiere decir *retencio*—dijo don Quijote.
—*Retencio* es—respondió Sancho—que quien está en el infierno nunca sale dél, ni puede. Lo cual será al revés en vuestra merced, o a mí me andarán mal los pies [1], si es que llevo espuelas para avivar a Rocinante; y póngame yo una por una [2] en el Toboso, y delante de mi señora Dulcinea; que yo le diré tales cosas de las necedades y locuras (que todo es uno), que vuestra merced ha hecho y queda haciendo, que la venga a poner más blanda que un guante, aunque la halle más dura que un alcornoque; con cuya respuesta dulce y melificada volveré por los aires como brujo, y sacaré a vuestra merced deste purgatorio, que parece infierno y no lo es, pues hay esperanza de salir dél; la cual, como tengo dicho, no la tienen de salir los que están en el infierno, ni creo que vuestra merced dirá otra cosa.

—Así es la verdad—dijo el de la Triste Figura—; pero ¿qué haremos para escribir la carta?

—¿Y la libranza pollinesca [3] también?—añadió Sancho.

—Todo irá inserto—dijo don Quijote—; y sería bueno, ya que no hay papel, que la escribiésemos, como hacían los antiguos, en hojas de árboles, o en unas tablitas de cera: aunque tan dificultoso será hallarse eso ahora como el papel. Mas ya me ha venido a la memoria dónde será bien, y aun más que bien, escribilla; que es en el librillo de memoria que fué de Cardenio, y tú tendrás cuidado de hacerla trasladar en papel, de buena letra, en el primer lugar que hallares, donde haya maestro de escuela de muchachos, o si no, cualquiera sacristán te la trasladará; y no se la des a trasladar a ningún escribano, que hacen letra procesada [4], que no la entenderá Satanás.

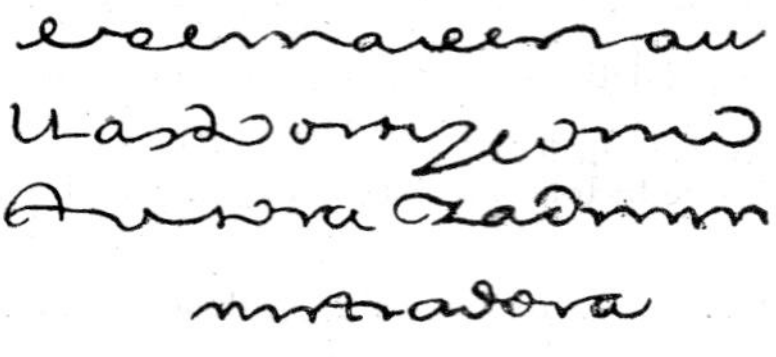

vecina de esta villa por sí y como tutora et administradora

---

[1] Cf. p. 165, n. 4.
[2] *Una por una* = en todo caso, de hecho.
[3] Esta libranza es la cédula de cambio prometida por don Quijote (p. 257).
[4] Escribir en letra *procesada* (así llamada porque aparece particularmente en los procesos) era desfigurar los caracteres por escribir sin división de letras ni dicciones, formando líneas enteras en una en-

1, 25.—PENITENCIA DE DON QUIJOTE

—Pues ¿qué se ha de hacer de la firma?—dijo Sancho.

—Nunca las cartas de Amadís se firman—respondió don Quijote.

—Está bien—respondió Sancho—; pero la libranza forzosamente se ha de firmar, y ésa si se traslada, dirán que la firma es falsa, y quedaréme sin pollinos.

—La libranza irá en el mesmo librillo firmada; que en viéndola mi sobrina, no pondrá dificultad en cumplilla. Y en lo que toca a la carta de amores, pondrás por firma: «Vuestro hasta la muerte, el Caballero de la Triste Figura.» Y hará poco al caso que vaya de mano ajena, porque, a lo que yo me sé acordar, Dulcinea no sabe escribir ni leer, y en toda su vida ha visto letra mía ni carta mía, porque mis amores y los suyos han sido siempre platónicos, sin estenderse a más que a un honesto mirar. Y aun esto, tan de cuando en cuando, que osaré jurar con verdad que en doce años que ha que la quiero más que a la lumbre destos ojos que han de comer la tierra [1], no la he visto cuatro veces; y aun podrá ser que destas cuatro veces no hubiese ella echado de ver la una que la miraba [2]: tal es el recato y encerramiento con que su padre Lorenzo Corchuelo y su madre Aldonza Nogales la han criado.

—¡Ta, ta!—dijo Sancho—. ¿Que la hija de Lorenzo Corchuelo es la señora Dulcinea del Toboso, llamada por otro nombre Aldonza Lorenzo?

—Ésa es—dijo don Quijote—, y es la que merece ser señora de todo el universo.

—Bien la conozco—dijo Sancho—, y sé decir que tira tan bien una barra como el más forzudo zagal de todo el pueblo. ¡Vive el Dador, que es moza de chapa [3], hecha y derecha y de pelo en pecho, y que puede sacar la barba del lodo a cualquier caballero andante [4], o por andar, que la tuviere por señora!

---

cadenada algarabía, sin levantar la pluma del papel. Esta infame letra, inventada por los que vivían del trabajo de la pluma, prevaleció más de cien años, a pesar de los aranceles que para los escribanos dictó Isabel la Católica.

[1] Así se decía, dice R. Marín, por alusión a la tierra que entra en los ojos del cadáver enterrado: compárese esta frase con *estaré yo mascando barro*, que ocurre en II, 20.

[2] En II, 8 y 9, nos dirá don Quijote que en su vida ha visto a Dulcinea.

[3] «*Chapado*, el hombre de hecho y de valor; porque va guarnecido [como con chapa] con su virtud y esfuerzo» (Cov.).

[4] *Sacar a uno la barba*, o *el pie, del lodo* = sacarle de apuros.

1, 25.—AVENTURA DE LA SIERRA MORENA

¡Oh hideputa [1], qué rejo [2] que tiene, y qué voz! Sé decir que se puso un día encima del campanario del aldea a llamar unos zagales suyos que andaban en un barbecho [3] de su padre, y aunque estaban de allí más de media legua, así la oyeron como si estuvieran al pie de la torre. Y lo mejor que tiene es que no es nada melindrosa, porque tiene mucho de cortesana con todos se burla y de todo hace mueca y donaire. Ahora digo, señor Caballero de la Triste Figura, que no solamente puede y debe vuestra merced hacer locuras por ella, sino que con justo título puede desesperarse y ahorcarse; que nadie habrá que lo sepa que no diga que hizo demasiado de [4] bien, puesto que le lleve el diablo. Y querría ya verme en camino, sólo por vella; que ha muchos días que no la veo, y debe de estar ya trocada, porque gasta mucho la faz de las mujeres andar siempre al campo, al sol y al aire. Y confieso a vuestra merced una verdad, señor don Quijote: que hasta aquí he estado en una grande ignorancia; que pensaba bien y fielmente que la señora Dulcinea debía de ser alguna princesa de quien vuestra merced estaba enamorado, o alguna persona tal, que mereciese los ricos presentes que vuestra merced le ha enviado, así el del Vizcaíno como el de los galeotes, y otros muchos que deben ser [5], según deben de ser muchas las vitorias que vuestra merced ha ganado y ganó en el tiempo que yo aún no era su escudero. Pero bien considerado, ¿qué se le ha de dar a la señora Aldonza Lorenzo, digo, a la señora Dulcinea del Toboso, de que se le vayan a hincar de rodillas delante della los vencidos que vuestra merced le envía y ha de enviar? Porque podría ser que al tiempo que ellos llegasen estuviese ella rastrillando lino [6], o trillando en las eras, y ellos se corriesen de verla, y ella se riese y enfadase del presente.

—Ya te tengo dicho antes de agora muchas veces, Sancho

---

[1] Ya dijimos (cf. p. 178, n. 3) que esta palabra no disonaba en tiempo de Cervantes. Por lo demás, esta manera de exclamar no siempre implicaba desprecio, como ocurre a veces hoy cuando en lenguaje familiar ponderamos una cualidad sobresaliente, o un acto de valor: ¡qué BÁRBARO!, ¡cuánto sabe fulano!

[2] *Rejo* = fuerza, robustez.

[3] «*Barbecho*, la tierra de labor que se ara y barbecha [= se limpia arrancando la mala hierba de cuajo] para la sementera del año siguiente» (Cov.).

[4] Hoy omitiríamos este *de* (cf. pról. 6).

[5] Y *otros*, que deben ser *muchos*.

[6] *Rastrillar el lino* = limpiarlo de la arista y estopa (cf. p. 167, n. 1).

1, 25.—PENITENCIA DE DON QUIJOTE

—dijo don Quijote—, que eres muy grande hablador y que, aunque de ingenio boto [1], muchas veces despuntas de agudo [2]; mas para que veas cuán necio eres tú y cuán discreto soy yo, quiero que me oyas un breve cuento. Has de saber que una viuda hermosa, moza, libre y rica, y, sobre todo, desenfadada, se enamoró de un mozo motilón [3], rollizo y de buen tomo; alcanzólo a saber su mayor [4], y un día dijo a la buena viuda, por vía de fraternal reprehensión [5]: «—Maravillado estoy, señora, y no sin mucha causa, de que una mujer tan principal, tan hermosa y tan rica como vuestra merced se haya enamorado de un hombre tan soez, tan bajo y tan idiota como fulano, habiendo en esta casa tantos maestros [6], tantos presentados [7] y tantos teólogos, en quien vuestra merced pudiera escoger como entre peras, y decir: Éste quiero; aquéste no quiero». Mas ella le respondió con mucho donaire y desenvoltura: «Vuestra merced, señor mío, está muy engañado, y piensa muy a lo antiguo si piensa que yo he escogido mal en fulano, por idiota que le parece [8]; pues para lo que yo le quiero, tanta filosofía sabe, y más que Aristóteles». Así, que Sancho, por [9] lo que yo quiero a Dulcinea del Toboso, tanto vale como la más alta princesa de la tierra. Sí que no todos los poetas que alaban damas debajo de un nombre que ellos a su albedrío les ponen, es verdad que las tienen. ¿Piensas tú que las Amarilis, las Filis, las Silvias, las Dianas, las Galateas, las Fílidas, y otras tales de que los libros, los romances, las tiendas de los barberos, los teatros de las comedias, están llenos, fueron verdaderamente damas de carne y hueso, y de aquellos que las celebran y celebraron? No, por cierto, sino que las más se las fingen, por dar

---

[1] «*Boto*, contrario a lo agudo: embotar los filos de la espada o otro instrumento que corte es gastárselos: por alusión decimos boto de ingenio al que es torpe y grosero» (Cov.).
[2] Te quiebras.
[3] «*Motilar*, cortar el cabello... *Motilón*, el frayle que está motilado por igual, sin señal de corona, por no tener ni aun prima corona» (Cov.).
[4] *Su mayor* era el superior religioso del motilón.
[5] *Fraternal reprehensión* = corrección fraterna.
[6] «El que es docto en qualquiera facultad de ciencia, disciplina, o arte, y la enseña a otros dando razón della, se llama *maestro*» (Cov.).
[7] «*Presentado* en algunas Religiones, es cierto título de grado entre ellos, que es respeto de el Maestro, como Licenciado» (Cov.).
[8] Hoy diríamos *le parezca* (cf. pról. 16).
[9] Para.

— 289 —

1, 25.—AVENTURA DE LA SIERRA MORENA

subjeto [1] a sus versos, y porque los tengan por enamorados y por hombres que tienen valor para serlo. Y así, bástame a mí pensar y creer que la buena Aldonza Lorenzo es hermosa y honesta; y en lo del linaje, importa poco; que no han de ir a hacer la información dél para darle algún hábito [2], y yo me hago cuenta que es la más alta princesa del mundo. Porque has de saber, Sancho, si no lo sabes, que dos cosas solas incitan a amar, más que otras; que son la mucha hermosura y la buena fama, y estas dos cosas se hallan consumadamente en Dulcinea, porque en ser hermosa ninguna la iguala; y en la buena fama, pocas le llegan. Y para concluir con todo, yo imagino que todo lo que digo es así, sin que sobre ni falte nada, y píntola en mi imaginación como la deseo, así en la belleza como en la principalidad, y ni la llega Elena [3], ni la alcanza Lucrecia [4], ni otra alguna de las famosas mujeres de las edades pretéritas, griega, bárbara o latina. Y diga cada uno lo que quisiere; que si por esto fuere reprehendido de los ignorantes, no seré castigado de los rigurosos.

—Digo que en todo tiene vuestra merced razón—respondió Sancho—, y que yo soy un asno. Mas no sé yo para qué nombro asno en mi boca, pues no se ha de mentar la soga en casa del ahorcado. Pero venga la carta, y a Dios, que me mudo [5].

Sacó el libro de memoria don Quijote y, apartándose a una parte, con mucho sosiego comenzó a escribir la carta, y en acabándola llamó a Sancho y le dijo que se la quería leer, porque la tomase de memoria, si acaso se le perdiese por el camino, porque de su desdicha todo se podía temer. A lo cual respondió Sancho:

—Escríbala vuestra merced dos o tres veces ahí en el libro, y démele, que yo le llevaré bien guardado; porque pensar que yo la he de tomar en la memoria es disparate; que la tengo tan mala, que muchas veces se me olvida cómo me llamo. Pero, con todo eso, dígamela vuestra merced, que me holgaré mucho de oílla; que debe de ir como de molde.

—Escucha, que así dice—dijo don Quijote:

---

[1] Materia.
[2] Algún hábito de órdenes distinguidas, que exigiesen nobleza de linaje.
[3] Cf. p. 232, n. 1.
[4] Lucrecia, injuriada por S. Tarquino, se mató a vista de su padre y esposo pidiéndoles que le vengaran, como en efecto lo hicieron destronando a los Tarquinos y estableciendo la República.
[5] Me voy (cf. p. 221, n. 1).

1, 25.—AVENTURA DE LA SIERRA MORENA

CARTA DE DON QUIJOTE A DULCINEA DEL TOBOSO

«Soberana y alta señora:
El ferido de punta de ausencia [1] y el llagado de las telas del corazón, dulcísima Dulcinea del Toboso, te envía la salud que él no tiene. Si tu fermosura me desprecia, si tu valor no es en mi pro, si tus desdenes son en mi afincamiento [2], maguer [3] que yo sea asaz de [4] sufrido, mal podré sostenerme en esta cuita, que, además de ser fuerte, es muy duradera. Mi buen escudero Sancho te dará entera relación ¡oh bella ingrata, amada enemiga mía! del modo que por tu causa quedo: si gustares de acorrerme, tuyo soy; y si no, haz lo que te viniere en gusto; que con acabar mi vida habré satisfecho a tu crueldad y a mi deseo.

Tuyo hasta la muerte,
El Caballero de la Triste Figura.»

—¡Por vida de mi padre—dijo Sancho en oyendo la carta—, que es la más alta cosa que jamás he oído! ¡Pesia a mí, y cómo que le dice vuestra merced ahí todo cuanto quiere, y qué bien que encaja en la firma *El Caballero de la Triste Figura*! Digo de verdad que es vuestra merced el mesmo diablo, y que no hay cosa que no sepa.

—Todo es menester—respondió don Quijote—para el oficio que trayo.

—¡Ea, pues!—dijo Sancho—, ponga vuestra merced en esotra vuelta la cédula de los tres pollinos y fírmela con mucha claridad, porque la [5] conozcan en viéndola.

—Que me place—dijo don Quijote.

Y habiéndola escrito, se la leyó, que decía ansí:

«Mandará vuestra merced, por esta primera de pollinos [6],

---

[1] La carta que imitó aquí Cervantes decía: *Yo soy la doncella ferida de punta de espada...* La ausencia le hería a don Quijote como una espada.
[2] Cuita, congoja.
[3] Aunque.
[4] Hoy omitiríamos este *de* (cf. pról. 6).
[5] Este *la* se refiere a *firma* (cf. p. 114, n. 1).
[6] *Primera* cédula (no *de cambio*, sino *de pollinos*). Sigue empleando Cervantes en esta libranza pollinesca los términos y locuciones de las escrituras comerciales.

señora sobrina, dar a Sancho Panza, mi escudero, tres de los cinco que dejé en casa y están a cargo de vuestra merced. Los cuales tres pollinos se los mando librar y pagar por otros tantos aquí recebidos de contado [1]; que con ésta y con su carta de pago serán bien dados. Fecha en las entrañas de Sierra Morena, a veinte y dos de agosto deste presente año.»

—Buena está—dijo Sancho—: fírmela vuestra merced.

—No es menester firmarla—dijo don Quijote—, sino solamente poner mi rúbrica, que es lo mesmo que firma, y para tres asnos, y aun para trecientos, fuera bastante.

—Yo me confío de vuestra merced—respondió Sancho—. Déjeme, iré a ensillar a Rocinante, y aparéjese vuestra merced a echarme su bendición; que luego pienso partirme, sin ver las sandeces que vuestra merced ha de hacer, que yo diré que le vi hacer tantas, que no quiera más.

—Por lo menos, quiero, Sancho, y porque es menester ansí, quiero, digo, que me veas en cueros, y hacer una o dos docenas de locuras, que las haré en menos de media hora, porque habiéndolas tú visto por tus ojos, puedas jurar a tu salvo en las demás que quisieres añadir; y asegúrote que no dirás tú tantas, cuantas yo pienso hacer.

—Por amor de Dios, señor mío, que no vea yo en cueros a vuestra merced, que me dará mucha lástima y no podré dejar de llorar; y tengo tal la cabeza, del llanto que anoche hice por el rucio [2], que no estoy para meterme en nuevos lloros; y si es que vuestra merced gusta de que yo vea algunas locuras, hágalas vestido, breves y las que le vinieren más a cuento. Cuanto más, que para mí no era menester nada deso, y, como ya tengo dicho, fuera ahorrar el camino de mi vuelta, que ha de ser con las nuevas que vuestra merced desea y merece. Y si no, aparéjese la señora Dulcinea; que si no responde como es razón, voto hago solene a quien puedo [3] que le tengo de sacar la buena respuesta del estómago a coces y a bofetones. Porque ¿dónde se ha de sufrir que un caballero andante tan famoso como vuestra merced se vuelva loco, sin qué ni para qué, por una...? No me lo haga decir la señora, porque por Dios que despotrique y lo eche todo a doce, aunque nunca se venda [4]. ¡Bonico soy

---

[1] *De, o al, contado* = en dinero contante y sonante, en seguida.
[2] El llanto fué al amanecer (p. 256).
[3] A Dios: es un eufemismo (cf. pról. 3).
[4] *Echarlo todo a doce, o a trece, aunque no se venda* = lanzarse con enojo a una cosa sin hacer caso de las consecuencias.

1, 25.—PENITENCIA DE DON QUIJOTE

yo para eso! ¡Mal me conoce! ¡Pues a fe que si me conociese, que me ayunase [1]!

—A fe, Sancho—dijo don Quijote—, que, a lo que parece, que no estás tú más cuerdo que yo.

—No estoy tan loco—respondió Sancho—; mas estoy más colérico. Pero dejando esto aparte, ¿qué es lo que ha de comer vuestra merced en tanto que yo vuelvo? ¿Ha de salir al camino, como Cardenio, a quitárselo a los pastores?

—No te dé pena ese cuidado—respondió don Quijote—, porque, aunque tuviera, no comiera otra cosa que las hierbas y frutos que este prado y estos árboles me dieren; que la fineza de mi negocio está en no comer y en hacer otras asperezas equivalentes. A Dios, pues.

—Pero ¿sabe vuestra merced qué temo? Que no tengo de acertar a volver a este lugar donde agora le dejo, según está de escondido.

—Toma bien las señas; que yo procuraré no apartarme destos contornos—dijo don Quijote—, y aun tendré cuidado de subirme por estos más altos riscos, por ver si te descubro cuando vuelvas. Cuanto más, que lo más acertado será, para que no me yerres y te pierdas, que cortes algunas retamas de las muchas que por aquí hay, y las vayas poniendo de trecho a trecho, hasta salir a lo raso, las cuales te servirán de mojones y señales para que me halles cuando vuelvas, a imitación del hilo del laberinto de Teseo [2].

—Así lo haré—respondió Sancho Panza.

Y cortando algunas, pidió la bendición a su señor, y, no sin muchas lágrimas de entrambos, se despidió dél. Y subiendo sobre Rocinante, a quien don Quijote encomendó mucho, y que mirase por él como por su propria persona, se puso en camino del llano, esparciendo de trecho a trecho los ramos de la retama, como su amo se lo había aconsejado. Y así se fué, aunque todavía le importunaba don Quijote, que le viese siquiera hacer dos locuras. Mas no hubo andado cien pasos, cuando volvió y dijo:

---

[1] *Me ayunase* = me respetase. Se toma del ayuno que precede a algunas fiestas en señal de culto y respeto.

[2] Habiendo ido Teseo a Creta entre los jóvenes que cada año tenía que enviar Atenas para que los devorase el minotauro (un hombre toro) en el laberinto construído por Dédalo, Ariadna, la hija del rey, le dió la espada con que mató al monstruo y el ovillo de hilo con que acertó a salir del intrincado laberinto.

—Digo, señor, que vuestra merced ha dicho muy bien: que para que pueda jurar sin cargo de conciencia que le he visto hacer locuras, será bien que vea siquiera una, aunque bien grande la he visto en la quedada de vuestra merced.

—¿No te lo decía yo?—dijo don Quijote—. Espérate, Sancho, que en un credo [1] las haré.

Y desnudándose con toda priesa los calzones, quedó en carnes y en pañales, y luego, sin más ni más, dió dos zapatetas [2] en el aire y dos tumbas [3] la cabeza abajo y los pies en alto, descubriendo cosas que, por no verlas otra vez, volvió Sancho la rienda a Rocinante, y se dió por contento y satisfecho de que podía jurar que su amo quedaba loco. Y así, le dejaremos ir su camino, hasta la vuelta, que fué breve.

CAPITULO XXVI.—Donde se prosiguen las finezas que de enamorado hizo don Quijote en Sierra Morena.

Y volviendo a contar lo que hizo el de la Triste Figura después que se vió solo, dice la historia que así como don Quijote acabó de dar las tumbas o vueltas de medio abajo desnudo y de medio arriba vestido, y que vió que Sancho se había ido sin querer aguardar a ver más sandeces, se subió sobre una punta de una alta peña, y allí tornó a pensar lo que otras muchas veces había pensado, sin haberse jamás resuelto en ello; y era que cuál sería mejor y le estaría más a cuento: imitar a Roldán en las locuras desaforadas que hizo, o a Amadís en las malencónicas [4]; y hablando entre sí mesmo, decía: «Si Roldán fué tan buen caballero y tan valiente como todos dicen, ¿qué maravilla?; pues, al fin era encantado, y no le podía matar nadie si no era metiéndole un alfiler de a blanca [5] por la planta [6]

---

[1] *En un credo* = en un santiamén, en un decir Jesús.
[2] «*Zapatear*, bailar dando con las palmas de las manos en los pies, sobre los zapatos, al son de algún instrumento; y el tal se llama *zapateador; zapatetas*, los tales golpes en los zapatos» (Cov.).
[3] *Tumba* = voltereta.
[4] Melancólicas (cf. p. 224, n. 1).
[5] Medio maravedí.
[6] En la edición príncipe se lee *punta*, pero debe de ser errata del impresor (cf. II, 32).

— 294 —

1, 26.—PENITENCIA DE DON QUIJOTE

del pie, y él traía siempre los zapatos con siete suelas de hierro [1]. Aunque no le valieron tretas [2] contra Bernardo del Carpio, que se las entendio, y le ahogó entre los brazos en Roncesvalles. Pero dejando en él lo de la valentía a una parte, vengamos a lo de perder el juicio, que es cierto que le perdió, por las señales que halló en la fontana [3] y por las nuevas que le dió el pastor de que Angélica había dormido más de dos siestas con Medoro, un morillo de cabellos enrizados y paje de Agramante [4]; y si él entendió que esto era verdad y que su dama le había cometido desaguisado, no hizo mucho en volverse loco; pero yo, ¿cómo puedo imitalle en las locuras, si no le imito en la ocasión dellas? Porque mi Dulcinea del Toboso osaré yo jurar que no ha visto en todos los días de su vida moro alguno [5], ansí como él es, en su mismo traje, y que se está hoy como la madre que la parió [6], y haríale agravio manifiesto si imaginando otra cosa della, me volviese loco de aquel género de locura de Roldán el furioso. Por otra parte, veo que Amadís de Gaula, sin perder el juicio y sin hacer locuras, alcanzó tanta fama de enamorado como el que más; porque lo que hizo, según su historia, no fué más de que, por verse desdeñado de su señora Oriana, que le había mandado que no pareciese ante su presencia hasta que fuese su voluntad, de que [7] se retiró a la Peña Pobre, en compañía de un ermitaño, y allí se hartó de llorar y de encomendarse a Dios, hasta que el cielo le acorrió, en medio de su mayor cuita y necesidad. Y si esto es verdad, como lo es, ¿para qué quiero yo tomar trabajo agora de desnudarme del todo, ni dar pesadumbre a estos árboles, que no me han hecho mal alguno, ni tengo para qué enturbiar el agua clara destos arroyos, los cuales me han de dar de

---

[1] El Ariosto dice que Ferragús protegía su vientre con siete planchas de hierro: de aquí tomó pie don Quijote para las siete suelas de Roldán.

[2] *Treta* = engaño del diestro para herir o desarmar a su contrario o para defenderse.

[3] Se refiere a los versos que, según el Ariosto, Medoro dejó esculpidos en una gruta donde nacía una clara fuente.

[4] Medoro fué paje de Dardinel, príncipe africano, y no de Agramante.

[5] Alusión irónica al gran número de moriscos (moros de corazón, aunque no de traje) que se avecindaron en el Toboso, cuando en 1569 se les obligó a salir de Granada e internarse en Castilla.

[6] Ya en otra ocasión (p. 117) puso Cervantes en boca de don Quijote este elogio irónico de la doncellez de las damas: que ahora viene tras la ironía del moro. No se eche en olvido la descripción realista que de Aldonza Lorenzo nos hizo Cervantes por boca de Sancho (p. 287).

[7] Repite el *de que* antes expresado (no *fué más de que*).

— 295 —

1, 26.—AVENTURA DE LA SIERRA MORENA

beber cuando tenga gana? Viva la memoria de Amadís, y sea imitado de don Quijote de la Mancha en todo lo que pudiere; del cual se dirá lo que del otro se dijo: que si no acabó grandes cosas, murió por acometellas; y si yo no soy desechado ni desdeñado de Dulcinea del Toboso, bástame, como ya he dicho, estar ausente della. ¡Ea, pues, manos a la obra! Venid a mi memoria, cosas de Amadís, y enseñadme por dónde tengo de comenzar a imitaros. Mas ya sé que lo más que él hizo fué rezar, y así lo haré yo».

Y sirviéronle de rosario unas agallas [1] grandes de un alcornoque, que ensartó, de que hizo un diez [2]. Y lo que le fatigaba mucho era no hallar por allí otro ermitaño que le confesase y con quien consolarse; y así se entretenía paseándose por el pradecillo, escribiendo y grabando por las cortezas de los árboles y por la menuda arena muchos versos, todos acomodados a su tristeza, y algunos en alabanza de Dulcinea. Mas los que se pudieron hallar enteros y que se pudiesen leer después que a él allí le hallaron no fueron más que estos que aquí se siguen:

> Arboles, hierbas y plantas
> Que en aqueste sitio estáis,
> Tan altos, verdes y tantas,
> Si de mi mal no os holgáis,
> Escuchad mis quejas santas.
> Mi dolor no os alborote,
> Aunque más terrible sea;
> Pues, por pagaros escote [3],
> Aquí lloró don Quijote
> Ausencias de Dulcinea
> Del Toboso.
> Es aquí el lugar adonde
> El amador más leal
> De su señora se esconde,
> Y ha venido a tanto mal
> Sin saber cómo o por dónde.

---

[1] *Agalla* = excrecencia redonda que se forma en el roble, alcornoque y otros árboles y arbustos por la picadura de ciertos insectos al depositar sus huevos.

[2] Estos rosarios de uno o tres dieces se llaman *camándulas*.
Lo que va desde *y así lo haré yo* hasta *un diez*, está tomado de la segunda edición de Cuesta. La primera decía en su lugar: *y encomendarse a Dios; pero ¿qué haré de rosario que no le tengo? En esto le vino al pensamiento cómo le haría, y fué que rasgó una gran tira de las faldas de la camisa, que andaban colgando, y dióle once ñudos, el uno más gordo que los demás, y esto le sirvió de rosario el tiempo que allí estuvo, donde rezó un millón de avemarías.*

[3] Cf. p. 50, n. 2.

— 296 —

1, 26.—PENITENCIA DE DON QUIJOTE

    Tráele Amor al estricote [1],
    Que es de muy mala ralea;
    Y así, hasta henchir un pipote [2],
    Aquí lloró don Quijote
    Ausencias de Dulcinea
      Del Toboso.
    Buscando las aventuras
    Por entre las duras peñas,
    Maldiciendo entrañas duras,
    Que entre riscos y entre breñas
    Halla el triste desventuras,
     Hirióle Amor con su azote,
    No con su blanda correa;
    Y en tocándole el cogote,
    Aquí lloró don Quijote
    Ausencias de Dulcinea
      Del Toboso.

  No causó poca risa en los que hallaron los versos referidos el añadidura del Toboso al nombre de Dulcinea, porque imaginaron que debió de imaginar don Quijote que si en nombrando a Dulcinea no decía también del Toboso, no se podría entender la copla; y así fué la verdad, como él después confesó. Otros muchos escribió; pero, como se ha dicho no se pudieron sacar en limpio, ni enteros, más destas tres coplas. En esto, y en suspirar, y en llamar a los faunos y silvanos [3] de aquellos bosques, a las ninfas de los ríos, a la dolorosa y húmida Eco [4], que le respondiese, consolasen y escuchasen [5], se entretenía, y en buscar algunas hierbas con que sustentarse, en tanto que Sancho volvía; que si como tardó tres días [6], tardara tres semanas, el Caballero de la Triste Figura quedara tan desfigurado, que no le conociera la madre que le parió.

  Y será bien dejalle envuelto entre sus suspiros y versos por contar lo que le avino a Sancho Panza en su mandadería [7].

---

 [1] Al retortero, a mal traer.
 [2] *Pipote* (diminutivo de *pipa*, como *islote* de *isla*) = tonelito, barrilito.
 [3] En los campos habitaban los *faunos* y en las selvas los *silvanos:* unos y otros eran divinidades de orden inferior inventadas por los gentiles.
 [4] La ninfa *Eco*, desdeñada de Narciso, tanto lloró (de aquí el epíteto de *húmida)* y se consumió, que no le quedó más que la voz.
 [5] *Respondiese* Eco, *consolasen* las ninfas y *escuchasen* los faunos y silvanos (cf. p. 278, n. 1).
 [6] Sancho gastó sólo dos días en su viaje.
 [7] *Mandadería* = embajada.

1, 26.—AVENTURA DE LA SIERRA MORENA

Y fué que en saliendo al camino real, se puso en busca del del Toboso, y otro día [1] llegó a la venta donde le había sucedido la desgracia de la manta; y no la hubo bien visto [2], cuando le pareció que otra vez andaba en los aires, y no quiso entrar dentro, aunque llegó a hora que lo pudiera y debiera hacer, por ser la del comer y llevar en deseo de gustar algo caliente; que había grandes días [3] que todo era fiambre.

Esta necesidad le forzó a que llegase junto a la venta, todavía dudoso si entraría o no; y estando en esto, salieron de la venta dos personas que luego le conocieron. Y dijo el uno al otro:

—Dígame, señor Licenciado, aquel del caballo, ¿no es Sancho Panza, el que dijo el ama de nuestro aventurero que había salido con su señor por escudero?

—Sí es—dijo el Licenciado—; y aquél es el caballo de nuestro don Quijote.

Y conociéronle tan bien, como aquellos que eran [4] el Cura y el Barbero de su mismo lugar, y los que hicieron el escrutinio y acto [5] general de los libros. Los cuales, así como acabaron de conocer a Sancho Panza y a Rocinante, deseosos de saber de don Quijote, se fueron a él, y el Cura le llamó por su nombre, diciéndole:

—Amigo Sancho Panza, ¿adónde queda vuestro amo?

Conociólos luego Sancho Panza y determinó de encubrir el lugar y la suerte donde y como su amo quedaba; y así, les respondió que su amo quedaba ocupado en cierta parte y en cierta cosa que le era de mucha importancia, por los ojos que en la cara tenía [6].

—No, no—dijo el Barbero—, Sancho Panza, si vos no nos decís dónde queda, imaginaremos, como ya imaginamos, que vos le habéis muerto y robado, pues venís encima de su caballo. En verdad que nos habéis de dar [7] el dueño del rocín, o sobre eso, morena [8].

---

[1] Al otro día.
[2] No bien la hubo.
[3] *Grandes días* = muchos días.
[4] Como que aquellos eran.
[5] Cf. p. 90, n. 4.
[6] Especie de aseveración o juramento.
[7] Cf. p. 271, n. 5.
[8] *O sobre eso* [o *ello*] *morena* = y si no, ya lo veremos (en tono de amenaza); cf. *marimorena* = riña, pendencia.

— 298 —

1, 26.—SANCHO CON EL CURA Y EL BARBERO

—No hay para qué conmigo amenazas, que yo no soy hombre que robo ni mato a nadie: a cada uno mate su ventura, o Dios, que le hizo. Mi amo queda haciendo penitencia en la mitad desta montaña, muy a su sabor.

Y luego, de corrida y sin parar, les contó de la suerte que quedaba, las aventuras que le habían sucedido, y cómo llevaba la carta a la señora Dulcinea del Toboso, que era la hija de Lorenzo Corchuelo, de quien estaba enamorado hasta los hígados. Quedaron admirados los dos de lo que Sancho Panza les contaba; y aunque ya sabían la locura de don Quijote y el género della, siempre que la oían se admiraban de nuevo. Pidiéronle a Sancho Panza que les enseñase la carta que llevaba a la señora Dulcinea del Toboso. Él dijo que iba escrita en un libro de memoria, y que era orden de su señor que le hiciese trasladar en papel en el primer lugar que llegase; a lo cual dijo el Cura que se la mostrase; que él la trasladaría de muy buena letra. Metió la mano en el seno Sancho Panza, buscando el librillo, pero no le halló, ni le podía hallar si le buscara hasta agora, porque se había quedado don Quijote con él, y no se le había dado, ni a él se le acordó de pedírsele.

Cuando Sancho vió que no hallaba el libro, fuésele parando mortal el rostro; y tornándose a tentar todo el cuerpo muy aprisa, tornó a echar de ver que no le hallaba, y sin más ni más, se echó entrambos puños a las barbas, y se arrancó la mitad de ellas, y luego, apriesa y sin cesar, se dió media docena de puñadas en el rostro y en las narices, que se las bañó todas en sangre. Visto lo cual por el Cura y el Barbero, le dijeron que qué le había sucedido, que tan mal se paraba.

—¿Qué me ha de suceder—respondió Sancho—, sino el haber perdido de una mano a otra [1], en un estante, tres pollinos, que cada uno era como un castillo?

—¿Cómo es eso?—replicó el Barbero.

—He perdido el libro de memoria—respondió Sancho—donde venía la carta para Dulcinea y una cédula firmada de mi señor, por la cual mandaba que su sobrina me diese tres pollinos de cuatro o cinco que estaban en casa.

Y con esto, les contó la pérdida del rucio. Consolóle el Cura, y díjole que en hallando a su señor él le haría revalidar la manda y que tornase a hacer la libranza en papel, como era uso

---

[1] *De una mano a otra = en un estante = en un instante.*

1, 26.—AVENTURA DE LA SIERRA MORENA

y costumbre, porque las que se hacían en libros de memoria jamás se acetaban ni cumplían.

Con esto se corsoló Sancho, y dijo que como aquello fuese ansí, que no le daba mucha pena la pérdida de la carta de Dulcinea, porque él la sabía casi de memoria, de la cual se podría trasladar donde y cuando quisiesen.

—Decilda, Sancho, pues—dijo el Barbero—; que después la trasladaremos.

Paróse Sancho Panza a rascar la cabeza para traer a la memoria la carta, y ya se ponía sobre un pie, y ya sobre otro; unas veces miraba al suelo, otras al cielo, y al cabo de haberse roído la mitad de la yema de un dedo, teniendo suspensos a los que esperaban que ya la dijese, dijo al cabo de grandísimo rato:

—Por Dios, señor Licenciado, que los diablos lleven la cosa que de la carta [1] se me acuerda; aunque en el principio decía: «Alta y sobajada [2] señora.»

—No diría—dijo el Barbero—*sobajada*, sino sobrehumana, o soberana señora.

—Así es—dijo Sancho—. Luego, si mal no me acuerdo, proseguía..., si mal no me acuerdo: «el llego [3] y falto de sueño, y el ferido besa a vuestra merced las manos, ingrata y muy desconocida hermosa», y no sé qué decía de salud y de enfermedad que le enviaba, y por aquí iba escurriendo [4], hasta que acababa en «Vuestro hasta la muerte, el Caballero de la Triste Figura».

No poco gustaron los dos de ver la buena memoria de Sancho Panza, y alabáronsela mucho, y le pidieron que dijese la carta otras dos veces, para que ellos ansimesmo la tomasen de memoria para trasladalla a su tiempo. Tornóla a decir Sancho otras tres veces, y otras tantas volvió a decir otros tres mil disparates. Tras esto, contó asimesmo las cosas de su amo; pero no habló palabra acerca del manteamiento que le había sucedido en aquella venta en la cual rehusaba entrar. Dijo también cómo su señor, en trayendo que le trujese buen despacho de la señora Dulcinea del Toboso, se había de poner en

---

[1] O sea, *ninguna* cosa de la carta (cf. p. 196, n. 4).
[2] *Sobajar* = manosear.
[3] Queriendo decir *llagado* (cf. p. 291) le vino a la mente la voz *lego*, pero pronunciada a la rústica *llego*.
[4] Por *discurriendo*.

— 300 —

camino a procurar cómo ser emperador, o, por lo menos, monarca; que así lo tenían concertado entre los dos, y era cosa muy fácil venir a serlo, según era el valor de su persona y la fuerza de su brazo; y que en siéndolo, le había de casar a él, porque ya sería viudo, que no podía ser menos, y le había de dar por mujer a una doncella de la emperatriz, heredera de un rico y grande estado de tierra firme, sin ínsulos ni ínsulas, que ya no las quería. Decía esto Sancho con tanto reposo, limpiándose de cuando en cuando las narices, y con tan poco juicio, que los dos se admiraron de nuevo, considerando cuán vehemente había sido la locura de don Quijote, pues había llevado tras sí el juicio de aquel pobre hombre. No quisieron cansarse en sacarle del error en que estaba, pareciéndoles que, pues no le dañaba nada la conciencia, mejor era dejarle en él, y a ellos les sería de más gusto oír su necedades. Y así, le dijeron que rogase a Dios por la salud de su señor; que cosa contingente y muy agible [1] era venir con el discurso del tiempo a ser emperador, como él decía, o, por lo menos, arzobispo, u otra dignidad equivalente. A lo cual respondió Sancho:

—Señores, si la fortuna rodease [2] las cosas de manera que a mi amo le viniese en voluntad de no ser emperador, sino de ser arzobispo, querría yo saber agora, qué suelen dar los arzobispos andantes a sus escuderos.

—Suélenles dar—respondió el Cura—algún beneficio, simple o curado [3] o alguna sacristanía [4], que les vale mucho de renta rentada [5], amén del pie de altar [6], que se suele estimar en otro tanto.

—Para eso será menester—replicó Sancho—que el escudero no sea casado, y que sepa ayudar a misa, por lo menos; y si esto es así, ¡desdichado de yo [7], que soy casado y no sé la pri-

---

[1] *Agible* = factible.
[2] Cf. p. 114, n. 2.
[3] *Beneficio eclesiástico* = cargo u oficio en la Iglesia canónicamente conferido. Es de dos maneras: *simple*, sin obligación aneja de cura de almas, y *curado*.
[4] *Sacristanía* = dignidad de sacristán existente en algunas iglesias.
[5] *De renta rentada* = de renta conocida, fija, además de lo que accidentalmente pudiese sobrevenir.
[6] *Pie de altar* = estipendios que se dan a los ministros eclesiásticos por las funciones que ejercen, además de la renta que tienen por sus prebendas o beneficios.
[7] Este *yo* por *mí* es rústico.

mera letra del A B C! ¿Qué será de mí si a mi amo le da antojo de ser arzobispo, y no emperador, como es uso y costumbre de los caballeros andantes?

—No tengáis pena, Sancho amigo—dijo el Barbero—; que aquí rogaremos a vuestro amo, y se lo aconsejaremos, y aun se lo pondremos en caso de conciencia, que sea emperador y no arzobispo, porque le será más fácil, a causa de que él es más valiente que estudiante.

—Así me ha parecido a mí—respondió Sancho—; aunque sé decir que para todo tiene habilidad. Lo que yo pienso hacer de mi parte es rogarle a nuestro Señor que le eche a aquellas partes donde él más se sirva y adonde a mí más mercedes me haga.

—Vos lo decís como discreto—dijo el Cura—, y lo haréis como buen cristiano. Mas lo que ahora se ha de hacer es dar orden como sacar a vuestro amo de aquella inútil penitencia que decís que queda haciendo; y para pensar el modo que hemos de tener, y para comer, que ya es hora, será bien nos entremos en esta venta.

Sancho dijo que entrasen ellos, que él esperaría allí fuera, y que después les diría la causa por que no entraba ni le convenía entrar en ella; mas que les rogaba que le sacasen allí algo de comer, que fuese cosa caliente, y ansimismo cebada para Rocinante. Ellos se entraron y le dejaron, y de allí a poco el Barbero le sacó de comer. Después, habiendo bien pensado entre los dos el modo que tendrían para conseguir lo que deseaban, vino el Cura en un pensamiento muy acomodado al gusto de don Quijote, y para lo que ellos querían; y fué que dijo al Barbero que lo que había pensado era que él se vestiría en hábito de doncella andante, y que él procurase ponerse lo mejor que pudiese como escudero, y que así irían adonde don Quijote estaba, fingiendo ser ella una doncella afligida y menesterosa, y le pediría un don, el cual no podría dejársele de otorgar, como valeroso caballero andante. Y que el don que le pensaba pedir era que se viniese con ella donde ella le llevase, a desfacelle un agravio que un mal caballero le tenía fecho; y que le suplicaba ansimesmo que no la mandase quitar su antifaz, ni la demandase cosa de su facienda, fasta que la hubiese fecho derecho de aquel mal caballero [1]; y que creyese,

---

[1] El licenciado estaba ya remedando el lenguaje de doncella menesterosa tal cual aparece en la literatura caballeresca. *Cosa de su hacienda* = nada de sus negocios. *Facer derecho* = hacer justicia, reparar un agravio.

sin duda, que don Quijote vendría en todo cuanto le pidiese por este término, y que desta manera le sacarían de allí, y le llevarían a su lugar, donde procurarían ver si tenía algún remedio su estraña locura.

CAPITULO XXVII.—De cómo salieron con su intención el Cura y el Barbero, con otras cosas dignas de que se cuenten en esta grande historia.

No le pareció mal al Barbero la invención del Cura, sino tan bien, que luego la pusieron por obra. Pidiéronle a la ventera una saya y unas tocas [1], dejándole en prendas una sotana nueva del Cura. El Barbero hizo una gran barba de una cola rucia o roja de buey, donde el Ventero tenía colgado el peine [2]. Preguntóles la Ventera que para qué le pedían aquellas cosas. El Cura le contó en breves razones la locura de don Quijote, y cómo convenía aquel disfraz para sacarle de la montaña, donde a la sazón estaba. Cayeron luego el Ventero y la Ventera en que el loco era su huésped el del bálsamo y el amo del manteado escudero, y contaron al Cura todo lo que con él les había pasado, sin callar lo que tanto callaba Sancho. En resolución, la Ventera vistió al Cura de modo que no había más que ver: púsole una saya de paño, llena de fajas de terciopelo negro de un palmo de ancho, todas acuchilladas [3], y unos corpiños [4] de terciopelo verde guarnecidos con unos ribetes de

---

[1] *Toca* = velo de la cabeza de la mujer.
[2] Era costumbre de gente humilde tener el peine puesto entre las cerdas de una cola de buey, para limpiarlo.
[3] *Acuchillar* un vestido es abrir a trechos su tela para que se vea el vestido interior o para poner en las aberturas piezas fusiformes de un tejido más rico y de color diferente.
[4] *Corpiño* es diminutivo de *cuerpo* (= vestido que cubre desde el cuello o los hombros hasta la cintura).

Acuchillado

1, 27.—AVENTURA DE LA SIERRA MORENA

raso ¹ blanco, que se debieron de hacer, ellos y la saya, en tiempo del rey Wamba. No consintió el Cura que le tocasen ², sino púsose en la cabeza un birretillo de lienzo colchado ³ que llevaba para dormir de noche, y ciñóse por la frente una liga de tafetán ⁴ negro, y con otra liga hizo un antifaz ⁵ con que se cubrió muy bien las barbas y el rostro; encasquetóse su sombrero, que era tan grande, que le podía servir de quitasol, y cubriéndose ⁶ su herreruelo ⁷, subió en su mula a mujeriegas ⁸, y el Barbero en la suya, con su barba que le llegaba a la cintura, entre roja y blanca, como aquella que, como se ha dicho, era hecha de la cola de un buey barroso ⁹.

Despidiéronse de todos, y de la buena Maritornes, que prometió de rezar un rosario, aunque pecadora, porque Dios les diese buen suceso en tan arduo y tan cristiano negocio como era el que habían emprendido. Mas apenas hubo salido de la venta, cuando le vino al Cura un pensamiento: que hacía mal en haberse puesto de aquella manera, por ser cosa indecente que un sacerdote se pusiese así, aunque le fuese mucho en ello; y diciéndoselo al Barbero, le rogó que trocasen trajes, pues era más justo que él fuese la doncella menesterosa, y que él haría ¹⁰ el escudero, y que así se profanaba menos su dignidad; y que si no lo quería hacer, determinaba de no pasar adelante, aunque a don Quijote se le llevase el diablo. En esto, llegó Sancho, y de ver a los dos en aquel traje no pudo tener la risa. En efeto, el Barbero vino en todo aquello que el Cura quiso, y, trocando la invención, el Cura le fué informando el modo que había de

---

¹ *Raso* = tela de seda lustrosa, de más cuerpo que el tafetán y menos que el terciopelo.
² *Tocar* = adornar la cabeza.
³ *Colchar* o *acolchar* = poner algodón, seda, lana... entre dos telas y bastearlas (= darles a trechos puntadas para que el relleno se mantenga en su sitio y no se apelotone).
⁴ *Tafetán* = tela delgada de seda, muy tupida, de que hay varias especies.
⁵ Estas ligas eran tiras de tela muy anchas.
⁶ *Cubrir* = poner, vestir.
⁷ «*Ferreruelo* [o *herreruelo*], género de capa, con solo cuello, sin capilla, y algo largo» (Cov.): cf. fig., p. 266.
⁸ *A mujeriegas* (o *a sentadillas*) = como montan las mujeres. *A horcajadas* = como montan los hombres.
⁹ *Barroso* = que tira a rojo
¹⁰ *Hacer* = representar.

— 304 —

tener, y las palabras que había de decir a don Quijote para moverle y forzarle a que con él se viniese, y dejase la querencia del lugar que había escogido para su vana penitencia. El Barbero respondió que sin que se le diese lición, él lo pondría bien en su punto. No quiso vestirse por entonces, hasta que estuviesen junto de donde don Quijote estaba, y así, dobló sus vestidos, y el Cura acomodó su barba, y siguieron su camino, guiándolos Sancho Panza; el cual les fué contando lo que les aconteció con el loco que hallaron en la sierra, encubriendo, empero, el hallazgo de la maleta y de cuanto en ella venía; que, maguer que tonto, era un poco codicioso el mancebo.

Otro día [1] llegaron al lugar donde Sancho había dejado puestas las señales de las ramas para acertar el lugar donde había dejado a su señor; y, en reconociéndole, les dijo cómo aquélla era la entrada, y que bien se podían vestir, si era que aquello hacía al caso para la libertad de su señor; porque ellos le habían dicho antes que el ir de aquella suerte y vestirse de aquel modo era toda la importancia [2] para sacar a su amo de aquella mala vida que había escogido, y que le encargaban mucho que no dijese a su amo quién ellos eran, ni que los conocía; y que si le preguntase, como se lo había de preguntar, si dió la carta a Dulcinea, dijese que sí, y que, por no saber leer [3], le había respondido de palabra, diciéndole que le mandaba, so pena de la su desgracia, que luego al momento se viniese a ver con ella, que era cosa que le importaba mucho; porque con esto y con lo que ellos pensaban decirle tenían por cosa cierta reducirle a mejor vida, y hacer con él que luego se pusiese en camino para ir a ser emperador o monarca; que en lo de ser arzobispo no había de qué temer. Todo lo escuchó Sancho, y lo tomó muy bien en la memoria, y les agradeció mucho la intención que tenían de aconsejar a su señor fuese emperador, y no arzobispo, porque él tenía para sí que para hacer mercedes a sus escuderos más podían los emperadores que los arzobispos andantes. También les dijo que sería bien que él fuese delante a buscarle y darle la respuesta de su señora; que ya sería ella bastante a sacarle de aquel lugar, sin que ellos se pusiesen en tanto trabajo. Parecióles bien lo que Sancho

---

[1] Al otro día.
[2] *Era toda la importancia* = era lo único y verdaderamente importante y eficaz.
[3] *Por no saber leer*, cuanto menos escribir...

1, 27.—AVENTURA DE LA SIERRA MORENA

Panza decía, y así, determinaron de aguardarle, hasta que volviese con las nuevas del hallazgo de su amo.

Entróse Sancho por aquellas quebradas de la sierra, dejando a los dos en una por donde corría un pequeño y manso arroyo, a quien hacían sombra agradable y fresca otras peñas y algunos árboles que por allí estaban. El calor, y el día que allí llegaron [1], era de los del mes de agosto, que [2] por aquellas partes suele ser el ardor muy grande; la hora, las tres de la tarde; todo lo cual hacía al sitio más agradable, y que convidase a que en él esperasen la vuelta de Sancho, como lo hicieron. Estando, pues, los dos allí sosegados y a la sombra, llegó a sus oídos una voz, que, sin acompañarla son de algún otro instrumento, dulce y regaladamente sonaba, de que no poco se admiraron, por parecerles que aquél no era lugar donde pudiese haber quien tan bien cantase. Porque aunque suele decirse que por las selvas y campos se hallan pastores de voces estremadas, más son encarecimientos de poetas que verdades; y más cuando advirtieron que lo que oían cantar eran versos, no de rústicos ganaderos, sino de discretos cortesanos. Y confirmó esta verdad haber sido los versos que oyeron éstos:

¿Quién menoscaba mis bienes?
Desdenes.
Y ¿quién aumenta mis duelos?
Los celos.
Y ¿quién prueba mi paciencia?
Ausencia.
De ese modo, en mi dolencia
Ningún remedio se alcanza,
Pues me matan la esperanza
Desdenes, celos y ausencia.
¿Quién me causa este dolor?
Amor.
Y ¿quién mi gloria repugna [3]?
Fortuna.
Y ¿quién consiente en mi duelo?
El cielo.
De ese modo, yo recelo
Morir deste mal estraño,
Pues se aumentan [4] en mi daño
Amor, fortuna y el cielo.

---

[1] *Llegaron* nuestros caminantes.
[2] En *que* (cf. pról. 19).
[3] Cf p. 50, n. 3.
[4] Al juntarse para luchar, acrecientan sus fuerzas.

1, 27.—CARDENIO Y LUSCINDA (conclusión).

> ¿Quién mejorará mi suerte?
> La muerte.
> Y el bien de amor, ¿quién le alcanza?
> Mudanza.
> Y sus males, ¿quién los cura?
> Locura.
> De ese modo, no es cordura
> Querer curar la pasión,
> Cuando los remedios son
> Muerte, mudanza y locura [1].

La hora, el tiempo, la soledad, la voz y la destreza del que cantaba causó admiración y contento en los dos oyentes, los cuales se estuvieron quedos, esperando si otra alguna cosa oían; pero viendo que duraba algún tanto el silencio, determinaron de salir a buscar el músico que con tan buena voz cantaba. Y queriéndolo poner en efeto, hizo la mesma voz que no se moviesen, la cual llegó de nuevo a sus oídos, cantando este soneto:

SONETO

> Santa amistad, que con ligeras alas,
> Tu apariencia quedándose en el suelo,
> Entre benditas almas en el cielo,
> Subiste alegre a las impíreas salas,
>   Desde allá, cuando quieres, nos señalas
> La justa paz cubierta con un velo,
> Por quien a veces se trasluce el celo
> De buenas obras que, a la fin, son malas.
>   Deja el cielo ¡oh amistad!, o no permitas
> Que el engaño se vista tu librea [2],
> Con que destruye a la intención sincera;
>   Que si tus apariencias no le quitas,
> Presto ha de verse el mundo en la pelea
> De la discorde confusión primera.

El canto se acabó con un profundo suspiro, y los dos con atención volvieron a esperar si más se cantaba; pero viendo que la música se había vuelto en sollozos y en lastimeros ayes, acordaron de saber quién era el triste tan estremado en la voz como doloroso en los gemidos; y no anduvieron mucho, cuando, al volver de una punta de una peña, vieron a un hombre del

---

[1] Hoy llamamos *ovillejos* a estas combinaciones métricas.
[2] Cf. p. 50, n. 1.

1, 27.—AVENTURA DE LA SIERRA MORENA

mismo talle y figura que Sancho Panza les había pintado cuando les contó el cuento de Cardenio; el cual hombre cuando los vió, sin sobresaltarse, estuvo quedo, con la cabeza inclinada sobre el pecho, a guisa de hombre pensativo, sin alzar los ojos a mirarlos más de la vez primera, cuando de improviso llegaron. El Cura, que era hombre bien hablado, como el que ya tenía noticia de su desgracia, pues por las señas le había conocido, se llegó a él, y con breves aunque muy discretas razones, le rogó y persuadió que aquella tan miserable vida dejase, porque allí no la perdiese, que era la desdicha mayor de las desdichas. Estaba Cardenio entonces en su entero juicio, libre de aquel furioso accidente que tan a menudo le sacaba de sí mismo; y así, viendo a los dos en traje tan no usado de los que por aquellas soledades andaban, no dejó de admirarse algún tanto, y más cuando oyó que le habían hablado en [1] su negocio, como en cosa sabida (porque las razones que el Cura le dijo, así lo dieron a entender); y así, respondió desta manera:
—Bien veo yo, señores, quienquiera que seáis, que el cielo que tiene cuidado de socorrer a los buenos, y aun a los malos muchas veces, sin yo merecerlo me envía, en estos tan remotos y apartados lugares del trato común de las gentes, algunas personas que, poniéndome delante de los ojos con vivas y varias razones cuán sin ella ando en hacer la vida que hago, han procurado sacarme désta a mejor parte; pero como no saben que sé yo que en saliendo deste daño he de caer en otro mayor, quizá me deben de tener por hombre de flacos discursos, y aun, lo que peor sería, por de ningún juicio. Y no sería maravilla que así fuese, porque a mí se me trasluce que la fuerza de la imaginación de mis desgracias es tan intensa y puede tanto en mi perdición, que, sin que yo pueda ser parte a estorbarlo, vengo a quedar como piedra, falto de todo buen sentido y conocimiento; y vengo a caer en la cuenta de esta verdad cuando algunos me dicen y muestran señales de las cosas que he hecho en tanto que aquel terrible accidente me señorea, y no sé más que dolerme en vano y maldecir, sin provecho, mi ventura, y dar por disculpa de mis locuras el decir [2] la causa dellas a cuantos oírla quieren; porque viendo los cuerdos cuál es la causa, no se maravillarán de los efetos, y si no me dieren remedio, a lo menos, no me darán culpa, convirtiéndoseles el enojo de mi

---

[1] *Hablar en* = hablar de.
[2] Sobra el *decir;* pues el *dar* anterior significa *decir.*

1, 27.—CARDENIO Y LUSCINDA *(conclusión)*

desenvoltura en lástima de mis desgracias. Y si es que vosotros, señores, venís con la mesma intención que otros han venido, antes que paséis adelante en vuestras discretas persuasiones, os ruego que escuchéis el cuento [1], que no le tiene, de mis desventuras, porque quizá, después de entendido, ahorraréis del trabajo que tomaréis en consolar un mal que de todo consuelo es incapaz.

Los dos, que no deseaban otra cosa que saber de su mesma boca la causa de su daño, le rogaron se la contase, ofreciéndole de no hacer otra cosa de la que él quisiese, en su remedio o consuelo; y con esto, el triste caballero comenzó su lastimera historia, casi por las mesmas palabras y pasos que la había contado a don Quijote y al Cabrero pocos días atrás, cuando, por ocasión del maestro Elisabat y puntualidad de don Quijote en guardar el decoro a la caballería, se quedó el cuento imperfeto, como la historia lo deja contado. Pero ahora quiso la buena suerte que se detuvo el accidente de la locura y le dió lugar de contarlo hasta el fin; y así, llegando al paso del billete que había hallado don Fernando entre el libro de *Amadís de Gaula* [2], dijo Cardenio que le tenía bien en la memoria y que decía desta manera:

LUSCINDA A CARDENIO

«Cada día descubro en vos valores [3] que me obligan y fuerzan a que en más os estime; y así, si quisiéredes sacarme desta deuda sin ejecutarme en la honra [4], lo podréis muy bien hacer. Padre tengo, que os conoce y que me quiere bien, el cual, sin forzar mi voluntad, cumplirá la que será justo que vos tengáis, si es que me estimáis como decís, y como yo creo.»

—Por este billete me moví a pedir a Luscinda por esposa, como ya os he contado, y éste fué por quien quedó Luscinda en la opinión de don Fernando por una de las más discretas y avisadas mujeres de su tiempo; y este billete fué el que le puso

---

[1] *Cuento* = 1) relación; 2) número.
[2] Como no recordaba bien Cervantes lo que de la narración llevaba contado en el cap. 24 (pág. 273), al reanudarla hizo algunas alteraciones.
[3] *Valores* = prendas, cualidades.
[4] «*Esecutar*... Está usado en los tribunales, cuando se pone por obra la sentencia dada. *Executar en los bienes*, sacarlos del poder de su dueño y venderlos» (Cov.).

1, 27.—AVENTURA DE LA SIERRA MORENA

en deseo de destruirme, antes que el mío se efetuase. Díjele yo a don Fernando en lo que reparaba el padre de Luscinda, que era en que mi padre se la pidiese, lo cual yo no le osaba decir, temeroso que no vendría en ello, no porque no tuviese bien conocida la calidad, bondad, virtud y hermosura de Luscinda, y que tenía partes bastantes para ennoblecer cualquier otro linaje de España, sino porque yo entendía dél que deseaba que no me casase tan presto, hasta ver lo que el duque Ricardo hacía conmigo. En resolución, le dije que no me aventuraba a decírselo a mi padre, así por aquel inconveniente como por otros muchos que me acobardaban, sin saber cuáles eran; sino que me parecía que lo que yo desease jamás había de tener efeto. A todo esto me respondió don Fernando que él se encargaba de hablar a mi padre y hacer con él que hablase al de Luscinda. ¡Oh Mario ambicioso, oh Catilina cruel, oh Sila facineroso, oh Galalón embustero, oh Vellido traidor, oh Julián [1] vengativo, oh Judas codicioso! Traidor, cruel, vengativo y embustero, ¿qué deservicios te había hecho este triste, que con tanta llaneza te descubrió los secretos y contentos de su corazón? ¿Qué ofensa te hice? ¿Qué palabras te dije, o qué consejos te di, que no fuesen todos encaminados a acrecentar tu honra y tu provecho? Mas ¿de qué me quejo ¡desventurado de mí!, pues es cosa cierta que cuando traen las desgracias la corriente de las estrellas, como vienen de alto abajo, despeñándose con furor y con violencia, no hay fuerza en la tierra que las detenga, ni industria humana que prevenirlas pueda? ¿Quién pudiera imaginar que don Fernando, caballero ilustre, discreto, obligado de mis servicios, poderoso para alcanzar lo que el deseo amoroso le pidiese dondequiera que le ocupase, se había de enconar [2] (como suele decirse) en tomarme a mí una sola oveja [3], que aún no poseía? Pero quédense estas consideraciones aparte, como inútiles y sin provecho, y añudemos el roto hilo de mi desdichada historia. Digo, pues, que pareciéndole a don Fernando que mi presencia le era inconveniente para poner en ejecución su falso y mal pensamiento, determinó de enviarme

---

[1] De *Galalón* ya se habló (pág. 59, n. 4). *Vellido Dolfos* dió muerte a traición al rey Don Sancho, sitiador de su hermana Doña Urraca en Zamora. Ofendido el conde *don Julián* por el rey Don Rodrigo, en venganza facilitó a los moros la entrada en España.

[2] *Enconarse en algo* = encargarse la conciencia tomando lo ajeno.

[3] Se refiere a la parábola con que el profeta Natán afeó a David el agravio inferido a Urías (Reyes, II, c. 12).

1, 27.—CARDENIO Y LUSCINDA *(conclusión)*

a su hermano mayor, con ocasión de pedirle unos dineros para pagar seis caballos, que de industria, y sólo para este efeto de que me ausentase (para poder mejor salir con su dañado intento), el mesmo día que se ofreció hablar [1] a mi padre los compró, y quiso que yo viniese por el dinero. ¿Pude yo prevenir esta traición? ¿Pude, por ventura, caer en imaginarla? No, por cierto; antes con grandísimo gusto me ofrecí a partir luego, contento de la buena compra hecha. Aquella noche hablé con Luscinda, y le dije lo que con don Fernando quedaba concertado, y que tuviese firme esperanza de que tendrían efeto nuestros buenos y justos deseos. Ella me dijo, tan segura [2] como yo de la traición de don Fernando, que procurase volver presto, porque creía que no tardaría más la conclusión de nuestras voluntades que [3] tardase mi padre de hablar al suyo. No sé qué se fué, que en acabando de decirme esto se le llenaron los ojos de lágrimas y un nudo se le atravesó en la garganta, que no le dejaba hablar palabra de otras muchas que me pareció que procuraba decirme. Quedé admirado deste nuevo accidente, hasta allí jamás en ella visto, porque siempre nos hablábamos, las veces que la buena fortuna y mi diligencia lo concedía, con todo regocijo y contento, sin mezclar en nuestras pláticas lágrimas, suspiros, celos, sospechas o temores. Todo era engrandecer yo mi ventura, por habérmela dado el cielo por señora: exageraba su belleza, admirábame de su valor y entendimiento. Volvíame ella el recambio [4], alabando en mí lo que, como a enamorada, le parecía digno de alabanza. Con esto, nos contábamos cien mil niñerías y acaecimientos de nuestros vecinos y conocidos, y a lo que más se estendía mi desenvoltura era a tomarle, casi por fuerza, una de sus bellas y blancas manos, y llegarla a mi boca, según daba lugar la estrecheza de una baja reja que nos dividía. Pero la noche que precedió al triste día de mi partida ella lloró, gimió y suspiró, y se fué, y me dejó lleno de confusión y sobresalto, espantado de haber visto tan nuevas y tan tristes muestras de dolor y sentimiento en Luscinda; pero, por no destruir mis esperanzas,

---

[1] Si no hay que leer *se ofreció* A *hablar*, el sentido es *se presentó la ocasión de hablar*.
[2] *Segura* = ajena, descuidada.
[3] De lo *que*.
[4] Propiamente *cambio* era el interés de una cantidad prestada y *recambio* el interés de esa cantidad acrecentada por el cambio aún no pagado (cf. R. Marín).

— 311 —

1, 27.—AVENTURA DE LA SIERRA MORENA

todo lo atribuí a la fuerza del amor que me tenía y al dolor que suele causar la ausencia en los que bien se quieren. En fin, yo me partí triste y pensativo, llena el alma de imaginaciones y sospechas, sin saber lo que sospechaba ni imaginaba: claros indicios que me mostraban el triste suceso y desventura que me estaba guardada.

Llegué al lugar donde era enviado; di las cartas al hermano de don Fernando; fuí bien recebido, pero no bien despachado, porque me mandó aguardar, bien a mi disgusto, ocho días, y en parte donde el Duque su padre no me viese, porque su hermano le escribía que le enviase cierto dinero sin su sabiduría [1]; y todo fué invención del falso don Fernando, pues no le faltaban a su hermano dineros para despacharme luego. Orden y mandato fué éste que me puso en condición [2] de no obedecerle, por parecerme imposible sustentar tantos días la vida en el ausencia de Luscinda, y más habiéndola dejado con la tristeza que os he contado; pero, con todo esto, obedecí, como buen criado, aunque veía que había de ser a costa de mi salud. Pero a los cuatro días que allí llegué, llegó un hombre en mi busca con una carta, que me dió, que en el sobrescrito conocí ser de Luscinda, porque la letra dél era suya. Abríla temeroso y con sobresalto, creyendo que cosa grande debía de ser la que la había movido a escribirme estando ausente [3], pues presente [4] pocas veces lo hacía. Pregúntele al hombre antes de leerla, quién se la había dado y el tiempo que había tardado en el camino; díjome que acaso pasando por una calle de la ciudad a la hora de medio día, una señora muy hermosa le llamó desde una ventana, los ojos llenos de lágrimas, y que con mucha priesa le dijo: «—Hermano, si sois cristiano, como parecéis, por amor de Dios os ruego que encaminéis luego luego esta carta al lugar y a la persona que dice el sobrescrito, que todo es bien conocido, y en ello haréis un gran servicio a nuestro Señor; y para que no os falte comodidad de poderlo hacer, tomad lo que va en este pañuelo». «Y diciendo esto me [5] arrojó por la ventana un pañuelo, donde venían atados

---
[1] *Sabiduría* = conocimiento
[2] *Condición* = peligro.
[3] No de ella, sino de la ciudad.
[4] Estando en la ciudad, donde habría más facilidad para hallar correo.
[5] A continuar Cardenio el estilo indirecto que venía usando (*díjome que...*), ahora diría: *Y que diciendo esto le arrojó...* El cambio de estilo gramatical se hace, como en otras ocasiones, para más viveza, sin previo aviso.

1, 27.—CARDENIO Y LUSCINDA (conclusión)

cien reales y esta sortija de oro que aquí traigo, con esa carta que os he dado. Y luego, sin aguardar respuesta mía, se quitó de la ventana; aunque primero vió cómo yo tomé la carta y el pañuelo y, por señas, le dije que haría lo que me mandaba. Y así, viéndome tan bien pagado del trabajo que podía tomar en traérosla, y conociendo por el sobrescrito que érades vos a quien se enviaba, porque yo, señor, os conozco muy bien, y obligado asimesmo de las lágrimas de aquella hermosa señora, determiné de no fiarme de otra persona, sino venir yo mesmo a dárosla, y en diez y seis horas que ha que se me dió, he hecho el camino, que sabéis que es de diez y ocho leguas.» En tanto que el agradecido y nuevo correo esto me decía, estaba yo colgado de sus palabras, temblándome las piernas, de manera, que apenas podía sostenerme. En efeto, abrí la carta y vi que contenía estas razones:

«La palabra que don Fernando os dió de hablar a vuestro padre para que hablase al mío la ha cumplido más en su gusto que en vuestro provecho. Sabed, señor, que él me ha pedido por esposa, y mi padre, llevado de la ventaja que él piensa que don Fernando os hace, ha venido en lo que quiere, con tantas veras, que de aquí a dos días se ha de hacer el desposorio; tan secreto y tan a solas, que sólo han de ser testigos los cielos y alguna gente de casa. Cuál yo quedo, imaginaldo; si os cumple venir [1], veldo; y si os quiero bien o no, el suceso de este negocio os lo dará a entender. A Dios plega que ésta llegue a vuestras manos antes que la mía se vea en condición [2] de juntarse con la de quien tan mal sabe guardar la fe que promete.»

Éstas, en suma, fueron las razones que la carta contenía y las que me hicieron poner luego en camino, sin esperar otra respuesta ni otros dineros; que bien claro conocí entonces que no la compra de los caballos, sino la de su gusto, había movido a don Fernando a enviarme a su hermano. El enojo que contra don Fernando concebí, junto con el temor de perder la prenda que con tantos años de servicios y deseos tenía granjeada, me pusieron alas, pues casi como en vuelo, otro día [3] me puse en mi lugar, al punto y hora que convenía para ir a hablar a Luscinda. Entré secreto [4] y dejé una mula en que venía en casa del

---
[1] «*No cumple se haga esto* vale no conviene» (Cov.).
[2] Peligro.
[3] Al *otro día* (de haber despachado Luscinda su carta).
[4] Secretamente (cf. pról. 2).

1, 27.—AVENTURA DE LA SIERRA MORENA

buen hombre que me había llevado la carta y quiso la suerte que entonces la tuviese tan buena, que hallé a Luscinda puesta a la reja, testigo de nuestros amores. Conocióme Luscinda luego, y conocila yo; mas no como debía ella conocerme, y yo conocerla. Pero ¿quién hay en el mundo que se pueda alabar que ha penetrado y sabido el confuso pensamiento y condición mudable de una mujer? Ninguno, por cierto. Digo, pues, que así como Luscinda me vió, me dijo: «—Cardenio, de boda estoy vestida; ya me están aguardando en la sala don Fernando el traidor y mi padre el codicioso, con otros testigos, que antes lo serán de mi muerte que de mi desposorio. No te turbes, amigo, sino procura hallarte presente a este sacrificio, el cual si no pudiere ser estorbado de mis razones, una daga llevo escondida que podrá estorbar más determinadas fuerzas, dando fin a mi vida y principio a que conozcas la voluntad que te he tenido y tengo». Yo le respondí turbado y apriesa, temeroso no me faltase lugar para responderla: «—Hagan, señora, tus obras, verdaderas tus palabras: que si tú llevas daga para acreditarte aquí llevo yo espada para defenderte con ella, o para matarme si la suerte nos fuere contraria». No creo que pudo oír todas estas razones, porque sentí que la llamaban apriesa, porque el desposado aguardaba. Cerróse con esto la noche de mi tristeza; púsoseme el sol de mi alegría; quedé sin luz en los ojos y sin discurso en el entendimiento. No acertaba a entrar en su casa, ni podía moverme a parte alguna; pero considerando cuánto importaba mi presencia para lo que suceder pudiese en aquel caso, me animé lo más que pude y entré en su casa; y como ya sabía muy bien todas sus entradas y salidas, y más con el alboroto que de secreto [1] en ella andaba, nadie me echó de ver; así que, sin ser visto, tuve lugar de ponerme en el hueco que hacía una ventana de la misma sala, que con las puntas y remates de dos tapices se cubría [2], por entre los cuales podía yo ver, sin ser visto, todo cuanto en la sala se hacía. ¿Quién pudiera decir ahora los sobresaltos que me dió el corazón mientras allí estuve, los pensamientos que me ocurrieron, las consideraciones que hice, que fueron tantas y tales, que ni se pueden decir, ni aun es bien que se digan? Basta que sepáis que el desposado entró en la sala, sin otro adorno que los mesmos vestidos ordinarios

---

[1] *De secreto* = interiormente.
[2] Pues dice tapices, y no cortinas, se ve que los tapices eran tan grandes que además de las paredes cubrían parte del hueco de la ventana.

1, 27.—CARDENIO Y LUSCINDA *(conclusión)*

que solía. Traía por padrino a un primo hermano de Luscinda, y en toda la sala no había persona de fuera, sino los criados de casa. De allí a un poco salió de una recámara Luscinda, acompañada de su madre y de dos doncellas suyas, tan bien aderezada y compuesta como su calidad y hermosura merecían, y como quien era la perfeción de la gala y bizarría cortesana. No me dió lugar mi suspensión y arrobamiento para que mirase y notase en particular lo que traía vestido: sólo pude advertir [1] a las colores, que eran encarnado y blanco, y en [2] las vislumbres [3] que las piedras y joyas del tocado [4] y de todo el vestido hacían, a todo lo cual se aventajaba la belleza singular de sus hermosos y rubios cabellos, tales que en competencia de las preciosas piedras y de las luces de cuatro hachas que en la sala estaba, la suya con más resplandor a los ojos ofrecían. ¡Oh memoria, enemiga mortal de mi descanso! ¿De qué sirve representarme ahora la incomparable belleza de aquella adorada enemiga mía? ¿No será mejor, cruel memoria, que me acuerdes y representes lo que entonces hizo, para que, movido de tan manifiesto agravio, procure, ya que no la venganza, a lo menos, perder la vida? No os canséis, señores, de oír estas digresiones que hago; que no es mi pena de aquellas que puedan ni deban contarse sucintamente y de paso, pues cada circunstancia suya me parece a mí que es digna de un largo discurso.

A esto le respondió el Cura que no sólo no se cansaban en oírle, sino que les daba mucho gusto las menudencias que contaba, por ser tales, que merecían no pasarse en silencio, y la mesma atención que lo principal del cuento.

—Digo, pues—prosiguió Cardenio—, que estando todos en la sala, entró el cura de la parroquia y, tomando a los dos por la mano para hacer lo que en tal acto se requiere, al decir: «¿Queréis, señora Luscinda, al señor don Fernando, que está presente, por vuestro legítimo esposo, como lo manda la Santa Madre Iglesia?», yo saqué toda la cabeza y cuello de entre los tapices, y con atentísimos oídos y alma turbada me puse a escuchar lo que Luscinda respondía, esperando de su respuesta la sentencia de mi muerte, o la confirmación de mi vida. ¡Oh,

---

[1] *Advertir* = tener advertencia a.
[2] Por *a* (cf. pról. 12).
[3] *Vislumbre* = reflejo de la luz, o tenue resplandor por la distancia de ella.
[4] *Tocado* = adorno de la cabeza en las mujeres.

1, 27.—AVENTURA DE LA SIERRA MORENA

quién se atreviera a salir entonces, diciendo a voces: «¡Ah, Luscinda, Luscinda, mira lo que haces; considera lo que me debes; mira que eres mía, y que no puedes ser de otro! ¡Advierte que el decir tú *sí* y el acabárseme la vida, ha de ser todo a un punto! ¡Ah traidor don Fernando, robador de mi gloria, muerte de mi vida!; ¿qué quieres?; ¿qué pretendes?; considera que no puedes cristianamente llegar al fin de tus deseos, porque Luscinda es mi esposa, y yo soy su marido.» ¡Ah loco de mí! ¡Ahora que estoy ausente y lejos del peligro, digo que había de hacer lo que no hice! ¡Ahora que dejé robar mi cara prenda, maldigo al robador, de quien pudiera vengarme si tuviera corazón para ello, como le tengo para quejarme! En fin, pues fuí entonces cobarde y necio, no es mucho que muera ahora corrido, arrepentido y loco.

Estaba esperando el Cura la respuesta de Luscinda, que se detuvo un buen espacio en darla, y cuando yo pensé que sacaba la daga para acreditarse, o desataba la lengua para decir alguna verdad o desengaño que en mi provecho redundase, oigo que dijo con voz desmayada y flaca: «Sí quiero», y lo mismo dijo don Fernando; y, dándole el anillo, quedaron en indisoluble nudo ligados. Llegó el desposado a abrazar a su esposa, y ella, poniéndose la mano sobre el corazón, cayó desmayada en los brazos de su madre. Resta ahora decir cuál quedé yo viendo en el *sí* que había oído burladas mis esperanzas, falsas las palabras y promesas de Luscinda, imposibilitado de cobrar en algún tiempo el bien que en aquel instante había perdido: quedé falto de consejo, desamparado, a mi parecer, de todo el cielo, hecho enemigo de la tierra que me sustentaba, negándome el aire aliento para mis suspiros y el agua humor para mis ojos; sólo el fuego se acrecentó, de manera, que todo ardía de rabia y de celos. Alborotáronse todos con el desmayo de Luscinda, y, desabrochándole su madre el pecho para que le diese el aire, se descubrió en él un papel cerrado, que don Fernando tomó luego y se le puso a leer [1] a la luz de una de las hachas; y en acabando de leerle, se sentó en una silla y se puso la mano en la mejilla, con muestras de hombre muy pensativo sin acudir a los remedios que a su esposa se hacían para que del desmayo volviese.

Yo, viendo alborotada toda la gente de casa, me aventuré

---

[1] Hoy diríamos *se puso a leerle* o *leerlo*.

1, 27.—CARDENIO Y LUSCINDA *(conclusión)*

a salir, ora fuese visto o no, con determinación que [1] si me viesen, de hacer un desatino, tal, que todo el mundo viniera a entender la justa indignación de mi pecho en el castigo del falso don Fernando, y aun en el mudable de la desmayada traidora; pero mi suerte, que para mayores males, si es posible que los haya, me debe tener guardado, ordenó que en aquel punto me sobrase el entendimiento que después acá me ha faltado; y así, sin querer tomar venganza de mis mayores enemigos (que, por estar tan sin pensamiento mío [2], fuera fácil tomarla), quise tomarla de mi mano, y ejecutar en mí la pena que ellos merecían, y aun quizá con más rigor del que con ellos se usara si entonces les diera muerte; pues la que se recibe repentina presto acaba la pena, mas la que se dilata con tormentos siempre mata, sin acabar la vida. En fin, yo salí de aquella casa y vine a la de aquel donde había dejado la mula; hice que me la ensillase, sin despedirme dél subí en ella, y salí de la ciudad, sin osar, como otro Lot, volver el rostro a miralla; y cuando me vi en el campo solo, y que la escuridad de la noche me encubría y su silencio convidaba a quejarme, sin respeto o miedo de ser escuchado ni conocido, solté la voz y desaté la lengua en tantas maldiciones de Luscinda y de don Fernando, como si con ellas satisficiera el agravio que me habían hecho. Dile títulos de cruel, de ingrata, de falsa y desagradecida; pero, sobre todos, de codiciosa, pues la riqueza de mi enemigo la había cerrado los ojos de la voluntad, para quitármela a mí y entregarla a aquel con quien más liberal y franca la fortuna se había mostrado; y en mitad de la fuga destas maldiciones y vituperios, la desculpaba, diciendo que no era mucho que una doncella recogida en casa de sus padres, hecha y acostumbrada siempre a obedecerlos, hubiese querido condecender con su gusto, pues le daban por esposo a un caballero tan principal, tan rico y tan gentil hombre, que a no querer recebirle, se podía pensar, o que no tenía juicio, o que en otra parte tenía la voluntad, cosa que redundaba tan en perjuicio de su buena opinión y fama. Luego volvía diciendo que, puesto que ella dijera que yo era su esposo, vieran ellos que no había hecho en escogerme tan mala elección, que no la disculparan, pues antes de ofrecérseles don Fernando, no pudieran ellos mesmos acertar a desear, si con razón midiesen su deseo, otro mejor

---

[1] Sobra el *que*.
[2] Tan sin pensar en mí.

1, 27.—AVENTURA DE LA SIERRA MORENA

que yo para esposo de su hija; y que bien pudiera ella, antes de ponerse en el trance forzoso y último de dar la mano, decir que ya yo le había dado la mía; que yo viniera y concediera con todo cuanto ella acertara a fingir en este caso. En fin, me resolví en que poco amor, poco juicio, mucha ambición y deseos de grandezas hicieron que se olvidase de las palabras con que me había engañado, entretenido y sustentado en mis firmes esperanzas y honestos deseos.

Con estas voces y con esta inquietud caminé lo que quedaba de aquella noche, y di al amanecer en una entrada destas sierras, por las cuales caminé otros tres días, sin senda ni camino alguno, hasta que vine a parar a unos prados, que no sé a qué mano destas montañas caen, y allí pregunté a unos ganaderos que hacia dónde era lo más áspero destas sierras. Dijéronme que hacia esta parte. Luego me encaminé a ella, con intención de acabar aquí la vida, y en entrando por estas asperezas, del cansancio y de la hambre se cayó mi mula muerta, o lo que yo más creo, por desechar de sí tan inútil carga como en mí llevaba. Yo quedé a pie, rendido de la naturaleza, traspasado de hambre, sin tener, ni pensar buscar quien me socorriese. De aquella manera estuve no sé qué tiempo, tendido en el suelo, al cabo del cual me levanté sin hambre, y hallé junto a mí a unos cabreros, que, sin duda, debieron ser los que mi necesidad remediaron, porque ellos me dijeron de la manera que [1] me habían hallado, y cómo estaba diciendo tantos disparates y desatinos, que daba indicios claros de haber perdido el juicio; y yo he sentido en mí, después acá, que no todas veces le tengo cabal, sino tan desmedrado y flaco, que hago mil locuras, rasgándome los vestidos, dando voces por estas soledades, maldiciendo mi ventura y repitiendo en vano el nombre amado de mi enemiga, sin tener otro discurso ni intento entonces que procurar acabar la vida voceando; y cuando en mí vuelvo, me hallo tan cansado y molido, que apenas puedo moverme.

Mi más común habitación es en el hueco de un alcornoque capaz de cubrir este miserable cuerpo. Los vaqueros y cabreros que andan por estas montañas, movidos de caridad, me sustentan, poniéndome el manjar por los caminos y por las peñas por donde entienden que acaso podré pasar y hallarlo; y así, aunque entonces me falte el juicio, la necesidad natural me da a conocer el mantenimiento, y despierta en mí el deseo de apete-

---

[1] Dijeron de qué manera me... (cf. pról. 26).

— 318 —

1, 27.—CARDENIO Y LUSCINDA (conclusión)

cerlo [1] y la voluntad de tomarlo. Otras veces me dicen ellos, cuando me encuentran con juicio, que yo salgo a los caminos y que se lo quito por fuerza, aunque me lo den de grado, a los pastores que vienen con ello del lugar a las majadas. Desta manera paso mi miserable y estrema vida [2], hasta que el cielo sea servido de conducirla a su último fin, o de ponerle [3] en mi memoria, para que no me acuerde de la hermosura y de la traición de Luscinda y del agravio de don Fernando; que si esto él hace sin quitarme la vida, yo volveré a mejor discurso mis pensamientos; donde no, no hay sino rogarle que absolutamente tenga misericordia de mi alma; que yo no siento en mí valor ni fuerzas para sacar el cuerpo desta estrecheza en que por mi gusto he querido ponerle.

Ésta es, ¡oh señores!, la amarga historia de mi desgracia: decidme si es tal, que pueda celebrarse con menos sentimientos que los que en mí habéis visto, y no os canséis en persuadirme ni aconsejarme lo que la razón os dijere que puede ser bueno para mi remedio, porque ha de aprovechar conmigo lo que aprovecha la medicina recetada de famoso médico al enfermo que recebir no la quiere. Yo no quiero salud sin Luscinda; y pues ella gustó de ser ajena, siendo, o debiendo ser, mía, guste yo de ser de la desventura, pudiendo haber sido de la buena dicha. Ella quiso, con su mudanza, hacer estable mi perdición; yo querré, con procurar perderme, hacer contenta su voluntad, y será ejemplo [4] a los por venir de que a mí solo faltó lo que a todos los desdichados sobra, a los cuales suele ser consuelo la imposibilidad de tenerle, y en mí es causa de mayores sentimientos y males, porque aun pienso que no se han de acabar con la muerte.

Aquí dió fin Cardenio a su larga plática y tan desdichada como amorosa historia; y al tiempo que el Cura se prevenía para decirle algunas razones de consuelo, le suspendió una voz que llegó a sus oídos, que en lastimados acentos oyeron que decía lo que se dirá en la cuarta parte desta narración; que en este punto dió fin a la tercera el sabio y atentado [5] historiador Cide Hamete Benengeli.

---

[1] Buscar.
[2] *Extrema vida* = última parte de la vida.
[3] Poner fin.
[4] *Será* mi caso *ejemplo.*
[5] Cf. p. 176, n. 6.

CAPITULO XXVIII.—Que trata de la nueva y agradable aventura que al Cura y Barbero sucedió en la mesma sierra.

Felicísimos y venturosos [1] fueron los tiempos donde se echó al mundo el audacísimo caballero don Quijote de la Mancha, pues por haber tenido tan honrosa determinación como fué el querer resucitar y volver al mundo la ya perdida y casi muerta orden de la andante caballería, gozamos ahora en esta nuestra edad, necesitada de alegres entretenimientos, no sólo de la dulzura de su verdadera historia, sino de los cuentos y episodios della, que, en parte, no son menos agradables y artificiosos y verdaderos que la misma historia; la cual prosiguiendo su rastrillado, torcido y aspado hilo [2], cuenta que así como el Cura comenzó a prevenirse para consolar a Cardenio, lo impidió una voz que llegó a sus oídos, que, con tristes acentos, decía desta manera:

«¡Ay Dios! ¡Si será posible que he ya hallado lugar que pueda servir de escondida sepultura a la carga pesada deste cuerpo, que tan contra mi voluntad sostengo! Sí será, si la soledad que prometen estas sierras no me miente. ¡Ay desdichada, y cuán más agradable compañía harán estos riscos y malezas a mi intención, pues me darán lugar para que con quejas comunique mi desgracia al cielo, que no la de ningún hombre humano [3], pues no hay ninguno en la tierra de quien se pueda esperar consejo en las dudas, alivio en las quejas, ni remedio en los males!»

Todas estas razones oyeron y percibieron el Cura y los que con él estaban, y por parecerles, como ello era, que allí junto las decían, se levantaron a buscar el dueño, y no hubieron andado veinte pasos, cuando detrás de un peñasco vieron

---

[1] Si dijera Cervantes *muy felices y venturosos*, el *muy* alcanzaría a *venturosos*; no ocurre lo mismo diciendo *felicísimos* (aunque este superlativo equivale a *muy felices*), de donde proviene la falta de gradación que nota Clemencín.

[2] Para *rastrillar*, cf. p. 288, n. 6; de *aspar* dice Covarrubias: «El aspa de que usan las mujeres para obrar el hilado y ponerlo en madejas se dijo así, porque van atravesando el hilo de una parte a otra, y esto llaman *aspar*».

[3] Como el significado de *hombre* (así como el de *persona*) se había reducido en muchos casos al de *ser*, *uno*, no resulta del todo pleonástica la frase *hombre humano*, en aquellos tiempos frecuente.

sentado al pie de un fresno a un mozo vestido como labrador, al cual, por tener inclinado el rostro, a causa de que se lavaba los pies en el arroyo que por allí corría, no se le pudieron ver por entonces; y ellos llegaron con tanto silencio, que dél no fueron sentidos, ni él estaba a otra cosa atento que a lavarse los pies, que eran tales, que no parecían sino dos pedazos de blanco cristal que entre las otras piedras del arroyo se habían nacido. Suspendióles la blancura y belleza de los pies, pareciéndoles que no estaban hechos a pisar terrones, ni a andar tras el arado y los bueyes, como mostraba el hábito de su dueño, y así, viendo que no habían sido sentidos, el Cura, que iba delante, hizo señas a los otros dos que se agazapasen o escondiesen detrás de unos pedazos de peña que allí había, y así lo hicieron todos, mirando con atención lo que el mozo hacía; el cual traía puesto un capotillo pardo de dos haldas [1], muy ceñido al cuerpo con una toalla blanca. Traía ansimesmo unos calzones y polainas [2] de paño pardo, y en la cabeza una montera parda; tenía las polainas levantadas hasta la mitad de la pierna, que, sin duda alguna, de blanco alabastro parecía. Acabóse de lavar los hermosos pies, y luego, con un paño de tocar, que sacó debajo de la montera, se los limpió; y al querer quitársele, alzó el rostro, y tuvieron lugar los que mirándole estaban de ver una hermosura incomparable, tal, que Cardenio dijo al Cura, con voz baja:

—Ésta, ya que no es Luscinda, no es persona humana, sino divina.

El mozo se quitó la montera y, sacudiendo la cabeza a una y a otra parte, se comenzaron a descoger y desparcir unos cabellos, que pudieran los del sol tenerles envidia. Con esto conocieron que el que parecía labrador era mujer, y delicada, y aun la más hermosa que hasta entonces los ojos de los dos habían visto, y aun los de Cardenio, si no

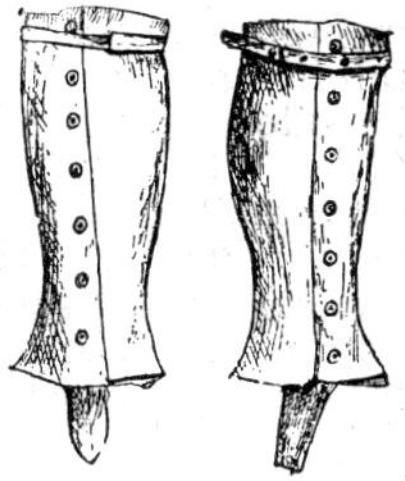

---

[1] *Capotillo de dos haldas o faldas* = casaquilla hueca abierta por los costados hasta abajo y cerrada por delante y por detrás, con una abertura en medio de las dos faldas para meter la cabeza: tiene unas mangas sueltas, que se dejan caer a la espalda cuando se quiere.

[2] «*Polainas*, medias calzas de labradores, sin soletas, que caen encima del zapato sobre el empeine» (Cov.).

Polainas

1, 28.—AVENTURA DE LA SIERRA MORENA

hubieran mirado y conocido a Luscinda; que después afirmó que sola la belleza de Luscinda podía contender con aquélla. Los luengos y rubios cabellos no sólo le cubrieron las espaldas, mas toda en torno la escondieron debajo de ellos, que si no eran los pies, ninguna otra cosa de su cuerpo se parecía: tales y tantos eran. En esto, les sirvió [1] de peine unas manos, que si los pies en el agua habían parecido pedazos de cristal, las manos en los cabellos semejaban pedazos de apretada nieve; todo lo cual en más admiración, y en más deseo de saber quién era, ponía a los tres que la miraban. Por esto determinaron de mostrarse; y al movimiento que hicieron de ponerse en pie, la hermosa moza alzó la cabeza y, apartándose los cabellos de delante de los ojos con entrambas manos, miró los que el ruido hacían; y apenas los hubo visto, cuando se levantó en pie y, sin aguardar a calzarse, ni a recoger los cabellos, asió con mucha presteza un bulto, como de ropa, que junto a sí tenía, y quiso ponerse en huída, llena de turbación y sobresalto; mas no hubo dado seis pasos, cuando, no pudiendo sufrir los delicados pies la aspereza de las piedras, dió consigo en el suelo. Lo cual visto por los tres, salieron a ella, y el Cura fué el primero que le dijo:

—Deteneos, señora, quienquiera que seáis; que los que aquí veis sólo tienen intención de serviros: no hay para que os pongáis en tan impertinente huída, porque ni vuestros pies lo podrán sufrir, ni nosotros consentir.

A todo esto ella no respondía palabra, atónita y confusa. Llegaron, pues, a ella, y asiéndola por la mano el Cura, prosiguió diciendo:

—Lo que vuestro traje, señora, nos niega, vuestros cabellos nos descubren: señales claras que no deben de ser de poco momento las causas que han disfrazado vuestra belleza en hábito tan indigno, y traídola a tanta soledad como es ésta, en la cual ha sido ventura el hallaros, si no para dar remedio a vuestros males, a lo menos, para darles consejo, pues ningún mal puede fatigar tanto, ni llegar tan al estremo de serlo, mientras no acaba la vida, que rehuya de no [2] escuchar, siquiera, el consejo que con buena intención se le da al que lo padece. Así que, señora mía, o señor mío, o lo que vos quisierdes ser, perded el sobresalto que nuestra vista os ha causado, y contadnos vuestra

---

[1] Por *sirvieron* (cf. pról. 8).
[2] Hoy omitiríamos este *no* (cf. pról. 24).

— 322 —

buena o mala suerte; que en nosotros juntos, o en cada uno hallaréis quien os ayude a sentir vuestras desgracias.

En tanto que el Cura decía estas razones estaba la disfrazada moza como embelesada, mirándolos a todos, sin mover labio ni decir palabra alguna, bien así como rústico aldeano que [1] de improviso se le muestran cosas raras y dél jamás vistas. Mas volviendo el Cura a decirle otras razones al mesmo efeto encaminadas, dando ella un profundo suspiro, rompió el silencio y dijo:

—Pues que la soledad destas sierras no ha sido parte para encubrirme, ni la soltura de mis descompuestos cabellos no ha permitido que sea mentirosa mi lengua, en balde sería fingir yo de nuevo ahora lo que si se me creyese, sería más por cortesía que por otra razón alguna. Presupuesto esto, digo, señores, que os agradezco el ofrecimiento que me habéis hecho, el cual me ha puesto en obligación de satisfaceros en todo lo que me habéis pedido, puesto que temo que la relación que os hiciere de mis desdichas os ha de causar, al par de la compasión, la pesadumbre, porque no habéis de hallar remedio para remediarlas, ni consuelo para entretenerlas. Pero, con todo esto, porque no ande vacilando mi honra en vuestras intenciones [2], habiéndome ya conocido por mujer y viéndome moza, sola y en este traje, cosas, todas juntas y cada una por sí, que pueden echar por tierra cualquier honesto crédito, os habré de decir lo que quisiera callar, si pudiera.

Todo esto dijo sin parar la que tan hermosa mujer parecía, con tan suelta lengua, con voz tan suave, que no menos les admiró su discreción que su hermosura. Y tornándole a hacer nuevos ofrecimientos y nuevos ruegos para que lo prometido cumpliese, ella, sin hacerse más de rogar, calzándose con toda honestidad y recogiendo sus cabellos, se acomodó en el asiento de una piedra, y, puestos los tres alrededor della, haciéndose fuerza por detener algunas lágrimas que a los ojos se le venían, con voz reposada y clara comenzó la historia de su vida desta manera:

—En esta Andalucía hay un lugar [3] de quien toma título

---

[1] A quién (cf. pról. 19).

[2] *Intención* es entendimiento, conocimiento u opinión, y se deriva (así como entendimiento) de *intendere*.

[3] Que debe de ser, según Clemencín, la villa de Osuna. R. Marín, tras de prolijas investigaciones, cree que *Cardenio* es un Cárdenas de Córdoba,

un duque, que le hace uno de los que llaman grandes en España; éste tiene dos hijos: el mayor, heredero de su estado y, al parecer, de sus buenas costumbres, y el menor no sé yo de qué sea heredero, sino de las traiciones de Vellido y de los embustes de Galalón. Deste señor son vasallos mis padres, humildes en linaje; pero tan ricos, que si los bienes de su naturaleza igualaran a los de su fortuna, ni ellos tuvieran más que desear ni yo temiera verme en la desdicha que me veo; porque quizá nace mi poca ventura de la que no tuvieron ellos en no haber nacido ilustres; bien es verdad que no son tan bajos, que puedan afrentarse de su estado, ni tan altos, que a mí me quiten la imaginación que tengo de que de su humildad viene mi desgracia. Ellos, en fin, son labradores, gente llana, sin mezcla de alguna raza mal sonante, y como suele decirse, cristianos viejos rancioso; pero tan ricos, que su riqueza y magnífico trato les va poco a poco adquiriendo nombre de hidalgos, y aun de caballeros. Puesto que de la mayor riqueza y nobleza que ellos se preciaban era de tenerme a mí por hija; y así por no tener otra ni otro que los heredase como por ser padres, y aficionados [1], yo era una de las más regaladas hijas que padres jamás regalaron. Era el espejo en que se miraban, el báculo de su vejez, y el sujeto a quien encaminaban, midiéndolos con el cielo, todos sus deseos; de los cuales, por ser ellos tan buenos, los míos no salían un punto. Y del mismo modo que yo era señora de sus ánimos, ansí lo era de su hacienda: por mí se recebían y despedían los criados; la razón y cuenta de lo que se sembraba y cogía pasaba por mi mano; los molinos de aceite, los lagares del vino, el número del ganado mayor y menor, el de las colmenas; finalmente, de todo aquello que un tan rico labrador como mi padre puede tener y tiene, tenía yo la cuenta, y era la mayordoma y señora, con tanta solicitud mía y con tanto gusto suyo, que buenamente no acertaré a encarecerlo. Los ratos que del día me quedaban, después de haber dado lo que convenía a los mayorales [2], a capataces [3] y a otros jor-

---

don Fernando, don Pedro Girón, hijo segundo del primer Duque de Osuna, y *Dorotea*, doña María de Torres, con quien no llegó a casarse don Fernando, pues murió soltero en Nápoles.

[1] Y padres *aficionados*, que me tenían mucha afición o amor.

[2] «*Mayoral*, el que asiste al gobierno del ganado con mando, gobernando los demás pastores» (Cov.).

[3] «*Capataz*, el que es cabeza de alguna comunidad de oficio mecánico, que aduna y junta la demás gente» (Cov.).

— 324 —

naleros, los entretenía en ejercicios que son a las doncellas tan lícitos como necesarios, como son los que ofrece la aguja y la almohadilla [1], y la rueca [2] muchas veces; y si alguna, por recrear el ánimo, estos ejercicios dejaba, me acogía al entretenimiento de leer algún libro devoto, o a tocar una harpa [3], porque la experiencia me mostraba que la música compone los ánimos descompuestos y alivia los trabajos que nacen del espíritu. Ésta, pues, era la vida que yo tenía en casa de mis padres, la cual si tan particularmente he contado, no ha sido por ostentación, ni por dar a entender que soy rica, sino porque se advierta cuán sin culpa me he venido de aquel buen estado que he dicho al infelice en que ahora me hallo.

Es, pues, el caso que, pasando mi vida en tantas ocupaciones y en un encerramiento tal, que al de un monesterio pudiera compararse, sin ser vista, a mi parecer, de otra persona alguna que de los criados de casa, porque los días que iba a misa era tan de mañana, y tan acompañada de mi madre y de otras criadas, y yo tan cubierta y recatada, que apenas vían mis

---

[1] Sobre la cual cosen las mujeres.
[2] *Rueca* = instrumento para hilar, que se compone de una vara delgada con un rocadero (= piña formada de tres o más varillas curvas, en que se pone el copo que se ha de hilar) en la extremidad superior.

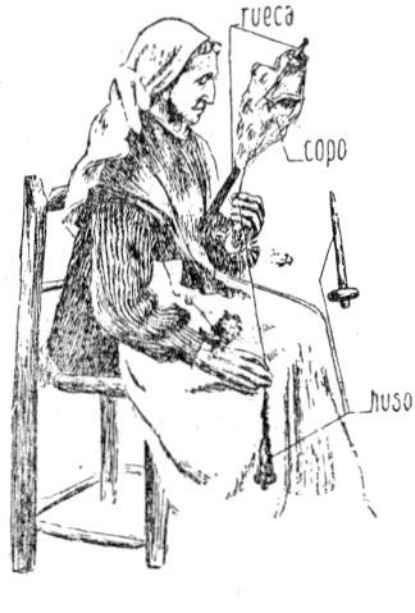

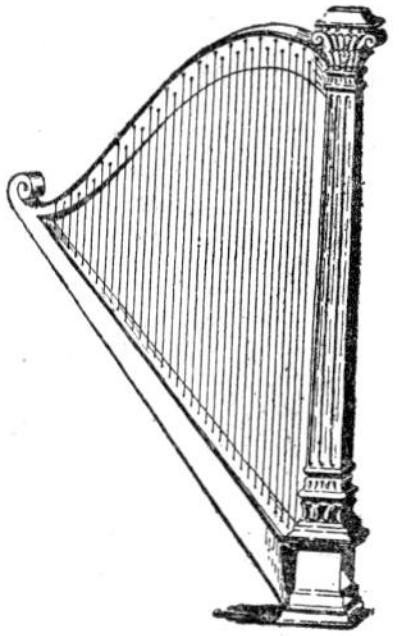

[3] «*Harpa*, instrumento de cuerdas conocido, que se tañe hiriendo las cuerdas con ambas manos en la forma que se ponen en el juego o teclas del monocordio u órgano» (Cov.).

ojos más tierra de aquella donde ponía los pies; y con todo esto, los del amor, o los de la ociosidad por mejor decir, a quien los de lince [1] no pueden igualarse, me vieron, puestos en la solicitud de don Fernando, que éste es el nombre del hijo menor del Duque que os he contado.

No hubo bien nombrado a don Fernando la que el cuento contaba, cuando a Cardenio se le mudó la color del rostro, y comenzó a trasudar, con tan grande alteración, que el Cura y el Barbero, que miraron en ello, temieron que le venía aquel accidente de locura que habían oído decir que de cuando en cuando le venía. Mas Cardenio no hizo otra cosa que trasudar y estarse quedo, mirando de hito en hito a la labradora, imaginando quién ella era; la cual, sin advertir en los movimientos de Cardenio, prosiguió su historia, diciendo:

—Y no me hubieron bien visto, cuando (según él dijo después) quedó tan preso de mis amores cuanto lo dieron bien a entender sus demostraciones. Mas por acabar presto con el cuento, que no le tiene, de mis desdichas, quiero pasar en silencio las diligencias que don Fernando hizo para declararme su voluntad: sobornó toda la gente de mi casa; dió y ofreció dádivas y mercedes a mis parientes; los días eran todos de fiesta y de regocijo en mi calle; las noches no dejaban dormir a nadie las músicas; los billetes que, sin saber cómo, a mis manos venían, eran infinitos, llenos de enamoradas razones y ofrecimientos, con menos letras que promesas y juramentos. Todo lo cual no sólo no me ablandaba, pero me endurecía de manera como si fuera mi mortal enemigo, y que [2] todas las obras que para reducirme a su voluntad hacía, las hiciera para el efeto contrario; no porque a mí me pareciese mal la gentileza de don Fernando, ni que tuviese a demasía sus solicitudes; porque me daba un no sé qué de contento verme tan querida y estimada de un tan principal caballero, y no me pesaba ver en

---

[1] *Lince* = animal muy parecido al gato cerval, pero mayor que él; los antiguos creían que su vista penetraba a través de las paredes.

[2] Más correcto sería omitir el *que* o sustituirlo por *como si* (cf. CUERVO, *Apuntaciones*, núm. 461...).

sus papeles mis alabanzas; que en esto, por feas que seamos las mujeres, me parece a mí que siempre nos da gusto el oír que nos llaman hermosas. Pero a todo esto se oponía mi honestidad, y los consejos continuos que mis padres me daban, que ya muy al descubierto sabían la voluntad de don Fernando, porque ya a él no se le daba nada de que todo el mundo la supiese. Decíanme mis padres que en sola mi virtud y bondad dejaban y depositaban su honra y fama, y que considerase la desigualdad que había entre mí y don Fernando, y que por aquí echaría de ver que sus pensamientos (aunque él dijese otra cosa) más se encaminaban a su gusto que a mi provecho; y que si yo quisiese poner en alguna manera algún inconveniente para que él se dejase de su injusta pretensión, que ellos me casarían luego con quien yo más gustase, así de los más principales de nuestro lugar como de todos los circunvecinos, pues todo se podía esperar de su mucha hacienda y de mi buena fama. Con estos ciertos prometimientos, y con la verdad que ellos me decían, fortificaba yo mi entereza, y jamás quise responder a don Fernando palabra que le pudiese mostrar, aunque de muy lejos, esperanza de alcanzar su deseo.

Todos estos recatos míos, que él debía de tener por desdenes, debieron de ser causa de avivar más su lascivo apetito, que este nombre quiero dar a la voluntad que me mostraba, la cual, si ella fuera como debía, no la supiérades vosotros ahora, porque hubiera faltado la ocasión de decírosla. Finalmente, don Fernando supo que mis padres andaban por darme estado, por quitalle a él la esperanza de poseerme, o, a lo menos, porque yo tuviese más guardas para guardarme, y esta nueva o sospecha fué causa para que hiciese lo que ahora oiréis. Y fué que una noche, estando yo en mi aposento con sola la compañía de una doncella que me servía, teniendo bien cerradas las puertas, por temor que por descuido mi honestidad no [1] se viese en peligro, sin saber ni imaginar cómo, en medio destos recatos y prevenciones y en la soledad deste silencio y encierro, me le hallé delante; cuya vista me turbó de manera, que me quitó la de mis ojos y me enmudeció la lengua; y así, no fuí poderosa de dar voces, ni aun él creo que me las dejara dar, porque luego se llegó a mí, y tomándome entre sus brazos (porque yo, como digo, no tuve fuerzas para defenderme, según estaba turbada), comenzó a decirme tales razones, que no sé cómo es posible

---

[1] Hoy omitiríamos este *no* (cf. pról. 24).

que tenga tanta habilidad la mentira, que las sepa componer de modo que parezcan tan verdaderas. Hacía el traidor que sus lágrimas acreditasen sus palabras y los suspiros su intención. Yo, pobrecilla, sola, entre los míos mal ejercitada en casos semejantes, comencé, no sé en qué modo, a tener por verdaderas tantas falsedades, pero no de suerte que me moviesen a compasión menos que buena sus lágrimas y suspiros; y así, pasándoseme aquel sobresalto primero, torné algún tanto a cobrar mis perdidos espíritus, y con más ánimo del que pensé que pudiera tener, le dije: «—Si como estoy, señor, en tus brazos, estuviera entre los de un león fiero, y el librarme dellos se me asegurara con que hiciera o dijera cosa que fuera en perjuicio de mi honestidad, así fuera posible hacella o decilla como es posible dejar de haber sido lo que fué. Así que si tú tienes ceñido mi cuerpo con tus brazos, yo tengo atada mi alma con mis buenos deseos, que son tan diferentes de los tuyos como lo verás si con hacerme fuerza quisieres pasar adelante en ellos. Tu vasalla soy, pero no tu esclava; ni tiene ni debe tener imperio la nobleza de tu sangre para deshonrar y tener en poco la humildad de la mía; y en tanto me estimo yo, villana y labradora, como tú, señor y caballero. Conmigo no han de ser de ningún efecto tus fuerzas, ni han de tener valor tus riquezas, ni tus palabras han de poder engañarme, ni tus suspiros y lágrimas enternecerme. Si alguna de todas estas cosas que he dicho viera yo en el que mis padres me dieran por esposo, a su voluntad se ajustara la mía, y mi voluntad de la suya no saliera; de modo que, como quedara con honra, aunque quedara sin gusto, de grado le entregara lo que tú, señor, ahora con tanta fuerza procuras. Todo esto he dicho porque no es [1] pensar que de mi alcance cosa alguna el que no fuere mi legítimo esposo». «—Si no reparas más que en eso, bellísima Dorotea (que éste es el nombre desta desdichada)—dijo el desleal caballero—, ves aquí te doy la mano de serlo tuyo, y sean testigos desta verdad los cielos, a quien ninguna cosa se asconde, y esta imagen de Nuestra Señora que aquí tienes.»

Cuando Cardenio le oyó decir que se llamaba Dorotea, tornó de nuevo a sus sobresaltos y acabó de confirmar por verdadera su primera opinión; pero no quiso interrumpir el cuento, por ver en qué venía a parar lo que él ya casi sabía; sólo dijo:

—¿Que Dorotea es tu nombre, señora? Otra he oído yo de-

---

[1] *Es* = hay.

cir del mesmo, que quizá corre parejas con tus desdichas. Pasa adelante, que tiempo vendrá en que te diga cosas que te espanten en el mesmo grado que te lastimen.

Reparó Dorotea en las razones de Cardenio y en su estraño y desastrado traje, y rogóle que si alguna cosa de su hacienda sabía, se la dijese luego; porque si algo le había dejado bueno la fortuna, era el ánimo que tenía para sufrir cualquier desastre que le sobreviniese, segura de que, a su parecer, ninguno podía llegar que el que tenía acrecentase un punto.

—No le perdiera yo, señora—respondió Cardenio—, en decirte lo que pienso, si fuera verdad lo que imagino; y hasta ahora no se pierde coyuntura, ni a ti te importa nada el saberlo.

—Sea lo que fuere—respondió Dorotea—, lo que en mi cuento pasa fué que tomando don Fernando una imagen que en aquel aposento estaba, la puso por testigo de nuestro desposorio; con palabras eficacísimas y juramentos extraordinarios me dió la palabra de ser mi marido, puesto que, antes que acabase de decirlas, le dije que mirase bien lo que hacía, y que considerase el enojo que su padre había de recebir de verle casado con una villana, vasalla suya; que no le cegase mi hermosura, tal cual era, pues no era bastante para hallar en ella disculpa de su yerro, y que si algún bien me quería hacer, por el amor que me tenía, fuese dejar correr mi suerte a lo igual de lo que mi calidad pedía, porque nunca los tan desiguales casamientos se gozan ni duran mucho en aquel gusto con que se comienzan. Todas estas razones que aquí he dicho le dije, y otras muchas de que no me acuerdo; pero no fueron parte para que él dejase de seguir su intento, bien ansí como el que no piensa pagar, que, al concertar de la barata [1], no repara en inconvenientes. Yo a esta sazón hice un breve discurso conmigo, y me dije a mí mesma: «Sí que [2] no seré yo la primera que por vía de matrimonio haya subido de humilde a grande estado, ni será don Fernando el primero a quien hermosura, o ciega afición (que es lo más cierto), haya hecho tomar compañía, desigual a su grandeza. Pues si no hago ni mundo ni uso nuevo,

---

[1] Aquí *barata* es mohatra. «*Mohatra* es la compra fingida que se hace vendiendo el mercader a más precio del justo, y teniendo otro de manga [= sobornado] que lo buelva a comprar con dinero contante a menos precio» (Cov.). Como en la barata el que compra fingidamente no repara en inconvenientes, así don Fernando...

[2] A fe que.

bien es acudir a esta honra que la suerte me ofrece, puesto que en éste no dure más la voluntad que me muestre de cuanto dure el cumplimiento de su deseo; que, en fin, para con Dios seré su esposa. Y si quiero con desdenes despedille, en término le veo que, no usando el que debe, usará el de la fuerza, y vendré a quedar deshonrada y sin disculpa de la culpa que me podía dar el que no supiese cuán sin ella he venido a este punto: porque ¿qué razones serán bastantes para persuadir a mis padres, y a otros, que este caballero entró en mi aposento sin consentimiento mío?» Todas estas demandas y respuestas resolví en un instante en la imaginación, y, sobre todo, me comenzaron a hacer fuerza y a inclinarme a lo que fué, sin yo pensarlo, mi perdición, los juramentos de don Fernando, los testigos que ponía, las lágrimas que derramaba y, finalmente, sus dispusición y gentileza, que, acompañada con tantas muestras de verdadero amor, pudieran rendir a otro tan libre y recatado corazón como el mío. Llamé a mi criada, para que en la tierra acompañase a los testigos del cielo; tornó don Fernando a reiterar y confirmar sus juramentos; añadió a los primeros nuevos santos por testigos; echóse mil futuras maldiciones si no cumpliese lo que me prometía; volvió a humedecer sus ojos y a acrecentar sus suspiros; apretóme más entre sus brazos, de los cuales jamás me había dejado, y con esto, y con volverse a salir del aposento mi doncella, yo dejé de serlo y él acabó de ser traidor y fementido.

El día que sucedió a la noche de mi desgracia se venía aún no tan apriesa como yo pienso que don Fernando deseaba; porque después de cumplido aquello que el apetito pide, el mayor gusto que puede venir es apartarse de donde lo alcanzaron. Digo esto porque don Fernando dió priesa por partirse de mí, y por industria de mi doncella, que era la misma que allí le había traído, antes que amaneciese se vió en la calle. Y al despedirse de mí (aunque no con tanto ahinco y vehemencia como cuando vino) me dijo que estuviese segura de su fe y de ser firmes y verdaderos sus juramentos; y, para más confirmación de su palabra, sacó un rico anillo del dedo y lo puso en el mío. En efecto, él se fué, y yo quedé ni sé si triste o alegre; esto sé bien decir: que quedé confusa y pensativa y casi fuera de mí con el nuevo acaecimiento, y no tuve ánimo, o no se me acordó, de reñir a mi doncella por la traición cometida de encerrar a don Fernando en mi mismo aposento, porque aún no me determinaba si era bien o mal el que me había sucedido.

Díjele, al partir, a don Fernando que por el mesmo camino de aquélla podría verme otras noches, pues ya era suya, hasta que, cuando él quisiese, aquel hecho se publicase. Pero no vino otra alguna, si no fué la siguiente, ni yo pude verle en la calle ni en la iglesia en más de un mes; que en vano me cansé en solicitallo, puesto que supe que estaba en la villa y que los más días iba a caza, ejercicio de que él era muy aficionado.

Estos días y estas horas bien sé yo que para mí fueron aciagos y menguadas [1], y bien sé que comencé a dudar en ellos, y aun a descreer de la fe de don Fernando; y sé también que mi doncella oyó entonces las palabras que en reprehensión de su atrevimiento antes no había oído; y sé que me fué forzoso tener cuenta con mis lágrimas y con la compostura de mi rostro, por no dar ocasión a que mis padres me preguntasen que de qué andaba descontenta y me obligasen a buscar mentiras que decilles. Pero todo esto se acabó en un punto, llegándose uno donde se atropellaron respetos y se acabaron los honrados discursos, y donde se perdió la paciencia y salieron a plaza mis secretos pensamientos. Y esto fué porque de allí a pocos días se dijo en el lugar cómo en una ciudad allí cerca se había casado don Fernando con una doncella hermosísima en todo estremo, y de muy principales padres, aunque no tan rica, que por la dote pudiera aspirar a tan noble casamiento. Díjose que se llamaba Luscinda, con otras cosas que en sus desposorios sucedieron, dignas de admiración.

Oyó Cardenio el nombre de Luscinda, y no hizo otra cosa que encoger los hombros, morderse los labios, enarcar las cejas, y dejar de allí a poco caer por sus ojos dos fuentes de lágrimas, mas no por esto dejó Dorotea de seguir su cuento, diciendo:

—Llegó esta triste nueva a mis oídos, y, en lugar de helárseme el corazón en oílla, fué tanta la cólera y rabia que se encendió en él, que faltó poco para no salirme por las calles dando voces, publicando la alevosía y traición que se me había hecho. Mas templóse esta furia por entonces con pensar de poner aquella mesma noche por obra lo que puse; que fué ponerme en este hábito, que me dió uno de los que llaman zagales en casa de los labradores, que era criado de mi padre, al cual descubrí toda mi desventura, y le rogué me acompañase hasta la ciudad donde entendí que mi enemigo estaba. Él, después que hubo reprehendido mi atrevimiento y afeado mi determinación,

---

[1] Cf. p. 176, n. 3.

viéndome resuelta en mi parecer, se ofreció a tenerme compañía [1], como él dijo, hasta el cabo del mundo. Luego al momento encerré en una almohada [2] de lienzo un vestido de mujer, y algunas joyas y dineros, por lo que podía suceder, y en el silencio de aquella noche, sin dar cuenta a mi traidora doncella, salí de mi casa, acompañada de mi criado, y de muchas imaginaciones, y me puse en camino de la ciudad a pie, llevada en vuelo del deseo de llegar, ya que no a estorbar lo que tenía por hecho, a lo menos, a decir a don Fernando me dijese con qué alma lo había hecho. Llegué en dos días y medio donde quería y en entrando por la ciudad pregunté por la casa de los padres de Luscinda, y el primero a quien hice la pregunta me respondió más de lo que yo quisiera oír. Díjome la casa, y todo lo que había sucedido en el desposorio de su hija, cosa tan pública en la ciudad, que se hacían corrillos para contarla por toda ella. Díjome que la noche que don Fernando se desposó con Luscinda, después de haber ella dado el *sí* de ser su esposa, le había tomado un recio desmayo y que llegando su esposo a desabrocharle el pecho para que le diese el aire, le halló un papel escrito de la mesma letra de Luscinda, en que decía y declaraba que ella no podía ser esposa de don Fernando, porque lo era de Cardenio, que, a lo que el hombre me dijo, era un caballero muy principal de la mesma ciudad; y que si había dado el *sí* a don Fernando, fué por no salir de la obediencia de sus padres. En resolución, tales razones dijo que contenía el papel, que daba a entender que ella había tenido intención de matarse en acabándose de deposar, y daba allí las razones por que se había quitado la vida; todo lo cual dicen que confirmó una daga que le hallaron no sé en qué parte de sus vestidos. Todo lo cual visto por don Fernando, pareciéndole que Luscinda le había burlado y escarnecido y tenido en poco, arremetió a ella antes que de su desmayo volviese, y con la misma daga que le hallaron la quiso dar de puñaladas, y lo hiciera si sus padres y los que se hallaron presentes no se lo estorbaran. Dijeron más: que luego se ausentó don Fernando, y que Luscinda no había vuelto de su parasismo hasta otro día, que contó a sus padres cómo ella era verdadera esposa de aquel Cardenio que he dicho. Supe más: que el Cardenio, según decían,

---

[1] Este *tenerme compañía*, que parece galicismo, no o es.
[2] *Almohada* = funda de lienzo blanco en que se mete la almohada de la cama.

1, 28.—DOROTEA Y FERNANDO

se halló presente a los desposorios, y que en viéndola desposada, lo cual él jamás pensó, se salió de la ciudad desesperado, dejándole primero escrita una carta, donde daba a entender el agravio que Luscinda le había hecho, y de cómo él se iba adonde gentes no le viesen. Esto todo era público y notorio en toda la ciudad, y todos hablaban dello, y más hablaron cuando supieron que Luscinda había faltado de casa de sus padres, y de la ciudad, pues no la hallaron en toda ella, de que perdían el juicio sus padres, y no sabían qué medio se tomar para hallarla. Esto que supe puso en bando [1] mis esperanzas, y tuve por mejor no haber hallado a don Fernando, que no [2], hallarle casado, pareciéndome que aún no estaba del todo cerrada la puerta a mi remedio, dándome yo a entender que podría ser que el cielo hubiese puesto aquel impedimento en el segundo matrimonio, por atraerle a conocer lo que al primero debía, y a caer en la cuenta de que era cristiano, y que estaba más obligado a su alma que a los respetos humanos. Todas estas cosas revolvía en mi fantasía y me consolaba sin tener consuelo, fingiendo unas esperanzas largas y desmayadas, para entretener la vida que yo aborrezco.

Estando, pues, en la ciudad, sin saber qué hacerme, pues a don Fernando no hallaba, llegó a mis oídos un público pregón, donde se prometía grande hallazgo [3] a quien me hallase, dando las señas de la edad y del mesmo traje que traía; y oí decir que se decía que me había sacado de casa de mis padres el mozo que conmigo vino, cosa que me llegó al alma, por ver cuán de caída andaba mi crédito, pues no bastaba perderle con mi venida, sino [4] añadir el con quién, siendo subjeto tan bajo y tan digno de mis buenos pensamientos. Al punto que oí el pregón, me salí de la ciudad con mi criado, que ya comenzaba a dar muestras de titubear en la fe [5] que de fidelidad me tenía prometida, y aquella noche nos entramos por lo espeso

---

[1] *Bando* = facción, partido, parcialidad. *Puso en bando mis esperanzas* = las aunó y reanimó.

[2] *No*, precedido del *que* comparativo y seguido de coma, pierde su fuerza negativa. La coma subsiguiente evita la posible ambigüedad: *que no, hallarle* no es lo mismo *que, no hallarle*.

[3] «*Hallazgo*, las albricias [= premio] que se dan por haber hallado la cosa perdida y restituídala a su dueño» (Cov.). «*Albricias*, lo que se da al que nos trae algunas buenas nuevas» (Cov.).

[4] *Sino* era menester *añadir*...

[5] En la palabra o promesa de fidelidad que...

1, 28.—AVENTURA DE LA SIERRA MORENA

desta montaña, con el miedo de no [1] ser hallados. Pero como suele decirse que un mal llama a otro, y que el fin de una desgracia suele ser el principio de otra mayor, así me sucedió a mí, porque mi buen criado, hasta entonces fiel y seguro, así como me vió en esta soledad, incitado de su misma bellaquería antes que de mi hermosura, quiso aprovecharse de la ocasión que, a su parecer, estos yermos le ofrecían, y, con poca vergüenza y menos temor de Dios ni respeto mío, me requirió de amores; y, viendo que yo con feas y justas palabras respondía a las desvergüenzas de sus propósitos, dejó aparte los ruegos, de quien primero pensó aprovecharse, y comenzó a usar de la fuerza. Pero el justo cielo, que pocas o ningunas veces deja de mirar y favorecer a las justas intenciones, favoreció las mías de manera, que con mis pocas fuerzas, y con poco trabajo, di con él por un derrumbadero, donde le dejé, ni sé si muerto o si vivo; y luego, con más ligereza que [2] mi sobresalto y cansancio pedían [3], me entré por estas montañas, sin llevar otro pensamiento ni otro designio que esconderme en ellas y huir de mi padre y de aquellos que de su parte me andaban buscando. Con este deseo ha no sé cuántos meses que entré en ellas, donde hallé un ganadero que me llevó por su criado a un lugar que está en las entrañas desta sierra, al cual he servido de zagal todo este tiempo, procurando estar siempre en el campo por encubrir estos cabellos que ahora, tan sin pensarlo, me han descubierto. Pero toda mi industria y toda mi solicitud fué y ha sido de ningún provecho, pues mi amo vino en conocimiento de que yo no era varón, y nació en él el mesmo mal pensamiento que en mi criado; y como no siempre la fortuna con los trabajos da los remedios, no hallé derrumbadero ni barranco [4] de donde despeñar y despenar [5] al amo, como le hallé para el criado, y así, tuve por menor inconveniente dejalle y asconderme de nuevo entre estas asperezas que probar con él mis fuerzas o mis disculpas. Digo, pues, que me torné a emboscar, y a buscar donde sin impedimento alguno pudiese con suspiros y lágrimas rogar al cielo se duela de mi desventura y me dé industria y favor para

---

[1] Hoy omitiríamos este *no* (cf. pról. 24).
[2] De lo *que*.
[3] *Pedir* = consentir.
[4] *Barranco* es la quiebra y también sus ribazos.
[5] «*Despenar*, sacar a alguno de pena, con darle buenas nuevas, y ciertas de lo que le tenía puesto en cuydado» (Cov.).

salir della, o para dejar la vida entre estas soledades, sin que quede memoria desta triste, que tan sin culpa suya habrá dado materia para que de ella se hable y murmure en la suya y en las ajenas tierras.

CAPITULO XXIX.—**Que trata del gracioso artificio y orden que se tuvo en sacar a nuestro enamorado caballero de la asperísima penitencia en que se había puesto** [1].

Esta es, señores, la verdadera historia de mi tragedia: mirad y juzgad ahora si los suspiros que escuchastes, las palabras que oístes y las lágrimas que de mis ojos salían tenían ocasión bastante para mostrarse, en mayor abundancia; y, considerada la calidad de mi desgracia, veréis que será en vano el consuelo, pues es imposible el remedio della. Sólo os ruego (lo que con facilidad podréis y debéis hacer) que me aconsejéis dónde podré pasar la vida sin que me acabe el temor y sobresalto que tengo de ser hallada de los que me buscan; que aunque sé que el mucho amor que mis padres me tienen me asegura que seré dellos bien recebida, es tanta la vergüenza que me ocupa sólo en pensar que, no como ellos pensaban, tengo de parecer a su presencia, que tengo por mejor desterrarme para siempre de ser vista, que no, verles el rostro, con pensamiento que ellos miran el mío ajeno de la honestidad que de mí se debían de tener prometida.

Calló en diciendo esto, y el rostro se le cubrió de un color que mostró bien claro el sentimiento y vergüenza del alma. En las suyas sintieron los que escuchado la habían tanta lástima como admiración de su desgracia; y aunque luego quisiera el Cura consolarla y aconsejarla, tomó primero la mano [2] Cardenio, diciendo:

—En fin, señora, que tú eres la hermosa Dorotea, la hija única del rico Clenardo.

Admirada quedó Dorotea cuando oyó el nombre de su padre, y de ver cuán de poco era el que le nombraba, porque ya

---

[1] En la edición príncipe están cambiados los títulos de los capítulos 29 y 30.
[2] «*Tomar la mano* se dice el que se adelanta a los demás para hacer algún razonamiento» (Cov.).

— 335 —

1, 29.—DOROTEA Y CARDENIO SE RECONOCEN

se ha dicho de la mala manera que Cardenio estaba vestido, y así, le dijo:

—¿Y quién sois vos, hermano, que así sabéis el nombre de mi padre? Porque yo, hasta ahora, si mal no me acuerdo, en todo el discurso del cuento de mi desdicha no le he nombrado.

—Soy—respondió Cardenio—aquel sin ventura que, según vos, señora, habéis dicho, Luscinda dijo que era su esposa. Soy el desdichado Cardenio, a quien el mal término de aquel que a vos os ha puesto en el que estáis me ha traído a que me veáis cual me veis, roto, desnudo, falto de todo humano consuelo y, lo que es peor de todo, falto de juicio, pues no le tengo sino cuando al cielo se le antoja dármele por algún breve espacio. Yo, Dorotea, soy el que me hallé presente a las sinrazones de don Fernando, y el que aguardó a oír el *sí* que de ser su esposa pronunció Luscinda. Yo soy el que no tuvo ánimo para ver en qué paraba su desmayo, ni lo que resultaba del papel que le fué hallado en el pecho, porque no tuvo el alma sufrimiento para ver tantas desventuras juntas; y así, dejé la casa y la paciencia, y una carta, que dejé a un huésped mío, a quien rogué [1] que en manos de Luscinda la pusiese, y víneme a estas soledades, con intención de acabar en ellas la vida, que desde tal punto aborrecí, como mortal enemiga mía. Mas no ha querido la suerte quitármela, contentándose con quitarme el juicio, quizá por guardarme para la buena ventura que he tenido en hallaros; pues siendo verdad, como creo que lo es, lo que aquí habéis contado, aún podría ser que a entrambos nos tuviese el cielo guardado mejor suceso en nuestros desastres que [2] nosotros pensamos. Porque, presupuesto que Luscinda no puede casarse con don Fernando, por ser mía, ni don Fernando con ella, por ser vuestro, y haberlo ella tan manifiestamente declarado, bien podemos esperar que el cielo nos restituya lo que es nuestro, pues está todavía en ser [3], y no se ha enajenado ni deshecho. Y pues este consuelo tenemos, nacido no de muy remota esperanza, ni fundado en desvariadas imaginaciones, suplícoos, señora, que toméis otra resolución en vuestros honrados pensamientos, pues yo la pienso tomar en los míos, acomodándoos a esperar mejor fortuna; que yo os juro por la fe

---

[1] Tal vez por escrito, pues en la p. 317 dijo Cardenio que salió de la ciudad sin despedirse de su huésped.
[2] De lo *que*.
[3] *Está en ser*, o *en su ser* = está entero, intacto.

1, 29.—AVENTURA DE LA PRINCESA MICOMICONA (*comienzo*)

de caballero y de cristiano de no desampararos hasta veros en poder de don Fernando, y que [1] cuando con razones no le pudiere atraer a que conozca lo que os debe, de usar entonces la libertad que me concede el ser caballero, y poder con justo título desafialle, en razón de la sinrazón que os hace, sin acordarme de mis agravios, cuya venganza dejaré al cielo, por acudir en la tierra a los vuestros.

Con lo que Cardenio dijo se acabó de admirar Dorotea, y, por no saber qué gracias volver a tan grandes ofrecimientos, quiso tomarle los pies para besárselos; mas no lo consintió Cardenio, y el Licenciado respondió por entrambos, y aprobó el buen discurso de Cardenio, y, sobre todo, le rogó, aconsejó y persuadió que se fuesen con él a su aldea, donde se podrían reparar [2] de las cosas que les faltaban, y que allí se daría orden como buscar a don Fernando, o como llevar a Dorotea a sus padres, o hacer lo que más les pareciese conveniente. Cardenio y Dorotea se lo agradecieron, y aceptaron la merced que se les ofrecía. El Barbero, que a todo había estado suspenso y callado, hizo también su buena plática y se ofreció con no menos voluntad que el Cura a todo aquello que fuese bueno para servirles; contó asimesmo con brevedad la causa que allí los había traído, con la estrañeza de la locura de don Quijote, y cómo aguardaban a su escudero, que había ido a buscalle. Vínosele a la memoria a Cardenio, como por sueños, la pendencia que con don Quijote había tenido, y contóla a los demás; mas no supo decir por qué causa fué su quistión. En esto, oyeron voces y conocieron que el que las daba era Sancho Panza, que, por no haberlos hallado en el lugar donde los dejó, los llamaba a voces. Saliéronle al encuentro y, preguntándole por don Quijote, les dijo cómo le había hallado desnudo en camisa, flaco, amarillo y muerto de hambre, y suspirando por su señora Dulcinea; y que puesto que le había dicho que ella le mandaba que saliese de aquel lugar y se fuese al del Toboso, donde le quedaba esperando, había respondido que estaba determinado de no parecer ante su fermosura fasta que hobiese fecho fazañas que le ficiesen digno de su gracia. Y que si aquello pasaba adelante, corría peligro de no venir a ser emperador, como estaba obligado, ni aun arzobispo, que era lo menos que podía ser: por eso, que mirasen lo que se había de hacer para sacarle de allí. El Licen-

---

[1] Sobra el *que*.
[2] *Reparar* = proveer.

1, 29.—AVENTURA DE LA PRINCESA MICOMICONA (*comienzo*)

ciado le respondió que no tuviese pena; que ellos le sacarían de allí, mal que le pesase. Contó luego a Cardenio y a Dorotea lo que tenían pensado para remedio de don Quijote, a lo menos, para llevarle a su casa; a lo cual dijo Dorotea que ella haría la doncella menesterosa mejor que el Barbero, y más, que tenía allí vestidos con que hacerlo al natural, y que la dejasen el cargo de saber representar todo aquello que fuese menester para llevar adelante su intento, porque ella había leído muchos libros de caballerías y sabía bien el estilo que tenían las doncellas cuitadas cuando pedían sus dones a los andantes caballeros.

—Pues no es menester más—dijo el Cura—sino que luego se ponga por obra; que, sin duda, la buena suerte se muestra en favor nuestro, pues, tan sin pensarlo, a vosotros, señores, se os ha comenzado a abrir puerta para vuestro remedio, y a nosotros se nos ha facilitado la que habíamos menester.

Sacó luego Dorotea de su almohada una saya entera de cierta telilla rica y una mantellina [1] de otra vistosa tela verde, y de una cajita, un collar y otras joyas, con que en un instante se adornó, de manera, que una rica y gran señora parecía. Todo aquello, y más, dijo que había sacado de su casa para lo que se ofreciese, y que hasta entonces no se le había ofrecido ocasión de habello menester. A todos contentó en estremo su mucha gracia, donaire y hermosura, y confirmaron a don Fernando por de poco conocimiento, pues tanta belleza desechaba; pero el que más se admiró fué Sancho Panza, por parecerle (como era así verdad) que en todos los días de su vida había visto tan hermosa criatura; y así, preguntó [2] al Cura con grande ahinco le dijese quién era aquella tan fermosa señora, y qué era lo que buscaba por aquellos andurriales.

—Esta hermosa señora—respondió el Cura—, Sancho hermano, es, como quien no dice nada, es la heredera por línea recta de varón del gran reino de Micomicón, la cual viene en busca de vuestro amo a pedirle un don, el cual es que le desfaga un tuerto o agravio que un mal gigante le tiene fecho; y a la fama que de buen caballero vuestro amo tiene por todo lo descubierto [3], de Guinea ha venido a buscarle esta princesa.

—Dichosa buscada [4] y dichoso hallazgo—dijo a esta sazón

---

[1] *Mantellina* = mantilla.
[2] Pidió.
[3] Del orbe terráqueo.
[4] *Buscada* = busca.

1, 29.—AVENTURA DE LA PRINCESA MICOMICONA *(comienzo)*

Sancho Panza—, y más si mi amo es tan venturoso, que desfaga ese agravio y enderece ese tuerto, matando a ese hideputa dese gigante que vuestra merced dice, que sí matará si él le encuentra, si ya no fuese fantasma; que contra las fantasmas no tiene mi señor poder alguno. Pero una cosa quiero suplicar a vuestra merced, entre otras, señor Licenciado, y es que porque a mi amo no le tome gana de ser arzobispo, que es lo que yo temo, que vuestra merced le aconseje que se case luego con esta princesa, y así quedará imposibilitado de recebir órdenes arzobispales, y vendrá con facilidad a su imperio, y yo al fin de mis deseos; que yo he mirado bien en ello y hallo por mi cuenta que no me está bien que mi amo sea arzobispo, porque yo soy inútil para la Iglesia, pues soy casado, y andarme ahora a traer dispensaciones para poder tener renta por la Iglesia, teniendo, como tengo, mujer y hijos, sería nunca acabar: así que, señor, todo el toque está en que mi amo se case luego con esta señora, que hasta ahora no sé su gracia, y así, no le llamo por su nombre.

—Llámase—respondió el Cura—la princesa Micomicona, porque llamándose su reino Micomicón, claro está que ella se ha de llamar así.

—No hay duda en eso—respondió Sancho—, que yo he visto a muchos tomar el apellido y alcurnia [1] del lugar donde nacieron, llamándose Pedro de Alcalá, Juan de Ubeda y Diego de Valladolid, y esto mesmo se debe de usar allá en Guinea: tomar las reinas los nombres de sus reinos.

—Así debe de ser—dijo el Cura—, y en lo del casarse vuestro amo, yo haré en ello todos mis poderíos.

Con lo que quedó tan contento Sancho cuanto el Cura admirado de su simplicidad, y de ver cuán encajados tenía en la fantasía los mesmos disparates que su amo, pues sin alguna duda se daba a entender que había de venir a ser emperador.

Ya, en esto, se había puesto Dorotea sobre la mula del Cura, y el Barbero se había acomodado al rostro la barba de la cola de buey y dijeron a Sancho que los guiase adonde don Quijote estaba, al cual advirtieron que no dijese que conocía al Licenciado ni al Barbero, porque en no conocerlos consistía todo el toque de venir a ser emperador su amo, puesto que ni el Cura ni Cardenio quisieron ir con ellos, porque no se le acor-

---

[1] *Alcurnia* significa *linaje*, pero Sancho lo usa como si fuese apellido o denominación.

1, 29.—AVENTURA DE LA PRINCESA MICOMICONA *(comienzo)*

dase a don Quijote la pendencia que con Cardenio había tenido, y el Cura, porque no era menester por entonces su presencia, y así, los dejaron ir delante, y ellos los fueron siguiendo a pie, poco a poco. No dejó de avisar el Cura lo que había de hacer Dorotea, a lo que ella dijo que descuidasen: que todo se haría sin faltar punto, como lo pedían y pintaban los libros de caballerías. Tres cuartos de legua habrían andado, cuando descubrieron a don Quijote entre unas intricadas peñas, ya vestido, aunque no armado, y así como Dorotea le vió y fué informada de Sancho que aquél era don Quijote, dió del azote a su palafrén[1], siguiéndole el bien barbado Barbero, y en llegando junto a él, el escudero se arrojó de la mula y fué a tomar en los brazos a Dorotea, la cual, apeándose con gran desenvoltura, se fué a hincar de rodillas ante las de don Quijote, y aunque él pugnaba por levantarla, ella, sin levantarse, le fabló en esta guisa:

—De aquí no me levantaré ¡oh valeroso y esforzado caballero! fasta que la vuestra bondad y cortesía me otorgue un don, el cual redundará en honra y prez de vuestra persona y en pro de la más desconsolada y agraviada doncella que el sol ha visto. Y si es que el valor de vuestro fuerte brazo corresponde a la voz de vuestra inmortal fama, obligado estáis a favorecer a la sin ventura que de tan lueñes[2] tierras viene al olor de vuestro famoso nombre, buscándoos para remedio de sus desdichas.

—No os responderé palabra, fermosa señora—respondió don Quijote—, ni oiré más cosa de vuestra facienda[3] fasta que os levantéis de tierra.

—No me levantaré, señor—respondió la afligida doncella—, si primero por la vuestra cortesía no me es otorgado el don que pido.

—Yo vos le otorgo y concedo—respondió don Quijote—, como no se haya de cumplir en daño o mengua de mi rey, de mi patria, y de aquella que de mi corazón y libertad tiene la llave.

—No será en daño ni en mengua de los que decís, mi buen señor—replicó la dolorosa doncella.

Y estando en esto, se llegó Sancho Panza al oído de su señor y muy pasito[4] le dijo:

---

[1] *Palafrén* = caballo.
[2] *Lueñes* = lejanas.
[3] *Facienda* = negocio, asunto.
[4] *Pasito* es diminutivo de *paso.* «*Paso*, cuando significa blandamente,

— 340 —

1, 29.—AVENTURA DE LA PRINCESA MICOMICONA (comienzo)

—Bien puede vuestra merced, señor, concederle el don que pide, que no es cosa de nada [1]: sólo es matar a un gigantazo, y esta que lo pide es la alta princesa Micomicona, reina del gran reino Micomicón de Etiopia [2].

—Sea quien fuere—respondió don Quijote—, que yo haré lo que soy obligado y lo que me dicta mi conciencia, conforme a lo que profesado tengo.

Y volviéndose a la doncella, dijo:

—La vuestra gran fermosura se levante, que yo le otorgo el don que pedirme quisiere.

—Pues el que pido es—dijo la doncella—que la vuestra magnánima persona se venga luego conmigo donde yo le llevare, y me prometa que no se ha de entremeter en otra aventura ni demanda alguna hasta darme venganza de un traidor que, contra todo derecho divino y humano, me tiene usurpado mi reino.

—Digo que así lo otorgo—respondió don Quijote—; y así, podéis, señora, desde hoy más, desechar la malenconía que os fatiga, y hacer que cobre nuevos bríos y fuerzas vuestra desmayada esperanza; que, con el ayuda de Dios y la de mi brazo, vos os veréis presto restituída en vuestro reino, y sentada en la silla de vuestro antiguo y grande estado, a pesar y a despecho de los follones que contradecirlo quisieren. ¡Y manos a labor!; que en la tardanza dicen que suele estar el peligro.

La menesterosa doncella pugnó con mucha porfía por besarle las manos; mas don Quijote, que en todo era comedido y cortés caballero, jamás lo consintió: antes la hizo levantar y la abrazó con mucha cortesía y comedimiento, y mandó a Sancho que requiriese [3] las cinchas a Rocinante y le armase luego al punto. Sancho descolgó las armas, que, como trofeo [4], de un árbol estaban pendientes, y, requiriendo las cinchas, en un punto armó a su señor; el cual, viéndose armado, dijo:

—Vamos de aquí, en el nombre de Dios, a favorecer esta gran señora.

---

se opone a recio. *Hablar paso*, hablar quedo. *Paso, no haya más* vale aquietaos» (Cov.).

[1] *No es cosa de nada* = no es nada, no vale nada.
[2] El cambio de *Etiopia* (Cervantes pronunciaría *E-ti-o-pia*) por *Guinea* se hace un poco extraño en Sancho.
[3] *Requerir* = buscar.
[4] *Trofeo* (cf. p. 150, n. 1).

— 341 —

1, 29.—AVENTURA DE LA PRINCESA MICOMICONA (*comienzo*)

Estábase el Barbero aún de rodillas, teniendo gran cuenta de disimular la risa, y de que no se le cayese la barba, con cuya caída quizá quedarían todos sin conseguir su buena intención: y viendo que ya el don estaba concedido y con la diligencia que [1] don Quijote se alistaba [2] para ir a cumplirle, se levantó y tomó de la otra mano a su señora, y entre los dos la subieron en la mula; luego subió don Quijote sobre Rocinante, y el Barbero se acomodó en su cabalgadura, quedándose Sancho a pie, donde [3] de nuevo se le renovó la pérdida del rucio, con la falta que entonces le hacía; mas todo lo llevaba con gusto, por parecerle que ya su señor estaba puesto en camino, y muy a pique [4], de ser emperador; porque sin duda alguna pensaba que se había de casar con aquella princesa, y ser, por lo menos, rey de Micomicón. Sólo le daba pesadumbre el pensar que aquel reino era en tierra de negros, y que la gente que por sus vasallos le diesen habían de ser todos negros; a lo cual hizo luego en su imaginación un buen remedio, y díjose a sí mismo: «¿Qué se me da a mí que mis vasallos sean negros? ¿Habrá más que cargar con ellos y traerlos a España, donde los podré vender, y adonde me los pagarán de contado, de cuyo dinero podré comprar algún título, o algún oficio, con que vivir descansado todos los días de mi vida? ¡No, sino dormíos, y no tengáis ingenio ni habilidad para disponer de las cosas, y para vender treinta o diez mil vasallos en dácame esas pajas [5]! ¡Par Dios que los he de volar [6], chico con grande [7], o como pudiere, y que, por negros que sean, los he de volver blancos o amarillos [8]! ¡Llegaos, que me mamo el dedo [9]!» Con esto andaba tan solícito y tan contento, que se le olvidaba la pesadumbre de caminar a pie.

---

[1] Hoy diríamos *con qué diligencia* (cf. pról. 26).
[2] Se disponía.
[3] *Donde* = de donde, por lo cual.
[4] *A pique* = a punto, cerca.
[5] *En dácame esas pajas* = en un momento. De *da acá* se formó *daca*, y por imitación de *quítame* (en *quítame allá esas pajas* = en un momento) malamente se dijo *dácame*, pues el *me* sobra, o no está como debe (debiera ser *dame acá*).
[6] *Volar* = despachar, vender rápidamente.
[7] *Chico con grande* = expresión usada en el mercado cuando se juntan dos cosas, una buena y otra mala.
[8] Los he de cambiar en plata u oro.
[9] *Mamarse el dedo* es actitud de necedad y estupidez; pero aquí tiene sentido irónico.

1, 29.—AVENTURA DE LA PRINCESA MICOMICONA (*comienzo*)

Todo esto miraban de entre unas breñas Cardenio y el Cura, y no sabían qué hacerse para juntarse con ellos; pero el Cura, que era gran tracista [1], imaginó luego lo que harían para conseguir lo que deseaban, y fué que con unas tijeras que traía en un estuche quitó con mucha presteza la barba a Cardenio, y vistióle un capotillo pardo que él traía, y dióle un herreruelo negro, y él se quedó en calzas y en jubón [2]; y quedó tan otro de lo que antes parecía Cardenio, que él mesmo no se conociera aunque a un espejo se mirara. Hecho esto, puesto ya que los otros habían pasado adelante en tanto que ellos se disfrazaron, con facilidad salieron al camino real antes que ellos, porque las malezas y malos pasos de aquellos lugares no concedían que anduviesen tanto los de a caballo como los de a pie. En efeto, ellos se pusieron en el llano, a la salida de la sierra, y así como salió della don Quijote y sus camaradas, el Cura se le puso a mirar muy despacio, dando señales de que le iba reconociendo, y al cabo de haberle una buena pieza estado mirando, se fué a él abiertos los brazos y diciendo a voces:

—Para bien sea hallado el espejo de la caballería, el mi buen compatriote don Quijote de la Mancha, la flor y la nata de la gentileza, el amparo y remedio de los menesterosos, la quinta esencia de los caballeros andantes.

Y diciendo esto, tenía abrazado por la rodilla de la pierna izquierda a don Quijote; el cual, espantado de lo que veía y oía decir y hacer a aquel hombre, se le puso a mirar con atención, y, al fin, le conoció, y quedó como espantado de verle, y hizo grande fuerza por apearse; mas el Cura no lo consintió, por lo cual don Quijote decía:

—Déjeme vuestra merced, señor Licenciado, que no es razón que yo esté a caballo, y una tan reverenda persona como vuestra merced esté a pie.

—Eso no consentiré yo, en ningún modo—dijo el Cura—: estése la vuestra grandeza a caballo, pues estando a caballo acaba las mayores fazañas y aventuras que en nuestra edad se

---

[1] «*Tracista*, el artífice que da la traza [o sea el arquitecto. «*Traza* es el alzado o montea, que es aquello que se delinea levantado de la superficie de la tierra», Cov., v. fábrica]: por semejanza decimos *dar traza a un negocio*, concertarle y dar medio para que se efectúe» (Cov.).

[2] «*Jubón* [p. 266]... es vestido justo y ceñido, que se pone sobre la camisa y se ataca [= ata] con las calzas [cf. p. 56, n. 4]... *En calzas y en jubón*, sin cobertura y medio desnudo, porque sobre las calzas y el jubón se pone otra ropa» (Cov.).

1, 29.—AVENTURA DE LA PRINCESA MICOMICONA (comienzo)

han visto; que a mí, aunque indigno sacerdote, bastaráme subir en las ancas de una destas mulas destos señores con vuestra merced caminan, si no lo han por enojo; y aun haré cuenta que voy caballero sobre el caballo Pegaso [1], o sobre la cebra o alfana en que cabalgaba aquel famoso moro Muzaraque, que aún hasta ahora yace encantado en la gran cuesta Zulema, que dista poco de la gran Compluto [2].

—Aun no caía yo en tanto, mi señor Licenciado—respondia don Quijote—; y yo sé que mi señora la princesa será servida, por mi amor, de mandar a su escudero dé a vuestra merced la silla de su mula; que él podrá acomodarse en las ancas si es que ella las sufre.

—Sí sufre, a lo que yo creo—respondió la Princesa—; y también sé que no será menester mandárselo al señor mi escudero; que él es tan cortés y tan cortesano, que no consentirá que una persona eclesiástica vaya a pie, pudiendo ir a caballo.

—Así es—respondió el Barbero.

Y apeándose en un punto, convidó al Cura con la silla, y él la tomó sin hacerse mucho de rogar. Y fué el mal que al subir a las ancas del Barbero, la mula, que, en efeto, era de alquiler, que para decir que era mala esto basta, alzó un poco los cuartos traseros, y dió dos coces en el aire, que, a darlas en el pecho de maese Nicolás, o en la cabeza, él diera al diablo la venida por don Quijote. Con todo eso, le sobresaltaron de manera, que cayó en el suelo, con tan poco cuidado de las barbas, que se le cayeron en el suelo; y como se vió sin ellas, no tuvo otro remedio sino acudir a cubrirse el rostro con ambas manos y a quejarse que le habían derribado las muelas. Don Quijote, como vió todo aquel mazo de barbas [3], sin quijadas y sin sangre, lejos del rostro del escudero caído, dijo:

—¡Vive Dios, que es gran milagro éste! ¡Las barbas le ha

---

[1] El *Pegaso*, según la mitología, era un caballo alado, que tras de varias hazañas fué trasladado al cielo y convertido en la constelación que lleva su nombre.

[2] Al sudoeste de la gran Compluto (Alcalá de Henares, cuna de Cervantes) hay un gran cerro, llamado *la cuesta Zulema*, donde estuvo asentada la antigua Compluto a juzgar por los restos allí existentes.

[3] «*Mazo* cerca de los merceros suele significar cierto número de mercadería que viene distinta y apretada en legajos, que llaman mazos, como mazo de cintas, mazo de cañones, mazo de cuerdas, etc. También decimos *mazo de cabellos* el tranzado que está recogido y apretado y de que suelen usar las doncellas» (Cov.).

— 344 —

1, 29.—AVENTURA DE LA PRINCESA MICOMICONA (*comienzo*)

derribado y arrancado del rostro, como si las quitaran a posta [1]!

El Cura, que vió el peligro que corría su invención de ser descubierta, acudió luego a las barbas y fuése con ellas adonde yacía maese Nicolás dando aún voces todavía [2], y de un golpe, llegándole [3] la cabeza a su pecho, se las puso, murmurando sobre él una palabras, que dijo que era cierto ensalmo [4] apropiado para pegar barbas, como lo verían; y cuando se las tuvo puestas, se apartó, y quedó el escudero tan bien barbado y tan sano como de antes, de que se admiró don Quijote sobremanera, y rogó al Cura que cuando tuviese lugar le enseñase aquel ensalmo; que él entendía que su virtud a más que pegar barbas se debía de estender, pues estaba claro que de donde las barbas se quitasen, había de quedar la carne llagada y maltrecha, y que, pues todo lo sanaba, a más que barbas aprovechaba.

—Así es— dijo el Cura, y prometió de enseñársele en la primera ocasión.

Concertáronse que por entonces subiese el Cura, y a trechos se fuesen los tres mudando [5], hasta que llegasen a la venta, que estaría hasta dos leguas de allí. Puestos los tres a caballo, es a saber, don Quijote, la Princesa y el Cura, y los tres a pie, Cardenio, el Barbero y Sancho Panza, don Quijote dijo a la doncella:

—Vuestra grandeza, señora mía, guíe por donde más gusto le diere.

Y antes que ella respondiese, dijo el Licenciado:

—¿Hacia qué reino quiere guiar la vuestra señoría? ¿Es, por ventura, hacia el de Micomicón? Que sí debe ser, o yo sé poco de reinos.

Ella, que estaba bien en todo, entendió que había de responder que sí, y así, dijo:

—Sí, señor; hacia ese reino es mi camino.

—Si así es —dijo el Cura—, por la mitad de mi pueblo hemos de pasar, y de allí tomará vuestra merced la derrota de Cartagena, donde se podrá embarcar con la buena ventura; y

---

[1] «Hacer una cosa *a posta* es, con acuerdo particular» (Cov.).
[2] *Aún... todavía*, pleonasmo tomado del lenguaje popular.
[3] Juntándole (cf. p. 104, n. 3).
[4] «*Ensalmo*, cierto modo de curar con oraciones... Dijéronse ensalmos porque de ordinario usan [los ensalmadores] de versos del Psalterio y dellos con las letras iniciativas de letra por verso o por parte hacer unas sortijas para diversas enfermedades» (Cov.).
[5] El Cura, el Barbero y Cardenio: el pobre Sancho había de ir a pie.

1, 29.—AVENTURA DE LA PRINCESA MICOMICONA (comienzo)

si hay viento próspero, mar tranquilo y sin borrasca, en poco menos de nueve años se podrá estar a vista de la gran laguna Meona, digo, Meótides [1], que está poco más de cien jornadas más acá del reino de vuestra grandeza.

—Vuestra merced está engañado, señor mío—dijo ella—; porque no ha dos años que yo partí dél, y en verdad que nunca tuve buen tiempo, y, con todo eso, he llegado a ver lo que tanto deseaba, que es al señor don Quijote de la Mancha, cuyas nuevas llegaron a mis oídos así como puse los pies en España, y ellas me movieron a buscarle, para encomendarme en su cortesía y fiar mi justicia del valor de su invencible brazo.

—No más: cesen mis alabanzas—dijo a esta sazón don Quijote—, porque soy enemigo de todo género de adulación; y aunque ésta no lo sea, todavía ofenden mis castas orejas semejantes pláticas. Lo que yo sé decir, señora mía, que ora tenga valor o no, el que tuviere o no tuviere se ha de emplear en vuestro servicio, hasta perder la vida; y así, dejando esto para su tiempo, ruego al señor Licenciado me diga qué es la causa que le ha traído por estas partes tan solo, y tan sin criados, y tan a la ligera que me pone espanto.

—A eso yo responderé con brevedad—respondió el Cura—; porque sabrá vuestra merced, señor don Quijote, que yo y maese Nicolás, nuestro amigo y nuestro barbero, íbamos a Sevilla a cobrar cierto dinero que un pariente mío que ha muchos años que pasó a Indias me había enviado, y no tan pocos [2], que no pasan [3] de sesenta mil pesos ensayados, que es otro que tal [4]; y pasando ayer por estos lugares, nos salieron al encuentro cuatro salteadores y nos quitaron hasta las barbas; y de modo nos las quitaron, que le convino al Barbero ponérselas postizas; y aun a este mancebo que aquí va—señalando a Cardenio—le pusieron como de nuevo. Y es lo bueno que es pública fama por todos estos contornos que los que nos saltearon son de [5] unos galeotes que dicen que libertó, casi en este mesmo sitio, un hombre tan valiente, que a pesar del Comisario y de

---

[1] La laguna Meotis es el mar de Azof.
[2] *Pocos* concuerda con el colectivo *dinero* (cf. pról. 8).
[3] Hoy diríamos *pasen* (cf. pról. 16).
[4] Que es otro tanto. El *peso ensayado* valía casi el doble del peso ordinario. «*Ensayar* vale hacer prueba... usamos de este término en el examen que hacemos del oro y plata y los demás metales... y hay oficio en las casas de la moneda de *ensayador*» (Cov.).
[5] *De* partitivo. Son del número *de unos galeotes*.

— 346 —

1, 30.—AVENTURA DE LA PRINCESA MICOMICONA (comienzo)

las guardas, los soltó a todos; y, sin duda alguna, él debía de estar fuera de juicio, o debe de ser tan grande bellaco como ellos, o algún hombre sin alma y sin conciencia, pues quiso soltar al lobo entre las ovejas, a la raposa entre las gallinas, a la mosca entre la miel [1]: quiso defraudar la justicia, ir contra su rey y señor natural, pues fué contra sus justos mandamientos; quiso, digo, quitar a las galeras sus pies [2], poner en alboroto a la Santa Hermandad, que había muchos años que reposaba; quiso, finalmente, hacer un hecho por donde se pierda su alma y no se gane su cuerpo.

Habíales contado Sancho al Cura y al Barbero la aventura de los galeotes, que acabó su amo con tanta gloria suya, y por esto cargaba la mano el Cura refiriéndola, por ver lo que hacía o decía don Quijote; al cual se le mudaba la color a cada palabra, y no osaba decir que él había sido el libertador de aquella buena gente.

—Éstos, pues—dijo el Cura—, fueron los que nos robaron. Que [3] Dios, por su misericordia, se lo perdone al que no los dejó llevar al debido suplicio.

CAPITULO XXX.—Que trata de la discreción de la hermosa Dorotea, con otras de mucho gusto y pasatiempo.

No hubo bien acabado el Cura, cuando Sanc o dijo:

—Pues mía fe [4], señor Licenciado, el que hizo esa fazaña fué mi amo, y no porque yo no le dijese antes y le avisé que mirase lo que hacía, y que era pecado darles libertad, porque todos iban allí por grandísimos bellacos.

—Majadero—dijo a esta sazón don Quijote—, a los caballeros andantes no les toca ni atañe averiguar si los afligidos, encadenados y opresos que encuentran por los caminos van de aquella manera, o están en aquella angustia, por sus culpas, o por su gracias; sólo le [5] toca ayudarles como a menesterosos, poniendo los ojos en sus penas, y no en sus bellaquerías.

---

[1] Donde hay miel acá y allá.
[2] Que son los remos que los galeotes manejan.
[3] *Que* optativo.
[4] *Mía fe* = a fe mía.
[5] Por *les* (cf. pról. 7).

1, 30.—AVENTURA DE LA PRINCESA MICOMICONA *(comienzo)*

Yo topé un rosario y sarta [1] de gente mohina y desdichada, y hice con ellos lo que mi religión me pide, y lo demás allá se avenga [2]; y a quien mal le ha parecido, salvo la santa dignidad del señor Licenciado y su honrada persona, digo que sabe poco de achaque de caballería, y que miente como un hideputa y mal nacido; y esto le haré conocer con mi espada donde más largamente se contiene [3].

Y esto dijo afirmándose en los estribos y calándose el morrión; porque la bacía de barbero, que a su cuenta era el yelmo de Mambrino, llevaba colgada del arzón delantero, hasta adobarla [4] del mal tratamiento que la hicieron los galeotes.

Dorotea, que era discreta y de gran donaire, como quien ya sabía el menguado [5] humor de don Quijote y que todos hacían burla dél sino Sancho Panza, no quiso ser para menos, y viéndole tan enojado, le dijo:

—Señor caballero, miémbresele [6] a la vuestra merced el don que me tiene prometido, y que, conforme a él, no puede entremeterse en otra aventura, por urgente que sea; sosiegue vuestra merced el pecho; que si el señor Licenciado supiera que por este invicto brazo habían sido librados los galeotes, él se diera tres puntos [7] en la boca, y aun se mordiera tres veces la lengua, antes que haber dicho palabra que en despecho [8] de vuestra merced redundara.

—Eso juro yo bien—dijo el Cura—, y aun me hubiera quitado un bigote [9].

—Yo callaré, señora mía—dijo don Quijote—, y reprimiré

---

[1] «*Sarta*, collar o gargantilla de piezas ensartadas y enhiladas unas con otras, o hilo de perlas o piezas de oro o plata pendientes del cuello» (Cov).

[2] *Allá se avenga* = allá se componga, allá se las hayan.

[3] Con esta frase oficinesca se remitía don Quijote a su espada, dando a entender que los que opinasen de otro modo hallarían en ella pruebas más eficaces de lo que acababa de afirmar (cf. p. 125, n. 3).

[4] «*Adobar* (quasi adaptar), reparar, concertar alguna cosa que está mal parada: algunas veces significa sazonar el manjar... También se dice adobar los cueros...» (Cov.).

[5] *Menguado* = escaso, malo, disparatado.

[6] *Membrarse* (de *memorare*) = acordarse.

[7] Puntadas.

[8] *Despecho* = desprecio.

[9] En tiempo de Cervantes solían los clérigos llevar perilla y bigotes. *Bigote* designa todo el pelo del labio superior, o cada una de las dos partes en que se divide.

1, 30.—AVENTURA DE LA PRINCESA MICOMICONA (*comienzo*)

la justa cólera que ya en mi pecho se había levantado, y iré quieto y pacífico hasta tanto que os cumpla el don prometido; pero, en pago deste buen deseo, os suplico me digáis, si no se os hace de mal, cuál es la vuestra cuita, y cuántas, quiénes y cuáles son las personas de quien os tengo de dar debida, satisfecha [1] y entera venganza.

—Eso haré yo de gana [2]—respondió Dorotea—, si es que no os enfada oír lástimas y desgracias.

—No enfadará, señora mía—respondió don Quijote.

A lo que respondió Dorotea:

—Pues así es, esténme vuestras mercedes atentos.

No hubo ella dicho esto, cuando Cardenio y el Barbero se le pusieron al lado, deseosos de ver cómo fingía su historia la discreta Dorotea, y lo mismo hizo Sancho, que tan engañado iba con ella como su amo. Y ella, después de haberse puesto bien en la silla y prevenídose con toser y hacer otros ademanes, con mucho donaire comenzó a decir desta manera:

—Primeramente, quiero que vuestras mercedes sepan, señores míos, que a mí me llaman...

Y detúvose aquí un poco, porque se le olvidó el nombre que el Cura le había puesto; pero él acudió al remedio, porque entendió en lo que reparaba, y dijo:

—No es maravilla, señora mía, que la vuestra grandeza se turbe y empache [3] contando sus desventuras; que ellas suelen ser tales, que muchas veces quitan la memoria a los que maltratan, de tal manera, que aun de sus mesmos nombres no se les acuerda, como han hecho con vuestra gran señoría, que se ha olvidado que se llama la princesa Micomicona, legítima heredera del gran reino Micomicón; y con este apuntamiento puede la vuestra grandeza reducir ahora fácilmente a su lastimada memoria todo aquello que contar quisiere.

—Así es la verdad—respondió la doncella—, y desde aquí adelante creo que no será menester apuntarme nada; que yo saldré a buen puerto con mi verdadera historia. La cual es que el rey mi padre, que se llamaba Tinacrio el Sabidor [4], fué muy docto en esto que llaman el arte mágica, y alcanzó por su ciencia que mi madre, que se llamaba la reina Jaramilla, había de

---

[1] Cumplida.
[2] De buena gana.
[3] «*Empachado*, el corto y atajado que no acierta a hacer la cosa» (Cov.).
[4] *Sabidor* = encantador, mágico.

— 349 —

1, 30.—AVENTURA DE LA PRINCESA MICOMICONA *(comienzo)*

morir primero que él, y que de allí a poco él también había de pasar desta vida y yo había de quedar huérfana de padre y madre. Pero decía él que no le fatigaba tanto esto cuanto le ponía en confusión saber por cosa muy cierta que un descomunal gigante, señor de una grande ínsula, que casi alinda con nuestro reino, llamado Pandafilando de la Fosca Vista, porque es cosa averiguada que, aunque tiene los ojos en su lugar y derechos, siempre mira al revés [1], como si fuese bizco, y esto lo hace él de maligno y por poner miedo y espanto a los que mira, digo que [2] supo que este gigante, en sabiendo mi orfandad, había de pasar con gran poderío sobre mi reino, y me lo había de quitar todo, sin dejarme una pequeña aldea donde me recogiese; pero que podía escusar toda esta ruina y desgracia si yo me quisiese casar con él; mas, a lo que él entendía, jamás pensaba que me vendría a mí en voluntad de hacer tan desigual casamiento; y dijo en esto la pura verdad, porque jamás me ha pasado por el pensamiento casarme con aquel gigante, pero [3] ni con otro alguno, por grande y desaforado que fuese. Dijo también mi padre que después que él fuese muerto y viese yo que Pandafilando comenzaba a pasar sobre mi reino, que no aguardase a ponerme en defensa, porque sería destruirme, sino que libremente le dejase desembarazado el reino, si quería escusar la muerte y total destruición de mis buenos y leales vasallos, porque no había de ser posible defenderla de la endiablada fuerza del gigante; sino que luego, con algunos de los míos, me pusiese en camino de las Españas, donde hallaría el remedio de mis males hallando a un caballero andante, cuya fama en este tiempo se estendería por todo este reino; el cual se había de llamar, si mal no me acuerdo, don Azote, o don Jigote [4].

—Don Quijote diría, señora—dijo a esta sazón Sancho Panza—, o, por otro nombre, el Caballero de la Triste Figura.

—Así es la verdad—dijo Dorotea—. Dijo más: que había de ser alto de cuerpo, seco de rostro, y que en el lado derecho,

---

[1] *Al revés* = distinto de los demás.
[2] Este interrumpir la oración comenzada, para insertar y ensartar circunstancias y observaciones y reanudarla con un *digo que*, está tomado del natural y es muy propio de muchachas como Dorotea.
[3] Este *pero* es muy enfático. *¿Qué digo?, no sólo no he pensado en casarme con aquel gigante, pero ni con otro alguno.*
[4] *Jigote* = comida picada en pedazos menudos.

1, 30.—AVENTURA DE LA PRINCESA MICOMICONA *(comienzo)*

debajo del hombro izquierdo, o por allí junto [1] había de tener un lunar pardo con ciertos cabellos a manera de cerdas.

En oyendo esto don Quijote, dijo a su escudero:

—Ten aquí, Sancho, hijo, ayúdame a desnudar; que quiero ver si soy el caballero que aquel sabio rey dejó profetizado.

—Pues ¿para qué quiere vuestra merced desnudarse?—dijo Dorotea.

—Para ver si tengo ese lunar que vuestro padre dijo—respondió don Quijote.

—No hay para qué desnudarse—dijo Sancho—; que yo sé que tiene vuestra merced un lunar desas señas en mitad del espinazo, que es señal de ser hombre fuerte.

—Eso basta—dijo Dorotea—; porque con los amigos no se ha de mirar en pocas cosas [2], y que esté en el hombro, o que esté en el espinazo, importa poco: basta que haya lunar, y esté donde estuviere, pues todo es una mesma carne; y, sin duda, acertó mi buen padre en todo, y yo he acertado en encomendarme al señor don Quijote; que él es por quien mi padre dijo, pues las señales del rostro vienen con las de la buena fama que este caballero tiene, no sólo en España, pero en toda la Mancha, pues apenas me hube desembarcado en Osuna [3], cuando oí decir tantas hazañas suyas, que luego me dió el alma [4] que era el mesmo que venía a buscar.

—Pues ¿cómo se desembarcó vuestra merced en Osuna, señora mía—preguntó don Quijote—, si no es puerto de mar?

Mas antes que Dorotea respondiese, tomó el cura la mano [5] y dijo:

—Debe de querer decir la señora Princesa que después que desembarcó en Málaga, la primera parte donde oyó nuevas de vuestra merced fué en Osuna.

—Eso quise decir—dijo Dorotea.

—Y esto lleva camino [6]—dijo el Cura—; y prosiga vuestra majestad adelante.

---

[1] Con esta vaguedad y mencionando ambos lados no podía equivocarse Dorotea.

[2] En cosas de poco valor.

[3] El disparate de España es mero donaire; el de Osuna, ignorancia, según confesión posterior de la misma Dorotea.

[4] Me dijo el corazón (cf. p. 271, n. 5).

[5] Cf. p. 335, n. 2

[6] Es razonable, verosímil. «*No llevar una cosa camino*, ser sospechosa de mentira, por no tener ni aun apariencia de verdad» (Cov.).

1, 30.—AVENTURA DE LA PRINCESA MICOMICONA (*comienzo*)

—No hay que proseguir—respondió Dorotea—, sino que, finalmente, mi suerte ha sido tan buena en hallar al señor don Quijote, que ya me cuento y tengo por reina y señora de todo mi reino, pues él, por su cortesía y magnificencia, me ha prometido el don de irse conmigo dondequiera que yo le llevare, que no será a otra parte que a ponerle delante de Pandafilando de la Fosca Vista, para que le mate, y me restituya lo que tan contra razón me tiene usurpado; que todo esto ha de suceder a pedir de boca, pues así lo dejó profetizado Tinacrio el Sabidor, mi buen padre; el cual también dejó dicho, y escrito en letras caldeas o griegas, que yo no las sé leer, que si este caballero de la profecía, después de haber degollado al gigante, quisiese casarse conmigo, que yo me otorgase luego sin réplica alguna por su legítima esposa, y le diese la posesión de mi reino, junto con la de mi persona.

—¿Qué te parece, Sancho amigo?—dijo a este punto don Quijote—. ¿No oyes lo que pasa? ¿No te lo dije yo? ¡Mira si tenemos ya reino que mandar y reina con quien casar!

—¡Eso juro yo!—dijo Sancho [1]. ¡Para el puto que no se casare en abriendo el gaznate [2] al señor Pandahilado! Pues ¡monta [3] que es mala reina! ¡Así se me vuelvan las pulgas de la cama!

Y diciendo esto, dió dos zapatetas en el aire, con muestras de grandísimo contento, y luego fué a tomar las riendas de la mula de Dorotea, y haciéndola detener, se hincó de rodillas ante ella, suplicándole le diese las manos para besárselas, en señal que la recibía por su reina y señora. ¿Quién no había de reír de los circunstantes, viendo la locura del amo y la simplicidad del criado? En efecto, Dorotea se las dió, y le prometió de hacerle gran señor en su reino, cuando el cielo le hiciese tanto bien, que se lo dejase cobrar y gozar. Agradecióselo Sancho con tales palabras, que renovó la risa en todos.

—Ésta, señores—prosiguió Dorotea—, es mi historia; sólo resta por deciros que de cuanta gente de acompañamiento saqué de mi reino no me ha quedado sino sólo este buen barbado escudero, porque todos se anegaron en una gran borrasca que tuvimos a vista del puerto, y él y yo salimos en dos tablas a tierra, como por milagro; y así, es todo milagro y misterio el

---

[1] Y haciendo algún gesto, añadió: *¡Para...*
[2] *Gaznate, gargüero, garguero* y *garganta* son una misma cosa.
[3] Cf. p. 239, n. 3.

1, 30 —AVENTURA DE LA PRINCESA MICOMICONA (*comienzo*)

discurso de mi vida como lo habréis notado. Y si en alguna cosa he andado demasiada [1], o no tan acertada como debiera, echad la culpa a lo que el señor Licenciado dijo al principio de mi cuento: que los trabajos continuos y extraordinarios quitan la memoria al que los padece.

—Ésa no me quitarán a mí ¡oh alta y valerosa señora!—dijo don Quijote—cuantos yo pasare en serviros, por grandes y no vistos que sean; y así, de nuevo confirmo el don que os he prometido y juro de ir con vos al cabo del mundo, hasta verme con el fiero enemigo vuestro, a quien pienso, con el ayuda de Dios y de mi brazo, tajar la cabeza soberbia con los filos desta... no quiero decir buena espada, merced a Ginés de Pasamonte, que me llevó la mía [2].

Esto dijo entre dientes, y prosiguió diciendo:

—Y después de habérsela tajado y puéstoos en pacífica posesión de vuestro estado, quedará a vuestra voluntad hacer de vuestra persona lo que más en talante os viniere; porque mientras que yo tuviere ocupada la memoria y cautiva la voluntad, perdido el entendimiento, a [3] aquella... y no digo más, no es posible que yo arrostre, ni por pienso, el casarme, aunque fuese con el ave fénix [4].

Parecióle tan mal a Sancho lo que últimamente su amo dijo acerca de no querer casarse, que, con grande enojo, alzando la voz, dijo:

—¡Voto a mí, y juro a mí, que no tiene vuestra merced, señor don Quijote, cabal juicio! Pues ¿cómo es posible que pone vuestra merced en duda el casarse con tan alta princesa como aquésta? ¿Piensa que le ha de ofrecer la fortuna tras cada cantillo [5] semejante ventura como la que ahora se le ofrece?

---

[1] «*Demasiado*... el descortés que ha estado descomedido con quien debiera respetar» (Cov.).

[2] Ahora nos enteramos de que Ginés le había robado la espada (pues en el c. 22 no se dijo) y de que don Quijote había adquirido otra.

[3] A = para, en favor de.

[4] De esta ave fabulosa se cuenta que es única en su especie, pero que cuando entra en la vejez, pegando fuego a su nido, se convierte ella en cenizas, de donde sale un gusano que se transforma de nuevo en fénix (cf. GRANADA, *Introd. al símbolo*, I, 22). Por ser ave única en su especie se llamó fénix, lo que es singular o excelente en su especie (v. gr., fénix de los ingenios). Quiso, pues, decir don Quijote que no se casaría con ninguna mujer aunque fuese de belleza única y sin igual.

[5] *Cantillo* = esquina.

1, 30.—AVENTURA DE LA PRINCESA MICOMICONA *(comienzo)*

¿Es, por dicha, más hermosa mi señora Dulcinea? No, por cierto, ni aun con la mitad, y aun estoy por decir que no llega a su zapato de [1] la que está delante. Así, noramala alcanzaré yo el condado que espero, si vuestra merced se anda a pedir cotufas en el golfo [2]. ¡Cásese, cásese luego, encomiéndole yo a Satanás [3], y tome ese reino que se le viene a las manos *de vobis vobis* [4], y en siendo rey, hágame marqués o adelantado, y luego siquiera [5] se lo lleve el diablo todo!

Don Quijote, que tales blasfemias oyó decir contra su señora Dulcinea, no lo pudo sufrir: y, alzando el lanzón, sin hablalle palabra a Sancho y sin decirle esta boca es mía, le dió tales dos palos, que dió con él en tierra; y si no fuera porque Dorotea le dió voces que no le diera más, sin duda le quitara allí la vida.

—¿Pensáis—le dijo a cabo de rato—, villano ruin, que ha de haber lugar siempre para ponerme la mano en la horcajadura [6], y que todo ha de ser errar vos y perdonaros yo? Pues no lo penséis, bellaco descomulgado, que sin duda lo estás [7], pues has puesto lengua en la sin par Dulcinea. ¿Y no sabéis vos, gañán [8], faquín [9], belitre [10], que si no fuese por el valor que ella infunde en mi brazo, que no le tendría yo para matar una pulga? Decid, socarrón de lengua viperina, ¿y quién pensáis que ha ganado este reino y cortado la cabeza a este gigante, y héchoos a vos marqués (que todo esto doy ya por hecho y por cosa pasada en cosa juzgada [11]), si no es el valor

---

[1] *Su... de* (cf. pról. 6).
[2] *Cotufa*, lo mismo que chufa, especie de raicilla tuberosa y azucarada. Pedirlas en el mar es pedir imposibles.
[3] Como si dijera *cásese, por Satanás*.
[4] La forma corriente de esta locución era y es *de bóbilis bóbilis* (= sin más ni más): cf. II, 71.
[5] Aunque se lo lleve el diablo no me importa. Para este *siquiera*, véase BELLO *(Gram.*, n. 1.072).
[6] *Ponerle a uno la mano en la horcajadura*, según la R. A. E., es tratarle con demasiada familiaridad y llaneza (y se tomó de la manera de hacer voltear a los volteadores).
[7] Obsérvese el paso del *vos* al *tú* por efecto de la ira.
[8] «Gañán, el pastor rústico y grosero, que guarda ganado, y es mandado de los pastores y mayorales» (Cov.).
[9] «*Ganapán*, este nombre tienen los que ganan su vida y el pan que comen... a llevar [= llevando] a cuestas y sobre sus hombros las cargas... El italiano les llama *facchinos*» (Cov.).
[10] *Belitre* = pícaro.
[11] Cf. p. 285, n. 8.

1, 30.—AVENTURA DE LA PRINCESA MICOMICONA (*comienzo*)

de Dulcinea tomando a mi brazo por instrumento de sus hazañas? Ella pelea en mí, y vence en mí, y yo vivo y respiro en ella, y tengo vida y ser. ¡Oh hideputa [1], bellaco, y cómo sois desagradecido: que os veis levantado del polvo de la tierra a ser señor de título, y correspondéis a tan buena obra con decir mal de quien os la hizo!

No estaba tan maltrecho Sancho, que no oyese todo cuanto su amo le decía; y levantándose con un poco de presteza, se fué a poner detrás del palafrén de Dorotea, y desde allí dijo a su amo:

—Dígame, señor: si vuestra merced tiene determinado de no casarse con esta gran princesa, claro está que no será el reino suyo, y no siéndolo, ¿qué mercedes me puede hacer? Esto es de lo que yo me quejo. Cásese vuestra merced una por una [2] con esta reina, ahora que la tenemos aquí como llovida del cielo, y después puede volverse con mi señora Dulcinea; que reyes debe de haber habido en el mundo que hayan sido amancebados. En lo de la hermosura no me entremeto; que, en verdad, si va a decirla, que entrambas me parecen bien, puesto que yo nunca he visto a la señora Dulcinea.

—¿Cómo que no la has visto, traidor blasfemo?—dijo don Quijote—. Pues ¿no acabas de traerme ahora un recado de su parte?

—Digo que no la he visto tan despacio—dijo Sancho—, que pueda haber notado particularmente su hermosura y sus buenas partes punto por punto; pero así a bulto, me parece bien.

—Ahora te disculpo—dijo don Quijote—, y perdóname el enojo que te he dado; que los primeros movimientos no son en manos de los hombres.

—Ya yo lo veo—respondió Sancho—; y así, en mí la gana de hablar siempre es primero movimiento, y no puedo dejar de decir, por una vez siquiera, lo que me viene a la lengua.

—Con todo eso—dijo don Quijote—, mira, Sancho, lo que hablas; porque tantas veces va el cantarillo a la fuente... [3], y no te digo más.

---

[1] Cf. p. 178, n. 3.
[2] *Una por una* = en todo caso.
[3] El refrán se enuncia de varias maneras: TANTAS VECES VA EL CANTARILLO o *el cántaro*, A LA FUENTE (o *cantarillo que muchas veces va a la fuente*), QUE ALGUNA, o *que al fin*, SE QUIEBRA, o *que deja el asa o la frente*.

—Ahora bien—respondió Sancho—, Dios está en el cielo, que ve las trampas, y será juez de quién hace más mal: yo en no hablar bien, o vuestra merced en no obrallo.

—No haya más—dijo Dorotea—: corred, Sancho, y besad la mano a vuestro señor, y pedilde perdón, y de aquí adelante andad más atentado en vuestras alabanzas y vituperios, y no digáis mal de aquesa señora Tobosa, a quien yo no conozco si no es para servilla, y tened confianza en Dios, que no os ha de faltar un estado donde viváis como un príncipe.

Fué Sancho cabizbajo y pidió la mano a su señor, y él se la dió con reposado continente; y después que se la hubo besado, le echó la bendición, y dijo a Sancho que se adelantase un poco; que tenía que preguntalle y que departir con él cosas de mucha importancia. Hízolo así Sancho, y apartáronse los dos algo adelante, y díjole don Quijote:

—Después que veniste, no he tenido lugar ni espacio para preguntarte muchas cosas de particularidad acerca de la embajada que llevaste y de la respuesta que trujiste; y ahora, pues la fortuna nos ha concedido tiempo y lugar, no me niegues tú la ventura que puedes darme con tan buenas nuevas.

—Pregunte vuestra merced lo que quisiere—respondió Sancho—; que a todo daré tan buena salida como tuve la entrada. Pero suplico a vuestra merced, señor mío, que no sea de aquí adelante tan vengativo.

—¿Por qué lo dices, Sancho?—dijo don Quijote.

—Dígolo—respondió—porque estos palos de agora más fueron por la pendencia que entre los dos trabó el diablo la otra noche que por lo que dije contra mi señora Dulcinea, a quien amo y reverencio como a una reliquia, aunque en ella no la haya, sólo por ser cosa de vuestra merced.

—No tornes a esas pláticas, Sancho, por tu vida—dijo don Quijote—; que me dan pesadumbre. Ya te perdoné entonces, y bien sabes tú que suele decirse: «A pec do nuevo, penitencia nueva».

Mientras esto pasaba, vieron venir por el camino donde ellos iban a un hombre caballero sobre un jumento, y cuando llegó cerca les pareció que era gitano; pero Sancho Panza, que doquiera que vía asnos se le iban los ojos y el alma, apenas hubo visto al hombre, cuando conoció que era Ginés de Pasamonte, y por el hilo del gitano sacó el ovillo de su asno, como era la verdad, pues era el rucio sobre que Pasamonte venía; el cual, por no ser conocido y por vender el asno, se había puesto en traje de gitano, cuya lengua, y otras muchas, sabía hablar, como si fueran naturales suyas. Vióle Sancho y conocióle; y apenas le hubo visto y conocido, cuando a grandes voces le dijo:

—¡Ah, ladrón Ginesillo! ¡Deja mi prenda, suelta mi vida, no te empaches [1] con mi descanso, deja mi asno, deja mi regalo! ¡Huye, puto; auséntate, ladrón, y desampara lo que no es tuyo!

No fueran menester tantas palabras ni baldones, porque a la primera saltó Ginés y, tomando un trote que parecía carrera, en un punto se ausentó y alejó de todos. Sancho llegó a su rucio, y, abrazándole, le dijo:

—¿Cómo has estado, bien mío, rucio de mis ojos, compañero mío?

Y con esto le besaba y acariciaba, como si fuera persona. El asno callaba y se dejaba besar y acariciar de Sancho, sin responderle palabra al una. Llegaron todos y diéronle el parabién del hallazgo del rucio, especialmente don Quijote, el cual le dijo que no por eso anulaba la póliza de los tres pollinos. Sancho se lo agradeció [2].

En tanto que los dos iban en estas pláticas, dijo el Cura a Dorotea que había andado muy discreta, así en el cuento como en la brevedad dél y en la similitud que tuvo con los de los libros de caballerías. Ella dijo que muchos ratos se había entretenido en leellos; pero que no sabía ella dónde eran las provincias ni puertos de mar, y que, así había dicho a tiento que se había desembarcado en Osuna.

—Yo lo entendí así—dijo el Cura—, y por eso acudí luego a decir lo que dije, con que se acomodó todo. Pero ¿no es cosa estraña ver con cuánta facilidad cree este desventurado hidalgo todas estas invenciones y mentiras, sólo porque llevan el estilo y modo de las necedades de sus libros?

—Sí es—dijo Cardenio—; y tan rara y nunca vista, que yo no sé si queriendo inventarla y fabricarla mentirosamente, hubiera tan agudo ingenio, que pudiera dar en ella [3].

—Pues otra cosa hay en ello—dijo el Cura—: que fuera

---

[1] *Empachar* = ocupar, cargar, embarazar.
[2] Falta en la edición príncipe esta escena del hallazgo del rucio (cf. p. 257, n. 1).
[3] Aquí se olvidó Cervantes de lo que don Quijote decía a la ventera (p. 174, n 2), que la alabanza propia envilece.

de las simplicidades que este buen hidalgo dice tocantes a su locura, si le tratan de otras cosas, discurre con bonísimas razones y muestra tener un entendimiento claro y apacible en todo; de manera, que como no le toquen en sus caballerías, no habrá nadie que le juzgue sino por de muy buen entendimiento.

En tanto que ellos iban en esta conversación, prosiguió don Quijote con la suya, y dijo a Sancho:

—Echemos, Panza amigo, pelillos a la mar [1] en esto de nuestras pendencias, y dime ahora, sin tener cuenta con enojo ni rencor alguno: ¿Dónde, cómo y cuándo hallaste a Dulcinea? ¿Qué hacía? ¿Qué le dijiste? ¿Qué te respondió? ¿Qué rostro hizo cuando leía mi carta? ¿Quién te la trasladó? Y todo aquello que vieres que en este caso es digno de saberse, de preguntarse y satisfacerse, sin que añadas o mientas por darme gusto, ni menos te acortes por no quitármele.

—Señor—respondió Sancho—, si va a decir la verdad, la carta no me la trasladó nadie, porque yo no llevé carta alguna.

—Así es como tú dices—dijo don Quijote—; porque el librillo de memoria donde yo la escribí le hallé en mi poder a cabo de dos días de tu partida, lo cual me causó grandísima pena, por no saber lo que habías tú de hacer cuando te vieses sin carta, y creí siempre que te volvieras desde el lugar donde la echaras menos.

—Así fuera—respondió Sancho—, si no la hubiera yo tomado en la memoria cuando vuestra merced me la leyó, de manera, que se la dije a un sacristán, que me la trasladó del entendimiento tan punto por punto, que dijo que en todos los días de su vida, aunque había leído muchas cartas de descomunión, no había visto ni leído tan linda carta como aquélla.

—¿Y tiénesla todavía en la memoria, Sancho?—dijo don Quijote.

—No, señor—respondió Sancho—, porque después que la di [2], como vi que no había de ser de más provecho, di en olvidalla, y si algo se me acuerda, es aquello del *sobaadja*, digo, del *soberana señora*, y lo último: «*Vuestro hasta la muerte, el Caballero de la Triste Figura*». Y en medio destas dos cosas le puse más de trecientas almas, y vidas, y ojos míos.

---

[1] *Echar pelillos a la mar*, reconciliarse dos personas. *Pelillos a la mar:* modo que tienen los muchachos de afirmar que no faltarán a lo que han tratado y convenido, lo cual hacen sacando un pelo de la cabeza, soplándolo y diciendo: pelillos a la mar.

[2] Dije (cf. p. 271, n. 5).

CAPITULO XXXI.—De los sabrosos razonamientos que pasaron entre Don Quijote y Sancho Panza su escudero, con otros sucesos.

Todo eso no me descontenta; prosigue adelante—dijo don Quijote—. Llegaste, ¿y qué hacía aquella reina de la hermosura? A buen seguro que la hallaste ensartando perlas, o bordando alguna empresa con oro de cañutillo [1], para este su cautivo caballero.

—No la hallé—respondió Sancho—sino ahechando [2] dos hanegas de trigo en un corral de su casa.

—Pues haz cuenta—dijo don Quijote—que los granos de aquel trigo eran granos de perlas, tocados de sus manos. Y si miraste, amigo, el trigo ¿era candeal o trechel?

—No era sino rubión [3] —respondió Sancho.

—Pues yo te aseguro—dijo don Quijote—que, ahechando por sus manos, hizo pan candeal, sin duda alguna. Pero pasa adelante: cuando le diste mi carta, ¿besóla? ¿púsosela sobre la cabeza? ¿hizo alguna ceremonia digna de tal carta, o qué hizo?

—Cuando yo se la iba a dar—respondió Sancho—, ella estaba en la fuga [4] del meneo de una buena parte de trigo que tenía en la criba, y díjome: «Poned, amigo, esa carta sobre aquel costal, que no la puedo leer hasta que acabe de acribar todo lo que aquí está».

—¡Discreta señora!—dijo don Quijote—. Eso debió de ser por leerla despacio y recrearse con ella. Adelante, Sancho. Y en tanto que estaba en su menester, ¿qué coloquios pasó contigo?, ¿qué te preguntó de mí? Y tú, ¿qué le respondiste?

---

[1] *Oro de cañutillo*, oro hilado. *Cañutillo* = hilo delgado de oro o plata (enroscado en un cilindro muy delgado) que sirve para bordar.

[2] «*Ahechar* [mejor que *aechar* que es, como escribe el Diccionario de la R. A. E.], limpiar con la criba o harnero el trigo, echando fuera el polvo, la paja y quitando las piedras» (Cov.).

[3] Entre las muchas clases de trigo se cuenta el *candeal*, notable por la cantidad o blancura de su harina; el *rubión*, caracterizado por el color encendido de sus granos, y el *trechel (tremés o tremesino)*, que se siembra en primavera y fructifica en verano.

[4] *Fuga* = mayor fuerza o intensión de una acción, ejercicio...

Acaba; cuéntamelo todo; no se te quede en el tintero una mínima [1].

—Ella no me preguntó nada—dijo Sancho—; mas yo le dije de la manera que vuestra merced, por su servicio, quedaba haciendo penitencia, desnudo de la cintura arriba, metido entre estas sierras como si fuera salvaje, durmiendo en el suelo, sin comer pan a manteles ni sin [2] peinarse la barba, llorando, y maldiciendo su fortuna.

—En decir que maldecía mi fortuna dijiste mal—dijo don Quijote—, porque antes la bendigo y bendeciré todos los días de mi vida, por haberme hecho digno de merecer amar tan alta señora como Dulcinea del Toboso.

—Tan alta es—respondió Sancho—, que a buena fe que me lleva a mí más de un coto [3].

—Pues ¿cómo, Sancho?—dijo don Quijote—. ¿Haste medido tú con ella?

—Medíme en esta manera—le respondió Sancho—: que llegándole a ayudar a poner un costal de trigo sobre un jumento, llegamos tan juntos, que eché de ver que me llevaba más de un gran palmo.

—Pues ¡es verdad—replicó don Quijote—que no acompaña esa grandeza y la adorna con mil millones de gracias del alma [4]! Pero no me negarás, Sancho, una cosa: cuando llegaste junto a ella, ¿no sentiste un olor sabeo [5], una fragancia aromática, y un no sé qué de bueno, que yo no acierto a dalle nombre? Digo, ¿un tubo o tufo como si estuvieras en la tienda de algún curioso guantero?

—Lo que sé decir—dijo Sancho—es que sentí un olorcillo algo hombruno, y debía de ser que ella, con el mucho ejercicio, estaba sudada y algo correosa [6].

---

[1] Para expresar la duración de los sonidos se valían de siete figuras, que (de mayor a menor duración) son: *máxima, longa, breve, semibreve, mínima, semínima* y *corchea*.

[2] Hoy diríamos *y sin*.

[3] *Coto* = medida que consta de los cuatro dedos de la mano, cerrada ésta y levantado sobre ella el pulgar.

[4] La frase es irónica, es decir, significa lo contrario de lo que dice.

[5] *Sabeo* = de Sabá, región de la Arabia Feliz, celebrada entre los poetas por su odorífero incienso.

[6] *Correoso* = reblandecido, flexible. «*Tener uno correa* es ser de palacio, que no quiebra, sino sufre [= que se dobléga sin romperse]... *Hacer correa* un licor, irse espesando. *Correoso*, lo que se estiende y da de sí» (Cov.)

—No sería eso—respondió don Quijote— sino que tú debías de estar romadizado [1], o te debiste de oler a ti mismo, porque yo sé bien a lo que huele aquella rosa entre espinas, aquel lirio del campo, aquel ámbar desleído.

—Todo puede ser—respondió Sancho—, que muchas veces sale de mí aquel olor que entonces me pareció que salía de su merced de [2] la señora Dulcinea, pero no hay de qué maravillarse: que un diablo parece a otro.

—Y bien—prosiguió don Quijote—, he aquí que acabó de limpiar su trigo y de enviallo al molino. ¿Qué hizo cuando leyó la carta?

—La carta—dijo Sancho—no la leyó, porque dijo que no sabía leer ni escribir, antes la rasgó y la hizo menudas piezas, diciendo que no la quería dar a leer a nadie, porque no se supiesen en el lugar sus secretos, y que bastaba lo que yo le había dicho de palabra acerca del amor que vuestra merced le tenía y de la penitencia extraordinaria que por su causa quedaba haciendo. Y, finalmente, me dijo que dijese a vuestra merced que le besaba las manos, y que allí quedaba con más deseos de verle que de escribirle, y que, así, le suplicaba y mandaba, que, vista la presente, saliese de aquellos matorrales y se dejase de hacer disparates, y se pusiese luego en camino del Toboso, si otra cosa de más importancia no le sucediese, porque tenía gran deseo de ver a vuestra merced. Rióse mucho cuando le dije cómo se llamaba vuestra merced *el Caballero de la Triste Figura*. Preguntéle si había ido allá el Vizcaíno de marras, díjome que sí, y que era un hombre muy de bien. También le pregunté por los galeotes, mas díjome que no había visto hasta entonces alguno.

—Todo va bien hasta agora—dijo don Quijote—. Pero dime: ¿qué joya fué la que te dió al despedirte, por las nuevas que de mí le llevaste? Porque es usada y antigua costumbre entre los caballeros y damas andantes dar a los escuderos, doncellas o enanos que les llevan nuevas, de sus damas a ellos, a ellas de sus andantes, alguna rica joya en albricias, en agradecimiento de su recado.

—Bien puede ser eso así, y yo la tengo por muy buena usanza, pero eso debió de ser en los tiempos pasados: que ahora sólo se debe de acostumbrar a dar un pedazo de pan y queso,

---

[1] *Romadizado* = constipado, acatarrado.
[2] *Su... de* (cf. pról. 6).

1, 31.—DON QUIJOTE Y SANCHO

que esto fué lo que me dió mi señora Dulcinea, por las bardas de un corral, cuando della me despedí; y aun, por más señas, era el queso ovejuno.

—Es liberal en estremo—dijo don Quijote—, y si no te dió joya de oro, sin duda debió de ser porque no la tendría allí a la mano para dártela, pero buenas son mangas después de Pascua [1]: yo la veré, y se satisfará todo. ¿Sabes de qué estoy maravillado, Sancho? De que me parece que fuiste y veniste por los aires, pues poco más de tres días has tardado en ir y venir desde aquí al Toboso, habiendo de aquí allá más de treinta leguas, por lo cual me doy a entender que aquel sabio nigromante [2] que tiene cuenta con mis cosas y es mi amigo, porque por fuerza le hay, y le ha de haber, so pena que yo no sería buen caballero andante, digo que éste tal te debió de ayudar a caminar, sin que tú lo sintieses; que hay sabio déstos que coge a un caballero andante durmiendo en su cama, y sin saber cómo o en qué manera, amanece otro día más de mil leguas de donde anocheció. Y si no fuese por esto, no se podrían socorrer en sus peligros los caballeros andantes unos a otros, como se socorren a cada paso; que acaece estar uno peleando en las sierras de Armenia con algún lendriago [3], o con algún fiero vestiglo, o con otro caballero, donde lleva lo peor de la batalla y está ya a punto de uerte, y cuando no os [4] me cato, asoma por acullá, encima de una nube, o sobre un carro de fuego, otro caballero amigo suyo, que poco antes se hallaba en Ingalaterra, que le favorece y libra de la muerte, y a la noche se halla en su posada, cenando muy a su sabor; y

---

[1] «*Buenas son mangas después de Pascua* se dice cuando lo que deseamos se viene a cumplir algo después de lo que nosotros queríamos» (Cov.). Así que el refrán se refiere a lo que sigue (aunque tarde, *yo la veré*). R. Marín observa que estuvo en uso regalar mangas, de donde *mangas* vino a significar *don*, particularmente el que se daba para sobornar.

[2] *Nigromante* = el que ejerce la *nigromancía* (= arte de adivinar evocando a los muertos y consultándolos).

[3] Al oír la gente inculta *el endriago*, no sabía si el sustantivo era *endriago*, o *lendriago*: así también de *el lumbral* (de *luminare*) salió la forma hoy corriente *el umbral*, y de *el *latril* (de **lectorile*), *el atril*.

[4] Con el carácter indefinible, pero secundario, con que usamos el pronombre de primera persona, v. gr., en ME *le di una paliza a Juan*, se usó también el pronombre de segunda persona, v. gr., OS *le di una paliza a Juan*. Tal vez por no tener esto en cuenta y probablemente porque Cervantes no suele usar así el *os*, bastantes han leído *menos* en vez de *no os me*.

suele haber de la una a la otra parte dos o tres mil leguas. Y todo esto se hace por industria y sabiduría destos sus sabios encantadores que tienen cuidado destos valerosos caballeros. Así que, amigo Sancho, no se me hace dificultoso creer que en tan breve tiempo hayas ido y venido desde este lugar al del Toboso, pues, como tengo dicho, algún sabio amigo te debió llevar en volandillas [1], sin que tú lo sintieses.

—Así sería—dijo Sancho—, porque a buena fe que andaba Rocinante como si fuera asno de gitano con azogue en los oídos.

—¡Y cómo si llevaba azogue!—dijo don Quijote—. Y aun una legión de demonios, que es gente que camina y hace caminar, sin cansarse, todo aquello que se les antoja. Pero, dejando esto aparte, ¿qué te parece a ti que debo yo de hacer ahora cerca de lo que mi señora me manda que la vaya a ver? Que, aunque yo veo que estoy obligado a cumplir su mandamiento, véome también imposibilitado del don que he prometido a la Princesa que con nosotros viene, y fuérzame la ley de caballería a cumplir mi palabra antes que mi gusto. Por una parte, me acosa y fatiga el deseo de ver a mi señora, por otra, me incita y llama la prometida fe, y la gloria que he de alcanzar en esta empresa. Pero lo que pienso hacer será caminar apriesa y llegar presto donde está este gigante, y en llegando, le cortaré la cabeza, y pondré a la Princesa pacíficamente en su estado, y al punto daré la vuelta a ver a la luz que mis sentidos alumbra; a la cual daré tales disculpas, que ella venga a tener por buena mi tardanza, pues verá que todo redunda en aumento de su gloria y fama, pues cuanta yo he alcanzado, alcanzo y alcanzare por las armas en esta vida, toda me viene del favor que ella me da y de ser yo suyo.

—¡Ay—dijo Sancho—, y cómo está vuestra merced lastimado de esos cascos! Pues dígame, señor: ¿piensa vuestra merced caminar este camino en balde, y dejar pasar y perder un tan rico y tan principal casamiento como éste, donde le dan en dote un reino, que a buena verdad que he oído decir que tiene más de veinte mil leguas de contorno, y que es abundantísimo de todas las cosas que son necesarias para el sustento de la vida humana, y que es mayor que Portugal y que Castilla juntos? Calle, por amor de Dios, y tenga vergüenza de lo que ha dicho, y tome mi consejo, y perdóneme, y cásese

---

[1] *En volandas* = por el aire.

luego en el primer lugar que haya cura; y si no, ahí está nuestro Licenciado, que lo hará de perlas. Y advierta que ya tengo edad para dar consejos, y que este que le doy le viene de molde, y que más vale pájaro en mano que buitre volando, porque quien bien tiene y mal escoge, por bien que se enoja no se venga [1].

—Mira, Sancho—respondió don Quijote—: si el consejo que me das de que me case es porque sea luego rey en matando al gigante, y tenga cómodo [2] para hacerte mercedes y darte lo prometido, hágote saber que sin casarme podré cumplir tu deseo muy fácilmente; porque yo sacaré de adahala [3], antes de entrar en la batalla, que, saliendo vencedor della, ya que no me case, me han de dar una parte del reino, para que la pueda dar a quien yo quisiere; y en dándomela, ¿a quién quieres tú que la dé sino a ti?

—¡Eso está claro!—respondió Sancho—; pero mire vuestra merced que la escoja hacia la marina, porque, si no me contentare la vivienda, pueda embarcar mis negros vasallos y hacer dellos lo que ya he dicho [4]. Y vuestra merced no se cure de ir por agora a ver a mi señora Dulcinea, sino váyase a matar al gigante, y concluyamos este negocio, que por Dios que se me asienta que ha de ser de mucha honra y de mucho provecho.

—Dígote, Sancho—dijo don Quijote—, que estás en lo cierto, y que habré de tomar tu consejo en cuanto el ir antes con la Princesa que a ver a Dulcinea. Y avísote que no digas nada a nadie, ni a los que con nosotros vienen, de lo que aquí hemos departido y tratado; que pues Dulcinea es tan recatada, que no quiere que se sepan sus pensamientos, no será bien que yo, ni otro por mí, los descubra.

—Pues si eso es así—dijo Sancho—, ¿cómo hace vuestra merced que todos los que vence por su brazo se vayan a presentar ante mi señora Dulcinea, siendo esto firma de su nombre, que [5] la quiere bien y que es su enamorado? Y siendo forzoso que los que fueren se han de ir a hincar de finojos ante

---

[1] Cervantes, por donaire, hace a Sancho trastrocar el refrán... «*por mal que le venga no se enoje*».

[2] *Cómodo* = comodidad.

[3] «*Adahala* [hoy *adehala*], todo aquello que se saca gracioso, fuera de lo que monta el precio de lo que se compra» (Cov.).

[4] Querría decir *lo que ya he pensado* (pág. 342).

[5] De *que*.

su presencia, y decir que van de parte de vuestra merced a dalle la obediencia, ¿cómo se pueden encubrir los pensamientos de entrambos?

—¡Oh, qué necio y qué simple que eres!—dijo don Quijote—. ¿Tú no ves, Sancho, que eso todo redunda en su mayor ensalzamiento? Porque has de saber que en este nuestro estilo de caballería es gran honra tener una dama muchos caballeros andantes que la sirvan, sin que se estiendan más sus pensamientos que a servilla por sólo ser ella quien es, sin esperar otro premio de sus muchos y buenos deseos, sino que ella se contente de acetarlos por sus caballeros.

—Con esa manera de amor—dijo Sancho—he oído yo predicar que se ha de amar a Nuestro Señor, por sí solo, sin que nos mueva esperanza de gloria o temor de pena. Aunque yo le querría amar y servir por lo que pudiese.

—¡Válate el diablo por villano—dijo don Quijote—, y qué de discreciones dices a las veces! No parece sino que has estudiado.

—Pues a fe mía que no sé leer—respondió Sancho.

En esto les dió voces maese Nicolás que esperasen un poco; que querían detenerse a beber en una fontecilla que allí estaba. Detúvose don Quijote, con no poco gusto de Sancho, que ya estaba cansado de mentir tanto y temía no [1] le cogiese su amo a palabras [2]; porque, puesto que él sabía que Dulcinea era una labradora del Toboso, no la había visto en toda su vida [3].

Habíase en este tiempo vestido Cardenio los vestidos que Dorotea traía cuando la hallaron, que aunque no eran muy buenos, hacían mucha ventaja a los que dejaba. Apeáronse junto a la fuente, y con lo que el Cura se acomodó en la venta satisficieron, aunque poco, la mucha hambre que todos traían.

Estando en esto, acertó a pasar por allí un muchacho que iba de camino, el cual, poniéndose a mirar con mucha atención a los que en la fuente estaban, de allí a poco arremetió a don Quijote y, abrazándole por las piernas, comenzó a llorar muy de propósito, diciendo:

—¡Ay, señor mío! ¿No me conoce vuestra merced? Pues

---

[1] Hoy omitiríamos este *no* (cf. pról. 24).
[2] *A palabras* es aquí ambiguo. Temía no le cogiese su amo si éste seguía preguntando mucho, o si Sancho continuaba mintiendo.
[3] En el c. 25, p. 287, dió claras muestras de que la conocía.

míreme bien; que yo soy aquel mozo Andrés que quitó vuestra merced de la encina donde estaba atado.

Reconocióle don Quijote, y asiéndole por la mano, se volvió a los que allí estaban, y dijo:

—Porque vean vuestras mercedes cuán de importancia es haber caballeros andantes en el mundo, que desfagan los tuertos y agravios que en él se hacen por los insolentes y malos hombres que en él viven, sepan vuestras mercedes que en los días pasados, pasando yo por un bosque, oí unos gritos y unas voces muy lastimosas, como de persona afligida y menesterosa; acudí luego, llevado de mi obligación, hacia la parte donde me pareció que las lamentables voces sonaban, y hallé atado a una encina a este muchacho que ahora está delante, de lo que me huelgo en el alma, porque será testigo que no me dejará mentir en nada. Digo que estaba atado a la encina, desnudo del medio cuerpo arriba, y estábale abriendo a azotes con las riendas [1] de una yegua un villano, que después supe que era amo suyo; y así como yo le vi le pregunté la causa de tan atroz vapulamiento; respondió el zafio que le azotaba porque era su criado, y que ciertos descuidos que tenía nacían más de ladrón que de simple; a lo cual este niño dijo: «Señor, no me azota sino porque le pido mi salario». El amo replicó no sé qué arengas y disculpas, las cuales, aunque de mí fueron oídas, no fueron admitidas. En resolución, yo le hice desatar, y tomé juramento al villano de que le llevaría consigo y le pagaría un real sobre otro, y aun sahumados. ¿No es verdad todo esto, hijo Andrés? ¿No notaste con cuánto imperio se lo mandé, y con cuánta humildad prometió de hacer todo cuanto yo le impuse, y notifiqué, y quise? Responde; no te turbes ni dudes en nada; di lo que pasó a estos señores, porque se vea y considere ser del provecho que digo haber caballeros andantes por los caminos.

—Todo lo que vuestra merced ha dicho es mucha verdad —respondió el muchacho—; pero el fin del negocio sucedió muy al revés de lo que vuestra merced se imagina.

—¿Cómo al revés?—replicó don Quijote—. Luego ¿no te pagó el villano?

—No sólo no me pagó—respondió el muchacho—, pero así como vuestra merced traspuso del bosque y quedamos solos,

---

[1] No recordaba Cervantes que el instrumento fué una pretina, y no as riendas con que la yegua estaba arrendada (p. 79).

me volvió a atar a la mesma encina y me dió de nuevo tantos azotes, que quedé hecho un San Bartolomé desollado; y a cada azote que me daba, me decía un donaire y chufeta [1] acerca de hacer burla de vuestra merced, que, a no sentir yo tanto dolor, me riera de lo que decía. En efecto, él me paró tal, que hasta ahora he estado curándome en un hospital del mal que el villano entonces me hizo. De todo lo cual tiene vuestra merced la culpa; porque si se fuera su camino adelante y no viniera donde no le llamaban, ni se entremetiera en negocios ajenos, mi amo se contentara con darme una o dos docenas de azotes, y luego me soltara y pagara cuanto me debía. Mas como vuestra merced le deshonró tan sin propósito, y le dijo tantas villanías, encendiósele la cólera, y como no la pudo vengar en vuestra merced, cuando se vió solo descargó sobre mí el nublado, de modo, que me parece que no seré más hombre en toda mi vida.

—El daño estuvo—dijo don Quijote—en irme yo de allí, que no me había de ir hasta dejarte pagado; porque bien debía yo de saber, por luengas experiencias, que no hay villano que guarde palabra que diere, si él ve que no le está bien guardalla. Pero ya te acuerdas, Andrés, que yo juré que si no te pagaba, que había de ir a buscarle, y que le había de hallar, aunque se escondiese en el vientre de la ballena [2].

—Así es la verdad—dijo Andrés—; pero no aprovechó nada.

—¡Ahora verás si aprovecha!—dijo don Quijote.

Y diciendo esto, se levantó muy apriesa y mandó a Sancho que enfrenase a Rocinante, que estaba paciendo en tanto que ellos comían.

Preguntóle Dorotea qué era lo que hacer quería. Él le respondió que quería ir a buscar al villano y castigalle de [3] tan mal término, y hacer pagado a Andrés hasta el último maravedí, a despecho y pesar de cuantos villanos hubiese en el mundo; a lo que ella respondió que advirtiese que no podía, conforme al don prometido, entremeterse en ninguna empresa hasta acabar la suya; y que pues esto sabía él mejor que otro alguno, que sosegase el pecho hasta la vuelta de su reino.

—Así es verdad—respondió don Quijote—, y es forzoso

---

[1] *Chufeta, chufleta, cuchufleta* = dicho burlesco.
[2] Alude a la de Jonás.
[3] Por.

que Andrés tenga paciencia hasta la vuelta, como vos, señora, decís; que yo le torno a jurar y a prometer de nuevo de no parar hasta hacerle vengado y pagado.

—No me creo desos juramentos [1]—dijo Andrés—; más quisiera tener agora con qué llegar a Sevilla que todas las venganzas del mundo: deme, si tiene ahí, algo que coma y lleve, y quédese con Dios su merced y todos los caballeros andantes, que tan bien andantes sean ellos para consigo como lo han sido para conmigo.

Sacó de su repuesto Sancho un pedazo de pan y otro de queso, y dándoselo al mozo, le dijo:

Tomá [2], hermano Andrés; que a todos nos alcanza parte de vuestra desgracia.

Pues ¿qué parte os alcanza a vos?—preguntó Andrés.

—Esta parte de queso y pan que os doy—respondió Sancho—, que Dios sabe si me ha de hacer falta o no; porque os hago saber, amigo, que los escuderos de los caballeros andantes estamos sujetos a mucha hambre y a mala ventura, y aun a otras cosas que se sienten mejor que se dicen.

Andrés asió de su pan y queso y, viendo que nadie le daba otra cosa, abajó su cabeza y tomó el camino en las manos [3], como suele decirse. Bien es verdad que, al partirse, dijo a don Quijote:

—Por amor de Dios, señor caballero andante, que si otra vez me encontrare, aunque vea que me hacen pedazos, no me socorra ni ayude, sino déjeme con mi desgracia; que no será tanta, que no sea mayor la que me vendrá de·su ayuda de [4] vuestra merced, a quien Dios maldiga, y a todos cuantos caballeros andantes han nacido en el mundo.

Íbase a levantar don Quijote para castigalle; mas él se puso a correr de modo, que ninguno se atrevió a seguille. Quedó corridísimo [5] don Quijote del cuento de Andrés, y fué menester que los demás tuviesen mucha cuenta con no reírse, por no acaballe de correr del todo.

---

[1] *Creerse de* = fiarse de.
[2] Por *tomad* (cf. pról. 1).
[3] *Tomar el camino en las manos* = ponerse en camino.
[4] *Su... de* (cf. pról. 6).
[5] Avergonzadísimo.

CAPITULO XXXII.—Que trata de lo que sucedió en la venta a toda la cuadrilla de don Quijote.

Acabóse la buena comida, ensillaron luego y, sin que les sucediese cosa digna de contar, llegaron otro día a la venta, espanto y asombro de Sancho Panza; y aunque él quisiera no entrar en ella, no lo pudo huir. La Ventera, Ventero, su hija y Maritornes, que vieron venir a don Quijote y a Sancho, les salieron a recebir con muestras de mucha alegría, y él las recibió con grave continente y aplauso [1], y díjoles que le aderezasen otro mejor lecho que la vez pasada; a lo cual le respondió la huéspeda que como la pagase [2] mejor que la otra vez, que ella se le daría de príncipes. Don Quijote dijo que sí haría, y así, le aderezaron uno razonable en el mismo caramanchón [3] de marras, y él se acostó luego, porque venía muy quebrantado y falto de juicio.

No se hubo bien [4] encerrado, cuando la huéspeda arremetió al Barbero, y asiéndole de la barba, dijo:

—Para mi santiguada que no se ha aún [5] de aprovechar más de mi rabo para su barba, y que me ha de volver mi cola, que anda lo de mi marido por esos suelos, que es vergüenza; digo, el peine, que solía yo colgar de mi buena cola.

No se la quería dar el Barbero, aunque ella más tiraba, hasta que el Licenciado le dijo que se la diese; que ya no era menester más usar de aquella industria, sino que se descubriese y mostrase en su misma forma y dijese a don Quijote que cuando le despojaron los ladrones galeotes se había venido a aquella venta huyendo; y que si preguntase por el escudero de la Princesa, le dirían que ella le había enviado adelante a dar aviso a los de su reino cómo ella iba y llevaba consigo el libertador de todos. Con esto dió de buena gana la cola a la Ventera el Barbero, y asimismo le volvieron todos los adherentes que había prestado para la libertad de don Qui-

---

[1] *Aplauso* = tono solemne, grave, pausado.
[2] *La* pagase a ella.
[3] *Caramanchón* = *camaranchón*, como *peraile* = *pelaire*.
[4] No bien se hubo.
[5] El *aún* resulta duro por el hiato *(ha aún)* y no hace falta para el sentido (que luego se expresa con *más):* acaso Cervantes se olvidó de tacharlo.

jote. Espantáronse todos los de la venta de la hermosura de Dorotea, y aun del buen talle del zagal Cardenio. Hizo el Cura que les aderezasen de comer de lo que en la venta hubiese, y el huésped, con esperanza de mejor paga, con diligencia les aderezó una razonable comida; y a todo esto dormía don Quijote, y fueron de parecer de no despertalle, porque más provecho le haría por entonces el dormir que el comer. Trataron sobre comida, estando delante el Ventero, su mujer, su hija, Maritornes, todos los pasajeros, de la estraña locura de don Quijote y del modo que le habían hallado. La huéspeda les contó lo que con él y con el Harriero le había acontecido, y mirando si acaso estaba allí Sancho, como no le viese, contó todo lo de su manteamiento, de que no poco gusto recibieron. Y como el Cura dijese que los libros de caballerías que don Quijote había leído le habían vuelto [1] el juicio, dijo el Ventero:

—No sé yo cómo puede ser eso; que en verdad que, a lo que yo entiendo, no hay mejor letrado [2] en el mundo, y que tengo ahí dos o tres dellos, con otros papeles, que verdaderamente me han dado la vida, no sólo a mí, sino a otros muchos; porque cuando es tiempo de la siega, se recogen aquí las fiestas muchos segadores, y siempre hay alguno que sabe leer, el cual coge uno destos libros en las manos, y rodeámonos dél [3] más de treinta, y estámosle escuchando con tanto gusto, que nos quita mil canas [4]; a lo menos, de mí sé decir que cuando oyo decir aquellos furibundos y terribles golpes que los caballeros pegan, que me toma gana de hacer otro tanto, y que querría estar oyéndolos noches y días.

—Y yo ni más ni menos—dijo la Ventera—; porque nunca tengo buen rato en mi casa sino aquel que vos estáis escuchando leer; que estáis tan embobado, que no os acordáis de reñir por entonces.

—Así es la verdad—dijo Maritornes—; y a buena fe que yo también gusto mucho de oír aquellas cosas que son muy lindas, y más cuando cuentan que se está la otra señora debajo de unos naranjos abrazada con su caballero, y que les está

---

[1] Torcido, estropeado (cf. COVARRUBIAS: «*volverse el vino*, dañarse»).

[2] Tal vez por echar su cuarto a espadas delante de gente docta, el Ventero llamó al libro *letrado* por las letras que contiene, al igual de otros colectivos, como *tejado*, *arbolado*. O *letrado* significa en boca del Ventero *lectura* y lo formaría conforme a *lavado*, *planchado*, *guisado*.

[3] *Rodearse de uno* = formar rueda de él (alrededor de él).

[4] *Quitar mil canas a uno* = causarle gran gusto y satisfacción

una dueña haciéndoles la guarda, muerta de envidia y con mucho sobresalto. Digo que todo esto es cosa de mieles.

—Y a vos, ¿qué os parece, señora doncella?—dijo el Cura, hablando con la hija del Ventero.

—No sé, señor, en [1] mi ánima—respondió ella—; también yo lo escucho, y en verdad que, aunque no lo entiendo, que recibo gusto en oíllo; pero no gusto yo de los golpes de que mi padre gusta, sino de las lamentaciones que los caballeros hacen cuando están ausentes de sus señoras; que en verdad que algunas veces me hacen llorar, de compasión que les tengo.

—Luego ¿bien las remediárades vos, señora doncella—dijo Dorotea—, si por vos lloraran?

—No sé lo que hiciera—respondió la moza—; sólo sé que hay algunas señoras de aquéllas tan crueles, que las llaman sus caballeros tigres, y leones, y otras mil inmundicias. ¡Y [2] Jesús!, yo no sé qué gente es aquélla tan desalmada y tan sin conciencia, que por no mirar a un hombre honrado, le dejan que se muera, o que se vuelva loco. Yo no sé para qué es tanto melindre: si lo hacen de honradas, cásense con ellos; que ellos no desean otra cosa.

—Calla, niña—dijo la ventera—; que parece que sabes mucho destas cosas, y no está bien a las doncellas saber ni hablar tanto.

—Como me lo pregunta este señor—respondió ella—, no pude dejar de respondelle.

—Ahora bien—dijo el Cura—, traedme, señor huésped, aquesos libros; que los quiero ver.

—Que me place—respondió él.

Y entrando en su aposento, sacó dél una maletilla vieja, cerrada con una cadenilla, y, abriéndola, halló en ella tres libros grandes y unos papeles de muy buena letra, escritos de mano. El primer libro que abrió vió que era *Don Cirongilio de Tracia;* y el otro, de *Felixmarte de Hircania;* y el otro, la *Historia* [3] *del Gran Capitán Gonzalo Hernández de Córdoba, con la vida de Diego García de Paredes.* Así como el Cura leyó los dos títulos primeros, volvió el rostro al Barbero, y dijo:

—Falta nos hacen aquí ahora el ama de mi amigo y su sobrina.

—No hacen—respondió el Barbero—; que también sé yo

---

[1] *En* = *por* aseverativo.
[2] Es la *y* interjeccional (cf. pról. 36).
[3] *Corónica*, y no *historia*, reza el título de esta obra.

llevallos al corral, o a la chimenea; que en verdad que hay muy buen fuego en ella.

—Luego ¿quiere vuestra merced quemar mis libros?—dijo el Ventero.

—No más—dijo el Cura—que estos dos: el de *Don Cirongilio* y el de *Felixmarte*.

—Pues ¿por ventura—dijo el Ventero—, mis libros son herejes o flemáticos, que los quiere quemar?

—*Cismáticos* queréis decir, amigo—dijo el Barbero—; que no *flemáticos*.

—Así es—replicó el Ventero—. Mas si alguno quiere quemar, sea ése del Gran Capitán y dese Diego García; que antes dejaré quemar un hijo que dejar quemar ninguno desotros.

—Hermano mío—dijo el Cura—, estos dos libros son mentirosos y están llenos de disparates y devaneos [1]; y éste del Gran Capitán es historia verdadera, y tiene los hechos de Gonzalo Hernández de Córdoba, el cual, por sus muchas y grandes hazañas, mereció ser llamado de todo el mundo *Gran Capitán*, renombre famoso y claro, y dél solo merecido; y este Diego García de Paredes fué un principal caballero, natural de la ciudad de Trujillo, en Estremadura, valentísimo soldado, y de tantas fuerzas naturales, que detenía con un dedo una rueda de molino en la mitad de su furia [2]; y, puesto con un montante [3] en la entrada de una puente, detuvo a todo un innumerable ejército, que no pasase por ella; y hizo otras tales cosas, que si como él las cuenta, y las escribe él asimismo, con la modestia de caballero y de coronista propio, las escribiera otro libre y desapasionado, pusiera en olvido las de los Hétores, Aquiles y Roldanes.

—¡Tomaos con mi padre [4]!—dijo el Ventero—. ¡Mirad de qué se espanta: de detener una rueda de molino! Por

---

[1] Cf. p. 103, n. 3.

[2] No se halla este hecho en la historia de Diego García: tal vez Cervantes atribuyó al Sansón de Extremadura lo que hizo en presencia de Felipe II el capitán Alonso de Céspedes, que fué parar con sus manos una rueda de molino.

[3] *Montante* = espadón de grandes gavilanes (= los dos hierros que forman la cruz) que se esgrime con ambas manos. Hoy sólo lo usan los maestros de esgrima para separar a sus discípulos cuando se acaloran demasiado.

[4] *Tomaos con mi padre* (cf. p. 79, n. 4) es una manera de negar lo que se oye, como *a otro perro con ese hueso* que dice luego el Ventero, *o eso es lo cuentas a tu abuela* hoy frecuente.

1, 32.—DE LIBROS DE CABALLERÍAS

Dios, ahora había vuestra merced de leer lo que leí[1] yo de Felixmarte de Hircania: que de un revés solo partió cinco gigantes por la cintura, como si fueran hechos de habas, como los frailecicos que hacen los niños[2]. Y otra vez arremetió con un grandísimo y poderosísimo ejército, donde llevó[3] más de un millón y seiscientos mil soldados, todos armados desde el pie hasta la cabeza, y los desbarató a todos, como si fueran manadas de ovejas. Pues ¿qué me dirán del bueno de don Cirongilio de Tracia, que fué tan valiente y animoso como se verá en el libro, donde cuenta que navegando por un río, le salió de la mitad del agua una serpiente de fuego, y él, así como la vió, se arrojó sobre ella, y se puso a horcajadas encima de sus escamosas espaldas, y la apretó con ambas manos la garganta con tanta fuerza, que viendo la serpiente que la iba ahogando, no tuvo otro remedio sino dejarse ir a lo hondo del río, llevándose tras sí al caballero, que nunca la quiso soltar? Y cuando llegaron allá abajo, se halló en unos palacios y en unos jardines tan lindos, que era maravilla; y luego la sierpe se volvió en un viejo anciano, que le dijo tantas de cosas[4], que no hay más que oír. Calle, señor; que si oyese esto, se volvería loco de placer. ¡Dos higas[5] para el Gran Capitán y para ese Diego García que dice!

Oyendo esto Dorotea, dijo callando a Cardenio:

—Poco le falta a nuestro huésped para hacer la segunda parte[6] de don Quijote.

—Así me parece a mí—respondió Cardenio—; porque, según da indicio, él tiene por cierto que todo lo que estos libros cuentan pasó ni más ni menos que lo escriben, y no le harán creer otra cosa frailes descalzos.

---

[1] Leería con ojos ajenos, porque el Ventero no sabía leer.
[2] *Frailecito* = juguete que hacen los niños cortando la parte superior de una haba, sacándole el grano, y quedando el hollejo de modo que remeda a la capilla de un fraile.
[3] *Llevar* = aguantar, hacer frente a.
[4] Hoy omitiríamos este *de* (cf. pról. 6).
[5] *Higa* = 1) dije de azabache o de coral, en figura de puño, que ponen a los niños, con la idea supersticiosa de librarlos del *mal de ojo* (aojamiento o *fáscino*, con que las mujeres maléficas dañaban, según el vulgo, a las criaturas hermosas): 2) acción que se hace con la mano, cerrado el puño, mostrando el pulgar por entre el índice y el medio, ya contra el aojo, ya para despreciar a uno.
[6] *Hacer la segunda parte* = representar el segundo papel (en la comedia de don Quijote).

—Mirad, hermano—tornó a decir el Cura—, que no hubo en el mundo Felixmarte de Hircania, ni don Cirongilio de Tracia, ni otros caballeros semejantes que los libros de caballerías cuentan; porque todo es compostura y ficción de ingenios ociosos, que los compusieron para el efecto que vos decís de entretener el tiempo, como lo entretienen leyéndolos vuestros segadores. Porque realmente os juro que nunca tales caballeros fueron en el mundo, ni tales hazañas ni disparates acontecieron en él.

—¡A otro perro con ese hueso!—respondió el Ventero—. ¡Como si yo no supiese cuántas son cinco [1], y adónde me aprieta el zapato [2]! No piense vuestra merced darme papilla [3], porque por Dios que no soy nada blanco [4]. ¡Bueno es que quiera darme vuestra merced a entender que todo aquello que estos buenos libros dicen sea disparates y mentiras, estando impreso con licencia de los señores del Consejo Real, como si ellos fueran gente que habían de dejar imprimir tanta mentira junta, y tantas batallas, y tantos encantamentos, que quitan el juicio!

Ya os he dicho, amigo—replicó el Cura—, que ello se hace para entretener nuestros ociosos pensamientos; y así como se consiente en las repúblicas bien concertadas que haya juegos de ajedrez, de pelota y de trucos [5], para entretener a algunos que ni quieren, ni deben, ni pueden trabajar, así se consiente imprimir y que haya tales libros, creyendo, como es verdad, que no ha de haber alguno tan ignorante, que tenga por historia verdadera ninguna destos libros. Y si me fuera lícito

---

[1] «*No sabéis cuántas son cinco* dícese del hombre muy simple, que no sabe cuántos dedos tiene en la mano» (Cov.).

[2] «*No sabéis dónde me aprieta el zapato:* esto responde el hombre, que aunque sea necio, sabe más en su casa que el cuerdo en la ajena» (Cov.).

[3] «*Dar papitas* [o *papilla*] *a uno* es engañarle y tratarle como a niño» (Cov., v. *papas*).

[4] *Blanco* = (en lenguaje picaresco) principiante, poco experimentado; y *negro* = hábil.

[5] «*Truco*, juego que de pocos años a esta parte se ha introducido en España y trújose de Italia; es una mesa grande, guarnecida de paño muy tirante e igual, sin ninguna arruga ni tropezón; está cercada de unos listones y de trecho en trecho; tiene unas ventanillas por donde pueden caber las bolas [que se mueven con tacos], una puente de hierro, que sirve de lo que el argolla en el juego que llaman de la argolla, y gran similitud con él, porque juegan del principio de la tabla, y si entran por la puente, ganan dos piedras, y si se salió la bola por alguna de las ventanillas, lo pierde todo; tiene otras leyes particulares, que por ser notorias no las pongo aquí» (Cov.).

agora, y el auditorio lo requiriera, yo dijera cosas acerca de lo que han de tener los libros de caballerías para ser buenos, que quizá fueran de provecho, y aun de gusto para algunos; pero yo espero que vendrá tiempo en que lo pueda comunicar con quien pueda remediallo, y en este entretanto creed, señor Ventero, lo que os he dicho, y tomad vuestros libros, y allá os avenid con sus verdades o mentiras, y buen provecho os hagan, y quiera Dios que no cojeéis del pie que cojea vuestro huésped don Quijote.

—Eso no—respondió el Ventero—; que no seré yo tan loco que me haga caballero andante; que bien veo que ahora no se usa lo que se usaba en aquel tiempo, cuando se dice que andaban por el mundo estos famosos caballeros.

A la mitad de esta plática se halló Sancho presente, y quedó muy confuso y pensativo de lo que había oído decir que ahora no se usaban caballeros andantes, y que todos los libros de caballerías eran necedades y mentiras, y propuso en su corazón de esperar en lo que paraba aquel viaje de su amo, y que si no salía con la felicidad que él pensaba, determinaba de dejalle [1] y volverse con su mujer y sus hijos a su acostumbrado trabajo.

Llevábase la maleta y los libros el Ventero; mas el Cura le dijo:

—Esperad: que quiero ver qué papeles son esos que de tan buena letra están escritos.

Sacólos el huésped y dándoselos a leer, vió hasta obra de ocho pliegos escritos de mano, y al principio tenían un título grande que decía: *Novela del curioso impertinente*. Leyó el Cura para sí tres o cuatro renglones, y dijo:

—Cierto que no me parece mal el título desta novela, y que me viene voluntad de leella toda.

A lo que respondió el Ventero:

—Pues bien puede leella su reverencia, porque le hago saber que algunos huéspedes que aquí la han leído les ha contentado [2] mucho, y me la han pedido con muchas veras; mas yo no se la he querido dar, pensando volvérsela a quien aquí dejó esta maleta olvidada con estos libros y esos papeles; que

---

[1] Más claro y correcto sería: *propuso de esperar... y* (omitido el *que*), *si no salía con la felicidad que él pensaba* (omitido el *determinaba*), *de dejalle...*

[2] *Algunos... les ha contentado*, es una inconsecuencia gramatical (cf. prólogo 13).

bien puede ser que vuelva su dueño por aquí algún tiempo, y aunque sé que me han de hacer falta los libros, a fe que se los he de volver; que, aunque ventero, todavía soy cristiano.

—Vos tenéis mucha razón, amigo—dijo el Cura—; mas, con todo eso, si la novela me contenta, me la habéis de dejar trasladar.

—De muy buena gana—respondió el Ventero.

Mientras los dos esto decían, había tomado Cardenio la novela y comenzado a leer en ella; y pareciéndole lo mismo que al Cura, le rogó que la leyese de modo que todos la oyesen.

—Sí leyera—dijo el Cura—, si no fuera mejor gastar este tiempo en dormir que en leer.

—Harto reposo será para mí—dijo Dorotea—entretener el tiempo oyendo algún cuento, pues aún no tengo el espíritu tan sosegado, que me conceda dormir cuando fuera razón.

—Pues desa manera—dijo el Cura—, quiero leerla, por curiosidad siquiera: quizá tendrá alguna de gusto [1].

Acudió maese Nicolás a rogarle lo mesmo, y Sancho también; lo cual visto del Cura, y entendiendo que a todos daría gusto y él le recibiría, dijo:

—Pues así es, esténme todos atentos; que la novela comienza desta manera.

CAPITULO XXXIII.—Donde se cuenta la *Novela del curioso impertinente.*

En Florencia, ciudad rica y famosa de Italia, en la provincia que llaman Toscana, vivían Anselmo y Lotario, dos caballeros ricos y principales, y tan amigos, que, por excelencia y antonomasia, de todos los que los conocían *los dos amigos* eran llamados. Eran solteros, mozos de una misma edad y de unas mismas costumbres, todo lo cual era bastante causa a que los dos con recíproca amistad se correspondiesen. Bien es verdad que el Anselmo era algo más inclinado a los pasatiempos amorosos que el Lotario, al cual llevaban tras sí los de la caza; pero cuando se ofrecía, dejaba Anselmo de acudir a sus gustos por seguir los de Lotario, y Lotario dejaba los suyos por acudir a los de Anselmo; y desta manera, andaban tan a

---

[1] *Alguna razón de gusto.*

1, 33.—NOVELA DEL CURIOSO IMPERTINENTE (*comienzo*)

una sus voluntades, que no había concertado reloj que así lo anduviese.

Andaba Anselmo perdido de amores de una doncella principal y hermosa de la misma ciudad, hija de tan buenos padres y tan buena ella por sí, que se determinó, con el parecer de su amigo Lotario, sin el cual ninguna cosa hacía, de pedilla por esposa a sus padres, y así lo puso en ejecución; y el que llevó la embajada fué Lotario, y el que concluyó el negocio, tan a gusto de su amigo, que en breve tiempo se vió puesto en la posesión que deseaba, y Camila tan contenta de haber alcanzado a Anselmo por esposo, que no cesaba de dar gracias al cielo, y a Lotario, por cuyo medio tanto bien le había venido. Los primeros días, como todos los de boda suelen ser alegres, continuó [1] Lotario como solía la casa de su amigo Anselmo, procurando honralle, festejalle y regocijalle con todo aquello que a él le fué posible; pero acabadas las bodas, y sosegada ya la frecuencia de las visitas y parabienes comenzó Lotario a descuidarse con cuidado de las idas en [2] casa de Anselmo, por parecerle a él (como es razón que parezca a todos los que fueren discretos) que no se han de visitar ni continuar las casas de los amigos casados de la misma manera que cuando eran solteros; porque aunque la buena y verdadera amistad no puede ni debe de ser sospechosa en nada, con todo esto, es tan delicada la honra del casado, que parece que se puede ofender aun de los mesmos hermanos, cuanto más de los amigos.

Notó Anselmo la remisión de Lotario, y formó dél quejas grandes, diciéndole que si él supiera que el casarse había de ser parte para no comunicalle [3] como solía, que jamás lo hubiera hecho; y que si, por la buena correspondencia que los dos tenían mientras él fué soltero, habían alcanzado tan dulce nombre como el de ser llamados *los dos amigos*, que no permitiese, por querer hacer del circunspecto, sin otra ocasión alguna, que tan famoso y tan agradable nombre se perdiese; y que así, le suplicaba, si era lícito que tal término de hablar se usase entre ellos, que volviese a ser señor de su casa y a entrar y salir en ella como de antes, asegurándole que su esposa Camila no tenía otro gusto ni otra voluntad que la que él quería

---
[1] *Continuar* = frecuentar.
[2] Por *a* (cf. prol. 12).
[3] «*Comunicar alguno*, es tratarle y conversarle» (Cov.).

— 377 —

que tuviese, y que por haber sabido ella con cuántas veras los dos se amaban, estaba confusa de ver en él tanta esquiveza.

A todas estas y otras muchas razones que Anselmo dijo a Lotario para persuadille volviese como solía a su casa, respondió Lotario con tanta prudencia, discreción y aviso, que Anselmo quedó satisfecho de la buena intención de su amigo, y quedaron de concierto que dos días en la semana y las fiestas fuese Lotario a comer con él; y aunque esto quedó así concertado entre los dos, propuso Lotario de no hacer más de aquello que viese que más convenía a la honra de su amigo, cuyo crédito estimaba en más que el suyo proprio. Decía él, y decía bien, que el casado a quien el cielo había concedido mujer hermosa tanto cuidado había de tener qué amigos llevaba a su casa como en mirar con qué amigas su mujer, conversaba; porque lo que no se hace ni concierta en las plazas, ni en los templos, ni en las fiestas públicas, ni estaciones[1] (cosas que no todas veces las han de negar los maridos a sus mujeres), se concierta y facilita en casa de la amiga o la parienta de quien más satisfación se tiene. También decía Lotario que tenían necesidad los casados de tener cada uno algún amigo que le advirtiese de los descuidos que en su proceder hiciese, porque suele acontecer que con el mucho amor que el marido a la mujer tiene, o no le advierte, o no le dice, por no enojalla, que haga o deje de hacer algunas cosas, que el hacellas, o no, le sería de honra, o de vituperio; de lo cual, siendo del amigo advertido, fácilmente pondría remedio en todo. Pero ¿dónde se hallará amigo tan discreto y tan leal y verdadero como aquí Lotario le pide? No lo sé yo, por cierto; sólo Lotario era éste, que con toda solicitud y advertimiento miraba por la honra de su amigo, y procuraba dezmar, frisar y acortar los días del concierto del ir a su casa, porque no pareciese mal al vulgo ocioso y a los ojos vagabundos y maliciosos la entrada de un mozo rico, gentilhombre y bien nacido, y de las buenas partes que él pensaba que tenía, en la casa de una mujer tan hermosa como Camila; que, puesto que su bondad y valor podía poner freno a toda maldiciente lengua, todavía no quería poner en duda su crédito ni el de su amigo, y por esto los más de los días del concierto los ocupaba y entretenía en otras cosas, que él daba a entender ser inexcusables; así que en quejas del uno y disculpas del otro se pasaban

---

[1] Cf. II, I.

1, 33.—NOVELA DEL CURIOSO IMPERTINENTE *(comienzo)*

muchos ratos y partes del día. Sucedió, pues, que uno que los dos se andaban paseando por un prado, fuera de la ciudad, Anselmo dijo a Lotario las semejantes razones [1]:

Pensabas, amigo Lotario, que a las mercedes que Dios me ha hecho en hacerme hijo de tales padres como fueron los míos y al darme no con la mano escasa los bienes, así los que llaman de naturaleza como los de fortuna, no puedo yo corresponder con agradecimiento que llegue al bien recebido, y sobre [2] al que me hizo en darme a ti por amigo y a Camila por mujer propria, dos prendas, que [3] las estimo, si no en el grado que debo, en el que puedo. Pues con todas estas partes, que suelen ser el todo con que los hombres suelen y pueden vivir contentos, vivo yo el más despechado y el más desabrido hombre de todo el universo mundo; porque no sé de qué días a esta parte me fatiga y aprieta un deseo tan estraño y tan fuera del uso común de otros, que yo me maravillo de mí mismo, y me culpo y me riño a solas, y procuro callarlo y encubrirlo de mis proprios pensamientos; y así me ha sido posible salir con este secreto como si de industria procurara decillo a todo el mundo. Y pues que, en efeto, él ha de salir a plaza, quiero que sea en la del archivo de tu secreto, confiado que con él y con la diligencia que pondrás, como mi amigo verdadero, en remediarme, yo me veré presto libre de la angustia que me causa, y llegará mi alegría por tu solicitud al grado que ha llegado mi descontento por mi locura.

Suspenso tenían a Lotario las razones de Anselmo, y no sabía en qué había de parar tan larga prevención o preámbulo; y aunque iba revolviendo en su imaginación qué deseo podría ser aquel que a su amigo tanto fatigaba, dió siempre muy lejos del blanco de la verdad; y por salir presto de la agonía que le causaba aquella suspensión, le dijo que hacía notorio agravio a su mucha amistad en andar buscando rodeos para decirle sus más encubiertos pensamientos, pues tenía cierto que se podía prometer dél, o ya consejos para entretenellos, o ya remedio para cumplillos.

—Así es la verdad—respondió Anselmo—, y con esa confianza te hago saber, amigo Lotario, que el deseo que me fa-

---

[1] *Las* a estas que voy a decir *semejantes razones.*
[2] *Sobrar* = superar.
[3] Tales, *que.*

tiga es pensar si Camila mi esposa es tan buena y tan perfeta como yo pienso, y no puedo enterarme en esta verdad si no es probándola de manera, que la prueba manifieste los quilates de su bondad, como el fuego muestra los del oro. Porque yo tengo para mí ¡oh amigo! que no es una mujer más buena de cuanto es, o no es, solicitada, y que aquella sola es fuerte que no se dobla a las promesas, a las dádivas, a las lágrimas y a las continuas oportunidades de los solícitos amantes. Por que ¿qué hay que agradecer—decía él—que una mujer sea buena, si nadie le dice que sea mala? ¿Qué mucho que esté recogida y temerosa a la que no le dan ocasión para que se suelte, y la que sabe que tiene marido que en cogiéndola en la primera desenvoltura la ha de quitar la vida? Ansí que la que es buena por temor, o por falta de lugar, yo no la quiero tener en aquella estima que tendré a la solicitada y perseguida, que salió con la corona del vencimiento; de modo que por estas razones, y por otras muchas que te pudiera decir para acreditar y fortalecer la opinión que tengo, deseo que Camila mi esposa pase por estas dificultades, y se acrisole y quilate en el fuego de verse requerida y solicitada, y de quien tenga valor para poner en ella sus deseos; y si ella sale, como creo que saldrá, con la palma desta batalla, tendré yo por sin igual mi ventura; podré yo decir que está colmo el vacío de mis deseos; diré que me cupo en suerte la mujer fuerte de quien el Sabio dice que quién la hallará[1]. Y cuando esto suceda al revés de lo que pienso, con el gusto de ver que acerté en mi opinión, llevaré sin pena la que de razón podrá causarme mi tan costosa experiencia; y prosupuesto que ninguna cosa de cuantas me dijeres en contra de mi deseo ha de ser de algún provecho para dejar de ponerle por la obra, quiero ¡oh amigo Lotario! que te dispongas a ser el instrumento que labre aquesta obra de mi gusto; que yo te daré lugar para que lo hagas, sin faltarte todo aquello que yo viere ser necesario para solicitar a una mujer honesta, honrada, recogida y desinteresada. Y muévame, entre otras cosas, a fiar de ti esta tan ardua empresa el ver que si de ti es vencida Camila, no ha de llegar el vencimiento a todo trance y rigor, sino a solo a[2] tener por

---

[1] El sabio Salomón escribió (Prov., XXXI, 10): *Mulierem fortem quis inveniet?*

[2] En *a solo a tener* ciertamente sobra una *a;* pero bien pudo ser de Cervantes (cf. pról., n. 23).

1, 33.—NOVELA DEL CURIOSO IMPERTINENTE *(comienzo)*

hecho lo que se ha de hacer, por buen respeto [1], y así, no quedaré yo ofendido más de con el deseo, y mi injuria quedará escondida en la virtud de tu silencio, que bien sé que en lo que me tocare ha de ser eterno como el de la muerte. Así que, si quieres que yo tenga vida que pueda decir que lo es, desde luego has de entrar en esta amorosa batalla, no tibia ni perezosamente, sino con el ahinco y diligencia que mi deseo pide y con la confianza que nuestra amistad me asegura.

Éstas fueron las razones que Anselmo dijo a Lotario, a todas las cuales estuvo tan atento, que si no fueron las que quedan escritas que le dijo, no desplegó sus labios hasta que hubo acabado; y viendo que no decía más, después que le estuvo mirando un buen espacio, como si mirara otra cosa que jamás hubiera visto, que le causara admiración y espanto, le dijo:

—No me puedo persuadir ¡oh amigo Anselmo! a que no sean burlas las cosas que me has dicho; que a pensar que de veras las decías, no consintiera que tan adelante pasaras, porque con no escucharte previniera tu larga arenga. Sin duda imagino, o que no me conoces, o que yo no te conozco. Pero no; que bien sé que eres Anselmo, y tú sabes que yo soy Lotario: el daño está en que yo pienso que no eres el Anselmo que solías, y tú debes de haber pensado que tampoco yo soy el Lotario que debía ser; porque las cosas que me has dicho, ni son de aquel Anselmo mi amigo, ni las que me pides se han de pedir a aquel Lotario que tú conoces; porque los buenos amigos han de probar a sus amigos, y valerse dellos, como dijo un poeta, *usque ad aras;* que quiso decir que no se habían de valer de su amistad en cosas que fuesen contra Dios. Pues si esto sintió un gentil de la amistad, ¿cuánto mejor es que lo sienta el cristiano, que sabe que por ninguna humana ha de perder la amistad divina? Y cuando el amigo tirase tanto la barra, que pusiese aparte los respetos del cielo por acudir a los de su amigo, no ha de ser por cosas ligeras y de poco momento, sino por aquellas en que vaya la honra y la vida de su amigo. Pues dime tú ahora, Anselmo: ¿cuál destas dos cosas tienes en peligro, para que yo me aventure a complacerte y a hacer una cosa tan detestable como me pides? Ninguna, por cierto; antes me pides, según yo entiendo, que procure y solicite qui-

---

[1] *Respeto* = miramiento, motivo. *Por buen respeto* es complemento circunstancial de *no ha de llegar*.

— 381 —

tarte la honra y la vida, y quitármela a mí juntamente. Porque si yo he de procurar quitarte la honra, claro está que te quito la vida, pues el hombre sin honra peor es que un muerto; y siendo yo el instrumento, como tú quieres que lo sea, de tanto mal tuyo, ¿no vengo a quedar deshonrado, y por el mesmo consiguiente sin vida? Escucha, amigo Anselmo, y ten paciencia de no responderme hasta que acabe de decirte lo que se me ofreciere acerca de lo que te ha pedido tu deseo; que tiempo quedará para que tú me repliques y yo te escuche.
—Que me place—dijo Anselmo—; di lo que quisieres.
Y Lotario prosiguió diciendo:
—Paréceme ¡oh Anselmo! que tienes tú ahora el ingenio como el que siempre tienen los moros, a los cuales no se les puede dar a entender el error de su secta con las acotaciones de la Santa Escritura, ni con razones que consistan en especulación del entendimiento, ni que vayan fundadas en artículos de fe, sino que les han de traer ejemplos palpables, fáciles, inteligibles, demostrativos, indubitables, con demostraciones matemáticas que no se pueden negar, como cuando dicen: «Si de dos partes iguales quitamos partes iguales, las que quedan también son iguales»; y cuando esto no entiendan de palabra, como, en efeto, no lo entienden, háseles de mostrar con las manos, y ponérselo delante de los ojos, y aún con todo eso no basta nadie con ellos a persuadirles las verdades de mi sacra religión. Y este mesmo término y modo me convendrá usar contigo, porque el deseo que en ti ha nacido va tan descaminado y tan fuera de todo aquello que tenga sombra de razonable, que me parece que ha de ser tiempo gastado [1] el que ocupare en darte a entender tu simplicidad, que por ahora no le quiero dar otro nombre, y aun estoy por dejarte en tu desatino, en pena de tu mal deseo; mas no me deja usar deste rigor la amistad que te tengo, la cual no consiente que te deje puesto en tan manifiesto peligro de perderte. Y porque claro lo veas, dime, Anselmo: ¿tú no me has dicho que tengo de solicitar a una retirada, persuadir a una honesta, ofrecer a una desinteresada, servir a una prudente? Sí que me lo has dicho. Pues si tu sabes que tienes mujer retirada, honesta, desinteresada y prudente, ¿qué buscas? Y si piensas que de todos mis

---

[1] *Gastado* tiene el significado etimológico de «malgastado, echado a perder». «Dixose *gasto* de la palabra italiana *guasto*, que vale corrompido, estragado, disipado» (Cov.).

1, 33.—NOVELA DEL CURIOSO IMPERTINENTE *(comienzo)*

asaltos ha de salir vencedora, como saldrá, sin duda, ¿qué mejores títulos piensas darle después de los que ahora tiene, o qué será más después de lo que es ahora? O es que tú no la tienes por la que dices, o tú no sabes lo que pides. Si no la tienes por la que dices, ¿para qué quieres probarla, sino, como a mala, hacer della lo que más te viniere en gusto? Mas si es tan buena como crees, impertinente cosa será hacer experiencia de la mesma verdad, pues, después de hecha, se ha de quedar con la estimación que primero tenía. Así que, es razón concluyente que el intentar las cosas de las cuales antes nos puede suceder daño que provecho es de juicios sin discurso y temerarios, y más cuando quieren intentar aquellas a que no son forzados ni compelidos, y que de muy lejos traen descubierto que el intentarlas es manifiesta locura. Las cosas dificultosas se intentan por Dios, o por el mundo, o por entrambos a dos: las que se acometen por Dios son las que acometieron los santos, acometiendo a vivir vida de ángeles en cuerpos humanos; las que se acometen por respeto del mundo son las de aquellos que pasan tanta infinidad de agua, tanta diversidad de climas, tanta estrañeza de gentes, por adquirir estos que llaman bienes de fortuna; y las que se intentan por Dios y por el mundo juntamente son aquellas de los valerosos soldados, que apenas veen en el contrario muro abierto tanto espacio cuanto es el que pudo hacer una redonda bala de artillería, cuando, puesto aparte todo temor, sin hacer discurso ni advertir al manifiesto peligro que les amenaza, llevados en vuelo de las alas del deseo de volver por su fe, por su nación y por su rey, se arrojan intrépidamente por la mitad de mil contrapuestas muertes que los esperan. Estas cosas son las que suelen intentarse, y es honra, gloria y provecho intentarlas, aunque tan llenas de inconvenientes y peligros; pero la que tú dices que quieres intentar y poner por obra, ni te ha de alcanzar gloria de Dios, bienes de la fortuna, ni fama con los hombres; porque puesto que salgas con ella [1] como deseas, no has de quedar ni más ufano, ni más rico, ni más honrado que estás ahora; y si no sales, te has de ver en la mayor miseria que imaginarse pueda, porque no te ha de aprovechar pensar entonces que no sabe nadie la desgracia que te ha sucedido; porque bastará para afligirte y deshacerte que la sepas tú mesmo. Y para confirmación desta verdad, te quiero decir una estancia que

---

[1] Con tu intención.

hizo el famoso poeta Luis Tansilo, en el fin de su primera parte de *Las Lágrimas de San Pedro*, que dice así:

> «Crece el dolor y crece la vergüenza
> En Pedro, cuando el día se ha mostrado,
> Y aunque allí no ve a nadie, se avergüenza
> De sí mesmo, por ver que había pecado:
> Que a un magnánimo pecho a haber vergüenza
> No sólo ha de moverle el ser mirado;
> Que de sí se avergüenza cuando yerra,
> Si bien otro no vee que cielo y tierra» [1].

Así que no escusarás con el secreto tu dolor; antes tendrás que llorar contino [2], si no lágrimas de los ojos, lágrimas de sangre del corazón, como las lloraba aquel simple doctor que nuestro poeta nos cuenta que hizo la prueba del vaso, que, con mejor discurso, se escusó de hacerla el prudente Reinaldos [3]; que puesto que aquello sea ficción poética, tiene en sí encerrados los secretos morales dignos de ser advertidos, y entendidos, e imitados. Cuanto más, que con lo que ahora pienso decirte acabarás de venir en conocimiento del grande error que quieres cometer. Dime, Anselmo: si el cielo, o la suerte buena, te hubiera hecho señor y legítimo posesor de un finísimo diamante, de cuya bondad y quilates estuviesen satisfechos cuan-

---

[1] Aunque no le vea otro sino el cielo y la tierra.
[2] Continuamente (cf. pról. 2).
[3] Como advierte Clemencín, Cervantes aludió aquí a dos cuentos parecidos del *Orlando furioso*. En el primero, presenta a Reinaldos, al fin de la cena, el caballero que lo hospedó un vaso que tenía la propiedad de indicar a los maridos si sus mujeres les eran infieles: en cuyo caso al que iba a beber se le derramaba el vino por el pecho. Cuenta Ariosto que Reinaldos, al abstenerse prudentemente de hacer la prueba y al rechazar el vaso, vió que de los ojos del caballero salía un río de lágrimas: era que su mujer le había sido infiel, y Reinaldos, al rehusar hacer la prueba, le privó del consuelo de verlo llorar, pues hasta entonces a todos los huéspedes se les había derramado el vaso y todos habían llorado.

El otro cuento es el que le contaron a Reinaldos al día siguiente, de un doctor Anselmo, también curioso impertinente, castigado con igual infortunio.

En ambos cuentos intervinieron por precio de la infidelidad dones y regalos, como en el caso de Camila, y Cervantes, extraviado sin duda por la semejanza del asunto, atribuyó al doctor las lágrimas que Ariosto contó del caballero.

Lo de la prueba del vaso es una leyenda popular antiquísima.

tos lapidarios le viesen, y que todos a una voz y de común parecer dijesen que llegaba en quilates, bondad y fineza a cuanto se podía estender la naturaleza de tal piedra, y tú mesmo lo creyeses así, sin saber otra cosa en contrario, ¿sería justo que te viniese en deseo de tomar aquel diamante, y ponerle entre un yunque y un martillo, y allí, a pura fuerza de golpes y brazos, probar si es tan duro y tan fino como dicen? [1] Y más, si lo pusieses por obra; que puesto caso que la piedra hiciese resistencia a tan necia prueba, no por eso se le añadiría más valor ni más fama; y si se rompiese, cosa que podría ser, ¿no se perdía todo? Sí, por cierto, dejando a su dueño en estimación de que todos le tengan por simple. Pues haz cuenta, Anselmo amigo, que Camila es finísimo diamante, así en tu estimación como en la ajena, y que no es razón ponerla en contingencia de que se quiebre, pues aunque se quede con su entereza, no puede subir a más valor del que ahora tiene; y si faltase y no resistiese, considera desde ahora cuál quedaría sin ella, y con cuánta razón te podrías quejar de ti mesmo, por haber sido causa de su perdición y la tuya. Mira que no hay joya en el mundo que tanto valga como la mujer casta y honrada, y que todo el honor de las mujeres consiste en la opinión buena que dellas se tiene; y pues la de tu esposa es tal, que llega al estremo de bondad que sabes, ¿para qué quieres poner esta verdad en duda? Mira, amigo, que la mujer es animal imperfecto, y que no se le han de poner embarazos donde tropiece y caiga, sino quitárselos y despejalle el camino de cualquier inconveniente, para que sin pesadumbre corra ligera a alcanzar la perfeción que le falta, que consiste en el ser virtuosa. Cuentan los naturales [2] que el arminio es un animalejo que tiene una piel blanquísima, y que cuando quieren cazarle los cazadores, usan deste artificio: que, sabiendo las partes por donde suele pasar y acudir, las atajan con lodo, y después, ojeándole [3], le encaminan hacia aquel lugar, y así

---

[1] Huelga decir que el diamante, en cuanto no se deja rayar, es durísimo, pero en cuanto fácilmente se rompe, es frágil y nada duro. La falsa idea de su infrangibilidad pudo sustentarse con su etimología («indomable») y fué común aun en tiempos muy posteriores a Cervantes.

[2] *Los filósofos naturales*, los que se dedican al estudio de los seres de la naturaleza: hoy los llamamos *naturalistas*.

[3] «*Ojeo*, término de cazadores... por la palabra repetida dellos de *ox*, que, al parecer de algunos, es del verbo latino *exi*» (Cov.). *Ojear* = espantar la caza para cazarla.

1, 33.—NOVELA DEL CURIOSO IMPERTINENTE *(comienzo)*

como el arminio llega al lodo, se está quedo y se deja prender y cautivar, a trueco de no pasar por el cieno y perder y ensuciar su blancura, que la estima en más que la libertad y la vida. La honesta y casta mujer es arminio, y es más que nieve blanca y limpia la virtud de la honestidad; y el que quisiere que no la pierda, antes la guarde y conserve, ha de usar de otro estilo diferente que con el arminio se tiene, porque no le han de poner delante el cieno de los regalos y servicios de los importunos amantes, porque quizá, y aun sin quizá, no tienen tanta virtud y fuerza natural, que pueda por sí mesma atropellar y pasar por aquellos embarazos; y es necesario quitárselos y ponerle delante la limpieza de la virtud y la belleza que encierra en sí la buena fama. Es asimesmo la buena mujer como espejo de cristal luciente y claro; pero está sujeto a empañarse y escurecerse con cualquiera aliento que le toque. Hase de usar con la honesta mujer el estilo que con las reliquias: adorarlas, y no tocarlas. Hase de guardar y estimar la mujer buena como se guarda y estima un hermoso jardín que está lleno de flores y rosas, cuyo dueño no consiente que nadie le pasee ni manosee: basta que desde lejos y por entre las verjas de hierro gocen de su fragancia y hermosura. Finalmente, quiero decirte unos versos que se me han venido a la memoria, que los oí en una comedia moderna, que me parece que hacen al propósito de lo que vamos tratando. Aconsejaba un prudente viejo a otro, padre de una doncella, que la recogiese, guardase y encerrase, y entre otras razones, le dijo éstas:

«Es de vidrio la mujer;
Pero no se ha de probar
Si se puede o no quebrar,
Porque todo podría ser.
  Y es más fácil el quebrarse,
Y no es cordura ponerse
A peligro de romperse
Lo que no puede soldarse.
  Y en esta opinión estén
Todos, y en razón la fundo;
Que si hay Dánaes en el mundo,
Hay pluvias de oro[1] también.»

Cuanto hasta aquí te he dicho ¡oh Anselmo! ha sido por lo que a ti te toca, y ahora es bien que se oiga algo de lo que a mí me conviene; y si fuere largo, perdóname; que todo lo requiere el laberinto donde te has entrado y de donde quieres

---

[1] El rey Acrisio encerró a su hija Dánae en una torre para que no diese a luz al hijo que mataría al abuelo: Júpiter, como lluvia de oro, entró en la torre y Dánae engendró a Perseo.

que yo te saque. Tú me tienes por amigo, y quieres quitarme la honra, cosa que es contra toda amistad; y aun no sólo pretendes esto, sino que procuras que yo te la quite a ti. Que me la quieres quitar a mí está claro, pues cuando Camila vea que yo la solicito, como me pides, cierto está que me ha de tener por hombre sin honra y mal mirado, pues intento y hago una cosa tan fuera de aquello que [1] el ser quien soy y tu amistad me obliga. De que quieres que te la quite a ti no hay duda, porque viendo Camila que yo la solicito, ha de pensar que yo he visto en ella alguna liviandad que me dió atrevimiento a descubrirle mi mal deseo, y teniéndose por deshonrada, te toca a ti, como a cosa suya, su mesma deshonra. Y de aquí nace lo que comúnmente se platica [2]: que el marido de la mujer adúltera, puesto que él no lo sepa, ni haya dado ocasión para que su mujer no sea la que debe, ni haya sido en su mano, ni en su descuido y poco recato, estorbar su desgracia, con todo, le llaman y le nombran con nombre de vituperio y bajo, y en cierta manera le miran los que la maldad de su mujer saben con ojos de menosprecio, en cambio de mirarle con los de lástima, viendo que no por su culpa, sino por el gusto de su mala compañera, está en aquella desventura. Pero quiérote decir la causa por que con justa razón es deshonrado el marido de la mujer mala, aunque él no sepa que lo es, ni tenga culpa, ni haya sido parte ni dado ocasión para que ella lo sea. Y no te canses de oírme: que todo ha de redundar en tu provecho. Cuando Dios crió a nuestro primero padre en el Paraíso terrenal, dice la Divina Escritura que infundió Dios sueño en Adán, y que, estando durmiendo, le sacó una costilla del lado siniestro, de la cual formó a nuestra madre Eva; y así como Adán despertó y la miró, dijo: «Ésta es carne de mi carne y hueso de mis huesos». Y Dios dijo: «Por ésta dejará el hombre a su padre y madre, y serán dos en una carne misma». Y entonces fué instituído el divino sacramento del matrimonio, con tales lazos, que sola la muerte puede desatarlos. Y tiene tanta fuerza y virtud este milagroso sacramento, que hace que dos diferentes personas sean una mesma carne, y aún hace más en los buenos casados: que, aunque tienen dos almas, no tienen más de una voluntad. Y de aquí viene que, como la carne de

---

[1] A *que* (cf. pról. 19).
[2] *Platicar* = practicar. «*Plático*, el diestro en decir, o hacer alguna cosa por la experiencia que tiene, como soldado plático» (Cov.).

1, 33.—NOVELA DEL CURIOSO IMPERTINENTE *(comienzo)*

la esposa sea una mesma con la del esposo, las manchas que en ella caen, o los defectos que se procura, redundan en la carne del marido, aunque él no haya dado, como queda dicho, ocasión para aquel daño. Porque así como el dolor del pie o de cualquier miembro del cuerpo humano le siente todo el cuerpo, por ser todo de una carne mesma, y la cabeza siente el daño del tobillo, sin que ella se le haya causado, así el marido es participante de la deshonra de la mujer, por ser una mesma cosa con ella; y como las honras y deshonras del mundo sean todas y nazcan de carne y sangre, y las de la mujer mala sean deste género, es forzoso que al marido le quepa parte dellas y sea tenido por deshonrado sin que él lo sepa. Mira, pues, ¡oh Anselmo! al peligro que te pones en querer turbar el sosiego en que tu buena esposa vive; mira por cuán vana e impertinente curiosidad quieres revolver los humores que ahora están sosegados en el pecho de tu casta esposa; advierte que lo que aventuras a ganar es poco, y que lo que perderás será tanto, que lo dejaré en su punto, porque me faltan palabras para encarecerlo. Pero si todo cuanto he dicho no basta a moverte de tu mal propósito, bien puedes buscar otro instrumento de tu deshonra y desventura; que yo no pienso serlo, aunque por ello pierda tu amistad, que es la mayor pérdida que imaginar puedo.

Calló en diciendo esto el virtuoso y prudente Lotario, y Anselmo quedó tan confuso y pensativo, que por un buen espacio no le pudo responder palabra; pero, en fin, le dijo:

—Con la atención que has visto he escuchado, Lotario amigo, cuanto has querido decirme, y en tus razones, ejemplos y comparaciones he visto la mucha discreción que tienes y el estremo de la verdadera amistad que alcanzas; y ansimesmo veo y confieso que si no sigo tu parecer y me voy tras el mío, voy huyendo del bien y corriendo tras el mal. Prosupuesto esto, has de considerar que yo padezco ahora la enfermedad que suelen tener algunas mujeres, que se les antoja comer tierra, yeso, carbón y otras cosas peores [1], aun asquerosas

---

[1] Esta perversión del apetito es la enfermedad llamada *malacia*. Sin embargo, en tiempo de Cervantes había mujeres que sin estar enfermas comían barro, aun con peligro de la vida, como lo atestigua Covarrubias hablando del «*búcaro*, género de vaso de cierta tierra colorada... Destos barros dizen que comen las damas por amortiguar la color, o por golosina viciosa, y es ocasión de que el barro y la tierra de la sepultura las coma y consuma en lo más florido de su edad».

para mirarse, cuanto más para comerse; así que es menester usar de algún artificio para que yo sane, y esto se podía hacer con facilidad, sólo con que comiences, aunque tibia y fingidamente, a solicitar a Camila, la cual no ha de ser tan tierna, que a los primeros encuentros dé con su honestidad por tierra; y con sólo este principio quedaré contento, y tú habrás cumplido con lo que debes a nuestra amistad, no solamente dándome la vida, sino persuadiéndome de no verme sin honra. Y estás obligado a hacer esto por una razón sola; y es que estando yo, como estoy, determinado de poner en plática[1] esta prueba, no has tú de consentir que yo dé cuenta de mi desatino a otra persona, con que pondría en aventura el honor que tú procuras que no pierda; y cuando el tuyo no esté en el punto que debe en la intención[2] de Camila en tanto que la solicitares, importa poco o nada, pues con brevedad, viendo en ella la entereza que esperamos, le podrás decir la pura verdad de nuestro artificio, con que volverá tu crédito al ser primero. Y pues tan poco aventuras y tanto contento me puedes dar aventurándote, no lo dejes de hacer, aunque más inconvenientes se te pongan delante, pues, como ya he dicho, con sólo que comiences daré por concluída la causa.

Viendo Lotario la resoluta voluntad de Anselmo, y no sabiendo qué más ejemplos traerle ni qué más razones mostrarle para que no la siguiese, y viendo que le amenazaba que daría a otro cuenta de su mal deseo, por evitar mayor mal, determinó de contentarle y hacer lo que pedía, con propósito e intención de guiar aquel negocio de modo, que, sin alterar los pensamientos de Camila, quedase Anselmo satisfecho; y así, le respondió que no comunicase su pensamiento con otro alguno; que él tomaba a su cargo aquella empresa, la cual comenzaría cuando a él[3] le diese más gusto. Abrazóle Anselmo tierna y amorosamente y agradecióle su ofrecimiento, como si alguna grande merced le hubiera hecho, y quedaron de acuerdo entre los dos que desde otro día siguiente se comenzase la obra; que él le daría lugar y tiempo como a sus solas pudiese hablar a Camila, y asimesmo le daría dineros y joyas que darla y que ofrecerla. Aconsejóle que le diese músicas, que escribiese versos en su alabanza; y que, cuando él no qui-

---

[1] *Plática* = práctica.
[2] Cf. p. 323, n. 2.
[3] A Anselmo.

1, 33.—NOVELA DEL CURIOSO IMPERTINENTE (*comienzo*)

siese tomar trabajo de hacerlos, él mesmo los haría. A todo se ofrecio Lotario, bien con diferente intención que Anselmo pensaba, y con este acuerdo se volvieron a casa de Anselmo, donde hallaron a Camila con ansia y cuidado, esperando a su esposo, porque aquel día tardaba en venir más de lo acostumbrado.

Fuése Lotario a su casa y Anselmo quedó en la suya, tan contento como Lotario fué pensativo, no sabiendo qué traza dar para salir bien de aquel impertinente negocio; pero aquella noche pensó el modo que tendría para engañar a Anselmo sin ofender a Camila, y otro día vino a comer con su amigo, y fué bien recebido de Camila, la cual le recebía y regalaba con mucha voluntad, por entender la buena que su esposo le tenía. Acabaron de comer, levantaron los manteles, y Anselmo dijo a Lotario que se quedase allí con Camila en tanto que él iba a un negocio forzoso; que dentro de hora y media volvería. Rogóle Camila que no se fuese, y Lotario se ofreció a hacerle compañía; mas nada aprovechó con Anselmo: antes importunó a Lotario que[1] se quedase y le aguardase, porque tenía que tratar con él una cosa de mucha importancia. Dijo también a Camila que no dejase solo a Lotario, en tanto que él volviese. En efeto, él supo tan bien fingir la necesidad o necedad de su ausencia, que nadie pudiera entender que era fingida. Fuése Anselmo, y quedaron solos a la mesa Camila y Lotario, porque la demás gente de casa toda se había ido a comer. Vióse Lotario puesto en la estacada[2] que su amigo deseaba, y con el enemigo delante, que pudiera vencer con sola su hermosura a un escuadrón de caballeros armados: mirad si era razón que le temiera Lotario. Pero lo que hizo fué poner el codo sobre el brazo de la silla, y la mano abierta en la mejilla, y pidiendo perdón a Camila del mal comedimiento, dijo que quería reposar un poco en tanto que Anselmo volvía. Camila le respondió que mejor reposaría en el estrado[3] que en la silla, y así le rogó se entrase a dormir en él. No quiso Lotario, y allí se quedó dormido hasta que volvió Anselmo, el cual, como halló a Camila en su aposento y a Lotario durmiendo, creyó

---

[1] Para *que* (cf. pról. 19).
[2] *Estacada* = lugar cerrado por estacas, donde se tenían los desafíos, torneos, juegos de cañas, etc.
[3] «*Estrado*, el lugar donde las señoras se asientan sobre cogines, y reciben las visitas» (Cov.). Los hombres se sentaban en sillas, fuera del estrado (que no ocupaba toda la sala).

1, 33.—LOTARIO ENGAÑA INNOCUAMENTE A ANSELMO

que, como se había tardado tanto, ya habrían tenido los dos lugar para hablar, y aun para dormir, y no vió la hora en que Lotario despertase, para volverse con él fuera y preguntarle de su ventura. Todo le sucedió como él quiso: Lotario despertó, y luego salieron los dos de casa, y así, le preguntó lo que deseaba, y le respondió Lotario que no le había parecido ser bien que la primera vez se descubriese del todo, y así, no había hecho otra cosa que alabar a Camila de hermosa, diciéndole que en toda la ciudad no se trataba de otra cosa que de su hermosura y discreción, y que éste le había parecido buen principio para entrar ganando la voluntad, y disponiéndola a que otra vez le escuchase con gusto, usando en esto del artificio que el demonio usa cuando quiere engañar a alguno que está puesto en atalaya de mirar por sí; que se transforma en ángel de luz, siéndolo él de tinieblas, y, poniéndole delante apariencias buenas, al cabo descubre quién es y sale con su intención, si a los principios no es descubierto su engaño. Todo esto le contentó mucho a Anselmo, y dijo que cada día daría el mesmo lugar, aunque no saliese de casa, porque en ella se ocuparía en cosas que Camila no pudiese venir en conocimiento de su artificio.

Sucedió, pues, que se pasaron muchos días que sin decir Lotario palabra a Camila, respondía a Anselmo que la hablaba y jamás podía sacar della una pequeña muestra de venir [1] en ninguna cosa que mala fuese, ni aun dar una señal de sombra de esperanza; antes decía que le amenazaba que si de aquel mal pensamiento no se quitaba, que lo había de decir a su esposo.

—Bien está—dijo Anselmo—. Hasta aquí ha resistido Camila a las palabras; es menester ver cómo resiste a las obras; yo os [2] daré mañana dos mil escudos de oro para que se los ofrezcáis, y aun se los deis, y otros tantos para que compréis joyas con que cebarla; que las mujeres suelen ser aficionadas, y más si son hermosas, por más castas que sean, a esto de traerse bien y andar galanas; y si ella resiste a esta intención, yo quedaré satisfecho y no os daré más pesadumbre.

Lotario respondió que ya que había comenzado, que él lleva-

---

[1] *Venir* aquí es convenir, consentir.
[2] ¿Por qué *os* y no *te*? Si no fué esto una distracción de Cervantes habrá que suponer que Anselmo quiso dar a la frase una mayor entonación por su importancia.

1, 33.—NOVELA DEL CURIOSO IMPERTINENTE (*comienzo*)

ría hasta el fin aquella empresa, puesto que entendía salir della cansado y vencido. Otro día recibió los cuatro mil escudos, y con ellos cuatro mil confusiones, porque no sabía qué decirse para mentir de nuevo; pero, en efeto, determinó de decirle que Camila estaba tan entera a las dádivas y promesas como a las palabras, y que no había para qué cansarse más, porque todo el tiempo se gastaba en balde. Pero la suerte, que las cosas guiaba de otra manera, ordenó que, habiendo dejado Anselmo solos a Lotario y a Camila, como otras veces solía, él se encerró en un aposento y por los agujeros de la cerradura estuvo mirando y escuchando lo que los dos trataban, y vió que en más de media hora Lotario no habló palabra a Camila ni se la hablara si allí estuviera un siglo, y cayó en la cuenta de que cuanto su amigo le había dicho de las respuestas de Camila todo era ficción y mentira. Y para ver si esto era ansí, salió del aposento, y llamando a Lotario aparte, le preguntó qué nuevas había y de qué temple estaba Camila. Lotario le respondió que no pensaba más darle puntada en aquel negocio[1], porque respondía tan áspera y desabridamente, que no tendría ánimo para volver a decirle cosa alguna.

—¡Ah—dijo Anselmo—, Lotario, Lotario, y cuán mal correspondes a lo que me debes y a lo mucho que de ti confío! Ahora te he estado mirando por el lugar que concede la entrada desta llave, y he visto que no has dicho palabra a Camila; por donde me doy a entender que aun las primeras la tienes por decir; y si esto es así, como, sin duda, lo es, ¿para qué me engañas, o por qué quieres quitarme con tu industria los medios que yo podría hallar para conseguir mi deseo?

No dijo más Anselmo, pero bastó lo que había dicho para dejar corrido y confuso a Lotario; el cual, casi tomando por punto de honra el haber sido hallado en mentira, juró a Anselmo que desde aquel momento tomaba tan a su cargo el contentalle y no mentille, cual lo vería si con curiosidad lo espiaba; cuanto más que no sería menester usar de ninguna diligencia, porque la que él pensaba poner en satisfacelle le quitaría toda sospecha. Creyóle Anselmo, y para dalle comodidad más segura y menos sobresaltada, determinó de hacer ausencia de su casa por ocho días, yéndose a la de un amigo suyo, que estaba en una aldea, no lejos de la ciudad; con el cual amigo concertó que le enviase a llamar con muchas ve-

---

[1] «*Dar una puntada en un negocio*, hablar en él» (Cov.).

ras, para tener ocasión con Camila de su partida. ¡Desdichado y mal advertido de ti, Anselmo![1] ¿Qué es lo que haces? ¿Qué es lo que trazas? ¿Qué es lo que ordenas? Mira que haces contra ti mismo, trazando tu deshonra y ordenando tu perdición. Buena es tu esposa Camila; quieta y sosegadamente la posees; nadie sobresalta tu gusto; sus pensamientos no salen de las paredes de su casa; tú eres su cielo en la tierra, el blanco de sus deseos, el cumplimiento de sus gustos y la medida por donde mide su voluntad, ajustándola en todo con la tuya y con la del cielo. Pues si la mina de su honor, hermosura, honestidad y recogimiento te da sin ningún trabajo toda la riqueza que tiene y tú puedes desear, ¿para qué quieres ahondar la tierra, y buscar nuevas vetas de nuevo y nunca visto tesoro, poniéndote a peligro que toda venga abajo, pues, en fin, se sustenta sobre los débiles arrimos de su flaca naturaleza? Mira que el[2] que busca lo imposible, es justo que lo posible se le niegue, como lo dijo mejor un poeta, diciendo:

> «Busco en la muerte la vida,
> Salud en la enfermedad,
> En la prisión libertad,
> En lo cerrado salida
> Y en el traidor lealtad.
> Pero mi suerte, de quien
> Jamás espero algún bien,
> Con el cielo ha estatuído
> Que, pues lo imposible pido,
> Lo posible aun no me den.»

Fuése otro día Anselmo a la aldea, dejando dicho a Camila que el tiempo que él estuviese ausente vendría Lotario a mirar por su casa y a comer con ella; que tuviese cuidado de tratalle como a su mesma persona. Afligióse Camila, como mujer discreta y honrada, de la orden que su marido le dejaba, y díjole que advirtiese que no estaba bien que nadie, él ausente[3], ocupase la silla de su mesa; y que si lo hacía por no tener confianza que ella sabría gobernar su casa, que probase por aquella vez, y vería por experiencia como para mayores cuidados era bastante. Anselmo le replicó que aquél era su gusto, y que

---

[1] Es un ejemplo de *apóstrofe*, poco frecuente en el relato, frecuente en la oratoria.
[2] Por *al*: es una inconsecuencia gramatical (cf. pról. 13).
[3] *Él ausente* es una cláusula absoluta y vale «estando él ausente».

1, 33.—NOVELA DEL CURIOSO IMPERTINENTE *(comienzo)*

no tenía más que hacer que bajar la cabeza y obedecelle. Camila dijo que ansí lo haría, aunque contra su voluntad. Partióse Anselmo, y otro día vino a su casa Lotario, donde fué rescebido de Camila con amoroso y honesto acogimiento; la cual jamás se puso en parte donde Lotario la viese a solas, porque siempre andaba rodeada de sus criados y criadas, especialmente de una doncella suya llamada Leonela, a quien ella mucho quería, por haberse criado desde niñas las dos juntas en casa de los padres de Camila, y cuando se casó con Anselmo la trujo consigo. En los tres días primeros nunca Lotario le dijo nada, aunque pudiera, cuando se levantaban los manteles y la gente se iba a comer con mucha priesa, porque así se lo tenía mandado Camila; y aun tenía orden Leonela que comiese primero que Camila, y que de su lado jamás se quitase; mas ella, que en otras cosas de su gusto tenía puesto el pensamiento y había menester aquellas horas y aquel lugar para ocuparle en sus contentos, no cumplía todas veces el mandamiento de su señora; antes los dejaba solos, como si aquello le hubieran mandado. Mas la honesta presencia de Camila, la gravedad de su rostro, la compustura de su persona era tanta, que ponía freno a la lengua de Lotario.

Pero el provecho que las muchas virtudes de Camila hicieron poniendo silencio en la lengua de Lotario, redundó más en daño de los dos, porque si la lengua callaba, el pensamiento discurría y tenía lugar de contemplar, parte por parte, todos los estremos de bondad y de hermosura que Camila tenía, bastantes a enamorar una estatua de mármol, no que [1] un corazón de carne. Mirábala Lotario en el lugar y espacio que había de hablarla, y consideraba cuán digna era de ser amada; y esta consideración comenzó poco a poco a dar asaltos a los respectos que a Anselmo tenía, y mil veces quiso ausentarse de la ciudad y irse donde jamás Anselmo le viese a él, ni él viese a Camila; mas ya le hacía impedimento y detenía el gusto que hallaba en mirarla. Hacíase fuerza y peleaba consigo mismo por desechar y no sentir el contento que le llevaba a mirar a Camila; culpábase a solas de su desatino; llamábase mal amigo, y aun mal cristiano; hacía discursos y comparaciones entre él y Anselmo, y todos paraban en decir que más había sido la locura y confianza de Anselmo que su poca fidelidad, y que si así tuviera disculpa para con Dios como para

---

[1] Hoy diríamos *que no* (cf. pról. 37).

— 394 —

con los hombres de lo que pensaba hacer, que no temiera pena por su culpa.

En efecto, la hermosura y la bondad de Camila, juntamente con la ocasión que el ignorante marido le había puesto en las manos, dieron con la lealtad de Lotario en tierra; y, sin mirar a otra cosa que aquella a que su gusto le inclinaba, al cabo de tres días de la ausencia de Anselmo, en los cuales estuvo en continua batalla por resistir a sus deseos, comenzó a requebrar a Camila, con tanta turbación y con tan amorosas razones, que Camila quedó suspensa, y no hizo otra cosa que levantarse de donde estaba y entrarse en su aposento, sin respondelle palabra alguna. Mas no por esta sequedad se desmayó en Lotario la esperanza, que siempre nace juntamente con el amor; antes tuvo en más a Camila. La cual, habiendo visto en Lotario lo que jamás pensara, no sabía qué hacerse, y pareciéndole no ser cosa segura ni bien hecha darle ocasión ni lugar a que otra vez la hablase, determinó de enviar aquella mesma noche, como lo hizo, a un criado suyo con un billete a Anselmo, donde le escribió estas razones:

CAPITULO XXXIV.—Donde se prosigue la *Novela del curioso impertinente.*

Así como suele decirse que parece mal el ejército sin su general y el castillo sin su castellano, digo yo que parece muy peor la mujer casada y moza sin su marido, cuando justísimas ocasiones no lo impiden. Yo me hallo tan mal sin vos, y tan imposibilitada de no[1] poder sufrir esta ausencia, que si presto no venís, me habré de ir a entretener en casa de mis padres, aunque deje sin guarda la vuestra; porque la que me dejastes, si es que quedó con tal título, creo que mira más por su gusto que por lo que a vos os toca; y pues sois discreto, no tengo más que deciros, ni aun es bien que más os diga.»

Esta carta recibió Anselmo, y entendió por ella que Lotario había ya comenzado la empresa, y que Camila debía de haber respondido como él deseaba; y, alegre sobremanera de tales nuevas, respondió a Camila, de palabra, que no hiciese mudamiento de su casa en modo ninguno, porque él volvería

---

[1] Hoy omitiríamos este *no* (cf. pról. n. 24).

1, 34.—NOVELA DEL CURIOSO IMPERTINENTE *(comienzo)*

con mucha brevedad. Admirada quedó Camila de la respuesta de Anselmo, que la puso en más confusión que primero, porque ni se atrevía a estar en su casa, ni menos irse a la de sus padres, porque en la quedada corría peligro su honestidad, y en la ida iba contra el mandamiento de su esposo. En fin, se resolvió en [1] lo que le estuvo peor, que fué en el quedarse, con determinación de no huir la presencia de Lotario, por no dar que decir a sus criados, y ya le pesaba de haber escrito lo que escribió a su esposo, temerosa de que no [2] pensase que Lotario había visto en ella alguna desenvoltura que le hubiese movido a no guardalle el decoro que debía. Pero, fiada en su bondad, se fió en Dios y en su buen pensamiento, con que pensaba resistir callando a todo aquello que Lotario decirle quisiese, sin dar más cuenta a su marido, por no ponerle en alguna pendencia y trabajo; y aun andaba buscando manera como disculpar a Lotario con Anselmo, cuando le preguntase la ocasión que le había movido a escribirle aquel papel. Con estos pensamientos, más honrados que acertados ni provechosos estuvo otro día escuchando a Lotario, el cual cargó la mano de manera, que comenzó a titubear la firmeza de Camila, y su honestidad tuvo harto que hacer en acudir a los ojos, para que no diesen muestras de alguna amorosa compasión que las lágrimas y las razones de Lotario en su pecho habían despertado. Todo esto notaba Lotario, y todo le encendía. Finalmente, a él le pareció que era menester, en el espacio y lugar que daba la ausencia de Anselmo, apretar el cerco a aquella fortaleza, y así, acometió a su presunción con las alabanzas de su hermosura, porque no hay cosa que más presto rinda y allane las encastilladas torres de la vanidad de las hermosas que la mesma vanidad, puesta en las lenguas de la adulación. En efecto, él, con toda diligencia, minó la roca de su enteraza, con tales pertrechos, que aunque Camila fuera toda de bronce, viniera al suelo. Lloró, rogó, ofreció, aduló, porfió y fingió Lotario con tantos sentimientos, con muestras de tantas veras, que dió al través con el recato de Camila y vino a triunfar de lo que menos se pensaba y más deseaba.

Rindióse Camila; Camila se rindió; pero ¿qué mucho, si la amistad de Lotario no quedó en pié? Ejemplo claro que nos

---

[1] Hoy diríamos *a* (cf. pról. 12).
[2] Hoy omitiríamos este *no* (cf. pról. 24).

muestra que sólo se vence la pasión amorosa con huílla, y que nadie se ha de poner a brazos con tan poderoso enemigo, porque es menester fuerzas divinas para vencer las suyas humanas. Sólo supo Leonela la flaqueza de su señora, porque no se la pudieron encubrir los dos malos amigos y nuevos amantes. No quiso Lotario decir a Camila la pretensión de Anselmo, ni que él le había dado lugar para llegar a aquel punto, porque no tuviese en menos su amor, y pensase que así, acaso y sin pensar, y no de propósito, la había solicitado.

Volvió de allí a pocos días Anselmo a su casa, y no echó de ver lo que faltaba en ella, que era lo que en menos tenía y más estimaba. Fuése luego a ver a Lotario, y hallóle en su casa; abrazáronse los dos, y el uno preguntó por las nuevas de su vida, o de su muerte.

—Las nuevas que te podré dar ¡oh amigo Anselmo!—dijo Lotario—, son de que tienes una mujer que dignamente puede ser ejemplo y corona de todas las mujeres buenas. Las palabras que le he dicho se las ha llevado el aire; los ofrecimientos se han tenido en poco; las dádivas no se han admitido; de algunas lágrimas fingidas mías se ha hecho burla notable. En resolución, así como Camila es cifra de toda belleza, es archivo donde asiste la honestidad y vive el comedimiento y el recato, y todas las virtudes que pueden hacer loable y bien afortunada a una honrada mujer. Vuelve a tomar tus dineros, amigo, que aquí los tengo, sin haber tenido necesidad de tocar a ellos; que la entereza de Camila no se rinde a cosas tan bajas como son dádivas ni promesas. Conténtate, Anselmo, y no quieras hacer más pruebas de las hechas; y pues a pie enjuto has pasado el mar de las dificultades y sospechas que de las mujeres suelen y pueden tenerse, no quieras entrar de nuevo en el profundo piélago de nuevos inconvenientes, ni quieras hacer experiencia con otro piloto de la bondad y fortaleza del navío que el cielo te dió en suerte para que en él pasases la mar deste mundo; sino haz cuenta que estás ya en seguro puerto, y aférrate con las áncoras de la buena consideración, y déjate estar hasta que te vengan a pedir la deuda que no hay hidalguía humana que de pagarla se escuse.

Contentísimo quedó Anselmo de las razones de Lotario y así se las creyó como si fueran dichas por algún oráculo; pero, con todo eso, le rogó que no dejase la empresa, aunque no fuese más de por curiosidad y entretenimiento; aunque no se aprovechase de allí adelante de tan ahincadas diligencias

1, 34.—NOVELA DEL CURIOSO IMPERTINENTE (comienzo)

como hasta entonces; y que sólo quería que le escribiese algunos versos en su alabanza, debajo del nombre de Clori, porque él le daría a entender a Camila que andaba enamorado de una dama, a quien le había puesto aquel nombre, por poder celebrarla con el decoro que a su honestidad se le debía; y que, cuando Lotario no quisiera tomar trabajo de escribir los versos, que él los haría.

—No será menester eso—dijo Lotario—, pues no me son tan enemigas las musas, que algunos ratos del año no me visiten. Dile tú a Camila lo que has dicho del fingimiento de mis amores; que los versos yo los haré: si no son tan buenos como el sujeto [1] merece, serán, por lo menos, los mejores que yo pudiere.

Quedaron deste acuerdo el impertinente y el traidor amigo; y, vuelto Anselmo a su casa, preguntó a Camila lo que ella ya se maravillaba que no se lo hubiese preguntado: que fué que le dijese la ocasión por que le había escrito el papel que le envió. Camila le respondió que le había parecido que Lotario la miraba un poco más desenvueltamente que cuando él estaba en casa; pero que ya estaba desengañada y creía que había sido imaginación suya, porque ya Lotario huía de vella y de estar con ella a solas. Díjole Anselmo que bien podía estar segura de aquella sospecha, porque él sabía que Lotario andaba enamorado de una doncella principal de la ciudad, a quien él celebraba debajo del nombre de Clori, y que, aunque no lo estuviera, no había que temer de la verdad de Lotario y de la mucha amistad de entrambos. Y a no estar avisada Camila de Lotario de que eran fingidos aquellos amores de Clori, y que él se lo había dicho a Anselmo por poder ocuparse algunos ratos en las mismas alabanzas de Camila, ella, sin duda, cayera en la desesperada red de los celos; mas, por estar ya advertida, pasó aquel sobresalto sin pesadumbre.

Otro día, estando los tres sobre mesa, rogó Anselmo a Lotario dijese alguna cosa de las que había compuesto a su amada Clori; que pues Camila no la conocía, seguramente podía decir lo que quisiese.

—Aunque la conociera—respondió Lotario—, no encubriera yo nada; porque cuando algún amante loa a su dama de hermosa y la nota de cruel, ningún oprobio hace a su buen

[1] Asunto.

crédito; pero, sea lo que fuere, lo que sé decir, que ayer hice un soneto a la ingratitud desta Clori, que dice ansí:

SONETO

«En el silencio de la noche, cuando
Ocupa el dulce sueño a los mortales,
La pobre cuenta de mis ricos males
Estoy al cielo y a mi Clori dando.
  Y al tiempo cuando el sol se va mostrando
Por las rosadas puertas orientales,
Con suspiros y acentos desiguales
Voy la antigua querella renovando.
  Y cuando el sol, de su estrellado asiento
Derechos rayos a la tierra envía,
El llanto crece y doblo los gemidos.
  Vuelve la noche, y vuelvo al triste cuento,
Y siempre hallo, en mi mortal porfía,
Al cielo, sordo; a Clori, sin oídos.»

Bien le pareció el soneto a Camila; pero mejor a Anselmo pues le alabó y dijo que era demasiadamente cruel la dama que a tan claras verdades no correspondía. A lo que dijo Camila:

—Luego ¿todo aquello que los poetas enamorados dicen es verdad?

—En cuanto poetas, no la dicen—respondió Lotario—; mas en cuanto enamorados, siempre quedan tan cortos como verdaderos.

—No hay duda deso—replicó Anselmo, todo por apoyar y acreditar los pensamientos de Lotario con Camila, tan descuidada del artificio de Anselmo como ya enamorada de Lotario.

Y así, con el gusto que de sus cosas tenía, y más, teniendo por entendido que sus deseos y escritos a ella se encaminaban, y que ella era la verdadera Clori, le rogó que si otro soneto o otros versos sabía, los dijese.

—Sí sé—respondió Lotario—; pero no creo que es tan bueno como el primero, o, por mejor decir, menos malo. Y podréislo bien juzgar, pues es éste:

SONETO

«Yo sé que muero, y si no soy creído,
Es más cierto el morir, como es más cierto
Verme a tus pies ¡oh bella ingrata! muerto
Antes que de adorarte arrepentido.

1, 34.—NOVELA DEL CURIOSO IMPERTINENTE *(comienzo)*

Podré yo verme en la región de olvido,
De vida y gloria y de favor desierto,
Y allí verse podrá en mi pecho abierto
Cómo tu hermoso rostro está esculpido.
  Que esta reliquia guardo para el duro
Trance que me amenaza mi porfía,
Que en tu mismo rigor se fortalece.
  ¡Ay de aquel que navega, el cielo escuro,
Por mar no usado y peligrosa vía,
Adonde norte o puerto no se ofrece!»

También alabó este segundo soneto Anselmo como había hecho [1] el primero, y desta manera iba añadiendo eslabón a eslabón a la cadena con que se enlazaba y trababa su deshonra, pues cuando más Lotario le deshonraba, entonces le decía que estaba más honrado; y con esto, todos los escalones que Camila bajaba hacia el centro de su menosprecio, los subía, en la opinión de su marido, hacia la cumbre de la virtud y de su buena fama. Sucedió, en esto, que, hallándose una vez, entre otras, sola Camila con su doncella, le dijo:

—Corrida estoy, amiga Leonela, de ver en cuán poco he sabido estimarme, pues siquiera no [2] hice que con el tiempo comprara Lotario la entera posesión que le di tan presto de mi voluntad. Temo que ha de estimar [3] mi presteza o ligereza, sin que eche de ver la fuerza que él me hizo para no poder resistirle.

—No te dé pena eso, señora mía—respondió Leonela—; que no está la monta [4] ni es causa para menguar la estimación darse lo que se da presto, si en efeto lo que se da es bueno, y por ello por sí digno de estimarse. Y aun suele decirse que el que luego [5] da, da dos veces [6].

—También se suele decir—dijo Camila—que lo que cuesta poco se estima menos.

---

[1] Alabado. El verbo *hacer* con *lo* o *como* sirve para reproducir un verbo ya expresado.

[2] Hoy diríamos *ni siquiera*.

[3] *Estimar* = pesar, evaluar, apreciar.

[4] *No estar la monta en algo* es no estar lo más sobresaliente, principal o importante, no estar el toque, el punto, la fineza en algo.

[5] «*Luego*, vocablo castellano antiguo, que vale tanto como *statim*, *illico* [en seguida] en latín» (Cov.).

[6] «El común adagio dize: la presta dádiva, haze su efeto doblado; qui cito dat, bis dat; cito dando datum melioras; donum peioras, inveniendo moras» (Cov.).

1, 34.—CAMILA Y SU DONCELLA

—No corre por ti esa razón—respondió Leonela—, porque el amor, según he oído decir, unas veces vuela y otras anda; con éste corre y con aquél va despacio; a unos entibia y a otros abrasa; a unos hiere y a otros mata; en un mesmo punto comienza la carrera de sus deseos, y en aquel mesmo punto la acaba y concluye; por la mañana suele poner el cerco a una fortaleza y a la noche la tiene rendida, porque no hay fuerza que la resista. Y siendo así, ¿de qué te espantas, o de qué temes, si lo mismo debe de haber acontecido a Lotario, habiendo tomado el amor por instrumento de rendiros la ausencia de mi señor? Y era forzoso que en ella se concluyese lo que el amor tenía determinado, sin dar tiempo al tiempo para que Anselmo le tuviese de volver, y con su presencia quedase imperfecta la obra; porque el amor no tiene otro mejor ministro para ejecutar lo que desea que es la ocasión: de la ocasión se sirve en todos sus hechos, principalmente en los principios. Todo esto sé yo muy bien, más de experiencia que de oídas, y algún día te lo diré, señora; que yo también soy de carne, y de sangre moza. Cuanto más, señora Camila, que no te entregaste ni diste tan luego, que primero no hubieses visto en los ojos, en los suspiros, en las razones y en las promesas y dádivas de Lotario toda su alma, viendo en ella y en sus virtudes cuán digno era Lotario de ser amado. Pues si esto es ansí, no te asalten la imaginación esos escrupulosos y melindrosos pensamientos, sino asegúrate que Lotario te estima como tú le estimas a él, y vive con contento y satisfación de que ya que caíste en el lazo amoroso, es el que te aprieta de valor y de estima, y que no sólo tiene las cuatro SS[1] que dicen que han de tener los buenos enamorados, sino todo un A, B, C entero: si no, escúchame, y verás como te le digo de coro. Él es, según yo veo y a mí me parece, *a*gradecido, *b*ueno, *c*aballero, *d*adivoso, *e*namorado, *f*irme, *g*allardo, *h*onrado, *i*lustre, *l*eal, *m*ozo, *n*oble, *o*nesto, *p*rincipal, *q*uantioso, *r*ico, y las SS que dicen, y luego *t*ácito, *v*erdadero. La X no le cuadra, porque es letra áspera; la Y ya está dicha; la Z, *z*elador de tu honra.

Ríóse Camila del A, B, C de su doncella, y túvola por más plática[2] en las cosas de amor que ella decía; y así lo confesó ella, descubriendo a Camila como trataba amores con un man-

---

[1] Sabio, solo, solícito, secreto.
[2] Práctica.

1, 34.—NOVELA DEL CURIOSO IMPERTINENTE (*comienzo*)

cebo bien nacido, de la mesma ciudad; de lo cual se turbó Camila, temiendo que era aquél camino por donde su honra podía correr riesgo. Apuróla si pasaban sus pláticas a más que serlo. Ella, con poca vergüenza y mucha desenvoltura, le respondió que sí pasaban. Porque es cosa ya cierta que los descuidos de las señoras quitan la vergüenza a las criadas, las cuales, cuando ven a las amas echar traspiés [1], no se les da nada a ellas cojear, ni de que lo sepan. No pudo hacer otra cosa Camila sino rogar a Leonela no dijese nada de su hecho al que decía ser su amante, y que tratase sus cosas con secreto, porque no viniesen a noticia de Anselmo ni de Lotario. Leonela respondió que así lo haría; mas cumpliólo de manera, que hizo cierto el temor de Camila de que por ella había de perder su crédito; porque la deshonesta y atrevida Leonela, después que vió que el proceder de su ama no era el que solía, atrevióse a entrar y poner dentro de casa a su amante, confiada que, aunque su señora le viese, no había de osar descubrille; que este daño acarrean, entre otros, los pecados de las señoras: que se hacen esclavas de sus mesmas criadas, y se obligan a encubrirles sus deshonestidades y vilezas, como aconteció con Camila; que aunque vió una y muchas veces que su Leonela estaba con su galán en un aposento de su casa, no sólo no la osaba reñir, mas dábale lugar a que lo encerrase, y quitábale todos los estorbos, para que no fuese visto de su marido. Pero no los pudo quitar, que [2] Lotario no le viese una vez salir, al romper del alba; el cual, sin conocer quién era, pensó primero que debía de ser alguna fantasma; mas cuando le vió caminar, embozarse y encubrirse con cuidado y recato, cayó de su simple pensamiento, y dió en otro, que fuera la perdición de todos, si Camila no lo remediara. Pensó Lotario que aquel hombre que había visto salir tan a deshora de casa de Anselmo no había entrado en ella por Leonela, ni aun se acordó si Leonela era en el mundo: sólo creyó que Camila, de la misma manera que había sido fácil y ligera con él, lo era para otro; que estas añadiduras trae consigo la maldad de la mujer mala: que pierde el crédito de su honra con el mesmo a quien se entregó rogada y persuadida, y cree que con mayor facilidad se entrega a otros, y da infalible crédito a cualquiera

---

[1] «*Traspié*, la zancadilla que se da luchando, y atravesando el pie por detrás de los del contrario; suele significar ardid y engaño» (Cov.).

[2] De suerte *que* (cf. pról. 15).

1, 34.—CELOS DE LOTARIO

sospecha que desto le venga. Y no parece sino que le faltó a Lotario en este punto todo su buen entendimiento y se le fueron de la memoria todos sus advertidos discursos; pues, sin hacer alguno que bueno fuese, ni aun razonable, sin más ni más, antes que Anselmo se levantase, impaciente y ciego de la celosa rabia que las entrañas le roía, muriendo por vengarse de Camila, que en ninguna cosa le había ofendido, se fué a Anselmo y le dijo:

—Sábete, Anselmo, que ha muchos días que he andado peleando conmigo mesmo, haciéndome fuerza a no decirte lo que ya no es posible ni justo que más te encubra. Sábete que la fortaleza de Camila está ya rendida, y sujeta a todo aquello que yo quisiere hacer della; y si he tardado en descubrirte esta verdad, ha sido por ver si era algún liviano antojo suyo, o si lo hacía por probarme y ver si eran con propósito firme tratados los amores que, con tu licencia, con ella he comenzado. Creí ansimismo que ella, si fuera la que debía y la que entrambos pensábamos, ya te hubiera dado cuenta de mi solicitud; pero habiendo visto que se tarda, conozco que son verdaderas las promesas que me ha dado [1] de que cuando otra vez hagas ausencia de tu casa, me hablará en la recámara [2] donde está el repuesto de tus alhajas—y era la verdad que allí le solía hablar Camila—; y no quiero que precipitosamente corras a hacer alguna venganza, pues no está aún cometido el pecado sino con pensamiento, y podría ser que desde éste hasta el tiempo de ponerle por obra se mudase el de Camila, y naciese en su lugar el arrepentimiento. Y así, ya que, en todo o en parte, has seguido siempre mis consejos, sigue y guarda uno que ahora te diré, para que sin engaño y con medroso advertimiento te satisfagas de aquello que más vieres que te convenga. Finge que te ausentas por dos o tres días, como otras veces sueles, y haz de manera que te quedes escondido en tu recámara, pues los tapices que allí hay y otras cosas con que te puedas encubrir te ofrecen mucha comodidad, y entonces verás por tus mismos ojos, y yo por los míos, lo que Camila quiere; y si fuere la maldad que se puede temer antes

---

[1] Comúnmente *se hacen* las promesas, *se dan* las palabras; pero a Cervantes se le cruzaron ambas frases.
[2] «*Recámara*, el aposento que está más adentro de la quadra donde duerme el señor, y dízese recámara o este aposento, o otro donde el camarero le tiene sus vestidos y joyas» (Cov.).

1, 34.—NOVELA DEL CURIOSO IMPERTINENTE *(comienzo)*

que esperar, con silencio, sagacidad y discreción podrás ser el verdugo de tu agravio.

Absorto, suspenso y admirado quedó Anselmo con las razones de Lotario, porque le cogieron en tiempo donde menos las esperaba oír, porque ya tenía a Camila por vencedora de los fingidos asaltos de Lotario, y comenzaba a gozar la gloria del vencimiento. Callando estuvo por un buen espacio, mirando al suelo sin mover pestaña, y al cabo dijo:

—Tú lo has hecho, Lotario, como yo esperaba de tu amistad; en todo he de seguir tu consejo: haz lo que quisieres y guarda aquel secreto que ves que conviene en caso tan no pensado.

Prometióselo Lotario, y en apartándose dél, se arrepintió totalmente de cuanto le había dicho viendo cuán neciamente había andado, pues pudiera él vengarse de Camila, y no por camino tan cruel y tan deshonrado. Maldecía su entendimiento, afeaba su ligera determinación, y no sabía qué medio tomarse para deshacer lo hecho, o para dalle alguna razonable salida. Al fin, acordó de dar cuenta de todo a Camila; y como no faltaba lugar para poderlo hacer, aquel mismo día la halló sola, y ella, así como vió que le podía hablar, le dijo:

—Sabed, amigo Lotario, que tengo una pena en el corazón, que me le aprieta de suerte, que parece que quiere reventar en el pecho, y ha de ser maravilla si no lo hace; pues ha llegado la desvergüenza de Leonela a tanto, que cada noche encierra a un galán suyo en esta casa, y se está con él hasta el día, tan a costa de mi crédito, cuanto le quedará campo abierto de juzgarlo al que le viere salir a horas tan inusitadas de mi casa. Y lo que me fatiga es que no la puedo castigar ni reñir: que el ser ella secretario de nuestros tratos me ha puesto un freno en la boca para callar los suyos, y temo que de aquí ha de nacer algún mal suceso.

Al principio que Camila esto decía creyó Lotario que era artificio para desmentille que el hombre que había visto salir era de Leonela, y no suyo; pero viéndola llorar, y afligirse, y pedirle remedio, vino a creer la verdad, y en creyéndola, acabó de estar confuso y arrepentido del todo. Pero, con todo esto, respondió a Camila que no tuviese pena; que él ordenaría remedio para atajar la insolencia de Leonela. Díjole asimismo lo que, instigado de la furiosa rabia de los celos, había dicho a Anselmo, y cómo estaba concertado de esconderse en la recámara, para ver desde allí a la clara la poca lealtad que ella

— 404 —

1, 34.—SABROSO ENGAÑO DE ANSELMO

le guardaba. Pidióle perdón desta locura, y consejo para poder remediralla y salir bien de tan revuelto laberinto como su mal discurso le había puesto [1].

Espantada quedó Camila de oír lo que Lotario le decía y con mucho enojo y muchas y discretas razones le riñó y afeó su mal pensamiento y la simple y mala determinación que había tenido; pero, como naturalmente tiene la mujer ingenio presto para el bien y para el mal, más que el varón, puesto que le va faltando cuando de propósito se pone a hacer discursos, luego al instante halló Camila el modo de remediar tan, al parecer, irremediable negocio, y dijo a Lotario que procurase que otro día [2] se escondiese Anselmo donde decía, porque ella pensaba sacar de su escondimiento comodidad para que desde allí en adelante los dos se gozasen sin sobresalto alguno; y, sin declararle del todo su pensamiento, le advirtió que tuviese cuidado que en estando Anselmo escondido, él viniese cuando Leonela le llamase, y que a cuanto ella le dijese le respondiese como respondiera aunque no supiera que Anselmo le escuchaba. Porfió Lotario que le acabase de declarar su intención, porque con más seguridad y aviso guardase todo lo que viese ser necesario.

—Digo—dijo Camila—que no hay más que guardar, si no fuere responderme como yo os preguntare—; no queriendo Camila darle antes cuenta de lo que pensaba hacer, temerosa que no quisiese seguir el parecer que a ella tan bueno le parecía, y siguiese o buscase otros que no podrían ser tan buenos.

Con esto, se fué Lotario; y Anselmo, otro día, con la escusa de ir a aquella aldea de su amigo, se partió, y volvió a esconderse; que lo pudo hacer con comodidad, porque de industria se la dieron Camila y Leonela.

Escondido, pues, Anselmo, con aquel sobresalto que se puede imaginar que tendría el que esperaba ver por sus ojos hacer notomía [3] de las entrañas de su honra, víase a pique de perder el sumo bien que él pensaba que tenía en su querida Camila. Seguras ya y ciertas Camila y Leonela que Anselmo estaba escondido, entraron en la recámara; y, apenas hubo

---

[1] Lo correcto sería: *como aquel en que* su...
[2] *Al otro día.*
[3] *Notomía* = anatomía. «Anatomía es la descarnadura y abertura que se haze de un cuerpo humano, para considerar sus partes interiores, y su compostura, cosa necessaríssima a los Médicos y Cirujanos» (Cov.).

1, 34.—NOVELA DEL CURIOSO IMPERTINENTE *(comienzo)*

puesto los pies en ella Camila, cuando, dando un grande suspiro, dijo:
—¡Ay, Leonela amiga! ¿No sería mejor que antes que llegase a poner en ejecución lo que no quiero que sepas, porque no procures estorbarlo, que tomases la daga de Anselmo que te he pedido y pasases con ella este infame pecho mío? Pero no hagas tal; que no será razón que yo lleve la pena de la ajena culpa. Primero quiero saber qué es lo que vieron en mí los atrevidos y deshonestos ojos de Lotario que fuese causa de darle atrevimiento a descubrirme un tan mal deseo como es el que me ha descubierto, en desprecio de su amigo y en deshonra mía. Ponte, Leonela, a esa ventana y llámale; que, sin duda alguna, se debe de estar en la calle, esperando poner en efeto su mala intención. Pero primero se pondrá la cruel cuanto honrada mía.
—¡Ay, señora mía!—respondió la sagaz y advertida Leonela—. ¿Y qué es lo que quieres hacer con esta daga? ¿Quieres por ventura quitarte la vida o quitársela a Lotario? Que cualquiera destas cosas que quieras ha de redundar en pérdida de tu crédito y fama. Mejor es que disimules tu agravio, y no des lugar a que este mal hombre entre ahora en esta casa y nos halle solas. Mira, señora, que somos flacas mujeres, y él es hombre, y determinado; y como viene con aquel mal propósito, ciego y apasionado, quizá antes que tú pongas en ejecución el tuyo hará él lo que te estaría más mal que quitarte la vida. ¡Mal haya mi señor Anselmo, que tanta mano ha querido dar a este desuellacaras en su casa! Y ya, señora, que le mates, como yo pienso que quieres hacer, ¿qué hemos de hacer dél después de muerto?
—¿Qué, amiga?—respondió Camila—. Dejarémosle para que Anselmo le entierre, pues será justo que tenga por descanso el trabajo que tomare en poner debajo de la tierra su misma infamia. Llámale, acaba; que todo el tiempo que tardo en tomar la debida venganza de mi agravio parece que ofendo a la lealtad que a mi esposo debo.
Todo esto escuchaba Anselmo, y a cada palabra que Camila decía se le mudaban los pensamientos; mas cuando entendió que estaba resuelta en [1] matar a Lotario, quiso salir y descubrirse, porque tal cosa no se hiciese; pero detúvole el

---

[1] Por *a* (cf. pról. 12).

deseo de ver en qué paraba tanta gallardía y honesta resolución, con propósito de salir a tiempo que la estorbase.

Tomóle en esto a Camila un fuerte desmayo y, arrojándose encima de una cama que allí estaba, comenzó Leonela a llorar muy amargamente y a decir:

—¡Ay, desdichada de mí si fuese tan sin ventura, que se me muriese aquí entre mis brazos la flor de la honestidad del mundo, la corona de las buenas mujeres, el ejemplo de la castidad...!; con otras cosas a éstas semejantes, que ninguno la escuchara que no la tuviera por la más lastimada y leal doncella del mundo, y a su señora por otra nueva y perseguida Penélope [1]. Poco tardó en volver de su desmayo Camila, y al volver en sí, dijo:

—¿Por qué no vas, Leonela, a llamar al más leal [2] amigo de amigo que vió el sol o cubrió la noche? Acaba, corre, aguija, camina [3], no se esfogue con la tardanza el fuego de la cólera que tengo, y se pase en amenazas y maldiciones la justa venganza que espero.

—Ya voy a llamarle, señora mía—dijo Leonela—; mas hasme de dar primero esa daga, porque no hagas cosa, en tanto que falto, que dejes con ella que llorar toda la vida a todos los que bien te quieren.

—Ve segura, Leonela amiga, que no haré—respondió Camila—; porque ya que sea atrevida, y simple, a tu parecer, en volver por mi honra, no lo he de ser tanto como aquella Lucrecia de quien dicen que se mató sin haber cometido error alguno, y sin haber muerto primero a quien tuvo la causa de su desgracia. Yo moriré, si muero; pero ha de ser, vengada y satisfecha del que me ha dado ocasión de venir a este lugar a llorar sus atrevimientos, nacidos sin culpa mía.

Mucho se hizo de rogar Leonela antes que saliese a llamar a Lotario; pero en fin salió, y entre tanto que volvía, quedó Camila diciendo, como que hablaba consigo misma:

—¡Válame Dios! ¿No fuera más acertado haber despedido a Lotario, como otras muchas veces lo he hecho, que no po-

---

[1] Penélope, durante la ausencia de su marido Ulises, resistió los embates de muchos pretendientes, y se hizo célebre por su fidelidad conyugal.
[2] Irónico, por *desleal*.
[3] La gradación de estas cuatro palabras está hecha en orden inverso, de propósito, para remedar la falta de concierto que acompaña a los estados pasionales.

1, 34.—NOVELA DEL CURIOSO IMPERTINENTE (comienzo)

nerle en condición, como ya le he puesto, que me tenga por deshonesta y mala, siquiera este tiempo que he de tardar en desengañarle? Mejor fuera, sin duda; pero no quedara yo vengada, ni la honra de mi marido satisfecha, si tan a manos lavadas[1] y tan a paso llano se volviera a salir de donde sus malos pensamientos le entraron. Pague el traidor con la vida lo que intentó con tan lascivo deseo: sepa el mundo (si acaso llegare a saberlo) de que Camila no sólo guardó la lealtad a su esposo, sino que le dió venganza del que se atrevió a ofendelle. Mas, con todo, creo que fuera mejor dar cuenta desto a Anselmo; pero ya se la apunté a dar en la carta que le escribí al aldea, y creo que el no acudir él al remedio del daño que allí le señalé, debió de ser que, de puro bueno y confiado, no quiso ni pudo creer que en el pecho de su tan firme amigo pudiese caber género de pensamiento que contra su honra fuese; ni aun yo lo creí después, por muchos días, ni lo creyera jamás, si su insolencia no llegara a tanto, que las manifiestas dádivas y las largas promesas y las continuas lágrimas no me lo manifestaran. Mas, ¿para qué hago yo ahora estos discursos? ¿Tiene por ventura una resolución gallarda necesidad de consejo alguno? No, por cierto. ¡Afuera, pues, traidores! ¡Aquí venganzas! ¡Entre el falso, venga, llegue, muera y acabe, y suceda lo que sucediere! Limpia entré en poder del que el cielo me dió por mío; limpia he de salir dél, y, cuando mucho, saldré bañada en mi casta sangre y en la impura del más falso amigo que vió la amistad en el mundo.

Y diciendo esto, se paseaba por la sala con la daga desenvainada, dando tan desconcertados y desaforados pasos y haciendo tales ademanes, que no parecía sino que le faltaba el juicio y que no era mujer delicada, sino un rufián desesperado.

Todo lo miraba Anselmo, cubierto detrás de unos tapices donde se había escondido, y de todo se admiraba, y ya le parecía que lo que había visto y oído era bastante satisfación para mayores sospechas, y ya quisiera que la prueba de venir Lotario faltara, temeroso de algún mal repentino suceso. Y estando ya para manifestarse y salir, para abrazar y desengañar a su esposa, se detuvo porque vió que Leonela volvía con

---

[1] «Viénese a sentar a la mesa *con sus manos lavadas*. Dízese del que no ha trabajado como los demás, ni ensuciado sus manos, y a la hora de comer se viene con los demás a la mesa, y come de mogollón» (Cov.).

1, 34.—SABROSO ENGAÑO DE ANSELMO

Lotario de la mano; y así como Camila le vió, haciendo con la daga en el suelo una gran raya delante della, le dijo:

—Lotario, advierte lo que te digo: si a dicha te atrevieres a pasar desta raya que ves, ni aun llegar a ella, en el punto que viere que lo intentas, en ése mismo me pasaré el pecho con esta daga que en las manos tengo. Y antes que a esto me respondas palabra, quiero que otras algunas me escuches; que después responderás lo que más te agradare. Lo primero, quiero, Lotario, que me digas si conoces a Anselmo mi marido, y en qué opinión le tienes; y lo segundo, quiero saber también si me conoces a mí. Respóndeme a esto, y no te turbes, ni pienses mucho lo que has de responder, pues no son dificultades las que te pregunto.

No era tan ignorante Lotario, que desde el primer punto que Camila le dijo que hiciese esconder a Anselmo no hubiese dado en la cuenta de lo que ella pensaba hacer; y así, correspondió con su intención tan discretamente y tan a tiempo, que hicieran los dos pasar aquella mentira por más que cierta verdad; y así, respondió a Camila desta manera:

—No pensé yo, hermosa Camila, que me llamabas para preguntarme cosas tan fuera de la intención con que yo aquí vengo. Si lo haces por dilatarme la prometida merced, desde más lejos pudieras entretenerla, porque tanto más fatiga el bien deseado cuanto la esperanza está más cerca de poseello; pero porque no digas que no respondo a tus preguntas, digo que conozco a tu esposo Anselmo, y nos conocemos los dos desde nuestros más tiernos años; y no quiero decir lo que tú tan bien sabes de nuestra amistad, por no me hacer testigo del agravio que el amor hace que le haga, poderosa disculpa de mayores yerros. A ti te conozco y tengo en la misma posesión [1] que [2] él te tiene; que, a no ser así, por menos prendas que las tuyas no había yo de ir contra lo que debo a ser quien soy y contra las santas leyes de la verdadera amistad, ahora por tan poderoso enemigo como el amor por mí rompidas y violadas [3].

—Si eso confiesas—respondió Camila—, enemigo mortal de todo aquello que justamente merece ser amado, ¿con qué

---

[1] *Posesión* = reputación.
[2] En *que* (cf. pról. 19).
[3] La oscuridad de la frase desaparece construyéndola así: *que por tan poderoso enemigo... yo he roto...*

1, 34.—NOVELA DEL CURIOSO IMPERTINENTE *(comienzo)*

rostro osas parecer ante quien sabes que es el espejo donde se mira aquel en quien tú te debieras mirar, para que vieras con cuán poca ocasión le agravias? Pero ya cayo ¡ay, desdichada de mí! en la cuenta de quién te ha hecho tener tan poca con lo que a ti mismo debes, que debe de haber sido alguna desenvoltura mía, que no quiero llamarla deshonestidad, pues no habrá procedido de deliberada determinación, sino de algún descuido de los que las mujeres que piensan que no tienen de quien recatarse suelen hacer inadvertidamente. Si no, dime: ¿cuándo ¡oh traidor! respondí a tus ruegos con alguna palabra o señal que pudiese despertar en ti alguna sombra de esperanza de cumplir tus infames deseos? ¿Cuándo tus amorosas palabras no fueron deshechas y reprehendidas de las mías con rigor y aspereza? ¿Cuándo tus muchas promesas y mayores dádivas fueron de mí creídas ni admitidas? Pero por parecerme que alguno no [1] puede perseverar en el intento amoroso luengo tiempo si no es sustentado de alguna esperanza, quiero atribuírme a mí la culpa de tu impertinencia, pues, sin duda, algún descuido mío ha sustentado tanto tiempo tu cuidado; y así, quiero castigarme y darme la pena que tu culpa merece. Y porque vieses que siendo conmigo tan inhumana, no era posible dejar de serlo contigo, quise traerte a ser testigo del sacrificio que pienso hacer a la ofendida honra de mi tan honrado marido, agraviado de ti con el mayor cuidado que te ha sido posible, y de mí también con el poco recato que he tenido del huir la ocasión, si alguna te di, para favorecer y canonizar [2] tus malas intenciones. Torno a decir que la sospecha que tengo que algún descuido mío engendró en ti tan desvariados pensamientos es la que más me fatiga, y la que yo más deseo castigar con mis propias manos, porque, castigándome otro verdugo, quizá sería más pública mi culpa; pero antes que esto haga, quiero matar muriendo, y llevar conmigo quien me acabe de satisfacer el deseo de la venganza que espero y tengo, viendo allá, dondequiera que fuere, la pena que da la justicia desinteresada y que no se dobla al que en términos tan desesperados me ha puesto.

Y diciendo estas razones, con una increíble fuerza y ligereza arremetió a Lotario con la daga desenvainada, con tales muestras de querer enclavársela en el pecho, que casi él estu-

---

[1] Hoy diríamos *ninguno*.
[2] *Canonizar* = aprobar, aplaudir.

1, 34.—SABROSO ENGAÑO DE ANSELMO

vo en duda si aquellas demostraciones eran falsas o verdaderas, porque le fué forzoso valerse de su industria y de su fuerza para estorbar que Camila no [1] le diese. La cual tan vivamente fingía aquel estraño embuste y falsedad, que, por dalle color de verdad, la quiso matizar con su misma sangre; porque viendo que no podía haber a Lotario, o fingiendo que no podía, dijo:

—Pues la suerte no quiere satisfacer del todo mi tan justo deseo, a lo menos, no será tan poderosa que, en parte, me quite que no [1] le satisfaga.

Y haciendo fuerza para soltar la mano de la daga, que Lotario la tenía asida, la sacó, y guiando su punta por parte que pudiese herir no profundamente se la entró y escondió por más arriba de la islilla [2] del lado izquierdo, junto al hombro, y luego se dejó caer en el suelo, como desmayada.

Estaban Leonela y Lotario suspensos y atónitos de tal suceso, y todavía dudaban de la verdad de aquel hecho, viendo a Camila tendida en tierra y bañada en su sangre. Acudió Lotario con mucha presteza, despavorido y sin aliento, a sacar la daga, y en [3] ver la pequeña herida, salió del temor que hasta entonces tenía, y de nuevo se admiró de la sagacidad, prudencia y mucha discreción de la hermosa Camila; y, por acudir con lo que a él le tocaba, comenzó a hacer una larga y triste lamentación sobre el cuerpo de Camila, como si estuviera difunta, echándose muchas maldiciones, no sólo a él, sino al que había sido causa de habelle puesto en aquel término. Y como sabía que le escuchaba su amigo Anselmo, decía cosas que el que le oyera le tuviera mucha más lástima que a Camila, aunque por muerta la juzgara. Leonela la tomó en brazos y la puso en el lecho, suplicando a Lotario fuese a buscar quien secretamente a Camila curase; pedíale asimismo consejo y parecer de lo que dirían a Anselmo de aquella herida de su señora, si acaso viniese antes que estuviese sana. Él respondió que dijesen lo que quisiesen; que él no estaba para dar consejo que de provecho fuese; sólo le dijo que procurase tomarle [4] la sangre, porque él se iba adonde gentes no le viesen. Y con muestras de mucho dolor y sentimiento, se salió de casa; y

---

[1] Hoy omitiríamos este *no* (cf. pról. 24).
[2] *Islilla* = clavícula.
[3] Por *al* (cf. pról. 12).
[4] Contenerle.

1, 34.—NOVELA DEL CURIOSO IMPERTINENTE *(comienzo)*

cuando se vió solo y en parte donde nadie le veía, no cesaba de hacerse cruces, maravillándose de la industria de Camila y de los ademanes tan propios de Leonela. Consideraba cuán enterado había de quedar Anselmo de que tenía por mujer a una segunda Porcia [1], y deseaba verse con él para celebrar los dos la mentira y la verdad más disimulada que jamás pudiera imaginarse.

Leonela tomó, como se ha dicho, la sangre a su señora, que no era más de aquello que bastó para acreditar su embuste, y lavando con un poco de vino la herida, se la ató lo mejor que supo, diciendo tales razones en tanto que la curaba, que aunque no hubieran precedido otras, bastaran a hacer creer a Anselmo que tenía en Camila un simulacro de la honestidad. Juntáronse a las palabras de Leonela otras de Camila, llamándose cobarde y de poco ánimo, pues le había faltado al tiempo que fuera más necesario tenerle, para quitarse la vida, que tan aborrecida tenía. Pedía consejo a su doncella si daría [2], o no, todo aquel suceso a su querido esposo; la cual le dijo que no se lo dijese, porque le pondría en obligación de vengarse de Lotario, lo cual no podría ser sin mucho riesgo suyo, y que la buena mujer estaba obligada a no dar ocasión a su marido a que riñese, sino a quitalle todas aquellas que le fuese posible. Respondió Camila que le parecía muy bien su parecer y que ella le seguiría; pero que en todo caso convenía buscar qué decir a Anselmo de la causa de aquella herida, que él no podría dejar de ver; a lo que Leonela respondía que ella, ni aun burlando, no sabía mentir.

—Pues yo, hermana—replicó Camila—, ¿qué tengo de saber, que no me atreveré a forjar ni sustentar una mentira si me fuese en ello la vida? Y si es que no hemos de saber dar salida a esto, mejor será decirle la verdad desnuda, que no que nos alcance en mentirosa cuenta.

—No tengas pena, señora: de aquí a mañana—respondió Leonela—yo pensaré qué le digamos, quizá que por ser la herida donde es, la podrás encubrir sin que él la vea, y el cielo

---

[1] Porcia fué tan valiente, que, queriendo que su marido Marco Bruto le descubriese el secreto de su conspiración contra César, para mostrarle entereza, se hirió gravemente en su presencia. Y cuando supo la muerte de su marido en Filipos, no pudieron impedir sus amigos que se tragase unas ascuas y muriese.

[2] Diría (cf. p. 271, 5).

— 412 —

será servido de favorecer a nuestros tan justos y tan honrados pensamientos. Sosiégate, señora mía, y procura sosegar tu alteración, porque mi señor no te halle sobresaltada, y lo demás déjalo a mi cargo y al de Dios, que siempre acude a los buenos deseos.

Atentísimo había estado Anselmo a escuchar y a ver representar la tragedia de la muerte de su honra; la cual con tan estraños y eficaces afectos la presentaron los personajes della, que pareció que se habían transformado en la misma verdad de lo que fingían. Deseaba mucho la noche, y el tener lugar para salir de su casa, y ir a verse con su buen amigo Lotario, congratulándose con él de la margarita preciosa [1] que había hallado en el desengaño de la bondad de su esposa. Tuvieron cuidado las dos de darle lugar y comodidad a que saliese, y él, sin perdella, salió, y luego fué a buscar a Lotario; el cual hallado, no se puede buenamente contar los abrazos que le dió, las cosas que de su contento le dijo, las alabanzas que dió a Camila. Todo lo cual escuchó Lotario sin poder dar muestras de alguna alegría, porque se le representaba a la memoria cuán engañado estaba su amigo, y cuán injustamente él le agraviaba; y aunque Anselmo veía que Lotario no se alegraba creía ser la causa por haber dejado a Camila herida y haber él sido la causa; y así, entre otras razones, le dijo que no tuviese pena del suceso de Camila, porque, sin duda, la herida era ligera, pues quedaban de concierto de encubrírsela a él; y que, según esto, no había que temer, sino que de allí adelante se gozase y alegrase con él, pues por su industria y medio él se veía levantado a la más alta felicidad que acertara a desearse, y quería que no fuesen otros sus entretenimientos que el hacer versos en alabanza de Camila, que la hiciesen eterna en la memoria de los siglos venideros. Lotario alabó su buena determinación y dijo que él, por su parte, ayudaría a levantar tan ilustre edificio.

Con esto quedó Anselmo el hombre más sabrosamente engañado que pudo haber en el mundo: él mismo llevaba por la mano a su casa, creyendo que llevaba el instrumento de su gloria, toda la perdición de su fama. Recebíale Camila con rostro, al parecer, torcido, aunque con alma risueña. Duró este engaño algunos días, hasta que al cabo de pocos meses

---

[1] Alusión a la parábola del Evangelio, que refiere San Mateo, VI, 6.

volvió Fortuna su rueda, y salió a plaza la maldad con tanto artificio hasta allí cubierta, y a Anselmo le costó la vida su impertinente curiosidad.

CAPITULO XXXV.—Que trata de la brava y descomunal batalla que don Quijote tuvo con unos cueros de vino tinto [1] **y se da fin a la** *Novela del curioso impertinente.*

Poco más quedaba por leer de la novela, cuando del caramanchón [2] donde reposaba don Quijote salió Sancho Panza [3] todo alborotado, diciendo a voces:

—Acudid, señores, presto y socorred a mi señor, que anda envuelto en la más reñida y trabada batalla que mis ojos han visto. ¡Vive Dios, que ha dado una cuchillada al gigante enemigo de la señora princesa Micomicona, que le ha tajado la cabeza cercen a cercen [4], como si fuera un nabo!

—¿Qué decís, hermano?—dijo el Cura, dejando de leer lo que de la novela quedaba—. ¿Estáis en vos, Sancho? ¿Cómo diablos puede ser eso que decís, estando el gigante dos mil leguas de aquí?

En esto, oyeron un gran ruido en el aposento, y que don Quijote decía a voces:

—¡Tente, ladrón, malandrín, follón; que aquí te tengo, y no te ha de valer tu cimitarra [5]!

Y parecía que daba grandes cuchilladas por las paredes. Y dijo Sancho:

—No tienen que pararse a escuchar, sino entren a des-

---

[1] Por equivocación pasó la primera mitad del verdadero epígrafe de este capítulo al capítulo siguiente (p. 423).
[2] Por *camaranchón*.
[3] Al final del cap. 32 (p. 376) dejamos a Sancho formando parte del auditorio; se habría tal vez apartado para visitar a su amo.
[4] Esta es la acentuación que tuvo esta voz. Acerca de su valor dice Covarrubias: «*Cercen* vale a raíz, como «cortar las orejas a cercen». Díjose del nombre latino *circinus*, el compás; y cortar por donde deja señalado el compás es propiamente *cortar a cercen:* y *cercenar* cortar en redondo».
[5] *Cimitarra* = especie de sable corto, curvo y ensanchado hacia la punta, con filo por el lado convexo y por ambos lados en el remate: propio de musulmanes y en particular de los turcos. Está, pues, dicho con propiedad, porque los gigantes se suponían turcos o paganos.

Cimitarra

1, 35.—AVENTURA DE LOS CUEROS DE VINO

partir[1] la pelea, o a ayudar a mi amo; aunque ya no será menester, porque, sin duda alguna, el gigante está ya muerto y dando cuenta a Dios de su pasada y mala vida; que yo vi correr la sangre por el suelo, y la cabeza cortada y caída a un lado, que es tamaña como un gran cuero de vino.

—Que me maten—dijo a esta sazón el Ventero—si don Quijote o don diablo no ha dado alguna cuchillada en alguno de los cueros de vino tinto que a su cabecera estaban llenos, y el vino derramado debe de ser lo que parece sangre a este buen hombre [2].

Y con esto, entró en el aposento, y todos tras él, y hallaron a don Quijote en el más estraño traje del mundo. Estaba en camisa, la cual no era tan cumplida, que por delante le acabase de cubrir los muslos, y por detrás tenía seis dedos menos: las piernas eran muy largas y flacas, llenas de vello y no nada limpias; tenía en la cabeza un bonetillo[3] colorado grasiento, que era del Ventero; en el brazo izquierdo tenía revuelta la manta de la cama, con quien tenía ojeriza Sancho y él se sabía bien el porqué[4]; y en la derecha, desenvainada la espada, con la cual daba cuchilladas a todas partes, diciendo palabras como si verdaderamente estuviera peleando con algún gigante. Y es lo bueno que no tenía los ojos abiertos, porque estaba durmiendo, y soñando que estaba en batalla con el gigante; que fué tan intensa la imaginación de la aventura que iba a fenecer[5], que le hizo soñar que ya había llegado al reino de Micomicón, y que ya estaba en la pelea con su enemigo; y había dado tantas cuchilladas en los cueros, creyendo que las daba en el gigante, que todo el aposento estaba lleno de vino. Lo cual visto por el Ventero, tomó tanto enojo, que arremetió con don Quijote, y a puño cerrado le comenzó a dar tantos golpes, que si Cardenio y el Cura no se le quitaran, él acabara la guerra del gigante; y, con todo aquello, no despertaba el pobre caballero, hasta que el Barbero trujo un gran caldero de agua fría del pozo, y se le echó por todo el cuerpo

---

[1] *Despartir* = separar.
[2] *Buen hombre* = pobre hombre, infeliz.
[3] «*Bonetillo* comúnmente es el [bonete] redondo que se aprieta en la cabeza, de que usan los viejos y los enfermos en tiempo de invierno, por no descubrir del todo la cabeza» (Cov.).
[4] Porque había servido para mantearle.
[5] *Fenecer* así como *acabar* puede ser transitivo e intransitivo.

1, 35.—AVENTURA DE LOS CUEROS DE VINO

de golpe, con lo cual despertó don Quijote; mas no con tanto acuerdo, que echase de ver de la manera que estaba. Dorotea, que vió cuán corta y soltilmente [1] estaba vestido, no quiso entrar a ver la batalla de su ayudador y de su contrario.

Andaba Sancho buscando la cabeza del gigante por todo el suelo, y como no la hallaba, dijo:

—Ya yo sé que todo lo desta casa es encantamento; que la otra vez, en este mesmo lugar donde ahora me hallo, me dieron muchos mojicones y porrazos, sin saber quién me los daba, y nunca pude ver a nadie; y ahora no parece por aquí esta cabeza, que vi cortar por mis mismísimos ojos, y la sangre corría del cuerpo como de una fuente.

—¿Qué sangre ni qué fuente dices, enemigo de Dios y de sus santos?—dijo el Ventero—. ¿No vees, ladrón, que la sangre y la fuente no es otra cosa que estos cueros que aquí están horadados y el vino tinto que nada en este aposento, que nadando vea yo el alma, en los infiernos, de quien los horadó?

—No sé nada—respondió Sancho—: sólo sé que vendré a ser tan desdichado, que, por no hallar esta cabeza, se me ha de deshacer mi condado como la sal en el agua.

Y estaba peor Sancho despierto que su amo durmiendo: tal le tenían las promesas que su amo le había hecho. El Ventero se desesperaba de ver la flema [2] del escudero y el maleficio del señor, y juraba que no había de ser como la vez pasada, que se le fueron sin pagar, y que ahora no le habían de valer los privilegios de su caballería para dejar de pagar lo uno y lo otro [3], aun hasta lo que pudiesen costar las botanas [4] que se habían de echar a los rotos cueros.

Tenía el Cura de las manos a don Quijote, el cual, creyendo que ya había acabado la aventura, y que se hallaba delante de la princesa Micomicona, se hincó de rodillas delante del Cura, diciendo:

—Bien puede la vuestra grandeza, alta y famosa señora, vivir, de hoy más, segura [5] que le pueda hacer mal esta mal

---

[1] *Sotil* = sutil, tenue.
[2] *Flema* = lentitud, calma.
[3] Lo de entonces (a pesar de que se había quedado con las alforjas) y lo de ahora.
[4] «*Botana*, el ombliguillo de boj o de otra madera que se echa en la rotura de la bota o el cuero: y por similitud se llaman *botanas* los pegadillos o parches, que se ponen en las bocas de las llagas» (Cov.).
[5] Descuidada

1, 35.—AVENTURA DE LOS CUEROS DE VINO

nacida criatura; y yo también, de hoy más, soy quito [1] de la palabra que os di, pues, con el ayuda del alto Dios y con el favor de aquella por quien yo vivo y respiro, tan bien la he cumplido.

—¿No lo dije yo?—dijo oyendo esto Sancho—. Sí que no estaba yo borracho; ¡mirad si tiene puesto ya en sal mi amo al gigante [2]! ¡Ciertos son los toros [3]: mi condado está de molde [4]! ¿Quién no había de reír con los disparates de los dos, amo y mozo? Todos reían sino el Ventero, que se daba a Satanás pero, en fin, tanto hicieron el Barbero, Cardenio y el Cura, que, con no poco trabajo, dieron con don Quijote en la cama, el cual se quedó dormido, con muestras de grandísimo cansancio. Dejáronle dormir, y saliéronse al portal de la venta a consolar a Sancho Panza de no haber hallado la cabeza del gigante; aunque más tuvieron que hacer en aplacar al Ventero, que estaba desesperado por la repentina muerte de sus cueros. Y la Ventera decía en voz y en grito:

—En mal punto y en hora menguada [5] entró en mi casa este caballero andante, que nunca mis ojos le hubieran visto, que tan caro me cuesta. La vez pasada se fué con el costo de una noche, de cena, cama, paja y cebada, para él y para su escudero, y un rocín, y un jumento, diciendo que era caballero aventurero (que mala ventura le dé Dios, a él y a cuantos aventureros hay en el mundo), y que por esto no estaba obligado a pagar nada, que así estaba escrito en los aranceles [6] de la caballería andastesca; y ahora, por su respeto, vino estotro señor y me llevó mi cola, y hámela vuelto con más de dos cuartillos [7] de daño, toda pelada, que no puede servir para lo que la quiere mi marido; y por fin y remate de todo, romperme mis cueros y derramarme mi vino, que derramada la vea yo su san-

---

[1] *Quito* = libre (cf. p. 249, n. 1).
[2] *Poner en sal a uno* = matarle. Está tomado de los cerdos a los que se pone en sal después de la matanza.
[3] *Ciertos son los toros* se dice cuando la cosa de que dudamos da indicios de ser cierta. Es frase que diría la gente al ver que se hacía el toril y demás preparativos de la corrida.
[4] Está bien, en buen término; es cosa segura.
[5] Cf. p. 176, n. 3.
[6] «*Arancel*, decreto o ley que pone tasa en las cosas que se venden y en los derechos de los ministros de justicia» (Cov.).
[7] «*Cuartillo*, la cuarta parte de un real: y en las medidas líquidas, la cuarta parte de una azumbre: y en las áridas, la de un celemín» (Cov.).

1, 35.—NOVELA DEL CURIOSO IMPERTINENTE *(conclusión)*

gre. ¡Pues no se piense; que por los huesos de mi padre y por el siglo[1] de mi madre, si no me lo han de pagar un cuarto[2] sobre otro, o no me llamaría yo como me llamo, ni sería hija de quien soy!

Éstas y otras razones tales decía la Ventera con grande enojo, y ayudábala su buena criada Maritornes. La hija callaba, y de cuando en cuando se sonreía. El Cura lo sosegó todo, prometiendo de satisfacerles su pérdida lo mejor que pudiese, así de los cueros como del vino, y principalmente del menoscabo de la cola, de quien tanta cuenta hacían. Dorotea consoló a Sancho Panza, diciéndole que cada y cuando que pareciese haber sido verdad que su amo hubiese descabezado al gigante, le prometía, en viéndose pacífica en su reino, de darle el mejor condado que en él hubiese. Consolóse con esto Sancho, y aseguró a la Princesa que tuviese por cierto que él había visto la cabeza del gigante, y que, por más señas, tenía una barba que le llegaba a la cintura; y que si no parecía, era por que todo cuanto en aquella casa pasaba era por vía de encantamento, como él lo había probado otra vez que había posado en ella. Dorotea dijo que así lo creía, y que no tuviese pena; que todo se haría bien y sucedería a pedir de boca. Sosegados todos, el Cura quiso acabar de leer la novela, porque vió que faltaba poco. Cardenio, Dorotea y todos los demás le rogaron que acabase. Él, que[3] a todos quiso dar gusto, y por el que él tenía de leerla, prosiguió el cuento, que así decía:

«Sucedió, pues, que por la satisfacción que Anselmo tenía de la bondad de Camila, vivía una vida contenta y descuidada, y Camila, de industria, hacía mal rostro a Lotario, porque Anselmo entendiese al revés de la voluntad que le tenía, y para más confirmación de su hecho, pidió licencia Lotario para no venir a su casa, pues claramente se mostraba la pesadumbre que con su vista Camila recebía; mas el engañado Anselmo le dijo que en ninguna manera tal hiciese; y desta manera, por mil maneras era Anselmo el fabricador de su deshonra, creyendo que lo era de su gusto. En esto, el que tenía Leonela de verse cualificada en sus amores llegó a tanto, que, sin mirar a otra cosa, se iba tras él a suelta rienda, fiada en que su señora la encubría, y aun la advertía del modo que con poco recelo

---

[1] *Siglo* = vida.
[2] *Cuarto* = moneda de cobre que valía cuatro maravedís.
[3] Porque.

1, 35.—TÉRMINO DEL ENGAÑO DE ANSELMO

pudiese ponerle en ejecución. En fin, una noche sintió Anselmo pasos en el aposento de Leonela, y queriendo entrar a ver quién los daba, sintió que le detenían la puerta, cosa que le puso más voluntad de abrirla; y tanta fuerza hizo, que la abrió, y entró dentro a tiempo que vió que un hombre saltaba por la ventana a la calle; y acudiendo con presteza a alcanzarle o conocerle, no pudo conseguir lo uno ni lo otro, porque Leonela se abrazó con él, diciéndole:

—Sosiégate, señor mío, y no te alborotes ni sigas al que de aquí saltó: es cosa mía, y tanto, que es mi esposo.

No lo quiso creer Anselmo: antes, ciego de enojo, sacó la daga y quiso herir a Leonela, diciéndole que le dijese la verdad; si no, que la mataría. Ella, con el miedo, sin saber lo que se decía, le dijo:

—No me mates, señor; que yo te diré cosas de más importancia de las que puedes imaginar.

—Dilas luego—dijo Anselmo—; si no, muerta eres.

—Por ahora será imposible—dijo Leonela—, según estoy de turbada; déjame hasta mañana, que entonces sabrás de mí lo que te ha de admirar; y está seguro que el que saltó por esta ventana es un mancebo desta ciudad, que me ha dado la mano de [1] ser mi esposo.

Sosegóse con esto Anselmo y quiso aguardar el término que se le pedía, porque no pensaba oír cosa que contra Camila fuese, por estar de su bondad tan satisfecho y seguro; y así, se salió del aposento y dejó encerrada en él a Leonela, diciéndole que de allí no saldría hasta que le dijese lo que tenía que decirle.

Fué luego a ver a Camila y a decirle, como le dijo, todo aquello que con su doncella le había pasado, y la palabra que le había dado de decirle grandes cosas y de importancia. Si se turbó Camila o no, no hay para qué decirlo; porque fué tanto el temor que cobró, creyendo verdaderamente, y era de creer, que Leonela había de decir a Anselmo todo lo que sabía de su poca fe, que no tuvo ánimo para esperar si su sospecha salía falsa, o no, y aquella mesma noche, cuando le pareció que Anselmo dormía, juntó las mejores joyas que tenía, y algunos dineros, y, sin ser de nadie sentida, salió de casa y se fué a la de Lotario, a quien contó lo que pasaba, y le pidió que la pusiese en cobro, o que se ausentasen los dos donde de Anselmo

---

Dar la mano de = prometer.

1, 35.—NOVELA DEL CURIOSO IMPERTINENTE *(conclusión)*

pudiesen estar seguros. La confusión en que Camila puso a Lotario fué tal, que no le sabía responder palabra, ni menos sabía resolverse en[1] lo que haría. En fin, acordó de llevar a Camila a un monesterio en quien era priora una su hermana. Consintió Camila en ello, y con la presteza que el caso pedía la llevó Lotario y la dejó en el monesterio, y él ansimesmo se ausentó de la ciudad, sin dar parte a nadie de su ausencia.

Cuando amaneció, sin echar de ver Anselmo que Camila faltaba de su lado, con el deseo que tenía de saber lo que Leonela quería decirle, se levantó y fué adonde la había dejado encerrada. Abrió y entró en el aposento, pero no halló en él a Leonela; sólo halló puestas unas sábanas añudadas a la ventana, indicio y señal que por allí se había descolgado e ido. Volvió luego muy triste a decírselo a Camila, y, no hallándola en la cama ni en toda la casa, quedó asombrado. Preguntó a los criados de casa por ella; pero nadie le supo dar razón de lo que pedía[2]. Acertó[3] acaso, andando a buscar a Camila, que vió sus cofres abiertos y que dellos faltaban las más de sus joyas, y con esto acabó de caer en la cuenta de su desgracia, y en que no era Leonela la causa de su desventura; y ansí como estaba, sin acabarse de vestir, triste y pensativo, fué a dar cuenta de su desdicha a su amigo Lotario. Mas cuando no le halló, y sus criados le dijeron que aquella noche había faltado de casa, y había llevado consigo todos los dineros que tenía, pensó perder el juicio. Y para acabar de concluir con todo, volviéndose a su casa, no halló en ella ninguno de cuantos criados ni criadas tenía, sino la casa desierta y sola.

No sabía qué pensar, qué decir, ni qué hacer, y poco a poco se le iba volviendo el juicio. Contemplábase y mirábase en un instante sin mujer, sin amigo y sin criados, desamparado, a su parecer, del cielo que le cubría, y, sobre todo, sin honra, porque en la falta de Camila vió su perdición. Resolvióse, en fin, a cabo de una gran pieza, de irse a la aldea de su amigo, donde había estado cuando dió lugar a que se maquinase toda aquella desventura. Cerró las puertas de su casa, subió a caballo, y con desmayado aliento se puso en camino; y apenas

---

[1] Hoy *a* (cf. pról. 12).
[2] *Pedir* = preguntar.
[3] «*Acertar*... algunas veces significa acontecer o suceder alguna cosa acaso, como acertó a passar por mi puerta el médico quando me tomó el mal» (Cov.).

1, 35.—TÉRMINO DEL ENGAÑO DE ANSELMO

hubo andado la mitad, cuando, acosado de sus pensamientos, le fué forzoso apearse y arrendar su caballo a un árbol, a cuyo tronco se dejó caer, dando tiernos y dolorosos suspiros, y allí se estuvo hasta casi que anochecía; y a aquella hora vió que venía un hombre a caballo de la ciudad, y, después de haberle saludado, le preguntó qué nuevas había en Florencia. El ciudadano respondió:

—Las más estrañas que muchos días ha se han oído en ella; porque se dice públicamente que Lotario, aquel grande amigo de Anselmo el rico, que vivía a [1] San Juan, se llevó esta noche a Camila, mujer de Anselmo, el cual tampoco parece. Todo esto ha dicho una criada de Camila, que anoche la halló el Gobernador descolgándose con una sábana por las ventanas de la casa de Anselmo. En efeto, no sé puntualmente cómo pasó el negocio; sólo sé que toda la ciudad está admirada deste suceso, porque no se podía esperar tal hecho de la mucha y familiar amistad de los dos, que dicen que era tanta, que los llamaban *los dos amigos*.

—¿Sábese por ventura—dijo Anselmo—el camino que llevan Lotario y Camila?

—Ni por pienso—dijo el ciudadano—, puesto que el Gobernador ha usado de mucha diligencia en buscarlos.

—A Dios vais [2], señor—dijo Anselmo.

—Con él quedéis—respondió el ciudadano, y fuése.

Con tan desdichadas nuevas casi casi llegó a términos Anselmo no sólo de perder el juicio, sino de acabar la vida. Levantóse como pudo y llegó a casa de su amigo, que aún no sabía su desgracia; mas como le vió llegar amarillo, consumido y seco, entendió que de algún grave mal venía fatigado. Pidió luego Anselmo que le acostasen y que le diesen aderezo de escribir. Hízose así, y aun que le cerrasen la puerta. Viéndose, pues, solo, comenzó a cargar tanto la imaginación de su desventura, que claramente conoció que se le iba acabando la vida; y así, ordenó de dejar noticia de la causa de su estraña muerte; y comenzando a escribir, antes que acabase de poner todo lo que quería, le faltó el aliento y dejó la vida en las manos del dolor que le causó su curiosidad impertinente. Viendo el señor de casa que era ya tarde y que Anselmo no llamaba, acordó de entrar a saber si pasaba adelante su indisposición,

---

[1] Por *en* (cf. pról. 12).
[2] Por *vayáis* (cf. pról. 1): hoy diríamos *id*.

y hallóle tendido boca abajo, la mitad del cuerpo en la cama y la otra mitad sobre el bufete, sobre el cual estaba, con el papel escrito y abierto, y él tenía aún la pluma en la mano. Llegóse el huésped a él, habiéndole llamado primero; y, trabándole por la mano, viendo que no le respondía y hallándole frío, vió que estaba muerto. Admiróse y congojóse en gran manera, y llamó a la gente de casa para que viesen la desgracia a Anselmo sucedida, y, finalmente, leyó el papel, que conoció que de su mesma mano estaba escrito, el cual contenía estas razones:

«Un necio e impertinente deseo me quitó la vida. Si las nuevas de mi muerte llegaren a los oídos de Camila, sepa que yo la perdono, porque no estaba ella obligada a hacer milagros, ni yo tenía necesidad de querer que ella los hiciese; y pues yo fuí el fabricador de mi deshonra, no hay para qué...»

Hasta aquí escribió Anselmo, por donde se echó de ver que en aquel punto, sin poder acabar la razón, se le acabó la vida. Otro día dió aviso su amigo a los parientes de Anselmo de su muerte, los cuales ya sabían su desgracia, y el monesterio donde Camila estaba, casi en el término de acompañar a su esposo en aquel forzoso viaje, no por las nuevas del muerto esposo, mas por las que supo del ausente amigo. Dícese que, aunque se vió viuda, no quiso salir del monesterio, ni menos hacer profesión de monja, hasta que, no de allí a muchos días, le vinieron nuevas que Lotario había muerto en una batalla que en aquel tiempo dió monsiur de Lautrec al Gran Capitán Gonzalo Fernández de Córdoba [1] en el reino de Nápoles, donde había ido a parar el tarde arrepentido amigo; lo cual sabido por Camila, hizo profesión y acabó en breves días la vida, a las rigurosas manos de tristezas y melancolías. Éste fué el fin que tuvieron todos, nacido de un tan desatinado principio».

—Bien—dijo el Cura—me parece esta novela; pero no me puedo persuadir que esto sea verdad; y si es fingido, fingió mal el autor, porque no se puede imaginar que haya marido tan necio, que quiera hacer tan costosa experiencia como Anselmo. Si este caso se pusiera entre un galán y una dama, pudiérase llevar; pero entre marido y mujer algo tiene del [2] imposible; y en lo que toca al modo de contarle, no me descontenta.

---

[1] Anota R. Marín que Lautrec asistió, aunque mancebo de poca edad, a la batalla de Ceriñola.
[2] Hoy diríamos *de lo*.

CAPITULO XXXVI.—Que trata de [1] otros raros sucesos que en la venta sucedieron.

Estando en esto, el Ventero, que estaba a la puerta de la venta, dijo:

—Esta que viene es una hermosa tropa de huéspedes: si ellos paran aquí, *gaudeamus* [2] tenemos.

—¿Qué gente es?—dijo Cardenio.

—Cuatro hombres—respondió el Ventero—vienen a caballo, a la jineta, con lanzas y adargas [3], y todos con antifaces negros; y junto con ellos viene una mujer vestida de blanco, en un sillón [4], ansimesmo cubierto el rostro, y otros dos mozos de a pie.

—¿Vienen muy cerca?—preguntó el Cura.

—Tan cerca—respondió el Ventero—, que ya llegan.

Oyendo esto Dorotea, se cubrió el rostro, y Cardenio se entró en el aposento de don Quijote [5]; y casi no habían tenido lugar para esto, cuando entraron en la venta todos los que el Ventero había dicho; y apeándose los cuatro de a caballo, que de muy gentil talle y disposición eran, fueron a apear a la mujer que en el sillón venía; y tomándola uno dellos en sus brazos, la sentó en una silla que estaba a la entrada del aposento donde Cardenio se había escondido. En todo este tiempo, ni ella ni ellos se habían quitado los antifaces, ni hablado palabra alguna; sólo que al sentarse la mujer en la silla, dió un profundo suspiro, y dejó caer los brazos, como persona enferma y desmayada. Los mozos de a pie llevaron los caballos a la caballeriza.

Viendo esto el Cura, deseoso de saber qué gente era aquella que con tal traje y tal silencio estaba, se fué donde estaban

---

[1] En la edición príncipe el epígrafe anunciaba primero la batalla con los cueros de vino ya narrada (cf. p. 414).

[2] *Gaudeamus* = fiesta, regocijo.

[3] Cf. p. 55, n. 4.

[4] *Sillón* = silla de montar construída de modo que una mujer pueda ir sentada en ella como en una silla común. Tiene, dice Terreros, arcos atrás para respaldo, y tableta para afianzar los pies.

[5] Ya no recordaba Cervantes que el aposento de don Quijote era el camaranchón de marras, situado junto al tejado y no en el piso bajo donde quedó Cardenio.

1, 36.—ENCUENTRO PROVIDENCIAL

los mozos, y a uno de ellos le preguntó lo que ya deseaba; el cual le respondió:

—Pardiez, señor, yo no sabré deciros qué gente sea ésta; sólo sé que muestra ser muy principal, especialmente aquel que llegó a tomar en sus brazos a aquella señora que habéis visto; y esto dígolo porque todos los demás le tienen respeto, y no se hace otra cosa más de la que él ordena y manda.

—Y la señora ¿quién es?—preguntó el Cura.

—Tampoco sabré decir eso—respondió el mozo—, porque en todo el camino no la he visto el rostro; suspirar sí la he oído muchas veces, y dar unos gemidos, que parece que con cada uno dellos quiere dar el alma. Y no es de maravillar que no sepamos más de lo que habemos dicho, porque mi compañero y yo no ha más de dos días que los acompañamos; porque, habiéndolos encontrado en el camino, nos rogaron y persuadieron que viniésemos con ellos hasta el Andalucía, ofreciéndose a pagárnoslo muy bien.

—¿Y habéis oído nombrar a alguno dellos?—preguntó el Cura.

—No, por cierto—respondió el mozo—, porque todos caminan con tanto silencio, que es maravilla; porque no se oye entre ellos otra cosa que los suspiros y sollozos de la pobre señora, que nos mueven a lástima; y sin duda tenemos creído que ella va forzada donde quiera que va; y, según se puede colegir por su hábito, ella es monja, o va a serlo, que es lo más cierto, y quizá porque no le debe de nacer de voluntad el monjío, va triste, como parece.

—Todo podría ser—dijo el Cura.

Y dejándolos, se volvió adonde estaba Dorotea; la cual, como había oído suspirar a la embozada [1], movida de natural compasión, se llegó a ella y le dijo:

—¿Qué mal sentís, señora mía? Mirad si es alguno de quien las mujeres suelen tener uso y experiencia de curarle; que de mi parte os ofrezco una buena voluntad de serviros.

A todo esto callaba la lastimada señora; y aunque Dorotea tornó con mayores ofrecimientos, todavía se estaba en su silencio, hasta que llegó el caballero embozado (que [2] dijo el mozo que los demás obedecían) y dijo a Dorotea:

—No os canséis, señora, en ofrecer nada a esa mujer, por-

---

[1] *Embozo* = antifaz.
[2] *A quien* (cf. pról. 19).

que tiene por costumbre de no agradecer cosa que por ella se hace, ni procuréis que os responda, si no queréis oír alguna mentira de su boca.

—Jamás la dije—dijo a esta sazón la que hasta allí había estado callando—; antes por ser tan verdadera [1] y tan sin trazas mentirosas me veo ahora en tanta desventura; y desto vos mesmo quiero que seáis el testigo, pues mi pura verdad os hace a vos ser falso y mentiroso.

Oyó estas razones Cardenio bien clara y distintamente, como quien estaba tan junto de quien las decía, que sola la puerta del aposento de don Quijote estaba en medio; y así como las oyó, dando una gran voz dijo:

—¡Válgame Dios! ¿Qué es esto que oigo? ¿Qué voz es ésta que ha llegado a mis oídos?

Volvió la cabeza a estos gritos aquella señora, toda sobresaltada, y no viendo quién los daba, se levantó en pie y fuése a entrar en el aposento [2]; lo cual visto por el caballero, la detuvo, sin dejarla mover un paso. A ella, con la turbación y desasosiego, se le cayó el tafetán con que traía cubierto el rostro, y descubrió una hermosura incomparable y un rostro milagroso, aunque descolorido y asombrado, porque con los ojos andaba rodeando todos los lugares donde alcanzaba con la vista, con tanto ahinco, que parecía persona fuera de juicio; cuyas [3] señales, sin saber por qué las hacía, pusieron gran lástima en Dorotea y en cuantos la miraban. Teníala el caballero fuertemente asida por las espaldas, y por estar tan ocupado en tenerla, no pudo acudir a alzarse el embozo, que se le caía, como en efeto, se le cayó del todo; y alzando los ojos Dorotea, que abrazada con la señora estaba, vió que el que abrazada ansimesmo la tenía era su esposo don Fernando; y apenas le hubo conocido, cuando, arrojando de lo íntimo de sus entrañas un luengo y tristísimo ¡ay!, se dejó caer de espaldas desmayada; y a no hallarse allí junto al Barbero, que la recogió en los brazos, ella diera consigo en el suelo. Acudió luego el Cura a quitarle el embozo, para echarle agua en el rostro, y así como la descubrió, la conoció don Fernando, que era el que estaba abrazado con la otra, y quedó como muerto en verla; pero no porque

---

[1] *Verdadera* = veraz, sincera.
[2] Dorotea y el embozado (Fernando) no se conocieron por la voz: se ve que en finura de oído les aventajaban Cardenio y la embozada (Luscinda).
[3] *Cuyas* se refiere a la señora embozada.

dejase, con todo esto, de tener a Luscinda, que era la que procuraba soltarse de sus brazos; la cual había conocido en el suspiro a Cardenio, y él la había conocido a ella. Oyó asimesmo Cardenio el ¡ay! que dió Dorotea cuando se cayó desmayada, y, creyendo que era su Luscinda, salió del aposento despavorido, y lo primero que vió fué a don Fernando, que tenía abrazada a Luscinda. También don Fernando conoció luego a Cardenio; y todos tres, Luscinda, Cardenio y Dorotea, quedaron mudos y suspensos, casi sin saber lo que les había acontecido.

Callaban todos y mirábanse todos, Dorotea a don Fernando, don Fernando a Cardenio, Cardenio a Luscinda, y Luscinda a Cardenio. Mas quien primero rompió el silencio fué Luscinda, hablando a don Fernando desta manera:

—Dejadme, señor don Fernando, por lo que debéis a ser quien sois, ya que por otro respeto no lo hagáis, dejadme llegar al muro de quien yo soy hiedra; al arrimo de quien no me han podido apartar vuestras importunaciones, vuestras amenazas, vuestras promesas ni vuestras dádivas. Notad cómo el cielo, por desusados y a nosotros encubiertos caminos, me ha puesto a mi verdadero esposo delante; y bien sabéis por mil costosas experiencias que sola la muerte fuera bastante para borrarle de mi memoria. Sean, pues, parte tan claros desengaños para que volváis (ya que no podáis hacer otra cosa) el amor en rabia, la voluntad en despecho, y acabadme con él la vida; que como yo la rinda delante de mi buen esposo, la daré por bien empleada: quizá con mi muerte quedará satisfecho de la fe que le mantuve hasta el último trance de la vida.

Había en este entretanto vuelto Dorotea en sí, y había estado escuchando todas las razones que Luscinda dijo, por las cuales vino en conocimiento de quién ella era; y viendo que don Fernando aún no la dejaba de los brazos, ni respondía a sus razones, esforzándose lo más que pudo, se levantó y se fué a hincar de rodillas a sus pies, y derramando mucha cantidad de hermosas y lastimeras lágrimas, así le comenzó a decir:

—Si ya no es, señor mío, que los rayos deste sol que en tus brazos eclipsado tienes te quitan y ofuscan los de tus ojos, ya habrás echado de ver que la que a tus pies está arrodillada es la sin ventura hasta que tú quieras, y la desdichada Dorotea. Yo soy aquella labradora humilde a quien tú, por tu bondad o por tu gusto, quisiste levantar a la alteza de poder llamarse tuya; soy la que, encerrada en los límites de la honestidad, vivió vida contenta hasta que, a las voces de tus importunidades y, al parecer, justos y amorosos sentimientos, abrió las puertas de su recato y te entregó las llaves de su libertad, dádiva de ti tan mal agradecida, cual lo muestra bien claro haber sido forzoso hallarme en el lugar donde me hallas, y verte yo a ti de la manera que te veo. Pero, con todo esto, no querría que cayese en tu imaginación pensar que he venido aquí con pasos de mi deshonra, habiéndome traído sólo los del dolor y sentimiento de verme de ti olvidada. Tú quisiste que yo fuese tuya, y quisístelo de manera, que aunque ahora quieras que no lo sea, no será posible que tú dejes de ser mío. Mira, señor mío, que puede ser recompensa a la hermosura y nobleza[1] por quien me dejas la incomparable voluntad que te tengo. Tú no puedes ser de la hermosa Luscinda, porque eres mío, ni ella puede ser tuya, porque es de Cardenio; y más fácil te será, si en ello miras, reducir tu voluntad a querer a quien te adora, que no, encaminar la que te aborrece a que bien te quiera. Tú solicitaste mi descuido; tú rogaste a mi entereza; tú no ignoraste mi calidad; tú sabes bien de la manera que me entregué a toda tu voluntad; no te queda lugar ni acogida de llamarte a engaño. Y si esto es así, como lo es, y tú eres tan cristiano como caballero, ¿por qué por tantos rodeos dilatas de hacerme venturosa en los fines, como me hiciste en los principios? Y si no me quieres por la que soy, que soy tu verdadera y legítima esposa, quiéreme, a lo menos, y admíteme por tu esclava; que como yo esté en tu poder, me tendré por dichosa y bien afortunada. No permitas, con dejarme y desampararme, que se hagan y junten corrillos en mi deshonra; no des tan mala vejez a mis padres, pues no lo merecen los leales servicios que, como buenos vasallos, a los tuyos siempre han hecho. Y si te parece que has de aniquilar tu sangre por mezclarla con la mía, considera que pocas o ninguna nobleza hay en el mundo que no haya corrido por este camino, y que la que se toma de las mujeres no es la que hace al caso en las ilustres decendencias; cuanto más, que la verdadera nobleza consiste en la virtud, y si ésta a ti te falta negándome lo que tan justamente me debes, yo quedaré con más ventajas de noble que las que tú tienes. En fin, señor, lo que últimamente te digo es que, quieras o no quieras, yo soy tu esposa: testigos son tus palabras, que no han ni deben ser[2] mentirosas, si ya es que te precias de aquello

---

[1] De Luscinda.
[2] En vez de *no han de ser ni deben ser* (cf. pról. 32).

por que me desprecias [1]; testigo será la firma que hiciste [2], y testigo el cielo, a quien tú llamaste por testigo de lo que me prometías. Y cuando todo esto falte, tu misma conciencia no ha de faltar de dar voces callando en mitad de tus alegrías, volviendo por esta verdad que te he dicho, y turbando tus mejores gustos y contentos.

Estas y otras razones dijo la lastimada Dorotea, con tanto sentimiento y lágrimas, que los mismos que acompañaban a don Fernando, y cuantos presentes estaban, la acompañaron en ellas. Escuchóla don Fernando sin replicalle palabra, hasta que ella dió fin a las suyas y principio a tantos sollozos y suspiros, que bien había de ser corazón de bronce el que con muestras de tanto dolor no se enterneciera. Mirándola estaba Luscinda, no menos lastimada de su sentimiento que admirada de su mucha discreción y hermosura; y aunque quisiera llegarse a ella y decirle algunas palabras de consuelo, no la dejaban los brazos de don Fernando, que apretada la tenían. El cual, lleno de confusión y espanto, al cabo de un buen espacio que atentamente estuvo mirando a Dorotea, abrió los brazos y, dejando libre a Luscinda, dijo:

—¡Venciste, hermosa Dorotea, venciste!: porque no es posible tener ánimo para negar tantas verdades juntas.

Con el desmayo que Luscinda había tenido así como la dejó don Fernando, iba a caer en el suelo; mas hallándose Cardenio allí junto, que a las espaldas de don Fernando se había puesto porque no le conociese [3], pospuesto todo temor y aventurando [4] a todo riesgo, acudió a sostener a Luscinda, y, cogiéndola entre sus brazos, le dijo:

—Si el piadoso cielo gusta y quiere que ya tengas algún descanso, leal, firme y hermosa señora mía, en ninguna parte creo yo que le tendrás más seguro que en estos brazos que ahora te reciben, y otro tiempo te recibieron, cuando la fortuna quiso que pudiese llamarte mía.

A estas razones, puso Luscinda en Cardenio los ojos, y, habiendo comenzado a conocerle, primero por la voz, y asegurándose que él era con la vista, casi fuera de sentido y sin tener

---

[1] Si te precias de la nobleza por cuya falta me desprecias.
[2] De la cual, sin embargo, no se hizo mención en el c. 28.
[3] Pero ¡si Fernando ya le había visto y conocido a Cardenio!
[4] Por *aventurándose*.

cuenta a ningún honesto respeto, le echó los brazos al cuello y, juntando su rostro con el de Cardenio, le dijo:

—Vos sí, señor mío, sois el verdadero dueño desta vuestra captiva, aunque más lo impida la contraria suerte, y aunque más amenazas le hagan a esta vida que en la vuestra se sustenta.

Estraño espectáculo fué éste para don Fernando y para todos los circunstantes, admirándose de tan no visto suceso. Parecióle a Dorotea que don Fernando había perdido la color del rostro, y que hacía ademán de querer vengarse de Cardenio, porque le vió encaminar la mano a ponella en la espada; y así como lo pensó, con no vista presteza se abrazó con él por las rodillas, besándoselas y teniéndole apretado, que no le dejaba mover, y, sin cesar un punto de sus lágrimas, le decía:

—¿Qué es lo que piensas hacer, único refugio mío, en este tan impensado trance? Tú tienes a tus pies a tu esposa, y a la que quieres que lo sea está en los brazos de su marido. Mira si te estará bien, o te será posible, deshacer lo que el cielo ha hecho, o si te convendrá querer levantar a [1] igualar a ti mismo a la que, pospuesto todo inconveniente, confirmada en su verdad y firmeza, delante de tus ojos tiene los suyos, bañados de licor amoroso el rostro y pecho de su verdadero esposo. Por quien Dios es te ruego, y por quien tú eres te suplico, que este tan notorio desengaño no sólo no acreciente tu ira, sino que la mengüe en tal manera, que con quietud y sosiego permitas que estos dos amantes le tengan sin impedimento tuyo todo el tiempo que el cielo quisiere concedérsele, y en esto mostrarás la generosidad de tu ilustre y noble pecho, y verá el mundo que tiene contigo más fuerza la razón que el apetito.

En tanto que esto decía Dorotea, aunque Cardenio tenía abrazada a Luscinda, no quitaba los ojos de don Fernando, con determinación de que [2], si le viese hacer algún movimiento en su perjuicio, procurar defenderse y ofender como mejor pudiese a todos aquellos que en su daño se mostrasen, aunque le costase la vida; pero a esta sazón acudieron los amigos de don Fernando, y el Cura y el Barbero, que a todo habían estado presentes, sin que faltase el bueno de Sancho Panza [3], y

---

[1] Hasta.
[2] Sobra el *que*.
[3] Sin duda temeroso de que la espada de Fernando le privase de su condado.

todos rodeaban a don Fernando, suplicándole tuviese por bien de mirar las lágrimas de Dorotea, y que, siendo verdad, como sin duda ellos creían que lo era, lo que en sus razones había dicho, que no permitiese quedase defraudada de sus tan justas esperanzas; que considerase que, no acaso, como parecía, sino con particular providencia del cielo, se habían todos juntado en lugar donde menos ninguno pensaba; y que advirtiese—dijo el Cura—que sola la muerte podía apartar a Luscinda de Cardenio; y aunque los dividiesen filos de alguna espada, ellos tendrían por felícima su muerte; y que en los casos inremediables era suma cordura, forzándose y venciéndose a sí mismo, mostrar un generoso pecho, permitiendo que por sola su voluntad [1] los dos gozasen el bien que el cielo ya les había concedido; que pusiese los ojos ansimesmo en la beldad de Dorotea, y vería que pocas o ninguna se le podían igualar, cuanto más hacerle ventaja, y que juntase [2] a su hermosura su humildad y el estremo del amor que le tenía y sobre todo advirtiese que si se preciaba de caballero y de cristiano que no podía hacer otra cosa que cumplille la palabra dada; y que, cumpliéndosela, cumpliría con Dios y satisfaría a las gentes discretas, las cuales saben y conocen que es prerrogativa de la hermosura, aunque esté en sujeto humilde, como se acompañe con la honestidad, poder levantarse e igualarse a cualquiera alteza, sin nota de menoscabo del que la levanta e iguala a sí mismo; y cuando se cumplen las fuertes leyes del gusto, como en ello no intervenga pecado, no debe de ser culpado el que las sigue.

En efeto, a estas razones añadieron todos otras, tales y tantas, que el valeroso pecho de don Fernando (en fin, como alimentado con ilustre sangre) se ablandó y se dejó vencer de la verdad, que él no pudiera negar aunque quisiera; y la señal que dió de haberse rendido y entregado al buen parecer que se le había propuesto, fué abajarse y abrazar a Dorotea, diciéndole:

—Levantaos, señora mía; que no es justo que esté arrodillada a mis pies la que yo tengo en mi alma; y si hasta aquí no he dado muestras de lo que digo, quizá ha sido por orden del cielo, para que viendo yo en vos la fe con que me amáis, os sepa

---

[1] Referido el *su* a Fernando, el sentido sería *aun en contra de sus pasiones, por sola su voluntad;* referido a los dos, la frase equivaldría a *permitiendo que, aun sólo por la razón de quererse ambos.*

[2] *Que juntase* está por *juntar, o que* tiene un antecedente tácito *(y ser tal, que).*

— 430 —

1, 36.—ENCUENTRO PROVIDENCIAL

estimar en lo que merecéis. Lo que os ruego es que no me reprehendáis mi mal término [1] y mi mucho descuido; pues la misma ocasión y fuerza que me movió para acetaros por mía, esa misma me impelió para procurar no ser vuestro. Y que esto sea verdad [2], volved y mirad los ojos de la ya contenta Luscinda, y en ellos hallaréis disculpa de todos mis yerros; y pues ella halló y alcanzó lo que deseaba, y yo he hallado en vos lo que me cumple [3], viva ella segura y contenta luengos y felices años con su Cardenio; que yo rogaré al cielo que me los deje vivir con mi Dorotea.

Y diciendo esto, la tornó a abrazar, y a juntar su rostro con el suyo, con tan ierno sentimiento, que le fué necesario tener gran cuenta con que las lágrimas no acabasen de dar indubitables señas de su amor y arrepentimiento. No lo hicieron así las de Luscinda y Cardenio, y aun las de casi todos los que allí presentes estaban; porque comenzaron a derramar tantas, los unos de contento proprio, y los otros del ajeno, que no parecía sino que algún grave y mal caso a todos había sucedido. Hasta Sancho Panza lloraba, aunque después dijo que no lloraba él sino por ver que Dorotea no era, como él pensaba, la reina Micomicona, de quien él tantas mercedes esperaba. Duró algún espacio, junto con el llanto, la admiración en todos, y luego Cardenio y Luscinda se fueron a poner de rodillas ante don Fernando, dándole gracias de la merced que les había hecho con tan corteses razones, que don Fernando no sabía qué responderles; y así, los levantó y abrazó con muestras de mucho amor y de mucha cortesía.

Preguntó [4] luego a Dorotea le dijese cómo había venido a aquel lugar, tan lejos del suyo. Ella, con breves y discretas razones, contó todo lo que antes había contado a Cardenio; de lo cual gustó tanto don Fernando y los que con él venían, que quisieran que durara el cuento más tiempo; tanta era la gracia con que Dorotea contaba sus desventuras. Y así como hubo acabado, dijo don Fernando lo que en la ciudad le había acontecido después que halló el papel, en el seno de Luscinda, donde declaraba ser esposa de Cardenio y no poderlo ser suya. Dijo que la quiso matar, y lo hiciera si de sus padres no fuera impedido;

---

[1] *Término* = conducta, modo de portarse.
[2] *Y para que esto os sea verdad.*
[3] Conviene, satisface.
[4] Pidió.

1, 37.—AVENTURA DE LA PRINCESA MICOMICONA (*continuación*)

y que, así, se salió de su casa despechado y corrido, con determinación de vengarse con más comodidad; y que otro día supo cómo Luscinda había faltado de casa de sus padres, sin que nadie supiese decir dónde se había ido, y que, en resolución, al cabo de algunos meses vino a saber cómo estaba en un monesterio, con voluntad de quedarse en él toda la vida, si no la pudiese pasar con Cardenio; y que así como lo supo, escogiendo para su compañía aquellos tres caballeros, vino al lugar donde estaba, a la cual no había querido hablar, temeroso que en sabiendo que él estaba allí, había de haber más guarda en el monesterio; y así, aguardando un día a que la portería estuviese abierta, dejó a los dos a la guarda de la puerta, y él con otro habían entrado en el monesterio buscando a Luscinda, la cual hallaron en el claustro hablando con una monja; y, arrebatándola, sin darle lugar a otra cosa, se habían venido con ella a un lugar donde se acomodaron de aquello que hubieron menester para traella; todo lo cual habían podido hacer bien a su salvo, por estar el monesterio en el campo, buen trecho fuera del pueblo. Dijo que así como Luscinda se vió en su poder, perdió todos los sentidos; y que después de vuelta en sí, no había hecho otra cosa sino llorar y suspirar, sin hablar palabra alguna; y que, así, acompañados de silencio y de lágrimas, habían llegado a aquella venta, que para él era haber llegado al cielo, donde se rematan y tienen fin todas las desventuras de la tierra.

CAPITULO XXXVII.—Donde se prosigue la historia de la famosa infanta Micomicona, con otras graciosas aventuras.

Todo esto escuchaba Sancho, no con poco dolor de su ánima, viendo que se le desparecían e iban en humo las esperanzas de su ditado [1], y que la linda princesa Micomicona se le había vuelto en Dorotea, y el gigante en don Fernando, y su amo se estaba durmiendo a sueño suelto, bien descuidado de todo lo sucedido. No se podía asegurar Dorotea si era soñado el bien que poseía; Cardenio estaba en el mismo pensamiento, y el de Luscinda corría por la misma cuenta. Don Fernando daba gracias al cielo por la merced recebida y haberle sacado de aquel intricado laberinto, donde se hallaba tan a pique de

---

[1] Cf. p. 240, n. 1.

— 432 —

1, 37.—AVENTURA DE LA PRINCESA MICOMICONA (*continuación*)

perder el crédito y el alma; y, finalmente, cuantos en la venta estaban contentos y gozosos del buen suceso que habían tenido tan trabados y desesperados negocios. Todo lo ponía en su punto el Cura, como discreto, y a cada uno daba el parabién del bien alcanzado; pero quien más jubilaba y se contentaba era la Ventera, por la promesa que Cardenio y el Cura le habían hecho de pagalle todos los daños e intereses [1] que por cuenta de don Quijote le hubiesen venido. Sólo Sancho, como ya se ha dicho, era el afligido, el desventurado y el triste; y así, con malencónico semblante entró a su amo, el cual acababa de despertar, a quien dijo:

—Bien puede vuestra merced, señor Triste Figura, dormir todo lo que quisiere, sin cuidado de matar a ningún gigante, ni de volver a la Princesa su reino; que ya todo está hecho y concluído.

—Eso creo yo bien—respondió don Quijote—, porque he tenido con el gigante la más descomunal y desaforada batalla que pienso tener en todos los días de mi vida, y de un revés, ¡zas!, le derribé la cabeza en el suelo, y fué tanta la sangre que le salió, que los arroyos corrían por la tierra, como si fueran de agua.

—Como si fueran de vino tinto, pudiera vuestra merced decir mejor—respondió Sancho—; porque quiero que sepa vuestra merced, si es que no lo sabe, que el gigante muerto es un cuero horadado; y la sangre, seis arrobas de vino tinto que encerraba en su vientre; y la cabeza cortada es... ¡la puta que me [2] parió, y llévelo todo Satanás!

—¿Y qué es lo que dices, loco?—replicó don Quijote—. ¿Estás en tu seso?

—Levántese vuestra merced—dijo Sancho—, y verá el buen recado [3] que ha hecho, y lo que tenemos que pagar, y verá a la reina convertida en una dama particular, llamada Dorotea, con otros sucesos, que, si cae en ellos, le han de admirar.

—No me maravillaría de nada deso—replicó don Quijote—; porque, si bien te acuerdas, la otra vez que aquí estuvimos te dije yo que todo cuanto aquí sucedía eran cosas de encantamento, y no sería mucho que ahora fuese lo mismo.

---

[1] Habla de los daños e intereses *(no percibidos)*, como se solía hablar en los documentos *(damnum emergens, lucrum cessans)*.
[2] Dice *me*, en vez de *te*, por eufemismo.
[3] Cf. p. 165, n. 1.

1, 37.—AVENTURA DE LA PRINCESA MICOMICONA *(continuación)*

—Todo lo creyera yo—respondió Sancho—, si también mi manteamiento fuera cosa dese jaez; mas no lo fué, sino real y verdaderamente; y vi yo que el Ventero que aquí está hoy día tenía del un cabo de la manta, y me empujaba hacia el cielo con mucho donaire y brío, y con tanta risa como fuerza; y donde interviene conocerse las personas, tengo para mí, aunque simple y pecador, que no hay encantamento alguno, sino mucho molimiento y mucha mala ventura.

—Ahora bien, Dios lo remediará—dijo don Quijote—. Dame de vestir, y déjame salir allá fuera; que quiero ver los sucesos y transformaciones que dices.

Dióle de vestir Sancho, y en el entretanto que se vestía contó el Cura a don Fernando y a los demás las locuras de don Quijote, y del artificio que habían usado para sacarle de la Peña Pobre, donde él se imaginaba estar, por desdenes de su señora. Contóles asimismo casi todas las aventuras que Sancho había contado, de que no poco se admiraron y rieron, por parecerles lo que a todos parecía: ser el más estraño género de locura que podía caber en pensamiento disparatado. Dijo más el Cura: que pues ya el buen suceso de la señora Dorotea impidía pasar con su disignio adelante, que era menester inventar y hallar otro para poderle llevar a su tierra. Ofrecióse Cardenio de proseguir lo comenzado, y que Luscinda haría y representaría la persona de Dorotea.

—No—dijo don Fernando—, no ha de ser así: que yo quiero que Dorotea prosiga su invención; que como no sea muy lejos de aquí el lugar deste buen caballero, yo holgaré de que se procure su remedio.

—No está más de dos jornadas de aquí.

—Pues aunque estuviera más, gustara yo de caminallas, a trueco de hacer tan buena obra.

Salió, en esto, don Quijote, armado de todos sus pertrechos, con el yelmo, aunque abollado, de Mambrino en la cabeza, embrazado [1] de su rodela y arrimado a su tronco o lanzón. Suspendió a don Fernando y a los demás la estraña presencia de don Quijote, viendo su rostro de media legua de andadura [2], seco y amarillo, la desigualdad de sus armas y su mesurado continente, y estuvieron callando, hasta ver lo que él decía; el

---

[1] Armado.
[2] *Andadura* = recorrido, largo.

1, 37.—AVENTURA DE LA PRINCESA MICOMICONA *(continuación)*

cual, con mucha gravedad y reposo, puestos los ojos en la hermosa Dorotea, dijo:

—Estoy informado, hermosa señora, deste mi escudero que la vuestra grandeza se ha aniquilado, y vuestro ser se ha deshecho, porque de reina y gran señora que solíades ser os habéis vuelto en una particular doncella. Si esto ha sido por orden del rey nigromante de vuestro padre, temeroso que yo no[1] os diese la necesaria y debida ayuda, digo que no supo ni sabe de la misa la media, y que fué poco versado en las historias caballerescas; porque si él las hubiera leído y pasado tan atentamente y con tanto espacio como yo las pasé y leí, hallara a cada paso cómo otros caballeros de menor fama que la mía habían acabado cosas más dificultosas, no siéndolo mucho matar a un gigantillo, por arrogante que sea; porque no ha muchas horas que yo me vi con él, y... quiero callar, porque no me digan que miento; pero el tiempo, descubridor de todas las cosas, lo dirá cuando menos lo pensemos.

—Vistesos vos con dos cueros; que no con un gigante—dijo a esta sazón el Ventero.

Al cual mandó don Fernando que callase y no interrumpiese la plática de don Quijote en ninguna manera; y don Quijote prosiguió diciendo:

—Digo, en fin, alta y desheredada señora, que si por la causa que he dicho vuestro padre ha hecho este metamorfóseos[2] en vuestra persona, que no le deis crédito alguno; porque no hay ningún peligro en la tierra por quien no se abra camino mi espada, con la cual, poniendo la cabeza de vuestro enemigo en tierra, os pondré a vos la corona de la vuestra en la cabeza, en breves días.

No dijo más don Quijote, y esperó a que la Princesa le respondiese; la cual, como ya sabía la determinación de don Fernando de que se prosiguiese adelante en el engaño hasta llevar a su tierra a don Quijote, con mucho donaire y gravedad le respondió:

—Quienquiera que os dijo, valeroso caballero de la Triste Figura, que yo me había mudado y trocado de mi ser, no os dijo lo cierto, porque la misma que ayer fuí me soy hoy. Verdad es que alguna mudanza han hecho en mí ciertos acaecimientos de buena ventura, que me la han dado la mejor que

---

[1] Hoy omitiríamos este *no* (cf. pról. 24).
[2] *Metamorfóseos* es el genitivo griego de *metamorfosis*.

1, 37.—AVENTURA DE LA PRINCESA MICOMICONA (continuación)

yo pudiera desearme; pero no por eso he dejado de ser la que antes, y de tener los mesmos pensamientos de valerme del valor de vuestro valeroso e invulnerable brazo que siempre he tenido. Así que, señor mío, vuestra bondad vuelva la honra al padre que me engendró, y téngale por hombre advertido y prudente, pues con su ciencia halló camino tan fácil y tan verdadero para remediar mi desgracia; que yo creo que si por vos, señor, no fuera, jamás acertara a tener la ventura que tengo; y en esto digo tanta verdad como son buenos testigos della [1] los más destos señores que están presentes. Lo que resta es que mañana nos pongamos en camino, porque ya hoy se podrá hacer poca jornada, y en lo demás del buen suceso que espero, lo dejaré a Dios y al valor de vuestro pecho.

Esto dijo la discreta Dorotea, y en oyéndolo don Quijote, se volvió a Sancho, y con muestras de mucho enojo, le dijo:

—Ahora te digo, Sanchuelo, que eres el mayor bellacuelo que hay en España. Dime, ladrón vagamundo [2], ¿no me acabaste de decir ahora que esta Princesa se había vuelto en una doncella que se llamaba Dorotea, y que la cabeza que entiendo que corté a un gigante era la puta que te parió, con otros disparates que me pusieron en la mayor confusión que jamás he estado en todos los días de mi vida? ¡Voto...—y miró al cielo y apretó los dientes—que estoy por hacer un estrago en ti, que ponga sal [3] en la mollera a todos cuantos mentirosos escuderos hubiere de caballeros andantes, de aquí adelante, en el mundo!

—Vuestra merced se sosiegue, señor mío—respondió Sancho—: que bien podría ser que yo me hubiese engañado en lo que toca a la mutación de la señora princesa Micomicona; pero en lo que toca a la cabeza del gigante, o, a lo menos, a la horadación de los cueros, y a lo de ser vino tinto la sangre, no me engaño, vive Dios, porque los cueros allí están heridos, a la cabecera del lecho de vuestra merced, y el vino tinto tiene hecho un lago el aposento; y si no, al freír de los huevos lo verá; quiero decir que lo verá cuando aquí su merced del [4] señor Ventero le pida el menoscabo de todo. De lo demás, de que la se-

---

[1] De la ventura.
[2] En vez de *vagabundo* (como *meditabundo*), por creerlo compuesto de *mundo*.
[3] Al juicio y discreción llama *sal* porque como ésta sazona los manjares, así el juicio sazona las acciones humanas.
[4] *Su... del* (cf. pról. 6).

— 436 —

ñora Reina se esté como se estaba, me regocijo en el alma, porque me va mi parte, como a cada hijo de vecino.

—Ahora yo te digo, Sancho—dijo don Quijote—, que eres un mentecato, y perdóname [1], y basta.

—Basta—dijo don Fernando—, y no se hable más en esto; y pues la señora Princesa dice que se camine mañana, porque ya hoy es tarde, hágase así, y esta noche la podremos pasar en buena conversación, hasta el venidero día, donde todos acompañaremos al señor don Quijote, porque queremos ser testigos de las valerosas e inauditas hazañas que ha de hacer en el discurso desta grande empresa que a su cargo lleva.

—Yo soy el que tengo de serviros y acompañaros—respondió don Quijote—, y agradezco mucho la merced que se me hace y la buena opinión que de mí se tiene, la cual procuraré que salga verdadera, o me costará la vida, y aún más, si más costarme puede.

Muchas palabras de comedimiento y muchos ofrecimientos pasaron entre don Quijote y don Fernando; pero a todo puso silencio un pasajero que en aquella sazón entró en la venta, el cual en su traje mostraba ser cristiano recién venido de tierra de moros, porque venía vestido con una casaca de paño azul, corta de faldas, con medias mangas y sin cuello; los calzones eran asimismo de lienzo azul, con bonete de la misma color [2], traía unos borceguíes [3] datilados [4] y un alfanje [5] morisco,

---

[1] *Y perdóname* que te lo diga tan claro

[2] Además de los bonetes de paño de cuatro cuartos esquinados, que son los que en Castilla usamos los clérigos, dice Covarrubias, hay bonetes redondos de lana y aguja, de que se hace en Toledo y en otras partes gran cargazón para fuera de España. Usaban los moros y cautivos de Berbería semejantes bonetes redondos: por lo cual los PP. Trinitarios solían comprarlos en Toledo y venderlos en Africa. El gorro de dormir se llamaba *bonetillo* (cf. p. 415, n. 3).

[3] «*Borceguí*, bota morisca con soletilla de cuero, que sobre él se ponen chinelas o zapatos... Deste calzado usan los jinetes, y particularmente los moros... Al que es fácil en sus opiniones, que cada uno le trae a la suya, dicen que *se puede volver como borceguí*» (Cov.). «*Bota*, el calzado de cuero, que coge toda la pierna hasta la rodilla, y difiere del *borceguí*, por ser más justa que él y tener suela de vaca» (Cov.).

[4] *Datilado* = de color de dátil.

[5] El alfanje se diferencia de la cimitarra (cf. p. 414, n. 5) en ser más curvo y no ensancharse en el extremo.

1, 37.—EL CAUTIVO Y ZORAIDA

puesto en un tahelí [1] que le atravesaba el pecho. Entró luego tras él, encima de un jumento, una mujer a la morisca vestida, cubierto el rostro, con una toca en la cabeza; traía un bonetillo de brocado [2], y vestida una almalafa [3], que desde los hombros a los pies la cubría. Era el hombre de robusto y agraciado talle, de edad de poco más de cuarenta años, algo moreno de rostro, largo de bigotes y la barba muy bien puesta; en resolución, él mostraba en su apostura que si estuviera bien vestido [4], le juzgaran por persona de calidad y bien nacida. Pidió, en entrando, un aposento, y como le dijeron que en la venta no le había, mostró recibir pesadumbre; y llegándose a la que en el traje parecía mora, la apeó en sus brazos. Luscinda, Dorotea, la Ventera, su hija y Maritornes, llevadas del nuevo y para ellas [5] nunca visto traje, rodearon a la mora, y Dorotea, que siempre fué agraciada, comedida y discreta, pareciéndole que así ella

---

[1] «*Tahalí* [o *tahelí*], un cincho o cinto ancho que cuelga desde el hombro derecho hasta lo bajo del brazo izquierdo, del cual hoy día los turcos cuelgan los alfanjes; y muchos de los nuestros, enfermos de los riñones, por hacerles daño la pretina, cuelgan las espadas de los tahalíes. También los usan los jinetes de la costa, y ni más ni menos los bandoleros, porque cuelgan dellos los pedreñales» (Cov.).

[2] *Brocado* = tela de seda sobrelabrada con oro o plata (así llamada por las *brocas* = rodajas en que los bordadores tienen cogidos o envueltos los hilos). El brocado más precioso era de tres altos: de los cuales el primero, formado por el fondo de la tela, se llamaba *fondón;* el segundo, otra labor por lo común también de seda, se denominaba *labor;* y el tercero, el realce o relieve que se forma con el oro o plata, era el *escarchado.*

[3] *Almalafa* = gran manto, propio de gente noble, que cubre todo el cuerpo y se prende delante del pecho con grandes y preciosos broches.

[4] El vestido que traía era efectivamente el de los cautivos en Berbería.

[5] En la edición príncipe se lee *llevados... para ellos.*

— 438 —

como el que la traía se congojaban por la falta del aposento, le dijo:

—No os dé mucha pena, señora mía, la incomodidad de regalo que aquí falta [1], pues es proprio de ventas no hallarse en ellas; pero, con todo esto, si gustáredes de posar con nosotras—señalando a Luscinda—, quizá en el discurso deste camino habréis hallado otros no tan buenos acogimientos.

No respondió nada a esto la embozada, ni dijo otra cosa que levantarse de donde sentado se había, y p estas entrambas manos cruzadas sobre el pecho, inclinada la cabeza, dobló el cuerpo en señal de que lo agradecía. Por su silencio imaginaron que, sin duda alguna, debía de ser mora y que no sabía hablar cristiano [2]. Llegó, en esto, el Cautivo, que entendiendo en otra cosa hasta entonces había estado, y viendo que todas tenían cercada a la que con él venía, y que ella a cuanto le decían callaba, dijo:

—Señoras mías, esta doncella apenas entiende mi lengua, ni sabe hablar otra ninguna sino conforme a su tierra, y por esto no debe haber respondido, ni responde, a lo que se la ha preguntado.

—No se le pregunta [3] otra cosa ninguna—respondió Luscinda—sino ofrecelle por esta noche nuestra compañía y parte del lugar donde nos acomodáremos, donde se le hará el regalo que la comodidad ofreciere, con la voluntad que obliga a servir a todos los estranjeros que dello tuvieren necesidad, especialmente siendo mujer a quien se sirve.

—Por ella y por mí—respondió el Captivo—os beso, señora mía, las manos, y estimo mucho y en lo que es razón la merced ofrecida, que en tal ocasión, y de tales personas como vuestro parecer muestra, bien se echa de ver que ha de ser muy grande.

—Decidme, señor—dijo Dorotea—: esta señora ¿es cristiana o mora? Porque el traje y el silencio nos hace pensar que es lo que no querríamos que fuese.

—Mora es en el traje y en el cuerpo; pero en el alma es muy grande cristiana, porque tiene grandísimos deseos de serlo.

—Luego ¿no es baptizada?—replicó Luscinda.

—No ha habido lugar para ello—respondió el Captivo—después que salió de Argel, su patria y tierra, y hasta agora no

---

[1] El sujeto de *falta* es *regalo*, no *incomodidad*.
[2] *Cristiano* = castellano.
[3] Dice.

— 439 —

se ha visto en peligro de muerte tan cercana, que obligase a baptizalla sin que supiese primero todas las ceremonias que nuestra madre la santa Iglesia manda; pero Dios será servido que presto se bautice, con la decencia que la calidad de su persona merece, que es más de lo que muestra su hábito y el mío.

Estas razones pusieron [1] gana en todos los que escuchándole estaban de saber quién fuese la Mora y el Captivo; pero nadie se lo quiso preguntar por entonces, por ver que aquella sazón era más para procurarles descanso que para preguntarles sus vidas. Dorotea la tomó por la mano, y la llevó a sentar junto a sí, y le rogó que se quitase el embozo. Ella miró al Cautivo, como si le preguntara [2] le dijese lo que decían y lo que ella haría. Él, en lengua arábiga, le dijo que le pedían se quitase el embozo, y que lo hiciese; y así, se lo quitó, y descubrió un rostro tan hermoso, que Dorotea la tuvo por más hermosa que a Luscinda, y Luscinda por más hermosa que a Dorotea, y todos los circustantes conocieron que si alguno se podría igualar al de las dos, era el de la Mora, y aun hubo algunos que le aventajaron [3] en alguna cosa. Y como la hermosura tenga prerrogativa y gracia de reconciliar los ánimos y atraer las voluntades, luego se rindieron todos al deseo de servir y acariciar a la hermosa Mora.

Preguntó don Fernando al Captivo cómo se llamaba la Mora, el cual respondió que *lela* [4] Zoraida; y así como esto oyó ella, entendió lo que le habían preguntado al cristiano, y dijo con mucha priesa, llena de congoja y donaire:

—¡No, no Zoraida: María, María!—dando a entender que se llamaba María y no Zoraida.

Estas palabras y el grande afeto con que la Mora las dijo hicieron derramar más de una lágrima a algunos de los que la escucharon, especialmente a las mujeres, que de su naturaleza son tiernas y compasivas. Abrazóla Luscinda con mucho amor, diciéndole:

—Sí, sí, María, María.

A lo cual respondió la Mora:

—¡Sí, sí, María: Zoraida *macange!*—que quiere decir *no*.

Ya en esto, llegaba la noche, y por orden de los que venían

---

[1] La edición príncipe dice *puso*.
[2] Pidiera.
[3] *Aventajaron* = prefirieron.
[4] *Lela* = (en algarabía) señora, doña.

con don Fernando había el Ventero puesto diligencia y cuidado en aderezarles de cenar lo mejor que a él le fué posible. Llegada, pues, la hora, sentáronse todos a una larga mesa como de tinelo [1], porque no la había redonda ni cuadrada en la venta, y dieron la cabecera y principal asiento, puesto que él lo rehusaba, a don Quijote, el cual quiso que estuviese a su lado la señora Micomicona, pues él era su guardador. Luego se sentaron Luscinda y Zoraida, y frontero dellas don Fernando y Cardenio, y luego el Cautivo y los demás caballeros, y al lado de las señoras, el Cura y el Barbero, y así, cenaron con mucho contento, y acrecentóseles más viendo que, dejando de comer don Quijote, movido de otro semejante espíritu que el que le movió a hablar tanto como habló cuando cenó con los cabreros, comenzó a decir:

—Verdaderamente, si bien se considera, señores míos, grandes e inauditas cosas ven los que profesan la orden de la andante caballería. Si no, ¿cuál de los vivientes habrá en el mundo que ahora por la puerta deste castillo entrare [2], y de la suerte que estamos nos viere, que juzgue y crea que nosotros somos quien somos? ¿Quién podría decir que esta señora que está a mi lado es la gran reina que todos sabemos, y que yo soy aquel Caballero de la Triste Figura que anda por ahí en boca de la fama? Ahora no hay que dudar, sino que esta arte y ejercicio excede a todas aquellas y aquellos que los hombres inventaron, y tanto más se ha de tener en estima cuanto a más peligros está sujeto. Quítenseme delante [3] los que dijeren que las letras hacen ventaja a las armas; que les diré, y sean quien se fueren, que no saben lo que dicen. Porque la razón que los tales suelen decir y a lo que ellos más se atienen, es que los trabajos del espíritu exceden a los del cuerpo, y que las armas sólo con el cuerpo se ejercitan, como si fuese su ejercicio oficio de ganapanes, para el cual no es menester más de buenas fuerzas; o como si en esto que llamamos armas los que profesamos, no se encerrasen los actos de la fortaleza, los cuales piden para ejecutallos [4] mucho entendimiento; o como si no trabajase el ánimo del guerrero que tiene a su cargo un ejército, o la defensa de una ciudad sitiada, así con el espíritu como con el cuerpo. Si no, véase

---

[1] *Tinelo* = comedor de la servidumbre en las casas de los grandes.
[2] En la edición príncipe se lee *entrara*.
[3] De *delante*.
[4] Para que uno los ejecute.

si se alcanza con las fuerzas corporales a saber y conjeturar el intento del enemigo, los designios, las estratagemas, las dificultades, el prevenir los daños que se temen; que todas estas cosas son acciones del entendimiento, en quien no tiene parte alguna el cuerpo. Siendo, pues, ansí, que las armas requieren espíritu, como las letras, veamos ahora cuál de los dos espíritus, el del letrado o el del guerrero, trabaja más; y esto se vendrá a conocer por el fin y paradero a que cada uno se encamina; porque aquella intención se ha de estimar en más que tiene por objeto más noble fin. Es el fin y paradero de las letras, y no hablo ahora de las divinas, que tienen por blanco llevar y encaminar las almas al cielo; que a un fin tan sin fin como éste ninguno otro se le puede igualar: hablo de las letras humanas, que es su [1] fin poner en su punto la justicia distributiva y dar a cada uno lo que es suyo, y entender y hacer que las buenas leyes se guarden. Fin, por cierto, generoso y alto, y digno de grande alabanza; pero no de tanta como merece aquel a que las armas atienden, las cuales tienen por objeto y fin la paz, que es el mayor bien que los hombres pueden desear en esta vida. Y así, las primeras buenas nuevas que tuvo el mundo y tuvieron los hombres fueron las que dieron los ángeles la noche que fué nuestro día, cuando cantaron en los aires: «Gloria sea en las alturas, y paz en la tierra a los hombres de buena voluntad»; y la salutación que el mejor maestro de la tierra y del cielo enseñó a sus allegados y favoritos fué decirles que cuando entrasen en alguna casa, dijesen: «Paz sea en esta casa»; y otras muchas veces les dijo: «Mi paz os doy; mi paz os dejo; paz sea con vosotros», bien como joya y prenda dada y dejada de tal mano; joya, que [2] sin ella, en la tierra ni en el cielo puede haber bien alguno. Esta paz es el verdadero fin de la guerra, que lo mismo es decir armas que guerra. Prosupuesta, pues, esta verdad, que el fin de la guerra es la paz, y que en esto hace ventaja al fin de las letras, vengamos ahora a los trabajos del cuerpo del letrado y a los del profesor de las armas, y véase cuáles son mayores.

De tal manera y por tan buenos términos iba prosiguiendo en su plática don Quijote, que obligó a que, por entonces, ninguno de los que escuchándole estaban le tuviese por loco; antes,

---

[1] Hoy diríamos *cuyo fin es* (cf. pról. 21).
[2] Tal *que*.

— 442 —

1, 37.—DISCURSO DE LAS LETRAS Y LAS ARMAS

como todos los más eran caballeros, a quien son anejas las armas, le escuchaban de muy buena gana; y él prosiguió diciendo:

—Digo, pues, que los trabajos del estudiante son éstos: principalmente, pobreza (no porque todos sean pobres, sino por poner este caso en todo el estremo que pueda ser); y en haber dicho que padece pobreza me parece que no había que decir más de su mala ventura; porque quien es pobre no tiene cosa buena. Esta pobreza la padece por sus partes, ya en hambre, ya en frío, ya en desnudez, ya en todo junto; pero, con todo eso, no es tanta que no coma, aunque sea un poco más tarde de lo que se usa; aunque sea de las sobras de los ricos, que es la mayor miseria del estudiante este que entre ellos llaman *andar a la sopa;* y no les falta algún ajeno brasero o chimenea, que, si no calienta, a lo menos, entibie su frío, y, en fin, la noche duermen debajo de cubierta. No quiero llegar a otras menudencias, conviene a saber, de la falta de camisas y no sobra de zapatos, la raridad [1] y poco pelo del vestido, ni aquel ahitarse [2] con tanto gusto, cuando la buena suerte les depara algún banquete. Por este camino que he pintado, áspero y dificultoso, tropezando aquí, cayendo allí, levantándose acullá, tornando a caer acá, llegan al grado que desean; el cual alcanzado, a muchos hemos visto que, habiendo pasado por estas sirtes [3] y por estas Scilas y Caribdis [4] como llevados en vuelo de la favorable fortuna, digo que los hemos visto mandar y gobernar el mundo desde una silla, trocada su hambre en hartura, su frío en refrigerio [5], su desnudez en galas y su dormir en una estera en reposar en holandas y damascos, premio justamente merecido de su virtud. Pero contrapuestos y comparados sus trabajos con los del mílite guerrero, se quedan muy atrás en todo, como ahora diré.

---

[1] *Raridad* = cualidad de lo raro, ralo o escaso.
[2] *Ahitarse* (derivado de *figo fictum*) = empacharse, hartarse.
[3] *Sirtes* = bancos de arena.
[4] Entre Italia y Sicilia hay dos peñascos, Scila y Caribdis, habitados, según la fábula, por dos monstruos: Scila, que aullaba como un perro, tenía doce garras y tres cabezas; Caribdis se tragaba tres veces al día las aguas del mar y otras tres las lanzaba. Eran, pues, una personificación de los remolinos, peligrosos para la navegación, que se forman en el estrecho de Mesina.
[5] *Refrigerio* = alivio o consuelo en cualquier apuro, incomodidad o pena.

CAPITULO XXXVIII.—Que trata del [1] curioso discurso que hizo don Quijote de las armas y las letras.

Prosiguiendo don Quijote, dijo:
—Pues comenzamos en el estudiante por la pobreza y sus partes, veamos si es más rico el soldado. Y veremos que no hay ninguno más pobre en la misma pobreza, porque está atenido a la miseria de su paga, que viene o tarde o nunca, o a lo que garbeare [2] por sus manos, con notable peligro de su vida y de su conciencia. Y a veces suele ser su desnudez tanta, que un coleto acuchillado [3] le sirve de gala y de camisa, y en la mitad del invierno se suele reparar de las inclemencias del cielo, estando en la campaña rasa, con sólo el aliento de su boca, que, como sale de lugar vacío, tengo por averiguado que debe de salir frío, contra toda naturaleza. Pues esperad que espere que llegue la noche, para restaurarse de todas estas incomodidades en la cama que le aguarda, la cual, si no es por su culpa, jamás pecará de estrecha; que bien puede medir en la tierra los pies que quisiere, y revolverse en ella a su sabor, sin temor que se le encojan las sábanas. Llégueseme, pues, a todo esto, el día y la hora de recebir el grado de su ejercicio: llégueseme un día de batalla; que allí le pondrán la borla en la cabeza, hecha de hilas, para curarle algún balazo, que quizá le habrá pasado las sienes, o le dejará estropeado de brazo o pierna. Y cuando esto no suceda, sino que el cielo piadoso le guarde y conserve sano y vivo, podrá ser que se quede en la mesma pobreza que antes estaba, y que sea menester que suceda uno y otro rencuentro, una y otra batalla, y que de todas salga vencedor, para medrar en algo; pero estos milagros vense raras veces. Pero, decidme, señores, si habéis mirado en ello: ¿cuán menos son los premiados por la guerra que los que han perecido en ella? Sin duda, habéis de responder, que no tienen comparación, ni se pueden reducir a cuenta los muertos, y que se podrán contar los premiados vivos con tres letras de guarismo [4]. Todo esto es al revés en los letrados; porque de faldas, que no quiero decir de

---

[1] Mejor se diría *en que se prosigue*.
[2] *Garbear* (en lenguaje picaresco) = robar, merodear.
[3] Juega Cervantes con la palabra *acuchillado*, que además de lo dicho en la p. 303, n. 3, significa «roto a cuchilladas».
[4] Con tres cifras aritméticas: es decir, que no llegaban a 1.000.

1, 38.—DISCURSO DE LAS LETRAS Y LAS ARMAS

mangas [1], todos tienen en qué entretenerse [2]; así que, aunque es mayor el trabajo del soldado, es mucho menor el premio. Pero a esto se puede responder que es más fácil premiar a dos mil letrados que a treinta mil soldados, porque a aquéllos se premian [3] con darles oficios que por fuerza se han de dar a los de su profesión, y a éstos no se pueden premiar sino con la mesma hacienda del señor a quien sirven; y esta imposibilidad fortifica más la razón que tengo. Pero dejemos esto aparte, que es laberinto de muy dificultosa salida, sino [4] volvamos a la preeminencia de las armas contra [5] las letras, materia que hasta ahora está por averiguar, según son las razones que cada una de su parte alega; y entre las que he dicho, dicen las letras que sin ellas no se podrían sustentar las armas, porque la guerra también tiene sus leyes y está sujeta a ellas, y que las leyes caen debajo de lo que son letras y letrados. A esto responden las armas que las leyes no se podrán sustentar sin ellas, porque con las armas se defienden las repúblicas, se conservan los reinos, se guardan las ciudades, se aseguran los caminos, se despejan los mares de cosarios [6], y, finalmente, si por ellas no fuese, las repúblicas, los reinos, las monarquías, las ciudades, los caminos de mar y tierra estarían [7] sujetos al rigor y a la confusión que trae consigo la guerra el tiempo que dura y tiene licencia de usar de sus privilegios y de sus fuerzas. Y es razón averiguada que aquello que más cuesta se estima y debe de estimar en más. Alcanzar alguno a ser eminente en letras le cuesta tiempo, vigilias, hambre, desnudez, váguidos [8] de cabeza, indiges-

---

[1] *Manga* era *don, regalo* (cf. p. 362, n. 1), particularmente el que se hacía sobornando: y así, dice Covarrubias «*hacer un negocio de manga* o *ir de manga* es hacerse con soborno». Siendo frecuente contraponer en el lenguaje *faldas* a *mangas* (así, se decía *de haldas o de mangas* = de un modo o de otro, por fas o por nefas), *faldas* eran los derechos u honorarios legítimamente adquiridos.
[2] *Entretenerse* = sustentarse, mantenerse.
[3] Hoy diríamos *se premia*.
[4] *Sino* se usa para contraponer una oración afirmativa a una negativa: y *dejemos esto aparte*, que gramaticalmente es afirmativa, tiene sentido negativo *(no hablemos de esto)*.
[5] *Contra* = enfrente de.
[6] «*Cosario*, el que anda a robar por la mar: pirata... Y así se dijo *cosario*, quasi cursario» (Cov.).
[7] Estarían siempre, aun en tiempo de paz.
[8] *Váguido* y *váido* se pronunciaba en los siglos XVII y XVIII, y tal es la

tiones de estómago, y otras cosas a éstas adherentes, que, en parte, ya las tengo referidas; mas llegar uno por sus términos a ser buen soldado le cuesta todo lo que al estudiante, en tanto mayor grado, que no tiene comparación, porque a cada paso está a pique de perder la vida. ¿Y qué temor de necesidad y pobreza puede llegar ni fatigar al estudiante, que llegue al que tiene un soldado, que, hallándose cercado en alguna fuerza [1], y estando de posta [2] o guarda en algún revellín [3] o caballero [4], siente que los enemigos están minando hacia la parte donde él está, y no puede apartarse de allí por ningún caso, ni huir el peligro que de tan cerca le amenaza? Sólo lo que puede hacer es dar noticia a su capitán de lo que pasa, para que lo remedie con alguna contramina, y él estarse quedo, temiendo y esperando cuándo improvisamente ha de subir a las nubes sin alas, y bajar al profundo sin su voluntad. Y si éste parece pequeño peligro, veremos si le iguala o hace ventaja el de embestirse dos galeras por las proas en mitad del mar espacioso, las cuales enclavijadas y trabadas, no le queda al soldado más espacio del que concede dos pies de tabla [5] del espolón; y, con todo esto, viendo que tiene delante de sí tantos ministros de la muerte que le amenazan cuantos cañones de artillería se asestan de la parte contraria, que no distan de su cuerpo una lanza, y viendo que al primer descuido de los pies iría a visitar los profundos senos de Neptuno, y, con todo esto [6], con intrépido corazón, llevado de la honra que le incita, se pone a ser blanco de tanta arcabucería, y procura pasar por tan estrecho paso al bajel contrario. Y lo que más es de admirar: que apenas uno ha caído donde no se podrá levantar hasta la fin del mundo, cuando otro ocupa su mesmo lugar; y si éste también cae en el mar, que como a enemigo le aguarda, otro y otro le sucede, sin dar tiempo, al tiempo de sus muertes: valentía y atrevimiento el

---

acentuación en la mayor parte de la América Española y en portugués (*váguedo*, *vágado*).

[1] *Fuerza* = fortaleza.
[2] *Estar de posta* = estar de guardia o centinela.
[3] *Revellín* (segundo valladar, del ital. *ri-vellino*) = obra exterior en las fortificaciones que cubre la cortina del muro y la defiende.
[4] *Caballero* = obra interior que se eleva más que el terraplén de la plaza y le domina.
[5] El sujeto lógico es *tabla* de dos pies (cf. pról. 8).
[6] Repite *y con todo esto* para anudar el hilo interrumpido por las dos oraciones de gerundio (*viendo que... y viendo...*).

mayor que se puede hallar en todos los trances de la guerra. Bien hayan aquellos benditos siglos que carecieron de la espantable furia de aquestos endemoniados instrumentos de la artillería, a cuyo inventor tengo para mí que en el infierno se le está dando el premio de su diabólica invención, con la cual dió causa que un infame y cobarde brazo quite la vida a un valeroso caballero, y que, sin saber cómo o por dónde, en la mitad del coraje y brío que enciende y anima a los valientes pechos, llega una desmandada bala (disparada de quien quizá huyó y se espantó del resplandor que hizo el fuego al disparar de la maldita máquina), y corta y acaba [1] en un instante los pensamientos y vida de quien la merecía gozar luengos siglos. Y así, considerando esto, estoy por decir que en el alma me pesa de haber tomado este ejercicio de caballero andante en edad tan detestable como es esta en que ahora vivimos; porque aunque a mí ningún peligro me pone miedo, todavía me pone recelo pensar si la pólvora y el estaño me han de quitar la ocasión de hacerme famoso y conocido por el valor de mi brazo y filos de mi espada, por todo lo descubierto de la tierra. Pero haga el cielo lo que fuere servido; que tanto seré más estimado, si salgo con lo que pretendo, cuanto a mayores peligros me he puesto que se pusieron los caballeros andantes de los pasados siglos [2].

Todo este largo preámbulo dijo don Quijote en tanto que los demás cenaban, olvidándose de llevar bocado a la boca, puesto que algunas veces le había dicho Sancho Panza que cenase; que después habría lugar para decir todo lo que quisiese. En los que escuchado le habían sobrevino nueva lástima, de ver que hombre que, al parecer, tenía buen entendimiento y buen discurso en todas las cosas que trataba, le hubiese perdido tan rematadamente en tratándole de su negra y pizmienta [3] caballería. El Cura le dijo que tenía mucha razón en todo cuanto había dicho en favor de las armas, y que él, aunque letrado y graduado, estaba de su mesmo parecer.

Acabaron de cenar, levantaron los manteles, y en tanto

---

[1] *Llega, corta* y *acaba,* que dependen de *dió causa que,* debieran estar en subjuntivo (como lo está *quite);* pero Cervantes empleó el indicativo para dar más viveza a la expresión.

[2] Las historias de Amadís, Orlando y otros caballeros andantes prueban que don Quijote anduvo desmemoriado en suponer que no se había usado la pólvora en tiempo de ellos.

[3] *Pizmienta* (derivado de *pix picis,* la pez) = negro como la pez.

que la Ventera, su hija y Maritornes aderezaban el camaranchón de don Quijote de la Mancha donde habían determinado que aquella noche las mujeres solas en él se recogiesen, don Fernando rogó al Cautivo les contase el discurso de su vida, porque no podría ser sino que fuese peregrino y gustoso, según las muestras que había comenzado a dar, viniendo en compañía de Zoraida. A lo cual respondió el Cautivo que de muy buena gana haría lo que se le mandaba, y que sólo temía que el cuento no había de ser tal, que les diese el gusto que él deseaba; pero que, con todo eso, por no faltar en obedecelle, le contaría. El Cura y todos los demás se lo agradecieron, y de nuevo se lo rogaron; y él, viéndose rogar de tantos, dijo que no eran menester ruegos adonde el mandar tenía tanta fuerza.

—Y así, estén vuestras mercedes atentos, y oirán un discurso verdadero a quien podría ser que no llegasen los mentirosos que con curioso y pensado artificio suelen componerse.

Con esto que dijo hizo que todos se acomodasen y le prestasen un grande silencio; y él, viendo que ya callaban y esperaban lo que decir quisiese, con voz agradable y reposada comenzó a decir desta manera:

CAPITULO XXXIX.—Donde el cautivo cuenta su vida y sucesos.

En un lugar de las Montañas de León tuvo principio mi linaje, con quien fué más agradecida y liberal la naturaleza que la fortuna, aunque en la estrecheza de aquellos pueblos todavía alcanzaba mi padre fama de rico, y verdaderamente lo fuera si así se diera maña a conservar su hacienda como se la daba en gastalla. Y la condición que tenía de ser liberal y gastador le procedió de haber sido soldado los años de su juventud; que es escuela la soldadesca donde el mezquino se hace franco, y el franco, pródigo, y si algunos soldados se hallan miserables, son como monstruos: que se ven raras veces. Pasaba mi padre los términos de la liberalidad y rayaba en los de ser pródigo, cosa que no le es de ningún provecho al hombre casado y que tiene hijos que le han de suceder en el nombre y en el ser. Los que mi padre tenía eran tres, todos varones y todos de edad de poder elegir estado. Viendo, pues, mi padre que, según él decía, no podía irse a la mano contra su condición, quiso privarse del instrumento y causa que le hacía gastador y dadivoso, que fué privarse de la hacienda, sin la cual el mismo Alejandro pareciera estrecho; y así, llamándonos un día a todos tres a solas en un aposento, nos dijo unas razones semejantes a las que ahora diré: «—Hijos, para deciros que os quiero bien basta saber y decir que sois mis hijos; y para entender que os quiero mal basta saber que no me voy a la mano en lo que toca a conservar vuestra hacienda. Pues para que entendáis desde aquí adelante que os quiero como padre, y que no os quiero destruir como padrastro, quiero hacer una cosa con vosotros que ha muchos días la tengo pensada y con madura consideración dispuesta. Vosotros estáis ya en edad de tomar estado, o, a lo menos, de elegir ejercicio, tal, que, cuando mayores, os honre y aproveche; y lo que he pensado es hacer de mi hacienda cuatro partes: las tres os daré a vosotros, a cada uno lo que le tocare, sin exceder en cosa alguna, y con la otra me quedaré yo para vivir y sustentarme los días que el cielo fuere servido de darme de vida. Pero querría que después que cada uno tuviese en su poder la parte que le toca de su hacienda, siguiese uno de los caminos que le diré. Hay un refrán en nuestra España, a mi parecer, muy verdadero, como todos lo son, por ser sentencias breves sacadas de la luenga y discreta experiencia; y el que yo digo dice: «Iglesia, »o mar, o casa real»[1], como si más claramente dijera: «Quien »quisiere valer y ser rico, siga, o la Iglesia, o navegue[2] ejerci- »tando el arte de la mercancía, o entre a servir a los reyes en »sus casas»; porque dicen: «Más vale migaja de rey que merced »de señor». Digo esto porque querría, y es mi voluntad, que uno de vosotros siguiese las letras, el otro la mercancía, y el otro sirviese al rey en la guerra, pues es dificultoso entrar a servirle en su casa; que ya que la guerra no dé muchas riquezas, suele dar mucho valor y mucha fama. Dentro de ocho días os daré toda vuestra parte en dineros, sin defraudaros en un ardite, como lo veréis por la obra. Decidme ahora si queréis seguir mi parecer y consejo en lo que os he propuesto». Y mandándome a mí, por ser el mayor, que respondiese, después de haberle

---

[1] El refrán entero, según lo cita Lope *(La Dorotea*, I, 7), es: «Tres cosas hacen al hombre medrar: ciencia y mar y casa real». Por donde se ve que *Iglesia* equivale a «estudios o ciencias».
[2] Tal vez pensaría continuar *o el mar, o la casa real*: o tal vez el impresor alteró el orden *(siga o,* por *o siga).*

dicho que no se deshiciese de la hacienda, sino que gastase todo lo que fuese su voluntad, que nosotros éramos mozos para saber ganarla [1], vine a concluir en que cumpliría su gusto, y que el mío era seguir el ejercicio de las armas, sirviendo en él a Dios y a mi rey. El segundo hermano hizo los mesmos ofrecimientos, y escogió el irse a las Indias, llevando empleada la hacienda que le cupiese. El menor, y, a lo que yo creo, el más discreto, dijo que quería seguir la Iglesia, o irse a acabar sus comenzados estudios a Salamanca.

Así como acabamos de concordarnos y escoger nuestros ejercicios, mi padre nos abrazó a todos, y con la brevedad que dijo puso por obra cuanto nos había prometido; y dando a cada uno su parte, que, a lo que se me acuerda, fueron cada [2] tres mil ducados, en dineros (porque un nuestro tío compró toda la hacienda, y la pagó de contado, porque no saliese del tronco de la casa), en un mesmo día nos despedimos todos tres de nuestro buen padre, y en aquél mesmo, pareciéndome a mí ser inhumanidad que mi padre quedase viejo y con tan poca hacienda, hice con él que de mis tres mil tomase los dos mil ducados, porque a mí me bastaba el resto para acomodarme de lo que había menester un soldado. Mis dos hermanos, movidos de mi ejemplo, cada uno le dió mil ducados; de modo que a mi padre le quedaron cuatro mil en dineros, y más tres mil, que, a lo que parece, valía la hacienda que le cupo, que no quiso vender, sino quedarse con ella en raíces [3]. Digo, en fin, que nos despedimos dél y de aquel nuestro tío que he dicho, no sin mucho sentimiento y lágrimas de todos, encargándonos que les hiciésemos saber, todas las veces que hubiese comodidad para ello, de nuestros sucesos, prósperos o adversos. Prometímosselo, y abrazándonos y echándonos su bendición, el uno tomó el viaje de Salamanca, el otro de Sevilla, y yo el de Alicante, adonde tuve nuevas que había una nave ginovesa que cargaba allí lana para Génova.

Éste hará veintidós años que salí de casa de mi padre, y en todos ellos, puesto que he escrito algunas cartas, no he sabido dél ni de mis hermanos nueva alguna; y lo que en este discurso de tiempo he pasado lo diré brevemente. Embarquéme en Alicante, llegué con próspero viaje a Génova, fuí desde allí

---

[1] Siendo mozos teníamos fuerzas para ganarla.
[2] *Cada* = a cada uno.
[3] Cf. p. 138, n. 4.

a Milán, donde me acomodé de armas y de algunas galas de soldado, de donde quise ir a asentar mi plaza [1] al Piamonte; y estando ya de camino para Alejandría de la Palla, tuve nuevas que el gran Duque de Alba pasaba a Flandes. Mudé propósito, fuíme con él, servíle en las jornadas que hizo, halléme en la muerte de los Condes de Eguemón y de Hornos, alcancé a ser alférez de un famoso capitán de Guadalajara, llamado Diego de Urbina [2], y a cabo de algún tiempo que llegué a Flandes, se tuvo nueva de la liga que la Santidad del papa Pío Quinto, de felice recordación, había hecho con Venecia y con España, contra el enemigo común, que es el turco; el cual en aquel mesmo tiempo había ganado con su armada la famosa isla de Chipre, que estaba debajo del dominio de venecianos, pérdida lamentable y desdichada.

Súpose cierto que venía por general desta liga el serenísimo don Juan de Austria, hermano natural de nuestro buen rey don Felipe; divulgóse el grandísimo aparato de guerra que se hacía; todo lo cual me incitó y conmovió el ánimo y el deseo de verme en la jornada que se esperaba; y aunque tenía barruntos, y casi promesas ciertas, de que en la primera ocasión que se ofreciese sería promovido a capitán, lo quise dejar todo y venirme, como me vine, a Italia, y quiso mi buena suerte que el señor don Juan de Austria acababa de llegar a Génova; que pasaba a Nápoles a juntarse con la armada de Venecia, como después lo hizo en Mecina [3]. Digo, en fin, que yo me hallé en aquella felicísima jornada, ya hecho capitán de infantería, a cuyo honroso cargo me subió mi buena suerte, más que mis merecimientos; y aquel día, que fué para la cristiandad tan dichoso, porque en él se desengañó el mundo y todas las naciones del error en que estaban, creyendo que los turcos eran invencibles por la mar, en aquel día, digo, donde quedó el orgullo y soberbia otomana quebrantada, entre tantos venturosos como allí hubo (porque más ventura tuvieron los cristianos que allí murieron que los que vivos y vencedores quedaron), yo solo fuí el desdichado; pues, en cambio de que pudiera esperar, si fuera

---

[1] «*Asentar* en el libro o en el papel es escribir» (Cov.). «*Plaza*, asiento que se hace del que se presenta a servir al rey. Fr. *Enregistrement*. Lat. *In militiam adscriptio*» (TERREROS).

[2] A la compañía de este capitán pertenecía Cervantes en la batalla de Lepanto.

[3] Mesina.

en los romanos siglos, alguna naval corona, me vi aquella noche que siguió a tan famoso día con cadenas a los pies y esposas a las manos. Y fué desta suerte: que habiendo el Uchalí, rey de Argel, atrevido y venturoso cosario, embestido y rendido la capitana de Malta, que [1] solos tres caballeros quedaron vivos en ella, y éstos mal heridos, acudió la capitana de Juan Andrea a socorrella, en la cual yo iba con mi compañía; y haciendo lo que debía en ocasión semejante, salté en la galera contraria, la cual desviándose de la que la había embestido, estorbó que mis soldados me siguiesen, y así, me hallé solo entre mis enemigos, a quien no pude resistir, por ser tantos; en fin, me rindieron, lleno de heridas. Y como ya habréis, señores, oído decir que el Uchalí se salvó con toda su escuadra, vine yo a quedar cautivo en su poder, y solo fuí el triste entre tantos alegres y el cautivo entre tantos libres; porque fueron quince mil cristianos los que aquel día alcanzaron la deseada libertad, que todos venían al remo en la turquesca armada.

Lleváronme a Constantinopla, donde el Gran Turco Selim hizo general de la mar a mi amo, porque había hecho su deber en la batalla, habiendo llevado por muestra de su valor el estandarte de la religión de Malta. Halléme el segundo año, que fué el de setenta y dos, en Navarino, bogando en la capitana de los tres fanales [2]. Vi y noté la ocasión que allí se perdió de no coger en el puerto toda la armada turquesca; porque todos los

---

[1] De suerte *que* (cf. pról. 15).
[2] Los tres fanales (o faroles) eran insignia del buque comandante general de la armada.

La figura adjunta, que representa una galera capitana de Castilla de fines del siglo XVI, está tomada de G. DE ARTIÑANO: *La arquitectura naval española*, lámina XLIV. La crujía está convertida en amplia plataforma de combate; la amurada o barandilla, dividida en tableros, cae, formando un campo de gran utilidad para los abordajes; los galeotes ocupan la parte inferior.

leventes y genízaros [1] que en ella venían tuvieron por cierto que les habían de embestir dentro del mesmo puerto, y tenían a punto su ropa y pasamaques, que son sus zapatos, para huírse luego por tierra, sin esperar ser combatidos: tanto era el miedo que habían cobrado a nuestra armada. Pero el cielo lo ordenó de otra manera, no por culpa ni descuido del general que a los nuestros regía, sino por los pecados de la cristiandad, y porque quiere y permite Dios que tengamos siempre verdugos que nos castiguen. En efeto, el Uchalí se recogió a Modón, que es una isla que está junto a Navarino, y echando la gente en tierra, fortificó la boca del puerto, y estúvose quedo hasta que el señor don Juan [2] se volvió. En este viaje se tomó la galera que se llamaba *La Presa*, de quien era capitán un hijo de aquel famoso cosario Barbarroja [3]. Tomóla la capitana de Nápoles, llamada *La Loba*, regida por aquel rayo de la guerra, por el padre de los soldados, por aquel venturoso y jamás vencido capitán don Alvaro de Bazán, marqués de Santa Cruz. Y no quiero dejar de decir lo que sucedió en la presa de *La Presa*. Era tan cruel el hijo de Barbarroja, y trataba tan mal a sus cautivos, que así como los que venían al remo vieron que la galera *Loba* les iba entrando [4] y que los alcanzaba, soltaron todos a un tiempo los remos, y asieron de su capitán, que estaba sobre el estanterol [5] gritando que bogasen apriesa, y pasándole de banco en banco, de popa a proa, le dieron bocados, que [6] a poco más

---

[1] Los *leventes* o *levantes* eran soldados de marina, así como los genízaros lo eran de tierra; si bien solían embarcarse y andar con los demás al corso. 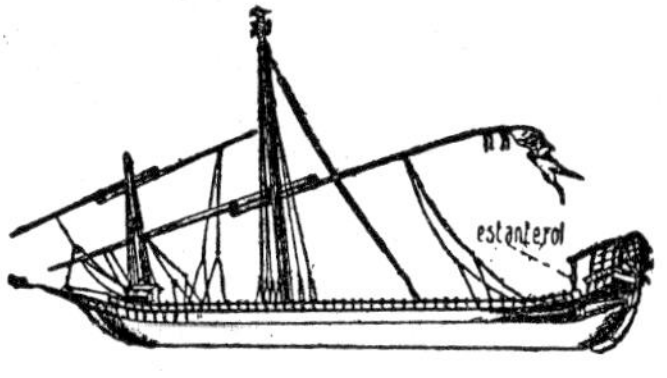
[2] Así solían nombrar a *Don Juan de Austria*.
[3] Mahamet Bey, capitán de *La Presa*, no fué hijo, sino nieto de Barbarroja.
[4] *Entrar* = alcanzar.
[5] *Estanterol* = madero a modo de columna, que en las galeras estaba al principio de la crujía, sobre el cual se afirmaba el tendal o toldo o como dice Covarrubias: «una coluna que media entre la popa de la galera y crujía a donde el capitán de la nave o galera asiste para mirar si va bien»

El grabado representa una galera italiana según Bartolomeo Crescencio en su *Nautica Mediterranea* (1606).
[6] Tales *que* (cf. pról. 15).

que pasó del árbol [1] ya había pasado su ánima al infierno: tal era, como he dicho, la crueldad con que los trataba y el odio que ellos le tenían. Volvimos a Constantinopla, y el año siguiente, que fué el de setenta y tres, se supo en ella cómo el señor don Juan había ganado a Túnez, y quitado aquel reino a los turcos, y puesto en posesión dél a Muley [2] Hamet, cortando las esperanzas que de volver a reinar en él tenía Muley Hamida, el moro más cruel y más valiente que tuvo el mundo. Sintió mucho esta pérdida el Gran Turco, y, usando de la sagacidad que todos los de su casa tienen, hizo paz con venecianos, que mucho más que él la deseaban, y el año siguiente de setenta y cuatro acometió a la Goleta, y al Fuerte que junto a Túnez había dejado medio levantado el señor don Juan. En estos trances andaba yo al remo, sin esperanza de libertad alguna; a lo menos, no esperaba tenerla por rescate, porque tenía determinado de no escribir las nuevas de mi desgracia a mi padre.

Perdióse, en fin, la Goleta; perdióse el Fuerte; sobre las cuales plazas hubo de soldados turcos pagados setenta y cinco mil, y de moros y alárabes [3] de toda África, más de cuatrocientos mil, acompañado este tan gran número de gente con tantas municiones y pertrechos de guerra, y con tantos gastadores [4], que con las manos y a puñados de tierra pudieran cubrir la Goleta y el Fuerte. Perdióse primero la Goleta, tenida hasta entonces por inexpugnable, y no se perdió por culpa de sus defensores (los cuales hicieron en su defensa todo aquello que debían y podían), sino porque la experiencia mostró la facilidad con que se podían levantar trincheas [5] en aquella desierta arena, porque a dos palmos se hallaba agua [6], y los turcos no la hallaron a dos varas; y así, con muchos sacos de arena levantaron las trincheas tan altas, que sobrepujaban las murallas de la fuerza; y tirándoles a caballero [6], ninguno podía parar ni asistir a la defensa.

---

[1] *Arbol* = palo, mástil.
[2] *Muley* quiere decir señor, y solamente usan este tratamiento los que son de sangre real.
[3] *Alárabes* = árabes.
[4] *Gastador* = soldado encargado de abrir trincheras y hacer obras semejantes.
[5] *Trinchea* = trinchera.
[6] Según se creía: lo cual impediría a los turcos sitiadores levantar trincheras; y, sin embargo, los turcos...
[7] *Tirar a caballero* = tirar de sitio elevado a otro más bajo (cf. p. 446, n. 4).

1, 39.—HISTORIA DEL CAUTIVO

Fué común opinión que no se habían de encerrar los nuestros en la Goleta, sino esperar en campaña al desembarcadero [1], y los que esto dicen hablan de lejos y con poca experiencia de casos semejantes; porque si en la Goleta y en el Fuerte apenas había siete mil soldados, ¿cómo podía tan poco número, aunque más esforzados fuesen, salir a la campaña y quedar en las fuerzas [2], contra tanto como era el de los enemigos? ¿Y cómo es posible dejar de perderse fuerza que no es socorrida, y más cuando la cercan enemigos muchos y porfiados, y en su mesma tierra? Pero a muchos les pareció, y así me pareció a mí, que fué particular gracia y merced que el cielo hizo a España en permitir que se asolase aquella oficina y capa de maldades [3], y aquella gomia [4] o esponja y polilla de la infinidad de dineros que allí sin provecho se gastaban, sin servir de otra cosa que de conservar la memoria de haberla ganado la felicísima del invictísimo Carlos V, como si fuera menester para hacerla eterna, como lo es y será, que aquellas piedras la sustentaran. Perdióse también el Fuerte; pero fuéronle ganando los turcos palmo a palmo, porque los soldados que lo defendían pelearon tan valerosa y fuertemente, que pasaron de veinticinco mil enemigos los que mataron en veintidós asaltos generales que les dieron. Ninguno cautivaron sano de trecientos que quedaron vivos, señal cierta y clara de su esfuerzo y valor, y de lo bien que se habían defendido, y guardado sus plazas. Rindióse a partido [5] un pequeño fuerte o torre que estaba en mitad del estaño [6], a cargo de don Juan Zanoguera, caballero valenciano y famoso soldado. Cautivaron a don Pedro Puertocarrero, general de la Goleta, el cual hizo cuanto fué posible por defender su fuerza; y sintió tanto el haberla perdido, que de pesar murió en el camino de Constantinopla, donde le llevaban cautivo. Cautivaron ansimesmo al general del Fuerte, que se llamaba Gabrio Cervellón, caballero milanés, grande ingeniero y valentísimo soldado. Murieron en estas dos fuerzas muchas personas de cuenta, de las cuales fué una Pagán de Oria, caballero del hábito de San Juan, de condición generoso, como lo mostró la

---

[1] *Desembarcadero* = desembarco.
[2] Fortaleza.
[3] Capa bajo la cual se escondían tantas maldades.
[4] *Gomia* = el que traga y engulle con ansia.
[5] *Partido* = convenio, capitulación.
[6] *Estaño* (de *stagnum*) = laguna.

suma liberalidad que usó con su hermano el famoso Juan Andrea de Oria [1]; y lo que más hizo lastimosa su muerte fué haber muerto a manos de unos alárabes de quien se fió, viendo ya perdido el Fuerte, que se ofrecieron de llevarle en hábito de moro a Tabarca, que es un portezuelo o casa que en aquellas riberas tienen los ginoveses que se ejercitan en la pesquería del coral; los cuales alárabes le cortaron la cabeza y se la trujeron al general de la armada turquesca, el cual cumplió con ellos nuestro refrán castellano: que aunque la traición aplace, el traidor se aborrece: y así, se dice que mandó el general ahorcar a los que trujeron el presente, porque no se le habían traído vivo.

Entre los cristianos que en el Fuerte se perdieron, fué uno llamado don Pedro de Aguilar, natural no sé de qué lugar del Andalucía, el cual había sido alférez en el Fuerte, soldado de mucha cuenta y de raro entendimiento; especialmente tenía particular gracia en lo que llaman poesía. Dígolo porque su suerte le trujo a mi galera y a mi banco, y a ser esclavo de mi mesmo patrón; y antes que nos partiésemos de aquel puerto hizo este caballero dos sonetos a manera de epitafios, el uno a la Goleta y el otro al Fuerte. Y en verdad que los tengo de decir, porque los sé de memoria y creo que antes causarán gusto que pesadumbre.

En el punto que el Cautivo nombró a don Pedro de Aguilar, don Fernando miró a sus camaradas, y todos tres se sonrieron; y cuando llegó a decir de los sonetos, dijo el uno:

—Antes que vuestra merced pase adelante, le suplico me diga qué se hizo ese don Pedro de Aguilar que ha dicho.

—Lo que sé es—respondió el Cautivo—que al cabo de dos años que estuvo en Constantinopla, se huyó en traje de arnaúte [2] con un griego espía, y no sé si vino en libertad, puesto que creo que sí, porque de allí a un año vi yo al griego en Constantinopla y no le pude preguntar el suceso de aquel viaje.

—Pues lo fué—respondió el caballero—; porque ese don Pedro es mi hermano, y está ahora en nuestro lugar, bueno y rico, casado y con tres hijos.

—Gracias sean dadas a Dios—dijo el Cautivo—por tantas

---

[1] Renunciando en él sus cuantiosos bienes para profesar en la Orden de San Juan.
[2] *Arnaúte* = albanés.

mercedes como le hizo; porque no hay en la tierra, conforme ni parecer, contento que se iguale a alcanzar la libertad perdida.

—Y más—replicó el caballero—, que yo sé los sonetos que mi hermano hizo.

—Dígalos, pues, vuestra merced—dijo el Cautivo—, que los sabrá decir mejor que yo.

—Que me place—respondió el caballero—, y el de la Goleta decía así:

CAPITULO XL.—Donde se prosigue la historia del cautivo.

SONETO

Almas dichosas que del mortal velo
Libres y esentas, por el bien que obrastes,
Desde la baja tierra os levantastes.
A lo más alto y lo mejor del cielo,
Y, ardiendo en ira y en honroso celo,
De los cuerpos la fuerza ejercitastes,
Que en propia y sangre ajena colorastes
El mar vecino y arenoso suelo;
Primero que el valor faltó la vida
En los cansados brazos, que, muriendo,
Con ser vencidos, llevan la vitoria.
Y esta vuestra mortal, triste caída
Entre el muro y el hierro os va adquiriendo
Fama que el mundo os da, y el cielo gloria.

—Desa mesma manera lo sé yo—dijo el Cautivo.
—Pues el del Fuerte, si mal no me acuerdo—dijo el caballero—, dice así:

SONETO

De entre esta tierra estéril, derribada,
Destos terrones por el suelo echados,
Las almas santas de tres mil soldados
Subieron vivas a mejor morada,
Siendo primero, en vano, ejercitada
La fuerza de sus brazos esforzados,
Hasta que, al fin, de pocos y cansados,
Dieron la vida al filo de la espada.

1, 40.—HISTORIA DEL CAUTIVO

Y éste es el suelo que continuo [1] ha sido
De mil memorias lamentables lleno
En los pasados siglos y presentes.
Mas no más justas de su duro seno
Habrán al claro cielo almas subido,
Ni aun él sostuvo cuerpos tan valientes.

No parecieron mal los sonetos, y el Cautivo se alegró con las nuevas que de su camarada le dieron, y, prosiguiendo su cuento, dijo:

—Rendidos, pues, la Goleta y el Fuerte, los turcos dieron orden en desmantelar la Goleta (porque el Fuerte quedó tal, que no hubo qué poner por tierra), y para hacerlo con más brevedad y menos trabajo, la minaron por tres partes; pero con ninguna se pudo volar lo que parecía menos fuerte, que eran las murallas viejas; y todo aquello que había quedado en pie de la fortificación nueva que había hecho el Fratín [2], con mucha facilidad vino a tierra. En resolución, la armada volvió a Constantinopla triunfante y vencedora, y de allí a pocos meses murió mi amo el Uchalí, al cual llamaban *Uchalí Fartax*, que quiere decir en lengua turquesca *el renegado tiñoso* [3], porque lo era, y es costumbre entre los turcos ponerse nombres de alguna falta que tengan, o de alguna virtud que en ellos haya; y esto es porque no hay entre ellos sino cuatro apellidos de linajes, que decienden de la casa Otomana, y los demás, como tengo dicho, toman nombre y apellido ya de las tachas del cuerpo, y ya de las virtudes del ánimo. Y este Tiñoso bogó el remo [4], siendo esclavo del Gran Señor, catorce años, y a más de los treinta y cuatro de su edad renegó, de despecho, de que un turco, estando al remo, le dió un bofetón, y por poderse vengar dejó su fe [5]; y fué tanto su valor, que, sin subir por los torpes [6] medios y caminos que los más privados del Gran Turco suben, vino a ser rey de Argel, y después, a ser general de la mar, que es el tercero cargo que hay en aquel señorío [7]. Era

---

[1] Continuamente (cf. pról. 2).
[2] *Fratín* (= frailecillo) llamaron a Jácome Palearo o Paleazzo, que sirviendo a Carlos V y Felipe II reparó varias fortificaciones.
[3] *Uchalí* es corrupción del nombre turco *Aluch Alí* (= renegado Alí).
[4] Cervantes dice *bogar el remo* o *al remo*.
[5] Pues siendo cristiano no lo podía hacer.
[6] *Torpe* = feo, bajo.
[7] Los dos primeros son: Gran visir (primer ministro) y Mufti (juriconsulto, cuyas decisiones se consideran como leyes).

— 458 —

calabrés de nación, y moralmente fué hombre de bien, y trataba con mucha humanidad a sus cautivos, que llegó a tener tres mil, los cuales, después de su muerte, se repartieron, como él lo dejó en su testamento, entre el Gran Señor (que también es hijo heredero de cuantos mueren y entra a la parte con los más [1] hijos que deja el difunto) y entre [2] sus renegados; y yo cupe a un renegado veneciano que, siendo grumete [3] de una nave, le cautivó el Uchalí, y le quiso tanto, que fué uno de los más regalados garzones suyos, y él vino a ser el más cruel renegado que jamás se ha visto. Llamábase Azán Agá [4], y llegó a ser muy rico, y a ser rey de Argel; con el cual yo vine de Constantinopla, algo contento, por estar tan cerca de España, no porque pensase escribir a nadie el desdichado suceso mío, sino por ver si me era más favorable la suerte en Argel que en Constantinopla, donde ya había probado mil maneras de huírme, y ninguna tuvo sazón ni ventura; y pensaba en Argel buscar otros medios de alcanzar lo que tanto deseaba, porque jamás me desamparó la esperanza de tener libertad; y cuando en lo que fabricaba, pensaba y ponía por obra no correspondía el suceso a la intención, luego, sin abandonarme, fingía y buscaba otra esperanza que me sustentase, aunque fuese débil y flaca. Con esto entretenía la vida, encerrado en una prisión o casa que los turcos llaman *baño* [5], donde encierran los cautivos cristianos, así los que son del Rey como de algunos particulares, y los que llaman *del almacén* [6], que es como decir *cautivos del concejo*, que sirven a la ciudad en las obras públicas que hace y en otros oficios, y estos tales cautivos tienen muy dificultosa su libertad; que, como son del común y no tienen amo particular, no hay con quien tratar su rescate, aunque le tengan. En [7] estos baños, como tengo dicho, suelen llevar a sus cautivos algunos particulares del pueblo, principalmente cuando son de rescate, porque allí los tienen holgados y seguros hasta que venga su rescate. También los cautivos del Rey que

---

[1] Demás.
[2] Hoy suprimiríamos este segundo *entre*.
[3] «*Grumete*, el muchacho que sirve en el navío» (Cov.).
[4] Y también *Azán Bajá*.
[5] *Baño* = edificio, construcción (cf. *al-bañil* = el constructor).
[6] *Almacén, magacén* o *magcén* = tesoro público.
[7] Por *a* (cf. pról. 12).

son de rescate no [1] salen al trabajo con la demás chusma [2], si no es cuando se tarda su rescate; que entonces, por hacerles que escriban por él con más ahinco, les hacen trabajar y ir por leña con los demás, que es un no pequeño trabajo.

Yo, pues, era uno de los de rescate; que como se supo que era capitán, puesto que dije mi poca posibilidad y falta de hacienda, no aprovechó nada para que no me pusiesen en el número de los caballeros y gente de rescate. Pusiéronme una cadena, más por señal de rescate que por guardarme con ella, y así pasaba la vida en aquel baño, con otros muchos caballeros y gente principal, señalados y tenidos por de rescate; y aunque la hambre y desnudez pudiera fatigarnos a veces, y aun casi siempre, ninguna cosa nos fatigaba tanto como oír y ver a cada paso las jamás vistas ni oídas crueldades que mi amo usaba con los cristianos. Cada día ahorcaba el suyo [3], empalaba a éste, desorejaba a aquél; y esto, por tan poca ocasión, y tan sin ella [4], que los turcos conocían que lo hacía no más de por hacerlo, y por ser natural condición suya ser homicida de todo el género humano. Sólo libró bien con él un soldado español llamado tal de Saavedra [5], el cual, con haber hecho cosas que quedarán en la memoria de aquellas gentes por muchos años, y todas por alcanzar libertad, jamás le dió palo, ni se lo mandó dar, ni le dijo mala palabra; y por la menor cosa de muchas que hizo temíamos todos que había de ser empalado, y así lo temió él más de una vez; y si no fuera porque el tiempo no da lugar, yo dijera ahora algo de lo que este soldado hizo, que fuera parte para entreteneros y admiraros harto mejor que con el cuento de mi historia.

Digo, pues, que encima del patio de nuestra prisión caían las ventanas de la casa de un moro rico y principal, las cuales, como de ordinario son las de los moros, más eran agujeros que ventanas, y aun éstas se cubrían con celosías muy espesas y apretadas. Acaeció, pues, que un día, estando en un terrado [6]

---

[1] *También... no* = tampoco (cf. pról. 17).
[2] «*Chusma*, la gente de servicio de la galera. Algunas veces significa la gente ordinaria y común de la casa, que no tiene nombre de oficio, ni asiento en ella» (Cov.).
[3] *El suyo*, esto es, *el de aquel día*.
[4] *Y a veces tan sin ella.*
[5] Aquí habla Cervantes de su cautiverio.
[6] *Terrado* = superficie de un edificio, horizontal, al aire libre y cubierta de tierra: se llama *azotea* si tiene el piso embaldosado.

de nuestra prisión con otros tres compañeros, haciendo pruebas de saltar con las cadenas, por entretener el tiempo, estando solos, porque todos los demás cristianos habían salido a trabajar, alcé acaso los ojos y vi que por aquellas cerradas ventanillas que he dicho parecía una caña, y al remate della puesto un lienzo, atado, y la caña se estaba blandeando y moviendo casi como si hiciera señas que llegásemos a tomarla. Miramos en ello y uno de los que conmigo estaban fué a ponerse debajo de la caña, por si la soltaban, o lo que hacían; pero así como llegó, alzaron la caña y la movieron a los dos lados, como si dijeran *no* con la cabeza. Volvióse el cristiano, y tornáronla a bajar y hacer los mesmos movimientos que primero. Fué otro de mis compañeros, y sucedióle lo mismo que al primero. Finalmente, fué el tercero, y avínole lo que al primero y al segundo. Viendo yo esto, no quise dejar de probar la suerte, y así como llegué a ponerme debajo de la caña, la dejaron caer, y dió a mis pies dentro del baño. Acudí luego a desatar el lienzo, en el cual vi un nudo y dentro dél venían diez cianís, que son unas monedas de oro bajo que usan los moros, que cada una vale diez reales de los nuestros. Si me holgué con el hallazgo no hay para qué decirlo, pues fué tanto el contento como la admiración de pensar de dónde podía venirnos aquel bien, especialmente a mí, pues las muestras de no haber querido soltar la caña sino a mí, claro decían que a mí se hacía la merced. Tomé mi buen dinero, quebré la caña, volvíme al terradillo, miré la ventana, y vi que por ella salía una muy blanca mano, que la abrían y cerraban muy apriesa. Con esto entendimos o imaginamos que alguna mujer que en aquella casa vivía nos debía de haber hecho aquel beneficio; y en señal de que lo agradecíamos hecimos zalemas [1] a uso de moros, inclinando la cabeza, doblando el cuerpo y poniendo los brazos sobre el pecho. De allí a poco sacaron por la mesma ventana una pequeña cruz hecha de cañas, y luego la volvieron a entrar. Esta señal nos confirmó en que alguna cristiana debía de estar cautiva en aquella casa, y era la que el bien nos hacía; pero la blancura de la mano y las ajorcas [2] que en ella vimos, nos deshizo este pensamiento, puesto que imaginamos que

---

[1] La zalema se hacía como dice Cervantes. De una voz árabe que sinifica «salutación» se derivan *zalema* y *zalama*, *zalamero*, *zalamería*.

[2] *Ajorca* = argolla de rico metal con que la mujer adorna la muñeca, brazo o garganta de su pie.

debía de ser cristiana renegada, a quien de ordinario suelen tomar por legítimas mujeres sus mesmos amos, y aun lo tienen a ventura, porque las estiman en más que las de su nación. En todos nuestros discursos dimos muy lejos de la verdad del caso, y así, todo nuestro entretenimiento desde allí adelante era mirar y tener por norte a la ventana donde nos había aparecido la estrella de la caña; pero bien se pasaron quince días en que no la vimos, ni la mano tampoco, ni otra señal alguna. Y aunque en este tiempo procuramos con toda solicitud saber quién en aquella casa vivía, y si había en ella alguna cristiana renegada, jamás hubo quien nos dijese otra cosa sino que allí vivía un moro principal y rico, llamado Agi Morato [1], alcaide que había sido de la Pata [2], que es oficio entre ellos de mucha calidad; mas cuando más descuidados estábamos de que por allí habían de llover más cianís, vimos a deshora parecer la caña, y otro lienzo en ella, con otro nudo más crecido; y esto fué a tiempo que estaba el baño, como la vez pasada, solo y sin gente. Hecimos la acostumbrada prueba, yendo cada uno primero que yo, de los mismos tres que estábamos; pero a ninguno se rindió la caña sino a mí, porque en llegando yo, la dejaron caer. Desaté el nudo y hallé cuarenta escudos de oro españoles y un papel escrito en arábigo, y al cabo de lo escrito, hecha una grande cruz. Besé la cruz, tomé los escudos, volvíme al terrado, hecimos todos nuestras zalemas, tornó a parecer la mano, hice señas que leería el papel, cerraron la ventana. Quedamos todos confusos y alegres con lo sucedido, y como ninguno de nosotros no [3] entendía el arábigo, era grande el deseo que teníamos de entender lo que el papel contenía y mayor la dificultad de buscar quien lo leyese. En fin, yo me determiné de fiarme de un renegado, natural de Murcia, que se había dado por grande amigo mío, y puesto prendas entre los dos, que le obligaban a guardar el secreto que le encargase; porque suelen algunos renegados, cuando tienen intención de volverse a tierra de cristianos, traer consigo algunas firmas de cautivos principales, en que dan fe, en la forma que pueden, cómo el tal renegado es hombre de bien, y que siempre ha he-

---

[1] Este *Agi* (= peregrino; porque había hecho o costeado la peregrinación a la Meca) *Morato* es un personaje histórico (HAEDO, *Topografía*, c. 14).
[2] *La Pata*, o *la Bata*, era una fortaleza situada a dos leguas de Orán.
[3] Hoy suprimiríamos el *no* o lo antepondríamos junto con el verbo a toda otra negación *(no entendía ninguno)*.

cho bien a cristianos, y que lleva deseo de huírse en la primera ocasión que se le ofrezca. Algunos hay que procuran estas fees con buena intención; otros se sirven dellas acaso y de industria; que viniendo a robar a tierra de cristianos, si a dicha [1] se pierden o los cautivan, sacan sus firmas y dicen que por aquellos papeles se verá el propósito con que venían, el cual era de quedarse en tierra de cristianos, y que por eso venían en corso con los demás turcos. Con esto se escapan de aquel primer ímpetu, y se reconcilian con la Iglesia, sin que se les haga daño y cuando veen la suya, se vuelven a Berbería a ser lo que antes eran. Otros hay que usan destos papeles, y los procuran, con buen intento, y se quedan en tierra de cristianos. Pues uno de los renegados que he dicho era este mi amigo, el cual tenía firmas de todas nuestras camaradas, donde le acreditábamos cuanto era posible; y si los moros le hallaran estos papeles, le quemaran vivo. Supe que sabía muy bien arábigo, y no solamente hablarlo, sino escribirlo; pero antes que del todo me declarase con él, le dije que me leyese aquel papel, que acaso me había hallado en un agujero de mi rancho [2]. Abrióle, y estuvo un buen espacio mirándole y construyéndole, murmurando entre los dientes. Preguntéle si lo entendía; díjome que muy bien, y que si quería que me lo declarase palabra por palabra, que le diese tinta y pluma, porque mejor lo hiciese. Dímosle luego lo que pedía, y él poco a poco lo fué traduciendo, y en acabando, dijo:

—Todo lo que va aquí en romance, sin faltar letra, es lo que contiene este papel morisco: y hase de advertir que adonde dice *Lela Marién* quiere decir *Nuestra Señora la Virgen María.*

Leímos el papel, y decía así:

«Cuando yo era niña, tenía mi padre una esclava, la cual en mi lengua me mostró la *zalá* [3] cristianesca, y me dijo muchas cosas de Lela Marién. La cristiana murió, y yo sé que no fué al fuego, sino con Alá, porque después la vi dos veces, y me dijo que me fuese a tierra de cristianos a ver a Lela Marién, que me quería mucho. No sé yo cómo vaya: muchos cristianos he visto por esta ventana, y ninguno me ha parecido caballero sino tú. Yo soy muy hermosa y muchacha, y tengo muchos

---

[1] Por ventura.
[2] *Rancho* = 1) paraje determinado en las embarcaciones para alojarse los individuos de la tripulación; 2) por extensión, cualquier alojamiento.
[3] Hizo que aprendiese la *zalá* (= oración).

dineros que llevar conmigo: mira tú si puedes hacer cómo nos vamos, y serás allá mi marido, si quisieres, y si no quisieres no se me dará nada; que Lela Marién me dará con quien me case. Yo escribí esto; mira a quién lo das a leer: no te fíes de ningún moro, porque son todos marfuces [1]. Desto tengo mucha pena: que quisiera que no te descubrieras a nadie; porque si mi padre lo sabe, me echará luego en un pozo, y me cubrirá de piedras. En la caña pondré un hilo: ata allí la respuesta; y si no tienes quien te escriba arábigo, dímelo por señas; que Lela Marién hará que te entienda. Ella y Alá te guarden, y esa cruz que yo beso muchas veces; que así me lo mandó la cautiva.»

Mirad, señores, si era razón que las razones deste papel nos admirasen y alegrasen; y así, lo uno y lo otro fué de manera. que el Renegado entendió que no acaso se había hallado aquel papel, sino que realmente a alguno de nosotros se había escrito; y así, nos rogó que si era verdad lo que sospechaba, que nos fiásemos dél y se lo dijésemos; que él aventuraría su vida por nuestra libertad. Y diciendo esto, sacó del pecho un crucifijo de metal, y con muchas lágrimas juró por el Dios que aquella imagen representaba, en quien él, aunque pecador y malo, bien y fielmente creía, de guardarnos lealtad y secreto en todo cuanto quisiésemos descubrirle, porque le parecía, y casi adevinaba, que por medio de aquella que aquel papel había escrito había él y todos nosotros de tener libertad, y verse él en lo que tanto deseaba, que era reducirse al gremio [2] de la santa Iglesia su madre, de quien como miembro podrido estaba dividido y apartado por su ignorancia y pecado. Con tantas lágrimas y con muestras de tanto arrepentimiento dijo esto el Renegado, que todos de un mesmo parecer consentimos declararle la verdad del caso; y así, le dimos cuenta de todo, sin encubrirle nada. Mostrámosle la ventanilla por donde parecía la caña, y él marcó [3] desde allí la casa, y quedó de tener especial y gran cuidado de informarse quién en ella vivía. Acordamos ansimesmo que sería bien responder al billete de la Mora; y como teníamos quien lo supiese hacer, luego al momento el Renegado escribió las razones que yo le fuí notando, que puntualmente fueron las que diré, porque de

---

[1] *Marfuz* = astuto, pérfido.
[2] *Gremio* = seno, regazo
[3] *Marcar* = señalar, o advertir alguna marca o señal.

todos los puntos sustanciales que en este suceso me acontecieron, ninguno se me ha ido de la memoria, ni aun se me irá en tanto que tuviere vida. En efecto, lo que a la Mora se le respondió fué esto:

«El verdadero Alá te guarde, señora mía, y aquella bendita Marién, que es la verdadera madre de Dios, y es la que te ha puesto en corazón que te vayas a tierra de cristianos, porque te quiere bien. Ruégale tú que se sirva de darte a entender cómo podrás poner por obra lo que te manda; que ella es tan buena, que sí hará. De mi parte y de la de todos estos cristianos que están conmigo te ofrezco de hacer por ti todo lo que pudiésemos, hasta morir. No dejes de escribirme y avisarme lo que pensares hacer, que yo te responderé siempre; que el grande Alá nos ha dado un cristiano cautivo que sabe hablar y escribir tu lengua tan bien como lo verás por este papel. Así que, sin tener miedo, nos puedes avisar de todo lo que quisieres. A lo que dices que si fueres a tierra de cristianos, que has de ser mi mujer, yo te lo prometo como buen cristiano; y sabe que los cristianos cumplen lo que prometen, mejor que los moros. Alá y Marién su madre sean en tu guarda, señora mía.»

Escrito y cerrado este papel, aguardé dos días a que estuviese el baño solo, como solía, y luego salí al paso acostumbrado del terradillo, por ver si la caña parecía, que no tardó mucho en asomar. Así como la vi, aunque no podía ver quién la ponía, mostré el papel, como dando a entender que pusiesen el hilo; pero ya venía puesto en la caña, al cual até el papel, y de allí a poco tornó a parecer nuestra estrella, con la blanca bandera de paz del atadillo. Dejáronla caer, y alcé[1] yo, y hallé en el paño, en toda suerte de moneda de plata y de oro, más de cincuenta escudos, los cuales cincuenta veces más doblaron nuestro contento y confirmaron la esperanza de tener libertad. Aquella misma noche volvió nuestro Renegado, y nos dijo que había sabido que en aquella casa vivía el mesmo moro que a nosotros nos habían dicho, que se llamaba Agi Morato, riquísimo por todo estremo, el cual tenía una sola hija, heredera de toda su hacienda, y que era común opinión en toda la ciudad ser la más hermosa mujer de la Berbería; y que muchos de los virreyes que allí venían la habían pedido por mujer, y que ella nunca se había querido casar; y que tam-

---

[1] Hoy diríamos *alcéla* (cf. pról. 10).

bién supo que tuvo una cristiana cautiva, que ya se había muerto; todo lo cual concertaba con lo que venía en el papel.

Entramos luego en consejo con el Renegado en qué orden se tendría para sacar a la Mora y venirnos todos a tierra de cristianos, y, en fin, se acordó por entonces que esperásemos al aviso segundo de Zoraida que así se llamaba la que ahora quiere llamarse María; porque bien vimos que ella y no otra alguna era la que había de dar medio a todas aquellas dificultades. Después que quedamos en esto, dijo el Renegado que no tuviésemos pena; que él perdería la vida, o nos pondría en libertad. Cuatro días estuvo el baño con gente, que fué ocasión que cuatro días tardase en parecer la caña; al cabo de los cuales en la acostumbrada soledad del baño, pareció con el lienzo tan preñado [1], que un felicísimo parto prometía. Inclinóse a mí la caña y el lienzo; hallé en él otro papel y cien escudos de oro, sin otra moneda alguna. Estaba allí el Renegado; dímosle a leer el papel dentro de nuestro rancho, el cual dijo que así decía:

«Yo no sé, mi señor, cómo dar orden que nos vamos a España, ni Lela Marién me lo ha dicho, aunque yo se lo he preguntado; lo que se podrá hacer es que yo os daré por esta ventana muchísimos dineros de oro: rescataos vos con ellos, y vuestros amigos, y vaya uno en tierra de cristianos, y compre allá una barca, y vuelva por los demás; y a mí me hallarán en el jardín de mi padre, que está a la puerta de Babazón [2], junto a la marina, donde tengo de estar todo este verano con mi padre y mis criados. De allí, de noche, me podréis sacar sin miedo y llevarme a la barca, y mira que has de ser mi marido, porque si no, yo pediré a Marién que te castigue. Si no te fías de nadie que vaya por la barca, rescátate tú y ve; que yo sé que volverás mejor que otro, pues eres caballero y cristiano. Procura saber el jardín, y cuando te pasees por ahí sabré que está solo el baño, y te daré mucho dinero. Alá te guarde, señor mío.»

Esto decía y contenía el segundo papel; lo cual visto por todos, cada uno se ofreció a querer ser el rescatado, y prometió de ir y volver con toda puntualidad, y también yo me ofrecí a lo mismo; a todo lo cual se opuso el Renegado, di-

---

[1] *Preñado* = lleno.
[2] La puerta de Babazón, que era una de las principales de Argel, era la que menos distaba del jardín.

ciendo que en ninguna manera consentiría que ninguno saliese de libertad [1] hasta que fuesen todos juntos, porque la experiencia le había mostrado cuán mal cumplían los libres las palabras que daban en el cautiverio; porque muchas veces habían usado de aquel remedio algunos principales cautivos, rescatando a uno que fuese a Valencia o Mallorca con dineros para poder armar una barca y volver por los que le habían rescatado, y nunca habían vuelto; porque la libertad alcanzada y el temor de no [2] volver a perderla les borraba de la memoria todas las obligaciones del mundo. Y en confirmación de la verdad que nos decía, nos contó brevemente un caso que casi en aquella mesma sazón había acaecido a unos caballeros cristianos, el más estraño que jamás sucedió en aquellas partes, donde a cada paso suceden cosas de grande espanto y de admiración. En efecto [3], él vino a decir que lo que se podía y debía hacer era que el dinero que se había de dar para rescatar al cristiano, que se le diese a él para comprar allí en Argel una barca, con achaque de hacerse mercader y tratante en Tetuán y en aquella costa; y que siendo él señor de la barca, fácilmente se daría traza para sacarlos del baño y embarcarlos a todos. Cuanto más que si la Mora, como ella decía, daba dineros para rescatarlos a todos, que estando libres, era facilísima cosa aun embarcarse en la mitad del día; y que la dificultad que se ofrecía mayor era que los moros no consienten que renegado alguno compre ni tenga barca, si no es bajel grande para ir en corso, porque se temen que el que compra barca, principalmente si es español, no la quiere sino para irse a tierra de cristianos; pero que él facilitaría este inconveniente con hacer que un moro tagarino [4] fuese a la parte con él en la compañía de la barca y en la ganancia de las mercancías, y con esta sombra [5] él vendría a ser señor de la barca, con que daba por acabado todo lo demás. Y puesto que a mí y a mis camaradas nos había parecido mejor lo de enviar por la barca

---

[1] *De libertad* = a título de procurar la libertad (el *de* es causal como en *salir de miedo, llorar de pena*).

[2] Hoy omitiríamos este *no* (cf. pról. 24).

[3] *En efecto* = de hecho, en conclusión.

[4] «*Tagarinos*, los Moriscos antiguos criados entre Christianos viejos, en lugares de Castilla y Aragón, los quales saben igualmente nuestra lengua, y la suya, de modo que a penas se pueden distinguir, ni conocer, salvo por la orden que con ellos se tiene, de que vivan en ciertos barrios» (Cov.).

[5] Pretexto.

1, 40.—HISTORIA DEL CAUTIVO

a Mallorca, como la Mora decía, no osamos contradecirle, temerosos que si no hacíamos lo que él decía, nos había de descubrir, y poner a peligro de perder las vidas, si descubriese el trato de Zoraida, por cuya vida diéramos todos las nuestras; y así, determinamos de ponernos en las manos de Dios y en las del Renegado, y en aquel mismo punto se le respondió a Zoraida diciéndole que haríamos todo cuanto nos aconsejaba, porque lo había advertido también como si Lela Marién se lo hubiera dicho, y que en ella sola estaba dilatar aquel negocio, o ponello luego por obra. Ofrecímele [1] de nuevo de ser su esposo, y con esto, otro día que acaeció [2] a estar solo el baño, en diversas veces, con la caña y el paño, nos dió dos mil escudos de oro, y un papel donde decía que el primer *jumá*, que es el viernes, se iba al jardín de su padre, y que antes que se fuese nos daría más dinero; y que si aquello no bastase, que se lo avisásemos; que nos daría cuanto le pidiésemos: que su padre tenía tantos, que no lo echaría de menos, cuanto más que ella tenía las llaves de todo. Dimos luego quinientos escudos al Renegado para comprar la barca; con ochocientos me rescaté yo, dando el dinero a un mercader valenciano que a la sazón se hallaba en Argel, el cual me rescató del Rey, tomándome sobre su palabra, dándola de que con el primer bajel que viniese de Valencia pagaría mi rescate; porque si luego diera el dinero, fuera dar sospechas al Rey que había muchos días que mi rescate estaba en Argel, y que el mercader, por sus granjerías, lo había callado. Finalmente, mi amo era tan caviloso, que en ninguna manera me atreví a que luego se desembolsase el dinero. El jueves antes del viernes que la hermosa Zoraida se había de ir al jardín nos dió otros mil escudos y nos avisó de su partida, rogándome que si me rescatase, supiese luego el jardín de su padre, y que en todo caso buscase ocasión de ir allá y verla. Respondíle en breves palabras que así lo haría, y que tuviese cuidado de encomendarnos a Lela Marién con todas aquellas oraciones que la cautiva le había enseñado. Hecho esto, dieron orden en que los tres compañeros nuestros se rescatasen, por facilitar la salida del baño, y porque viéndome a

---

[1] Disuena *ofrecímele* y disonaría *ofrecíleme*, porque de dos pronombres así agregados el primero ni suele ser complemento directo, sino indirecto (v. gr., *quiero regalártele* o *regalártelo*), ni puede ser *le*. Nosotros diríamos *me ofrecí a él* u *ofrecíme a él*; Cervantes atropelló con la primera regla.

[2] *Acaeció* = acertó.

— 468 —

mí rescatado, y a ellos no, pues había dinero, no se alborotasen y les persuadiese el diablo que hiciesen alguna cosa en perjuicio de Zoraida; que puesto que el ser ellos quien eran me podría asegurar deste temor, con todo eso, no quise poner el negocio en aventura; y así, los hice rescatar por la misma orden que yo me rescaté, entregando todo el dinero al mercader, para que con certeza y seguridad pudiese hacer la fianza; al cual nunca descubrimos nuestro trato y secreto, por el peligro que había.

CAPITULO XLI.—Donde todavía prosigue el cautivo su suceso.

No se pasaron quince días, cuando ya nuestro Renegado tenía comprada una muy buena barca, capaz de más de treinta personas; y para asegurar su hecho y dalle color [1], quiso hacer, como hizo, un viaje a un lugar que se llamaba Sargel [2], que está treinta leguas de Argel hacia la parte de Orán, en el cual hay mucha contratación de higos pasos [3]. Dos o tres veces hizo este viaje, en compañía del tagarino que había dicho. *Tagarinos* llaman en Berbería a los moros de Aragón, y a los de Granada, *mudéjares;* y en el reino de Fez llaman a los mudéjares *elches* [4], los cuales son la gente de quien aquel rey más se sirve en la guerra. Digo, pues, que cada vez que pasaba con su barca daba fondo en una caleta [5] que estaba no dos tiros de ballesta del jardín donde Zoraida esperaba; y allí, muy de propósito, se ponía el Renegado con los morillos que bogaban el remo, o ya a hacer la *zalá*, o a como por ensayarse de burlas a lo que [6] pensaba hacer de veras; y así, se iba al jardín de Zoraida y le pedía fruta, y su padre se la daba sin conocelle; y, aunque él quisiera hablar a Zoraida, como él después me dijo, y decille

---

[1] *Dar color* = colorear, cohonestar.
[2] *Sargel*, hoy *Cherchell* o *Cerceli*, está a sesenta millas (cf. p. 478), o sea, a veinte leguas al poniente de Argel. Sus fundadores, los cartagineses, la llamaron Jol; Juba II la llamó *Cesárea* en honor de J. César y la adornó con muchos edificios.
[3] *Paso* (de *passum* = extendido) = seco.
[4] *Elche* (voz arábiga, que corresponde a la turca *aluch*, cf. p. 458, n. 3) vale «tornadizo, tránsfuga, renegado».
[5] *Caleta*, dimin. de *cala* (= ensenada, fondeadero).
[6] *O a hacer* maniobrar *como por* (= para)*ensayarse de burlas a* (= para) *lo que...*

que él era el que por orden mía la había de llevar a tierra de cristianos, que estuviese contenta y segura, nunca le fué posible, porque las moras no se dejan ver de ningún moro ni turco, si no es que su marido o su padre se lo manden: de cristianos cautivos se dejan tratar y comunicar, aun más de aquello que sería razonable; y a mí me hubiera pesado que él la hubiera hablado: que quizá la alborotara, viendo que su negocio andaba en boca de renegados. Pero Dios, que lo ordenaba de otra manera, no dió lugar al buen deseo que nuestro Renegado tenía; el cual, viendo cuán seguramente iba y venía a Sargel, y que daba fondo cuando, y como, y adonde quería, y que el tagarino su compañero no tenía más voluntad de lo que la suya ordenaba, y que yo estaba ya rescatado, y que sólo faltaba buscar algunos cristianos que bogasen el remo, me dijo que mirase yo cuáles quería traer conmigo, fuera de los rescatados, y que los tuviese hablados para el primer viernes, donde [1] tenía determinado que fuese nuestra partida. Viendo esto, hablé a doce españoles, todos valientes hombres del remo, y de aquellos que más libremente podían salir de la ciudad; y no fué poco hallar tantos en aquella coyuntura, porque estaban veinte bajeles en corso, y se habían llevado toda la gente de remo, y éstos no se hallaran, si no fuera que su amo se quedó aquel verano sin ir en corso, a acabar una galeota que tenía en astillero; a los cuales no les dijese otra cosa sino que el primer viernes en la tarde se saliesen uno a uno, disimuladamente, y se fuesen la vuelta [2] del jardín de Agi Morato, y que allí me aguardasen hasta que yo fuese. A cada uno di este aviso de por sí, con orden que aunque allí viesen a otros cristianos, no les dijesen sino que yo les había mandado esperar en aquel lugar. Hecha esta diligencia, me faltaba hacer otra, que era la que más me convenía: y era la de avisar a Zoraida en el punto que estaban los negocios, para que estuviese apercebida y sobre aviso, que no se sobresaltase si de improviso la asaltásemos antes del tiempo que ella podía imaginar que la barca de cristianos podía volver. Y así, determiné de ir al jardín y ver si podría hablarla; y, con ocasión de coger algunas hierbas, un día antes de mi partida, fuí allá, y la primera persona con quien encontré fué con su padre, el cual me dijo en lengua que en toda la Berbería, y aun en Constantinopla, se habla entre cau-

---

[1] En el que.
[2] *Ir,* o *irse, la vuelta de* = dar la vuelta a, volver a, ir hacia.

tivos y moros, que ni es morisca, ni castellana, ni de otra nación alguna, sino una mezcla de todas las lenguas, con la cual todos nos entendemos, digo, pues, que en esta manera de lenguaje me preguntó que qué buscaba en aquel su jardín, y de quién era. Respondíle que era esclavo de Arnaúte Mamí [1] (y esto, porque sabía yo por muy cierto que era un grandísimo amigo suyo), y que buscaba de todas hierbas, para hacer ensalada [2]. Preguntóme, por el consiguiente, si era hombre de rescate o no, y que cuánto pedía mi amo por mí. Estando en todas estas preguntas y respuestas, salió de la casa del jardín la bella Zoraida, la cual ya había mucho que me había visto; y como las moras en ninguna manera hacen melindre [3] de mostrarse a los cristianos, ni tampoco se esquivan, como ya he dicho, no se le dió nada de venir adonde su padre conmigo estaba; antes, luego cuando su padre vió que venía, y de espacio, la llamó y mandó que llegase.

Demasiada cosa sería decir yo agora la mucha hermosura, la gentileza, el gallardo y rico adorno con que mi querida Zoraida se mostró a mis ojos: sólo diré que más perlas pendían de su hermosísimo cuello, orejas y cabellos que cabellos tenía en la cabeza. En las gargantas de los sus pies, que descubiertas, a su usanza, traía, traía dos carcajes (que así se llamaban las manillas o ajorcas de los pies en morisco) de purísimo oro, con tantos diamantes engastados, que ella me dijo después que su padre los estimaba en diez mil doblas [4], y las que traía en las muñecas de las manos [5] valían otro tanto. Las perlas eran en gran cantidad y muy buenas, porque la mayor gala y bizarría de las moras es adornarse de ricas perlas y aljófar [6], y así, hay más perlas y aljófar entre moros que entre todas las demás naciones; y el padre de Zoraida tenía fama de tener muchas y de las mejores que en Argel había, y de tener asimismo más

---

[1] *Arnaúte Mamí* se llamaba el cruel comandante de los corsarios que apresaron la galera española *El Sol*, quedando allí cautivos Miguel de Cervantes y su hermano Rodrigo, cuando volvían de Nápoles a España.

[2] «... en la *ensalada* echan muchas hierbas diferentes... y de mucha diversidad de cosas se hace un plato...» (Cov.).

[3] *Hacer melindre* = tener escrúpulo, recatarse.

[4] «*Doblas*, los escudos de a dos» (Cov.). La dobla argelina valía seis reales y un cuartillo de España.

[5] Dice Cov.: «*muñeca de la mano*, el juego que hace con el brazo» y la contrapone a la *muñeca del brazo* (el juego que el brazo hace con el hombro).

[6] *Aljófar* = perla de figura irregular y, comúnmente, pequeña.

1, 41.—HISTORIA DEL CAUTIVO

de docientos mil escudos españoles, de todo lo cual era señora ésta que ahora lo es mía. Si con todo este adorno podía venir entonces hermosa, o no, por las reliquias que le han quedado en tantos trabajos se podrá conjeturar cuál debía de ser en las prosperidades. Porque ya se sabe que la hermosura de algunas mujeres tiene días y sazones, y requiere accidentes para diminuírse o acrecentarse; y es natural cosa que las pasiones del ánimo la levanten o abajen, puesto que las más veces la destruyen. Digo, en fin, que entonces llegó en todo estremo aderezada y en todo estremo hermosa, o, a lo menos, a mí me pareció serlo la más que hasta entonces había visto; y con esto, viendo las obligaciones en que me había puesto, me parecía que tenía delante de mí una deidad del cielo, venida a la tierra para mi gusto y para mi remedio. Así como ella llegó, le dijo su padre en su lengua cómo yo era cautivo de su amigo Arnaúte Mamí, y que venía a buscar ensalada. Ella tomó la mano [1], y en aquella mezcla de lenguas que tengo dicho me preguntó si era caballero, y qué era la causa que no me rescataba. Yo le respondí que ya estaba rescatado, y que en el precio podía echar de ver en lo que mi amo me estimaba, pues había dado [2] por mí mil y quinientos zoltanís [3]. A lo cual ella respondió:

—En verdad que si tú fueras de mi padre, que yo hiciera que no te diera él por otros dos tantos; porque vosotros, cristianos, siempre mentís en cuanto decís, y os hacéis pobres por engañar a los moros.

—Bien podría ser eso, señora—le respondí—; mas en verdad que yo la [4] he tratado con mi amo, y la trato y la trataré con cuantas personas hay en el mundo.

—¿Y cuándo te vas?—dijo Zoraida.

—Mañana creo yo—dije—, porque está aquí un bajel de Francia que se hace mañana a la vela, y pienso irme en él.

—¿No es mejor—replicó Zoraida—esperar a que vengan bajeles de España, y irte con ellos, que no con los de Francia, que no son vuestros amigos?

—No—respondí yo—; aunque si como hay nuevas que viene ya un bajel de España es verdad, todavía yo le aguardaré,

---

[1] Cf. p. 335, n. 2.
[2] Yo.
[3] Cada *zoltaní* o *soltanía* de oro en Argel valía entonces 130 ásperos y cada *áspero* (= moneda argelina cuadrada de plata) era la octava parte (cuatro maravedís y media blanca) del real español.
[4] *La* se refiere a *la verdad*.

puesto que es más cierto el partirme mañana; porque el deseo que tengo de verme en mi tierra y con las personas que bien quiero es tanto, que no me dejará esperar otra comodidad, si se tarda, por mejor que sea.

—Debes de ser, sin duda, casado en tu tierra—dijo Zoraida—, y por eso deseas ir a verte con tu mujer.

—No soy—respondí yo—casado; mas tengo dada la palabra de casarme en llegando allá.

—¿Y es hermosa la dama a quien se la diste?—dijo Zoraida.

—Tan hermosa es—respondí yo—, que para encarecella y decirte la verdad, te parece a ti mucho.

Desto se riyó muy de veras su padre, y dijo:

—*Gualá*[1], cristiano, que debe de ser muy hermosa si se parece a mi hija, que es la más hermosa de todo este reino. Si no, mírala bien, y verás cómo te digo verdad.

Servíanos de intérprete a las más destas palabras y razones el padre de Zoraida, como más ladino[2]; que aunque ella hablaba la bastarda lengua que, como he dicho, allí se usa, más declaraba su intención por señas que por palabras. Estando en estas y otras muchas razones, llegó un moro corriendo, y dijo a grandes voces que por las bardas o paredes del jardín habían saltado cuatro turcos y andaban cogiendo la fruta, aunque no estaba madura. Sobresaltóse el viejo, y lo mesmo hizo Zoraida; porque es común y casi natural el miedo que los moros a los turcos tienen, especialmente a los soldados, los cuales son tan insolentes y tienen tanto imperio sobre los moros que a ellos están sujetos, que los tratan peor que si fuesen esclavos suyos. Digo, pues, que dijo su padre a Zoraida:

—Hija, retírate a la casa y enciérrate, en tanto que yo voy a hablar a estos canes; y tú, cristiano, busca tus hierbas, y vete en buen hora, y llévete Alá con bien a tu tierra.

Yo me incliné, y él se fué a buscar los turcos, dejándome solo con Zoraida, que comenzó a dar muestras de irse donde su padre la había mandado; pero apenas él se encubrió con los árboles del jardín, cuando ella, volviéndose a mí, llenos los ojos de lágrimas, me dijo:

—¿*Támxixi*, cristiano? ¿*Támxixi*? Que quiere decir: «¿Vaste, cristiano? ¿Vaste?»

---

[1] *Gualá* = por Alá.
[2] *Ladino* (de *latinum*) = el moro que hablaba el castellano además de su lengua propia.

1, 41.—HISTORIA DEL CAUTIVO

Yo la respondí:

—Señora, sí; pero no, en ninguna manera, sin ti: el primero *jumá* me aguarda, y no te sobresaltes cuando nos veas; que sin duda alguna iremos a tierra de cristianos.

Yo le dije esto de manera que ella me entendió muy bien a [1] todas las razones que entrambos pasamos; y echándome un brazo al cuello, con desmayados pasos comenzó a caminar hacia la casa; y quiso la suerte, que pudiera ser muy mala si el cielo no lo ordenara de otra manera, que yendo los dos de la manera y postura que os he contado, con un brazo al cuello, su padre, que ya volvía de hacer ir a los turcos, nos vió de la suerte y manera que íbamos, y nosotros vimos que él nos había visto; pero Zoraida, advertida y discreta, no quiso quitar el brazo de mi cuello; antes se llegó más a mí y puso su cabeza sobre mi pecho, doblando un poco las rodillas, dando claras señales y muestras que se desmayaba; y yo, ansimismo, di a entender que la sostenía contra mi voluntad. Su padre llegó corriendo adonde estábamos, y viendo a su hija de aquella manera, le preguntó que qué tenía; pero como ella no le respondiese, dijo su padre:

—Sin duda alguna que con el sobresalto de la entrada de estos canes se ha desmayado.

Y quitándola del mío, la arrimó a su pecho, y ella, dando un suspiro y aún no enjutos los ojos de lágrimas, volvió a decir:

Amexi, cristiano; *ámexi*. «Vete, cristiano; vete.»

A lo que su padre respondió:

—No importa, hija, que el cristiano se vaya; que ningún mal te ha hecho, y los turcos ya son idos. No te sobresalte cosa alguna, pues ninguna hay que pueda darte pesadumbre; pues, como ya te he dicho, los turcos, a mi ruego, se volvieron por donde entraron.

—Ellos, señor, la sobresaltaron, como has dicho—dije yo a su padre—; mas pues ella dice que yo me vaya, no la quiero dar pesadumbre: quédate en paz, y, con tu licencia, volveré, si fuere menester, por hierbas a este jardín; que, según dice mi amo, en ninguno las hay mejores para ensalada que en él.

—Todas las que [2] quisieres podrás volver—respondió Agi Morato—; que mi hija no dice esto porque tú ni ninguno de los cristianos la enojaban, sino que, por decir que los turcos se

---

[1] Tal vez esta *a* sobre.
[2] *Todas las* veces *que*.

— 474 —

1, 41.—HISTORIA DEL CAUTIVO

fuesen, dijo que tú te fueses, o porque ya era hora que buscases tus hierbas.

Con esto, me despedí al punto de entrambos; y ella, arrancándosele el alma al parecer, se fué con su padre, y yo, con achaque de buscar las hierbas, rodeé muy bien y a mi placer todo el jardín: miré bien las entradas y salidas, y la fortaleza de la casa, y la comodidad que se podía ofrecer para facilitar todo nuestro negocio. Hecho esto, me vine y di cuenta de cuanto había pasado al Renegado y a mis compañeros, y ya no veía la hora de verme gozar sin sobresalto del bien que en la hermosa y bella Zoraida la suerte me ofrecía. En fin, el tiempo se pasó, y se llegó el día y plazo de nosotros tan deseado; y siguiendo todos el orden y parecer que, con discreta consideración y largo discurso, muchas veces habíamos dado, tuvimos el buen suceso que deseábamos; porque el viernes que se siguió al día que yo con Zoraida hablé en el jardín, nuestro Renegado, al anochecer, dió fondo con la barca casi frontero de donde la hermosísima Zoraida estaba.

Ya los cristianos que habían de bogar el remo estaban prevenidos, y escondidos por diversas partes de todos aquellos alrededores. Todos estaban suspensos y alborozados aguardándome, deseosos ya de embestir con el bajel que a los ojos tenían; porque ellos no sabían el concierto del Renegado, sino que pensaban que a fuerza de brazos habían de haber y ganar la libertad, quitando la vida a los moros que dentro de la barca estaban. Sucedió, pues, que así como yo me mostré y mis compañeros, todos los demás escondidos que nos vieron se vinieron llegando a nosotros. Esto era ya a tiempo que la ciudad estaba ya cerrada, y por toda aquella campaña ninguna persona parecía. Como estuvimos juntos, dudamos si sería mejor ir primero por Zoraida, o rendir primero a los moros *bagarinos*[1] que bogaban el remo en la barca; y estando en esta duda, llegó a nosotros nuestro Renegado diciéndonos que en qué nos deteníamos: que ya era hora, y que todos sus moros estaban descuidados, y los más dellos, durmiendo. Dijímosle en lo que reparábamos, y él dijo que lo que más importaba era rendir primero el bajel, que se podía hacer con grandísima facilidad y sin

---

[1] *Bagarinos* o *bagarines* = moros de la tierra que ganan su vida a bogar (= remar) de buenas boyas (Haedo, *Topografía*, c. 21). *Boya* y *buena boya* (del ital. *bonavoglia*) = remero voluntario, por oposición al forzado o galeote.

— 475 —

peligro alguno, y que luego, podíamos ir por Zoraida. Parecionos bien a todos lo que decía, y así, sin detenernos más, haciendo él la guía, llegamos al bajel, y saltando él dentro primero, metió mano a un alfanje y dijo en morisco:

—Ninguno de vosotros se mueva de aquí, si no quiere que le cueste la vida.

Ya, a este tiempo, habían entrado dentro casi todos los cristianos. Los moros, que eran de poco ánimo, viendo hablar de aquella manera a su arráez [1], quedáronse espantados, y sin ninguno de todos ellos echar mano a las armas, que pocas o casi ningunas tenían, se dejaron, sin hablar alguna palabra, maniatar de los cristianos, los cuales con mucha presteza lo hicieron, amenazando a los moros que si alzaban por alguna vía o manera la voz, que luego al punto los pasarían todos a cuchillo. Hecho ya esto, quedándose en guardia dellos la mitad de los nuestros, los que quedábamos, haciéndonos asimismo el Renegado la guía, fuimos al jardín de Agi Morato, y quiso la buena suerte que, llegando a abrir la puerta, se abrió con tanta facilidad como si cerrada no estuviera; y así, con gran quietud y silencio, llegamos a la casa sin ser sentidos de nadie.

Estaba la bellísima Zoraida aguardándonos a una ventana, y así como sintió gente, preguntó con voz baja si éramos *nizarani*, como si dijera o preguntara si éramos cristianos. Yo la respondí que sí, y que bajase. Cuando ella me conoció, no se detuvo un punto; porque, sin responderme palabra, bajó en un instante, abrió la puerta, y mostróse a todos tan hermosa y ricamente vestida, que no lo acierto a encarecer. Luego que yo la vi, le tomé una mano y la comencé a besar, y el Renegado hizo lo mismo, y mis dos camaradas; y los demás, que el caso no sabían, hicieron lo que vieron que nosotros hacíamos, que no parecía sino que le dábamos las gracias y la reconocíamos por señora de nuestra libertad. El Renegado le dijo en lengua morisca si estaba su padre en el jardín. Ella respondió que sí, y que dormía.

—Pues será menester despertalle—replicó el Renegado—, y llevárnosle con nosotros, y todo aquello que tiene de valor este hermoso jardín.

—No—dijo ella—: a mi padre no se ha de tocar en ningún modo, y en esta casa no hay otra cosa que lo que yo llevo, que

---

[1] *Arráez* = capitán de embarcación árabe o morisca.

es tanto, que bien habrá para que todos quedéis ricos y contentos; y esperaros un poco y lo veréis.

Y diciendo esto, se volvió a entrar, diciendo que muy presto volvería; que nos estuviésemos quedos, sin hacer ningún ruido. Preguntéle al Renegado lo que con ella había pasado[1], el cual me lo contó, a quien yo dije que en ninguna cosa se había de hacer más de lo que Zoraida quisiese; la cual ya volvía cargada con un cofrecillo lleno de escudos de oro, tantos, que apenas lo podía sustentar. Quiso la mala suerte que su padre despertase en el ínterin y sintiese el ruido que andaba en el jardín; y asomándose a la ventana, luego conoció que todos los que en él estaban eran cristianos; y dando muchas, grandes y desaforadas voces, comenzó a decir en arábigo: «¡Cristianos, cristianos! ¡Ladrones, ladrones!» Por los cuales gritos nos vimos todos puestos en grandísima y temerosa confusión; pero el Renegado, viendo el peligro en que estábamos, y lo mucho que le importaba salir con aquella empresa antes de ser sentido, con grandísima presteza subió donde Agi Morato estaba, y juntamente con él fueron algunos de nosotros; que yo no osé desamparar a la Zoraida, que como desmayada se había dejado caer en mis brazos. En resolución, los que subieron se dieron tan buena maña, que en un momento bajaron con Agi Morato, trayéndole atadas las manos y puesto un pañizuelo en la boca, que no le dejaba hablar palabra, amenazándole que el hablarla le había de costar la vida. Cuando su hija lo vió, se cubrió los ojos por no verle, y su padre quedó espantado, ignorando cuán de su voluntad se había puesto en nuestras manos; mas entonces siendo más necesarios los pies, con diligencia y presteza nos pusimos en la barca; que ya los que en ella habían quedado nos esperaban, temerosos de algún mal suceso nuestro.

Apenas serían dos horas pasadas de la noche, cuando ya estábamos todos en la barca, en la cual se le quitó al padre de Zoraida la atadura de las manos y el paño de la boca; pero tornóle a decir el Renegado que no hablase palabra; que le quitarían la vida. Él, como vió allí a su hija, comenzó a suspirar ternísimamente, y más cuando vió que yo estrechamente la tenía abrazada, y que ella, sin defenderse, quejarse ni esquivarse, se estaba queda; pero, con todo esto, callaba, porque no pusiesen en efeto las muchas amenazas que el Renegado le hacía. Viéndose, pues, Zoraida ya en la barca, y que queríamos dar los

---

[1] Tenido, hablado (cf. p. 103, n. 4).

remos al agua, y viendo allí a su padre y a los demás moros que atados estaban, le dijo al Renegado que me dijese le hiciese merced de soltar a aquellos moros, y de dar libertad a su padre; porque antes se arrojaría en la mar que ver delante de sus ojos y por causa suya llevar cautivo a un padre que tanto la había querido. El Renegado me lo dijo, y yo respondí que era muy contento; pero él respondió que no convenía, a causa que si allí los dejaban, apellidarían [1] luego la tierra y alborotarían la ciudad, y serían causa que saliesen a buscallos [2] con algunas fragatas ligeras [3], y les tomasen la tierra y la mar, de manera, que no pudiésemos escaparnos [4]; que lo que se podría hacer era darles libertad en llegando a la primera tierra de cristianos. En este parecer venimos todos, y Zoraida, a quien se le dió cuenta, con las causas que nos movían a no hacer luego lo que quería, también se satisfizo; y luego, con regocijado silencio y alegre diligencia, cada uno de nuestros valientes remeros tomó su remo, y comenzamos, encomendándonos a Dios de todo corazón, a navegar la vuelta de las islas de Mallorca, que es la tierra de cristianos más cerca; pero a causa de soplar un poco el viento tramontana [5] y estar la mar algo picada [6], no fué posible seguir la derrota de Mallorca, y fuénos forzoso dejarnos ir tierra a tierra [7] la vuelta [8] de Orán, no sin mucha pesadumbre nuestra, por no ser descubiertos del lugar de Sargel, que en aquella costa cae sesenta millas de Argel; y asimismo temíamos encontrar por aquel paraje alguna galeota de las que de ordinario vienen con mercancía de Tetuán, aunque cada uno por sí, y por todos juntos, presumíamos de que si se encontraba galeota de mercancía, como no fuese de las que andan en corso,

---

[1] *Apellidar* = convocar gente especialmente en son de guerra.
[2] Al renegado y demás fugitivos.
[3] «*Fragata*, batelejo que suele llevar consigo la galera, y la echa a la mar cuando hay necesidad de llegar con ella a tierra, o ir de una galera en otra con algún recaudo» (Cov.). «*Fragata*, navío pequeño... La *fragata ligera* no monta sino de 16 a 25 cañones; hay fragatas que van a vela y remo: en el uso común se le llama *fragata* a un navío de guerra, que tiene menos de 50 piezas de batir» (Terreros).
[4] Zoraida y yo.
[5] *Tramontana* es el nombre italiano del viento cierzo o norte, que en el Mediterráneo sopla de *tras los montes*.
[6] *Picarse la mar* = agitarse la mar formando pequeñas olas a impulso del viento.
[7] «*Ir tierra a tierra* es ir costeando» (Cov.).
[8] Cf. p. 470, n. 2.

que no sólo no nos perderíamos; mas que tomaríamos bajel donde con más seguridad pudiésemos acabar nuestro viaje. Iba Zoraida, en tanto que se navegaba, puesta la cabeza entre mis manos por no ver a su padre, y sentía yo que iba llamando a Lela Marién, que nos ayudase.

Bien habríamos navegado treinta millas, cuando nos amaneció, como tres tiros de arcabuz desviados de tierra, toda la cual vimos desierta y sin nadie que nos descubriese; pero, con todo eso, nos fuimos a fuerza de brazos entrando un poco en la mar, que ya estaba algo más sosegada; y habiendo entrado casi dos leguas, dióse orden que se bogase a cuarteles [1] en tanto que comíamos algo, que iba bien proveída la barca, puesto que los que bogaban dijeron que no era aquél tiempo de tomar reposo alguno: que les diesen de comer los que no bogaban; que ellos no querían soltar los remos de las manos en manera alguna. Hízose ansí y, en esto, comenzó a soplar un viento largo [2], que nos obligó a hacer luego vela y a dejar el remo, y enderezar a Orán, por no ser posible poder hacer otro viaje. Todo se hizo con mucha presteza, y así, a la vela navegamos por más de ocho millas por hora, sin llevar otro temor alguno sino el de encontrar con bajel que de corso fuese. Dimos de comer a los moros bagarinos, y el Renegado les consoló diciéndoles cómo no iban cautivos; que en la primera ocasión les darían libertad. Lo mismo se le dijo al padre de Zoraida, el cual respondió:

—Cualquiera otra cosa pudiera yo esperar y creer de vuestra liberalidad y buen término ¡oh cristianos!; mas el darme libertad, no me tengáis por tan simple que lo imagine; que nunca os pusistes vosotros al peligro de quitármela para volverla tan liberalmente, especialmente sabiendo quién soy yo, y el interese que se os puede seguir de dármela; el cual [3] interese si le queréis poner nombre [4], desde aquí os ofrezco todo aquello que quisiéredes por mí y por esa desdichada hija mía, o si no, por ella sola, que es la mayor y la mejor parte de mi alma.

En diciendo esto, comenzó a llorar tan amargamente, que

---

[1] *A cuarteles* = por partes (bogando unos mientras descansaban otros).
[2] *Viento largo* = el que sopla desde la dirección perpendicular al rumbo que lleva la nave, hasta la popa; y es más o menos largo según se aproxima o aleja más a ser viento en popa.
[3] Lo correcto sería *al cual* (cf. pról. 13).
[4] *Poner nombre* = señalar un precio en los ajustes o compras.

a todos nos movió a compasión, y forzó a Zoraida que le mirase; la cual, viéndole llorar, así se enterneció, que se levantó de mis pies y fué a abrazar a su padre y, juntando su rostro con el suyo, comenzaron los dos tan tierno llanto, que muchos de los que allí íbamos le acompañamos en él. Pero cuando su padre la vió la adornada de fiesta y con tantas joyas sobre sí, le dijo en su lengua:

—¿Qué es esto, hija, que ayer al anochecer, antes que nos sucediese esta terrible desgracia en que nos vemos, te vi con tus ordinarios y caseros vestidos, y agora, sin que hayas tenido tiempo de vestirte, y sin haberte dado alguna nueva alegre de solenizalla [1] con adornarte y pulirte, te veo compuesta con los mejores vestidos que yo supe y pude darte cuando nos fué la ventura más favorable? Respóndeme a esto, que me tiene más suspenso y admirado que la misma desgracia en que me hallo.

Todo lo que el moro decía a su hija nos lo declaraba el Renegado, y ella no le respondía palabra. Pero cuando él vió a un lado de la barca el cofrecillo donde ella solía tener sus joyas, el cual sabía él bien que le había dejado en Argel, y no traídole al jardín, quedó más confuso, y preguntóle que cómo aquel cofre había venido a nuestras manos, y qué era lo que venía dentro. A lo cual el Renegado, sin aguardar que Zoraida le respondiese, le respondió:

—No te canses, señor, en preguntar a Zoraida tu hija tantas cosas, porque con una que yo te responda te satisfaré a todas; y así, quiero que sepas que ella es cristiana, y es la que ha sido la lima de nuestras cadenas y la libertad de nuestro cautiverio: ella va aquí de su voluntad, tan contenta, a lo que yo imagino, de verse en este estado, como el que sale de las tinieblas a la luz, de la muerte a la vida y de la pena a la gloria.

—¿Es verdad lo que éste dice, hija?—dijo el moro.

—Así es—respondió Zoraida.

—¿Que en efeto—replicó el viejo—tú eres cristiana, y la que ha puesto a su padre en poder de sus enemigos?

A lo cual respondió Zoraida:

—La que es cristiana, yo soy; pero no la que te ha puesto en este punto; porque nunca mi deseo se estendió a dejarte ni a hacerte mal, sino a hacerme a mí bien.

---

[1] Clemencín echa de menos la palabra *merecedora* o *digna*. R. Marín, acertadamente, compara la construcción *nueva de solemnizar* con *fiestas de guardar*.

—¿Y qué bien es el que te has hecho, hija?

—Eso—respondió ella—pregúntaselo tú a Lela Marién; que ella te lo sabrá decir mejor que no yo.

Apenas hubo oído esto el moro, cuando, con una increíble presteza, se arrojó de cabeza en la mar, donde sin ninguna duda se ahogara, si el vestido largo y embarazoso que traía no le entretuviera un poco sobre el agua. Dió voces Zoraida que le sacasen, y así, acudimos luego todos, y, asiéndole de la almalafa [1], le sacamos medio ahogado y sin sentido; de que recibió tanta pena Zoraida, que, como si fuera ya muerto, hacía sobre él un tierno y doloroso llanto. Volvímosle boca abajo; volvió mucha agua; tornó en sí al cabo de dos horas, en las cuales, habiéndose trocado el viento, nos convino volver hacia tierra, y hacer fuerza de remos, por no embestir en ella; mas quiso nuestra buena suerte que llegamos a una cala [2] que se hace al lado de un pequeño promontorio o cabo que de los moros es llamado el de *la Cava Rumía*, que en nuestra lengua quiere decir *la mala mujer cristiana*, y es tradición entre los moros que en aquel lugar está enterrada la Cava [3], por quien se perdió España, porque *cava* en su lengua quiere decir *mujer mala*, y *rumía, cristiana*; y aun tienen por mal agüero llegar allí a dar fondo cuando la necesidad les fuerza a ello, porque nunca le dan sin ella; puesto que para nosotros no fué abrigo de mala mujer, sino puerto seguro de nuestro remedio, según andaba alterada la mar. Pusimos nuestras centinelas en tierra, y no dejamos jamás los remos de la mano; comimos de lo que el Renegado había proveído, y rogamos a Dios y a Nuestra Señora, de todo nuestro corazón, que nos ayudase y favoreciese para que felicemente diésemos fin a tan dichoso principio. Dióse orden, a suplicación de Zoraida, como echásemos en tierra a su padre y a todos los demás moros que allí atados venían, porque no le bastaba el ánimo, ni lo podían sufrir sus blandas entrañas, ver delante de sus ojos atado a su padre y a aquellos de su tierra presos. Prometímosle de hacerlo así al tiempo de la partida, pues no corría peligro el dejallos en aquel lugar, que era despoblado. No fueron tan vanas nuestras oraciones, que no fuesen oídas del

---

[1] Cf. p. 438, n. 3.
[2] Cf. p. 469, n. 3.
[3] *La Cava* es el nombre que dieron los árabes a Florinda, hija del conde don Julián, el cual, para vengarse de D. Rodrigo, facilitó a los moros la entrada en España.

cielo; que, en nuestro favor, luego volvió el viento, tranquilo el mar, convidándonos a que tornásemos alegres a proseguir nuestro comenzado viaje. Viendo esto, desatamos a los moros, y uno a uno los pusimos en tierra, de lo que ellos se quedaron admirados; pero llegando a desembarcar al padre de Zoraida, que ya estaba en todo su acuerdo, dijo:

—¿Por qué pensáis, cristianos, que esta mala hembra huelga de que me deis libertad? ¿Pensáis que es por piedad que de mí tiene? No, por cierto, sino que lo hace por el estorbo que le dará mi presencia cuando quiera poner en ejecución sus malos deseos. Ni penséis que la ha movido a mudar religión entender ella que la vuestra a la nuestra se aventaja, sino el saber que en vuestra tierra se usa la deshonestidad más libremente que en la nuestra.

Y volviéndose a Zoraida, teniéndole yo y otro cristiano de entrambos brazos asido, porque algún desatino no hiciese, le dijo:

—¡Oh infame moza y mal aconsejada muchacha! ¿Adónde vas, ciega y desatinada, en poder destos perros, naturales enemigos nuestros? ¡Maldita sea la hora en que yo te engendré, y malditos sean los regalos y deleites en que te he criado!

Pero viendo yo que llevaba término de no acabar tan presto, di priesa a ponelle en tierra, y desde allí, a voces, prosiguió en sus maldiciones y lamentos, rogando a Mahoma rogase a Alá que nos destruyese, confundiese y acabase; y cuando, por habernos hecho a la vela, no podimos oír sus palabras, vimos sus obras, que eran arrancarse las barbas, mesarse los cabellos y arrastrarse por el suelo; mas una vez esforzó la voz de tal manera, que podimos entender que decía:

—¡Vuelve, amada hija, vuelve a tierra, que todo te lo perdono! ¡Entrega a esos hombres ese dinero que ya es suyo, y vuelve a consolar a este triste padre tuyo, que en esta desierta arena dejará la vida, si tú le dejas!

Todo lo cual escuchaba Zoraida, y todo lo sentía y lloraba, y no supo decirle ni respondelle palabra, sino:

—Plega a Alá, padre mío, que Lela Marién, que ha sido la causa de que yo sea cristiana, ella te consuele en tu tristeza. Alá sabe bien que no pude hacer otra cosa de la que he hecho, y que estos cristianos no deben nada a mi voluntad, pues aunque quisiera no venir con ellos y quedarme en mi casa, me fuera imposible, según la priesa que me daba mi alma a poner por obra esta que a mí me parece tan buena, como tú, padre amado, la juzgas por mala.

1, 41.—HISTORIA DEL CAUTIVO

Esto dijo, a tiempo que ni su padre la oía, ni nosotros ya le veíamos; y así, consolando yo a Zoraida, atendimos todos a nuestro viaje, el cual nos le facilitaba el propio viento, de tal manera, que bien tuvimos por cierto de vernos otro día al amanecer en las riberas de España. Mas como pocas veces, o nunca, viene el bien puro y sencillo, sin ser acompañado o seguido de algún mal que le turbe o sobresalte, quiso nuestra ventura [1], o quizá las maldiciones que el Moro a su hija había echado, que siempre se han de temer, de cualquier padre que sean, quiso, digo, que estando ya engolfados y siendo ya casi pasadas tres horas de la noche, yendo con la vela tendida de alto abajo, frenillados los remos [2], porque el próspero viento nos quitaba del trabajo de haberlos menester, con la luz de la luna, que claramente resplandecía, vimos cerca de nosotros un bajel redondo [3], que, con todas las velas tendidas, llevando un poco a orza el timón [4], delante de nosotros atravesaba; y esto, tan cerca, que nos fué forzoso amainar [5] por no embestirle, y ellos asimesmo hicieron fuerza de timón para darnos lugar que pasásemos. Habíanse puesto a bordo [6] del bajel a preguntarnos quién éramos, y adónde navegábamos, y de dónde veníamos; pero por preguntarnos esto en lengua francesa, dijo nuestro Renegado:

---

[1] Mala *ventura*.
[2] *Frenillar los remos* = atar sus mangos dentro del buque, quedando levantadas las palas por de fuera.
[3] *Bajel redondo* = el que lleva vela cuadrada *(b)*, a diferencia del que la lleva triangular o latina *(a)*. 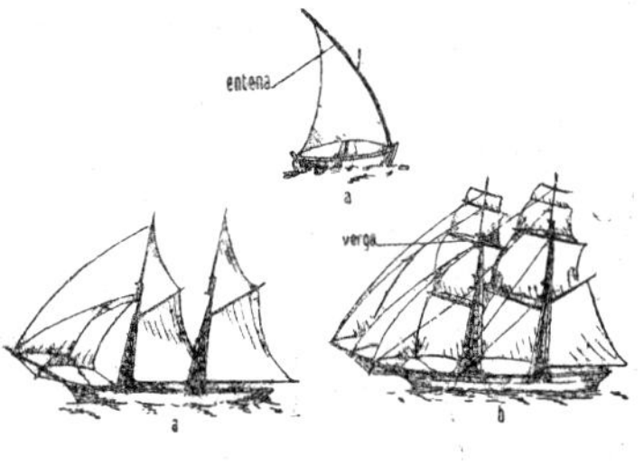
[4] *Llevar el timón a orza* es llevarlo torcido en disposición de orzar. *Orzar* es ir en algún modo contra el viento de manera que lo que él desayude se recobre variando algo el rumbo, o sea, inclinando la proa hacia la parte de donde viene el viento.
[5] «*Amainar* vale aflojar... y es término náutico: metafóricamente vale remitir uno el fervor con que había empezado a proseguir una cosa, como los marineros que navegando a vela tendida, por haber arreciado el viento y con temor de perderse, cogen velas» (Cov.).
[6] *A bordo* = junto al costado.

—Ninguno responda; porque éstos sin duda, son cosarios franceses, que hacen a toda ropa [1].

Por este advertimiento, ninguno respondió palabra; y habiendo pasado un poco delante, que ya el bajel quedaba a sotavento [2], de improviso soltaron [3] dos piezas de artillería, y, a lo que parecía, ambas venían con cadenas [4], porque con una cortaron nuestro árbol por medio, y dieron con él y con la vela en el mar; y al momento disparando otra pieza, vino a dar la bala en mitad de nuestra barca, de modo, que la abrió toda, sin hacer otro mal alguno; pero como nosotros nos vimos ir a fondo, comenzamos todos a grandes voces a pedir socorro, y a rogar a los del bajel que nos acogiesen, porque nos anegábamos. Amainaron entonces, y echando el esquife o barca a la mar, entraron en él hasta doce franceses bien armados, con sus arcabuces y cuerdas [5] encendidas, y así llegaron junto al nuestro; y viendo cuán pocos éramos, y cómo el bajel se hundía, nos recogieron, diciendo que por haber usado de la descortesía de no respondelles, nos había sucedido aquello. Nuestro Renegado tomó el cofre de las riquezas de Zoraida, y dió con él en la mar, sin que ninguno echase de ver en lo que hacía.

---

[1] *Hacer a toda ropa* = estar dispuesto a todo (aquí, acometer a cualquiera). Como falta esta frase en los diccionarios, hay que deducir su sentido de otras: *Hacer a todo* = estar dispuesto o servir para todo. «*Poca ropa* se dice de una persona de poco mérito o consecuencia, y al contrario *mucha ropa*» (TERRERIOS).

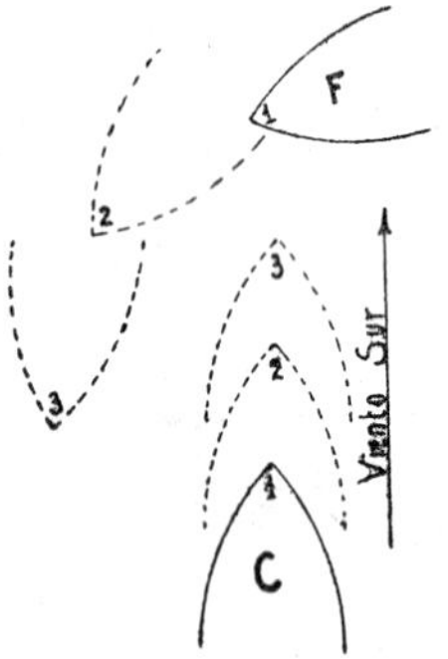

Ropa es mercancía o cargamento (el grito ¡ropa a la mar! dice Covarrubias que se da «quando la tormenta obliga a descargar el navío»). *Hacer a toda ropa* es término de corsarios y vale «robar cuanto se halle en la mar».

[2] Un barco queda a *sotavento* cuando está defendido del viento por otro barco que lo recibe directamente, el cual está a *barlovento* (del francés *par le vent*) del primero. Las posiciones relativas de la barca del cautivo (C) y del bajel de los franceses (F) están expresadas en el adjunto gráfico.

[3] Dispararon.

[4] *Ambas* piezas *venían* cargadas *con cadenas*, es decir, con balas que constaban de dos partes unidas con una cadena a fin de causar mayor daño.

[5] *Cuerdas* = mechas (cf. p. 241, n. 3).

En resolución, todos pasamos con los franceses, los cuales, después de haberse informado de todo aquello que de nosotros saber quisieron, como si fueran nuestros capitales enemigos, nos despojaron de todo cuanto teníamos, y a Zoraida le quitaron hasta los carcajes que traía en los pies; pero no me daba a mí tanta pesadumbre la que a Zoraida daban como me la daba el temor que tenía de que habían de pasar del quitar de las riquísimas y preciosísimas joyas al quitar de la joya que más valía y ella más estimaba. Pero los deseos de aquella gente no se estienden a más que al dinero, y desto jamás se vee harta su codicia; lo cual entonces llegó a tanto, que aun hasta los vestidos de cautivos nos quitaran si de algún provecho les fueran; y hubo parecer entre ellos de que a todos nos arrojasen a la mar envueltos en una vela, porque tenían intención de tratar en algunos puertos de España con nombre de que eran bretones, y si nos llevaban vivos serían castigados siendo descubierto su hurto; mas el capitán, que era el que había despojado a mi querida Zoraida, dijo que él se contentaba con la presa que tenía, y que no quería tocar en ningún puerto de España, sino pasar el estrecho de Gibraltar de noche, o como pudiese, y irse a la Rochela, de donde había salido; y así, tomaron por acuerdo de darnos el esquife de su navío, y todo lo necesario para la corta navegación que nos quedaba, como lo hicieron otro día, ya a vista de tierra de España; con la cual vista todas nuestras pesadumbres y pobrezas se nos olvidaron de todo punto, como si no hubieran pasado por nosotros: tanto es el gusto de alcanzar la libertad perdida.

Cerca de medio día podría ser cuando nos echaron en la barca, dándonos dos barriles de agua y algún bizcocho [1]; y el capitán, movido no sé de qué misericordia, al embarcarse la hermosísima Zoraida, le dió hasta cuarenta escudos de oro, y no consintió que le quitasen sus soldados estos mesmos vestidos que ahora tiene puestos. Entramos en el bajel; dímosles las gracias por el bien que nos hacían, mostrándonos más agradecidos que quejosos; ellos se hicieron a lo largo, siguiendo la derrota del Estrecho; nosotros, sin mirar a otro norte que a la tierra que se nos mostraba delante, nos dimos tanta priesa a bogar, que al poner del sol estábamos tan cerca, que bien pudiéramos, a nuestro parecer, llegar antes que fuera muy noche; pero, por no parecer en aquella noche la luna y el cielo mos-

---

[1] Cf. p. 249, n. 5.

trarse escuro, y por ignorar el paraje en que estábamos, no nos pareció cosa segura embestir en tierra, como a muchos de nosotros les parecía, diciendo que diésemos en ella, aunque fuese en unas peñas y lejos de poblado, porque así aseguraríamos[1] el temor que de razón se debía tener que por allí anduviesen bajeles de cosarios de Tetuán, los cuales anochecen en Berbería y amanecen en las costas de España, y hacen, de ordinario, presa, y se vuelven a dormir a sus casas; pero de los contrarios pareceres el que se tomó fué que nos llegásemos poco a poco, y que si el sosiego del mar lo concediese, desembarcásemos donde pudiésemos. Hízose así, y poco antes de la media noche sería cuando llegamos al pie de una disformísima y alta montaña, no tan junto al mar, que no concediese un poco de espacio para poder desembarcar cómodamente. Embestimos en la arena, salimos a tierra, besamos el suelo, y con lágrimas de muy alegrísimo[2] contento dimos todos gracias a Dios, Señor Nuestro, por el bien tan incomparable que nos había hecho. Sacamos de la barca los bastimentos que tenía, tirámosla en tierra, y subímonos un grandísimo trecho en la montaña, porque aun allí estábamos, y aún no podíamos asegurar el pecho, ni acabábamos de creer que era tierra de cristianos la que ya nos sostenía.

 Amaneció más tarde, a mi parecer, de lo que quisiéramos. Acabamos de subir toda la montaña, por ver si desde allí algún poblado se descubría, o algunas cabañas de pastores; pero aunque más tendimos la vista, ni poblado, ni persona, ni senda, ni camino descubrimos. Con todo esto, determinamos de entrarnos la tierra adentro, pues no podría ser menos sino que presto descubriésemos quien nos diese noticia della. Pero lo que a mí más me fatigaba era el ver ir a pie a Zoraida por aquellas asperezas, que, puesto que alguna vez la puse sobre mis hombros, más le cansaba a ella mi cansancio que la reposaba su reposo; y así, nunca más quiso que yo aquel trabajo tomase; y con mucha paciencia y muestras de alegría, llevándola yo siempre de la mano, poco menos de un cuarto de legua debíamos de haber andado, cuando llegó a nuestros oídos el son de una pequeña esquila, señal clara que por allí cerca había ganado; y mirando todos con atención si alguno se parecía, vimos al pie de un alcornoque un pastor mozo, que con grande

---

[1] *Asegurar* = aquietar, acallar.
[2] Este pleonasmo, tomado del lenguaje popular, es aquí muy propio.

1, 41.—HISTORIA DEL CAUTIVO

reposo y descuido estaba labrando un palo con un cuchillo. Dimos voces, y él, alzando la cabeza, se puso ligeramente en pie, y, a lo que después supimos, los primeros que a la vista se le ofrecieron fueron el Renegado y Zoraida, y como él los vió en hábito de moros, pensó que todos los de la Berbería estaban sobre él; y metiéndose con estraña ligereza por el bosque adelante, comenzó a dar los mayores gritos del mundo, diciendo:

—¡Moros, moros hay en la tierra! ¡Moros, moros! ¡Arma, arma!

Con estas voces quedamos todos confusos, y no sabíamos qué hacernos; pero considerando que las voces del pastor habían de alborotar la tierra, y que la caballería de la costa había de venir luego a ver lo que era, acordamos que el Renegado se desnudase las ropas de turco y se vistiese un *gilecuelco* o casaca de cautivo[1] que uno de nosotros le dió luego, aunque se quedó en camisa; y así, encomendándonos a Dios, fuimos por el mismo camino que vimos que el pastor llevaba, esperando siempre cuándo había de dar sobre nosotros la caballería de la costa. Y no nos engañó nuestro pensamiento; porque aún no habrían pasado dos horas, cuando habiendo ya salido de aquellas malezas a un llano, descubrimos hasta cincuenta caballeros, que con gran ligereza, corriendo a media rienda, a nosotros se venían, y así como los vimos, nos estuvimos quedos aguardándolos; pero como ellos llegaron, y vieron, en lugar de los moros que buscaban, tanto pobre cristiano, quedaron confusos, y uno dellos nos preguntó si éramos nosotros acaso la ocasión por que un pastor había apellidado al arma. «Sí», dije yo; y queriendo comenzar a decirle mi suceso, y de dónde veníamos, y quién éramos, uno de los cristianos que con nosotros venían conoció al jinete que nos había hecho la pregunta, y dijo, sin dejarme a mí decir más palabra:

—¡Gracias sean dadas a Dios, señores, que a tan buena parte nos ha conducido! Porque si yo no me engaño, la tierra que pisamos es la de Vélez Málaga; si ya los años de mi cautiverio no me han quitado de la memoria el acordarme que vos, señor, que nos preguntáis quién somos, sois Pedro de Bustamante, tío mío.

Apenas hubo dicho esto el cristiano cautivo, cuando el jinete se arrojó del caballo y vino a abrazar al mozo, diciéndole:

—Sobrino de mi alma y de mi vida, ya te conozco, y ya te

---

[1] Ya descrita en I, 37 (p. 437).

— 487 —

he llorado por muerto yo, y mi hermana tu madre, y todos los tuyos, que aún viven, y Dios ha sido servido de darles vida para que gocen el placer de verte; ya sabíamos que estabas en Argel, y por las señales y muestras de tus vestidos, y la de todos los desta compañía, comprehendo que habéis tenido milagrosa libertad.

—Así es—respondió el mozo—, y tiempo nos quedará para contároslo todo.

Luego que los jinetes entendieron que éramos cristianos cautivos se apearon de sus caballos, y cada uno nos convidaba con el suyo para llevarnos a la ciudad de Vélez Málaga, que legua y media de allí estaba. Algunos dellos volvieron a llevar la barca a la ciudad, diciéndoles dónde la habíamos dejado; otros nos subieron a las ancas, y Zoraida fué en las del caballo del tío del cristiano. Saliónos a recebir todo el pueblo; que ya de alguno que se había adelantado sabían la nueva de nuestra venida. No se admiraban de ver cautivos libres, ni moros cautivos, porque toda la gente de aquella costa está hecha a ver a los unos y a los otros; pero admirábanse de la hermosura de Zoraida, la cual en aquel instante y sazón estaba en su punto, ansí con el cansancio del camino como con la alegría de verse ya en tierra de cristianos, sin sobresalto de perderse; y esto le había sacado al rostro tales colores, que si no es que la afición entonces me engañaba, osaré decir que más hermosa criatura no había en el mundo; a lo menos, que yo la hubiese visto.

Fuimos derechos a la iglesia a dar gracias a Dios por la merced recebida; y así como en ella entró Zoraida, dijo que allí había rostros que se parecían a los de Lela Marién. Dijímosle que eran imágenes suyas, y como mejor se pudo le dió el Renegado a entender lo que significaban, para que ella las adorase como si verdaderamente fueran cada una dellas la misma Lela Marién que la había hablado. Ella, que tiene buen entendimiento y un natural [1] fácil y claro, entendió luego cuanto acerca de las imágenes se le dijo. Desde allí nos llevaron y repartieron a todos en diferentes casas del pueblo; pero al Renegado, Zoraida y a mí nos llevó el cristiano que vino con nosotros, y en casa de sus padres, que medianamente eran acomodados de los bienes de fortuna, nos regalaron con tanto amor como a su mismo hijo.

Seis días estuvimos en Vélez, al cabo de los cuales, el Rene-

---

[1] «*Natural* vale ingenio» (Cov.).

gado, hecha su información de cuanto le convenía [1], se fué a la ciudad de Granada a reducirse por medio de la Santa Inquisición al gremio santísimo de la Iglesia [2]; los demás cristianos libertados se fueron cada uno donde mejor le pareció; solos quedamos Zoraida y yo, con solos los escudos que la cortesía del francés le dió a Zoraida, de los cuales compré este animal en que ella viene, y, sirviéndola yo hasta agora de padre y escudero, y no de esposo, vamos con intención de ver si mi padre es vivo, o si alguno de mis hermanos ha tenido más próspera ventura que la mía; puesto que por haberme hecho el cielo compañero de Zoraida, me parece que ninguna otra suerte me pudiera venir, por buena que fuera, que más la estimara. La paciencia con que Zoraida lleva las incomodidades que la pobreza trae consigo y el deseo que muestra tener de verse ya cristiana es tanto y tal, que me admira, y me mueve a servirla todo el tiempo de mi vida; puesto que el gusto que tengo de verme suyo y de que ella sea mía me le turba y deshace no saber si hallaré en mi tierra algún rincón donde recogella, y si habrán hecho el tiempo y la muerte tal mudanza en la hacienda y vida de mi padre y hermanos, que apenas halle quien me conozca, si ellos faltan.

No tengo más, señores, que deciros de mi historia; la cual si es agradable y peregrina júzguenlo vuestros buenos entendimientos; que de mí sé decir que quisiera habérosla contado más brevemente, puesto que el temor de enfadaros más de cuatro circunstancias me ha quitado de la lengua.

CAPITULO XLII.—Que trata de lo que más [3] sucedió en la venta y de otras muchas cosas dignas de saberse.

Calló en diciendo esto el Cautivo, a quien don Fernando dijo:

—Por cierto, señor Capitán, el modo con que habéis con-

---

[1] Es decir, legalizadas ante escribano público las declaraciones de sus compañeros acerca del afán con que procuró y procura volver al cristianismo.

[2] A no haber acudido con presteza el renegado a la Inquisición más cercana, hubiera incurrido en grave responsabilidad, como sospechoso de herejía (cf. R. Marín).

[3] Además.

1, 42.—LLEGADA DEL OIDOR Y SU HIJA CLARA

todo este estraño suceso ha sido tal, que iguala a la novedad y estrañeza del mesmo caso. Todo es peregrino, y raro, y lleno de accidentes, que maravillan y suspenden a quien los oye; y es de tal manera el gusto que hemos recebido en escuchalle, que aunque nos hallara el día de mañana entretenidos en el mesmo cuento, holgáramos que de nuevo se comenzara.

Y en diciendo esto, Cardenio y todos los demás se le ofrecieron con todo lo a ellos posible para servirle, con palabras y razones tan amorosas y tan verdaderas, que el Capitán se tuvo por bien satisfecho de sus voluntades. Especialmente, le ofreció don Fernando que si quería volverse con él, que él haría que el marqués su hermano fuese padrino del bautismo de Zoraida, y que él, por su parte, la acomodaría de manera, que pudiese entrar en su tierra con el autoridad y cómodo que a su persona se debía. Todo lo agradeció cortesísimamente el Cautivo, pero no quiso acetar ninguno de sus liberales ofrecimientos.

En esto, llegaba ya la noche [1], y al cerrar della, llegó a la venta un coche, con algunos hombres de a caballo. Pidieron posada; a quien la Ventera respondió que no había en toda la venta un palmo desocupado.

—Pues aunque eso sea—dijo uno de los de a caballo que habían entrado—, no ha de faltar para el señor Oidor que aquí viene.

A este nombre se turbó la huéspeda, y dijo:

—Señor, lo que en ello hay es que no tengo camas; si es que su merced del [2] señor Oidor [3] la trae, que sí debe de traer, entre en buen hora; que yo y mi marido nos saldremos de nuestro aposento, por acomodar a su merced.

—Sea en buen hora—dijo el escudero.

Pero a este tiempo ya había salido del coche un hombre, que en el traje mostró luego el oficio y cargo que tenía, porque la ropa luenga, con las mangas arrocadas, que vestía [4], mostra-

---

[1] Por lo visto aquel día tuvo dos noches. Antes (p. 440) se dijo: *Ya, en esto, llegaba la noche*. Ahora, después del discurso de don Quijote y la historia del cautivo, se repite la misma expresión: luego veremos que a esta segunda noche acompañó una segunda cena.

[2] *Su... del* (cf. pról. 6).

[3] *Oidor* = ministro togado que en las chancillerías o audiencias del reino oía y sentenciaba las causas y pleitos que en ella ocurrían.

[4] La vestidura talar abierta por delante, un sobrecuello grande que cae desde los hombros a las espaldas, y las mangas con bolillos (= vuelos

— 490 —

ron ser oidor, como su criado había dicho. Traía de la mano a una doncella, al parecer de hasta diez y seis años, vestida de camino, tan bizarra, tan hermosa y tan gallarda, que a todos puso en admiración su vista; de suerte, que a no haber visto a Dorotea y a Luscinda y Zoraida, que en la venta estaban, creyeran que otra tal hermosura como la desta doncella difícilmente pudiera hallarse. Hallóse don Quijote al entrar del Oidor y de la doncella, y así como le vió, dijo:

—Seguramente puede vuestra merced entrar y espaciarse [1] en este castillo; que aunque es estrecho y mal acomodado, no hay estrecheza ni incomodidad en el mundo que no dé lugar a las armas y a las letras, y más si las armas y letras traen por guía y adalid a la fermosura, como la traen las letras de vuestra merced en esta fermosa doncella, a quien deben no sólo abrirse y manifestarse los castillos, sino apartarse los riscos, y dividirse y abajarse las montañas, para dalle acogida. Entre vuestra merced, digo, en este paraíso, que aquí hallará estrellas y soles que acompañen el cielo que vuestra merced trae consigo: aquí hallará las armas en su punto y la hermosura en su estremo.

Admirado quedó el Oidor del razonamiento de don Quijote, a quien se puso a mirar muy de propósito, y no menos le admiraba su talle que sus palabras; y sin hallar ningunas con que respondelle, se tornó a admirar de nuevo cuando vió delante de sí a Luscinda, a Dorotea y a Zoraida, que a las nuevas de los nuevos güéspedes y a las que la Ventera les había dado de la hermosura de la doncella, habían venido a verla y a recebirla; pero don Fernando, Cardenio y el Cura le hicieron más llanos y más cortesanos ofrecimientos. En efecto, el señor Oidor entró confuso, así de lo que veía como de lo que escuchaba, y las hermosas de la venta dieron la bienllegada a la hermosa doncella. En re-

de gasa o encaje) por abajo y guarnición ancha a manera de rocadero (cf. p. 325, nota 2) por arriba forman la *toga* o *garnacha* de los consejeros y oidores.

[1] «*Espaciarse*, salirse a pasear, y a divertirse, y recrearse» (Cov.).

1, 42.—El oidor y el cautivo se reconocen

solución, bien echó de ver el Oidor que era gente principal toda la que allí estaba; pero el talle, visaje y la apostura de don Quijote le desatinaba; y habiendo pasado entre todos corteses ofrecimientos, y tanteado la comodidad de la venta, se ordenó lo que antes estaba ordenado: que todas las mujeres se entrasen en el camaranchón ya referido, y que los hombres se quedasen fuera, como en su guarda. Y así, fué contento el Oidor que su hija, que era la doncella, se fuese con aquellas señoras, lo que ella hizo de muy buena gana; y con parte de la estrecha cama del Ventero, y con la mitad de la que el Oidor traía, se acomodaron aquella noche, mejor de lo que pensaban.

El cautivo, que [1] desde el punto que vió al Oidor, le dió saltos el corazón y barruntos de que aquél era su hermano, preguntó a uno de los criados que con él venían que cómo se llamaba y si sabía de qué tierra era. El criado le respondió que se llamaba el licenciado Juan Pérez de Viedma, y que había oído decir que era de un lugar de las montañas de León. Con esta relación y con lo que él había visto se acabó de confirmar de que aquél era su hermano, que había seguido las letras, por consejo de su padre; y alborotado y contento, llamando aparte a don Fernando, a Cardenio y al Cura, les contó lo que pasaba, certificándoles que aquel Oidor era su hermano. Habíale dicho también el criado cómo iba proveído por Oidor a las Indias, en la Audiencia de Méjico; supo también cómo aquella doncella era su hija de cuyo parto había muerto su madre, y que él había quedado muy rico con el dote que con la hija se le quedó en casa. Pidióles consejo qué modo tendría para descubrirse, o para conocer primero si, después de descubierto, su hermano, por verle pobre, se afrentaba, o le recebía con buenas entrañas.

—Déjeseme a mí el hacer esa experiencia—dijo el Cura—; cuanto más que no hay pensar sino que vos, señor Capitán, seréis muy bien recebido; porque el valor y prudencia que en su buen parecer descubre vuestro hermano no da indicios de ser arrogante ni desconocido, ni que no ha de saber poner los casos de la fortuna en su punto.

Con todo eso—dijo el Capitán—, yo querría, no de improviso, sino por rodeos, dármele [2] a conocer.

---

[1] A quien (cf. pról. 19).
[2] Darme a él (cf. p. 468, n. 1).

—Ya os digo—respondió el Cura—que yo lo trazaré de modo, que todos quedemos satisfechos.

Ya, en esto, estaba aderezada la cena, y todos se sentaron a la mesa, eceto el Cautivo y las señoras, que cenaron de por sí en su aposento. En la mitad de la cena dijo el Cura:

—Del mesmo nombre de vuestra merced, señor Oidor, tuve yo una camarada en Constantinopla, donde estuve cautivo algunos años; la cual camarada era uno de los valientes soldados y capitanes que había en toda la infantería española; pero tanto cuanto tenía de esforzado y valeroso tenía de desdichado.

—¿Y cómo se llamaba ese capitán, señor mío?—preguntó el Oidor.

—Llamábase—respondió el Cura—Ruy Pérez de Viedma, y era natural de un lugar de las montañas de León; el cual me contó un caso que a su padre con sus hermanos le había sucedido, que, a no contármelo un hombre tan verdadero como él, lo tuviera por conseja de aquellas que las viejas cuentan el invierno al fuego. Porque me dijo que su padre había dividido su hacienda entre tres hijos que tenía, y les había dado ciertos consejos, mejores que los de Catón. Y sé yo decir que el que él escogió de venir a la guerra le había sucedido tan bien, que en pocos años, por su valor y esfuerzo, sin otro brazo que el de su mucha virtud, subió a ser capitán de infantería, y a verse en camino y predicamento [1] de ser presto maestre de campo [2]. Pero fuéle la fortuna contraria, pues donde la pudiera esperar y tener buena, allí la perdió, con perder la libertad en la felicísima jornada donde tantos la cobraron, que fué en la batalla de Lepanto. Yo la perdí en la Goleta, y después, por diferentes sucesos, nos hallamos camaradas en Constantinopla. Desde allí vino a Argel, donde sé que le sucedió uno de los más estraños casos que en el mundo han sucedido.

De aquí fué prosiguiendo el Cura, y con brevedad sucinta contó lo que con Zoraida a su hermano había sucedido; a todo lo cual estaba tan atento el Oidor, que ninguna vez había sido tan oidor como entonces. Sólo llegó el Cura al punto de cuando los franceses despojaron a los cristianos que en la barca venían, y la pobreza y necesidad en que su camarada y la hermosa

---

[1] *Predicamento* = dignidad, opinión, grado de estimación en que se halla uno.
[2] *Maestre de campo* = el que mandaba un tercio o cuerpo de infantería.

1, 42.—EL OIDOR Y EL CAUTIVO SE RECONOCEN

Mora habían quedado; de los cuales no había sabido en qué habían parado, ni si habían llegado a España, o llevádolos los franceses a Francia.

Todo lo que el Cura decía estaba escuchando algo de allí desviado el Capitán, y notaba todos los movimientos que su hermano hacía; el cual, viendo que ya el Cura había llegado al fin de su cuento, dando un grande suspiro, y llenándosele los ojos de agua, dijo:

—¡Oh, señor, si supiésedes las nuevas que me habéis contado, y cómo me tocan tan en parte, que me es forzoso dar muestras dello con estas lágrimas que, contra toda mi discreción y recato, me salen por los ojos! Ese capitán tan valeroso que decís es mi mayor hermano, el cual, como más fuerte y de más altos pensamientos que yo ni otro hermano menor mío, escogió el honroso y digno ejercicio de la guerra, que fué uno de los tres caminos que nuestro padre nos propuso, según os dijo vuestra camarada en la conseja que, a vuestro parecer, le oístes [1]. Yo seguí el de las letras, en las cuales Dios y mi diligencia me han puesto en el grado que me veis. Mi menor hermano está en el Pirú [2], tan rico, que con lo que ha enviado a mi padre y a mí ha satisfecho bien la parte que él se llevó, y aun dado a las manos de mi padre con que poder hartar su liberalidad natural; y yo ansimesmo he podido con más decencia y autoridad tratarme en mis estudios, y llegar al puesto en que me veo. Vive aún mi padre muriendo con el deseo de saber de su hijo mayor, y pide a Dios con continuas oraciones no cierre la muerte sus ojos hasta que él vea con vida a los de su hijo; del cual me maravillo, siendo tan discreto, cómo en tantos trabajos y aflicciones, o prósperos sucesos, se haya descuidado de dar noticia de sí a su padre; que si él lo supiera, o alguno de nosotros, no tuviera necesidad de aguardar el milagro de la caña para alcanzar su rescate. Pero de lo que yo agora me temo es de pensar si aquellos franceses le habrán dado libertad, o le habrán muerto por encubrir su hurto. Esto todo será que yo prosiga mi viaje no con aquel contento con que le comencé, sino con toda melancolía y tristeza. ¡Oh buen hermano mío, y quién supiera agora dónde estabas; que yo te fuera a buscar y a librar de tus trabajos, aunque fuera a costa de los míos! ¡Oh,

---

[1] En lo que tomasteis por conseja.
[2] El cautivo nos dijo (p. 450) que de los tres hermanos el segundo escogió el irse a las Indias, y el menor seguir las letras.

1, 42.—EL OIDOR Y EL CAUTIVO SE RECONOCEN

quién llevara nuevas a nuestro viejo padre de que tenías vida, aunque estuvieras en las mazmorras más escondidas de Berbería; que de allí te sacaran sus riquezas, las de mi hermano y las mías! ¡Oh Zoraida hermosa y liberal, quién pudiera pagar el bien que a mi hermano hiciste! ¡Quién pudiera hallarse al renacer de tu alma, y a las bodas, que tanto gusto a todos nos dieran!

Estas y otras semejantes palabras decía el Oidor, lleno de tanta compasión con las nuevas que de su hermano le habían dado, que todos los que le oían le acompañaban en dar muestras del sentimiento que tenían de su lástima. Viendo, pues, el Cura que tan bien había salido con su intención y con lo que deseaba el Capitán, no quiso tenerlos a todos más tiempo tristes, y así, se levantó de la mesa, y entrando donde estaba Zoraida, la tomó por la mano, y tras ella se vinieron Luscinda, Dorotea y la hija del Oidor. Estaba esperando el Capitán a ver lo que el Cura quería hacer, que fué que, tomándole a él asimesmo de la otra mano, con entrambos a dos se fué donde el Oidor y los demás caballeros estaban, y dijo:

—Cesen, señor Oidor, vuestras lágrimas, y cólmese vuestro deseo de todo el bien que acertare a desearse, pues tenéis delante a vuestro buen hermano y a vuestra buena cuñada. Este que aquí veis es el Capitán Viedma, y ésta, la hermosa mora que tanto bien le hizo. Los franceses que os dije los pusieron en la estrecheza que veis, para que vos mostréis la liberalidad de vuestro buen pecho.

Acudió el Capitán a abrazar a su hermano, y él le puso ambas manos en los pechos, por mirarle algo más apartado; mas cuando le acabó de conocer, le abrazó tan estrechamente, derramando tan tiernas lágrimas de contento, que los más de los que presentes estaban le hubieron de acompañar en ellas. Las palabras que entrambos hermanos se dijeron, los sentimientos que mostraron, apenas creo que puedan pensarse, cuanto más escribirse. Allí, en breves razones, se dieron cuenta de sus sucesos; allí mostraron puesta en su punto[1] la buena amistad de dos hermanos; allí abrazó el Oidor a Zoraida; allí la ofreció su hacienda; allí hizo que la abrazase su hija; allí la cristiana hermosa y la mora hermosísima renovaron las lágrimas de todos. Allí don Quijote estaba atento, sin hablar pala-

---

[1] *Poner algo en su punto* = darle el grado de perfección que le corresponde.

1, 42.—DOÑA CLARA Y DON LUIS

bra, considerando estos tan estraños sucesos, atribuyéndolos todos a quimeras de la andante caballería. Allí concertaron que el Capitán y Zoraida se volviesen con su hermano a Sevilla y avisasen a su padre de su hallazgo y libertad, para que, como pudiese, viniese a hallarse en las bodas y bautismo de Zoraida, por no le ser al Oidor posible dejar el camino que llevaba, a causa de tener nuevas que de allí a un mes partía flota de Sevilla a la Nueva España, y fuérale de grande incomodidad perder el viaje. En resolución, todos quedaron contentos y alegres del buen suceso del Cautivo; y como ya la noche iba casi en las dos partes [1] de su jornada, acordaron de recogerse y reposar lo que de ella les quedaba. Don Quijote se ofreció a hacer la guardia del castillo, porque de algún gigante o otro mal andante follón no fuesen acometidos, codiciosos del gran tesoro de hermosura que en aquel castillo se encerraba. Agradeciéronselo los que le conocían, y dieron al Oidor cuenta del humor estraño de don Quijote, de que no poco gusto recibió. Sólo Sancho Panza se desesperaba con la tardanza del recogimiento, y sólo él se acomodó mejor que todos, echándose sobre los aparejos de su jumento, que le costaron tan caros como adelante se dirá. Recogidas, pues, las damas en su estancia, y los demás acomodádose [2] como menos mal pudieron, don Quijote se salió fuera de la venta a hacer la centinela del castillo, como lo había prometido.

Sucedió, pues, que faltando poco por [3] venir el alba, llegó a los oídos de las damas una voz tan entonada y tan buena, que les obligó a que todas le prestasen atento oído, especialmente Dorotea, que despierta estaba, a cuyo lado dormía doña Clara de Viedma, que ansí se llamaba la hija del Oidor. Nadie podía imaginar quién era la persona que tan bien cantaba, y era una voz sola, sin que le acompañase instrumento alguno. Unas veces les parecía que cantaban en el patio [4]; otras, que en la caballeriza; y estando en esta confusión muy atentas, llegó a la puerta del aposento Cardenio, y dijo:

---

[1] *Las dos* terceras *partes* (cf. p. 56, n. 2). Esta segunda noche fué sin duda más rápida que la primera (cf. p. 490, n. 1).
[2] Si no se ha de leer *acomodándose* o *acomodados*, se hará de sobrentender el verbo *haber* (cf. pról. 18).
[3] Para.
[4] Clemencín observa que por primera vez se hace mención del patio de esta venta.

— 496 —

1, 43.—DOÑA CLARA Y DON LUIS

—Quien no duerme, escuche; que oirán una voz de un mozo de mulas que de tal manera canta, que encanta.
—Ya lo oímos, señor—respondió Dorotea.
Y con esto, se fué Cardenio; y Dorotea, poniendo toda la atención posible, entendió que lo que se cantaba era esto:

CAPITULO XLIII.—Donde se cuenta la agradable historia del mozo de mulas, con otros estraños acaecimientos en la venta sucedidos.

>   —Marinero soy de amor
> Y en su piélago profundo
> Navego sin esperanza
> De llegar a puerto alguno.
>   Siguiendo voy a una estrella
> Que desde lejos descubro,
> Más bella y resplandeciente
> Que cuantas vió Palinuro [1].
>   Yo no sé adónde me guía,
> Y así, navego confuso,
> El alma a mirarla atenta,
> Cuidadosa y con descuido [2].
>   Recatos impertinentes,
> Honestidad contra el uso,
> Son nubes que me la encubren
> Cuando más verla procuro.
>   ¡Oh clara y luciente estrella,
> En cuya lumbre me apuro [3]!
> Al punto que te me encubras,
> Será de mi muerte el punto.

Llegando el que cantaba a este punto, le pareció a Dorotea que no sería bien que dejase Clara de oír una tan buena voz; y así, moviéndola a una y a otra parte, la despertó, diciéndole:
—Perdóname, niña, que te despierto, pues lo hago porque gustes de oír la mejor voz que quizá habrás oído en toda tu vida.
Clara despertó toda soñolienta, y de la primera vez no entendió lo que Dorotea le decía; y volviéndoselo a preguntar,

---

[1] Palinuro fué el piloto mayor de la flota de Eneas.
[2] *Cuidadosa y con descuido o al descuido y con cuidado* = con descuido afectado.
[3] *Apurar* = consumir, agotar.

ella se lo volvió a decir, por lo cual estuvo atenta Clara; pero apenas hubo oído dos versos que el que cantaba iba prosiguiendo, cuando le tomó un temblor tan estraño, como si de algún grave accidente de cuartana estuviera enferma, y abrazándose estrechamente con Dorotea, le dijo:

—¡Ay señora de mi alma y de mi vida! ¿Para qué me despertastes? Que el mayor bien que la fortuna me podría hacer por ahora era tenerme cerrados los ojos y los oídos, para no ver ni oír a ese desdichado músico.

—¿Qué es lo que dices, niña? Mira que dicen que el que canta es un mozo de mulas.

—No es sino señor de lugares—respondió Clara—, y el que le [1] tiene en mi alma con tanta seguridad, que si él no quiere dejalle, no le será quitado eternamente.

Admirada quedó Dorotea de las sentidas razones de la muchacha, pareciéndole que se aventajaban en mucho a la discreción que sus pocos años prometían, y así, le dijo:

—Habláis de modo, señora Clara, que no puedo entenderos: declaraos más y decidme qué es lo que decís de alma y de lugares, y deste músico, cuya voz tan inquieta os tiene. Pero no me digáis nada por ahora; que no quiero perder, por acudir a vuestro sobresalto, el gusto que recibo de oír al que canta; que me parece que con nuevos versos y nuevo tono torna a su canto.

—Sea en buen hora—respondió Clara.

Y por no oílle, se tapó con las manos entrambos oídos, de lo que también se admiró Dorotea; la cual, estando atenta a lo que se cantaba, vió que proseguían en esta manera:

> —Dulce esperanza mía,
> Que, rompiendo imposibles y malezas,
> Sigues firme la vía
> Que tú mesma te finges y aderezas,
> No te desmaye el verte
> A cada paso junto al de tu muerte.
>   No alcanzan perezosos
> Honrados triunfos ni vitoria alguna,
> Ni pueden ser dichosos
> Los que, no contrastando [2] a la fortuna,
> Entregan desvalidos
> Al ocio blando todos los sentidos.

---

[1] Este *le* se refiere a *lugar*.
[2] *Contrastar* = resistir, hacer frente.

1, 43.—DOÑA CLARA Y DON LUIS

>   Que Amor sus glorias venda
> Caras, es gran razón y es trato justo;
> Pues no hay más rica prenda
> Que la que se quilata[1] por su gusto,
> Y es cosa manifiesta
> Que no es de estima lo que poco cuesta.
>   Amorosas porfías
> Tal vez alcanzan imposibles cosas;
> Y ansí, aunque con las mías
> Sigo de amor las más dificultosas,
> No por eso recelo
> De no alcanzar desde la tierra el cielo.

Aquí dió fin la voz, y principio a nuevos sollozos Clara; todo lo cual entendía el deseo de Dorotea, que deseaba saber la causa de tan suave canto y de tan triste lloro; y así, le volvió a preguntar qué era lo que le quería decir denantes. Entonces Clara, temerosa de que Luscinda no[2] la oyese, abrazando estrechamente a Dorotea, puso su boca tan junto del oído de Dorotea, que seguramente podía hablar sin ser de otro sentida y así le dijo:

—Este que canta, señora mía, es un hijo de un caballero natural del reino de Aragón, señor de dos lugares, el cual vivía frontero de la casa de mi padre en la Corte; y aunque mi padre tenía las ventanas de su casa con lienzos en el invierno[3] y celosías en el verano, yo no sé lo que fué, ni lo que no, que este caballero, que andaba al estudio, me vió, ni sé si en la iglesia o en otra parte; finalmente, él se enamoró de mí, y me lo dió a entender desde las ventanas de su casa con tantas señas y con tantas lágrimas, que yo le hube de creer, y aun querer, sin saber lo que me quería[4]. Entre las señas que me hacía, era una de juntarse la una mano con la otra, dándome a entender que se

---

[1] «*Quilatar*, explorar los grados de la perfección del oro con la piedra del toque; y de allí se dijeron *quilates*... Los lapidarios tienen su modo de quilatar las piedras preciosas» (Cov.). El oro puro tenía 24 quilates: la aleación de 12 partes de oro y 12 de cobre era oro de 12 quilates. Luego se dió al quilate en cada país un valor determinado (en España, el de 205 miligramos), y por último se ha creado el *quilate métrico* internacional, que vale 200 miligramos.

[2] Hoy omitiríamos este *no* (cf. pról. 24).

[3] En 1589 en que se supone ocurrida la acción del Quijote eran todavía raros los vidrios en las ventanas.

[4] *Me* es complemento indirecto; *quería* es primera persona.

casaría conmigo; y aunque yo me holgaría mucho de que ansí fuera, como sola y sin madre, no sabía con quién comunicallo, y así, lo dejé estar sin dalle otro favor si no era, cuando estaba mi padre fuera de casa y el suyo también, alzar un poco el lienzo o la celosía, y dejarme ver toda; de lo que él hacía tanta fiesta, que daba señales de volverse loco. Llegóse en esto el tiempo de la partida de mi padre, la cual él supo, y no de mí, pues nunca pude decírselo. Cayó malo, a lo que yo entiendo, de pesadumbre, y así, el día que nos partimos nunca pude verle para despedirme dél siquiera con los ojos; pero a cabo de dos días que caminábamos, al entrar [1] de una posada en un lugar una jornada de aquí, le vi a la puerta del mesón, puesto en hábito de mozo de mulas, tan al natural, que si yo no le trujera tan retratado en mi alma, fuera imposible conocelle. Conocíle, admiréme y alegréme; él me miró a hurto de mi padre, de quien él siempre se esconde cuando atraviesa por delante de mí en los caminos y en las posadas do llegamos; y como yo sé quién es, y considero que por amor de mí viene a pie y con tanto trabajo, muérome de pesadumbre, y adonde él pone los pies pongo yo los ojos. No sé con qué intención viene, ni cómo ha podido escaparse de su padre, que le quiere estraordinariamente, porque no tiene otro heredero, y porque él lo merece, como lo verá vuestra merced cuando le vea. Y más le sé decir: que todo aquello que canta lo saca de su cabeza; que he oído decir que es muy gran estudiante y poeta. Y hay más: que cada vez que le veo o le oigo cantar, tiemblo toda y me sobresalto, temerosa de que mi padre le conozca, y venga en conocimiento de nuestros deseos. En mi vida le he hablado palabra, y, con todo eso, le quiero de manera, que no he de poder vivir sin él. Esto es, señora mía, todo lo que os puedo decir deste músico cuya voz tanto os ha contentado; que en sola ella echaréis bien de ver que no es mozo de mulas, como decís, sino señor de almas y lugares, como yo os he dicho.

—No digáis más, señora doña Clara—dijo a esta sazón Dorotea, y esto, besándola mil veces—; no digáis más, digo, y esperad que venga el nuevo día; que yo espero en Dios de encaminar de manera vuestros negocios, que tengan el felice fin que tan honestos principios merecen.

—¡Ay señora!—dijo doña Clara—, ¿qué fin se puede esperar, si su padre es tan principal y tan rico, que le parecerá que

---

[1] A la entrada.

1, 43.—DON QUIJOTE GUARDANDO EL CASTILLO

aun yo no puedo ser criada de su hijo, cuanto más esposa? Pues casarme yo a hurto de mi padre, no lo haré por cuanto hay en el mundo. No querría sino que este mozo se volviese y me dejase; quizá con no velle y con la gran distancia del camino que llevamos se me aliviaría la pena que ahora llevo; aunque sé decir que este remedio que me imagino me ha de aprovechar bien poco. No sé qué diablos ha sido esto, ni por dónde se me ha entrado este amor que le tengo, siendo yo tan muchacha y él tan muchacho, que en verdad que creo que somos de una edad mesma, y que yo no tengo cumplidos diez y seis años; que para el día de San Miguel que vendrá dice mi padre que los cumplo.

No pudo dejar de reírse Dorotea oyendo cuán como niña hablaba doña Clara, a quien dijo:

—Reposemos, señora, lo poco que creo queda de la noche, y amanecerá Dios y medraremos, o mal me andarán las manos [1].

Sosegáronse con esto, y en toda la venta se guardaba un grande silencio; solamente no dormía la hija de la Ventera y Maritornes su criada, las cuales, como ya sabían el humor de que pecaba don Quijote, y que estaba fuera de la venta armado y a caballo haciendo la guarda, determinaron las dos de hacelle alguna burla, o, a lo menos, de pasar un poco el tiempo oyéndole sus disparates.

Es, pues, el caso, que en toda la venta no había ventana que saliese al campo, sino un agujero de un pajar, por donde echaban la paja por de fuera. A este agujero se pusieron las dos semidoncellas, y vieron que don Quijote estaba a caballo, recostado sobre su lanzón, dando de cuando en cuando tan dolientes y profundos suspiros, que parecía que con cada uno se le arrancaba el alma. Y asimesmo oyeron que decía con voz blanda, regalada y amorosa:

—¡Oh mi señora Dulcinea del Toboso, estremo de toda hermosura, fin y remate de la discreción, archivo del mejor donaire, depósito de la honestidad, y, ultimadamente, idea de todo lo provechoso, honesto y deleitable que hay en el mundo! ¿Y qué fará agora la tu merced? ¡Si tendrás por ventura las mientes en tu cautivo caballero, que a tantos peligros, por sólo servirte, de su voluntad ha querido ponerse! Dame tú nuevas della, ¡oh luminaria de las tres caras [2]! Quizá con envidia de

---

[1] O no he de valer yo nada (cf. p. 165, n. 4).
[2] La luna, que puede ser *llena*, *creciente* y *menguante*.

la suya la estás ahora mirando, que, o paseándose por alguna galería [1] de sus suntuosos palacios, o ya puesta de pechos sobre algún balcón, está considerando cómo, salva su honestidad y grandeza, ha de amansar la tormenta que por ella este mi cuitado corazón padece, qué gloria ha de dar a mis penas, qué sosiego a mi cuidado y, finalmente, qué vida a mi muerte y qué premio a mis servicios. Y tú, sol, que ya debes de estar apriesa ensillando tus caballos, por madrugar y salir a ver a mi señora, así como la veas, suplícote que de mi parte la saludes; pero guárdate que al verla y saludarla no le des paz en el rostro; que tendré más celos de ti que tú los tuviste de aquella ligera ingrata que tanto te hizo sudar y correr por los llanos de Tesalia, o por las riberas de Peneo; que no me acuerdo bien por dónde corriste entonces celoso y enamorado [2].

A este punto llegaba entonces don Quijote en su tan lastimero razonamiento, cuando la hija de la Ventera le comenzó a cecear [3] y a decirle:

—Señor mío, lléguese acá la vuestra merced, si es servido.

A cuyas señas y voz volvió don Quijote la cabeza, y vió a la luz de la luna, que entonces estaba en toda su claridad, cómo le llamaban del agujero, que a él le pareció ventana, y aun con rejas doradas, como conviene que las tengan tan ricos castillos como él se imaginaba que era aquella venta; y luego en el instante se le representó en su loca imaginación que otra vez, como la pasada, la doncella fermosa hija de la señora de aquel castillo, vencida de su amor, tornaba a solicitarle; y con este pensamiento, por no mostrarse descortés y desagradecido, volvió las riendas a Rocinante y se llegó al agujero, y así como vió a las dos mozas, dijo:

—Lástima os tengo, fermosa señora, de que hayades puesto vuestras amorosas mientes en parte donde no es posible corresponderos conforme merece vuestro gran valor y gentileza; de lo que no debéis dar culpa a este miserable andante caballero a quien tiene Amor imposibilitado de poder entregar su vo

---

[1] «*Galerías*, el ventanaje de lo alto de las casas principales» (Cov.).

[2] Huía Dafne de Apolo por los llanos de Tesalia, que el Peneo fertiliza, y ya la alcanzaba Apolo, cuando el río Peneo, padre de Dafne, la convirtió a ruego suyo en laurel (que por esto es el árbol favorito de Apolo). Cómicamente alude Cervantes a este mito.

[3] *Cecear* = decir *¡ce! ¡ce!* para llamar a alguno. «*Ce*, palabra con que llamamos, y hazemos detener al que va delante» (Cov.).

1, 43.—DON QUIJOTE GUARDANDO EL CASTILLO

luntad a otra que aquella que [1] en el punto que sus ojos la vieron, la hizo señora absoluta de su alma. Perdonadme, buena señora, y recogeos en vuestro aposento, y no queráis con significarme más vuestros deseos que yo me muestre más desagradecido; y si del amor que me tenéis halláis en mí otra cosa con que satisfaceros que el mismo amor no sea, pedídmela; que yo os juro por aquella ausente enemiga dulce mía de dárosla en continente, si bien me pidiésedes una guedeja de los cabellos de Medusa, que eran todos culebras, o ya los mesmos rayos del sol, encerrados en una redoma.

—No ha menester nada deso mi señora, señor caballero —dijo a este punto Maritornes.

—Pues ¿qué ha menester, discreta dueña, vuestra señora? —respondió don Quijote.

—Sola una de vuestras hermosas manos—dijo Maritornes—, por poder deshogar con ella el gran deseo que a este agujero la ha traído, tan a peligro de su honor, que si su señor padre la hubiera sentido, la menor tajada della fuera la oreja.

—¡Ya quisiera yo ver eso!—respondió don Quijote—. Pero él se guardará bien deso, si ya no quiere hacer el más desastrado fin que padre hizo en el mundo, por haber puesto las manos en los delicados miembros de su enamorada hija.

Parecióle a Maritornes que sin duda don Quijote daría la mano que le habían pedido, y, proponiendo en su pensamiento lo que había de hacer, se bajó del agujero y se fué a la caballeriza, donde tomó el cabestro del jumento de Sancho Panza, y con mucha presteza se volvió a su agujero, a tiempo que don Quijote se había puesto de pies sobre la silla de Rocinante, por alcanzar a la ventana enrejada donde se imaginaba estar la ferida doncella; y al darle la mano, dijo:

—Tomad, señora, esa mano, o, por mejor decir, ese verdugo de los malhechores del mundo: tomad esa mano, digo, a quien no ha tocado otra de mujer alguna, ni aun la de aquella que tiene entera posesión de todo mi cuerpo. No os la doy para que la beséis, sino para que miréis la contestura de sus nervios, la trabazón de sus músculos, la anchura y espaciosidad de sus venas; de donde sacaréis qué tal debe de ser la fuerza del brazo que tal mano tiene.

—Ahora lo veremos—dijo Maritornes; y haciendo una lazada corrediza al cabestro, se la echó a la muñeca, y baján-

---

[1] A quien (cf. pról. 19).

dose del agujero, ató lo que quedaba al cerrojo de la puerta del pajar, muy fuertemente. Don Quijote, que sintió la aspereza del cordel en su muñeca, dijo:

—Más parece que vuestra merced me ralla que no que me regala la mano; no la tratéis tan mal, pues ella no tiene la culpa del mal que mi voluntad os hace, ni es bien que en tan poca parte venguéis el todo de vuestro enojo. Mirad que quien quiere bien no se venga tan mal.

Pero todas estas razones de don Quijote ya no las escuchaba nadie, porque así como Maritornes la ató, ella y la otra se fueron, muertas de risa, y le dejaron asido, de manera, que fué imposible soltarse.

Estaba, pues, como se ha dicho, de pies sobre Rocinante, metido todo el brazo por el agujero, y atado de la muñeca, y al cerrojo de la puerta, con grandísimo temor y cuidado que si Rocinante se desviaba a un cabo o a otro, había de quedar colgado del brazo; y así, no osaba hacer movimiento alguno, puesto que de la paciencia y quietud de Rocinante bien se podía esperar que estaría sin moverse un siglo entero. En resolución, viéndose don Quijote atado, y que ya las damas se habían ido, se dió a imaginar que todo aquello se hacía por vía de encantamento, como la vez pasada, cuando en aquel mesmo castillo le molió aquel moro encantado del harriero [1]; y maldecía entre sí su poca discreción y discurso, pues habiendo salido tan mal la vez primera de aquel castillo, se había aventurado a entrar en él la segunda, siendo advertimiento de caballeros andantes que cuando han probado una aventura y no salido bien con ella, es señal que no está para ellos guardada, sino para otros; y así, no tienen necesidad de probarla segunda vez. Con todo esto, tiraba de su brazo, por ver si podía soltarse; mas él estaba tan bien asido, que todas sus pruebas fueron en vano. Bien es verdad que tiraba con tiento, porque Rocinante no se moviese; y aunque él quisiera sentarse y ponerse en la silla, no podía sino estar en pie o arrancarse la mano.

Allí fué el desear de la espada de Amadís, contra quien no tenía fuerza encantamento alguno; allí fué el maldecir de su fortuna; allí fué el exagerar la falta que haría en el mundo su presencia el tiempo que allí estuviese encantado, que sin duda alguna se había creído que lo estaba; allí el acordarse de nuevo de su querida Dulcinea del Toboso; allí fué el llamar a su buen

---

[1] Este *del* es como el que hay en *el taimado del portero*.

1, 43.—DON QUIJOTE GUARDANDO EL CASTILLO

escudero Sancho Panza, que sepultado en sueño y tendido sobre el albarda de su jumento, no se acordaba en aquel instante de la madre que lo había parido; allí llamó a los sabios Lirgandeo y Alquife, que le ayudasen; allí invocó a su[1] buena amiga Urganda, que le socorriese; y, finalmente, allí le tomó la mañana tan desesperado y confuso, que bramaba como un toro; porque no esperaba él que con el día se remediaría su cuita, porque la tenía por eterna, teniéndose por encantado. Y hacíale creer esto ver que Rocinante poco[2] ni mucho se movía; y creía que de aquella suerte, sin comer ni beber ni dormir, habían de estar él y su caballo, hasta que aquel mal influjo de las estrellas se pasase, o hasta que otro más sabio encantador le desencantase.

Pero engañóse mucho de su creencia, porque apenas comenzó a amanecer, cuando llegaron a la venta cuatro hombres de a caballo, muy bien puestos y aderezados, con sus escopetas sobre los arzones. Llamaron a la puerta de la venta, que aún estaba cerrada, con grandes golpes; lo cual visto por don Quijote desde donde aún no dejaba de hacer la centinela, con voz arrogante y alta dijo:

—Caballeros, o escuderos, o quienquiera que seáis, no tenéis para qué llamar a las puertas deste castillo; que asaz de claro está que a tales horas, o los que están dentro duermen, o no tienen por costumbre de abrirse las fortalezas, hasta que el sol esté tendido por todo el suelo. Desviaos afuera, y esperad que aclare el día, y entonces veremos si será justo, o no, que os abran.

—¿Qué diablos de fortaleza o castillo es éste—dijo uno—, para obligarnos a guardar estas ceremonias? Si sois el ventero, mandad que nos abran; que somos caminantes que no queremos más de dar cebada a nuestras cabalgaduras y pasar adelante; porque vamos de priesa.

—¿Paréceos, caballeros, que tengo yo talle de ventero?—respondió don Quijote.

—No sé de qué tenéis talle—respondió el otro—; pero sé que decís disparates en llamar castillo a esta venta.

—Castillo es—replicó don Quijote—, y aun de los mejores de toda esta provincia; y gente tiene dentro que ha tenido cetro en la mano y corona en la cabeza.

---

[1] *Su* puede referirse a don Quijote, o al sabio Alquife, que se casó con Urganda.
[2] Hoy diríamos *ni poco* (cf. pról. 34).

1, 43.—DON QUIJOTE GUARDANDO EL CASTILLO

—Mejor fuera al revés—dijo el caminante—: el cetro en la cabeza y la corona en la mano. Y será, si a mano viene [1], que debe de estar dentro alguna compañía de representantes, de los cuales es tener a menudo esas coronas y cetros que decís; porque en una venta tan pequeña, y adonde se guarda tanto silencio, como ésta, no creo yo que se alojan personas dignas de corona y cetro.

—Sabéis poco del mundo—replicó don Quijote—, pues ignoráis los casos que suelen acontecer en la caballería andante.

Cansábanse los compañeros que con el preguntante venían del coloquio que con don Quijote pasaba, y así, tornaron a llamar con grande furia; y fué de modo, que el Ventero despertó, y aun todos cuantos en la venta estaban, y así, se levantó a preguntar quién llamaba. Sucedió en este tiempo que una de las cabalgaduras en que venían los cuatro que llamaban se llegó a oler a Rocinante, que melancólico y triste, con las orejas caídas, sostenía sin moverse a su estirado señor; y, como, en fin, era de carne, aunque parecía de leño, no pudo dejar de resentirse y tornar a oler a quien le llegaba a hacer caricias; y así, no se hubo movido tanto cuanto [2], cuando se desviaron los juntos pies de don Quijote, y, resbalando de la silla, dieran con él en el suelo, a no quedar colgado del brazo; cosa que le causó tanto dolor, que creyó, o que la muñeca le cortaban, o que el brazo se le arrancaba; porque él quedó tan cerca del suelo, que con los estremos de las puntas de los pies besaba la tierra, que era en su perjuicio, porque, como sentía lo poco que le faltaba para poner las plantas en la tierra, fatigábase y estirábase cuanto podía por alcanzar al suelo, bien así como los que están en el tormento de la garrucha [3], puestos a toca,

---

[1] *Si a mano viene* = acaso, por ventura. «*Venir a la mano* es de cazadores de volatería» (Cov.).
[2] *Tanto cuanto* = un poco.
[3] Este es el tormento del *carrillo:* como *carrillo* y *garrucha* significan «polea», bien pudo Cervantes confundir estos tormentos si sólo los conocía de oídas. Lo que era el tormento de la *garrucha* se saca de un fallo civil que cita R. Marín: «*que de la techumbre más alta de la cárcel... sea colgada una gruesa soga de cáñamo o esparto... asida a una polea..., y el dicho fulano sea atado por las muñecas de los brazos que vuelvan a las espaldas: y... sean atados los pies ambos juntos, y de las gargantas dellos sean puestas y colgadas cien libras de hierro o piedra, poco más o menos, y así puesto y atado, tiren fuertemente por la dicha soga de manera que levanten al susodicho un estado de hombre* [= la altura de un hombre]...»

no toca, que ellos mesmos son causa de acrecentar su dolor con el ahinco que ponen en estirarse, engañados de la esperanza, que se les representa que con poco más que se estiren llegarán al suelo.

CAPITULO XLIV.—Donde se prosiguen los inauditos sucesos de la venta.

En efeto, fueron tantas las voces que don Quijote dió, que abriendo de presto las puertas de la venta, salió el Ventero, despavorido, a ver quién tales gritos daba, y los que estaban fuera hicieron lo mesmo. Maritornes, que ya había despertado a las mismas voces, imaginando lo que podía ser, se fué al pajar y desató, sin que nadie lo viese, el cabestro que a don Quijote sostenía, y él dió luego en el suelo, a vista del Ventero y de los caminantes, que, llegándose a él, le preguntaron qué tenía, que tales voces daba. Él, sin responder palabra, se quitó el cordel de la muñeca, y levantándose en pie, subió sobre Rocinante, embrazó su adarga [1], enristró su lanzón, y tomando buena parte del campo, volvió a medio galope, diciendo:

—Cualquiera que dijere que yo he sido con justo título encantado, como mi señora la princesa Micomicona me dé licencia para ello, yo le desmiento, le rieto y desafío [2] a singular batalla.

Admirados se quedaron los nuevos caminantes de las palabras de don Quijote; pero el Ventero les quitó de aquella admiracion, diciéndoles que era don Quijote, y que no había que hacer caso dél, porque estaba fuera de juicio.

Preguntáronle al Ventero si acaso había llegado a aquella venta un muchacho de hasta edad de quince años, que venía vestido como mozo de mulas, de tales y tales señas, dando las mesmas que traía el amante de doña Clara. El Ventero respondió que había tanta gente en la venta, que no había echado de

---

[1] Cervantes se olvidó de que don Quijote salió la segunda vez con rodela y de que con ella había acabado varias aventuras.
[2] *Rieto* = reto (del lat. *reputo*). *Reto* = acusación de alevoso o traidor que un noble hacía a otro delante del rey, obligándose a mantenerla en el campo. *Desafío* = declaración de enemigo que un noble hacía a otro, rompiendo la *fe* y amistad que tenía con él. El desafío no exigía que la acusación fuese de alevosía, ni que se hiciese ante el rey.

1, 41.—LOS CRIADOS DE DON LUIS

ver en el que preguntaban. Pero habiendo visto uno dellos el coche donde había venido el Oidor, dijo:

—Aquí debe de estar sin duda, porque éste es el coche que él dicen que sigue: quédese uno de nosotros a la puerta y entren los demás a buscarle; y aun sería bien que uno de nosotros rodease toda la venta, porque no se fuese por las bardas de los corrales.

—Así se hará—respondió uno dellos.

Y entrándose los dos dentro, uno se quedó a la puerta y el otro se fué a rodear la venta; todo lo cual veía el Ventero, y no sabía atinar para qué se hacían aquellas diligencias, puesto que bien creyó que buscaban a aquel mozo cuyas señas le habían dado.

Ya a esta sazón aclaraba el día; y así por esto como por el ruido que don Quijote había hecho, estaban todos despiertos y se levantaban, especialmente doña Clara y Dorotea, que la una con sobresalto de tener tan cerca a su amante, y la otra con el deseo de verle, habían podido dormir bien mal aquella noche. Don Quijote, que vió que ninguno de los cuatro caminantes hacía caso dél, ni le respondían a su demanda, moría y rabiaba de despecho y saña; y si él hallara en las ordenanzas de su caballería que lícitamente podía el caballero andante tomar y emprender otra empresa habiendo dado su palabra y fe de no ponerse en ninguna hasta acabar la que había prometido, él embistiera con todos, y les hiciera responder mal de su grado; pero por parecerle no convenirle ni estarle bien comenzar nueva empresa hasta poner a Micomicona en su reino, hubo de callar y estarse quedo, esperando a ver en qué paraban las diligencias de aquellos caminantes; uno de los cuales halló al mancebo que buscaba, durmiendo al lado de un mozo de mulas bien descuidado de que nadie ni le buscase, ni menos de que le hallase [1]. El hombre le trabó del brazo y le dijo:

—Por cierto, señor don Luis, que responde bien a quien vos sois el hábito [2] que tenéis, y que dice bien la cama en que os hallo al regalo con que vuestra madre os crió.

Limpióse el mozo los soñolientos ojos, y miró de despacio al que le tenía asido, y luego conoció que era criado de su padre, de que recibió tal sobresalto, que no acertó o no pudo hablarle

---

[1] Más correcto sería: descuidado de que nadie le buscase y más aún de que le hallase.
[2] Traje.

palabra por un buen espacio; y el criado prosiguió diciendo:

—Aquí no hay que hacer otra cosa, señor don Luis, sino prestar paciencia, y dar la vuelta a casa, si ya vuestra merced no gusta que su padre y mi señor la dé al otro mundo; porque no se puede esperar otra cosa de la pena con que queda por vuestra ausencia.

—Pues ¿cómo supo mi padre—dijo don Luis—que yo venía este camino y en este traje?

—Un estudiante — respondió el criado — a quien distes [1] cuenta de vuestros pensamientos fué el que lo descubrió, movido a lástima de las que vió que hacía vuestro padre al punto que os echó menos; y así, despachó a cuatro de sus criados en vuestra busca, y todos estamos aquí a vuestro servicio, más contentos de lo que imaginar se puede, por el buen despacho con que tornaremos, llevándoos a los ojos que tanto os quieren.

—Eso será como yo quisiere, o como el cielo lo ordenare—respondió don Luis.

—¿Qué habéis de querer, o qué ha de ordenar el cielo, fuera de consentir en volveros? Porque no ha de ser posible otra cosa.

Todas estas razones que entre los dos pasaban oyó el mozo de mulas junto a quien don Luis estaba; y levantándose de allí, fué a decir lo que pasaba a don Fernando y a Cardenio, y a los demás, que ya vestido se habían; a los cuales dijo cómo aquel hombre llamaba de *don* a aquel muchacho, y las razones que pasaban, y cómo le quería volver a casa de su padre, y el mozo no quería. Y con esto, y con lo que dél sabían, de la buena voz que el cielo le había dado, vinieron todos en gran deseo de saber más particularmente quién era, y aun de ayudarle si alguna fuerza le quisiesen hacer; y así, se fueron hacia la parte donde aún estaba hablando y porfiando con su criado. Salía, en esto, Dorotea de su aposento, y tras ella doña Clara, toda turbada; y llamando Dorotea a Cardenio aparte, le contó en breves razones la historia del músico y de doña Clara; a quien [2] él también dijo lo que pasaba de la venida a buscarle los criados de su padre, y no se lo dijo tan callando, que lo dejase de oír Clara, de lo que quedó tan fuera de sí, que si Dorotea no llegara a tenerla, diera consigo en el suelo. Cardenio dijo a Dorotea que se volviesen al aposento; que él procuraría poner remedio en todo, y ellas lo hicieron.

---

[1] Los criados tratan a don Luis unas veces de *vos* y otras de *vuestra merced*.

[2] *Quien* se refiere a Dorotea.

1, 41.—LOS CRIADOS DE DON LUIS

Ya estaban todos los cuatro que venían a buscar a don Luis dentro de la venta y rodeados dél[1], persuadiéndole que luego, sin detenerse un punto, volviese a consolar a su padre. Él respondió que en ninguna manera lo podía hacer hasta dar fin a un negocio en que le iba la vida, la honra y el alma. Apretáronle entonces los criados, diciéndole que en ningún modo volverían sin él, y que le llevarían, quisiese o no quisiese.

—Eso no haréis vosotros—replicó don Luis—, si no es llevándome muerto; aunque de cualquiera manera que me llevéis, será llevarme sin vida.

Ya a esta sazón habían acudido a la porfía todos los más que en la venta estaban, especialmente Cardenio, don Fernando, sus camaradas, el Oidor, el Cura, el Barbero y don Quijote, que ya le pareció que no había necesidad de guardar más el castillo. Cardenio, como ya sabía la historia del mozo, preguntó a los que llevarle querían que qué les movía a querer llevar contra su voluntad a aquel muchacho.

—Muévenos—respondió uno de los cuatro—dar la vida a su padre, que por la ausencia deste caballero queda a peligro de perderla.

A esto dijo don Luis:

—No hay para qué se dé cuenta aquí de mis cosas; yo soy libre, y volveré si me diere gusto, y si no, ninguno de vosotros me ha de hacer fuerza.

—Harásela a vuestra merced la razón—respondió el hombre—, y cuando ella no bastare con vuestra merced, bastará con nosotros para hacer a lo que venimos y lo que somos obligados.

—Sepamos qué es esto de raíz—dijo a este tiempo el Oidor.

Pero el hombre, que lo conoció, como vecino de su casa, respondió:

—¿No conoce vuestra merced, señor Oidor, a este caballero, que es el hijo de su vecino, el cual se ha ausentado de casa de su padre en el hábito tan indecente[2] a su calidad como[3] vuestra merced puede ver?

Miróle entonces el Oidor más atentamente y conocióle; y abrazándole, dijo:

---

[1] Puestos alrededor de él (cf. p. 370, n. 3).
[2] *Indecente* = desproporcionado, que dice mal.
[3] *Como* exigía *en hábito* o *en un hábito* sin el artículo *el*.
Hoy diríamos *en hábito... como; en un hábito... como; o en el hábito... que*.

1, 44.—EL VENTERO APORREADO

—¿Qué niñerías son éstas, señor don Luis, o qué causas tan poderosas, que os hayan movido a venir desta manera, y en este traje, que dice tan mal con la calidad vuestra?

Al mozo se le vinieron las lágrimas a los ojos, y no pudo responder palabra. El Oidor dijo [1] a los cuatro que se sosegasen, que todo se haría bien; y tomando por la mano a don Luis, le apartó a una parte y le preguntó qué venida había sido aquélla. Y en tanto que le hacía esta y otras preguntas, oyeron grandes voces a la puerta de la venta, y era la causa dellas que dos huéspedes que aquella noche habían alojado en ella, viendo a toda la gente ocupada en saber lo que los cuatro buscaban, habían intentado a irse sin pagar lo que debían; mas el Ventero, que atendía más a su negocio que a los ajenos, les asió al salir de la puerta, y pidió su paga, y les afeó su mala intención con tales palabras, que les movió a que le respondiesen con los puños; y así, le comenzaron a dar tal mano [2], que el pobre Ventero tuvo necesidad de dar voces y pedir socorro. La Ventera y su hija no vieron a otro más desocupado para poder socorrerle que a don Quijote, a quien la hija de la Ventera dijo:

—Socorra vuestra merced, señor caballero, por la virtud [3] que Dios le dió, a mi pobre padre; que dos malos hombres le están moliendo como a cibera [4].

A lo cual respondió don Quijote muy de espacio y con mucha flema:

—Fermosa doncella, no ha lugar por ahora vuestra petición, porque estoy impedido de entremeterme en otra aventura en tanto que no diere cima a una en que mi palabra me ha puesto. Mas lo que yo podré hacer por serviros, es lo que ahora diré: corred y decid a vuestro padre que se entretenga en esa batalla lo mejor que pudiere, y que no se deje vencer en ningún modo, en tanto que yo pido licencia a la princesa Micomicona para poder socorrerle en su cuita; que si ella me la da, tened por cierto que yo le sacaré della.

—¡Pecadora de mí!—dijo a esto Maritornes, que estaba delante—. Primero que vuestra merced alcance esa licencia que dice estará ya mi señor en el otro mundo.

—Dadme vos, señora, que yo alcance la licencia que digo

---

[1] En la edición príncipe se lee: *al oidor. Dijo...*
[2] Tunda.
[3] Fuerza maravillosa.
[4] Cf. p. 86, n. 1.

1, 44.—EL OIDOR Y DON LUIS

—respondió don Quijote—; que como yo la tenga, poco hará al caso que él esté en el otro mundo; que de allí le sacaré a pesar del mismo mundo que lo contradiga; o, por lo menos, os daré tal venganza de los que allá le hubieren enviado, que quedéis más que medianamente satisfechas.

Y sin decir más, se fué a poner de hinojos ante Dorotea, pidiéndole con palabras caballerescas y andantescas que la su grandeza fuese servida de darle licencia de acorrer y socorrer al castellano de aquel castillo, que estaba puesto en una grave mengua. La Princesa se la dió de buen talante, y él luego, embrazando su adarga y poniendo mano a su espada, acudió a la puerta de la venta, adonde aún todavía traían los dos huéspedes a mal traer al Ventero; pero así como llegó, embazó [1] y se estuvo quedo, aunque Maritornes y la Ventera le decían que en qué se detenía; que socorriese a su señor y marido.

—Deténgome—dijo don Quijote—porque no me es lícito poner mano a la espada contra gente escuderil; pero llamadme aquí a mi escudero Sancho; que a él toca y atañe esta defensa y venganza.

Esto pasaba en la puerta de la venta, y en ella andaban las puñadas y mojicones muy en su punto, todo en daño del Ventero y en rabia de Maritornes, la Ventera y su hija, que se desesperaban de ver la cobardía de don Quijote, y de lo mal que lo pasaba su marido, señor y padre.

Pero dejémosle aquí, que no faltará quien le socorra, o si no, sufra y calle el que se atreve a más de a lo que sus fuerzas le prometen, y volvámonos atrás cincuenta pasos, a ver qué fué lo que don Luis respondió al Oidor, que le dejamos aparte, preguntándole la causa de su venida a pie y de tan vil traje vestido; a lo cual el mozo, asiéndole fuertemente de las manos, como en señal de que algún gran dolor le apretaba el corazón, y derramando lágrimas en grande abundancia, le dijo:

—Señor mío, yo no sé deciros otra cosa sino que desde el punto que quiso el cielo y facilitó nuestra vecindad que yo viese a mi señora doña Clara, hija vuestra y señora mía, desde aquel instante la hice dueño de mi voluntad; y si la vuestra, verdadero señor y padre mío, no lo impide, en este mismo día ha de ser mi esposa. Por ella dejé la casa de mi padre, y por

---

[1] «*Embazar*, asustarse un hombre en forma que le viene a faltar el huelgo, como el que padece mal de bazo, cuando se para de cansado» (Cov.); y por extensión, detenerse, quedar sin acción.

1, 44.—EL DUEÑO DEL YELMO Y DE LA ALBARDA

ella me puse en este traje, para seguirla dondequiera que fuese, como la saeta al blanco, o como el marinero al norte. Ella no sabe de mis deseos más de lo que ha podido entender de algunas veces que desde lejos ha visto llorar mis ojos. Ya, señor, sabéis la riqueza y la nobleza de mis padres, y cómo yo soy su único heredero; si os parece que éstas son partes para que os aventuréis a hacerme en todo venturoso, recebidme luego por vuestro hijo; que si mi padre, llevado de otros designios suyos, no gustare deste bien que yo supe buscarme, más fuerza tiene el tiempo para deshacer y mudar las cosas que las humanas voluntades.

Calló en diciendo esto el enamorado mancebo, y el Oidor quedó en oírle suspenso, confuso y admirado, así de haber oído el modo y la discreción con que don Luis le había descubierto su pensamiento como de verse en punto que no sabía el que poder tomar en tan repentino y no esperado negocio; y así, no respondió otra cosa sino que se sosegase por entonces, y entretuviese a sus criados, que [1] por aquel día no le volviesen, porque se tuviese tiempo para considerar lo que mejor a todos estuviese. Besóle las manos por fuerza don Luis, y aun se las bañó con lágrimas, cosa que pudiera enternecer un corazón de mármol, no sólo el del Oidor, que, como discreto, ya había conocido cuán bien le estaba a su hija aquel matrimonio; puesto que, si fuera posible, lo quisiera efetuar con voluntad del padre de don Luis, del cual sabía que pretendía hacer de título [2] a su hijo.

Ya a esta sazón estaban en paz los huéspedes con el Ventero, pues por persuasión y buenas razones de don Quijote, más que por amenazas, le habían pagado todo lo que él quiso, y los criados de don Luis aguardaban el fin de la plática del Oidor y la resolución de su amo, cuando el demonio, que no duerme, ordenó que en aquel mesmo punto entró [3] en la venta el barbero a quien don Quijote quitó el yelmo de Mambrino, y Sancho Panza los aparejos del asno, que trocó con los del suyo; el cual barbero, llevando su jumento a la caballeriza, vió a Sancho Panza que estaba aderezando no sé qué de la albarda, y así como la vió, la conoció, y se atrevió a arremeter a Sancho diciendo:

---

[1] De modo *que*.
[2] Señor *de título*.
[3] Por *entrase* (cf. pról. 16).

1, 44.—EL DUEÑO DEL YELMO Y DE LA ALBARDA

—¡Ah, don ladrón, que aquí os tengo! ¡Venga mi bacía y mi albarda, con todos mis aparejos que me robastes!

Sancho, que se vió acometer tan de improviso y oyó los vituperios que le decían, con la una mano asió de la albarda, y con la otra dió un mojicón al barbero, que le bañó los dientes en sangre; pero no por esto dejó el barbero la presa que tenía hecha en la albarda; antes alzó la voz de tal manera, que todos los de la venta acudieron al ruido y pendencia, y decía:

—¡Aquí del rey y de la justicia; que sobre cobrar [1] mi hacienda me quiere matar este ladrón, salteador de caminos!

—¡Mentís—respondió Sancho—; que yo no soy salteador de caminos; que en buena guerra ganó mi señor don Quijote estos despojos!

Ya estaba don Quijote delante, con mucho contento de ver cuán bien se defendía y ofendía su escudero, y túvole desde allí adelante por hombre de pro, y propuso en su corazón de armalle caballero en la primera ocasión que se le ofreciese, por parecerle que sería en él bien empleada la orden de la caballería. Entre otras cosas que el barbero decía en el discurso de la pendencia, vino a decir:

—Señores, así esta albarda es mía como la muerte que debo a Dios [2], y así la conozco como si la hubiera parido; y ahí está mi asno en el establo, que no me dejará mentir: si no, pruébensela, y si no le viniere pintiparada, yo quedaré por infame. Y hay más: que el mismo día que ella se me quitó, me quitaron también una bacía de azófar nueva, que no se había estrenado, que era señora de [3] un escudo.

Aquí no se pudo contener don Quijote sin responder, y poniéndose entre los dos y apartándoles, depositando la albarda en el suelo, que la tuviese de manifiesto hasta que la verdad se aclarase [4], dijo:

—¡Porque [5] vean vuestras mercedes clara y manifiestamente el error en que está este buen escudero, pues llama bacía a lo que fué, es y será yelmo de Mambrino, el cual se le quité yo en buena guerra, y me hice señor dél con legítima y lícita

---

[1] *Cobrar* = tomar.
[2] Tan cierto es que esta albarda me pertenece como lo es que he de morir.
[3] *Era señora de* = valía.
[4] Trata al suelo, según anota R. Marín, como a depositario judicial de objetos litigiosos.
[5] Hago esto *porque*...

posesión! En lo del albarda no me entremeto; que lo que en ello sabré decir es que mi escudero Sancho me pidió licencia para quitar los jaeces [1] del caballo deste vencido cobarde, y con ellos adornar el suyo; yo se la di, y él los tomó, y de haberse convertido de jaez en albarda no sabré dar otra razón si no es la ordinaria: que como esas transformaciones se ven en los sucesos de la caballería; para confirmación de lo cual, corre, Sancho hijo, y saca aquí el yelmo que este buen hombre dice ser bacía.

—¡Pardiez, señor—dijo Sancho—, si no tenemos otra prueba de nuestra intención que la que vuestra merced dice, tan bacía es el yelmo de Malino [2] como el jaez deste buen hombre albarda!

—Haz lo que te mando—replicó don Quijote—; que no todas las cosas deste castillo han de ser guiadas por encantamento.

Sancho fué a do estaba la bacía y la trujo; y así como don Quijote la vió, la tomó en las manos y dijo:

—Miren vuestras mercedes con qué cara podía decir este escudero que ésta es bacía, y no el yelmo que yo he dicho; y juro por la orden de caballería que profeso que este yelmo fué el mismo que yo le quité, sin haber añadido en él ni quitado cosa alguna [3].

—En eso no hay duda—dijo a esta sazón Sancho—; porque desde que mi señor le ganó hasta agora no ha hecho con él más de una batalla, cuando libró a los sin ventura encadenados; y si no fuera por este baciyelmo, no lo pasara entonces muy bien, porque hubo asaz de pedradas en aquel trance.

CAPITULO XLV.—Donde se acaba de averiguar la duda del yelmo de Mambrino y de la albarda, y otras aventuras sucedidas, con toda verdad.

Qué les parece a vuestras mercedes, señores—dijo el barbero—, de lo que afirman estos gentiles hombres, pues aún porfían que ésta no es bacía, sino yelmo?

---

[1] *Jaez* = cualquier adorno que se pone a las caballerías.
[2] *Malino* (forma vulgar de *maligno*, como *indino* lo es de *indigno*), *Martino* y *Malandrino* son los nombres que Sancho dió a *Mambrino*.
[3] Al leerles a los testigos sus declaraciones, dice R. Marín, manifestaban ser las mismas que prestaron sin tener que añadir ni quitar cosa alguna.

1, 45.—EL DUEÑO DEL YELMO Y DE LA ALBARDA

—Y quien lo contrario dijere—dijo don Quijote—, le haré [1] yo conocer que miente, si fuere caballero; y si escudero, que remiente mil veces.

Nuestro Barbero, que a todo estaba presente, como tenía tan bien conocido el humor de don Quijote, quiso esforzar su desatino y llevar adelante la burla, para que todos riesen, y dijo hablando con el otro barbero:

—Señor barbero, o quien sois, sabed que yo también soy de vuestro oficio, y tengo más ha de veinte años carta de examen [2], y conozco muy bien de todos los instrumentos de la barbería, sin que le [3] falte uno; y ni más ni menos fuí un tiempo en mi mocedad soldado, y sé también qué es yelmo, y qué es morrión, y celada de encaje [4], y otras cosas tocantes a la milicia, digo, a los géneros de armas de los soldados; y digo, salvo mejor parecer, remitiéndome siempre al mejor entendimiento, que esta pieza que está aquí delante y que este buen señor tiene en las manos no sólo no es bacía de barbero, pero está tan lejos de serlo como está lejos lo blanco de lo negro y la verdad de la mentira; también digo que éste, aunque es yelmo, no es yelmo entero.

—No, por cierto—dijo don Quijote—, porque le falta la mitad, que es la babera [5].

—Así es—dijo el Cura, que ya había entendido la intención de su amigo el barbero.

Y lo mismo confirmó Cardenio, don Fernando y sus camaradas; y aun el Oidor, si no estuviera tan pensativo con el negocio de don Luis, ayudara, por su parte, a la burla; pero las veras de lo que pensaba le tenían tan suspenso, que poco o nada atendía a aquellos donaires.

—¡Válame Dios!—dijo a esta sazón el barbero burlado—. ¿Que es posible que tanta gente honrada diga que ésta no es bacía, sino yelmo? Cosa parece ésta que puede poner en admiración a toda una Universidad, por discreta que sea. Basta: si es que esta bacía es yelmo, también debe de ser esta albarda jaez de caballo, como este señor ha dicho.

---

[1] *Quien dijere... le haré* es una inconsecuencia gramatical (cf. pról. 13).
[2] Cf. p. 39, n. 2.
[3] *Le* se refiere a *conocimiento*, embebido en *conocer*.
[4] Cf. p. 59, n. 8.
[5] «*Babera* [o *barbote*], la armadura del rostro, de la nariz abajo, que cubre la boca, barba y quijadas» (Cov.): cf. p. 59, n. 8.

1, 45.—EL DUEÑO DEL YELMO Y DE LA ALBARDA

—A mí albarda me parece—dijo don Quijote—; pero ya he dicho que en eso no me entremeto.

—De que sea albarda o jaez—dijo el Cura—no está en más de decirlo el señor don Quijote; que en estas cosas de la caballería todos estos señores y yo le damos la ventaja.

—Por Dios, señores míos—dijo don Quijote—, que son tantas y tan estrañas las cosas que en este castillo en dos veces que en él he alojado, me han sucedido, que no me atreva a decir afirmativamente ninguna cosa de lo que acerca de lo que en él se contiene se preguntare, porque imagino que cuanto en él se trata va por vía de encantamiento. La primera vez me fatigó mucho un moro encantado que en él hay, y a Sancho no le fué muy bien con otros sus secuaces; y anoche estuve colgado deste brazo casi dos horas: sin saber cómo ni cómo no vine a caer en aquella desgracia. Así que, ponerme yo agora en cosa de tanta confusión y dar mi parecer, será caer en juicio temerario. En lo que toca a lo que dicen que ésta es bacía, y no yelmo, ya yo tengo respondido; pero en lo de declarar si ésa es albarda o jaez, no me atrevo a dar sentencia difinitiva: sólo lo dejo al buen parecer de vuestras mercedes; quizá por no ser armados caballeros como yo lo soy no tendrán que ver con vuestras mercedes los encantamentos deste lugar, y tendrán los entendimientos libres, y podrán juzgar de las cosas deste castillo como ellas son real y verdaderamente, y no como a mí me parecían.

—No hay duda—respondió a esto don Fernando—, sino que el señor don Quijote ha dicho muy bien hoy, que a nosotros toca la definición deste caso; y porque vaya con más fundamento, yo tomaré en secreto los votos destos señores, y de lo que resultare daré entera y clara noticia.

Para aquellos que la tenían del humor de don Quijote era todo esto materia de grandísima risa; pero para los que lo ignoraban les parecía el mayor disparate del mundo, especialmente a los cuatro criados de don Luis, y a don Luis ni más ni menos, y a otros tres pasajeros que acaso habían llegado a la venta, que tenían parecer de ser cuadrilleros, como, en efeto, lo eran. Pero el que más se desesperaba era el barbero, cuya bacía allí delante de sus ojos se le había vuelto en yelmo de Mambrino, y cuya albarda pensaba sin duda alguna que se le había de volver en jaez rico de caballo; y los unos y los otros se reían de ver cómo andaba don Fernando tomando los votos de unos en otros, hablándolos al oído para que en secreto declarasen si

1, 45.—EL DUEÑO DEL YELMO Y DE LA ALBARDA

era albarda o jaez aquella joya sobre quien tanto se había peleado; y después que hubo tomado los votos de aquellos que a don Quijote conocían, dijo en alta voz:

—El caso es, buen hombre, que ya yo estoy cansado de tomar tantos pareceres, porque veo que a ninguno pregunto lo que deseo saber que no me diga que es disparate el decir que ésta sea albarda de jumento, sino [1] jaez de caballo, y aun de caballo castizo [2]; y así, habréis de tener paciencia, porque, a vuestro pesar y al de vuestro asno, éste es jaez, y no albarda, y vos habéis alegado y probado muy mal de vuestra parte.

—No la tenga yo en el cielo—dijo el sobrebarbero [3]—si todos vuestras mercedes no se engañan; y que así parezca mi ánima ante Dios como ella me parece a mí albarda, y no jaez [4]; pero allá van leyes... etcétera..., y no digo más [5]; y en verdad que no estoy borracho: que no me he desayunado, si de pecar no [6].

No menos causaban risa las necedades que decía el barbero que los disparates de don Quijote, el cual a esta sazón dijo:

—Aquí no hay más que hacer sino que cada uno tome lo que es suyo, y a quien Dios se la dió, San Pedro se la bendiga [7].

Uno de los cuatro [8] dijo:

—Si ya no es que esto sea burla pesada, no me puedo persuadir que hombres de tan buen entendimiento como son, o parecen, todos los que aquí están, se atrevan a decir y afirmar que ésta no es bacía, ni aquélla albarda; mas como veo que lo afirman y lo dicen, me doy a entender que no carece de misterio el porfiar una cosa tan contraria de lo que nos muestra la misma verdad y la misma experiencia; porque voto a tal—y arrojóle redondo—que no me den a mí a entender cuantos

---

[1] Para este *sino* (cf. p. 445, n. 4).
[2] *Castizo* = de buena casta.
[3] *Sobrebarbero* = segundo barbero (el primero era maese Nicolás). El prefijo *sobre* con este significado, se aplica con más frecuencia a nombres de cosa *(sobrecédula, -llave, -sello...)* que a nombres de persona *(sobretercero)*.
[4] Tan bien parezca mi ánima a Dios, cuan bien ella me parece a mí albarda.
[5] El refrán es *allá van leyes do quieren reyes*.
[6] Como que aún estoy ayuno, si no es de pecar. Por humildad agregaba el barbero esta coletilla.
[7] Y así, se contente con la Divina Providencia.
[8] *De los cuatro* criados de don Luis.

hoy viven en el mundo al revés de que ésta no sea bacía de barbero, y ésta albarda de asno.

—Bien podría ser de borrica—dijo el Cura.

—Tanto monta [1]—dijo el criado—; que el caso no consiste en eso, sino en si es o no es albarda, como vuestras mercedes dicen.

Oyendo esto uno de los cuadrilleros que habían entrado, que había oído la pendencia y quistión, lleno de cólera y de enfado, dijo:

—¡Tan albarda es como mi padre [2], y el que otra cosa ha dicho o dijere debe de estar hecho uva [3]!

—¡Mentís como bellaco villano!—respondió don Quijote.

Y alzando el lanzón, que nunca le dejaba de las manos, le iba a descargar tal golpe sobre la cabeza, que, a no desviarse el cuadrillero, se le dejara allí tendido. El lanzón se hizo pedazos en el suelo, y los demás cuadrilleros, que vieron tratar mal a su compañero, alzaron la voz pidiendo favor a la Santa Hermandad.

El ventero, que era de la cuadrilla [4], entró al punto por su varilla [5] y por su espada, y se puso al lado de sus compañeros; los criados de don Luis rodearon a don Luis, porque con el alboroto no se les fuese; el barbero, viendo la casa revuelta, tornó a asir de su albarda, y lo mismo hizo Sancho; don Quijote puso mano a su espada y arremetió a los cuadrilleros; don Luis daba voces a sus criados, que le dejasen a él y acorriesen a don Quijote, y a Cardenio, y a don Fernando, que todos favorecían a don Quijote; el Cura daba voces; la Ventera gritaba; su hija se afligía; Maritornes lloraba; Dorotea estaba confusa; Luscinda, suspensa; y doña Clara, desmayada. El barbero aporreaba a Sancho; Sancho molía al barbero; don Luis, a quien un criado suyo se atrevió a asirle del brazo porque no se fuese, le dió una puñada, que le bañó los dientes en sangre; el Oidor le defendía; don Fernando tenía debajo de sus pies a un cuadrillero, midiéndole el cuerpo con ellos [6] muy a su sabor; el Vente-

---

[1] *Tanto monta* = lo mismo es.
[2] Tan cierto es esto albarda, como mi padre es mi padre.
[3] «*Hacerse uva* [o *una uva*], emborracharse» (Cov.).
[4] Cuadrilleros eran muchos venteros, y de éstos los más se servían de su condición para oprimir a los huéspedes, de suerte que el título de hermandad les era un salvoconducto para robar más a placer.
[5] O media vara (cf. p. 179, n. 3).
[6] Nótese que esta vez no se midió el cuerpo por *varas*, como suele acontecer, sino por *pies*.

— 519 —

ro tornó a reforzar la voz, pidiendo favor a [1] la Santa Hermandad: de modo que toda la venta era llantos, voces, gritos, confusiones, temores, sobresaltos, desgracias, cuchilladas, mojicones, palos, coces y efusión de sangre. Y en la mitad deste caos, máquina y laberinto de cosas, se le presentó en la memoria a don Quijote que se veía metido de hoz y de coz [2] en la discordia del campo de Agramante [3], y así, dijo, con voz que atronaba la venta:

—Ténganse todos; todos envainen; todos se sosieguen; óiganme todos, si todos quieren quedar con vida.

A cuya gran voz todos se pararon, y él prosiguió, diciendo:

—¿No os dije yo, señores, que este castillo era encantado, y que alguna región [4] de demonios debe de habitar en él? En confirmación de lo cual quiero que veáis por vuestros ojos cómo se ha pasado aquí y trasladado entre nosotros la discordia del campo de Agramante. Mirad cómo allí se pelea por la espada, aquí por el caballo, acullá por el águila, acá por el yelmo [5], y todos peleamos, y todos no nos entendemos. Venga, pues, vuestra merced, señor Oidor, y vuestra merced, señor Cura, y el uno sirva de rey Agramante, y el otro de rey Sobrino, y pónganos en paz; porque por Dios Todopoderoso que es gran bellaquería que tanta gente principal como aquí estamos se mate por causas tan livianas.

Los cuadrilleros que no entendían el frasis [6] de don Quijote, y se veían malparados de don Fernando, Cardenio y sus camaradas, no querían sosegarse; el barbero sí, porque en la pendencia tenía deshechas las barbas y el albarda: Sancho,

---

[1] *A* = para.
[2] «*Entrarse en una cosa de hoz y de coz* es sin ninguna consideración: está tomado de los segadores, que echan la hoz a la mies y dan por lo más bajo una coz para quebrantarla y segarla mejor» (Cov., v. *coz*). «*Entrarse uno de hoz y de coz en casa* es hacerlo de hecho y disponiendo de todo a su voluntad. Trae origen del modo de segar...» (Cov., v. *hoz*).
[3] Agramante fué el jefe de todos los reyes y príncipes moros que sitiaron a Carlomagno en París, el cual obtuvo de S. Miguel que la discordia enredase a los sitiadores en una gran pendencia, que al fin se apaciguó gracias a Agramante y al prudente rey Sobrino. La relación de esta discordia se halla en el *Orlando furioso* del Ariosto (c. 27).
[4] *Región* = legión.
[5] La espada por la cual se luchaba era la famosa *Durindana*, el caballo *Frontino*, y el águila *el escudo del águila blanca;* lo del yelmo fué invención de don Quijote.
[6] *Frasis* = lenguaje.

a la más mínima voz de su amo, obedeció, como buen criado; los cuatro criados de don Luis también se estuvieron quedos, viendo cuán poco les iba en no estarlo; sólo el Ventero porfiaba que se habían de castigar las insolencias de aquel loco, que a cada paso le alborotaba la venta. Finalmente, el rumor se apaciguó por entonces, la albarda se quedó por jaez hasta el día del Juicio, y la bacía por yelmo, y la venta por castillo, en la imaginación de don Quijote.

Puestos, pues, ya en sosiego, y hechos amigos todos a persuasión del Oidor y del Cura, volvieron los criados de don Luis a porfiarle que al momento se viniese con ellos; y en tanto que él con ellos se venía, el Oidor comunicó con don Fernando, Cardenio y el Cura qué debía hacer en aquel caso, contándoseles [1] con las razones que don Luis le había dicho. En fin, fué acordado que don Fernando dijese a los criados de don Luis quién él era y cómo era su gusto que don Luis se fuese con él al Andalucía, donde de su hermano el Marqués sería estimado como el valor [2] de don Luis merecía; porque desta manera [3] se sabía de la intención de don Luis que no volvería por aquella vez a los ojos de su padre, si [4] le hiciesen pedazos. Entendida, pues, de los cuatro la calidad de don Fernando y la intención de don Luis, determinaron entre ellos que los tres se volviesen a contar lo que pasaba a su padre, y el otro se quedase a servir a don Luis, y a no dejalle hasta que ellos volviesen por él, o viese lo que su padre les ordenaba. Desta manera se apaciguó aquella máquina de pendencias, por la autoridad de Agramante y prudencia del rey Sobrino; pero viéndose el enemigo de la concordia y el émulo de la paz [5] menospreciado y burlado, y el poco fruto que había granjeado de haberlos puesto a todos en tan confuso laberinto, acordó de probar otra vez la mano [6], resucitando nuevas pendencias y desasosiegos.

Es, pues, el caso, que los cuadrilleros se sosegaron, por haber entreoído la calidad de los que con ellos se habían combatido, y se retiraron de la pendencia, por parecerles que de cual-

---

[1] Por *contándoselo a ellos*. En *contándoseles* el *se* es complemento directo y se refiere a *caso*; en la pág. 468, n. 1 quedó la explicación gramatical de algo semejante.

[2] *Valor* = noble y apreciable condición.

[3] *Desta manera* = de tal manera, con tal certeza.

[4] Aunque.

[5] El diablo.

[6] *Probar la mano* = intentar una cosa para ver si conviene proseguirla.

1, 45.—LOS CUADRILLEROS Y DON QUIJOTE

quiera manera que sucediese, habían de llevar lo peor de la batalla; pero a uno dellos, que fué el que fué molido y pateado por don Fernando, le vino a la memoria que entre algunos mandamientos que traía para prender a algunos delincuentes, traía uno contra don Quijote[1], a quien la Santa Hermandad había mandado prender por la libertad que dió a los galeotes, y como Sancho con mucha razón había temido. Imaginando, pues, esto, quiso certificarse si las señas que de don Quijote traía venían bien[2], y sacando del seno un pergamino topó con el que buscaba, y poniéndosele a leer de espacio, porque no era buen lector, a cada palabra que leía ponía los ojos en don Quijote, y iba cotejando las señas del mandamiento con el rostro de don Quijote, y halló que sin duda alguna era el que el mandamiento rezaba. Y apenas se hubo certificado, cuando, recogiendo su pergamino, en la izquierda tomó el mandamiento, y con la derecha asió a don Quijote del cuello[3] fuertemente, que no le dejaba alentar, y a grandes voces decía:

—¡Favor a la Santa Hermandad! Y para que se vea que lo pido de veras, léase este mandamiento, donde se contiene que se prenda a este salteador de caminos.

Tomó el mandamiento el Cura y vió cómo era verdad cuanto el cuadrillero decía, y cómo convenía con las señas con don Quijote; el cual, viéndose tratar mal de aquel villano malandrín, puesta la cólera en su punto, y crujiéndole los huesos de su cuerpo, como mejor pudo él, asió al cuadrillero con entrambas manos de la garganta, que a no ser socorrido de sus compañeros, allí dejara la vida antes que don Quijote la presa. El Ventero, que por fuerza había de favorecer a los de su oficio, acudió luego a dalle favor. La Ventera, que vió de nuevo a su marido en pendencias, de nuevo alzó la voz, cuyo tenor le llevaron[4] luego Maritornes y su hija, pidiendo favor al cielo y a los que allí estaban. Sancho dijo, viendo lo que pasaba:

—¡Vive el Señor que es verdad cuanto mi amo dice de los

---

[1] ¿Es posible que tan tarde se acordase el cuadrillero de este mandamiento, siendo tan inconfundible la figura de don Quijote?

[2] Con aquel loco.

[3] Del *cuello* o *collar* del sayo o vestido.

[4] «*Tenor*, una de las voces en la música concertada, dicha así a *tenendo*, porque ordinariamente tiene y sustenta la cuerda y el tono, y lleva el canto llano» (Cov.). *Llevar a uno el tenor* = acomodarse al canto o tono de otro, acomodarse a uno; tenerle el debido respeto.

encantos deste castillo, pues no es posible vivir una hora con quietud en él!

Don Fernando despartió al cuadrillero y a don Quijote y, con gusto de entrambos, les desenclavijó las manos, que el uno en el collar del sayo del uno, y el otro en la garganta del otro, bien asidas tenían; pero no por esto cesaban los cuadrilleros de pedir su preso, y que les ayudasen a dársele atado y entregado a toda su voluntad, porque así convenía al servicio del rey y de la Santa Hermandad, de cuya parte de nuevo les pedían socorro y favor para hacer aquella prisión de aquel robador y salteador de sendas y de carreras. Reíase de oír decir estas razones don Quijote, y con mucho sosiego dijo:

—Venid acá, gente soez y mal nacida: ¿saltear de caminos llamáis al dar libertad a los encadenados, soltar los presos, acorrer a los miserables, alzar los caídos, remediar los menesterosos? ¡Ah gente infame, digna de vuestro bajo y vil entendimiento que el cielo no os comunique el valor que se encierra en la caballería andante, ni os dé a entender el pecado e ignorancia en que estáis en no reverenciar la sombra, cuanto más la asistencia, de cualquier caballero andante! Venid acá, ladrones en cuadrilla, que no cuadrilleros[1], salteadores de caminos con licencia de la Santa Hermandad; decidme: ¿Quién fué el ignorante que firmó mandamiento de prisión contra un tal caballero como yo soy? ¿Quién el que ignoró que son esentos de todo judicial fuero los caballeros andantes, y que su ley es su espada, sus fueros sus bríos, sus premáticas[2] su voluntad? ¿Quién fué el mentecato, vuelvo a decir, que no sabe que no hay secutoria de hidalgo[3] con tantas preeminencias ni esenciones como la que adquiere un caballero andante el día que se arma caballero y se entrega al duro ejercicio de la caballería? ¿Qué caballero andante pagó pecho, alcabala, chapín de la

---

[1] Lo mismo decían de los cuadrilleros M. Alemán *(Guzmán,* 1, 1, 7) y Espinel *(M. de Obregón,* 1, 8).

[2] «*Premática,* la ley que se promulga en razón de las nuevas ocasiones que se ofrecen en la República para remediar excesos y daños» (Cov.).

[3] «*Hidalgo de executoria* (= *secutoria, ejecutoria),* el que la ha pleiteado, y por testigos y escrituras prueba su hidalguía... Hay también *hidalgos de privilegio,* que han comprado sus hidalguías: y aunque éstos tengan *las esenciones y preeminencias* que los demás, no tienen las calidades de nobleza y sangre» (Cov.).

reina, moneda forera, portazgo ni barca [1]? ¿Qué sastre le llevó hechura de vestido que le hiciese? ¿Qué castellano le acogió en su castillo que le hiciese pagar el escote [2]? ¿Qué rey no le asentó a su mesa? ¿Qué doncella no se le aficionó y se le entregó rendida, a todo su talante y voluntad? Y, finalmente, ¿qué caballero andante ha habido, hay ni habrá en el mundo, que no tenga bríos para dar él solo cuatrocientos palos a cuatrocientos cuadrilleros que se le pongan delante?

CAPITULO XLVI.—De la notable aventura de los cuadrilleros [3] y la gran ferocidad de nuestro buen caballero don Quijote.

En tanto que don Quijote esto decía, estaba persuadiendo el Cura a los cuadrilleros cómo don Quijote era falto de juicio, como lo veían por sus obras y por sus palabras, y que no tenían para qué llevar aquel negocio adelante, pues aunque le prendiesen y llevasen, luego le habían de dejar por loco; a lo que respondió el del mandamiento que a él no tocaba juzgar de la locura de don Quijote, sino hacer lo que por su mayor [4]

---

[1] *Pecho* (cf. p. 166, n. 1); *alcabala* (cf. p. 38, n. 1).
«*Chapín*, calzado de las mujeres con tres o cuatro corchos... En muchas partes no ponen chapines a una mujer hasta el día que se casa y todas las doncellas andan en zapatillas» (Cov.). De aquí que el tributo que se recogía con ocasión de las bodas reales se llamase *chapín de la reina*. 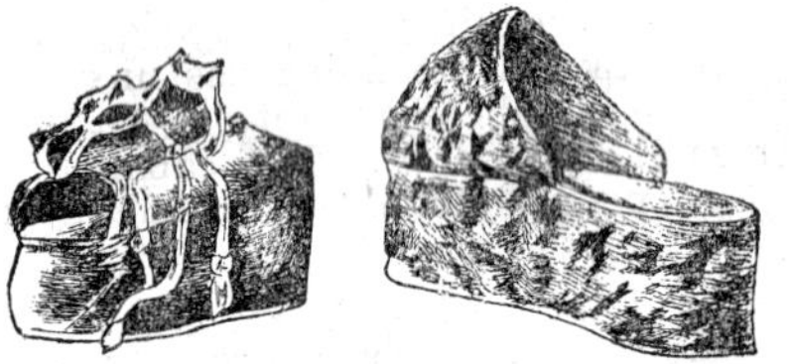
Moneda forera = tributo que de siete en siete años se pagaba al rey en reconocimiento de su señorío.
Portazgo = derechos que se pagan por pasar por un sitio determinado de un camino (ya sea a la entrada de un reino o pueblo, ya en un puerto de tierra, ya en otro punto cualquiera).
Barca o *barcaje* = derecho que se paga por atravesar el río en barca.
[2] Cf. p. 50, n. 2.
[3] Es decir, de cómo acabó la notable...
[4] *Mayor* = superior, jefe.

— 524 —

le era mandado, y que una vez preso, siquiera [1] le soltasen trecientas.

—Con todo eso—dijo el Cura—, por esta vez no le habéis de llevar, ni aun él dejará llevarse, a lo que yo entiendo.

En efeto, tanto les supo el Cura decir, y tantas locuras supo don Quijote hacer, que más locos fueran que no él los cuadrilleros si no conocieran la falta de don Quijote; y así, tuvieron por bien de apaciguarse, y aun de ser medianeros de hacer las paces entre el barbero y Sancho Panza, que todavía asistían con gran rencor a su pendencia. Finalmente, ellos, como miembros de justicia, mediaron la causa [2] y fueron árbitros della, de tal modo, que ambas partes quedaron, si no del todo contentas, a lo menos, en algo satisfechas, porque se trocaron las albardas, y no las cinchas y jáquimas [3]; y en lo que tocaba a lo del yelmo de Mambrino, el Cura, a socapa [4] y sin que don Quijote lo entendiese, le dió por la bacía ocho reales, y el barbero le hizo una cédula del recibo y de no llamarse a engaño por entonces, ni por siempre jamás, amén. Sosegadas, pues, estas dos pendencias, que eran las más principales y de más tomo, restaba que los criados de don Luis se contentasen [5] de volver los tres, y que el uno quedase para acompañarle donde don Fernando le quería llevar; y como ya la buena suerte y mejor fortuna había comenzado a romper lanzas [6] y a facilitar

---

[1] El adverbio *siquiera* equivale a *si querían, si se les antojaba* (cf. BELLO, *Gram.*, n. 1.072, 3.°).

[2] *Mediar* = tomar un término medio entre dos extremos.

[3] *Albarda* = pieza principal del aparejo de las caballerías de carga, que se compone de dos a manera de almohadas rellenas de paja y unidas por la parte que cae sobre el lomo del animal.

Cincha = faja con que se asegura la albarda a la cabalgadura, ciñéndola por debajo de la barriga y apretándola con una o más hebillas.

«*Jáquima*, la cabezada de cordel de que ase el cabestro para atar una bestia» (Cov.).

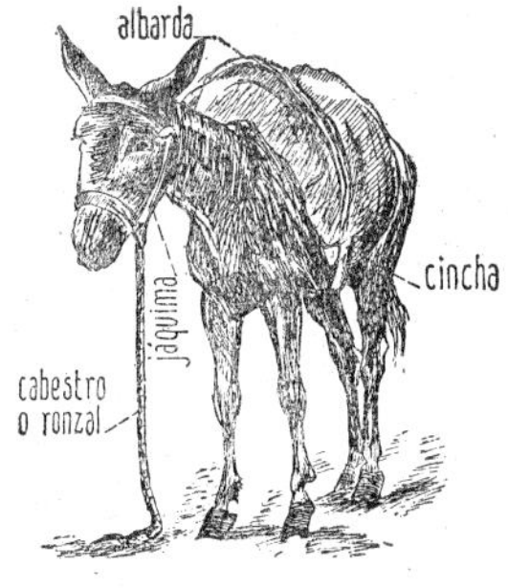

[4] *A socapa* = disimuladamente.

[5] No restaba que se contentasen de hacer lo que, según se dijo en el capítulo anterior (p. 521), ellos mismos entre sí habían determinado.

[6] «*Quebrar* [o *romper*] *lanzas*... vale empezar a tratar algún negocio y romper

1, 46.—AVENTURA DE LA PRINCESA MICOMICONA (conclusión)

dificultades en favor de los amantes de la venta y de los valientes della, quiso llevarlo al cabo y dar a todo felice suceso, porque los criados se contentaron de cuanto don Luis quería; de que recibió tanto contento doña Clara, que ninguno en aquella sazón la mirara al rostro que no conociera el regocijo de su alma. Zoraida, aunque no entendía bien todos los sucesos que había visto, se entristecía y alegraba a bulto, conforme veía y notaba los semblantes a cada uno, especialmente de su español, en quien tenía siempre puestos los ojos y traía colgada [1] el alma. El Ventero, a quien no se le pasó por alto la dádiva y recompensa que el Cura había hecho al barbero, pidió el escote de don Quijote, con el menoscabo de sus cueros y falta de vino, jurando que no saldría de la venta Rocinante, ni el jumento de Sancho, sin que se le pagase primero hasta el último ardite. Todo lo apaciguó el Cura, y lo pagó don Fernando, puesto que el Oidor, de muy buena voluntad, había también ofrecido la paga; y de tal manera quedaron todos en paz y sosiego, que ya no parecía la venta la discordia del campo de Agramante, como don Quijote había dicho, sino la misma paz y quietud del tiempo de Otaviano [2]; de todo lo cual fué común opinión que se debían dar las gracias a la buena intención y mucha elocuencia del señor Cura y a la incomparable liberalidad de don Fernando.

Viéndose, pues, don Quijote libre y desembarazado de tantas pendencias, así de su escudero como suyas, le pareció que sería bien seguir su comenzado viaje y dar fin a aquella grande aventura para que había sido llamado y escogido; y así, con resoluta determinación se fué a poner de hinojos ante Dorotea, la cual no le consintió que hablase palabra hasta que se levantase; y él, por obedecella, se puso en pie, y le dijo:

—Es común proverbio, fermosa señora, que la diligencia es madre de la buena ventura, y en muchas y graves cosas ha mostrado la experiencia que la solicitud del negociante trae a buen fin el pleito dudoso; pero en ningunas cosas se muestra

---

dificultades» (Cov.). *Romper lanzas* también significa «reñir o disputar con alguno».

[1] Cf. p. 114, n. 3.

[2] *Octavio*, primer emperador romano, al ser adoptado por su tío, se llamó C. Julio César *Octaviano*, y más tarde del senado y pueblo romano recibió el título de *Augusto*. Tres veces cerró el templo de Jano, que sólo se cerraba en tiempo de completa paz, de donde quedó en proverbio *la paz octaviana*.

1, 46.—AVENTURA DE LA PRINCESA MICOMICONA (conclusión)

más esta verdad que en las de la guerra, adonde la celeridad y presteza previene los discursos del enemigo, y alcanza la vitoria antes que el contrario se ponga en defensa. Todo esto digo, alta y preciosa [1] señora, porque me parece que la estada nuestra en este castillo ya es sin provecho, y podría sernos de tanto daño, que lo echásemos de ver algún día; porque ¿quién sabe si por ocultas espías y diligentes habrá sabido ya vuestro enemigo el gigante de que yo voy a destruílle?; y, dándole lugar el tiempo, se fortificase [2] en algún inexpugnable castillo o fortaleza contra quien valiesen poco mis diligencias y la fuerza de mi incansable brazo. Así que, señora mía, prevengamos, como tengo dicho, con nuestra diligencia sus designios, y partámonos luego a la buena ventura; que no está [3] más de tenerla vuestra grandeza, como desea, de cuanto yo tarde de verme con vuestro contrario.

Calló y no dijo más don Quijote, y esperó con mucho sosiego la respuesta de la fermosa Infanta; la cual, con ademán señoril y acomodado al estilo de don Quijote, le respondió desta manera.

—Yo os agradezco, señor caballero, el deseo que mostráis tener de favorecerme en mi gran cuita, bien así como caballero a quien es anejo y concerniente favorecer los huérfanos y menesterosos; y quiera el cielo que el vuestro y mi deseo se cumplan, para que veáis que hay agradecidas mujeres en el mundo. Y en lo de mi partida, sea luego; que yo no tengo más voluntad que la vuestra; disponed vos de mí a toda vuestra guisa [4] y talante; que la que una vez os entregó la defensa de su persona y puso en vuestras manos la restauración de sus señoríos no ha de querer ir contra lo que la vuestra prudencia ordenare.

—A la mano de Dios—dijo don Quijote—; pues así es, que una señora se me humilla, no quiero yo perder la ocasión de levantalla y ponella en su heredado trono. La partida sea luego, porque me va poniendo espuelas al deseo y al camino [5] lo que suele decirse, que en la tardanza está el peligro; y pues no ha criado el cielo, ni visto el infierno, ninguno que me espante ni

---

[1] «*Precioso*, lo muy estimado: algunas veces vale tanto como gracioso» (Cov.).
[2] Tal vez *se fortificase*.
[3] *Estar*, o *estarse* = tardar.
[4] Modo de ser, condición (cf. p. 115, n. 5).
[5] Al deseo del camino (cf. pról. 35).

— 527 —

1, 46.—AVENTURA DE LA PRINCESA MICOMICONA (conclusión)

acobarde, ensilla, Sancho, a Rocinante, y apareja tu jumento y el palafrén de la Reina, y despidámonos del castellano y destos señores, y vamos de aquí luego al punto.

Sancho, que a todo estaba presente, dijo, meneando la cabeza a una parte y a otra:

—¡Ay señor, señor, y cómo hay más mal en el aldegüela que [1] se suena, con perdón sea dicho de las tocas honradas [2]!

—¿Qué mal puede haber en ninguna aldea, ni en todas las ciudades del mundo, que pueda sonarse en menoscabo mío, villano?

—Si vuestra merced se enoja—respondió Sancho—, yo callaré y dejaré de decir lo que soy obligado como buen escudero, y como debe un buen criado decir a su señor.

—Di lo que quisieres—replicó don Quijote—, como tus palabras no se encaminen a ponerme miedo; que si tú le tienes, haces como quien eres; y si yo no le tengo, hago como quien soy.

—No es eso, ¡pecador fuí yo a Dios!—respondió Sancho—, sino que yo tengo por cierto y por averiguado que esta señora que se dice ser reina del gran reino Micomicón no lo es más que mi madre; porque a ser lo que ella dice, no se anduviera hocicando [3] con alguno de los que están en la rueda, a vuelta de cabeza y a cada traspuesta.

Paróse [4] colorada con las razones de Sancho Dorotea, porque era verdad que su esposo don Fernando, alguna vez, a hurto de otros ojos, había cogido con los labios parte del premio que merecían sus deseos (lo cual había visto Sancho, y parecídole que aquella desenvoltura más era de dama cortesana [5] que de reina de tan gran reino), y no pudo ni quiso responder palabra a Sancho, sino dejóle proseguir en su plática, y él fué diciendo:

—Esto digo, señor, porque si al cabo de haber andado ca-

---

[1] De lo que.
[2] Las tocas honradas son las mujeres, como las barbas honradas (II, 62), los hombres.
[3] «Hocico comúnmente se toma por la extremidad del rostro, cuando demasiadamente salen afuera los labios como en las negras: o cuando el rostro es largo como el de los perros, y el de los puercos, y otros animales» (Cov.). En lenguaje rústico al besucar llamaban, según Covarrubias, hocicar, sin duda porque el que besa saca los labios hacia fuera.
[4] Púsose.
[5] Dama cortesana = mala mujer.

— 528 —

1, 46.—AVENTURA DE LA PRINCESA MICOMICONA (*conclusión*)

minos y carreras, y pasado malas noches y peores días, ha de venir a coger el fruto de nuestros trabajos el que se está holgando en esta venta, no hay para qué darme priesa a que ensille a Rocinante, albarde el jumento y aderece el palafrén, pues será mejor que nos estemos quedos, y cada puta hile, y comamos.

¡Oh, válame Dios, y cuán grande que fué el enojo que recibió don Quijote oyendo las descompuestas palabras de su escudero! Digo que fué tanto, que, con voz atropellada y tartamuda lengua, lanzando vivo fuego por los ojos, dijo:

—¡Oh bellaco villano, mal mirado, descompuesto, ignorante, infacundo[1], deslenguado, atrevido, murmurador y maldiciente! ¿Tales palabras has osado decir en mi presencia y en la destas ínclitas señoras, y tales deshonestidades y atrevimientos osaste poner en tu confusa imaginación? ¡Vete de mi presencia, monstruo de naturaleza, depositario de mentiras, almario[2] de embustes, silo[3] de bellaquerías, inventor de maldades, publicador de sandeces, enemigo del decoro que se debe a las reales personas! ¡Vete; no parezcas delante de mí, so pena de mi ira!

Y diciendo esto, enarcó las cejas, hinchó los carrillos, miró a todas partes, y dió con el pie derecho una gran patada en el suelo, señales todas de la ira que encerraba en sus entrañas. A cuyas palabras y furibundos ademanes quedó Sancho tan encogido y medroso, que se holgara de que en aquel instante se abriera debajo de sus pies la tierra y le tragara, y no supo qué hacerse, sino volver las espaldas y quitarse de la enojada presencia de su señor. Pero la discreta Dorotea, que tan entendido tenía ya el humor de don Quijote, dijo, para templarle la ira:

—No os despechéis, señor Caballero de la Triste Figura, de las sandeces que vuestro buen escudero ha dicho, porque quizá no las debe de decir sin ocasión, ni de su buen entendimiento y cristiana conciencia se puede sospechar que levante testimonio[4] a nadie; y ansí, se ha de creer, sin poner duda en ello, que, como en este castillo, según vos, señor caballero, de-

---

[1] *Infacundo* = el que no sabe expresarse.
[2] Por *armario*.
[3] «*Silo*, lugar subterráneo y enjuto, adonde se guarda el trigo» (Cov.).
[4] *Levantar testimonio* (o simplemente *levantar*) = levantar falso testimonio.

1, 46.—AVENTURA DE LA PRINCESA MICOMICONA *(conclusión)*

cís, todas las cosas van y suceden por modo de encantamento, podría ser, digo, que Sancho hubiese visto por esta diabólica vía lo que él dice que vió, tan en ofensa de mi honestidad.

—Por el omnipotente Dios juro—dijo a esta sazón don Quijote—que la vuestra grandeza ha dado en el punto, y que alguna mala visión se le puso delante a este pecador de Sancho, que le hizo ver lo que fuera imposible verse de otro modo que por el de encantos no fuera; que sé yo bien de la bondad e inocencia deste desdichado que no sabe levantar testimonios a nadie.

—Ansí es y ansí será—dijo don Fernando—; por lo cual debe vuestra merced, señor don Quijote, perdonalle y reducille al gremio de su gracia [1], *sicut erat in principio*, antes que las tales visiones le sacasen de juicio.

Don Quijote respondió que él le perdonaba, y el Cura fué por Sancho, el cual vino muy humilde, y, hincándose de rodillas, pidió la mano a su amo, y él se la dió, y después de habérsela dejado besar, le echó la bendición, diciendo:

—Agora acabarás de conocer, Sancho hijo, ser verdad lo que yo otras muchas veces te he dicho de que todas las cosas deste castillo son hechas por vía de encantamento.

—Así lo creo yo—dijo Sancho—, excepto aquello de la manta, que realmente sucedió por vía ordinaria.

—No lo creas—respondió don Quijote—; que si ansí fuera, yo te vengara entonces, y aun agora; pero ni entonces ni agora pude, ni vi en quién tomar venganza de tu agravio.

Desearon saber todos [2] qué era aquello de la manta, y el Ventero les contó punto por punto la volatería de Sancho Panza, de que no poco se rieron todos, y de que no menos se corriera Sancho, si de nuevo no le asegurara su amo que era encantamento; puesto que jamás llegó la sandez de Sancho a tanto, que creyese no ser verdad pura y averiguada, sin mezcla de engaño alguno, lo de haber sido manteado por personas de carne y hueso, y no por fantasmas soñadas ni imaginadas, como su señor lo creía y lo afirmaba.

---

[1] Al gremio de la Iglesia se reducen los excomulgados, apóstatas o renegados, y herejes.

[2] Tal vez Cervantes se olvidó de que no pocos de los presentes ya lo sabían por la relación de la ventera (pág. 370): o si lo recordaba, supondría que el gusto de saberlo, es decir, de oírlo por segunda vez, les incitaría a preguntar qué era aquello de la manta, y así dijo *desearon saber todos*...

1, 46.—DON QUIJOTE ENCANTADO Y ENJAULADO

Dos días eran ya pasados[1]: los que había que toda aquella ilustre compañía estaba en la venta; y pareciéndoles que ya era tiempo de partirse, dieron orden para que, sin ponerse al trabajo de volver Dorotea y don Fernando con don Quijote a su aldea, con la invención de la libertad de la reina Micomicona, pudiesen el Cura y el Barbero llevársele, como deseaban, y procurar la cura de su locura en su tierra. Y lo que ordenaron fué que se concertaron con un carretero de bueyes que acaso acertó a pasar por allí, para que lo llevase, en esta forma: hicieron una como jaula[2], de palos enrejados, capaz que pudiese en ella caber holgadamente don Quijote, y luego don Fernando y sus camaradas, con los criados de don Luis y los cuadrilleros, juntamente con el Ventero, todos, por orden y parecer del Cura, se cubrieron los rostros y se disfrazaron, quién de una manera y quién de otra, de modo que a don Quijote le pareciese ser otra gente de la que en aquel castillo había visto. Hecho esto, con grandísimo silencio se entraron adonde él estaba durmiendo y descansando de las pasadas refriegas.

Llegáronse a él, que libre y seguro[3] de tal acontecimiento, dormía, y asiéndole fuertemente, le ataron muy bien las manos y los pies, de modo, que cuando él despertó con sobresalto, no pudo menearse, ni hacer otra cosa más que admirarse y suspenderse de ver delante de sí tan estraños visajes; y luego dió en la cuenta de lo que su continua y desvariada imaginación le representaba, y se creyó que todas aquellas figuras eran fantasmas de aquel encantado castillo, y que, sin duda alguna, ya estaba encantado, pues no se podía menear ni defender: todo a punto como había pensado que sucedería el Cura, trazador desta máquina. Sólo Sancho, de todos los presentes, estaba en su mesmo juicio y en su mesma figura; el cual, aunque le faltaba bien poco para tener la mesma enfermedad de su amo, no dejó de conocer quién eran todas aquellas contrahechas[4] figuras; mas no osó descoser su boca, hasta ver en qué paraba aquel asalto y prisión de su amo, el cual

---

[1] Sucesos hubo en la venta para más de dos días, pero consultados los capítulos anteriores no sale la cuenta de Cervantes (cf. p. 490, n. 1), pues la venida de don Quijote a la venta fué la víspera del presente día.
[2] «... *jaulas*, unos enrejados, dentro de los cuales se ponen los orates [= locos] cuando son furiosos, o lo están» (Cov.).
[3] Descuidado.
[4] Fingidas.

1, 46.—DON QUIJOTE ENCANTADO Y ENJAULADO

tampoco hablaba palabra, atendiendo [1] a ver el paradero de su desgracia; que fué que, trayendo allí la jaula, le encerraron dentro, y le clavaron los maderos tan fuertemente, que no se pudieran romper a dos tirones.

Tomáronle luego en hombros, y al salir del aposento, se oyó una voz temerosa, todo cuanto la supo formar el Barbero, no el del albarda, sino el otro, que decía:

—¡Oh Caballero de la Triste Figura! No te dé afincamiento [2] la prisión en que vas, porque así conviene para acabar más presto la aventura en que tu gran esfuerzo te puso. La cual se acabará cuando el furibundo león manchado [3] con la blanca paloma tobosina yoguieren [4] en uno, ya después de humilladas las altas cervices al blando yugo matrimoñesco [5]; de cuyo inaudito consorcio saldrán a la luz del orbe los bravos cachorros que imitarán las rampantes [6] garras del valeroso padre. Y esto será antes que el seguidor de la fugitiva Ninfa [7] faga dos vegadas [8] la visita de las lucientes imágines [9] con su rápido y natural curso. Y tú ¡oh el más noble y obediente escudero que tuvo espada en cinta [10], barbas en rostro y olfato en

---

[1] Esperando.
[2] Congoja, pena.
[3] *Manchado* es equívoco: *de la Mancha*, y *de piel manchada* o *con pintas* (junto a *la blanca paloma*).
[4] El pretérito de *yacer* es hoy *yací*, pero antes fué *yogue* (de *iacui*).
[5] Derivado de la forma vulgar *matrimoño*, y muy propio para ridiculizar el enlace de don Quijote y Dulcinea tan pomposamente anunciado.
[6] Otros leen *rapante* (de *rapar* = tomar algo con violencia). En heráldica son adjetivos sinónimos *rapante* y *rampante*, que se aplican a los animales de los escudos cuando están de perfil, levantados sobre las patas traseras, con la mano diestra y la pata siniestra adelantadas, y la cola levantada, recta y ondeada en su extremo, que acaba en borla vuelta en la dirección de la espalda. 
[7] El sol; para el mito de Apolo y Dafne véase página 502, n. 2.
[8] Veces.
[9] «*Imágenes celestes*, según los astrólogos, son cierta cantidad de estrellas, que juntas hacen una constelación; y forman dellas unas figuras imaginarias, como la Osa mayor y menor, la Lira, la Nave, etc.» (Cov.). El barbero alude a las del Zodíaco, que recorre el sol cada año.
[10] *Cinta* = cinto.

— 532 —

las narices! no te desmaye ni descontente ver llevar ansí delante de tus ojos mesmos a la flor de la caballería andante; que presto, si al plasmador[1] del mundo le place, te verás tan alto y tan sublimado, que no te conozcas, y no saldrán defraudadas las promesas que te ha fecho tu buen señor. Y asegúrote, de parte de la sabia Mentironiana, que tu salario te sea pagado, como lo verás por la obra; y sigue las pisadas del valeroso y encantado caballero; que conviene que vayas donde paréis entrambos. Y porque no me es lícito decir otra cosa, a Dios quedad; que yo me vuelvo adonde yo me sé.

Y al acabar de la profecía, alzó la voz de punto[2], y disminuyóla después, con tan tierno acento, que aun los sabidores de la burla estuvieron por creer que era verdad lo que oían.

Quedó don Quijote consolado con la escuchada profecía, porque luego coligió de todo en todo[3] la significación de ella, y vió que le prometían el verse ayuntado en santo y debido matrimonio con su querida Dulcinea del Toboso, de cuyo felice vientre saldrían los cachorros, que eran sus hijos, para gloria perpetua de la Mancha; y creyendo esto bien y firmemente, alzó la voz, y dando un gran suspiro, dijo:

—¡Oh tú, quienquiera que seas, que tanto bien me has pronosticado! Ruégote que pidas de mi parte al sabio encantador que mis cosas tiene a cargo que no me deje perecer en esta prisión donde agora me llevan, hasta ver cumplidas tan alegres e incomparables promesas como son las que aquí se me han hecho; que como esto sea, tendré por gloria las penas de mi cárcel, y por alivio estas cadenas que me ciñen, y no por duro campo de batalla este lecho en que me acuestan, sino por cama blanda y tálamo dichoso. Y en lo que toca a la consolación de Sancho Panza mi escudero, yo confío de su bondad y buen proceder que no me dejará, en buena ni en mala suerte; porque cuando no suceda, por la suya o por mi corta ventura, el poderle yo dar la ínsula, o otra cosa equivalente, que le tengo prometida, por lo menos, su salario no podrá perderse; que en mi testamento, que ya está hecho, dejo declarado lo que se le ha de dar, no conforme a sus muchos y buenos servicios, sino a la posibilidad mía.

Sancho Panza se le inclinó con mucho comedimiento, y le

---

[1] *Plasmador* = hacedor.
[2] *Punto* = nota musical.
[3] *De todo en todo* = entera y absolutamente.

1, 46.—DON QUIJOTE ENCANTADO Y ENJAULADO

besó entrambas manos, porque la una no pudiera, por estar atadas entrambas.

Luego tomaron la jaula en hombros aquellas visiones y la acomodaron en el carro de los bueyes.

CAPITULO XLVII.—Del estraño modo con que fué [1] encantado don Quijote de la Mancha, con otros famosos sucesos.

Cuando don Quijote se vió de aquella manera enjaulado y encima del carro, dijo:

—Muchas y muy graves historias he yo leído de caballeros andantes; pero jamás he leído, ni visto, ni oído, que a los caballeros encantados los lleven desta manera y con el espacio [2] que prometen estos perezosos y tardíos animales; porque siempre los suelen llevar por los aires, con estraña ligereza, encerrados en alguna parda y escura nube, o en algún carro de fuego, o ya sobre algún hipogrifo [3] o otra bestia semejante; pero que me lleven a mí agora sobre un carro de bueyes, ¡vive Dios que me pone en confusión! Pero quizá la caballería y los encantos destos nuestros tiempos deben de seguir otro camino que [4] siguieron los antiguos. Y también podría ser que, como yo soy nuevo caballero en el mundo, y el primero que ha resucitado el ya olvidado ejercicio de la caballería aventurera, también nuevamente se hayan inventado otros géneros de encantamentos, y otros modos de llevar a los encantados. ¿Qué te parece desto, Sancho hijo?

—No sé yo lo que me parece—respondió Sancho—, por no ser tan leído como vuestra merced en las escrituras andantes; pero, con todo eso, osaría afirmar y jurar que estas visiones que por aquí andan, que no son del todo católicas [5].

—¿Católicas? ¡Mi padre!—respondió don Quijote—. ¿Cómo han de ser católicas, si son todos demonios, que han tomado

---

[1] *Fué* será de *ir:* en el cap. 46 se contó el encantamiento.
[2] «*Espacioso*, el que camina con reposo» (Cov.).
[3] Cf. p. 283, n. 3.
[4] Distinto del *que*.
[5] «Decimos de alguno que no tiene entera salud, o no está intencionado a nuestro propósito, *no estar católico*, por *no estar sano o constante*» (Cov.).

— 534 —

cuerpos fantásticos para venir a hacer esto y a ponerme en este estado? Y si quieres ver esta verdad, tócalos y pálpalos, y verás cómo no tienen cuerpo sino de aire, y cómo no consiste más de en la apariencia [1].

—Por Dios, señor—replicó Sancho—, ya yo los he tocado; y este diablo que aquí anda tan solícito es rollizo de carnes, y tiene otra propiedad muy diferente de la que yo he oído decir que tienen los demonios; porque, según se dice, todos huelen a piedra azufre y a otros malos olores; pero éste huele a ámbar de media legua.

Decía esto Sancho por don Fernando, que, como tan señor [2], debía de oler a lo que Sancho decía.

—No te maravilles deso, Sancho amigo—respondió don Quijote—; porque te hago saber que los diablos saben mucho, y puesto que traigan olores consigo, ellos no huelen nada, porque son espíritus, y si huelen, no pueden oler cosas buenas, sino malas y hidiondas. Y la razón es que como ellos, dondequiera que están, traen el infierno consigo, y no pueden recibir género de alivio alguno en sus tormentos, y el buen olor sea cosa que deleita y contenta, no es posible que ellos huelan cosa buena; y si a ti te parece que ese demonio que dices huele a ámbar, o tú te engañas, o él quiere engañarte con hacer que no le tengas por demonio.

Todos estos coloquios pasaron entre amo y criado; y temiendo don Fernando y Cardenio que Sancho no viniese a caer del todo en la cuenta de su invención, a quien andaba ya muy en los alcances, determinaron de abreviar con la partida; y llamando aparte al Ventero, le ordenaron que ensillase a Rocinante y enalbardase el jumento de Sancho; el cual [3] lo hizo con mucha presteza. Ya, en esto, el Cura se había concertado con los cuadrilleros que le acompañasen hasta su lugar, dándoles un tanto cada día. Colgó Cardenio del arzón de la silla de Rocinante, del un cabo la adarga y del otro la bacía, y por señas mandó a Sancho que subiese en su asno y tomase de las riendas a Rocinante, y puso a los dos lados del carro a los dos cuadrilleros [4] con sus escopetas. Pero antes que se moviese el carro, salió la Ventera, su hija y Maritornes a despe-

---

[1] No consiste el cuerpo más que en la apariencia.
[2] *Señor* = rico.
[3] *El cual* ventero.
[4] ¿Qué se hizo del tercer cuadrillero? (p. 517).

1, 47.—DON QUIJOTE ENCANTADO Y ENJAULADO

dirse de don Quijote, fingiendo que lloraban de dolor de su desgracia; a quien don Quijote dijo:

—No lloréis, mis buenas señoras; que todas estas desdichas son anejas a los que profesan lo que yo profeso; y si estas calamidades no me acontecieran, no me tuviera yo por famoso caballero andante; porque a los caballeros de poco nombre y fama nunca les suceden semejantes casos, porque no hay en el mundo quien se acuerde dellos: a los valerosos, sí; que tienen envidiosos de su virtud y valentía a muchos príncipes y a muchos otros caballeros, que procuran por malas vías destruir a los buenos. Pero, con todo eso, la virtud es tan poderosa, que por sí sola, a pesar de toda la nigromancía que supo su primer inventor Zoroastes [1], saldrá vencedora de todo trance, y dará de sí luz en el mundo como la da el sol en el cielo. Perdonadme, fermosas damas, si algún desaguisado, por descuido mío, os he fecho (que de voluntad y a sabiendas jamás le di a nadie), y rogad a Dios me saque destas prisiones, donde algún mal intencionado encantador me ha puesto; que si de ellas me veo libre, no se me caerán de la memoria las mercedes que en este castillo me habedes fecho, para gratificallas, servillas y recompensallas como ellas merecen.

En tanto que las damas del castillo esto pasaban con don Quijote, el Cura y el Barbero se despidieron de don Fernando y sus camaradas, y del Capitán y de su hermano y todas aquellas contentas señoras, especialmente de Dorotea y Luscinda. Todos se abrazaron, y quedaron de darse noticia de sus sucesos, diciendo don Fernando al Cura dónde había de escribirle para avisarle en lo que paraba don Quijote, asegurándole que no habría cosa que más gusto le diese que saberlo; y que él asimesmo le avisaría de todo aquello que él viese que podría darle gusto, así de su casamiento como del bautismo de Zoraida, y suceso de don Luis, y vuelta de Luscinda a su casa. El Cura ofreció de hacer cuanto se le mandaba, con toda puntualidad. Tornaron a abrazarse otra vez, y otra vez tornaron a nuevos ofrecimientos. El Ventero se llegó al Cura y le dió unos papeles, diciéndole que los había hallado en un aforro [2] de la maleta donde se halló la *Novela del Curioso impertinente*, y que pues su dueño no había vuelto más por allí, que se los lle-

---

[1] A Zoroastes o Zoroastro, rey persa, se ha atribuído vulgarmente el principio de la magia.
[2] *Aforro* = forro

vase todos; que pues él no sabía leer, no los quería. El Cura se lo agradeció, y abriéndolos luego, vió que al principio de lo escrito decía: *Novela de Rinconete y Cortadillo;* por donde entendió ser alguna novela, y coligió que, pues la del *Curioso impertinente* había sido buena, que también lo sería aquélla, pues podría ser fuesen todas de un mesmo autor; y así, la guardó, con presupuesto de leerla cuando tuviese comodidad.

Subió a caballo, y también su amigo el Barbero, con sus antifaces, porque no fuesen conocidos de don Quijote, y pusiéronse a caminar tras el carro. Y la orden que llevaban era ésta: iba primero el carro, guiándole su dueño; a los dos lados iban los cuadrilleros, como se ha dicho, con sus escopetas; seguía luego Sancho Panza sobre su asno, llevando de rienda a Rocinante; detrás de todo esto iban el Cura y el Barbero sobre sus poderosas mulas, cubiertos los rostros, como se ha dicho, con grave y reposado continente, no caminando más de lo que permitía el paso tardo de los bueyes. Don Quijote iba sentado en la jaula, las manos atadas, tendidos los pies, y arrimado a las verjas, con tanto silencio y tanta paciencia como si no fuera hombre de carne, sino estatua de piedra. Y así, con aquel espacio y silencio caminaron hasta dos leguas, que llegaron a un valle donde le pareció al boyero ser lugar acomodado para reposar y dar pasto a los bueyes, y comunicándolo con el Cura, fué de parecer el Barbero que caminasen un poco más, porque él sabía que detrás de un recuesto[1] que cerca de allí se mostraba había un valle de más hierba y mucho mejor que aquel donde parar querían. Tomóse el parecer del Barbero, y así, tornaron a proseguir su camino.

En esto, volvió el Cura el rostro, y vió que a sus espaldas venían hasta seis o siete hombres de a caballo, bien puestos y aderezados, de los cuales fueron presto alcanzados, porque caminaban no con la flema y reposo de los bueyes, sino como quien iba sobre mulas de canónigos y con deseo de llegar presto a sestear a la venta, que menos de una legua de allí se parecía. Llegaron los diligentes a los perezosos y saludáronse cortésmente; y uno de los que venían, que, en resolución, era canónigo de Toledo y señor de los demás que le acompañaban, viendo la concertada procesión del carro, cuadrilleros, Sancho, Rocinante, Cura y Barbero, y más a don Quijote enjaulado y aprisionado, no pudo dejar de preguntar qué significaba llevar

[1] «*Recuesto*, tierra algo levantada en cuesta» (Cov.).

1, 47.—DON QUIJOTE ENCANTADO Y ENJAULADO

aquel hombre de aquella manera; aunque ya se había dado a entender, viendo las insignias de los cuadrilleros, que debía de ser algún facineroso salteador, o otro delincuente cuyo castigo tocase a la Santa Hermandad. Uno de los cuadrilleros, a quien fué hecha la pregunta, respondió ansí:

—Señor, lo que significa ir este caballero desta manera dígalo él, porque nosotros no lo sabemos.

Oyó don Quijote la plática, y dijo:

—¿Por dicha vuestras mercedes, señores caballeros, son versados y peritos en esto de la caballería andante? Porque si lo son, comunicaré con ellos [1] mis desgracias; y si no, no hay para qué me canse en decillas.

Y a este tiempo habían ya llegado el Cura y el Barbero, viendo que los caminantes estaban en pláticas con don Quijote de la Mancha, para responder de modo, que no fuese descubierto su artificio.

El Canónigo, a lo que don Quijote dijo, respondió:

—En verdad, hermano, que sé más de libros de caballerías que de las *Súmulas* de Villalpando [2]. Ansí que, si no está más que en esto, seguramente podéis comunicar conmigo lo que quisiéredes.

—A la mano de Dios—replicó don Quijote—. Pues así es, quiero, señor caballero, que sepades que yo voy encantado en esta jaula, por envidia y fraude de malos encantadores; que la virtud más es perseguida de los malos que amada de los buenos. Caballero andante soy, y no de aquellos de cuyos nombres jamás la fama se acordó para eternizarlos en su memoria, sino de aquellos que, a despecho y pesar de la mesma envidia, y de cuantos magos crió Persia, bracmanes la India, ginosofistas [3] la Etiopía, ha de poner su nombre en el templo de la inmortalidad, para que sirva de ejemplo y dechado en los venideros siglos, donde los caballeros andantes vean los pasos que han de seguir, si quisieren llegar a la cumbre y alteza honrosa de las armas.

---

[1] Con vuestras mercedes (cf. pról. 7, b).

[2] Este nombre se daba al tratado de dialéctica *(Summa summularum)*, compuesto por el eminente teólogo segoviano Gaspar Cardillo de Villalpando diez años antes del nacimiento de Cervantes, y adoptado como libro de texto en la Universidad de Alcalá.

[3] «*Gymnosophistas*, ciertos filósofos de la India, dichos así porque andaban desnudos, y habitaban en los montes, sin entrar en poblado, por huir de toda ocasión de regalo y vicio» (Cov.).

1, 47.—EL CANÓNIGO TOLEDANO

—Dice verdad el señor don Quijote de la Mancha—dijo a esta sazón el Cura—; que él va encantado en esta carreta, no por sus culpas y pecados, sino por la mala intención de aquellos a quien la virtud enfada y la valentía enoja. Éste es, señor, el Caballero de la Triste Figura, si ya le oístes nombrar en algún tiempo; cuyas valerosas hazañas y grandes hechos serán escritos en bronces duros y en eternos mármoles, por más que se canse la envidia en escurecerlos y la malicia en ocultarlos.

Cuando el Canónigo oyó hablar al preso y al libre en semejante estilo, estuvo por hacerse la cruz, de admirado, y no podía saber lo que le había acontecido; y en la mesma admiración cayeron todos los que con él venían. En esto, Sancho Panza, que se había acercado a oír la plática, para adobarlo [1] todo, dijo:

—Ahora, señores, quiéranme bien o quiéranme mal por lo que dijere, el caso de ello es que así va encantado mi señor don Quijote como mi madre; él tiene su entero juicio, él come, y bebe, y hace sus necesidades como los demás hombres, y como las hacía ayer, antes que le enjaulasen. Siendo esto ansí, ¿cómo quieren hacerme a mí entender que va encantado? Pues yo he oído decir a muchas personas que los encantados ni comen, ni duermen, ni hablan, y mi amo, si no le van a la mano, hablará más que treinta procuradores [2].

Y volviéndose a mirar al Cura, prosiguió diciendo:

—¡Ah señor Cura, señor Cura! ¿Pensaba vuestra merced que no le conozco, y pensará que yo no calo y adivino adónde se encaminan estos nuevos encantamentos? Pues sepa que le conozco, por más que se encubra el rostro, y sepa que le entiendo, por más que disimule sus embustes. En fin, donde reina la envidia no puede vivir la virtud, ni adonde hay escaseza la liberalidad. ¡Mal haya el diablo; que si por su reverencia [3] no fuera, ésta fuera ya la hora que mi señor estuviera casado con la infanta Micomicona, y yo fuera conde, por lo menos, pues no se podía esperar otra cosa, así de la bondad de mi señor el de la Triste Figura como de la grandeza de mis servicios! Pero ya veo que es verdad lo que se dice por ahí: que la rueda de la Fortuna anda más lista que una rueda de molino, y que los que ayer estaban en pinganitos [4], hoy están por el

---

[1] Es irónico, *para desarreglarlo*.
[2] *Procurador* = abogado o diputado.
[3] La del Cura.
[4] *En pinganitos* = en fortuna próspera, en puestos elevados.

1, 47.—DON QUIJOTE ENCANTADO Y ENJAULADO

suelo. De mis hijos y de mi mujer me pesa; pues cuando podían y debían esperar ver entrar a su padre por sus puertas hecho gobernador o visorrey de alguna ínsula o reino, le verán entrar hecho mozo de caballos. Todo esto que he dicho, señor Cura, no es más de por encarecer a su paternidad haga conciencia [1] del mal tratamiento que a mi señor se le hace, y mire bien no le pida Dios en la otra vida esta prisión de mi amo, y se le haga cargo de todos aquellos socorros y bienes que mi señor don Quijote deja de hacer en este tiempo que está preso.

—¡Adóbame esos candiles [2]!—dijo a este punto el Barbero—. ¿También vos, Sancho, sois de la cofradía de vuestro amo? ¡Vive el Señor, que voy viendo que le habéis de tener compañía en la jaula, y que habéis de quedar tan encantado como él, por lo que os toca de su humor y de su caballería! En mal punto os empreñastes [3] de sus promesas, y en mal hora se os entró en los cascos la ínsula que tanto deseáis.

—Yo no estoy preñado de nadie—respondió Sancho—, ni soy hombre que me dejaría empreñar, del rey que fuese [4]; y aunque pobre, soy cristiano viejo, y no debo nada a nadie; y si ínsulas deseo, otros desean otras cosas peores; y cada uno es hijo de sus obras; y debajo de ser hombre [5], puedo venir a ser papa, cuanto más gobernador de una ínsula, y más pudiendo ganar tantas mi señor, que le falte a quien dallas. Vuestra merced mire cómo habla, señor Barbero; que no es todo hacer barbas, y algo va de Pedro a Pedro. Dígolo porque todos nos conocemos, y a mí no se me ha de echar dado falso [6]. Y en esto del encanto de mi amo Dios sabe la verdad; y quédese aquí, porque es peor meneallo.

No quiso responder el Barbero a Sancho, porque no descubriese con sus simplicidades lo que él y el Cura tanto procuraban encubrir; y por este mesmo temor había el Cura dicho al Canónigo que caminasen un poco delante; que él le diría el

---

[1] «*No hacer conciencia*, no tener escrúpulo» (Cov.).
[2] *¡Adóbame esos candiles!* equivale a *¡qué disparate!, ¡atiza!, ¡aprieta!*...
[3] «El que fácilmente cree lo que le dizen, parece *empreñarse* [llenarse] de palabras, porque las aprehende y concibe, de manera que totalmente excluye lo contrario» (Cov.). Hoy usamos la voz originaria *impregnar* con el sentido de introducir un cuerpo en otro.
[4] Aunque fuese del rey.
[5] *Debajo de ser hombre*, en el su-puesto (etimológicamente: lo puesto debajo), bajo la condición de ser hombre.
[6] *Echar*, o *dar, dado falso* (o que tenga trampa) = engañar.

1, 47.—EL CANÓNIGO Y EL CURA HABLAN DE LIBROS DE CABALLERÍAS

misterio del enjaulado, con otras cosas que le diesen gusto. Hízolo así el Canónigo, y adelantándose con sus criados y con él, estuvo atento a todo aquello que decirle quiso de la condición, vida, locura y costumbres de don Quijote, contándole brevemente el principio y causa de su desvarío, y todo el progreso de sus sucesos, hasta haberlo puesto en aquella jaula, y el disignio que llevaban de llevarle a su tierra, para ver si por algún medio hallaban remedio a su locura. Admiráronse de nuevo los criados y el Canónigo de oír la peregrina historia de don Quijote, y en acabándola de oír, dijo:

—Verdaderamente, señor Cura, yo hallo por mi cuenta que son perjudiciales en la república estos que llaman libros de caballerías; y aunque he leído, llevado de un ocioso y falso gusto, casi el principio de todos los más que hay impresos, jamás me he podido acomodar a leer ninguno del principio al cabo, porque me parece que, cuál más, cuál menos, todos ellos son una mesma cosa, y no tiene más éste que aquél, ni estotro que el otro. Y según a mí me parece, este género de escritura y composición cae debajo de aquel de las fábulas que llaman milesias, que son cuentos disparatados, que atienden solamente a deleitar, y no a enseñar; al contrario de lo que hacen las fábulas apólogas [1], que deleitan y enseñan juntamente. Y puesto que el principal intento de semejantes libros sea el deleitar, no sé yo cómo puedan conseguirle, yendo llenos de tantos y tan desaforados disparates; que el deleite que en el alma se concibe ha de ser de la hermosura y concordancia que vee o contempla en las cosas que la vista o la imaginación le ponen delante; y toda cosa que tiene en sí fealdad y descompostura no nos puede causar contento alguno. Pues ¿qué hermosura puede haber, o qué proporción de partes con el todo, y del todo con las partes, en un libro o fábula donde un mozo de diez y seis años [2] da una cuchillada a un gigante como una torre, y le divide en dos mitades como si fuera de alfeñique [3], y que [4] cuando nos quieren pintar una batalla, después de haber dicho que hay de la parte de los enemigos un millón de compe-

---

[1] Tres especies de fábulas señalaba A. Venegas: *mitológicas*, *apológicas* y *milesias* (así llamadas porque se inventaron o fueron muy comunes en la corrompida Mileto).

[2] Alude a D. Belianís de Grecia.

[3] *Alfeñique* = pasta de azúcar cocida y estirada en barras muy delgadas y retorcidas.

[4] *Y* en *que*.

1, 47.—DON QUIJOTE ENCANTADO Y ENJAULADO

tientes [1], como sea contra ellos el señor [2] del libro, forzosamente, mal que nos pese, habemos de entender que el tal caballero alcanzó la vitoria por sólo el valor de su fuerte brazo [3]? Pues ¿qué diremos de la facilidad con que una reina o emperatriz heredera se conduce en los brazos de un andante y no conocido caballero? ¿Qué ingenio, si no es del todo bárbaro e inculto, podrá contentarse leyendo que una gran torre llena de caballeros va por la mar adelante, como nave con próspero viento [4], y hoy anochece en Lombardía, y mañana amanezca en tierras del Preste Juan de las Indias [5], o en otras que ni las descubrió Tolomeo, ni las vió Marco Polo [6]? Y si a esto se me respondiese que los que tales libros componen los escriben como cosas de mentira, y que así, no están obligados a mirar en delicadezas ni verdades, responderles hía [7] yo que tanto la mentira es mejor cuanto más parece verdadera, y tanto más agrada cuanto tiene más de lo dudoso [8] y posible. Hanse de casar las fábulas mentirosas con el entendimiento de los que las leyeren, escribiéndose de suerte, que facilitando los imposibles, allanando las grandezas, suspendiendo los ánimos, admiren, suspendan, alborocen y entretengan de modo, que anden a un mismo paso la admiración y la alegría juntas; y todas estas cosas no podrá hacer el que huyere de la verisimilitud y de la imitación, en quien consiste la perfección de lo que se escribe. No he visto ningún libro de caballerías que haga un cuerpo de fábula entero con todos sus miembros, de manera, que el medio corresponda al principio, y el fin al principio y al medio; sino que los componen con tantos miembros, que más parece que llevan inten-

---

[1] De gente que competía.
[2] *Señor* = héroe.
[3] El Ventero nos contó (p. 373) que Felixmarte de Hircania desbarató como si fueran manadas de ovejas más de un millón y seiscientos mil soldados.
[4] Fueron varias las torres navegantes en los libros de caballerías.
[5] Por los siglos XIII y XIV el Preste Juan era un príncipe mogol, cristiano, pero nestoriano, que tenía en Asia un gran imperio. Desde el siglo XV se designa con este mismo nombre al emperador de Etiopía o Abisinia, nación cristiana, pero jacobita.
[6] Claudio Tolomeo (s. II d. de J. C.) escribió ocho libros de geografía. Marco Polo (s. XIII), veneciano, nos dejó una relación de su viaje al Oriente, donde, según cuenta él, residió veintiséis años.
[7] Responder-(h)ía-les. *Hía* con *h*, pues viene de *habebat*.
[8] *Dudoso* = lo que siendo falso hace dudar si es verdad por la destreza con que la imita.

1, 47.—EL CANÓNIGO Y EL CURA HABLAN DE LIBROS DE CABALLERÍAS

ción a formar una quimera o un monstruo que a hacer una figura proporcionada. Fuera desto, son en el estilo duros; en las hazañas, increíbles; en los amores, lascivos; en las cortesías, mal mirados; largos en las batallas, necios en las razones, disparatados en los viajes, y, finalmente, ajenos de todo discreto artificio, y por esto dignos de ser desterrados de la república cristiana, como a gente inútil.

El Cura le estuvo escuchando con grande atención, y parecióle hombre de buen entendimiento, y que tenía razón en cuanto decía; y así, le dijo que por ser él de su mesma opinión, y tener ojeriza a los libros de caballerías, había quemado todos los de don Quijote, que eran muchos. Y contóle el escrutinio que dellos había hecho, y los que había condenado al fuego y dejado con vida, de que no poco se rió el canónigo, y dijo que con todo cuanto mal había dicho de tales libros, hallaba en ellos una cosa buena; que era el sujeto [1] que ofrecían para que un buen entendimiento pudiese mostrarse en ellos, porque daban largo y espacioso campo por donde sin empacho alguno pudiese correr la pluma, describiendo naufragios, tormentas, rencuentros y batallas, pintando un capitán valeroso con todas las partes que para ser tal se requieren, mostrándose prudente previniendo las astucias de sus enemigos, y elocuente orador persuadiendo o disuadiendo a sus soldados, maduro en el consejo, presto en lo determinado, tan valiente en el esperar como en el acometer; pintando ora un lamentable y trágico suceso, ahora un alegre y no pensado acontecimiento; allí una hermosísima dama, honesta, discreta y recatada; aquí un caballero cristiano, valiente y comedido; acullá un desaforado bárbaro fanfarrón; acá un príncipe cortés, valeroso y bien mirado; representando bondad y lealtad de vasallos, grandezas y mercedes de señores. Ya puede mostrarse astrólogo, ya cosmógrafo excelente, ya músico, ya inteligente en las materias de estado, y tal vez le vendrá ocasión de mostrarse nigromante, si quisiere. Puede mostrar las astucias de Ulixes, la piedad de Eneas, la valentía de Aquiles, las desgracias de Héctor, las traiciones de Sinón [2], la amistad de Euríalo, la liberalidad de Alejandro, el valor de César, la clemencia y verdad de Trajano, la fidelidad de Zópiro [3], la prudencia de Catón, y, finalmente, todas

---

[1] Asunto.
[2] Mejor hubiera dicho *dolos*, *fraudes* o *astucias* de Sinón.
[3] Habiéndose rebelado los babilonios contra Darío, rey de Persia, Zó-

aquellas acciones que pueden hacer perfecto a un varón ilustre, ahora poniéndolas en uno solo, ahora dividiéndolas en muchos. Y siendo esto hecho con apacibilidad de estilo y con ingeniosa invención, que tire lo más que fuere posible a la verdad, sin duda compondrá una tela de varios y hermosos lizos [1] tejida, que, después de acabada, tal perfeción y hermosura muestre, que consiga el fin mejor que se pretende en los escritos, que es enseñar y deleitar juntamente como ya tengo dicho. Porque la escritura desatada [2] destos libros da lugar a que el autor pueda mostrarse épico, lírico, trágico, cómico, con todas aquellas partes que encierran en sí las dulcísimas y agradables ciencias de la poesía y de la oratoria; que la épica también [3] puede escrebirse en prosa como en verso.

CAPITULO XLVIII.—Donde prosigue el canónigo la materia de los libros de caballerías, con otras cosas dignas de su ingenio.

Así es como vuestra merced dice, señor Canónigo—dijo el Cura—, y por esta causa son más dignos de reprehensión los que hasta aquí han compuesto semejantes libros, sin tener advertencia a ningún buen discurso, ni al arte y reglas por donde pudieran guiarse y hacerse famosos en prosa, como lo son en verso los dos príncipes de la poesía griega y latina.

—Yo, a lo menos—replicó el Canónigo—, he tenido cierta tentación de hacer un libro de caballerías, guardando en él todos los puntos que he significado; y si he de confesar la verdad, tengo escritas más de cien hojas. Y para hacer la experiencia de si correspondían a mi estimación, las he comunicado con hombres apasionados desta leyenda [4], dotos y discretos, y con otros ignorantes, que sólo atienden al gusto de oír disparates, y de todos he hallado una agradable aprobación; pero, con todo esto, no he proseguido adelante, así por parecerme

---

piro, según cuenta Plutarco, se cortó las narices y las orejas, fingiendo que la mutilación había sido de orden del rey. Con lo cual, alucinados los babilonios, le entregaron el mando, del cual se valió para reducirlos a la obediencia.

[1] *Lizo* = hilo fuerte que sirve de urdimbre para ciertos tejidos.
[2] La escritura desatada *scriptio soluta* se opone al verso *scriptio ligata*.
[3] Tan bien, así (cf. pról. 28).
[4] Lectura.

1, 48.—EL CANÓNIGO Y EL CURA HABLAN DE COMEDIAS

que hago cosa ajena de mi profesión como por ver que es más el número de los simples que de los prudentes, y que, puesto que es mejor ser loado de los pocos sabios que burlado de los muchos necios, no quiero sujetarme al confuso juicio del desvanecido vulgo, a quien por la mayor parte toca leer semejantes libros. Pero lo que más me le quitó de las manos, y aun del pensamiento de acabarle, fué un argumento que hice conmigo mesmo, sacado de las comedias que ahora se representan, diciendo: «Si estas que ahora se usan, así las imaginadas como las de historia, todas o las más son conocidos disparates y cosas que no llevan pies ni cabeza, y, con todo eso, el vulgo las oye con gusto, y las tiene y las aprueba por buenas, estando tan lejos de serlo, y los autores que las componen y los actores que las representan dicen que así han de ser, porque así las quiere el vulgo, y no de otra manera, y que las que llevan traza y siguen la fábula como el arte pide no sirven sino para cuatro discretos que las entienden, y todos los demás se quedan ayunos de entender su artificio, y que a ellos les está mejor ganar de comer con los muchos, que no opinión con los pocos, deste modo vendrá a ser mi libro, al cabo de haberme quemado las cejas por guardar los preceptos referidos, y vendré a ser el sastre del cantillo [1]». Y aunque algunas veces he procurado persuadir a los actores que se engañan en tener la opinión que tienen, y que más gente atraerán y más fama cobrarán representando comedias que sigan el arte que no con las disparatadas, ya están tan asidos y encorporados en su parecer, que no hay razón ni evidencia que dél los saque. Acuérdome que un día dije a uno destos pertinaces: —«Decidme, ¿no os acordáis que ha pocos años que se representaron en España tres tragedias que compuso un famoso poeta [2] destos reinos, las cuales fueron tales, que admiraron, alegraron y suspendieron a todos cuantos las oyeron, así simples como prudentes, así del vulgo como de los escogidos, y dieron más dineros a los representantes ellas tres solas que treinta de las mejores que después acá se han hecho?» —«Sin duda—respondió el autor [3] que digo—

---

[1] *Cantillo* = esquina, cantón. En el Marqués de Santillana se lee: *el alfayate* (= sastre) *del cantillo, facía la costura y ponía el hilo*, refrán que denota a los que además de hacer favor, ponen para hacerlo su trabajo o dinero.

[2] Lupercio Leonardo de Argensola.

[3] Este *autor de compañía*, o empresario, sería también *actor*, pues los tales *autores* fueron por lo común *actores*.

que debe de decir vuestra merced por *La Isabela, La Filis* y *La Alejandra*.»—«Por ésas digo—le repliqué yo—; y mirad si guardaban bien los preceptos del arte, y si por guardarlos dejaron de parecer lo que eran y de agradar a todo el mundo. Así que, no está la falta en el vulgo, que pide disparates, sino en aquellos que no saben representar otra cosa. Si que [1] no fué disparate *La Ingratitud vengada* [2], ni le tuvo *La Numancia* [3], ni se le halló en la de *El Mercader amante* [4], ni menos en *La Enemiga favorable* [5], ni en otras algunas que de algunos entendidos poetas han sido compuestas, para fama y renombre suyo, y para ganancia de los que las han representado.» Y otras cosas añadí a éstas, con que, a mi parecer, le dejé algo confuso; pero no satisfecho ni convencido, para sacarle de su errado pensamiento.

—En materia ha tocado vuestra merced, señor Canónigo —dijo a esta sazón el Cura—, que ha despertado en mí un antiguo rancor que tengo con las comedias que agora se usan, tal, que iguala al que tengo con los libros de caballerías; porque habiendo de ser la comedia, según le parece a Tulio, espejo de la vida humana, ejemplo de las costumbres y imagen de la verdad [6], las que ahora se representan son espejos de disparates, ejemplos de necedades e imágenes de lascivia. Porque ¿qué mayor disparate puede ser en el sujeto que tratamos que salir un niño en mantillas en la primera cena [7] del primer acto, y en la segunda salir ya hecho hombre barbado? ¿Y qué mayor que pintarnos un viejo valiente y un mozo cobarde, un lacayo [8] retórico, un paje consejero, un rey ganapán y una princesa fregona? ¿Qué diré, pues, de la observancia que guardan en los tiempos [9] en que pueden o podían suceder las acciones que representan, sino que he visto comedia que la primera jornada comenzó en Europa, la segunda en Asia, la tercera se

---

[1] Por cierto que.
[2] De Lope de Vega.
[3] De Cervantes.
[4] De Gaspar de Aguilar.
[5] De Tárrega.
[6] Marco *Tulio* Cicerón dijo: *imitatio vitae, speculum consuetudinis, imago veritatis.*
[7] Por *scena*, o *escena* (cf. *Cipión*, citas por *Escipión, escitas*).
[8] «*Lacayo*, el mozo de espuelas que va delante del señor cuando va a caballo» (Cov.).
[9] *Los tiempos* son las jornadas o actos.

1, 48.—EL CANÓNIGO Y EL CURA HABLAN DE COMEDIAS

acabó en Africa, y aun [1] si fuera de cuatro jornadas, la cuarta acababa en América, y así, se hubiera hecho en todas las cuatro partes del mundo? Y si es que la imitación es lo principal que ha de tener la comedia, ¿cómo es posible que satisfaga a ningún mediano entendimiento que, fingiendo una acción que pasa en tiempo del rey Pepino y Carlomagno, al mismo que en ella hace la persona principal le atribuyan que fué el emperador Heraclio, que entró con la Cruz en Jerusalén, y el que ganó la Casa Santa, como Godofre de Bullón, habiendo infinitos años de lo uno a lo otro; y fundándose la comedia sobre cosa fingida, atribuirle verdades de historia y mezclarle pedazos de otras sucedidas a diferentes personas y tiempos, y esto, no con trazas verisímiles, sino con patentes errores, de todo punto inexcusables? Y es lo malo que hay ignorantes que digan que esto es lo perfecto, y que lo demás es buscar gullurías [2]. Pues ¿qué si venimos a las comedias divinas [3]? ¡Qué de milagros falsos fingen en ellas, qué de cosas apócrifas y mal entendidas, atribuyendo a un santo los milagros de otro! Y aun en las humanas se atreven a hacer milagros, sin más respeto ni consideración que parecerles que allí estará bien el tal milagro y apariencia [4], como ellos llaman, para que gente ignorante se admire y venga a la comedia; que todo esto es en perjuicio de la verdad y en menoscabo de las historias, y aun en oprobrio de los ingenios españoles; porque los estranjeros, que con mucha puntualidad guardan las leyes de la comedia, nos tienen por bárbaros e ignorantes, viendo los absurdos y disparates de las que hacemos. Y no sería bastante disculpa desto decir que el principal intento que las repúblicas bien ordenadas tienen permitiendo que se hagan públicas comedias es para entretener la comunidad con alguna honesta recreación, y divertirla [5] a veces de los malos humores que suele engendrar la ociosidad; y que, pues éste se consigue con cualquier comedia, buena o mala, no hay para qué poner leyes, ni estrechar

---

[1] La edición príncipe dice *an*.

[2] *Gulluría, gulloría*, o como más comúnmente se dice ahora *gollería* = = 1) cogujada (= especie de alondra) sin penacho, que por ser sabrosa y difícil de coger, se miraba como manjar excesivamente delicado y que sólo podía buscarse por capricho; 2) pretensión caprichosa.

[3] Así se llamaban las de vidas y sucesos de santos.

[4] *Apariencia* = tramoya o máquina teatral para representar trasformaciones o acontecimientos prodigiosos.

[5] *Divertir* = distraer, apartar.

1, 48.—DON QUIJOTE ENCANTADO Y ENJAULADO

a los que las componen y representan a que las hagan como debían hacerse, pues, como he dicho, con cualquiera se consigue lo que con ellas se pretende. A lo cual respondería yo que este fin se conseguiría mucho mejor, sin comparación alguna, con las comedias buenas que con las no tales; porque de haber oído la comedia artificiosa y bien ordenada saldría el oyente alegre con las burlas, enseñado con las veras, admirado de los sucesos, discreto con las razones, advertido con los embustes, sagaz con los ejemplos, airado contra el vicio y enamorado de la virtud; que todos estos afectos ha de despertar la buena comedia en el ánimo del que la escuchare, por rústico y torpe que sea, y de toda imposibilidad es imposible dejar de alegrar y entretener, satisfacer y contentar, la comedia que todas estas partes tuviere mucho más que aquella que careciere dellas, como por la mayor parte carecen estas que de ordinario agora se representan. Y no tienen la culpa desto los poetas que las componen, porque algunos hay dellos que conocen muy bien en lo que yerran, y saben estremadamente lo que deben hacer; pero como las comedias se han hecho mercadería vendible, dicen, y dicen verdad, que los representantes no se las comprarían si no fuesen de aquel jaez; y así, el poeta procura acomodarse con lo que el representante que le ha de pagar su obra le pide [1]. Y que esto sea verdad véase por muchas e infinitas comedias que ha compuesto un felicísimo ingenio destos reinos [2], con tanta gala, con tanto donaire, con tan alegre verso, con tan buenas razones, con tan graves sentencias, y, finalmente, tan llenas de elocución y alteza de estilo, que tiene lleno el mundo de su fama; y, por querer acomodarse al gusto de los representantes, no han llegado todas, como han llegado algunas, al punto de la perfección que requieren. Otros las componen tan sin mirar lo que hacen, que después de representadas tienen necesidad los recitantes de huírse y ausentarse, temerosos de ser castigados, como lo han sido muchas veces, por haber representado cosas en perjuicio de algunos reyes y en deshonra de algunos linajes. Y todos estos inconvenientes cesarían, y aun otros muchos más que no digo, con que hubiese en la Corte una persona inteligente y

---

[1] Con esto se explica suficientemente que Cervantes, aun conociendo las reglas del arte teatral, se apartase de ellas e incurriese en los mismos defectos que aquí censura.
[2] Lope de Vega.

— 548 —

1, 48.—EL CANÓNIGO Y EL CURA HABLAN DE COMEDIAS

discreta que examinase todas las comedias antes que se representasen; no sólo aquellas que se hiciesen en la Corte, sino todas las que se quisiesen representar en España; sin la cual aprobación, sello y firma, ninguna justicia en su lugar dejase representar comedia alguna; y desta manera, los comediantes tendrían cuidado de enviar las comedias a la Corte, y con seguridad podrían representallas, y aquellos que las componen mirarían con más cuidado y estudio lo que hacían, temerosos de haber de pasar sus obras por el riguroso examen de quien lo entiende; y desta manera se harían buenas comedias y se conseguiría felicísimamente lo que en ellas se pretende: así el entretenimiento del pueblo como la opinión de los ingenios de España, el interés y seguridad de los recitantes, y el ahorro del cuidado de castigallos. Y si se diese cargo a otro, o a este mismo, que examinase los libros de caballerías que de nuevo se compusiesen, sin duda podrían salir algunos con la perfección que vuestra merced ha dicho, enriqueciendo nuestra lengua del agradable y precioso tesoro de la elocuencia, dando ocasión que los libros viejos se escureciesen a la luz de los nuevos que saliesen, para honesto pasatiempo, no solamente de los ociosos, sino de los más ocupados, pues no es posible que esté continuo [1] el arco armado, ni la condición y flaqueza humana se pueda sustentar sin alguna lícita recreación.

A este punto de su coloquio llegaban el Canónigo y el Cura, cuando adelantándose el Barbero, llegó a ellos, y dijo al Cura:

—Aquí, señor Licenciado, es el lugar que yo dije que era bueno para que, sesteando nosotros, tuviesen los bueyes fresco y abundoso pasto.

—Así me lo parece a mí—respondió el Cura.

Y diciéndole al Canónigo lo que pensaban hacer, él también quiso quedarse con ellos, convidado del sitio de un hermoso valle que a la vista se les ofrecía. Y así por gozar dél como de la conversación del Cura, de quien ya iba aficionado, y por saber más por menudo las hazañas de don Quijote, mandó a algunos de sus criados que se fuesen a la venta que no lejos de allí estaba, y trujesen della lo que hubiese de comer, para todos, porque él determinaba de sestear en aquel lugar aquella tarde; a lo cual uno de sus criados respondió que el acémila del repuesto, que ya debía de estar en la venta, traía recado [2] bastante para no obligar a tomar de la venta más que cebada.

---
[1] Continuamente (cf. pról. 2).
[2] *Recado* = provisión.

—Pues así es—dijo el Canónigo—, llévense allá todas las cabalgaduras, y haced volver la acémila.

En tanto que esto pasaba, viendo Sancho que podía hablar a su amo sin la continua asistencia del Cura y el Barbero, que tenía por sospechoso, se llegó a la jaula donde iba su amo, y le dijo:

—Señor, para descargo de mi conciencia le quiero decir lo que pasa cerca de su encantamento; y es que aquestos dos que vienen aquí cubiertos los rostros son el Cura de nuestro lugar y el Barbero; y imagino han dado esta traza de llevalle desta manera, de pura envidia que tienen, como [1] vuestra merced se les adelanta en hacer famosos hechos. Presupuesta, pues, esta verdad, síguese que no va encantado, sino embaído [2] y tonto. Para prueba de lo cual le quiero preguntar una cosa; y si me responde como creo que me ha de responder, tocará con la mano este engaño y verá cómo no va encantado, sino trastornado el juicio.

—Pregunta lo que quisieres, hijo Sancho—respondió don Quijote—; que yo te satisfaré y responderé a toda tu voluntad. Y en lo que dices que aquellos que allí van y vienen con nosotros son el Cura y el Barbero, nuestros compatriotas y conocidos, bien podrá ser que parezca que son ellos mesmos; pero que lo sean realmente y en efeto, eso no lo creas en ninguna manera. Lo que has de creer y entender es que si ellos se les parecen, como dices, debe de ser que los que me han encantado habrán tomado esa apariencia y semejanza; porque es fácil a los encantadores tomar la figura que se les antoja, y habrán tomado las destos nuestros amigos, para darte a ti ocasión de que pienses lo que piensas y ponerte en un laberinto de imaginaciones, que no aciertes a salir dél, aunque tuvieses la soga de Teseo [3]. Y también lo habrán hecho para que yo vacile en mi entendimiento, y no sepa atinar de dónde me viene este daño; porque si, por una parte, tú me dices que me acompañan el Barbero y el Cura de nuestro pueblo, y, por otra, yo me veo enjaulado, y sé de mí que fuerzas humanas, como no fueran sobrenaturales [4], no fueran bastantes para enjaularme, ¿qué quieres que diga o piense sino que la manera de mi encantamento excede a cuantas yo he leído en todas las historias

---

[1] Porque.
[2] *Embaír* = engañar.
[3] De Teseo y el hilo que le dió Ariadna quedó nota en la p. 293, n. 2.
[4] Es decir, sobrenaturalmente robustecidas.

que tratan de caballeros andantes que han sido encantados? Ansí que, bien puedes darte paz y sosiego en esto de creer que son los que dices, porque ansí son ellos como yo soy turco. Y en lo que toca a querer preguntarme algo, di; que yo te responderé, aunque me preguntes de aquí a mañana.

—¡Válame Nuestra Señora!—respondió Sancho dando una gran voz—. ¿Y es posible que sea vuestra merced tan duro de celebro y tan falto de meollo, que no eche de ver que es pura verdad la que le digo, y que en esta su prisión y desgracia tiene más parte la malicia que el encanto? Pero, pues así es, yo le quiero probar evidentemente cómo no va encantado. Si no, dígame, así Dios le saque desta tormenta, y así se vea en los brazos de mi señora Dulcinea cuando menos se piense.

—Acaba de conjurarme—dijo don Quijote—, y pregunta lo que quisieres; que ya te he dicho que te responderé con toda puntualidad.

—Eso pido—replicó Sancho—; y lo que quiero saber es que me diga, sin añadir ni quitar cosa ninguna, sino con toda verdad, como se espera que la han de decir y la dicen todos aquellos que profesan las armas, como vuestra merced las profesa, debajo de título de caballeros andantes...

—Digo que no mentiré en cosa alguna—respondió don Quijote—. Acaba ya de preguntar; que en verdad que me cansas con tantas salvas [1], plegarias y prevenciones, Sancho.

—Digo que yo estoy seguro de la bondad y verdad de mi amo; y así, porque hace al caso a nuestro cuento, pregunto, hablando con acatamiento, si acaso después que vuestra merced va enjaulado y, a su parecer, encantado en esta jaula le ha venido gana y voluntad de hacer aguas mayores o menores, como suele decirse.

—No entiendo eso de hacer aguas, Sancho; aclárate más, si quieres que te responda derechamente.

---

[1] *Salva* = ceremonia, cumplimiento, salvedad. «Previnieron los reyes y príncipes que el maestresala, poniendo el servicio delante del señor, le gustase primero, sacando del plato alguna cosa de aquella parte de donde el príncipe había de comer, haciendo lo mismo con la bebida, derramando del vaso en que ha de beber el señor alguna parte sobre una fuentecica [denominada *salva*] y bebiéndola. Esta ceremonia se llamó *hacer la salva*, porque da a entender que está *salvo* de toda traición y engaño... *Salva* llamamos, o *salvilla*, la pieza de plata o oro, sobre que se sirve la copa del señor, por hacerse en ella la salva, ora sea por el maestresala, ora por el gentilhombre de copa» (Cov.).

—¿Es posible que no entienda vuestra merced de hacer aguas menores o mayores? Pues en la escuela destetan a los muchachos con ello [1]. Pues sepa que quiero decir si le ha venido gana de hacer lo que no se escusa [2].

—¡Ya, ya te entiendo, Sancho! ¡Y muchas veces, y aun agora la tengo! ¡Sácame deste peligro; que no anda todo limpio!

CAPITULO XLIX.—Donde se trata del discreto coloquio que Sancho Panza tuvo con su señor don Quijote.

A<small>H</small>!—dijo Sancho—. ¡Cogido le tengo! Esto es lo que yo deseaba saber, como al alma y como a la vida [3]. Venga acá, señor: ¿podría negar lo que comúnmente suele decirse por ahí cuando una persona está de mala voluntad [4]: «No sé qué tiene fulano, que ni come, ni bebe, ni duerme, ni responde a propósito a lo que le preguntan, que no parece sino que está encantado»? De donde se viene a sacar, que los que no comen, ni beben, ni duermen, ni hacen las obras naturales que yo digo, estos tales están encantados; pero no aquellos que tienen la gana que vuestra merced tiene, y que bebe cuando se lo dan, y come cuando lo tiene, y responde a todo aquello que le preguntan.

—Verdad dices, Sancho—respondió don Quijote—; pero ya te he dicho que hay muchas maneras de encantamentos, y podría ser que con el tiempo se hubiesen mudado de unos en otros, y que agora se use que los encantados hagan todo lo que yo hago, aunque antes no lo hacían. De manera, que contra el uso de los tiempos no hay que argüir ni de que hacer consecuencias. Yo sé y tengo para mí que voy encantado, y esto me basta para la seguridad de mi conciencia; que la formaría [5] muy grande si yo pensase que no estaba encantado y me dejase estar en esta jaula perezoso y cobarde, defraudando el socorro

---

[1] *Destetarse uno con alguna cosa* = saberla desde que les destetaron tenerla muy sabida

[2] Evitar.

[3] R. Marín declara así este pasaje: *lo que yo deseaba* (quería) *saber* (tanto), *como* (quiero) *al alma y como* (quiero) *a la vida. Querer a uno más que al alma*, o *más que a la vida* son comparaciones corrientes.

[4] *De mala voluntad* = de mal talante, enfermo.

[5] *Formar conciencia* = hacer escrúpulo o cargo de conciencia.

1, 49.—DON QUIJOTE Y SANCHO

que podría dar a muchos menesterosos y necesitados que de mi ayuda y amparo deben tener a la hora de ahora precisa y estrema necesidad.

—Pues, con todo eso—replicó Sancho—, digo que para mayor abundancia y satisfación, sería bien que vuestra merced probase a salir desta cárcel; que yo me obligo con todo mi poder a facilitarlo, y aun a sacarle della, y probase de nuevo a subir sobre su buen Rocinante, que también parece que va encantado, según va de malencólico y triste; y, hecho esto, probásemos otra vez la suerte de buscar más aventuras; y si no nos sucediese bien, tiempo nos queda para volvernos a la jaula, en la cual prometo a ley de buen y leal escudero de encerrarme juntamente con vuestra merced, si acaso fuere vuestra merced tan desdichado, o ya tan simple, que no acierte a salir con lo que digo.

—Yo soy contento de hacer lo que dices, Sancho hermano—replicó don Quijote—; y cuando tú veas coyuntura de poner en obra mi libertad, yo te obedeceré en todo y por todo; pero tú, Sancho, verás cómo te engañas en el conocimiento de mi desgracia.

En estas pláticas se entretuvieron el caballero andante y el mal andante escudero, hasta que llegaron donde, ya apeados, los aguardaban el Cura, el Canónigo y el Barbero. Desunció luego los bueyes de la carreta el boyero, y dejólos andar a sus anchuras por aquel verde y apacible sitio, cuya frescura convidaba a quererla gozar, no a las personas tan encantadas como don Quijote, sino a los tan advertidos y discretos como su escudero; el cual rogó al Cura que permitiese que su señor saliese por un rato de la jaula, porque si no lo dejaban salir, no iría tan limpia aquella prisión como requiría la decencia de un tal caballero como su amo. Entendióle el Cura, y dijo que de muy buena gana haría lo que le pedía, si no temiera que en viéndose su señor en libertad había de hacer de las suyas, y irse donde jamás gentes le viesen.

—Yo le fío de la fuga [1]—respondió Sancho.

—Y yo y todo [2]—dijo el Canónigo—, y más si él me da la palabra como caballero de no apartarse de nosotros hasta que sea nuestra voluntad.

—Sí doy—respondió don Quijote, que todo lo estaba escu-

---

[1] Yo le aseguro que no se fugará.
[2] Cf. p. 102, n. 1.

1, 49.—DON QUIJOTE DESENJAULADO

chando—; cuanto más que el que está encantado, como yo, no tiene libertad para hacer de su persona lo que quisiere, porque el que le encantó le puede hacer que no se mueva de un lugar en tres siglos; y si hubiere huído, le hará volver en volandas. —Y que[1], pues esto era así, bien podían soltalle, y más siendo tan en provecho de todos; y del no soltalle les protestaba que no podía dejar de fatigalles el olfato, si de allí no se desviaban.

Tomóle la mano el Canónigo, aunque las tenía atadas, y debajo de su buena fe y palabra, le desenjaularon, de que él se alegró infinito y en grande manera de verse fuera de la jaula, y lo primero que hizo fué estirarse todo el cuerpo, y luego se fué donde estaba Rocinante, y dándole dos palmadas en las ancas, dijo:

—Aún espero en Dios y en su bendita Madre, flor y espejo de los caballos, que presto nos hemos de ver los dos cual deseamos: tú, con tu señor a cuestas; y yo, encima de ti, ejercitando el oficio para que Dios me echó al mundo.

Y diciendo esto don Quijote, se apartó con Sancho en remota parte, de donde vino más aliviado y con más deseos de poner en obra lo que su escudero ordenase.

Mirábalo el Canónigo, y admirábase de ver la estrañeza de su grande locura, y de que en cuanto hablaba y respondía mostraba tener bonísimo entendimiento; solamente venía a perder los estribos, como otras veces se ha dicho, en tratándole de caballería. Y así, movido de compasión, después de haberse sentado todos en la verde hierba para esperar el repuesto del Canónigo, le dijo:

—¿Es posible, señor hidalgo, que haya podido tanto con vuestra merced la amarga y ociosa letura de los libros de caballerías, que le hayan vuelto el juicio de modo, que venga a creer que va encantado, con otras cosas deste jaez, tan lejos de ser verdaderas como lo está la mesma mentira de la verdad? ¿Y cómo es posible que haya entendimiento humano que se dé a entender que ha habido en el mundo aquella infinidad de Amadises, y aquella turbamulta de tanto famoso caballero, tanto emperador de Trapisonda, tanto Felixmarte de Hircania, tanto palafrén, tanta doncella andante, tantas sierpes, tantos endriagos, tantos gigantes, tantas inauditas aventuras, tanto género de encantamentos, tantas batallas, tantos desaforados

---

[1] Pasa Cervantes sin previo aviso *(dijo* o *añadió)* del estilo directo al indirecto; lo contrario vimos en la p. 216, n. 4.

encuentros, tanta bizarría de trajes, tantas princesas enamoradas, tantos escuderos condes, tantos enanos graciosos, tanto billete, tanto requiebro, tantas mujeres valientes, y, finalmente, tantos y tan disparatados casos como los libros de caballerías contienen? De mí sé decir que cuando los leo, en tanto que no pongo la imaginación en pensar que son todos mentira y liviandad, me dan algún contento; pero cuando caigo en la cuenta de lo que son, doy con el mejor dellos en la pared, y aun diera con él en el fuego, si cerca o presente le tuviera, bien como a merecedores de tal pena, por ser falsos y embusteros, y fuera del trato que pide la común naturaleza, y como a inventores de nuevas sectas y de nuevo modo de vida, y como a quien da ocasión que el vulgo ignorante venga a creer y a tener por verdaderas tantas necedades como contienen. Y aun tienen tanto atrevimiento, que se atreven a turbar los ingenios de los discretos y bien nacidos hidalgos, como se echa bien de ver por lo que con vuestra merced han hecho, pues le han traído a términos, que sea forzoso encerrarle en una jaula, y traerle sobre un carro de bueyes, como quien trae o lleva algún león o algún tigre de lugar en lugar, para ganar con él dejando que le vean. ¡Ea, señor don Quijote, duélase de sí mismo, y redúzgase al gremio de la discreción, y sepa usar de la mucha que el cielo fué servido de darle, empleando el felicísimo talento de su ingenio en otra letura que redunde en aprovechamiento de su conciencia y en aumento de su honra! Y si todavía, llevado de su natural inclinación, quisiere leer libros de hazañas y de caballerías, lea en la Sacra Escritura el de los Jueces; que allí hallará verdades grandiosas y hechos tan verdaderos como valientes. Un Viriato tuvo Lusitania, un César Roma, un Aníbal [1] Cartago, un Alejandro Grecia, un conde Fernán González Castilla, un Cid Valencia, un Gonzalo Fernández Andalucía, un Diego García de Paredes Estremadura [2], un Garci Pérez de Vargas Jerez [3], un Garcilaso Toledo [4], un don Manuel de León [5] Sevilla, cuya leción de sus valerosos hechos [6] puede

---

[1] Así, con acento agudo, se pronunciaba hasta en el siglo XVIII (cf. Cuervo, *Apuntaciones*, n. 93).

[2] De los dos últimos se hizo mención en el c. 32 (p. 372).

[3] De él se habló en el c. 8 (p. 109).

[4] No el poeta, sino el que venció en el sitio de Granada al moro que llevaba a la cola de su caballo el rótulo del Ave María.

[5] De éste se hablará en la aventura de los leones (II, 17).

[6] Si Cervantes hubiese dicho *cuya lección de los valerosos hechos*, emplea-

entretener, enseñar, deleitar y admirar a los más altos ingenios que los leyeren. Ésta sí será letura digna del buen entendimiento de vuestra merced, señor don Quijote mío, de la cual saldrá erudito en la historia, enamorado de la virtud, enseñado en la bondad, mejorado en las costumbres, valiente sin temeridad, osado sin corbardía, y todo esto, para honra de Dios, provecho suyo y fama de la Mancha, do[1], según he sabido, trae vuestra merced su principio y origen.

Atentísimamente estuvo don Quijote escuchando las razones del Canónigo; y cuando vió que ya había puesto fin a ellas, después de haberle estado un buen espacio mirando, le dijo:

—Paréceme, señor hidalgo, que la plática de vuestra merced se ha encaminado a querer darme a entender que no ha habido caballeros andantes en el mundo, y que todos los libros de caballerías son falsos, mentirosos, dañadores e inútiles para la república, y que yo he hecho mal en leerlos, y peor en creerlos, y más mal en imitarlos, habiéndome puesto a seguir la durísima profesión de la caballería andante, que ellos enseñan, negándome que no ha habido en el mundo Amadises, ni de Gaula ni de Grecia, ni todos los otros caballeros de que las escrituras están llenas.

—Todo es al pie de la letra como vuestra merced lo va relatando—dijo a esta sazón el Canónigo.

A lo cual respondió don Quijote:

—Añadió también vuestra merced, diciendo que me habían hecho mucho daño tales libros, pues me habían vuelto el juicio y puéstome en una jaula, y que me sería mejor hacer la enmienda y mudar de letura, leyendo otros más verdaderos y que mejor deleitan y enseñan.

—Así es—dijo el Canónigo.

—Pues yo—replicó don Quijote—hallo por mi cuenta que el sin juicio y el encantado es vuestra merced, pues se ha puesto a decir tantas blasfemias contra una cosa tan recebida en el mundo, y tenida por tan verdadera, que el que la negase, como vuestra merced la niega, merecía la mesma pena que vuestra merced dice que da a los libros cuando los lee y le enfadan.

---

ría una construcción aquí algo violenta, pero semejante a *Su Santidad del Papa* (cf. pról. 6). En vez de *los* dijo pleonásticamente *sus*, pues la idea de posesión ya estaba expresada por *cuya*. Hoy diríamos *la lección de cuyos*... o simplemente *y la leción de sus*...

[1] De *do*.

1, 49.—DON QUIJOTE Y EL CANÓNIGO

Porque querer dar a entender a nadie que Amadís no fué en el mundo, ni todos los otros caballeros aventureros de que están colmadas las historias, será querer persuadir que el sol no alumbra, ni el hielo enfría, ni la tierra sustenta; porque ¿qué ingenio puede haber en el mundo que pueda persuadir a otro que no fué verdad lo de la infanta Floripés y Guy de Borgoña [1], y lo de Fierabrás con la puente de Mantible [2], que sucedió en el tiempo de Carlo Magno, que voto a tal que es tanta verdad como es ahora de día? Y si es mentira, también lo debe de ser que no [3] hubo Héctor, ni Aquiles, ni la guerra de Troya, ni los doce Pares de Francia, ni el rey Artús de Ingalaterra, que anda hasta ahora convertido en cuervo, y le esperan en su reino por momentos. Y también se atreverán a decir que es mentirosa la historia de Guarino Mezquino [4] y la de la demanda del Santo Grial [5], y que son apócrifos los amores de don Tristán y la reina Iseo, como los de Ginebra y Lanzarote [6], habiendo personas que casi se acuerdan de haber visto a la dueña Quintañona, que fué la mejor escanciadora [7] de vino que tuvo la

---

[1] Floripés, hermana de Fierabrás (p. 124, n. 1) e hija del moro Balante, enamorada de Guy de Borgoña, dió acogida a éste y otros Pares de Francia que habían sido presos por los moros, guareciéndolos en una torre, donde permanecieron hasta que les socorrió Carlomagno. Muerto Balante y casada Guy con Floripés, Carlomagno los coronó reyes de aquella tierra.

[2] Constaba este puente, según se cuenta en la Historia de Carlomagno, de treinta arcos de mármol y dos torres cuadradas también de mármol, defendido por el gigante Galafre, que exigía de los cristianos por atravesarlo unos derechos subidísimos so pena de la vida. Dice Clemencín que este puente era paso preciso para la corte de Balán, que estaba en la costa de Portugal, al sur del Flagor o Tajo. Se conserva esta tradición en *el puente de Mantible* y *Torre de Floripés*, nombres que dan los extremeños a ciertas ruinas que hay en las inmediaciones de las ventas de Alconétar.

[3] Hoy omitiríamos este *no* (cf. pról. 24).

[4] Un héroe de los poemas franceses medievales.

[5] El Santo Grial era, según los libros de caballerías, la copa en que José de Arimatea había recogido la sangre de Jesucristo. Se creía que José la había llevado consigo cuando fué a evangelizar a los ingleses; que vino a parar a manos de un rey indigno; que Artús, con los caballeros de la Tabla Redonda, entre los cuales se contaba Perceval, se empeñaron en la demanda o empresa de recuperar el Santo Grial; y que ganada la reliquia, Perceval la poseyó, y después de su muerte fué arrebatada al cielo.
En Génova se daba el nombre de *Santo Grial* al plato, hallado en Cesarea en las cruzadas, que sirvió en la última cena del Señor.

[6] *Tristán* y *Lanzarote* son caballeros de la Tabla Redonda.

[7] *Escanciar* = servir la bebida.

Gran Bretaña. Y es esto tan ansí, que me acuerdo yo que me decía una mi agüela de partes de mi padre [1] cuando veía alguna dueña con tocas reverendas [2]: «Aquélla, nieto, se parece a la dueña Quintañona». De donde arguyo yo que la debió de conocer ella, o, por lo menos, debió de alcanzar a ver algún retrato suyo. Pues ¿quién podrá negar no ser verdadera la historia de Pierres y la linda Magalona, pues aun hasta hoy día se vee en la armería de los reyes la clavija con que volvía al caballo de madera sobre quien iba el valiente Pierres por los aires, que es un poco mayor que un timón de carreta [3]? Y junto a la clavija está la silla de Babieca. Y en Roncesvalles está el cuerno de Roldán, tamaño como una grande viga: de donde se infiere que hubo doce Pares, que hubo Pierres, que hubo Cides, y otros caballeros semejantes,

> Déstos que dicen las gentes
> Que a sus aventuras van [4].

Si no, díganme también que no es verdad que fué caballero andante el valiente lusitano Juan de Merlo, que fué a Borgoña y se combatió en la ciudad de Ras con el famoso señor de Charní, llamado mosén [5] Pierres, y después, en la ciudad de Basilea, con mosén Enrique de Remestán, saliendo de entrambas empresas vencedor y lleno de honrosa fama; y las aventuras y desafíos que también acabaron en Borgoña los valientes españoles Pedro Barba y Gutierre Quijada (de cuya alcurnia yo deciendo por línea recta de varón), venciendo a los hijos del Conde de San Polo. Niéguenme asimesmo que no fué a buscar las aventuras a Alemania don Fernando de Guevara, donde se combatió con micer Jorge, caballero de la casa del Duque de Austria; digan que fueron burla las justas [6] de Suero de Quiño-

---

[1] Mi abuela paterna.
[2] Así se llamaban las tocas largas que usaban las viudas.
[3] Véase la aventura del Clavileño (II, 40).
[4] Cf. p. 116, n. 2.
[5] *Mosén* y *micer* son tratamientos que originariamente significan «mi señor» (como *monsieur* y *monseñor*).
[6] «*Justa*, ejercicio de la caballería de los hombres de armas, que propiamente se llaman *cataphractos* [por oposición a *coseletes*; cf. p. 67, n. 9] por ir todos armados de punta en blanco, y tómase por fiesta y regocijo. Hay dos géneros de justas, una que llaman *real*, y ésta es muy costosa y embarazosa; otra justa *ordinaria:* pónese una tela [o valla] tan larga como una carrera de caballo, y de la una parte a la otra vienen a encontrar los

nes, del Paso [1], las empresas de mosén Luis de Falces contra don Gonzalo de Guzmán, caballero castellano, con otras muchas hazañas hechas por caballeros cristianos, destos y de los reinos estranjeros, tan auténticas y verdaderas, que torno a decir que el que las negase carecería de toda razón y buen discurso.

Admirado quedó el Canónigo de oír la mezcla que don Quijote hacía de verdades y mentiras, y de ver la noticia que tenía de todas aquellas cosas tocantes y concernientes a los hechos de su andante caballería, y así le respondió:

—No puedo yo negar, señor don Quijote, que no [2] sea verdad algo de lo que vuestra merced ha dicho, especialmente, en lo que toca a los caballeros andantes españoles, y asimesmo quiero conceder que hubo doce Pares de Francia; pero no quiero creer que hicieron todas aquellas cosas que el Arzobispo Turpín dellos escribe; porque la verdad dello es que fueron caballeros escogidos por los reyes de Francia, a quien llamaron *pares* por ser todos iguales en valor, en calidad y en valentía; a lo menos, si no lo eran, era razón que lo fuesen, y era como una religión de las que ahora se usan de Santiago o de Calatrava, que se presupone que los que la profesan han de ser, o deben ser, caballeros valerosos, valientes y bien nacidos; y como ahora dicen *caballero de San Juan*, o *de Alcántara*, decían en aquel tiempo *caballero de los doce Pares;* porque no fueron doce iguales los que para esta religión militar se escogieron [3]. En lo de que hubo Cid no hay duda, ni menos Bernardo del Carpio; pero de que hicieron las hazañas que dicen creo que la hay muy grande. En lo otro de la clavija que vuestra merced dice del Conde

---

caballeros al medio de ella, partiendo ambos a un tiempo con el son de la trompeta. El *torneo de a caballo* [por oposición al *de a pie*] y la *justa* difieren en que la justa se ejercita mediante la tela, corriendo uno solo contra otro, y en el torneo de a caballo se encuentran en campo raso un tropel contra otro y es más peligroso... siendo juego le falta poco para veras» (Cov.).

[1] Las justas *del Paso.* Suero de Quiñones fué un caballero leonés, que para honra de su dama y con licencia de Juan II mantuvo con otros nueve compañeros junto al río Orbigo, a tres leguas de Astorga, un *paso honroso* justando con cualquiera que se presentase hasta romper las 300 lanzas exigidas. Se sabe que fueron 68 los aventureros que concurrieron de España, Portugal, Francia, Italia, Bretaña y Alemania.

[2] Hoy omitiríamos este *no* (cf. pról. 24).

[3] El sentido es éste: por su profesión y regla debían ser iguales, y de aquí les venía el nombre; pero, como sabemos por la historia, realmente no ueron todos iguales.

— 559 —

Pierres, y que está junto a la silla de Babieca en la armería de los reyes, confieso mi pecado; que soy tan ignorante, o tan corto de vista, que, aunque he visto la silla, no he echado de ver la clavija, y más siendo tan grande como vuestra merced ha dicho.

—Pues allí está, sin duda alguna—replicó don Quijote—y, por más señas, dicen que está metida en una funda de vaqueta [1], porque no se tome de moho.

—Todo puede ser—respondió el Canónigo—; pero por las órdenes que recebí que no me acuerdo haberla visto. Mas puesto que conceda que está allí, no por eso me obligo a creer las historias de tantos Amadises, ni las de tanta turbamulta de caballeros como por ahí nos cuentan, ni es razón que un hombre como vuestra merced, tan honrado y de tan buenas partes, y dotado de tan buen entendimiento, se dé a entender que son verdaderas tantas y tan estrañas locuras como las que están escritas en los disparatados libros de caballerías.

CAPITULO L.—De las discretas altercaciones que don Quijote y el canónigo tuvieron, con otros sucesos.

Bueno está eso!—respondió don Quijote—. Los libros que están impresos con licencia de los reyes y con aprobación de aquellos a quien se remitieron, y que con gusto general son leídos y celebrados de los grandes y de los chicos, de los pobres y de los ricos, de los letrados e ignorantes, de los plebeyos y caballeros, finalmente, de todo género de personas de cualquier estado y condición que sean, ¿habían de ser mentira [2], y más llevando tanta apariencia de verdad, pues nos cuentan el padre, la madre, la patria, los parientes, la edad, el lugar y las hazañas, punto por punto y día por día, que el tal caballero hizo, o caballeros hicieron? Calle vuestra merced, no diga tal blasfemia, y créame que le aconsejo en esto lo que debe de hacer como discreto, sino [3] léalos, y verá el gusto que recibe de su leyenda. Sino, dígame: ¿hay mayor contento que ver, como si dijésemos, aquí [4] ahora se muestra delante de nosotros un

---

[1] *Vaqueta* = cuero de buey o vaca, curtido y adobado.
[2] Así razonaba el Ventero (p. 374).
[3] El consejo era: no diga eso, sino lea estos libros.
[4] Delante de *aquí* se echa de menos un *que*, como se ve por el resto de la oración (... y que andan... y que del medio...).

gran lago de pez hirviendo a borbollones, y que andan nadando y cruzando por él muchas serpientes, culebras y lagartos, y otros muchos géneros de animales feroces y espantables, y que del medio del lago sale una voz tristísima que dice: «Tú, caballero, quienquiera que seas, que el temeroso lago estás mirando, si quieres alcanzar el bien que debajo destas negras aguas se encubre, muestra el valor de tu fuerte pecho y arrójate en mitad de su negro y encendido licor; porque si así no lo haces, no serás digno de ver las altas maravillas que en sí encierran y contienen los siete castillos de las siete fadas que debajo desta negrura[1] yacen»? ¿Y que apenas el caballero no[2] ha acabado de oír la voz temerosa, cuando, sin entrar más en cuentas consigo, sin ponerse a considerar el peligro a que se pone, y aun sin despojarse de la pesadumbre de sus fuertes armas, encomendándose a Dios y a su señora, se arroja en mitad del bullente lago, y cuando no se cata ni sabe dónde ha de parar, se halla entre unos floridos campos, con quien los Elíseos no tienen que ver en ninguna cosa? Allí le parece que el cielo es más transparente, y que el sol luce con claridad más nueva; ofrécesele a los ojos una apacible floresta de tan verdes y frondosos árboles compuesta, que alegra a la vista su verdura, y entretiene los oídos el dulce y no aprendido canto de los pequeños, infinitos y pintados pajarillos que por los intrincados ramos van cruzando. Aquí descubre un arroyuelo, cuyas frescas aguas, que líquidos cristales parecen, corren sobre menudas arenas y blancas pedrezuelas, que oro cernido[3] y puras perlas semejan; acullá vee una artificiosa fuente de jaspe variado[4] y de liso mármol compuesta; acá vee otra a lo brutesco[5] adornada, adonde las menudas conchas de las almejas con las torcidas casas blancas y amarillas del caracol, puestas con orden desordenada, mezclados entre ellas pedazos de cristal luciente y de contrahechas esmeraldas, hacen una variada labor, de manera, que el arte, imitando a la naturaleza, parece que allí la vence. Acullá de improviso se le descubre un fuerte castillo o vistoso alcázar, cuyas murallas son de macizo oro; las almenas,

---

[1] *Negregura* corresponde a *negreguear* (que respecto de *negro* es lo que *verdeguear* respecto de *verde*).
[2] *Apenas no* = apenas (cf. pról. 27).
[3] Cf. p. 195, n. 3.
[4] *Variado* = manchado de diferentes colores.
[5] *Brutesco* = tosco, rústico, grutesco o grotesco.

de diamantes; las puertas, de jacintos [1]; finalmente, él es de tan admirable compostura, que, con ser la materia de que está formado no menos que de diamantes, de carbuncos [2], de rubíes, de perlas, de oro y de esmeraldas, es de más estimación su hechura. ¿Y hay más que ver, después de haber visto esto, que ver salir por la puerta del castillo un buen número de doncellas, cuyos galanos y vistosos trajes, si yo me pusiese ahora a decirlos como las historias nos los cuentan, sería nunca acabar, y tomar luego la que parecía principal de todas por la mano al atrevido caballero que se arrojó en el ferviente lago, y llevarle, sin hablarle palabra, dentro del rico alcázar o castillo, y hacerle desnudar como su madre le parió, y bañarle con templadas aguas, y luego untarle todo con olorosos ungüentos, y vestirle una camisa de cendal delgadísimo, toda olorosa y perfumada, y acudir otra doncella y echarle un mantón sobre los hombros, que, por lo menos, menos, dicen que suele valer una ciudad, y aún más? ¿Qué es ver, pues, cuando nos cuentan que, tras todo esto, le llevan a otra sala, donde halla puestas las mesas, con tanto concierto, que queda suspenso y admirado? ¿Qué el verle echar agua a manos, toda de ámbar y de olorosas flores distilada? ¿Qué el hacerle sentar sobre una silla de marfil? ¿Qué verle servir todas las doncellas, guardando un maravilloso silencio? ¿Qué el traerle tanta diferencia de manjares, tan sabrosamente guisados, que no sabe el apetito a cuál deba de alargar la mano? ¿Cuál será oír la música que en tanto que come suena, sin saberse quién la canta ni adónde suena? ¿Y, después de la comida acabada y las mesas alzadas, quedarse el caballero recostado sobre la silla y quizá mondándose los dientes como es costumbre, entrar a deshora por la puerta de la sala otra mucho más hermosa doncella que ninguna de las primeras, y sentarse al lado del caballero, y comenzar a darle cuenta de qué castillo es aquél, y de cómo ella está encantada en él, con otras cosas que suspenden al caballero y admiran a los leyentes que van leyendo su historia? No quiero alargarme más en esto, pues dello se puede colegir que cualquiera parte que se lea de cualquiera his-

---

[1] «*Jacinto* es una especie de violeta que nace al principio del verano, de una color purpúrea obscura... Es también *hyacinto* el nombre de cierta piedra, dicha así por tirar al color de esta dicha flor» (Cov.).
[2] *Carbunco, carbunclo, carbúnculo* = una especie de rubí, de la que se decía que lucía en la oscuridad como un carbón encendido.

1, 50.—DON QUIJOTE, SANCHO Y EL CANÓNIGO

toria de caballero andante ha de causar gusto y maravilla a cualquiera que la leyere. Y vuestra merced créame, y como otra vez le he dicho, lea estos libros, y verá cómo le destierran la melancolía que tuviere, y le mejoran la condición, si acaso la tiene mala. De mí sé decir que después que soy caballero andante soy valiente, comedido, liberal, bien criado, generoso, cortés, atrevido, blando, paciente, sufridor de trabajos, de prisiones, de encantos; y aunque ha tan poco que me vi encerrado en una jaula como loco, pienso, por el valor de mi brazo, favoreciéndome el cielo, y no me siendo contraria la fortuna, en pocos días verme rey de algún reino, adonde pueda mostrar el agradecimiento y liberalidad que mi pecho encierra: que mía fe [1], señor, el pobre está inhabilitado de poder mostrar la virtud de liberalidad con ninguno, aunque en sumo grado la posea; y el agradecimiento que sólo consiste en el deseo es cosa muerta, como es muerta la fe sin obras. Por esto querría que la fortuna me ofreciese presto alguna ocasión donde me hiciese emperador, por mostrar mi pecho haciendo bien a mis amigos, especialmente a este pobre de Sancho Panza, mi escudero, que es el mejor hombre del mundo, y querría darle un condado que le tengo muchos días ha prometido; sino que temo que no ha de tener habilidad para gobernar su estado.

Casi a estas últimas palabras oyó Sancho a su amo, a quien dijo:

—Trabaje vuestra merced, señor don Quijote, en darme ese condado tan prometido de vuestra merced como de mí esperado; que yo le prometo que no me falte a mí habilidad para gobernarle; y cuando me faltare, yo he oído decir que hay hombres en el mundo que toman en arrendamiento los estados de los señores, y les dan un tanto cada año, y ellos se tienen cuidado del gobierno, y el señor se está a pierna tendida, gozando de la renta que le dan, sin curarse de otra cosa; y así haré yo, y no repararé en tanto más cuanto [2], sino que luego me desistiré [3] de todo, y me gozaré mi renta como un duque, y allá se lo hayan.

—Eso, hermano Sancho—dijo el Canónigo—, entiéndese

---

[1] A fe mía.
[2] *No reparé en tanto más cuanto* = no andaré en pequeñeces, en regateos (cf. II, 7). Dice Terreros: «*A tanto mas cuanto.* Lat. *Plus minusve*, es expresión común en compras y ventas, denotando el ajuste o regateo».
[3] *Me desistiré* = me apartaré.

— 563 —

en cuanto al gozar la renta; empero al administrar justicia, ha de atender el señor del estado, y aquí entra la habilidad y buen juicio, y principalmente la buena intención de acertar; que si ésta falta en los principios, siempre irán errados los medios y los fines; y así suele Dios ayudar al buen deseo del simple como desfavorecer al malo del discreto.

—No sé esas filosofías—respondió Sancho Panza—; mas sólo sé que tan presto tuviese yo el condado como sabría regirle; que tanta alma tengo yo como otro, y tanto cuerpo como el que más, y tan rey sería yo de mi estado como cada uno del suyo; y siéndolo, haría lo que quisiese; y haciendo lo que quisiese, haría mi gusto; y haciendo mi gusto, estaría contento; y en estando uno contento, no tiene más que desear; y no teniendo más que desear, acabóse, y el estado venga, y a Dios y véamonos, como dijo un ciego a otro.

—No son malas filosofías ésas, como tú dices, Sancho [1]; pero, con todo eso, hay mucho que decir sobre esta materia de condados.

A lo cual replicó don Quijote:

—Yo no sé que haya más que decir; sólo me guío por el ejemplo que me da el grande Amadís de Gaula, que hizo a su escudero conde de la Ínsula Firme; y así, puedo yo sin escrúpulo de conciencia hacer conde a Sancho Panza, que es uno de los mejores escuderos que caballero andante ha tenido.

Admirado quedó el Canónigo de los concertados disparates que don Quijote había dicho, del modo con que había pintado la aventura del Caballero del Lago, de la impresión que en él habían hecho las pensadas [2] mentiras de los libros que había leído, y, finalmente, le admiraba la necedad de Sancho, que con tanto ahinco deseaba alcanzar el condado que su amo le había prometido. Ya, en esto, volvían los criados del Canónigo que a la venta habían ido por la acémila del repuesto, y haciendo mesa de una alhombra y de la verde hierba del prado,

---

[1] ¿Quién habla? Parece que el Canónigo.
A propósito del tratamiento *tú* y *vos* dice Covarrubias: «*Tú*... no se dice sino a criados humildes y a personas bajas. *Vos*... no todas veces es bien recibido». Salazar *(Espejo de la Gram.)* dice de *vos*, que es para gente de menor estado (que no son caballeros); y *de tú*, que es tratamiento del padre al hijo o del amo al criado.—En el c. 52 Sancho habla a su mujer de *vos* y de *tú*, aunque su mujer le trata siempre de *vos*. Don Quijote (II, 9) hablando con un labrador, primero le trata de *vos*, luego de *tú*.

[2] Escritas de pensado, no de repente.

a la sombra de unos árboles se sentaron, y comieron allí, porque el boyero no perdiese la comodidad de aquel sitio, como queda dicho. Y estando comiendo, a deshora oyeron un recio estruendo y un son de esquila, que por entre unas zarzas y espesas matas que allí junto estaban sonaba, y al mesmo instante vieron salir de entre aquellas malezas una hermosa cabra, toda la piel manchada de negro, blanco y pardo. Tras ella venía un cabrero dándole voces, y diciéndole palabras a su uso, para que se detuviese, o al rebaño volviese. La fugitiva cabra, temerosa y despavorida, se vino a la gente, como a favorecerse della, y allí se detuvo. Llegó el Cabrero, y asiéndola de los cuernos, como si fuera capaz de discurso y entendimiento, le dijo:

—¡Ah, cerrera [1], cerrera, Manchada, Manchada, y cómo andáis vos estos días de pie cojo! ¿Qué lobos os espantan, hija? ¿No me diréis qué es esto, hermosa? Mas ¿qué puede ser sino que sois hembra, y no podéis estar sosegada; que mal haya vuestra condición y la de todas aquellas a quien imitáis? Volved, volved, amiga; que si no tan contenta, a lo menos, estaréis más segura en vuestro aprisco, o con vuestras compañeras; que si vos que las habéis de guiar y encaminar andáis tan sin guía y tan descaminada, ¿en qué podrán parar ellas?

Contento dieron las palabras del Cabrero a los que las oyeron, especialmente al Canónigo, que le dijo:

—Por vida vuestra, hermano, que os soseguéis un poco, y no os acuciéis [2] en volver tan presto esa cabra a su rebaño; que pues ella es hembra, como vos decís, ha de seguir su natural distinto [3], por más que vos os pongáis a estorbarlo. Tomad este bocado, y bebed una vez, con que templaréis la cólera, y en tanto, descansará la cabra.

Y el decir esto y el darle con la punta del cuchillo los lomos de un conejo fiambre [4] todo fué uno. Tomólo y agradeciólo el Cabrero; bebió y sosegóse, y luego dijo:

—No querría que por haber yo hablado con esta alimaña [5]

---

[1] *Cerrera* = amiga de andar por cerros; indómita.
[2] *Acuciar* = estimular, dar prisa.
[3] Instinto.
[4] «*Fiambre*, quasi *friambre*, la carne que después de asada o cocida, se come fría: manjar que el estómago le abraza muy mal» (Cov.).
[5] «Alimaña [de *animalia*] es la bestia cuadrúpede, y particularmente dan este nombre los villanos a las que crían en sus casas y son domésticas y de su servicio» (Cov.).

tan en seso, me tuviesen vuestras mercedes por hombre simple; que en verdad que no carecen de misterio las palabras que le dije. Rústico soy; pero no tanto, que no entienda cómo se ha de tratar con los hombres y con las bestias.

—Eso creo yo muy bien—dijo el Cura—; que ya yo sé de experiencia que los montes crían letrados, y las cabañas de los pastores encierran filósofos.

—A lo menos, señor—replicó el Cabrero—, acogen hombres escarmentados; y para que creáis esta verdad y la toquéis con la mano, aunque parezca que sin ser rogado me convido, si no os enfadáis dello y queréis, señores, un breve espacio prestarme oído atento, os contaré una verdad que acredite lo que ese señor—señalando al Cura—ha dicho, y la mía.

A esto respondió don Quijote:

—Por ver que tiene este caso un no sé qué de sombra de aventura de caballería, yo, por mi parte, os oiré, hermano, de muy buena gana, y así lo harán todos estos señores, por lo mucho que tienen de discretos y de ser amigos de curiosas novedades que suspendan, alegren y entretengan los sentidos, como, sin duda, pienso que lo ha de hacer vuestro cuento. Comenzad, pues, amigo; que todos escucharemos.

—Saco la mía [1]—dijo Sancho—; que yo a aquel arroyo me voy con esta empanada, donde pienso hartarme por [2] tres días; porque he oído decir a mi señor don Quijote que el escudero de caballero andante ha de comer, cuando se le ofreciere, hasta no poder más, a causa que se les suele ofrecer entrar acaso por una selva tan intrincada, que no aciertan a salir della en seis días; y si el hombre [3] no va harto, o bien proveídas las alforjas allí se podrá quedar, como muchas veces se queda, hecho carne momia [4].

—Tú estás en lo cierto, Sancho—dijo don Quijote—; vete adonde quisieres, y come lo que pudieres; que yo ya estoy satisfecho, y sólo me falta dar al alma su refacción [5], como se la daré escuchando el cuento deste buen hombre.

—Así las daremos todos a las nuestras—dijo el Canónigo.

---

[1] Metáfora tomada del juego, cuando el que se retira de él saca su puesta, diciendo: *saco la mía.*

[2] Para.

[3] *El hombre* = uno.

[4] «*Momia carne*, la del cuerpo humano que se ha enjugado y secado» (Cov.).

[5] *Refacción* o *refección* = sustento.

Y luego rogó al Cabrero que diese principio a lo que prometido había. El Cabrero dió dos palmadas sobre el lomo a la cabra, que por los cuernos tenía, diciéndole:

—Recuéstate junto a mí, Manchada; que tiempo nos queda para volver a nuestro apero [1].

Parece que lo entendió la cabra, porque en sentándose su dueño, se tendió ella junto a él con mucho sosiego, y mirándole al rostro daba a entender que estaba atenta a lo que el Cabrero iba diciendo. El cual comenzó su historia desta manera:

CAPITULO LI.—Que trata de lo que contó el cabrero a todos los que llevaban a don Quijote.

Tres leguas deste valle está una aldea que, aunque pequeña, es de las más ricas que hay en todos estos contornos; en la cual había un labrador muy honrado, y tanto, que aunque es anejo al ser rico el ser honrado [2], más lo era él por la virtud que tenía que por la riqueza que alcanzaba. Mas lo que le hacía más dichoso, según él decía, era tener una hija de tan estremada hermosura, rara discreción, donaire y virtud, que el que la conocía y la miraba, se admiraba de ver las estremadas partes con que el cielo y la naturaleza la habían enriquecido. Siendo niña fué hermosa, y siempre fué creciendo en belleza, y en la edad de diez y seis años fué hermosísima. La fama de su belleza se comenzó a estender por todas las circunvecinas aldeas; ¿qué digo yo por las circunvecinas no más, si se estendió a las apartadas ciudades, y aun se entró por las salas de los reyes, y por los oídos de todo género de gente, que como a cosa rara, o como a imagen de milagros [3], de todas partes a verla venían? Guardábala su padre, y guardábase ella; que no hay condados, guardas ni cerraduras que mejor guarden a una doncella que las del recato proprio.

La riqueza del padre y la belleza de la hija movieron a muchos, así del pueblo como forasteros, a que por mujer se la pidiesen; mas él, como a quien tocaba disponer de tan rica joya, andaba confuso, sin saber determinarse a quién la entregaría de los infinitos que le importunaban. Y entre los muchos

---

[1] *Apero* = majada.
[2] *Honrado* de la gente.
[3] Imagen milagrosa.

que tan buen deseo tenían, fuí yo uno, a quien dieron muchas y grandes esperanzas de buen suceso conocer que el padre conocía quién yo era, el ser natural del mismo pueblo, limpio en sangre, en la edad floreciente, en la hacienda muy rico y en el ingenio no menos acabado. Con todas estas mismas partes la pidió también otro del mismo pueblo, que fué causa de suspender y poner en balanza la voluntad del padre, a quien parecía que con cualquiera de nosotros estaba su hija bien empleada; y por salir desta confusión, determinó decírselo a Leandra, que así se llama la rica que en miseria me tiene puesto, advirtiendo que, pues los dos éramos iguales, era bien dejar a la voluntad de su querida hija el escoger a su gusto; cosa digna de imitar de todos los padres que a sus hijos quieren poner en estado: no digo yo que los dejen escoger en cosas ruines y malas, sino que se las propongan buenas, y de las buenas, que escojan a su gusto. No sé yo el que tuvo Leandra; sólo sé que el padre nos entretuvo a entrambos con la poca edad de su hija y con palabras generales, que ni le obligaban, ni nos desobligaban tampoco. Llámase mi competidor Anselmo, y yo, Eugenio, porque vais [1] con noticia de los nombres de las personas que en esta tragedia se contienen, cuyo fin aún está pendiente; pero bien se deja entender que ha de ser desastrado.

En esta sazón vino a nuestro pueblo un Vicente de la Roca, hijo de un pobre labrador del mismo lugar; el cual Vicente venía de las Italias y de otras diversas partes, de ser soldado. Llevóle de nuestro lugar, siendo muchacho de hasta doce años, un capitán que con su compañía por allí acertó a pasar, y volvió el mozo de allí a otros doce, vestido a la soldadesca, pintado con mil colores, lleno de mil dijes de cristal y sutiles cadenas de acero. Hoy se ponía una gala y mañana otra; pero todas sutiles, pintadas, de poco peso y menos tomo [2]. La gente labradora, que de suyo es maliciosa, y dándole el ocio lugar es la misma malicia, lo notó, y contó punto por punto sus galas y preseas, y halló que los vestidos eran tres, de diferentes colores, con sus ligas y medias; pero él hacía tantos guisados e invenciones dellos, que si no se los contaran, hubiera quien jurara que había hecho muestra de más de diez pares de vestidos y de más de veinte plumajes. Y no parezca impertinencia y demasía esto que de los vestidos voy contando, porque ellos hacen una buena parte en esta historia.

---

[1] Para que vayáis.
[2] *De menos tomo* = de menos importancia.

1, 51.—VICENTE Y LEANDRA

Sentábase en un poyo que debajo de un gran álamo está en nuestra plaza, y allí nos tenía a todos la boca abierta, pendientes de las hazañas que nos iba contando. No había tierra en todo el orbe que no hubiese visto, ni batalla donde no se hubiese hallado; había muerto más moros que [1] tiene Marruecos y Túnez, y entrado en más singulares [2] desafíos, según él decía, que Gante y Luna, Diego García de Paredes y otros mil que nombraba; y de todos había salido con vitoria, sin que le hubiesen derramado una sola gota de sangre. Por otra parte, mostraba señales de heridas que, aunque no se divisaban, nos hacía entender que eran arcabuzazos dados en diferentes rencuentros y faciones [3]. Finalmente, con una no vista arrogancia, llamaba de *vos* a sus iguales y a los mismos que le conocían, y decía que su padre era su brazo, su linaje sus obras, y que debajo de ser soldado [4], al mismo Rey no debía nada [5]. Añadiósele a estas arrogancias ser un poco músico y tocar una guitarra a lo rasgado [6], de manera, que decían algunos que la hacía hablar; pero no pararon aquí sus gracias; que también la tenía de poeta, y así, de cada niñería que pasaba en el pueblo componía un romance de legua y media de escritura.

Este soldado, pues, que aquí he pintado, este Vicente de la Roca, este bravo, este galán, este músico, este poeta, fué visto y mirado muchas veces de Leandra, desde una ventana de su casa, que tenía la vista a la plaza. Enamoróla el oropel [7] de sus vistosos trajes; encantáronla sus romances, que de cada uno que componía daba veinte traslados; llegaron a sus oídos las hazañas que él de sí mismo había referido, y, finalmente, que así el diablo lo debía de tener ordenado, ella se vino a enamorar dél antes que en él naciese presunción de solicitalla. Y como en los casos de amor no hay ninguno que con más facilidad se cumpla que aquel que tiene de su parte el deseo de la

---

[1] De los *que*.
[2] *Singular* = de hombre a hombre.
[3] *Faciones*, *facciones* = acciones de guerra.
[4] Cf. p. 540, n. 5.
[5] Era corriente el dicho: *un hidalgo no debe* (= no es inferior) *a otro que a Dios, y al rey nada*.
[6] *Rasgar* o *rasguear* un instrumento = tocarlo rozando varias cuerdas a la vez con las puntas de los dedos; *puntear* = tocarlo hiriendo cada cuerda con un dedo.
[7] *Oropel* = 1) lámina de latón, muy batida y delgada, que imita al oro; 2) cosa de poco valor y mucha apariencia.

dama, con facilidad se concertaron Leandra y Vicente, y primero que alguno de sus muchos pretendientes cayesen [1] en la cuenta de su deseo, ya ella le tenía cumplido, habiendo dejado la casa de su querido y amado padre, que madre no la tiene, y ausentándose de la aldea con el soldado, que salió con más triunfo de esta empresa que de todas las muchas que él se aplicaba. Admiró el suceso a toda el aldea, y aun a todos los que dél noticia tuvieron; yo quedé suspenso, Anselmo atónito, el padre triste, sus parientes afrentados, solícita la justicia, los cuadrilleros listos; tomáronse los caminos, escudriñáronse los bosques y cuanto había, y al cabo de tres días hallaron a la antojadiza Leandra en una cueva de un monte, desnuda en camisa, sin muchos dineros y preciosísimas joyas que de su casa había sacado. Volviéronla a la presencia del lastimado padre; preguntáronle su desgracia; confesó sin apremio que Vicente de la Roca la había engañado, y debajo de su palabra de ser su esposo la persuadió que dejase la casa de su padre; que él la llevaría a la más rica y más viciosa [2] ciudad que había en todo el universo mundo, que era Nápoles; y que ella, mal advertida y peor engañada, le había creído; y robando a su padre, se le entregó la misma noche que había faltado; y que él la llevó a un áspero monte, y la encerró en aquella cueva donde la habían hallado. Contó también cómo el soldado, sin quitalle su honor, le robó cuanto tenía, y la dejó en aquella cueva, y se fué: suceso que de nuevo puso en admiración a todos. Duro se nos hizo de creer la continencia del mozo; pero ella lo afirmó de tantas veras, que fueron parte para que el desconsolado padre se consolase, no haciendo cuenta de las riquezas que le llevaban, pues le habían dejado a su hija con la joya que si una vez se pierde, no deja esperanza de que jamás se cobre. El mismo día que pareció Leandra la desapareció su padre de nuestros ojos, y la llevó a encerrar en un monesterio de una villa que está aquí cerca, esperando que el tiempo gaste alguna parte de la mala opinión en que su hija se puso. Los pocos años de Leandra sirvieron de disculpa de su culpa, a lo menos, con aquellos que [3] no les iba ningún interés en que ella fuese mala o buena; pero los que conocían su discreción y mucho entendimiento no atribuyeron a ignorancia su pecado,

---

[1] Por *cayese* (cf. pról. 8).
[2] Cf. p. 282, n. 1.
[3] A quienes (cf. pról. 19).

sino a su desenvoltura y a la natural inclinación de las mujeres, que [1], por la mayor parte, suele ser desatinada y mal compuesta.

Encerrada Leandra, quedaron los ojos de Anselmo ciegos; a lo menos, sin tener cosa que mirar que contento le [2] diese; los míos en tinieblas: sin luz que a ninguna cosa de gusto les encaminase; con la ausencia de Leandra crecía nuestra tristeza, apocábase nuestra paciencia, maldecíamos las galas del soldado y abominábamos del poco recato del padre de Leandra. Finalmente, Anselmo y yo nos concertamos de dejar el aldea y venirnos a este valle, donde él apacentando una gran cantidad de ovejas suyas proprias, y yo un numeroso rebaño de cabras, también mías, pasamos la vida entre los árboles, dando vado [3] a nuestras pasiones, o cantando juntos alabanzas o vituperios de la hermosa Leandra, o suspirando solos, y a solas comunicando con el cielo nuestras querellas. A imitación nuestra, otros muchos de los pretendientes de Leandra se han venido a estos ásperos montes usando el mismo ejercicio nuestro; y son tantos, que parece que este sitio se ha convertido en la pastoral Arcadia [4], según está colmo [5] de pastores y de apriscos, y no hay parte en él donde no se oiga el nombre de la hermosa Leandra. Éste la maldice y la llama antojadiza, varia y deshonesta; aquél la condena por fácil y ligera; tal la absuelve y perdona, y tal la justicia [6] y vitupera; uno celebra su hermosura, otro reniega de su condición, y, en fin, todos la deshonran, y todos la adoran, y de todos se estiende a tanto la locura, que hay quien se queje de desdén sin haberla jamás hablado, y aun quien se lamente y sienta la rabiosa enfermedad de los celos, que ella jamás dió a nadie, porque, como ya tengo dicho, antes se supo su pecado que su deseo. No hay hueco de peña, ni margen de arroyo, ni sombra de árbol que no esté

---

[1] La cual inclinación.
[2] Le más bien que al singular *Anselmo*, parece referirse al plural *ojos* (cf. pról. 7).
[3] *Vado* = salida, remedio o alivio en las cosas que ocurren.
[4] La Arcadia es una región montuosa del Peloponeso, afamada entre los antiguos por la vida patriarcal de sus moradores y la pericia que se les atribuía en el canto pastoril. El napolitano Sannazaro la tomó como escena para su Arcadia, que sirvió de modelo para innumerables novelas pastoriles.
[5] *Colmo* = colmado (como *canso*, *nublo* = cansado, nublado).
[6] *Justiciar* = condenar (cf. *ajusticiar*).

ocupada de algún pastor que sus desventuras a los aires cuente: el eco repite el nombre de Leandra dondequiera que pueda formarse: *Leandra* resuenan los montes, *Leandra* murmuran los arroyos, y Leandra nos tiene a todos suspensos y encantados, esperando sin esperanza y temiendo sin saber de qué tememos. Entre estos disparatados, el que muestra que menos y más juicio tiene es mi competidor Anselmo, el cual, teniendo tantas otras cosas de que quejarse, sólo se queja de ausencia [1]; y al son de un rabel, que admirablemente toca, con versos donde muestra su buen entendimiento, cantando se queja. Yo sigo otro camino más fácil, y a mi parecer el más acertado, que es decir mal de la ligereza de las mujeres, de su inconstancia, de su doble trato, de sus promesas muertas, de su fe rompida, y, finalmente, del poco discurso que tienen en saber colocar sus pensamientos e intenciones; y ésta fué la ocasión, señores, de las palabras y razones que dije a esta cabra cuando aquí llegué; que por ser hembra la tengo en poco, aunque es la mejor de todo mi apero. Ésta es la historia que prometí contaros. Si he sido en el contarla prolijo, no seré en serviros corto: cerca de aquí tengo mi majada, y en ella tengo fresca leche y muy sabrosísimo queso, con otras varias y sazonadas frutas, no menos a la vista que al gusto agradables.

CAPITULO LII.—De la pendencia que don Quijote tuvo con el cabrero, con la rara aventura de los diciplinantes, a quien dió felice fin a costa de su sudor.

General gusto causó el cuento del Cabrero a todos los que escuchado le habían; especialmente le recibió el Canónigo, que con estraña curiosidad notó la manera con que le había contado, tan lejos de parecer rústico cabrero cuan cerca de mostrarse discreto cortesano; y así, dijo que había dicho muy bien el Cura en decir que los montes criaban letrados. Todos se ofrecieron a Eugenio; pero el que más se mostró liberal en esto fué don Quijote, que le dijo:

—Por cierto, hermano cabrero, que si yo me hallara posibilitado de poder [2] comenzar alguna aventura, que luego luego

---

[1] Mostraba, pues, más juicio en la elección del asunto; menos, en los mayores extremos que hacía para manifestar su dolor.

[2] *Posibilitado de poder* no es el único pleonasmo de Cervantes.

1, 52.—PENDENCIA DE DON QUIJOTE CON EL CABRERO

me pusiera en camino porque vos la tuviérades buena; que yo sacara del monesterio (donde, sin duda alguna, debe de estar contra su voluntad) a Leandra, a pesar de la abadesa y de cuantos quisieran estorbarlo, y os la pusiera en vuestras manos, para que hiciérades della a toda vuestra voluntad y talante, guardando, pero [1], las leyes de la caballería, que mandan que a ninguna doncella le sea fecho desaguisado alguno; aunque yo espero en Dios nuestro Señor que no ha de poder tanto la fuerza de un encantador malicioso, que no pueda más la de otro encantador mejor intencionado, y para entonces os prometo mi favor y ayuda, como me obliga mi profesión, que no es otra si no es favorecer a los desvalidos y menesterosos.

Miróle el Cabrero, y como vió a don Quijote de tan mal pelaje y catadura [2], admiróse, y preguntó al Barbero, que cerca de sí tenía:

—Señor, ¿quién es este hombre, que tal talle tiene y de tal manera habla?

—¿Quién ha de ser—respondió el Barbero—sino el famoso don Quijote de la Mancha, desfacedor de agravios, enderezador de tuertos, el amparo de las doncellas, el asombro de los gigantes y el vencedor de las batallas?

—Eso me semeja—respondió el Cabrero—a lo que se lee en los libros de caballeros andantes, que hacían todo eso que de este hombre vuestra merced dice; puesto que para mí tengo, o que vuestra merced se burla, o que este gentilhombre debe de tener vacíos los aposentos de la cabeza.

—Sois un grandísimo bellaco—dijo a esta sazón don Quijote—, y vos sois el vacío y el menguado; que yo estoy más lleno que jamás lo estuvo la muy hideputa puta que os parió.

Y diciendo y haciendo, arrebató de un pan que junto a sí tenía, y dió con él al Cabrero en todo el rostro, con tanta furia, que le remachó las narices; mas el Cabrero, que no sabía de burlas, viendo con cuántas veras le maltrataban, sin tener respeto a la alhombra, ni a los manteles, ni a todos aquellos que comiendo estaban, saltó sobre don Quijote y, asiéndole del cuello con entrambas manos, no dudara de ahogalle, si

---

[1] Hoy *pero* no se puede posponer.
[2] *Pelaje* = calidad de una persona o cosa, especialmente del vestido «*Catar* vale mirar, de donde se dijo *catadura*, que se toma siempre en mala parte, y decimos *tener uno mala catadura*, conviene a saber, rostro fiero» (Cov.).

1, 52.—DON QUIJOTE DESENJAULADO

Sancho Panza no llegara en aquel punto, y le asiera por las espaldas, y diera con él encima de la mesa, quebrando platos, rompiendo tazas y derramando y esparciendo cuanto en ella estaba. Don Quijote, que se vió libre, acudió a subirse sobre el Cabrero; el cual, lleno de sangre el rostro, molido a coces de Sancho, andaba buscando a gatas algún cuchillo de la mesa para hacer alguna sanguinolenta venganza; pero estorbábanselo el Canónigo y el Cura; mas el Barbero hizo de suerte, que el Cabrero cogió debajo de sí a don Quijote, sobre el cual llovió tanto número de mojicones, que del rostro del pobre caballero llovía tanta sangre como del suyo. Reventaban de risa el Canónigo y el Cura [1], saltaban los cuadrilleros de gozo, zuzaban los unos y los otros, como hacen a los perros cuando en pendencia están trabados; sólo Sancho Panza se desesperaba, porque no se podía desasir de un criado del Canónigo, que le estorbaba que a su amo no [2] ayudase.

En resolución, estando todos en regocijo y fiesta, sino los dos aporreantes que se carpían [3], oyeron el son de una trompeta, tan triste, que les hizo volver los rostros hacia donde les pareció que sonaba; pero el que más se alborotó de oírle fué don Quijote, el cual, aunque estaba debajo del Cabrero, harto contra su voluntad y más medianamente molido, le dijo:

—Hermano demonio, que no es posible que dejes de serlo, pues has tenido valor y fuerzas para sujetar las mías, ruégote que hagamos treguas, no más de por una hora; porque el doloroso son de aquella trompeta que a nuestros oídos llega me parece que a alguna nueva aventura me llama.

El Cabrero, que ya estaba cansado de moler y ser molido, le dejó luego, y don Quijote se puso en pie, volviendo asimismo el rostro adonde el son se oía, y vió a deshora que por un recuesto bajaban muchos hombres vestidos de blanco, a modo de diciplinantes.

Era el caso que aquel año habían las nubes negado su rocío a la tierra, y por todos los lugares de aquella comarca se hacían procesiones, rogativas y diciplinas, pidiendo a Dios abriese las manos de su misericordia y les lloviese; y para este efecto la gente de una aldea que allí junto estaba venía en procesión

---

[1] De aquí se saca que ni los golpes debían de ser mortales ni la sangre mucha: era costumbre de Cervantes emplear términos hiperbólicos en casos semejantes (cf. p. 182, n. 5).
[2] Hoy omitiríamos este *no* (cf. pról. 24).
[3] «*Carpir* [de *carpere*] es rasgar, hender, arañar, cardar» (Cov.).

1, 52.—AVENTURA DE LOS DISCIPLINANTES

a una devota ermita que en un recuesto de aquel valle había. Don Quijote, que vió los estraños trajes de los diciplinantes, sin pasarle por la memoria las muchas veces que los había de haber visto, se imaginó que era cosa de aventura, y que a él solo tocaba, como a caballero andante, el acometerla; y confirmóle más esta imaginación pensar que una imagen que traían cubierta de luto fuese alguna principal señora que llevaban por fuerza aquellos follones y descomedidos malandrines; y como esto le cayó en las mientes, con gran ligereza arremetió a Rocinante, que paciendo andaba, quitándole del arzón el freno y el adarga, y en un punto le enfrenó; y pidiendo a Sancho su espada, subió sobre Rocinante, y embrazó su adarga, y dijo en alta voz a todos los que presentes estaban:

—Agora, valerosa compañía, veredes cuánto importa que haya en el mundo caballeros que profesen la orden de la andante caballería; agora digo que veredes, en la libertad de aquella buena señora que allí va cautiva, si se han de estimar los caballeros andantes.

Y en diciendo esto, apretó los muslos a Rocinante, porque espuelas, no las tenía, y a todo galope, porque carrera tirada no se lee en toda esta verdadera historia que jamás la diese Rocinante [1], se fué a encontrar con los diciplinantes, bien que fueron el Cura y el Canónigo y Barbero a detenelle; mas no les fué posible, ni menos le detuvieron las voces que Sancho le daba, diciendo:

—¿Adónde va, señor don Quijote? ¿Qué demonios lleva en el pecho, que le incitan a ir contra nuestra fe católica? Advierta, mal haya yo, que aquella es procesión de diciplinantes, y que aquella señora que llevan sobre la peana es la imagen benditísima de la Virgen sin mancilla; mire, señor, lo que hace, que por esta vez se puede decir que no es lo que sabe [2].

Fatigóse en vano Sancho; porque su amo iba tan puesto en llegar a los ensabanados y en librar a la señora enlutada, que no oyó palabra; y aunque la oyera, no volviera, si el Rey se lo mandara. Llegó, pues, a la procesión, y paró a Rocinante,

---

[1] «*Galope* es un movimiento de el caballo, el cual es más que trotar y menos que correr» (Cov.). En el c. 14 de la segunda parte se dice que una «sola vez se conoció haber *corrido* algo; porque todas las demás siempre fueron *trotes declarados*». Sin embargo, no será esta la última vez (cf. Clemencín, 4, 254) que Cervantes dé, sin duda por eufemismo, el nombre de *galope* al *trote* de Rocinante.

[2] Que lo que va a hacer no es lo que sabe hacer *(socorrer viudas...)*.

1, 52.—DON QUIJOTE DESENJAULADO

que ya llevaba deseo de quietarse un poco, y con turbada y ronca voz, dijo:
—Vosotros, que, quizá por no ser buenos, os encubrís los rostros, atended y escuchad lo que deciros quiero.
Los primeros que se detuvieron fueron los que la imagen llevaban; y uno de los cuatro clérigos que cantaban la ledanías, viendo la estraña cadatura de don Quijote, la flaqueza de Rocinante y otras circunstancias de risa que notó y descubrió en don Quijote, le respondió, diciendo:
—Señor hermano, si nos quiere decir algo, dígalo presto, porque se van estos hermanos abriendo las carnes, y no podemos, ni es razón que nos detengamos a oír cosa alguna, si ya no es tan breve, que en dos palabras se diga.
—En una lo diré—replicó don Quijote—, y es ésta: que luego al punto dejéis libre a esa hermosa señora, cuyas lágrimas y triste semblante dan claras muestras que la lleváis contra su voluntad y que algún notorio desaguisado le habedes fecho; y yo, que nací en el mundo para desfacer semejantes agravios, no consentiré que un solo paso adelante pase sin darle la deseada libertad que merece.
En estas razones, cayeron todos los que las oyeron que don Quijote debía de ser algún hombre loco, y tomáronse a reír muy de gana; cuya risa fué poner pólvora a la cólera de don Quijote, porque sin decir más palabra, sacando la espada, arremetió a las andas. Uno de aquellos que las llevaban, dejando la carga a sus compañeros, salió al encuentro de don Quijote, enarbolando una horquilla o bastón con que sustentaba las andas en tanto que descansaba; y recibiendo en ella una gran cuchillada que le tiró don Quijote, con que se la hizo dos partes, con el último tercio [1], que le quedó en la mano, dió tal golpe a don Quijote encima de un hombro, por el mismo lado de la espada, que no pudo cubrir el adarga contra villana fuerza, que el pobre don Quijote vino al suelo muy mal parado.
Sancho Panza, que jadeando le iba a los alcances, viéndole caído, dió voces a su moledor que no le diese otro palo, porque era un pobre caballero encantado, que no había hecho mal a nadie en todos los días de su vida. Mas lo que detuvo al villano no fueron las voces de Sancho, sino el ver que don Quijote no bullía [2] pie ni mano; y así, creyendo que le había muer-

---

[1] *Tercio* es la mitad, no *la tercera parte* (cf. pág. 186, n. 4). «*Tercio postrero* de la espada, lo que cae a la guarnición» (Cov.).
[2] *Bullir* = mover.

— 576 —

to, con priesa se alzó la túnica a la cinta [1], y dio a huir por la campaña como un gamo.

Ya, en esto, llegaron todos los de la compañía de don Quijote adonde él estaba; mas los de la procesión, que los vieron venir corriendo, y con ellos los cuadrilleros con sus ballestas, temieron algún mal suceso, y hiciéronse todos un remolino alrededor de la imagen; y alzados los capirotes [2], empuñando las diciplinas, y los clérigos los ciriales, esperaban el asalto con determinación de defenderse, y aun ofender, si pudiesen, a sus acometedores; pero la fortuna lo hizo mejor que se pensaba, porque Sancho no hizo otra cosa que arrojarse sobre el cuerpo de su señor, haciendo sobre él el más doloroso y risueño [3] llanto del mundo, creyendo que estaba muerto. El Cura fué conocido de otro cura que en la procesión venía; cuyo conocimiento puso en sosiego el concebido temor de los dos escuadrones. El primer Cura dió al segundo, en dos razones, cuenta de quién era don Quijote, y así él como toda la turba de los diciplinantes fueron a ver si estaba muerto el pobre caballero, y oyeron que Sancho Panza, con lágrimas en los ojos, decía:

—¡Oh flor de la caballería, que con sólo un garrotazo acabaste la carrera de tus bien gastados años! ¡Oh honra de tu linaje, honor y gloria de toda la Mancha, y aun de todo el mundo, el cual, faltando tú en él, quedará lleno de malhechores, sin temor de ser castigados de sus malas fechorías! ¡Oh liberal sobre todos los Alejandros, pues por solos ocho meses de servicio [4] me tenías dada la mejor ínsula que el mar ciñe y rodea! ¡Oh humilde con los soberbios y arrogante con los humildes [5], acometedor de peligros, sufridor de afrentas, enamorado sin causa, imitador de los buenos, azote de los malos, enemigo de los ruines, en fin, caballero andante, que es todo lo que decir se puede!

---

[1] Cinto, cintura.
[2] *Capirote* = cucurucho cubierto de lienzo blanco que traían los diciplinantes, del cual pendía un antifaz que tapaba el rostro.
[3] *Doloroso* para Sancho y *risueño* para los que lo escuchaban.
[4] Los diez y siete días que llevaba de servicio le debieron de parecer a Sancho diez y siete años, y aun un siglo; pero, sin duda ponderando la liberalidad de su señor, rebajó la cuenta a ocho meses.
[5] Querría decir *arrogante con los soberbios y humilde*, o blando, *con los humildes;* pero el dolor le hizo trastrocar los términos.

Con las voces y gemidos de Sancho revivió don Quijote, y la primera palabra que dijo, fué:

—El que de vos vive ausente, dulcísima Dulcinea, a mayores miserias que éstas está sujeto. Ayúdame, Sancho amigo, a ponerme sobre el carro encantado; que ya no estoy para oprimir la silla de Rocinante, porque tengo todo este hombro hecho pedazos.

—Eso haré yo de muy buena gana, señor mío—respondió Sancho—, y volvamos a mi aldea, en compañía destos señores que su bien desean, y allí daremos orden de hacer otra salida que nos sea de más provecho y fama.

—Bien dices, Sancho—respondió don Quijote—, y será gran prudencia dejar pasar el mal influjo de las estrellas que agora corre.

El Canónigo y el Cura y Barbero le dijeron que haría muy bien en hacer lo que decía; y así, habiendo recibido grande gusto de las simplicidades de Sancho Panza, pusieron a don Quijote en el carro, como antes venía; la procesión volvió a ordenarse y a proseguir su camino; el Cabrero se despidió de todos; los cuadrilleros no quisieron pasar adelante, y el Cura les pagó lo que se les debía; el Canónigo pidió al Cura le avisase el suceso de don Quijote, si sanaba de su locura, o si proseguía en ella, y con esto, tomó licencia para seguir su viaje. En fin, todos se dividieron y apartaron, quedando solos el Cura y Barbero, don Quijote y Panza y el bueno de Rocinante, que a todo lo que había visto estaba con tanta paciencia como su amo.

El boyero unció sus bueyes y acomodó a don Quijote sobre un haz de heno, y con su acostumbrada flema siguió el camino que el Cura quiso, y al cabo de seis días llegaron a la aldea de don Quijote, adonde entraron en la mitad del día, que acertó a ser domingo, y la gente estaba toda en la plaza, por mitad de la cual atravesó el carro de don Quijote. Acudieron todos a ver lo que en el carro venía, y cuando conocieron a su compatriota, quedaron maravillados, y un muchacho acudió corriendo a dar las nuevas a su ama y a su sobrina de que su tío y su señor venía flaco y amarillo, y tendido sobre un montón de heno y sobre un carro de bueyes. Cosa de lástima fué oír los gritos que las dos buenas señoras alzaron, las bofetadas que se dieron, las maldiciones que de nuevo echaron a los malditos libros de caballerías; todo lo cual se renovó cuando vieron entrar a don Quijote por sus puertas.

A las nuevas desta venida de don Quijote, acudió la mujer

de Sancho Panza, que ya había sabido que había ido con él sirviéndole de escudero, y así como vió a Sancho, lo primero que le preguntó fué que si venía bueno el asno. Sancho respondió que venía mejor que su amo.

—Gracias sean dadas a Dios—replicó ella—, que tanto bien me ha hecho; pero contadme agora, amigo: ¿qué bien habéis sacado de vuestras escuderías?; ¿qué saboyana[1] me traéis a mí?; ¿qué zapaticos a vuestros hijos?

—No traigo nada deso—dijo Sancho—, mujer mía, aunque traigo otras cosas de más momento y consideración[2].

—Deso recibo yo mucho gusto—respondió la mujer—: mostradme esas cosas de más consideración y más momento, amigo mío; que las quiero ver, para que se me alegre este corazón, que tan triste y descontento ha estado en todos los siglos de vuestra ausencia.

—En casa os las mostraré, mujer—dijo Panza—, y por agora estad contenta; que siendo Dios servido de que otra vez salgamos de viaje a buscar aventuras, vos me veréis presto conde, o gobernador de una ínsula, y no de las de por ahí, sino la mejor que pueda hallarse.

—Quiéralo así el cielo, marido mío; que bien lo habemos menester. Mas decidme: ¿qué es eso de ínsulas, que no lo entiendo?

—No es la miel para la boca del asno—respondió Sancho—: a su tiempo lo verás, mujer, y aun te admirarás de oírte llamar señoría de todos tus vasallos.

—¿Qué es lo que decís, Sancho, de señorías, ínsulas y vasallos?—respondió Juana Panza[3], que así se llamaba la mujer de Sancho, aunque no eran parientes, sino porque se usa en la Mancha tomar las mujeres el apellido de sus maridos.

—No te acucies, Juana, por saber todo esto tan apriesa; basta que te digo verdad, y cose la boca. Sólo te sabré decir, así de paso, que no hay cosa más gustosa en el mundo que ser un hombre honrado escudero de un caballero andante buscador de aventuras. Bien es verdad que las más que se hallan no salen tan a gusto como el hombre[4] querría, porque de

---

[1] *Saboyana* = especie de basquiña lujosa. *Basquiña* = vestido de la cintura abajo, abierto por delante, con muchos pliegues y vuelo, que visten las mujeres sobre la ropa interior para salir a la calle.
[2] Los cien escudos de la maleta de Cardenio y la libranza pollinesca.
[3] Cf. p. 106, n. 2.
[4] Cf. p. 566, n. 5.

1, 52.—FIN DE LA PARTE PRIMERA

ciento que se encuentran, las noventa y nueve suelen salir aviesas y torcidas. Sólo yo de expiriencia, porque de algunas he salido manteado, y de otras molido; pero, con todo eso, es linda cosa esperar los sucesos atravesando montes, escudriñando selvas, pisando peñas, visitando castillos, alojando en ventas a toda discreción, sin pagar ofrecido sea al diablo el maravedí [1].

Todas estas pláticas pasaron entre Sancho Panza y Juana Panza, su mujer, en tanto que el ama y sobrina de don Quijote le recibieron, y le desnudaron, y le tendieron en su antiguo lecho. Mirábalas él con ojos atravesados [2], y no acababa de entender en qué parte estaba. El Cura encargó a la Sobrina tuviese gran cuenta con regalar a su tío, y que estuviesen alerta de que otra vez no se les escapase, contando lo que había sido menester para traelle a su casa. Aquí alzaron las dos de nuevo los gritos al cielo; allí se renovaron las maldiciones de los libros de caballerías; allí pidieron al cielo que confundiese en el centro del abismo a los autores de tantas mentiras y disparates. Finalmente, ellas quedaron confusas, y temerosas de que se habían de ver sin su amo y tío en el mesmo punto que tuviese alguna mejoría, y así fué como ellas se lo imaginaron.

Pero el autor desta historia, puesto que con curiosidad y diligencia ha buscado los hechos que don Quijote hizo en su tercera salida, no ha podido hallar noticia de ellos, a lo menos, por escrituras auténticas; sólo la fama ha guardado, en las memorias de la Mancha, que don Quijote la tercera vez que salió de su casa fué a Zaragoza, donde se halló en unas famosas justas que en aquella ciudad hicieron, y allí le pasaron cosas dignas de su valor y buen entendimiento. Ni de su fin y acabamiento pudo alcanzar cosa alguna, ni la alcanzara ni supiera si la buena suerte no le deparara un antiguo médico que tenía en su poder una caja de plomo, que, según él dijo, se había hallado en los cimientos derribados de una antigua ermita que se renovaba; en la cual caja se habían hallado unos pergaminos escritos con letras góticas, pero en versos castellanos, que contenían muchas de sus hazañas y daban noticia de la hermosura de Dulcinea del Toboso, de la figura de Rocinante,

---

[1] *Ofrecido sea al diablo el maravedí* = maldito el maravedí, ni un maravedí (cf. p. 196, n. 4).

[2] *Ojos atravesados* = que no miran derecho, sino torcido como los bizcos.

de la fidelidad de Sancho Panza, y de la sepultura del mesmo don Quijote, con diferentes epitafios y elogios de su vida y costumbres. Y los que se pudieron leer y sacar en limpio fueron los que aquí pone el fidedigno autor desta nueva y jamás vista historia. El cual autor no pide a los que la leyeren, en premio del inmenso trabajo que le costó inquerir y buscar todos los archivos manchegos, por sacarla a luz, sino que le den el mesmo crédito que suelen dar los discretos a los libros de caballerías, que tan validos andan en el mundo; que con esto se tendrá por bien pagado y satisfecho, y se animará a sacar y buscar otras [1], si no tan verdaderas, a lo menos, de tanta invención y pasatiempo.

Las palabras primeras que estaban escritas en el pergamino que se halló en la caja de plomo eran éstas:

Los académicos de la Argamasilla, lugar de la Mancha, en vida y muerte del valeroso don Quijote de la Mancha.

HOC SCRIPSERUNT

El monicongo [2], académico de la Argamasilla, a la sepultura de don Quijote

Epitafio

El calvatrueno [3] que adornó a la Mancha
De más despojos que Jasón de Creta [4],
El jüicio que tuvo la veleta
Aguda donde fuera mejor ancha [5],
    El brazo que su fuerza tanto ensancha,
Que llegó del Catay hasta Gaeta [6],
La musa más horrenda y más discreta
Que grabó versos en broncínea plancha,
    El que a cola [7] dejó los Amadises,
Y en muy poquito a Galaores tuvo,
Estribando en su amor y bizarría,

---

[1] *Otras* puede referirse a caballerías o a *historias*.
[2] *Monicongo* = Congo; congoleño.
[3] «*Calvatrueno*, vocablo grosero y aldeano, por la cabeza atronada del que es vocinglero y hablador, alocado y vacío de cascos» (Cov.).
[4] Jasón fué de Tesalia.
[5] Para pintar la inconsistencia del entendimiento de don Quijote dice que tuvo *veleta aguda*, y, por lo tanto, movible al más ligero soplo cuando hubiera sido mejor tenerla *ancha*, esto es, pesada.
[6] *Catay.* = China. *Gaeta* = puerto del antiguo reino de Nápoles.
[7] *A cola* = a la cola.

1, 52.—FIN DE LA PARTE PRIMERA

El que hizo callar los Belianises,
Aquel que en Rocinante errando anduvo,
Yace debajo desta losa fría.

DEL PANIAGUADO, ACADÉMICO DE LA ARGAMASILLA

In laudem Dulcineae del Toboso

Soneto

Esta que veis de rostro amondongado,
Alta de pechos y ademán brioso,
Es Dulcinea, reina del Toboso,
De quien fué el gran Quijote aficionado.
 Pisó por ella el uno y otro lado
De la gran Sierra Negra [1], y el famoso
Campo de Montiel, hasta el herboso
Llano de Aranjüez, a pie y cansado,
 Culpa de Rocinante. ¡Oh dura estrella!
Que esta manchega dama, y este invito [2]
Andante caballero, en tiernos años,
 Ella dejó, muriendo, de ser bella;
Y él, aunque queda en mármores escrito,
No pudo huir de amor, iras y engaños.

DEL CAPRICHOSO, DISCRETÍSIMO ACADÉMICO DE LA ARGAMASILLA, EN LOOR DE ROCINANTE, CABALLO DE DON QUIJOTE DE LA MANCHA

Soneto

En el soberbio trono diamantino
Que con sangrientas plantas huella Marte,
Frenético el Manchego su estandarte
Tremola con esfuerzo peregrino.
 Cuelga las armas y el acero fino
Con que destroza, asuela, raja y parte:
¡Nuevas proezas!, pero inventa el arte
Un nuevo estilo al nuevo paladino [3].
 Y si de su Amadís se precia Gaula,
Por cuyos bravos descendientes Grecia
Triunfó mil veces y su fama ensancha,

---

[1] Sierra Morena.
[2] Invicto.
[3] ¡Inauditas proezas!, pero inventa el arte (de la guerra) un nuevo estilo al nuevo y sin ejemplo caballero.

Hoy a Quijote le corona el aula
Do Belona [1] preside, y dél se precia,
Más que Grecia ni Gaula, la alta [2] Mancha.
　Nunca sus glorias el olvido mancha,
Pues hasta Rocinante, en ser gallardo,
Excede a Brilladoro y a Bayardo.

DEL BURLADOR, ACADÉMICO ARGAMASILLESCO, A SANCHO PANZA

Soneto

　Sancho Panza es aquéste, en cuerpo chico,
Pero grande en valor, ¡milagro estraño!
Escudero el más simple y sin engaño
Que tuvo el mundo, os juro y certifico.
　De ser conde no estuvo en un tantico,
Si no se conjuraran en su daño
Insolencias y agravios del tacaño
Siglo, que aun no perdonan a un borrico.
　Sobre él anduvo (con perdón se miente) [3]
Este manso escudero, tras el manso
Caballo Rocinante y tras su dueño.
　¡Oh vanas esperanzas de la gente!
¡Cómo pasáis con prometer descanso,
Y al fin paráis en sombra, en humo, en sueño!

DEL CACHIDIABLO [4], ACADÉMICO DE LA ARGAMASILLA, EN LA SEPULTURA DE DON QUIJOTE

Epitafio

　Aquí yace el caballero
Bien molido y mal andante
A quien llevó Rocinante
Por uno y otro sendero.
Sancho Panza el majadero
Yace también junto a él,
Escudero el más fiel
Que vió el trato de escudero.

---

[1] Belona es la diosa de la guerra.
[2] Excelsa, insigne.
[3] De *mentarse* (mencionarse).
[4] Nombre de un corsario argelino que en tiempo de Carlos V infestó la costa del reino de Valencia.

DEL TIQUITOC[1], ACADÉMICO DE LA ARGAMASILLA, EN LA SEPULTURA DE DULCINEA DEL TOBOSO

Epitafio

Reposa aquí Dulcinea;
Y, aunque de carnes rolliza,
La volvió en polvo y ceniza
La muerte espantable y fea.
Fué de castiza ralea,
Y tuvo asomos de dama;
Del gran Quijote fué llama
Y fué gloria de su aldea.

Éstos fueron los versos que se pudieron leer; los demás, por estar carcomida la letra, se entregaron a un académico para que por conjeturas los declarase. Tiénese noticia que lo ha hecho, a costa de muchas vigilias y mucho trabajo, y que tiene intención de sacallos a luz, con esperanza de la tercera salida de don Quijote.

Forse altri canterà con miglior plettro[2]

F I N

DE LA PARTE PRIMERA

---

[1] Dice R. Marín: *Tiquitoc* es italianismo: es nuestro *tic tac*.

[2] El dejar concluídos todos los incidentes de la primera parte y estampados los epitafios de sus personajes principales, da a entender que Cervantes no pensaba continuar su Quijote. Si tuvo este propósito, bien podemos alegrarnos de que no lo cumpliese y de que fuese no *altri* (otro) sino Cervantes mismo el que cantase, en frase del Ariosto (*Orlando furioso*, 30, 16), *con miglior plettro*, con mejor plectro (= 1) palillo o púa que usaban ya los antiguos para tocar instrumentos de cuerda; 2) inspiración) la tercera salida del inmortal manchego.

EL INGENIOSO HIDALGO
DON QUIJOTE DE LA MANCHA

PARTE SEGUNDA

TASA

Yo, Hernando de Vallejo, escribano de cámara del Rey nuestro señor, de los que residen en su Consejo, doy fe que habiéndose visto por los señores dél un libro que compuso Miguel de Cervantes Saavedra, intitulado *Don Quijote de la Mancha, segunda parte*, que con licencia de Su Majestad fué impreso, le tasaron a cuatro maravedís cada pliego, en papel, el cual tiene setenta y tres pliegos, que al dicho respeto suma y monta docientos y noventa y dos maravedís, y mandaron que esta tasa se ponga al principio de cada volumen del dicho libro, para que sepa y entienda lo que por él se ha de pedir y llevar, sin que se exceda en ello en manera alguna, como consta y parece por el auto y decreto original sobre ello dado, y que queda en mi poder, a que me refiero; y de mandamiento de los dichos señores del Consejo y de pedimiento de la parte del dicho Miguel de Cervantes di esta fee, en Madrid, a veinte y uno días del mes de otubre de mil y seiscientos y quince años.

HERNANDO DE VALLEJO

FEE DE ERRATAS

Vi este libro, intitulado *Segunda parte de don Quijote de la Mancha*, compuesto por Miguel de Cervantes Saavedra, y no hay en él cosa digna de notar que no corresponda a su original. Dada en Madrid, a veinte y uno de otubre, mil y seiscientos y quince.

EL LICENCIADO, FRANCISCO
MURCIA DE LA LLANA

APROBACION

Por comisión y mandado de los señores del Consejo he hecho ver el libro contenido en este memorial; no contiene cosa contra la Fe ni buenas costumbres: antes es libro de mucho entretenimiento lícito, mezclado de mucha filosofía moral. Puédesele dar licencia para imprimirle. En Madrid, a cinco de noviembre de mil seiscientos y quince.

Doctor Gutierre de Cetina

APROBACION

Por comisión y mandado de los señores del Consejo he visto la *Segunda parte de don Quijote de la Mancha*, por Miguel de Cervantes Saavedra; no contiene cosa contra nuestra Fe Católica ni buenas costumbres: antes muchas de honesta recreación y apacible divertimiento, que los antiguos juzgaron convenientes a sus repúblicas, pues en la severa de los Lacedemonios levantaron estatua a la risa, y los de Tesalia la dedicaron fiestas, como lo dice Pausanias, referido de Bosio, libro 2, *De signis Eccles.*, cap. 10, alentando ánimos marchitos y espíritus melancólicos, de que se acordó Tulio en el primero *De legibus*, y el Poeta, diciendo: «*Interpone tuis interdum gaudia curis*», lo cual hace el autor mezclando las veras a las burlas, lo dulce a lo provechoso y lo moral a lo faceto, disimulando en el cebo del donaire el anzuelo de la reprehensión y cumpliendo con el acertado asunto, en que pretende la expulsión de los libros de caballerías, pues, con su buena diligencia, mañosamente, alimpiando de su contagiosa dolencia a estos reinos, es obra muy digna de su grande ingenio, honra y lustre de nuestra nación, admiración y invidia de las estrañas. Éste es mi parecer, salvo, etc. En Madrid, a 17 de marzo de 1615.

El M. Joseph de Valdivielso

APROBACION

Por comisión del señor doctor Gutierre de Cetina, Vicario General desta villa de Madrid, corte de Su Majestad, he visto este libro de la *Segunda parte del Ingenioso Caballero don Quijote de la Mancha*, por Miguel de Cervantes Saavedra, y no hallo en él cosa indigna de un cristiano celo ni que disuene de la decencia debida a buen ejemplo ni virtudes morales: antes mucha erudición y aprovechamiento, así en la continencia de su bien seguido asunto, para extirpar los vanos y mentirosos libros de caballerías, cuyo contagio había cundido más de lo que fuera justo, como en la lisura del lenguaje castellano, no adulterado con enfadosa y estudiada afectación (vicio con razón aborrecido de hombres cuerdos); y en la correción de vicios, que generalmente toca, ocasionado de sus agudos discursos, guarda con tanta cordura las leyes de reprehensión cristiana, que aquel que fuere tocado de la enfermedad que pretende curar, en lo dulce y sabroso de sus medicinas gustosamente habrá bebido, cuando menos lo imagine, sin empacho ni asco alguno, lo provechoso de la detestación de su vicio, con que se hallará (que es lo más difícil de conseguirse) gustoso y reprehendido.

Ha habido muchos que, por no haber sabido templar ni mezclar a propósito lo útil con lo dulce, han dado con todo su molesto trabajo en tierra, pues no pudiendo imitar a Diógenes en lo filósofo y docto, atrevida, por no decir licenciosa y desalumbradamente, le pretenden imitar en lo cínico, entregándose a maldicientes, inventando casos, que no pasaron, para hacer capaz al vicio que tocan de su áspera reprehensión, y por ventura descubren caminos para seguirle hasta entonces ignorados, con que vienen a quedar si no reprehensores, a lo menos, maestros dél. Hácense odiosos a los bien entendidos, con el pueblo pierden el crédito (si alguno tuvieron) para admitir sus escritos, y los vicios que arrojada e imprudentemente quisieron corregir, en muy peor estado que antes; que no todas las postemas a un mismo tiempo están dispuestas para admitir las recetas o cauterios; antes algunos mucho mejor reciben las blandas y suaves medicinas, con cuya aplicación el atentado y docto médico consigue el fin de resolverlas, término que muchas veces es mejor que no el que se alcanza con el rigor del hierro.

Bien diferente han sentido de los escritos de Miguel Cervantes así nuestra nación como las estrañas, pues como a milagro desean ver el autor de libros que con general aplauso, así por su decoro y decencia como por la suavidad y blandura de sus discursos, han recebido España, Francia, Italia, Alemania y Flandes. Certifico con verdad que en veinte y cinco de febrero deste año de seiscientos y quince, habiendo ido el ilustrísimo señor don Bernardo de Sandoval y Rojas, cardenal arzobispo de Toledo, mi señor, a pagar la visita que a Su Ilustrísima hizo el Embajador de Francia que vino a tratar cosas tocantes a los casamientos de sus Príncipes y los de España, muchos caballeros franceses de los que vinieron acompañando al Embajador, tan corteses como entendidos y amigos de buenas letras, se llegaron a mí y a otros capellanes del Cardenal mi señor, deseosos de saber qué libros de ingenio andaban más validos, y tocando acaso en éste, que yo estaba censurando, apenas oyeron el nombre de Miguel de Cervantes, cuando se comenzaron a hacer lenguas, encareciendo la estimación en que así en Francia como en los reinos sus confinantes se tenían sus obras, la *Galatea*, que alguno dellos tiene casi de memoria, la primera parte désta y las *Novelas*. Fueron tantos sus encarecimientos, que me ofrecí llevarles que viesen el autor dellas, que estimaron con mil demostraciones de vivos deseos. Preguntáronme muy por menor su edad, su profesión, calidad y cantidad. Halléme obligado a decir que era viejo, soldado, hidalgo y pobre, a que uno respondió estas formales palabras: «Pues ¿a tal hombre no le tiene España muy rico y sustentado del erario público?» Acudió otro de aquellos caballeros con este pensamiento, y con mucha agudeza dijo: «Si necesidad le ha de obligar a escribir, plega a Dios que nunca tenga abundancia, para que con sus obras, siendo él pobre, haga rico a todo el mundo».

Bien creo que está, para censura, un poco larga: alguno dirá que toca los límites de lisonjero elogio; mas la verdad de lo que cortamente digo deshace en el crítico la sospecha y en mí el cuidado; además que el día de hoy no se lisonjea a quien no tiene con qué cebar el pico del adulador, que aunque afectuosa y falsamente dice de burlas, pretende ser remunerado de veras.

En Madrid, a veinte y siete de febrero de mil y seiscientos y quince.

EL LICENCIADO MÁRQUEZ TORRES

PRIVILEGIO

Por cuanto por parte de vos Miguel de Cervantes Saavedra nos fué fecha relación que habíades compuesto la *Segunda parte de Don Quijote de la Mancha*, de la cual hacíades presentación, y por ser libro de historia agradable y honesta y haberos costado mucho trabajo y estudio nos suplicastes os mandásemos dar licencia para le poder imprimir y privilegio por veinte años, o como la nuestra merced fuese, lo cual visto por los del nuestro Consejo, por cuanto en el dicho libro se hizo la diligencia que la premática por nos sobre ello fecha dispone, fué acordado que debíamos mandar dar esta nuestra cédula en la dicha razón, y nos tuvímoslo por bien; por la cual vos damos licencia y facultad para que por tiempo y espacio de diez años cumplidos primeros siguientes, que corran y se cuenten desde el día de la fecha de esta nuestra cédula en adelante, vos, o la persona que para ello vuestro poder oviere, y no otra alguna, podáis imprimir y vender el dicho libro que de suso se hace mención, y por la presente damos licencia y facultad a cualquier impresor de nuestros reinos que nombráredes para que durante el dicho tiempo le pueda imprimir por el original que en el nuestro Consejo se vió, que va rubricado y firmado al fin de Hernando de Vallejo, nuestro escribano de cámara, y uno de los que en él residen, con que antes y primero que se venda lo traigáis ante ellos juntamente con el dicho original, para que se vea si la dicha impresión está conforme a él, o traigáis fe en pública forma como por corretor por nos nombrado se vió y corrigió la dicha impresión por el dicho original, y más al dicho impresor que ansí imprimiere el dicho libro no imprima el principio y primer pliego dél, ni entregue más de un solo libro con el original al autor y persona a cuya costa lo imprimiere, ni a otra alguna, para efecto de la dicha corrección y tasa, hasta que antes y primero el dicho libro esté corregido y tasado por los del nuestro Consejo, y estando hecho, y no de otra manera, pueda imprimir el dicho principio y primer pliego, en el cual inmediatamente ponga esta nuestra licencia y la aprobación, tasa y erratas, ni la podáis vender ni vendáis vos ni otra persona alguna hasta que esté el dicho libro en la forma susodicha, so pena de caer e incurrir en las penas contenidas en la dicha premática y leyes de nuestros reinos que sobre ello disponen, y más, que durante el dicho tiempo persona alguna sin vuestra licencia no le pueda imprimir ni vender, so pena que el que lo imprimiere y vendiere haya perdido y pierda cualesquiera libros, moldes y aparejos que dél tuviere, y más incurra en pena de cincuenta mil maravedís por cada vez que lo contrario hiciere, de la cual dicha pena sea la tercia parte para nuestra Cámara, y la otra tercia parte para el juez que lo sentenciare, y la otra tercia parte para el que lo denunciare, y más a los del nuestro Consejo, presidentes, oidores de las nuestras Audiencias, alcaldes, alguaciles de la nuestra Casa y Corte y Chancillerías, y a otras cualesquiera justicias de todas las ciudades, villas y lugares de los nuestros reinos y señoríos, y a cada uno en su jurisdición, ansí a los que agora son como a los que serán de aquí adelante, que vos guarden y cumplan esta nuestra cédula y merced que ansí vos hacemos y contra ella no vayan ni pasen en manera alguna, so pena de la nuestra merced y de diez mil maravedís para la nuestra Cámara. Dada en Madrid, a treinta días del mes de marzo de mil y seiscientos y quince años.

YO EL REY

Por mandado del Rey nuestro señor,

PEDRO DE CONTRERAS

DEDICATORIA

AL CONDE DE LEMOS [1]

Enviando a Vuestra Excelencia los días pasados mis comedias, antes impresas que representadas, si bien me acuerdo, dije que don Quijote quedaba calzadas las espuelas para ir a besar las manos a Vuestra Excelencia; y ahora digo que se las ha calzado y se ha puesto en camino, y si él allá llega, me parece que habré hecho algún servicio a Vuestra Excelencia, porque es mucha la priesa que de infinitas partes me dan a que le envíe, para quitar el ámago [2] *y la náusea que ha causado otro don Quijote que con nombre de Segunda parte* [3] *se ha disfrazado y corrido por el orbe; y el que más ha mostrado desearle ha sido el grande Emperador de la China, pues en lengua chinesca habrá un mes que me escribió una carta con un propio* [4]*, pidiéndome, o, por mejor decir, suplicándome se le enviase, porque quería fundar un colegio donde se leyese* [5] *la lengua castellana, y quería que el libro que se*

---

[1] En 1613 había dedicado Cervantes al conde de Lemos, D. Pedro Fernández de Castro, virrey de Nápoles desde 1610, las *Novelas ejemplares*. Alentado con el favor dispensado por aquel ilustre Mecenas, le dedicó en 1615, primero las *Ocho comedias y ocho entremeses nuevos nunca representados* y poco después lo mejor que salió de su pluma, la segunda parte del inmortal *Quijote*. No paró aquí el agradecimiento de Cervantes; al año siguiente, después de haber recibido la Extremaunción, le escribió la dedicatoria de *Los Trabajos de Persiles y Sigismunda*, y a los cinco días de escrita pasaba su alma a mejor vida.

[2] *Amago* = 1) sustancia correosa y amarilla, de sabor amargo, que labran las abejas, y se halla en algunas celdillas de los panales; 2) fastidio, náusea.

[3] *Segundo tomo... y quinta parte* se decía en el título del Quijote de Avellaneda, pero en la mente de Cervantes (cf. II, 59) el título era *Segunda parte*.

[4] *Propio* = mensajero, correo.

[5] «*Leer*, enseñar alguna disciplina públicamente. .; *lector*... también se toma por el Maestro, como Lector en Teología (Cov.).

leyese fuese el de la historia de don Quijote. Juntamente con esto me decía que fuese yo a ser el rector del tal colegio. Pregúntele al portador si su Majestad le había dado para mí alguna ayuda de costa. Respondióme que ni por pensamiento.

—Pues, hermano—le respondí yo—, vos os podéis volver a vuestra China a las diez, o a las veinte, o a las que venís despachado[1]*; porque yo no estoy con salud para ponerme en tan largo viaje; además, que, sobre estar enfermo, estoy muy sin dineros, y emperador por emperador y monarca por monarca, en Nápoles tengo al grande Conde de Lemos, que, sin tantos titulillos de colegios ni rectorías, me sustenta, me ampara y hace más merced que la que yo acierto a desear.*

Con esto le despedí, y con esto me despido, ofreciendo a Vuestra Excelencia **Los Trabajos de Persiles y Sigismunda,** *libro a quien daré fin dentro de cuatro meses,* **Deo volente;** *el cual ha de ser o el más malo o el mejor que en nuestra lengua se haya compuesto, quiero decir de los de entretenimiento*[2]*; y digo que me arrepiento de haber dicho* **el más malo,** *porque según la opinión de mis amigos, ha de llegar al estremo de bondad posible. Venga Vuestra Excelencia con la salud que es deseado; que ya estará* **Persiles** *para besarle las manos, y yo, los pies, como criado que soy de Vuestra Excelencia. De Madrid, último de otubre de mil seiscientos y quince*[3].

Criado de Vuestra Excelencia,

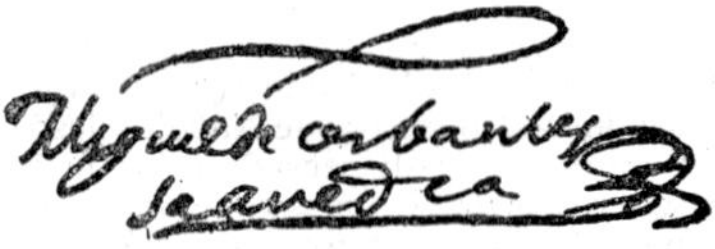

---

[1] Las diez, veinte o más *leguas* que había de andar el propio.
[2] En esto se equivocó Cervantes; pero no se olvide lo que dijo M. y Pelayo *(Cultura literaria)*, que el valor estético del *Persiles* no ha sido rectamente apreciado aún, y que contiene en su segunda mitad algunas de las mejores páginas que escribió su autor.
[3] Sólo restaban al inmortal Cervantes, al escribir esta fecha, seis meses escasos de vida (murió el 23 de abril); pero estaba ya impresa la segunda parte, y su autor pudo por algunos meses disfrutar de verla publicada.

PRÓLOGO AL LECTOR

¡Válame Dios, y con cuánta gana debes de estar esperando ahora, lector ilustre, o quier[1] plebeyo, este prólogo, creyendo hallar en él venganzas, riñas y vituperios del autor del segundo *Don Quijote*, digo, de aquel que dicen que se engendró en Tordesillas, y nació en Tarragona[2]! Pues en verdad que no te le de dar este contento; que puesto que los agravios despiertan la cólera en los más humildes pechos, en el mío ha de padecer excepción esta regla. Quisieras tú que lo diera del asno[3], del mentecato y del atrevido; pero no me pasa por el pensamiento; castíguele su pecado, con su pan se lo coma y allá se lo haya.

Lo que no he podido dejar de sentir es que me note de viejo y de manco, como si hubiera sido en mi mano haber detenido el tiempo, que no pasase por mí, o si mi manquedad hubiera nacido en alguna taberna, sino[4] en la más alta ocasión[5] que vieron los siglos pasados, los presentes, ni esperan ver los venideros. Si mis heridas no resplandecen en los ojos de quien las mira, son estimadas, a lo menos, en la estimación de los que saben dónde se cobraron; que el soldado más bien parece muerto en la batalla que libre en la fuga; y es esto en mí de manera, que si ahora me propusieran y facilitaran un imposible, quisiera antes haberme hallado en aquella facción prodigiosa que

---

[1] *Quier* = ya.

[2] El segundo *Don Quijote* es el que salió a luz compuesto por el licenciado Alonso Fernández de Avellaneda (seudónimo aún no descifrado), que se decía natural de Tordesillas.

[3] *Dar* = poner, llamar («dar y poner» son los dos significados originarios del latino *dare* que, como es sabido, expresa la fusión de dos raíces diversas, representadas en griego por δίδωμι y τίθημι).

[4] *Sino* = y no. Disuena el *sino* porque no le precede oración formalmente negativa, aunque lo es en cuanto al sentido: en II, 29 y 63 hay más ejemplos.

[5] *Ocasión* = batalla.

sano ahora de mis heridas sin haberme hallado en ella. Las que el soldado muestra en el rostro y en los pechos, estrellas son que guían a los demás al cielo de la honra, y al de desear la justa alabanza; y hase de advertir que no se escribe con las canas, sino con el entendimiento, el cual suele mejorarse con los años. He sentido también que me llame invidioso, y que, como a ignorante, me describa qué cosa sea la invidia; que, en realidad de verdad, de dos que hay, yo no conozco sino a la santa, a la noble y bien intencionada; y siendo esto así, como lo es, no tengo yo de perseguir a ningún sacerdote, y más si tiene por añadidura ser familiar del Santo Oficio[1]; y si él lo dijo por quien parece que lo dijo[2], engañóse de todo en todo; que del tal adoro el ingenio, admiro las obras, y la ocupación continua y virtuosa[3]. Pero, en efecto, le agradezco a este señor autor el decir que mis novelas son más satíricas que ejemplares, pero que son buenas; y no lo pudieran ser si no tuvieran de todo.

Paréceme que me dices que ando muy limitado, y que me contengo mucho en los términos de mi modestia, sabiendo que no se ha de añadir aflicción al afligido, y que la que debe de tener este señor sin duda es grande, pues no osa parecer a campo abierto y al cielo claro, encubriendo su nombre, fingiendo su patria, como si hubiera hecho alguna traición de lesa majestad. Si por ventura llegares a conocerle, dile de mi parte que no me tengo por agraviado; que bien sé lo que son tentaciones del demonio, y que una de las mayores es ponerle a un hombre en el entendimiento que puede componer y imprimir un libro con que gane tanta fama como dineros, y tantos dineros cuanta fama; y para confirmación desto, quiero que en tu buen donaire y gracia le cuentes este cuento:

Había en Sevilla un loco que dió en el más gracioso disparate y tema que dió loco en el mundo. Y fué que hizo un cañuto de caña[4] puntiagudo en el fin, y en cogiendo algún perro en la calle, o en cualquiera otra parte, con el un pie le cogía el

---

[1] «*Familiares*, los ministros del Santo Oficio de la Inquisición que no son oficiales della, pero llamándolos acuden a las cosas que se les mandan y encomiendan» (Cov.).

[2] *Y si él* (Avellaneda) *lo dijo por* (Lope de Vega, sacerdote, y familiar del Santo Oficio)...

[3] *Virtuosa* = laudable.

[4] No hay pleonasmo, pues dice Covarrubias: «*Cañuto*, cualquiera caña o *palo* horadado y hueco».

suyo, y el otro le alzaba con la mano, y como mejor podía le acomodaba el cañuto en la parte que, soplándole, le ponía redondo como una pelota, y en teniéndolo desta suerte, le daba dos palmaditas en la barriga y le soltaba, diciendo a los circunstantes, que siempre eran muchos: —¿Pensarán vuesas mercedes ahora que es poco trabajo hinchar un perro? —¿Pensará vuesa merced ahora que es poco trabajo hacer un libro[1]?

Y si este cuento no le cuadrare, dirásle, lector amigo, éste, que también es de loco y de perro:

Había en Córdoba otro loco, que tenía por costumbre de traer encima de la cabeza un pedazo de losa de mármol, o un canto no muy liviano, y en topando algún perro descuidado, se le ponía junto, y a plomo dejaba caer sobre él el peso; amohinábase el perro, y, dando ladridos y aullidos, no paraba en tres calles. Sucedió pues, que entre los perros que descargó la carga fué uno un perro de un bonetero, a quien quería mucho su dueño. Bajó el canto, dióle en la cabeza, alzó el grito el molido perro, violó y sintiólo su amo, asió de una vara de medir, y salió al loco, y no le dejó hueso sano; y a cada palo que le daba, decía:

—Perro ladrón, ¿a mi podenco? ¿No viste, cruel, que era podenco mi perro?

Y repitiéndole el nombre de *podenco* muchas veces, envió al loco hecho una alheña[2]. Escarmentó el loco, y retiróse, y en más de un mes no salió a la plaza; al cabo del cual tiempo volvió con su invención y con más carga. Llegábase donde estaba el perro, y mirándole muy bien de hito en hito, y sin querer ni atreverse a descargar la piedra, decía: —Éste es podenco: ¡guarda[3]! En efeto, todos cuantos perros topaba, aunque fuesen alanos, o gozques, decía que eran podencos; y así, no soltó más el canto. Quizá de esta suerte le podrá acontecer a este historiador, que no se atreverá a soltar más la presa de su ingenio en libros que en siendo malos, son más duros que las peñas.

Dile también que de la amenaza que me hace, que me ha de quitar la ganancia con su libro, no se me da un ardite; que

---

[1] Pensará Avellaneda, como el loco del cuento, que ha ejecutado algo difícil, siendo así que sólo ha llenado de viento y necedades el asunto que yo, Cervantes, había concebido y desarrollado convenientemente.

[2] *alheña* = polvo de la alheña (arbusto) molida y pulverizada, que sirve para teñir.

[3] *¡Guarda!* = ¡cuidado!

PRÓLOGO

acomodándome al entremés[1] famoso de *La Perendenga*[2], le respondo que me viva el Veinticuatro[3] mi señor, y Cristo con todos[4]. Viva el gran Conde de Lemos, cuya cristiandad y liberalidad, bien conocida, contra todos los golpes de mi corta fortuna me tiene en pie, y víveme la suma caridad del ilustrísimo, de Toledo, don Bernardo de Sandoval y Rojas, y siquiera no haya emprentas en el mundo, y siquiera[5] se impriman contra mí más libros que tienen letras las coplas de Mingo Revulgo[6]. Estos dos príncipes, sin que los solicite adulación mía ni otro género de aplauso, por sola mi bondad, han tomado a su cargo el hacerme merced y favorecerme; en lo que me tengo por más dichoso y más rico que si la fortuna por camino ordinario me hubiera puesto en su cumbre. La honra puédela tener el pobre, pero no el vicioso: la pobreza puede anublar a la nobleza, pero no escurecerla del todo; pero como la virtud dé alguna luz de sí, aunque sea por los inconvenientes y resquicios de la estrecheza, viene a ser estimada de los altos y nobles espíritus, y, por el consiguiente, favorecida. Y no le digas más, ni yo quiero decirte más a ti, sino advertirte que consideres que esta segunda parte de *Don Quijote* que te ofrezco es cortada del mismo artífice y del mesmo paño que la primera, y que en ella te doy a don Quijote dilatado, y, finalmente, muerto y sepultado, porque ninguno se atreva a levantarle nuevos testimonios, pues bastan los pasados, y basta también que un hombre honrado haya dado noticia destas discretas locuras, sin querer de nuevo entrarse en ellas; que la abundancia de las cosas, aunque sean buenas, hace que no se estimen, y la carestía, aun de las malas, se estima en algo. Olvidábaseme de decirte que esperes el *Persiles*, que ya estoy acabando, y la segunda parte de *Galatea*[7].

---

[1] *Entremés* = 1) plato intermedio; 2) representación intermedia interpuesta entre un acto y otro de una comedia.

[2] No se conserva.

[3] *Veinticuatro*, en algunas ciudades de Andalucía era lo mismo que en Castilla regidor (= miembro del Ayuntamiento), por ser veinticuatro los regidores.

[4] *Cristo con todos* es una fórmula de paz, que se repite en innumerables letras de cambio de los siglos XVI, XVII y XVIII.

[5] *Y siquiera* = aunque, sea que. Se indican dos suposiciones contrarias, para dar a entender que tanto importa una como otra.

[6] *Mingo Revulgo* es uno de los dos pastores que cantan estas coplas anónimas, que contienen una sátira del reinado de Enrique IV.

[7] Que no se publicó y desgraciadamente se perdió.

EL INGENIOSO CABALLERO [1]
DON QUIJOTE DE LA MANCHA

PARTE SEGUNDA

CAPITULO PRIMERO.—De lo que el cura y el barbero pasaron con don Quijote cerca de su enfermedad.

Cuenta Cide Hamete Benengeli en la segunda parte desta historia y tercera salida de don Quijote [2], que el Cura y el Barbero se estuvieron casi un mes sin verle, por no renovarle y traerle a la memoria las cosas pasadas; pero no por esto dejaron de visitar a su sobrina y a su ama, encargándolas tuviesen cuenta con regalarle, dándole a comer cosas confortativas y apropiadas para el corazón y el celebro, de donde procedía, según buen discurso, toda su mala ventura. Las cuales dijeron que así lo hacían, y lo harían, con la voluntad y cuidado posible, porque echaban de ver que su señor por momentos iba dando muestras de estar en su entero juicio; de lo cual recibieron los dos gran contento, por parecerles que habían acertado en haberle traído encantado en el carro de los bueyes, como se contó en la primera parte desta tan grande como puntual historia, en su último capítulo [3]; y así, determinaron de visitarle y hacer esperiencia de su mejoría, aunque tenían casi por imposible

---

[1] Al comenzar la primera parte, don Quijote sólo era *hidalgo;* al comenzar la segunda es y se llama *caballero*.

[2] No quiso Cervantes contarnos dónde ni cómo halló esta segunda parte del libro de Cide Hamete, dado que en I, 52 nos dijo que el historiador arábigo no había podido hallar noticia de los hechos de la tercera salida.

[3] Querría decir *en sus últimos capítulos*.

que la tuviese, y acordaron de no tocarle en ningún punto de la andante caballería, por no ponerse a peligro de descoser los de la herida[1], que tan tiernos estaban.

Visitáronle, en fin, y halláronle sentado en la cama, vestida una almilla[2] de bayeta[3] verde, con un bonete colorado toledano[4]; y estaba tan seco y amojamado[5], que no parecía sino hecho de carne momia. Fueron dél muy bien recebidos, preguntáronle por su salud, y él dió cuenta de sí y de ella con mucho juicio y con muy elegantes palabras; y en el discurso de su plática vinieron a tratar en esto que llaman razón de estado[6] y modos de gobierno, enmendando este abuso y condenando aquél, reformando una costumbre y desterrando otra, haciéndose cada uno de los tres un nuevo legislador, un Licurgo[7] moderno, o un solón[8] flamante; y de tal manera renovaron la república, que no pareció sino que la habían puesto en una fragua, y sacado otra de la que pusieron; y habló don Quijote con tanta discreción en todas las materias que se tocaron, que los dos esaminadores creyeron indubitadamente que estaba del todo bueno y en su entero juicio.

Halláronse presentes a la plática la Sobrina y Ama, y no les hartaban de dar gracias a Dios de ver a su señor con tan buen entendimiento; pero el Cura, mudando el propósito primero, que era de no tocarle en cosa de caballerías, quiso hacer de todo en todo[9] esperiencia si la sanidad de don Quijote era falsa o verdadera, y así, de lance en lance, vino a contar algunas nuevas que habían venido de la Corte, y, entre otras, dijo que se tenía por cierto que el turco bajaba con una poderosa armada, y que no se sabía su designio, ni adónde había de descargar tan gran nublado; y con este temor, con que casi cada año nos

---

[1] *Los de la herida* son los puntos o puntadas que se daban para coser las heridas, lo cual se usaba y se usa para las heridas largas.
[2] «*Almilla* es cierta vestidura militar, corta y cerrada, por todas partes escotada, y con solas medias mangas, que no llegan al codo. Éstas llevaban debajo de las armas...: hoy las usan marineros y pescadores» (Cov.).
[3] «*Bayeta*, una especie de paño flojo y de poco peso, del cual usamos en Castilla para aforros y para lutos» (Cov.).
[4] Cf. pág. 437, n. 2.
[5] *Mojama* = atún seco.
[6] Cf. p. 51, n. 4.
[7] *Licurgo*, legislador de los lacedemonios.
[8] *Solón*, legislador de los atenienses.
[9] Perfectamente.

toca arma [1], estaba puesta en ella toda la cristiandad y su Majestad había hecho proveer las costas de Nápoles y Sicilia y la isla de Malta. A esto respondió don Quijote:

—Su Majestad ha hecho como prudentísimo guerrero en proveer sus estados con tiempo, porque no le halle desapercebido el enemigo; pero si se tomara mi consejo, aconsejárale yo que usara de una prevención, de la cual su Majestad la hora de agora debe estar muy ajeno de pensar en ella [2].

Apenas oyó esto el Cura, cuando dijo entre sí: «¡Dios te tenga de su mano, pobre don Quijote; que me parece que te despeñas de la alta cumbre de tu locura hasta el profundo abismo de tu simplicidad!» Mas el Barbero, que ya había dado en el mesmo pensamiento que el Cura, preguntó a don Quijote cuál era la advertencia de la prevención que decía era bien se hiciese; quizá podría ser tal, que se pusiese en la lista de los muchos advertimientos impertinentes que se suelen dar a los príncipes.

—El mío, señor rapador—dijo don Quijote—, no será impertinente, sino perteneciente.

—No lo digo por tanto—replicó el Barbero—, sino porque tiene mostrado la esperiencia que todos o los más arbitrios que se dan a su Majestad o son imposibles, o disparatados, o en daño del Rey o del reino.

—Pues el mío—respondió don Quijote—ni es imposible ni disparatado, sino el más fácil, el más justo, y el más mañero [3] y breve que puede caber en pensamiento de arbitrante alguno.

—Ya tarda en decirle vuesa merced, señor don Quijote—dijo el Cura.

—No querría—dijo don Quijote—que le dijese yo aquí agora, y amaneciese mañana en los oídos de los señores consejeros, y se llevase otro las gracias y el premio de mi trabajo.

—Por mí—dijo el Barbero—, doy la palabra, para aquí y para delante de Dios, de no decir lo que vuesa merced dijere a rey ni a roque [4], ni a hombre terrenal: juramento que aprendí

---

[1] «*Tocar* [*arma* o] *al arma*, dar señal de que han sobrevenido enemigos» (Cov.).

[2] *De pensar en ella*. La inconsecuencia gramatical está en que el complemento *de la cual* ha quedado olvidado y se ha sustituído por *en ella* (cf. pról. 13).

[3] *Mañero* = manual, hacedero.

[4] *Ni rey ni roque* = nadie. El rey y el roque (o torre) son las dos piezas del ajedrez que intervienen en el *enrocar*.

2, 1.—EL CURA Y EL BARBERO CON DON QUIJOTE

del romance del cura que en el prefacio avisó al Rey del ladrón que le había robado las cien doblas y la su mula la andariega [1].

—No sé historias—dijo don Quijote—; pero sé que es bueno ese juramento, en fee de que sé que es hombre de bien el señor Barbero.

—Cuando no lo fuera—dijo el Cura—, yo le abono [2] y salgo por él, que en este caso no hablará más que un mudo, so pena de pagar lo juzgado y sentenciado.

—Y a vuesa merced, ¿quién le fía, señor Cura?—dijo don Quijote.

—Mi profesión—respondió el Cura—, que es de guardar secreto.

—¡Cuerpo de tal [3]!—dijo a esta sazón don Quijote—. ¿Hay más sino mandar su Majestad por público pregón que se junten en la Corte para un día señalado todos los caballeros andantes que vagan por España, que aunque no viniesen sino media docena, tal podría venir entre ellos, que solo bastase a destruir toda la potestad del turco? Esténme vuesas mercedes atentos, y vayan conmigo. ¿Por ventura es cosa nueva deshacer un solo caballero andante a un ejército de docientos mil hombres, como si todos juntos tuvieran una sola garganta, o fueran hechos de alfeñique? Si no, díganme: ¿cuántas historias están llenas destas maravillas? ¡Había, en hora mala para mí, que no quiero decir para otro, de vivir hoy el famoso don Belianís, o alguno de los del innumerable linaje de Amadís de Gaula que si alguno déstos hoy viviera y con el turco se afrontara, a fee que no le arrendara la ganancia! Pero Dios mirará por su pueblo, y deparará alguno que, si no tan bravo como los pasados andantes caballeros, a lo menos, no les será inferior en el ánimo; y Dios me entiende, y no digo más.

—¡Ay!—dijo a este punto la Sobrina—. ¡Que me maten si no quiere mi señor volver a ser caballero andante!

A lo que dijo don Quijote:

—Caballero andante he de morir, y baje o suba el turco cuando él quisiere y cuan poderosamente pudiere; que otra vez digo que Dios me entiende.

---

[1] Este romance no ha sido aún descubierto, pero pocos ignorarán algún prefacio semejante al indicado por el Barbero.

[2] «*Abonar*, acreditar alguna persona, hacer *buena* y cierta la cosa» (Cov.).

[3] Por *de Dios* (cf. pról. 3).

2, 1.—EL CURA Y EL BARBERO CON DON QUIJOTE

A esta sazón dijo el Barbero:

—Suplico a vuesas mercedes que se me dé licencia para contar un cuento breve que sucedió en Sevilla; que, por venir aquí como de molde, me da gana de contarle.

—Dió la licencia don Quijote, y el Cura y los demás le prestaron atención, y él comenzó desta manera:

—En la casa de los locos de Sevilla estaba un hombre a quien sus parientes habían puesto allí por falto de juicio. Era graduado en Cánones por Osuna; pero aunque lo fuera por Salamanca, según opinión de muchos, no dejara de ser loco. Este tal graduado, al cabo de algunos años de recogimiento, se dió a entender que estaba cuerdo y en su entero juicio, y con esta imaginación escribió al Arzobispo suplicándole encarecidamente y con muy concertadas razones le mandase sacar de aquella miseria en que vivía, pues por la misericordia de Dios había ya cobrado el juicio perdido; pero que sus parientes, por gozar de la parte de su hacienda, le tenían allí, y, a pesar de la verdad, querían que fuese loco hasta la muerte. El Arzobispo, persuadido de muchos billetes concertados y discretos, mandó a un capellán suyo se informase del retor de la casa si era verdad lo que aquel licenciado le escribía, y que asimesmo hablase con el loco, y que si le pareciese que tenía juicio, le sacase y pusiese en libertad. Hízolo así el capellán, y el retor le dijo que aquel hombre aún se estaba loco; que después que hablaba muchas veces como persona de grande entendimeinto, al cabo disparaba[1] con tantas necedades, que en muchas y en grandes igualaban a sus primeras discreciones, como se podía hacer la esperiencia hablándole. Quiso hacerla el capellán, y, poniéndole[2] con el loco, habló con él una hora, y más, y en todo aquel tiempo jamás el loco dijo razón torcida ni disparatada; antes habló tan atentadamente, que el capellán fué forzado a creer que el loco estaba cuerdo; y entre otras cosas que el loco le dijo fué que el retor le tenía ojeriza, por no perder los regalos que sus parientes le hacían porque dijese que aún estaba loco, y con lúcidos intervalos; y que el mayor contrario que en su desgracia tenía era su mucha hacienda, pues por gozar della sus enemigos, ponían dolo y dudaban de la merced que nuestro Señor le había hecho en volverle de bestia en hombre. Finalmente, él habló de manera, que hizo sospechoso al retor, codiciosos y

---

[1] *Disparar* = decir despropósitos, disparatar.
[2] *Poniéndole* el rector... *habló* el capellán.

2, 1.—EL CURA Y EL BARBERO CON DON QUIJOTE

desalmados a sus parientes, y a él tan discreto, que el capellán se determinó a llevársele consigo, a que el Arzobispo le viese y tocase con la mano la verdad de aquel negocio. Con esta buena fe, el buen capellán pidió al retor mandase dar los vestidos con que allí había entrado el licenciado; volvió a decir el retor que mirase lo que hacía, porque, sin duda alguna, el licenciado aún se estaba loco. No sirvieron de nada para con el capellán las prevenciones y advertimientos del retor para que dejase de llevarle; obedeció el retor viendo ser orden del Arzobispo, pusieron al licenciado sus vestidos, que eran nuevos y decentes, y como él se vió vestido de cuerdo y desnudo de loco, suplicó al capellán que por caridad le diese licencia para ir a despedirse de sus compañeros los locos. El capellán dijo que él le quería acompañar y ver los locos que en la casa había. Subieron, en efeto, y con ellos algunos que se hallaron presentes; y llegado el licenciado a una jaula[1] adonde estaba un loco furioso, aunque entonces sosegado y quieto, le dijo:

—Hermano mío, mire si me manda algo, que me voy a mi casa; que ya Dios ha sido servido, por su infinita bondad y misericordia, sin yo merecerlo, de volverme mi juicio: ya estoy sano y cuerdo; que acerca del poder de Dios ninguna cosa es imposible. Tenga grande esperanza y confianza en Él, que pues, a mí me ha vuelto a mi primero estado, también le volverá a él si en Él confía. Yo tendré cuidado de enviarle algunos regalos que coma, y cómalos en todo caso; que le hago saber que imagino, como quien ha pasado por ello, que todas nuestras locuras proceden de tener los estómagos vacíos y los celebros llenos de aire. ¡Esfuércese, esfuércese; que el decaecimiento en los infortunios apoca la salud y acarrea la muerte!

Todas estas razones del licenciado escuchó otro loco que estaba en otra jaula, frontero de la del furioso, y levantándose de una estera vieja donde estaba echado y desnudo en cueros[2], preguntó a grandes voces quién era el que se iba sano y cuerdo. El licenciado respondió:

—Yo soy, hermano, el que me voy; que ya no tengo necesidad de estar más aquí, por lo que doy infinitas gracias a los cielos, que tan grande merced me han hecho.

—Mirad lo que decís, licenciado, no os engañe el diablo—re-

---

[1] Cf. p. 532, n. 2.
[2] También los galeotes remaban desnudos en cueros (cf. II, 63), pero sólo de la cintura arriba, como lo demuestran los cuadros y tapices contemporáneos.

plicó el loco—; sosegad el pie, y estaos quedito en vuestra casa, y ahorraréis la vuelta.

—Yo sé que estoy bueno—replicó el licenciado—, y no habrá para qué tornar a andar estaciones[1].

—¿Vos bueno?—dijo el loco—. Agora bien, ello dirá; andad con Dios; pero yo os voto a Júpiter, cuya majestad yo represento en la tierra, que por solo este pecado que hoy comete Sevilla en sacaros desta casa y en teneros por cuerdo, tengo de hacer un tal castigo en ella, que quede memoria dél por todos los siglos de los siglos amén. ¿No sabes tú, licenciadillo menguado, que lo podré hacer, pues, como digo, soy Júpiter Tonante, que tengo en mis manos los rayos abrasadores con que puedo y suelo amenazar y destruir el mundo? Pero con sola una cosa quiero castigar a este ignorante pueblo; y es con no llover en él ni en todo su distrito y contornos por tres enteros años, que se han de contar desde el día y punto en que ha sido hecha esta amenaza en adelante. ¿Tú libre, tú sano, tú cuerdo, y yo loco, y yo enfermo, y yo atado...? ¡Así pienso llover como pensar ahorcarme!

A las voces y a las razones del loco estuvieron los circunstantes atentos; pero nuestro licenciado, volviéndose a nuestro capellán, y asiéndole de las manos, le dijo:

—No tenga vuesa merced pena, señor mío, ni haga caso de lo que este loco ha dicho; que si él es Júpiter y no quisiere llover, yo, que soy Neptuno, el padre y el dios de las aguas, lloveré todas las veces que se me antojare y fuere menester.

A lo que respondió el capellán:

—Con todo eso, señor Neptuno, no será bien enojar al señor Júpiter: vuesa merced se quede en su casa; que otro día, cuando haya más comodidad y más espacio, volveremos por vuesa merced.

---

[1] Sea cual fuese en el uso eclesiástico el significado primitivo de *estación*, sabemos que en tiempo de San Gregorio Magno se llamaba estación la iglesia donde acudían los fieles procesionalmente para celebrar los divinos misterios, y asimismo la liturgia de aquel día, y en particular la procesión que salía de una iglesia prefijada y cercana a la estacional. Los Romanos Pontífices concedieron muchas indulgencias a los que en determinados días y con ciertas condiciones visitasen las iglesias estacionales de Roma; más tarde se extendió esta concesión fuera de Roma a los fieles que con las debidas condiciones visitasen alguna iglesia u oratorio.

Así que *andar estaciones*, muchas veces es sinónimo de «andar algo trabajosa o solemnemente».

2, 1.—EL CURA Y EL BARBERO CON DON QUIJOTE

Rióse el retor y los presentes, por cuya risa se medio corrió el capellán; desnudaron al licenciado, quedóse en casa, y acabóse el cuento.
—Pues ¿éste es el cuento, señor Barbero—dijo don Quijote—, que por venir aquí como de molde, no podía dejar de contarle? ¡Ah señor rapista, señor rapista, y cuán ciego es aquel que no vee por tela de cedazo [1]! ¿Y es posible que vuesa merced no sabe que las comparaciones que se hacen de ingenio a ingenio, de valor a valor, de hermosura a hermosura y de linaje a linaje, son siempre odiosas y mal recebidas? Yo, señor Barbero, no soy Neptuno, el dios de las aguas, ni procuro que nadie me tenga por discreto no lo siendo; sólo me fatigo por dar a entender al mundo en el error en que [2] está en no renovar en sí el felicísimo tiempo donde campeaba la orden de la andante caballería. Pero no es merecedora la depravada edad nuestra de gozar tanto bien como el que gozaron las edades donde los andantes caballeros tomaron a su cargo y echaron sobre sus espaldas la defensa de los reinos, el amparo de las doncellas, el socorro de los huérfanos y pupilos [3], el castigo de los soberbios y el premio de los humildes. Los más de los caballeros que agora se usan, antes les crujen [4] los damascos, los brocados y otras ricas telas de que se visten, que la malla [5] con que se arman; ya no hay caballero que duerma en los campos, sujeto al rigor del cielo, armado de todas armas desde los pies a la cabeza; y ya no hay quien, sin sacar los pies de los estribos, arrimado a su lanza, sólo procure descabezar, como dicen, el sueño, como lo hacían los

[1] *Cedazo* (deriv. de *seta* = cerda) = instrumento para cribar, que consta de un aro y una tela, por lo común de cerdas, más o menos clara, que cubre la parte inferior del aro. Don Quijote daba a entender al Barbero que le entendía.
[2] Hoy diríamos *dar a entender el error en que está* (cf. pról. 26).
[3] «*Pupilo*, el muchacho huérfano que está debajo del gobierno de su tutor» (Cov.).
[4] *Los más... les crujen* es una inconsecuencia gramatical (cf. pról. 13).
[5] «*Malla*, las sortijas de acero encadenadas unas en otras de que se hacen las cotas y otros reparos y defensas contra los golpes del contrario» (Cov.).

caballeros andantes. Ya no hay ninguno que saliendo deste bosque entre en aquella montaña, y de allí pise una estéril y desierta playa del mar, las más veces proceloso[1] y alterado y hallando en ella y en su orilla un pequeño batel sin remos, vela, mástil ni jarcia alguna, con intrépido corazón se arroje en él, entregándose a las implacables olas del mar profundo que ya le suben al cielo, y ya le bajan al abismo; y él, puesto el pecho a la incontrastable borrasca, cuando menos se cata, se halla tres mil y más leguas distante del lugar donde se embarcó, y saltando en tierra remota y no conocida, le suceden cosas dignas de estar escritas, no en pergaminos, sino en bronces. Mas agora ya triunfa la pereza de la diligencia, la ociosidad del trabajo, el vicio de la virtud, la arrogancia de la valentía, y la teórica de la práctica de las armas, que sólo vivieron y resplandecieron en las edades del oro y en los andantes caballeros. Si no, díganme: ¿quién más honesto y más valiente que el famoso Amadís de Gaula? ¿Quién más discreto que Palmerín de Inglaterra? ¿Quién más acomodado y manual[2] que Tirante el Blanco? ¿Quién más galán que Lisuarte de Grecia? ¿Quién más acuchillado ni acuchillador que don Belianís? ¿Quién más intrépido que Perión de Gaula, o quién más acometedor de peligros que Felixmarte de Hircania, o quién más sincero que Esplandián? ¿Quién más arrojado que don Cirongilio de Tracia? ¿Quién más bravo que Rodamonte? ¿Quién más prudente que el rey Sobrino? ¿Quién más atrevido que Reinaldos? ¿Quién más invencible que Roldán? ¿Y quién más gallardo y más cortés que Rugero, de quien decienden hoy los duques de Ferrara, según Turpín en su *Cosmografía*[3]? Todos estos caballeros, y otros muchos que pudiera decir, señor Cura, fueron caballeros andantes, luz y gloria de la caballería. Déstos, o tales como éstos, quisiera yo que fueran los de mi arbitrio; que a serlo, su Majestad se hallara bien servido y ahorrara de mucho gasto, y el turco se quedara pelando las barbas[4]; y, con esto, me quiero quedar en mi casa, pues no me saca el capellán della; y si Júpiter, como ha dicho el Barbero, no lloviere, aquí estoy

---

[1] *Proceloso* = tempestuoso.

[2] *Acomodado* = contentadizo: «*Acomodarse*, contentarse según el tiempo y la ocasión». «Hombre *manual*, el que con facilidad le podéis llevar do quisiéredes» (Cov.).

[3] Que ni se ha atribuído a Turpín, ni, a juzgar por el título, es verosímil que tratase de genealogías.

[4] De rabia y despecho (cf. p. 248, n. 8).

2, 1.—EL CURA Y EL BARBERO CON DON QUIJOTE

yo, que lloveré cuando se me antojare. Digo esto porque sepa el señor Bacía[1] que le entiendo.

—En verdad, señor don Quijote—dijo el Barbero—, que no lo dije por tanto, y así me ayude Dios como fué buena mi intención, y que no debe vuesa merced sentirse.

—Si puedo sentirme o no—respondió don Quijote—, yo me lo sé.

A esto dijo el Cura:

—Aun bien que[2] yo casi no he hablado palabra hasta ahora, y no quisiera quedar con un escrúpulo que me roe y escarba la conciencia, nacido de lo que aquí el señor don Quijote ha dicho.

—Para otras cosas más—respondió don Quijote—tiene licencia el señor Cura, y así, puede decir su escrúpulo; porque no es de gusto andar con la conciencia escrupulosa.

—Pues con ese beneplácito—respondió el Cura—, digo que mi escrúpulo es que no me puedo persuadir en ninguna manera a que toda la caterva de caballeros andantes que vuesa merced, señor don Quijote, ha referido, hayan sido real y verdaderamente personas de carne y hueso en el mundo: antes imagino que todo es ficción, fábula y mentira, y sueños contados por hombres despiertos, o, por mejor decir, medio dormidos.

—Ése es otro error—respondió don Quijote—en que van caído muchos, que no creen que haya habido tales caballeros en el mundo; y yo muchas veces, con diversas gentes y ocasiones[3], he procurado sacar a la luz de la verdad este casi común engaño; pero algunas veces no he salido con mi intención, y otras sí, sustentándola sobre los hombros de la verdad; la cual verdad es tan cierta, que estoy por decir que con mis propios ojos vi a Amadís de Gaula, que era un hombre alto de cuerpo, blanco de rostro, bien puesto[4] de barba, aunque negra, de vista entre blanda y rigurosa, corto de razones[5], tardo en airarse y presto en deponer la ira; y del modo que he delineado a Amadís pudiera, a mi parecer, pintar y describir todos cuantos caballeros andantes andan en las historias en el orbe, que por la aprehensión que tengo de que fueron como sus historias cuentan, y por las hazañas que hicieron y condiciones que tuvieron,

---

[1] *Bacía* es mote que da al Barbero.
[2] *Aun bien que* = a bien que, afortunadamente sucede que.
[3] Con Vivaldo, I, 13, y con el canónigo, I, 49 y 50. Lo mismo sucederá con don Diego de Miranda, II, 16, y con el capellán de los duques, II, 31 y 32.
[4] *Bien puesto* = bien vestido, ataviado o arreglado.
[5] Palabras.

2, 1.—EL CURA Y EL BARBERO CON DON QUIJOTE

se pueden sacar por buena filosofía sus faciones, sus colores y estaturas.

—¿Qué tan [1] grande le parece a vuesa merced, mi señor don Quijote—preguntó el Barbero—, debía de ser el gigante Morgante?

—En esto de gigantes—respondió don Quijote—hay diferentes opiniones, si los ha habido, o no, en el mundo; pero la Santa Escritura, que no puede faltar un átomo en la verdad, nos muestra que los hubo, contándonos la historia de aquel filisteazo de Golías, que tenía siete codos y medio de altura, que es una desmesurada grandeza [2]. También en la isla de Sicilia se han hallado canillas [3] y espaldas tan grandes, que su grandeza manifiesta que fueron gigantes sus dueños, y tan grandes como grandes torres; que la geometría saca esta verdad de duda. Pero, con todo esto, no sabré decir con certidumbre qué tamaño tuviese Morgante, aunque imagino que no debió de ser muy alto; y muéveme a ser deste parecer hallar en la historia donde se hace mención particular de sus hazañas que muchas veces dormía debajo de techado; y pues hallaba casa donde cupiese, claro está que no era desmesurada su grandeza.

—Así es—dijo el Cura.

El cual, gustando de oírle decir tan grandes disparates, le preguntó que qué sentía acerca de los rostros de Reinaldos de Montalbán y de don Roldán, y de los demás doce Pares de Francia, pues todos habían sido caballeros andantes.

—De Reinaldos—respondió don Quijote—me atrevo a decir que era ancho de rostro, de color bermejo, los ojos bailadores y algo saltados, puntoso [4] y colérico en demasía, amigo de ladrones y de gente perdida. De Roldán, o Rotolando, u Orlando, que con todos estos nombres le nombran las historias, soy de parecer y me afirmo que fué de mediana estatura, ancho de espaldas, algo estevado [5], moreno de rostro y barbita-

---

[1] *Qué tan* = cuán.
[2] «Un *codo* tenía seis palmos, conviene saber veinticuatro dedos, porque los cuatro dedos hacían un palmo, diferente del que nosotros tenemos...; y pie y medio hacía un codo: el hombre en proporción, tiene de altura cuatro codos» (Cov.).
[3] *Canilla* = cualquiera de los huesos largos de la pierna o del brazo.
[4] *Puntoso* = pundonoroso; puntilloso.
[5] «*Esteva* [o *mancera*], la pieza del arado corva, sobre la cual el que ara lleva la mano izquierda, para apretar la reja contra la tierra. *Estevado,*

heño[1], velloso en el cuerpo y de vista amenazadora, corto de razones, pero muy comedido y bien criado.

—Si no fué Roldán más gentilhombre que vuesa merced ha dicho—replicó el Cura—, no fué maravilla que la señora Angélica la Bella le desdeñase y dejase por la gala, brío y donaire que debía de tener el morillo barbiponiente[2] a quien ella se entregó; y anduvo discreta de adamar antes la blandura de Medoro que la aspereza de Roldán.

—Esa Angélica—respondió don Quijote—, señor Cura, fué una doncella distraída, andariega y algo antojadiza, y tan lleno dejó el mundo de sus impertinencias como de la fama de su hermosura: despreció mil señores, mil valientes y mil discretos, y contentóse con un pajecillo barbilucio, sin otra hacienda ni nombre que el que le pudo dar de agradecido la amistad que guardó a su amigo. El gran cantor de su belleza, el famoso Ariosto, por no atreverse, o por no querer cantar lo que a esta señora le sucedió después de su ruin entrego[3], que no debieron ser cosas demasiadamente honestas, la dejó donde dijo:

Y cómo del Catay recibió el cetro,
Quizá otro cantará con mejor plectro[4].

Y sin duda que esto fué como profecía; que los poetas también se llaman *vates*, que quiere decir *adivinos*. Véese esta verdad clara, porque después acá un famoso poeta andaluz lloró y cantó sus lágrimas[5], y otro famoso y único poeta castellano cantó su hermosura[6].

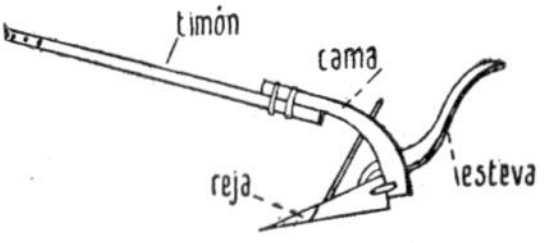

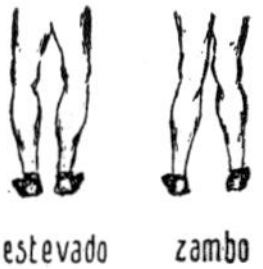

---

el que tiene las canillas de las piernas torcidas en arco... El contrario del estevado se llama *zambo*» (Cov.).

[1] *Taheño* = rubio.
[2] *Barbiponiente* o *barbilucio* = el que empieza a echar barbas.
[3] *Entrego* = entrega.
[4] Con este verso terminó Cervantes la primera parte del Quijote (cf. p. 584, n. 2).
[5] Luis Barahona de Soto escribió *Las lágrimas de Angélica*, poema que figuró en el escrutinio (cf. p. 100).
[6] *La hermosura de Angélica* es obra de Lope, que a sí mismo se dió el dictado de *único o singular*.

—Dígame, señor don Quijote—dijo a esta sazón el Barbero—, ¿no ha habido algún poeta que haya hecho alguna sátira a esa señora Angélica, entre tantos como la han alabado?

—Bien creo yo—respondió don Quijote—que si Sacripante o Roldán fueran poetas, que ya me hubieran jabonado a la doncella [1]; porque es propio y natural de los poetas desdeñados y no admitidos de sus damas no fingidas, o fingidas, en efeto [2], de aquellas a quien ellos escogieron por señoras de sus pensamientos, vengarse con sátiras y libelos, venganza, por cierto, indigna de pechos generosos; pero hasta agora no ha llegado a mi noticia ningún verso infamatorio contra la señora Angélica, que trujo revuelto el mundo.

—¡Milagro!—dijo el Cura.

Y en esto, oyeron que la Ama y la Sobrina, que ya habían dejado la conversación, daban grandes voces en el patio, y acudieron todos al ruido.

CAPITULO II.—**Que trata de la notable pendencia que Sancho Panza tuvo con la sobrina y ama de don Quijote, con otros sujetos [3] graciosos.**

Cuenta la historia que las voces que oyeron don Quijote, el Cura y el Barbero eran de la Sobrina y Ama que las daban diciendo a Sancho Panza, que pugnaba por entrar a ver a don Quijote, y ellas le defendían [4] la puerta:

—¿Qué quiere este mostrenco [5] en esta casa? Idos a la vues-

---

[1] Recuérdese lo que decía Sancho (cf. p. 225) después de los palos que le asentó su amo: *Pero, vaya, que todo saldrá en la colada.*
[2] Pero en efecto (= realmente) damas a quien...
[3] Asuntos.
[4] *Defender* = prohibir.
[5] Majadero, badulaque. «*Mostrenco* se dice cualquiera res que se ha perdido y no le parece dueño... Ant. Nebris. llama al mostrenco *mestengo*, por cuanto pertenece a la mesta... Al hombre que no tiene casa, ni hogar, ni asiento [= contrato] con ningún señor, le llamamos por alusión *mostrenco*» (Cov.). La *Mesta* (del lat. *mixta*) fué una hermandad de ganaderos (substituída hoy por la Asociación General de Ganaderos), uno de cuyos privilegios, reconocido por los Reyes Católicos, era el de pertenecerles las reses sin dueño conocido que llevasen junto con las suyas. De *mixta* se derivó *mixtencum*, de aquí *mestengo, mestenco*, y de aquí *mostrenco* (cf. M. Pi-

tra, hermano, que vos sois, y no otro, el que destrae y sonsaca a mi señor, y le lleva por esos andurriales.

A lo que Sancho respondió:

—Ama de Satanás, el sonsacado, y el destraído, y el llevado por esos andurriales soy yo; que no tu amo: él me llevó por esos mundos, y vosotras os engañáis en la mitad del justo precio; él me sacó de mi casa con engañifas, prometiéndome una ínsula, que hasta agora la espero.

—¡Malas ínsulas te ahoguen—respondió la Sobrina—, Sancho maldito! ¿Y qué son ínsulas? ¿Es alguna cosa de comer, golosazo, comilón que tú eres?

—No es de comer—replicó Sancho—, sino de gobernar y regir mejor que cuatro ciudades[1] y que cuatro alcaldes de Corte[2].

—Con todo eso—dijo el Ama—, no entraréis acá, saco de maldades y costal de malicias. Id a gobernar vuestra casa y a labrar vuestros pegujares[3], y dejaos de pretender ínsulas ni ínsulos.

Grande gusto recebían el Cura y el Barbero de oír el coloquio de los tres; pero don Quijote, temeroso que Sancho se descosiese y desbuchase algún montón de maliciosas necedades, y tocase en puntos que no le estarían bien a su crédito, le llamó, y hizo a las dos que callasen y le dejasen entrar. Entró Sancho, y el Cura y el Barbero se despidieron de don Quijote, de cuya salud desesperaron, viendo cuán puesto estaba en sus desvariados pensamientos, y cuán embebido en la simplicidad de sus malandantes caballerías, y así, dijo el Cura al Barbero:

—Vos veréis, compadre, cómo, cuando menos lo pensemos, nuestro hidalgo sale otra vez a volar la ribera[4].

—No pongo yo duda en eso—respondió el Barbero—; pero no me maravillo tanto de la locura del caballero como de la

---

DAL *Gram. hist.*, §§ 18, 68 y 84): tal vez influyó en la evolución fonética de esta voz el verbo *mostrar*, porque, como dice Covarrubias, la res perdida debía publicarse y *mostrarse*.

[1] *Y regir* (yo) *mejor que cuatro ciudades* (= ayuntamientos)...

[2] «*Alcaldes de corte*, los jueces criminales, alcaldes de la casa y corte del rey. Dije criminales porque principalmente se ocupan en castigar delitos y limpiar la corte de la gente vagabunda y ruin, aunque juntamente conocen de las causas civiles» (Cov.).

[3] *Pegujar* o *pegujal* (de *peculiare*) = corta porción de siembra, ganado o caudal.

[4] *Volar la ribera* = andar de ribera en ribera buscando y levantando las aves.

simplicidad del escudero, que tan creído tiene aquello de la ínsula, que creo que no se lo sacarán del casco cuantos desengaños pueden imaginarse.

—Dios los remedie—dijo el Cura—, y estemos a la mira: veremos en lo que para esta máquina de disparates de tal caballero y de tal escudero, que parece que los forjaron a los dos en una mesma turquesa[1], y que las locuras del señor sin las necedades del criado no valían un ardite.

—Así es—dijo el Barbero—, y holgara mucho saber qué tratarán ahora los dos.

—Yo seguro[2]—respondió el Cura—que la Sobrina o el Ama nos lo cuenta después; que no son de condición, que[3] dejarán de escucharlo.

En tanto, don Quijote se encerró con Sancho en su aposento, y estando solos, le dijo:

—Mucho me pesa, Sancho, que hayas dicho y digas que yo fuí el que te saqué de tus casillas, sabiendo que yo no me quedé en mis casas: juntos salimos, juntos fuimos y juntos peregrinamos; una misma fortuna y una misma suerte ha corrido por los dos: si a ti te mantearon una vez, a mí me han molido ciento, y esto es lo que te llevo de ventaja.

—Eso estaba puesto en razón—respondió Sancho—, porque, según vuesa merced dice, más anejas son a los caballeros andantes las desgracias que a sus escuderos.

—Engañaste, Sancho—dijo don Quijote—, según aquello, *quando caput dolet...*, etcétera[4].

—No entiendo otra lengua que la mía—respondió Sancho.

—Quiero decir—dijo don Quijote—que cuando la cabeza duele, todos los miembros duelen; y así, siendo yo tu amo y señor, soy tu cabeza, y tú mi parte, pues eres mi criado; y por esta razón el mal que a mí me toca, o tocare, a ti te ha de doler, y a mí el tuyo.

—Así había de ser—dijo Sancho—; pero cuando a mí me manteaban como a miembro, se estaba mi cabeza detrás de las bardas, mirándome volar por los aires, sin sentir dolor alguno; y pues los miembros están obligados a dolerse del mal de la cabeza, había de estar obligada ella a dolerse dellos.

---

[1] *Turquesa* = molde.
[2] *Seguro* puede ser adjetivo (ya estoy seguro) o verbo (yo aseguro).
[3] Tal *que* (cf. pról. 15).
[4] Sigue *cetera membra dolent*.

2, 2.—SANCHO EN CASA DE DON QUIJOTE

—¿Querrás tú decir agora, Sancho—respondió don Quijote—, que no me dolía yo cuando a ti te manteaban? Y si lo dices, no lo digas, ni lo pienses; pues más dolor sentía yo entonces en mi espíritu que tú en tu cuerpo. Pero dejemos esto aparte por agora, que tiempo habrá donde lo ponderemos y pongamos en su punto, y dime, Sancho amigo: ¿qué es lo que dicen de mí por ese lugar? ¿En qué opinión me tiene el vulgo, en qué los hidalgos y en qué los caballeros? ¿Qué dicen de mi valentía, qué de mis hazañas y qué de mi cortesía? ¿Qué se platica del asumpto[1] que he tomado de resucitar y volver al mundo la ya olvidada orden caballeresca? Finalmente, quiero, Sancho, me digas lo que acerca desto ha llegado a tus oídos; y esto me has de decir sin añadir al bien ni quitar al mal cosa alguna; que de los vasallos leales es decir la verdad a sus señores en su ser y figura propia, sin que la adulación la acreciente o otro vano respeto la disminuya; y quiero que sepas, Sancho, que si a los oídos de los príncipes llegase la verdad desnuda, sin los vestidos de la lisonja, otros siglos correrían, otras edades serían tenidas por más de hierro que la nuestra, que entiendo que de las que ahora se usan es la dorada[2]. Sírvate este advertimiento, Sancho, para que discreta y bien intencionadamente pongas en mis oídos la verdad de las cosas que supieres de lo que te he preguntado.

—Eso haré yo de muy buena gana, señor mío—respondió Sancho—, con condición, que vuesa merced no se ha de enojar de lo que dijere, pues quiere que lo diga en cueros, sin vestirlo de otras ropas de aquellas con que llegaron a mi noticia.

—En ninguna manera me enojaré—respondió don Quijote—. Bien puedes, Sancho, hablar libremente y sin rodeo alguno.

—Pues lo primero que digo—dijo—es que el vulgo tiene a vuesa merced por grandísimo loco, y a mí por no menos mentecato. Los hidalgos dicen que no conteniéndose vuesa merced en los límites de la hidalguía, se ha puesto *don* y se ha arremetido[3] a caballero[4] con cuatro cepas y dos yugadas de tierra, y

---

[1] *Asumpto* = empresa, negocio.
[2] Aunque sé que entre las edades que ahora se usan en las diversas naciones la nuestra es la mejor.
[3] *Arremeterse* = arremeter, meterse a.
[4] Dos cosas se requerían para ser caballero: hidalguía y riquezas. Más adelante (II, 6) le dirá a don Quijote su sobrina que aunque los hidalgos pueden ser caballeros, no lo son los pobres: a lo que responderá don Quijote que supuesta la hidalguía, lo que se requiere y basta es la virtud.

con un trapo atrás y otro adelante. Dicen los caballeros que no querrían que los hidalgos se opusiesen a ellos[1], especialmente aquellos hidalgos escuderiles que dan humo a los zapatos[2] y toman los puntos[3] de las medias negras con seda verde[4].

—Eso—dijo don Quijote—no tiene que ver conmigo, pues ando siempre bien vestido, y jamás remendado; roto, bien podría ser; y el roto, más de las armas que del tiempo.

—En lo que toca—prosiguió Sancho—a la valentía, cortesía, hazañas y asumpto de vuesa merced, hay diferentes opiniones; unos dicen: «loco, pero gracioso»; otros, «valiente, pero desgraciado»; otros, «cortés, pero impertinente»; y por aquí van discurriendo en tantas cosas, que ni a vuesa merced ni a mí nos dejan hueso sano.

—Mira, Sancho—dijo don Quijote—: dondequiera que está la virtud en eminente grado, es perseguida. Pocos o ninguno de los famosos varones que pasaron dejó de ser calumniado de la malicia. Julio César, animosísimo, prudentísimo y valentísimo capitán, fué notado de ambicioso y algún tanto no limpio, ni en sus vestidos ni en sus costumbres. Alejandro, a quien sus hazañas le alcanzaron el renombre de Magno, dicen dél[5] que tuvo sus ciertos puntos de borracho. De Hércules, el de los muchos trabajos, se cuenta que fué lascivo y muelle. De don Galaor, hermano de Amadís de Gaula, se murmura que fué más que demasiadamente rijoso[6]; y de su hermano, que fué llorón. Así que ¡oh Sancho! entre las tantas calumnias de buenos bien pueden pasar las mías, como no sean más de las que has dicho.

—¡Ahí está el toque, cuerpo de mi padre!—replicó Sancho.

—Pues ¿hay más?—preguntó don Quijote.

—Aún la cola falta por desollar—dijo Sancho—. Lo de hasta aquí son tortas y pan pintado; mas si vuesa merced quiere saber todo lo que hay acerca de las caloñas[7] que le ponen, yo le traeré aquí luego al momento quien se las diga

---

[1] *Oponerse* = ponerse frente a algo para establecer comparación, igualdad o suficiencia.
[2] Para dar color igual a los zapatos utilizaban, entre otras sustancias, el negro de humo desleído en aceite o clara de huevo.
[3] *Punto* = rotura pequeña de la media.
[4] Cf. II, 44.
[5] Sobra *dél* (cf. pról. 13).
[6] *Rijoso* = pendenciero; lascivo.
[7] *Caloña* = calumnia; acusación, cargo.

todas, sin que les falte una meaja[1]; que anoche llegó el hijo de Bartolomé Carrasco, que viene de estudiar de Salamanca, hecho bachiller, y yéndole yo a dar la bienvenida me dijo que andaba ya en libros la historia de vuesa merced, con nombre de *El Ingenioso Hidalgo don Quijote de la Mancha;* y dice que me mientan a mí en ella con mi mesmo nombre de Sancho Panza, y a la señora Dulcinea del Toboso, con otras cosas que pasamos nosotros a solas, que me hice cruces de espantado cómo las pudo saber el historiador que las escribió.

—Yo te aseguro, Sancho—dijo don Quijote—, que debe de ser algún sabio encantador el autor de nuestra historia, que a los tales no se les encubre nada de lo que quieren escribir.

—¡Y cómo—dijo Sancho—si era sabio y encantador, pues (según dice el bachiller Sansón Carrasco, que así se llama el que dicho tengo) que[2] el autor de la historia se llama Cide Hamete Berenjena[3]!

—Ese nombre es de moro—respondió don Quijote.

—Así será—respondió Sancho—; porque por la mayor parte he oído decir que los moros son amigos de berenjenas.

—Tú debes, Sancho—dijo don Quijote—, errarte en el sobrenombre de ese Cide, que en arábigo quiere decir *señor*.

—Bien podría ser—replicó Sancho—; mas si vuesa merced gusta que yo le haga venir aquí, iré por él en volandas.

—Harásme mucho placer, amigo—dijo don Quijote—; que me tiene suspenso lo que me has dicho, y no comeré bocado que bien me sepa hasta ser informado de todo.

—Pues yo voy por él—respondió Sancho.

Y dejando a su señor, se fué a buscar al Bachiller, con el cual volvió de allí a poco espacio, y entre los tres pasaron un graciosísimo coloquio.

---

[1] «*Meaja*, cierta moneda de las más menudas y bajas de peso y precio, porque seis de ellas hacían una maravedí, qui denarius aereus dicebatur» (Cov.).
[2] *Pues... que* (cf. pról. 14) = como que.
[3] *Benengeli* significa aberenjenado.

2, 3.—SANCHO Y EL BACHILLER CON DON QUIJOTE

CAPITULO III.—Del ridículo razonamiento que pasó entre don Quijote, Sancho Panza y el bachiller Sansón Carrasco.

Pensativo a demás [1] quedó don Quijote, esperando al bachiller Carrasco, de quien esperaba oír las nuevas de sí mismo puestas en libro, como había dicho Sancho, y no se podía persuadir a que tal historia hubiese, pues aún no estaba enjuta en la cuchilla [2] de su espada la sangre de los enemigos que había muerto, y ya querían que anduviesen en estampa sus altas caballerías. Con todo eso, imaginó que algún sabio, o ya amigo o enemigo, por arte de encantamento las había dado a la estampa, si amigo, para engrandecerlas y levantarlas sobre las más señaladas de caballero andante; si enemigo, para aniquilarlas y ponerlas debajo de las más viles que de algún vil escudero se hubiesen escrito, puesto (decía entre sí) que [3] nunca hazañas de escuderos se escribieron [4]; y cuando fuese verdad que la tal historia hubiese, siendo de caballero andante, por fuerza había de ser grandílocua, alta, insigne, magnífica y verdadera. Con esto se consoló algún tanto; pero desconsolóle pensar que su autor era moro, según aquel nombre de *Cide*, y de los moros no se podía esperar verdad alguna, porque todos son embelecadores [5], falsarios y quimeristas [6]. Temíase no [7] hubiese tratado sus amores con alguna indecencia, que redundase en menoscabo y perjuicio de la honestidad de su señora Dulcinea del Toboso; deseaba que hubiese declarado su fidelidad y el decoro que siempre la había guardado, menospreciando reinas, emperatrices y doncellas de todas calidades, teniendo a raya los ímpetus de los naturales movimientos; y así, envuelto y revuelto en estas y otras muchas imaginaciones, le hallaron Sancho y Carrasco, a quien don Quijote recibió con mucha cortesía.

Era el Bachiller, aunque se llamaba Sansón, no muy grande de cuerpo, aunque muy gran socarrón; de color macilenta,

---

[1] Por demás (cf. pról. 11).
[2] *Cuchilla* = hoja cortante del arma blanca.
[3] *Puesto... que* hoy no los separaríamos (cf. pról. 14).
[4] Dice Clemencín que don Quijote no estaba en lo cierto.
[5] *Embelecar* = engañar.
[6] *Quimerista* = amigo de quimeras o ficciones (cf. p. 149, n. 2).
[7] Hoy omitiríamos este *no* (cf. pról. 24).

2, 3.—SANCHO Y EL BACHILLER CON DON QUIJOTE

pero de muy buen entendimiento; tendría hasta veinticuatro años, carirredondo, de nariz chata y de boca grande, señales todas de ser de condición maliciosa y amigo de donaires y de burlas, como lo mostró en viendo a don Quijote, poniéndose delante dél de rodillas, diciéndole:

—Deme vuestra grandeza las manos, señor don Quijote de la Mancha; que por el hábito de San Pedro[1] que visto, aunque no tengo otras órdenes que las cuatro primeras[2], que es vuesa merced uno de los más famosos caballeros andantes que ha habido, ni aun habrá, en toda la redondez de la tierra. Bien haya Cide Hamete Benengeli, que la historia de vuestras grandezas dejó escrita, y rebién haya el curioso que tuvo cuidado de hacerlas traducir de arábigo en nuestro vulgar castellano, para universal entretenimiento de las gentes.

Hízole levantar don Quijote, y dijo:

—Desa manera, ¿verdad es que hay historia mía, y que fué moro y sabio el que la compuso?

—Es tan verdad, señor—dijo Sansón—, que tengo para mí que el día de hoy están impresos más de doce mil libros de la tal historia[3]; si no, dígalo Portugal, Barcelona y Valencia, donde se han impreso; y aun hay fama que se está imprimiendo en Amberes, y a mí se me trasluce que no ha de haber nación ni lengua donde no se traduzga.

—Una de las cosas—dijo a esta sazón don Quijote—que más debe[4] de dar contento a un hombre virtuoso y eminente es verse, viviendo, andar con buen nombre por las lenguas de las gentes, impreso y en estampa. Dije *con buen nombre,* porque siendo al contrario, ninguna muerte se le igualará.

—Si por buena fama y si por buen nombre va—dijo el Bachiller—, solo vuesa merced lleva la palma a todos los caballeros andantes; porque el moro en su lengua y el cristiano en la suya tuvieron cuidado de pintarnos muy al vivo la gallardía de vuesa merced, el ánimo grande en acometer los peligros, la paciencia en las adversidades y el sufrimiento así en las desgracias como en las heridas, la honestidad y continencia en los amores tan platónicos de vuesa merced y de mi señora doña Dulcinea del Toboso.

---

[1] *Hábito de San Pedro* = vestido del clero secular, usado por los escolares.
[2] Las que preceden al subdiaconado.
[3] No exageró Cervantes la difusión de su libro.
[4] Hoy diríamos *deben* (cf. pról. 9).

—Nunca—dijo a este punto Sancho Panza—he oído llamar con *don* a mi señora Dulcinea[1], sino solamente *la señora Dulcinea del Toboso*, y ya en esto anda errada la historia.

—No es objeción de importancia ésa—respondió Carrasco.

—No, por cierto—respondió don Quijote—; pero dígame vuesa merced, señor Bachiller: ¿qué hazañas mías son las que más se ponderan en esa historia?

—En eso—respondió el Bachiller—hay diferentes opiniones, como hay diferentes gustos: unos se atienen a la aventura de los molinos de viento, que a vuesa merced le parecieron Briareos y gigantes; otros, a la de los batanes; éste, a la descripción de los dos ejércitos, que después parecieron ser dos manadas de carneros; aquél encarece la del muerto que llevaban a enterrar a Segovia; uno dice que a todas se aventaja la de la libertad de los galeotes; otro, que ninguna iguala a la de los dos gigantes benitos, con la pendencia del valeroso Vizcaíno.

—Dígame, señor Bachiller—dijo a esta sazón Sancho—, ¿entra ahí la aventura de los yangüeses, cuando a nuestro buen Rocinante se le antojó pedir cotufas en el golfo?

—No se le quedó nada—respondió Sansón—al sabio en el tintero: todo lo dice y todo lo apunta, hasta lo de las cabriolas[2] que el buen Sancho hizo en la manta.

—En la manta no hice yo cabriolas—respondió Sancho—; en el aire sí, y aun más de las que yo quisiera.

—A lo que yo imagino—dijo don Quijote—, no hay historia humana en el mundo que no tenga sus altibajos, especialmente las que tratan de caballerías; las cuales nunca pueden estar llenas de prósperos sucesos.

—Con todo eso—respondió el Bachiller—, dicen algunos que han leído la historia que se holgaran se les hubiera[3] olvidado a los autores della algunos de los infinitos palos que en diferentes encuentros dieron al señor don Quijote.

—Ahí entra la verdad de la historia—dijo Sancho.

—También pudieran callarlos por equidad—dijo don Qui-

---

[1] Las dos veces que don Quijote llamó doña Dulcinea a su señora (p. 113 y 121), estaba Sancho apartado.

[2] *Cabriola*, ciertos brincos que dan en el aire los danzantes, meneando los pies, a imitación de los cabriolos o cabritillos montesses, que parecen cuando saltan correr por los aires» (Cov.).

[3] Lo correcto sería *hubieran* (cf. pról. 8).

jote—, pues las acciones que ni mudan ni alteran la verdad de la historia no hay para qué escribirlas, si han de redundar en menosprecio del señor[1] de la historia. A fee que no fué tan piadoso Eneas como Virgilio le pinta, ni tan prudente Ulises como le describe Homero.

—Así es—replicó Sansón—; pero uno es escribir como poeta, y otro[2] como historiador: el poeta puede contar o cantar las cosas, no como fueron, sino como debían ser; y el historiador las ha de escribir, no como debían ser, sino como fueron, sin añadir ni quitar a la verdad cosa alguna.

—Pues si es que se anda a decir verdades ese señor moro —dijo Sancho—, a buen seguro que entre los palos de mi señor se hallen los míos; porque nunca a su merced le tomaron la medida de las espaldas que no me la tomasen a mí de todo el cuerpo; pero no hay de qué maravillarme, pues como dice el mismo señor mío, del dolor de la cabeza han de participar los miembros.

—Socarrón sois, Sancho—respondió don Quijote—. A fee que no os falta memoria cuando vos queréis tenerla.

—Cuando yo quisiese olvidarme de los garrotazos que me han dado—dijo Sancho—, no lo consentirán los cardenales, que aún se están frescos en las costillas.

—Callad, Sancho—dijo don Quijote—, y no interrumpáis al señor Bachiller, a quien suplico pase adelante en decirme lo que se dice de mí en la referida historia.

—Y de mí—dijo Sancho—; que también dicen que soy yo uno de los principales presonajes della.

—*Personajes*, que no *presonajes*, Sancho amigo—dijo Sansón.

—¿Otro reprochador de voquibles tenemos?—dijo Sancho—. Pues ándense a eso, y no acabaremos en toda la vida.

—Mala me la dé Dios, Sancho—respondió el Bachiller— si no sois vos la segunda persona de la historia; y que hay tal que precia más oiros hablar a vos que al más pintado[3] de toda ella, puesto que también hay quien diga que anduvistes demasiadamente de crédulo en creer que podía ser verdad el gobierno de aquella ínsula ofrecida por el señor don Quijote, que está presente.

---

[1] Cf. p. 542, n. 2.
[2] *Uno* = una cosa; *otro* = otra cosa.
[3] *El más pintado* = el más hábil, el de más valer.

—Aún hay sol en las bardas[1]—dijo don Quijote—; y mientras más fuere entrando en edad Sancho, con la esperiencia que dan los años estará más idóneo y más hábil para ser gobernador que no está[2] agora.

—Por Dios, señor—dijo Sancho—, la isla que yo no gobernase con los años que tengo no la gobernaré con los años de Matusalén. El daño está en que la dicha ínsula se entretiene, no sé dónde, y no en faltarme a mí el caletre para gobernarla.

—Encomendadlo a Dios, Sancho—dijo don Quijote—; que todo se hará bien, y quizá mejor de lo que vos pensáis; que no se mueve la hoja en el árbol sin la voluntad de Dios.

—Así es verdad—dijo Sansón—; que si Dios quiere, no le faltarán a Sancho mil islas que gobernar, cuanto más una.

—Gobernadores he visto por ahí—dijo Sancho—que, a mi parecer, no llegan[3] a la suela de mi zapato, y, con todo eso, los llaman *señoría*, y se sirven con plata.

—Ésos no son gobernadores de ínsulas—replicó Sansón—, sino de otros gobiernos más manuales; que los que gobiernan ínsulas, por lo menos, han de saber gramática.

—Con la *grama*[4] bien me avendría yo—dijo Sancho—; pero con la *tica*, ni me tiro ni me pago[5], porque no la entiendo. Pero dejando esto del gobierno en las manos de Dios, que me eche a las partes donde más de mí se sirva, digo, señor bachiller Sansón Carrasco, que infinitamente me ha dado gusto que el autor de la historia haya hablado de mí de manera, que no enfadan las cosas que de mí se cuentan; que a fe de buen escudero que si hubiera dicho de mí cosas que no fueran muy de cristiano viejo, como soy, que nos habían de oír los sordos.

—Eso fuera hacer milagros—respondió Sansón.

—Milagros o no milagros—dijo Sancho—, cada uno mire cómo habla o cómo escribe de las presonas, y no ponga a trochemoche[6] lo primero que le viene al magín[7].

---

[1] *Aún hay sol en las bardas* = (todavía no se ha puesto el sol) aunque hay menos tiempo, todavía queda el suficiente para hacer algo.

[2] Hoy omitiríamos *está*.

[3] De tan poca estatura (moral), que no llegan...

[4] Con la *grama* o hierba.

[5] *Ni me tiro ni me pago*. Es frase hecha que vale *con eso no me meto, nada quiero* (ni me lanzo hacia..., ni me doy por pagado o contento con...).

[6] *A trochemoche* [o *a troche y moche*] = sin orden ni concierto. Covarrubias dice que la locución viene del que yendo a cortar leña y no atendiendo a las leyes de la corta, *desmocha* las encinas y aun las *trocha* por el pie.

[7] *Magín* = imaginación.

2, 3.—SANCHO Y EL BACHILLER CON DON QUIJOTE

—Una de las tachas que ponen a la tal historia—dijo el Bachiller—es que su autor puso en ella una novela intitulada *El Curioso impertinente;* no por mala ni por mal razonada, sino por no ser de aquel lugar, ni tiene que ver con la historia de su merced del[1] señor don Quijote.

—Yo apostaré—replicó Sancho—que ha mezclado el hideperro berzas con capachos[2].

—Ahora digo—dijo don Quijote—que no ha sido sabio el autor de mi historia, sino algún ignorante hablador, que a tiento y sin algún discurso se puso a escribirla, salga lo que saliere, como hacía Orbaneja, el pintor de Úbeda, al cual preguntándole qué pintaba, respondió: «Lo que saliere». Tal vez pintaba un gallo, de tal suerte y tan mal parecido, que era menester que con letras góticas[3] escribiese junto a él: «Éste es gallo». Y así debe de ser de mi historia, que tendrá necesidad de comento para entenderla.

—Eso no—respondió Sansón—; porque es tan clara, que no hay cosa que dificultar en ella: los niños la manosean, los mozos la leen, los hombres la entienden y los viejos la celebran; y, finalmente, es tan trillada y tan leída y tan sabida de todo género de gentes, que apenas han visto algún rocín flaco, cuando dicen: «Allí va Rocinante». Y los que más se han dado a su lectura son los pajes: no hay antecámara de señor donde no se halle un *Don Quijote:* unos le toman si otros le dejan; éstos le embisten y aquéllos le piden. Finalmente, la tal historia es del más gustoso y menos perjudicial entretenimiento que hasta agora se haya visto, porque en toda ella no se descubre, ni por semejas, una palabra deshonesta ni un pensamiento menos que católico.

—A escribir de otra suerte—dijo don Quijote—, no fuera escribir verdades, sino mentiras; y los historiadores que de mentiras se valen habían de ser quemados, como los que hacen

---

[1] *Su... del* (cf. pról. 6).
[2] *Mezclar berzas con capachos* = traer a cuento cosas inconexas (cf. Cov., v. *herreñal*). Para aclarar este dicho ayudará saber: 1) que también se decía *con gazpachos;* 2) que *capacho* puede tener aquí su significado común de «spuerta», precisamente por inconexo; así Covarrubias cita este proverbio: «*¿Qué tienen que ver lechugas con falsas riendas?;* cuando juntamos cosas disparatadas y diferentes una de otra».
[3] «Letras gordas y *letras góticas* son las mazorrales [= hechas toscamente con *mazo*], y de hombres de poco ingenio» (Cov.).

moneda falsa[1]; y no sé yo qué le movió al autor a valerse de novelas y cuentos ajenos, habiendo tanto que escribir en los míos: sin duda se debió de atener al refrán: «De paja y de heno...», etcétera[2]. Pues en verdad que en solo manifestar mis pensamientos, mis sospiros, mis lágrimas, mis buenos deseos y mis acometimientos pudiera hacer un volumen mayor, o tan grande, que el que pueden hacer todas las obras del Tostado[3]. En efeto, lo que yo alcanzo, señor Bachiller, es que para componer historias y libros, de cualquier suerte que sean, es menester un gran juicio y un maduro entendimiento. Decir gracias y escribir donaires es de grandes ingenios: la más discreta figura de la comedia es la del bobo, porque no lo ha de ser el que quiere dar a entender que es simple. La historia es como cosa sagrada; porque ha de ser verdadera, y donde está la verdad, está Dios, en cuanto a verdad; pero, no obstante esto, hay algunos que así componen y arrojan libros de sí como si fuesen buñuelos.

—No hay libro tan malo—dijo el Bachiller—, que no tenga algo bueno[4].

—No hay duda en eso—replicó don Quijote—; pero muchas veces acontece que los que tenían méritamente granjeada y alcanzada gran fama por sus escritos, en dándolos a la estampa la perdieron del todo, o la menoscabaron en algo.

—La causa deso es—dijo Sansón—que como las obras impresas se miran despacio, fácilmente se veen sus faltas, y tanto más se escudriñan cuanto es mayor la fama del que las compuso. Los hombres famosos por sus ingenios, los grandes poetas, los ilustres historiadores, siempre, o las más veces, son envidiados de aquellos que tienen por gusto y por particular entretenimiento juzgar los escritos ajenos, sin haber dado algunos propios a la luz del mundo.

—Eso no es de maravillar—dijo don Quijote—; porque muchos teólogos hay que no son buenos para el púlpito, y son

---

[1] La séptima partida (tít. 7, ley 9) daba esta pena a los monederos falsos.

[2] *De paja o heno, el pancho (o el vientre) lleno.*

[3] Es proverbial la actividad literaria del Obispo de Avila D. Alonso de Madrigal, conocido con el nombre del Tostado, que floreció en tiempo de Juan II.

[4] Plinio el Menor, hablando de su tío, Plinio el Mayor, escribe en la epístola 5.ª del libro 3.º: *dicere etiam solebat, nullum esse librum tam malum, ut non aliqua parte prodesset.*

bonísimos para conocer las faltas o sobras de los que predican.

—Todo eso es así, señor don Quijote—dijo Carrasco—; pero quisiera yo que los tales censuradores fueran más misericordiosos y menos escrupulosos, sin atenerse a los átomos del sol clarísimo de la obra de que murmuran; que si *aliquando bonus dormitat Homerus*[1], consideren lo mucho que estuvo despierto, por dar la luz de su obra con la menos sombra que pudiese; y quizá podría ser que lo que a ellos les parece mal fuesen lunares, que a las veces acrecientan la hermosura del rostro que los tiene; y así, digo que es grandísimo el riesgo a que se pone el que imprime un libro, siendo de toda imposibilidad imposible componerle tal, que satisfaga y contente a todos los que le leyeren.

—El que de mí trata—dijo don Quijote—a pocos habrá contentado.

—Antes es al revés; que como *de stultorum*[2] *infinitus est numerus*, infinitos son los que han gustado de la tal historia; y algunos han puesto falta y dolo en la memoria del autor, pues se le olvida de contar quién fué el ladrón que hurtó el rucio a Sancho, que allí no se declara[3], y sólo se infiere de lo escrito que se le hurtaron, y de allí a poco le vemos a caballo sobre el mesmo jumento, sin haber parecido. También dicen que se le olvidó poner lo que Sancho hizo de aquellos cien escudos que halló en la maleta en Sierra Morena, que nunca más los nombra[4], y hay muchos que desean saber qué hizo dellos, o en qué los gastó, que es uno de los puntos sustanciales que faltan en la obra[5].

Sancho respondió:

—Yo, señor Sansón, no estoy ahora para ponerme en cuentas ni cuentos; que me ha tomado un desmayo de estó-

---

[1] *Quadonque* (no *aliquando*) *bonus dormitat Homerus* dijo Horacio (Ad Pis., v. 359).

[2] Sobra el *de*, pues *stultorum* significa *de necios*; pero por lo visto Sansón citaba esta sentencia del Eclesiastés (I, 15) no como él la sabía, sino como vulgarmente se diría (también hoy son muchos los que consciente o inconscientemente, pero mal, dicen *adlátere* en vez de *a látere*).

[3] Para esta omisión (cf. p. 256).

[4] Aunque no deja de aludir a ellos cuando Sancho dice a su mujer que trae *otras cosas de más momento y consideración* (p. 579).

[5] Parece que al lado de los cien escudos poca cosa debía de ser la libranza pollinesca, que tanto consoló a Sancho en Sierra Morena y que no se vuelve a nombrar en el resto de la obra.

mago, que si no le reparo con dos tragos de lo añejo, me pondrá en la espina de Santa Lucía[1]. En casa lo tengo; mi oíslo me aguarda; en acabando de comer daré la vuelta, y satisfaré a vuesa merced y a todo el mundo de lo que preguntar quisieren, así de la pérdida del jumento como del gasto de los cien escudos.

Y sin esperar respuesta ni decir otra palabra, se fué a su casa.

Don Quijote pidió y rogó al Bachiller se quedase a hacer penitencia con él[2]. Tuvo el Bachiller el envite[3]: quedóse, añadióse al ordinario[4] un par de pichones, tratóse en la mesa de caballerías, siguióle el humor Carrasco, acabóse el banquete, durmieron la siesta, volvió Sancho, y renovóse la plática pasada.

CAPITULO IV.—Donde Sancho Panza satisface al bachiller Sansón Carrasco de sus dudas y preguntas, con otros sucesos dignos de saberse y de contarse.

Volvió Sancho a casa de don Quijote, y volviendo al pasado razonamiento, dijo:

—A lo que el señor Sansón dijo que se deseaba saber quién, o cómo, o cuándo se me hurtó el jumento, respondiendo digo: que la noche misma que huyendo de la Santa Hermandad nos entramos en Sierra Morena, después de la aventura sin ventura de los galeotes, y de la del difunto que llevaban a Segovia, mi señor y yo nos metimos entre una espesura, adonde mi señor arrimado a su lanza, y yo sobre mi rucio, molidos y cansados de las pasadas refriegas, nos pusimos a dormir como si fuera sobre cuatro colchones de pluma; especialmente yo dormí con tan pesado sueño, que quienquiera que fué tuvo lugar de llegar y suspenderme sobre cuatro estacas que puso

---

[1] Se dice también *ponerse*, *quedarse*, *estar en la espina*, es decir, en los huesos (en la *espina* dorsal). Lo *de Santa Lucía* se añade, según R. Marín, por alusión a las que suele tener la imagen de la santa: confieso no haber visto hasta ahora ninguna Santa Lucía con ellas.
[2] Manera modesta, no pocas veces afectada, con que uno convida con su mesa a otro.
[3] *Tuvo el envite* = lo aceptó (cf. p. 46, n. 5).
[4] *Ordinario* = comida o sustento ordinario.

a los cuatro lados de la albarda, de manera, que me dejó a caballo sobre ella, y me sacó debajo de mí al rucio, sin que yo lo sintiese.

—Eso es cosa fácil[1], y no acontecimiento nuevo; que lo mesmo le sucedió a Sacripante cuando, estando en el cerco de Albraca, con esa misma invención le sacó el caballo de entre las piernas aquel famoso ladrón llamado Brunelo.

—Amaneció—prosiguió Sancho—, y apenas me hube estremecido[2], cuando, faltando las estacas, di conmigo en el suelo una gran caída; miré por el jumento, y no le vi; acudiéronme lágrimas a los ojos, y hice una lamentación, que si no la puso el autor de nuestra historia, puede hacer cuenta que no puso cosa buena. Al cabo de no sé cuántos días, viniendo con la señora princesa Micomicona, conocí mi asno, y que venía sobre él en hábito de gitano aquel Ginés de Pasamonte, aquel embustero y grandísimo maleador que quitamos mi señor y yo de la cadena.

—No está en eso el yerro—replicó Sansón—, sino en que antes de haber parecido el jumento, dice el autor que iba a caballo Sancho en el mesmo rucio.

—A eso—dijo Sancho—no sé qué responder, sino que el historiador se engañó, o ya sería descuido del impresor.

—Así es, sin duda—dijo Sansón—; pero ¿qué se hicieron los cien escudos? ¿Deshiciéronse?

Respondió Sancho:

—Yo los gasté en pro de mi persona y de la de mi mujer, y de mis hijos, y ellos han sido causa de que mi mujer lleve en paciencia los caminos y carreras que he andado sirviendo a mi señor don Quijote; que si al cabo de tanto tiempo volviera sin blanca y sin jumento a mi casa, negra ventura me esperaba; y si hay más que saber de mí, aquí estoy, que responderé al mesmo rey en presona, y nadie tiene para qué meterse en si truje o no truje, si gasté o no gasté; que si los palos que me dieron en estos viajes se hubieran de pagar a dinero, aunque no se tasaran sino a cuatro maravedís cada uno, en otros cien escudos no había para pagarme la mitad; y cada uno meta la mano en su pecho, y no se ponga a juzgar lo blanco por negro y lo negro por blanco; que cada uno es como Dios le hizo, y aun peor muchas veces.

---

[1] ¿De quién son estas palabras, de don Quijote, o de Sansón? No lo dijo Cervantes.

[2] *Estremecerse* = moverse.

2, 4.—SANCHO Y EL BACHILLER CON DON QUIJOTE

—Yo tendré cuidado—dijo Carrasco—de acusar al autor de la historia, que [1] si otra vez la imprimiere, no se le olvide esto que el buen Sancho ha dicho; que será realzarla un buen coto [2] más de lo que ella se está.

—¿Hay otra cosa que enmendar en esa leyenda, señor Bachiller?—preguntó don Quijote.

—Sí debe de haber—respondió él—; pero ninguna debe de ser de la importancia de las ya referidas.

—Y por ventura—dijo don Quijote—, ¿promete el autor segunda parte?

—Sí promete—respondió Sansón—; pero dice que no ha hallado ni sabe quién la tiene, y así, estamos en duda si saldrá o no; y así por esto como porque algunos dicen: «Nunca segundas partes fueron buenas», y otros: «De las cosas de don Quijote bastan las escritas», se duda [3] que no ha de haber segunda parte; aunque algunos que son más joviales que saturninos [4] dicen: «Vengan más quijotadas: embista don Quijote y hable Sancho Panza, y sea lo que fuere; que con eso nos contentamos».

—¿Y a qué se atiene el autor?

—A que—respondió Sansón—en hallando que halle la historia, que él va buscando con extraordinarias diligencias, la dará luego a la estampa, llevado más del interés que de darla se le sigue que de otra alabanza alguna.

A lo que dijo Sancho:

—¿Al dinero y al interés mira el autor? Maravilla será que acierte; porque no hará sino harbar [5] harbar como sastre en vísperas de pascuas, y las obras que se hacen apriesa nunca se acaban con la perfección que requieren. Atienda ese señor moro, o lo que es, a mirar lo que hace; que yo y mi señor le daremos tanto ripio a la mano [6] en materia de aventuras y de sucesos diferentes, que pueda componer no sólo segunda parte, sino ciento. Debe de pensar el buen hombre, sin duda, que nos dor-

---

[1] Para *que*.
[2] Cf. p. 360, n. 3.
[3] *Se duda* = se sospecha, barrunta, presume.
[4] Como *jovial* (de *Jove*) es alegre, *saturnino* es triste, taciturno, porque los astrólogos aseveraban que el planeta Saturno melancolizaba a los nacidos bajo su influencia.
[5] «*Harbar*, hacer la cosa muy de priesa; como habar la plana el muchacho, cuando escribe de priesa y mal» (Cov.).
[6] *Dar ripio a la mano* = dar algo con facilidad y en abundancia, como el peón que alarga al albañil la piedra, ripio o cascote para la construcción.

mimos aquí en las pajas[1]; pues ténganos el pie al herrar[2], y verá del que coxqueamos[3]. Lo que yo sé decir es que si mi señor tomase mi consejo, ya habíamos de estar en esas campañas deshaciendo agravios y enderezando tuertos, como es uso y costumbre de los buenos andantes caballeros.

No había bien acabado de decir estas razones Sancho, cuando llegaron a sus oídos relinchos de Rocinante; los cuales relinchos tomó don Quijote por felicísimo agüero, y determinó de hacer de allí a tres o cuatro días otra salida; y declarando su intento al Bachiller, le pidió consejo por qué parte comenzaría su jornada; el cual le respondió que era su parecer que fuese al reino de Aragón y a la ciudad de Zaragoza, adonde de allí a pocos días se habían de hacer unas solenísimas justas por la fiesta de San Jorge[4], en las cuales podría ganar fama sobre todos los caballeros aragoneses, que sería ganarla sobre todos los del mundo. Alabóle ser honradísima y valentísima su determinación, y advirtióle que anduviese más atentado en acometer los peligros, a causa que su vida no era suya, sino de todos aquellos que le habían de menester para que los amparase y socorriese en sus desventuras.

—Deso es lo que[5] yo reniego, señor Sansón—dijo a este punto Sancho—; que así acomete mi señor a cien hombres armados como un muchacho goloso a media docena de badeas[6]. ¡Cuerpo del mundo, señor Bachiller! Sí que tiempos hay de acometer, y tiempos de retirar, y no ha de ser todo «¡Santiago, y cierra, España[7]!» Y más, que yo he oído decir, y creo que a mi señor mismo, si mal no me acuerdo, que entre

---

[1] «*No dormirse en las pajas,* no descuidarse. Antiguamente la cama de las pajas se debió de tener por regalada... y la común era de hierbas secas torcidas» (Cov.).

[2] *Tenerle a uno el pie al herrar* = conocerle antes de alabarle.

[3] *Coxquear* = cojear.

[4] En honor de San Jorge, patrón de la caballería de Aragón desde la toma de Huesca (1096), se había formado una cofradía de caballeros con la obligación de justar (p. 558, n. 6) tres veces al año y de tornear a caballo otras tantas: éstas eran las justas del arnés de que hablará don Quijote en el c. 59.

[5] De *lo que* (cf. pról. 19).

[6] «*Badea* es una especie de melón, cuya carne es muy floja y aguosa» (Cov.).

[7] «*Cerrar con el enemigo,* embestir con él; de do manó el proverbio militar: *Cierra España*» (Cov.). Así que *cierra* es imperativo, y *España,* vocativo; la *y* es interjeccional (cf. pról. n. 36).

los estremos de cobarde y de temerario está el medio de la valentía; y si esto es así, no quiero que huya sin tener para qué, ni que acometa cuando la demasía pide otra cosa. Pero, sobre todo, aviso a mi señor que si me ha de llevar consigo, ha de ser con condición que él se lo ha de batallar todo, y que yo no he de estar obligado a otra cosa que a mirar por su persona en lo que tocare a su limpieza y a su regalo; que en esto yo le bailaré el agua delante[1]; pero pensar que tengo de poner mano a la espada, aunque sea contra villanos malandrines de hacha y capellina[2], es pensar en lo escusado. Yo, señor Sansón, no pienso granjear fama de valiente, sino del mejor y más leal escudero que jamás sirvió a caballero andante; y si mi señor don Quijote, obligado de mis muchos y buenos servicios, quisiere darme alguna ínsula de las muchas que su merced dice que se ha de topar por ahí, recibiré mucha merced en ello; y cuando no me la diere, nacido soy[3], y no ha de vivir el hombre en hoto de[4] otro sino de Dios; y más, que tan bien, y aun quizá mejor, me sabrá el pan desgobernado que siendo gobernador; ¿y sé yo por ventura si en esos gobiernos me tiene aparejada el diablo alguna zancadilla donde tropiece y caiga y me haga[5] las muelas? Sancho nací, y Sancho pienso morir; pero si, con todo esto, de buenas a buenas[6], sin mucha solicitud y sin mucho riesgo, me deparase el cielo alguna ínsula, o otra cosa semejante, no soy tan necio, que la desechase; que también se dice: «cuando te dieren la vaquilla, corre con la soguilla»[7] y «cuando viene el bien, métalo en tu casa».

—Vos, hermano Sancho—dijo Carrasco—, habéis hablado

---

[1] *Bailar uno a otro el agua delante* = cumplirle sus deseos con agrado y diligencia. Está tomado del que para obsequiar a otro, en su presencia llena de agua el vaso de la jarra en que se conservaba fría.

[2] Capacete o yelmo.

[3] *Nacido soy*, y por tanto Dios no me dejará de su mano: así lo explica R. Marín.

[4] *En hoto* (de *fautum*) *de* = en favor de, en confianza de.

[5] «Algunas veces *hacer* vale «deshacer», como *hacerse las narices* se dice del que cayendo o topando en alguna cosa se remachó las narices: y en realidad de verdad las deshizo de su forma propia y natural» (Cov.). Compárese este caso con el de *astroso* y *desastrado*, que son voces sinónimas.

[6] *De buenas a buenas* = buenamente, sin gran trabajo.

[7] En el Corbacho (2, 5) se lee: *cuando te dieren la cabrilla, corre con la soguilla*; y en Covarrubias (v. *soga*); *cuando te dieren la cochinilla, acude con la soguilla*. Es decir, aprovéchate de las ocasiones, cuando se te ofrecieren.

como un catedrático; pero, con todo eso, confiad en Dios y en el señor don Quijote, que os ha de dar un reino, no que[1] una ínsula.

—Tanto es lo de más como lo de menos—respondió Sancho—; aunque sé decir al señor Carrasco que no echara mi señor el reino que me diera en saco roto; que yo he tomado el pulso a mí mismo, y me hallo con salud para regir reinos y gobernar ínsulas; y esto ya otras veces lo he dicho a mi señor.

—Mirad, Sancho—dijo Sansón—, que los oficios mudan las costumbres, y podría ser que viéndoos goberndor no conociésedes a la madre que os parió.

—Eso allá se ha de entender—respondió Sancho—con los que nacieron en las malvas[2], y no con los que tienen sobre el alma cuatro dedos de enjundia[3] de cristianos viejos, como yo los tengo. ¡No, sino llegaos a mi condición, que sabrá usar de desagradecimiento con alguno[4]!

—Dios lo haga—dijo don Quijote—, y ello dirá cuando el gobierno venga; que ya me parece que le trayo entre los ojos.

Dicho esto, rogó al Bachiller que, si era poeta, le hiciese merced de componerle unos versos[5] que tratasen de la despedida que pensaba hacer de su señora Dulcinea del Toboso, y que advirtiese que en el principio de cada verso había de poner una letra de su nombre, de manera, que al fin de los versos, juntando las primeras letras, se leyese: *Dulcinea del Toboso*[6]. El Bachiller respondió que puesto que él no era de los famosos poetas que había en España, que decían que no eran sino tres y medio, que no dejaría de componer los tales metros, aunque hallaba una dificultad grande en su composición, a causa que las letras que contenían el nombre eran diecisiete; y que si hacía cuatro[7] castellanas de a cuatro versos, sobrara una letra; y si de a cinco, a quien llaman *décimas* o *redondillas*[8], faltaban tres letras; pero, con todo eso, procuraría embeber una

---

[1] No ya (cf. pról. 37).
[2] *Haber nacido en las malvas* = tener humilde nacimiento.
[3] *Enjundia* = 1) unto y gordura de un animal; 2) sustancia, fuerza.
[4] Probad mi condición de cristiano viejo, y de abolengo pancesco (cf. II, 7), que ciertamente no será de desagradecido (cf. pról. 37).
[5] Y eso que don Quijote presumía de saber hacerlos (p. 259), los había hecho (p. 290) y los había de hacer (II, 46 y 68).
[6] Hoy llamamos a esto *acróstico* o *composición acróstica*.
[7] *Cuatro* coplas.
[8] Ha variado el significado de ambos términos.

letra lo mejor que pudiese, de manera, que en las cuatro castellanas se incluyese el nombre de Dulcinea del Toboso.

—Ha de ser así en todo caso—dijo don Quijote—; que si allí no va el nombre patente y de manifiesto, no hay mujer que crea que para ella se hicieron los metros.

Quedaron en esto y en que la partida sería de allí a ocho días. Encargó don Quijote al Bachiller la tuviese secreta, especialmente al Cura y a maese Nicolás, y a su Sobrina y al Ama, porque no estorbasen su honrada y valerosa determinación. Todo lo prometió Carrasco. Con esto, se despidió, encargando a don Quijote que de todos sus buenos o malos sucesos le avisase, habiendo comodidad; y así se despidieron, y Sancho fué a poner en orden lo necesario para su jornada.

CAPITULO V.—De la discreta y graciosa plática que pasó entre Sancho Panza y su mujer Teresa Panza, y otros sucesos dignos de felice recordación.

Llegando a escribir el traductor desta historia este quinto capítulo, dice que le tiene por apócrifo, porque en él habla Sancho Panza con otro estilo del que se podía prometer de su corto ingenio, y dice cosas tan sutiles, que no tiene por posible que él las supiese; pero que no quiso dejar de traducirlo, por cumplir con lo que a su oficio debía, y así, prosiguió diciendo:

Llegó Sancho a su casa tan regocijado y alegre, que su mujer conoció su alegría a tiro de ballesta; tanto, que la obligó a preguntarle:

—¿Qué traés[1], Sancho amigo, que tan alegre venís?

A lo que él respondió:

—Mujer mía, si Dios quisiera, bien me holgara yo de no estar tan contento como muestro.

—No os entiendo, marido—replicó ella—, y no sé qué queréis decir en eso de que os holgárades, si Dios quisiera, de no estar contento; que, maguer tonta, no sé yo quién recibe gusto de no tenerle.

—Mirad, Teresa—respondió Sancho—: yo estoy alegre porque tengo determinado de volver a servir a mi amo don Quijote, el cual quiere la vez tercera salir a buscar las aventuras;

---

[1] Vulgar, por *traéis*.

2, 5.—SANCHO Y SU MUJER

y yo vuelvo a salir con él, porque lo quiere así mi necesidad, junto con la esperanza, que me alegra, de pensar si podré hallar otros cien escudos como los ya gastados, puesto que me entristece el haberme de apartar de ti y de mis hijos; y si Dios quisiera darme de comer a pie enjuto[1] y en mi casa, sin traerme por vericuetos y encrucijadas, pues lo podía hacer a poca costa, y no más de quererlo, claro está que mi alegría fuera más firme y valedera, pues que la que tengo va mezclada con la tristeza del dejarte: así que, dije bien que holgara, si Dios quisiera, de no estar contento.

—Mirad, Sancho—replicó Teresa—: después que os hicistes miembro de caballero andante habláis de tan rodeada manera, que no hay quien os entienda.

—Basta que me entienda Dios, mujer—respondió Sancho—, que Él es el entendedor de todas las cosas, y quédese esto aquí; y advertid, hermana, que os conviene tener cuenta estos tres días[2] con el rucio, de manera, que esté para armas tomar: dobladle los piensos, requerid la albarda y las demás jarcias[3]; porque no vamos a bodas, sino a rodear el mundo, y a tener dares y tomares con gigantes, con endriagos y con vestiglos, y a oír silbos, rugidos, bramidos y baladros; y aun todo esto fuera flores de cantueso[4] si no tuviéramos que entender con yangüeses y con moros encantados.

—Bien creo yo, marido—replicó Teresa—, que los escuderos andantes no comen el pan de balde; y así, quedaré rogando a nuestro Señor os saque presto de tanta mala ventura.

—Yo os digo, mujer—respondió Sancho—, que si no pensase antes de mucho tiempo verme gobernador de una ínsula, aquí me caería muerto.

—Eso no, marido mío—dijo Teresa—: viva la gallina, aunque sea con su pepita[5]: vivid vos, y llévese el diablo cuantos gobiernos hay en el mundo; sin gobierno salistes del vientre de vuestra madre, sin gobierno habéis vivido hasta ahora, y sin

---

[1] *A pie enjuto* = sin mojarse, sin peligros, sin trabajo.
[2] Al terminar el c. 4 se dijo: Quedaron en que la partida sería de allí a *ocho* días.
[3] *Jarcia* = aparejo, útiles, chisme, o cosa.
[4] *Flores de cantueso* = cosas sin importancia, una friolera, un grano de anís... El cantueso es muy semejante al espliego y tiene unas florecitas pequeñas y azules.
[5] *Pepita* = enfermedad que da a las gallinas en la lengua, y es un tumorcillo que no las deja cacarear.

gobierno os iréis, o os llevarán, a la sepultura cuando Dios fuere servido. Como ésos hay en el mundo que viven sin gobierno, y no por eso dejan de vivir y de ser contados en el número de las gentes. La mejor salsa del mundo es la hambre; y como ésta no falta a los pobres, siempre comen con gusto. Pero mirad, Sancho: si por ventura os viéredes con algún gobierno, no os olvidéis de mí y de vuestros hijos. Advertid que Sanchico tiene ya quince años cabales, y es razón que vaya a la escuela, si es que su tío el abad le ha de dejar hecho de la Iglesia[1]. Mirad también que Mari Sancha vuestra hija no se morirá si la casamos; que me va dando barruntos que desea tanto tener marido como vos deseáis veros con gobierno; y, en fin, en fin, mejor parece la hija mal casada que bien abarraganada[2].

—A buena fe—respondió Sancho—que si Dios me llega[3] a tener algo qué[4] de gobierno, que tengo de casar, mujer mía, a Mari Sancha tan altamente, que no la alcancen sino con llamarla *señoría*.

—Eso no, Sancho—respondió Teresa—; casadla con su igual, que es lo más acertado; que si de los zuecos[5] la sacáis a chapines, y de saya parda de catorceno[6] a verdugado[7] y sabo-

---

[1] *De la Iglesia* = clérigo.
[2] «*Barragán*... vale tanto como mozo soltero, valiente y arriscado... *Abarraganados* se llaman los amancebados» (Cov.).
[3] Me hace llegar.
[4] *Algo qué*, como *yaqué*, *yacuanto*, son anticuados y significan «algo» (BELLO, *Gram.*, n. 357-360). El Diccionario de la R. A. E. escribe *algo qué* (como en *un no sé qué*); Cuervo, *algo que* (como *puesto que*); tal vez deba escribirse y pronunciarse *álgoque*, de suerte que el acento principal cargue sobre la *a* y el secundario en la *e* final (como en *pláceme*) y formen los dos elementos una palabra (como en *penséque; cualque, cualesque* = alguno, algunos).
[5] *Zueco* aquí es calzado de madera, propio de gente humilde. Pero ya entonces, como dice Covarrubias, se daba también el nombre de *zueco* a «un chapín cerrado a modo de pantuflo [cf. p. 56, n. 6], salvo que tiene tantos corchos, o pocos más o menos que el chapín. [cf. p. 524, n. 1]: usan dél las religiosas, beatas, mujeres ancianas ordinarias».
[6] «*Catorceno*, cierta suerte de paño bajo» (Cov.). Según que los centenares de hilo de la urdimbre fuesen 14, 18, 20, 22, 24, 26 ó 28, el paño se llamaba *catorceno*, *dieciocheno*... (cf. p. 56, n. 3).
[7] «*Verdugo*, en una significación, vale el renuevo o vástago del árbol, por estar verde; de aquí se dijo *verdugado*, que es una saya a modo de campana, toda de arriba abajo guarnecida con unos ribetes, que por ser redondos como los verdugos del árbol y por ventura de color verde dieron nombre al verdugado» (Cov.).

yanas[1] de seda, y de una *Marica* y un *tú* a una *doña tal* y *señoría*, no se ha de hallar la mochacha y a cada paso ha de caer en mil faltas descubriendo la hilaza[2] de su tela basta y grosera.

—Calla, boba—dijo Sancho—; que todo será usarlo dos o tres años; que después, le vendrá el señorío y la gravedad como de molde; y cuando no, ¿qué importa? Séase ella *señoría*, y venga lo que viniere.

—Medíos, Sancho, con vuestro estado—respondió Teresa—; no os queráis alzar a mayores, y advertid al refrán que dice: «Al hijo de tu vecino, límpiale las narices y métele en tu casa[3]». ¡Por cierto que sería gentil cosa casar a nuestra María con un condazo, o con caballerote que cuando se le antojase la pusiese como nueva, llamándola de villana, hija del destripaterrones y de la pelarruecas! ¡No en mis días, marido! ¡Para eso, por cierto, he criado yo a mi hija! Traed vos dineros, Sancho, y el casarla dejadlo a mi cargo; que ahí está Lope Tocho[4], hijo de Juan Tocho, mozo rollizo y sano, y que le conocemos, y sé que no mira de mal ojo a la mochacha; y con éste, que es nuestro igual, estará bien casada, y le tendremos siempre a nuestros ojos, y seremos todos unos, padres y hijos, nietos y yernos, y andará la paz y la bendición de Dios entre todos nosotros; y no, casármela vos ahora en esas cortes y en esos palacios grandes, adonde ni a ella la entiendan, ni ella se entienda.

—Ven acá, bestia y mujer de Barrabás—replicó Sancho—: ¿por qué quieres tú ahora, sin qué ni para qué, estorbarme que no[5] case a mi hija con quien me dé nietos que se llamen *señoría?* Mira, Teresa: siempre he oído decir a mis mayores que el que no sabe gozar de la ventura cuando le viene, que no se debe quejar si se le pasa. Y no sería bien que, ahora que está llamando a nuestra puerta, se la cerremos: dejémonos llevar deste viento favorable que nos sopla.

Por este modo de hablar, y por lo que más abajo dice Sancho, dijo el traductor desta historia que tenía por apócrifo este capítulo.

—¿No te parece, animalia[6]—prosiguió Sancho—, que será

---

[1] *Saboyana* (cf. p. 579, n. 1).
[2] «*Descubrir la hilaza*, como mal paño» (Cov. v. *paño*). «*Hilaza*, el hilo que sale gordo y desigual» (Cov.).
[3] *Y métele en tu casa* = cásalo con tu hija.
[4] *Tocho* = tosco, grosero.
[5] Hoy omitiríamos este *no* (cf. pról. 24).
[6] *Animalia* = alimaña, animal.

bien dar con mi cuerpo en algún gobierno provechoso que nos saque al pie del lodo[1]? Y cásese a Mari Sancha con quien yo quisiere, y verás cómo te llaman a ti *doña Teresa Panza*, y te sientas en la iglesia sobre alcatifa[2], almohadas y arambeles[3], a pesar y despecho de las hidalgas del pueblo. ¡No, sino estaos siempre en un ser, sin crecer ni menguar, como figura de paramento[4]! Y en esto no hablemos más; que Sanchica ha de ser condesa, aunque tú más me digas.

—¿Veis cuanto decís, marido?—respondió Teresa—. Pues con todo eso, temo que este condado de mi hija ha de ser su perdición. Vos haced lo que quisiéredes, ora la hagáis duquesa, o princesa; pero séos decir que no será ello con voluntad ni consentimiento mío. Siempre, hermano, fuí amiga de la igualdad, y no puedo ver entonos[5] sin fundamentos. Teresa me pusieron en el bautismo, nombre mondo y escueto, sin añadiduras ni cortapisas[6], ni arrequives[7] de *dones* ni *donas*; Cascajo se llamó mi padre; y a mí, por ser vuestra mujer, me llaman Teresa Panza (que a buena razón me habían de llamar Teresa Cascajo, pero allá van reyes do quieren leyes[8]), y con este nombre me contento, sin que me le pongan un *don* encima, que pese tanto, que no le pueda llevar, y no quiero dar que decir a los que me vieren andar vestida a lo condesil o a lo de gobernadora, que luego dirán: «¡Mirad qué entonada va la pazpuerca[9]! Ayer no se hartaba de estirar de un copo de estopa[10], y iba a misa cubierta la cabeza con la falda de la saya[11], en lugar de manto, y ya hoy va con verdugado, con broches y con entono, como si no la conociésemos». Si Dios me guarda mis siete, o mis cinco sentidos, o los que tengo, no pienso dar ocasión de

---

[1] *Sacar a uno el pie* (o *la barba*, cf. p. 287, n. 4) *del lodo* = sacarle de un apuro.

[2] «*Alcatifa*, tapete o cubierta de lana o seda, que se pone para cubrir alguna mesa o banco» (Cov.).

[3] «*Arambel* vale tanto como colgadura» (Cov.).

[4] *Paramento* = adorno.

[5] «*Entonado*, el vano, presuntuoso y arrogante» (Cov.).

[6] «*Cortapisa*, guarnición cortada y sobrepuesta» (Cov.).

[7] *Arrequives* o *requives* = adornos o guarniciones de los vestidos.

[8] Teresa trastrueca los términos del refrán.

[9] *Pazpuerca* = sucia, grosera. R. Marín pregunta si no vendrá de *pedazo de puerca*.

[10] «*Copo*, mechón o pegujón de lino, o de lana, o de algodón, que se hila puesto en la rueca» (Cov.; cf. p. 325, n. 2). *Estopa* (cf. p. 167, n. 1).

[11] A falta de manto, mantilla o pañuelo.

verme en tal aprieto; vos, hermano, idos a ser gobierno o ínsulo, y entonaos a vuestro gusto; que mi hija ni yo[1] por el siglo[2] de mi madre que nos hemos de mudar un paso de nuestra aldea: la mujer honrada, la pierna quebrada, y en casa; y la doncella honesta, el hacer algo es su fiesta. Idos con vuestro don Quijote a vuestras aventuras, y dejadnos a nosotras con nuestras malas venturas; que Dios nos las mejorará como seamos buenas; y yo no sé, por cierto, quién le puso a él *don* que no tuvieron sus padres ni sus agüelos.

—Ahora digo—replicó Sancho—que tienes algún familiar[3] en ese cuerpo. ¡Válate Dios, la mujer, y qué de cosas has ensartado unas en otras, sin tener pies ni cabeza! ¿Qué tiene que ver el Cascajo, los broches, los refranes y el entono con lo que yo digo? Ven acá, mentecata e ignorante (que así te puedo llamar, pues no entiendes mis razones y vas huyendo de la dicha): si yo dijera que mi hija se arrojara de una torre abajo, o que se fuera por esos mundos, como se quiso ir la infanta doña Urraca[4], tenías razón de no venir con mi gusto; pero si en dos paletas[5], y en menos de un abrir y cerrar de ojos, te la chanto[6] un *don* y una *señoría* a cuestas, y te la saco de los rastrojos[7], y te la pongo en toldo y en peana[8], y en un estrado de[9] más almohadas de velludo[10] que tuvieron moros en su linaje los Almohadas[11] de Marruecos, ¿por qué no has de consentir y querer lo que yo quiero?

—¿Sabéis por qué, marido?—respondió Teresa—. Por el

---

[1] Hoy diríamos *ni mi hija ni yo* (cf. pról. 34).
[2] Vida.
[3] «También llaman *familiares* a los demonios que tienen trato con alguna persona» (Cov.).
[4] Un romance entonces muy divulgado contaba que quiso esto Doña Urraca viendo que su padre, al repartir sus reinos, nada le dejaba.
[5] *En dos paletas* o *paletadas* = en un instante. La locución puede estar tomada de la paleta del albañil, o de la paleta o badil con que se revuelve la lumbre.
[6] *Chantar* (de *plantare*, como *chubasco* de *pluviascum*) = plantar (en el sentido de *vestir* o *poner*).
[7] Alude a la costumbre de ir las muchachas pobres a espigar en los rastrojos (cf. p. 66, n. 6).
[8] *En toldo y en peana* = con grande honra, bajo dosel y sobre tablado o pedestal.
[9] Cf. pág. 390, n. 3.
[10] Terciopelo.
[11] Por *Almohades*.

refrán que dice: «quien te cubre, te descubre». Por el pobre todos pasan los ojos como de corrida, y en el rico los detienen; y si el tal rico fué un tiempo pobre, allí es el murmurar y el maldecir, y el peor perseverar[1] de los maldicientes, que los hay por esas calles a montones, como enjambres de abejas.

—Mira, Teresa—respondió Sancho—, y escucha lo que agora quiero decirte; quizá no lo habrás oído en todos los días de tu vida, y yo agora no hablo de mío; que todo lo que pienso decir son sentencias del padre predicador que la cuaresma pasada predicó en este pueblo; el cual, si mal no me acuerdo, dijo que todas las cosas presentes que los ojos están mirando se presentan, están y asisten en nuestra memoria mucho mejor y con más vehemencia que las cosas pasadas.

Todas estas razones que aquí va diciendo Sancho son las segundas por quien dice el tradutor que tiene por apócrifo este capítulo, que exceden a la capacidad de Sancho. El cual prosiguió, diciendo:

—De donde nace que cuando vemos alguna persona bien aderezada y con ricos vestidos compuesta y con pompa de criados, parece que por fuerza nos mueve y convida a que la tengamos respeto, puesto que la memoria en aquel instante nos represente alguna bajeza en que vimos a la tal persona; la cual inominia, ahora sea de pobreza o de linaje, como ya pasó, no es, y sólo es lo que vemos presente. Y si este a quien la fortuna sacó del borrador de su bajeza[2] (que por estas mesmas razones lo dijo el padre) a la alteza de su prosperidad fuere bien criado, liberal y cortés con todos, y no se pusiere en cuentos con aquellos que por antigüedad son nobles, ten por cierto, Teresa, que no habrá quien se acuerde de lo que fué, sino que reverencien lo que es, si no fueren los invidiosos, de quien ninguna próspera fortuna está segura.

—Yo no os entiendo, marido—replicó Teresa—. Haced lo que quisiéredes, y no me quebréis más la cabeza con vuestras arengas y retóricas. Y si estáis revuelto en hacer lo que decís...

—*Resuelto* has de decir, mujer—dijo Sancho—; y no *revuelto*.

—No os pongáis a disputar, marido, conmigo—respondió Teresa—. Yo hablo como Dios es servido, y no me meto en más dibujos; y digo que si estáis porfiando en tener gobierno,

---

[1] Hay gradación: de MAL *decir* se pasa a PEOR *perseverar*.
[2] Como se saca en limpio lo que está escrito en el borrador.

que llevéis con vos a vuestro hijo Sancho, para que desde agora le enseñéis a tener gobierno; que bien es que los hijos hereden y aprendan los oficios de sus padres.

—En teniendo gobierno—dijo Sancho—, enviaré por él por la posta, y te enviaré dineros, que no me faltarán, pues nunca falta quien se los preste a los gobernadores cuando no los tienen; y vístele de modo que disimule lo que es y parezca lo que ha de ser.

—Enviad vos dinero—dijo Teresa—; que yo os lo vistiré como un palmito [1].

—En efecto, quedamos de acuerdo—dijo Sancho—de que ha de ser condesa nuestra hija.

—El día que yo la viere condesa—respondió Teresa—ése haré cuenta que la entierro; pero otra vez os digo que hagáis lo que os diere gusto; que con esta carga nacemos las mujeres, de estar obedientes a sus [2] maridos, aunque sean unos porros [3].

Y en esto comenzó a llorar tan de veras como si ya viera muerta y enterrada a Sanchica. Sancho la consoló diciéndole que ya que la hubiese de hacer condesa, la haría todo lo más tarde que ser pudiese. Con esto se acabó su plática, y Sancho volvió a ver a don Quijote para dar orden en su partida.

---

[1] «De uno que está con muchos vestidos decimos que *está vestido como un palmito*» (Cov.), por alusión, sin duda, a las muchas hojas y tejidos que envuelven su tallo, el cual es dulce y se come.
[2] *De estar obedientes* ellas *a sus...* 
[3] «*Porra*, un bastón por la parte de la manija recojido, y por el cabo grueso. Y díjose así por tener la forma del puerro. Con estas porras peleaban antiguamente y para mayor fotaleza las guarnecían con hierro y púas. De aquí se dijo porrazo, aporrear y aporreado: *porro* decimos al necio, por no ser nada agudo, sino grosero como el cabo de la porra: esa mesma semejanza tiene el *majadero* [= la mano del mortero o almirez] y *badajo*» (Cov.)

CAPITULO VI.—De lo que pasó a don Quijote con su sobrina y con su ama, y es uno de los importantes capítulos de toda la historia.

En tanto que Sancho Panza y su mujer Teresa Cascajo pasaron la impertinente referida plática, no estaban ociosas la Sobrina y el Ama de don Quijote, que por mil señales iban coligiendo que su tío y señor quería desgarrarse la vez tercera, y volver al ejercicio de su, para ellas, mal andante caballería; procuraban por todas las vías posibles apartarle de tan mal pensamiento; pero todo era predicar en desierto y majar en hierro frío. Con todo esto, entre otras muchas razones que con él pasaron, le dijo el Ama:

—En verdad, señor mío, que si vuesa merced no afirma el pie llano[1] y se está quedo en su casa, y se deja de andar por los montes y por los valles como ánima en pena, buscando esas que dicen que se llaman aventuras, a quien yo llamo desdichas, que me tengo de quejar en voz y en grita a Dios y al Rey, que pongan remedio en ello.

A lo que respondió don Quijote:

—Ama, lo que Dios responderá a tus quejas yo no lo sé, ni lo que ha de responder su Majestad tampoco; y sólo sé que si yo fuera rey, me escusara de responder a tanta infinidad de memoriales impertinentes como cada día le dan; que uno de los mayores trabajos que los reyes tienen, entre otros muchos, es el estar obligados a escuchar a todos, y a responder a todos; y así, no querría yo que cosas mías le diesen pesadumbre.

A lo que dijo el Ama:

—Díganos, señor, en la corte de su Majestad, ¿no hay caballeros?

—Sí—respondió don Quijote—, y muchos; y es razón que los haya, para adorno de la grandeza de los príncipes, y para ostentación de la majestad real.

—Pues ¿no sería vuesa merced—replicó ella—uno de los que a pie quedo sirviesen a su rey y señor, estándose en la Corte?

—Mira, amiga—respondió don Quijote—; no todos los caballeros pueden ser cortesanos, ni todos los cortesanos pueden

---

[1] *Llano* puede ser adjetivo: *si v. m. no afirma* (= reside o vive) *el pie llano* (= sosegadamente, sin buscarse tropiezos o peligros) o adverbio: *si no afirma el pie* (= está o anda) *llano* (= llanamente).

ni deben ser caballeros andantes: de todos ha de haber en el mundo; y aunque todos seamos caballeros, va mucha diferencia de los unos a los otros; porque los cortesanos, sin salir de sus aposentos ni de los umbrales de la Corte, se pasean por todo el mundo, mirando un mapa, sin costarles blanca, ni padecer calor ni frío, hambre ni sed; pero nosotros los caballeros andantes verdaderos, al sol, al frío, al aire, a las inclemencias del cielo, de noche y de día, a pie y a caballo, medimos toda la tierra con nuestros mismos pies, y no solamente conocemos los enemigos pintados, sino en su mismo ser, y en todo trance y en toda ocasión los acometemos, sin mirar en niñerías, ni en las leyes de los desafíos; si lleva o no lleva más corta la lanza, o la espada; si trae sobre sí reliquias[1], o algún engaño encubierto; si ha de partir y hacer tajadas el sol[2], o no, con otras ceremonias deste jaez, que se usan en los desafíos particulares de persona a persona, que tú no sabes y yo sí. Y has de saber más: que el buen caballero andante, aunque vea diez gigantes que con las cabezas no sólo tocan, sino pasan las nubes, y que a cada uno le sirven de piernas dos grandísimas torres, y que los brazos semejan árboles de gruesos y poderosos navíos, y cada ojo como una gran rueda de molino y más ardiendo que un horno de vidrio, no le han de espantar en manera alguna; antes con gentil continente y con intrépido corazón los ha de acometer y embestir, y, si fuere posible, vencerlos y desbaratarlos en un pequeño instante, aunque viniesen armados de unas conchas de un cierto pescado, que dicen que son más duras que si fuesen de diamantes, y en lugar de espadas trujesen cuchillos tajantes de damasquino[3] acero, o porras ferradas con puntas asimismo de acero, como yo las he visto más de dos veces. Todo esto he dicho, Ama mía, porque veas la diferencia que hay de unos caballeros a otros; y sería razón que no hubiese príncipe que no estimase en más esta segunda, o, por mejor decir, primera especie de caballeros andantes, que, según leemos en sus historias, tal ha habido entre ellos, que ha sido la salud no sólo de un reino, sino de muchos.

—¡Ah señor mío!—dijo a esta sazón la Sobrina—. Advierta

---

[1] Muchos caballeros solían llevarlas como prendas de la victoria.
[2] *Partir el sol* = colocar a los combatientes de modo que la luz solar no dé ventaja a ninguno. Cervantes, comentando el *partir*, añadió el *hacer tajadas*.
[3] *Damasquino* es un adjetivo que comúnmente se aplica a las armas blancas de muy fino temple y de hermosas aguas.

vuesa merced que todo eso que dice de los caballeros andantes es fábula y mentira, y sus historias, ya que no las quemasen, merecían que a cada una se le echase un sambenito[1], o alguna señal en que fuese conocida por infame y por gastadora de las buenas costumbres.

—Por el Dios que me sustenta—dijo don Quijote—, que si no fueras mi sobrina derechamente, como hija de mi misma hermana, que había de hacer un tal castigo en ti, por la blasfemia que has dicho, que sonara por todo el mundo. ¿Cómo que es posible que una rapaza que apenas sabe menear doce palillos de randas[2] se atreva a poner lengua y a censurar las historias de los caballeros andantes? ¿Qué dijera el señor Amadís si lo tal oyera? Pero a buen seguro que él te perdonara, porque fué el más humilde y cortés caballero de su tiempo, y demás, grande amparador de las doncellas; mas tal te pudiera haber oído, que no te fuera bien dello; que no todos son corteses ni bien mirados: algunos hay follones y descomedidos. Ni todos los que se llaman caballeros lo son de todo en todo; que unos son de oro, otros de alquimia[3], y todos parecen caballeros;

---

[1] «Sambenito, la insignia de la Santa Inquisición, que echa sobre el pecho y espaldas del penitente reconciliado» (Cov.). Era un capotillo o escapulario amarillo con una o dos cruces rojas en forma de aspa. Covarrubias dice que el sambenito originariamente fué el saco o cilicio benedicto o bendecido por el Obispo o Sacerdote, con que los penitentes públicos se quedaban a la puerta de la iglesia. No es así. En documentos antiguos aparece el San Benito o sambenito con el significado de «pechero de abrigo, mandil o servilleta», y no era sino el escapulario de la anchura de los hombros, largo hasta la rodilla, que los monjes benedictinos llevaban, y se llamaba de San Benito, nombre que, perdida la noción del santo, se extendió a otros mandiles o delantales.

[2] Palillo (bolillo, majaderillo o majaderuelo) = palito torneado que sirve para hacer randas o encajes. Dice Covarrubias: «suele una mujer menear cuarenta y cincuenta juntos, en una sola franja».

[3] Siendo alquimia el arte de convertir los metales de poco valor en oro y plata, a los metales trasformados que sin ser preciosos imitaban su color o brillo, v. gr., al latón, llamaban de alquimia.

pero no todos pueden estar al toque de la piedra [1] de la verdad. Hombres bajos hay que revientan por parecer caballeros, y caballeros altos hay que parece que aposta [2] mueren por parecer hombres bajos: aquéllos se levantan, o con la ambición, o con la virtud; éstos se abajan, o con la flojedad, o con el vicio; y es menester aprovecharnos del conocimiento discreto para distinguir estas dos maneras de caballeros, tan parecidos en los nombres y tan distantes en las acciones.

—¡Válame Dios!—dijo la Sobrina—. ¡Que sepa vuesa merced tanto, señor tío, que, si fuese menester en una necesidad, podría subir en un púlpito e irse a predicar por esas calles, y que, con todo esto, dé en una ceguera tan grande y en una sandez tan conocida, que se dé a entender que es valiente, siendo viejo, que tiene fuerzas, estando enfermo, y que endereza tuertos, estando por la edad agobiado, y, sobre todo, que es caballero, no lo siendo, porque aunque lo puedan ser los hidalgos, no lo son los pobres...!

—Tienes mucha razón, Sobrina, en lo que dices—respondió don Quijote—, y cosas te pudiera yo decir cerca de los linajes, que te admiraran; pero por no mezclar lo divino con lo humano, no las digo. Mirad, amigas: a cuatro suertes de linajes (y estadme atentas) se pueden reducir todos los que hay en el mundo, que son éstas: unos, que tuvieron principios humildes, y se fueron estendiendo y dilatando, hasta llegar a una suma grandeza; otros, que tuvieron principios grandes, y los fueron conservando, y los conservan y mantienen en el ser que comenzaron; otros, que aunque tuvieron principios grandes, acabaron en punta, como pirámide, habiendo diminuído y aniquilado su principio hasta parar en nonada, como lo es la punta de la pirámide, que respeto de su base o asiento no es nada; otros hay (y éstos son los más) que ni tuvieron principio bueno, ni razonable medio, y así tendrán el fin, sin nombre, como el linaje de la gente plebeya y ordinaria. De los primeros, que tuvieron principio humilde y subieron a la grandeza que agora conservan, te sirva de ejemplo la Casa Otomana, que de un humilde y bajo pastor que le dió principio, está en la cumbre que la

---

[1] Alude a la *piedra de toque* con que se examina y gradúa la calidad de los metales. La piedra de toque es una piedra negra muy dura de superficie algo rugosa, de suerte que un objeto de oro pasado sobre ella deja una raya formada por particulitas metálicas.

[2] *Aposta* = de propósito.

vemos. Del segundo linaje, que tuvo principio en grandeza y la conseva sin aumentarla, serán ejemplo muchos príncipes, que por herencia lo son, y se conservan en ella, sin aumentarla ni diminuírla, conteniéndose en los límites de sus estados pacíficamente. De los que comenzaron grandes y acabaron en punta hay millares de ejemplos; porque todos los Faraones y Tolomeos de Egipto, los Césares de Roma, con toda la caterva (si es que se le puede dar este nombre) de infinitos príncipes, monarcas, señores, medos, asirios, persas, griegos y bárbaros, todos estos linajes y señoríos han acabado en punta y en nonada, así ellos como los que les dieron principio, pues no será posible hallar agora ninguno de sus decendientes, y si le hallásemos, sería en bajo y humilde estado. Del linaje plebeyo no tengo que decir sino que sirve sólo de acrecentar el número de los que viven, sin que merezcan otra fama ni otro elogio sus grandezas. De todo lo dicho quiero que infiráis, bobas mías [1], que es grande la confusión que hay entre los linajes, y que solos aquéllos parecen grandes y ilustres que los muestran en la virtud, y en la riqueza, y liberalidad de sus dueños. Dije virtudes, riquezas y liberalidades, porque el grande que fuere vicioso será vicioso grande, y el rico no liberal será un avaro mendigo; que al poseedor de las riquezas no le hace dichoso el tenerlas, sino el gastarlas, y no el gastarlas como quiera, sino el saberlas bien gastar. Al caballero pobre no le queda otro camino para mostrar que es caballero sino el de la virtud, siendo afable, bien criado, cortés, y comedido, y oficioso; no soberbio, no arrogante, no murmurador, y, sobre todo, caritativo; que con dos maravedís que con ánimo alegre dé al pobre se mostrará tan liberal como el que a campana herida da limosna, y no habrá quien le vea adornado de las referidas virtudes que, aunque no le conozca, deje de juzgarle y tenerle por de buena casta, y el no serlo sería milagro; y siempre la alabanza fué premio de la virtud, y los virtuosos no pueden dejar de ser alabados. Dos caminos hay, hijas, por donde pueden ir los hombres a [2] llegar a ser ricos y honrados: el uno es el de las letras; otro, el de las armas. Yo tengo más armas que letras, y nací, según me inclino a las armas, debajo de la influencia del planeta Marte; así que, casi me es forzoso seguir por su camino, y por él tengo de ir a pesar de todo el mundo, y será

---

[1] A veces el cariño emplea palabras de suyo injuriosas, que ennoblece con su contacto (cf. *pillín, diablo...*).

[2] Para.

— 643 —

en balde cansaros en persuadirme a que no quiera yo lo que los cielos quieren, la fortuna ordena y la razón pide, y, sobre todo, mi voluntad desea; pues con saber, como sé, los innumerables trabajos que son anejos a la andante caballería, sé también los infinitos bienes que se alcanzan con ella; y sé que la senda de la virtud es muy estrecha, y el camino del vicio, ancho y espacioso; y sé que sus fines y paraderos son diferentes; porque el del vicio, dilatado y espacioso, acaba en muerte, y el de la virtud, angosto y trabajoso, acaba en vida, y no en vida que se acaba, sino en la que no tendrá fin; y sé, como dice el gran poeta castellano nuestro [1], que

> Por estas asperezas se camina,
> De la inmortalidad al alto asiento,
> Do nunca arriba quien de allí declina.

—¡Ay desdichada de mí—dijo la Sobrina—; que también mi señor es poeta! Todo lo sabe, todo lo alcanza: yo apostaré que si quisiera ser albañil, que supiera fabricar una casa como una jaula.

—Yo te prometo, Sobrina—respondió don Quijote—, que si estos pensamientos caballerescos no me llevasen tras sí todos los sentidos, que no habría cosa que yo no hiciese, ni curiosidad que no saliese de mis manos, especialmente jaulas y palillos de dientes.

A este tiempo llamaron a la puerta, y preguntando quién llamaba, respondió Sancho Panza que él era; y apenas le hubo conocido el Ama, cuando corrió a esconderse, por no verle: tanto le aborrecía. Abrióle la Sobrina, salió a recibirle con los brazos abiertos su señor don Quijote, y encerráronse los dos en su aposento, donde tuvieron otro coloquio, que [2] no le hace ventaja el pasado.

CAPITULO VII.—De lo que pasó don Quijote con su escudero, con otros sucesos famosísimos.

Apenas vió el Ama que Sancho Panza se encerraba con su señor, cuando dió en la cuenta de sus tratos; y imaginando que de aquella consulta había de salir la resolución de su ter-

---

[1] Garcilaso.
[2] Tal, *que* (cf. pról. 15).

cera salida, y tomando su manto, toda llena de congoja y pesadumbre se fué a buscar al bachiller Sansón Carrasco, pareciéndole que por ser bien hablado y amigo fresco [1] de su señor, le podría persuadir a que dejase tan desvariado propósito. Hallóle paseándose por el patio de su casa, y viéndole, se dejó caer ante sus pies, trasudando y congojosa. Cuando la vió Carrasco con muestras tan doloridas y sobresaltadas, le dijo:

—¿Qué es esto, señora Ama? ¿Qué le ha acontecido, que parece que se le quiere arrancar el alma?

—No es nada, señor Sansón mío, sino que mi amo se sale; ¡sálese, sin duda!

—¿Y por dónde se sale [2], señora?—preguntó Sansón—. ¿Hásele roto alguna parte de su cuerpo?

—No se sale—respondió ella—sino por la puerta de su locura. Quiero decir, señor Bachiller de mi ánima, que quiere salir otra vez, que con ésta será la tercera, a buscar por ese mundo lo que él llama venturas [3]; que yo no puedo entender cómo les da este nombre. La vez primera nos le volvieron atravesado sobre un jumento, molido a palos. La segunda vino en un carro de bueyes, metido y encerrado en una jaula, adonde él se daba a entender que estaba encantado; y venía tal el triste, que no le conociera la madre que le parió: flaco, amarillo, los ojos hundidos en los últimos camaranchones del celebro; que para haberle de volver algún tanto en sí, gasté más de seiscientos huevos, como lo sabe Dios y todo el mundo, y mis gallinas, que no me dejarán mentir.

—Eso creo yo muy bien—respondió el Bachiller—; que ellas son tan buenas, tan gordas y tan bien criadas [4], que no dirán una cosa por otra, si [5] reventasen. En efecto [6], señora Ama, ¿no hay otra cosa, ni ha sucedido otro desmán alguno sino el que se teme que quiere hacer el señor don Quijote?

—No, señor—respondió ella.

—Pues no tenga pena—respondió el Bachiller—, sino váyase en hora buena a su casa, y téngame aderezado de almorzar alguna cosa caliente, y, de camino, vaya rezando la oración

[1] *Fresco* = reciente.
[2] De una vasija que deja escapar el agua se dice que la vasija *se sale*.
[3] Ya sabía el Ama que don Quijote decía *aventuras*, como se vió en el capítulo anterior (p. 639), pero creía que esta voz significaba lo mismo que *venturas*.
[4] *Bien criadas* es equívoco; bien alimentadas, bien educadas.
[5] Aunque (cf. pról. 30).
[6] Realmente.

de Santa Apolonia [1], si es que la sabe; que yo iré luego allá, y verá maravillas.

—¡Cuitada de mí!—replicó el Ama—. ¿La oración de Santa Apolonia dice vuesa merced que rece? Eso fuera si mi amo lo hubiera de las muelas [2]; pero no lo ha sino de los cascos.

—Yo sé lo que digo, señora Ama: váyase, y no se ponga a disputar conmigo, pues sabe que soy bachiller por Salamanca, que no hay más que bachillear [3]—respondió Carrasco.

Y con esto, se fué el Ama, y el Bachiller fué luego a buscar al Cura, a comunicar con él lo que se dirá a su tiempo. En el que estuvieron encerrados don Quijote y Sancho pasaron las razones que con mucha puntualidad y verdadera relación cuenta la historia. Dijo Sancho a su amo:

—Señor, ya yo tengo relucida [4] a mi mujer a que me deje ir con vuesa merced adonde quisiere llevarme.

—*Reducida* has de decir, Sancho—dijo don Quijote—; que no *relucida*.

—Una o dos veces—respondió Sancho—, si mal no me acuerdo, he suplicado a vuesa merced que no me enmiende los vocablos, si es que entiende lo que quiero decir en ellos, y que cuando no los entienda, diga: «Sancho, o diablo, no te entiendo»; y si yo no me declarare, entonces podrá emendarme; que yo soy tan fócil...

—No te entiendo, Sancho—dijo luego don Quijote—, pues no sé qué quiere decir *soy tan fócil*.

—*Tan fócil* quiere decir—respondió Sancho—*soy tan así*.

—Menos te entiendo agora—replicó don Quijote.

—Pues si no me puede entender—respondió Sancho—, no sé cómo lo diga; no sé más, y Dios sea conmigo.

—Ya, ya caigo—respondió don Quijote—en ello: tú quieres decir que eres *tan dócil*, blando y mañero [5], que tomarás lo que yo te dijere, y pasarás por lo que te enseñare.

---

[1] *La oración de Santa Apolonia* parece ser la que copia Clemencín, en la que habiendo ido dicha santa al cielo en busca de remedio para sus muelas, la Virgen le concede que no le duela más ni muela ni diente.

[2] *Haber o de* = padecer de.

[3] *No hay más que bachillear* (tal vez se haya de leer *bachillerar* o *bachillerear*) = es lo mejor que hay en cuestión de bachilleres.

[4] Sabido es que uno de los significados de *lucir* es «enlucir o revocar» (= poner una capa de yeso o mezcla a las paredes, techos o fachadas de los edificios).

[5] Manual (cf. p. 601, n. 3).

2, 7.—DON QUIJOTE Y SANCHO

—Apostaré yo—dijo Sancho—que desde el emprincipio me caló y me entendió; sino que quiso turbarme, por oírme decir otras docientas patochadas.

—Podrá ser—replicó don Quijote—. Y en efecto[1], ¿qué dice Teresa?

—Teresa dice—dijo Sancho—que ate bien mi dedo[2] con vuesa merced, y que hablen cartas y callen barbas[3], porque quien destaja no baraja[4], pues más vale un toma que dos te daré. Y yo digo que el consejo de la mujer es poco, y el que no le toma es loco[5].

—Y yo lo digo también—respondió don Quijote—. Decid, Sancho amigo; pasá[6] adelante, que habláis hoy de perlas.

—Es el caso—replicó Sancho—, que como vuesa merced mejor sabe, todos estamos sujetos a la muerte, y que hoy somos y mañana no, y que tan presto se va el cordero como el carnero, y que nadie puede prometerse en este mundo más horas de la vida de las que Dios quisiere darle; porque la muerte es sorda, y cuando llega a llamar a las puertas de nuestra vida, siempre va de priesa, y no la harán detener ni ruegos, ni fuerzas, ni ceptros, ni mitras, según es pública voz y fama, y según nos lo dicen por esos púlpitos.

—Todo eso es verdad—dijo don Quijote—; pero no sé dónde vas a parar.

—Voy a parar—dijo Sancho—, en que vuesa merced me señale salario conocido de lo que me ha de dar cada mes el tiempo que le sirviere, y que el tal salario se me pague de su hacienda; que no quiero estar a mercedes, que llegan tarde, o mal, o nunca; con lo mío me ayude Dios. En fin, yo quiero saber lo

---

[1] *En efecto* = bien, en conclusión.
[2] *Atar uno bien su dedo* = ser cauto, tomar bien las disposiciones para algo.
[3] «*Hablen cartas y callen barbas:* la memoria de los hombres es frágil y mucha la malicia, y así algunos con poco temor de Dios dicen lo que se les antoja y no lo que es verdad, pero acudiendo a las escrituras [o *cartas*] auténticas, éstas, que *hablan* sin pasión y sin equivocarse, dicen la verdad y lo que es cierto» (Cov.).
[4] «*Destajar*, echar la cuenta por menudo, tajando o tasando y dividiendo la obra por partes» (Cov.); atajar, precaver. *Quien destaja, no baraja* (no confunde). Tiene este refrán otro significado, tomado del juego de naipes: no puede uno hacer dos cosas a un tiempo (el que corta la baraja, no la revuelve).
[5] *El consejo de la...* = no se debe menospreciar el parecer de la mujer.
[6] Por *pasad* (cf. pról. 1).

que gano, poco o mucho que sea; que sobre un huevo pone la gallina[1], y muchos pocos hacen un mucho, y mientras se gana algo no se pierde nada. Verdad sea que si sucediese (lo cual ni lo creo ni lo espero) que vuesa merced me diese la ínsula que me tiene prometida, no soy tan ingrato, ni llevo las cosas tan por los cabos, que no querré que se aprecie lo que montare la renta de la tal ínsula, y se descuente de mi salario gata por cantidad.

—Sancho amigo—respondió don Quijote—, a las veces tan buena suele ser una *gata* como una *rata*.

—Ya entiendo—dijo Sancho—: yo apostaré que había de decir *rata*, y no *gata*[2]; pero no importa nada, pues vuesa merced me ha entendido.

—Y tan entendido—respondió don Quijote—, que he penetrado lo último de tus pensamientos, y sé al blanco que[3] tiras con las inumerables saetas de tus refranes. Mira, Sancho: yo bien te señalaría salario, si hubiera hallado en alguna de las historias de los caballeros andantes ejemplo que me descubriese y mostrase por algún pequeño resquicio qué es lo que solían ganar cada mes, o cada año; pero yo he leído todas o las más de sus historias, y no me acuerdo haber leído que ningún caballero andante haya señalado conocido salario a su escudero; sólo sé que todos servían a merced[4], y que cuando menos se lo pensaban, si a sus señores les había corrido bien la suerte, se hallaban premiados con una ínsula, o con otra cosa equivalente y, por lo menos, quedaban con título y señoría. Si con estas esperanzas y aditamentos vos, Sancho, gustáis de volver a servirme, sea en buena hora; que pensar que yo he de sacar de sus términos y quicios la antigua usanza de la caballería andante es pensar en lo escusado[5]: así que, Sancho mío, volveos a vuestra casa, y declarad a vuestra Teresa mi intención; y si ella gustare y vos gustáredes de estar a merced conmigo, *bene quidem;* y si no, tan amigos como de antes; que si al palomar no le falta cebo, no le faltarán palomas. Y advertid, hijo, que

---

[1] *Sobre un huevo* (= un huevo poco más o menos) *pone la gallina* = conviene comenzar por algo; hay que tener algo seguro, aunque sea poco.
[2] *Rata (gata) por cantidad* = a prorrata, a proporción.
[3] Por *sé a qué blanco tiras* (cf. pról 26).
[4] *Merced*, por oposición a *salario*, es lo que voluntariamente, fuera de todo contrato, da el amo a su criado.
[5] *Pensar en lo excusado* (= rechazado, separado) = pensar en lo imposible.

— 648 —

2, 7.—DON QUIJOTE, SANCHO, EL BACHILLER, EL AMA Y LA SOBRINA

vale más buena esperanza que ruin posesión, y buena queja que mala paga[1]. Hablo de esta manera, Sancho, por daros a entender que también como vos sé yo arrojar refranes como llovidos[2]. Y, finalmente, quiero decir, y os digo, que si no queréis venir a merced conmigo y correr la suerte que yo corriere, que Dios quede con vos y os haga un santo; que a mí no me faltarán escuderos más obedientes, más solícitos, y no tan empachados[3] ni tan habladores como vos.

Cuando Sancho oyó la firme resolución de su amo se le anubló el cielo y se le cayeron las alas del corazón, porque tenía creído que su señor no se iría sin él por todos los haberes del mundo; y así estando suspenso y pensativo, entró Sansón Carrasco, y el Ama y la Sobrina, deseosas de oír con qué razones persuadía a su señor que no tornase a buscar las aventuras. Llegó Sansón, socarrón famoso, y abrazándole como la vez primera, y con voz levantada, le dijo:

—¡Oh flor de la andante caballería! ¡Oh luz resplandeciente de las armas! ¡Oh honor y espejo de la nación española! Plega a Dios todopoderoso, donde más largamente se contiene[4], que la persona o personas que pusieren impedimento y estorbaren tu tercera salida, que no la hallen en el laberinto de sus deseos, ni jamás se les cumpla lo que más desearen.

Y volviéndose al Ama, le dijo:

—Bien puede la señora Ama no rezar más la oración de Santa Apolonia; que yo sé que es determinación precisa de las esferas[5] que el señor don Quijote vuelva a ejecutar sus altos y nuevos pensamientos, y yo encargaría mucho mi conciencia si no intimase y persuadiese a este caballero que no tenga más tiempo encogida y detenida la fuerza de su valeroso brazo y la bondad de su ánimo valentísimo, porque defrauda con su tardanza el derecho de los tuertos, el amparo de los huérfanos, la honra de las doncellas, el favor de las viudas y el arrimo de las casadas, y otras cosas deste jaez, que tocan, atañen, dependen y son anejas a la orden de la caballería andante. ¡Ea, señor don Quijote mío, hermoso y bravo, antes hoy que mañana se ponga vuesa merced y su grandeza en camino; y si alguna

---

[1] Estos refranes se oponen a aquellos otros: *más vale pájaro en mano que buey volando; más vale un toma que dos te daré.*
[2] *Como llovidos* = inesperada y abundantemente.
[3] Cf. p. 349, n. 3.
[4] Cf. p. 125, n. 3, y pág. 348, n. 3.
[5] *Esferas* (celestiales) = cielos.

2, 7.—DON QUIJOTE, SANCHO, EL BACHILLER, EL AMA Y LA SOBRINA

cosa faltare para ponerle en ejecución, aquí estoy yo para suplirla con mi persona y hacienda; y si fuere necesidad servir a tu[1] magnificencia de escudero, lo tendré a felicísima ventura!

A esta sazón dijo don Quijote, volviéndose a Sancho:

—¿No te dije yo, Sancho, que me habían de sobrar escuderos? Mira quién se ofrece a serlo, sino[2] el inaudito bachiller Sansón Carrasco, perpetuo trastulo[3] y regocijador de los patios de las escuelas salmanticenses, sano de su persona, ágil de sus miembros, callado, sufridor así del calor como del frío, así de la hambre como de la sed, con todas aquellas partes que se requieren para ser escudero de un caballero andante. Pero no permita el cielo que por seguir mi gusto desjarrete y quiebre la coluna de las letras y el vaso de las ciencias[4], y tronque la palma eminente de las buenas y liberales artes. Quédese el nuevo Sansón en su patria, y honrándola, honre juntamente las canas de sus ancianos padres; que yo con cualquier escudero estaré contento, ya que Sancho no se digna de venir conmigo.

—Sí digno[5]—respondió Sancho, enternecido y llenos de lágrimas los ojos, y prosiguió—: No se dirá por mí, señor mío, el pan comido y la compañía deshecha; sí que no vengo yo de alguna alcurnia desagradecida; que ya sabe todo el mundo, y especialmente mi pueblo, quién fueron los Panzas, de quien yo deciendo, y más, que tengo conocido y calado por muchas buenas obras, y por más buenas palabras, el deseo que vuesa merced tiene de hacerme merced; y si me he puesto en cuentas de tanto más cuanto[6] acerca de mi salario, ha sido por complacer a mi mujer; la cual cuando toma la mano a persuadir una cosa, no hay mazo que tanto apriete los aros de una cuba como ella aprieta a que se haga lo que quiere; pero, en efeto, el hombre ha de ser hombre, y la mujer, mujer; y pues yo soy hombre dondequiera, que no lo puedo negar,

---

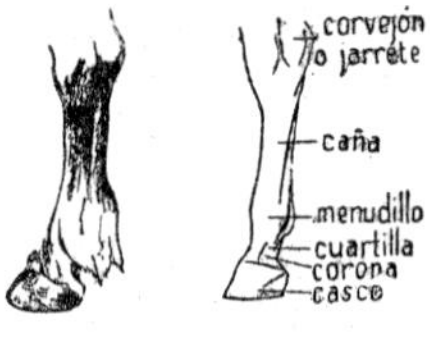

[1] Al fin le habla de *tú*, como lo hizo también al principio.
[2] *Quién* (= no otro) *sino*; nada menos que.
[3] *Trastulo* (del ital. *trastullo*) 1) = entretenimiento, juguete; 2) nombre de uno de los bufones de las farsas italianas que en tiempo de Cervantes se representaban en España.
[4] *Desjarretar* = cortar las piernas por los jarretes (= corvas). *Desjarrete la columna y quiebre el vaso*.
[5] Hoy diríamos *Si me digno* (cf. prol. 10).
[6] Cf. p. 563, n. 2.

2, 7.—DON QUIJOTE, SANCHO, EL BACHILLER, EL AMA Y LA SOBRINA

también lo quiero ser en mi casa, pese a quien pesare; y así, no hay más que hacer sino que vuesa merced ordene su testamento con su codicilo[1], en modo que no se pueda revolcar[2], y pongámonos luego en camino[3], porque no padezca el alma del señor Sansón que dice que su conciencia le lita[4] que persuada a vuesa merced a salir vez tercera por ese mundo; y yo de nuevo me ofrezco a servir a vuesa merced fiel y legalmente, tan bien y mejor que cuantos escuderos han servido a caballeros andantes en los pasados y presentes tiempos.

Admirado quedó el Bachiller de oír el término y modo de hablar de Sancho Panza; que puesto que había leído la primera historia de su señor, nunca creyó que era tan gracioso como allí le pintan; pero oyéndole decir ahora *testamento y codicilo que no se pueda revolcar* en lugar *de testamento y codicilo que no se pueda revocar*, creyó todo lo que dél había leído, y confirmólo por uno de los más solenes mentecatos de nuestros siglos, y dijo entre sí que tales dos locos como amo y mozo no se habrían visto en el mundo. Finalmente, don Quijote y Sancho se abrazaron y quedaron amigos, y con parecer y beneplácito del gran Carrasco, que por entonces era su oráculo, se ordenó que de allí a tres días fuese su partida; en los cuales habría lugar de aderezar lo necesario para el viaje, y de buscar una celada de encaje[5], que en todas maneras dijo don Quijote que la había de llevar. Ofreciósela Sansón, porque sabía no se la negaría un amigo suyo que la tenía, puesto que estaba más escura por el orín y el moho que clara y limpia por el terso acero. Las maldiciones que las dos, Ama y Sobrina, echaron al Bachiller no tuvieron cuento; mesaron sus cabellos, arañaron sus rostros, y al modo de las endechaderas[6] que se usaban, lamentaban

---

[1] *Codicilo* = instrumento en que uno declara por escrito su última voluntad, para quitar o añadir algo al testamento, o declarar lo dispuesto en él.

[2] Por *revocar*.

[3] Es verdad que esta escena no se armoniza bien con el salario que don Quijote en su testamento le tenía señalado (p. 222 y 533); pero tal vez el desconcierto no es tan grande como lo pinta Clemencín, si se supone que el blanco a que tiraba Sancho sus saetas era el aumento de salario, y que cuando vió lo mal que le salían sus mañas, lo dejó todo a la voluntad de su amo expresada, como la vez pasada, en el testamento.

[4] Por *dita* (= dicta).

[5] Cf. p. 59, n. 8.

[6] *Endechaderas* son las que llama Covarrubias *endecheras y lloraderas*,

la partida como si fuera la muerte de su señor. El designo[1] que tuvo Sansón para persuadirle a que otra vez saliese fué hacer lo que adelante cuenta la historia, todo por consejo del Cura y del Barbero, con quien él antes lo había comunicado.

En resolución, en aquellos tres días don Quijote y Sancho se acomodaron de lo que les pareció convenirles; y habiendo aplacado Sancho a su mujer, y don Quijote a su Sobrina y a su Ama, al anochecer, sin que nadie lo viese sino el Bachiller, que quiso acompañarles media legua del lugar, se pusieron en camino del Toboso, don Quijote sobre su buen Rocinante, y Sancho sobre su antiguo rucio, proveídas las alforjas de cosas tocantes a la bucólica[2], y la bolsa, de dineros, que le dió don Quijote para lo que se ofreciese. Abrazóle Sansón y suplicóle le avisase de su buena o mala suerte, para alegrarse con ésta o entristecerse con aquélla[3], como las leyes de su amistad pedían. Prometióselo don Quijote, dió Sansón la vuelta a su lugar, y los dos tomaron la de la gran ciudad del Toboso.

CAPITULO VIII.—Donde se cuenta lo que sucedió a don Quijote yendo a ver su señora Dulcinea del Toboso.

¡Bendito sea el poderoso Alá!—dice Hamete Benengeli al comienzo deste octavo capítulo—. ¡Bendito sea Alá!, repite tres veces, y dice que da estas bendiciones por ver que tiene ya en campaña a don Quijote y a Sancho, y que los lectores de su agradable historia pueden hacer cuenta que desde este punto comienzan las hazañas y donaires de don Quijote y de

---

mujeres que se alquilaban para llorar en los entierros de los difuntos. A propósito de las endechas dice el mismo autor: «Este modo de llorar los muertos se usaba en toda España porque iban las mujeres detrás del cuerpo del marido descabelladas, y las hijas tras el de sus padres, mesándose y dando tantas voces, que en la iglesia no dejaban hacer el Oficio a los clérigos y así se les mandó que no fuesen: pero hasta que sacan el cuerpo a la calle están en casa lamentando, y se asoman a las ventanas a dar gritos cuando le llevan, ya que no se les concede ir tras él, y dicen mil impertinencias... Un proverbio muy común, que dice *la judía de Zaragoza, que cegó llorando duelos ajenos*, se entiende así, que ésta tenía por oficio alquilarse para llorar los muertos de su nación, y tanto lloró, que vino a cegar» (Cov.).

[1] *Designo* = designio.
[2] *Bucólica* = comida.
[3] Está de intento trastrocado: *para alegrarse con la mala suerte...*

su escudero; persuádeles que se les olviden las pasadas caballerías del Ingenioso Hidalgo, y pongan los ojos en las que están por venir, que desde agora en el camino del Toboso comienzan, como las otras comenzaron en los campos de Montiel, y no es mucho lo que pide para tanto como él promete; y así prosigue, diciendo:

Solos quedaron don Quijote y Sancho, y apenas se hubo apartado Sansón, cuando comenzó a relinchar Rocinante y a sospirar[1] el rucio, que de entrambos, caballero y escudero, fué tenido a buena señal y por felicísimo agüero; aunque, si se ha de contar la verdad, más fueron los sospiros y rebuznos del rucio que los relinchos del rocín, de donde coligió Sancho que su ventura había de sobrepujar y ponerse encima de la de su señor, fundándose no sé si en astrología judiciaria[2] que él se sabía, puesto que la historia no lo declara; sólo le oyeron decir que cuando tropezaba o caía, se holgara no haber salido de casa, porque del tropezar o caer no se sacaba otra cosa sino el zapato roto, o las costillas quebradas; y aunque tonto, no andaba en esto muy fuera de camino. Díjole don Quijote:

—Sancho amigo, la noche se nos va entrando a más andar, y con más escuridad de la que habíamos menester para alcanzar a ver con el día al Toboso, adonde tengo determinado de ir antes que en otra aventura me ponga, y allí tomaré la bendición y buena licencia de la sin par Dulcinea; con la cual licencia pienso y tengo por cierto de acabar y dar felice cima a toda peligrosa aventura, porque ninguna cosa desta vida hace más valientes a los caballeros andantes que verse favorecidos de sus damas.

—Yo así lo creo—respondió Sancho—; pero tengo por dificultoso que vuesa merced pueda hablarla, ni verse con ella, en parte, a lo menos, que pueda recebir su bendición, si ya no se la echa desde las bardas del corral, por donde yo la vi la vez primera, cuando le llevé la carta donde iban las nuevas de las sandeces y locuras que vuesa merced quedaba haciendo en el corazón de Sierra Morena.

—¿Bardas de corral se te antojaron aquéllas, Sancho—dijo

---

[1] Este eufemismo se repite en II, 44.
[2] La *astrología judiciaria* era la parte de la astrología que enseñaba al astrólogo u horóscopo las reglas para deducir (examinando con el horoscopio la posición de los *astros*, v. gr., cuando uno nacía) el *juicio* sobre la suerte del recién nacido.

don Quijote—, adonde o por donde viste aquella jamás bastantemente alabada gentileza y hermosura? No debían de ser sino galerías, o corredores[1], o lonjas[2], o como las llaman, de ricos y reales palacios.

—Todo pudo ser—respondió Sancho—; pero a mí bardas me parecieron, si no es que soy falto de memoria.

—Con todo eso, vamos allá, Sancho—replicó don Quijote—; que como yo la vea, eso[3] se me da que sea por bardas que por ventanas, o por resquicios, o verjas de jardines; que cualquier rayo que del sol de su belleza llegue a mis ojos alumbrará mi entendimiento y fortalecerá mi corazón, de modo, que quede único y sin igual en la discreción y en la valentía.

—Pues en verdad, señor—respondió Sancho—, que cuando yo vi ese sol de la señora Dulcinea del Toboso, que no estaba tan claro, que pudiese echar de sí rayos algunos; y debió de ser que como su merced estaba ahechando[4] aquel trigo que dije, el mucho polvo que sacaba se le puso como nube ante el rostro y se le escureció.

—¡Que todavía das[5], Sancho—dijo don Quijote—, en decir, en pensar, en creer y porfiar que mi señora Dulcinea ahechaba trigo, siendo eso un menester[6] y ejercicio que va desviado de todo lo que hacen y deben hacer las personas principales que están constituídas y guardadas para otros ejercicios y entretenimientos, que muestran a tiro de ballesta su principalidad...! Mal se te acuerdan a ti ¡oh Sancho! aquellos versos de nuestro poeta[7] donde nos pinta las labores que hacían allá en sus moradas de cristal aquellas cuatro ninfas que del Tajo amado sacaron las cabezas, y se sentaron a labrar en el prado verde aquellas ricas telas que allí el ingenioso poeta nos describe, que todas eran de oro, sirgo y perlas contestas[8] y tejidas. Y desta manera debía de ser el de[9] mi señora cuando tú la viste; sino

---

[1] «*Corredor*, el paseo descubierto en la casa. *Corredores*, el ámbito que está sobre el patio» (Cov.).

[2] *Lonja* = atrio algo levantado del piso de las calles, a que regularmente salen las puertas de los templos y otros edificios.

[3] Lo mismo.

[4] Cribando.

[5] Así puntuado, significa: ¡*Que todavía des*...! (cf. pról. 16). Otros puntúan así: ¿*Qué, todavía das*...?

[6] *Menester* = oficio, profesión, arte.

[7] Garcilaso, Egloga 3.ª

[8] Tejidas *de oro, sirgo* (cf. p. 135, n. 2).

[9] *El* ejercicio *de*...

que la envidia que algún mal encantador debe de tener a mis cosas, todas las que me han de dar gusto trueca y vuelve en diferentes figuras que ellas tienen; y así, temo que en aquella historia que dicen que anda impresa de mis hazañas, si por ventura ha sido su autor algún sabio mi enemigo, habrá puesto unas cosas por otras, mezclando con una verdad mil mentiras, divirtiéndose[1] a contar otras acciones fuera de lo que requiere la continuación de una verdadera historia. ¡Oh envidia, raíz de infinitos males, y carcoma de las virtudes! Todos los vicios, Sancho, traen un no sé qué de deleite consigo; pero el de la envidia no trae sino disgustos, rancores y rabias.

—Eso es lo que yo digo también—respondió Sancho—; y pienso que en esa leyenda o historia que nos dijo el bachiller Carrasco que de nosotros había visto debe de andar mi honra a coche acá, cinchado[2], y, como dicen, al estricote, aquí y allí, barriendo las calles. Pues a fe de bueno que no he dicho yo mal de ningún encantador, ni tengo tantos bienes, que pueda ser envidiado; bien es verdad que soy algo malicioso, y que tengo mis ciertos asomos de bellaco; pero todo lo cubre y tapa la gran capa de la simpleza mía, siempre natural y nunca artificiosa; y cuando otra cosa no tuviese sino el creer, como siempre creo, firme y verdaderamente, en Dios y en todo aquello que tiene y cree la santa Iglesia Católica Romana, y el ser enemigo mortal, como lo soy, de los judíos, debían los historiadores tener misericordia de mí y tratarme bien en sus escritos. Pero digan lo que quisieren; que desnudo nací, desnudo me hallo: ni pierdo ni gano; aunque por verme puesto en libros y andar por ese mundo de mano en mano, no se me da un higo que digan de mí todo lo que quisieren.

—Eso me parece, Sancho—dijo don Quijote—, a lo que sucedió a un famoso poeta destos tiempos, el cual, habiendo hecho una maliciosa sátira contra todas las damas cortesanas no puso ni nombró en ella a una dama que se podía dudar si lo era o no; la cual, viendo que no estaba en la lista de las demás, se quejó al poeta diciéndole que qué había visto en ella para no ponerla en el número de las otras, y que alargase la

---

[1] Desviándose.
[2] *Andar a coche acá, cinchado* = andar al estricote (= al retortero, a mal traer). A los cerdos se les grita ¡coche acá! o ¡coche allá! Cinchado es el cerdo que tiene una gran cinta blanca que le abraza lomo y vientre a modo de cincha.

sátira, y la pusiese en el ensanche; si no, que mirase para lo que había nacido. Hízolo así el poeta, y púsola cual no digan dueñas[1], y ella quedó satisfecha, por verse con fama, aunque infame. También viene con esto lo que cuentan de aquel pastor que puso fuego y abrasó el templo famoso de Diana, contado por una de las siete maravillas del mundo, sólo porque quedase vivo su nombre en los siglos venideros; y aunque se mandó que nadie le nombrase, ni hiciese por palabra o por escrito mención de su nombre, porque no consiguiese el fin de su deseo, todavía se supo que se llamaba Eróstrato. También alude a esto lo que sucedió al grande emperador Carlo Quinto con un caballero de Roma. Quiso ver el emperador aquel famoso templo de la Rotunda, que en la antigüedad se llamó el templo de Todos los Dioses, y ahora, con mejor vocación[2], se llama de Todos los Santos, y es el edificio que más entero ha quedado de los que alzó la gentilidad en Roma, y es el que más conserva la fama de la grandiosidad y magnificencia de sus fundadores: él es hechura de una media naranja, grandísimo en estremo, y está muy claro, sin entrarle otra luz que la que le concede una ventana, o, por mejor decir, claraboya[3] redonda que está en su cima, desde la cual mirando el emperador el edificio, estaba con él y a su lado un caballero romano, declarándole los primores y sutilezas de aquella gran máquina y memorable arquitectura; y habiéndose quitado de la claraboya, dijo al emperador: —«Mil veces, sacra Majestad, me vino deseo de abrazarme con vuestra Majestad, y arrojarme de aquella claraboya abajo, por dejar de mí fama eterna en el mundo». —«Yo os agradezco—respondió el emperador—el no haber puesto tan mal pensamiento en efeto, y de aquí adelante no os pondré yo en ocasión que volváis a hacer prueba de vuestra lealtad; y así, os mando que jamás me habléis, ni estéis donde yo estuviere.» Y tras estas palabras le hizo una gran merced. Quiero decir, Sancho, que el deseo de alcanzar fama es activo en gran manera. ¿Quién piensas tú que arrojó a Horacio del puente abajo, armado de todas armas, en la profundidad del

---

[1] *Púsola cual no digan (o cual digan) dueñas* = tratóla muy mal de palabra, cual solían las dueñas.
[2] *Vocación* = advocación.
[3] *Claraboya* o *tragaluz* = abertura hecha en el techo o parte alta de las paredes, sin puertas y por lo común con cristales.

Tibre[1]? ¿Quién abrasó el brazo y la mano a Mucio[2]? ¿Quién impelió a Curcio a lanzarse en la profunda sima ardiente que apareció en la mitad de Roma[3]? ¿Quién, contra todos los agüeros[4] que en contra se le habían mostrado, hizo pasar el Rubicón a Julio César? Y, con ejemplos más modernos, ¿quién barrenó los navíos y dejó en seco y aislados los valerosos españoles guiados por el cortesísimo Cortés en el Nuevo Mundo? Todas estas y otras grandes y diferentes hazañas son, fueron y serán obras de la fama, que los mortales desean como premios y parte de la inmortalidad que sus famosos hechos merecen, puesto que los cristianos, católicos y andantes caballeros más habemos de atender a la gloria de los siglos venideros, que es eterna en las regiones etéreas y celestes, que a la vanidad de la fama que en este presente y acabable[5] siglo se alcanza; la cual fama, por mucho que dure, en fin se ha de acabar con el mesmo mundo, que tiene su fin señalado: así ¡oh Sancho! que[6] nuestras obras no han de salir del límite que nos tiene puesto la religión cristiana, que profesamos. Hemos de matar en los gigantes a la soberbia; a la envidia, en la generosidad y buen pecho; a la ira, en el reposado continente y quietud del ánimo; a la gula y al sueño, en el poco comer que comemos y el mucho velar que velamos; a la lujuria y lascivia, en la lealtad que guardamos a las que hemos hecho señoras de nuestros pensamientos; a la pereza, con andar por todas las partes del mundo buscando las ocasiones que nos puedan hacer y hagan, sobre cristianos, famosos caballeros. Ves aquí, Sancho, los medios por donde se alcanzan los estremos de alabanzas que consigo trae la buena fama.

---

[1] *Horacio Cocles* cerró al ejército etrusco de Porsena el paso del puente Sublicio hasta que los romanos lo destruyeron, y entonces, echándose al río, lo pasó a nado.

[2] Amenazado Mucio con el fuego para que descubriese a sus compañeros, extendió su diestra sobre las brasas para que viese Porsena el denuedo de los romanos. Intimidado el rey ajustó la paz con Roma, y *Mucio* se apellidó desde entonces *Escévola* (= el Zurdo).

[3] Exigiendo los dioses, para que desapareciese la sima abierta en medio del foro, que se les consagrase allí lo mejor que Roma tuviese, M. Curcio dijo que esto era el valor y las armas; y así armado y montado en un soberbio caballo se arrojó a la sima, que luego se convirtió, según la tradición, en el lago Curcio.

[4] Conforme a los agüeros, dice Suetonio.

[5] *Acabable* = pasajero, caduco.

[6] *Así... que*: hoy no los separaríamos (cf. pról. 14).

—Todo lo que vuesa merced hasta aquí me ha dicho—dijo Sancho—lo he entendido muy bien; pero, con todo eso, querría que vuesa merced me sorbiese una duda que agora en este punto me ha venido a la memoria.

—*Asolviese* quieres decir, Sancho—dijo don Quijote—. Di en buen hora; que yo responderé lo que supiere.

—Dígame, señor—prosiguió Sancho—: esos Julios[1] o Agostos, y todos esos caballeros hazañosos que ha dicho, que ya son muertos, ¿dónde están agora?

—Los gentiles—respondió don Quijote—sin duda están en el infierno; los cristianos, si fueron buenos cristianos, o están en el purgatorio, o en el cielo.

—Está bien—dijo Sancho—; pero sepamos ahora: esas sepulturas donde están los cuerpos desos señorazos, ¿tienen deante de sí lámparas de plata, o están adornadas las paredes de sus capillas de muletas, de mortajas, de cabelleras, de piernas y de ojos de cera? Y si desto no, ¿de qué están adornadas?

A lo que respondió don Quijote:

—Los sepulcros de los gentiles fueron por la mayor parte suntuosos templos[2]: las cenizas del cuerpo de Julio César se pusieron sobre una pirámide de piedra de desmesurada grandeza, a quien hoy llaman en Roma *la Aguja de San Pedro*[3]; al emperador Adriano le sirvió de sepultura un castillo tan grande como una buena aldea, a quien llamaron *Moles Hadriani*, que agora es el castillo de Santángel en Roma; la reina Artemisa sepultó a su marido Mausoleo en un sepulcro que se tuvo por una de las siete maravillas del mundo; pero ninguna destas sepulturas ni otras muchas que tuvieron los gentiles se adornaron con mortajas, ni con otras ofrendas y señales que mostrasen ser santos los que en ellas estaban sepultados.

---

[1] Lo dice por Julio César.

[2] *Templos* = monumentos, edificios. Los gentiles no acostumbraban enterrar a los muertos en los templos de los dioses.

[3] Es el obelisco de 25,50 m. que Calígula trajo de Egipto (del templo de Hierápolis) para colocarlo en el circo que había construido en el *Campo Vaticano*, y que después se llamó *Circo de Nerón*, situado próximamente donde está hoy la sacristía de San Pedro. Allí quedó en pie hasta que fué trasladado a la plaza de San Pedro, por orden de Sixto V, en 1586 (después de la estancia de Cervantes en Italia). Tiene una inscripción, dos veces repetida, en la que se consagra el monolito a César y Tiberio, y que recuerda su primitivo destino: no sé de dónde se pudo sacar que las cenizas de J. César se hubiesen puesto sobre la dicha pirámide o monolito.

2, 8.—DON QUIJOTE Y SANCHO

—A eso voy—replicó Sancho—. Y dígame agora: ¿cuál es más: resucitar a un muerto, o matar a un gigante?
—La respuesta está en la mano—respondió don Quijote—: más es resucitar a un muerto.
—¡Cogido le tengo!—dijo Sancho—. Luego la fama del que resucita muertos, da vista a los ciegos, endereza los cojos y da salud a los enfermos, y delante de sus [1] sepulturas arden lámparas, y están llenas sus capillas de gentes devotas que de rodillas adoran sus reliquias, mejor fama será, para este y para el otro siglo, que la que dejaron y dejaren cuantos emperadores gentiles y caballeros andantes ha habido en el mundo.
—También confieso esa verdad—respondió don Quijote.
—Pues esta fama, estas gracias, estas prerrogativas, como llaman a esto—respondió Sancho—, tienen los cuerpos y las reliquias de los santos: que, con aprobación y licencia de nuestra santa madre Iglesia, tienen lámparas, velas, mortajas, muletas, pinturas, cabelleras, ojos, piernas, con que aumentan la devoción y engrandecen su cristiana fama. Los cuerpos de los santos, o sus reliquias, llevan los reyes sobre sus hombros, besan los pedazos de sus huesos, adornan y enriquecen con ellos sus oratorios y sus más preciados altares.
—¿Qué quieres que infiera, Sancho, de todo lo que has dicho?—dijo don Quijote.
—Quiero decir—dijo Sancho—que nos demos a ser santos, y alcanzaremos más brevemente la buena fama que pretendemos; y advierta, señor, que ayer o antes de ayer (que según ha poco, se puede decir desta manera) canonizaron o beatificaron dos frailecitos descalzos, cuyas cadenas de hierro con que ceñían y atormentaban sus cuerpos se tiene ahora a gran ventura el besarlas y tocarlas, y están en más veneración que está, según dije [2], la espada de Roldán en la Armería del Rey nuestro señor [3], que Dios guarde. Así que, señor mío, más vale ser humilde frailecito, de cualquier orden que sea, que valiente y andante caballero; más alcanzan con Dios dos docenas de disciplinas que dos mil lanzadas, ora las den a gigantes, ora a vestiglos, o a endriagos.

---

[1] Hoy diríamos *y la fama de aquél delante de* cuyas *sepulturas arden lámparas*, y cuyas *capillas están...* (cf. pról. 21).
[2] Tal vez se haya de leer *dicen*.
[3] Existe aún hoy en la Armería Real una espada que ha sido atribuída a Roldán, pero que parece haber sido de alguno de los Alfonsos o de Fernando III el Santo.

— 659 —

—Todo eso es así—respondió don Quijote—; pero no todos podemos ser frailes, y muchos son los caminos por donde lleva Dios a los suyos al cielo: religión es la caballería; caballeros santos hay en la gloria.

—Sí—respondió Sancho—; pero yo he oído decir que hay más frailes en el cielo que caballeros andantes.

—Eso es—respondió don Quijote—porque es mayor el número de los religiosos que el de los caballeros.

—Muchos son los andantes—dijo Sancho.

—Muchos—respondió don Quijote—; pero pocos los que merecen nombre de caballeros.

En estas y otras semejantes pláticas se les pasó aquella noche y el día siguiente, sin acontecerles cosa que de contar fuese, de que no poco le pesó a don Quijote. En fin, otro día, al anochecer, descubrieron la gran ciudad [1] del Toboso, con cuya vista se le alegraron los espíritus a don Quijote, y se le entristecieron a Sancho, porque no sabía la casa de Dulcinea, ni en su vida la había visto, como no la había visto su señor; de modo que el uno por verla, y el otro por no haberla visto, estaban alborotados, y no imaginaba Sancho qué había de hacer cuando su dueño le enviase al Toboso. Finalmente, ordenó don Quijote entrar en la ciudad entrada la noche, y en tanto que la hora se llegaba, se quedaron entre unas encinas que cerca del Toboso estaban, y llegado el determinado punto, entraron en la ciudad, donde les sucedió [2] cosas que a cosas llegan.

CAPITULO IX.—Donde se cuenta lo que en él se verá.

«MEDIA noche era por filo»

poco más a menos [3], cuando don Quijote y Sancho dejaron el monte y entraron en el Toboso. Estaba el pueblo en un sosegado silencio, porque todos sus vecinos dormían y reposaban

---

[1] La *gran ciudad* (con ironía, aquí y más adelante) tenía entonces unos novecientos vecinos.
[2] Por *sucedieron* (cf. pról. 8).
[3] «Para decir que era justamente el punto de la media noche dice el romance viejo:

Media noche era por filo
Los gallos querien cantar, etc.» (Cov.).

En otro romance se dice *Medio día era por filo.* Cervantes debió de usar

— 660 —

a pierna tendida, como suele decirse. Era la noche entreclara[1], puesto que quisiera Sancho que fuera del todo escura, por hallar en su escuridad disculpa de su sandez. No se oía en todo el lugar sino ladridos de perros, que atronaban los oídos de don Quijote y turbaban el corazón de Sancho. De cuando en cuando rebuznaba un jumento, gruñían puercos, mayaban gatos, cuyas voces, de diferentes sonidos, se aumentaban con el silencio de la noche, todo lo cual tuvo el enamorado caballero a mal agüero; pero, con todo esto, dijo a Sancho:

—Sancho hijo, guía al palacio de Dulcinea; quizá podrá ser que la hallemos despierta.

—¿A qué palacio tengo de guiar, cuerpo del sol—respondió Sancho—, que en el que yo vi a su grandeza no era sino casa muy pequeña?

—Debía de estar retirada entonces—respondió don Quijote—en algún pequeño apartamiento de su alcázar, solazándose a solas con sus doncellas, como es uso y costumbre de las altas señoras y princesas.

—Señor—dijo Sancho—, ya que vuesa merced quiere, a pesar mío, que sea alcázar la casa de mi señora Dulcinea, ¿es hora ésta por ventura de hallar la puerta abierta? ¿Y será bien que demos aldabazos para que nos oyan y nos abran, metiendo en alboroto y rumor toda la gente? ¿Vamos por dicha a llamar a la casa de nuestras mancebas, como hacen los abarraganados, que llegan, y llaman, y entran a cualquier hora, por tarde que sea?

—Hallemos primero una por una[2] el alcázar—replicó don Quijote; que entonces yo te diré, Sancho, lo que será bien que hagamos. Y advierte, Sancho, que yo veo poco, o que aquel bulto grande y sombra que desde aquí se descubre la debe de hacer el palacio de Dulcinea.

—Pues guíe vuesa merced—respondió Sancho—: quizá será así; aunque yo lo veré con los ojos y lo tocaré con las manos, y así lo creeré yo como creer que es ahora de día.

Guió don Quijote, y habiendo andado como docientos pasos, dió con el bulto que hacía la sombra, y vió una gran torre,

---

esta expresión, anticuada ya para su tiempo, sin entederla bien, o con ironía, pues añade el *poco más a menos* que contradice al *por filo (en punto, cabalmente)*.

[1] *Entreclara* = con alguna, aunque poca, claridad.
[2] En todo caso.

y luego conoció que el tal edificio no era alcázar, sino la iglesia principal del pueblo. Y dijo:

—Con la iglesia hemos dado, Sancho.

—Ya lo veo—respondió Sancho—. Y plega a Dios que no demos con nuestra sepultura; que no es buena señal andar por los cimenterios [1] a tales horas [2], y más habiendo yo dicho a vuesa merced, si mal no acuerdo [3], que la casa desta señora ha de estar en una callejuela sin salida.

—¡Maldito seas de Dios, mentecato!—dijo don Quijote—. ¿Adónde has tú hallado que los alcázares y palacios reales estén edificados en callejuelas sin salida?

—Señor—respondió Sancho—, en cada tierra su uso: quizá se usa aquí en el Toboso edificar en callejuelas los palacios y edificios grandes; y así, suplico a vuesa merced me deje buscar por estas calles o callejuelas que se me ofrecen: podría ser que en algún rincón topase con ese alcázar, que le vea yo comido de perros, que así nos trae corridos y asendereados [4].

—Habla con respeto, Sancho, de las cosas de mi señora —dijo don Quijote—, y tengamos la fiesta en paz, y no arrojemos la soga tras el caldero [5].

—Yo me reportaré—respondió Sancho—; pero ¿con qué paciencia podré llevar que quiera vuesa merced que de sola una vez que vi la casa de nuestra ama la haya de saber siempre y hallarla a media noche, no hallándola vuesa merced, que la debe de haber visto millares de veces?

—Tú me harás desesperar, Sancho—, dijo don Quijote—. Ven acá, hereje: ¿no te he dicho mil veces que en todos los días de mi vida no he visto a la sin par Dulcinea [6], ni jamás atravesé los umbrales de su palacio, y que sólo estoy enamorado de oídas y de la gran fama que tiene de hermosa y discreta?

---

[1] Que solían estar junto a la iglesia.
[2] Cosa propia de hechiceros, como anota R. Marín, y como tal, peligrosa por lo que la Santa Inquisición perseguía a semejantes hombres.
[3] Hoy diríamos *no me acuerdo* (cf. pról. 10).
[4] «*Andar corrido*, andar o afrentado, o trabajado de una parte a otra» (Cov.). *Asendereado* = trabajado, perseguido.
[5] «*Echar la soga tras el caldero* es, perdida una cosa, echar a perder el resto. Está tomado del que yendo a sacar el agua al pozo, se le cayó dentro el caldero, y de rabia y despecho, echó también la soga con que le pudiera sacar, atando a ella un garabato o garfio» (Cov.).
[6] Cervantes no recordaba bien lo que dejaba escrito más arriba (cf. p. 287).

—Ahora lo oigo—respondió Sancho—: y digo que pues vuesa merced no la ha visto, ni yo tampoco.

—Eso no puede ser—replicó don Quijote—; que, por lo menos, ya me has dicho tú que la viste ahechando trigo, cuando me trujiste la respuesta de la carta que le envié contigo.

—No se atenga a eso, señor—respondió Sancho—; porque le hago saber que también fué de oídas la vista y la respuesta que le truje, porque así sé yo quien es la señora Dulcinea como dar un puño[1] en el cielo.

—Sancho, Sancho—respondió don Quijote—, tiempos hay de burlar, y tiempos donde caen y parecen mal las burlas. No porque yo diga que ni he visto ni hablado a la señora de mi alma has tú de decir también que ni la has hablado ni visto, siendo tan al revés como sabes.

Estando los dos en estas pláticas, vieron que venía a pasar por donde estaban uno con dos mulas, que por el ruido que hacía el arado[2], que arrastraba por el suelo, juzgaron que debía de ser labrador, que habría madrugado antes del día a ir a su labranza, y así fué la verdad. Venía el labrador cantando aquel romance que dice:

> Mala la hubisteis, franceses,
> En esa de Roncesvalles.

—Que me maten, Sancho—dijo en oyéndole don Quijote—, si nos ha de suceder cosa buena esta noche. ¿No oyes lo que viene cantando ese villano?

—Sí oigo—respondió Sancho—; pero ¿qué hace a nuestro propósito la caza de Roncesvalles[3]? Así pudiera cantar el romance de Calaínos[4]; que todo fuera uno para sucedernos bien o mal en nuestro negocio.

---

[1] *Puño* = puñada, puñetazo.
[2] Es decir, el extremo del timón (cf. p. 609, n. 5).
[3] Un romance impreso en el Cancionero de Amberes dice:

> Mala la hovistes, franceses,
> *La caza* de Roncesvalles:
> Don Carlos perdió la honra,
> Murieron los doce Pares.

[4] El moro Calaínos tenía que cortar la cabeza a tres Pares de Francia para casarse con Sevilla, hija del rey Almanzor; venció, según cuenta el romance, a Valdovinos, pero murió a manos de Roldán.—*Coplas de Calaínos* llamamos a los razonamientos y escritos impertinentes e inoportunos.

2, 9.—AVENTURA DEL TOBOSO

Llegó en esto el labrador, a quien don Quijote preguntó:

—¿Sabréisme decir, buen amigo, que[1] buena ventura os dé Dios, dónde son por aquí los palacios de la sin par princesa doña Dulcinea del Toboso?

—Señor—respondió el mozo—, yo soy forastero y ha pocos días que estoy en este pueblo sirviendo a un labrador rico en la labranza del campo; en esa casa frontera viven el cura y el sacristán del lugar: entrambos o cualquier dellos sabrá dar a vuesa merced razón desa señora princesa, porque tienen la lista de todos los vecinos del Toboso; aunque para mí tengo que en todo él no vive princesa alguna; muchas señoras sí, principales, que cada una en su casa puede ser princesa.

—Pues entre ésas—dijo don Quijote—debe de estar, amigo, esta por quien te[2] pregunto.

—Podría ser—respondió el mozo—; y adiós, que ya viene el alba.

Y dando a sus mulas, no atendió[3] a más preguntas. Sancho, que vió suspenso a su señor y asaz mal contento, le dijo:

—Señor, ya se viene a más andar el día y no será acertado dejar que nos halle el sol en la calle; mejor será que nos salgamos fuera de la ciudad, y que vuesa merced se embosque en alguna floresta aquí cercana, y yo volveré de día, y no dejaré ostugo[4] en todo este lugar donde no busque la casa, alcázar o palacio de mi señora, y asaz sería de desdichado si no le hallase; y hallándole, hablaré con su merced, y le diré dónde y cómo queda vuesa merced esperando que le dé orden y traza para verla, sin menoscabo de su honra y fama.

—Has dicho, Sancho—dijo don Quijote—, mil sentencias encerradas en el círculo de breves palabras: el consejo que ahora me has dado le apetezco y recibo de bonísima gana. Ven, hijo, y vamos a buscar donde me embosque; que tú volverás, como dices, a buscar, a ver y hablar a mi señora, de cuya discreción y cortesía espero más que milagrosos favores.

Rabiaba Sancho por sacar a su amo del pueblo, porque no averiguase la mentira de la respuesta que de parte de Dulcinea le había llevado a Sierra Morena, y así, dió priesa a la salida, que fué luego, y a dos millas del lugar hallaron una floresta

---

[1] Este *que* es desiderativo, y equivale a *ojalá que*.
[2] Ahora le tutea don Quijote (cf. p. 564, n. 1).
[3] Aguardó.
[4] *Ostugo* = 1) rincón; 2) pizca.

— 664 —

o bosque donde don Quijote se emboscó en tanto que Sancho volvía a la ciudad a hablar a Dulcinea; en cuya embajada le sucedieron cosas que piden nueva atención y nuevo crédito.

CAPITULO X.—Donde se cuenta la industria que Sancho tuvo para encantar a la señora Dulcinea, y de otros sucesos tan ridículos como verdaderos.

Llegando el autor desta grande historia a contar lo que en este capítulo cuenta, dice que quisiera pasarle en silencio, temeroso de que no había de ser creído; porque las locuras de don Quijote llegaron aquí al término y raya de las mayores que pueden imaginarse, y aun pasaron dos tiros de ballesta más allá de las mayores. Finalmente, aunque con este miedo y recelo, las escribió de la misma manera que él las hizo, sin añadir ni quitar a la historia un átomo de la verdad, sin dársele nada por las objeciones que podían ponerle de mentiroso; y tuvo razón, porque la verdad adelgaza, y no quiebra, y siempre anda sobre la mentira, como el aceite sobre el agua. Y así, prosiguiendo su historia, dice: que así como don Quijote se emboscó en la floresta, encinar, o selva junto al gran Toboso, mandó a Sancho volver a la ciudad, y que no volviese a su presencia sin haber primero hablado de su parte a su señora, pidiéndola fuese servida de dejarse ver de su cautivo caballero, y se dignase de echarle su bendición, para que pudiese esperar por ella felicísimos sucesos de todos sus acometimientos y dificultosas empresas. Encargóse Sancho de hacerlo así como se le mandaba, y de traerle tan buena respuesta como le trujo la vez primera.

—Anda, hijo—replicó don Quijote—, y no te turbes cuando te vieres ante la luz del sol de hermosura que vas a buscar. ¡Dichoso tú sobre todos los escuderos del mundo! Ten memoria, y no se te pase della cómo te recibe: si muda las colores el tiempo que la estuvieres dando mi embajada; si se desasosiega y turba oyendo mi nombre; si no cabe en la almohada[1], si acaso la hallas sentada en el estrado[2] rico de su autoridad; y si

---

[1] Por lo esponjada que se pondrá, de contenta y envanecida, al oír el mensaje.
[2] Cf. p. 390, n. 3.

está en pie, mírala si se pone ahora sobre el uno, ahora sobre el otro pie; si te repite la respuesta que te diere dos o tres veces; si la muda de blanda en áspera, de aceda[1] en amorosa; si levanta la mano al cabello para componerle, aunque no esté desordenado; finalmente, hijo, mira todas sus acciones y movimientos; porque si tú me los relatares como ellos fueron, sacaré yo lo que ella tiene escondido en lo secreto de su corazón acerca de lo que al fecho de mis amores toca; que has de saber, Sancho, si no lo sabes, que entre los amantes, las acciones y movimientos exteriores que muestran, cuando de sus amores se trata, son certísimos correos que traen las nuevas de lo que allá en lo interior del alma pasa. Ve, amigo, y guíete otra mejor ventura que la mía, y vuélvate otro mejor suceso del que yo quedo temiendo y esperando en esta amarga soledad en que me dejas.

—Yo iré y volveré presto—dijo Sancho—; y ensanche vuesa merced, señor mío, ese corazoncillo, que le debe de tener agora no mayor que una avellana, y considere que se suele decir que buen corazón quebranta mala ventura, y que donde no hay tocinos, no hay estacas[2]; y también se dice: donde no piensan, salta la liebre. Dígolo porque si esta noche no hallamos los palacios o alcázares de mi señora, agora que es de día los pienso hallar, cuando menos lo piense; y hallados, déjenme a mí con ella.

—Por cierto, Sancho—dijo don Quijote—, que siempre traes tus refranes tan a pelo de lo que tratamos cuanto me dé Dios mejor ventura en lo que deseo.

Esto dicho, volvió Sancho las espaldas y vareó su rucio, y don Quijote se quedó a caballo, descansando sobre los estribos y sobre el arrimo de su lanza, lleno de tristes y confusas imaginaciones, donde le dejaremos, yéndonos con Sancho Panza, que no menos confuso y pensativo se apartó de su señor que él quedaba[3]; y tanto, que apenas hubo salido del bosque, cuando, volviendo la cabeza, y viendo que don Quijote no

---

[1] *Acedo* = avinagrado, desapacible.
[2] Para decir Sancho que donde no hay ánimo, no hay buena suerte *(audaces fortuna iuvat)*, quiso dar media vuelta a un refrán muy de su gusto (pues, aunque con ligeras variantes, lo citó en la p. 278 y lo vuelve a citar en II, 55, 65 y 73: *donde pensáis que hay tocinos no hay estacas)* y decir *donde no hay estacas, no hay tocinos;* pero Cervantes por donaire hizo a Sancho trastrocar los términos.
[3] *Que él* (su señor) *quedaba*.

— 666 —

2, 10.—SOLILOQUIO DE SANCHO

parecía, se apeó del jumento, y sentándose al pie de un árbol comenzó a hablar consigo mesmo y a decirse: —Sepamos agora, Sancho hermano, adónde va vuesa merced. ¿Va a buscar algún jumento que se le haya perdido?—No por cierto.—Pues ¿qué va a buscar?—Voy a buscar, como quien no dice nada, a una princesa, y en ella al sol de la hermosura y a todo el cielo junto.—¿Y adónde pensáis hallar eso que decís, Sancho? —¿Adónde? En la gran ciudad del Toboso.—Y bien, ¿y de parte de quién la vais a buscar?—De parte del famoso caballero don Quijote de la Mancha, que desface los tuertos, y da de comer al que ha sed, y de beber al que ha hambre[1].—Todo eso está muy bien. ¿Y sabéis su casa, Sancho?—Mi amo dice que han de ser unos reales palacios, o unos soberbios alcázares. —¿Y habéisla visto algún día por ventura?—Ni yo ni mi amo la habemos visto jamás[2].—¿Y paréceos que fuera acertado y bien hecho que si los del Toboso supiesen que estáis vos aquí con intención de ir a sonsacarles sus princesas y a desasosegarles sus damas, viniesen y os moliesen las costillas a puros palos, y no os dejasen hueso sano?—En verdad que tendrían mucha razón, cuando no considerasen que soy mandado, y que

> Mensajero sois, amigo,
> Non merecéis culpa, non[3].

—No os fiéis en eso, Sancho; porque la gente manchega es tan colérica como honrada y no consiente cosquillas de nadie. ¡Vive Dios que si os huele, que os mando[4] mala ventura!—¡Oxte[5],

---

[1] Nótese el cambio: *al sediento da de comer.*
[2] Quiere decir, a la *princesa* hija de Lorenzo Corchuelo.
[3] Estos versos, tomados de un antiguo romance de Bernardo del Carpio, fueron proverbiales en nuestra edad de oro.
[4] Si sospecha..., os anuncio o prometo.
[5] *¡Oxte!* = ¡fuera! ¡largo! Existían las interjecciones *ox, oxe, óxete* y *oxa:* para *oxe* y *oxa,* cf. R. Marín (1926), IV, 205; de *ox* y *óxete* dice Covarrubias: «*Ox,* voz con que apartamos las gallinas recogiéndolas: del latino *exi,* del verbo *exire,* que es salir; y de allí *ex* y *ox,* por eso decimos al perro *ex de ai* [= ahí]». «*Oxete,* una palabra bárbara, pero muy usada, de los que llegando con la mano a alguna cosa, pensando que está fría se queman: y puede estar corrompido de *axte,* que es *ax,* señal de dolor.»
De modo que en *oxte* (y *óxete*) el *-te* parece ser pronominal (cf. *vete; hete; aymé,* citado en la Rev. de Filología Española, IV, 395, nota).
La locución *¡oxte, puto!,* comúnmente se dirigía no al interlocutor, sino al diablo.

puto! ¡Allá darás, rayo[1]! ¡No, sino[2] ándeme yo buscando tres[3] pies al gato por el gusto ajeno! Y más, que así será buscar a Dulcinea por el Toboso como a Marica por Ravena, o al Bachiller en Salamanca[4]! ¡El diablo, el diablo me ha metido a mí en esto, que otro no!

Este soliloquio pasó consigo Sancho, y lo que sacó dél fué que volvió a decirse: —Ahora bien, todas las cosas tienen remedio, si no es la muerte, debajo de cuyo yugo hemos de pasar todos[5], mal que nos pese, al acabar de la vida. Este mi amo por mil señales he visto que es un loco de atar, y aun también yo no[6] le quedo en zaga, pues soy más mentecato que él, pues le sigo y le sirvo, si es verdadero el refrán que dice: «dime con quien andas, decirte he quien eres», y el otro de «no con quien naces, sino con quien paces». Siendo, pues, loco, como lo es, y de locura que las más veces toma unas cosas por otras, y juzga lo blanco por negro y lo negro por blanco, como se pareció cuando dijo que los molinos de viento eran gigantes, y las mulas de los religiosos dromedarios, y las manadas de carneros ejércitos de enemigos, y otras muchas cosas a este tono, no será muy difícil hacerle creer que una labradora, la primera que me topare por aquí, es la señora Dulcinea; y cuando él no lo crea, juraré yo; y si él jurare, tornaré yo a jurar; y si porfiara, porfiaré yo más, y de manera, que tengo de tener la mía siempre sobre el hito[7], venga lo que viniere.

---

[1] *Allá darás, rayo*, es una imprecación o maldición, en la que se pide al rayo que caiga allá, es decir, sobre la persona o cosa odiadas. Otras veces aparece la imprecación en forma más extensa, v. gr.: *allá darás, rayo, en casa de Tamayo* (o *que no en mi sayo*).

[2] El sentido es: ¡no ande yo...! (cf. pról. 37).

[3] *Tres* o *cinco* (cf. p. 251, n. 3).

[4] *Buscar a Marica por Ravena* es un proverbio italiano que significa «buscar algo donde no está»; pero aquí se toma en sentido contrario, de suerte que equivale a *preguntar por Entunes en Portugal*, o *por Mahomad en Granada* (o *por Pérez en Castilla*), o *por el bachiller en Salamanca*, donde tantos había.

[5] Se alude al yugo del tiempo de los romanos, por debajo del cual pasaban los vencidos, y que consistía en dos lanzas clavadas en tierra y una tercera lanza atada a ellas trasversalmente.

[6] Hoy en vez de *también... no*, diríamos *tampoco* (cf. pról. 17).

[7] «El juego del *hito* se dijo así porque *fijan* en la tierra un clavo y tiran a él, o con *herrones* [= rodajas de hierro con un agujero en medio] o con piedras, y de allí nació el proverbio: *dar en el hito*, por acertar en el punto de la verdad» (Cov.). *Tener uno la suya sobre el hito* = prevalecer. «Chita,

— 668 —

2,10.—LAS TRES LABRADORAS

Quizá con esta porfía acabaré con él que no me envíe otra vez a semejantes mensajerías, viendo cuán mal recado[1] le traigo dellas, o quizá pensará, como yo imagino, que algún mal encantador de estos que él dice que le quieren mal la habrá mudado la figura, por hacerle mal y daño.

Con esto que pensó Sancho Panza quedó sosegado su espíritu, y tuvo por bien acabado su negocio; y deteniéndose allí hasta la tarde, por dar lugar a que don Quijote pensase que le había tenido para ir y volver del Toboso, sucedióle todo tan bien, que cuando se levantó para subir en el rucio vió que del Toboso hacia donde él estaba venían tres labradoras sobre tres pollinos, o pollinas, que el autor no lo declara, aunque más se puede creer que eran borricas, por ser ordinaria caballería de las aldeanas, pero como no va mucho en esto, no hay para qué detenernos en averiguarlo. En resolución, así como Sancho vió a las labradoras, a paso tirado[2] volvió a buscar a su señor don Quijote, y hallóle suspirando y diciendo mil amorosas lamentaciones. Como don Quijote le vió, le dijo:

—¿Qué hay, Sancho amigo? ¿Podré señalar este día con piedra blanca, o con negra[3]?

—Mejor será—respondió Sancho—que vuesa merced le señale con almagre, como rétulos de cátedras[4], porque le echen bien de ver los que le vieren.

—De ese modo—replicó don Quijote—, buenas nuevas traes.

—Tan buenas—respondió Sancho—, que no tiene más que

---

el hueso, del carnero o de la vaca, de la cuartilla [cf. p. 650, n. 4] del pie que otros llaman *hita*... del verbo *figo, -gis*, porque la hincaban en el suelo y tiraban con herrones o tejos a clavarla. Los muchachos ponen una hincada en la tierra, y otra encima, y tiran a derrocarla» (Cov.).

[1] Cf. p. 165, n. 1.
[2] Cf. p. 122, n. 3.
[3] Cuenta Plinio *(Hist. Nat.,* 7, 41) de los tracios que echaban en una urna piedrecillas de distinto color [blanco o negro] según hubiesen pasado el día, y que después de su muerte, hecho el recuento, se averiguaba si habían sido o no felices durante su vida.

De esta costumbre *tracia* (no romana) nació que los romanos *dijesen* que los días felices se habían de señalar con piedrecillas blancas, y con negras los aciagos.

[4] Era costumbre universitaria inscribir en los muros con grandes letras de *almagre (almagra* o *almazarrón* = tierra colorada, que se usa en la pintura) el nombre del vencedor en las oposiciones a cátedras, precedido de la palabra *vítor* (= vencedor) y seguido del nombre de la cátedra ganada.

2, 10.—AVENTURA DEL TOBOSO

hacer vuesa merced sino picar a Rocinante y salir a lo raso a ver a la señora Dulcinea del Toboso, que con otras dos, doncellas suyas, viene a ver a vuesa merced.

—¡Santo Dios! ¿Qué es lo que dices, Sancho amigo?—dijo don Quijote—. Mira no me engañes, ni quieras con falsas alegrías alegrar mis verdaderas tristezas.

—¿Qué sacaría yo de engañar a vuesa merced—respondió Sancho—y más estando tan cerca de descubrir mi verdad? Pique, señor, y venga, y verá venir a la Princesa nuestra ama vestida y adornada; en fin, como quien ella es. Sus doncellas y ella todas son una ascua de oro[1], todas mazorcas[2] de perlas, todas son diamantes, todas rubíes, todas telas de brocados de más de diez altos[3]; los cabellos, sueltos por las espaldas, que son otros tantos rayos del sol que andan jugando con el viento; y, sobre todo, vienen a caballo sobre tres cananeas[4] remendadas[5], que no hay más que ver.

—*Hacaneas* querrás decir, Sancho.

—Poca diferencia hay—respondió Sancho—de *cananeas* a *hacaneas*; pero vengan sobre lo que vinieren, ellas vienen las más galanas señoras que se pueden desear, especialmente la princesa Dulcinea mi señora, que pasma los sentidos.

—Vamos, Sancho hijo—respondió don Quijote—; y en albricias destas no esperadas como buenas nuevas, te mando[6] el mejor despojo que ganare en la primera aventura que tuviere, y si esto no te contenta, te mando las crías que este año me dieron las tres yeguas mías, que tú sabes que quedan para parir en el prado concejil de nuestro pueblo.

—A las crías me atengo—respondió Sancho—; porque de ser buenos los despojos de la primera aventura no está muy cierto[7].

---

[1] *Ascua de oro* = oro brillante y resplandeciente.
[2] *Mazorca* = 1) husada, o bulto del hilo que rodea al huso después de hilado el copo; 2) espiga del maíz y otras plantas. Para indicar que ven an cuajadas de perlas, dice que eran todas mazorcas de perlas.
[3] Sigue la hipérbole, pues el brocado más precioso era de tres altos (cf. p. 438, n. 2).
[4] *Cananeas* por *hacaneas*.—«Hacas y hacaneas todo viene a significar una cosa, salvo que llaman *hacanea* a la que es preciada, caballería de damas u de príncipes» (Cov.).
[5] *Remendada* o *pía* = de piel con manchas como recortadas.
[6] Prometo.
[7] *Porque ser* (cf. pról. 25) *buenos... no es muy cierto*.

2,10.—LAS TRES LABRADORAS

Ya en esto, salieron de la selva y descubrieron cerca a las tres aldeanas. Tendió don Quijote los ojos por todo el camino del Toboso, y como no vió sino a las tres labradoras, turbóse todo, y preguntó a Sancho si las había dejado fuera de la ciudad.

—¿Cómo fuera de la ciudad?—respondió—. ¿Por ventura tiene vuesa merced los ojos en el colodrillo[1], que no vee que son éstas, las que aquí vienen, resplandecientes como el mismo sol a medio día?

—Yo no veo, Sancho—dijo don Quijote—, sino a tres labradoras sobre tres borricos.

—¡Agora me libre Dios del diablo!—respondió Sancho—. ¿Y es posible que tres hacaneas, o como se llamen, blancas como el ampo[2] de la nieve, le parezcan a vuesa merced borricos? ¡Vive el Señor, que me pele estas barbas si tal fuese verdad!

—Pues yo te digo, Sancho amigo—dijo don Quijote—, que es tan verdad que son borricos, o borricas, como yo soy don Quijote y tú Sancho Panza; a lo menos, a mí tales me parecen.

—Calle, señor—dijo Sancho—; no diga la tal palabra, sino despabile esos ojos[3], y venga a hacer reverencia a la señora de sus pensamientos, que ya llega cerca.

Y diciendo esto, se adelantó a recebir a las tres aldeanas, y apeándose del rucio, tuvo del cabestro al jumento de una de las tres labradoras, y hincando ambas rodillas en el suelo, dijo:

—Reina y princesa y duquesa de la hermosura, vuestra altivez[4] y grandeza sea servida de recebir en su gracia y buen talante[5] al cautivo caballero vuestro, que allí está hecho piedra mármol, todo turbado y sin pulsos, de verse ante vuestra magnífica presencia. Yo soy Sancho Panza su escudero, y él es el asendereado caballero don Quijote de la Mancha, llamado por otro nombre el Caballero de la Triste Figura.

A esta sazón ya se había puesto don Quijote de hinojos junto a Sancho, y miraba con ojos desencajados y vista turbada a la que Sancho llamaba reina y señora; y como no descubría en ella sino una moza aldeana, y no de muy buen rostro,

---

[1] *Colodrillo* = parte posterior de la cabeza.
[2] *Ampo* = blancura de la nieve.
[3] Abra esos ojos, límpielos (cortado el pabilo o mecha que se ha quemado, la llama se endereza y aviva).
[4] O hay que leer *alteza*, o Cervantes hizo que Sancho confundiese *altivez* (= soberbia) con *alteza*.
[5] Por *talante*.

— 671 —

2, 10.—AVENTURA DEL TOBOSO

porque era carirredonda y chata, estaba suspenso y admirado, sin osar desplegar los labios. Las labradoras estaban asimismo atónitas, viendo aquellos dos hombres tan diferentes hincados de rodillas que no dejaban pasar adelante a su compañera; pero rompiendo el silencio la detenida, toda desgraciada y mohina[1], dijo:

—Apártense nora en tal[2] del camino, y déjenmos[3] pasar; que vamos de priesa.

A lo que respondió Sancho:

—¡Oh princesa y señora universal del Toboso! ¿Cómo vuestro magnánimo corazón no se enternece viendo arrodillado ante vuestra sublimada presencia a la coluna y sustento de la andante caballería?

Oyendo lo cual otra de las dos, dijo:

—Mas ¡jo, que te estrego, burra de mi suegra[4]! ¡Mirad con qué se vienen estos señoricos ahora a hacer burla de las aldeanas, como si aquí no supiésemos echar pullas[5] como ellos! Vayan su camino, e déjenmos hacer el nueso[6], y serles ha sano.

—Levántate, Sancho—dijo a este punto don Quijote—; que ya veo que la Fortuna, de mi mal no harta, tiene tomados los caminos todos por donde pueda venir algún contento a esta ánima mezquina que tengo en las carnes. Y tú, ¡oh estremo del valor que puede desearse, término de la humana gentileza, único remedio deste afligido corazón que te adora!,

---

[1] *Desgraciada* = desabrida (sin gracia). *Mohina* (cf. p. 254, n. 3).

[2] En vez del adjetivo *mala*, que iba a añadir a *nora*, forma una locución con la preposición *en* (que, aunque mutilada, ya estaba en n[*ora*]) y el eufemístico *tal* (cf. pról. 3).—En II, 31, se dice *noratal*.

[3] Aún hoy se conserva esta forma popular, nacida por el influjo de las primeras personas de plural de los verbos.

[4] «*Jo*, este término [que es nuestro *so*] usan los que quieren que la bestia se pare... Como camina, si le dicen *harre*; especialmente si a ese tiempo le dan algún verdascazo. Proverbio, *Jo, que te estriego, burra de mi suegro*. Aplícase a los que haciéndoles bien y tratando de su negocio propio, son mal sufridos y se sienten y se enojan del mesmo bien que les hacen» (Cov.), a manera de la bestia que resiste los halagos de quien la rasca. Aquí es irónico y tilda la importunidad del obsequio con que se detenía a la aldeana.

[5] «*Pulla* es un dicho gracioso, aunque algo obsceno, de que comúnmente usan los caminantes cuando topan a los villanos que están labrando los campos, especialmente en tiempo de siega o vendimias» (Cov.). Hoy significa dicho agudo, picante, satírico.

[6] *Nueso* (= nuestro, cf. *vueso*) camino.

2, 10.—DULCINEA ENCANTADA

ya que el maligno encantador me persigue, y ha puesto nubes y cataratas [1] en mis ojos, y para sólo ellos y no para otros ha mudado y transformado tu sin igual hermosura y rostro en el de una labradora pobre, si ya también el mío no le ha cambiado en el de algún vestiglo, para hacerle aborrecible a tus ojos, no dejes de mirarme blanda y amorosamente, echando de ver en esta sumisión y arrodillamiento que a tu contrahecha hermosura hago la humildad con que mi alma te adora.

—¡Tomá que, mi agüelo [2]!—respondió la aldeana—. ¡Amiguita soy yo de oír resquebrajos [3]! Apártense y déjennos ir, y agradecérselo hemos.

Apartóse Sancho y dejóla ir, contentísimo de haber salido bien de su enredo. Apenas se vió libre la aldeana que había hecho la figura de Dulcinea, cuando picando a su *cananea* con un aguijón que en un palo traía, dió a correr por el prado adelante. Y como la borrica sentía la punta del aguijón, que le fatigaba más de lo ordinario, comenzó a dar corcovos, de manera, que dió con la señora Dulcinea en tierra; lo cual visto por don Quijote, acudió a levantarla, y Sancho a componer y cinchar el albarda, que también vino a la barriga de la pollina. Acomodada, pues, la albarda, y queriendo don Quijote levantar a su encantada señora en los brazos sobre la jumenta, la señora, levantándose del suelo, le quitó de aquel trabajo, porque haciéndose algún tanto atrás, tomó una corridica, y puestas ambas manos sobre las ancas de la pollina, dió con

---

[1] *Nubes y cataratas* son hoy dos enfermedades que impiden la vista y residen la primera en lo exterior del globo del ojo y la segunda en lo interior. Pero en tiempo de Cervantes debían de ser una misma enfermedad, pues, según Covarrubias, «vulgarmente llamamos *cataratas* las *nubes* que se nos hacen en los ojos... Por la semejanza que tienen las telillas blancas que se hacen en los ojos, a las nubes, les dieron su nombre».
Originariamente, *catarata* es lo que cae precipitadamente, y se aplicó a la caída del agua en un río, a las compuertas de sube y baja, y luego a la enfermedad del cristalino que se oscurece como si por delante cayese una compuerta o cortina.

[2] *Tomá que* es una interjección que denota extrañeza, comparable a *¡mira que!, ¡anda!, ¡hola!* Mi agüelo aquí pudiera ser no tanto una interjección, semejante a *¡mi padre!* (cf. I, 47, p. 389), cuanto un vocativo que responde muy bien a las alabanzas que preceden, propias, por lo desmesuradas, de abuelos.

[3] «*Resquebrajo*, vocablo bárbaro y aldeano, vale hendedura en la pared; y por chocarrería [por confusión de *resquebrar* o *resquebrajar* con *requebrar*], el requiebro tosco y avillanado» (Cov.).

su cuerpo, más ligero que un halcón, sobre la albarda, y quedó a horcajadas, como si fuera hombre; y entonces dijo Sancho:

—¡Vive Roque que es la señora nuestra ama más ligera que un acotán [1], y que puede enseñar a subir a la jineta al más diestro cordobés o mejicano! El arzón trasero de la silla pasó de un salto, y sin espuelas hace correr la hacanea como una cebra. Y no le van en zaga sus doncellas; que todas corren como el viento.

Y así era la verdad; porque en viéndose a caballo Dulcinea, todas picaron tras ella y dispararon a correr, sin volver la cabeza atrás por espacio de más de media legua. Siguiólas don Quijote con la vista, y cuando vió que no parecían, volviéndose a Sancho, le dijo:

—Sancho, ¿qué te parece cuán mal quisto soy de encantadores? Y mira hasta dónde se estiende su malicia y la ojeriza que me tienen, pues me han querido privar del contento que pudiera darme ver en su ser a mi señora. En efecto, yo nací para ejemplo de desdichados, y para ser blanco y terrero [2] donde tomen la mira y asiesten [3] las flechas de la mala fortuna. Y has también de advertir, Sancho, que no se contentaron estos traidores de haber vuelto y transformado a mi Dulcinea, sino que la transformaron y volvieron en una figura tan baja y tan fea como la de aquella aldeana, y juntamente le quitaron lo que es tan suyo de [4] las principales señoras, que es el buen olor, por andar siempre entre ámbares y entre flores. Porque te hago saber, Sancho, que cuando llegué a subir a Dulcinea sobre su hacanea (según tú dices, que a mí me pareció borrica), me dió un olor de ajos crudos, que me encalabrinó [5] y atosigó el alma.

—¡Oh canalla!—gritó a esta sazón Sancho—. ¡Oh encantadores aciagos y mal intencionados, y quién os viera a todos ensartados por las agallas como sardinas en lercha [6]! Mucho

---

[1] *Alcotán* (no *acotán*) = ave de rapiña semejante al halcón.

[2] «*Dar en el blanco*, acertar en lo que es verdad y desatar la dificultad. Está tomado de los ballesteros, que ponen en el *terrero* [= montón de tierra] adonde tiran una señal blanca, porque se eche mejor de ver» (Cov.).

[3] *Asiesten* = asesten.

[4] *Tan suyo*, es decir, *de las principales señoras* (cf. pról. 6).

[5] «*Encalabrinar*, henchírsele a uno el cerebro de algún mal tufo y olor fuerte, que le turba el sentido» (Cov.). Clemencín lo deriva del antiguo *calabrina* (= hedor).

[6] *Lercha* = junquillo en que los cazadores ensartan por las narices

sabéis, mucho podéis, y mucho mal hacéis. Bastaros debiera, bellacos, haber mudado las perlas de los ojos de mi señora en agallas [1] alcornoqueñas, y sus cabellos de oro purísimo en cerdas de cola de buey bermejo, y, finalmente, todas sus faciones de buenas en malas, sin que le tocárades en el olor; que por él siquiera sacáramos lo que estaba encubierto debajo de aquella fea corteza; aunque, para decir verdad, nunca yo vi su fealdad, sino su hermosura, a la cual subía de punto y quilates [2] un lunar que tenía sobre el labio derecho, a manera de bigote, con siete o ocho cabellos, rubios como hebras de oro y largos de más de un palmo.

—A ese lunar—dijo don Quijote—, según la correspondencia que tienen entre sí los del rostro con los del cuerpo, ha de tener otro Dulcinea en la tabla del muslo [3] que corresponde al lado donde tiene el del rostro; pero muy luengos para lunares son pelos de la grandeza que has significado.

—Pues yo sé decir a vuesa merced—respondió Sancho—que le parecían allí como nacidos [4].

—Yo lo creo, amigo—replicó don Quijote—, por que ninguna cosa puso la naturaleza en Dulcinea que no fuese perfecta y bien acabada; y así, si tuviera cien lunares como el que dices, en ella no fueran lunares, sino lunas y estrellas resplandecientes. Pero dime, Sancho: aquella que a mí me pareció albarda, que tú aderezaste, ¿era silla rasa [5], o sillón [6]?

—No era—respondió Sancho—sino silla a la jineta [7], con una cubierta de campo que vale la mitad de un reino, según es de rica.

—¡Y que no viese yo todo eso, Sancho!—dijo don Quijote—.

---

las aves muertas, y los pescadores los peces por las *agallas* (= branquias que tienen los peces para respirar, a entrambos lados de la cabeza).

[1] Cf. p. 296, n. 1.
[2] Cf. p. 95, n. 5, y p. 499, n. 1.
[3] «*Tabla del muslo*, el ancho dél» (Cov.).
[4] *Como nacidos* (= como naturales) = muy bien, hermosamente.
[5] *Silla rasa* = silla sin borrenes, sin almohadillas o embutidos, con sólo el cuero. «Borrenes [o borrenes], los encuentros de los arzones, en las sillas de montar y brida [cf. p. 216, n. 3], por estar embutidos en *borra*; recogen las borrenas el muslo y van más firmes en la silla los que las llevan» (Cov.). Véase la figura de la p. 216.
[6] Cf. p. 423, n. 4.
[7] «*Casco a la jineta* o *silla a la jineta*, no tiene borrenas algunas, y es de aquellas que montan los alguaciles y toreros, etc.» (TERREROS); pero tenía, dice Clemencín, los arzones más altos que las otras sillas.

Ahora torno a decir, y diré mil veces, que soy el más desdichado de los hombres.

Harto tenía que hacer el socarrón de Sancho en disimular la risa, oyendo las sandeces de su amo, tan delicadamente engañado. Finalmente, después de otras muchas razones que entre los dos pasaron, volvieron a subir en sus bestias, y siguieron el camino de Zaragoza, adonde pensaban llegar a tiempo que pudiesen hallarse en unas solenes fiestas que en aquella insigne ciudad cada año suelen hacerse. Pero antes que allá llegasen les sucedieron cosas que, por muchas, grandes y nuevas, merecen ser escritas y leídas, como se verá adelante.

CAPITULO XI.—De la estraña aventura que le sucedió al valeroso don Quijote con el carro o carreta de *Las Cortes de la Muerte*.

Pensativo a demás[1] iba don Quijote por su camino adelante, considerando la mala burla que le habían hecho los encantadores volviendo a su señora Dulcinea en la mala figura de la aldeana, y no imaginaba qué remedio tendría para volverla a su ser primero; y estos pensamientos le llevaban tan fuera de sí, que, sin sentirlo, soltó las riendas a Rocinante, el cual, sintiendo la libertad que se le daba, a cada paso se detenía a pacer la verde hierba de que aquellos campos abundaban. De su embelesamiento le volvió Sancho Panza, diciéndole:

—Señor, las tristezas no se hicieron para las bestias, sino para los hombres; pero si los hombres las sienten demasiado, se vuelven bestias; vuesa merced se reporte, y vuelva en sí, y coja las riendas a Rocinante, y avive y despierte, y muestre aquella gallardía que conviene que tengan los caballeros andantes. ¿Qué diablos es esto? ¿Qué descaecimiento es éste? ¿Estamos aquí, o en Francia[2]? Mas que[3] se lleve Satanás a cuantas Dulcineas hay en el mundo, pues vale más la salud de un solo caballero andante que todos los encantos y transformaciones de la tierra.

—Calla, Sancho—respondió don Quijote con voz no muy

---

[1] Por demás (cf. pról. 11).
[2] *¿Estamos aquí, o en Francia (o o en Jauja)?* Con esta expresión tachamos un hecho o dicho, de importuno o menos decoroso.
[3] Aunque.

desmayada—. Calla, digo, y no digas blasfemias contra aquella encantada señora; que de su desgracia y desventura yo solo tengo la culpa: de la invidia que me tienen los malos ha nacido su mala andanza.

—Así lo digo yo—respondió Sancho—: quien la vido[1] y la vee ahora, ¿cuál es el corazón que no llora?

—Eso puedes tú decir bien, Sancho—replicó don Quijote—, pues la viste en la entereza cabal de su hermosura; que el encanto no se estendió a turbarte la vista ni a encubrirte su belleza: contra mí solo y contra mis ojos se endereza la fuerza de su veneno. Mas, con todo esto, he caído, Sancho, en una cosa, y es que me pintaste mal su hermosura; porque, si mal no me acuerdo, dijiste que tenía los ojos de perlas, y los ojos que parecen de perlas antes son de besugo que de dama; y, a lo que yo creo, los de Dulcinea deben ser de verdes esmeraldas, rasgados[2], con dos celestiales arcos que les sirven de cejas; y esas perlas quítalas de los ojos y pásalas a los dientes; que sin duda te trocaste[3], Sancho, tomando los ojos por los dientes.

—Todo puede ser—respondió Sancho—; porque también me turbó a mí su hermosura como a vuesa merced su fealdad. Pero encomendémoslo todo a Dios; que Él es el sabidor de las cosas que han de suceder en este valle de lágrimas, en este mal mundo que tenemos, donde apenas se halla cosa que esté sin mezcla de maldad, embuste y bellaquería. De una cosa me pesa, señor mío, más que de otras; que es pensar qué medio se ha de tener cuando vuesa merced venza a algún gigante o otro caballero, y le mande que se vaya a presentar ante la hermosura de la señora Dulcinea: ¿adónde la ha de hallar este pobre gigante, o este pobre y mísero caballero vencido? Paréceme que los veo andar por el Toboso hechos unos bausanes[4],

---

[1] *Vido* = vió. Sabido es que en frases hechas y refranes se conservan largo tiempo semejantes formas arcaicas.

[2] *Ojos rasgados* = los que siendo grandes se descubren mucho por la amplitud de los párpados.

[3] *Te trocaste* = te equivocaste, te confundiste.

[4] «*Bausán* o *bausana* es una figura de un hombre embutida en paja y armada, la cual, puesta entre las almenas de algún castillo o fortaleza, parece soldado; y destas bausanas se han aprovechado algunos, viéndose cercado de enemigos y con poca gente, para que se entendiese eran más en número. Algunas veces el nombre de *bausán* vale bobo, estúpido y tardo, que se le cae la baba; y así a los que están parados mirando alguna cosa a boca abierta los llamamos bausanes» (Cov.).

2, 11.—AVENTURA DE LA CARRETA DE LA MUERTE

buscando a mi señora Dulcinea, y aunque la encuentren en mitad de la calle, no la conocerán más que a mi padre.

—Quizá, Sancho—respondió don Quijote—, no se estenderá el encantamiento a quitar el conocimiento de Dulcinea a los vencidos y presentados gigantes y caballeros; y en uno o dos de los primeros que yo venza y le envíe haremos la experiencia si la ven o no, mandándoles que vuelvan a darme relación de lo que acerca desto les hubiere sucedido.

—Digo, señor—replicó Sancho—, que me ha parecido bien lo que vuesa merced ha dicho, y que con ese artificio vendremos en conocimiento de lo que deseamos; y si es que ella a solo vuesa merced se encubre, la desgracia más será de vuesa merced que suya; pero como la señora Dulcinea tenga salud y contento, nosotros por acá nos avendremos y lo pasaremos lo mejor que pudiéremos, buscando nuestras aventuras y dejando al tiempo que haga de las suyas; que él es el mejor médico destas y de otras mayores enfermedades.

Responder quería don Quijote a Sancho Panza; pero estorbóselo una carreta que salió al través del camino, cargada de los más diversos y estraños personajes y figuras que pudieron imaginarse. El que guiaba las mulas y servía de carretero era un feo demonio. Venía la carreta descubierta al cielo abierto, sin toldo ni zarzo[1]. La primera figura que se ofreció a los ojos de don Quijote fué la de la misma Muerte, con rostro humano; junto a ella venía un ángel con unas grandes y pintadas alas; al un lado estaba un emperador con una corona, al parecer de oro, en la cabeza; a los pies de la Muerte estaba el dios que llaman Cupido, sin venda en los ojos, pero con su arco, carcaj[2] y saetas; venía también un caballero armado de punta en blanco[3], excepto que no traía morrión, ni celada, sino un sombrero lleno

---

[1] *Zarzo* = tejido de cañas o mimbres que rodea los costados de los carros y contiene la carga.

[2] «*Carcaj* vale aljaba... La Caja donde van recogidas las flechas o saetas del arco... En lo hondo, do vienen a sentar los casquillos o puntas de las saetas, son angostos [los carcajes], y en lo ancho por razón de las plumas y ser las hastas más gruesas, vienen a ser más anchos» (Cov.).

[3] Dice el Diccionario de Autoridades: «*Armado en blanco* u *de punta en blanco*. Cubierto de armas blancas todo el cuerpo, desde los pies hasta la cabeza...» Correas, en su *Vocabulario de refranes*, cree que esto propiamente

— 678 —

de plumas de diversas colores; con éstas venían otras personas de diferentes trajes y rostros. Todo lo cual visto de improviso, en alguna manera alborotó a don Quijote y puso miedo en el corazón de Sancho; mas luego se alegró don Quijote, creyendo que se le ofrecía alguna nueva y peligrosa aventura, y con este pensamiento, y con ánimo dispuesto de acometer cualquier peligro, se puso delante de la carreta y con voz alta y amenazadora, dijo:

—Carretero, cochero, o diablo, o lo que eres, no tardes en decirme quién eres, a dó vas y quién es la gente que llevas en tu carricoche, que más parece la barca de Carón [1] que carreta de las que se usan.

A lo cual, mansamente, deteniendo el Diablo la carreta, respondió:

—Señor, nosotros somos recitantes de la compañía de Angulo el Malo; hemos hecho en un lugar que está detrás de aquella loma, esta mañana, que es la octava del Corpus [2], el auto de *Las Cortes de la Muerte*, y hémosle de hacer esta tarde en aquel lugar que desde aquí se parece; y por estar tan cerca y escusar el trabajo de desnudarnos y volvernos a vestir, nos vamos vestidos con los mesmos vestidos que [3] representamos. Aquel mancebo va de Muerte; el otro, de Ángel; aquella mujer, que es la del autor, va de Reina; el otro, de Soldado; aquél, de Emperador, y yo, de Demonio, y soy una de las principales figuras del auto, porque hago en esta compañía los primeros papeles. Si otra cosa vuesa merced desea saber de nosotros, pregúntemelo; que yo le sabré responder con toda puntualidad; que como soy demonio, todo se me alcanza.

—Por la fe de caballero andante—respondió don Quijote—, que así como vi este carro imaginé que alguna grande aventura se me ofrecía; y ahora digo que es menester tocar las apariencias con la mano para dar lugar al desengaño. Andad con Dios

---

se dijo del caballero que al acometer iba todo armado con la lanza en ristre, desnuda la cuchilla y descubierta en blanco la punta. Pero bien pudo ser el sentido primero «armado con armas *blancas* desde la *punta* o extremidad de la cabeza». Morel Fatio, en *Études sur l'Espagne*, 3.ᵉ série, XI, habla sobre los diversos dignificados de «de punta en blanco».

[1] *Carón* pasaba en su barca las sombras de los muertos, de muy diversos estados y condiciones, por los ríos Aqueronte y Cocito y la laguna Estigia.

[2] Pero ¿a fines de verano o principios de otoño se celebraba esta octava?

[3] Con *que* (cf. pról. 19).

2, 11.—AVENTURA DE LA CARRETA DE LA MUERTE

buena gente, y haced vuestra fiesta, y mirad si mandáis algo en que pudiera seros de provecho; que lo haré con buen ánimo y buen talante, porque desde mochacho fuí aficionado a la carátula[1], y en mi mocedad se me iban los ojos tras la farándula[2].

Estando en estas pláticas, quiso la suerte que llegase uno de la compañía, que venía vestido de bojiganga[3], con muchos cascabeles, y en la punta de un palo traía tres vejigas de vaca hinchadas; el cual moharracho, llegándose a don Quijote, comenzó a esgrimir el palo y a sacudir el suelo con las vejigas, y a dar grandes saltos, sonando los cascabeles; cuya mala visión así alborotó a Rocinante, que sin ser poderoso a detenerle don Quijote, tomando el freno entre los dientes, dió a correr por el campo con más ligereza que jamás prometieron los huesos de su notomía[4]. Sancho, que consideró el peligro en que iba su amo de ser derribado, saltó del rucio y a toda priesa fué a valerle; pero cuando a él llegó, ya estaba en tierra, y junto a él Rocinante, que con su amo vino al suelo; ordinario fin y paradero de las lozanías de Rocinante, y de sus atrevimientos.

Mas apenas hubo dejado su caballería Sancho por acudir a don Quijote, cuando el demonio bailador de las vejigas[5] saltó sobre el rucio, y sacudiéndole con ellas, el miedo y ruido, más que el dolor de los golpes, le hizo volar por la campaña hacia el lugar donde iban a hacer la fiesta. Miraba Sancho la carrera de su rucio y la caída de su amo, y no sabía a cuál de las dos

---

[1] Aficionado a la *carátula* (= careta), es decir, a las representaciones teatrales.
[2] *Farándula* = compañía cómica. De las ocho maneras de compañías que Rojas *(Viaje entret.*, I) enumera por orden de importancia, las tres últimas eran la bojiganga, la farándula y la compañía. En la *bojiganga* van dos mujeres, un muchacho y seis o siete compañeros. *Farándula* es víspera de compañía; traen tres mujeres, caminan en mulos de harrieros y otras veces en carros, tienen buenos vestidos, hacen fiestas de Corpus a docientos ducados. En las *compañías* hay todo género de gusarapos y baratijas: traen diez y seis personas que representan, treinta que comen, uno que cobra, y Dios sabe el que hurta.
[3] *Bojiganga, moharracho, moharrache, momarrache, mamarracho, zaharrón, botarga* = persona disfrazada estrafalariamente que hacía reír. En la procesión del Corpus solían ir varios moharraches con la tarasca a la cabeza de la procesión.
[4] *Notomía* (anotomía, anatomía) = esqueleto.
[5] Se ve que el moharracho iba vestido de diablo; pero en la relación de Cervantes no consta claramente si era, o no, el mismo demonio carretero que antes guiaba las mulas.

2, 11.—AVENTURA DE LA CARRETA DE LA MUERTE

necesidades acudiría primero; pero, en efecto, como buen escudero y como buen criado, pudo más con él el amor de su señor que el cariño de su jumento, puesto que cada vez que veía levantar las vejigas en el aire y caer sobre las ancas de su rucio, eran para él tártagos [1] y sustos de muerte, y antes quisiera que aquellos golpes se los dieran a él en las niñas de los ojos que en el más mínimo pelo de la cola de su asno. Con esta perpleja tribulación llegó donde estaba don Quijote harto más maltrecho de lo que él quisiera, y ayudándole a subir sobre Rocinante, le dijo:

—Señor, el Diablo se ha llevado al rucio.

—¿Qué diablo?—preguntó don Quijote.

—El de las vejigas—respondió Sancho.

—Pues yo le cobraré—replicó don Quijote—, si bien se encerrase con él en los más hondos y escuros calabozos del infierno. Sígueme, Sancho; que la carreta va despacio, y con las mulas della satisfaré la pérdida del rucio.

—No hay para qué hacer esa diligencia, señor—respondió Sancho—: vuesa merced temple su cólera; que, según me parece, ya el Diablo ha dejado el rucio, y vuelve [2] a la querencia.

Y así era la verdad; porque habiendo caído el Diablo con el rucio, por imitar a don Quijote y a Rocinante, el Diablo se fué a pie al pueblo, y el jumento se volvió a su amo.

—Con todo eso—dijo don Quijote—, será bien castigar el descomedimiento de aquel demonio en alguno de los de la carreta, aunque sea el mesmo emperador.

—Quítesele a vuesa merced eso de la imaginación—replicó Sancho—, y tome mi consejo, que es que nunca se tome [3] con farsantes, que es gente favorecida. Recitante he visto yo estar preso por dos muertes, y salir libre y sin costas. Sepa vuesa merced que como son gentes alegres y de placer, todos los favorecen, todos los amparan, ayudan y estiman, y más siendo de aquellos de las compañías reales y de título [4], que todos, o los más, en sus trajes y compostura parecen unos príncipes.

---

[1] «*Tártago* es una yerba conocida purgativa y para cuerpos robustos, porque causa al purgar extraños accidentes. *Dar tártago a uno* es congojarle y ponerle en vascas» (Cov.).

[2] El rucio.

[3] Riña, se meta.

[4] Para poner coto a los abusos, se dispuso que no pasasen de cierto número las compañías de farsantes o recitantes; a las así autorizadas Sancho llama *reales y de título*.

— 681 —

2, 11.—AVENTURA DE LA CARRETA DE LA MUERTE

—Pues con todo—respondió don Quijote—, no se me ha de ir el demonio farsante alabando[1], aunque le favorezca todo el género humano.

Y diciendo esto, volvió a la carreta, que ya estaba bien cerca del pueblo, y iba dando voces, diciendo:

—Deteneos, esperad, turba alegre y regocijada; que os quiero dar a entender cómo se han de tratar los jumentos y alimañas que sirven de caballería a los escuderos de los caballeros andantes.

Tan altos eran los gritos de don Quijote, que los oyeron y entendieron los de la carreta; y juzgando por las palabras la intención del que las decía, en un instante saltó la Muerte de la carreta, y tras ella, el Emperador, el Diablo carretero y el Ángel, sin quedarse la Reina ni el dios Cupido, y todos se cargaron de piedras y se pusieron en ala[2] esperando recebir a don Quijote en las puntas de sus guijarros. Don Quijote, que los vió puestos en tan gallardo escuadrón, los brazos levantados con ademán de despedir poderosamente las piedras, detuvo las riendas a Rocinante, y púsose a pensar de qué modo los acometería con menos peligro de su persona. En esto que se detuvo, llegó Sancho, y viéndole en talle de acometer al bien formado escuadrón, le dijo:

—Asaz de locura sería intentar tal empresa: considere vuesa merced, señor mío, que para sopa de arroyo y tente, bonete[3], no hay arma defensiva en el mundo, si no es embutirse y encerrarse en una campana de bronce; y también se ha de considerar que es más temeridad que valentía acometer un hombre solo a un ejército donde está la Muerte, y pelean en persona emperadores, y a quien ayudan los buenos y los malos ángeles; y si esta consideración no le mueve a estarse quedo, muévale saber de cierto que entre todos los que allí están, aunque parecen reyes, príncipes y emperadores, no hay ningún caballero andante.

—Ahora sí—dijo don Quijote—has dado, Sancho, en el punto que puede y debe mudarse de mi ya determinado intento. Yo no puedo ni debo sacar la espada, como otras veces

---

[1] Jactando.
[2] *En ala* = en fila.
[3] *Sopa de arroyo* = guijarro. *Sopa de tente bonete*, como anota R. Marín, es el guijarro tan grande, que quien lo tira ha de sujetarse el bonete o gorra para que no se le caiga. Más corriente era la expresión *a tente bonete* (v. gr., con los verbos *porfiar, beber*) = con empeño, con demasía.

muchas te he dicho, contra quien no fuere armado caballero. A ti, Sancho, toca, si quieres, tomar la venganza del agravio que a tu rucio se le ha hecho; que yo desde aquí te ayudaré con voces y advertimientos saludables.

—No hay para qué, señor—respodió Sancho—, tomar venganza de nadie, pues no es de buenos cristianos tomarla de los agravios; cuanto más que yo acabaré[1] con mi asno que ponga su ofensa en las manos de mi voluntad; la cual es de vivir pacíficamente los días que los cielos me dieren de vida.

—Pues ésa es tu determinación—replicó don Quijote—, Sancho bueno, Sancho discreto, Sancho cristiano y Sancho sincero, dejemos estas fantasmas y volvamos a buscar mejores y más calificadas aventuras; que yo veo esta tierra de talle, que no han de faltar en ella muchas y muy milagrosas.

Volvió las riendas luego, Sancho fué a tomar su rucio, la Muerte con todo su escuadrón volante volvieron a su carreta y prosiguieron su viaje, y este felice fin tuvo la temerosa aventura de la carreta de la Muerte, gracias sean dadas al saludable consejo que Sancho Panza dió a su amo; al cual el día siguiente le sucedió otra con un enamorado y andante caballero, de no menos suspensión que la pasada.

CAPITULO XII.—De la estraña aventura que le sucedió al valeroso don Quijote con el bravo Caballero de los Espejos.

La noche que siguió al día del rencuentro de la Muerte la pasaron don Quijote y su escudero debajo de unos altos y sombrosos árboles, habiendo, a persuasión de Sancho, comido don Quijote de lo que venía en el repuesto del rucio, y entre la cena dijo Sancho a su señor:

—Señor, ¡qué tonto hubiera andado yo si hubiera escogido en albricias los despojos de la primera aventura que vuesa merced acabara, antes que las crías de las tres yeguas! En efecto en efecto, más vale pájaro en mano que buitre volando.

—Todavía—respondió don Quijote—, si tú, Sancho, me dejaras acometer, como yo quería, te hubieran cabido en despojos, por lo menos, la corona de oro de la emperatriz y las

---

[1] Cf. p. 264, n. 1.

2, 12.—AVENTURA DE LA CARRETA DE LA MUERTE

pintadas alas de Cupido; que yo se las quitara al redropelo[1] y te las pusiera en las manos.

—Nunca los cetros y coronas de los emperadores farsantes —respondió Sancho Panza—fueron de oro puro, sino de oropel o hoja de lata.

—Así es verdad—replicó don Quijote—; porque no fuera acertado que los atavíos de la comedia fueran finos, sino fingidos y aparentes, como lo es la mesma comedia, con la cual quiero, Sancho, que estés bien, teniéndola en tu gracia, y por el mismo consiguiente a los que las representan y a los que las componen, porque todos son instrumentos de hacer un gran bien a la república, poniéndonos un espejo a cada paso delante, donde se veen al vivo las acciones de la vida humana, y ninguna comparación hay que más al vivo nos represente lo que somos y lo que habemos de ser como[2] la comedia y los comediantes. Si no, dime: ¿no has visto tú representar alguna comedia adonde se introducen reyes, emperadores y pontífices, caballeros, damas y otros diversos personajes? Uno hace el rufián, otro el embustero, éste el mercader, aquél el soldado, otro el simple discreto[3], otro el enamorado simple; y acabada la comedia y desnudándose de los vestidos della, quedan todos los recitantes iguales.

—Sí he visto—respondió Sancho.

—Pues lo mesmo—dijo don Quijote—acontece en la comedia y trato deste mundo, donde unos hacen los emperadores, otros los pontífices, y, finalmente, todas cuantas figuras se pueden introducir en una comedia; pero en llegando al fin, que es cuando se acaba la vida, a todos les quita la muerte las ropas que los diferenciaban, y quedan iguales en la sepultura.

—¡Brava comparación!—dijo Sancho—. Aunque no tan nueva, que yo no la haya oído muchas y diversas veces, como aquella del juego del ajedrez, que mientras dura el juego, cada pieza tiene su particular oficio; y en acabándose el juego, todas se mezclan, juntan y barajan, y dan con ellas en una bolsa, que es como dar con la vida en la sepultura.

—Cada día, Sancho—dijo don Quijote—, te vas haciendo menos simple y más discreto.

—Sí que algo se me ha de pegar de la discreción de vuesa

---

[1] *Al* (o *a*) *redropelo* (o *redopelo*) = a contrapelo; violentamente.
[2] Hoy diríamos *que* (cf. pról. 28).
[3] El papel de simple o bobo, que requería mucha discreción.

— 684 —

merced—respondió Sancho—; que las tierras que de suyo son estériles y secas, estercolándolas y cultivándolas vienen a dar buenos frutos: quiero decir que la conversación de vuesa merced ha sido el estiércol que sobre la estéril tierra de mi seco ingenio ha caído; la cultivación, el tiempo que ha que le sirvo y comunico; y con esto, espero de dar frutos de mí que sean de bendición, tales, que no desdigan ni deslicen de los senderos de la buena crianza que vuesa merced ha hecho en el agostado entendimiento mío.

Rióse don Quijote de las afectadas razones de Sancho, y parecióle ser verdad lo que decía de su enmienda, porque de cuando en cuando hablaba de manera, que le admiraba; puesto que todas o las más veces que Sancho quería hablar de oposición[1] y a lo cortesano, acababa su razón con despeñarse del monte de su simplicidad al profundo de su ignorancia; y en lo que él se mostraba más elegante y memorioso era en traer refranes, viniesen o no viniesen a pelo de lo que trataba, como se habrá visto y se habrá notado en el discurso desta historia.

En estas y otras pláticas se les pasó gran parte de la noche, y a Sancho le vino en voluntad de[2] dejar caer las compuertas de los ojos, como él decía cuando quería dormir, y desaliñando al rucio[3], le dió pasto abundoso y libre. No quitó la silla a Rocinante, por ser expreso mandamiento de su señor que en el tiempo que anduviesen en campaña, o no durmiesen debajo de techado, no desaliñase a Rocinante: antigua usanza establecida y guardada de los andantes caballeros, quitar el freno y colgarle del arzón de la silla; pero quitar la silla al caballo, ¡guardá[4]!; y así lo hizo Sancho, y le dió la misma libertad que al rucio, cuya amistad del[5] y de Rocinante fué tan única y tan trabada, que hay fama, por tradición de padres a hijos, que el autor desta verdadera historia hizo particulares capítulos della; mas que, por guardar la decencia y decoro que a tan heroica historia se debe, no los puso en ella, puesto que algunas veces se descuida deste su prosupuesto[6], y escribe que así como las

---

[1] *Hablar de oposición*, o sea, como los opositores, queriendo dar muestra de sus cualidades.
[2] Hoy omitiríamos este *de* (cf. pról. 25).
[3] *Desaliñando al rucio* = desalbardándole (quitándole el aliño, adorno o aparejo).
[4] ¡Cuidado!
[5] *Cuya... dél* (cf. pról. 6).
[6] Propósito.

2, 12.—AMISTAD DEL RUCIO Y DE ROCINANTE

dos bestias se juntaban, acudían a rascarse el uno al otro, y que, después de cansados y satisfechos, cruzaba Rocinante el pescuezo sobre el cuello del rucio (que le sobraba de la otra parte más de media vara), y mirando los dos atentamente al suelo, se solían estar de aquella manera tres días; a lo menos, todo el tiempo que les dejaban, o no les compelía el hambre a buscar sustento. Digo que dicen que dejó el autor escrito que los había comparado en la amistad a la que tuvieron Niso y Euríalo[1], y Pílades y Orestes[2]; y si esto es así, se podía echar de ver, para universal admiración, cuán firme debió ser la amistad destos dos pacíficos animales, y para confusión de los hombres, que tan mal saben guardarse amistad los unos a los otros. Por esto se dijo:

> No hay amigo para amigo:
> Las cañas se vuelven lanzas[3]

y el otro que cantó:

> De amigo a amigo la chinche..., etc.[4]

Y no le parezca a alguno que anduvo el autor algo fuera de camino en haber comparado la amistad destos animales a la de los hombres; que de las bestias han recibido muchos advertimientos los hombres y aprendido muchas cosas de importancia, como son: de las cigüeñas, el cristel[5]; de los perros, el vómito y el agradecimiento; de las grullas, la vigilancia; de las hormigas, la providencia; de los elefantes, la honestidad; y la

---

[1] Lejos ya Niso del peligro volvió a él en busca de Euríalo a quien halló entre los enemigos. Emboscado mató a dos de ellos, pero queriendo vengar su capitán, Volscente, estas muertes en Euríalo, Niso se descubrió y pidió que le matasen a él. No cedió Volscente y atravesó con su espada. a Euríalo: entonces Niso se lanzó contra Volscente y lo mató, pero herido por sus contrarios cayó exánime sobre su amigo Euríalo *(Eneida*, 9).

[2] Habiendo de ser sacrificado Orestes a Diana, Pílades, su amigo, sostenía que él era Orestes, y éste le desmentía.

[3] *Historia de los bandos y guerras civiles de Granada*, de Ginés Pérez de Hita, c. 6.

[4] Solía decirse, entre otras maneras, de ésta: *de amigo a amigo, la chinche en el ojo*, acerca de lo cual observa Covarrubias, «que es corrupta voz, mal entendida la legítima, que es *chiz en el ojo*, como si dijésemos *agraz en el ojo*, porque al echarle (el agraz) revienta y hace *chiz* con el sonido, y de amigo a amigo una burla que no pase de ésta, se permite».

[5] *Cristel, clistel, clister* = lavativa (acción, instrumento).

2, 12.—AVENTURA DEL CABALLERO DEL BOSQUE

lealtad, del caballo[1]. Finalmente, Sancho se quedó dormido al pie de un alcornoque, y don Quijote, dormitando al de una robusta encina; pero poco espacio de tiempo había pasado, cuando le despertó un ruido que sintió a sus espaldas, y levantándose con sobresalto, se puso a mirar y a escuchar de dónde el ruido procedía, y vió que eran dos hombres a caballo, y que el uno, dejándose derribar de la silla, dijo al otro:

—Apéate, amigo, y quita los frenos a los caballos; que, a mi parecer, este sitio abunda de hierba para ellos, y del silencio y soledad que han menester mis amorosos pensamientos.

El decir esto y el tenderse en el suelo todo fué a un mesmo tiempo; y al arrojarse hicieron ruido las armas de que venía armado, manifiesta señal por donde conoció don Quijote que debía de ser caballero andante; y llegándose a Sancho, que dormía, le trabó del brazo, y con no pequeño trabajo le volvió en su acuerdo, y con voz baja le dijo:

—¡Hermano Sancho, aventura tenemos!

—Dios nos la dé buena—respondió Sancho—. ¿Y adónde está, señor mío, su merced de [2] esa señora aventura?

—¿Adónde, Sancho?—replicó don Quijote—. Vuelve los ojos y mira, y verás allí tendido un andante caballero, que, a lo que a mí se me trasluce, no debe de estar demasiadamente alegre, porque le vi arrojar del caballo y tenderse en el suelo con algunas muestras de despecho, y al caer le crujieron las armas.

—Pues ¿en qué halla vuesa merced—dijo Sancho—que ésta sea aventura?

—No quiero yo decir—respondió don Quijote—que ésta sea aventura del todo, sino principio della; que por aquí se comienzan las aventuras. Pero escucha; que, a lo que parece, templando está un laúd o vigüela[3], y, según escupe y se desembaraza el pecho, debe de prepararse para cantar algo.

---

[1] Noticias tomadas de la Historia natural de Plinio.
[2] *Su... de* (cf. pról. 6).
[3] «*Laúd*... instrumento de cuerdas, conocido, y muy usado... Difiere de la *vihuela*, por cuanto no tiene el vientre o cuerpo cuadrado, sino redondo y jiboso, hecho de muchas costillas delgadas, sutilmente pegadas unas con otras... Por modo de alusión y apodo se llama *laúd* la corcova» (Cov.). Otra diferencia era la de que el laúd tenía el clavijero muy inclinado; y la vihuela, horizontal o ligeramente inclinado (p. 132).

Debe distinguirse la *vihuela de arco* (violines, violones) con trastes o sin ellos, que según Covarrubias era música propia para los palacios de los re-

2, 12.—AVENTURA DEL CABALLERO DEL BOSQUE

—A buena fe que es así—respondió Sancho—, y que debe de ser caballero enamorado.

—No hay ninguno de los andantes que no lo sea—dijo don Quijote—. Y escuchémosle; que por el hilo sacaremos el ovillo de sus pensamientos, si es que canta; que de la abundancia del corazón habla la lengua [1].

Replicar quería Sancho a su amo; pero la voz del Caballero del Bosque, que no era muy mala ni muy buena, lo estorbó, y estando los dos atónitos [2], oyeron que lo que cantó fué este

Soneto

—Dadme, señora, un término [3] que siga,
Conforme a vuestra voluntad cortado [4];
Que será de la mía así estimado,
Que por jamás un punto dél desdiga.
 Si gustáis que callando mi fatiga
Muera, contadme ya por acabado:
Si queréis que os la cuente en desusado
Modo, haré que el mesmo Amor la diga.
 A prueba de contrarios estoy hecho,
De blanda cera y de diamante duro,
Y a las leyes de amor el alma ajusto.
 Blando cual es, o fuerte, ofrezco el pecho;
Entallad o imprimid lo que os dé gusto;
Que de guardarlo eternamente juro.

Con un *¡ay!* arrancado, al parecer, de lo íntimo de su co-

---

yes y los saraos, de la *vihuela de mano* o *vihuela* simplemente. «*Vigüela*, el instrumento músico y vulgar de seis órdenes de cuerdas. Este instrumento ha sido hasta nuestros tiempos muy estimado y ha habido excelentes músicos; pero después que se inventaron las guitarras, son muy pocos los que se dan al estudio de la vigüela. Ha sido una gran pérdida, porque en ella se ponía todo género de música punteada, y ahora la guitarra no es más que un cencerro, tan fácil de tañer, especialmente en lo rasgado, que no hay mozo de caballos que no sea músico de guitarra» (Cov.). «Es la *guitarra* vigüela pequeña en el tamaño, y también en las cuerdas, porque no tiene más que cinco cuerdas, y algunas son de solos cuatro órdenes. Tienen estas cuerdas requintadas, que no son unísonas como las de la vigüela, sino templadas en quintas, fuera la prima, que en ambos instrumentos es una cuerda sola» (Cov.).

[1] San Mateo, 12, 34, y San Lucas, 6, 45.
[2] Tal vez se haya de leer *atentos*.
[3] *Término* = camino, conducta.
[4] Trazado.

razón dió fin a su canto el Caballero del Bosque, y de allí a un poco, con voz doliente y lastimada, dijo:

—¡Oh la más hermosa y la más ingrata mujer del orbe! ¿Cómo que[1] será posible, serenísima Casildea de Vandalia, que has de consentir que se consuma y acabe en continuas peregrinaciones y en ásperos y duros trabajos este tu cautivo caballero? ¿No basta ya que he hecho que te confiesen por la más hermosa del mundo todos los caballeros de Navarra, todos los leoneses, todos los tartesios, todos los castellanos, y, finalmente, todos los caballeros de la Mancha?

—Eso no—dijo a esta sazón don Quijote—; que yo soy de la Mancha, y nunca tal he confesado, ni podía ni debía confesar una cosa tan perjudicial a la belleza de mi señora; y este tal caballero ya vees tú, Sancho, que desvaría. Pero escuchemos: quizá se declarará más.

—Sí hará—replicó Sancho—; que término[2] lleva de quejarse un mes arreo[3].

Pero no fué así; porque habiendo entreoído el Caballero del Bosque que hablaban cerca dél, sin pasar adelante en su lamentación, se puso en pie y dijo con voz sonora y comedida:

—¿Quién va allá? ¿Qué gente? ¿Es por ventura de la del número de los contentos, o[4] la del de los afligidos?

—De los afligidos—respondió don Quijote.

—Pues lléguese a mí—respondió el del Bosque—, y hará cuenta que se llega a la mesma tristeza y a la aflición mesma.

Don Quijote, que se vió responder tan tierna y comedidamente, se llegó a él, y Sancho ni más ni menos.

El caballero lamentador asió a don Quijote del brazo, diciendo:

—Sentaos aquí, señor caballero; que para entender que lo sois, y de los que profesan la andante caballería, bástame el haberos hallado en este lugar, donde la soledad y el sereno os hacen compañía, naturales hechos y propias estancias de los caballeros andantes.

A lo que respondió don Quijote:

—Caballero soy, y de la profesión que decís; y aunque en mi alma tienen su propio asiento las tristezas, las desgracias

---

[1] Cf. p. 39, n. 4.
[2] *Término* = camino, traza.
[3] *Arreo* = continuo, sin interrupción.
[4] *O* de *la del...*

— 689 —

2, 12.—AVENTURA DEL CABALLERO DEL BOSQUE

y las desventuras, no por eso se ha ahuyentado della la compasión que tengo de las ajenas desdichas. De lo que cantastes poco ha colegí que las vuestras son enamoradas, quiero decir, del amor que tenéis a aquella hermosa ingrata que en vuestras lamentaciones nombrastes.

Ya cuando esto pasaban, estaban sentados juntos sobre la dura tierra, en buena paz y compañía, como si al romper del día no se hubieran de romper las cabezas.

—Por ventura, señor caballero—preguntó el del Bosque a don Quijote—, ¿sois enamorado?

—Por desventura lo soy—respondió don Quijote—; aunque los daños que nacen de los bien colocados pensamientos antes se deben tener por gracias que por desdichas.

—Así es la verdad—replicó el del Bosque—; si no nos turbasen la razón y el entendimiento los desdenes, que siendo muchos, parecen venganzas.

—Nunca fuí desdeñado de mi señora—respondió don Quijote.

—No, por cierto—dijo Sancho, que allí junto estaba—; porque es mi señora como una borrega [1] mansa; es más blanda que una manteca.

—¿Es vuestro escudero éste?—preguntó el del Bosque.

—Sí es—respondió don Quijote.

—Nunca he visto yo escudero—replicó el del Bosque—que se atreva a hablar donde habla su señor; a lo menos, ahí está ese mío, que es tan grande como su padre, y no se probará que haya desplegado el labio donde yo hablo.

—Pues a fe—dijo Sancho—que he hablado yo, y puedo hablar delante de otro tan... Y aun quédese aquí; que es peor meneallo.

El escudero del Bosque asió por el brazo a Sancho, diciéndole:

—Vámonos los dos donde podamos hablar escuderilmente cuanto quisiéremos, y dejemos a estos señores amos nuestros que se den de las astas [2], contándose las historias de sus amores, que a buen seguro que les ha de coger el día en ellas y no las han de haber acabado.

---

[1] «*Borra* es el pelo corto de la res, que aún no se puede esquilar en vellón y de aquí se dice borra el pelo que el tundidor saca del paño con la tijera. Llamóse *borrego* el cordero de sobre año (= de un año, poco más o menos) por tener lana borra, que aún es corta» (Cov.).

[2] *Darse de las astas* = darse de cornadas, reñir.

— 690 —

—Sea en buena hora—dijo Sancho—; y yo le diré a vuesa merced quién soy, para que vea si puedo entrar en docena con[1] los más hablantes escuderos.

Con esto, se apartaron los dos escuderos, entre los cuales pasó un tan gracioso coloquio como fué grave el que pasó entre sus señores.

CAPITULO XIII.—Donde se prosigue la aventura del Caballero del Bosque, con el discreto, nuevo y suave coloquio que pasó entre los dos escuderos.

Divididos estaban caballeros y escuderos, estos contándose sus vidas, y aquéllos sus amores; pero la historia cuenta primero el razonamiento de los mozos y luego prosigue el de los amos; y así, dice que, apartándose un poco dellos, el del Bosque dijo a Sancho:

—Trabajosa vida es la que pasamos y vivimos, señor mío, estos que[2] somos escuderos de caballeros andantes: en verdad que comemos el pan en el sudor de nuestros rostros, que es una de las maldiciones que echó Dios a nuestros primeros padres.

—También se puede decir—añadió Sancho—que lo comemos en el hielo de nuestros cuerpos; porque ¿quién más calor y más frío que los miserables escuderos de la andante caballería? Y aún menos mal si comiéramos, pues los duelos, con pan son menos; pero tal vez hay que se nos pasa un día y dos sin desayunarnos, si no es del viento que sopla.

—Todo eso se puede llevar y conllevar—dijo el del Bosque— con la esperanza que tenemos del premio: porque si demasiadamente no es desgraciado el caballero andante a quien un escudero sirve, por lo menos, a pocos lances se verá premiado con un hermoso gobierno de cualque[3] ínsula, o con un condado de buen parecer.

—Yo—replicó Sancho—ya he dicho a mi amo que me con-

---

[1] *Entrar en docena con* = contarse en el número de.

[2] *Estos que* = los que. Aunque el demostrativo que se ha convertido en artículo (el artículo no es sino un demostrativo de designación vaga) es el de tercera persona, antiguamente, también servían de artículo los otros demostrativos.

[3] *Cualque* = alguno, alguna.

tento con el gobierno de alguna ínsula; y él es tan noble y tan liberal, que me le ha prometido muchas y diversas veces.

—Yo—dijo el del Bosque—con un canonicato quedaré satisfecho de mis servicios, y ya me le tiene mandado mi amo, y ¡qué tal!

—Debe de ser—dijo Sancho—su amo de vuesa merced caballero a lo eclesiástico, y podrá hacer esas mercedes a sus buenos escuderos; pero el mío es meramente lego, aunque yo me acuerdo cuando le querían aconsejar personas discretas, aunque, a mi parecer, mal intencionadas, que procurase ser arzobispo; pero él no quiso sino ser emperador, y yo estaba entonces temblando si le venía en voluntad de ser de la Iglesia, por no hallarme suficiente de tener beneficios por ella; porque le hago saber a vuesa merced que, aunque parezco hombre, soy una bestia para ser de la Iglesia.

—Pues en verdad que lo yerra vuesa merced—dijo el del Bosque—, a causa que los gobiernos insulanos no son todos de buena data [1]. Algunos hay torcidos, algunos pobres, algunos malencónicos, y, finalmente, el más erguido y bien dispuesto trae consigo una pesada carga de pensamientos y de incomodidades, que pone sobre sus hombros el desdichado que [2] le cupo en suerte. Harto mejor sería que los que profesamos esta maldita servidumbre nos retirásemos a nuestras casas, y allí nos entretuviésemos en ejercicios más suaves, como si dijésemos, cazando o pescando; que ¿qué escudero hay tan pobre en el mundo a quien le falte un rocín, y un par de galgos, y una caña de pescar, con que entretenerse en su aldea?

—A mí no me falta nada deso—respondió Sancho—: verdad es que no tengo rocín; pero tengo un asno que vale dos veces más que el caballo de mi amo. Mala pascua me dé Dios, y sea la primera que viniere, si le trocara por él, aunque me diesen cuatro fanegas de cebada encima. A burla tendrá vuesa merced el valor de mi rucio; que rucio es el color de mi jumento. Pues galgos, no me habían de faltar, habiéndolos sobrado en mi pueblo; y más, que entonces es la caza más gustosa cuando se hace a costa ajena.

—Real y verdaderamente—respondió el del Bosque—,

---

[1] *De buena data* = bueno. Está tomado de las cartas y privilegios, que son de buena o mala data (o fecha), según sean posteriores o anteriores a alguna revocación o anulación de los mismos.

[2] A quien (cf. pról. 19).

señor escudero, que tengo propuesto y determinado de dejar estas borracherías destos caballeros, y retirarme a mi aldea, y criar mis hijitos, que tengo tres como tres orientales perlas.

—Dos tengo yo—dijo Sancho—, que se pueden presentar[1] al Papa en persona, especialmente una muchacha, a quien crío para condesa, si Dios fuere servido, aunque a pesar de su madre.

—¿Y qué edad tiene esa señora que se cría para condesa?—preguntó el del Bosque.

—Quince años, dos más a menos—respondió Sancho—; pero es tan grande como una lanza, y tan fresca como una mañana de abril, y tiene una fuerza de un ganapán.

—Partes son ésas—respondió el del Bosque—no sólo para ser condesa, sino para ser ninfa del verde bosque. ¡Oh hideputa puta, y qué rejo[2] debe de tener la bellaca!

A lo que respondió Sancho algo mohíno:

—Ni ella es puta, ni lo fué su madre, ni lo será ninguna de las dos, Dios quiriendo, mientras yo viviere. Y háblese más comedidamente; que para haberse criado vuesa merced entre caballeros andantes, que son la mesma cortesía, no me parece muy concertadas esas palabras.

—¡Oh, qué mal se le entiende a vuesa merced—replicó el del Bosque—de achaque de alabanzas, señor escudero! ¡Cómo y no sabe que cuando algún caballero da una buena lanzada al toro en la plaza, o cuando alguna persona hace alguna cosa bien hecha, suele decir el vulgo: «Oh hideputa puto, y qué bien que lo ha hecho?» Y aquello que parece vituperio, en aquel término[3] es alabanza notable; y renegad vos, señor, de los hijos o hijas que no hacen obras que merezcan se les den a sus padres loores semejantes.

—Sí reniego—respondió Sancho—; y dese modo y por esa misma razón podía echar vuesa merced a mí y a mis hijos y a mi mujer toda una putería encima, porque todo cuanto hacen y dicen son estremos dignos de semejantes alabanzas, y para volverlos a ver ruego yo a Dios me saque de pecado mortal, que lo mesmo será si me saca deste peligroso oficio de escudero, en el cual he incurrido segunda vez, cebado y en-

---

[1] Enviar como *presente*.
[2] Fuerza.
[3] *Aquello que* en sí considerado *parece vituperio, en aquel término*, ocasión o coyuntura *es alabanza notable*.

2, 13.—AVENTURA DEL CABALLERO DEL BOSQUE

gañado de una bolsa con cien ducados[1] que me hallé un día en el corazón de Sierra Morena, y el diablo me pone ante los ojos aquí, allí, acá no, sino acullá, un talego lleno de doblones[2], que me parece que a cada paso le toco con la mano, y me abrazo con él, y lo llevo a mi casa, y echo censos[3], y fundo rentas, y vivo como un príncipe; y el rato que en esto pienso se me hacen fáciles y llevaderos cuantos trabajos padezco con este mentecato de mi amo, de quien sé que tiene más de loco que de caballero.

—Por eso—respondió el del Bosque—dicen que la codicia rompe el saco; y si va a trata dellos[4], no hay otro mayor en el mundo que mi amo, porque es de aquellos que[5] dicen: «cuidados ajenos matan al asno[6]»; pues porque cobre otro caballero el juicio que ha perdido, se hace él loco, y anda buscando lo que no sé si después de hallado le ha de salir a los hocicos[7].

—¿Y es enamorado, por dicha[8]?

—Sí—dijo el del Bosque—: de una tal Casildea de Vandalia, la más cruda y la más asada[9] señora que en todo el orbe puede hallarse; pero no cojea del pie de la crudeza[10]; que otros mayores embustes le gruñen en las entrañas, y ello dirá antes de muchas horas.

—No hay camino tan llano—replicó Sancho—, que no tenga algún tropezón o barranco; en otras casas cuecen habas, y en la mía, a calderadas; más acompañados[11] y paniaguados

---

[1] Al tiempo del hallazgo (p. 258) nos dijo que eran escudos.

[2] «*Doblón*, escudo a dos: *doblón de dos caras* de los de los Reyes Católicos, don Fernando y doña Isabel, contrahechos [= imitados] en el cinco de *oros* de los naipes» (Cov.).

[3] Compro bienes raíces y alquilándolos echo o cargo sobre ellos una renta o tributo.

[4] *Si va a tratar dellos (de locos)* = si se trata de locos, en lo tocante a locos.

[5] De quienes (cf. pról. 19).

[6] *Cuidados ajenos matan al asno* = de necios es meterse en lo que no les toca.

[7] Alusión al cerdo que anda hozando. *Salirle a los hocicos* = serle gustoso al paladar.

[8] Por ventura.

[9] Como *cruda* vale *áspera* y *no cocida*, el segundo significado le sugirió la añadidura de *asada;* la cual a su vez puede entenderse de dos modos, asada por el fuego material, o por el metafórico de sinsabores y tormentos.

[10] Con ser tanta su crudeza, no es ése el pie de que cojea, que otros mayores...

[11] *Acompañados* = acompañantes, compañeros.

2, 13.—COLOQUIO DE LOS ESCUDEROS

debe de tener la locura que la discreción. Mas si es verdad lo que comúnmente se dice, que el tener compañeros en los trabajos suele servir de alivio en ellos, con vuesa merced podré consolarme, pues sirve a otro amo tan tonto como el mío.

—Tonto, pero valiente—respondió el del Bosque—, y más bellaco que tonto y que valiente.

—Eso no es el mío—respondió Sancho—: digo, que no tiene nada de bellaco; antes tiene una alma como un cántaro[1]: no sabe hacer mal a nadie, sino bien a todos, ni tiene malicia alguna; un niño le hará entender que es de noche en la mitad del día, y por esta sencillez le quiero como a las telas de mi corazón, y no me amaño a dejarle, por más disparates que haga.

—Con todo eso, hermano y señor—dijo el del Bosque—, si el ciego guía al ciego, ambos van a[2] peligro de caer en el hoyo[3]. Mejor es retirarnos con buen compás de pies, y volvernos a nuestras querencias; que los que buscan aventuras no siempre las hallan buenas.

Escupía Sancho a menudo, al parecer, un cierto género de saliva pegajosa y algo seca; lo cual visto y notado por el caritativo bosqueril escudero, dijo:

—Paréceme que de lo que hemos hablado[4] se nos pegan al paladar las lenguas; pero yo traigo un despegador pendiente del arzón de mi caballo, que es tal como bueno[5].

Y levantándose, volvió desde allí a un poco con una gran bota de vino y una empanada[6] de media vara, y no es encarecimiento; porque era de un conejo albar[7] tan grande, que Sancho, al tocarla, entendió ser de algún cabrón, no que de cabrito; lo cual visto por Sancho, dijo:

—¿Y esto trae vuesa merced consigo, señor?

—Pues ¿qué se pensaba?—respondió el otro—. ¿Soy yo

---

[1] «*Alma de cántaro*, al que es vacío y tonto» (Cov.). Con esta expresión pasa lo que con los adjetivos *sencillo*, *simple*, *infeliz*..., que pueden tomarse en sentido favorable o desfavorable.

[2] Con.

[3] San Mateo, 15, 14.

[4] *De* o *por haber hablado tanto*.

[5] *Tal como bueno*. Es una manera de ponderar una cualidad (es bueno de veras, lo que se llama bueno). Cervantes la vuelve a emplear en el título del c. 51.

[6] *Empanar* = encerrar una cosa en masa o pan para cocerla después en el horno.

[7] *Albar* = blanco.

2, 13.—AVENTURA DEL CABALLERO DEL BOSQUE

por ventura algún escudero de agua y lana[1]? Mejor repuesto traigo yo en las ancas de mi caballo que[2] lleva consigo cuando va de camino un general.

Comió Sancho sin hacerse de rogar, y tragaba a escuras bocados de nudos de suelta[3]. Y dijo:

—Vuesa merced sí que es escudero fiel y legal[4], moliente y corriente[5], magnífico y grande, como lo muestra este banquete, que si no ha venido aquí por arte de encantamiento, parécelo, a lo menos; y no como yo, mezquino y malaventurado, que sólo traigo en mis alforjas un poco de queso, tan duro, que pueden descalabrar con ello a un gigante; a quien hacen compañía cuatro docenas de algarrobas y otras tantas de avellanas y nueces, mercedes a[6] la estrecheza de mi dueño, y a la opinión que tiene y orden que guarda de que los caballeros andantes no se han de mantener y sustentar sino con frutas secas y con las hierbas del campo.

—Por mi fe, hermano—replicó el del Bosque—, que yo no tengo hecho el estómago a tagarninas[7], ni a piruétanos[8], ni a raíces de los montes. Allá se lo hayan con sus opiniones y leyes caballerescas nuestros amos, y coman lo que ellos mandaren[9], fiambreras traigo, y esta bota colgando del arzón de

---

[1] *De agua y lana* = 1) de fieltro; 2) de poca o ninguna importancia. Para entender el cambio semántico ayudarán estos dos pasajes. «*Fieltro*, capa aguadera de lana, no tejida, sino incorporada con la fuerza de agua caliente, lejía o goma, con que la van tupiendo, como hacen a los sombreros, que en efecto es la mesma materia, aunque en diferente forma» (Cov.). «*De agua y lana*. Es respuesta del sombrerero, que preguntándole de qué se hacía el sombrero, que parece cosa maravillosa no llevar costura, ni ser tejido, responde que de harto fácil material, que es *agua y lana*» (*Vocabulario* de F. del Rosal, citado por R. Marín).

[2] Del *que*.

[3] Bocados tan grandes como nudos de suelta o traba (cf. p. 163, n. 1).

[4] *Fiel y legal* = bueno, acabado, perfecto (cf. p. 212, n. 2).

[5] «*Moliente y corriente* [se dice] del molino que está cumplido en todo lo que ha menester, y por metáfora se dice de cualquier otra cosa [que sea perfecta]» (Cov.). Esta locución también significa (pero no aquí) *usual*.

[6] *Mercedes a* = gracias a.

[7] *Tagarnina* vale cardillo, del cual dice Covarrubias que es «un género de cardo, que nace entre los panes y barbecho. Los ordinarios se cogen para dar a las bestias; otros que son blancos y tiernos se comen guisados en la olla con su tocino».

[8] *Piruétano* o *peruétano* = peral silvestre.

[9] Quisieren.

2, 13.—COLOQUIO DE LOS ESCUDEROS

la silla, por sí o por no[1]; y es tan devota mía y quiérola tanto que pocos ratos se pasan sin que la dé mil besos y mil abrazos, Y diciendo esto, se la puso en las manos a Sancho; el cua. empinándola, puesta a la boca, estuvo mirando las estrellasl un cuarto de hora, y en acabando de beber, dejó caer la cabeza a un lado, y dando un gran suspiro, dijo:

—¡Oh hideputa, bellaco, y cómo es católico[2]!

—¿Véis ahí—dijo el del Bosque en oyendo el *hideputa* de Sancho—cómo habéis alabado este vino llamándole *hideputa?*

—Digo—respondió Sancho—que confieso que conozco que no es deshonra llamar hijo de puta a nadie; cuando cae debajo del entendimeinto de alabarle[3]. Pero dígame, señor, por el siglo[4] de lo que más quiere: ¿este vino es de Ciudad Real?

—¡Bravo mojón[5]!—respondió el del Bosque—. En verdad que no es de otra parte, y que tiene algunos años de ancianidad.

—¿A mí con eso?—dijo Sancho—. No toméis menos sino que se me fuera a mí por alto dar alcance a su conocimiento[6]. ¿No será bueno[7], señor escudero, que tenga yo un instinto tan grande y tan natural en esto de conocer vinos, que en dándome a oler cualquiera, acierto la patria, el linaje, el sabor, y la dura, y las vueltas que ha de dar, con todas las circunstancias al vino atañederas? Pero no hay de qué maravillarse, si tuve en mi linaje por parte de mi padre los dos más excelentes mojones que en luengos años conoció la Mancha; para prueba de lo cual les sucedió lo que ahora diré. Diéronles a los dos a probar del vino de una cuba, pidiéndoles su parecer del estado, cualidad, bondad o malicia del vino. El uno lo probó con la punta de la lengua; el otro no hizo más de llegarlo a las narices. El primero dijo que aquel vino sabía a hierro; el segundo dijo que más sabía a cordobán[8]. El dueño dijo que la cuba estaba limpia, y que el tal vino no tenía adobo alguno por donde hubiese tomado sabor de hierro ni de cordobán. Con todo eso,

---

[1] *Por sí o por no* = por si fuere menester.
[2] *Católico* = bueno, superior.
[3] Cuando esto se hace con intención de alabarle.
[4] Vida.
[5] *Mojón* (de *mojar*) = catavinos.
[6] Nada creáis menos que el que no supiera conocerlo.
[7] ¿No os parece bien, creíble, posible...? o ¿no me querréis creer...?
[8] *Cordobán* (de *Córdoba*, famosa por los curtidos de estas pieles) = piel curtida de macho cabrío o de cabra.

— 697 —

los dos famosos mojones se afirmaron en lo que habían dicho. Anduvo el tiempo, vendióse el vino y al limpiar de la cuba hallaron en ella una llave pequeña, pendiente de una correa de cordobán. Porque vea vuesa merced si quien viene desta ralea podrá dar su parecer en semejantes causas.

—Por eso digo—dijo el del Bosque—que nos dejemos de andar buscando aventuras; y pues tenemos hogazas, no busquemos tortas[1]; y volvámonos a nuestras chozas; que allí nos hallará Dios, si Él quiere.

—Hasta que mi amo llegue a Zaragoza, le serviré; que después todos nos entenderemos.

Finalmente, tanto hablaron y tanto bebieron los dos buenos escuderos, que tuvo necesidad del sueño de atarles las lenguas y templarles la sed, que quitársela fuera imposible; y así, asidos entrambos de la ya casi vacía bota, con los bocados a medio mascar en la boca, se quedaron dormidos, donde los dejaremos por ahora, por contar lo que el Caballero del Bosque pasó con el de la Triste Figura.

CAPITULO XIV.—Donde se prosigue la aventura del Caballero del Bosque.

Entre muchas razones que pasaron don Quijote y el Caballero de la Selva, dice la historia que el del Bosque dijo a don Quijote:

—Finalmente, señor caballero, quiero que sepáis que mi destino, o, por mejor decir, mi elección, me trujo a enamorar de la sin par Casildea de Vandalia. Llámola sin par porque no le tiene, así en la grandeza del cuerpo como en el estremo del estado[2] y de la hermosura. Esta tal Casildea, pues, que voy contando, pagó mis buenos pensamientos y comedidos deseos con hacerme ocupar, como su madrina a Hércules[3], en muchos y diversos peligros, prometiéndome al fin de cada uno que en el fin del otro llegaría el de mi esperanza; pero así se han ido eslabonando mis trabajos, que no tienen cuento, ni yo sé

---

[1] Sólo a falta de pan buenas son tortas.
[2] *Estado* = condición.
[3] Juno, *madrastra* (o, con un italianismo, *madrina*) de Hércules, fué quien suscitó a su hijastro los trabajos y peligros de que salió vencedor.

cuál ha de ser el último que dé principio a mis buenos deseos. Una vez me mandó que fuese a desafiar a aquella famosa giganta de Sevilla llamada la Giralda, que es tan valiente y fuerte como hecha de bronce, y sin mudarse de un lugar, es la más movible y voltaria mujer del mundo[1]. Llegué, vila y vencíla[2], y hícela estar queda y a raya, porque en más de una semana no soplaron sino vientos nortes. Vez también hubo que me mandó fuese a tomar en peso las antiguas piedras de los valientes Toros de Guisando[3], empresa más para encomendarse a ganapanes que a caballeros. Otra vez me mandó que me precipitase y sumiese en la sima de Cabra[4], peligro inaudito y temeroso, y que le trujese particular relación de lo que en aquella escura profundidad se encierra. Detuve el movimiento a la Giralda, pesé los Toros de Guisando, despeñéme en la sima y saqué a luz lo escondido de su abismo, y mis esperanzas, muertas que muertas, y sus mandamientos y desdenes, vivos que vivos. En resolución, últimamente me ha mandado que discurra por todas las provincias de España y haga confesar a todos los andantes caballeros que por ellas vagaren que ella sola es la más aventajada en hermosura de cuantas hoy viven, y que yo soy el más valiente y el más bien enamorado caballero del orbe; en cuya demanda he andado ya la mayor parte de España, y en ella he vencido muchos caballeros que se han atrevido a contradecirme. Pero de lo que yo más me precio y ufano es de haber vencido en singular batalla a aquel tan famoso caballero don Quijote de la Mancha, y héchole confesar que es más hermosa mi Casildea que su Dulcinea; y en solo este vencimiento hago cuenta que he vencido todos los caballeros del mundo, porque el tal don Quijote que digo los ha vencido a todos; y habiéndole yo vencido a él, su gloria, su fama y su honra se ha transferido y pasado a mi persona.

---

[1] En el remate de la torre de la catedral de Sevilla hay una figura de mujer, con una palma en la izquierda y un lábaro en la derecha, de bronce, y de catorce pies de altura; sirve de veleta y se llama *la Giralda*.

[2] Repitiendo el dicho de César: *veni, vidi, vici*.

[3] *Valientes* = grandes. Los Toros de Guisando son cuatro bultos de piedra berroqueña, de doce a trece palmos de largo, ocho de ancho y cuatro de grueso, que hay en una viña del monasterio de jerónimos de Guisando (Avila).

[4] A una legua de Cabra (Córdoba) hay una sima con una boca de unos cuatro metros de diámetro y una profundidad aproximada de 120 metros.

2, 14.—AVENTURA DEL CABALLERO DEL BOSQUE

> Y tanto el vencedor es más honrado,
> Cuanto más el vencido es reputado[1];

así que, ya corren por mi cuenta y son mías las inumerables hazañas del ya referido don Quijote.

Admirado quedó don Quijote de oír al Caballero del Bosque, y estuvo mil veces por decirle que mentía, y ya tuvo el mentís en el pico de la lengua; pero reportóse lo mejor que pudo, por hacerle confesar por su propia boca su mentira, y así, sosegadamente, le dijo:

—De que vuesa merced, señor caballero, haya vencido a los más caballeros andantes de España, y aun de todo el mundo, no digo nada; pero de que haya vencido a don Quijote de la Mancha, póngolo en duda. Podría ser que fuese otro que le pareciese, aunque hay pocos que le parezcan.

—¿Cómo no?—replicó el del Bosque—. Por el cielo que nos cubre que peleé con don Quijote, y le vencí y rendí; y es un hombre alto de cuerpo, seco de rostro, estirado y avellanado de miembros, entrecano, la nariz aguileña y algo corva, de bigotes grandes, negros y caídos. Campea[2] debajo del nombre del *Caballero de la Triste Figura*, y trae por escudero a un labrador llamado Sancho Panza; oprime el lomo y rige el freno de un famoso caballo llamado Rocinante, y, finalmente, tiene por señora de su voluntad a una tal Dulcinea del Toboso, llamada un tiempo Aldonza Lorenzo; como la mía, que, por llamarse Casilda y ser de la Andalucía, yo la llamo Casildea de Vandalia. Si todas estas señas no bastan para acreditar mi verdad, aquí está mi espada, que la hará dar crédito a la mesma incredulidad.

—Sosegaos, señor caballero—dijo don Quijote—, y escuchad lo que deciros quiero. Habéis de saber que ese don Quijote que decís es el mayor amigo que en este mundo tengo; y tanto, que podré decir que le tengo en lugar de mi misma persona, y que por las señas que dél me habéis dado, tan puntuales y ciertas, no puedo pensar sino que sea el mismo que

---

[1] Diciendo Ercilla que las memorables hazañas de los araucanos engrandecen más a los españoles, añade:

> Pues no es el vencedor más estimado
> De aquello que el vencido es reputado.

[2] *Campear* = luchar, vencer; sobresalir, lucir.

habéis vencido. Por otra parte, veo con los ojos y toco con las manos no ser posible ser el mesmo, si ya no fuese que como él tiene muchos enemigos encantadores (especialmente, uno que de ordinario le persigue), no haya alguno dellos tomado su figura para dejarse vencer, por defraudarle de la fama que sus altas caballerías le tienen granjeada y adquirida por todo lo descubierto de la tierra. Y para confirmación desto, quiero también que sepáis que los tales encantadores sus contrarios no ha más de dos días que transformaron la figura y persona de la hermosa Dulcinea del Toboso en una aldeana soez y baja, y desta manera habrán transformado a don Quijote; y si todo esto no basta para enteraros en esta verdad que digo, aquí está el mesmo don Quijote, que la sustentará con sus armas a pie, o a caballo, o de cualquiera suerte que os agradare.

Y diciendo esto, se levantó en pie y se empuñó en la espada, esperando qué resolución tomaría el Caballero del Bosque; el cual, con voz asimismo sosegada, respondió y dijo:

—Al buen pagador no le duelen prendas [1]: el que una vez, señor don Quijote, pudo venceros transformado, bien podrá tener esperanza de rendiros en vuestro propio ser. Mas porque no es bien que los caballeros hagan sus fechos de armas ascuras, como los salteadores y rufianes, esperemos el día, para que el sol vea nuestras obras. Y ha de ser condición de nuestra batalla que el vencido ha de quedar a la voluntad del vencedor, para que haga dél todo lo que quisiere, con tal que sea decente a caballero lo que se le ordenare.

—Soy más que contento desa condición y conveniencia [2] —respondió don Quijote.

Y en diciendo esto, se fueron donde estaban sus escuderos, y los hallaron roncando y en la misma forma que estaban cuando les salteó el sueño. Despertáronlos y mandáronles que tuviesen a punto los caballos, porque en saliendo el sol habían de hacer los dos una sangrienta, singular y desigual [3] batalla; a cuyas nuevas quedó Sancho atónito y pasmado, temeroso de la salud de su amo, por las valentías que había oído decir del suyo al escudero del Bosque [4]; pero, sin hablar palabra, se

---

[1] *No le duelen prendas* = no le cuesta dar cualquier seguridad o fianza que le exijan.
[2] «*Conveniencia*, el concierto» (Cov.).
[3] *Desigual* = sin igual, sumamente ardua.
[4] Cervantes no las refirió, sólo dijo que el del Bosque era valiente.

2, 14.—AVENTURA DEL CABALLERO DEL BOSQUE

fueron los dos escuderos a buscar su ganado; que ya todos tres caballos y el rucio se habían olido y estaban todos juntos.

En el camino dijo el del Bosque a Sancho:

—Ha de saber, hermano, que tienen por costumbre los peleantes de la Andalucía, cuando son padrinos de alguna pendencia, no estarse ociosos mano sobre mano en tanto que sus ahijados riñen. Dígolo porque esté advertido que mientras nuestros dueños riñeren, nosotros también hemos de pelear y hacernos astillas.

—Esa costumbre, señor escudero—respondió Sancho—, allá puede correr y pasar con los rufianes y peleantes que dice; pero con los escuderos de los caballeros andantes, ni por pienso. A lo menos, yo no he oído decir a mi amo semejante costumbre, y sabe de memoria todas las ordenanzas de la andante caballería. Cuanto más que yo quiero[1] que sea verdad y ordenanza expresa el pelear los escuderos en tanto que sus señores pelean; pero yo no quiero cumplirla, sino pagar la pena que estuviere puesta a los tales pacíficos escuderos, que yo aseguro que no pase de dos libras de cera[2], y más quiero pagar las tales libras; que sé que me costarán menos que las hilas que podré gastar en curarme la cabeza, que ya me la cuento por partida y dividida en dos partes. Hay más: que me imposibilita el reñir el no tener espada, pues en mi vida me la puse[3].

—Para eso sé yo un buen remedio—dijo el del Bosque—: yo traigo aquí dos talegas de lienzo, de un mesmo tamaño; tomaréis vos la una, y yo la otra, y riñiremos a talegazos, con armas iguales.

—Desa manera, sea en buena hora—respondió Sancho—; porque antes servirá la tal pelea de despolvorearnos que de herirnos.

—No ha de ser así—replicó el otro—; porque se han de echar dentro de las talegas, porque no se las lleve el aire, media docena de guijarros lindos y pelados, que pesen tanto los unos

---

[1] *Quiero* = apruebo, concedo.
[2] Multas de cera se imponían comúnmente a los cofrades por faltas contra los estatutos; lo que Sancho sabría muy bien como muñidor (y aun cofrade) que había sido de cofradía (I, 21; II, 43).
[3] *En su primera salida* parece que Sancho llevaba espada (cf. p. 110 y 164) conforme al uso de los escuderos. En su segunda salida no la debía de llevar, como se ve por este pasaje (donde por añadidura el miedo le hace decir que en su vida se puso espada) y por otro (c. 68) en que se la pide a su amo para matar media docena de puercos.

como los otros, y desta manera nos podremos atalegar sin hacernos mal ni daño.

—¡Mirad, cuerpo de mi padre—respondió Sancho—, qué martas cebollinas [1] o qué copos de algodón cardado pone en las talegas, para no quedar molidos los cascos y hechos alheña los huesos! Pero aunque se llenaran de capullos de seda, sepa, señor mío, que no he de pelear: peleen nuestros amos, y allá se lo hayan, y bebamos y vivamos nosotros; que el tiempo tiene cuidado de quitarnos las vidas, sin que andemos buscando apetites [2] para que se acaben antes de llegar su sazón y término; y que se cayan de maduras.

—Con todo—replicó el del Bosque—, hemos de pelear siquiera media hora.

—Eso no—respondió Sancho—; no seré yo tan descortés ni tan desagradecido, que con quien he comido y he bebido trabe cuestión alguna, por mínima que sea; cuanto más que estando sin cólera y sin enojo, ¿quién diablos se ha de amañar a reñir a secas?

—Para eso—dijo el del Bosque—yo daré un suficiente remedio; y es que antes que comencemos la pelea, yo me llegaré bonitamente a vuesa merced y le daré tres o cuatro bofetadas, que dé con él [3] a mis pies; con las cuales le haré despertar la cólera, aunque esté con más sueño que un lirón [4].

—Contra ese corte [5] sé yo otro—respondió Sancho—, que no le va en zaga: cogeré yo un garrote, y antes que vuesa merced llegue a despertarme la cólera haré yo dormir a garrotazos de tal suerte la suya, que no despierte si no fuere en el otro mundo; en el cual se sabe que no soy yo hombre que me dejo

---

[1] Por *cebellina* o *marta cebellina* (cf. p. 194, n. 2).

[2] *Apetite* = 1) salsa o sainete para excitar el apetito; 2) excitante, estímulo.

[3] Vuesa merced (cf. pról. 7).

[4] El *lirón* es un roedor muy parecido al ratón, de unos tres decímetros de longitud (cuya mitad pertenece a la cola), que trepa con gran agilidad por los árboles, de cuyos frutos se alimenta, y vive aletargado todo el invierno.

[5] Dice *corte*, según R. Marín, en la acepción de *treta de esgrima*.

2, 14.—AVENTURA DEL CABALLERO DEL BOSQUE

manosear el rostro de nadie. Y cada uno mire por el virote [1]; aunque lo más acertado sería dejar dormir su cólera a cada uno; que no sabe nadie el alma de nadie, y tal suele venir por lana que vuelve tresquilado; y Dios bendijo la paz y maldijo las riñas; porque si un gato acosado, encerrado y apretado se vuelve en león, yo, que soy hombre, Dios sabe en lo que podré volverme; y así, desde ahora intimo a vuesa merced, señor escudero, que corra por su cuenta todo el mal y daño que de nuestra pendencia resultare [2].

—Está bien—replicó el del Bosque—. Amanecerá Dios y medraremos [3].

En esto, ya comenzaban a gorjear en los árboles mil suertes de pintados pajarillos, y en sus diversos y alegres cantos parecía que daban la norabuena y saludaban a la fresca aurora, que ya por las puertas y balcones del Oriente iba descubriendo la hermosura de su rostro, sacudiendo de sus cabellos un número infinito de líquidas perlas, en cuyo suave licor bañándose las hierbas, parecía asimesmo que ellas brotaban, y llovían blanco y menudo aljófar; los sauces destilaban maná sabroso, reíanse las fuentes, murmuraban los arroyos, alegrábanse las selvas y enriquecíanse los prados con su venida. Mas apenas dió lugar la claridad del día para ver y diferenciar las cosas, cuando la primera que se ofreció a los ojos de Sancho Panza fué la nariz del escudero del Bosque, que era tan grande, que casi le hacía sombra a todo el cuerpo. Cuéntase, en efecto, que era de demasiada grandeza, corva en la mitad y toda llena de verrugas, de color amoratado, como de berenjena; bajábale dos dedos más abajo de la boca; cuya grandeza, color, verruga y encorvamiento así le afeaban el rostro, que en viéndole Sancho, comenzó a herir [4] de pie y de mano, como niño con alferecía [5], y propuso en su corazón de dejarse dar docientas bofetadas antes que despertar la cólera para reñir con aquel ves-

---

[1] «*Virote* se dijo de *vira* [= «cierto género de saeta... más larga y más delgada que el virote», Cov.]. *Mirar por el virote* es atender cada uno con vigilancia a lo que ha de hacer; metáfora tomada del que tira desde algún puesto a los conejos en ojeo, que ha de estar quedo, hasta que hayan pasado, y después sale a buscar los virotes» (Cov.).
[2] Fórmula escribanesca.
[3] Con el amanecer lograré mi intento.
[4] *Herir* = temblar, padecer convulsiones.
[5] *Alferecía* = enfermedad de la infancia, caracterizada por convulsiones y pérdida de conocimiento.

tiglo. Don Quijote miró a su contendor[1] y hallóle ya puesta y calada la celada, de modo que no le pudo ver el rostro; pero notó que era hombre membrudo, y no muy alto de cuerpo. Sobre las armas traía una sobrevista o casaca, de una tela, al parecer, de oro finísimo, sembradas por ella muchas lunas pequeñas de resplandecientes espejos, que le hacían en grandísima manera galán y vistoso; volábanle sobre la celada grande cantidad de plumas verdes, amarillas y blancas; la lanza, que tenía arrimada a un árbol, era grandísima y gruesa, y de un hierro acerado de más de un palmo.

Todo lo miró y todo lo notó don Quijote, y juzgó de lo visto y mirado que el ya dicho caballero debía de ser de grandes fuerzas; pero no por eso temió, como Sancho Panza; antes con gentil denuedo dijo al Caballero de los Espejos:

—Si la mucha gana de pelear, señor caballero, no os gasta la cortesía, por ella os pido que alcéis la visera un poco, porque yo vea si la gallardía de vuestro rostro responde a la de vuestra disposición.

—O vencido o vencedor que salgáis desta empresa, señor caballero—respondió el de los Espejos—, os quedará tiempo y espacio demasiado para verme; y si ahora no satisfago a vuestro deseo, es por parecerme que hago notable agravio a la hermosa Casildea de Vandalia en dilatar el tiempo que tardare en alzarme la visera, sin haceros confesar lo que ya sabéis que pretendo.

—Pues en tanto que subimos a caballo—dijo don Quijote—bien podéis decirme si soy yo aquel don Quijote que dijistes haber vencido.

—A eso vos respondemos[2]—dijo el de los Espejos—que parecéis, como se parece un huevo a otro, al mismo caballero que yo vencí; pero según vos decís que le persiguen encantadores, no osaré afirmar si sois el contenido[3], o no.

—Eso me basta a mí—respondió don Quijote—para que crea vuestro engaño; empero, para sacaros dél de todo punto,

---

[1] *Contendor* por *contendedor* es una forma haplológica; cf. *semínima, jocoserio, tragicómico, cejunto* por *semimínima, jocososerio, tragicocómico, cejijunto*.

[2] *A esto vos respondemos* era fórmula antigua con que de ordinario empezaban las contestaciones de los reyes a las peticiones de las cortes de Castilla.

[3] *El contenido* = el mencionado, susodicho.

vengan nuestros caballos; que en menos tiempo que el que tardáredes en alzaros la visera, si Dios, si mi señora y mi brazo me valen, veré yo vuestro rostro, y vos veréis que no soy yo el vencido don Quijote que pensáis.

Con esto, acortando razones, subieron a caballo, y don Quijote volvió las riendas a Rocinante para tomar lo que convenía del campo, para volver a encontrar a su contrario, y lo mesmo hizo el de los Espejos. Pero no se había apartado don Quijote veinte pasos, cuando se oyó llamar del de los Espejos, y partiendo los dos el camino, el de los Espejos le dijo:

—Advertid, señor caballero, que la condición de nuestra batalla es que el vencido, como otra vez he dicho, ha de quedar a discreción del vencedor.

—Ya la sé—respondió don Quijote—; con tal que lo que se le impusiere y mandare al vencido han de ser cosas que no salgan de los límites de la caballería.

—Así se entiende—respondió el de los Espejos.

Ofreciéronsele en esto a la vista de don Quijote las estrañas narices del escudero, y no se admiró menos de verlas que Sancho; tanto, que le juzgó por algún monstro, o por hombre nuevo y de aquellos que no se usan en el mundo. Sancho, que vió partir a su amo para tomar carrera, no quiso quedar solo con el nariguado, temiendo que con solo un pasagonzalo[1] con aquellas narices en las suyas, sería acabada la pendencia suya, quedando del golpe, o del miedo, tendido en el suelo, y fuése tras su amo, asido a una ación[2] de Rocinante; y cuando le pareció que ya era tiempo que volviese, le dijo:

—Suplico a vuesa merced, señor mío, que antes que vuelva a encontrarse me ayude a subir sobre aquel alcornoque, de donde podré ver más a mi sabor, mejor que desde el suelo, el gallardo encuentro que vuesa merced ha de hacer con este caballero.

—Antes creo, Sancho—dijo don Quijote—, que te quieres encaramar y subir en andamio[3] por ver sin peligro los toros.

---

[1] *Pasagonzalo* = 1) juego que consiste en dar un golpe en la nariz, poniendo el dedo medio debajo del pulgar; 2) golpe dado con presteza, de pasada.

[2] «*Ación*... la correa de la silla en que va puesto y pendiente el estribo» (Cov.); cf. p. 164, n. 4.

[3] «*Andamio*, el tablado que se hace, para desde allí ver o representar alguna cosa» (Cov.).

—La verdad que diga—respondió Sancho—, las desaforadas narices de aquel escudero me tienen atónito y lleno de espanto, y no me atrevo a estar junto a él.

—Ellas son tales—dijo don Quijote—, que a no ser yo quien soy, también me asombraran; y así, ven: ayudarte he a subir donde dices.

En lo que se detuvo don Quijote en que Sancho subiese en el alcornoque tomó el de los Espejos del campo lo que le pareció necesario; y creyendo que lo mismo habría hecho don Quijote, sin esperar son de trompeta ni otra señal que los avisase, volvió las riendas a su caballo (que no era más ligero ni de mejor parecer que Rocinante), y a todo su correr, que era un mediano trote, iba a encontrar a su enemigo; pero viéndole ocupado en la subida de Sancho, detuvo las riendas, y paróse en la mitad de la carrera, de lo que el caballo quedó agradecidísimo, a causa que ya no podía moverse. Don Quijote, que le pareció que ya su enemigo venía volando, arrimó reciamente las espuelas a las trasijadas [1] ijadas de Rocinante, y le hizo aguijar [2] de manera, que cuenta la historia que esta sola vez se conoció haber corrido algo, porque todas las demás siempre fueron trotes declarados, y con esta no vista furia llegó donde el de los Espejos estaba hincando a su caballo las espuelas hasta los botones [3], sin que le pudiese mover un solo dedo del lugar donde había hecho estanco de su carrera. En esta buena sazón y coyuntura halló don Quijote a su contrario, embarazado con su caballo y ocupado con su lanza, que nunca, o no acertó, o no tuvo lugar de ponerla en ristre. Don Quijote, que no miraba en estos inconvenientes, a salvamano y sin peligro alguno encontró al de los Espejos, con tanta fuerza, que mal de su grado le hizo venir al suelo por las ancas del caballo, dando tal caída, que, sin mover pie ni mano, dió señales de que estaba muerto.

Apenas le vió caído Sancho, cuando se deslizó del alcornoque y a toda priesa vino donde su señor estaba; el cual, apeándose de Rocinante, fué sobre el de los Espejos, y quitándole las lazadas del

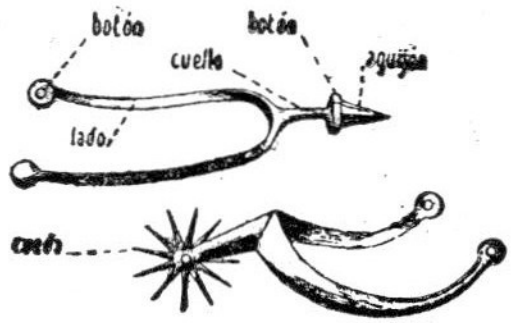

---

[1] *Trasijado* = 1) el que tiene los ijares recogidos por falta de mantenimiento; 2) flaco.

[2] *Aguijar* = caminar aceleradamente.

[3] La hipérbole se entenderá con la figura adjunta.

2, 14.—AVENTURA DEL CABALLERO DEL BOSQUE

yelmo para ver si era muerto y para que le diese el aire si acaso estaba vivo, vió... ¿Quién podrá decir lo que vió, sin causar admiración, maravilla y espanto a los que lo oyeren? Vió, dice la historia, el rostro mesmo, la misma figura, el mesmo aspecto, la misma fisonomía, la mesma efigie, la perspectiva mesma del bachiller Sansón Carrasco; y así como la vió, en altas voces dijo:

—¡Acude, Sancho, y mira lo que has de ver y no lo has de creer! ¡Aguija, hijo, y advierte lo que puede la magia; lo que pueden los hechiceros y los encantadores!

Llegó Sancho, y como vió el rostro del bachiller Carrasco, comenzó a hacerse mil cruces y a santiguarse otras tantas. En todo esto, no daba muestras de estar vivo el derribado caballero, y Sancho dijo a don Quijote:

—Soy de parecer, señor mío, que, por sí o por no, vuesa merced hinque y meta la espada por la boca a este que parece el bachiller Sansón Carrasco; quizá matará en él a alguno de sus enemigos los encantadores.

—No dices mal—dijo don Quijote—; porque de los enemigos, los menos.

Y sacando la espada para poner en efecto el aviso y consejo de Sancho, llegó el escudero del de los Espejos, ya sin las narices que tan feo le habían hecho, y a grandes voces dijo:

—Mire vuesa merced lo que hace, señor don Quijote; que ese que tiene a los pies es el bachiller Sansón Carrasco su amigo, y yo soy su escudero.

Y viéndole Sancho sin aquella fealdad primera, le dijo:

—¿Y las narices?

A lo que él respondió:

—Aquí las tengo, en la faldriquera [1].

Y echando mano a la derecha, sacó unas narices de pasta y barniz, de máscara, de la manifatura que quedan delineadas. Y mirándole más y más Sancho, con voz admirativa y grande, dijo:

—¡Santa María, y [2] valme! ¿Éste no es Tomé Cecial, mi vecino y mi compadre?

—¡Y cómo si [3] lo soy!—respondió el ya desnarigado escu-

---

[1] «*Faltriquera,* quasi *faldriquera,* l'a bolsa que se insiere [= ingiere] en la *falda* del sayo» (Cov.).
[2] Para esta *y*, cf. pról. 36.
[3] *¡Cómo* (dices o dudas) *si lo soy!*

dero—. Tomé Cecial soy, compadre y amigo Sancho Panza, y luego os diré los arcaduces [1], embustes y enredos por donde soy aquí venido; y en tanto, pedid y suplicad al señor vuestro amo que no toque, maltrate, hiera ni mate al Caballero de los Espejos, que a sus pies tiene, porque sin duda alguna es el atrevido y mal aconsejado del bachiller Sansón Carrasco, nuestro compatrioto.

En esto, volvió en sí el de los Espejos; lo cual visto por don Quijote, le puso la punta desnuda de su espada encima del rostro, y le dijo:

—Muerto sois, caballero, si no confesáis que la sin par Dulcinea del Toboso se aventaja en belleza a vuestra Casildea de Vandalia; y demás de esto habéis de prometer (si de esta contienda y caída quedáredes con vida) de ir a la ciudad del Toboso, y presentaros en su presencia de mi parte, para que haga de vos lo que mas en voluntad le viniere; y si os dejare en la vuestra asimismo habéis de volver a buscarme (que el rastro de mis hazañas os servirá de guía, que os traiga donde yo estuviere), y a decirme lo que con ella hubiéredes pasado; condiciones que, conforme a las que pusimos antes de nuestra batalla, no salen de los términos de la andante caballería.

—Confieso—dijo el caído caballero—que vale más el zapato descosido y sucio de la señora Dulcinea del Toboso que las barbas mal peinadas, aunque limpias, de Casildea, y prometo de ir y volver de su presencia a la vuestra, y daros entera y particular cuenta de lo que me pedís.

—También habéis de confesar y creer—añadió don Quijote—que aquel caballero que vencistes no fué ni pudo ser don Quijote de la Mancha, sino otro que se le parecía, como yo confieso y creo que vos, aunque parecéis el bachiller Sansón Carrasco, no lo sois, sino otro que le parece, y que en su figura aquí me le han puesto mis enemigos, para que detenga y temple el ímpetu de mi cólera, y para que use blandamente de la gloria del vencimiento.

—Todo lo confieso, juzgo y siento como vos lo creéis, juzgáis y sentís—respondió el derrengado [2] caballero—. Dejadme

---

[1] «Otros *alcaduces* hay [cf. p. 130, n. 1] que se juntan unos a otros, y va guiada por dentro dellos el agua a los estanques o fuentes: a éstos llama el Antonio [Nebris] tubos y túbulos... *Llevar una cosa por sus alcaduces* es guiarla con secreto, discurso y prudencia» (Cov.).

[2] «*Derrengar*... lo mesmo que descaderar; cuando el animal por estar

levantar, os ruego, si es que lo permite el golpe de mi caída, que asaz maltrecho me tiene.

Ayudóle a levantar don Quijote y Tomé Cecial su escudero, del cual no apartaba los ojos Sancho, preguntándole cosas cuyas respuestas le daban manifiestas señales de que verdaderamente era el Tomé Cecial que decía; mas la aprehensión que en Sancho había hecho lo que su amo dijo de que los encantadores habían mudado la figura del Caballero de los Espejos en la del bachiller Carrasco no le dejaba dar crédito a la verdad, que con los ojos estaba mirando. Finalmente, se quedaron con este engaño amo y mozo; y el de los Espejos y su escudero, mohinos y malandantes, se apartaron de don Quijote y Sancho, con intención de buscar algún lugar donde bizmarle, y entablarle[1] las costillas. Don Quijote y Sancho volvieron a proseguir su camino de Zaragoza, donde los deja la historia, por dar cuenta de quién era el Caballero de los Espejos y su narigante[2] escudero.

CAPITULO XV.—Donde se cuenta y da noticia de quién era[3] el Caballero de los Espejos y su escudero.

En extremo contento, ufano y vanaglorioso iba don Quijote por haber alcanzado vitoria de tan valiente caballero como él se imaginaba que era el de los Espejos, de cuya caballeresca palabra esperaba saber si el encantamiento de su señora pasaba adelante, pues era forzoso que el tal vencido caballero volviese so pena de no serlo, a darle razón de lo que con ella le hubiese sucedido. Pero uno pensaba don Quijote y otro el de los Espe-

---

sentido en las renes [= riñones], o en las ancas, se deja caer con los pies traseros sin poder sufrir carga. Esto sucede no sólo a las bestias, pero también a los hombres: a los cuales llaman *rencos* cuando caminan abiertas las piernas, y con movimiento tardo y que les causa dolor en las renes y en los lomos» (Cov.).

[1] *Entablar* o *entablillar* = asegurar con tablillas y vendaje el hueso roto.

[2] En vez de *narigudo* Cervantes inventó la voz *narigante* a semejanza de *hablante* escudero (que también es de formación cervantina), y *andante* caballero.

[3] O sea, *de qué quería*. Así, se dice: *No conoce usted bien a su hijo, yo le diré* QUIÉN ES. *Es un pícaro, que le ha querido engañar presentándole esta cédula falsificada.*

jos, puesto que por entonces no era otro su pensamiento sino buscar donde bizmarse, como se ha dicho. Dice, pues, la historia que cuando el bachiller Sansón Carrasco aconsejó a don Quijote que volviese a proseguir sus dejadas caballerías, fué por haber entrado primero en bureo[1] con el Cura y el Barbero sobre qué medio se podría tomar para reducir a don Quijote a que se estuviese en su casa quieto y sosegado, sin que le alborotasen sus mal buscadas aventuras; de cuyo consejo salió, por voto común de todos y parecer particular de Carrasco, que dejasen salir a don Quijote, pues el detenerle parecía imposible y que Sansón le saliese al camino como caballero andante, y trabase batalla con él, pues no faltaría sobre qué, y le venciese, teniéndolo por cosa fácil, y que fuese pacto y concierto que el vencido quedase a merced del vencedor; y así, vencido don Quijote, le había de mandar el Bachiller caballero se volviese a su pueblo y casa, y no saliese della en dos años, o hasta tanto que por él le fuese mandado otra cosa; lo cual era claro que don Quijote, vencido, cumpliría indubitablemente, por no contravenir y faltar a las leyes de la caballería, y podría ser que en el tiempo de su reclusión se le olvidasen sus vanidades, o se le diese lugar de buscar a su locura algún conveniente remedio.

Aceptólo Carrasco, y ofreciósele por escudero Tomé Cecial, compadre y vecino de Sancho Panza, hombre alegre y de lucios cascos[2]. Armóse Sansón como queda referido y Tomé Cecial acomodó sobre sus naturales narices las falsas y de máscara ya dichas, porque no fuese conocido de su compadre cuando se viesen; y así, siguieron el mismo viaje que llevaba don Quijote, y llegaron casi a hallarse en la aventura del carro de la Muerte, y, finalmente, dieron con ellos en el bosque, donde les sucedió todo lo que el prudente ha leído; y si no fuera por los pensamientos extraordinarios de don Quijote, que se dió a entender que el Bachiller no era el Bachiller, el señor Bachiller quedara imposibilitado para siempre de graduarse de licenciado, por no haber hallado nidos donde pensó hallar pájaros[3]. Tomé Cecial, que vió cuán mal había logrado sus deseos y el mal paradero que había tenido su camino, dijo al Bachiller:

[1] *Bureo* (del fr. *bureau* = tribunal) = 1) «junta de los mayordomos de la casa real, para el gobierno de ella» (Cov.); 2) junta, consejo; 3) diversión, entretenimiento.
[2] *De lucios cascos* = alegre de cascos, de poco asiento.
[3] O, como diría Sancho (p. 278, n. 3), por no haber hallado estacas, donde pensó hallar tocinos.

—Por cierto, señor Sansón Carrasco, que tenemos nuestro merecido: con facilidad se piensa y se acomete una empresa; pero con dificultad las más veces se sale della. Don Quijote loco, nosotros cuerdos; él se va sano y riendo, vuesa merced queda molido y triste. Sepamos, pues, ahora: ¿cuál es más loco: el que lo es por no poder menos, o el que lo es por su voluntad?

A lo que respondió Sansón:

—La diferencia que hay entre esos dos locos es que el que lo es por fuerza, lo será siempre; y el que lo es de grado, lo dejará de ser cuando quisiere.

—Pues así es—dijo Tomé Cecial—, yo fuí por mi voluntad loco cuando quise hacerme escudero de vuesa merced, y por la misma quiero dejar de serlo y volverme a mi casa.

—Eso os cumple [1]—respondió Sansón—; porque pensar que yo he de volver a la mía hasta haber molido a palos a don Quijote es pensar en lo escusado; y no me llevará ahora a buscarle el deseo de que cobre su juicio, sino el de la venganza; que el dolor grande de mis costillas no me deja hacer más piadosos discursos.

En esto fueron razonando los dos, hasta que llegaron a un pueblo donde fué ventura hallar un algebrista [2], con quien se curó el Sansón desgraciado. Tomé Cecial se volvió y le dejó, y él quedó imaginando su venganza, y la historia vuelve a hablar dél a su tiempo, por no dejar de regocijarse ahora con don Quijote.

CAPITULO XVI.—De lo que sucedió a don Quijote con un discreto caballero de la Mancha.

Con la alegría, contento y ufanidad que se ha dicho seguía don Quijote su jornada, imaginándose por la pasada vitoria ser el caballero andante más valiente que tenía en aquella edad el mundo; daba por acabadas y a felice fin conducidas cuantas aventuras pudiesen sucederle de allí adelante; tenía en poco a los encantos y a los encantadores; no se acordaba de los inumerables palos que en el discurso de sus caballerías le habían dado,

---

[1] Eso os está bien a vos.
[2] «Álgebra es arte de concertar los huesos desencajados y quebrados» (Cov.).

ni de la pedrada que le derribó la mitad de los dientes, ni del desagradecimiento de los galeotes, ni del atrevimiento y lluvia de estacas de los yangüeses; finalmente, decía entre sí que si él hallara arte, modo o manera como desencantar a su señora Dulcinea, no envidiara a la mayor ventura que alcanzó, o pudo alcanzar, el más venturoso caballero andante de los pasados siglos. En estas imaginaciones iba todo ocupado, cuando Sancho le dijo:

—¿No es bueno, señor, que[1] aún todavía traigo entre los ojos las desaforadas narices, y mayores de marca[2], de mi compadre Tomé Cecial?

—¿Y crees tú, Sancho, por ventura, que el Caballero de los Espejos era el bachiller Carrasco; y su escudero, Tomé Cecial tu compadre?

—No sé qué me diga a eso—respondió Sancho—; sólo sé que las señas que me dió de mi casa, mujer y hijos no me las podría dar otro que él mesmo; y la cara, quitadas las narices, era la misma de Tomé Cecial, como yo se la he visto muchas veces en mi pueblo y pared en medio[3] de mi misma casa; y el tono de la habla era todo uno.

—Estemos a razón, Sancho—replicó don Quijote—. Ven acá: ¿en qué consideración puede caber que el bachiller Sansón Carrasco viniese como caballero andante, armado de armas ofensivas y defensivas, a pelear conmigo? ¿He sido yo su enemigo por ventura? ¿Hele dado yo jamás ocasión para tenerme ojeriza? ¿Soy yo su rival, o hace él profesión de las armas, para tener invidia a la fama que yo por ellas he ganado?

—Pues ¿qué diremos, señor—respondió Sancho—, a esto de parecerse tanto aquel caballero, sea el que se fuere, al bachiller Carrasco, y su escudero a Tomé Cecial mi compadre? Y si ello es encantamiento, como vuesa merced ha dicho, ¿no había en el mundo otros dos a quien se pareciera?

—Todo es artificio y traza—respondió don Quijote—de los malignos magos que me persiguen; los cuales anteviendo que yo había de quedar vencedor en la contienda, se previnieron de que el caballero vencido mostrase el rostro de mi amigo el bachiller, porque la amistad que le tengo se pusiese entre los

---

[1] ¿No es bueno, es decir, no es razonable que (siendo tan enormes las narices)..?
[2] O de más de la marca (cf. p. 248, n. 5).
[3] Estando como estaba en mi pueblo y pared en (o por) medio...

— 713 —

2, 16.—EL CABALLERO DEL VERDE GABÁN

filos de mi espada y el rigor de mi brazo, y templase la justa ira de mi corazón, y desta manera quedase con vida el que con embelecos y falsías procuraba quitarme la mía. Para prueba de lo cual ya sabes, ¡oh Sancho!, por experiencia que no te dejará mentir ni engañar, cuán fácil sea a los encantadores mudar unos rostros en otros, haciendo de lo hermoso feo y de lo feo hermoso, pues no ha dos días que viste por tus mismos ojos la hermosura y gallardía de la sin par Dulcinea en toda su entereza y natural conformidad[1], y yo la vi en la fealdad y bajeza de una zafia labradora, con cataratas[2] en los ojos y con mal olor en la boca; y más, que el perverso encantador que se atrevió a hacer una transformación tan mala no es mucho que haya hecho la de Sansón Carrasco y la de tu compadre, por quitarme la gloria del vencimiento de las manos. Pero, con todo esto, me consuelo; porque, en fin, en cualquiera figura que haya sido, he quedado vencedor de mi enemigo.

—Dios sabe la verdad de todo—respondió Sancho.

Y como él sabía que la transformación de Dulcinea había sido traza y embeleco suyo, no le satisfacían las quimeras de su amo; pero no le quiso replicar, por no decir alguna palabra que descubriese su embuste.

En estas razones estaban, cuando los alcanzó un hombre que detrás dellos por el mismo camino venía sobre una muy hermosa yegua tordilla[3], vestido un gabán de paño fino verde, jironado[4], de terciopelo leonado, con una montera del mismo terciopelo; el aderezo de la yegua era de campo y de la jineta, asimismo de morado y verde[5]; traía un alfanje morisco pendiente de un ancho tahalí[6] de verde y oro, y los borceguíes[7] eran de la labor del tahalí; las espuelas no eran doradas, sino

---

[1] *Conformidad* = conformación, simetría, proporción.

[2] Habló Cervantes de cataratas en la p. 673, pero atribuyéndoselas a sí, no a Dulcinea.

[3] *Tordillo* o *tordo* = ganado caballar que tiene el pelo mezclado de negro y blanco, como el plumaje del tordo.

[4] «*Jirón*, tómase comúnmente por ciertos pedazos triangulados que ingerían en el ruedo de los sayos, para que hiciesen más ruedo, y en los que eran de terciopelo echaban estos jirones de brocados o telas: y se llamaban sayos ajironados» (Cov.).

[5] También (de dos colores) morado y verde. No es que el *leonado* (= rojizo como la piel del león) sea morado.

[6] Cf. p. 438, n. 1.

[7] Cf. p. 437, n. 2.

dadas con un barniz verde; tan tersas y bruñidas, que, por hacer labor con todo el vestido, parecían mejor que si fueran de oro puro. Cuando llegó a ellos el caminante los saludó cortésmente, y, picando a la yegua, se pasaba de largo; pero don Quijote le dijo:

—Señor galán, si es que vuesa merced lleva el camino que nosotros y no importa el darse priesa, merced recibiría en que nos fuésemos juntos.

—En verdad—respondió el de la yegua—que no me pasara tan de largo si no fuera por temor que con la compañía de mi yegua no [1] se alborotara ese caballo.

—Bien puede, señor—respondió a esta sazón Sancho—, bien puede tener las riendas a su yegua; porque nuestro caballo es el más honesto y bien mirado del mundo; jamás en semejantes ocasiones ha hecho vileza alguna, y una vez que se desmandó a hacerla la lastamos [2] mi señor y yo con las setenas [3]. Digo otra vez que puede vuesa merced detenerse, si quisiere; que aunque se la den entre dos platos [4], a buen seguro que el caballo no la arrostre.

Detuvo la rienda el caminante, admirándose de la apostura y rostro de don Quijote, el cual iba sin celada, que la llevaba Sancho como maleta en el arzón delantero de la albarda del rucio; y si mucho miraba el de lo Verde a don Quijote, mucho más miraba don Quijote al de lo Verde, pareciéndole hombre de chapa [5]. La edad mostraba ser de cincuenta años; las canas, pocas, y el rostro, aguileño; la vista, entre alegre y grave; finalmente, en el traje y apostura daba a entender ser hombre de buenas prendas. Lo que juzgó de don Quijote de la Mancha el de lo Verde fué que semejante manera ni parecer de hombre no le había visto jamás: admiróle la longura de su cuello, la grandeza de su cuerpo, la flaqueza y amarillez de su rostro, sus armas, su ademán y compostura: figura y retrato no visto por luengos tiempos atrás en aquella tierra. Notó bien don Quijote la atención con que el caminante le miraba, y leyóle en la

---

[1] Hoy omitiríamos este *no* (cf. pról. 24).
[2] «*Lastar*, es hacer el gasto en alguna cosa con ánimo y con derecho de rebocarlo de otro, a cuya cuenta se pone: quando yo he sido fiador de uno, y me han hecho pagar por él la deuda principal y costas, se me da carta de pago y lasto para cobrar de la parte a quien fié» (Cov.).
[3] Cf. p. 82, n. 1.
[4] Delicadamente (cf. II, 53, hacia el fin).
[5] Cf. p. 287, n. 3.

suspensión su deseo; y como era tan cortés y tan amigo de dar gusto a todos, antes que le preguntase nada le salió al camino, diciéndole:

—Esta figura que vuesa merced en mí ha visto, por ser tan nueva y tan fuera de las que comúnmente se usan, no me maravillaría yo de que le hubiese maravillado; pero dejará vuesa merced de estarlo cuando le diga, como le digo, que soy caballero

> Destos que dicen las gentes
> Que a sus aventuras van [1].

Salí de mi patria [2], empeñé mi hacienda, dejé mi regalo, y entreguéme en los brazos de la Fortuna, que me llevasen donde más fuese servida. Quise resucitar la ya muerta andante caballería, y ha muchos días que, tropezando aquí, cayendo allí, despeñándome acá y levantándome acullá, he cumplido gran parte de mi deseo, socorriendo viudas, amparando doncellas y favoreciendo casadas, huérfanos y pupilos, propio y natural oficio de caballeros andantes; y así, por mis valerosas, muchas y cristianas hazañas he merecido andar ya en estampa en casi todas o las más naciones del mundo. Treinta mil volúmenes se han impreso de mi historia, y lleva camino de imprimirse treinta mil veces de millares, si el cielo no lo remedia [3]. Finalmente, por encerrarlo todo en breves palabras, o en una sola, digo que yo soy don Quijote de la Mancha, por otro nombre llamado el Caballero de la Triste Figura; y puesto que las propias alabanzas envilecen, esme forzoso decir yo tal vez las mías, y esto se entiende cuando no se halla presente quien las diga; así que, señor gentilhombre, ni este caballo [4], esta lanza, ni este escudo ni escudero, ni todas juntas estas armas, ni la amarillez de mi rostro, ni mi atenuada flaqueza, os podrá admirar de aquí adelante, habiendo ya sabido quién soy y la profesión que hago [5].

Calló en diciendo esto don Quijote, y el de lo Verde, según se tardaba en responderle, parecía que no acertaba a hacerlo; pero de allí a buen espacio le dijo:

—Acertastes, señor caballero, a conocer por mi suspensión

---

[1] Ya vimos estos versos (p. 116 y 558).
[2] La que hoy llamaríamos *patria chica*.
[3] Está dicho como si esta historia fuese cosa mala; pero creo que aquí hay afectada modestia como en *invitar a hacer penitencia* (p. 625).
[4] Tal vez falte un *ni*.
[5] Quién soy y de qué me precio.

2, 16.—EL CABALLERO DEL VERDE GABÁN

mi deseo; pero no habéis acertado a quitarme la maravilla[1] que en mí causa el haberos visto; que puesto que, como vos, señor, decís, que el saber ya quién sois me la podría quitar, no ha sido así; antes, agora que lo sé, quedo más suspenso y maravillado. ¿Cómo y es posible que hay hoy caballeros andantes en el mundo, y que hay historias impresas de verdaderas caballerías? No me puedo persuadir que haya hoy en la tierra quien favorezca viudas, ampare doncellas, ni honre casadas, ni socorra huérfanos, y no lo creyera si en vuesa merced no lo hubiera visto con mis ojos. ¡Bendito sea el cielo!, que con esa historia, que vuesa merced dice que está impresa, de sus altas y verdaderas caballerías, se habrán puesto en olvido las innumerables de los fingidos caballeros andantes, de que estaba lleno el mundo, tan en daño de las buenas costumbres y tan en perjuicio y descrédito de las buenas historias.

—Hay mucho que decir—respondió don Quijote—en razón de si son fingidas, o no, las historias de los andantes caballeros.

—Pues ¿hay quien dude—respondió el Verde—, que no[2] son falsas las tales historias?

—Yo lo dudo—respondió don Quijote—, y quédese esto aquí; que si nuestra jornada dura, espero en Dios de dar a entender a vuesa merced que ha hecho mal en irse con la corriente de los que tienen por cierto que no son verdaderas.

Desta última razón de don Quijote tomó barruntos el caminante de que don Quijote debía de ser algún mentecato, y aguardaba que con otras[3] lo confirmase; pero antes que se divirtiesen en otros razonamientos, don Quijote le rogó le dijese quién era, pues él le había dado parte de su condición y de su vida. A lo que respondió el del Verde Gabán:

—Yo, señor Caballero de la Triste Figura, soy un hidalgo natural de un lugar donde iremos a comer hoy, si Dios fuere servido. Soy más que medianamente rico y es mi nombre don Diego de Miranda; paso la vida con mi mujer, y con mis hijos[4], y con mis amigos; mis ejercicios son el de la caza y pesca; pero no mantengo ni halcón ni galgos, sino algún perdigón manso[5],

---

[1] *Maravilla* = admiración.
[2] Hoy omitiríamos este *no* (cf. pról. 24).
[3] *Otras* razones.
[4] Por lo que sigue se ve que no tenía más que uno.
[5] *Perdigón* = perdiz macho que emplean los cazadores como reclamo. Algunos se embravecen tanto al verse enjaulados, que tienen que poner

o algún hurón atrevido [1]. Tengo hasta seis docenas de libros, cuáles de romances y cuáles de latín, de historia algunos y de devoción otros: los de caballerías aún no han entrado por los umbrales de mis puertas. Hojeo más los que son profanos que los devotos, como sean de honesto entretenimiento, que deleiten con el lenguaje y admiren y suspendan con la invención, puesto que déstos hay muy pocos en España. Alguna vez como con mis vecinos y amigos, y muchas veces los convido; son mis convites limpios y aseados, y no nada [2] escasos; ni gusto de murmurar, ni consiento que delante de mí se murmure; no escudriño las vidas ajenas, ni soy lince de los hechos de los otros; oigo misa cada día; reparto de mis bienes con los pobres, sin hacer alarde de las buenas obras, por no dar entrada en mi corazón a la hipocresía y vanagloria, enemigos que blandamente se apoderan del corazón más recatado; procuro poner en paz los que sé que están desavenidos; soy devoto de nuestra Señora, y confío siempre en la misericordia infinita de Dios, nuestro Señor.

Atentísimo estuvo Sancho a la relación de la vida y entretenimientos del hidalgo; y pareciéndole buena y santa y que quien la hacía debía de hacer milagros, se arrojó del rucio, y con gran priesa le fué a asir del estribo derecho y con devoto corazón y casi lágrimas le besó los pies una y muchas veces. Visto lo cual por el hidalgo le preguntó:

—¿Qué hacéis, hermano? ¿Qué besos son éstos?

—Déjenme besar—respondió Sancho—; porque me parece vuesa merced el primer santo a la jineta que he visto en todos los días de mi vida.

—No soy santo—respondió el hidalgo—, sino gran pecador; vos sí, hermano, que debéis de ser bueno, como vuestra simplicidad lo muestra.

---

os cazadores a la jaula una cubierta de lienzo para que los perdigones no se rompan la cabeza contra el techo de la jaula.

[1] El *hurón* (de *furonem* = 1) ladrón; 2) hurón) como dice Covarrubias, «entra en los vivares de los conejos y los pellizca y muerde forzándolos a que salgan afuera, y los cazadores les tienen puestas redes a las bocas de ellos, donde se enlazan; y algunas veces los degüella allá dentro y los saca arrastrando».

[2] *No nada* = nada.

Volvió Sancho a cobrar la albarda, habiendo sacado a plaza la risa de la profunda malencolía de su amo y causado nueva admiración a don Diego. Preguntóle don Quijote que cuántos hijos tenía, y díjole que una de las cosas en que ponían el sumo bien los antiguos filósofos, que carecieron del verdadero conocimiento de Dios, fué en los bienes de la naturaleza, en los de la fortuna, en tener muchos amigos y en tener muchos y buenos hijos.

—Yo, señor don Quijote—respondió el hidalgo—, tengo un hijo, que, a no tenerle, quizá me juzgara por más dichoso de lo que soy; y no porque él sea malo, sino porque no es tan bueno como yo quisiera. Será de edad de diez y ocho años: los seis ha estado en Salamanca, aprendiendo las lenguas latina y griega; y cuando quise que pasase a estudiar otras ciencias, halléle tan embebido en la de la Poesía (si es que se puede llamar ciencia), que no es posible hacerle arrostrar la de las Leyes, que yo quisiera que estudiara, ni de la reina de todas, la Teología. Quisiera yo que fuera corona de su linaje, pues vivimos en siglo donde nuestros reyes premian altamente las virtuosas y buenas letras; porque letras sin virtud son perlas en el muladar. Todo el día se le pasa en averiguar si dijo bien o mal Homero en tal verso de la *Ilíada;* si Marcial anduvo deshonesto, o no, en tal epigrama; si se han de entender de una manera o otra tales y tales versos de Virgilio. En fin, todas sus conversaciones son con los libros de los referidos poetas, y con los de Horacio, Persio, Juvenal y Tibulo; que de los modernos romancistas [1] no hace mucha cuenta; y con todo el mal cariño que muestra tener a la poesía de romance, le tiene agora desvanecidos los pensamientos el hacer una glosa [2] a cuatro versos que le han enviado de Salamanca, y pienso que son de justa literaria.

A todo lo cual respondió don Quijote:

—Los hijos, señor, son pedazos de las entrañas de sus padres, y así, se han de querer, o buenos o malos que sean, como se quieren las almas que nos dan vida: a los padres toca el encaminarlos desde pequeños por los pasos de la virtud, de la buena crianza y de las buenas y cristianas costumbres, para que cuando grandes sean báculo de la vejez de sus padres y gloria de su posteridad; y en lo de forzarles que estudien esta o aquella ciencia no lo tengo por acertado, aunque el persuadirles no

---

[1] *Romancista* = el que escribe en lengua romance.
[2] En la p. 739 veremos un ejemplo de *glosa*.

será dañoso; y cuando no se ha de estudiar para *pane lucrando* [1], siendo tan venturoso el estudiante, que le dió el cielo padres que se lo dejen, sería yo de parecer que le dejen seguir aquella ciencia a que más le vieren inclinado; y aunque la de la Poesía es menos útil que deleitable, no es de aquellas que suelen deshonrar a quien las posee. La Poesía, señor hidalgo, a mi parecer, es como una doncella tierna y de poca edad, y en todo estremo hermosa, a quien tienen cuidado de enriquecer, pulir y adornar otras muchas doncellas, que son todas las otras ciencias, y ella se ha de servir de todas, y todas se han de autorizar con ella; pero esta tal doncella no quiere ser manoseada, ni traída por las calles, ni publicada por las esquinas de las plazas ni por los rincones de los palacios. Ella es hecha de una alquimia [2] de tal virtud, que quien la [3] sabe tratar la volverá en oro purísimo de inestimable precio; hala de tener, el que la tuviere, a raya, no dejándola correr en torpes sátiras ni en desalmados sonetos; no ha de ser vendible en ninguna manera, si ya no fuere en poemas heroicos, en lamentables tragedias, o en comedias alegres y artificiosas; no se ha de dejar tratar de los truhanes, ni del ignorante vulgo, incapaz de conocer ni estimar los tesoros que en ella se encierran. Y no penséis, señor, que yo llamo aquí vulgo solamente a la gente plebeya y humilde; que todo aquel que no sabe, aunque sea señor y príncipe, puede y debe entrar en número de vulgo; y así, el que con los requisitos que he dicho tratare y tuviese a la Poesía, será famoso, y estimado su nombre, en todas las naciones políticas [4] del mundo. Y a lo que decís, señor, que vuestro hijo no estima mucho la poesía de romance, doyme a entender que no anda muy acertado en ello, y la razón es ésta: el grande Homero no escribió en latín, porque era griego, ni Virgilio no [5] escribió en griego, porque era latino. En resolución, todos los poetas antiguos escribieron en la lengua que mamaron en la leche, y no fueron a buscar las estranjeras para declarar la alteza de sus conceptos; y siendo esto así, razón sería se estendiese esta costumbre por todas las naciones, y que no se desestimase el poeta alemán porque escribe en su lengua, ni el castellano, ni aun el vizcaíno,

---

[1] Por ganar el pan.
[2] Cf. p. 641, n. 3.
[3] *La* se refiere a la Poesía.
[4] *Políticas* = civilizadas.
[5] Este *no* equivale a *tampoco* y refuerza el *ni* anterior.

que escribe en la suya. Pero vuestro hijo (a lo que yo, señor, imagino) no debe de estar mal con la poesía de romance, sino con los poetas que son meros romancistas, sin saber otras lenguas ni otras ciencias que adornen y despierten y ayuden a su natural impulso, y aun en esto puede haber yerro; porque, según es opinión verdadera, el poeta nace: quieren decir que del vientre de su madre el poeta natural sale poeta [1]; y con aquella inclinación que le dió el cielo, sin más estudio ni artificio, compone cosas, que [2] hace verdadero al que dijo: *est Deus in nobis...*, etcétera [3]. También digo que el natural poeta que se ayudare del arte será mucho mejor y se aventajará al poeta que sólo por saber el arte quisiere serlo: la razón es porque el arte no se aventaja a la naturaleza, sino perficiónala; así que, mezcladas la naturaleza y el arte, y el arte con la naturaleza, sacarán un perfetísimo poeta. Sea, pues, la conclusión de mi plática, señor hidalgo, que vuesa merced deje caminar a su hijo por donde su estrella [4] le llama; que siendo él tan buen estudiante como debe de ser, y habiendo ya subido felicemente el primer escalón de las ciencias, que es el de las lenguas, con ellas por sí mismo subirá a la cumbre de las letras humanas, las cuales tan bien parecen en un caballero de capa y espada [5], y así le adornan, honran y engrandecen, como las mitras a los obispos, o como las garnachas [6] a los peritos jurisconsultos. Riña vuesa merced a su hijo si hiciere sátiras que perjudiquen las honras ajenas, y castíguele, y rómpaselas; pero si hiciere sermones al modo de Horacio [7], donde reprehenda los vicios en general, como tan elegantemente él lo hizo, alábele; porque lícito es al poeta escribir contra la invidia, y decir en sus versos mal de los invidiosos, y así de los otros vicios, con que no señale per-

---

[1] *El poeta natural* = el que por su natural o condición es poeta. *Sale poeta del...*
[2] Tales, *que* el poeta *hace...*
[3] Ovidio, en más de un pasaje (*Fastos*, VI, 5; *Ars amandi*, III, 549).
[4] *E t ella* = inclinación, suerte, destino (cf. p. 627, n. 4; p. 653, n. 2).
[5] *Caballero de capa y espada* = el que no ha hecho profesión o carrera de letras. Así, se llamaba también «consejero o ministro de capa y espada» al que sólo fallaba en asuntos gubernativos y no en los judiciales, que pedían la asistencia de jueces letrados.
[6] Cf. p. 491.
[7] Horacio a sus sátiras llamó *sermones* porque su estilo, a diferencia del de las odas, se acercaba al de la conversación familiar (la cual en latín se expresa con la voz *sermo*).

sona alguna; pero hay poetas que a trueco de decir una malicia, se pondrán a peligro que los destierren a las islas de Ponto[1]. Si el poeta fuere casto en sus costumbres, lo será también en sus versos; la pluma es lengua del alma: cuales fueren los conceptos que en ella se engendraren, tales serán sus escritos; y cuando los reyes y príncipes veen la milagrosa ciencia de la Poesía en sujetos prudentes, virtuosos y graves, los honran, los estiman y los enriquecen, y aun los coronan con las hojas del árbol a quien no ofende el rayo[2], como en señal que no han de ser ofendidos de nadie los que con tales coronas veen honradas y adornadas sus sienes.

Admirado quedó el del Verde Gabán del razonamiento de don Quijote, y tanto, que fué perdiendo de la opinión, que con él tenía, de ser mentecato. Pero a la mitad desta plática, Sancho, por no ser muy de su gusto, se había desviado del camino a pedir un poco de leche a unos pastores que allí junto estaban ordeñando unas ovejas; y, en esto, ya volvía a renovar la plática el hidalgo, satisfecho en estremo de la discreción y buen discurso de don Quijote, cuando, alzando don Quijote la cabeza, vió que por el camino por donde ellos iban venía un carro lleno de banderas reales[3], y creyendo que debía de ser alguna nueva aventura, a grandes voces llamó a Sancho que viniese a darle la celada. El cual Sancho, oyéndose llamar, dejó a los pastores, y a toda priesa picó al rucio, y llegó donde su amo estaba, a quien sucedió una espantosa y desatinada aventura.

CAPITULO XVII.—De dónde[4] se declaró el último punto y estremo adonde llegó y pudo llegar el inaudito ánimo de don Quijote, con la felicemente acabada aventura de los leones.

Cuenta la historia que cuando don Quijote daba voces a Sancho que le trujese el yelmo, estaba él comprando unos requesones[5] que los pastores le vendían; y acosado de la mucha

---

[1] Parece aludirse al extrañamiento de Ovidio, bien que este poeta vivió no en *las islas*, sino en Tomo, en la costa del Ponto o Mar Negro.
[2] Esta virtud se atribuía al laurel.
[3] Las dos o tres banderas que traía el carro bastaron a don Quijote para *ver* que venía *lleno* de ellas.
[4] En virtud de qué.
[5] Por lo visto los prefirió a la leche de las ovejas que había visto orde-

priesa de su amo, no supo qué hacer dellos, ni en qué traerlos, y, por no perderlos, que ya los tenía pagados, acordó de echarlos en la celada de su señor, y con este buen recado volvió a ver lo que le quería; el cual, en llegando, le dijo:

—Dame, amigo, esa celada; que yo sé poco de aventuras, o lo que allí descubro es alguna que me ha de necesitar[1], y me necesita, a tomar mis armas.

El del Verde Gabán, que esto oyó, tendió la vista por todas partes, y no descubrió otra cosa que un carro que hacia ellos venía, con dos o tres banderas pequeñas, que le dieron a entender que el tal carro debía de traer moneda de su Majestad, y así se lo dijo a don Quijote; pero él no le dió crédito, siempre creyendo y pensando que todo lo que le sucediese habían de ser aventuras y más aventuras, y, así, respondió al hidalgo:

—Hombre apercebido, medio combatido[2]: no se pierde nada en que yo me aperciba; que sé por experiencia que tengo enemigos visibles e invisibles, y no sé cuándo, ni adónde, ni en qué tiempo, ni en qué figuras me han de acometer.

Y volviéndose a Sancho, le pidió la celada; el cual, como no tuvo lugar de sacar los requesones, le fué forzoso dársela como estaba. Tomóla don Quijote, y sin ver echase de ver lo que dentro venía, con toda priesa se la encajó en la cabeza; y como los requesones se apretaron y exprimieron, comenzó a correr el suero por todo el rostro y barbas de don Quijote, de lo que recibió tal susto, que dijo a Sancho:

—¿Qué será esto, Sancho, que parece que se me ablandan los cascos, o se me derriten los sesos, o que sudo de los pies a la cabeza? Y si es que sudo, en verdad que no es de miedo; sin duda creo que es terrible la aventura que agora quiere sucederme. Dame, si tienes, con que me limpie; que el copioso sudor me ciega los ojos.

Calló Sancho y dióle un paño, y dió, con él, gracias a Dios de que su señor no hubiese caído en el caso. Limpióse don Quijote, y quitóse la celada por ver qué cosa era la que, a su parecer, le enfriaba la cabeza, y viendo aquellas gachas[3] blancas

---

ñar. *Requesón* = masa blanca y mantecosa que se hace cuajando la leche en moldes de mimbres por cuyas rendijas se escurre el suero o aguosidad sobrante.

[1] *Necesitar* = obligar.
[2] El que se apercibe o prepara ha combatido y ganado medio combate.
[3] *Gacha* = cualquiera masa muy blanda que tiene mucho de líquida.

2, 17.—EL CABALLERO DEL VERDE GABÁN

dentro de la celada, las llegó a las narices, y en oliéndolas dijo:
—Por vida de mi señora Dulcinea del Toboso que son requesones los que aquí me has puesto, traidor, bergante [1] y mal mirado escudero.

A lo que con gran flema y disimulación respondió Sancho:
—Si son requesones, démelos vuesa merced; que yo me los comeré... Pero cómalos el diablo, que debió de ser el que ahí los puso. ¿Yo había de tener atrevimiento de ensuciar el yelmo de vuesa merced? ¡Hallado le habéis el [2] atrevido! A la fe, señor, a lo que Dios me da a entender, también debo yo de tener encantadores que me persiguen como a hechura y miembro de vuesa merced, y habrán puesto ahí esa inmundicia para mover a cólera su paciencia y hacer que me muela, como suele, las costillas. Pues en verdad que esta vez han dado salto en vago [3]; que yo confío en el buen discurso de mi señor, que habrá considerado que ni yo tengo requesones, ni leche, ni otra cosa que lo valga, y que si la tuviera, antes la pusiera en mi estómago que en la celada.

—Todo puede ser—dijo don Quijote.

Y todo lo miraba el hidalgo, y de todo se admiraba, especialmente cuando, después de haberse limpiado don Quijote cabeza, rostro y barbas, y celada, se la encajó, y afirmándose bien en los estribos, requiriendo la espada [4] y asiendo la lanza, dijo:

—Ahora, venga lo que viniere; que aquí estoy con ánimo de tomarme con el mesmo Satanás en persona.

Llegó en esto el carro de las banderas, en el cual no venía otra gente que el carretero, en las mulas, y un hombre sentado en la delantera. Púsose don Quijote delante, y dijo:

—¿Adónde vais, hermanos? ¿Qué carro es éste, qué lleváis en él y qué banderas son aquéstas?

A lo que respondió el carretero:

—El carro es mío; lo que va en él son dos bravos leones enjaulados, que el General de Orán envía a la corte [5], presentados [6]

---
[1] *Bergante* = mentiroso, sinvergüenza (Terreros).
[2] Por *al*.
[3] *En vago* (de *vacuum* = vacío) = en vano.
[4] *Requerir la espada* = empuñarla y desenvainarla un poco (en son de amenaza o previniéndose).
[5] Si venía de Orán, ¿cómo podía venir en dirección contraria a la de don Quijote que iba del Toboso a Zaragoza? Lo verosímil era que yendo los dos hacia el norte, el uno alcanzase al otro.
[6] Como *presente* o regalo.

2, 17.—AVENTURA DE LOS LEONES

a su Majestad; las banderas son del Rey nuestro señor, en señal que aquí va cosa suya.

—¿Y son grandes los leones?—preguntó don Quijote.

—Tan grandes—respondió el hombre que iba a la puerta del carro—, que no han pasado mayores, ni tan grandes, de Africa a España jamás; y yo soy el leonero, y he pasado otros; pero como éstos, ninguno. Son hembra y macho: el macho va en esta jaula primera, y la hembra en la de atrás, y ahora van hambrientos porque no han comido hoy; y así, vuesa merced se desvíe; que es menester llegar presto donde les demos de comer.

A lo que dijo don Quijote, sonriéndose un poco:

—¿Leoncitos a mí? ¿A mí leoncitos, y a tales horas? Pues ¡por Dios que han de ver esos señores que acá los envían si soy yo hombre que se espanta de leones! Apeaos, buen hombre, y pues sois el leonero, abrid esas jaulas y echadme esas bestias fuera; que en mitad desta campaña les daré a conocer quién es don Quijote de la Mancha, a despecho y pesar de los encantadores que a mí los envían.

—¡Ta, ta!—dijo a esta sazón entre sí el hidalgo—. Dado ha señal de quién es nuestro buen caballero: los requesones, sin duda, le han ablandado los cascos y madurado los sesos.

Llegóse, en esto, a él Sancho, y díjole:

—Señor, por quien Dios es que vuesa merced haga de manera que mi señor don Quijote no se tome con estos leones; que si se toma, aquí nos han de hacer pedazos a todos.

—Pues ¿tan loco es vuestro amo—respondió el hidalgo—, que teméis, y creéis, que se ha de tomar con tan fieros animales?

—No es loco—respondió Sancho—, sino atrevido.

—Yo haré que no lo sea—replicó el hidalgo.

Y llegándose a don Quijote, que estaba dando priesa al leonero que abriese las jaulas, le dijo:

—Señor caballero, los caballeros andantes han de acometer las aventuras que prometen esperanza de salir bien dellas, y no aquellas que de todo[1] en todo la quitan; porque la valentía que se entra en la juridición de la temeridad más tiene de locura que de fortaleza. Cuanto más que estos leones no vienen contra vuesa merced, ni lo sueñan: van presentados a su Majestad, y no será bien detenerlos ni impedirles su viaje.

—Váyase vuesa merced, señor hidalgo—respondió don Qui-

---

[1] En la edición príncipe falta este *todo*, que Cervantes no omitiría.

jote—, a entender con su perdigón manso y con su hurón atrevido, y deje a cada uno hacer su oficio. Éste es el mío, y yo sé si vienen a mí, o no, estos señores leones.

Y volviéndose al leonero, le dijo:

—¡Voto a tal, don bellaco, que si no abrís luego luego las jaulas, que con esta lanza os he de coser con el carro!

El carretero, que vió la determinación de aquella armada fantasma, le dijo:

—Señor mío, vuesa merced sea servido, por caridad, de dejarme desuncir las mulas y ponerme en salvo con ellas antes que se desenvainen [1] los leones, porque si me las matan, quedaré rematado para toda mi vida; que no tengo otra hacienda sino este carro y estas mulas.

—¡Oh hombre de poca fe!—respondió don Quijote—. Apéate, y desunce, y haz lo que quisieres; que presto verás que trabajaste en vano y que pudieras ahorrar desta diligencia.

Apeóse el carretero y desunció a gran priesa, y el leonero dijo a grandes voces:

—Séanme testigos cuantos aquí están cómo contra mi voluntad y forzado abro las jaulas y suelto los leones, y de que protesto a este señor que todo el mal y daño que estas bestias hicieren corra y vaya por su cuenta [2], con más mis salarios y derechos. Vuestras mercedes, señores, se pongan en cobro [3] antes que abra; que yo seguro estoy que no me han de hacer daño.

Otra vez le persuadió el hidalgo que no hiciese locura semejante; que era tentar a Dios acometer tal disparate. A lo que respondió don Quijote que él sabía lo que hacía. Respondióle el hidalgo que lo mirase bien; que él entendía que se engañaba.

—Ahora, señor—replicó don Quijote—, si vuesa merced no quiere ser oyente [4] desta que a su parecer ha de ser tragedia, pique la tordilla y póngase en salvo.

Oído lo cual por Sancho, con lágrimas en los ojos le suplicó desistiese de tal empresa, en cuya comparación habían sido tortas y pan pintado la de los molinos de viento y la temerosa de los batanes, y, finalmente, todas las hazañas que había acometido en todo el discurso de su vida.

---

[1] *Desenvainar* y, como dice luego, *desembanastar* es sacar.
[2] La misma fórmula escribanesca empleó Sancho (cf. p. 704, n. 2).
[3] «*Poner una cosa en cobro*, alzarla donde no la hallen» (Cov.).
[4] Oyente o espectador.

2, 17.—AVENTURA DE LOS LEONES

—Mire, señor—decía Sancho—, que aquí no hay encanto ni cosa que lo valga; que yo he visto por entre las verjas y resquicios de la jaula una uña de león verdadero, y saco por ella que el tal león cuya debe de ser la tal uña es mayor que una montaña.

—El miedo, a lo menos—respondió don Quijote—, te hará parecer mayor que la mitad del mundo. Retírate, Sancho, y déjame; y si aquí muriere, ya sabes nuestro antiguo concierto: acudirás a Dulcinea, y no te digo más [1].

A éstas añadió otras razones, con que quitó las esperanzas de que no [2] había de dejar de proseguir su desvariado intento. Quisiera el del Verde Gabán oponérsele; pero vióse desigual en las armas, y no le pareció cordura tomarse con un loco, que ya se lo había parecido de todo punto don Quijote; el cual, volviendo a dar priesa al leonero y a reiterar las amenazas, dió ocasión al hidalgo a que picase la yegua, y Sancho al rucio, y el carretero a sus mulas, procurando todos apartarse del carro lo más que pudieren, antes que los leones se desembanastasen. Lloraba Sancho la muerte de su señor, que aquella vez sin duda creía que llegaba en las garras de los leones; maldecía su ventura, y llamaba menguada la hora en que le vino al pensamiento volver a servirle; pero no por llorar y lamentarse dejaba de aporrear al rucio para que se alejase del carro. Viendo, pues, el leonero que ya los que iban huyendo estaban bien desviados, tornó a requerir y a intimar a don Quijote lo que ya le había requerido e intimado, el cual respondió que lo oía, y que no se curase de más intimaciones y requerimientos, que todo sería de poco fruto, y que se diese priesa.

En el espacio que tardó el leonero en abrir la jaula primera, estuvo considerando don Quijote si sería bien hacer la batalla antes a pie que a caballo, y, en fin, se determinó de hacerla a pie, temiendo que Rocinante se espantaría con la vista de los leones. Por esto saltó del caballo, arrojó la lanza y embrazó el escudo, y desenvainando la espada, paso ante paso [3], con maravilloso denuedo y corazón valiente, se fué a poner delante del carro, encomendándose a Dios de todo corazón, y luego a su señora Dulcinea. Y es de saber que, llegando a este paso el autor de esta verdadera historia, exclama y dice: «¡Oh fuerte y sobre todo encarecimiento animoso don Quijote de la Mancha,

---

[1] Se refiere al encargo que le hizo en la aventura de los batanes (p. 213)
[2] Hoy omitiríamos este *no* (cf. pról. 24).
[3] *Paso ante* (o *tras*, o *entre*) *paso* = lentamente.

2, 17.—EL CABALLERO DEL VERDE GABÁN

espejo donde se pueden mirar todos los valientes del mundo, segundo y nuevo don Manuel de León[1], que fué gloria y honra de los españoles caballeros! ¿Con qué palabras contaré esta tan espantosa hazaña, o con qué razones la haré creíble a los siglos venideros, o qué alabanzas habrá que no te convengan y cuadren, aunque sean hipérboles sobre todos los hipérboles? Tú a pie, tú solo, tú intrépido, tú magnánimo, con sola una espada, y no de las del perrillo[2] cortadoras, con un escudo no de muy luciente y limpio acero, estás aguardando y atendiendo los dos más fieros leones que jamás criaron las africanas selvas. Tus mismos hechos sean los que te alaben, valeroso manchego; que yo los dejo aquí en su punto, por faltarme palabras con que encarecerles».

Aquí cesó la referida exclamación del autor, y pasó adelante, anudando el hilo de la historia, diciendo: que visto[3] el leonero ya puesto en postura a don Quijote, y que no podía dejar de soltar al león macho, so pena de caer en la desgracia del indignado y atrevido caballero, abrió de par en par la primera jaula, donde estaba, como se ha dicho, el león, el cual pareció de grandeza extraordinaria y de espantable y fea catadura. Lo primero que hizo fué revolverse en la jaula, donde venía echado, y tender la garra, y desperezarse todo; abrió luego la boca y bostezó muy despacio, y con casi dos palmos de lengua que sacó fuera se despolvoreó los ojos y se lavó el rostro; hecho esto, sacó la cabeza fuera de la jaula y miró a todas partes con los ojos hechos brasas, vista y ademán para poner espanto a la misma temeridad. Sólo don Quijote le miraba atentamente, deseando que saltase ya del carro y viniese con él a las manos, entre las cuales pensaba hacerle pedazos.

Hasta aquí llegó el estremo de su jamás vista locura. Pero el generoso león, más comedido que arrogante, no haciendo caso de niñerías ni de bravatas, después de haber mirado a una y otra parte, como se ha dicho, volvió las espaldas y enseñó sus traseras partes a don Quijote, y con gran flema y remanso[4]

---

[1] Fué muy celebrado el hecho de este caballero, que se metió impávido en una leonera para recoger el guante que se le había caído a su dama.

[2] *Las espadas del perrillo*, anchas y cortas, se llamaban así porque tenían por marca un perro pequeño grabado en la hoja. Con este perro se aludía (como nota R. Marín) al fabricante que, por ser *moro* (o *perro*, cf. p. 120, n. 1), vulgarmente era llamado *el Morillo*, o *el Perrillo*.

[3] Habiendo *visto* (cf. pról. 18).

[4] *Remanso* = calma, reposo.

2, 17.—AVENTURA DE LOS LEONES

se volvió a echar en la jaula; viendo lo cual don Quijote, mandó al leonero que le diese de palos y le irritase para echarle fuera.

—Eso no haré yo—respondió el leonero—; porque si yo le instigo, el primero a quien hará pedazos será a mí mismo. Vuesa merced, señor caballero, se contente con lo hecho, que es todo lo que puede decirse en género de valentía, y no quiera tentar segunda fortuna. El león tiene abierta la puerta: en su mano está salir o no salir; pero pues no ha salido hasta ahora, no saldrá en todo el día. La grandeza del corazón de vuesa merced ya está bien declarada: ningún bravo peleante (según a mí se me alcanza) está obligado a más que a desafiar a su enemigo y esperarle en campaña; y si el contrario no acude, en él se queda la infamia, y el esperante gana la corona del vencimiento.

—Así es verdad—respondió don Quijote—: cierra, amigo, la puerta, y dame por testimonio en la mejor forma que pudieres[1] lo que aquí me has visto hacer; conviene a saber: cómo tú abriste al león, yo le esperé, él no salió, volvíle a esperar, volvió a no salir, y volvióse a acostar. ¡No debo más[2], y encantos afuera, y Dios ayude a la razón y a la verdad, y a la verdadera caballería! Y cierra[3], como he dicho, en tanto que hago señas a los huídos y ausentes, para que sepan de tu boca esta hazaña.

Hízolo así el leonero, y don Quijote, poniendo en la punta de la lanza el lienzo con que se había limpiado el rostro de la lluvia de los requesones, comenzó a llamar a los que no dejaban de huir ni de volver la cabeza a cada paso, todos en tropa y antecogidos[4] del hidalgo; pero alcanzando Sancho a ver la señal del blanco paño, dijo:

—Que me maten si mi señor no ha vencido a las fieras bestias, pues nos llama.

Detuviéronse todos, y conocieron que el que hacía las señas era don Quijote; y perdiendo alguna parte del miedo, poco a poco se vinieron acercando hasta donde claramente oyeron las voces de don Quijote, que los llamaba. Finalmente, volvieron al carro, y en llegando, dijo don Quijote al carretero:

—Volved, hermano, a uncir vuestras mulas y a proseguir

---

[1] Este «dar por testimonio en forma fidedigna algo» era una fórmula escribanil.
[2] No tengo obligación de hacer más.
[3] La puerta.
[4] Empujados, seguidos (cf. p. 210, n. 8).

vuestro viaje; y tú, Sancho, dale dos escudos de oro, para él y para el leonero, en recompensa de lo que por mí se han detenido.
—Ésos daré yo de muy buena gana—respondió Sancho—; pero ¿qué se han hecho los leones? ¿Son muertos, o vivos?

Entonces el leonero, menudamente y por sus pausas [1], contó el fin de la contienda, exagerando como él mejor pudo y supo el valor de don Quijote, de cuya vista el león acobardado, no quiso ni osó salir de la jaula, puesto que había tenido un buen espacio abierta la puerta de la jaula; y que por haber él dicho a aquel caballero que era tentar a Dios irritar al león para que por fuerza saliese, como él quería que se irritase, mal de su grado y contra su voluntad había permitido que la puerta se cerrase.

—¿Qué te parece desto, Sancho?—dijo don Quijote—. ¿Hay encantos que valgan contra la verdadera valentía? Bien podrán los encantadores quitarme la ventura; pero el esfuerzo y el ánimo, será imposible.

Dió los escudos Sancho, unció el carretero, besó las manos el leonero a don Quijote por la merced recebida, y prometióle de contar aquella valerosa hazaña al mismo Rey, cuando en la corte se viese.

—Pues si acaso su Majestad preguntare quién la hizo, diréisle que *El Caballero de los Leones;* que de aquí adelante quiero que en éste se trueque, cambie, vuelva y mude el que hasta aquí he tenido de *El Caballero de la Triste Figura;* y en esto sigo la antigua usanza de los andantes caballeros, que se mudaban los nombres cuando querían, o cuando les venía a cuento.

Siguió su camino el carro, y don Quijote, Sancho y el del Verde Gabán prosiguieron el suyo.

En todo este tiempo no había hablado palabra don Diego de Miranda, todo atento a mirar y a notar los hechos y palabras de don Quijote, pareciéndole que era un cuerdo loco y un loco que tiraba a cuerdo. No había aún llegado a su noticia la primera parte de su historia; que si la hubiera leído, cesara la admiración en que lo ponían sus hechos y sus palabras, pues ya supiera el género de su locura; pero como no la sabía, ya le tenía por cuerdo, y ya por loco, porque lo que hablaba era concertado, elegante y bien dicho, y lo que hacía, disparatado,

---

[1] *Por sus pausas* = circunstanciadamente (recorriendo las distintas etapas o jornadas de la acción).

2, 17.—EL CABALLERO DEL VERDE GABÁN

temerario y tonto. Y decía entre sí: «¿Qué más locura puede ser que ponerse la celada llena de requesones y darse a entender que le ablandaban los cascos los encantadores? ¿Y qué mayor temeridad y disparate que querer pelear por fuerza con leones?» Destas imaginaciones y deste soliloquio le sacó don Quijote, diciéndole:

—¿Quién duda, señor don Diego de Miranda, que vuesa merced no me tenga en su opinión por un hombre disparatado y loco? Y no sería mucho que así fuese, porque mis obras no pueden dar testimonio de otra cosa. Pues, con todo esto, quiero que vuesa merced advierta que no soy tan loco ni tan menguado como debo de haberle parecido. Bien parece un gallardo caballero, a los ojos de su rey, en la mitad de una gran plaza, dar una lanzada con felice suceso a un bravo toro; bien parece un caballero, armado de resplandecientes armas, pasar la tela[1] en alegres justas delante de las damas; y bien parecen todos aquellos caballeros que en ejercicios militares, o que lo parezcan, entretienen y alegran, y, si se puede decir, honran las cortes de sus príncipes; pero sobre todos éstos parece mejor un caballero andante que por los desiertos, por las soledades, por las encrucijadas, por las selvas y por los montes anda buscando peligrosas aventuras, con intención de darles dichosa y bien afortunada cima, sólo por alcanzar gloriosa fama y duradera; mejor parece, digo, un caballero andante socorriendo a una viuda en algún despoblado que un cortesano caballero requebrando a una doncella en las ciudades. Todos los caballeros tienen sus particulares ejercicios: sirva a las damas el cortesano; autorice la corte de su rey con libreas[2]; sustente los caballeros pobres con el espléndido plato de su mesa; concierte justas, mantenga torneos[3], y muéstrese grande, liberal y magnífico, y buen cristiano, sobre todo, y desta manera cumplirá con sus precisas obligaciones: pero el andante caballero busque los rincones del mundo; éntrese en los más intricados laberintos; acometa a cada paso lo imposible; resista en los páramos despoblados los ardientes rayos del sol en la mitad del verano, y en el invierno la dura inclemencia de los vientos y de

---

[1] *Tela* = sitio cerrado dispuesto para fiestas, lides públicas y otros espectáculos.
[2] Cf. p. 50, n. 1.
[3] «*Mantener justa, o torneo*, ser el principal de la fiesta, al cual llaman mantenedor» (Cov.). De justas y torneos se habló en la p. 558, n. 6.

los hielos; no le asombren leones, ni le espanten vestiglos, ni atemoricen endriagos; que buscar éstos, acometer aquéllos y vencerlos a todos son sus principales y verdaderos ejercicios. Yo, pues, como me cupo en suerte ser uno del número de la andante caballería, no puedo dejar de acometer todo aquello que a mí me pareciere que cae debajo de la juridición de mis ejercicios; y así, el acometer los leones que ahora acometí, derechamente me tocaba, puesto que conocí ser temeridad esorbitante, porque bien sé lo que es valentía, que es una virtud que está puesta entre dos estremos viciosos, como son la cobardía y la temeridad; pero menos mal será que el que es valiente toque y suba al punto de temerario que no que baje y toque en el punto de cobarde; que así como es más fácil venir el pródigo a ser liberal que el avaro, así es más fácil dar el temerario en verdadero valiente que no el cobarde subir a la verdadera valentía; y en esto de acometer aventuras, créame vuesa merced, señor don Diego, que antes se ha de perder por carta de más que de menos [1], porque mejor suena en las orejas de los que lo oyen «el tal caballero es temerario y atrevido» que no «el tal caballero es tímido y cobarde».

—Digo, señor don Quijote—respondió don Diego—, que todo lo que vuesa merced ha dicho y hecho va nivelado con el fiel [2] de la misma razón, y que entiendo que si las ordenanzas y leyes de la caballería andante se perdiesen, se hallarían en el pecho de vuesa merced como en su mismo depósito y archivo. Y démonos priesa, que se hace tarde, y lleguemos a mi aldea y casa, donde descansará vuesa merced del pasado trabajo, que si no ha sido del cuerpo, ha sido del espíritu, que suele tal vez redundar en cansancio del cuerpo.

—Tengo el ofrecimiento a gran favor y merced, señor don Diego—respondió don Quijote.

Y picando más de lo que hasta entonces, serían como las dos de la tarde cuando llegaron a la aldea y a la casa de don Diego, a quien don Quijote llamaba *El Caballero del Verde Gabán.*

---

[1] «*Pecar por carta de más, o por carta de menos* cuando, o se excede, o no se llegó al justo. Es tomado del juego del quince, o del veinte y uno» (Cov.).

[2] *Fiel* = aguja que juega en la caja de las balanzas y se pone vertical cuando los pesos comparados se equilibran o están al mismo nivel o altura.

CAPITULO XVIII.—De lo que sucedió a don Quijote en el castillo o casa del Caballero del Verde Gabán, con otras cosas extravagantes.

Halló don Quijote ser la casa de don Diego de Miranda ancha como la aldea; las armas, empero, aunque de piedra tosca, encima de la puerta de la calle; la bodega, en el patio; la cueva[1], en el portal, y muchas tinajas a la redonda, que, por ser del Toboso[2], le renovaron las memorias de su encantada y transformada Dulcinea; y sospirando, y sin mirar lo que decía, ni delante de quién estaba, dijo:

—¡Oh dulces prendas, por mi mal halladas,
Dulces y alegres cuando Dios quería[3]!

¡Oh tobosescas tinajas, que me habéis traído a la memoria la dulce prenda de mi mayor amargura!

Oyóle decir esto el estudiante poeta hijo de don Diego, que con su madre había salido a recebirle, y madre y hijo quedaron suspensos de ver la estraña figura de don Quijote; el cual, apeándose de Rocinante, fué con mucha cortesía a pedirle[4] las manos para besárselas, y don Diego dijo:

—Recebid, señora, con vuestro sólito[5] agrado al señor don Quijote de la Mancha, que es el que tenéis delante, andante caballero y el más valiente y el más discreto que tiene el mundo.

La señora, que doña Cristina se llamaba, le recibió con muestras de mucho amor y de mucha cortesía, y don Quijote se le ofreció con asaz de discretas y comedidas razones. Casi los mismos comedimientos pasó con el estudiante, que en oyéndole hablar don Quijote, le tuvo por discreto y agudo.

Aquí pinta el autor todas las circunstancias de la casa de don Diego, pintándonos en ellas lo que contiene una casa de

---

[1] Cuando no eran sinónimos, *bodega* era el sitio en que se guardaba la cosecha del vino, y *cueva* la despensa en que se tenía el tocino, vino embotellado y otras cosas que se hubiesen de conservar en sitio fresco.

[2] Efectivamente, esta fabricación ya de antiguo venía siendo la principal del Toboso.

[3] Así comienza Garcilaso uno de sus sonetos.

[4] A la madre.

[5] *Sólito* = acostumbrado (cf. *insólito*).

2, 18.—EN CASA DEL CABALLERO DEL VERDE GABÁN

un caballero labrador y rico; pero al traductor desta historia le pareció pasar estas y otras semejantes menudencias en silencio, porque no venían bien con el propósito principal de la historia; la cual más tiene su fuerza en la verdad [1] que en las frías digresiones.

Entraron a don Quijote en una sala, desarmóle Sancho, quedó en valones [2] y en jubón de camuza [3], todo bisunto con la mugre [4] de las armas: el cuello era valona a lo estudianti [5], sin almidón y sin randas; los borceguíes eran datilados [6], y encerados los zapatos [7]. Ciñóse su buena espada, que pendía de un tahalí de lobos marinos; que es opinión que muchos años fué enfermo de los riñones [8]; cubrióse un herreruelo [9] de buen paño pardo; pero antes de todo, con cinco calderos, o s is, de

---

[1] *En la verdad* de los hechos de don Quijote.
[2] «*Valón*, un cierto género de zaragüelles o gregüescos, al uso de los valones [o flamencos]» (Cov.). 
[3] *Camuza* o *gamuza* = 1) animal del tamaño de una cabra grande, con astas negras, lisas y derechas, y piel muy apreciada de color moreno intenso; 2) piel de gamuza.
[4] *Bisunto* = sucio, grasiento. «*Mugre*, la grasa en el vestido» (Cov.).
[5] Porque los valones, dice Covarrubias, «traen unos cuellos de camisas extendidos y caídos sobre los hombros, llamaron en España *valonas*, las que han empezado a usar a este modo». De estas valonas, unas iban guarnecidas de randas, como la de la figura adjunta, y otras sin ellas, como las de los estudiantes. 
[6] Cf. p. 437, n. 3 y 4.
[7] «*Encerar*, incorporar en cera, como encerar botas» (Cov.).
[8] Por esta enfermedad no podía sufrir el *cinto ordinario*, y llevaba la espada pendiente de un *tahalí* (cf. p. 438, n. 1). Pero, como anota R. Marín, el uso de estos tahalíes de cuero *de lobos marinos* era remedio supersticioso, que aun los médicos aconsejaban.
[9] Cf. p. 304, n. 7.

— 734 —

agua, que en la cantidad de los calderos hay alguna diferencia, se lavó la cabeza y rostro, y todavía se quedó el agua de color de suero, merced a la golosina de Sancho y a la compra de sus negros [1] requesones, que tan blanco pusieron a su amo. Con los referidos atavíos, y con gentil donaire y gallardía, salió don Quijote a otra sala, donde el estudiante le estaba esperando para entretenerlo en tanto que las mesas se ponían; que por la venida de tan noble huésped quería la señora doña Cristina mostrar que sabía y podía regalar a los que a su casa llegasen.

En tanto que don Quijote se estuvo desarmando, tuvo lugar don Lorenzo, que así se llamaba el hijo de don Diego, de decir a su padre:

—¿Quién diremos, señor, que es este caballero que vuesa merced nos ha traído a casa? Que el nombre, la figura, y el decir que es caballero andante, a mí y a mi madre nos tiene suspensos.

—No sé lo que te diga, hijo—respondió don Diego—; sólo te sabré decir que le he visto hacer cosas del mayor loco del mundo, y decir razones tan discretas, que borran y deshacen sus hechos: háblale tú, y toma el pulso a lo que sabe, y, pues eres discreto, juzga de su discreción o tontería lo que más puesto en razón estuviere; aunque, para decir verdad, antes le tengo por loco que por cuerdo.

Con esto, se fué don Lorenzo a entretener a don Quijote, como queda dicho, y entre otras pláticas que los dos pasaron, dijo don Quijote a don Lorenzo:

—El señor don Diego de Miranda, padre de vuesa merced, me ha dado noticia de la rara habilidad y sutil ingenio que vuesa merced tiene, y, sobre todo, que es vuesa merced un gran poeta.

—Poeta, bien podrá ser—respondió don Lorenzo—; pero grande, ni por pensamiento. Verdad es que yo soy algún tanto aficionado a la poesía y a leer los buenos poetas; pero no de manera, que se me pueda dar el nombre de grande que mi padre dice:

—No me parece mal esa humildad—respondió don Quijote—; porque no hay poeta que no sea arrogante y piense de sí que es el mayor poeta del mundo.

—No hay regla sin excepción—respondió don Lorenzo—, y alguno habrá que lo sea y no lo piense.

---

[1] Malhadados.

—Pocos—respondió don Quijote—; pero dígame vuesa merced: ¿qué versos son los que agora trae entre manos, que me ha dicho el señor su padre que le traen algo inquieto y pensativo? Y si es alguna glosa, a mí se me entiende algo de achaque de glosas, y holgaría saberlos; y si es que son de justa literaria, procure vuesa merced llevar el segundo premio, que el primero siempre se lleva el favor o la gran calidad de la persona; el segundo se le lleva la mera justicia; y el tercero viene a ser segundo, y el primero, a esta cuenta, será el tercero, al modo de las licencias [1] que se dan en las universidades; pero, con todo esto, gran personaje es el nombre de *primero*.

—Hasta ahora—dijo entre sí don Lorenzo—no os podré yo juzgar por loco: vamos adelante.

Y díjole:

—Paréceme que vuesa merced ha cursado las escuelas: ¿qué ciencias ha oído?

—La de la Caballería Andante—respondió don Quijote—, que es tan buena como la de la Poesía, y aun dos deditos más.

—No sé qué ciencia sea ésa—replicó don Lorenzo—, y hasta ahora no ha llegado a mi noticia.

—Es una ciencia—replicó don Quijote—que encierra en sí todas o las más ciencias del mundo, a causa que el que la profesa ha de ser jurisperito, y saber las leyes de la justicia distributiva y comutativa [2], para dar a cada uno lo que es suyo y lo que le conviene; ha de ser teólogo, para saber dar razón de la cristiana ley que profesa, clara y distintamente, adondequiera que le fuere pedido; ha de ser médico, y principalmente herbolario, para conocer en mitad de los despoblados y desiertos las hierbas que tienen virtud de sanar las heridas, que no ha de andar el caballero andante a cada triquete [3] buscando quien se las cure; ha de ser astrólogo, para conocer por las estrellas cuántas horas son pasadas de la noche, y en qué parte y en qué clima del mundo se halla; ha de saber las matemáticas, porque a cada paso se le ofrecerá tener necesidad dellas; y dejando

---

[1] El licenciado Vidriera dice de sí que en Salamanca llevó *segundo en licencias* (o grados de licenciado), de do se podía inferir que más la virtud que el favor le habían dado el grado.

[2] La justicia suele dividirse en *legal*, *distributiva* y *conmutativa*, según que inclina, al súbdito a la obediencia de las leyes; al gobernante, a la distribución equitativa de cargos y cargas; o a ambos, al respeto del derecho ajeno.

[3] *A cada triquete* = a cada triquitraque, a cada paso.

aparte que ha de estar adornado de todas las virtudes teologales y cardinales, decendiendo a otras menudencias, digo que ha de saber nadar como dicen que nadaba el peje Nicolás, o Nicolao [1], ha de saber herrar un caballo y aderezar la silla y el freno; y volviendo a lo de arriba, ha de guardar la fe a Dios y a su dama; ha de ser casto en los pensamientos, honesto en las palabras, liberal en las obras, valiente en los hechos, sufrido en los trabajos, caritativo con los menesterosos, y, finalmente, mantenedor de la verdad, aunque le cueste la vida el defenderla. De todas estas grandes y mínimas partes se compone un buen caballero andante; porque vea vuesa merced, señor don Lorenzo, si es ciencia mocosa [2] lo que aprende el caballero que la estudia y la profesa, y si se puede igualar a las más estiradas [3] que en los ginasios [4] y escuelas se enseñan.

—Si eso es así—replicó don Lorenzo—, yo digo que se aventaja esa ciencia a todas.

—¿Cómo si es así?—respondió don Quijote.

—Lo que yo quiero decir—dijo don Lorenzo—es que dudo que haya habido, ni que [5] los hay ahora, caballeros andantes y adornados de virtudes tantas.

—Muchas veces he dicho lo que vuelvo a decir ahora—respondió don Quijote—: que la mayor parte de la gente del mundo está de parecer de que no ha habido en él caballeros andantes; y por parecerme a mí que si el cielo milagrosamente no les da a entender la verdad de que los hubo y de que los hay, cualquier trabajo que se tome ha de ser en vano (como muchas veces me lo ha mostrado la experiencia), no quiero detenerme agora en sacar a vuesa merced del error que con los muchos [6] tiene; lo que pienso hacer es rogar al cielo le saque dél, y le dé a entender cuán provechosos y cuán necesarios fueron al mun-

---

[1] El *peje* (= pez) Nicolás vivió, según cuentan, en el siglo XV y estaba más en el agua que en tierra pasando a nado continuamente de Sicilia al continente.
[2] *Mocosa* = de niños, de mocosos.
[3] «*Estirado*, el fantástico y pulido que procura estirar el cuerpo todo, y ir muy derecho» (Cov.).
[4] «*Gimnasio*. Este nombre tuvieron ciertos lugares públicos, diputados para que los mancebos se ejercitasen allí en luchar, saltar, correr, tirar el disco; después vino a tomarse por los lugares donde se ejercitaban las letras» (Cov.).
[5] *Ni* = o.
[6] *Los muchos* = mucha gente.

do los caballeros andantes en los pasados siglos, y cuán útiles fueran en el presente si se usaran; pero triunfan ahora, por pecados de las gentes, la pereza, la ociosidad, la gula y el regalo.

—Escapado se nos ha nuestro huésped—dijo a esta sazón entre sí don Lorenzo—; pero, con todo eso, él es loco bizarro[1] y yo sería mentecato flojo[2] si así no lo creyese.

Aquí dieron fin a su plática, porque los llamaron a comer. Preguntó don Diego a su hijo qué había sacado en limpio del ingenio del huésped. A lo que él respondió:

—No le sacarán del borrador de su locura cuantos médicos y buenos escribanos tiene el mundo[3]: él es un entreverado[4] loco, lleno de lúcidos intervalos.

Fuéronse a comer, y la comida fué tal como don Diego había dicho en el camino que la solía dar a sus convidados: limpia, abundante y sabrosa; pero de lo que más se contentó don Quijote fué del maravilloso silencio que en toda la casa había, que semejaba un monasterio de cartujos. Levantados, pues, los manteles, y dadas gracias a Dios y agua a las manos, don Quijote pidió ahincadamente a don Lorenzo dijese los versos de la justa literaria; a lo que él respondió que[5], por no parecer de aquellos poetas que cuando les ruegan digan sus versos los niegan y cuando no se los piden los vomitan:

—Yo diré mi glosa, de la cual no espero premio alguno; que sólo por ejercitar el ingenio la he hecho.

—Un amigo y discreto—respondió don Quijote—era de parecer que no se había de cansar nadie en glosar versos; y la razón, decía él, era que jamás la glosa podía llegar al texto, y que muchas o las más veces iba la glosa fuera de la intención y propósito de lo que pedía lo que se glosaba; y más, que las leyes de la glosa eran demasiadamente estrechas: que no sufrían

---

[1] «*Bizarría* vale gallardía, lozanía» (Cov.).

[2] *Mentecato flojo* = muy mentecato (cf. p. 716 *mi* ATENUADA *flaqueza* = mi gran flaqueza).

[3] Continuando Lorenzo la metáfora *(sacar en limpio)* de su padre, habla de borrador y escribanos (como de locura y médicos). *Escribano*, dice Covarrubias, «compete a diferentes personas, primero a todo hombre de cuenta y razón, fuera del villano que no sabe leer ni escribir; después, a los que tienen oficio que ganan de comer por la pluma, dichos *escribientes* y *copistas*, *oficiales de escritorio*». Nuestro texto admite cualquiera de estas significaciones.

[4] *Entreverar* = mezclar.

[5] Cervantes se olvidó de borrar este *que*.

interrogantes, ni *dijo*, ni *diré*, ni hacer nombres de verbos, ni mudar el sentido, con otras ataduras y estrechezas con que van atados los que glosan, como vuesa merced debe de saber.

—Verdaderamente, señor don Quijote—dijo don Lorenzo—, que deseo coger a vuesa merced en un mal latín[1] continuado[2], y no puedo, porque se me desliza de entre las manos como anguila.

—No entiendo—respondió don Quijote—lo que vuesa merced dice ni quiere decir en eso del deslizarme.

—Yo me daré a entender—respondió don Lorenzo—; y por ahora esté vuesa merced atento a los versos glosados y a la glosa, que dicen desta manera:

¡Si mi *fué* tornase a *es*,
Sin esperar más *será*,
O viniese el tiempo ya
De lo que será después...!

GLOSA

Al fin, como todo pasa,
Se pasó el bien que me dió
Fortuna, un tiempo no escasa,
Y nunca me le volvió,
Ni abundante, ni por tasa.
Siglos ha ya que me vees,
Fortuna, puesto a tus pies;
Vuélveme a ser venturoso;
Que será mi ser dichoso
Si mi fué tornase a es.

No quiero otro gusto o gloria,
Otra palma o vencimiento,
Otro triunfo, otra vitoria,
Sino volver al contento
Que es pesar en mi memoria.
Si tú me vuelves allá,
Fortuna, templado está
Todo el rigor de mi fuego,
Y más si este bien es luego,
Sin esperar más será.

Cosas imposibles pido,
Pues volver el tiempo a ser

---

[1] *Coger a uno en mal latín* = cogerle en una falta.
[2] Continuamente (cf. pról. 2).

2, 18.—EN CASA DEL CABALLERO DEL VERDE GABÁN

Después que una vez ha sido,
No hay en la tierra poder
Que a tanto[1] se haya estendido.
Corre el tiempo, vuela y va
Ligero, y no volverá,
Y erraría el que pidiese,
O que el tiempo ya se fuese,
O volviese[2] el tiempo ya.

Vivir en perpleja vida,
Ya esperando, ya temiendo,
Es muerte muy conocida,
Y es mucho mejor muriendo
Buscar al dolor salida.
A mí me fuera interés
Acabar; mas no lo es,
Pues, con discurso mejor,
Me da la vida el temor
De lo que será después.

En acabando de decir su glosa don Lorenzo, se levantó en pie don Quijote, y en voz levantada, que parecía grito, asiendo con su mano la derecha de don Lorenzo, dijo:

—¡Viven los cielos donde más altos están, mancebo generoso, que sois el mejor poeta del orbe, y que merecéis estar laureado, no por Chipre ni por Gaeta, como dijo un poeta, que Dios perdone, sino por las academias de Atenas, si hoy vivieran, y por las que hoy viven de París, Bolonia y Salamanca! Plega al cielo que los jueces que os quitaren el premio primero, Febo los asaetee[3] y las Musas jamás atraviesen los umbrales de sus casas. Decidme, señor, si sois servido, algunos versos mayores[4]; que quiero tomar de todo en todo el pulso a vuestro admirable ingenio.

¿No es bueno[5] que dicen que se holgó don Lorenzo de verse alabar de don Quijote, aunque le tenía por loco? ¡Oh fuerza de la adulación, a cuánto te estiendes, y cuán dilatados límites son los de tu juridición agradable! Esta verdad acreditó don

---

[1] *Volver... no hay poder que a tanto* es una inconsecuencia gramatical (cf. pról. 13).
[2] Por *viniese*; véase el tercer verso de la glosa.
[3] *Los jueces... Febo los asaetee* es una inconsecuencia gramatical (cf. pról. 13).
[4] Cf. p. 98, n. 3.
[5] Cf. p. 711, n. 1.

Lorenzo, pues concedió[1] con la demanda y deseo de don Quijote, diciéndole este soneto a la fábula o historia de Píramo y Tisbe[2]:

Soneto

—El muro rompe la doncella hermosa
Que de Píramo abrió el gallardo pecho;
Parte el Amor de Chipre, y va derecho
A ver la quiebra estrecha y prodigiosa.
 Habla el silencio allí, porque no osa
La voz entrar por tan estrecho estrecho;
Las almas sí, que amor suele de hecho
Facilitar la más difícil cosa.
 Salió el deseo de compás, y el paso
De la imprudente virgen solicita
Por su gusto su muerte; ved qué historia:
 Que a entrambos en un punto ¡oh estraño caso!
Los mata, los encubre y resucita
Una espada, un sepulcro, una memoria.

—¡Bendito sea Dios—dijo don Quijote habiendo oído el soneto a don Lorenzo—, que entre los infinitos poetas consumidos que hay, he visto un consumado poeta, como lo es vuesa merced, señor mío; que así me lo da a entender el artificio deste soneto!

Cuatro días estuvo don Quijote regaladísimo en la casa de don Diego, al cabo de los cuales le pidió licencia para irse, diciéndole que le agradecía la merced y buen tratamiento que en su casa había recibido; pero que por no parecer bien que los caballeros andantes se den muchas horas al ocio y al regalo, se quería ir a cumplir con su oficio, buscando las aventuras, de quien tenía noticia que aquella tierra abundaba; donde esperaba entretener el tiempo hasta que llegase el día de las justas de Zaragoza, que era el de su derecha derrota; y que primero había de entrar en la cueva de Montesinos, de quien tantas y tan admirables cosas en aquellos contornos se conta-

---

[1] *Concedió* = condescendió.
[2] Como sus padres no les dejaban casarse, ellos se hablaban por una rendija abierta en el muro que separaba sus contiguas casas. Estando cierto día Tisbe aguardando a Píramo junto al sepulcro de Nino, viendo venir a una leona, se asustó y al huir dejó una prenda de vestir, que la leona ensangrentó. Al llegar Píramo y ver el vestido de Tisbe ensangrentado, desesperado se mató. Lo mismo hizo luego Tisbe ante el cadáver de su amante.

2, 18.—EN CASA DEL CABALLERO DEL VERDE GABÁN

ban, sabiendo e inquiriendo asimismo el nacimiento y verdaderos manantiales de las siete lagunas llamadas comúnmente de Ruidera [1]. Don Diego y su hijo le alabaron su honrosa determinación, y le dijeron que tomase de su casa y de su hacienda todo lo que en grado le viniese; que le servirían con la voluntad posible; que a ello les obligaba el valor de su persona y la honrosa profesión suya.

Llegóse, en fin, el día de su partida, tan alegre para don Quijote como triste y aciago para Sancho Panza, que se hallaba muy bien con la abundancia de la casa de don Diego, y rehusaba de volver a la hambre que se usa en las florestas y despoblados y a la estrecheza de sus mal proveídas alforjas. Con todo esto, las llenó y colmó de lo más necesario que le pareció, y al despedirse dijo don Quijote a don Lorenzo:

—No sé si he dicho a vuesa merced otra vez, y si lo he dicho lo vuelvo a decir, que cuando vuesa merced quisiere ahorrar caminos y trabajos para llegar a la inacesible cumbre del templo de la Fama, no tiene que hacer otra cosa sino dejar a una parte la senda de la Poesía, algo estrecha, y tomar la estrechísima de la Andante Caballería, bastante para hacerle emperador en daca las pajas [2].

Con estas razones acabó don Quijote de cerrar el proceso de su locura, y más con las que añadió, diciendo:

—Sabe Dios si quisiera llevar conmigo al señor don Lorenzo, para enseñarle cómo se han de perdonar los sujetos [3], y supeditar [4] y acocear los soberbios, virtudes anejas a la profesión que yo profeso; pero pues no lo pide [5] su poca edad, ni lo querrán consentir sus loables ejercicios, sólo me contento con advertirle a vuesa merced que siendo poeta, podrá ser famoso si se guía más por el parecer ajeno que por el propio; porque no hay padre ni madre a quien sus hijos le parezcan feos, y en los que lo son de entendimiento corre más este engaño.

De nuevo se admiraron padre y hijo de las entremetidas [6] razones de don Quijote, ya discretas y ya disparatadas, y del

---

[1] Cf. p. 196, n. 1.
[2] En un momento.
[3] *Sujetos* = sumisos, rendidos. Está tomado de Virgilio (En. 6, 853) *parcere subiectis et debellare superbos.*
[4] *Supeditar* = sujetar, avasallar.
[5] Consiente.
[6] *Entremetidas* = entreveradas.

tema y tesón que llevaba de acudir de todo en todo a la busca de sus desventuradas aventuras, que las tenía por fin y blanco de sus deseos. Reiteráronse los ofrecimientos y comedimientos, y con la buena licencia de la señora del castillo, don Quijote y Sancho, sobre Rocinante y el rucio, se partieron.

CAPITULO XIX.—Donde se cuenta la aventura del pastor enamorado, con otros en verdad graciosos sucesos.

Poco trecho se había alongado don Quijote del lugar de don Diego, cuando encontró con dos como clérigos o como estudiantes[1] y con dos labradores, que sobre cuatro bestias asnales venían caballeros. El uno de los estudiantes traía, como en portamanteo[2], en un lienzo de bocací[3] verde envuelto al parecer[4], un poco de grana blanca[5] y dos pares de medias de cordellate[6]; el otro no traía otra cosa que dos espadas negras de esgrima, nuevas, y con sus zapatillas[7]. Los labradores traían otras cosas, que daban indicio y señal que venían de alguna villa grande, donde las habían comprado, y las llevaban a su aldea; y así estudiantes como labradores cayeron en la misma admiración en que caían todos aquellos que la vez primera veían a don Quijote, y morían por saber qué hombre fuese aquél tan fuera del uso de los otros hombres. Saludóles don Quijote, y después de saber el camino que llevaban, que

---

[1] Lo mismo vestían unos que otros (cf. p. 618, n. 1).
[2] *Portamanteo* = especie de maleta manual, abierta por las cabeceras, que se cierran con cordones.
[3] «*Bocací*, tela falsa de lienzo teñido de diversas colores y bruñido» (Cov.).
[4] *Al parecer*, es decir, según se podía ver por donde no cubría el lienzo.
[5] *Grana* = especie de paño (que tomó el nombre de su primitivo color rojo, y lo conservó luego, aunque el color fué variado).
[6] «*Cordellate*, cierta especie de paño delgado, como estameña, dicho así por un cordoncillo que hace la trama» (Cov.).
[7] «Llamamos *espadas blancas*, las aceradas con que nos ofendemos y defendemos, a diferencia de las de esgrima, que son de solo hierro, sin lustre, sin corte y con botón en la punta» (Cov.). Esas espadas de esgrima se llamaban *espadas negras*, y *zapatilla* el forro de cuero que cubría el botón de hierro.

era el mesmo que él hacía, les ofreció su compañía, y les pidió detuviesen el paso, porque caminaban más sus pollinas que su caballo; y para obligarlos, en breves razones les dijo quién era, y su oficio y profesión, que era de caballero andante que iba a buscar las aventuras por todas las partes del mundo. Díjoles que se llamaba de nombre propio don Quijote de la Mancha, y por el apelativo, el Caballero de los Leones. Todo esto para los labradores era hablarles en griego o en jerigonza [1]; pero no para los estudiantes, que luego entendieron la flaqueza del celebro de don Quijote; pero, con todo eso, le miraban con admiración y con respecto, y uno dellos le dijo:

—Si vuesa merced, señor caballero, no lleva camino determinado, como no le suelen llevar los que buscan las aventuras, vuesa merced se venga con nosotros: verá una de las mejores bodas y más ricas que hasta el día de hoy se habrán celebrado en la Mancha, ni en otras muchas leguas a la redonda.

Preguntóle don Quijote si eran de algún príncipe, que así las ponderaba.

—No son—respondió el estudiante—sino de un labrador y una labradora: él, el más rico de toda esta tierra; y ella, la más hermosa que han visto los hombres. El aparato con que se han de hacer es estraordinario y nuevo; porque se han de celebrar en un prado que está junto al pueblo de la novia, a quien por excelencia llaman Quiteria la hermosa, y el desposado se llama Camacho el rico; ella de edad de diez y ocho años, y él de veintidós: ambos para en uno [2], aunque algunos curiosos que tienen de memoria los linajes de todo el mundo quieren decir que el de la hermosa Quiteria se aventaja al de Camacho; pero ya no se mira en esto: que las riquezas son poderosas de soldar muchas quiebras. En efecto, el tal Camacho es liberal, y hásele antojado de enramar y cubrir todo el prado por arriba, de tal suerte, que el sol se ha de ver en trabajo si quiere entrar a visitar las hierbas verdes de que está cubierto el suelo. Tiene asimesmo maheridas [3] danzas, así de espadas [4]

---

[1] «*Jerigonza* [o *jerga*], un cierto lenguaje particular de que usan los ciegos con que se entienden entre sí. Lo mesmo tienen los gitanos, y también forman lengua... los ladrones, que llaman *germanía*» (Cov.)
[2] *Para en uno* = para estar unidos, por amoldarse o ajustarse entre sí.
[3] *Maheridas* = prevenidas, dispuestas.
[4] «Esta danza [de espadas] se usa en el reino de Toledo, y dánzanla en camisa y en gregüescos [= calzones] de lienzo, con unos tocadores [o,

2, 19.—LAS BODAS DE CAMACHO (invitación)

como de cascabel menudo[1], que hay en su pueblo quien los repique y sacuda por estremo; de zapateadores[2] no digo nada, que es un juicio los que tiene muñidos[3]; pero ninguna de las cosas referidas, ni otras muchas que he dejado de referir, ha de hacer más memorables estas bodas, sino[4] las que imagino que hará en ellas el despechado Basilio. Es este Basilio un zagal vecino del mesmo lugar de Quiteria, el cual tenía su casa pared y medio[5] de la de los padres de Quiteria, de donde tomó ocasión el amor de renovar al mundo los ya olvidados amores de Píramo y Tisbe[6]; porque Basilio se enamoró de Quiteria desde sus tiernos y primeros años, y ella fué correspondiendo a su deseo con mil honestos favores; tanto, que se contaban por entretenimiento en el pueblo los amores de los dos niños Basilio y Quiteria. Fué creciendo la edad, y acordó el padre de Quiteria de estorbar a Basilio la ordinaria entrada que en su casa tenía; y por quitarse de andar receloso y lleno de sospechas, ordenó de casar a su hija con el rico Camacho, no pareciéndole ser bien casarla con Basilio, que no tenía tantos bienes de fortuna como de naturaleza; pues si va a decir las verdades sin invidia, él es el más ágil mancebo que conocemos, gran tirador de barra, luchador estremado y gran jugador de pelota; corre como un gamo, salta más que una cabra, y birla[7] a los bolos como por encantamento; canta como una calandria, y toca una guitarra, que la hace hablar, y, sobre todo, juega una espada[8] como el más pintado.

---

como dice Cervantes, II, 20, *paños de tocar* o adornar la cabeza] en la cabeza y traen espadas blancas y hacen con ellas grandes vueltas y revueltas y una mudanza que llaman la degollada, porque cercan el cuello del que los guía con las espadas, y cuando parece que se la van a cortar por todas partes, se les escurre de entre ellas» (Cov.).

[1] «Los danzantes en las fiestas y regocijos se ponen sartales de cascabeles en los jarretes [= corvas] de las piernas y los mueven al son del instrumento» (Cov.). Había danzas de cascabel menudo y gordo.

[2] Cf. p. 294, n. 2.

[3] Siendo cosa sencilla el *zapatear* (como más difícil y complicada el *danzar*) no es extraño que los *muñidos* (= adiestrados) fuesen un juicio (= un gentío como el que habrá *el día del Juicio*).

[4] Hoy diríamos *que* (cf. pról. 28).

[5] *Pared y medio* = pared por medio.

[6] Cf. p. 741, n. 2.

[7] *Birlar* (de *birlo* = bolo) = tirar segunda vez la bola en el juego de bolos, desde el lugar donde se detuvo la primera vez que se tiró.

[8] «*Jugar las armas*, ejercitallas» (Cov.).

—Por esa sola gracia—dijo a esta sazón don Quijote—merecía ese mancebo no sólo casarse con la hermosa Quiteria, sino con la mesma reina Ginebra, si fuera hoy viva, a pesar de Lanzarote y de todos aquellos que estorbarlo quisieran.

—¡A mi mujer con eso!—dijo Sancho Panza, que hasta entonces había ido callando y escuchando—; la cual no quiere sino que cada uno case con su igual, ateniéndose al refrán que dicen «cada oveja con su pareja». Lo que yo quisiera es que ese buen Basilio, que ya me le voy aficionando[1], se casara con esa señora Quiteria; que buen siglo hayan y buen poso[2] (iba a decir al revés[3]) los que estorban que se casen los que bien se quieren.

—Si todos los que bien se quieren se hubiesen de casar—dijo don Quijote—, quitaríase la elección y juridición a los padres de casar sus hijos con quien y cuando deben; y si a la voluntad de las hijas quedase escoger los maridos, tal habría que escogiese al criado de su padre, y tal al que vió pasar por la calle, a su parecer, bizarro y entonado, aunque fuese un desbaratado espadachín[4]; que el amor y la afición con facilidad ciegan los ojos del entendimiento, tan necesarios para escoger estado, y el del matrimonio está muy a peligro de errarse, y es menester gran tiento y particular favor del cielo para acertarle. Quiere hacer uno un viaje largo, y si es prudente, antes de ponerse en camino busca alguna compañía segura y apacible con quien acompañarse: pues ¿por qué no hará lo mesmo el que ha de caminar toda la vida, hasta el paradero de la muerte, y más si la compañía le ha de acompañar en la cama, en la mesa y en todas partes, como es la de la mujer con su marido? La de la propia mujer no es mercaduría que una vez comprada se vuelve, o se trueca o cambia, porque es accidente[5] inseparable, que dura lo que dura la vida: es un lazo que si una vez le echáis al cuello, se vuelve en el nudo gordiano[6], que si no le corta la

---

[1] Más corriente es decir *me voy aficionando a él.*
[2] *Siglo* = vida eterna; *poso* = reposo.
[3] *Mal* por *buen.*
[4] «*Espadachín* es el valentón que anda... con su espada, levantada la punta en alto, y el brazo izquierdo sobre ella [es decir, la punta de la espada alta, porque cargan la mano izquierda sobre la guarnición, amigo de cuchilladas y pendencias» (Cov.). *Desbaratado* = de mala vida o conducta.
[5] *Accidente* = cualidad.
[6] Enterado Alejandro Magno de que había de poseer el Asia quien soltase el complicado nudo de unas cuerdas pertenecientes al carro del rey

2, 19.—LAS BODAS DE CAMACHO (invitación)

guadaña de la muerte, no hay desatarle. Muchas más cosas pudiera decir en esta materia, si no lo estorbara el deseo que tengo de saber si le queda más que decir al señor Licenciado acerca de la historia de Basilio.

A lo que respondió el estudiante bachiller, o licenciado, como le llamó don Quijote, que[1].

—De todo no me queda más que decir sino que desde el punto que Basilio supo que la hermosa Quiteria se casaba con Camacho el rico, nunca más le han visto reír ni hablar razón concertada, y siempre anda pensativo y triste, hablando entre sí mismo, con que da ciertas y claras señales de que se le ha vuelto[2] el juicio; come poco y duerme poco, y lo que come son frutas, y en lo que duerme, si duerme, es en el campo, sobre la dura tierra, como animal bruto; mira de cuando en cuando al cielo, y otras veces clava los ojos en la tierra, con tal embelesamiento, que no parece sino estatua vestida que[3] el aire le mueve la ropa. En fin, él da tales muestras de tener apasionado el corazón, que tememos todos los que le conocemos que el dar el *sí* mañana la hermosa Quiteria ha de ser la sentencia de su muerte.

—Dios lo hará mejor—dijo Sancho—; que Dios, que da la llaga, da la medicina; nadie sabe lo que está por venir: de aquí a mañana muchas horas hay, y en una, y aun en un momento, se cae la casa; yo he visto llover y hacer sol, todo a un mesmo punto; tal se acuesta sano la noche, que no se puede mover otro día. Y díganme, ¿por ventura habrá quien se alabe que[4] tiene echado un clavo a la rodaja de la Fortuna[5]? No, por cierto; y entre el *sí* y el *no* de la mujer no me atrevería yo a poner una punta de alfiler, porque no cabría. Denme a mí que Quiteria quiera de buen corazón y de buena voluntad a Basilio; que yo le daré a él un saco de buena ventura: que el amor, según yo he oído decir, mira con unos antojos[6], que hacen

Gordio, que como exvoto estaba en el templo frigio de Júpiter, intentó soltarlo, hasta que cansado sacó su espada y de un tajo lo deshizo.

[1] Por olvido no se borró este *que*.
[2] Estropeado (cf. p. 370, n. 1).
[3] A la *que*.
[4] De *que* (cf. pról. 19).
[5] *Rodaja* = rueda. Dice Covarrubias: «rueda de la fortuna se dijo por su inconstancia, que pocos aciertan a retenerla, echándole el clavo de la constancia.»
[6] «*Antojos*, los espejuelos [= anteojos] que se ponen delante de la vista para alargarla a los que la tienen corta» (Cov.).

parecer oro al cobre, a la pobreza riqueza, y a las lagañas perlas.

—¿Adónde vas a parar, Sancho, que seas maldito?—dijo don Quijote—. Que cuando comienzas a ensartar refranes y cuentos, no te puede esperar sino el mesmo Judas, que te lleve. Dime, animal, ¿qué sabes tú de clavos, ni de rodajas, ni de otra cosa ninguna?

—¡Oh! Pues si no me entienden—respondió Sancho—, no es maravilla que mis sentencias sean tenidas por disparates. Pero no importa: yo me entiendo, y sé que no he dicho muchas necedades en lo que he dicho; sino que vuesa merced, señor mío, siempre es friscal de mis dichos, y aun de mis hechos.

—*Fiscal* has de decir—dijo don Quijote—; que no *friscal*, prevaricador del buen lenguaje, que Dios te confunda.

—No se apunte vuesa merced conmigo[1]—respondió Sancho—, pues sabe que no me he criado en la corte, ni he estudiado en Salamanca, para saber si añado o quito alguna letra a mis vocablos. Sí que ¡válgame Dios! no hay para qué obligar al sayagués a que hable como el toledano[2], y toledanos puede haber que no las corten en el aire[3] en esto del hablar polido.

—Así es—dijo el Licenciado—; porque no pueden hablar tan bien los que se crían en las Tenerías[4] en Zocodover como los que se pasean casi todo el día por el claustro de la Iglesia Mayor, y todos son toledanos. El lenguaje puro, el propio, el elegante y claro, está en los discretos cortesanos, aunque hayan nacido en Majalahonda[5]; dije *discretos* porque hay muchos que no lo son, y la discreción es la gramática del buen lenguaje, que se acompaña con el uso. Yo, señores, por mis pecados[6], he estudiado Cánones en Salamanca, y pícome[7] algún tanto de decir mi razón con palabras claras, llanas y significantes.

---

[1] *Apuntarse con uno* = ponerse de frente, de punta, con él.
[2] Tenían fama los naturales de Sayago (territorio entre Zamora y Ciudad Rodrigo que se compone de unos sesenta pueblos) de toscos así en el vestir como en el hablar; al revés de los toledanos.
[3] «*Matarlas* [o *cortarlas*] *en el aire*, tener respuestas agudas y promptas» (Cov.).
[4] *Tenería* o *curtiduría* = sitio u oficina donde se curten y trabajan las pieles.
[5] Pueblecillo que dista tres leguas de Madrid.
[6] Por esta muletilla se ve que no hacía gran aprecio de sus estudios el Licenciado.
[7] *Picarse de* = preciarse, jactarse de.

2, 19.—LAS BODAS DE CAMACHO (*invitación*)

—Si no os picárades más de saber más [1] menear las negras [2] que lleváis que la lengua—dijo el otro estudiante—, vos lleváredes el primero en licencias, como llevastes cola [3].

—Mirad, Bachiller—respondió el Licenciado—: vos estáis en la más errada opinión del mundo acerca de la destreza de la espada, teniéndola por vana.

—Para mí no es opinión, sino verdad asentada—replicó Corchuelo—; y si queréis que os lo muestre con la experiencia, espadas traéis, comodidad hay, yo pulsos y fuerzas tengo, que acompañadas de mi ánimo, que no es poco, os harán confesar que yo no me engaño. Apeaos, y usad de vuestro compás de pies, de vuestros círculos y vuestros ángulos [4] y ciencia; que yo espero de haceros ver estrellas a medio día con mi destreza moderna y zafia, en quien espero, después de Dios, que está por nacer hombre que me haga volver las espaldas, y que no le hay en el mundo a quien yo no le haga perder tierra.

—En eso de volver o no las espaldas no me meto—replicó el diestro—; aunque podría ser que en la parte donde la vez primera clavásedes el pie, allí os abriesen la sepultura: quiero decir, que allí quedáseddes muerto por la despreciada destreza.

—¡Ahora se verá!—respondió Corchuelo.

Y apeándose con gran presteza de su jumento, tiró con furia de una de las espadas que llevaba el Licenciado en el suyo.

—No ha de ser así [5]—dijo a este instante don Quijote—; que yo quiero ser el maestro desta esgrima, y el juez [6] desta muchas veces no averiguada cuestión [7].

Y apeándose de Rocinante, y asiendo de su lanza, se puso en la mitad del camino, a tiempo que ya el Licenciado, con gentil donaire de cuerpo y compás de pies, se iba contra Cor-

---

[1] Hay dos comparaciones. El primer *más* podría subsistir, aunque el Licenciado supiese *igualmente* ambas cosas; pero el segundo *más* nos indica que sabía menear *más y mejor* las negras que la lengua.

[2] Cf. p. 743, n. 7.

[3] «*Llevar la cola* en las oposiciones de cátedra, quedar el postrero en votos» (Cov.); para lo demás (cf. p. 736, n. 1).

[4] *Compás de pies*, *círculos* y *ángulos* son términos de *destreza* (= esgrima).

[5] Con tan poca formalidad o solemnidad.

[6] El *maestro* separaba con el montante (cf. p. 372, n. 3) a sus discípulos cuando se acaloraban; el *juez* (cf. p. 101, n. 3) en los torneos resolvía el caso y adjudicaba premios.

[7] Muchas veces ventilada y muchas veces no averiguada.

— 749 —

chuelo, que contra él se vino, lanzando, como decirse suele, fuego por los ojos. Los otros dos labradores del acompañamiento, sin apearse de sus pollinas, sirvieron de aspetatores [1] en la mortal tragedia. Las cuchilladas, estocadas, altibajos, reveses y mandobles [2] que tiraba Corchuelo eran sin número, más espesas que hígado y más menudas [3] que granizo. Arremetía como un león irritado; pero salíale al encuentro un tapaboca [4] de la zapatilla de la espada del Licenciado, que en mitad de su furia le detenía, y se la hacía besar como si fuera reliquia, aunque no con tanta devoción como las reliquias deben y suelen besarse. Finalmente, el Licenciado le contó a estocadas todos los botones [5] de una media sotanilla [6] que traía vestida, haciéndole tiras los faldamentos, como colas de pulpo [7]; derribóle el sombrero dos veces, y cansóle de manera, que de despecho, cólera y rabia asió la espada por la empuñadura, y arrojóla por el aire con tanta fuerza, que uno de los labradores asistentes, que era escribano, que fué por ella, dió después por testimonio que la alongó de sí casi tres cuartos de legua; el cual testimonio sirve y ha servido para que se conozca y vea con toda verdad cómo la fuerza es vencida del arte.

Sentóse cansado Corchuelo, y llegándose a él Sancho, le dijo:

—Mía fe, señor Bachiller, si vuesa merced toma mi con-

---

[1] *Aspetatores*, italianismo por *espectadores*.
[2] *Cuchillada* = golpe de espada, en general. *Estocada* = golpe que se tira de punta (cf. p. 169, n. 1). *Mandoble* = golpe grande que se da esgrimiendo el arma con ambas manos. Para *altibajo* (o *fendiente*) y *revés* (cf. p. 116, n. 1). 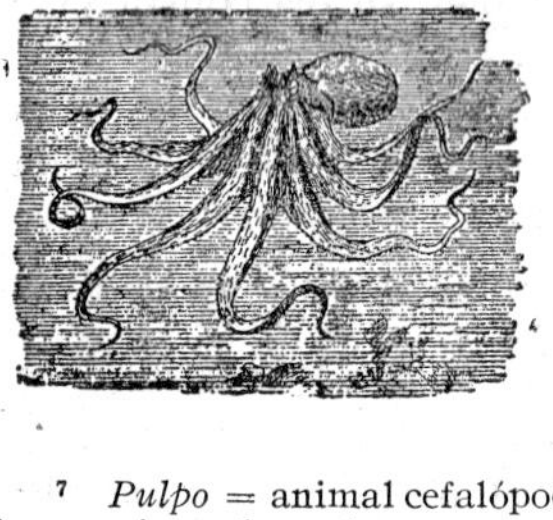
[3] *Más menudas* = más seguidas, repetidas, menudeadas.
[4] *Tapaboca* = golpe que se da en la boca.
[5] *Contarle uno los botones a otro* = dar al adversario las estocadas donde le place.
[6] Dice Covarrubias: «*Sotanilla*, la [sotana] que es algo más corta». La *media sotanilla*, dice R. Marín, apenas bajaba de las corvas, y era comúnmente usada de estudiantes y sacristanes.
[7] *Pulpo* = animal cefalópodo que vive en el mar y tiene ocho tentáculos provistos de ventosas para adherirse a los objetos. «Cuando alguna trae el manteo desharrapado por bajo y lleno de lodo, decimos *traer más rabos que un pulpo*» (Cov.).

sejo, de aquí adelante no ha de desafiar a nadie a esgrimir, sino a luchar o a tirar la barra, pues tiene edad y fuerzas para ello, que destos a quien llaman *diestros* he oído decir que meten una punta de una espada por el ojo de una aguja.

—Yo me contento—respondió Corchuelo—de haber caído de mi burra [1], y de que me haya mostrado la experiencia la verdad, de quien tan lejos estaba.

Y levantándose, abrazó al Licenciado, y quedaron más amigos que de antes, y no queriendo [2] esperar al escribano que había ido por la espada, por parecerles que tardaría mucho; y así, determinaron seguir, por llegar temprano a la aldea de Quiteria, de donde todos eran.

En lo que faltaba del camino les fué contando el Licenciado las excelencias de la espada, con tantas razones demostrativas y con tantas figuras y demostraciones matemáticas, que todos quedaron enterados de la bondad de la ciencia, y Corchuelo, reducido de su pertinacia.

Era anochecido; pero antes que llegasen les pareció a todos que estaba delante del pueblo un cielo lleno de inumerables y resplandecientes estrellas. Oyeron asimismo confusos y suaves sonidos de diversos instrumentos, como de flautas, tamborinos, salterios, albogues, panderos y sonajas [3]; y cuando llegaron

---

[1] Me alegro de haber salido de mi error.
[2] *Y no queriendo* = y en no querer.
[3] «*Tamborino* y *tamboril*, atambores pequeños para fiestas y regocijos» (Cov.).

«*Salterio* es un instrumento que tendrá de ancho poco más de un palmo, y de largo una vara, hueco por dentro, y el alto de las costillas de cuatro dedos: tiene muchas cuerdas, todas de alambre y concertadas de suerte, que tocándolas todas juntas con un palillo guarnecido de grana, hace un sonido apacible y su igualdad sirve de bordón para la flauta que el músico de este instrumento tañe con la mano siniestra...: úsase en las aldeas en las procesiones, en las bodas, en los bailes y danzas» (Cov.). El piano no es más que un salterio con teclado.

Albogue = instrumento músico pastoril de viento, compuesto de dos cañas paralelas con agujeros, un pabellón de cuerno y una embocadura dentro de la cual hay dos cañitas con lengüeta, todo ello sos-

cerca vieron que los árboles de una enramada que a mano habían puesto a la entrada del pueblo estaban todos llenos de luminarias, a quien no ofendía el viento, que entonces no soplaba sino tan manso, que no tenía fuerza para mover las hojas de los árboles. Los músicos eran los regocijadores de la boda, que en diversas cuadrillas por aquel agradable sitio andaban, unos bailando, y otros cantando, y otros tocando la diversidad de los referidos instrumentos. En efecto, no parecía sino que por todo aquel prado andaba corriendo la alegría y saltando el contento. Otros muchos andaban ocupados en levantar andamios, de donde con comodidad pudiesen ver otro día[1] las representaciones y danzas que se habían de hacer en aquel lugar dedicado para solenizar las bodas del rico Camacho y las exequias de Basilio. No quiso entrar en el lugar don Quijote, aunque se lo pidieron así el labrador como el Bachiller; pero él dió por disculpa, bastantísima a su parecer, ser costumbre de los caballeros andantes dormir por los campos y florestas antes que en los poblados, aunque fuese debajo de dorados techos; y con esto, se desvió un poco del camino, bien contra la voluntad de Sancho, viniéndosele a la memoria el buen alojamiento que había tenido en el castillo o casa de don Diego.

CAPITULO XX.—Donde se cuentan las bodas de Camacho el rico con el suceso de Basilio el pobre.

Apenas la blanca aurora había dado lugar a que el luciente Febo con el ardor de sus calientes rayos las líquidas perlas de sus cabellos de oro enjugase, cuando don Quijote, sacudiendo la pereza de sus miembros, se puso en pie y llamó a su escudero Sancho, que aún todavía roncaba; lo cual visto por don Quijote, antes que le despartase, le dijo:

—¡Oh tú, bienaventurado sobre cuantos viven sobre la haz de la tierra, pues sin tener invidia ni ser invidiado, duermes con sosegado espíritu, ni te persiguen encantadores, ni sobresaltan encantamentos! Duermes, digo otra vez, y lo diré otras ciento,

---

tenido por una armadura de madera: la figura está tomada del manuscrito escurialense de las *Cántigas de Santa María*. *Albogue* es también nombre de otro instrumento, que Cervantes describe por boca de don Quijote en II, 67.

Sonajas = un cerco de madera que a trechos tiene unas rodajas de metal.

[1] Al otro día.

sin que te tengan en continua vigilia celos de tu dama, ni te desvelen pensamientos de pagar deudas que debas, ni de lo que has de hacer para comer otro día tú y tu pequeña y angustiada familia. Ni la ambición te inquieta, ni la pompa vana del mundo te fatiga, pues los límites de tus deseos no se estienden a más que a pensar[1] tu jumento; que el de[2] tu persona sobre mis hombros le tienes puesto; contrapeso y carga que puso la naturaleza y la costumbre a los señores. Duerme el criado, y está velando el señor, pensando cómo le ha de sustentar, mejorar y hacer mercedes. La congoja de ver que el cielo se hace de bronce sin acudir a la tierra con el conveniente rocío, no aflige al criado, sino al señor, que ha de sustentar en la esterilidad y hambre al que le sirvió en la fertilidad y abundancia.

A todo esto no respondió Sancho, porque dormía, ni despertara tan presto si don Quijote con el cuento de la lanza[3] no le hiciese volver en sí. Despertó, en fin, soñoliento y perezoso, y volviendo el rostro a todas partes, dijo:

—De la parte desta enramada, si no me engaño, sale un tufo y olor harto más de torreznos asados que de juncos[4] y tomillos: bodas que por tales olores comienzan, para mi santiguada que deben de ser abundantes y generosas.

—Acaba, glotón—dijo don Quijote—: ven, iremos a ver estos desposorios, por ver lo que hace el desdeñado Basilio.

—Mas que[5] haga lo que quisiere—respondió Sancho—: no fuera él pobre, y casárase con Quiteria. ¿No hay más sino no tener un cuarto[6] y querer casarse por las nubes? A la fe, señor, yo soy de parecer que el pobre debe de contentarse con lo que hallare, y no pedir cotufas en el golfo. Yo apostaré un brazo que puede Camacho envolver en reales a Basilio; y si esto es así, como debe de ser, bien boba fuera Quiteria en desechar las galas y las joyas que le debe de haber dado, y le puede dar, Camacho, por escoger el tirar de la barra y el jugar de la negra de

---

[1] *Pensar* = dar pienso.
[2] *El* pensamiento *de... Pensamiento*, como derivado de *pensar*, puede aquí significar *alimento, cuidado...*
[3] «En la lanza hallamos dos extremos, y al uno llamamos hierro de la lanza y al otro *cuento*» (Cov.).
[4] «*Junquillo* [o *junco oloroso*] latine iuncus odoratus, una especie de narciso olorosa, dicho así por tener [como el junco] el tallo sin ñudos: críanle en los jardines y en los tiestos, por regalo» (Cov.).
[5] Aunque (cf. pról. 30).
[6] *Cuarto* = moneda de cobre que valía cuatro maravedís.

Basilio. Sobre un buen tiro de barra o sobre una gentil treta de espada no dan un cuartillo[1] de vino en la taberna. Habilidades y gracias que no son vendibles, mas que las tenga el conde Dirlos[2]; pero cuando las tales gracias caen sobre quien tiene buen dinero[3], tal sea mi vida como ellas parecen. Sobre un buen cimiento se puede levantar un buen edificio, y el mejor cimiento y zanja del mundo es el dinero.

—Por quien Dios es, Sancho—dijo a esta sazón don Quijote—, que concluyas con tu arenga; que tengo para mí que si te dejasen seguir en las que a cada paso comienzas, no te quedaría tiempo para comer, ni para dormir; que todo lo gastarías en hablar.

—Si vuesa merced tuviera buena memoria—replicó Sancho—, debiérase acordar de los capítulos de nuestro concierto antes que esta última vez saliésemos de casa: uno de ellos fué que me había de dejar hablar todo aquello que quisiese, con que no fuese contra el prójimo ni contra la autoridad de vuesa merced; y hasta agora me parece que no he contravenido contra el tal capítulo.

—Yo no me acuerdo, Sancho—respondió don Quijote—, del tal capítulo[4]; y puesto que sea así, quiero que calles y vengas; que ya los instrumentos que anoche oímos vuelven a alegrar los valles, y sin duda los desposorios se celebrarán en el frescor de la mañana, y no en el calor de la tarde.

Hizo Sancho lo que su señor le mandaba, y poniendo la silla a Rocinante y la albarda al rucio, subieron los dos, y paso ante paso se fueron entrando por la enramada. Lo primero que se le ofreció a la vista de Sancho fué, espetado[5] en un asador de un olmo entero, un entero novillo; y en el fuego donde se había de asar, ardía un mediano monte de leña, y seis ollas que alrededor de la hoguera estaban no se habían hecho en la común turquesa de las demás ollas; porque eran seis medias tinajas, que cada una cabía[6] un rastro[7] de carne; así embe-

---

[1] «*Cuartillo*, la cuarta parte de un real: y en las medidas líquidas, la cuarta parte de una azumbre: y en las áridas, la de un celemín» (Cov.).
[2] Personaje importante en los romances.
[3] Cf. p. 147, n. 1.
[4] Ni Cervantes lo dejó consignado.
[5] «*Espetar*, atravesar alguna cosa con otra aguda, como espetar la carne en el asador» (Cov.).
[6] *Cabía* = podía contener.
[7] La carne que hay en un *rastro* (= matadero).

2, 20.—LAS BODAS DE CAMACHO

bían y encerraban en sí carneros enteros, sin echarse de ver, como si fueran palominos; las liebres ya sin pellejo y las gallinas sin pluma que estaban colgadas por los árboles para sepultarlas en las ollas no tenían número; los pájaros y caza de diversos géneros eran infinitos, colgados de los árboles para que el aire los enfriase. Contó Sancho más de sesenta zaques de más de a dos arrobas cada uno, y todos llenos, según después pareció, de generosos vinos; así había rimeros de pan blanquísimo como los suele haber de [1] montones de trigo en las eras; los quesos, puestos como ladrillos enrejalados [2], formaban una muralla, y dos calderas de aceite mayores que las de un tinte servían de freír cosas de masa, que con dos valientes palas las sacaban fritas y las zabullían en otra caldera de preparada miel que allí junto estaba. Los cocineros y cocineras pasaban de cincuenta, todos limpios, todos diligentes y todos contentos. En el dilatado vientre del novillo estaban doce tiernos y pequeños lechones, que, cosidos por encima, servían de darle sabor y enternecerle. Las especias [3] de diversas suertes no parecía haberlas comprado por libras, sino por arrobas, y todas estaban de manifiesto en una grande arca. Finalmente, el aparato de la boda era rústico; pero tan abundante, que podía sustentar a un ejército.

Todo lo miraba Sancho Panza, y todo lo contemplaba, y de todo se aficionaba. Primero le cautivaron y rindieron el deseo las ollas, de quien él tomara de bonísima gana un mediano puchero; luego le aficionaron la voluntad los zaques; y últimamente las frutas de sartén [4], si es que se podían llamar sartenes las tan orondas [5] calderas; y así, sin poderlo sufrir ni ser en su mano hacer otra cosa, se llegó a uno de los solícitos cocineros, y con corteses y hambrientas razones le rogó le dejase mojar un mendrugo de pan en una de aquellas ollas. A lo que el cocinero respondió:

—Hermano, este día no es de aquellos sobre quien tiene

---

[1] Sobran *los* y *de*.
[2] *Enrejalar* = poner los ladrillos de canto y cruzados unos sobre otros (la pila de ladrillos así dispuestos se llama *rejal*).
[3] «Vulgarmente llamamos *especias* las drogas... con que damos gusto y sabor a los guisados, como son clavos, canela... y no sólo éstas, sino cualquiera otra cosa medicinal que se vende en las boticas» (Cov.).
[4] *Fruta de sartén*, o *fritillas* = masa frita (las hay de varios nombres y figuras: buñuelo, arrepápalo, hojuela, melindre, churro...).
[5] *Orondo* u *horondo* = hueco, hinchado, campanudo.

juridición la hambre, merced al rico Camacho. Apeaos y mirad si hay por ahí un cucharón, y espumad una gallina o dos[1], y buen provecho os hagan.

—No veo ninguno—respondió Sancho.

—Esperad—dijo el cocinero—. ¡Pecador de mí, y qué melindroso y para poco debéis de ser!

Y diciendo esto, asió de un caldero, y encajándole[2] en una de las medias tinajas, sacó en él tres gallinas y dos gansos, y dijo a Sancho:

—Comed, amigo, y desayunaos con esta espuma, en tanto que se llega la hora del yantar.

—No tengo en qué echarla—respondió Sancho.

—Pues llevaos—dijo el cocinero—la cuchara y todo; que la riqueza y el contento de Camacho todo lo suple.

En tanto, pues, que esto pasaba Sancho, estaba don Quijote mirando cómo por una parte de la enramada entraban hasta doce labradores sobre doce hermosísimas yeguas, con ricos y vistosos jaeces de campo y con muchos cascabeles en los petrales[3], y todos vestidos de regocijo y fiesta; los cuales, en concertado tropel, corrieron no una, sino muchas carreras por el prado, con regocijada algazara[4] y grita diciendo:

—¡Vivan Camacho y Quiteria, él tan rico como ella hermosa, y ella la más hermosa del mundo!

Oyendo lo cual don Quijote, dijo entre sí:

—Bien parece que éstos no han visto a mi Dulcinea del Toboso; que si la hubieran visto, ellos se fueran a la mano en las alabanzas desta su Quiteria.

De allí a poco comenzaron a entrar por diversas partes de la enramada muchas y diferentes danzas, entre las cuales venía una de espadas, de hasta veinticuatro zagales de gallardo parecer y brío, todos vestidos de delgado y blanquísimo lienzo, con sus paños de tocar, labrados de varias colores de fina seda; y al

---

[1] Quitar una gallina o dos entre tanta carne era, según el cocinero, como quitar la espuma en las ollas ordinarias.

[2] Metiéndole.

[3] *Petral* (de *pectorale*) = correa ancha que, asida por ambos lados a la parte delantera de la silla, ciñe y rodea el pecho de la cabalgadura (cf. p. 164, n. 4). Por metátesis y tal vez por etimología popular (por influjo de *apretar*) se dice también *pretal*.

[4] *Algazara* es propiamente la vocería que dan los moros cuando salen de la emboscada y cogen de sobresalto a los cristianos o a otros sus contrarios» (Cov.).

que los guiaba, que era un ligero mancebo, preguntó uno de los de las yeguas si se habría herido alguno de los danzantes.

—Por ahora, bendito sea Dios, no se ha herido nadie: todos vamos sanos.

Y luego comenzó a enredarse con los demás compañeros, con tantas vueltas y con tanta destreza, que aunque don Quijote estaba hecho a ver semejantes danzas, ninguna le había parecido tan bien como aquélla.

También le pareció bien otra que entró de doncellas hermosísimas, tan mozas, que, al parecer, ninguna bajaba de catorce ni llegaba a diez y ocho años, vestidas todas de palmilla verde [1], los cabellos parte trenzados y parte sueltos; pero todos tan rubios, que con los del sol podían tener competencia; sobre los cuales traían guirnaldas de jazmines, rosas, amaranto y madreselva compuestas [2]. Guiábalas un venerable viejo y una anciana matrona; pero más ligeros y sueltos que sus años prometían. Hacíales el son una gaita zamorana [3], y ellas, llevando en los rostros y en los ojos a la honestidad y en los pies a la ligereza, se mostraban las mejores bailadoras del mundo.

Tras ésta entró otra danza de artificio y de las que llaman habladas. Era de ocho ninfas, repartidas en dos hileras: de la

---

[1] «*Palmilla*, una suerte de paño, que particularmente se labra en Cuenca; y la que es de color azul se estima en más...», sin embargo de que hay palmillas verdes...» (Cov.).

[2] *Compuestas de jazmines*...

[3] «*Gaita* [voz provenzal, que de «velador o centinela del castillo» pasó a significar «el instrumento que el velador tocaba para anunciar las horas de la noche», cf. M. PIDAL, *Poesía juglaresca*, p. 70], instrumento conocido del odre y la flauta de puntos con sus bordones..., la cubierta de el odre es de cuadrillas y escaques de diversos colores... Para que suene la gaita es necesario dar aire al odre, lo cual se hace o con la boca o con unos fuellecillos que traen y los menean con el brazo izquierdo, atándolos por cima del codo. Las *gaitas zamoranas* tienen nombre [fama] en España, y las *gaitillas de Barcelona*» (Cov.). Parece ser, dice Ravaisse, citado por R. Marín, que *zamorana* no viene de *Zamora*, sino de la voz árabe *zammara*, flauta de doble pito.

2, 20.—LAS BODAS DE CAMACHO

una hilera era guía el dios Cupido, y de la otra, el Interés; aquél, adornado de alas, arco, aljaba [1] y saetas; éste, vestido de ricas y diversas colores de oro y seda. Las ninfas que al Amor seguían traían a las espaldas en pergamino blanco y letras grandes escritos sus nombres. *Poesía* era el título de la primera; el de la segunda, *Discreción;* el de la tercera, *Buen linaje;* el de la cuarta, *Valentía*. Del modo mesmo venían señaladas las que al Interés seguían: decía *Liberalidad* el título de la primera; *Dádiva*, el de la segunda; *Tesoro*, el de la tercera; y el de la cuarta, *Posesión pacífica*. Delante de todos venía un castillo de madera, a quien [2] tiraban cuatro salvajes, todos vestidos de hiedra y de cáñamo teñido de verde, tan al natural, que por poco espantaron a Sancho. En la frontera [3] del castillo y en todas cuatro partes [4] de sus cuadros traía escrito: *Castillo del buen recato*. Hacíanles el son cuatro diestros tañedores de tamboril y flauta. Comenzaba la danza Cupido y habiendo hecho dos mudanzas [5], alzaba los ojos y flechaba el arco [6] contra una doncella que se ponía entre las almenas del castillo, a la cual desta suerte dijo:

—Yo soy el Dios poderoso
En el aire y en la tierra
Y en el ancho mar undoso,
Y en cuanto el abismo encierra
En su báratro espantoso.
Nunca conocí qué es miedo;
Todo cuanto quiero puedo,
Aunque quiera lo imposible,
Y en todo lo que es posible
Mando, quito, pongo y vedo [7].

Acabó la copla, disparó una flecha por lo alto del castillo y retiróse a su puesto. Salió luego el Interés, y hizo otras dos mudanzas; callaron los tamborinos, y él dijo:

---

[1] Cf. p. 678, n. 2.
[2] Hoy diríamos *del que*.
[3] *Frontera* = fachada o parte delantera.
[4] En sus cuatro caras.
[5] *Mudanza* = cierto número de movimientos que se hacen a compás en las danzas.
[6] «*Flechar el arco*, estirarle [doblándolo] para tirar la flecha» (Cov.). cf. p. 118, n. 4.
[7] A *mando* se opone *vedo*, y a *pongo*, *quito*: es un quiasmo (cf. p. 278, n. 1)

  —Soy quien puede más que Amor,
Y es Amor el que me guía;
Soy de la estirpe mejor
Que el cielo en la tierra cría,
Más conocida y mayor.
Soy el Interés, en quien
Pocos suelen obrar bien,
Y obrar sin mí es gran milagro;
Y cual soy te me consagro,
Por siempre jamás, amén.

Retiróse el Interés, y hízose adelante la Poesía; la cual, después de haber hecho sus mudanzas como los demás, puestos los ojos en la doncella del castillo, dijo:

  —En dulcísimos conceptos,
La dulcísima Poesía,
Altos, graves y discretos,
Señora, el alma te envía
Envuelta entre mil sonetos
Si acaso no te importuna
Mi porfía, tu fortuna,
De otras muchas invidiada,
Será por mí levantada
Sobre el cerco de la luna.

Desvióse la Poesía, y de la parte del Interés salió la Liberalidad y después de hechas sus mudanzas, dijo:

  —Llaman Liberalidad
Al dar que el estremo huye
De la prodigalidad,
Y del contrario, que arguye
Tibia y floja voluntad.
Mas yo, por te engrandecer,
De hoy más pródiga he de ser;
Que aunque es vicio, es vicio honrado
Y de pecho enamorado,
Que en el dar se echa de ver.

Deste modo salieron y se retiraron todas las figuras de las dos escuadras, y cada uno hizo sus mudanzas y dijo sus versos, algunos elegantes y algunos ridículos, y sólo tomó de memoria don Quijote (que la tenía grande) los ya referidos; y luego se mezclaron todos, haciendo y deshaciendo lazos [1] con gentil donaire y desenvoltura [2]; y cuando pasaba el Amor por delante del castillo, disparaba por alto sus flechas; pero el Interés quebraba en él alcancías doradas [3]. Finalmente, después de haber bailado un buen espacio, el Interés sacó un bolsón que le [4] formaba el pellejo de un gran gato [5] romano [6], que parecía estar lleno de dineros, y arrojándole al castillo, con el golpe se desencajaron las tablas y se cayeron, dejando a la doncella descubierta y sin defensa alguna. Llegó el Interés con las figuras de su valía [7], y echándola una gran cadena de oro al cuello, mostraron prenderla, rendirla y cautivarla; lo cual visto por el Amor y sus valedores, hicieron ademán de quitársela; y todas las demostraciones que hacían eran al son de los tamborinos, bailando y danzando concertadamente. Pusiéronlos en paz los salvajes, los cuales con mucha presteza volvieron a armar y a encajar las tablas del castillo, y la doncella se encerró en él como de nuevo, y con esto se acabó la danza, con gran contento de los que la miraban.

Preguntó don Quijote a una de las ninfas que quién la había compuesto y ordenado. Respondióle que un beneficiado de aquel pueblo, que tenía gentil caletre para semejantes invenciones.

—Yo apostaré—dijo don Quijote—que debe de ser más amigo de Camacho que de Basilio el tal bachiller o beneficiado, y que debe de tener más de satírico que de vísperas [8]: ¡bien ha encajado en la danza las habilidades de Basilio y las riquezas de Camacho!

---

[1] Figuras enlazadas.
[2] Soltura.
[3] «*Alcancía* [o *hucha*], olla cerrada que tiene tan sólo una abertura, por donde echan el dinero y no puede salir si no es quebrándose. Entre otros juegos de regocijos se usa el de los alcanciazos, que en lugar de naranjas se tiran con las alcancías, que estando sin cocer no pueden hacer mucho mal; pero con todo esto, se reparan [defienden] con las adargas» (Cov.).
[4] Este *le*, aunque pleonástico, no siempre es ocioso, pues en casos como éste, indica que el *que* era complemento, y no sujeto.
[5] «*Gatos*, los bolsones de dinero, porque se hacen de sus pellejos, desollados enteros sin abrir» (Cov.).
[6] *Gato romano* = el de piel manchada a listas trasversales de color pardo y negro.
[7] *Las figuras de su valía* = sus valedores, o partidarios.
[8] Que de eclesiástico (ya se entienda por *vísperas* el rezo canónico, ya la ciencia eclesiástica, que debiera haberse adquirido asistiendo a la cátedra de vísperas).

Sancho Panza, que lo escuchaba todo, dijo:

—El Rey es mi gallo[1]: a Camacho me atengo.

—En fin—dijo don Quijote—, bien se parece, Sancho, que eres villano y de aquellos que dicen: «¡viva quien vence!»

—No sé de los que soy—respondió Sancho—; pero bien sé que nunca de ollas de Basilio sacaré yo tan elegante espuma como es esta que he sacado de las de Camacho.

Y enseñóle el caldero lleno de gansos y de gallinas, y asiendo de una comenzó a comer con mucho donaire y gana, y dijo:

—¡A la barba de las habilidades de Basilio[2]!; que tanto vales cuanto tienes, y tanto tienes cuanto vales. Dos linajes solos hay en el mundo, como decía una agüela mía, que son el tener y el no tener; aunque ella al del tener se atenía; y el día de hoy, mi señor don Quijote, antes se toma el pulso al haber que al saber: un asno cubierto de oro parece mejor que un caballo enalbardado. Así que, vuelvo a decir que a Camacho me atengo, de cuyas ollas son abundantes espumas gansos y gallinas, liebres y conejos; y de las de Basilio serán, si viene a mano[3], y aunque no venga sino al pie, aguachirle[4].

---

[1] «Acostumbraban en algunas provincias y lugares como era en Atenas, en ciertos días de regocijo parear gallos uno contra otro, que peleasen y atiniéndose unos a uno y otros a otro, debían hacer sus apuestas por cuál de ellos vencería, de donde nació el proverbio tan usado: *éste es mi gallo*» (Cov.).

[2] «*Echar la buena barba*, juego de los suplicacioneros [= barquilleros], que aplican la paga de las suplicaciones que han comido los circunstantes a uno de ellos, con título de que es el más honrado, lo cual se significa por la barba, y así tomó [el juego] este nombre; y por asunto se dice de los que con arengas compuestas y lisonjeras sacan a uno sus dineros» (Cov.).

«*Oblea* es una hojarasca hecha de masa muy delgada, y porque es en la forma y tamaño de las obladas [«*oblada*, la ofrenda que se lleva sobre la sepultura del difunto»], se dijo oblea. Las medio torcidas llamaron *barquillos*. Las hechas en cañutos, por ir muy plegadas, se dijeron *suplicaciones*» (Cov.). En *La pícara Justina* (I, 1, 2) se lee: «... los que ahora se llaman *barquillos* se llamaban suplicaciones, porque debajo de la oblea iban otras muchas que hacían una manera de doblez; mas las de ahora, como no tienen doblez debajo, sino una oblea desplegada en forma de barco, llámanse *barquillos*».

Así que *¡a la barba de...!* equivale a *¡a la cuenta de...!*; y está dicho irónicamente: ¡a la cuenta de las habilidades de Basilio hubiera tenido yo esta gallina!; o sin ironía: Basilio no podría darme con su pobreza estos bocados, por eso dije que a Camacho me atengo.

[3] Tal vez; por lo más (cf. p. 506, n. 1).

[4] *Aguachirle* = 1) aguapié (= «vino que se saca después de esprimida,

2, 20.—LAS BODAS DE CAMACHO

—¿Has acabado tu arenga, Sancho?—dijo don Quijote.

—Habréla acabado—respondió Sancho—, porque veo que vuesa merced recibe pesadumbre con ella; que si esto no se pusiera de por medio, obra había cortada para tres días.

—Plega a Dios, Sancho—replicó don Quijote—, que yo te vea mudo antes que me muera.

—Al paso que llevamos—respondió Sancho—, antes que vuesa merced se muera estaré yo mascando barro, y entonces podrá ser que esté tan mudo, que no hable palabra hasta la fin del mundo, o, por lo menos, hasta el día del Juicio.

—Aunque eso así suceda ¡oh Sancho!—respondió don Quijote—, nunca llegará tu silencio a do ha llegado lo que has hablado, hablas y tienes de hablar en tu vida; y más, que está muy puesto en razón natural que primero llegue el día de mi muerte que el de la tuya [1]; y así, jamás pienso verte mudo, ni aun cuando estés bebiendo o durmiendo, que es lo que puedo encarecer.

—A buena fe, señor—respondió Sancho—, que no hay que fiar en la descarnada, digo, en la muerte, la cual también come cordero como carnero [2]; y a nuestro Cura he oído decir que con igual pie pisaba las altas torres de los reyes como las humildes chozas de los pobres [3]. Tiene esta señora más de poder que de melindre; no es nada asquerosa [4]: de todo come y a todo hace [5], y de toda suerte de gentes, edades y preeminencias hinche sus alforjas. No es segador que duerme las siestas; que a todas horas siega, y corta así la seca como la verde hierba; y no parece que masca, sino que engulle y traga cuanto se le pone delante, porque tiene hambre canina, que nunca se harta; y aunque no tiene barriga, da a entender que está hidrópica y sedienta de beber solas las vidas [6] de cuantos viven, como quien se bebe un jarro de agua fría.

—No más, Sancho—dijo a este punto don Quijote—. Tente

---

la uva, echándole encima alguna cantidad de agua: es vino sin fuerza, que le beben las mujeres» (Cov.) de ínfima calidad; 2) cosa sin sustancia.

[1] Clemencín le echa a don Quijote diez años más de edad que a Sancho.
[2] Con poca diferencia lo dijo en la p. 647.
[3] En latín nos lo dijo en el prólogo (p. 41).
[4] «*Asquerosito* llaman al melindroso: *hacer ascos de una cosa,* menospreciarla» (Cov.).
[5] *Hacer a todo* = 1) servir para todo; 2) estar dispuesto a recibir cualquiera cosa.
[6] *De beber* no otra cosa sino *solas las vidas.*

— 762 —

en buenas[1], y no te dejes caer; que en verdad que lo que has dicho de la muerte por tus rústicos términos es lo que pudiera decir un buen predicador. Dígote, Sancho, que si como tienes buen natural tuvieras discreción, pudieras tomar un púlpito en la mano y irte por ese mundo predicando lindezas.

—Bien predica quien bien vive—respondió Sancho—, y yo no sé otras tologías.

—Ni las has menester—dijo don Quijote—; pero yo no acabo de entender ni alcanzar cómo siendo el principio de la sabiduría el temor de Dios[2], tú, que temes más a un lagarto que a Él, sabes tanto.

—Juzgue vuesa merced, señor, de sus caballerías—respondió Sancho—, y no se meta en juzgar de los temores o valentías ajenas; que tan gentil temeroso soy yo de Dios como cada hijo de vecino. Y déjeme vuesa merced despabilar[3] esta espuma; que lo demás todas son palabras ociosas, de que nos han de pedir cuenta en la otra vida.

Y diciendo esto, comenzó de nuevo a dar asalto a su caldero, con tan buenos alientos, que despertó los de don Quijote, y sin duda le ayudara, si no lo impidiera lo que es fuerza se diga adelante.

CAPITULO XXI.—Donde se prosiguen las bodas de Camacho, con otros gustosos sucesos.

Cuando estaban don Quijote y Sancho en las razones referidas en el capítulo antecedente, se oyeron grandes voces y gran ruido, y dábanlas y causábanle los de las yeguas, que con larga carrera y grita iban a recebir a los novios, que, rodeados de mil géneros de instrumentos y de invenciones, venían acompañados del Cura, y de la parentela de entrambos, y de toda la gente más lucida de los lugares circunvecinos, todos vestidos de fiesta. Y como Sancho vió a la novia, dijo:

—A buena fe que no viene vestida de labradora, sino de garrida[4] palaciega. ¡Pardiez, que según diviso, que las pate-

---

[1] Observa R. Marín que *buenas* se refiere a *ramas*.
[2] Proverbios, I, 7.
[3] *Despabilar* es despachar algo con presteza (como se despabila una vela o un candil).
[4] *Garrido* = 1) el que tiene buena gracia; 2) galano.

nas[1] que había de traer son ricos corales[2], y la palmilla verde de Cuenca[3] es terciopelo de treinta pelos[4]! ¡Y montas[5] que la guarnición es de tiras de lienzo blanco! ¡Voto a mí que es de raso! Pues ¡tomadme[6] las manos, adornadas con sortijas de azabache! No medre yo si no son anillos de oro, y muy de oro, y empedrados con pelras[7] blancas como una cuajada[8], que cada una debe de valer un ojo de la cara. ¡Oh, hideputa, y qué cabellos; que si no son postizos, no los he visto más luengos ni más rubios en toda mi vida! ¡No, sino poned la tacha en el brío y en el talle, y no la comparéis a una palma[9] que se mueve cargada de racimos de dátiles; que lo mesmo parecen los dijes que trae pendientes de los cabellos y de la garganta! Juro en[10] mi ánima que ella es una chapada[11] moza y que puede pasar por los bancos de Flandes[12].

Rióse don Quijote de las rústicas alabanzas de Sancho Panza; parecióle que, fuera de su señora Dulcinea del Toboso, no había visto mujer más hermosa jamás. Venía la hermosa Quiteria algo descolorida, y debía de ser de la mala noche que siempre pasan las novias en componerse para el día venidero de sus bodas. Íbanse acercando a un teatro[13] que a un lado del

---

[1] En el *Romancero general* se dice de doña Jimena, esposa del Cid *que llevaba un collar de ocho patenas con un San Miguel colgando.* Dice Covarrubias: «*Patena*, una lámina ancha que antiguamente traían a los pechos con alguna insignia de devoción, que el día de hoy tan solamente se usa entre las labradoras».

[2] Dice Sancho que Quiteria traía no patenas, sino corales, no palmilla sino terciopelo, no tiras de lienzo blanco sino de raso, no sortijas de azabache sino anillos de oro.

[3] Cf. p. 757, n. 1.

[4] «*Terciopelo*, tela de seda muy usada [formada por dos tramas y una urdimbre], y según el nombre ha de ser de tres pelos, pero haylo de dos y de pelo y medio» (Cov.).

[5] Cf. p. 239, n. 3.

[6] *Tomadme* tiene valor interjeccional.

[7] Por *perlas*.

[8] *Cuajada* = leche cuajada, requesón.

[9] Como esta comparación se repite en la Sagrada Escritura, bien pudo haberla aprendido Sancho en la iglesia de su aldea.

[10] Por.

[11] Gallarda.

[12] Como anota certeramente R. Marín, se trata de *bancos* o caballetes de cama (cf. I, 16, p. 172) hechos de pino barato *de Flandes:* con lo que Sancho quiso decir que la moza era tal, que podía casarse.

[13] *Teatro* = tablado.

prado estaba, adornado de alfombras y ramos, adonde se habían de hacer los desposorios, y de donde habían de mirar las danzas y las invenciones; y a la sazón que llegaban al puesto, oyeron a sus espaldas grandes voces, y una que decía:

—¡Esperaos un poco, gente tan inconsiderada como presurosa!

A cuyas voces y palabras todos volvieron la cabeza, y vieron que las daba un hombre vestido, al parecer, de un sayo negro jironado de carmesí a llamas [1]. Venía coronado (como se vió luego) con una corona de funesto ciprés; en las manos traía un bastón grande. En llegando más cerca fué conocido de todos por el gallardo Basilio, y todos estuvieron suspensos, esperando en qué habían de parar sus voces y sus palabras, temiendo algún mal suceso de su venida en sazón semejante.

Llegó, en fin, cansado y sin aliento, y puesto delante de los desposados, hincando el bastón en el suelo, que tenía el cuento [2] de una punta de acero, mudada la color, puestos los ojos en Quiteria, con voz tremente y ronca, estas razones dijo:

—Bien sabes, desconocida [3] Quiteria, que conforme a la santa ley que profesamos, que viviendo yo, tú no puedes tomar esposo; y juntamente no ignoras que por esperar yo que el tiempo y mi diligencia mejorasen los bienes de mi fortuna, no he querido dejar de guardar el decoro que a tu hora convenía; pero tú, echando a las espaldas todas las obligaciones que debes a mi buen deseo, quieres hacer señor de lo que es mío a otro, cuyas riquezas le sirven no sólo de buena fortuna, sino de bonísima ventura [4]. Y para que la tenga colmada y (no como yo pienso que la merece, sino como se la quieren dar los cielos), yo, por mis manos, desharé el imposible o el inconveniente que puede estorbársela, quitándome a mí de por medio. ¡Viva, viva el rico Camacho con la ingrata Quiteria largos y felices siglos, y muera, muera el pobre Basilio, cuya pobreza cortó las alas de su dicha y le puso en la sepultura!

Y diciendo esto, asió del bastón que tenía hincado en el suelo, y quedándose la mitad dél en la tierra, mostró que servía de vaina a un mediano estoque que en él se ocultaba; y puesta

---

[1] Con *jirones* (p. 714, n. 4) de *carmesí* (= «seda de color roja», Cov.) en forma de llamas.
[2] *Cuento* o *contera* = la extremidad inferior del bastón.
[3] Ingrata.
[4] Juega con el doble sentido de *fortuna:* riquezas, y suerte o ventura.

la que se podía llamar empuñadura en el suelo, con ligero desenfado y determinado propósito se arrojó sobre él, y en un punto mostró la punta sangrienta a las espaldas, con la mitad del acerada cuchilla, quedando el triste bañado en su sangre y tendido en el suelo, de sus mismas armas traspasado.

Acudieron luego sus amigos a favorecerle, condolidos de su miseria y lastimosa desgracia; y dejando don Quijote a Rocinante, acudió a favorecerle y le tomó en sus brazos, y halló que aún no había espirado. Quisiéronle sacar el estoque; pero el Cura, que estaba presente, fué de parecer que no se le sacasen antes de confesarle, porque el sacársele y el espirar sería todo a un tiempo. Pero volviendo un poco en sí Basilio, con voz doliente y desmayada dijo:

—Si quisieses, cruel Quiteria, darme en este último y forzoso trance la mano de esposa, aún pensaría que mi temeridad tendría desculpa, pues en ella alcancé el bien de ser tuyo.

El Cura oyendo lo cual, le dijo que atendiese a la salud del alma, antes que a los gustos del cuerpo, y que pidiese muy de veras a Dios perdón de sus pecados y de su desesperada determinación. A lo cual replicó Basilio que en ninguna manera se confesaría si primero Quiteria no le daba la mano de ser su esposa: que aquel contento le adobaría la voluntad y le daría aliento para confesarse.

En oyendo don Quijote la petición del herido, en altas voces dijo que Basilio pedía una cosa muy justa y puesta en razón, y además, muy hacedera, y que el señor Camacho quedaría tan honrado recibiendo a la señora Quiteria viuda del valeroso Basilio como si la recibiera del lado de su padre:

—Aquí no ha de haber[1] más de un *sí*, que no tenga otro efecto que el pronunciarle; pues el tálamo de estas bodas ha de ser la sepultura.

Todo lo oía Camacho, y todo le tenía suspenso y confuso, sin saber qué hacer ni qué decir; pero las voces de los amigos de Basilio fueron tantas, pidiéndole que consintiese que Quiteria le diese la mano de esposa, porque su alma no se perdiese, partiendo desesperado desta vida, que le movieron, y aun forzaron, a decir que si Quiteria quería dársela, que él se contentaba, pues todo era dilatar por un momento el cumplimiento de sus deseos[2].

---

[1] Aunque no se dice, habla don Quijote.
[2] Aquí pregunta R. Marín si podía el Cura hacer lícitamente lo que

2, 21.—LAS BODAS DE CAMACHO

Luego acudieron todos a Quiteria, y unos con ruegos, y otros con lágrimas, y otros con eficaces razones, la persuadían que diese la mano al pobre Basilio; y ella, más dura que un mármol y más sesga [1] que una estatua, mostraba que ni sabía, ni podía, ni quería responder palabra; ni la respondiera si el Cura no la dijera que se determinase presto en lo que había de hacer, porque tenía Basilio ya el alma en los dientes, y no daba lugar a esperar irresolutas determinaciones. Entonces la hermosa Quiteria, sin responder palabra alguna, turbada al parecer, triste y pesarosa, llegó donde Basilio estaba ya los ojos vueltos, el aliento corto y apresurado, murmurando entre los dientes el nombre de Quiteria, dando muestras de morir como gentil, y no como cristiano. Llegó, en fin, Quiteria, y puesta de rodillas, le pidió la mano por señas, y no por palabras. Desencajó los ojos Basilio, y mirándola atentamente, le dijo:

—¡Oh Quiteria, que has venido a ser piadosa a tiempo cuando tu piedad ha de servir de cuchillo que me acabe de quitar la vida, pues ya no tengo fuerzas para llevar la gloria que me das en escogerme por tuyo, ni para suspender el dolor que tan apriesa me va cubriendo los ojos con la espantosa sombra de la muerte! Lo que te suplico es ¡oh fatal estrella mía! que la mano que me pides y quieres darme no sea por cumplimiento, ni para engañarme de nuevo, sino que confieses y digas que sin hacer fuerza a tu voluntad, me la entregas y me la das como a tu legítimo esposo; pues no es razón que en un trance como éste me engañes, ni uses de fingimientos con quien tantas verdades ha tratado contigo.

Entre estas razones, se desmayaba; de modo, que todos los presentes pensaban que cada desmayo se había de llevar el alma consigo. Quiteria, toda honesta y toda vergonzosa, asiendo con su derecha mano la de Basilio, le dijo:

—Ninguna fuerza fuera bastante a torcer mi voluntad; y

Camacho decía y echa de menos una nota de Bowle o Cortejón, eclesiásticos ambos, aunque de diversas religiones. Pues bien, el Cura obró lícitamente, así al apremiar a Quiteria para que tomase una resolución en el trance extremo de Basilio, como después al bendecir la unión de ambos, pues hasta entonces no hubo boda o casamiento y ni siquiera desposorios de Camacho con Quiteria (en la p. 765 ha dicho Cervantes que venían a hacerlos, y en la p. 770 dirá que Camacho quiso que las fiestas pasasen adelante como si realmente se desposaran).

[1] *Sesgo* = sosegado, quieto.

2, 21.—LAS BODAS DE CAMACHO

así, con la más libre que tengo te doy la mano de legítima esposa, y recibo la tuya, si es que me la das de tu libre albedrío, sin que la turbe ni contraste la calamidad en que tu discurso acelerado te ha puesto.

—Sí doy—respondió Basilio—; no turbado, ni confuso, sino con el claro entendimiento que el cielo quiso darme, y así me doy y me entrego por tu esposo.

—Y yo por tu esposa—respondió Quiteria—, ahora vivas largos años, ahora te lleven de mis brazos a la sepultura.

—Para estar tan herido este mancebo—dijo a este punto Sancho Panza—, mucho habla: háganle que se deje de requiebros, y que atienda a su alma, que, a mi parecer, más la tiene en la lengua que en los dientes.

Estando, pues, asidos de las manos Basilio y Quiteria, el Cura, tierno y lloroso, los[1] echó la bendición y pidió al cielo diese buen poso al alma del nuevo desposado; el cual, así como recibió la bendición, con presta ligereza se levantó en pie, y con no vista desenvoltura se sacó el estoque, a quien servía de vaina su cuerpo. Quedaron todos los circunstantes admirados, y algunos dellos, más simples que curiosos[2], en altas voces comenzaron a decir:

—¡Milagro, milagro!

Pero Basilio replicó:

—¡No milagro, milagro, sino industria, industria!

El Cura, desatentado[3] y atónito, acudió con ambas manos a tentar la herida, y halló que la cuchilla había pasado, no por la carne y costillas de Basilio, sino por un cañón hueco de hierro que, lleno de sangre, en aquel lugar bien acomodado tenía, preparada la sangre, según después se supo, de modo que no se helase. Finalmente, el Cura y Camacho con todos los más circunstantes se tuvieron por burlados y escarnidos[4]. La esposa no dió muestras de pesarle de la burla; antes, oyendo decir que aquel casamiento, por haber sido esgañoso, no había de ser valedero, dijo que ella le confirmaba de nuevo; de lo cual coligieron todos que de consentimiento y sabiduría[5] de los dos se había trazado aquel caso; de lo que quedó Camacho y sus vale-

---

[1] *Los* por *les*.
[2] Cf. p. 45, n. 9.
[3] *Desatentado* = perdido el tiento, turbado el sentido.
[4] De *escarnir* = escarnecer.
[5] Conocimiento (cf. p. 312, n. 1).

2, 21.—LAS BODAS DE CAMACHO

dores tan corridos, que remitieron su venganza a las manos, y desenvainando muchas espadas, arremetieron a Basilio, en cuyo favor en un instante se desenvainaron casi otras tantas; y tomando la delantera a caballo don Quijote, con la lanza sobre el brazo y bien cubierto de su escudo, se hacía dar lugar de todos. Sancho, a quien jamás pluguieron ni solazaron semejantes fechurías, se acogió a las tinajas donde había sacado su agradable espuma, pareciéndole aquel lugar como sagrado, que había de ser tenido en respeto. Don Quijote a grandes voces decía:

—Teneos, señores, teneos; que no es razón toméis venganza de los agravios que el amor nos hace; y advertid que el amor y la guerra son una misma cosa, y así como en la guerra es cosa lícita y acostumbrada usar de ardides y estratagemas para vencer al enemigo, así en las contiendas y competencias amorosas se tienen por buenos los embustes y marañas[1] que se hacen para conseguir el fin que se desea, como no sean en menoscabo y deshonra de la cosa amada. Quiteria era de Basilio, y Basilio de Quiteria, por justa y favorable disposición de los cielos. Camacho es rico, y podrá comprar su gusto[2] cuando, donde y como quisiere. Basilio no tiene más desta oveja, y no se la ha de quitar alguno, por poderoso que sea[3]; que a los dos que Dios junta no podrá separar el hombre[4]; y el que lo intentare, primero ha de pasar por la punta desta lanza.

Y en esto, la blandió tan fuerte y tan diestramente, que puso pavor en todos los que no le conocían; y tan intensamente se fijó en la imaginación de Camacho el desdén de Quiteria, que se la borró de la memoria en un instante; y así, tuvieron lugar con él las persuasiones del Cura, que era varón prudente y bien intencionado, con las cuales quedó Camacho y los de su parcialidad pacíficos y sosegados; en señal de lo cual volvieron las espadas a sus lugares, culpando más a la facilidad de Quiteria que a la industria de Basilio; haciendo discurso Camacho que si Quiteria quería bien a Basilio doncella, también le quisiera casada, y que debía de dar gracias al cielo más por habérsela quitado que por habérsela dado.

---

[1] «*Maraña* es propiamente la seda, cuyos hilos están revueltos unos con otros, que no se puede devanar» (Cov.).

[2] Casarse a su gusto.

[3] Alusión a la parábola con que Natán reprendió a David el crimen cometido contra Urías (Reyes II, c. 12).

[4] San Mateo, 19, 6.

2, 22.—LAS BODAS DE CAMACHO

Consolado, pues, y pacífico Camacho y los de su mesnada[1], todos los de la de Basilio se sosegaron, y el rico Camacho, por mostrar que no sentía la burla, ni la estimaba en nada, quiso que las fiestas pasasen adelante como si realmente se desposara; pero no quisieron asistir a ellas Basilio ni su esposa ni secuaces, y así, se fueron a la aldea de Basilio; que también los pobres virtuosos y discretos tienen quien los siga, honre y ampare como los ricos tienen quien los lisonjee y acompañe.

Lleváronse consigo a don Quijote, estimándole por hombre de valor y de pelo en pecho. A solo Sancho se le escureció el alma, por verse imposibilitado de aguardar la espléndida comida y fiestas de Camacho, que duraron hasta la noche; y así, asendereado y triste siguió a su señor, que con la cuadrilla de Basilio iba, y así se dejó atrás las ollas de Egipto[2], aunque las llevaba en el alma; cuya ya casi consumida y acabada espuma, que en el caldero llevaba, le representaba la gloria y la abundancia del bien que perdía; y así, congojado y pensativo, aunque sin apearse del rucio, siguió las huellas de Rocinante.

CAPITULO XXII.—Donde se da cuenta de la grande aventura de la cueva de Montesinos, que está en el corazón de la Mancha, a quien dió felice cima el valeroso don Quijote de la Mancha.

Grandes fueron y muchos los regalos que los desposados hicieron a don Quijote, obligados de las muestras que había dado defendiendo su causa, y al par de la valentía le graduaron la discreción, teniéndole por un Cid en las armas y por un Cicerón en la elocuencia. El buen Sancho se refociló[3] tres días a costa de los novios, de los cuales se supo que no fué traza comunicada con la hermosa Quiteria el herirse fingidamente, sino industria de Basilio, esperando della el mesmo suceso que se había visto; bien es verdad que confesó que había dado parte de su pensamiento a algunos de sus amigos, para que al tiempo necesario favoreciesen su intención y abonasen su engaño.

---

[1] *Mesnada* = 1) compañía de gente de armas, que en lo antiguo servía debajo del mando del rey o de un caballero principal; 2) compañía, bando.
[2] Cf. p. 253, n. 1.
[3] *Refocilar* = reanimar, recrear.

—No se pueden ni deben llamar engaños—dijo don Quijote—los que ponen la mira en virtuosos fines.

Y[1] que el de casarse los enamorados era el fin de más excelencia, advirtiendo que el mayor contrario que el amor tiene es la hambre y la continua necesidad; porque el amor es todo alegría, regocijo y contento, y más cuando el amante está en posesión de la cosa amada, contra quien son enemigos opuestos y declarados la necesidad y la pobreza; y que todo esto decía con intención de que se dejase el señor Basilio de ejercitar las habilidades que sabe[2], que aunque le daban fama, no le daban dineros, y que atendiese a granjear hacienda por medios lícitos e industriosos, que nunca faltan a los prudentes y aplicados[3].

—El pobre honrado (si es que puede ser honrado el pobre) tiene prenda en tener mujer hermosa, que cuando se la quitan le quitan la honra y se la matan. La mujer hermosa y honrada cuyo marido es pobre merece ser coronada con laureles y palmas de vencimiento y triunfo. La hermosura, por sí sola, atrae las voluntades de cuantos la miran y conocen, y como a señuelo[4] gustoso se le abaten las águilas reales y los pájaros altaneros[5]; pero si a la tal hermosura se le junta la necesidad y estrecheza, también la embisten los cuervos, los milanos y las otras aves de rapiña; y la que está a tantos encuentros firme bien merece llamarse corona de su marido[6].

—Mirad, discreto Basilio—añadió don Quijote—: opinión fué de no sé qué sabio que no había en todo el mundo sino una sola mujer buena, y daba por consejo que cada uno pensase y creyese que aquella sola buena era la suya, y así viviría contento. Yo no soy casado, ni hasta agora me ha venido en pensamiento serlo[7]; y, con todo esto, me atrevería a dar consejo al que me lo pidiese, del modo que había de buscar la mujer con quien se quisiese casar. Lo primero, le aconsejaría que mirase

---

[1] Falta un *añadió*.
[2] *Sabe* estaría bien en estilo directo; en estilo indirecto se ha de decir *sabía*.
[3] Pasa, sin un *Y prosiguió don Quijote*, al estilo directo.
[4] Señuelo (cf. pág. 133, n. 3).
[5] «*Altanero*, el halcón o ave de rapiña, que vuela por alto, a diferencia de los que vuelan pecho por tierra» (Cov.). Pero aquí habla don Quijote de los que son singularmente altaneros, como las águilas.
[6] Proverb. 12, 4.
[7] Si no ha de contradecir esto a los amores de Dulcinea, se ha de entender que *hasta agora* es hasta los amores de Dulcinea aún recientes.

2, 22.—EN CASA DE BASILIO

más a la fama que a la hacienda; porque la buena mujer no alcanza la buena fama solamente con ser buena, sino con parecerlo; que mucho más dañan a las honras de las mujeres las desenvolturas y libertades públicas que las maldades secretas. Si traes buena mujer a tu casa, fácil cosa sería conservarla, y aun mejorarla, en aquella bondad; pero si la traes mala, en trabajo te pondrá el enmendarla; que no es muy hacedero pasar de un estremo a otro. Yo no digo que sea imposible; pero téngolo por dificultoso.

Oía todo esto Sancho, y dijo entre sí:

—Este mi amo, cuando yo hablo cosas de meollo y de sustancia suele decir que podría yo tomar un púlpito en las manos y irme por ese mundo adelante predicando lindezas[1]; y yo digo dél que cuando comienza a enhilar sentencias y a dar consejos, no sólo puede tomar un púlpito en las manos, sino dos en cada dedo, y andarse por esas plazas a ¿qué quieres, boca?[2] ¡Válate el diablo por caballero andante[3], que tantas cosas sabes! Yo pensaba en mi ánima que sólo podía saber aquello que tocaba a sus caballerías; pero no hay cosa donde no pique y deje de meter su cucharada.

Murmuraba esto algo alto[4] Sancho, y entreoyóle su señor, y preguntóle:

—¿Qué murmuras, Sancho?

—No digo nada, ni murmuro de nada—respondió Sancho—; sólo estaba diciendo entre mí que quisiera haber oído lo que vuesa merced aquí ha dicho, antes que me casara; que quizá dijera yo agora: «el buey suelto bien se lame»[5].

—¿Tan mala es tu Teresa, Sancho?—dijo don Quijote.

—No es muy mala—respondió Sancho—; pero no es muy buena; a lo menos, no es tan buena como yo quisiera.

—Mal haces. Sancho—dijo don Quijote—, en decir mal de tu mujer, que, en efecto, es madre de tus hijos.

—No nos debemos nada—respondió Sancho—; que también ella dice mal de mí cuando se le antoja, especialmente cuando está celosa; que entonces, súfrala el mesmo Satanás.

---

[1] Cf. p. 763.
[2] «Regalar a uno a ¿qué quieres, boca? es darle todo lo que quiere y cuanto pidiere por la boca» (Cov.).
[3] Cf. p. 227, n. 3.
[4] En la edición príncipe no se lee *alto*.
[5] Dícese para denotar lo apreciable que es la libertad.

2, 22.—LA CUEVA DE MONTESINOS

Finalmente, tres días estuvieron con los novios, donde fueron regalados y servidos como cuerpos de rey. Pidió don Quijote al diestro Licenciado le diese una guía [1] que le encaminase a la cueva de Montesinos [2], porque tenía gran deseo de entrar en ella y ver a ojos vistas si eran verdaderas las maravillas que de ella se decían por todos aquellos contornos. El Licenciado le dijo que le daría a un primo suyo, famoso estudiante y muy aficionado a leer libros de caballerías, el cual con mucha voluntad le pondría a la boca de la mesma cueva, y le enseñaría las lagunas de Ruidera, famosas ansimismo en toda la Mancha, y aun en toda España; y díjole que llevaría con él gustoso entretenimiento, a causa que era mozo que sabía hacer libros para imprimir, y para dirigirlos a príncipes. Finalmente, el Primo vino con una pollina preñada, cuya albarda cubría un gayado tapete o harpillera [3]. Ensilló Sancho a Rocinante y aderezó al rucio, proveyó sus alforjas, a las cuales acompañaron las del Primo, asimismo bien proveídas, y encomendándose a Dios y despidiéndose de todos, se pusieron en camino, tomando la derrota de la famosa cueva de Montesinos.

En el camino preguntó don Quijote al Primo de qué género y calidad eran sus ejercicios, su profesión y estudios; a lo que él respondió que su profesión era ser humanista; sus ejercicios y estudios, componer libros para dar a la estampa, todos de gran provecho y no menos estretenimiento para la república; que el uno se intitulaba *el de las libreas*, donde pintaba setecientas y tres libreas, con sus colores, motes y cifras [4], de donde podían sacar y tomar las que quisiesen en tiempo de fiestas y regocijos los caballeros cortesanos, sin andarlas mendigando de nadie, ni lambicando, como dicen, el cerbelo [5], por sacarlas conformes a sus deseos e intenciones.

---

[1] Un guía (cf. pról. 4).
[2] Viaje ya anunciado (cf. p. 741). La cueva de Montesinos está en Osa de Montiel, a unos mil pasos de la laguna de San Pedro de Saelices, que es una de las de Ruidera.
[3] «*Gayado*, la mezcla de diferentes colores alegres que matizan unas con otras» (Cov.).
«*Tapete*, alfombra con que se cubre el suelo» (Cov.).
«*Harpillera*, funda con que se envuelve la pieza de paño o seda» (Cov.).
[4] Explicando lo que simbolizaban los colores, motes y signos enigmáticos (v. g., que el color verde simbolizaba la esperanza, etc.).
[5] «*Alambicarse el cervelo* es meterse uno en devaneos que le inquietan y gastan el juicio» (Cov.).

2, 22.—LA CUEVA DE MONTESINOS

—Porque doy al celoso, al desdeñado, al olvidado y al ausente las que les convienen, que les vendrán más justas que pecadoras[1]. Otro libro tengo también, a quien he de llamar *Metamorfóseos o Ovidio español*, de invención nueva y rara; porque en él, imitando a Ovidio a lo burlesco, pinto quien fué la Giralda de Sevilla[2] y el Ángel de la Madalena[3], quién el Caño de Vecinguerra, de Córdoba[4], quiénes los Toros de Guisando, la Sierra Morena, las Fuentes de Leganitos y Lavapiés, en Madrid, no olvidándome de la del Piojo, de la del Caño Dorado y de la Priora[5]; y esto, con sus alegorías, metáforas y translaciones, de modo, que alegran, suspenden y enseñan a un mismo punto. Otro libro tengo, que le llamo *Suplemento a Virgilio Polidoro*[6], que trata de la invención de las cosas, que es de grande erudición y estudio, a causa que las cosas que se dejó de decir Polidoro de gran sustancia, las averiguo yo, y las declaro por gentil estilo. Olvidósele a Virgilio de declararnos quién fué el primero que tuvo catarro en el mundo y el primero que tomó las unciones para curarse del morbo gálico, y yo lo declaro al pie de la letra, y lo autorizo con más de veinticinco autores: porque vea vuesa merced si he trabajado bien, y si ha de ser útil el tal libro a todo el mundo.

Sancho, que había estado muy atento a la narración del Primo, le dijo:

—Dígame, señor, así Dios le dé buena manderecha[7] en la impresión de sus libros: ¿sabríame decir, que sí sabrá, pues

---

[1] Juega con la palabra *justas* (= aptas, apropiadas; santas), como el que decía que no podríamos entrar en el cielo, porque ya allí estaban los *justos*.

[2] Cf. p. 699, n. 1.

[3] La torre de la iglesia parroquial de la *Magdalena* tenía por veleta un *ángel* con un pomo o vasija de bálsamo en una mano, y en la otra una cabellera, por alusión a lo que de Santa Magdalena nos cuenta el Evangelio.

[4] Este *caño* era un albañal o conducto que recogía las aguas llovedizas de la calle del Potro, la más meridional de Córdoba, y junto con muchas inmundicias las arrojaba al Guadalquivir. *Vicen* (o *Vicente*) *Guerra*, y por metátesis vocálica *Vecinguerra*, fué uno de los que se distinguieron en la reconquista de Córdoba.

[5] También estas fuentes estaban en la corte: las del Piojo y del Caño Dorado en el Prado de San Jerónimo, y la de la Priora en la huerta de este nombre, por donde está hoy la plaza de Oriente.

[6] Y mejor *Polidoro Virgilio*, literato italiano del siglo xv, que escribió *De rerum inventoribus*.

[7] *Manderecha* = buena suerte.

todo lo sabe quién fué el primero que se rascó en la cabeza, que yo para mí tengo que debió de ser nuestro padre Adán?

—Sí sería—respondió el Primo—; porque Adán no hay duda sino que [1] tuvo cabeza y cabellos; y siendo esto así, y siendo el primer hombre del mundo, alguna vez se rascaría.

—Así lo creo yo—respondió Sancho—; pero dígame ahora: ¿quién fué el primer volteador [2] del mundo?

—En verdad, hermano—respondió el Primo—, que no me sabré determinar por ahora, hasta que lo estudie. Yo lo estudiaré en volviendo adonde tengo mis libros, y yo os satisfaré cuando otra vez nos veamos; que no ha de ser ésta la postrera.

—Pues mire, señor—replicó Sancho—: no tome trabajo en esto; que ahora he caído en la cuenta de lo que le he preguntado. Sepa que el primer volteador del mundo fué Lucifer, cuando le echaron o arrojaron del cielo, que vino volteando hasta los abismos.

—Tienes razón, amigo—dijo el Primo.

Y dijo don Quijote:

—Esa pregunta y respuesta no es tuya, Sancho: a alguno las has oído decir.

—Calle, señor—replicó Sancho—; que a buena fe que si me doy a preguntar y a responder, que no acabe de aquí a mañana. Sí que para preguntar necedades y responder disparates no he menester yo andar buscando ayuda de vecinos.

—Más has dicho, Sancho, de lo que sabes—dijo don Quijote—; que hay algunos que se cansan en saber y averiguar cosas, que después de sabidas y averiguadas, no importan un ardite al entendimiento ni a la memoria.

En estas y otras gustosas pláticas se les pasó aquel día, y a la noche se albergaron en una pequeña aldea, adonde el Primo dijo a don Quijote que desde allí a la cueva de Montesinos no había más de dos leguas, y que si llevaba determinado de entrar en ella, era menester proveerse de sogas, para atarse y descolgarse en su profundidad. Don Quijote dijo que aunque llegase al abismo, había de ver dónde paraba; y así, compraron casi cien brazas [3] de soga, y otro día a las dos de la tarde llegaron a la cueva, cuya boca es espaciosa y ancha; pero llena

---

[1] En vez de *sino que* hoy decimos *que*.
[2] *Volteador* = volatín o volatinero.
[3] *Braza* o *brazada* = medida de dos varas (tomada de la extensión de los dos brazos abiertos y estirados).

2, 22.—LA CUEVA DE MONTESINOS

de cambroneras [1] y cabrahigos [2], de zarzas y malezas, tan espesas y intrincadas, que de todo en todo la ciegan y encubren. En viéndola, se apearon el Primo, Sancho y don Quijote, al cual los dos le ataron luego fortísimamente con las sogas; y en tanto que le fajaban y ceñían, le dijo Sancho:

—Mire vuesa merced, señor mío, lo que hace: no se quiera sepultar en vida, ni se ponga adonde parezca frasco que le ponen a enfriar en algún pozo. Sí que a vuesa merced no le toca ni atañe ser el escudriñador desta que debe ser peor que mazmorra.

—Ata y calla—respondió don Quijote—; que tal empresa como aquésta, Sancho amigo, para mí estaba guardada.

Y entonces dijo la guía:

—Suplico a vuesa merced, señor don Quijote, que mire bien y especule [3] con cien ojos lo que hay allá dentro: quizá habrá cosas que las ponga yo en el libro de mis *Transformaciones*.

—En manos está el pandero, que le sabrá bien tañer [4]—respondió Sancho Panza.

Dicho esto, y acabada la ligadura de don Quijote (que no fué sobre el arnés, sino sobre el jubón de armar [5]), dijo don Quijote:

—Inadvertidos hemos andado en no habernos proveído de algún esquilón [6] pequeño, que fuera atado junto a mí en esta mesma soga, con cuyo sonido se entendiera que todavía bajaba y estaba vivo; pero pues ya no es posible, a la mano de Dios, que [7] me guíe.

Y luego se hincó de rodillas y hizo una oración en voz baja al cielo pidiendo a Dios le ayudase y le diese buen suceso en aquella, al parecer, peligrosa y nueva aventura, y en voz alta dijo luego:

—¡Oh señora de mis acciones y movimientos, clarísima y

---

[1] *Cambronera* = arbusto de muchas ramas mimbreñas curvas y espinosas.
[2] *Cabrahigo* = higuera silvestre.
[3] *Especular* = registrar o mirar con atención.
[4] *También Covarrubias lo dice así: «en manos está el pandero, que lo sabe bien tocar». Que vale de quien* (cf. pról. 19).
[5] No sobre la armadura, sino sobre el jubón de gamuza que debajo llevaba (cf. p. 734).
[6] «*Esquilón*, campana pequeña» (Cov.).
[7] *Que* ojalá.

2, 22.—LA CUEVA DE MONTESINOS

sin par Dulcinea del Toboso! Si es posible que lleguen a tus oídos las plegarias y rogaciones desde tu venturoso amante, por tu inaudita belleza te ruego las escuches; que no son otras que rogarte no me niegues tu favor y amparo, ahora que tanto le he menester. Yo voy a despeñarme, a empozarme y a hundirme en el abismo que aquí se me representa, sólo porque conozca el mundo que si tú me favoreces, no habrá imposible a quien yo no acometa y acabe.

Y en diciendo esto, se acercó a la sima, vió no ser posible descolgarse, ni hacer lugar a la entrada, si no era a fuerza de brazos, o a cuchilladas, y así, poniendo mano a la espada, comenzó a derribar y a cortar de aquellas malezas que a la boca de la cueva estaban, por cuyo ruido y estruendo salieron por ella infinidad de grandísimos cuervos y grajos, tan espesos y con tanta priesa, que dieron con don Quijote en el suelo; y si él fuera tan agorero como católico cristiano, lo tuviera a mala señal y escusara de encerrarse en lugar semejante.

Finalmente, se levantó, y viendo que no salían más cuervos ni otras aves noturnas, como fueron murciélagos, que asimismo entre los cuervos salieron, dándole soga el Primo y Sancho, se dejó calar[1] al fondo de la caverna espantosa; y al entrar, echándole Sancho su bendición y haciendo sobre él mil cruces, dijo:

—¡Dios te guíe y la Peña de Francia[2], junto con la Trinidad de Gaeta[3], flor, nata y espuma de los caballeros andantes! ¡Allá vas, valentón[4] del mundo, corazón de acero, brazos de bronce! ¡Dios te guíe, otra vez, y te vuelva libre, sano y sin cautela[5] a la luz desta vida que dejas, por enterrarte en esta escuridad que buscas!

Casi las mismas plegarias y deprecaciones hizo el Primo.

Iba don Quijote dando voces que le diesen soga y más soga,

---

[1] *Calar* (en leng. mar.) = 1) sumergir en el agua cualquier objeto, como las redes; 2) bajar.
[2] Junto al pueblo de la Alberca (Salamanca) se levanta un monte, la Peña de Francia, en cuya cumbre se descubrió una imagen de Nuestra Señora y se erigió en su honor un monasterio de dominicos, al que acudían romeros de todas partes.
[3] La Trinidad es un templo y monasterio fundado en Gaeta (reino de Nápoles) por el rey Don Fernando de Aragón y muy venerado por los navegantes.
[4] *Valentón* aquí es *el más valiente*.
[5] Cf. p. 222, n. 4.

y ellos se la daban poco a poco; y cuando las voces, que acanaladas por la cueva salían, dejaron de oírse, ya ellos tenían descolgadas las cien brazas de soga, y fueron de parecer de volver a subir a don Quijote, pues no le podían dar más cuerda. Con todo eso, se detuvieron como media hora, al cabo del cual espacio volvieron a recoger la soga con mucha facilidad y sin peso alguno, señal que les hizo imaginar que don Quijote se quedaba dentro, y creyéndolo así Sancho, lloraba amargamente y tiraba con mucha priesa por desengañarse; pero llegando, a su parecer, a poco más de las ochenta brazas, sintieron peso, de que en estremo se alegraron. Finalmente, a las diez vieron distintamente a don Quijote, a quien dió voces Sancho, diciéndole:

—Sea vuesa merced muy bien vuelto, señor mío; que ya pensábamos que se quedaba allá para casta[1].

Pero no respondía palabra don Quijote; y sacándole del todo, vieron que traía cerrados los ojos, con muestras de estar dormido. Tendiéronle en el suelo y desliáronle, y, con todo esto, no despertaba; pero tanto le volvieron y revolvieron, sacudieron y menearon, que al cabo de un buen espacio volvió en sí, desperezándose, bien como si de algún grave y profundo sueño despertara; y mirando a una y otra parte como espantado, dijo:

—Dios os lo perdone, amigos; que me habéis quitado de la más sabrosa y agradable vida y vista que ningún humano ha visto ni pasado. En efecto, ahora acabo de conocer que todos los contentos desta vida pasan como sombra y sueño, o se marchitan como la flor del campo. ¡Oh desdichado Montesinos! ¡Oh mal ferido Durandarte! ¡Oh sin ventura Belerma! ¡Oh lloroso Guadiana, y vosotras sin dicha hijas de Ruidera, que mostráis en vuestras aguas las que lloraron vuestros hermosos ojos!

Con grande atención escuchaban el Primo y Sancho las palabras de don Quijote, que las decía como si con dolor inmenso las sacara de las entrañas. Suplicáronle les diese a entender lo que decía, y les dijese lo que en aquel infierno había visto.

—¿Infierno le llamáis?—dijo don Quijote—. Pues no le llaméis así, porque no lo merece, como luego veréis.

Pidió que le diesen algo de comer, que traía grandísima hambre. Tendieron la harpillera del Primo sobre la verde hierba, acudieron a la despensa de sus alforjas, y sentados todos tres

---

[1] *Para* que no se perdiese la *casta* de los caballeros andantes.

en buen amor y compaña, merendaron y cenaron, todo junto. Levantada la harpillera, dijo don Quijote de la Mancha:

—No se levante nadie, y estadme, hijos, todos dos [1] atentos.

CAPITULO XXIII.—De las admirables cosas que el estremado don Quijote contó que había visto en la profunda cueva de Montesinos, cuya imposibilidad y grandeza,[2] hace que se tenga esta aventura por apócrifa.

Las cuatro de la tarde serían, cuando el sol, entre nubes cubierto, con luz escasa y templados rayos, dió lugar a don Quijote para que sin calor y pesadumbre contase a sus dos clarísimos oyentes [3] lo que en la cueva de Montesinos había visto, y comenzó en el modo siguiente:

—A obra de doce o catorce estados [4] de la profundidad desta mazmorra, a la derecha mano, se hace una concavidad y espacio capaz de poder caber en ella un gran carro con sus mulas. Éntrale una pequeña luz por unos resquicios o agujeros, que lejos le responden, abiertos en la superficie de la tierra. Esta concavidad y espacio vi yo a tiempo cuando ya iba cansado y mohino de verme, pendiente y colgado de la soga, caminar por aquella escura región abajo sin llevar cierto ni determinado camino, y así, determiné entrarme en ella y descansar un poco. Di voces pidiéndoos que no descolgásedes más soga hasta que yo os lo dijese; pero no debistes de oírme. Fuí recogiendo la soga que enviábades, y haciendo della una rosca o rimero, me senté sobre él pensativo además [5], considerando lo que hacer debía para calar al fondo, no teniendo quien me sustentase; y estando en este pensamiento y confusión, de repente y sin procurarlo, me salteó un sueño profundísimo; y cuando menos lo pensaba, sin saber cómo ni cómo no, desperté dél y me hallé en la mitad del más bello, ameno y deleitoso prado

---

[1] *Todos dos* = los dos.
[2] Cuya imposible grandeza (cf. pról. 35).
[3] *Clarísimos oyentes:* alusión burlesca a los discursos académicos en latín.
[4] «*Estado* es cierta medida [tomada] de la estatura de un hombre [que solía regularse en siete pies]; y miden por estados las paredes de cantería... La profundidad de pozos o otra cosa honda se mide por estados» (Cov.).
[5] Por demás (cf. pról. 11).

que puede criar la naturaleza, ni imaginar la más discreta imaginación humana. Despabilé los ojos, limpiémelos, y vi que no dormía, sino que realmente estaba despierto; con todo esto, me tenté la cabeza y los pechos, por certificarme si era yo mismo el que allí estaba, o alguna fantasma vana y contrahecha; pero el tacto, el sentimiento, los discursos concertados que entre mí hacía, me certificaron que yo era llí entonces el que soy aquí ahora. Ofrecióseme luego a la vista un real y suntuoso palacio o alcázar, cuyos muros y paredes parecían de transparente y claro cristal fabricados; del cual abriéndose dos grandes puertas, vi que por ellas salía y hacia mí se venía un venerable anciano, vestido con un capuz[1] de bayeta morada, que por el suelo le arrastraba; ceñíale los hombros y los pechos una beca de colegial[2], de raso verde; cubríale la cabeza una gorra milanesa[3] negra, y la barba, canísima, le pasaba de la cintura; no traía arma ninguna, sino un rosario de cuentas en la mano mayores que medianas nueces, y los dieces asimismo como huevos medianos de avestruz; el continente, el paso, la gravedad y la anchísima presencia, cada cosa de por sí y todas juntas, me suspendieron y admiraron. Llegóse a mí, y lo primero que hizo fué abrazarme estrechamente, y luego decirme: «—Luengos tiempos ha, valeroso caballero don Quijote de la Mancha, que los que estamos en estas soledades encantados esperamos verte, para que des noticia al mundo de lo que encierra y cubre la profunda cueva por donde has entrado, llamada la cueva de Montesinos; hazaña sólo guardada para ser acometida de tu invencible corazón y de tu ánimo estupendo. Ven conmigo, señor clarísimo; que te quiero mostrar las maravillas que este transparente alcázar solapa[4], de quien yo soy alcaide y guarda mayor perpetua, porque soy el mismo Montesinos, de quien la cueva toma nombre». Apenas me dijo que era Montesinos, cuando le pregunté si fué verdad lo que en el mundo de acá

---

[1] «Capuz, capa cerrada larga que hoy día traen algunos por luto: y antiguamente era el hábito de los españoles honrados, en la paz» (Cov.).

[2] La beca antiguamente fué una prenda que cubría la cabeza, pero luego vino a ser una faja larga, distintivo de los colegiales, que se ceñía por el pecho y pasando por los hombros pendía por las espaldas.

[3] «La forma de la gorra es redonda y en tiempos atrás se traía llana sobre la cabeza, y era u de aguja u de paño, y las finas traian de Milán. Estas sustentaban con unos cartones, y las de Milán con un cerquillo de hierro que la tenía tiesa» (Cov.).

[4] Solapa = cubre, oculta.

mis brazos, y que después de muerto le saqué el corazón con mis propias manos; y en verdad que debía de pesar dos libras, porque, según los naturales[1], el que tiene mayor corazón es dotado de mayor valentía del que le tiene pequeño. Pues siendo esto así, y que realmente murió este caballero, ¿cómo ahora se queja y sospira de cuando en cuando, como si estuviese vivo?» Esto dicho, el mísero Durandarte, dando una gran voz, dijo:

> «—¡Oh mi primo Montesinos!
> Lo postrero que os rogaba,
> Que cuando yo fuere muerto,
> Y mi ánima arrancada,
> Que llevéis mi corazón
> Adonde Belerma estaba,
> Sacándomele del pecho,
> Ya con puñal, ya con daga[2].»

Oyendo lo cual el venerable Montesinos, se puso de rodillas ante el lastimado caballero, y, con lágrimas en los ojos, le dijo: «—Ya, señor Durandarte, carísimo primo mío, ya hice lo que me mandastes en el aciago día de nuestra pérdida: yo os saqué el corazón lo mejor que pude, sin que os dejase una mínima parte en el pecho; yo le limpié con un pañizuelo de puntas[3]; yo partí con él de carrera para Francia, habiéndolo puesto en el seno de la tierra, con tantas lágrimas, que fueron bastantes a lavarme las manos y limpiarme con ellas la sangre que tenían, de haberos andado en las entrañas; y, por más señas, primo de mi alma, en el primer lugar que topé saliendo de Roncesvalles eché un poco de sal en vuestro corazón, porque no oliese mal y fuese, si no fresco, a lo menos, amojamado, a la presencia de la señora Belerma; la cual, con vos, y conmigo, y con Guadiana vuestro escudero, y con la dueña Ruidera y sus siete hijas y dos sobrinas, y con otros muchos de vuestros conocidos y amigos, nos tiene aquí encantados el sabio Merlín[4] ha muchos años; y aunque pasan de quinientos, no se ha muerto ninguno de nosotros: solamente faltan Ruidera y sus hijas y sobrinas, las cuales llorando, por compasión que debió de tener Merlín dellas, las

---

[1] Cf. pág. 385, n. 2.
[2] Cervantes juntó aquí versos de dos romances que tratan del mismo asunto, y reformó los dos últimos versos.
[3] Cf. p. 245, n. 7.
[4] *La cual... nos tiene aquí encantados; el sabio Merlín* es una inconsecuencia gramatical (cf. pról. 13).

arriba se contaba, que él había sacado de la mitad del pecho, con una pequeña daga, el corazón de su grande amigo Durandarte y llevádole a la señora Belerma, como él se lo mandó al punto de su muerte [1]. Respondióme que en todo decían verdad, sino en la daga, porque no fué daga, ni pequeña, sino un puñal buído [2], más agudo que una lezna.

—Debía de ser—dijo a este punto Sancho—el tal puñal de Ramón de Hoces el sevillano [3].

—No sé—prosiguió don Quijote—; pero no sería dese puñalero, porque Ramón de Hoces fué ayer, y lo de Roncesvalles, donde aconteció esta desgracia, ha muchos años; y esta averiguación no es de importancia, ni turba ni altera la verdad y contesto de la historia.

—Así es—respondió el Primo—: prosiga vuesa merced, señor don Quijote; que le escucho con el mayor gusto del mundo.

—No con menor lo cuento yo—respondió don Quijote—; y así, digo que el venerable Montesinos me metió en el cristalino palacio, donde en una sala baja, fresquísima sobremodo y toda de alabastro, estaba un sepulcro de mármol, con gran maestría fabricado, sobre el cual vi a un caballero tendido de largo a largo, no de bronce, ni de mármol, ni de jaspe hecho [4], como los suele haber en otros sepulcros, sino de pura carne y de puros huesos. Tenía la mano derecha (que a mí parecer es algo peluda y nervosa, señal de tener muchas fuerzas su dueño) puesta sobre el lado del corazón; y antes que preguntase nada a Montesinos, viéndome suspenso mirando al del sepulcro, me dijo: «—Éste es mi amigo Durandarte, flor y espejo de los caballeros enamorados y valientes de su tiempo; tiénele aquí encantado, como me tiene a mí y a otros muchos y muchas, Merlín, aquel francés [5] encantador que dicen que fué hijo del diablo; y lo que yo creo es que no fué hijo del diablo, sino que supo, como dicen, un punto más que el diablo. El cómo o para qué nos encantó nadie lo sabe, y ello dirá andando los tiempos, que no están muy lejos, según imagino. Lo que a mí me admira es que sé, tan cierto como ahora es de día, que Durandarte acabó los de su vida en

---

[1] En la derrota de Roncesvalles.
[2] «*Buir* se tomó antiguamente por «acicalar». *Acicalar*, término de cuchilleros, etc., limpiar y aguzar los filos de una espada, cuchillo, etc.» (Terreros).
[3] Para nosotros desconocido.
[4] *Hecho no de bronce...*
[5] Merlín no fué francés, sino inglés (de Gales o Gaula, no de Galia).

— 781 —

convirtió en otras tantas lagunas, que ahora, en el mundo de los vivos y en la provincia de la Mancha, las llaman las lagunas de Ruidera; las siete son de los reyes de España, y las dos sobrinas, de los caballeros de una orden santísima, que llaman de San Juan. Guadiana vuestro escudero, plañendo asimesmo vuestra desgracia, fué convertido en un río llamado de su mesmo nombre; el cual cuando llegó a la superficie de la tierra y vió el sol del otro cielo, fué tanto el pesar que sintió de ver que os dejaba, que se sumergió en las entrañas de la tierra; pero como no es posible dejar de acudir a su natural corriente, de cuando en cuando sale y se muestra donde el sol y las gentes le vean. Vanle administrando [1] de sus aguas las referidas lagunas, con las cuales y con otras muchas que se llegan, entra pomposo y grande en Portugal. Pero, con todo esto, por dondequiera que va muestra su tristeza y melancolía, y no se precia de criar en sus aguas peces regalados y de estima, sino burdos [2] y desabridos, bien diferentes de los del Tajo dorado; y esto que agora os digo ¡oh primo mío! os lo he dicho muchas veces; y como no me respondéis, imagino que no me dais crédito, o no me oís, de lo que yo recibo tanta pena cual Dios lo sabe. Unas nuevas os quiero dar ahora, las cuales, ya que no os sirven de alivio a vuestro dolor, no os le aumentarán en ninguna manera. Sabed que tenéis aquí en vuestra presencia, y abrid los ojos y veréislo, aquel gran caballero de quien tantas cosas tiene profetizadas el sabio Merlín: aquel don Quijote de la Mancha, digo, que de nuevo y con mayores ventajas que en los pasados siglos ha resucitado en los presentes la ya olvidada andante caballería, por cuyo medio y favor podría ser que nosotros fuésemos desencantados; que las grandes hazañas para los grandes hombres están guardadas.»
«—Y cuando así no sea—respondió el lastimado Durandarte con voz desmayada y baja—, cuando así no sea ¡oh primo!, digo, paciencia y barajar [3].» Y volviéndose de lado, tornó a su acostumbrado silencio, sin hablar más palabra. Oyéronse en esto grandes alaridos y llantos, acompañados de profundos gemidos y angustiados sollozos; volví la cabeza, y vi por las paredes de cristal [4] que por otra sala pasaba una procesión de dos

---

[1] *Administrando* = dando, suministrando.
[2] *Burdos* = bastos. Sobre los peces del Guadiana, cf. p. 196, n. 1.
[3] *Paciencia y barajar* es expresión proverbial con que se exhorta a la paciencia a los perdidosos en el juego de naipes, y en general, a los desgraciados.
[4] Aquí se dice que las paredes eran de cristal; y esto se armoniza con

hileras de hermosísimas doncellas, todas vestidas de luto, con turbantes blancos sobre las cabezas, al modo turquesco. Al cabo y fin de las hileras venía una señora, que en la gravedad lo parecía, asimismo vestida de negro, con tocas blancas tan tendidas y largas, que besaban la tierra. Su turbante era mayor dos veces que el mayor de alguna de las otras; era cejijunta, y la nariz algo chata; la boca grande, pero colorados los labios; los dientes, que tal vez los descubría, mostraban ser ralos y no bien puestos, aunque eran blancos como unas peladas almendras; traía en las manos un lienzo delgado, y entre él, a lo que pude divisar, un corazón de carne momia según venía seco y amojamado. Díjome Montesinos cómo toda aquella gente de la procesión eran sirvientes de Durandarte y de Belerma, que allí con sus dos señores estaban encantados, y que la última, que traía el corazón entre el lienzo y en las manos, era la señora Belerma, la cual con sus doncellas cuatro días en la semana hacían aquella procesión y cantaban, o, por mejor decir, lloraban endechas sobre el cuerpo y sobre el lastimado corazón de su primo; y que si me había parecido algo fea, o no tan hermosa como tenía[1] la fama, era la causa las malas noches y peores días que en aquel encantamento pasaba, como lo podía ver en sus grandes ojeras y en su color quebradiza[2]. «—Y no toma ocasión[3] su amarillez y sus ojeras de estar con el mal mensil, ordinario en las mujeres, porque ha muchos meses, y aun años, que no le tiene ni asoma por sus puertas; sino del dolor que siente su corazón por el que de contino tiene en las manos, que le renueva y trae a la memoria la desgracia de su mal logrado[4] amante; que si esto no fuera, apenas la igualara en hermosura, donaire y brío la gran Dulcinea del Toboso, tan celebrada en todos estos contornos, y aun en todo el mundo.» «—¡Cepos quedos[5]!—dije yo entonces—, señor don Montesinos; cuente vuesa merced su historia como debe; que ya sabe que toda com-

---

el cristalino alcázar y los muros de claro cristal fabricados, pero no con que fuese toda de alabastro (como dijo, p. 731) la sala en que yacía Durandarte.
[1] *Tenía* = decía.
[2] El color se llama sano o quebradizo según sea señal de salud o debilidad.
[3] Falta un *añadió Montesinos* para advertir el paso del estilo indirecto al directo.
[4] «*Malograrse* decimos de lo que no llegó a conseguir su fin. *Mal logrado* [o *malogrado*], el que murió mozo. *Bien logrado*, el que vivió mucho» (Cov.).
[5] *Cepos quedos* se dice a uno para que corte cierta conversación o se

paración es odiosa, y así, no hay para qué comparar a nadie con nadie. La sin par Dulcinea del Toboso es quien es, y la señora doña Belerma es quien es, y quien ha sido, y quédese aquí.» A lo que él me respondió: «—Señor don Quijote, perdóneme vuesa merced; que yo confieso que anduve mal, y no dije bien en decir que apenas igualara la señora Dulcinea a la señora Belerma, pues me bastaba a mí haber entendido, por no sé qué barruntos, que vuesa merced es su caballero, para que me mordiera la lengua antes de compararla sino[1] con el mismo cielo.» Con esta satisfación que me dió el gran Montesinos se quietó mi corazón del sobresalto que recebí en oír que a mi señora la comparaban con Belerma.

—Y aun me maravillo yo—dijo Sancho—de cómo vuesa merced no se subió sobre el vejote, y le molió a coces todos los huesos, y le peló las barbas, sin dejarle pelo en ellas.

—No, Sancho amigo—respondió don Quijote—; no me estaba a mí bien hacer eso, porque estamos todos obligados a tener respeto a los ancianos, aunque no sean caballeros, y principalmente a los que lo son y están encantados: yo sé bien que no nos quedamos a deber nada en otras muchas demandas y respuestas que entre los dos pasamos.

A esta sazón dijo el Primo:

—Yo no sé, señor don Quijote, cómo vuesa merced en tan poco espacio de tiempo como ha estado allá abajo, haya visto tantas cosas y hablado y respondido tanto.

—¿Cuánto ha que bajé?—preguntó don Quijote.

—Poco más de una hora—respondió Sancho.

—Eso no puede ser—replicó don Quijote—, porque allá me anocheció y amaneció, y tornó a anochecer y a amanecer tres veces; de modo que, a mi cuenta, tres días he estado en aquellas partes remotas y escondidas a la vista nuestra.

—Verdad debe de decir mi señor—dijo Sancho—; que como todas las cosas que le han sucedido son por encantamento, quizá lo que a nosotros nos parece una hora, debe de parecer allá tres días con sus noches.

---

esté quieto. En su origen pudo ser la orden del carcelero dada al preso que removiendo el cepo procura fugarse: pero la frase, como anota R. Marín, se usaba en el juego de la gallina ciega para que, una vez pronunciada, todos se quedasen en la postura en que los cogió.

[1] Porque *antes de compararla* equivale a una negativa *(y no la comparara)*, se emplea la conjunción *sino* (cf. p. 445, n. 4).

2, 23.—LA CUEVA DE MONTESINOS

—Así será—respondió don Quijote.
—¿Y ha comido vuesa merced en todo este tiempo, señor mío?—preguntó el Primo.
—No me he desayunado de bocado [1]—respondió don Quijote—, ni aun he tenido hambre, ni por pensamiento.
—Y los encantados ¿comen?—dijo el Primo.
—No comen—respondió don Quijote—, ni tienen escrementos mayores; aunque es opinión que les crecen las uñas, las barbas y los cabellos.
—¿Y duermen por ventura los encantados, señor?—preguntó Sancho.
—No, por cierto—respondió don Quijote—; a lo menos, en estos tres días que yo he estado con ellos, ninguno ha pegado el ojo, ni yo tampoco.
—Aquí encaja bien el refrán—dijo Sancho—de dime con quién andas, decirte he quién eres: ándase vuesa merced con encantados ayunos y vigilantes: mirad si es mucho que ni coma ni duerma mientras con ellos anduviere. Pero perdóneme vuesa merced, señor mío, si le digo que de todo cuanto aquí ha dicho, lléveme Dios (que iba a decir el diablo) si le creo cosa alguna.
—¿Cómo no?—dijo el Primo—. Pues ¿había de mentir el señor don Quijote, que, aunque quisiera, no ha tenido lugar para componer e imaginar tanto millón de mentiras?
—Yo no creo que mi señor miente—respondió Sancho.
—Sino [2] ¿qué crees?—le preguntó don Quijote.
—Creo—respondió Sancho—que aquel Merlín o aquellos encantadores que encantaron a toda la chusma que vuesa merced dice que ha visto y comunicado allá abajo, le encajaron en el magín o la memoria toda esa máquina que nos ha contado, y todo aquello que por contar le queda.
—Todo eso pudiera ser, Sancho—replicó don Quijote—, pero no es así, porque lo que he contado lo vi por mis propios ojos y lo toqué con mis mismas manos. Pero ¿qué dirás cuando te diga yo ahora cómo, entre otras infinitas cosas y maravillas que me mostró Montesinos (las cuales despacio y a sus tiempos te las iré contando en el discurso de nuestro viaje, por no ser todas deste lugar), me mostró tres labradoras que por aquellos amenísimos campos iban saltando y brincando como cabras, y

---

[1] No he probado bocado. Cervantes dice *desayunarse con* o *de* (cf. p. 691).
[2] Don Quijote le interrumpió con la palabra *sino* que Sancho hubiera pronunciado a no interrumpirle su amo *(sino que aquel Merlín...)*.

apenas las hube visto, cuando conocí ser la una la sin par Dulcinea del Toboso, y las otras dos aquellas mismas labradoras que venían con ella, que[1] hablamos[2] a la salida del Toboso? Pregunté a Montesinos si las conocía; respondióme que no; pero que él imaginaba que debían de ser algunas señoras principales encantadas, que pocos días había que en aquellos prados habían parecido; y que no me maravillase desto, porque allí estaban otras muchas señoras de los pasados y presentes siglos, encantadas en diferentes y estrañas figuras, entre las cuales conocía él a la reina Ginebra y su dueña Quintañona, escanciando el vino a Lanzarote,

Cuando de Bretaña vino[3].

Cuando Sancho oyó decir esto a su amo, pensó perder el juicio, o morirse de risa; que como él sabía la verdad del fingido encanto de Dulcinea, de quien él había sido el encantador, y el levantador de tal testimonio, acabó de conocer indubitablemente que su señor estaba fuera de juicio y loco de todo punto, y así le dijo:

—En mala coyuntura y en peor sazón y en aciago día bajó vuesa merced, caro patrón mío, al otro mundo, y en mal punto se encontró con el señor Montesinos, que tal nos le ha vuelto. Bien se estaba vuesa merced acá arriba con su entero juicio, tal cual Dios se le había dado, hablando sentencias y dando consejos a cada paso, y no agora, contando los mayores disparates que pueden imaginarse.

—Como te conozco, Sancho—respondió don Quijote—, no hago caso de tus palabras.

—Ni yo tampoco de las de vuesa merced—replicó Sancho—, siquiera me hiera, siquiera me mate por las que le he dicho, o por las que le pienso decir si en las suyas no se corrige y enmienda. Pero dígame vuesa merced, ahora que estamos en paz: ¿cómo o en qué conoció a la señora nuestra ama? Y si la habló, ¿qué dijo y qué le respondió?

—Conocíla—respondió don Quijote—en que trae los mesmos vestidos que traía cuando tú me la mostraste. Habléla, pero no me respondió palabra; antes me volvió las espaldas, y se fué

---

[1] A quienes (cf. pról. 19).
[2] Tal vez haya que leer *hallamos* por *hablamos*...
[3] Cf. p. 69 y 145.

2, 23.—LA CUEVA DE MONTESINOS

huyendo con tanta priesa, que no alcanzara una jara[1]. Quise seguirla, y lo hiciera, si no me aconsejara Montesinos que no me cansase en ello, porque sería en balde, y más, porque se llegaba la hora donde me convenía volver a salir de la sima. Díjome asimesmo que, andando el tiempo, se me daría aviso cómo habían de ser desencantados él, y Belerma, y Durandarte, con todos los que allí estaban; pero lo que más pena me dió de las que allí vi y noté, fué que estándome diciendo Montesinos estas razones, se llegó a mí por un lado, sin que yo la viese venir, una de las dos compañeras de la sin ventura Dulcinea, y llenos los ojos de lágrimas, con turbada y baja voz, me dijo: «—Mi señora Dulcinea del Toboso besa a vuesa merced las manos, y suplica a vuesa merced se la haga de hacerla saber cómo está y que, por estar en una gran necesidad, asimismo suplica a vuesa merced cuan encarecidamente puede sea servido de prestarle sobre[2] este faldellín[3] que aquí traigo, de cotonía[4], nuevo, media docena de reales, o los que vuesa merced tuviere; que ella da su palabra de volvérselos con mucha brevedad.» Suspendióme y admiróme el tal recado, y volviéndome al señor Montesinos, le pregunté: «—¿Es posible, señor Montesinos, que los encantados principales padecen necesidad?» A lo que él me respondió: «—Créame vuesa merced, señor don Quijote de la Mancha, que esta que llaman necesidad adondequiera se usa, y por todo se estiende, y a todos alcanza, y aun hasta a los encantados no perdona; y pues la señora Dulcinea del Toboso envía a pedir esos seis reales, y la prenda es buena, según parece, no hay sino dárselos; que sin duda debe de estar puesta en algún grande aprieto.» «—Prenda, no la tomaré yo—le respondí—, ni menos le daré lo que pide, porque no tengo sino solos cuatro reales.» Los cuales le di (que fueron los que tú, Sancho, me diste el otro día para dar limosna a los pobres que topase por los caminos), y le dije: «—Decid, amiga mía, a vuesa

---

[1] *Jara, flecha, saeta, pasador, vira* son nombres de armas arrojadizas que se disparaban con arcos o ballesta.

[2] Sobre esta prenda, o garantía.

[3] «Llamamos... manteo el *faldellín* de la mujer que trae ceñido al cuerpo debajo de las basquiñas o sayas» (Cov. v. *manto*). «Faldillas, y *faldetas*, y *faldellín*, la mantilla larga que las mujeres traen sobre la camisa, que sobreponen la una falda sobre la otra, siendo abiertas; a diferencia de las basquiñas y sayas, que son cerradas y las entran por la cabeza» (Cov. v. *falda*).

[4] «*Cotonía*, cierta tela hecha de hilo de algodón» (Cov.). *Cotonía* y *al-godón* tienen el mismo núcleo árabe *cotón*.

señora que a mí pesa en el alma de sus trabajos, y que quisiera ser un Fúcar[1] para remediarlos; y que le hago saber que yo no puedo ni debo tener salud careciendo de su agradable vista y discreta conversación, y que le suplico cuan encarecidamente puedo sea servida su merced de dejarse ver y tratar deste su cautivo servidor y asendereado caballero. Diréisle también que cuando menos se lo piense oirá decir cómo yo he hecho un juramento y voto, a modo de aquel que hizo el Marqués de Mantua de vengar a su sobrino Baldovinos, cuando le halló para espirar en mitad de la montiña[2], que fué de no comer pan a manteles, con las otras zarandajas[3] que allí añadió, hasta vengarle; y así le haré yo de no sosegar, y de andar las siete partidas del mundo[4], con más puntualidad que las anduvo el infante don Pedro de Portugal, hasta desencantarla.» «—Todo eso, y más, debe vuesa merced a mi señora»—me respondió la doncella. Y tomando los cuatro reales, en lugar de hacerme una reverencia, hizo una cabriola, que[5] se levantó dos varas de medir en el aire.

—¡Oh santo Dios!—dijo a este tiempo dando una gran voz Sancho—. ¿Es posible que tal hay en el mundo, y que tengan en él tanta fuerza los encantadores y encantamentos, que hayan trocado el buen juicio de mi señor en una tan disparatada locura? ¡Oh señor, señor, por quien Dios es que vuesa merced mire por sí, y vuelva por su honra, y no dé crédito a esas vaciedades que le tienen menguado y descabalado el sentido!

—Como me quieres bien, Sancho, hablas desa manera—dijo don Quijote—; y como no estás experimentado en las cosas del mundo, todas las cosas que tienen algo de dificultad te parecen imposibles: pero andará el tiempo, como otra vez he dicho, y yo te contaré algunas de las que allá abajo he visto, que te harán creer las que aquí he contado, cuya verdad ni admite réplica ni disputa.

---

[1] Los Fúcares eran una familia ilustre desde mediados del siglo XV, originaria de Suiza y establecida en Augsburgo. Fueron en Alemania lo que los Médicis en Italia. Su comercio con España contribuyó a acrecentar su renombre y opulencia.
[2] Cf. p. 87 y 125.
[3] *Zarandajas* = menudencias.
[4] Siendo cuatro las *partes* o *partidas* que anduvo el infante don Pedro y siete las *partidas* que escribió el rey sabio, pudo haber confusión; pero lo cierto es que el recorrido de las siete partidas de don Pedro era proverbial.
[5] Tal, *que* (cf. pról. 15).

CAPITULO XXIV.—Donde se cuentan mil zarandajas tan impertinentes como necesarias al verdadero entendimiento de esta grande historia.

Dice el que tradujo esta grande historia del original, de[1] la que escribió su primer autor Cide Hamete Benengeli, que llegando al capítulo de la aventura de la cueva de Montesinos, en el margen dél estaban escritas de mano del mesmo Hamete estas mismas razones:

«No me puedo dar a entender, ni me puedo persuadir, que al valeroso don Quijote le pasase puntualmente todo lo que en el antecedente capítulo queda escrito: la razón es que todas las aventuras hasta aquí sucedidas han sido contingibles[2] y verisímiles; pero esta de esta cueva no le hallo[3] entrada alguna para tenerla por verdadera, por ir tan fuera de los términos razonables. Pues pensar yo que don Quijote mintiese, siendo el más verdadero hidalgo y el más noble caballero de sus tiempos, no es posible; que no dijera él una mentira si[4] le asaetearan. Por otra parte, considero que él la contó y la dijo con todas las circunstancias dichas, y que no pudo fabricar en tan breve espacio tan gran máquina de disparates; y si esta aventura parece apócrifa, yo no tengo la culpa; y así, sin afirmarla por falsa o verdadera, la escribo. Tú, letor, pues eres prudente, juzga lo que te pareciere, que yo no debo ni puedo más; puesto que se tiene por cierto que al tiempo de su fin y muerte dicen que se retrató[5] della, y dijo que él la había inventado, por parecerle que convenía y cuadraba bien con las aventuras que había leído en sus historias.» Y luego prosigue, diciendo:

Espantóse el Primo, así del atrevimiento de Sancho Panza como de la paciencia de su amo, y juzgó que del contento que tenía de haber visto a su señora Dulcinea del Toboso, aunque encantada, le nacía aquella condición blanda que entonces mostraba; porque si así no fuera, palabras y razones le dijo

---

[1] *Del original*, es decir, *de...*
[2] *Contingible* = que puede suceder, acaecedero.
[3] *Esta... no le hallo entrada* es una inconsecuencia gramatical (cf. prólogo 13).
[4] Aunque.
[5] Por *retractó*.

2, 24.—LA CUEVA DE MONTESINOS

Sancho, que merecían molerle a palos; porque realmente le pareció que había andado atrevidillo con su señor, a quien le dijo:

—Yo, señor don Quijote de la Mancha, doy por bien empleadísima[1] la jornada que con vuesa merced he hecho, porque en ella he granjeado cuatro cosas. La primera, haber conocido a vuesa merced, que lo tengo a gran felicidad. La segunda, haber sabido lo que se encierra en esta cueva de Montesinos, con las mutaciones de Guadiana y de las lagunas de Ruidera, que me servirán para el *Ovidio español* que traigo entre manos. La tercera, entender la antigüedad de los naipes, que, por lo menos, ya se usaban en tiempo del emperador Carlo Magno, según puede colegirse de las palabras que vuesa merced dice que dijo Durandarte, cuando al cabo de aquel grande espacio que estuvo hablando con él Montesinos, él despertó diciendo: «Paciencia y barajar.» Y esta razón y modo de hablar no la pudo aprender encantado, sino cuando no lo estaba, en Francia y en tiempo del referido emperador Carlo Magno. Y esta averiguación me viene pintiparada para el otro libro que voy componiendo, que es *Suplemento de Virgilio Polidoro, en la invención de las antigüedades;* y creo que en el suyo no se acordó de poner la de los naipes, como la pondré yo ahora, que será de mucha importancia, y más alegando autor tan grave y tan verdadero como es el señor Durandarte. La cuarta es haber sabido con certidumbre el nacimiento del río Guadiana, hasta ahora ignorado de las gentes.

—Vuesa merced tiene razón—dijo don Quijote—; pero querría yo saber, ya que Dios le haga merced de que se le dé licencia para imprimir esos sus libros (que lo dudo), a quién piensa dirigirlos[2].

—Señores y grandes hay en España a quien puedan dirigirse—dijo el Primo.

—No muchos—respondió don Quijote—; y no porque no lo merezcan, sino que no quieren admitirlos, por no obligarse a la satisfación que parece se debe al trabajo y cortesía de sus autores. Un príncipe[3] conozco yo que puede suplir la falta de los demás, con tantas ventajas, que si me atreviese a decirlas, quizá despertara la invidia en más de cuatro generosos pechos; pero

---

[1] Popular, como *muy sabrosísimo* (cf. p. 486, n. 2).
[2] *Dirigir* = dedicar.
[3] Alude al conde de Lemos, persona *principal*.

2, 24.—UNA ERMITA

quédese esto aquí para otro tiempo más cómodo, y vamos a buscar adonde recogernos esta noche.

—No lejos de aquí—respondió el Primo—está una ermita donde hace su habitación un ermitaño, que dicen ha sido soldado, y está en opinión de ser un buen cristiano, y muy discreto, y caritativo además. Junto con la ermita tiene una pequeña casa, que él ha labrado a su costa; pero, con todo, aunque chica, es capaz de recibir huéspedes.

—¿Tiene por ventura gallinas el tal ermitaño?—preguntó Sancho.

—Pocos ermitaños están sin ellas—respondió don Quijote—; porque no son los que agora se usan como aquellos de los desiertos de Egipto, que se vestían de hojas de palma y comían raíces de la tierra. Y no se entienda que por decir bien de aquéllos no lo digo de aquéstos, sino que quiero decir que al rigor y estrecheza de entonces no llegan las penitencias de los de agora; pero no por esto dejan de ser todos buenos: a lo menos yo por buenos los juzgo; y cuando todo corra turbio[1], menos mal hace el hipócrita que se finge bueno que el público pecador.

Estando en esto, vieron que hacia donde ellos estaban venía un hombre a pie, caminando apriesa, y dando varazos a un macho que venía cargado de lanzas y de alabardas[2]. Cuando llegó a ellos, los saludó y pasó de largo. Don Quijote le dijo:

—Buen hombre, deteneos; que parece que vais con más diligencia que ese macho ha menester.

—No me puedo detener, señor—respondió el hombre—, porque las armas que veis que aquí llevo han de servir mañana, y así, me es forzoso el no detenerme, y a Dios. Pero si quisiéredes saber para qué las llevo, en la venta que está más arriba de la ermita pienso alojar esta noche; y si es que hacéis este mesmo camino, allí me hallaréis, donde os contaré maravillas. Y a Dios otra vez.

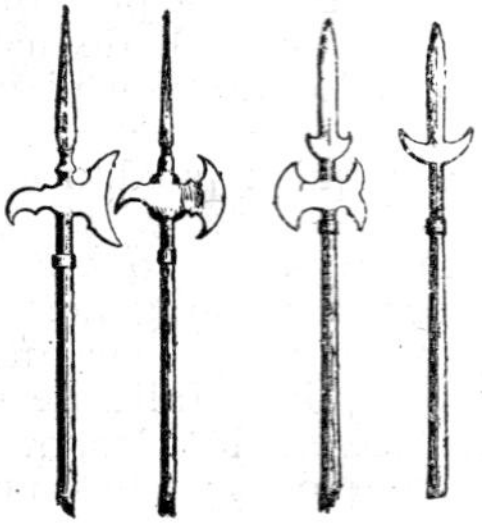

Alabardas   *Partesanas*

---

[1] *Cuando todo corra turbio* = por mal que sucedan las cosas.

[2] *Alabarda* = arma antigua de Infantería, que constaba de una asta de dos metros, y de una hoja aguda con una cuchilla trasversal, aguda por un extremo y en forma de hacha o media luna por el otro.

2, 24.—EL PAJE

Y de tal manera aguijó el macho, que no tuvo lugar don Quijote de preguntarle qué maravillas eran las que pensaba decirles; y como él era algo curioso y siempre le fatigaban deseos de saber cosas nuevas, ordenó que al momento se partiesen y fuesen a pasar la noche en la venta sin tocar en la ermita, donde quisiera el Primo que se quedaran.

Hízose así, subieron a caballo, y siguieron todos tres el derecho camino de la venta, a la cual llegaron un poco antes de anochecer. Dijo el Primo a don Quijote que llegasen a la ermita, a beber un trago. Apenas oyó esto Sancho Panza, cuando encaminó el rucio a ella, y lo mismo hicieron don Quijote y el Primo; pero la mala suerte de Sancho parece que ordenó que el ermitaño no estuviese en casa; que así se lo dijo una sotaermitaña[1] que en la ermita hallaron. Pidiéronle de lo caro[2]; respondió que su señor no lo tenía; pero que si querían agua barata, que se la daría de muy buena gana.

—Si yo la tuviera de agua—respondió Sancho—, pozos hay en el camino, donde la hubiera satisfecho. ¡Ah bodas de Camacho y abundancia de la casa de don Diego, y cuántas veces os tengo de echar de menos!

Con esto, dejaron la ermita y picaron hacia la venta; y a poco trecho toparon un mancebito, que delante dellos iba caminando no con mucha priesa, y así, le alcanzaron. Llevaba la espada sobre el hombro, y en ella puesto un bulto o envoltorio, al parecer, de sus vestidos, que, al parecer, debían de ser los calzones o gregüescos, y herreruelo, y alguna camisa; porque traía puesta una ropilla[3] de terciopelo, con algunas vis-

---

[1] *Una sotaermitaño* = una mujer al servicio del ermitaño.

[2] *De lo caro*, es decir, vino y de lo bueno.

[3] *Ropilla* = vestidura corta con mangas y brahones, de quienes penden regularmente otras mangas sueltas o perdidas, y se viste ajustadamente al medio cuerpo, sobre el jubón (cf. p. 253, n. 7).

«*Brahón*... son ciertas roscas, o dobles plegados, que caen encima de los hombros sobre el nacimiento de los brazos, que suelen poner en las mangas de los sayos y las ropas» (Cov.).

lumbres de raso, y la camisa, de fuera [1]; las medias eran de seda, y los zapatos cuadrados [2], a uso de Corte [3]; la edad llegaría a diez y ocho o diez y nueve años; alegre de rostro, y, al parecer, ágil de su persona. Iba cantando seguidillas, para entretener el trabajo del camino. Cuando llegaron a él, acababa de cantar una, que el Primo tomó de memoria, que dicen que decía:

> A la guerra me lleva mi necesidad;
> Si tuviera dineros, no fuera, en verdad [4].

El primero que le habló fué don Quijote, diciéndole:
—Muy a la ligera camina vuesa merced, señor galán. ¿Y adónde bueno [5]? Sepamos, si es que gusta decirlo.

A lo que el mozo respondió:
—El caminar tan a la ligera lo causa el calor y la pobreza; y el adónde voy es a la guerra.

—¿Cómo la pobreza?—preguntó don Quijote—. Que por el calor bien puede ser.

—Señor—replicó el mancebo—, yo llevo en este envoltorio unos gregüescos de terciopelo, compañeros desta ropilla; si los gasto en el camino, no me podré honrar con ellos en la ciudad, y no tengo con que comprar otros; y así por esto como por orearme voy desta manera, hasta alcanzar unas compañías de infantería que no están doce leguas de aquí, donde asentaré mi plaza, y no faltarán bagajes [6] en que caminar de allí adelante hasta el embarcadero, que dicen ha de ser en Cartagena. Y más quiero tener por amo y por señor al Rey, y servirle en la guerra, que no a un pelón [7] en la Corte.

—¿Y lleva vuesa merced alguna ventaja [8] por ventura?—preguntó el Primo.

—Si yo hubiera servido a algún grande de España, o algún

---

[1] Como que no llevaba puestos los calzones.
[2] *Cuadrado* = romo, sin punta.
[3] Los juanetes, como anota R. Marín, obligaron a usarlos al duque de Lerma, privado de Felipe III; y a los cortesanos el afán servil y adulatorio, propio de cortes.
[4] Hoy se escriben estas seguidillas en cuatro renglones.
[5] *¿Adónde bueno?* = ¿adónde va, o se va?
[6] *Bagaje* = bestia que lleva el bagaje o equipaje militar.
[7] *Pelón* = sin pelo; sin dinero.
[8] *Ventaja* = sobresueldo que se daba en premio de señalados servicios (cf. p. 6, 8.ª línea).

principal personaje—respondió el mozo—, a buen seguro que yo la llevara; que eso tiene el servir a los buenos: que del tinelo[1] suelen salir a ser alférez[2] o capitanes, o con algún buen entretenimiento[3]; pero yo, desventurado, serví siempre a catarriberas[4] y a gente advenediza, de ración y quitación[5] tan mísera y atenuada, que en pagar el almidonar un cuello se consumía la mitad della; y sería tenido a milagro que un paje aventurero alcanzase alguna siquiera razonable ventura.

—Y dígame por su vida, amigo—preguntó don Quijote—: ¿es posible que en los años que sirvió no ha podido alcanzar alguna librea[6]?

—Dos me han dado—respondió el Paje—; pero así como el que se sale de alguna religión antes de profesar le[7] quitan el hábito y le vuelven sus vestidos, así me volvían a mí los míos mis amos, que, acabados los negocios a que venían a la Corte se volvían a sus casas y recogían las libreas que por sola ostentación habían dado.

—Notable espilorchería[8], como dice el italiano—dijo don Quijote—; pero con todo eso, tenga a felice ventura el haber salido de la Corte con tan buena intención como lleva; porque no hay otra cosa en la tierra más honrada ni de más provecho que servir a Dios, primeramente, y luego, a su rey y señor natural, especialmente en el ejercicio de las armas, por las cuales se alcanzan, si no más riquezas, a lo menos, más honra que por las letras, como yo tengo dicho muchas veces; que puesto que han fundado más mayorazgos las letras que las armas, todavía llevan un no sé qué los de las armas a los de las letras, con un sí sé qué de esplendor que se halla en ellos, que los aventaja a todos. Y esto que ahora le quiero decir llévelo en la memoria; que le será de mucho provecho y alivio en sus trabajos: y es que aparte la imaginación de los sucesos adversos que le podrán ve-

---

[1] Cf. p. 441, n. 1.
[2] Antiguamente *alférez*, como hoy *Pérez*, servía para ambos números.
[3] *Entretenimiento* = pensión o asignación para el mantenimiento.
[4] *Catarriberas* = 1) mozo que en la caza de cetrería andaba catando o reconociendo las riberas para ojear la caza; 2) pretendiente que anda a caza de empleos.
[5] *Quitación* = salario en dinero, además de la ración o comida.
[6] Cf. p. 50, n. 1.
[7] *El que sale... le quitan* es una inconsecuencia gramatical (cf. pról. 13).
[8] *Espilorchería* = escasez, tacañería.

nir; que el peor de todos es la muerte, y como ésta sea buena, el mejor de todos es el morir. Preguntáronle a Julio César, aquel valeroso emperador romano, cuál era la mejor muerte; respondió que la impensada, la de repente y no prevista[1]; y aunque respondió como gentil y ajeno del conocimiento del verdadero Dios, con todo eso, dijo bien, para ahorrarse del sentimiento humano; que puesto caso que os maten en la primera facción[2] y refriega, o ya de un tiro de artillería, o volado de una mina, ¿qué importa? Todo es morir, y acabóse la obra; y según Terencio, más bien parece el soldado muerto en la batalla que vivo y salvo en la huída[3]; y tanto alcanza de fama el buen soldado cuanto tiene de obediencia a sus capitanes y a los que mandarle pueden. Y advertid, hijo, que al soldado mejor le está el oler a pólvora que a algalia[4], y que si la vejez os coge en este honroso ejercicio, aunque sea lleno de heridas y estropeado o cojo, a lo menos no os podrá coger sin honra, y tal, que no os la podrá menoscabar la pobreza; cuanto más que ya se va dando orden como se entretengan[5] y remedien los soldados viejos y estropeados; porque no es bien que se haga con ellos lo que suelen hacer los que ahorran[6] y dan libertad a sus negros cuando ya son viejos y no pueden servir, y echándolos de casa con título de libres, los hacen esclavos de la hambre, de quien no piensan ahorrarse[7] sino con la muerte. Y por ahora no os quiero decir más, sino que subáis a las ancas deste mi caballo hasta la venta, y allí cenaréis conmigo, y por la mañana seguiréis el camino, que os le dé Dios tan bueno como vuestros deseos merecen.

El Paje no aceptó el convite de las ancas, aunque sí el de cenar con él en la venta, y a esta sazón dicen que dijo Sancho entre sí: «¡Válate Dios por señor! ¿Y es posible que hombre que sabe decir tales, tantas y tan buenas cosas como aquí ha dicho, diga que ha visto los disparates imposibles que cuenta de la cueva de Montesinos? Ahora bien, ello dirá[8].»

Y en esto llegaron a la venta, a tiempo que anochecía, y no sin gusto de Sancho, por ver que su señor la juzgó por verda-

---

[1] Así lo cuenta Suetonio *César*, cap. 87.
[2] Acción.
[3] No se halla en Terencio esta sentencia.
[4] Cf. p. 85, n. 2.
[5] Mantengan.
[6] *Ahorrar* = hacer *horro* o libre al esclavo.
[7] Librarse.
[8] *Ello dirá* = los sucesos lo dirán.

dera venta, y no por castillo, como solía. No hubieron bien entrado, cuando don Quijote preguntó al Ventero por el hombre de las lanzas y alabardas; el cual le respondió que en la caballeriza estaba acomodando el macho. Lo mismo hicieron de sus jumentos el Primo y Sancho, dando a Rocinante el mejor pesebre y el mejor lugar de la caballeriza.

CAPITULO XXV.—Donde se apunta[1] la aventura del rebuzno y la graciosa del titerero, con las memorables adivinanzas del mono adivino.

No se le cocía el pan a don Quijote[2], como suele decirse, hasta oír y saber las maravillas prometidas del hombre condutor de las armas. Fuéle a buscar donde el Ventero le había dicho que estaba, y hallóle, y díjole que en todo caso le dijese luego lo que le había de decir después, acerca de lo que le había preguntado en el camino. El hombre le respondió:

—Más despacio, y no en pie, se ha de tomar el cuento de mis maravillas: déjeme vuesa merced, señor bueno, acabar de dar recado[3] a mi bestia; que yo le diré cosas que le admiren.

—No quede por eso—respondió don Quijote—; que yo os ayudaré a todo.

Y así lo hizo, ahechándole la cebada y limpiando el pesebre, humildad que obligó al hombre a contarle con buena voluntad lo que le pedía; y sentándose en un poyo, y don Quijote junto a él, teniendo por senado y auditorio al Primo, al Paje, a Sancho Panza y al Ventero, comenzó a decir desta manera:

—Sabrán vuesas mercedes que en un lugar que está cuatro leguas y media desta venta sucedió que a un regidor[4] dél, por industria y engaño de una muchacha criada suya, y esto es largo de contar, le faltó un asno, y aunque el tal regidor hizo las diligencias posibles por hallarle, no fué posible. Quince días serían pasados, según es pública voz y fama, que el asno faltaba, cuando, estando en la plaza el regidor perdidoso, otro regidor del mismo pueblo le dijo: «—Dadme albricias[5], com-

---

[1] *Se apunta* = se insinúa.
[2] Estaba impaciente.
[3] Cf. p. 549, n. 2.
[4] Cf. p. 598, n. 3.
[5] Cf. p. 333, n. 3.

2, 25.—UNA VENTA

padre; que vuestro jumento ha parecido». «—Yo os las mando [1], y buenas, compadre—respondió el otro—; pero sepamos dónde ha parecido.» «—En el monte—respondió el hallador—le vi esta mañana, sin albarda y sin aparejo alguno, y tan flaco, que era una compasión miralle. Quísele antecoger delante de mí y traérosle; pero está ya tan montaraz y tan huraño, que cuando llegué a él, se fué huyendo y se entró en lo más escondido del monte. Si queréis que volvamos los dos a buscarle dejadme poner esta borrica en mi casa; que luego vuelvo»: «—Mucho placer me haréis—dijo el del jumento—, e yo procuraré pagároslo en la mesma moneda». Con estas circunstancias todas y de la mesma manera que yo lo voy contando, lo cuentan todos aquellos que están enterados en la verdad deste caso. En resolución, los dos regidores, a pie y mano a mano [2], se fueron al monte, y llegando al lugar y sitio donde pensaron hallar el asno, no le hallaron, ni pareció por todos aquellos contornos, aunque más [3] le buscaron. Viendo, pues, que no parecía, dijo el regidor que le había visto, al otro: «—Mirad, compadre: una traza me ha venido al pensamiento, con la cual sin duda alguna podremos descubrir este animal aunque esté metido en las entrañas de la tierra, no que del monte; y es que yo sé rebuznar maravillosamente; y si vos sabéis algún tanto, dad el hecho por concluído». «—¿Algún tanto decís, compadre?—dijo el otro—. Por Dios que no dé la ventaja a nadie, ni aun a los mesmos asnos». «—Ahora lo veremos—respondió el regidor segundo—; porque tengo determinado que os vais [4] vos por una parte del monte y yo por otra, de modo que le rodeemos y andemos todo, y de trecho en trecho rebuznaréis vos y rebuznaré yo, y no podrá ser menos sino que el asno nos oya y nos responda, si es que está en el monte». A lo que respondió el dueño del jumento: «—Digo, compadre, que la traza es excelente y digna de vuestro gran ingenio». Y dividiéndose los dos según el acuerdo, sucedió que casi a un mesmo tiempo rebuznaron, y cada uno engañado del rebuzno del otro, acudieron a buscarse, pensando que ya el jumento había parecido; y en viéndose, dijo el perdidoso: «—¿Es posible, compadre, que no fué mi asno el que rebuznó?» «—No fué sino yo—respondió el otro». «—Ahora digo—dijo el dueño—

---

[1] Prometo.
[2] «*Ir mano a mano* es ir juntos a la par» (Cov.).
[3] Hoy diríamos *por más que* (cf. pról. 30).
[4] Por *vaydis* (cf. pról. 1).

2, 25.—AVENTURA DEL REBUZNO (*comienzo*)

que de vos a un asno, compadre, no hay alguna diferencia, en cuanto toca al rebuznar; porque en mi vida he visto ni oído cosa más propia». «—Esas alabanzas y encarecimiento—respondió el de la traza—mejor os atañen y tocan a vos que a mí, compadre; que por el Dios que me crió que podéis dar dos rebuznos de ventaja al mayor y más perito rebuznador del mundo; porque el sonido que tenéis es alto; lo sostenido de la voz, a su tiempo y compás; los dejos, muchos y apresurados; y, en resolución, yo me doy por vencido y os rindo la palma y doy la bandera desta rara habilidad». «—Ahora digo—respondió el dueño—que me tendré y estimaré en más de aquí adelante, y pensaré que sé alguna cosa, pues tengo alguna gracia; que puesto que pensara que rebuznara bien, nunca entendí que llegaba al estremo que decís». «—También diré yo ahora—respondió el segundo—que hay raras habilidades perdidas en el mundo, y que son mal empleadas en aquellos que no saben aprovecharse dellas». «—Las nuestras—respondió el dueño—si no es en casos semejantes como el que traemos entre manos, no nos pueden servir en otros; y aun en éste plegue a Dios que nos sean de provecho». Esto dicho, se tornaron a dividir y a volver a sus rebuznos, y a cada paso se engañaban y volvían a juntarse, hasta que se dieron por contraseño que para entender que eran ellos, y no el asno, rebuznasen dos veces, una tras otra. Con esto, doblando a cada paso los rebuznos, rodearon todo el monte sin que el perdido jumento respondiese, ni aun por señas. Mas ¿cómo había de responder el pobre y mal logrado, si le hallaron en lo más escondido del bosque, comido de lobos? Y en viéndole, dijo su dueño: «—Ya me maravillaba yo de que él no respondía, pues a no estar muerto, él rebuznara si nos oyera, o no fuera asno; pero a trueco de haberos oído rebuznar con tanta gracia, compadre, doy por bien empleado el trabajo que he tenido en buscarle, aunque le he hallado muerto». «—En buena mano está[1], compadre—respondió el otro—; pues si bien canta el abad, no le va en zaga el monacillo». Con esto, desconsolados y roncos, se volvieron a su aldea, adonde contaron a sus amigos, vecinos y conocidos cuanto les había acontecido en la busca del asno, exagerando el uno la gracia del otro en el rebuznar, todo lo cual se supo y se estendió por los lugares

---

[1] *En buena mano está* (el vaso) se decía al que ofrecía el vaso, rehusando la invitación a beber primero. Metafóricamente equivalía a decir: *más eres tú, mejor lo haces tú.*

circunvecinos; y el diablo, que no duerme, como es amigo de sembrar y derramar rencillas y discordia por doquiera, levantando caramillos en el viento[1] y grandes quimeras de no nada[2], ordenó e hizo que las gentes de los otros pueblos, en viendo a alguno de nuestra aldea, rebuznasen, como dándoles en rostro con el rebuzno de nuestros regidores. Dieron en ello los muchachos[3], que fué dar en manos y en bocas de todos los demonios del infierno, y fué cundiendo el rebuzno de en uno en otro pueblo, de manera, que son conocidos los naturales del pueblo del rebuzno[4] como son conocidos y diferenciados los negros de los blancos; y ha llegado a tanto la desgracia desta burla, que muchas veces con mano armada y formado escuadrón han salido contra los burladores los burlados a darse la batalla[5], sin poderlo remediar rey ni roque[6], ni temor ni vergüenza. Yo creo que mañana o esotro día han de salir en campaña los de mi pueblo, que son los del rebuzno, contra otro lugar que está a dos leguas del nuestro, que es uno de los que más nos persiguen; y por salir bien apercebidos, llevo compradas estas lanzas y alabardas que habéis visto. Y éstas son las maravillas que dije que os había de contar; y si no os lo han parecido, no sé otras.

Y con esto dió fin a su plática el buen hombre, y en esto, entró por la puerta de la venta un hombre todo vestido de camuza, medias[7], gregüescos y jubón, y con voz levantada, dijo:

—Señor huésped, ¿hay posada? Que viene aquí el mono adivino y el retablo[8] de la libertad de Melisendra.

---

[1] *Levantar*, o *armar caramillos* = forjar embustes, chismes, discordias. Clemencín sospecha que Cervantes añadió *en el viento*, influído por otro dicho parecido: *levantar castillos en el aire*.
[2] *No nada* = nada (cf. pról. 17).
[3] *Dar en* = caer en.
[4] Según R. Marín, a los de Alconchel, pueblecito del partido judicial de Belmonte (en la Mancha de Aragón), llaman por allí *los burros y los del rebuzno*.
[5] Hoy diríamos *han salido a darles la batalla*, o *burladores y burlados han salido a darse la batalla*.
[6] Cf. p. 601, n. 4.
[7] Las medias de camuza serían más bien polainas (cf. p. 321, n. 2).
[8] «*Retablo*, comúnmente se toma por la tabla en que está pintada alguna historia de devoción... Algunos extranjeros suelen traer una caja de títeres, que representa alguna historia sagrada, y de allí les dieron el nombre de retablos» (Cov.). «*Títeres*, ciertas figurillas que suelen traer extranjeros en unos retablos, que mostrando tan solamente el cuerpo dellos, los gobiernan como si ellos mesmos se moviesen, y los maestros que están

2, 25.—AVENTURA DEL TITERERO

—¡Cuerpo de tal—dijo el Ventero—, que aquí está el señor mase[1] Pedro! Buena noche se nos apareja.

Olvidábaseme de decir cómo el tal mase Pedro traía cubierto el ojo izquierdo y casi medio carrillo con un parche de tafetán verde, señal que todo aquel lado debía de estar enfermo; y el Ventero prosiguió, diciendo:

—Sea bien venido vuesa merced, señor mase Pedro. ¿Adónde está el mono y el retablo, que no los veo?

—Ya llegan cerca—respondió el todo camuza—; sino que yo me he adelantado a saber si hay posada.

—Al mismo Duque de Alba se la quitara yo para dársela al señor mase Pedro—respondió el Ventero—: llegue el mono y el retablo; que gente hay esta noche en la venta, que pagará el verle, y las habilidades del mono.

—Sea en buena hora—respondió el del parche—; que yo moderaré el precio, y con sola la costa[2] me daré por bien pagado; y yo vuelvo, a hacer que camine la carreta donde viene el mono y el retablo.

Y luego se volvió a salir de la venta.

Preguntó luego don Quijote al Ventero qué mase Pedro era aquél, y qué retablo, y qué mono traía. A lo que respondió el Ventero:

—Éste es un famoso titerero, que ha muchos días anda por esta Mancha de Aragón[3] enseñando un retablo de la libertad de Melisendra, dada por el famoso don Gaiferos, que es una de las mejores y más bien representadas historias que de muchos años a esta parte en este reino se han visto. Trae asimismo consigo un mono de la más rara habilidad que se vió entre monos, ni se imaginó entre hombres; porque si le preguntan algo, está atento a lo que le preguntan y luego salta sobre los hombros de su amo, y, llegándosele al oído, le dice la respuesta de lo que le preguntan, y maese Pedro la declara luego; y de las cosas pasadas dice mucho más que de las que están por venir, y aunque no todas veces acierta en todas, en las más no yerra,

---

dentro detrás de un repostero y del castillo que tienen de madera están silbando con unos pitos, que parece hablar las mesmas figuras, y el intérprete que está acá fuera declara lo que quieren decir» (Cov.).
[1] *Mase* = maese.
[2] *Costa* = precio de la posada u hospedaje.
[3] La Mancha de (Monte) Aragón era la parte oriental de la Mancha, y pertenecía al reino de Castilla.

de modo que nos hace creer que tiene el diablo en el cuerpo. Dos reales lleva por cada pregunta, si es que el mono responde, quiero decir, si responde el amo por él, después de haberle hablado al oído; y así, se cree que el tal maese Pedro esta riquísimo; y es *hombre galante* (como dicen en Italia) y *bon compaño*[1], y dase la mejor vida del mundo; habla más que seis y bebe más que doce, todo a costa de su lengua, y de su mono, y de su retablo.

En esto, volvió maese Pedro, y en una carreta venía el retablo, y el mono, grande y sin cola, con las posaderas de fieltro[2], pero no de mala cara; y apenas le vió don Quijote, cuando le preguntó:

—Dígame vuesa merced, señor adivino: *¿qué peje pillamo*[3]? ¿Qué ha de ser de nosotros? Y vea aquí mis dos reales.

Y mandó a Sancho que se los diese a maese Pedro, el cual respondió por el mono, y dijo:

—Señor, este animal no responde ni da noticia de las cosas que están por venir; de las pasadas sabe algo, y de las presentes, algún tanto.

—¡Voto a Rus[4]—dijo Sancho—no dé yo un ardite porque me digan lo que por mí ha pasado!; porque ¿quién lo puede saber mejor que yo mesmo? Y pagar yo por que me digan lo que sé sería una gran necedad; pero pues sabe las cosas presentes, he aquí mis dos reales, y dígame el señor monísimo qué hace ahora mi mujer Teresa Panza, y en qué se entretiene.

No quiso tomar maese Pedro el dinero, diciendo:

—No quiero recebir adelantados los premios, sin que hayan precedido los servicios.

Y dando con la mano derecha dos golpes sobre el hombro izquierdo, en un brinco se le puso el mono en él, y llegando la boca al oído, daba diente con diente muy apriesa; y habiendo hecho este ademán por espacio de un credo, de otro brinco se puso en el suelo, y al punto, con grandísima priesa, se fué maese Pedro a poner de rodillas ante don Quijote, y abrazándole las piernas, dijo:

---

[1] *Galantuomo* = hombre de bien, honrado. *Buon compagno* = alegre; condescendiente, buen hombre.
[2] Así llama a las del mono, por lo duras; para *fieltro* (cf. p. 696, n. 1).
[3] *¿Qué pez cogemos, o cogeremos?* Era una de tantas frases traídas por nuestros soldados de Italia.
[4] A Dios: es eufemismo (cf. pról. 3).

2, 25.—AVENTURA DEL TITERERO

—Estas piernas abrazo, bien así como si abrazara las dos colunas de Hércules [1], ¡oh resucitador insigne de la ya puesta en olvido andante caballería! ¡Oh no jamás como se debe alabado caballero don Quijote de la Mancha, ánimo de los desmayados, arrimo de los que van a caer, brazo de los caídos, báculo y consuelo de todos los desdichados!

Quedó pasmado don Quijote, absorto Sancho, suspenso el Primo, atónito el Paje, abobado el del rebuzno, confuso el Ventero, y, finalmente, espantados todos los que oyeron las razones del titerero; el cual prosiguió, diciendo:

—Y tú, ¡oh buen Sancho Panza!, el mejor escudero y del mejor caballero del mundo, alégrate; que tu buena mujer Teresa está buena, y ésta es la hora en que ella está rastrillando una libra de lino, y, por más señas, tiene a su lado izquierdo un jarro desbocado que cabe un buen porqué de [2] vino, con que se entretiene en su trabajo.

—Eso creo yo muy bien—respondió Sancho—; porque es ella una bienaventurada, y a no ser celosa, no la trocara yo por la giganta Andandona, que, según mi señor, fué una mujer muy cabal y muy de pro; y es mi Teresa de aquellas que no se dejan mal pasar, aunque sea a costa de sus herederos.

—Ahora digo—dijo a esta sazón don Quijote—que el que lee mucho y anda mucho, vee mucho y sabe mucho. Digo esto porque ¿qué persuasión fuera bastante para persuadirme que hay monos en el mundo que adivinen, como lo he visto ahora por mis propios ojos? Porque yo soy el mesmo don Quijote de la Mancha que este buen animal ha dicho, puesto que se ha estendido algún tanto en mis alabanzas; pero como quiera que yo me sea, doy gracias al cielo, que me dotó de un ánimo blando y compasivo, inclinado siempre a hacer bien a todos, y mal a ninguno.

---

[1] «*Colunas de Hércules* son dos montes que están en el estrecho que llamamos de Gibraltar: el que está en la parte de Africa llaman *Ábyla*, y el de nuestra Europa, *Calpe*. Fingieron los antiguos que estando estos dos montes juntos y contiguos, Hércules los dividió, y así se dió por allí entrada al mar Océano, de que resultó el Mediterráneo. Otros dicen que mirados estos dos montes de lejos en la mar parecen dos colunas. Y añaden a esto que en la Isla de Cádiz había dos colunas de metal, y de altura de ocho codos, adonde concurrían todos los que salían del mar y habían hecho voto a Hércules, de las cuales colgarían sus tablillas votivas» (Cov.).
[2] Puede contener una buena cantidad de...

2, 25.—UNA VENTA

—Si yo tuviera dineros—dijo el Paje—, preguntara al señor mono qué me ha de suceder en la peregrinación que llevo.

A lo que respondió maese Pedro, que ya se había levantado de los pies de don Quijote:

—Ya he dicho que esta bestezuela no responde a lo por venir; que si respondiera, no importara no haber dineros; que por servicio del señor don Quijote, que está presente, dejara yo todos los intereses del mundo. Y agora, porque se lo debo[1], y por darle gusto, quiero armar mi retablo y dar placer a cuantos están en la venta, sin paga alguna.

Oyendo lo cual el Ventero, alegre sobremanera, señaló el lugar donde se podía poner el retablo, que en un punto fué hecho.

Don Quijote no estaba muy contento con las adivinanzas del mono, por parecerle no ser a propósito que un mono adivinase, ni las de por venir, ni las pasadas cosas; y así, en tanto que maese Pedro acomodaba el retablo, se retiró don Quijote con Sancho a un rincón de la caballeriza, donde, sin ser oídos de nadie, le dijo:

—Mira, Sancho, yo he considerado bien la estraña habilidad deste mono, y hallo por mi cuenta que sin duda este maese Pedro su amo debe de tener hecho pacto, tácito o espreso, con el demonio.

—Si el patio es espeso[2] y del demonio—dijo Sancho—, sin duda debe de ser muy sucio patio; pero ¿de qué provecho le es al tal maese Pedro tener esos patios?

—No me entiendes, Sancho: no quiero decir sino que debe de tener hecho algún concierto con el demonio, de que infunda esa habilidad en el mono, con que gane de comer, y después que esté rico le dará su alma, que es lo que este universal enemigo pretende. Y háceme creer esto el ver que el mono no responde sino a las cosas pasadas o presentes, y la sabiduría del diablo no se puede estender a más; que las por venir no las sabe si no es por conjeturas, y no todas veces; que a solo Dios está reservado conocer los tiempos y los momentos[3], y para Él no hay pasado ni porvenir; que todo es presente. Y siendo esto así, como lo es, está claro que este mono habla con el estilo del

---

[1] Maese Pedro era Ginés de Pasamonte.
[2] *Patio* por *pacto*, y *espeso* por *expreso*. «*Espeso* llamamos al que no es limpio, por estar grasiento...; y la poca limpieza del hombre, o la mujer, o del lugar, llamamos *espesura*» (Cov.).
[3] Reminiscencia de la Escritura (Act. Apost. I, 7).

diablo; y estoy maravillado cómo no le han acusado al Santo Oficio, y examinádole, y sacádole de cuajo[1] en virtud de quién adivina; porque cierto está que este mono no es astrólogo, ni su amo ni él alzan, ni saben alzar, estas figuras que llaman judiciarias[2], que tanto ahora se usan en España, que no hay mujercilla, ni paje, ni zapatero de viejo que no presuma de alzar una figura, como si fuera una sota de naipes del suelo[3], echando a perder con sus mentiras e ignorancias la verdad maravillosa de la ciencia. De una señora sé yo que preguntó a uno destos figureros que si una perrilla de falda[4], pequeña, que tenía, si se empreñaría y pariría, y cuántos y de qué color serían los perros que pariese. A lo que el señor judiciario, después de haber alzado la figura, respondió que la perrita se empreñaría y pariría tres perritos, el uno verde, el otro encarnado y el otro de mezcla, con tal condición, que la tal perra se cubriese entre las once y doce del día o de la noche, y que fuese en lunes o sábado; y lo que sucedió fué que de allí a dos días se murió la perra de ahita y el señor levantador quedó acreditado en el lugar por acertadísimo judiciario, como lo quedan todos o los más levantadores.

—Con todo eso, querría—dijo Sancho—que vuesa merced dijese a maese Pedro preguntase a su mono si es verdad lo que a vuesa merced le pasó en la cueva de Montesinos; que yo para mí tengo, con perdón de vuesa merced, que todo fué embeleco y mentira, o, por lo menos, cosas soñadas.

—Todo podría ser—respondió don Quijote—; pero yo haré lo que me aconsejas, puesto que me ha de quedar un no sé qué de escrúpulo[5].

Estando en esto, llegó maese Pedro a buscar a don Quijote y decirle que ya estaba en orden el retablo; que su merced viniese a verle, porque lo merecía. Don Quijote le comunicó su pensamiento, y le rogó preguntase luego a su mono le dijese si

---

[1] De raíz.
[2] «Los astrólogos judiciarios [cf. p. 653, n. 2] llaman levantar figura, disponer en las doce casas que señalan, los lugares donde en aquel punto se hallan los signos del zodíaco, y en ellos los planetas y los lugares de las estrellas fijas» (Cov.). En la *Enciclopedia* de Espasa (v. *astrología*) pueden verse algunas de estas figuras y el modo de interpretarlas.
[3] *Como si* esto *fuera* alzar *un naipe del suelo.*
[4] *Perro de falda, o faldero* = el que por ser pequeño puede estar en las faldas de las mujeres.
[5] Por haber incitado a otro a una acción prohibida.

2, 25.—UNA VENTA

ciertas cosas que había pasado en la cueva de Montesinos habían sido soñadas, o verdaderas; porque a él le parecía que tenían de todo. A lo que maese Pedro, sin responder palabra, volvió a traer el mono, y puesto delante de don Quijote y de Sancho, dijo:

—Mirad, señor mono, que este caballero quiere saber si ciertas cosas que le pasaron en una cueva llamada de Montesinos, si [1] fueron falsas, o verdaderas.

Y haciéndole la acostumbrada señal, el mono se le subió en el hombro izquierdo, y hablándole, al parecer, en [2] el oído, dijo luego maese Pedro:

—El mono dice que parte de las cosas que vuesa merced vió, o pasó, en la dicha cueva son falsas, y parte verisímiles; y que esto es lo que sabe, y no otra cosa, en cuanto a esta pregunta [3]; y que si vuesa merced quisiere saber más, que el viernes venidero responderá a todo lo que se le preguntare; que por ahora se le ha acabado la virtud, que no le vendrá hasta el viernes, como dicho tiene [4].

—¿No lo decía yo—dijo Sancho—, que no se me podía asentar todo lo que vuesa merced, señor mío, ha dicho de los acontecimientos de la cueva era verdad, ni aun la mitad?

—Los sucesos lo dirán, Sancho—respondió don Quijote—; que el tiempo, descubridor de todas las cosas, no se deja ninguna que no la saque a la luz del sol, aunque esté escondida en los senos de la tierra. Y por ahora, baste esto, y vámonos a ver el retablo del buen maese Pedro, que para mí tengo que debe de tener alguna novedad.

—¿Cómo alguna?—respondió maese Pedro—. Sesenta mil encierra en sí este mi retablo; dígolo a vuesa merced, mi señor don Quijote, que es una de las cosas más de ver que hoy tiene el mundo, y *operibus credite, et non verbis* [5], y manos a labor; que se hace tarde y tenemos mucho que hacer, y que decir, y que mostrar.

Obedeciéronle don Quijote y Sancho, y vinieron donde ya

---

[1] Sobraba este *si* (cf. pról. 23).
[2] *En* = a (cf. pról. 12).
[3] *Esto es...*: fórmula escribanil, dice R. Marín, para terminar las respuestas de los testigos.
[4] *Como dicho tiene*: otra frase escribanil.
[5] Alusión al evangelio de San Juan, 10, 38: Fiaos de mis obras, ya que no de mis palabras.

estaba el retablo puesto y descubierto, lleno por todas partes de candelillas[1] de cera encendidas, que le hacían vistoso y resplandeciente. En llegando, se metió maese Pedro dentro dél, que era el que había de manejar las figuras del artificio, y fuera se puso un muchacho, criado del maese Pedro, para servir de intérprete y declarador de los misterios del tal retablo; tenía una varilla en la mano, con que señalaba las figuras que salían.

Puestos, pues, todos cuantos había en la venta, y algunos en pie, frontero[2] del retablo, y acomodados don Quijote, Sancho, el Paje y el Primo en los mejores lugares, el trujamán[3] comenzó a decir lo que oirá y verá el que le oyere, o viere el capítulo siguiente.

CAPITULO XXVI.—Donde se prosigue la graciosa aventura del titerero, con otras cosas en verdad harto buenas.

«CALLARON todos, tirios y troyanos[4]»,

quiero decir, pendientes estaban todos los que el retablo miraban de la boca del declarador de sus maravillas, cuando se oyeron sonar en el retablo cantidad de atabales[5] y trompetas, y dispararse mucha artillería, cuyo rumor pasó en tiempo breve, y luego alzó la voz el muchacho, y dijo:

—Esta verdadera historia que aquí a vuesas mercedes se representa es sacada al pie de la letra de las corónicas francesas y de los romances españoles que andan en boca de las gentes,

---

[1] Velitas.
[2] En frente (cf. pról. 2).
[3] *Trujamán*, *trujimán* o *truchimán* = intérprete.
[4] *Primer verso del segundo libro de la traducción de la* Eneida, *hecha por* G. Hernández de Velasco *y publicada en* 1557.
[5] «*Atabal*, por otro nombre dicho atambor o caja por ser una caja redonda, cubierta de una parte y de otra con pieles rasas de becerros... También significa los instrumentos de regocijo que se tocan a los juegos de cañas y fiestas: éstos no tienen más que una haz, y llévanlos en bestias... Con los atabales andan juntas las trompetas, como con los atambores los pífanos» (Cov.); cf. p. 164, n. 4. Se ve que *atabales* aquí es sinónimo de *timbales*.

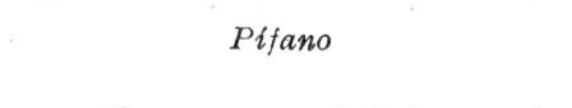

Pífano

y de los muchachos, por esas calles. Trata de la libertad que dió el señor don Gaiferos a su esposa Melisendra, que estaba cautiva en España, en poder de moros, en la ciudad de Sansueña, que así se llamaba entonces la que hoy se llama Zaragoza; y vean vuesas mercedes allí cómo está jugando a las tablas[1] don Gaiferos, según aquello que se canta:

> Jugando está a las tablas don Gaiferos,
> Que ya de Melisendra está olvidado.

Y aquel personaje que allí asoma con corona en la cabeza y ceptro en las manos es el emperador Carlo Magno, padre putativo de la tal Melisendra, el cual, mohino de ver el ocio y descuido de su yerno, le sale a reñir; y adviertan con la vehemencia y ahinco que[2] le riñe, que no parece sino que le quiere dar con el ceptro media docena de coscorrones, y aun hay autores que dicen que se los dió, y muy bien dados; y después de haberle dicho muchas cosas acerca del peligro que corría su honra en no procurar la libertad de su esposa, dicen que le dijo:

> «—Harto os he dicho: miradlo.»

Miren vuesas mercedes también cómo el Emperador vuelve las espaldas y deja despechado a don Gaiferos, el cual ya ven cómo arroja, impaciente de la cólera, lejos de sí el tablero y las tablas, y pide apriesa las armas, y a don Roldán su primo pide prestada su espada Durindana, y cómo don Roldán no se la quiere prestar, ofreciéndole su compañía en la difícil empresa en que se pone; pero el valeroso enojado no lo quiere aceptar; antes dice que él solo es bastante para sacar a su esposa, si bien estuviese metida en el más hondo centro de la tierra; y con esto, se entra a armar, para ponerse luego en camino. Vuelvan vuesas mercedes los ojos a aquella torre que allí parece, que se presupone que es una de las torres del alcázar de Zaragoza, que ahora llaman la Aljafería; y aquella dama que en aquel balcón parece, vestida a lo moro, es la sin par Melisendra, que desde allí muchas veces se ponía a mirar el camino de Francia, y puesta la imaginación en París y en su esposo, se consolaba en su cautiverio. Miren también un nuevo caso que ahora sucede, quizá no visto jamás. ¿No veen aquel moro que

---
[1] Juego semejante al ajedrez.
[2] Hoy diríamos *adviertan la vehemencia... con que le riñe* (cf. pról. 26).

2, 26.—AVENTURA DEL TITERERO

callandico y pasito a paso, puesto el dedo en la boca, se llega por las espaldas de Melisandra? Pues miren cómo la da un beso en la mitad de los labios, y la priesa que ella se da a escupir, y a limpiárselos con la blanca manga de su camisa, y cómo se lamenta, y se arranca de pesar sus hermosos cabellos, como si ellos tuvieran la culpa del maleficio. Miren también cómo aquel grave moro que está en aquellos corredores es el rey Marsilio de Sansueña; el cual, por haber visto la insolencia del moro, puesto que era un pariente y gran privado suyo, le mandó luego prender, y que le den docientos azotes, llevándole por las calles acostumbradas[1] de la ciudad.

«Con chilladores delante
Y envaramiento detrás[2]»;

y veis aquí donde salen a ejecutar la sentencia, aun bien apenas no[3] habiendo sido puesta en ejecución la culpa; porque entre moros no hay «traslado a la parte», ni «a prueba y estése[4]», como entre nosotros.

—Niño, niño—dijo con voz alta a esta sazón don Quijote—, seguid vuestra historia línea recta, y no os metáis en las curvas o transversales; que para sacar una verdad en limpio menester son muchas pruebas y repruebas.

También dijo maese Pedro desde dentro:

—Muchacho, no te metas en dibujos, sino haz lo que ese señor te manda, que será lo más acertado; sigue tu canto llano, y no te metas en contrapuntos[5], que se suelen quebrar de sotiles.

—Yo lo haré así—respondió el muchacho, y prosiguió, diciendo—: Esta figura que aquí parece a caballo, cubierta con una capa gascona[6], es la mesma de don Gaiferos; aquí ven su

---

[1] Cf. p. 245, n. 3.

[2] Con pregoneros delante, y alguaciles (con vara, insignia de su autoridad) detrás.

[3] Esto es muy pleonástico: bastaba *aun no* y se añade *bien* y *apenas*. Para el orden de estas palabras (cf. pról. 27).

[4] *Traslado* = comunicación que se da a una de las partes que litigan, de las pretensiones o alegatos de la otra. *A prueba y estése*, como dice R. Marín, es una orden abreviada: sea la parte acusada sometida *a prueba, y estése* en la cárcel.

[5] Cf. p. 157, n. 3.

[6] Los *gabachos* (= franceses meridionales, que ganaban en España trabajando en oficios humildes), dice Covarrubias (v. *gabán)*, «traen unas capas que llaman *gasconas*».

esposa[1], ya vengada del atrevimiento del enamorado moro; con mejor y más sosegado semblante, se ha puesto a los miradores de la torre, y habla con su esposo, creyendo que es algún pasajero, con quien pasó todas aquellas razones y coloquios de aquel romance que dicen:

> «Caballero, si a Francia ides[2],
> Por Gaiferos preguntad»;

las cuales no digo yo ahora, porque de la prolijidad se suele engendrar el fastidio; basta ver cómo don Gaiferos se descubre, y que por los ademanes alegres que Melisendra hace se nos da a entender que ella le ha conocido, y más ahora que veemos se descuelga del balcón, para ponerse en las ancas del caballo de su buen esposo. Mas ¡ay sin ventura! que se le ha asido una punta del faldellín[3] de uno de los hierros del balcón, y está pendiente en el aire, sin poder llegar al suelo. Pero veis cómo el piadoso cielo socorre en las mayores necesidades: pues llega don Gaiferos, y sin mirar si se rasgará o no el rico faldellín, ase della, y mal su grado la hace bajar al suelo, y luego, de un brinco, la pone sobre las ancas de su caballo, a horcajadas como hombre, y la manda que se tenga fuertemente y le eche los brazos por las espaldas, de modo que los cruce en el pecho, porque no se caiga, a causa que no estaba la señora Melisendra acostumbrada a semejantes caballerías. Veis también cómo los relinchos del caballo dan señales que va contento con la valiente y hermosa carga que lleva en su señor y en su señora. Veis cómo vuelven las espaldas y salen de la ciudad, y alegres y regocijados toman de París la vía. ¡Vais[4] en paz, oh par sin par de verdaderos amantes! ¡Lleguéis a salvamento a vuestra deseada patria, sin que la fortuna ponga estorbo en vuestro felice viaje! ¡Los ojos de vuestros amigos y parientes os vean gozar en paz tranquila los días (que los de Nestor sean[5]) que os quedan de la vida!

Aquí alzó otra vez la voz maese Pedro, y dijo:

---

[1] La edición príncipe dice *a quien su esposa*.
[2] Por *vais* (cf. pról. 1).
[3] Cf. p. 788, n. 3.
[4] *Vais* = vayáis = id.
[5] De Nestor, uno de los reyes griegos que acudieron a la guerra de Troya, se cuenta que reinó sobre tres generaciones de hombres.

—¡Llaneza, muchacho; no te encumbres; que toda afectación es mala!

No respondió nada el intérprete; antes prosiguió, diciendo:

—No faltaron algunos ociosos ojos, que lo suelen ver todo, que no[1] viesen la bajada y la subida de Melisandra, de quien dieron noticia al rey Marsilio, el cual mandó luego tocar al arma: y miren con qué priesa; que ya la ciudad se hunde con el son de las campanas, que en todas las torres de las mezquitas suenan.

—¡Eso no!—dijo a esta sazón don Quijote—. En esto de las campanas anda muy impropio maese Pedro, porque entre moros no se usan campanas, sino atabales, y un género de dulzainas que parecen nuestras chirimías[2]; y esto de sonar campanas en Sansueña sin duda que es un gran disparate.

Lo cual oído por maese Pedro, cesó el tocar, y dijo:

—No mire vuesa merced en niñerías, señor don Quijote, ni quiera llevar las cosas tan por el cabo, que no se le halle. ¿No se representan por ahí, casi de ordinario, mil comedias llenas de mil impropiedades y disparates, y, con todo eso, corren felicísimamente su carrera, y se escuchan, no sólo con aplauso, sino con admiración y todo? Prosigue, muchacho, y deja decir; que como yo llene mi talego, siquiera represente más impropiedades que átomos tiene el sol.

—Así es la verdad—replicó don Quijote.

Y el muchacho dijo:

—Miren cuánta y cuán lucida caballería sale de la ciudad en siguimiento de los dos católicos amantes; cuántas trompetas que suenan, cuántas dulzainas que tocan y cuántos atabales y atambores que retumban. Témome que los han de alcanzar, y los han de volver atados a la cola de su mismo caballo, que sería un horrendo espetáculo.

Viendo y oyendo, pues, tanta morisma y tanto estruendo don Quijote, parecióle ser bien dar ayuda a los que huían, y levantándose en pie, en voz alta dijo:

—No consentiré yo que en mis días y en mi presencia se le haga superchería[3] a tan famoso caballero y a tan atrevido

---

[1] Hoy omitiríamos este *no* (cf. pról. 24).

[2] *Chirimía* = instrumento músico de viento, hecho de madera, a modo de clarinete, de unos siete decímetros de largo, con diez agujeros y boquilla con lengüeta de caña. *Dulzaina* = instrumento semejante a la chirimía, pero más corto y de tonos más altos.

[3] En italiano *soperchiería* o *soverchiería* es el ultraje inferido al débil

enamorado como don Gaiferos. ¡Deteneos, mal nacida canalla; no le sigáis ni persigáis; si no, conmigo sois en la batalla!

Y diciendo y haciendo, desenvainó la espada, y de un brinco se puso junto al retablo, y con acelerada y nunca vista furia comenzó a llover cuchilladas sobre la titerera morisma, derribando a unos, descabezando a otros, estropeando a éste, destrozando a aquél, y, entre otros muchos, tiró un altibajo[1] tal, que si maese Pedro no se abaja, se encoge y agazapa, le cercenara la cabeza con más facilidad que si fuera hecha de masa de mazapán. Daba voces maese Pedro, diciendo:

—Deténgase vuesa merced, señor don Quijote, y advierta que estos que derriba, destroza y mata no son verdaderos moros, sino unas figurillas de pasta. ¡Mire, pecador de mí, que me destruye y echa a perder toda mi hacienda!

Mas no por esto dejaba de menudear don Quijote cuchilladas, mandobles, tajos y reveses como llovidos[2]. Finalmente, en menos de dos credos dió con todo el retablo en el suelo, hechas pedazos y desmenuzadas todas sus jarcias[3] y figuras: el rey Marsilio, mal herido; y el emperador Carlo Magno, partida la corona y la cabeza en dos partes. Alborotóse el senado de los oyentes, huyóse el mono por los tejados de la venta, temió el Primo, acobardóse el Paje, y hasta el mesmo Sancho Panza tuvo pavor grandísimo, porque, como él juró después de pasada la borrasca, jamás había visto a su señor con tan desatinada cólera. Hecho, pues, el general destrozo del retablo, sosegóse un poco don Quijote, y dijo:

—Quisiera yo tener aquí delante en este punto todos aquellos que no creen ni quieren creer de cuánto provecho sean en el mundo los caballeros andantes: miren, si no me hallara yo aquí presente, qué fuera del buen don Gaiferos y de la hermosa Melisendra; a buen seguro que ésta fuera ya la hora que los hubieran alcanzado estos canes, y les hubieran hecho algún desaguisado. En resolución, ¡viva la andante caballería sobre cuantas cosas hoy viven en la tierra!

—¡Viva en hora buena—dijo a esta sazón con voz enfer-

---

por el fuerte (gracias al número, armas, autoridad). En español vale *engaño, fraude.*
[1] O fendiente (cf. p. 116, n. 1).
[2] En gran número.
[3] Maquinaria, tramoya (cf. p. 632, n. 3).

— 812 —

miza maese Pedro—, y muera yo, pues soy tan desdichado, que puedo decir con el rey don Rodrigo:

> «Ayer fuí señor de España,
> Y hoy no tengo una almena
> Que pueda decir que es mía!»

No ha media hora, ni aun un mediano momento, que me vi señor de reyes y de emperadores, llenas mis caballerizas y mis cofres y sacos de infinitos caballos y de innumerables galas, y agora me veo desolado y abatido, pobre y mendigo, y, sobre todo, sin mi mono, que a fe que primero que le vuelva a mi poder me han de sudar los dientes; y todo por la furia mal considerada deste señor caballero, de quien se dice que ampara pupilos y endereza tuertos, y hace otras obras caritativas, y en mí solo ha venido a faltar su intención generosa, que sean benditos y alabados los cielos, allá donde tienen más levantados sus asientos. En fin, el Caballero de la Triste Figura había de ser aquel que había de desfigurar las mías.

Enterneciose Sancho Panza con las razones de maese Pedro, y díjole:

—No llores, maese Pedro, ni te lamentes, que me quiebras el corazón; porque te hago saber que es mi señor don Quijote tan católico y escrupuloso cristiano, que si él cae en la cuenta de que te ha hecho algún agravio, te lo sabrá y te lo querrá pagar y satisfacer con muchas ventajas.

—Con que me pagase el señor don Quijote alguna parte de las hechuras[1] que me ha deshecho quedaría contento, y su merced aseguraría su conciencia; porque no se puede salvar quien tiene lo ajeno contra la voluntad de su dueño y no lo restituye.

—Así es—dijo don Quijote—; pero hasta ahora yo no sé que tenga nada vuestro, maese Pedro.

—¿Cómo no?—respondió maese Pedro—. Y estas reliquias que están por este duro y estéril suelo, ¿quién las esparció y aniquiló sino la fuerza invencible dese poderoso brazo? ¿Y cúyos eran sus cuerpos sino míos? ¿Y con quién me sustentaba yo sino con ellos?

—Ahora acabo de creer—dijo a este punto don Quijote—lo que otras muchas veces he creído: que estos encantadores que

---

[1] *Hechura* = figura.

me persiguen no hacen sino ponerme las figuras como ellas son delante de los ojos, y luego me las mudan y truecan en las que ellos quieren. Real y verdaderamente os digo, señores que me oís, que a mí me pareció todo lo que aquí ha pasado que pasaba al pie de la letra: que Melisendra era Melisendra; don Gaiferos, don Gaiferos; Marsilio, Marsilio; y Carlo Magno, Carlo Magno: por eso se me alteró la cólera y, por cumplir con mi profesión de caballero andante, quise dar ayuda y favor a los que huían, y con este buen propósito hice lo que habéis visto; si me ha salido al revés, no es culpa mía, sino de los malos que me persiguen; y, con todo esto, deste mi yerro, aunque no ha procedido de malicia, quiero yo mismo condenarme en costas[1]: vea, maese Pedro, lo que quiere por las figuras deshechas; que yo me ofrezco a pagárselo luego, en buena y corriente moneda castellana.

Inclinóse maese Pedro, diciéndole:

—No esperaba yo menos de la inaudita cristiandad del valeroso don Quijote de la Mancha, verdadero socorredor y amparo de todos los necesitados y menesterosos vagabundos; y aquí el señor Ventero y el gran Sancho serán medianeros y apreciadores entre vuesa merced y mí de lo que valen o podían valer las ya deshechas figuras.

El Ventero y Sancho dijeron que así lo harían, y luego maese Pedro alzó del suelo con la cabeza menos al rey Marsilio de Zaragoza, y dijo:

—Ya se vee cuán imposible es volver a este rey a su ser primero; y así, me parece, salvo mejor juicio, que se me dé por su muerte, fin y acabamiento cuatro reales y medio.

—Adelante—dijo don Quijote.

—Pues por esta abertura de arriba abajo—prosiguió maese Pedro, tomando en las manos al partido emperador Carlo Magno—, no sería mucho que pidiese yo cinco reales y un cuartillo.

—No es poco—dijo Sancho.

—Ni mucho—replicó el Ventero—: médiese la partida[2] y señálense cinco reales.

—Dénsele todos cinco y cuartillo—dijo don Quijote—; que no está en un cuartillo más a menos la monta desta notable

---

[1] Cf. p. 169, n. 5.
[2] *Mediar la partida* es lo que, según Covarrubias, vale «*dar un medio al negocio*, atajalle de manera que esté bien a ambas partes.»

desgracia[1]; y acabe presto maese Pedro; que se hace hora de cenar, y yo tengo ciertos barruntos de hambre.

—Por esta figura—dijo maese Pedro—que está sin narices y un ojo menos, que es de la hermosa Melisendra, quiero, y me pongo en lo justo, dos reales y doce maravedís.

—Aun ahí sería el diablo[2]—dijo don Quijote—, si ya no estuviese Melisendra con su esposo, por lo menos, en la raya de Francia; porque el caballo en que iban a mí me pareció que antes volaba que corría; y así, no hay para qué venderme a mí el gato por liebre, presentándome aquí a Melisendra desnarigada, estando la otra, si viene a mano[3], ahora holgándose en Francia con su esposo a pierna tendida[4]. Ayude Dios con lo suyo a cada uno[5], señor maese Pedro, y caminemos con pie llano y con intención sana. Y prosiga.

Maese Pedro, que vió que don Quijote izquierdeaba y que volvía a su primer tema, no quiso que se le escapase, y así le dijo:

—Ésta no debe de ser Melisendra, sino alguna de las doncellas que la servían; y así, con sesenta maravedís que me den por ella quedaré contento y bien pagado.

Desta manera fué poniendo precio a otras muchas destrozadas figuras, que después lo moderaron[6] los dos jueces árbitros, con satisfación de las partes, que[7] llegaron a cuarenta reales y tres cuartillos; y además desto, que luego lo desembolsó Sancho, pidió maese Pedro dos reales por el trabajo de tomar el mono.

—Dáselos, Sancho—dijo don Quijote—, no para tomar el mono, sino la mona[8]; y docientos diera yo ahora en albricias

---

[1] La apreciación de tamaña desgracia no depende de cuartillo más cuartillo menos.

[2] Cf. p. 171, n. 1.

[3] Tal vez.

[4] Tranquilamente.

[5] Refrán contra los que se apropian de lo ajeno (cf. p. 647): *con lo mío me ayude Dios.*

[6] O mediaron.

[7] *Partes* litigantes, de suerte *que*.

[8] «Estas monas apetecen el vino y las sopas mojadas en él, y hace diferentes efectos la borrachez en ellas, porque unas dan en alegrarse mucho y dar muchos saltos y vueltas; otras se encapotan y se arriman a un rincón, encubriéndose la cara con las manos. De aquí vino llamar *mona triste* al hombre borracho que está melancólico y callado, y *mona alegre* al que canta y baila y se huelga con todos» (Cov.). Aquí *mona* vale *borrachera.*

a quien me dijera con certidumbre que la señora doña Melisendra y el señor don Gaiferos estaban ya en Francia y entre los suyos.

—Ninguno nos lo podrá decir mejor que mi mono—dijo maese Pedro—; pero no habrá diablo que ahora le tome; aunque imagino que el cariño y la hambre le han de forzar a que me busque esta noche, y amanecerá Dios y verémonos.

En resolución, la borrasca del retablo se acabó, y todos cenaron en paz y en buena compañía, a costa de don Quijote, que era liberal en todo estremo.

Antes que amaneciese, se fué el que llevaba las lanzas y las alabardas, y ya después de amanecido, se vinieron a despedir de don Quijote el Primo y el Paje: el uno, para volverse a su tierra; y el otro, a proseguir su camino, para ayuda del cual le dió don Quijote una docena de reales. Maese Pedro no quiso volver a entrar en más dimes ni diretes con don Quijote, a quien él conocía muy bien, y así, madrugó antes que el sol, y cogiendo las reliquias de su retablo, y a su mono, se fué también a buscar sus aventuras. El Ventero, que no conocía a don Quijote, tan admirado le tenían[1] sus locuras como su liberalidad. Finalmente, Sancho le pagó muy bien, por orden de su señor, y despidiéndose dél, casi a las ocho del día dejaron la venta y se pusieron en camino, donde los dejaremos ir; que así conviene para dar lugar a contar otras cosas pertenecientes a la declaración desta famosa historia.

CAPITULO XXVII.—Donde se da cuenta quiénes eran maese Pedro y su mono, con el mal suceso que don Quijote tuvo en la aventura del rebuzno, que no la acabó como él quisiera y como tenía pensado.

Entra Cide Hamete, coronista desta grande historia, con estas palabras en este capítulo: «Juro como católico cristiano...»; a lo que su traductor dice que el jurar Cide Hamete como católico cristiano siendo él moro, como sin duda lo era, no quiso decir otra cosa sino que así como el católico cristiano cuando jura, jura o debe jurar verdad, y decirla en lo que dijere, así él la decía, como si jurara como cristiano católico, en lo que quería escribir de don Quijote, especialmente en

---

[1] *El Ventero... le tenían* es una inconsecuencia gramatical (cf. pról. 13).

decir quién era maese Pedro, y quién el mono adivino que traía admirados todos aquellos pueblos con sus adivinanzas. Dice, pues, que bien se acordará el que hubiere leído la primera parte desta historia de aquel Ginés de Pasamonte a quien, entre otros galeotes, dió libertad don Quijote en Sierra Morena, beneficio que después le fué mal agradecido y peor pagado de aquella gente maligna y mal acostumbrada. Este Ginés de Pasamonte, a quien don Quijote llamaba Ginesillo de Parapilla [1], fué el que hurtó a Sancho Panza el rucio; que por no haberse puesto el cómo ni el cuándo en la primera parte, por culpa de los impresores, ha dado en qué entender a muchos, que atribuían a poca memoria del autor la falta de emprenta. Pero, en resolución, Ginés le hurtó estando sobre él durmiendo Sancho Panza, usando de la traza y modo que usó Brunelo cuando, estando Sacripante sobre Albraca, le sacó el caballo de entre las piernas, y después le cobró Sancho como se ha contado [2]. Este Ginés, pues, temeroso de no [3] ser hallado de la justicia, que le buscaba para castigarle de sus infinitas bellaquerías y delitos, que fueron tantos y tales, que él mismo compuso un gran volumen contándolos, determinó pasarse al reino de Aragón y cubrirse el ojo izquierdo, acomodándose al oficio de titerero; que esto y el jugar de manos lo sabía hacer por estremo.

Sucedió, pues, que de unos cristianos ya libres que venían de Berbería compró aquel mono, a quien enseñó que en haciéndole cierta señal, se le subiese en el hombro, y le murmurase, o lo pareciese, al oído. Hecho esto, antes que entrase en el lugar donde entraba con su retablo y mono, se informaba en el lugar más cercano, o de quien él mejor podía, qué cosas particulares hubiesen sucedido en el tal lugar, y a qué personas; y llevándolas bien en la memoria, lo primero que hacía era mostrar su retablo, el cual unas veces era de una historia, y otras de otra; pero todas alegres, y regocijadas, y conocidas. Acabada la muestra, proponía las habilidades de su mono, diciendo al pueblo que adivinaba todo lo pasado y lo presente; pero que en lo de por venir no se daba maña. Por la respuesta de cada pregunta pedía dos reales, y de algunas hacía barato [4], según

---

[1] Así le llamó el comisario; don Quijote le llamó *don Ginesillo de Paropillo* (p. 253).
[2] Cf. p. 625.
[3] Hoy omitiríamos este *no* (cf. pról. 24).
[4] «Hacer barato es dar las cosas a menos precio» (Cov.).

2, 27.—AVENTURA DEL REBUZNO (conclusión)

tomaba el pulso a los preguntantes; y como tal vez llegaba a las casas de quien él sabía los sucesos de los que en ella moraban[1] aunque no le preguntasen nada por no pagarle, él hacía la seña al mono, y luego decía que le había dicho tal y tal cosa, que venía de molde con lo sucedido. Con esto cobraba crédito inefable, y andábanse todos tras él. Otras veces, como era tan discreto, respondía de manera, que las respuestas venían bien con las preguntas; y como nadie le apuraba ni apretaba a que dijese cómo adevinaba su mono, a todos hacía monas[2], y llenaba sus esqueros[3]. Así como entró en la venta conoció a don Quijote y a Sancho, por cuyo conocimiento le fué fácil poner en admiración a don Quijote y a Sancho Panza, y a todos los que en ella estaban; pero hubiérale de costar caro si don Quijote bajara un poco más la mano cuando cortó la cabeza al rey Marsilio y destruyó toda su caballería, como queda dicho en el antecedente capítulo.

Esto es lo que hay que decir de maese Pedro y de su mono. Y volviendo a don Quijote de la Mancha, digo que después de haber salido de la venta, determinó de ver primero las riberas del río Ebro y todos aquellos contornos, antes de entrar en la ciudad de Zaragoza, pues le daba tiempo para todo el mucho que faltaba desde allí a las justas[4]. Con esta intención siguió su camino, por el cual anduvo dos días sin acontecerle cosa digna de ponerse en escritura, hasta que al tercero, al subir de una loma, oyó un gran rumor de atambores, de trompetas y arcabuces. Al principio pensó que algún tercio de soldados pasaba por aquella parte, y por verlos picó a Rocinante y subió la loma arriba; y cuando estuvo en la cumbre, vió al pie della, a su parecer, más de docientos hombres armados de diferentes suertes de armas, como si dijésemos lanzones, ballestas, partesanas[5], alabardas y picas, y algunos arcabuces, y muchas

---

[1] *De los que en ella moraban* declara con desaliño gramatical el complemento *de quien* (= de quienes): cf. p. 601, n. 2.
[2] *Hacer a uno mona* = dejar a uno engañado, burlado.
[3] «*Esquero*, una cierta bolsa que andaba asida en el cinto, donde la gente del campo llevaba la yesca y pedernal para encender lumbre» (Cov.); bolsa.
[4] En la p. 828 nos dijo Carrasco que faltaban pocos días.
[5] *Partesana* = una especie de alabarda con el hierro muy grande y ancho, cortante por ambos lados, y adornado en la base con dos aletas puntiagudas o en forma de media luna (cf. p. 792, n. 2).

2, 27.—AVENTURA DEL REBUZNO (conclusión)

rodelas. Bajó del recuesto y acercóse al escuadrón, tanto, que distintamente vió las banderas, juzgó de las colores y notó las empresas que en ellas traían, especialmente una que en un estandarte o jirón[1] de raso blanco venía, en el cual estaba pintado muy al vivo un asno como un pequeño sardesco[2], la cabeza levantada, la boca abierta y la lengua de fuera, en acto y postura como si estuviera rebuznando; alrededor dél estaban escritos de letras grandes estos dos versos:

> «No rebuznaron en balde
> El uno y el otro alcalde.»

Por esta insignia sacó don Quijote que aquella gente debía de ser del pueblo del rebuzno, y así se lo dijo a Sancho, declarándole lo que en el estandarte venía escrito. Díjole también que el que les había dado noticia de aquel caso se había errado en decir que dos regidores habían sido los que rebuznaron; pero que, según los versos del estandarte, no habían sido sino alcaldes. A lo que respondió Sancho Panza:

—Señor, en eso no hay que reparar; que bien puede ser que los regidores que entonces rebuznaron viniesen con el tiempo a ser alcaldes de su pueblo, y así, se pueden llamar con entrambos títulos; cuanto más que no se hace al caso a la verdad de la historia ser los rebuznadores alcaldes o regidores, como ellos una por una[3] hayan rebuznado; porque tan a pique está de rebuznar un alcalde como un regidor.

Finalmente, conocieron y supieron cómo el pueblo corrido[4] salía a pelear con otro que le corría más de lo justo y de lo que se debía a la buena vecindad.

Fuése llegando a ellos don Quijote, no con poca pesadumbre de Sancho, que nunca fué amigo de hallarse en semejantes jornadas. Los del escuadrón le recogieron en medio, creyendo que era alguno de los de su parcialidad. Don Quijote, alzando la visera, con gentil brío y continente llegó hasta el estandarte del asno, y allí se le pusieron alrededor todos los más principales del ejército, por verle, admirados con la admiración

---

[1] El *estandarte* tiene forma cuadrada; el *jirón* es un pendón que remata en punta.
[2] *Sardesco* = caballo o asno pequeño, procedente de Cerdeña.
[3] En todo caso, efectivamente.
[4] Afrentado.

2, 27.—AVENTURA DEL REBUZNO (conclusión)

acostumbrada, en que caían todos aquellos que la vez primera le miraban. Don Quijote, que los vió tan atentos a mirarle, sin que ninguno le hablase ni le preguntase nada, quiso aprovecharse de aquel silencio, y rompiendo el suyo, alzó la voz y dijo:

—Buenos señores, cuan encarecidamente puedo os suplico que no interrumpáis un razonamiento que quiero haceros, hasta que veáis que os disgusta y enfada; que si esto sucede, con la más mínima señal que me hagáis pondré un sello en mi boca y echaré una mordaza a mi lengua[1].

Todos le dijeron que dijese lo que quisiere; que de buena gana le escucharían. Don Quijote, con esta licencia, prosiguió, diciendo:

—Yo, señores míos, soy caballero andante, cuyo ejercicio es el de las armas, y cuya profesión, la de favorecer a los necesitados de favor y acudir a los menesterosos. Días ha que he sabido vuestra desgracia y la causa que os mueve a tomar las armas a cada paso, para vengaros de vuestros enemigos; y habiendo discurrido una y muchas veces en mi entendimiento sobre vuestro negocio, hallo, según las leyes del duelo, que estáis engañados en teneros por afrentados; porque ningún particular puede afrentar a un pueblo entero, si no es retándole de traidor[2] por junto, porque no sabe en particular quién cometió la traición por que le reta. Ejemplo desto tenemos en don Diego Ordóñez de Lara, que retó a todo el pueblo zamorano, porque ignoraba que solo Vellido Dolfos había cometido la traición de matar a su rey, y así, retó a todos, y a todos tocaba la venganza y la respuesta; aunque bien es verdad que el señor don Diego anduvo algo demasiado, y aun pasó muy adelante de los límites del reto, porque no tenía para qué retar a los muertos, a las aguas, ni a los panes, ni a los que estaban por nacer, ni a las otras menudencias que allí se declaran; pero ¡vaya!, pues cuando la cólera sale de madre, no tiene la lengua padre, ayo, ni freno que la corrija. Siendo, pues, esto así, que uno solo no puede afrentar al reino, provincia, ciudad, república, ni pueblo entero, queda en limpio que no hay para qué salir a la venganza del reto de[3] la tal afrenta, pues no lo es: porque ¡bueno sería que se matasen a cada paso los del pueblo

---

[1] «*Mordaza*, cierto instrumento con que aprietan la lengua, e impide el poder hablar» (Cov.).
[2] Cf. p. 507, n. 2.
[3] *De* = por.

2, 27.—AVENTURA DEL REBUZNO (conclusión)

de la Reloja[1] con quien se lo llama, ni los cazoleros, berenjeneros, ballenatos, jaboneros[2], ni los de otros nombres y apellidos que andan por ahí en boca de los muchachos y de gente de poco más a menos! ¡Bueno sería, por cierto, que todos estos insignes pueblos se corriesen y vengasen, y anduviesen contino hechas las espadas sacabuches[3] a cualquier pendencia, por pequeña que fuese! No, no; ni Dios lo permita o quiera. Los varones prudentes, las repúblicas bien concertadas, por cuatro cosas han de tomar las armas y desenvainar las espadas, y poner a riesgo sus personas, vidas y haciendas: la primera, por defender la Fe católica; la segunda, por defender su vida, que es de ley natural y divina; la tercera, en defensa de su honra, de su familia y hacienda; la cuarta, en servicio de su Rey, en la guerra justa; y si le quisiéramos añadir la quinta (que se puede contar por segunda), es en defensa de su patria. A estas cinco causas, como capitales, se pueden agregar algunas otras que sean justas y razonables, y que obliguen a tomar las armas; pero tomarlas por niñerías y por cosas que antes son de risa y pasatiempo que de afrenta, parece que quien las toma carece de todo razonable discurso; cuanto más que el tomar venganza injusta (que justa no puede haber alguna que lo sea) va derechamente contra la santa ley que profesamos, en la cual se nos manda que hagamos bien a nuestros enemigos y que amemos a los que nos aborrecen; mandamiento que aunque parece

---

[1] Hubo más de un pueblo de la Reloja. El origen de este mote, dice R. Marín, es que habiendo pedido el cura un reloj para la torre de la iglesia, el cabildo del lugar mandó que se encargase una reloja, a fin de vender los relojillos que tuviese y enriquecer así el arca del concejo.

[2] *Cazoleros* (amigos de cazuelas) llamaban a los de Valladolid, *berenjeneros* a los de Toledo (por las muchas berenjenas que recogían y comían), *ballenatos* a los de Madrid (por el conocido cuento de la ballena del Manzanares), y *jaboneros* a los de Sevilla (por el mucho jabón que fabricaban).

[3] «*Sacabuche*, instrumento de metal, que se alarga y recoje en sí mesmo; táñese con los demás instrumentos de chirimías, cornetas y flautas. Dijose así porque cualquiera que no estuviese advertido le parecería cuando se alarga sacarle del buche» (Cov.). Es, dice Pedrell *(Dicc. técnico de música)*, el nombre del primitivo trombón de varas, que formaba el bajo de las antiguas orquestas, compuestas de cornetas tuertas, oboes, chirimías, etc.

Compárase el continuo envainar y desenvainar de la espada al sacar y meter del tubo inferior del sacabuche.

2, 27.—AVENTURA DEL REBUZNO (conclusión)

algo dificultoso de cumplir, no lo es sino para aquellos que tienen menos de Dios que del mundo, y más de carne que de espíritu; porque Jesucristo, Dios y hombre verdadero, que nunca mintió, ni pudo ni puede mentir, siendo legislador nuestro dijo que su yugo era suave y su carga liviana[1]; y así, no nos había de mandar cosa que fuese imposible el cumplirla. Así que, mis señores, vuesas mercedes están obligados por leyes divinas y humanas a sosegarse.

—El diablo me lleve—dijo a esta sazón Sancho entre sí—si este mi amo no es tólogo; y si no lo es, que[2] lo parece como un güevo a otro.

Tomó un poco de aliento don Quijote, y viendo que todavía le prestaban silencio, quiso pasar adelante en su plática, como pasara si no se pusiera en medio la agudeza de Sancho, el cual, viendo que su amo se detenía, tomó la mano por él, diciendo:

—Mi señor don Quijote de la Mancha, que un tiempo se llamó el Caballero de la Triste Figura y ahora se llama el Caballero de los Leones, es un hidalgo muy atentado[3], que sabe latín y romance como un bachiller, y en todo cuanto trata y aconseja procede como muy buen soldado, y tiene todas las leyes y ordenanzas de lo que llaman el duelo, en la uña; y así, no hay más que hacer sino dejarse llevar por lo que él dijere, y sobre mí se lo erraren[4]; cuanto más que ello se está dicho que es necedad correrse por sólo oír un rebuzno; que yo me acuerdo, cuando muchacho, que rebuznaba cada y cuando se me antojaba, sin que nadie me fuese a la mano, y con tanta gracia y propiedad, que en rebuznando yo, rebuznaban todos los asnos del pueblo, y no por eso dejaba de ser hijo de mis padres, que eran honradísimos; y aunque por esta habilidad era invidiado de más de cuatro de los estirados de mi pueblo, no se me daba dos arditres. Y porque se vea que digo verdad, esperen y escuchen, que esta ciencia es como la del nadar: que una vez aprendida, nunca se olvida.

Y luego, puesta la mano en las narices, comenzó a rebuznar tan reciamente, que todos los cercanos valles retumbaron. Pero uno de los que estaban junto a él, creyendo que hacía burla dellos, alzó un varapalo que en la mano tenía, y dióle tal golpe

---

[1] Mat., II, 30.
[2] A fe *que...*
[3] Cf. p. 176, n. 6.
[4] Yo seré responsable, si por obedecerle se errare.

con él, que, sin ser poderoso a otra cosa, dió con Sancho Panza en el suelo. Don Quijote, que vió tan malparado a Sancho, arremetió al que le había dado, con la lanza sobre mano[1]; pero fueron tantos los que se pusieron en medio, que no fué posible vengarle; antes, viendo que llovía sobre él un nublado de piedras y que le amenazaban mil encaradas ballestas[2] y no menos cantidad de arcabuces, volvió las riendas a Rocinante, y a todo lo que su galope pudo se salió de entre ellos, encomendándose de todo corazón a Dios, que[3] de aquel peligro le librase, temiendo a cada paso no le entrase alguna bala por las espaldas y le saliese al pecho; y a cada punto recogía el aliento, por ver si le faltaba[4]. Pero los del escuadrón se contentaron con verle huir, sin tirarle. A Sancho le pusieron sobre su jumento, apenas vuelto en sí, y le dejaron ir tras su amo, no porque él tuviese sentido para regirle; pero el rucio siguió las huellas de Rocinante, sin el cual no se hallaba un punto. Alongado, pues, don Quijote buen trecho, volvió la cabeza y vió que Sancho venía, y atendióle[5], viendo que ninguno le seguía.

Los del escuadrón se estuvieron allí hasta la noche, y por no haber salido a la batalla sus contrarios, se volvieron a su pueblo, regocijados y alegres; y si ellos supieran la costumbre antigua de los griegos, levantaran en aquel lugar y sitio un trofeo[6].

CAPITULO XXVIII.—De cosas que dice Benengeli que las sabrá quien le leyere, si las lee con atención.

Cuando el valiente huye, la superchería[7] está descubierta; y es de varones prudentes guardarse para mejor ocasión. Esta verdad se verificó en don Quijote, el cual, dando lugar a la furia del pueblo y a las malas intenciones de aquel indignado escuadrón, puso pies en polvorosa[8], y sin acordarse de Sancho

---

[1] *Sobre mano* = en la mano, sin apoyar la lanza en el ristre, ni en ninguna otra parte.
[2] «*Encarar el arcabuz al enemigo*, ponérsele de cara para matarle» (Cov.).
[3] Para *que*.
[4] Porque si, no alentando, no le faltaba aire en el pecho, señal era para don Quijote de que no se le escapaba éste por alguna herida del pecho.
[5] Aguardóle.
[6] Cf. p. 150, n. 1.
[7] Huye porque *la surpechería* (cf. p. 811, n. 3) es manifiesta.
[8] Cf. p. 51, n. 1.

ni del peligro en que le dejaba, se apartó tanto cuanto le pareció que bastaba para estar seguro. Seguíale Sancho, atravesado en su jumento, como queda referido. Llegó, en fin, ya vuelto en su acuerdo, y al llegar, se dejó caer del rucio a los pies de Rocinante, todo ansioso, todo molido y todo apaleado. Apeóse don Quijote para catarle las feridas; pero como le hallase sano de los pies a la cabeza, con asaz cólera le dijo:

—¡Tan en hora mala supistes vos rebuznar, Sancho! ¿Y dónde hallastes vos ser bueno el nombrar la soga en casa del ahorcado[1]? A música de rebuznos, ¿qué contrapunto se había de llevar sino de varapalos? Y dad gracias a Dios, Sancho, que ya que os santiguaron con un palo, no os hicieron el *per signum crucis*[2] con un alfanje.

—No estoy para responder—respondió Sancho—, porque me parece que hablo por las espaldas. Subamos y apartémonos de aquí, que yo pondré silencio en mis rebuznos; pero no he de dejar de decir[3] que los caballeros andantes huyen, y dejan a sus buenos escuderos molidos como alheña[4], o como cibera[5], en poder de sus enemigos.

—No huye el que se retira—respondió don Quijote—; porque has de saber, Sancho, que la valentía que no se funda sobre la basa de la prudencia se llama temeridad, y las hazañas del temerario más se atribuyen a la buena fortuna que a su ánimo. Y así, yo confieso que me he retirado, pero no huído; y en esto he imitado a muchos valientes, que se han guardado para tiempos mejores, y desto están las historias llenas; las cuales, por no serte a ti de provecho, ni a mí de gusto, no te las refiero ahora.

En esto, ya estaba a caballo Sancho, ayudado de don Quijote, el cual asimismo subió en Rocinante, y poco a poco se fueron a emboscar en una alameda que hasta un cuarto de legua de allí se parecía. De cuando en cuando daba Sancho unos ayes profundísimos y unos gemidos dolorosos; y preguntándole don Quijote la causa de tan amargo sentimiento, respondió que desde

---

[1] «*En casa de ahorcado, no mientes la soga*. Indiscreción es traerles a los lastimados de alguna injuria o afrenta cosas que les refresquen las llagas» (Cov.). Nótese que *ahorcado* vale «el que pronto va a ser ahorcado».

[2] *Per signum crucis* = cuchillada en la cara.

[3] Falta un *no (pero no en no dejar de decir)*; aunque mejor hubiera dicho: *pero no en decir*, o *pero no dejaré de decir*.

[4] Cf. p. 597, n. 2.

[5] Cf. p. 86, n. 1.

2, 28.—DON QUIJOTE Y SANCHO

la punta del espinazo hasta la nuca del celebro le dolía de manera, que le sacaba de sentido.

—La causa dese dolor debe de ser, sin duda—dijo don Quijote—, que como era el palo con que te dieron largo y tendido te cogió todas las espaldas, donde entran todas esas partes que te duelen; y si más te cogiera, más te doliera.

—¡Por Dios—dijo Sancho—, que vuesa merced me ha sacado de una gran duda, y que me la ha declarado por lindos términos! ¡Cuerpo de mí! ¿Tan encubierta estaba la causa de mi dolor, que ha sido menester decirme que me duele todo todo aquello que me alcanzó el palo? Si me dolieran los tobillos, aún pudiera ser que se anduviera adivinando el por qué me dolían; pero dolerme lo que me molieron, no es mucho adivinar. A la fe, señor nuestro amo, el mal ajeno de pelo cuelga[1], y cada día voy descubriendo tierra[2] de lo poco que puedo esperar de la compañía que con vuesa merced tengo; porque si esta vez me ha dejado apalear, otra y otras ciento volveremos a los manteamientos de marras y a otras muchacherías, que si ahora me han salido a las espaldas[3], después me saldrán a los ojos. Harto mejor haría yo, sino que soy un bárbaro y no haré nada que bueno sea en toda mi vida, harto mejor haría yo, vuelvo a decir, en volverme a mi casa, y a mi mujer, y a mis hijos, y sustentarla y criarlos con lo que Dios fué servido de darme, y no andarme tras vuesa merced por caminos sin camino y por sendas y carreras que no las tienen, bebiendo mal y comiendo peor. Pues ¡tomadme[4] el dormir! Contad, hermano escudero, siete pies de tierra, y si quisiéredes más, tomad otros tantos, que en vuestra mano está escudillar[5], y tendeos a todo vuestro buen talante; que quemado vea yo y hecho polvos al primero que dió puntada en la andante caballería, o, a lo menos, al primero que quiso ser escudero de tales tontos como debieron ser todos los caballeros andantes pasados. De los presentes no digo nada;

---

[1] «*Cuidado ajeno de pelo cuelga*, presto se nos olvida lo que no nos toca» (Cov.).

[2] «*Descubrir tierra* es inquirir lo que puede haber en un negocio, como hacen en la guerra los adalides, que van delante a enterarse de lo que hay» (Cov.).

[3] *Salir a* se dice para expresar el precio: *la docena me* SALIÓ A *tres reales;* o el término a que va a dar una cosa: *esta calle* SALE A *la Plaza Mayor.*

[4] Cf. p. 764, n. 6.

[5] «*Escudillar* es pedir le echen muchas veces caldo en la escudilla, o echar caldo en muchas escudillas» (Cov.).

que por ser vuesa merced uno dellos, los [1] tengo respeto, y porque sé que sabe vuesa merced un punto más que el diablo en cuanto habla y en cuanto piensa.

—Haría yo una buena apuesta con vos, Sancho—dijo don Quijote—: que ahora que vais hablando sin que nadie os vaya a la mano, que no os duele nada en todo vuestro cuerpo. Hablad, hijo mío, todo aquello que os viniere al pensamiento y a la boca; que a trueco de que a vos no os duela nada, tendré yo por gusto el enfado que me dan vuestras impertinencias. Y si tanto deseáis volveros a vuestra casa con vuestra mujer y hijos, no permita Dios que yo lo impida: dineros tenéis míos; mirad cuánto ha que esta tercera vez salimos de nuestro pueblo [2], y mirad lo que podéis y debéis ganar cada mes, y pagaos de vuestra mano.

—Cuando yo servía—respondió Sancho—a Tomé [3] Carrasco, el padre del bachiller Sansón Carrasco, que vuesa merced bien conoce, dos ducados ganaba cada mes, amén de la comida; con vuesa merced no sé lo que puedo ganar, puesto que sé que tiene más trabajo el escudero del caballero andante que el que sirve a un labrador; que, en resolución, los que servimos a labradores, por mucho que trabajemos de día, por mal que suceda, a la noche cenamos olla y dormimos en cama; en la cual no he dormido después que ha que sirvo a vuesa merced. Si no ha sido el tiempo breve que estuvimos en casa de don Diego de Miranda, y la jira [4] que tuve con la espuma que saqué de las ollas de Camacho, y lo que comí y bebí y dormí en casa de Basilio, todo el otro tiempo he dormido en la dura tierra, al cielo abierto, sujeto a lo que dicen inclemencias del cielo, sustentándome con rajas de queso y mendrugos de pan, y bebiendo aguas, ya de arroyos, ya de fuentes, de las que encontramos por esos andurriales donde andamos.

—Confieso—dijo don Quijote—que todo lo que dices, Sancho, sea verdad. ¿Cuánto parece que os debo dar más de lo que os daba Tomé Carrasco?

—A mi parecer—dijo Sancho—, con dos reales más que vuesa merced añadiese cada mes me tendría por bien pagado.

---

[1] *Los* por *les*.
[2] Era la segunda vez que salía Sancho.
[3] En la p. 616 se le llamó *Bartolomé*.
[4] «*Gira* es la comida y fiesta que se hace entre amigos con regocijo y contento, juntamente con abundancia de comer y beber y mucha alegría y chacota» (Cov.).

Esto es cuanto al salario de mi trabajo; pero en cuanto a satisfacerme a la palabra y promesa que vuesa merced me tiene hecha de darme el gobierno de una ínsula, sería justo que se me añadiesen otros seis reales, que por todos serían treinta.

—Está muy bien—replicó don Quijote—; y conforme al salario que vos os habéis señalado, veinticinco días ha que salimos de nuestro pueblo: contad, Sancho, rata por cantidad[1] y mirad lo que os debo, y pagaos, como os tengo dicho, de vuestra mano.

—¡Oh, cuerpo de mí!—dijo Sancho—que va vuesa merced muy errado en esta cuenta; porque en lo de promesa de la ínsula se ha de contar desde el día que vuesa merced me la prometió hasta la presente hora en que estamos.

—Pues ¿qué tanto ha, Sancho, que os la prometí?—dijo don Quijote.

—Si yo mal no me acuerdo—respondió Sancho—, debe de haber más de veinte años, tres días más a menos.

Dióse don Quijote una gran palmada en la frente, y comenzó a reír muy de gana, y dijo:

—Pues no anduve yo en Sierra Morena, ni en todo el discurso de nuestras salidas, sino dos meses apenas, ¿y dices, Sancho, que ha veinte años que te prometí la ínsula? Ahora digo que quieres que se consuma en tus salarios el dinero que tienes mío; y si esto es así y tú gustas dello, desde aquí te lo doy, y buen provecho te haga; que a trueco de verme sin tan mal escudero holgaréme de quedarme pobre y sin blanca. Pero dime, prevaricador de las ordenanzas escuderiles de la andante caballería, ¿dónde has visto tú, o leído, que ningún escudero de caballero andante se haya puesto con su señor en «cuánto más tanto[2] me habéis de dar cada mes porque os sirva»? Éntrate, éntrate, malandrín, follón y vestiglo, que todo lo pareces, éntrate, digo, por el *mare magnum* de sus historias; y si hallares que algún escudero haya dicho, ni pensado, lo que aquí has dicho, quiero que me le claves en la frente[3], y, por añadidura, me hagas cuatro mamonas selladas[4] en mi rostro. Vuelve las rien-

---

[1] Cf. p. 222, n. 3.
[2] Generalmente se dice: *tanto más cuanto* (cf. p. 222, n. 3).
[3] *Me la claves en la frente* se dice para ponderar la persuasión en que uno está de la imposibilidad de una cosa.
[4] «*Mamona* vulgarmente se toma por una postura de los cinco dedos de la mano en el rostro de otro; y por menosprecio solemos decir que *le hizo la mamona*. Diéronle este nombre porque el ama cuando da la teta al niño

das, o el cabestro, al rucio, y vuélvete a tu casa; porque un solo paso desde aquí no has de pasar más adelante conmigo. ¡Oh pan mal conocido [1]! ¡Oh promesas mal colocadas! ¡Oh hombre que tiene más de bestia que de persona! ¿Ahora, cuando yo pensaba ponerte en estado, y tal, que a pesar de tu mujer te llamaran *señoría*, te despides? ¿Ahora te vas, cuando yo venía con intención firme y valedera de hacerte señor de la mejor ínsula del mundo? En fin, como tú has dicho otras veces, no es la miel..., etcétera [2]. Asno eres, y asno has de ser, y en asno has de parar cuando se te acabe el curso de la vida; que para mí tengo que antes llegará ella a su último término que tú caigas y des en la cuenta de que eres bestia.

Miraba Sancho a don Quijote de en hito en hito, en tanto que los tales vituperios le decía, y compungióse de manera, que le vinieron las lágrimas a los ojos, y con voz dolorida y enferma, le dijo:

—Señor mío, yo confieso que para ser del todo asno no me falta más de la cola; si vuesa merced quiere ponérmela, yo la daré por bien puesta, y le serviré como jumento todos los días que me quedan de mi vida. Vuesa merced me perdone, y se duela de mi mocedad [3], y advierta que sé poco, y que si hablo mucho, más procede de enfermedad que de malicia; mas quien yerra y se enmienda, a Dios se encomienda.

—Maravillárame yo, Sancho, si no mezclaras algún refrancico en tu coloquio. Ahora bien, yo te perdono, con que te enmiendes, y con que no te muestres de aquí adelante tan amigo de tu interés, sino que procures ensanchar el corazón, y te alientes y animes a esperar el cumplimiento de mis promesas, que aunque se tarda, no se imposibilita.

Sancho respondió que sí haría, aunque sacase fuerzas de flaqueza.

---

suele con los dedos, apartando uno de otro, recogerla, para ayudar a que salga la leche» (Cov.). Prueba R. Marín que *mamona sellada* es la que se hacía poniendo a uno los cinco dedos de la derecha sobre la cara y levantando otro o levantando el mismo con el dedo medio de la izquierda el índice de la derecha para soltarlo rápidamente contra la nariz del paciente (o sea, *disparando la ballestilla*).

[1] «*Pan mal conocido*, al ingrato» (Cov.).
[2] En efecto, a su mujer se lo dijo Sancho sin reticencias (p. 579).
[3] «Algunas veces [significa] la condición de la misma edad [la juvenil] que con la poca experiencia y mucha confianza suelen hacer algunas cosas fuera de razón: y éstas llamamos *mocedades*» (Cov.).

Con esto, se metieron en la alameda, y don Quijote se acomodó al pie de un olmo, y Sancho al de una haya; que estos tales árboles y otros sus semejantes siempre tienen pies, y no manos. Sancho pasó la noche penosamente, porque el varapalo se hacía más sentir con el sereno. Don Quijote la pasó en sus continuas memorias; pero, con todo eso, dieron los ojos al sueño, y al salir del alba siguieron su camino buscando las riberas del famoso Ebro, donde les sucedió lo que se contará en el capítulo venidero.

CAPITULO XXIX.—De la famosa aventura del barco encantado.

Por sus pasos contados [1] y por contar, dos días después que salieron de la alameda llegaron don Quijote y Sancho al río Ebro [2], y el verle fué de gran gusto a don Quijote, porque contempló y miró en él la amenidad de sus riberas, la claridad de sus aguas, el sosiego de su curso y la abundancia de sus líquidos cristales, cuya alegre vista renovó en su memoria mil amorosos pensamientos. Especialmente fué y vino en lo que había visto en la cueva de Montesinos; que, puesto que el mono de maese Pedro le había dicho que parte de aquellas cosas eran verdad y parte mentira, él se atenía más a las verdaderas que a las mentirosas, bien al revés de Sancho, que todas las tenía por la mesma mentira. Yendo, pues, desta manera, se le ofreció a la vista un pequeño barco sin remos ni otras jarcias algunas, que estaba atado en la orilla a un tronco de un árbol que en la ribera estaba. Miró don Quijote a todas partes, y no vió persona alguna; y luego, sin más ni más, se apeó de Rocinante y mandó a Sancho que lo mesmo hiciese del rucio, y que a entrambas bestias las atase muy bien, juntas, al tronco de un álamo o sauce que allí estaba. Preguntóle Sancho la causa de aquel súbito apeamiento y de aquel ligamiento. Respondió don Quijote:

—Has de saber, Sancho, que este barco que aquí está, derechamente y sin poder ser otra cosa en contrario, me está llamando y convidando a que entre en él, y vaya en él a dar so-

---

[1] Por su orden o curso regular.
[2] Por este dato y el de la p. 818 se ve que don Quijote tardó en llegar desde la venta de los títeres hasta el Ebro sólo cinco días: poco tiempo, es verdad, pero al fin *peccata minuta*.

— 829 —

corro a algún caballero, o a otra necesitada y principal persona, que debe de estar puesta en alguna grande cuita; porque éste es estilo de los libros de las historias caballerescas, y de los encantadores que en ellas se entremeten y platican: cuando algún caballero está puesto en algún trabajo, que no puede ser librado dél sino por la mano de otro caballero, puesto que estén distantes el uno del otro dos o tres mil leguas, y aun más, o le arrebatan en una nube, o le deparan un barco donde se entre, y en menos de un abrir y cerrar de ojos le llevan, o por los aires, o por la mar, donde quieren y adonde es menester su ayuda; así que ¡oh Sancho! este barco está puesto aquí para el mesmo efecto; y esto es tan verdad como es ahora de día; y antes que éste se pase, ata juntos al rucio y a Rocinante, y a la mano de Dios, que nos guíe; que no dejaré de embarcarme si[1] me lo pidiesen frailes descalzos.

—Pues así es—respondió Sancho—y vuesa merced quiere dar a cada paso en estos que no sé si los llame disparates, no hay sino obedecer y bajar la cabeza, atendiendo al refrán «haz lo que tu amo te manda, y siéntate con él a la mesa»; pero, con todo esto, por lo que toca al descargo de mi conciencia, quiero advertir a vuesa merced que a mí me parece que este tal barco no es de los encantados, sino de algunos pescadores de este río, porque en él se pescan las mejores sabogas[2] del mundo.

Esto decía mientras ataba las bestias Sancho, dejándolas a la protección y amparo de los encantadores, con harto dolor de su ánima. Don Quijote le dijo que no tuviese pena del desamparo de aquellos animales; que el que los llevaría a ellos por tan longincuos caminos y regiones tendría cuenta de sustentarlos.

—No entiendo esto de *logicuos*—dijo Sancho—, ni he oído tal vocablo en todos los días de mi vida.

—*Longincuos*—respondió don Quijote—quiere decir *apartados*, y no es maravilla que no lo entiendas; que no estás obligado a saber latín, como algunos que presumen que lo saben, y lo ignoran.

—Ya están atados—replicó Sancho—. ¿Qué hemos de hacer ahora?

---

[1] Aunque (cf. pról. 30).
[2] «*Saboga*, pez de la mar muy semejante al sábalo, muere ordinariamente en Tortosa subiendo por el río al agua dulce» (Cov.).

2, 29.—AVENTURA DEL BARCO ENCANTADO

—¿Qué?—respondió don Quijote—. Santiguarnos y levar ferro[1]; quiero decir, embarcarnos y cortar la amarra con que este barco está atado.

Y dando un salto en él, siguiéndole Sancho, cortó el cordel y el barco se fué apartando poco a poco de la ribera; y cuando Sancho se vió obra de dos varas dentro del río, comenzó a temblar, temiendo su perdición; pero ninguna cosa le dió más pena que el oír roznar[2] al rucio y el ver que Rocinante pugnaba por desatarse, y díjole a su señor:

—El rucio rebuzna, condolido de nuestra ausencia, y Rocinante procura ponerse en libertad para arrojarse tras nosotros. ¡Oh carísimos amigos, quedaos en paz, y la locura que nos aparta de vosotros, convertida en desengaño, nos vuelva a vuestra presencia!

Y, en esto, comenzó a llorar tan amargamente, que don Quijote, mohino y colérico, le dijo:

—¿De qué temes, cobarde criatura? ¿De qué lloras, corazón de mantequillas? ¿Quién te persigue, o quién te acosa, ánimo de ratón casero, o qué te falta, menesteroso en la mitad de las entrañas de la abundancia? ¿Por dicha[3] vas caminando a pie y descalzo por las montañas Rifeas[4], sino[5] sentado en una tabla, como un archiduque, por el sesgo[6] curso deste agradable río, de donde en breve espacio saldremos al mar dilatado? Pero ya habemos de haber salido, y caminado, por lo menos, setecientas o ochocientas leguas; y si yo tuviera aquí un astrolabio[7] con que tomar la altura del polo, yo te dijera las que hemos caminado; aunque, o yo sé poco, o ya hemos pasado, o pasaremos presto, por la línea equinocial[8], que divide y corta los dos contrapuestos polos en igual distancia.

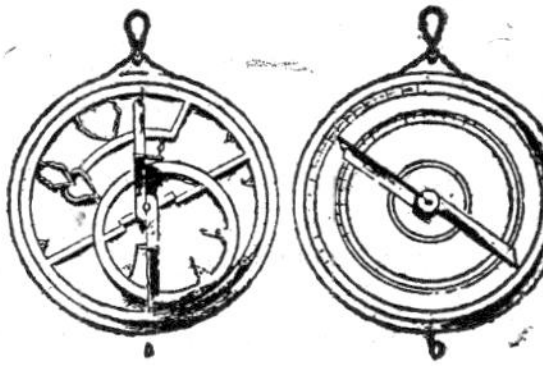

---

[1] *Ferro* = ancla.
[2] *Roznar* = rebuznar.
[3] Por ventura.
[4] Son, según los antiguos, las ásperas y nevadas montañas de Escitia, que dan origen al río Tanais o Don.
[5] Y no (cf. p. 593, n. 4).
[6] Sosegado.
[7] Viene del griego ἀστρολάβιον=instrumento para tomar la altura de los astros. La figura representa la parte delantera *(a)* y posterior *(b)* de un astrolabio árabe del siglo XI.
[8] *Línea equinoccial* = Ecuador.

— 831 —

2, 29.—AVENTURA DEL BARCO ENCANTADO

—Y cuando lleguemos a esa leña que vuesa merced dice—preguntó Sancho—, ¿cuánto habremos caminado?

—Mucho—replicó don Quijote—; porque de trecientos y sesenta grados que contiene el globo, del agua y de la tierra, según el cómputo de Ptolomeo, que fué el mayor cosmógrafo que se sabe, la mitad habremos caminado, llegando a la línea que he dicho.

—Por Dios—dijo Sancho—, que vuesa merced me trae por testigo de lo que dice a una gentil persona, puto y gafo[1], con la añadidura de meón, o meo, o no sé cómo.

Rióse don Quijote de la interpretación que Sancho había dado al nombre y al cómputo y cuenta del cosmógrafo Ptolomeo, y díjole:

—Sabrás, Sancho, que los españoles y los que[2] se embarcan en Cádiz para ir a las Indias Orientales, una de las señales que tienen para entender que han pasado la línea equinocial que te he dicho es que a todos los que van en el navío se les mueren los piojos, sin que les quede ninguno, ni en todo el bajel le hallarán, si le pesan a oro[3]; y así, puedes, Sancho, pasear una mano por un muslo, y si topares cosa viva, saldremos desta duda; y si no, pasado habemos.

—Yo no creo nada deso—respondió Sancho—; pero, con todo, haré lo que vuesa merced me manda, aunque no sé para qué hay necesidad de hacer esas experiencias, pues yo veo con mis mismos ojos que no nos habemos apartado de la ribera cinco varas, ni hemos decantado[4] de donde están las alemañas[5] dos varas, porque allí están Rocinante y el rucio en el propio lugar do los dejamos; y tomada la mira, como yo la tomo ahora, voto a tal que no nos movemos ni andamos al paso de una hormiga.

---

[1] «Gafo..., el encorvado. El gafo es un enfermo de cierto género de lepra muy malo: el cual ultra de la pudrición y corrupción que causa en el cuerpo royendo el cuero y las carnes, encoge los nervios de manos y pies: y particularmente llamamos gafos a los tales enfermos por encorvárseles los dedos de las manos, como a las aves de rapiña [«gafar vale arrebatar con las uñas o con instrumento encorvado y gafo» Cov.]... Esta misma palabra gafo la cuentan por injuriosa [o por una de las *palabras mayores*] las leyes de estos reinos, como consta de la ley segunda, título 10, lib. 8 de la Nueva Recopilación» (Cov.).
[2] Y en general todos *los que*.
[3] *Si le pesan a oro* = aunque lo paguen a peso de oro.
[4] *Decantar* = desviarse, apartarse de la línea por donde se va.
[5] *Alemaña* o *alimaña* = animal.

—Haz, Sancho, la averiguación que te he dicho, y no te cures de otra; que tú no sabes qué cosa sean coluros, líneas, paralelos, zodíacos, eclíticas, polos, solsticios, equinocios, planetas, signos, puntos, medidas, de que se compone la esfera celeste y terrestre; que si todas estas cosas supieras o parte dellas, vieras claramente qué de paralelos hemos cortado, qué de signos visto, y qué de imágines[1] hemos dejado atrás, y vamos dejando ahora. Y tórnote a decir que te tientes y pesques; que yo para mí tengo que estás más limpio que un pliego de papel liso y blanco.

Tentóse Sancho, y llegando con la mano bonitamente y con tiento hacia la corva izquierda, alzó la cabeza y miró a su amo, y dijo:

—O la experiencia es falsa, o no hemos llegado adonde vuesa merced dice, ni con muchas leguas.

—Pues ¿qué?—preguntó don Quijote—. ¿Has topado algo?

—¡Y aun algos!—respondió Sancho.

Y sacudiéndose los dedos, se lavó toda la mano en el río, por el cual sosegadamente se deslizaba el barco por mitad de la corriente, sin que le moviese alguna inteligencia secreta, ni algún encantador escondido, sino el mismo curso del agua, blando y entonces suave.

En esto, descubrieron unas grandes aceñas[2] que en la mitad del río estaban; y apenas las hubo visto don Quijote, cuando con voz alta dijo a Sancho:

—¿Vees? Allí ¡oh amigo! se descubre la ciudad, castillo o fortaleza donde debe de estar algún caballero oprimido, o alguna reina, infanta o princesa malparada, para cuyo socorro soy aquí traído.

—¿Qué diablos de ciudad, fortaleza o castillo dice vuesa merced, señor?—dijo Sancho—. ¿No echa de ver que aquéllas son aceñas que están en el río, donde se muele el trigo?

—Calla, Sancho—dijo don Quijote—; que aunque parecen aceñas, no lo son; y ya te he dicho que todas las cosas trastruecan y mudan de su ser natural los encantos. No quiero decir que las mudan de uno en otro ser realmente, sino que lo parece, como lo mostró la experiencia en la transformación de Dulcinea, único refugio de mis esperanzas.

---

[1] Estos *signos* e *imágenes* son las constelaciones del zodíaco.
[2] *Aceña* = molino harinero de agua situado dentro de la corriente de un río.

2, 29.—AVENTURA DEL BARCO ENCANTADO

En esto, el barco, entrado en la mitad de la corriente del río, comenzó a caminar no tan lentamente como hasta allí. Los molineros de las aceñas, que vieron venir aquel barco por el río y que se iba a embocar [1] por el raudal de las ruedas, salieron con presteza muchos dellos con varas largas, a detenerle; y como salían enharinados, y cubiertos los rostros y los vestidos del polvo de la harina, representaban una mala vista. Daban voces grandes, diciendo:

—Demonios de hombres, ¿dónde vais? ¿Venís desesperados? ¿Qué queréis? ¿Ahogaros y haceros pedazos en estas ruedas?

—¿No te dije yo, Sancho—dijo a esta sazón don Quijote—, que habíamos llegado donde he de mostrar a dó llega el valor de mi brazo? Mira qué de malandrines y follones me salen al encuentro; mira cuántos vestiglos se me oponen; mira cuántas feas cataduras nos hacen cocos [2]... Pues ¡ahora lo veréis, bellacos!

Y puesto en pie en el barco, con grandes voces comenzó a amenazar a los molineros, diciéndoles:

—Canalla malvada y peor [3] aconsejada, dejad en su libertad y libre albedrío a la persona que en esa vuestra fortaleza o prisión tenéis oprimida, alta o baja, de cualquiera suerte o calidad que sea; que yo soy don Quijote de la Mancha, llamado el Caballero de los Leones por otro nombre, a quien está reservado por orden de los altos cielos el dar fin felice a esta aventura.

Y diciendo esto, echó mano a su espada y comenzó a esgrimirla en el aire contra los molineros; los cuales, oyendo, y no entendiendo, aquellas sandeces, se pusieron con sus varas a detener el barco, que ya iba entrando en el raudal y canal de las ruedas.

Púsose Sancho de rodillas, pidiendo devotamente al cielo le librase de tan manifiesto peligro, como lo hizo, por la industria y presteza de los molineros, que oponiéndose con sus palos al barco, le detuvieron; pero no de manera, que dejasen de trastornar el barco y dar con don Quijote y con Sancho al través en el agua; pero vínole bien a don Quijote que sabía nadar como un ganso, aunque el peso de las armas le llevó al fondo dos ve-

---

[1] *Embocar* = meter por una parte estrecha (que aquí era el canal por donde rápida caminaba la corriente).

[2] «Llamamos *coco* una postura de rostro cual la tiene la mona, cuando da a entender estar enojada y hace un sonido en la garganta de *co co*» (Cov.).

[3] El *peor* se refiere al *mal* de MAL*vada* (cf. p. 637, n. 1).

2, 29.—AVENTURA DEL BARCO ENCANTADO

ces; y si no fuera por los molineros, que se arrojaron al agua, y los sacaron como en peso a entrambos, allí había sido Troya para los dos. Puestos, pues, en tierra, más mojados que muertos de sed, Sancho, puesto de rodillas, las manos juntas y los ojos clavados al[1] cielo, pidió a Dios con una larga y devota plegaria le librase de allí adelante de los atrevidos deseos y acometimientos de su señor.

Llegaron, en esto, los pescadores dueños del barco, a quien habían hecho pedazos las ruedas de las aceñas; y viéndole roto, acometieron a desnudar a Sancho[2], y a pedir a don Quijote se lo pagase; el cual, con gran sosiego, como si no hubiera pasado nada por él, dijo a los molineros y pescadores que él pagaría el barco de bonísima gana, con condición que le diesen libre y sin cautela[3] a la persona o personas que en aquel su castillo estaban oprimidas.

—¿Qué personas o qué castillo dices—respondió uno de los molineros—, hombre sin juicio? ¿Quiéreste llevar por ventura las que vienen a moler trigo a estas aceñas?

—¡Basta!—dijo entre sí don Quijote—. Aquí será predicar en desierto querer reducir a esta canalla a que por ruegos haga virtud alguna. Y en esta aventura se deben de haber encontrado dos valientes encantadores, y el uno estorba lo que el otro intenta: el uno me deparó el barco, y el otro dió conmigo al través. Dios lo remedie; que todo este mundo es máquinas y trazas, contrarias unas de otras. Yo no puedo más.

Y alzando la voz prosiguió, diciendo y mirando a las aceñas:

—Amigos, cualesquiera que seáis, que en esa prisión quedáis encerrados, perdonadme; que, por mi desgracia y por la vuestra, yo no os puedo sacar de vuestra cuita. Para otro caballero debe de estar guardada y reservada esta aventura.

En diciendo esto, se concertó con los pescadores, y pagó por el barco cincuenta reales, que los dió Sancho de muy mala gana, diciendo:

—A dos barcadas como ésta, daremos con todo el caudal al[4] fondo.

Los pescadores y molineros estaban admirados, mirando aquellas dos figuras tan fuera del uso, al parecer, de los otros

---

[1] A = en.
[2] Para indemnizarse.
[3] Cf. p. 222, n. 4.
[4] A = en.

hombres, y no acababan de entender a dó se encaminaban las razones y preguntas que don Quijote les decía; y teniéndolos por locos, les dejaron y se recogieron a sus aceñas, y los pescadores a sus ranchos[1]. Volvieron a sus béstias, y a ser bestias, don Quijote y Sancho, y este fin tuvo la aventura del encantado barco.

CAPITULO XXX.—De lo que le avino a don Quijote con una bella cazadora.

Asaz melancólicos y de mal talante llegaron a sus animales caballero y escudero, especialmente Sancho, a quien llegaba al alma llegar al caudal del dinero, pareciéndole que todo lo que de él se quitaba era quitárselo a él de las niñas de sus ojos. Finalmente, sin hablarse palabra, se pusieron a caballo y se apartaron del famoso río, don Quijote, sepultado en los pensamientos de sus amores, y Sancho en los de su acrecentamiento, que por entonces le parecía que estaba bien lejos de tenerle; porque maguer era tonto, bien se le alcanzaba que las acciones de su amo, todas o las más, eran disparates, y buscaba ocasión de que, sin entrar en cuentas ni en despedimientos con su señor un día se desgarrase y se fuese a su casa; pero la fortuna ordenó las cosas muy al revés de lo que él temía[2].

Sucedió, pues, que otro día[3], al poner del sol y al salir de una selva, tendió don Quijote la vista por un verde prado, y en lo último dél vió gente, y llegándose cerca, conoció que eran cazadores de altanería[4]. Llegóse más, y entre ellos vió una gallarda señora sobre un palafrén o hacanea blanquísima, adornada de guarniciones verdes y con un sillón[5] de plata. Venía la señora asimismo vestida de verde, tan bizarra y ricamente, que la misma bizarría venía transformada en ella. En la mano iz-

---

[1] *Rancho* = lugar fuera de poblado, donde se albergan diversas familias o personas.
[2] De los sinsabores y empresas disparatadas que él temía.
[3] Al otro día.
[4] «*Altanería*, caza de volatería, por lo alto, como es la del milano y la garza, y la cuerva, y las demás: y los halcones amaestrados a esta caza se llaman *altaneros*... Este género de caza es sólo para los príncipes y grandes señores» (Cov., v. *altanería, caza*).
[5] Cf. p. 423, n. 4.

quierda traía un azor[1], señal que dió a entender a don Quijote ser aquélla alguna gran señora, que debía serlo de todos aquellos cazadores, como era la verdad; y así, dijo a Sancho:

—Corre, hijo Sancho, y di a aquella señora del palafrén y del azor que yo el Caballero de los Leones beso las manos a su gran fermosura, y que si su grandeza me da licencia, se las iré a besar, y a servirla en cuanto mis fuerzas pudieren y su alteza me mandare. Y mira, Sancho, cómo hablas, y ten cuenta de no encajar algún refrán de los tuyos en tu embajada.

—¡Hallado os le habéis el encajador[2]!—respondió Sancho—. ¡A mí con eso! ¡Sí que no es ésta la vez primera que he llevado embajadas a altas y crecidas señoras en esta vida!

—Si no fué la que llevaste a la señora Dulcinea—replicó don Quijote—, yo no sé que hayas llevado otra, a lo menos, en mi poder[3].

—Así es verdad—respondió Sancho—; pero al buen pagador no le duelen prendas, y en casa llena presto se guisa la cena; quiero decir que a mí no hay que decirme ni advertirme de nada; que para todo tengo y de todo se me alcanza un poco.

—Yo lo creo, Sancho—dijo don Quijote—: ve en buena hora, y Dios te guíe.

Partió Sancho de carrera, sacando de su paso al rucio, y llegó donde la bella cazadora estaba; y apeándose, puesto ante ella de hinojos, le dijo:

—Hermosa señora, aquel caballero que allí se parece, llamado el Caballero de los Leones, es mi amo, y yo soy un escudero suyo, a quien llaman en su casa Sancho Panza. Este tal Caballero de los Leones, que no ha mucho que se llamaba el de la Triste Figura, envía por mí a decir a vuestra grandeza sea servida de darle licencia para que, con su propósito[4] y beneplácito y consentimiento, él venga a poner en obra su

[1] *Azor* = ave de rapiña, como de medio metro de largo, por encima de color negro y por el vientre blanca con manchas negras, de alas y pico negros.
[2] Expresión irónica (cf. p. 724, n. 2).
[3] Estando en mi servicio.
[4] *Propósito* = proposición, indicación.

— 837 —

deseo, que no es otro, según él dice y yo pienso, que de servir a vuestra encumbrada altanería[1] y fermosura; que en dársela vuestra señoría hará cosa que redunde en su pro, y él recibirá señaladísima merced y contento.

—Por cierto, buen escudero—respondió la señora—, vos habéis dado la embajada vuestra con todas aquellas circunstancias que las tales embajadas piden. Levantaos del suelo; que escudero de tan gran caballero como es el de la Triste Figura, de quien ya tenemos acá mucha noticia, no es justo que esté de hinojos: levantaos, amigo, y decid a vuestro señor que benga mucho en hora buena a servirse de mí y del Duque mi marido, en una casa de placer que aquí tenemos.

Levantóse Sancho, admirado así de la hermosura de la buena señora como de su mucha crianza y cortesía, y más de[2] lo que le había dicho que tenía noticia de su señor el Caballero de la Triste Figura, y que si[3] no le había llamado el de los Leones, debía de ser por habérsele puesto tan nuevamente. Preguntóle la Duquesa, cuyo título aún no se sabe[4].

—Decidme, hermano escudero: este vuestro señor ¿no es uno de quien anda impresa una historia que se llama de *El Ingenioso Hidalgo don Quijote de la Mancha,* que tiene por señora de su alma a una tal Dulcinea del Toboso?

—El mesmo es, señora—respondió Sancho—; y aquel escudero suyo que anda, o debe de andar, en tal historia, a quien llaman Sancho Panza, soy yo, si no es que me trocaron en la cuna; quiero decir, que me trocaron en la estampa[5].

—De todo eso me huelgo yo mucho—dijo la Duquesa—. Id, hermano Panza, y decid a vuestro señor que él sea el bien

---

[1] Algunas palabras como *altanería, soberbia, orgullo* se toman a veces en el buen sentido de magnificencia, alteza, satisfacción. Con todo, *altanería* es uno de los tratamientos insólitos que en casa de los Duques emplean Sancho y su amo.
[2] *Más admirado de.*
[3] *Y pensaba que sí.*
[4] Parece que los duques de que habla Cervantes eran don Carlos de Borja y doña María Luisa de Aragón, duques de Villahermosa, y que el castillo o quinta, teatro de tantas aventuras como allí acaecieron, fué el palacio de Buenavía, que edificó el duque don Juan de Aragón, primo del Rey Católico, en las inmediaciones de la villa de Pedrola, residencia ordinaria de los señores de aquel estado.
[5] Alusión a los muchos cuentos en que el enredo nace de haber trocado casual o maliciosamente unos por otros los niños recién nacidos.

llegado y el bien venido a mis estados, y que ninguna cosa me pudiera venir que más contento me diera.

Sancho, con esta tan agradable respuesta, con grandísimo gusto volvió a su amo, a quien contó todo lo que la gran señora le había dicho, levantando con sus rústicos términos a los cielos su mucha fermosura, su gran donaire y cortesía. Don Quijote se gallardeó en la silla, púsose bien en los estribos, acomodóse la visera, arremetió a Rocinante[1], y con gentil denuedo fué a besar las manos a la Duquesa; la cual, haciendo llamar al Duque su marido, le contó, en tanto que don Quijote llegaba, toda la embajada suya; y los dos, por haber leído la primera parte desta historia y haber entendido por ella el disparatado humor de don Quijote, con grandísimo gusto y con deseo de conocerle, le atendían[2], con prosupuesto de seguirle el humor y conceder[3] con él en cuanto les dijese, tratándole como a caballero andante los días que con ellos se detuviese, con todas las ceremonias acostumbradas en los libros de caballerías, que ellos habían leído, y aun les eran muy aficionados.

En esto, llegó don Quijote, alzada la visera; y dando muestras de apearse, acudió Sancho a tenerle el estribo; pero fué tan desgraciado, que al apearse del rucio se le asió un pie en una soga del albarda, de tal modo, que no fué posible desenredarle; antes quedó colgado dél, con la boca y los pechos en el suelo. Don Quijote, que no tenía en costumbre apearse sin que le tuviesen el estribo, pensando que ya Sancho había llegado a tenérsele, descargó de golpe el cuerpo, y llevóse tras sí la silla de Rocinante, que debía de estar mal cinchado, y la silla y él vinieron al suelo, no sin vergüenza suya, y de muchas maldiciones que entre dientes echó al desdichado de Sancho, que aún todavía tenía el pie en la corma[4]. El Duque mandó a sus cazadores que acudiesen al caballero y al escudero, los cuales levantaron a don Quijote maltrecho de la caída, y renqueando[5] y como pudo, fué a hincar las rodillas ante los dos señores; pero

---

[1] *Le arremetió* = mediante las espuelas le hizo arremeter o dar una arremetida.
[2] Aguardaban.
[3] Condescender.
[4] *Corma* = especie de prisión, compuesta de dos pedazos de madera, que se adapta al pie del hombre o del animal para impedirle andar libremente.
[5] «*Renquear*, andar como *renco* [cf. p. 709, n. 2] meneándose a un lado y a otro» (Cov.).

2, 3ª.— LOS DUQUES

el Duque no lo consintió en ninguna manera: antes, apeándose de su caballo, fué a abrazar a don Quijote, diciéndole:

—A mí pesa, señor Caballero de la Triste Figura, que la primera[1] que vuesa merced ha hecho en mi tierra haya sido tan mala como se ha visto; pero descuidos de escuderos suelen ser causa de otros peores sucesos.

—El que yo he tenido en veros, valeroso príncipe—respondió don Quijote—, es imposible ser malo, aunque mi caída no parara hasta el profundo de los abismos, pues de allí me levantara y me sacara la gloria de haberos visto. Mi escudero, que Dios maldiga, mejor desata la lengua para decir malicias que ata y cincha una silla para que esté firme; pero como quiera que yo me halle, caído o levantado, a pie o a caballo, siempre estaré al servicio vuestro y al de mi señora la Duquesa, digna consorte vuestra, y digna señora de la hermosura, y universal princesa de la cortesía.

—¡Pasito[2], mi señor don Quijote de la Mancha!—dijo el Duque—; que adonde está mi señora doña Dulcinea del Toboso no es razón que se alaben otras fermosuras.

Ya estaba a esta sazón libre Sancho Panza del lazo, y hallándose allí cerca, antes que su amo respondiese, dijo:

—No se puede negar, sino afirmar, que es muy hermosa mi señora Dulcinea del Toboso, pero donde menos se piensa, se levanta la liebre; que yo he oído decir que esto que llaman naturaleza es como un alcaller[3] que hace vasos de barro, y el que hace un vaso hermoso también puede hacer dos, y tres, y ciento: dígolo porque mi señora la Duquesa a fee que no va en zaga a mi ama la señora Dulcinea del Toboso.

Volvióse don Quijote a la Duquesa, y dijo:

—Vuestra grandeza imagine que no tuvo caballero andante en el mundo escudero más hablador ni más gracioso del que yo tengo; y él me sacará verdadero, si algunos días quisiere vuestra gran celsitud[4] servirse de mí.

A lo que respondió la Duquesa:

—De que Sancho el bueno sea gracioso lo estimo yo en mucho, porque es señal que es discreto; que las gracias y los donaires, señor don Quijote, como vuesa merced bien sabe, no

---

[1] *Primera* figura.
[2] Cf. p. 340, n. 4.
[3] *Alcaller* = alfarero.
[4] Alteza.

asientan sobre ingenios torpes; y pues el buen Sancho es gracioso y donairoso, desde aquí le confirmo por discreto.
—Y hablador—añadió don Quijote.
—Tanto que mejor—dijo el Duque—; porque muchas gracias no se pueden decir con pocas palabras. Y porque no se nos vaya el tiempo en ellas, venga el gran Caballero de la Triste Figura...
—De los Leones ha de decir vuestra alteza—dijo Sancho—; que ya no hay Triste Figura: el figuro[1] sea el de los Leones.
Prosiguió el Duque:
—Digo que venga el señor Caballero de los Leones a un castillo mío que está aquí cerca, donde se le hará el acogimiento que a tan alta persona se debe justamente, y el que yo y la Duquesa solemos hacer a todos los caballeros andantes que a él llegan.

Ya, en esto, Sancho había aderezado y cinchado bien la silla a Rocinante; y subiendo en él don Quijote, y el Duque en un hermoso caballo, pusieron a la Duquesa en medio, y encaminaron al castillo. Mandó la Duquesa a Sancho que fuese junto a ella, porque gustaba infinito de oír sus discreciones. No se hizo de rogar Sancho, y entretejióse entre los tres, y hizo cuarto en la conversación, con gran gusto de la Duquesa y del Duque, que tuvieron a gran ventura acoger en su castillo tal caballero andante y tal escudero andado[2].

CAPITULO XXXI.—Que trata de muchas y grandes cosas.

Suma era la alegría que llevaba consigo Sancho viéndose, a su parecer, en privanza con la Duquesa, porque se le figuraba que había de hallar en su castillo lo que en la casa de don Diego y en la de Basilio, siempre aficionado a la buena vida; y así, tomaba la ocasión por la melena[3] en esto del regalarse cada y cuando que se le ofrecía.

---

[1] Aludiendo a la manera popular de negar absolutamente, que ya hemos visto en el Quijote *(insulas ni insulos,* p. 612; *dones ni donas,* p. 635), dice Sancho que la *figura* ya se acabó, de suerte que lo que queda será *figuro.*
[2] Como en I, 25 dijo *a cualquier caballero andante o por andar,* a caballero *andante* contrapone ahora escudero *andado.*
[3] Esta melena era el copete o mechón de cabellos que le caía a la Ocasión por encima del rostro; todo lo demás de la cabeza lo tenía sin ningún cabello.

2, 31.—LOS DUQUES

Cuenta, pues, la historia que antes que a la casa de placer o castillo llegasen, se adelantó el Duque y dió orden a todos sus criados del modo que habían de tratar a don Quijote; el cual como llegó con la Duquesa a las puertas del castillo, al instante salieron dél dos lacayos o palafreneros vestidos hasta en pies de unas ropas que llaman de levantar[1], de fínisima raso carmesí, y cogiendo a don Quijote en brazos sin ser oído ni visto[2], le dijeron:

—Vaya la vuestra grandeza a apear a mi señora la Duquesa.

Don Quijote lo hizo, y hubo grandes comedimientos entre los dos sobre el caso; pero en efecto, venció la porfía de la Duquesa, y no quiso decender o bajar del palafrén sino en los brazos del Duque, diciendo que no se hallaba digna de dar a tan gran caballero tan inútil carga. En fin, salió el Duque a apearla; y al entrar en un gran patio, llegaron dos hermosas doncellas y echaron sobre los hombros a don Quijote un gran mantón de finísima escarlata, y en un instante se coronaron todos los corredores del patio de criados y criadas de aquellos señores, diciendo a grandes voces:

—¡Bien sea venido la flor y la nata de los caballeros andantes!

Y todos, o los más, derramaban pomos[3] de aguas olorosas sobre don Quijote y sobre los Duques, de todo lo cual se admiraba don Quijote; y aquel fué el primer día que de todo en todo conoció y creyó ser caballero andante verdadero, y no fantástico, viéndose tratar del mesmo modo que él había leído se trataban los tales caballeros en los pasados siglos.

Sancho, desamparando al rucio, se cosió con la Duquesa y se entró en el castillo; y remordiéndole la conciencia de que dejaba al jumento solo, se llegó a una reverenda dueña, que con otras a recebir a la Duquesa había salido, y con voz baja le dijo:

—Señora González, o como es su gracia[4] de vuesa merced...

---

[1] *Ropa de levantar*, o *de cámara* = ropa larga, talar (como la que se usa para levantarse de la cama y estar dentro de casa). Dice Terreros: «Ropa de chambra, *en Aragón*, lo mismo que ropa de levantar, y el mismo nombre dan allí a toda ropa talar. V. Juan de Albaiceta, *Geometr. de sastres.*»

[2] *Sin ser oído ni visto* = con mucha presteza (tal que no haya lugar para verlo ni oírlo).

[3] «*Pomos de vidrios*, unos vasos redondos, donde se echan aguas de olor» (Cov.).

[4] Nombre.

—Doña Rodríguez de Grijalba me llamo—respondió la dueña—. ¿Qué es lo que mandáis, hermano?

A lo que respondió Sancho:

—Querría que vuesa merced me la hiciese de salir a la puerta del castillo, donde hallará un asno rucio mío: vuesa merced sea servida de mandarle poner, o ponerle, en la caballeriza; porque el pobrecito es un poco medroso, y no se hallará a estar solo, en ninguna de las maneras.

—Si tan discreto es el amo como el mozo—respondió la dueña—, ¡medradas estamos! Andad, hermano, mucho de enhoramala para vos y para quien acá os trujo, y tened cuenta con vuestro jumento; que las dueñas desta casa no estamos acostumbradas a semejantes haciendas [1].

—Pues es verdad—respondió Sancho—que he oído yo decir a mi señor, que es zahorí [2] de las historias, contando aquella de Lanzarote,

> Cuando de Bretaña vino,
> Que damas curaban dél,
> Y dueñas del su rocino [3];

y que en el particular de mi asno, que no le trocara yo con el rocín del señor Lanzarote.

—Hermano, si sois juglar [4]—replicó la dueña—, guardad vuestras gracias para donde lo parezcan y se os paguen; que de mí no podréis llevar sino una higa [5].

—¡Aun bien—respondió Sancho—que [6] será bien madura, pues no perderá vuesa merced la quínola de sus años por punto menos [7]!

---

[1] *Hacienda* = obra.

[2] «*Zahorí*, el que dice ver lo que está debajo de la tierra, o detrás de una pared, o encerrado en un arca, o lo que otro trae en el pecho, como no tenga algún aforro de grana» (Cov.).

[3] Cf. p. 69, n. 6.

[4] «*Juglar*, el chocarrero que trata y habla siempre de burlas» (Cov., v. *jugatón*). Para las diversas significaciones de esta voz, véase M. PIDAL, *Poesía juglaresca y juglares*.

[5] Cf. p. 373, n. 5.

[6] A bien que.

[7] Tomando *higa*, para burlarse, por fruta de la *higuera*, dice Sancho que será bien madura porque la higuera (o dueña) es muy vieja. La *quínola* era un juego en que los jugadores tiraban a juntar cuatro cartas de distinto palo; y en caso de empate ganaba el que llegaba a más *puntos*, reuniendo los de las cuatro cartas.

—¡Hijo de puta—dijo la dueña, toda ya encendida en cólera—, si soy vieja o no, a Dios daré la cuenta; que no a vos, bellaco harto de ajos!

Y esto dijo en voz tan alta, que lo oyó la Duquesa; y volviendo y viendo a la dueña tan alborotada y tan encarnizados [1] los ojos, la preguntó con quién las había.

—Aquí las he—respondió la dueña—con este buen hombre, que me ha pedido encarecidamente que vaya a poner en la caballeriza a un asno suyo que está a la puerta del castillo, trayéndome por ejemplo que [2] así lo hicieron no sé dónde, que unas damas curaron a un tal Lanzarote, y unas dueñas a su rocino, y, sobre todo, por buen término me ha llamado vieja.

—Eso tuviera yo por afrenta—respondió la Duquesa—, más que cuantas pudieran decirme.

Y hablando con Sancho, le dijo:

—Advertid, Sancho amigo, que doña Rodríguez es muy moza, y que aquellas tocas más las trae por autoridad y por la usanza que por los años.

—Malos sean los que me quedan por vivir—respondió Sancho—si lo dije por tanto; sólo lo dije porque es tan grande el cariño que tengo a mi jumento, que me pareció que no podía encomendarle a persona más caritativa que a la señora doña Rodríguez.

Don Quijote, que todo lo oía, le dijo:

—¿Pláticas son éstas, Sancho, para este lugar?

—Señor—respondió Sancho—, cada uno ha de hablar de su menester dondequiera que estuviere; aquí se me acordó del rucio, y aquí hablé dél; y si en la caballeriza se me acordara, allí hablara.

A lo que dijo el Duque:

—Sancho está muy en lo cierto, y no hay que culparle en nada; al rucio se le dará recado [3] a pedir de boca, y descuide Sancho que se le tratará como a su mesma persona.

Con estos razonamientos, gustosos a todos sino a don Quijote, llegaron a lo alto, y entraron a don Quijote en una sala adornada de telas riquísimas de oro y de brocado; seis doncellas le desarmaron y le sirvieron de pajes, todas industriadas y advertidas del Duque y de la Duquesa de lo que habían de

---

[1] Mejor que el galicismo *inyectados* (cf. CUERVO, *Apuntaciones*, n. 732).
[2] De *que*.
[3] Cf. p. 549, n. 2.

— 844 —

hacer, y de cómo habían de tratar a don Quijote, para que imaginase y viese que le trataban como caballero andante. Quedó don Quijote, después de desarmado, en sus estrechos gregüescos y en su jubón de camuza, seco, alto, tendido[1], con las quijadas, que por de dentro se besaba la una con la otra: figura que, a no tener cuenta las doncellas que le servían con disimular la risa (que fué una de las precisas órdenes que sus señores les habían dado), reventaran riendo.

Pidiéronle que se dejase desnudar para una camisa[2]; pero nunca lo consintió, diciendo que la honestidad parecía tan bien en los caballeros andantes como la valentía. Con todo, dijo que diesen la camisa a Sancho: y encerrándose con él en una cuadra[3] donde estaba un rico lecho, se desnudó, y vistió la camisa; y viéndose solo con Sancho, le dijo:

—Dime, truhán moderno y majadero antiguo: ¿parécete bien deshonrar y afrentar a una dueña tan veneranda y tan digna de respeto como aquélla? ¿Tiempos eran aquéllos para acordarte del rucio, o señores son éstos para dejar mal pasar a las bestias, tratando tan elegantemente a sus dueños? Por quien Dios es, Sancho, que te reportes, y que no descubras la hilaza de manera, que caigan en la cuenta de que eres de villana y grosera tela tejido. Mira, pecador de ti, que en tanto más es tenido el señor cuanto tiene más honrados y bien nacidos criados, y que una de las ventajas mayores que llevan los príncipes a los demás hombres es que se sirven de criados tan buenos como ellos. ¿No adviertes, angustiado de ti, y malaventurado de mí, que si veen que tú eres un grosero villano, o un mentecato gracioso, pensarán que yo soy algún echacuervos[4], o algún caballero de mohatra[5]? No, no, Sancho amigo: huye,

---

[1] *Tendido*, que vale «extendido, estirado», suele acompañar *a largo*, *alto*.

[2] *Para ponerle una camisa*.

[3] «*Cuadra*, la pieza en la casa que está más adentro de la sala y por la forma que tiene de ordinario cuadrada se llamó cuadra» (Cov.).

[4] «*Echacuervos*, los que con embelecos y mentiras engañan los simples por vender sus ungüentos, aceites, hierbas, piedras y otras cosas que traen que dicen tener grandes virtudes naturales» (Cov.).

[5] «*Mohatra* es la compra fingida que se hace, vendiendo el mercader a más precio del justo, y teniendo otro de mano [= sobornado] que lo vuelva a comprar con dinero contante a menosprecio. También se dice *mohatra*, cuando se compra en la forma dicha, y se vende a cualquier otra persona a menosprecio. Los que se ven en necesidad para cumplir alguna deuda hacen estas mohatras... Este mal trato de compra y venta, está de-

2, 31.—LOS DUQUES

huye destos inconvenientes; que quien tropieza en hablador y en gracioso, al primer puntapié[1] cae y da en truhán desgraciado. Enfrena la lengua; considera y rumia las palabras antes que te salgan de la boca, y advierte que hemos llegado a parte donde, con el favor de Dios y valor de mi brazo, hemos de salir mejorados en tercio y quinto[2] en fama y en hacienda.

Sancho le prometió con muchas veras de coserse la boca o morderse la lengua antes de hablar palabra que no fuese muy a propósito y bien considerada, como él se lo mandaba, y que descuidase acerca de lo tal; que nunca por él se descubriría quién ellos eran.

Vistióse don Quijote, púsose su tahalí con su espada, echóse el mantón de escarlata a cuestas, púsose una montera de raso verde que las doncellas le dieron, y con este adorno salió a la gran sala, adonde halló a las doncellas puestas en ala, tantas a una parte como a otra, y todas con aderezo[3] de darle aguamanos; la cual[4] le dieron con muchas reverencias y ceremonias. Luego llegaron doce pajes con el maestresala[5], para llevarle a comer[6], que ya los señores le aguardaban. Cogiéronle en medio, y lleno de pompa y majestad le llevaron a otra sala, donde estaba puesta una rica mesa con solos cuatro servicios. La Duquesa y el Duque salieron a la puerta de la sala a recebirle, y con ellos un grave eclesiástico destos que gobiernan las casas de los príncipes; destos que, como no nacen príncipes, no aciertan a enseñar cómo le han de ser los que lo son; destos que quieren que la grandeza de los grandes se mida con la estrecheza de sus ánimos; destos que, queriendo mostrar a los que ellos gobiernan a ser limitados[7], les hacen ser miserables: destos

---

fendido [= prohibido] por las leyes del reino y se castiga severamente cuando se averigua y consta» (Cov.).

[1] *Puntapié* = traspié.
[2] Cf. p. 233, n. 3.
[3] «*Aderezo* = adorno, compostura» (Cov.).
[4] *Agua a manos; la cual.*
[5] «*Maestresala*, el ministro principal que asiste a la mesa del señor... Trae la vianda a la mesa con los pajes y la distribuye a los que comen en ellas. Usa con el señor cierta ceremonia particular de los señores de título, que es preguntar con buena gracia y galantería lo que pone delante al señor: y ni más ni menos la bebida. Introdújose por el miedo de los venenos; agora no es más que un cierto acometimiento que alude a ello» (Cov.).
[6] El encuentro con la cazadora fué al ponerse el sol. Olvidado de esto Cervantes supone que aún no ha llegado el mediodía.
[7] «Ser un hombre limitado es ser corto y poco liberal» (Cov.).

tales digo que debía de ser el grave religioso que con los Duques salió a recebir a don Quijote. Hiciéronse mil corteses comedimientos, y, finalmente, cogiendo a don Quijote en medio, se fueron a sentar a la mesa. Convidó el Duque a don Quijote con la cabecera de la mesa; y aunque él lo rehusó, las importunaciones del Duque fueron tantas, que la hubo de tomar. El Eclesiástico se sentó frontero, y el Duque y la Duquesa, a los dos lados.

A todo estaba presente Sancho, embobado y atónito de ver la honra que a su señor aquellos príncipes le hacían; y viendo las muchas ceremonias y ruegos que pasaron entre el Duque y don Quijote para hacerle sentar a la cabecera de la mesa, dijo:

—Si sus mercedes me dan licencia, les contaré un cuento que pasó en mi pueblo acerca desto de los asientos.

Apenas hubo dicho esto Sancho, cuando don Quijote tembló, creyendo sin duda alguna que había de decir alguna necedad. Miróle Sancho, y entendióle, y dijo:

—No tema vuesa merced, señor mío, que yo me desmande, ni que diga cosa que no venga muy a pelo; que no se me han olvidado los consejos que poco ha vuesa merced me dió sobre el hablar mucho o poco, o bien o mal.

—Yo no me acuerdo de nada, Sancho—respondió don Quijote—; di lo que quisieres, como lo digas presto.

—Pues lo que quiero decir—dijo Sancho—es tan verdad, que mi señor don Quijote, que está presente, no me dejará mentir.

—Por mí—replicó don Quijote—, miente tú, Sancho, cuanto quisieres, que yo no te iré a la mano; pero mira lo que vas a decir.

—Tan mirado y remirado lo tengo, que a buen salvo está el que repica [1], como se verá por la obra.

—Bien será—dijo don Quijote—que vuestras grandezas manden echar de aquí a este tonto, que dirá mil patochadas.

—Por vida del Duque—dijo la Duquesa—, que no se ha de apartar de mí Sancho un punto: quiérole yo mucho, porque sé que es muy discreto.

—Discretos días—dijo Sancho—viva vuestra santidad, por el buen crédito que de mí tiene, aunque en mí no lo haya. Y el

---

[1] «*En salvo está el que repica;* en las costas de la mar descubren desde las torres cuando hay enemigos, y al punto el que está allí tañe a rebato; y éste no tiene peligro porque está encastillado en la torre» (Cov.).

cuento que quiero decir es éste: Convidó un hidalgo de mi pueblo, muy rico y principal, porque venía de los Alamos de Medina del Campo, que casó con doña Mencía de Quiñones, que fué hija de don Alonso de Marañón[1], caballero del hábito de Santiago, que se ahogó en la Herradura[2], por quien hubo aquella pendencia años ha en nuestro lugar, que[3], a lo que entiendo, mi señor don Quijote se halló en ella, de donde salió herido Tomasillo el Travieso, el hijo de Balbastro el herrero... ¿No es verdad todo esto, señor nuestro amo? Dígalo por su vida, porque estos señores no me tengan por algún hablador mentiroso.

—Hasta ahora—dijo el Eclesiástico—más os tengo por hablador que por mentiroso; pero de aquí adelante no sé por lo que os tendré.

—Tú das tantos testigos, Sancho, y tantas señas, que no puedo dejar de decir que debes de decir verdad. Pasa adelante y acorta el cuento, porque llevas camino de no acabar en dos días.

—No ha de acortar tal[4]—dijo la Duquesa—, por hacerme a mí placer; antes le ha de contar de la manera que le sabe, aunque no le acabe en seis días; que si tantos fuesen, serían para mí los mejores que hubiese llevado en mi vida.

—Digo, pues, señores míos—prosiguió Sancho—, que este tal hidalgo, que yo conozco como a mis manos, porque no hay de mi casa a la suya un tiro de ballesta, convidó a un labrador pobre, pero honrado.

—Adelante, hermano—dijo a esta sazón el Religioso—; que camino lleváis de no parar con vuestro cuento hasta el otro mundo.

—A menos de la mitad pararé, si Dios fuere servido—respondió Sancho—. Y así, digo que llegando el tal labrador a casa del dicho hidalgo convidador, que buen poso haya su ánima, que ya es muerto, y por más señas dicen que hizo una

---

[1] Antiguamente era cosa frecuente no llevar los hijos el primer apellido del padre, y aun no tener los hermanos un mismo apellido.
[2] Por efecto de un furioso temporal, ocurrido en 1562, naufragaron en el mismo puerto de la Herradura, ocho leguas al oriente de Vélez Málaga, veintidós galeras y se ahogaron más de cuatro mil personas, entre ellas, el general de las galeras, don Juan de Mendoza.
[3] En *que* (cf. pról. 19): para determinar la imprecisión del *que* sin preposición, añadió Sancho luego *en ella*.
[4] Tal cosa, esto.

muerte de un ángel, que yo no me hallé presente, que había ido por aquel tiempo a segar a Tembleque...

—Por vida vuestra, hijo [1], que volváis presto de Tembleque, y que sin enterrar al hidalgo, si no queréis hacer más exequias [2], acabéis vuestro cuento.

—Es, pues, el caso—replicó Sancho—que estando los dos para asentarse a la mesa, que parece que ahora los veo más que nunca...

Gran gusto recebían los Duques del disgusto que mostraba tomar el buen religioso de la dilación y pausas con que Sancho contaba su cuento, y don Quijote se estaba consumiendo en cólera y en rabia.

—Digo, así [3]—dijo Sancho—, que estando, como he dicho, los dos para sentarse a la mesa, el labrador porfiaba con el hidalgo que tomase la cabecera de la mesa, y el hidalgo porfiaba también que el labrador la tomase, porque en su casa se había de hacer lo que él mandase; pero el labrador, que presumía de cortés y bien criado, jamás quiso, hasta que el hidalgo, mohino, poniéndole ambas manos sobre los hombros, le hizo sentar por fuerza, diciéndole: «—Sentaos, majagranzas [4]; que adondequiera que yo me siente será [5] vuestra cabecera». Y éste es el cuento, y en verdad que creo que no ha sido aquí traído fuera de propósito.

Púsose don Quijote de mil colores, que sobre lo moreno le jaspeaban y se le parecían [6]; los señores disimularon la risa, porque don Quijote no acabase de correrse, habiendo entendido la malicia de Sancho, y por mudar de plática y hacer que Sancho no prosiguiese con otros disparates, preguntó la Duquesa a don Quijote que qué nuevas tenía de la señora Dulcinea, y que si le había enviado aquellos días algunos presentes de gigantes o malandrines, pues no podía dejar de haber vencido muchos. A lo que don Quijote respondió:

—Señora mía, mis desgracias, aunque tuvieron principio,

---

[1] Sin duda son palabras del religioso.
[2] Matándose con tantas paradas.
[3] *Así* = pues.
[4] «En el yeso llaman *granzas* unos granos gruesos que quedan en la zaranda después de majado el yeso, y por no haberse quemado bien quedan en piedra. Estos se vuelven a majar, no con poco trabajo del *majagranzas*» (Cov.).
[5] Estará.
[6] Le ponían como de jaspe y se le echaban de ver.

nunca tendrán fin. Gigantes he vencido, y follones y malandrines le he enviado; pero ¿adónde la habían de hallar, si está encantada, y vuelta en la más fea labradora que imaginar se puede?

—No sé—dijo Sancho Panza—: a mí me parece la más hermosa criatura del mundo; a lo menos, en la ligereza y en el brincar bien sé yo que no dará ella la ventaja a un volteador: a buena fe, señora Duquesa, así salta desde el suelo sobre una borrica como si fuera un gato.

—¿Habéisla visto vos encantada, Sancho?—preguntó el Duque.

—¡Y cómo si la he visto!—respondió Sancho—. Pues ¿quién diablos sino yo fué el primero que cayó en el achaque[1] del encantorio? ¡Tan encantada está como mi padre[2]!

El Eclesiástico, que oyó decir de gigantes, de follones y de encantos, cayó en la cuenta de que aquel debía de ser don Quijote de la Mancha, cuya historia leía el Duque de ordinario, y él se lo había reprehendido muchas veces, diciéndole que era disparate leer tales disparates; y enterándose ser verdad lo que sospechaba, con mucha cólera, hablando con el Duque, le dijo:

—Vuestra excelencia, señor mío, tiene que dar cuenta a nuestro Señor de lo que hace este buen hombre. Este don Quijote, o don Tonto, o como se llama, imagino yo que no debe de ser tan mentecato como vuestra excelencia quiere que sea, dándole ocasiones a la mano para que lleve adelante sus sandeces y vaciedades.

Y volviendo la plática a don Quijote, le dijo:

—Y a vos, alma de cántaro[3], ¿quién os ha encajado en el celebro que sois caballero andante y que vencéis gigantes y prendéis malandrines? Andad en hora buena, y en tal[4] se os diga: volveos a vuestra casa, y criad vuestros hijos, si los tenéis, y curad de vuestra hacienda, y dejad de andar vagando por el mundo, papando viento y dando que reír a cuantos os conocen y no conocen. ¿En dónde, nora tal[5], habéis vos hallado que hubo ni hay ahora caballeros andantes? ¿Dónde hay gigantes en España, o malandrines en la Mancha, ni Dulcineas encan-

---

[1] Asunto.
[2] Adrede empleó Sancho una frase ambigua, que así afirma como niega.
[3] Cf. p. 695, n. 1.
[4] *En tal* = en hora buena.
[5] *Nora tal* = noramala (cf. p. 672, n. 2).

— 850 —

tadas, ni toda la caterva de las simplicidades que de vos se cuentan?

Atento estuvo don Quijote a las razones de aquel venerable varón, y viendo que ya callaba, sin guardar respeto a los Duques, con semblante airado y alborotado rostro, se puso en pie y dijo...

Pero esta respuesta capítulo por sí merece.

CAPITULO XXXII.—De la respuesta que dió don Quijote a su reprehensor, con otros graves y graciosos sucesos.

L<small>EVANTADO</small>, pues, en pie don Quijote, temblando de los pies a la cabeza como azogado, con presurosa y turbada lengua, dijo:

—El lugar donde estoy, y la presencia ante quien me hallo, y el respeto que siempre tuve y tengo al estado que vuesa merced profesa, tienen y atan las manos de mi justo enojo; y así por lo que he dicho como por saber que saben todos que las armas de los togados[1] son las mesmas que las de la mujer, que son la lengua, entraré con la mía en igual batalla con vuesa merced, de quien se debía esperar antes buenos consejos que infames vituperios. Las reprehensiones santas y bien intencionadas otras circunstancias requieren y otros puntos piden: a lo menos, el haberme reprehendido en público y tan ásperamente ha pasado todos los límites de la buena reprehensión, pues las primeras[2] mejor asientan sobre la blandura que sobre la aspereza, y no es bien, sin tener conocimiento del pecado que se reprehende, llamar al pecador, sin más ni más, mentecato y tonto. Si no, dígame vuesa merced: ¿por cuál de las mentecaterías que en mí ha visto me condena y vitupera, y me manda que me vaya a mi casa a tener cuenta en el gobierno della y de mi mujer y de mis hijos, sin saber si la tengo o los tengo? ¿No hay más sino a troche moche[3] entrarse por las casas ajenas a gobernar sus dueños, y habiéndose criado algunos en la estrecheza de algún pupilaje[4], sin haber visto más

---

[1] *Togados* = letrados, por oposición a gente de armas.
[2] Reprensiones.
[3] Cf. p. 621, n. 6.
[4] «En las universidades llaman *pupilos* los que están a orden de su bachiller, que les da lo que han menester para su sustento y gobierno por un tanto; y a esta casa llaman *pupilaje*» (Cov.).

mundo que el que puede contenerse en veinte o treinta leguas de distrito, meterse de rondón a dar leyes a la caballería y a juzgar de los caballeros andantes? ¿Por ventura es asumpto vano o es tiempo mal gastado el que se gasta en vagar por el mundo, no buscando los regalos dél, sino las asperezas por donde los buenos suben al asiento de la inmortalidad? Si me tuvieran por tonto los caballeros, los magníficos, los generosos, los altamente nacidos, tuviéralo por afrenta irreparable; pero de que me tengan por sandio los estudiantes, que nunca entraron ni pisaron las sendas de la caballería, no se me da un ardite: caballero soy, y caballero he de morir, si place al Altísimo. Unos van por el ancho campo de la ambición soberbia; otros, por el de la adulación servil y baja; otros, por el de la hipocresía engañosa, y algunos, por el de la verdadera religión; pero yo, inclinado de mi estrella, voy por la angosta senda de la caballería andante, por cuyo ejercicio desprecio la hacienda, pero no la honra. Yo he satisfecho agravios, enderezado tuertos, castigado insolencias, vencido gigantes y atropellado vestiglos; yo soy enamorado, no más de porque es forzoso que los caballeros andantes lo sean; y siéndolo, no soy de los enamorados viciosos, sino de los platónicos continentes. Mis intenciones siempre las enderezo a buenos fines, que son de hacer bien a todos y mal a ninguno: si el que esto entiende, si el que esto obra, si el que desto trata merece ser llamado bobo, díganlo vuestras grandezas, Duque y Duquesa excelentes.

—¡Bien, por Dios!—dijo Sancho—. No diga más vuesa merced, señor y amo mío, en su abono; porque no hay más que decir, ni más que pensar, ni más que perseverar en el mundo [1]. Y más, que negando este señor, como ha negado, que no [2] ha habido en el mundo, ni los hay, caballeros andantes, ¿qué mucho que no sepa ninguna de las cosas que ha dicho?

—Por ventura—dijo el Eclesiástico—, ¿sois vos, hermano, aquel Sancho Panza que dicen, a quien vuestro amo tiene prometida una ínsula?

—Sí soy—respondió Sancho—; y soy quien la merece tan bien como otro cualquiera; soy quien «júntate a los buenos, y serás uno de ellos»; y soy yo de aquellos «no con quien naces,

---

[1] Ejerciendo la profesión de caballero andante. Así lo explica atinadamente R. Marín, suponiendo que Sancho recuerda el *«y caballero he de morir»* que dijo don Quijote en su razonamiento.
[2] Hoy omitiríamos este *no* (cf. pról. 24).

2, 32.—EL ECLESIÁSTICO Y DON QUIJOTE

sino con quien paces»; y de los «quien a buen árbol se arrima, buena sombra le cobija». Yo me he arrimado a buen señor, y ha muchos meses que ando en su compañía, y he de ser otro como él, Dios queriendo; y viva él y viva yo: que ni a él le faltarán imperios que mandar, ni a mí ínsulas que gobernar.

—No, por cierto, Sancho amigo—dijo a esta sazón el Duque—; que yo, en nombre del señor don Quijote, os mando[1] el gobierno de una que tengo de nones[2] de no pequeña calidad.

—Híncate de rodillas, Sancho—dijo don Quijote—, y besa los pies a su excelencia por la merced que te ha hecho.

Hízolo así Sancho; lo cual visto por el Eclesiástico, se levantó de la mesa mohino ademas[3], diciendo:

—Por el hábito que tengo, que estoy por decir que es tan sandio vuestra excelencia como estos pecadores. ¡Mirad si no han de ser ellos locos, pues los cuerdos canonizan sus locuras! Quédese vuestra excelencia con ellos; que en tanto que estuvieren en casa me estaré yo en la mía, y me escusaré de reprehender lo que no puedo remediar.

Y sin decir más ni comer más, se fué, sin que fuesen parte a detenerle los ruegos de los Duques; aunque el Duque no le dijo mucho, impedido de la risa que su impertinente cólera le había causado. Acabó de reír, y dijo a don Quijote:

—Vuesa merced, señor Caballero de los Leones, ha respondido por sí tan altamente que no le queda cosa por satisfacer deste que aunque parece agravio, no lo es en ninguna manera; porque así como no agravian las mujeres, no agravian los eclesiásticos, como vuesa merced mejor sabe.

—Así es—respondió don Quijote—; y la causa es que el que no puede ser agraviado no puede agraviar a nadie[4]. Las mujeres, los niños y los eclesiásticos, como no pueden defenderse aunque sean ofendidos, no pueden ser afrentados[5]. Porque entre el agravio y la afrenta hay esta diferencia, como mejor vuestra excelencia sabe: la afrenta viene de parte de quien la puede hacer, y la hace, y la sustenta; el agravio puede venir de cualquier parte, sin que afrente. Sea ejemplo: está uno en la calle descuidado, llegan diez con mano armada, y dándole de palos, pone mano a la espada, y hace su deber; pero la muche-

---
[1] Prometo.
[2] *De nones* = (que no hace pareja con otro), descabalado, de sobra.
[3] Por demás (cf. pról. 11).
[4] Pero se podría preguntar a don Quijote quién no puede ser agraviado.
[5] Pero sí agraviados.

dumbre de los contrarios se le opone, y no le deja salir con su intención, que es de vengarse; este tal queda agraviado, pero no afrentado. Y lo mesmo confirmará otro ejemplo: está uno vuelto de espaldas; llega otro y dale de palos, y en dándoselos, huye y no espera, y el otro le sigue y no alcanza; este que recibió los palos, recibió agravio, mas no afrenta; porque la afrenta ha de ser sustentada. Si el que le dió los palos, aunque se los dió a hurta cordel[1], pusiera mano a su espada, y se estuviera quedo, haciendo rostro a su enemigo, quedara el apaleado agraviado y afrentado juntamente: agraviado, porque le dieron a traición; afrentado, porque el que le dió sustentó lo que había hecho, sin volver las espaldas y a pie quedo. Y así, según las leyes del maldito duelo, yo puedo estar agraviado, mas no afrentado; porque los niños no sienten, ni las mujeres, ni pueden huir, ni tienen para qué esperar, y lo mesmo los constituídos en la sacra religión, porque estos tres géneros de gente carecen de armas ofensivas y defensivas; y así, aunque naturalmente estén obligados a defenderse, no lo están para ofender a nadie. Y aunque poco ha dije que yo podía estar agraviado, ahora digo que no, en ninguna manera, porque quien no puede recebir afrenta, menos la puede dar[2]; por las cuales razones yo no debo sentir, ni siento, las que aquel buen hombre me ha dicho; sólo quisiera que esperara algún poco, para darle a entender en el error en[3] que está en pensar y decir que no ha habido ni los hay, caballeros andantes en el mundo; que si lo tal oyera Amadís, o uno de los infinitos de su linaje, yo sé que no le fuera bien a su merced.

—Eso juro yo bien—dijo Sancho—: cuchillada le hubieran dado, que[4] le abrieran de arriba abajo como una granada, o como a un melón muy maduro. ¡Bonitos eran ellos para sufrir semejantes cosquillas! Para mi santiguada que tengo por cierto que si Reinaldos de Montalbán hubiera oído estas razones al hombrecito, tapaboca[5] le hubiera dado, que no ha-

---
[1] «*A hurtadillas*, lo que se hace paliada y secretamente. *A hurta cordel*, significa lo mismo, tomado del modo que tienen los muchachos en arrojar las trompas [= peonzas] encordeladas, que hurtando el cordel antes que lleguen al suelo, las hacen saltar en la palma» (Cov.).
[2] Si dijera que el que no puede ser afrentado no puede agraviar a nadie, el razonamiento no concluiría mal.
[3] Por *darle a entender en qué error está* (cf. pról. 26).
[4] Tal, *que* (cf. pról. 15).
[5] Cf. p. 750, n. 4.

2, 32.—JABONADURA DE DON QUIJOTE

blara más en tres años. ¡No, sino tomárase con ellos, y viera cómo escapaba de sus manos!

Perecía de risa la Duquesa en oyendo hablar a Sancho, y en su opinión le tenía por más gracioso y por más loco que a su amo; y muchos hubo en aquel tiempo que fueron deste mismo parecer. Finalmente, don Quijote se sosegó, y la comida se acabó, y en levantando los manteles, llegaron cuatro doncellas, la una con una fuente de plata, y la otra con un aguamanil, asimismo de plata, y la otra con dos blanquísimas y riquísimas toallas al hombro, y la cuarta descubiertos los brazos hasta la mitad, y en sus blancas manos (que sin duda eran blancas) una redonda pella de jabón napolitano. Llegó la de la fuente, y con gentil donaire y desenvoltura encajó la fuente debajo de la barba de don Quijote; el cual, sin hablar palabra, admirado de semejante ceremonia, creyó que debía ser usanza de aquella tierra: en lugar de las manos, lavar las barbas; y así, tendió la suya todo cuanto pudo, y al mismo punto comenzó a llover el aguamanil, y la doncella del jabón le manoseó las barbas con mucha priesa, levantando copos de nieve, que no eran menos blancas las jabonaduras, no sólo por las barbas, mas por todo el rostro y por los ojos del obediente caballero; tanto, que se los hicieron cerrar por fuerza. El Duque y la Duquesa, que de nada desto eran sabidores, estaban esperando en qué había de parar tan extraordinario lavatorio. La doncella barbera, cuando le tuvo con un palmo de jabonadura, fingió que se le había acabado el agua, y mandó a la del aguamanil fuese por ella; que el señor don Quijote esperaría. Hízolo así, y quedó don Quijote con la más estraña figura y más para hacer reír que se pudiera imaginar.

Mirábanle todos los que presentes estaban, que eran muchos, y como le veían con media vara de cuello, más que medianamente moreno, los ojos cerrados y las barbas llenas de jabón, fué gran maravilla y mucha discreción poder disimular la risa; las doncellas de la burla tenían los ojos bajos, sin osar mirar a sus señores; a ellos les retozaba la cólera y la risa en el cuerpo[1], y no sabían a qué acudir: o a castigar el atrevimiento de las muchachas, o darles premio por el gusto que recibían de ver a don Quijote de aquella suerte. Finalmente, la doncella del aguamanil vino, y acabaron de lavar a don Quijote, y luego la que traía las toallas le limpió y le enjugó muy reposadamente;

---

[1] «*Retozar la risa en el cuerpo*, querer reír, y disimularlo» (Cov.).

2, 32.—LOS DUQUES

y haciéndole todas cuatro a la par una grande y profunda inclinación y reverencia, se querían ir; pero el Duque, porque don Quijote no cayese en la burla, llamó a la doncella de la fuente, diciéndole:

—Venid y lavadme a mí, y mirar que no se os acabe el agua.

La muchacha, aguda y diligente, llegó y puso la fuente al Duque como a don Quijote, y dándose prisa, le lavaron y jabonaron muy bien, y dejándole enjuto y limpio, haciendo reverencias se fueron. Después se supo que había jurado el Duque que si a él no le lavaran como a don Quijote, había de castigar su desenvoltura, la cual habían enmendado discretamente con haberle a él jabonado [1].

Estaba atento Sancho a las ceremonias de aquel lavatorio, y dijo entre sí:

—¡Válame Dios! ¿Si será también usanza en esta tierra lavar las barbas a los escuderos como a los caballeros? Porque en Dios y en mi ánima que lo he bien menester, y aun que si me las rapasen a navaja, lo tendría a más beneficio.

—¿Qué decís entre vos, Sancho?—preguntó la Duquesa.

—Digo, señora—respondió él—, que en las cortes de los otros príncipes siempre he oído decir que en levantando los manteles dan agua a las manos, pero no lejía a las barbas; y que por eso es bueno vivir mucho: por ver mucho; aunque también dicen [2] que el que larga vida vive mucho mal ha de pasar, puesto que pasar por un lavatorio de éstos antes es gusto que trabajo.

—No tengáis pena, amigo Sancho—dijo la Duquesa—; que yo haré que mis doncellas os laven, y aun os metan en colada si fuere menester.

—Con las barbas me contento—respondió Sancho—, por ahora a lo menos; que andando el tiempo, Dios dijo lo que será.

—Mirad, maestresala—dijo la Duquesa—, lo que el buen Sancho pide, y cumplidle su voluntad al pie de la letra.

El maestresala respondió que en todo sería servido el señor Sancho, y con esto se fué a comer, y llevó consigo a Sancho, quedándose a la mesa los Duques y don Quijote, hablando

---

[1] Un caso semejante sucedió a un hidalgo portugués en casa de don Rodrigo Pimentel, conde de Benavente, que pudo inspirar a Cervantes este pasaje.

[2] Siguen dos versos octosílabos del romance viejo del Marqués de Mantua, como anota R. Marín.

2, 32.—DE DULCINEA

en muchas y diversas cosas; pero todas tocantes al ejercicio de las armas y de la andante caballería.

La Duquesa rogó a don Quijote que le delinease y describiese, pues parecía tener felice memoria, la hermosura y facciones de la señora Dulcinea del Toboso, que, según lo que la fama pregonaba de su belleza, tenía por entendido que debía de ser la más bella criatura del orbe, y aun de toda la Mancha[1]. Sospiró don Quijote oyendo lo que la Duquesa le mandaba, y dijo:

—Si yo pudiera sacar mi corazón y ponerle ante los ojos de vuestra grandeza, aquí sobre esta mesa y en un plato, quitara el trabajo a mi lengua de decir lo que apenas se puede pensar, porque vuestra excelencia la viera en él toda retratada; pero ¿para qué es ponerme yo ahora a delinear y describir punto por punto y parte por parte la hermosura de la sin par Dulcinea, siendo carga digna de otros hombros que de los míos, empresa en quien se debían de ocupar los pinceles de Parrasio, de Timantes y de Apeles[2], y los buriles de Lisipo[3], para pintarla y grabarla en tablas, en mármoles y en bronces, y la retórica ciceroniana y demostina para alabarla?

—¿Qué quiere decir *demostina*[4], señor don Quijote—preguntó la Duquesa—, que es vocablo que no le he oído en todos los días de mi vida?

—*Retórica demostina*—respondió don Quijote—es lo mismo que decir *retórica de Demóstenes*, como *ciceroniana*, de Cicerón, que fueron los dos mayores retóricos del mundo.

—Así es—dijo el Duque—, y habéis andado deslumbrada[5] en la tal pregunta. Pero, con todo eso, nos daría gran gusto el señor don Quijote si nos lo pintase; que a buen seguro que aunque sea en rasguño[6] y bosquejo, que ella salga tal, que la tengan invidia las más hermosas.

—Sí hiciera, por cierto—respondió don Quijote—, si no me la hubiera borrado de la idea la desgracia que poco ha que le sucedió, que es tal, que más estoy para llorarla que para describirla; porque habrán de saber vuestras grandezas que yendo

---

[1] Está dicho con sorna (cf. p. 351, n. 3).
[2] Tres pintores griegos.
[3] Escultor griego. *Buril* = entonces instrumento de escultores y grabadores (hoy llamamos cincel al del escultor).
[4] Con esta pregunta se critica la mala formación de la voz *demostina*.
[5] «*Deslumbrado*, el que va desatentado, sin saber lo que se hace» (Cov.).
[6] *Rasguño* = bosquejo.

los días pasados a besarle las manos, y a recebir su bendición, beneplácito y licencia para esta tercera salida, hallé otra de la que buscaba: halléla encantada y convertida de princesa en labradora, de hermosa en fea, de ángel en diablo, de olorosa en pestífera, de bien hablada en rústica, de reposada en brincadora, de luz en tinieblas, y, finalmente, de Dulcinea del Toboso en una villana de Sayago.

—¡Válame Dios!—dando una gran voz, dijo a este instante el Duque—. ¿Quién ha sido el que tanto mal ha hecho al mundo? ¿Quién ha quitado dél la belleza que le alegraba, el donaire que le entretenía y la honestidad que le acreditaba?

—¿Quién?—respondió don Quijote—. ¿Quién puede ser sino algún maligno encantador de los muchos invidiosos que me persiguen? Esta raza maldita, nacida en el mundo para escurecer y aniquilar las hazañas de los buenos, y para dar luz y levantar los fechos de los malos. Perseguido me han encantadores, encantadores me persiguen, y encantadores me perseguirán hasta dar conmigo y con mis altas caballerías en el profundo abismo del olvido, y en aquella parte me dañan y hieren donde veen que más lo siento; porque quitarle a un caballero andante su dama es quitarle los ojos con que mira, y el sol con que se alumbra, y el sustento con que se mantiene. Otras muchas veces lo he dicho, y ahora lo vuelvo a decir: que el caballero andante sin dama es como el árbol sin hojas, el edificio sin cimiento, y la sombra sin cuerpo de quien se cause.

—No hay más que decir—dijo la Duquesa—; pero si, con todo eso, hemos de dar crédito a la historia que del señor don Quijote de pocos días a esta parte ha salido a la luz del mundo, con general aplauso de las gentes, della se colige, si mal no me acuerdo, que nunca vuesa merced ha visto a la señora Dulcinea [1], y que esta tal señora no es [2] en el mundo, sino que es dama fantástica, que vuesa merced la engendró y parió en su entendimiento, y la pintó con todas aquellas gracias y perfeciones que quiso.

—En eso hay mucho que decir—respondió don Quijote—. Dios sabe si hay Dulcinea, o no, en el mundo, o si es fantástica, o no es fantástica; y éstas no son de las cosas cuya averiguación se ha de llevar hasta el cabo. Ni yo engendré ni parí a mi señora, puesto que la contemplo como conviene que sea una dama

---

[1] Cf. p. 662, n. 6.
[2] Existe.

2, 32.—DE DULCINEA

que contenga en sí las partes que puedan hacerla famosa en todas las del mundo, como son: hermosa sin tacha, grave sin soberbia, amorosa con honestidad, agradecida por cortés, cortés por bien criada, y, finalmente, alta por linaje, a causa que sobre la buena sangre resplandece y campea la hermosura con más grados de perfección que en las hermosas humildemente nacidas.

—Así es—dijo el Duque—; pero hame de dar licencia el señor don Quijote para que le diga lo que me fuerza a decir la historia que de sus hazañas he leído, de donde se infiere que, puesto que se conceda que hay Dulcinea en el Toboso, o fuera dél, y que sea hermosa en el sumo grado que vuesa merced nos la pinta, en lo de la alteza del linaje no corre parejas con las Orianas, con las Alastrajareas, con las Madásimas, ni con otras de este jaez, de quien están llenas las historias que vuesa merced bien sabe.

—A eso puedo decir—respondió don Quijote—que Dulcinea es hija de sus obras, y que las virtudes adoban la sangre, y que en más se ha de estimar y tener un humilde virtuoso que un vicioso levantado; cuanto más que Dulcinea tiene un jirón[1] que la puede llevar a ser reina de corona y ceptro; que el merecimiento de una mujer hermosa y virtuosa a hacer mayores milagros se estiende, y, aunque no formalmente, virtualmente[2] tiene en sí encerradas mayores venturas.

—Digo, señor don Quijote—dijo la Duquesa—, que en todo cuanto vuesa merced dice va con pie de plomo, y, como suele decirse con la sonda en la mano[3]; y que yo desde aquí adelante creeré y haré creer a todos los de mi casa, y aun al Duque mi señor, si fuere menester, que hay Dulcinea en el Toboso, y que vive hoy día, y es hermosa, y principalmente nacida, y merecedora que un tal caballero como es el señor don Quijote la sirva;

---

[1] *Jirón* = 1) parte de un todo (v. g., una cualidad, circunstancia...); 2) (en heráldica) figura triangular que apoyándose en el borde del escudo llega hasta el centro o corazón de éste. 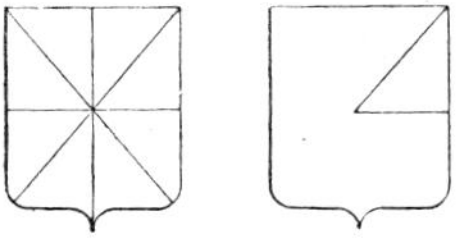
[2] Este es lenguaje escolástico. Quiere decir que aunque Dulcinea no goza de mayores venturas (pues aún no existen, o no tienen *forma*), pero tiene *virtud* o eficacia para producirlas.
[3] «*Sonda*, la cuerda con la plomada que los marinos echan en la mar para certificarse de la hondura que tendrá el agua, por miedo de no dar en algún bajío: por otra parte se llama *bolina*» (Cov.).

que es lo más que puedo ni sé encarecer. Pero no puedo dejar de formar un escrúpulo, y tener algún no sé qué de ojeriza contra Sancho Panza: el escrúpulo es que dice la historia referida que el tal Sancho Panza halló a la tal señora Dulcinea, cuando de parte de vuesa merced le llevó una epístola, ahechando un costal de trigo, y, por más señas, dice que era rubión [1]; cosa que me hace dudar en la alteza de su linaje.

A lo que respondió don Quijote:

—Señora mía, sabrá la vuestra grandeza que todas o las más cosas que a mí me suceden van fuera de los términos ordinarios de las que a los otros caballeros andantes acontecen, o ya sean encaminadas por el querer inescrutable de los hados, o ya vengan encaminadas por la malicia de algún encantador invidioso; y cómo es cosa ya averiguada que todos o los más caballeros andantes y famosos, uno tenga gracia de no poder ser encantado, otro, de ser de tan impenetrables carnes, que no pueda ser herido, como lo [2] fué el famoso Roldán, uno de los doce Pares de Francia, de quien se cuenta que no podía ser ferido sino por la planta del pie izquierdo, y que esto había de ser con la punta de un alfiler gordo, y no con otra suerte de arma alguna; y así, cuando Bernardo del Carpio le mató en Roncesvalles, viendo que no le podía llagar con fierro, le levantó del suelo entre los brazos, y le ahogó, acordándose entonces de la muerte que dió Hércules a Anteón, aquel feroz gigante que decían ser hijo de la Tierra [3]. Quiero inferir de lo dicho que podría ser que yo tuviese alguna gracia déstas, no del no poder ser ferido, porque muchas veces la esperiencia me ha mostrado que soy de carnes blandas y no nada impenetrables, ni la de no poder ser encantado; que ya me he visto metido en la jaula, donde todo el mundo no fuera poderoso a encerrarme, si no fuera a fuerza de encantamentos; pero pues de aquél [4] me libré, quiero creer que no ha de haber otro alguno que me empezca; y así, viendo estos encantadores que con mi persona no pueden usar de sus malas mañas, vénganse en las cosas que más quiero, y quieren quitarme la vida maltratando la de Dulcinea, por quien yo vivo; y así, creo que cuando mi escudero le llevó mi embajada, se la convirtieron en villana y ocupada en tan bajo ejercicio como

---

[1] Cf. p. 359, n. 3.
[2] *Lo* se refiere a *de tan impenetrables carnes*.
[3] Cf. p. 58, n. 4.
[4] Encantamento (el de la jaula).

es el de ahechar trigo; pero ya tengo yo dicho que aquel trigo ni era rubión ni trigo, sino granos de perlas orientales; y para prueba desta verdad quiero decir a vuestras magnitudes cómo viniendo poco ha por el Toboso, jamás pude hallar los palacios de Dulcinea; y que otro día, habiéndola visto Sancho mi escudero en su mesma figura, que es la más bella del orbe, a mí me pareció una labradora tosca y fea, y no nada[1] bien razonada, siendo la discreción del mundo; y pues yo no estoy encantado, ni lo puedo estar, según buen discurso, ella es la encantada, la ofendida, y la mudada, trocada y trastrocada, y en ella se han vengado de mí mis enemigos, y por ella viviré yo en perpetuas lágrimas, hasta verla en su pristino estado. Todo esto he dicho para que nadie repare en lo que Sancho dijo del cernido ni del ahecho de Dulcinea; que pues a mí me la mudaron, no es maravilla que a él se la cambiasen. Dulcinea es principal y bien nacida; y de los hidalgos linajes que hay en el Toboso, que son muchos, antiguos y muy buenos, a buen seguro que no le cabe poca parte a la sin par Dulcinea, por quien su lugar será famoso y nombrado en los venideros siglos, como lo ha sido Troya por Elena, y España por la Cava[2], aunque con mejor título y fama. Por otra parte, quiero que entiendan vuestras señorías que Sancho Panza es uno de los más graciosos escuderos que jamás sirvió[3] a caballero andante; tiene a veces unas simplicidades tan agudas, que el pensar si es simple o agudo causa no pequeño contento: tiene malicias que le condenan por bellaco, y descuidos que le confirman por bobo; duda de todo, y créelo todo; cuando pienso que se va a despeñar de tonto, sale con unas discreciones, que le levantan al cielo. Finalmente, yo no le trocaría con otro escudero aunque me diesen de añadidura una ciudad; y así, estoy en duda si será bien enviarle al gobierno de quien vuestra grandeza le ha hecho merced; aunque veo en él una cierta aptitud para esto de gobernar, que atusándole[4] tantico el entendimiento, se saldría con cualquiera gobierno, como el Rey con sus alcabalas[5]; y más que ya por muchas ex-

---

[1] *No nada* = nada (cf. pról. 17).
[2] Cf. p. 481, n. 3.
[3] Hoy diríamos *sirvieron* (cf. pról. 9).
[4] *Atusar* = recortar e igualar el pelo con tijeras. «Este término *atusar* —dice Covarrubias— no es usado entre gente cortesana.»
[5] Los reyes obtuvieron las alcabalas (cf. p. 38, n. 1) al principio para tiempo limitado, pero poco a poco, insistiendo, lograron que de temporales

2, 32.—LOS DUQUES

periencias sabemos que no es menester ni mucha habilidad ni muchas letras para ser uno gobernador, pues hay por ahí ciento que apenas saben leer, y gobiernan como unos girifaltes[1]; el toque está en que tengan buena intención y deseen acertar en todo; que nunca les faltará quien les aconseje y encamine en lo que han de hacer, como los gobernadores caballeros y no letrados, que sentencian con asesor. Aconsejaríale yo que ni tome cohecho, ni pierda derecho[2], y otras cosillas que me quedan en el estómago, que saldrán a su tiempo, para utilidad de Sancho y provecho de la ínsula que gobernare.

A este punto llegaban de su coloquio el Duque, la Duquesa y don Quijote, cuando oyeron muchas voces y gran rumor de gente en el palacio; y a deshora[3] entró Sancho en la sala, todo asustado, con un cernadero por babador[4], y tras él muchos mozos, o, por mejor decir, pícaros[5] de cocina y otra gente menuda, y uno venía con un artesoncillo[6] de agua, que en la color y poca limpieza mostraba ser de fregar; seguíale y perseguíale el de la artesa, y procuraba con toda solicitud ponérsela y encajársela debajo de las barbas, y otro pícaro mostraba querérselas lavar.

—¿Qué es esto, hermanos?—preguntó la Duquesa—. ¿Qué es esto? ¿Qué queréis a ese buen hombre? ¿Cómo y no consideráis que está electo gobernador?

A lo que respondió el pícaro barbero:

—No quiere este señor dejarse lavar, como es usanza, y como se lavó el Duque mi señor y el señor su amo.

—Sí quiero—respondió Sancho con mucha cólera—; pero

---

se hiciesen perpetuas: tal fué el tesón y empeño de los reyes, que quedó en proverbio.

[1] Con la precipitación de unos *girifaltes* (= los halcones mayores que se conocían, y los más estimados en la caza de cetrería).

[2] *Ni tomes cohecho, ni pierdas derecho* = ni tomes lo que no te toca, ni pierdas lo que te pertenece. «*Cohechar*, sobornar con dádivas al juez, al testigo, o a cualquier otra persona..., y el tal soborno se dice *cohecho*» (Cov.).

[3] De repente.

[4] *Cernadero* = lienzo gordo que se pone en el cesto o coladero sobre toda la ropa, para que echando sobre él la lejía (= agua cocida con ceniza), pase a la ropa sólo el agua con las sales que lleva en disolución, y se detenga en él la cernada (= parte no disuelta de la ceniza). *Babador* = babero.

[5] *Pícaro* o *picaño*, dice Covarrubias, «el andrajoso y despedazado».

[6] «*Artesa*, el tronco de madera clavado en que se amasa el pan» (Cov.). *Artesón* = especie de artesa redonda, que suele servir para fregar, y otros usos.

2, 32.—JABONADURA DE SANCHO

querría que fuese con toallas más limpias, con lejía más clara y con manos no tan sucias; que no hay tanta diferencia de mí a mi amo, que a él le laven con agua de ángeles[1] y a mí con lejía de diablos. Las usanzas de las tierras y de los palacios de los príncipes tanto son buenas cuanto no dan pesadumbre; pero la costumbre del lavatorio que aquí se usa peor es que de diciplinantes. Yo estoy limpio de barbas y no tengo necesidad de semejantes refrigerios[2]; y el que se llegare a lavarme ni a tocarme un pelo de la cabeza, digo, de mi barba, hablando con el debido acatamiento[3], le daré[4] tal puñada, que le deje el puño engastado en los cascos; que estas tales cirimonias y jabonaduras más parecen burlas que gasajos[5] de huéspedes.

Perecida de risa estaba la Duquesa viendo la cólera y oyendo las razones de Sancho; pero no dió mucho gusto a don Quijote verle tan mal adeliñado[6] con la jaspeada toalla[7], y tan rodeado de tantos entretenidos[8] de cocina; y así, haciendo una profunda reverencia a los Duques, como que les pedía licencia para hablar, con voz reposada dijo a la canalla:

—¡Hola, señores caballeros!, vuesas mercedes dejen al mancebo, y vuélvanse por donde vinieron, o por otra parte si se les antojare; que mi escudero es limpio tanto como otro, y esas artesillas son para él estrechos y penantes búcaros[9]. Tomen mi consejo y déjenle; porque ni él ni yo sabemos de achaque de burlas.

Cogióle la razón de la boca Sancho, y prosiguió diciendo:

—¡No, sino lléguense a hacer burla del mostrenco; que así lo sufriré como ahora es de noche! Traigan aquí un peine, o lo

---

[1] «En lugar de estos [antiguos] ungüentos [olorosos] se han sustituído las aguas de olor, y particularmente una que llaman *agua de ángeles*, por estar conficionada de diversos olores, así de las flores como del ámbar distilado, y otras cosas preciosas y olorosas» (Cov., v. *ungüento*).

[2] Refrescos.

[3] Como si dijera *con perdón sea dicho*.

[4] *El que... le daré* es una inconsecuencia gramatical (cf. pról. 13).

[5] Agasajos.

[6] *Adeliñado* = aliñado, aderezado.

[7] Humorísticamente llama Cervantes *jaspeada toalla* al manchado cernadero.

[8] *Entretenido* = chistoso, apicarado.

[9] *Búcaro* = vasija de barro colorado que mojada da un olor agradable; y por esto servía comúnmente en otro tiempo de vaso para beber el agua. *Penante* o *penada* se llamaba la vasija de boca estrecha que daba la bebida con dificultad poco a poco.

que quisieren, y almohácenme[1] estas barbas; y si sacaren dellas cosa que ofenda a la limpieza[2] que me trasquilen a cruces[3].

A esta sazón, sin dejar la risa, dijo la Duquesa:

—Sancho Panza tiene razón en todo cuanto ha dicho, y la tendrá en todo cuanto dijere: él es limpio, y, como él dice, no tiene necesidad de lavarse; y si nuestra usanza no le contenta, su alma en su palma[4]; cuanto más que vosotros, ministros de la limpieza, habéis andado demasiadamente de remisos y descuidados, y no sé si diga atrevidos, al traer a tal personaje y a tales barbas, en lugar de fuentes y aguamaniles de oro puro y de alemanas toallas, artesillas y dornajos de palo y rodillas de aparadores[5]. Pero, en fin, sois malos y mal nacidos, y no podéis dejar, como malandrines que sois, de mostrar la ojeriza que tenéis con los escuderos de los andantes caballeros.

Creyeron los apicarados ministros, y aun el maestresala, que venía con ellos, que la Duquesa hablaba de veras, y así, quitaron el cernadero del pecho de Sancho, y todos confusos y casi corridos se fueron y le dejaron; el cual, viéndose fuera de aquel, a su parecer, sumo peligro, se fué a hincar de rodillas ante la Duquesa y dijo:

—De grandes señoras, grandes mercedes se esperan; esta que la vuestra merced hoy me ha fecho no puede pagarse con menos si no es con desear verme armado caballero andante, para ocuparme todos los días de mi vida en servir a tan alta señora. Labrador soy, Sancho Panza me llamo, casado soy, hijos tengo y de escudero sirvo; si con alguna destas cosas puedo servir a vuestra grandeza, menos tardaré yo en obedecer que vuestra señoría en mandar.

—Bien parece, Sancho—respondió la Duquesa—, que habéis aprendido a ser cortés en la escuela de la misma cortesía; bien parece, quiero decir, que os habéis criado a los pechos del

---

[1] «*Almohaza*, una rascadera de hierro, dentada con tres o cuatro órdenes, con que estriegan los caballos y las demás bestias y los rascan, sacándoles el polvo y caspa de la piel y alisando el pelo» (Cov.).

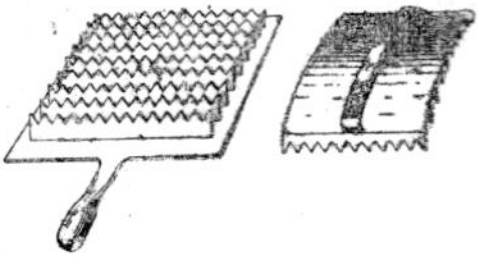

[2] Con todo, recuérdense los *algos* del barco encantado (cf. p. 833).

[3] *Trasquilar a cruces* = cortar el pelo sin orden cruzándose las tijeras. A los tontos solían trasquilar así.

[4] *Su alma en su palma* = allá se las haya.

[5] *Rodilla* (= paño basto) *de aparadores* (= vasares).

señor don Quijote, que debe de ser la nata de los comedimientos y la flor de las ceremonias, o *cirimonias,* como vos decís. Bien haya tal señor y tal criado, el uno, por norte de la andante caballería; y el otro, por estrella de la escuderil fidelidad. Levantaos, Sancho amigo; que yo satisfaré vuestras cortesías con hacer que el Duque mi señor, lo más presto que pudiere, os cumpla la merced prometida del gobierno.

Con esto, cesó la plática, y don Quijote se fué a reposar la siesta, y la Duquesa pidió a Sancho que, si no tenía mucha gana de dormir, viniese a pasar la tarde con ella y con sus doncellas en una muy fresca sala. Sancho respondió que aunque era verdad que tenía por costumbre dormir cuatro o cinco horas las siestas del verano, que, por servir a su bondad, él procuraría con todas sus fuerzas no dormir aquel día ninguna[1], y vendría obediente a su mandado, y fuése. El Duque dió nuevas órdenes como se tratase a don Quijote como a caballero andante, sin salir un punto del estilo como cuentan que se trataban los antiguos caballeros.

CAPITULO XXXIII.—De la sabrosa plática que la Duquesa y sus doncellas pasaron con Sancho Panza, digna de que se lea y de que se note.

Cuenta, pues, la historia, que Sancho no durmió aquella siesta, sino que, por cumplir su palabra, vino en comiendo a ver a la Duquesa: la cual, con el gusto que tenía de oírle, le hizo sentar junto a sí en una silla baja, aunque Sancho, de puro bien criado, no quería sentarse; pero la Duquesa le dijo que se sentase como gobernador y hablase como escudero, puesto que por entrambas cosas merecía el mismo escaño[2] del Cid Rui Díaz Campeador[3]. Encogió Sancho los hombros, obedeció y sentóse, y todas las doncellas y dueñas de la Duquesa le rodearon

---

[1] Los que han escrito la cronología del Quijote, observan que esto debía pasar a fines de octubre; sin embargo, Cervantes que no tuvo tiempo sobrante para apurar la topografía y cronología quijotescas nos presenta la escena en pleno verano.

[2] *«Escaño,* cierto género de banco ancho con espaldar» (Cov.).

[3] Era el escaño de marfil que el Cid ganó en la toma de Valencia y regaló al rey de Castilla Don Alfonso.

2, 33.—LOS DUQUES

atentas, con grandísimo silencio, a escuchar lo que diría; pero la Duquesa fué la que habló primero, diciendo:

—Ahora que estamos solos, y que aquí no nos oye nadie, querría yo que el señor gobernador me asolviese [1] ciertas dudas que tengo, nacidas de la historia que del gran don Quijote anda ya impresa; una de las cuales dudas es que pues el buen Sancho nunca vió a Dulcinea, digo, a la señora Dulcinea del Toboso, ni le llevó la carta del señor don Quijote, porque se quedó en el libro de memoria en Sierra Morena, cómo se atrevió a fingir la respuesta, y aquello de que la halló ahechando trigo, siendo todo burla y mentira, y tan en daño de la buena opinión de la sin par Dulcinea, y cosas que no vienen bien con la calidad y fidelidad de los buenos escuderos.

A estas razones, sin responder con alguna, se levantó Sancho de la silla, y con pasos quedos, el cuerpo agobiado y el dedo puesto sobre los labios, anduvo por toda la sala levantando los doseles [2]; y luego, esto hecho, se volvió a sentar, y dijo:

—Ahora, señora mía, que he visto que no nos escucha nadie de solapa, fuera de los circunstantes, sin temor ni sobresalto responderé a lo que se me ha preguntado, y a todo aquello que se me preguntare; y lo primero que digo es que yo tengo a mi señor don Quijote por loco rematado, puesto que algunas veces dice cosas que, a mi parecer, y aun de todos aquellos que le escuchan, son tan discretas y por tan buen carril [3] encaminadas que el mesmo Satanás no las podría decir mejores; pero, con todo esto, verdaderamente y sin escrúpulo, a mí se me ha asentado que es un mentecato. Pues como yo tengo esto en el magín me atrevo a hacerle creer lo que no lleva pies ni cabeza, como fué aquello de la respuesta de la carta y lo de habrá seis o ocho días [4], que aún no está en historia, conviene a saber: lo del encanto de mi señora doña Dulcinea, que le he dado a entender que está encantada, no siendo más verdad que por los cerros de Úbeda.

Rogóle la Duquesa que le contase aquel encantamento o

---

[1] Soltase.
[2] «*Dosel*, la cortina con su cielo que ponen a los reyes y después a los titulados, y lo mismo es en el estado eclesiástico, entre los prelados... Los modernos le llamaron dosel, porque se pone a las *espaldas* de la silla del señor, quasi *dorsel*, a *dorso*» (Cov.).
[3] «*Carril*, la señal que dejan hecha las ruedas del carro por el camino» (Cov.).
[4] Eran ya diez y siete.

2, 33.—LA DUQUESA Y SANCHO

burla, y Sancho se lo contó todo del mesmo modo que había pasado, de que no poco gusto recibieron los oyentes; y prosiguiendo en su plática, dijo la Duquesa:

—De lo que el buen Sancho me ha contado me anda brincando un escrúpulo en el alma, y un cierto susurro llega a mis oídos, que me dice: «Pues don Quijote de la Mancha es loco, menguado y mentecato, y Sancho Panza su escudero lo conoce, y, con todo eso, le sirve y le sigue, y va atenido a las vanas promesas suyas, sin duda alguna debe de ser él más loco y tonto que su amo; y siendo esto así, como lo es, mal contado te será [1], señora Duquesa, si al tal Sancho Panza le das ínsula que gobierne; porque el que no sabe gobernarse a sí, ¿cómo sabrá gobernar a otros?»

—Por Dios, señora—dijo Sancho—, que ese escrúpulo viene con parto derecho [2]; pero dígale vuesa merced que hable claro, o como quisiere; que yo conozco que dice verdad: que si yo fuera discreto, días ha que había de haber dejado a mi amo. Pero ésta fué mi suerte; y ésta mi malandanza; no puedo más; seguirle tengo [3]: somos de un mismo lugar; he comido su pan; quiérole bien; es agradecido; dióme sus pollinos, y, sobre todo, yo soy fiel; y así, es imposible que nos pueda apartar otro suceso que el de la pala y azadón [4]. Y si vuestra altanería no quisiere que se me dé el prometido gobierno, de menos me hizo Dios [5] y podría ser que el no dármele redundase en pro de mi conciencia; que maguera [6] tonto, se me entiende aquel refrán de «por su mal le nacieron salas a la hormiga [7]»; y aun podría ser que se fuese más aína [8] Sancho escudero al cielo, que no Sancho gobernador. Tan buen pan hacen aquí como en Francia; y de noche todos los gatos son pardos; y asaz de desdichada es la persona que a las dos de la tarde no se ha desayunado; y no hay estómago que sea un palmo mayor que otro; el cual se

---

[1] *Mal contado te será* = (no se te tendrá en cuenta) mal te estará.
[2] Con buen parto, bien.
[3] *Tener, haber, deber...* se construyen sin *de*, cuando van precedidos del infinitivo regido: cf. *he de seguirle* y *seguirle he*, *tengo de amarle* y *amarle tengo*.
[4] O sea, el de la muerte.
[5] *De menos me*, o *nos, hizo Dios* es como si dijera: antes tuve menos, así que puedo pasarme sin ese gobierno, o esperar cosas mejores.
[6] *Maguera* = maguer.
[7] Porque volando, se las comen los pájaros.
[8] Presto.

puede llenar, como suele decirse, de paja y de heno [1]; y las avecitas del campo tienen a Dios por su proveedor y despensero; y más calientan cuatro varas de paño de Cuenca que otras cuatro de límiste de Segovia [2]; y al dejar este mundo y meternos la tierra adentro, por tan estrecha senda va el príncipe como el jornalero, y no ocupa más pies de tierra el cuerpo del papa que el del sacristán, aunque sea más alto el uno que el otro; que al entrar en el hoyo todos nos ajustamos y encogemos, o nos hacen ajustar y encoger, mal que nos pese y a buenas noches [3]. Y torno a decir que si vuestra señoría no me quisiere dar la ínsula por tonto, yo sabré no dárseme nada por discreto; y yo he oído decir que detrás de la cruz está el diablo, y que no es oro todo lo que reluce, y que de entre los bueyes, arados y coyundas sacaron al labrador Wamba para ser rey de España, y de entre los brocados, pasatiempos y riquezas sacaron a Rodrigo para ser comido de culebras, si es que las trovas de los romances antiguos no mienten.

—¡Y cómo que no mienten [4]!—dijo a esta sazón doña Rodríguez la dueña, que era una de las escuchantes—: que un romance hay que dice que metieron al rey Rodrigo, vivo vivo, en una tumba llena de sapos, culebras y lagartos, y que de allí a dos días dijo el rey desde dentro de la tumba, con voz doliente y baja:

Ya me comen, ya me comen
Por do más pecado había;

y según esto, mucha razón tiene este señor en decir que quiere más ser labrador que rey, si le han de comer sabandijas.

No pudo la Duquesa tener la risa oyendo la simplicidad de su dueña, ni dejó de admirarse en oír las razones y refranes de Sancho, a quien dijo:

—Ya sabe el buen Sancho que lo que una vez promete un caballero, procura cumplirlo, aunque le cueste la vida. El Duque mi señor y marido, aunque no es de los andantes, no por eso deja de ser caballero; y así, cumplirá la palabra de la prometida ínsula, a pesar de la invidia y de la malicia del mundo. Esté

---

[1] *De paja o heno, el vientre lleno.*
[2] *Límiste* = paño segoviano más fino que el velarte (cf. p. 56, n. 3) y el paño de Cuenca.
[3] *A buenas noches* = a oscuras.
[4] *¡Y como* es verdad *que no mienten!* (cf. p. 39, n. 4).

Sancho de buen ánimo; que cuando menos lo piense se verá sentado en la silla de su ínsula y en la de su estado, y empuñará su gobierno, que con otro de brocado[1] de tres altos[2] lo deseche[3]. Lo que yo le encargo es que mire cómo gobierna sus vasallos, advirtiendo que todos son leales y bien nacidos.

—Eso de gobernarlos bien—respondió Sancho—no hay para qué encargármelo, porque yo soy caritativo de mío y tengo compasión de los pobres; y a quien cuece y amasa, no le hurtes hogaza[4]; y para mi santiguada que no me han de echar dado falso[5]: soy perro viejo, y entiendo todo tus, tus[6], y sé despabilarme a sus tiempos, y no consiento que me anden musarañas[7] ante los ojos, porque sé donde me aprieta el zapato[8]: dígolo porque los buenos tendrán conmigo mano y concavidad[9], y los malos ni pie ni entrada. Y paréceme a mí que en esto de los gobiernos todo es comenzar, y podría ser que a quince días de gobernador me comiese las manos tras el oficio, y supiese más dél que de la labor del campo, en que me he criado.

—Vos tenéis razón, Sancho—dijo la Duquesa—; que nadie nace enseñado, y de los hombres se hacen los obispos; que no de las piedras. Pero volviendo a la plática que poco ha tratábamos del encanto de la señora Dulcinea, tengo por cosa cierta y más que averiguada que aquella imaginación que Sancho tuvo de burlar a su señor, y darle a entender que la labradora era Dulcinea, y que si su señor no la conocía, debía de ser por estar encantada, toda fué invención de alguno de los encantadores que al señor don Quijote persiguen; porque real y verdaderamente yo sé de buena parte que la villana que dió el brinco sobre la pollina era y es Dulcinea del Toboso, y que el buen Sancho, pensando ser el engañador, es el engañado; y no hay

---

[1] *Gobierno de brocado* vale gobierno muy rico, como lo es el brocado entre las demás telas.

[2] Cf. p. 438, n. 2.

[3] Al niño que lleva vestido nuevo le dicen sus parientes que lo deseche con otro de tela mejor, es decir, que vaya siempre mejorando y ganando.

[4] *A quien cuece y amasa no le hurtes hogaza* = al que está experimentado en una cosa, no se le puede engañar en ella con facilidad.

[5] No me han de engañar (cf. p. 540, n. 6).

[6] Alude al refrán *a perro viejo no hay* (llamarle diciendo) *tus, tus*.

[7] «*Musaraña*, por otro nombre *musgaño*, es un animalejo muy parecido al ratón y a la comadreja...: es muy ponzoñoso... Vulgarmente solemos llamar *musarañas* unas nubecillas que imaginamos en el aire» (Cov.).

[8] Yo sé lo que me conviene.

[9] Querría decir *cabida*.

poner más duda en esta verdad que en las cosas que nunca vimos[1]; y sepa el señor Sancho Panza que también tenemos acá encantadores que nos quieren bien, y nos dicen lo que pasa por el mundo, pura y sencillamente, sin enredos ni máquinas; y créame Sancho que la villana brincadora era y es Dulcinea del Toboso, que está encantada como la madre que la parió[2]; y cuando menos nos pensemos, la habemos de ver en su propia figura, y entonces saldrá Sancho del engaño en que vive.

—Bien puede ser todo eso—dijo Sancho Panza—; y agora quiero creer lo que mi amo cuenta de lo que vió en la cueva de Montesinos, donde dice que vió a la señora Dulcinea del Toboso en el mesmo traje y hábito que yo dije que la había visto cuando la encanté por solo mi gusto; y todo debió de ser al revés, como vuesa merced, señora mía, dice, porque de mi ruin ingenio no se puede ni debe presumir que fabricase en un instante tan agudo embuste, ni creo yo que mi amo es tan loco, que con tan flaca y magra persuasión como la mía creyese una cosa tan fuera de todo término. Pero, señora, no por esto será bien que vuestra bondad me tenga por malévolo, pues no está obligado un porro[3] como yo a taladrar los pensamientos y malicias de los pésimos encantadores: yo fingí aquello, por escaparme de las riñas de mi señor don Quijote, y no con intención de ofenderle; y si ha salido al revés, Dios está en el cielo, que juzga los corazones.

—Así es la verdad—dijo la Duquesa—; pero dígame agora Sancho qué es esto que dice de la cueva de Montesinos; que gustaría saberlo.

Entonces Sancho Panza le contó punto por punto lo que queda dicho acerca de la tal aventura. Oyendo lo cual la Duquesa, dijo:

—Deste suceso se puede inferir que pues el gran don Quijote dice que vió allí a la mesma labradora que Sancho vió a la salida del Toboso, sin duda es Dulcinea, y que andan por aquí los encantadores muy listos y demasiadamente curiosos[4].

—Eso digo yo—dijo Sancho Panza—; que si mi señora Dulcinea del Toboso está encantada, su daño[5]; que yo no me tengo de tomar con los enemigos de mi amo, que deben de ser muchos

---

[1] Hay que creer esto como las cosas de fe, que nunca vimos.
[2] La Duquesa viene remedando el estilo de Sancho.
[3] Cf. p. 638, n. 3.
[4] Cuidadosos, diligentes.
[5] *Su daño* = allá se las haya.

y malos. Verdad sea que la que yo vi fué una labradora, y por labradora la tuve, y por tal labradora la juzgué; y si aquella era Dulcinea, no ha de estar a mi cuenta, ni ha de correr por mí, o sobre ello, morena [1]. ¡No, sino ándense a cada triquete [2] conmigo a dime y direte, «Sancho lo dijo, Sancho lo hizo, Sancho tornó, y Sancho volvió»!; como si Sancho fuese algún quienquiera, y no fuese el mismo Sancho Panza, el que anda ya en libros por ese mundo adelante, según me dijo Sansón Carrasco, que, por lo menos, es persona bachillerada por Salamanca, y los tales no pueden mentir, si no es cuando se les antoja o les viene muy a cuento; así que, no hay para qué nadie se tome conmigo, y pues que tengo buena fama, y, según oí decir a mi señor, que más vale el buen nombre que las muchas riquezas, encájenme ese gobierno, y verán maravillas; que quien ha sido buen escudero será buen gobernador.

—Todo cuanto aquí ha dicho el buen Sancho—dijo la Duquesa—son sentencias catonianas, o, por lo menos, sacadas de las mesmas entrañas del mismo Micael Verino, *florentibus occidit annis* [3]. En fin en fin, hablando a su modo, debajo de mala capa suele haber buen bebedor.

—En verdad, señora—respondió Sancho—, que en mi vida he bebido de malicia; con sed bien podría ser, porque no tengo nada de hipócrita; bebo cuando tengo gana, y cuando no la tengo, y cuando me lo dan, por no parecer o melindroso o mal criado; que a un brindis de un amigo, ¿qué corazón ha de haber tan de mármol que no haga la razón [4]? Pero aunque las calzo, no las ensucio; cuanto más que los escuderos de los caballeros andantes casi de ordinario beben agua, porque siempre andan por florestas, selvas y prados, montañas y riscos, sin hallar una misericordia [5] de vino, si dan [6] por ella un ojo.

---

[1] Cf. p. 298, n. 8.
[2] A cada paso o momento.
[3] Este Verino brilló en Florencia en la época de los Médicis, y aunque falleció a los diez y siete años de edad (siglo xv), compuso dísticos sobre las costumbres de los niños. Angelo Policiano, otro literato de aquella era, le dedicó un epigrama, cuyo primer verso decía así: *Verinus Michael florentibus occidit annis* (= Miguel Verino ha muerto en la flor de la vida).
[4] «*Brindar* es solicitar y convidar al compañero con la taza en la mano, bebiendo él y luego el otro: y este modo de beber se llama *brindez*» (Cov.). «*Hacer la razón*, hacer lo que es justo» (Cov.), en el caso presente, corresponder a la invitación bebiendo.
[5] *Una misericordia* = (una limosna) un poco.
[6] Aunque den.

—Yo lo creo así—respondió la Duquesa—. Y por ahora, váyase Sancho a reposar; que después hablaremos más largo, y daremos orden como vaya presto a encajarse, como él dice, aquel gobierno.

De nuevo le besó las manos Sancho a la Duquesa, y le suplicó le hiciese merced de que se tuviese buena cuenta con su rucio, porque era la lumbre de sus ojos.

—¿Qué rucio es éste?—preguntó la Duquesa.

—Mi asno—respondió Sancho—, que por no nombrarle con este nombre, le suelo llamar *el rucio;* y a esta señora dueña le rogué, cuando entré en este castillo, tuviese cuenta con él y azoróse de manera como si la hubiera dicho que era fea o vieja, debiendo ser más propio y natural de las dueñas pensar jumentos que autorizar las salas. ¡Oh, válame Dios, y cuán mal estaba con estas señoras un hidalgo de mi lugar!

—Sería algún villano—dijo doña Rodríguez la dueña—; que si él fuera hidalgo y bien nacido, él las pusiera sobre el cuerno de la luna.

—Agora bien—dijo la Duquesa—, no haya más: calle doña Rodríguez, y sosiéguese el señor Panza, y quédese a mi cargo el regalo del rucio; que por ser alhaja de Sancho, le pondré yo sobre las niñas de mis ojos.

—En la caballeriza basta que esté—respondió Sancho—; que sobre las niñas de los ojos de vuestra grandeza ni él ni yo somos dignos de estar solo un momento, y así lo consintiría yo como darme de puñaladas; que aunque dice mi señor que en las cortesías antes se ha de perder por carta de más que de menos, en las jumentiles y asininas se ha de ir con el compás en la mano y con medido término.

—Llévele—dijo la Duquesa—Sancho al gobierno, y allá le podrá regalar como quisiere, y aun jubilarle del trabajo.

—No piense vuesa merced, señora Duquesa, que ha dicho mucho—dijo Sancho—; que yo he visto ir más de dos asnos a los gobiernos, y que llevase yo el mío no sería cosa nueva.

Las razones de Sancho renovaron en la Duquesa la risa y el contento; y enviándole a reposar, ella fué a dar cuenta al Duque de lo que con él había pasado, y entre los dos dieron traza y orden de hacer una burla a don Quijote, que fuese famosa y viniese bien con el estilo caballeresco; en el cual le hicieron muchas, tan propias y discretas, que son las mejores aventuras que en esta grande historia se contienen.

CAPITULO XXXIV.—Que cuenta de[1] la noticia que se tuvo de cómo se había de desencantar la sin par Dulcinea del Toboso, que es una de las aventuras más famosas deste libro.

Grande era el gusto que recebían el Duque y la Duquesa de la conversación de don Quijote y de la de Sancho Panza; y confirmándose en la intención que tenían de hacerles algunas burlas que llevasen vislumbres y apariencias de aventuras, tomaron motivo de la que don Quijote ya les había contado de la cueva de Montesinos[2], para hacerle una que fuese famosa (pero de lo que más la Duquesa se admiraba era que la simplicidad de Sancho fuese tanta, que hubiese venido a creer ser verdad infalible que Dulcinea del Toboso estuviese encantada[3] habiendo sido él mesmo el encantador y el embustero de aquel negocio); y así, habiendo dado orden a sus criados de todo lo que habían de hacer, de allí a seis días le[3] llevaron a caza de montería, con tanto aparato de monteros y cazadores como pudiera llevar un rey coronado. Diéronle a don Quijote un vestido de monte y a Sancho otro verde, de finísimo paño; pero don Quijote no se le quiso poner, diciendo que otro día había de volver al duro ejercicio de las armas y que no podía llevar consigo guardarropas ni reposterías[4]. Sancho sí tomó el que le dieron, con intención de venderle en la primera ocasión que pudiese.

Llegado, pues, el esperado día, armóse don Quijote, vistióse Sancho, y encima de su rucio, que no le quiso dejar, aunque le daban un caballo, se metió entre la tropa de los monteros. La Duquesa salió bizarramente aderezada, y don Quijote de puro cortés y comedido, tomó la rienda de su palafrén, aunque el Duque no quería consentirlo, y, finalmente, llegaron a un bosque que entre dos altísimas montañas estaba, donde toma-

---

[1] *Contar de* = hablar de.
[2] Hasta ahora no se ha dicho que don Quijote se la contase: en el capítulo anterior Sancho (p. 870) se la contó a la Duquesa.
[3] Este *le* se refiere a don Quijote. Tal vez Cervantes para insistir en la persuasión con que quedaba Sancho del encantamento de Dulcinea, necesaria para la próxima aventura, intercaló después de escrito el texto este largo paréntesis sin reparar mucho en la unión de las oraciones interrumpidas.
[4] *Repostero* = el que tenía a su cargo, en los palacios de los antiguos reyes y señores, el orden y custodia de los objetos pertenecientes a un ramo

dos los puestos, paranzas[1] y veredas, y repartida la gente por diferentes puestos, se comenzó la caza con grande estruendo, grita y vocería, de manera que unos a otros no podían oírse, así por el ladrido de los perros como por el son de las bocinas.

Apeóse la Duquesa, y, con un agudo venablo[2] en las manos, se puso en un puesto por donde ella sabía que solían venir algunos jabalíes. Apeóse asimismo el Duque y don Quijote, y pusiéronse a sus lados; Sancho se puso detrás de todos, sin apearse del rucio, a quien no osaba desamparar, porque no le sucediese algún desmán; y apenas habían sentado el pie y puéstose en ala con otros muchos criados suyos, cuando, acosado de los perros y seguido de los cazadores, vieron que hacia ellos venía un desmesurado jabalí, crujiendo dientes y colmillos y arrojando espuma por la boca; y en viéndole, embrazando su escudo y puesta mano a su espada, se adelantó a recibirle don Quijote. Lo mismo hizo el Duque con su venablo; pero a todos se adelantara la Duquesa, si el Duque no se lo estorbara. Sólo Sancho, en viendo al valiente animal, desamparó al rucio y dió a correr cuanto pudo, y procurando subirse sobre una alta encina, no fué posible; antes, estando ya a la mitad della, asido de una rama, pugnando por subir a la cima, fué tan corto de ventura y tan desgraciado, que se desgajó la rama, y al venir al suelo, se quedó en el aire, asido de un gancho de la encina, sin poder llegar al suelo. Y viéndose así, y que el sayo verde se le rasgaba, y pareciéndole que si aquel fiero animal llegaba le podía alcanzar, comenzó a dar tantos gritos y a pedir socorro con tanto ahinco, que todos los que le oían y no le veían creyeron que estaba entre los dientes de alguna fiera. Finalmente, el colmilludo jabalí quedó atravesado de las cuchillas de muchos venablos que se le pusieron delante; y volviendo la cabeza don Quijote a los gritos de Sancho, que ya por ellos le había conocido, vióle pendiente de la encina y la cabeza abajo, y al rucio junto a él, que no le desamparó en su calamidad; y dice Cide Hamete que pocas veces vió a Sancho Panza sin ver al

---

de servicio, como el de mesa, de cama, de estrado... *Repostería* = 1) conjunto de reposteros; 2) conjunto de cosas pertenecientes al oficio de repostero y lugar donde éstas se guardan.

[1] *Paranza* = puesto donde el cazador de montería se oculta para esperar y tirar a las reses.

[2] «*Venablo* es arma particular de monteros que van a caza de jabalíes» (Cov.), que consiste en un dardo o lanza corta y arrojadiza.

rucio, ni al rucio sin ver a Sancho: tal era la amistad y buena fe que entre los dos se guardaban.

Llegó don Quijote y descolgó a Sancho; el cual viéndose libre y en el suelo, miró lo desgarrado del sayo de monte, y pesóle en el alma; que pensó que tenía en el vestido un mayorazgo. En esto, atravesaron al jabalí poderoso sobre una acémila, y cubriéndole con matas de romero y con ramas de mirto, le llevaron, como en señal de vitoriosos despojos, a unas grandes tiendas de campaña que en la mitad del bosque estaban puestas, donde hallaron las mesas en orden y la comida aderezada, tan sumptuosa y grande, que se echaba bien de ver en ella la grandeza y magnificencia de quien la daba. Sancho, mostrando las llagas a la Duquesa de su roto vestido, dijo:

—Si esta caza fuera de liebres o de pajarillos, seguro[1] estuviera mi sayo de verse en este estremo. Yo no sé qué gusto se recibe de esperar a un animal que, si os alcanza con un colmillo, os puede quitar la vida: yo me acuerdo haber oído cantar un romance antiguo que dice:

> De los osos seas comido,
> Como Favila el nombrado.

Ése fué un rey godo—dijo don Quijote—, que yendo a caza de montería, le comió[2] un oso.

—Eso es lo que yo digo—respondió Sancho—: que no querría yo que los príncipes y los reyes se pusiesen en semejantes peligros, a trueco de un gusto que parece que no lo había de ser, pues consiste en matar a un animal que no ha cometido delito alguno.

—Antes os engañáis, Sancho—respondió el Duque—; porque el ejercicio de la caza de monte es el más conveniente y necesario para los reyes y príncipes que otro alguno[3]. La caza es una imagen de la guerra: hay en ella estratagemas, astucias, insidias, para vencer a su salvo al enemigo; padécense en ella fríos grandísimos y calores intolerables; menoscábase el ocio y el sueño, corrobóranse las fuerzas, agilítanse los miembros del que la usa, y, en resolución, es ejercicio que se puede hacer sin perjuicio de nadie y con gusto de muchos; y lo mejor que él tiene es que no es para todos, como lo es el de los otros géne-

---
[1] Libre.
[2] A quien (cf. pról. 19).
[3] Sobra *el (más...)*, o *que otro alguno*.

ros de caza, excepto el de la volatería, que también es sólo para reyes y grandes señores. Así que ¡oh Sancho! mudad de opinión, y cuando seáis gobernador, ocupaos en la caza y veréis cómo os vale un pan por ciento[1].

—Eso no—respondió Sancho—: el buen gobernador, la pierna quebrada, y en casa[2]. ¡Bueno sería que viniesen los negociantes a buscarle fatigados, y él estuviese en el monte holgándose! ¡Así enhoramala andaría el gobierno! Mía fe, señor, la caza y los pasatiempos más han de ser para los holgazanes que para los gobernadores. En lo que yo pienso entretenerme es en jugar al triunfo envidado[3] las pascuas, y a los bolos los domingos y fiestas, que esas cazas ni cazos[4] no dicen con mi condicion, ni hacen con mi conciencia.

—Plega a Dios, Sancho, que así sea; porque del dicho al hecho hay gran trecho.

—Haya lo que hubiere—replicó Sancho—; que al buen pagador no le duelen prendas, y más vale al que Dios ayuda que al[5] que mucho madruga, y tripas llevan pies, que no pies a tripas; quiero decir que si Dios me ayuda, y yo hago lo que debo con buena intención, sin duda que gobernaré mejor que un gerifalte. ¡No, sino pónganme el dedo en la boca, y verán si aprieto, o no!

—¡Maldito seas de Dios y de todos tus santos, Sancho maldito—dijo don Quijote—, y cuándo será el día, como otras muchas veces he dicho, donde yo te vea hablar sin refranes una razón corriente y concertada! Vuestras grandezas dejen a este tonto, señores míos; que les molerá las almas, no sólo puestas entre dos, sino entre dos mil refranes, traídos tan a sazón y tan a tiempo cuanto le dé Dios a él la salud, o a mí si los querría escuchar.

—Los refranes de Sancho Panza—dijo la Duquesa—, puesto que son más que los del Comendador Griego[6], no por eso son

---

[1] Que sacáis gran provecho de este ejercicio.

[2] Oportuna variación del conocido refrán: *la mujer honrada, la pierna quebrada, y en casa.*

[3] Juego de naipes.

[4] *Cazos* es voz empleada como *ínsulos* (cf. p. 841, n. 1).

[5] Hay asimilación: *al por el*. «Proverbio: más vale a quien Dios ayuda, que a quien mucho madruga» (Cov.).

[6] Hernán Núñez de Guzmán fué llamado *el Pinciano* (= vallisoletano) por Valladolid su patria; *el Comendador*, porque lo era de la orden de Santiago, y *Griego*, por su doctrina en la lengua griega, que enseñó en Alcalá y Salamanca. A su muerte dejó manuscrita una colección de refranes.

en menos de estimar, por la brevedad de las sentencias. De mí sé decir que me dan más gusto que otros, aunque sean mejor traídos y con más sazón acomodados.

Con estos y otros entretenidos razonamientos, salieron de la tienda al bosque, y en requerir algunas paranzas y puestos se les pasó el día y se les vino la noche, y no tan clara ni tan sesga[1] como la sazón del tiempo pedía, que era en la mitad del verano; pero un cierto claroescuro que trujo consigo ayudó mucho a la intención de los Duques, y así como comenzó a anochecer un poco más adelante del crepúsculo, a deshora pareció que todo el bosque por todas cuatro partes se ardía, y luego se oyeron por aquí y por allí, por acá y por acullá, infinitas cornetas y otros instrumentos de guerra, como de muchas tropas de caballería que por el bosque pasaba. La luz del fuego, el son de los bélicos instrumentos, casi cegaron y atronaron los ojos y los oídos de los circunstantes, y aun de todos los que en el bosque estaban. Luego se oyeron infinitos lelilíes[2], al uso de moros cuando entran en las batallas; sonaron trompetas y clarines[3], retumbaron tambores, resonaron pífaros[4], casi todos a un tiempo, tan contino y tan apriesa, que no tuviera sentido el que no quedara sin él al son confuso de tantos instrumentos. Pasmóse el Duque, suspendióse la Duquesa, admiróse don Quijote, tembló Sancho Panza, y, finalmente, aun hasta los mesmos sabidores de la causa se espantaron. Con el temor les cogió el silencio, y un postillón[5] que en traje de demonio le pasó por delante, tocando en vez de corneta un hueco y desmesurado cuerno, que un ronco y espantoso son despedía.

—Hola, hermano correo—dijo el Duque—, ¿quién sois, adónde vais, y qué gente de guerra es la que por este bosque parece que atraviesa?

A lo que respondió el correo con voz horrísona y desenfadada:

—Yo soy el Diablo; voy a buscar a don Quijote de la Mancha; la gente que por aquí viene son seis tropas de encantadores, que sobre un carro triunfante traen a la sin par Dulcinea del

---

[1] Sosegada.
[2] *Lelili* = clamor. Está tomado del grito de los moros en sus luchas, fiestas y zambras: *le ilah ile alah* = no hay más Dios que Alá.
[3] «*Clarín*, la trompetilla de son agudo: que por tener la voz clara, la llamaron clarín» (Cov.).
[4] Pífaro o pífano (cf. p. 807, n. 5).
[5] *Postillón* = correo.

Toboso. Encantada viene con el gallardo francés Montesinos a dar orden a don Quijote de cómo ha de ser desencantada la tal señora.

—Si vos fuérades diablo, como decís y como vuestra figura muestra, ya hubiérades conocido al tal caballero don Quijote de la Mancha, pues le tenéis delante.

—En Dios y en mi conciencia—respondió el Diablo—que no miraba en ello; porque traigo en tantas cosas divertido los pensamientos, que de la principal a que venía se me olvidaba.

—Sin duda—dijo Sancho—que este demonio debe de ser hombre de bien y buen cristiano; porque a no serlo, no jurara *en Dios y en mi conciencia*. Ahora yo tengo para mí que aun en el mesmo infierno debe de haber buena gente.

Luego el Demonio, sin apearse, encaminando la vista a don Quijote, dijo:

—A ti el Caballero de los Leones (que entre las garras dellos te vea yo) me envía el desgraciado, pero valiente caballero Montesinos, mandándome que de su parte te diga que le esperes en el mismo lugar que[1] te topare, a causa que trae consigo a la que llaman Dulcinea del Toboso, con orden de darte la que es menester para desencantarla. Y por no ser para más mi venida, no ha de ser más mi estada: los demonios como yo queden contigo, y los ángeles buenos con estos señores.

Y en diciendo esto, tocó el desaforado cuerno, y volvió las espaldas y fuése, sin esperar respuesta de ninguno.

Renovóse la admiración en todos, especialmente en Sancho y don Quijote: en Sancho, en ver que, a despecho de la verdad, querían que estuviese encantada Dulcinea[2]; en don Quijote, por no poder asegurarse si era verdad o no lo que le había pasado en la cueva de Montesinos. Y estando elevado en estos pensamientos, el Duque le dijo:

—¿Piensa vuesa merced esperar, señor don Quijote?

—Pues ¿no?—respondió él—. Aquí esperaré intrépido y fuerte, si[3] me viniese a embestir todo el infierno.

—Pues si yo veo otro diablo y oigo otro cuerno como el pasado, así esperaré yo aquí como en Flandes—dijo Sancho.

En esto, se cerró más la noche, y comenzaron a discurrir

---

[1] En *que* (cf. pról. 19).
[2] Observa Clemencín que no es propio hablar así de Sancho, si creía como verdad infalible el encantamiento de Dulcinea.
[3] Aunque.

2, 34.—DESENCANTO DE DULCINEA

muchas luces por el bosque, bien así como discurren por el cielo las exhalaciones secas de la tierra, que parecen a nuestra vista estrellas que corren. Oyóse asimismo un espantoso ruido, al modo de aquel que se causa de las ruedas macizas que suelen traer los carros de bueyes, de cuyo chirrío áspero y continuado se dice que huyen los lobos y los osos, si los hay por donde pasan. Añadióse a toda esta tempestad otra que las aumentó todas, que fué que parecía verdaderamente que a las cuatro partes del bosque se estaban dando a un mismo tiempo cuatro rencuentros o batallas, porque allí sonaba el duro estruendo de espantosa artillería; acullá se disparaban infinitas escopetas; cerca casi sonaban las voces de los combatientes; lejos se reiteraban los lililíes[1] agarenos. Finalmente, las cornetas, los cuernos, las bocinas, los clarines, las trompetas, los tambores, la artillería, los arcabuces, y, sobre todo, el temeroso ruido de los carros, formaban todos juntos un son tan confuso y tan horrendo, que fué menester que don Quijote se valiese de todo su corazón para sufrirle; pero el de Sancho vino a tierra, y dió con él desmayado en las faldas de la Duquesa, la cual le recibió en ellas, y a gran priesa mandó que le echasen agua en el rostro. Hízose así, y él volvió en su acuerdo, a tiempo que ya un carro de las rechinantes ruedas llegaba a aquel puesto.

Tirábanle cuatro perezosos bueyes, todos cubiertos de paramentos[2] negros; en cada cuerno traían atada y encendida una grande hacha de cera, y encima del carro venía hecho un asiento alto, sobre el cual venía sentado un venerable viejo con una barba más blanca que la mesma nieve, y tan luenga, que le pasaba de la cintura; su vestidura era una ropa larga de negro bocací[3]; que por venir el carro lleno de infinitas luces, se podía bien divisar y descernir todo lo que en él venía. Guiábanle dos feos demonios vestidos del mesmo bocací, con tan feos rostros, que Sancho, habiéndolos visto una vez, cerró los ojos por no verlos otra. Llegando, pues, el carro a igualar al puesto, se levantó de su alto asiento el viejo venerable y, puesto en pie dando una gran voz, dijo:

—Yo soy el sabio Lirgandeo.

Y pasó el carro adelante, sin hablar más palabras. Tras éste pasó otro carro de la misma manera, con otro viejo entro-

---

[1] *Lililí* = lelilí.
[2] Adornos.
[3] Cf. p. 743, n. 3.

— 879 —

nizado; el cual, haciendo que el carro se detuviese, con voz no menos grave que el otro, dijo:

—Yo soy el sabio Alquife: el grande amigo de Urganda la desconocida.

Y pasó adelante.

Luego, por el mismo continente[1], llegó otro carro; pero el que venía sentado en el trono no era viejo como los demás, sino hombrón y robusto y de mala catadura; el cual, al llegar, levantándose en pie, como los otros, dijo con voz más ronca y más endiablada:

—Yo soy Arcalaus el encantador, enemigo mortal de Amadís de Gaula y de toda su parentela.

Y pasó adelante. Poco desviados de allí hicieron alto estos tres carros, y cesó el enfadoso ruido de sus ruedas, y luego se oyó otro, no ruido, sino un son de una suave y concertada música formado, con que Sancho se alegró, y lo tuvo a buena señal; y así, dijo a la Duquesa, de quien un punto[2] ni un paso se apartaba:

—Señora, donde hay música no puede haber cosa mala.

—Tampoco donde hay luces y claridad—respondió la Duquesa.

A lo que replicó Sancho:

—Luz da el fuego, y claridad las hogueras, como lo vemos en las que nos cercan, y bien podría ser que nos abrasasen, pero la música siempre es indicio de regocijos y de fiestas.

—Ello dirá—dijo don Quijote, que todo lo escuchaba.

Y dijo bien, como se muestra en el capítulo siguiente.

CAPITULO XXXV.—Donde se prosigue la noticia que tuvo don Quijote del desencanto de Dulcinea, con otros admirables sucesos.

AL compás de la agradable música vieron que hacia ellos venía un carro de los que llaman triunfales, tirado de seis mulas pardas, encubertadas, empero, de lienzo blanco, y sobre cada una venía un diciplinante de luz[3], asimesmo vestido de blanco,

---

[1] *Continente* = tenor, estilo, modo.
[2] Un instante.
[3] En las cofradías de penitencia y en sus procesiones se distinguían los cofrades, penitentes o disciplinantes *de sangre*, que iban azotándose

con una hacha de cera grande, encendida, en la mano. Era el carro dos veces, y aun tres, mayor que los pasados, y los lados, y encima dél, ocupaban doce otros diciplinantes albos como la nieve, todos con sus hachas encendidas, vista que admiraba y espantaba juntamente; y en un levantado trono venía sentada una ninfa, vestida de mil velos de tela de plata, brillando por todos ellos infinitas hojas de argentería de oro[1], que la hacían, si no rica, a lo menos, vistosamente vestida. Traía el rostro cubierto con un transparente y delicado cendal[2], de modo, que, sin impedirlo sus lizos[3], por entre ellos se descubría un hermosísimo rostro de doncella, y las muchas luces daban lugar para distinguir la belleza y los años, que, al parecer, no llegaban a veinte, ni bajaban de diez y siete. Junto a ella venía una figura vestida de una ropa de las que llaman rozagantes[4], hasta los pies, cubierta la cabeza con un velo negro; pero al punto que llegó el carro a estar frente a frente de los Duques y de don Quijote, cesó la música de las chirimías, y luego la de las harpas y laúdes que en el carro sonaban[5]; y levantándose en pie la figura de la ropa, la apartó a entrambos lados, y quitándose el velo del rostro, descubrió patentemente ser la mesma figura de la Muerte, descarnada y fea, de que don Quijote recibió pesadumbre, y Sancho miedo, y los Duques hicieron algún sentimiento temeroso. Alzada y puesta en pie esta Muerte viva, con voz algo dormida y con lengua no muy despierta, comenzó a decir desta manera:

> —Yo soy Merlín, aquel que las historias
> Dicen que tuve por mi padre al diablo[6]
> (Mentira autorizada de los tiempos),
> Príncipe de la Mágica y monarca
> Y archivo de la ciencia zoroástrica[7],

(y señalando con su sangre los vestidos, blancos de ordinario, y aun el suelo), y *los de luz*, que alumbraban con hachas y cirios.
[1] Estas hojas serían lo que hoy llamamos lentejuelas. *Argentería* es obra o bordadura de plata u oro.
[2] Cf. p. 176, n. 7.
[3] Cf. p. 544, n. 1.
[4] Dícese *rozagante* de la vestidura vistosa y muy larga.
[5] Los instrumentos mencionados en el capítulo anterior (cornetas...) eran militares; éstos, suaves y propios de funciones urbanas y pacíficas.
[6] Cf. p. 781, n. 5.
[7] Cf. p. 536, n. 1.

2, 35.—LOS DUQUES

Émulo a[1] las edades y a los siglos,
Que solapar pretenden las hazañas
De los andantes y bravos caballeros,
A quien yo tuve y tengo gran cariño.
Y puesto que es de los encantadores,
De los magos o mágicos continuo[2]
Dura la condición, áspera y fuerte,
La mía es tierna, blanda y amorosa,
Y amiga de hacer bien a todas gentes.
 En las cavernas lóbregas de Dite[3],
Donde estaba mi alma entretenida
En formar ciertos rombos y caráteres[4],
Llegó la voz doliente de la bella
Y sin par Dulcinea del Toboso,
Supe su encantamento y su desgracia,
Y su trasformación de gentil dama
En rústica aldeana; condolíme,
Y encerrando mi espíritu en el hueco
Desta espantosa y fiera notomía[5],
Después de haber revuelto cien mil libros
Desta mi ciencia endemoniada y torpe,
Vengo a dar el remedio que conviene
A tamaño dolor, a mal tamaño.
¡Oh tú, gloria y honor de cuantos visten
Las túnicas de acero y de diamante,
Luz y farol[6], sendero, norte y guía
De aquellos que, dejando el torpe sueño
Y las ociosas plumas[7], se acomodan
A usar el ejercicio intolerable
De las sangrientas y pesadas armas!
A ti digo, ¡oh varón como se debe
Por jamás alabado!, a ti, valiente
Juntamente y discreto don Quijote,
De la Mancha esplendor, de España estrella,
Que para recobrar su estado primo[8]
La sin par Dulcinea del Toboso,

---

[1] Enemigo de, contrario a.
[2] Continuamente, siempre.
[3] *Dite* = Plutón, dios de los infiernos.
[4] Cf. p. 805, n. 2. *Caráteres* es un plural formado regularmente de *carácter* (cf. Cuervo, *Apuntaciones*, n. 110 y p. XXVIII).
[5] Esqueleto.
[6] *Farol* = faro. No se había aún manchado esta palabra con el significado de fanfarrón y fachendoso que hoy tiene.
[7] El lecho con su plumón o colchón de plumas.
[8] Primero.

2, 35.—DESENCANTO DE DULCINEA

Es menester que Sancho tu escudero
Se dé tres mil azotes y trecientos
En ambas sus valientes[1] posaderas,
Al aire descubiertas, y de modo,
Que le escuezan, le amarguen y le enfaden.
Y en esto se resuelven[2] todos cuantos
De su desgracia han sido los autores,
Y a esto es mi venida, mis señores.

—¡Voto a tal!—dijo a esta sazón Sancho—. ¡No digo yo tres mil azotes; pero así me daré yo tres como tres puñaladas! ¡Válate el diablo por modo de desencantar[3]! ¡Yo no sé qué tienen que ver mis posas con los encantos! ¡Par Dios que si el señor Merlín no ha hallado otra manera como desencantar a la señora Dulcinea del Toboso, encantada se podrá ir a la sepultura!

—Tomaros he yo—dijo don Quijote—, don villano harto de ajos, y amarraros he a un árbol, desnudo como vuestra madre os parió, y no digo yo tres mil y trecientos, sino seis mil y seicientos azotes os daré, tan bien pagados, que no se os caigan a tres mil y trecientos tirones. Y no me repliquéis palabra, que os arrancaré el alma.

Oyendo lo cual Merlín, dijo:

—No ha de ser así, porque los azotes que ha de recebir el buen Sancho han de ser por su voluntad, y no por fuerza, y en el tiempo que él quisiere; que no se le pone término señalado; pero permítesele que si él quisiere redemir su vejación por la mitad de este vapulamiento, puede dejar que se los dé ajena mano, aunque sea algo pesada.

—¡Ni ajena, ni propia, ni pesada, ni por pesar—replicó Sancho—: a mí no me ha de tocar alguna mano! ¿Parí yo por ventura a la señora Dulcinea del Toboso, para que paguen mis posas lo que pecaron sus ojos? El señor mi amo sí que es parte suya; pues la llama cada paso *mi vida, mi alma*, sustento y arrimo suyo, se puede y debe azotar por ella y hacer todas las diligencias necesarias para su desencanto; pero ¿azotarme yo...? Abernuncio[4].

---

[1] Grandes.
[2] Esto determinan.
[3] Cf. p. 227, n. 3.
[4] Era corriente *abernuncio* por *abrenuncio*: palabra que pronuncia tres veces en el bautismo el padrino en lugar de la criatura.

2, 35.—LOS DUQUES

Apenas acabó de decir esto Sancho, cuando levantándose en pie la argentada ninfa que junto al espíritu de Merlín venía, quitándose el sutil velo del rostro, le descubrió tal, que a todos pareció más que demasiadamente hermoso; y con un desenfado varonil y con una voz no muy adamada [1], hablando derechamente con Sancho Panza, dijo:

—¡Oh malaventurado escudero, alma de cántaro [2], corazón de alcornoque, de entrañas guijeñas y apedernaladas! Si te mandaran, ladrón desuellacaras, que te arrojaras de una alta torre al suelo, si te pidieran, enemigo del género humano, que te comieras una docena de sapos, dos de lagartos y tres de culebras, si te persuadieran a que mataras a tu mujer y a tus hijos con algún truculento [3] y agudo alfanje, no fuera maravilla que te mostraras melindroso y esquivo; pero hacer caso de tres mil y trecientos azotes, que no hay niño de la doctrina [4], por ruin que sea, que no se los lleve cada mes, admira, adarva [5], espanta a todas las entrañas piadosas de los que lo escuchan, y aun las de todos aquellos que lo vinieren a saber con el discurso del tiempo. Pon ¡oh miserable y endurecido animal! pon, digo, esos tus ojos de mochuelo espantadizo en las niñas destos míos, comparados a rutilantes estrellas, y verásloslos llorar hilo a hilo y madeja a madeja, haciendo surcos, carreras y sendas por los hermosos campos de mis mejillas. Muévate, socarrón y mal intencionado monstro, que la edad tan florida mía, que aún se está todavía en el diez y... de los años, pues tengo diez y nueve y no llego a veinte, se consume y marchita debajo de la corteza de una rústica labradora; y si ahora no lo parezco, es merced particular que me ha hecho el señor Merlín, que está presente, sólo porque te enternezca mi belleza; que las lágrimas de una afligida hermosura vuelven en algodón los riscos, y los tigres en ovejas. Date, date en esas carnazas, bestión indómito,

---

[1] *A-damada* = (aquí) de dama.
[2] Tonto, incapaz de sentir (cf. p. 695, n. 1).
[3] Cruel, atroz.
[4] «*Niños de la doctrina*, pobrecitos huérfanos, que se recogen para doctrinallos y criallos, y después los acomodan poniéndolos a que deprendan oficio; obra de gran caridad» (Cov.). Era frecuente entre los maestros de escuela de antaño azotar a sus niños, invocando el conocido y mal entendido principio «la letra con sangre entra».
[5] «*Adarvarse* o *estar adarvado uno*, cuando de algún espanto o admiración queda sin sentido» (Cov.).

y saca de harón[1] ese brío, que a solo comer y más comer te inclina, y pon en libertad la lisura de mis carnes, la mansedumbre de mi condición y la belleza de mi faz; y si por mí no quieres ablandarte ni reducirte a algún razonable término, hazlo por ese pobre caballero que a tu lado tienes: por tu amo, digo, de quien estoy viendo el alma, que la tiene atravesada en la garganta, no diez dedos de los labios, que no espera sino tu rígida o blanda respuesta[2], o para salirse por la boca, o para volverse al estómago.

Tentóse, oyendo esto, la garganta don Quijote, y dijo, volviéndose al Duque:

—Por Dios, señor, que Dulcinea ha dicho la verdad: que aquí tengo el alma atravesada en la garganta, como una nuez[3] de ballesta.

—¿Qué decís vos a esto, Sancho?—preguntó la Duquesa.

—Digo, señora—respondió Sancho—, lo que tengo dicho: que de los azotes, abernuncio.

—*Abrenuncio* habéis de decir, Sancho, y no como decís —dijo el Duque.

—Déjeme vuestra grandeza—respondió Sancho—; que no estoy agora para mirar en sotilezas ni en letras más o menos, porque me tienen tan turbado estos azotes que me han de dar, o me tengo de dar, que no sé lo que me digo, ni lo que me hago. Pero querría yo saber de la señora mi señora doña Dulcinea del Toboso adónde aprendió el modo de rogar que tiene: viene a pedirme que me abra las carnes a azotes, y llámame alma de cántaro y bestión indómito, con una tiramira[4] de malos nombres, que el diablo los sufra. ¿Por ventura son mis carnes de bronce, o vame a mí algo en que se desencante o no? ¿Qué canasta de ropa blanca, de camisas, de tocadores y de escarpines[5], aunque no los gasto, trae delante de sí para ablandarme, sino un vituperio y otro, sabiendo aquel refrán que dicen por ahí, que un asno cargado de oro sube ligero por una montaña[6],

---

[1] «*Harón*, el tardo y perezoso» (Cov.). *Sacar de harón* = sacar del estado de pereza, avivar.
[2] *Repuesta* = respuesta (cf. M. PIDAL, *Gram. hist.*, § 120, 4).
[3] Cf. p. 118, n. 4.
[4] «*Tiramira*, en el campo llano y raso, la cordillera angosta y larga» (Cov.); serie, retahila.
[5] «*Escarpín* vale la funda de lienzo que ponemos sobre el pie debajo de la calza, como la camisa debajo del jubón» (Cov.).
[6] O sea, que el dinero todo lo puede.

y que dádivas quebrantan peñas, y a Dios rogando y con el mazo dando, y que más vale un «toma» que dos «te daré»? Pues el señor mi amo, que había de traerme la mano por el cerro [1] y halagarme para que yo me hiciese de lana y de algodón cardado, dice que si me coge, me amarrará desnudo a un árbol y me doblará la parada [2] de los azotes; y habían de considerar estos lastimados señores que no solamente piden que se azote un escudero, sino un gobernador; como quien dice: «bebe con guindas [3]». ¡Aprendan, aprendan mucho de enhoramala a saber rogar, y a saber pedir, y a tener crianza; que no son todos los tiempos unos, ni están los hombres siempre de un buen humor! ¡Estoy yo ahora reventando de pena por ver mi sayo verde roto, y vienen a pedirme que me azote de mi voluntad, estando ella tan ajena dello como de volverme cacique!

—Pues en verdad, amigo Sancho—dijo el Duque—, que si no os hablandáis más que una breva [4] madura, que no habéis de empuñar el gobierno. ¡Bueno sería que yo enviase a mis insulanos un gobernador cruel, de entrañas pedernalinas, que no se doblega a las lágrimas de las afligidas doncellas, ni a los ruegos de discretos, imperiosos y antiguos encantadores y sabios! En resolución, Sancho, o vos habéis de ser azotado o os han de azotar [5], o no habéis de ser gobernador.

—Señor—respondió Sancho—, ¿no se me darían dos días de término para pensar lo que me está mejor?

—No, en ninguna manera—dijo Merlín—. Aquí, en este instante y en este lugar, ha de quedar asentado lo que ha de ser deste negocio: o Dulcinea volverá a la cueva de Montesinos y a su prístino [6] estado de labradora, o ya, en el ser que está, será llevada a los elíseos campos, donde estará esperando se cumpla el número del vápulo.

---

[1] «El espinazo llamamos *cerro*. *Traer la mano por el cerro*, halagar alguno y asegurarle, como hacen al caballo y a otra bestia; para amansarla la palpan y le pasan la mano por el cerro» (Cov.).
[2] *Parada* = 1) cantidad de dinero que en el juego se expone a una sola suerte; 2) cantidad prevenida para un fin. *Doblar la parada* = en los juegos de envite, poner cantidad doble de la que estaba puesta antes.
[3] Con esta frase se encarece el refinamiento de lo que se pide o hace.
[4] De los dos frutos que da la higuera el primero es la *breva* (del latín *bifera*).
[5] Si esta tautología no es intencionada, el *vos habéis de ser azotado* se ha de entender *de propia mano*.
[6] Antiguo.

2, 35.—DESENCANTO DE DULCINEA

—¡Ea, buen Sancho—dijo la Duquesa—, buen ánimo y buena correspondencia al pan que habéis comido del señor don Quijote, a quien todos debemos servir y agradar, por su buena condición y por sus altas caballerías! Dad el sí, hijo, desta azotaina, y váyase el diablo para[1] diablo y el temor para[1] mezquino; que un buen corazón quebranta mala ventura, como vos bien sabéis.

A estas razones respondió con estas disparatadas Sancho, que, hablando con Merlín, le preguntó:

—Dígame vuesa merced, señor Merlín: cuando llegó aquí el diablo correo, dió a mi amo un recado del señor Montesinos, mandándole de su parte que le esperase aquí, porque venía a dar orden de que la señora doña Dulcinea del Toboso se desencantase, y hasta agora no hemos visto a Montesinos, ni a sus semejas[2].

A lo cual respondió Merlín:

—El Diablo, amigo Sancho, es un ignorante y un grandísimo bellaco: yo le envié en busca de vuestro amo, pero no con recado de Montesinos, sino mío; porque Montesinos se está en su cueva atendiendo[3], o, por mejor decir, esperando su desencanto, que aún le falta la cola por desollar. Si os debe algo, o tenéis alguna cosa que negociar con él, yo os lo traeré y pondré donde vos más quisiéredes. Y por agora, acabad de dar el sí desta diciplina, y creedme que os será de mucho provecho, así para el alma como para el cuerpo: para el alma, por la caridad con que la haréis; para el cuerpo, porque yo sé que sois de complexión sanguínea, y no os podrá hacer daño sacaros un poco de sangre.

—Muchos médicos hay en el mundo: hasta los encantadores son médicos—replicó Sancho—; pero pues todos me lo dicen, aunque yo no me lo veo, digo que soy contento de darme los tres mil y trecientos azotes, con condición que me los tengo de dar cada y cuando que yo quisiere, sin que se me ponga tasa en los días ni en el tiempo; y yo procuraré salir de la deuda lo más presto que sea posible, porque goce el mundo de la hermosura de la señora doña Dulcinea del Toboso, pues, según parece, al revés de lo que yo pensaba, en efecto es hermosa. Ha de ser también condición que no he de estar obligado a sacarme

---

[1] Por.
[2] *Semeja* = señal, indicio.
[3] Aguardando.

sangre con la diciplina, y que si algunos azotes fueren de mosqueo[1], se me han de tomar en cuenta. Item, que si me errare en el número, el señor Merlín, pues lo sabe todo, ha de tener cuidado de contarlos y de avisarme los que me faltan o los que me sobran.

—De las sobras no habrá que avisar—respondió Merlín—; porque llegando al cabal número, luego quedará de improviso desencantada la señora Dulcinea, y vendrá a buscar, como agradecida, al buen Sancho, y a darle gracias, y aun premios, por la buena obra. Así que, no hay de qué tener escrúpulo de las sobras ni de las faltas, ni el cielo permita que yo engañe a nadie, aunque sea en un pelo de la cabeza.

—¡Ea, pues, a la mano de Dios!—dijo Sancho—. Yo consiento en mi mala ventura; digo que yo acepto la penitencia, con las condiciones apuntadas.

Apenas dijo estas últimas palabras Sancho, cuando volvió a sonar la música de las chirimías y se volvieron a disparar infinitos arcabuces, y don Quijote se colgó del cuello de Sancho, dándole mil besos en la frente y en las mejillas. La Duquesa y el Duque y todos los circunstantes dieron muestras de haber recebido grandísimo contento, y el carro comenzó a caminar; y al pasar la hermosa Dulcinea, inclinó la cabeza a los Duques y hizo una gran reverencia a Sancho.

Y ya, en esto, se venía a más andar el alba, alegre y risueña; las florecillas de los campos se descollaban y erguían, y los líquidos cristales de los arroyuelos, murmurando por entre blancas y pardas guijas, iban a dar tributo a los ríos que los esperaban. La tierra alegre, el cielo claro, el aire limpio, la luz serena, cada uno por sí y todos juntos daban manifiestas señales que el día que al aurora venía pisando las faldas había de ser sereno y claro. Y satisfechos los Duques de la caza, y de haber conseguido su intención tan discreta y felicemente, se volvieron a su castillo, con presupuesto de segundar en sus burlas; que para ellos no había veras que más gusto les diesen.

---

[1] «*Mosquearse*, defenderse de los que pretenden picar a uno, como hace el buey o el caballo de las moscas, moviendo la cola» (Cov.).

CAPITULO XXXVI.—Donde se cuenta la estraña y jamás imaginada aventura de la Dueña Dolorida, alias[1] de la condesa Trifaldi, con una carta que Sancho Panza escribió a su mujer Teresa Panza.

Tenía un mayordomo el Duque de muy burlesco y desenfadado ingenio; el cual hizo la figura de Merlín y acomodó todo el aparato de la aventura pasada, compuso los versos y hizo que un paje hiciese[2] a Dulcinea. Finalmente, con intervención de sus señores ordenó otra, del más gracioso y estraño artificio que puede imaginarse.

Preguntó la Duquesa a Sancho otro día[3] si había comenzado la tarea de la penitencia que había de hacer por el desencanto de Dulcinea. Dijo que sí, y que aquella noche se había dado cinco azotes. Preguntóle la Duquesa que con qué se los había dado. Respondió que con la mano.

—Eso—replicó la Duquesa—más es darse de palmadas que de azotes. Yo tengo para mí que el sabio Merlín no estará contento con tanta blandura: menester será que el buen Sancho haga alguna diciplina de abrojos[4], o de las de canelones[5], que se dejen sentir; porque la letra con sangre entra, y no se ha de dar tan barata la libertad de una tan gran señora como lo es Dulcinea, por tan poco precio; y advierta Sancho que las obras de caridad que se hacen tibia y flojamente no tienen mérito, ni valen nada[6].

---

[1] *Alias* (adv. lat.) = otras veces, por otro nombre.
[2] Representase.
[3] Al otro día.
[4] «En las disciplinas de los que por devoción se azotan ponen unos abrojillos de plata con que se sacan mucha sangre» (Cov.).
[5] «*Canelones*, rajas de canela cubiertas de azúcar, confitones largos» (Cov.); 2) las partes más gruesas y retorcidas que tienen los ramales de las disciplinas.
[6] El *Indice expurgatorio* del cardenal Zapata (Sevilla, 1632) mandó borrar este pasaje (desde *las obras de caridad*) y no sin razón, pues es doctrina cierta en teología (por más que algunos autores antiguos hayan sostenido lo contrario) que las obras buenas, aunque remisas (es decir, tibia y flojamente hechas) de los justos merecen aumento de gracia y gloria. R. Marín, que en su 1.ª edición dijo: «y estuvo bien borrado», en la 3.ª edición, aunque respetuosamente (como buen cristiano que siempre fué) parece

A lo que respondió Sancho:

—Deme vuestra señoría alguna diciplina o ramal conveniente, que yo me daré con él, como no me duela demasiado, porque hago saber a vuesa merced que, aunque soy rústico, mis carnes tienen más de algodón que de esparto, y no será bien que yo me descríe por el provecho ajeno.

—Sea en buena hora—respondió la Duquesa—: yo os daré mañana una diciplina que os venga muy al justo y se acomode con la ternura de vuestras carnes, como si fueran sus hermanas propias.

A lo que dijo Sancho:

—Sepa vuestra alteza, señora mía de mi ánima, que yo tengo escrita una carta a mi mujer Teresa Panza, dándole cuenta de todo lo que me ha sucedido después que me aparté della; aquí la tengo en el seno, que no le falta más que ponerle el sobrescrito; querría que vuestra discreción la leyese, porque me parece que va conforme a lo de gobernador, digo, al modo que deben de escribir los gobernadores.

—¿Y quién la notó[1]?—preguntó la Duquesa.

—¿Quién la había de notar sino yo, pecador de mí?—respondió Sancho.

—¿Y escribístesla vos?—dijo la Duquesa.

—Ni por pienso—respondió Sancho—, porque yo no sé leer ni escribir, puesto que sé firmar.

—Veámosla—dijo la Duquesa—; que a buen seguro que vos mostréis en ella la calidad y suficiencia de vuestro ingenio.

Sacó Sancho una carta abierta del seno, y tomándola la Duquesa, vió que decía desta manera:

CARTA DE SANCHO PANZA A TERESA PANZA, SU MUJER

«Si buenos azotes me daban, bien caballero me iba[2]: si buen gobierno me tengo, buenos azotes me cuesta. Esto no lo entenderás tú, Teresa mía, por ahora; otra vez lo sabrás. Has

---

desdecirse, citando autores ortodoxos y no censurados que al decir de R. Marín convienen con Cervantes. Si bien se examinan, estas autoridades sólo dicen que se requiere la caridad (es decir, el estado de gracia) para que la obra sea sobrenaturalmente meritoria: lo cual nada tiene que ver con la proposición cervantina borrada.

[1] «*Notar*, dictar a otro que va escribiendo» (Cov.).

[2] Parece expresión de alguno que caballero en su borrico había recibido pena de azotes.

de saber, Teresa, que tengo determinado que andes en coche, que es lo que hace al caso; porque todo otro andar es andar a gatas. Mujer de un gobernador eres: ¡mira si te roerá nadie los zancajos[1]! Ahí te envío un vestido verde de cazador, que me dió mi señora la Duquesa; acomódale en modo, que sirva de saya y cuerpos a nuestra hija. Don Quijote mi amo, según he oído decir en esta tierra, es un loco cuerdo y un mentecato gracioso; y que yo no le voy en zaga. Hemos estado en la cueva de Montesinos, y el sabio Merlín ha echado mano de mí para el desencanto de Dulcinea del Toboso, que por allá se llama Aldonza Lorenzo: con tres mil y trecientos azotes, menos cinco, que me he de dar, quedará desencantada como la madre que la parió. No dirás desto nada a nadie, porque pon lo tuyo en concejo, y unos dirán que es blanco, y otros que es negro. De aquí a pocos días me partiré al gobierno, adonde voy con grandísimo deseo de hacer dineros, porque me han dicho que todos los gobernadores nuevos van con este mesmo deseo; tomaréle el pulso, y avisaréte si has de venir a estar conmigo, o no. El rucio está bueno, y se te encomienda mucho; y no le pienso dejar, aunque me llevaran a ser Gran Turco. La Duquesa mi señora te besa mil veces las manos; vuélvele el retorno con dos mil; que no hay cosa que menos cueste ni valga más barata, según dice mi amo, que los buenos comedimientos. No ha sido Dios servido de depararme otra maleta con otros cien escudos, como la de marras; pero no te dé pena, Teresa mía; que en salvo está el que repica[2], y todo saldrá en la colada del gobierno; sino que me ha dado gran pena que me dicen que si una vez le pruebo, que me tengo de comer las manos tras él, y si así fuese, no me costaría muy barato; aunque los estropeados y mancos ya se tienen su calonjía[3] en la limosna que piden: así que, por una vía o por otra, tú has de ser rica, de buena ventura. Dios te la dé, como puede, y a mí me guarde para servirte. Deste castillo, a 20 de julio 1614.

Tu marido el gobernador
Sancho Panza.»

---

[1] *Roer uno los zancajos a otro* = murmurar de él censurando sus más leves faltas.
[2] Cf. p. 847, n. 1.
[3] *Calonjía* = canonjía.

2, 36.—LOS DUQUES

En acabando la Duquesa de leer la carta, dijo a Sancho:

—En dos cosas anda un poco descaminado el buen gobernador: la una, en decir o dar a entender que este gobierno se le han dado por los azotes que se ha de dar, sabiendo él, que no lo puede negar, que cuando el Duque mi señor se lo prometió, no se soñaba haber azotes en el mundo; la otra es que se muestra en ella muy codicioso, y no querría que orégano fuese[1]; porque la codicia rompe el saco, y el gobernador codicioso hace la justicia desgobernada.

—Yo no lo digo por tanto, señora—respondió Sancho—; y si a vuesa merced le parece que la tal carta no va como ha de ir, no hay sino rasgarla y hacer otra nueva, y podría ser que fuese peor, si me lo dejan a mi caletre.

—No, no—replicó la Duquesa—: buena está ésta, y quiero que el Duque la vea.

Con esto, se fueron a un jardín, donde habían de comer aquel día. Mostró la Duquesa la carta de Sancho al Duque, de que recibió grandísimo contento. Comieron, y después de alzado[2] los manteles, y después de haberse entretenido un buen espacio con la sabrosa conversación de Sancho, a deshora se oyó el son tristísimo de un pífaro y el de un ronco y destemplado tambor. Todos mostraron alborotarse con la confusa, marcial y triste armonía[3], especialmente don Quijote, que no cabía en su asiento, de puro alborotado; de Sancho, no hay que decir sino que el miedo le llevó a su acostumbrado refugio, que era el lado o faldas de la Duquesa, porque real y verdaderamente el son que se escuchaba era tristísimo y malencólico. Y estando todos así suspensos, vieron entrar por el jardín adelante dos hombres vestidos de luto, tan luengo y tendido, que les arrastraba por el suelo; éstos venían tocando dos grandes tambores, asimismo cubiertos de negro. A su lado venía el pífaro, negro y pizmiento[4] como los demás. Seguía a los tres un personaje de cuerpo agigantado, amantado, no que[5] vestido, con una negrísima loba[6], cuya falda era asimismo desaforada de grande. Por encima de la loba le ceñía y atravesaba un

---

[1] *Que orégano fuese* = que fuese verdad lo de la codicia. Se alude al refrán que quedó anotado en la p. 228, n. 4.
[2] Haber *alzado* (cf. pról. 18).
[3] *Armonía* = música.
[4] Cf. p. 447, n. 3.
[5] *No ya* (cf. pról. 37).
[6] Cf. p. 206, n. 1.

— 892 —

2, 36.—AVENTURA DE LA DUEÑA DOLORIDA

ancho tahelí, también negro, de quien pendía un desmesurado alfanje de guarniciones y vaina negra. Venía cubierto el rostro con un trasparente velo negro, por quien se entreparecía una longísima barba, blanca como la nieve. Movía el paso al son de los tambores con mucha gravedad y reposo. En fin, su grandeza, su contoneo, su negrura y su acompañamiento pudiera y pudo suspender a todos aquellos que sin conocerle le miraron.

Llegó, pues, con el espacio y prosopopeya referida a hincarse de rodillas ante el Duque, que en pie, con los demás que allí estaban, le atendía; pero el Duque en ninguna manera le consintió hablar hasta que se levantase. Hízolo así el espantajo prodigioso, y puesto en pie, alzó el antifaz del rostro, y hizo patente la más horrenda, la más larga, la más blanca y más poblada barba que hasta entonces humanos ojos habían visto, y luego desencajó y arrancó del ancho y dilatado pecho una voz grave y sonora, y poniendo los ojos en el Duque, dijo:

—Altísimo y poderoso señor, a mí me llaman Trifaldín [1] el de la Barba Blanca; soy escudero de la condesa Trifaldi, por otro nombre llamada la Dueña Dolorida, de parte de la cual traigo a vuestra grandeza una embajada, y es que la vuestra magnificencia sea servida de darla facultad y licencia para entrar a decirle su cuita, que es una de las más nuevas y más admirables que el más cuitado pensamiento del orbe pueda haber pensado. Y primero quiere saber si está en este vuestro castillo el valeroso y jamás vencido caballero don Quijote de la Mancha, en cuya busca viene a pie y sin desayunarse desde el reino de Candaya [2] hasta este vuestro estado, cosa que se puede y debe tener a milagro, o a fuerza de encantamento. Ella queda a la puerta desta fortaleza o casa de campo, y no aguarda para entrar sino vuestro beneplácito. Dije.

Y tosió luego, y manoseóse la barba de arriba abajo con entrambas manos, y con mucho sosiego estuvo atendiendo la respuesta del Duque, que fué:

—Ya, buen escudero Trifaldín de la Blanca Barba, ha muchos días que tenemos noticia de la desgracia de mi señora la condesa Trifaldi, a quien los encantadores la hacen llamar la Dueña Dolorida: bien podéis, estupendo escudero, decirle que

---

[1] Sin duda que a Cervantes le sugirió este nombre el de *Trufaldín* (de *trufar* = engañar, burlar) del *Orlando* del Ariosto.
[2] País fabuloso, situado, como se dice luego (c. 38), entre la gran Trapobana y el mar del Sur, dos leguas más allá del cabo Comorín.

entre, y que aquí está el valiente caballero don Quijote de la Mancha, de cuya condición generosa puede prometerse con seguridad todo amparo y toda ayuda; y asimismo le podréis decir de mi parte que si mi favor le fuere necesario, no le ha de faltar, pues ya me tiene obligado a dársele el ser caballero, a quien es anejo y concerniente favorecer a toda suerte de mujeres, en especial a las dueñas viudas, menoscabadas y doloridas, cual lo debe estar su señoría.

Oyendo lo cual Trifaldín, inclinó la rodilla hasta el suelo, y haciendo al pífaro y tambores señal que tocasen, al mismo son y al mismo paso que había entrado se volvió a salir del jardín, dejando a todos admirados de su presencia y compostura. Y volviéndose el Duque a don Quijote, le dijo:

—En fin, famoso caballero, no pueden las tinieblas de la malicia ni de la ignorancia encubrir y escurecer la luz del valor y de la virtud. Digo esto porque apenas ha seis días que la vuestra bondad está en este castillo, cuando ya os vienen a buscar de lueñas [1] y apartadas tierras, y no en carrozas ni en dromedarios, sino a pie y en ayunas, los tristes, los afligidos, confiados que han de hallar en ese fortísimo brazo el remedio de sus cuitas y trabajos, merced a vuestras grandes hazañas, que corren y rodean todo lo descubierto de la tierra.

—Quisiera yo, señor Duque—respondió don Quijote—, que estuviera aquí presente aquel bendito religioso que a la mesa, el otro día, mostró tener tan mal talante y tan mala ojeriza contra los caballeros andantes, para que viera por vista de ojos si los tales caballeros son necesarios en el mundo: tocara, por lo menos, con la mano que los extraordinariamente afligidos y desconsolados, en casos grandes y en desdichas inormes [2] no van a buscar su remedio a las casas de los letrados, ni a las de los sacristanes de las aldeas, ni al caballero que nunca ha acertado a salir de los términos de su lugar, ni al perezoso cortesano que antes busca nuevas para referirlas y contarlas que procura hacer obras y hazañas para que otros las cuenten y las escriban: el remedio de las cuitas, el socorro de las necesidades, el amparo de las doncellas, el consuelo de las viudas, en ninguna suerte de personas se halla mejor que en los caballeros andantes, y de serlo yo doy infinitas gracias al cielo, y doy por

---

[1] Tal vez se haya de leer *lueñes* (cf. Cuervo, *Notas a la Gramática de Bello*, n. 17).
[2] Enormes.

muy bien empleado cualquier desmán y trabajo que en este tan honroso ejercicio pueda sucederme. Venga esta dueña, y pida lo que quisiere; que yo le libraré su remedio en[1] la fuerza de mi brazo y en la intrépida resolución de mi animoso espíritu.

CAPITULO XXXVII.—Donde se prosigue la famosa aventura de la Dueña Dolorida.

En estremo se holgaron el Duque y la Duquesa de ver cuán bien iba respondiendo a su intención don Quijote, y a esta sazón dijo Sancho:

—No querría yo que esta señora dueña pusiese algún tropiezo a la promesa de mi gobierno; porque yo he oído decir a un boticario toledano, que hablaba como un silguero[2], que donde interviniesen dueñas no podía suceder cosa buena. ¡Válame Dios, y qué mal estaba con ellas el tal boticario! De lo que yo saco que, pues todas las dueñas son enfadosas e impertinentes, de cualquiera calidad y condición que sean, ¿qué serán las que son doloridas, como han dicho que es esta condesa Tres Faldas, o Tres Colas? Que en mi tierra faldas y colas, colas y faldas, todo es uno.

—Calla, Sancho amigo—dijo don Quijote—; que pues esta señora dueña de tan lueñes tierras viene a buscarme, no debe ser de aquellas que el boticario tenía en su número, cuanto más que ésta es condesa, y cuando las condesas sirven de dueñas, será sirviendo a reinas y a emperatrices, que en sus casas son señorísimas que se sirven de otras dueñas.

A esto respondió doña Rodríguez, que se halló presente:

—Dueñas tiene mi señora la Duquesa en su servicio, que pudieran ser condesas si la fortuna quisiera; pero allá van leyes do quieren reyes, y nadie diga mal de las dueñas, y más[3], de las antiguas y doncellas; que aunque yo no lo soy, bien se me alcanza y se me trasluce la ventaja que hace una dueña doncella a una dueña viuda; y quien a nosotras trasquiló, las tijeras le quedaron[4] en la mano[5].

---

[1] Le daré su remedio por...
[2] Con la misma flexibilidad, rapidez... con que canta un jilguero.
[3] Y más = y menos, y sobre todo.
[4] Quien... le quedaron es una inconsecuencia gramatical (cf. p. 13).
[5] Y teman del maldiciente, porque quien a uno perjudicó puede per-

—Con todo eso—replicó Sancho—, hay tanto que trasquilar en las dueñas, según mi barbero[1], cuanto será mejor no menear el arroz, aunque se pegue.

—Siempre los escuderos—respondió doña Rodríguez—, son enemigos nuestros; que como son duendes de las antesalas y nos veen a cada paso, los ratos que no rezan, que son muchos, los gastan en murmurar de nosotras, desenterrándonos los huesos[2] y enterrándonos la fama. Pues mándoles[3] yo a los leños movibles[4] que, mal que les pese, hemos de vivir en el mundo, y en las casas principales, aunque muramos de hambre y cubramos con un negro monjil[5] nuestras delicadas o no delicadas carnes, como quien cubre o tapa un muladar con un tapiz en día de procesión. A fe que si me fuera dado, y el tiempo lo pidiera, que yo diera a entender, no sólo a los presentes, sino a todo el mundo, cómo no hay virtud que no se encierre en una dueña.

—Yo creo—dijo la Duquesa—que mi buena doña Rodríguez tiene razón y muy grande; pero conviene que aguarde tiempo para volver por sí y por las demás dueñas, para confundir la mala opinión de aquel mal boticario, y desarraigar la que tiene en su pecho el gran Sancho Panza.

A lo que Sancho respondió:

—Después que tengo humos de gobernador, se me han quitado los váguidos[6] de escudero, y no se me da por cuantas dueñas hay un cabrahigo[7].

Adelante pasaran con el coloquio dueñesco, si no oyeran que el pífaro y los tambores volvían a sonar; por donde entendieron que la Dueña Dolorida entraba. Preguntó la Duquesa al Duque si sería bien ir a recebirla, pues era condesa y persona principal.

---

judicar a otro.—R. Marín aplica este refrán a Dios, que como da a uno un defecto físico, puede dárselo asimismo al que de él se mofa.

[1] Si, como parece verosímil, este barbero no es otro que el boticario toledano, hay que admitir que tenía ambos oficios, o que aquí se deslizó una errata.

[2] Los defectos.

[3] Prométoles, asegúroles.

[4] A los escuderos.

[5] *Monjil* es hábito o túnica de monja, y traje de lana que usaban por luto las mujeres.

[6] «*Váguido* es un desvanecimiento de cabeza, por estar vacía de buenos espíritus y ocupada de ciertos humos que le andan a la redonda» (Cov.).

[7] Cf. p. 776, n. 2.

—Por lo que tiene de condesa—respondió Sancho, antes que el Duque respondiese—, bien estoy en que vuestras grandezas salgan a recebirla; pero por lo de dueña, soy de parecer que no se muevan un paso.

—¿Quién te mete a ti en esto, Sancho?—dijo don Quijote.

—¿Quién, señor?—respondió Sancho—. Yo me meto, que puedo meterme, como escudero que ha aprendido los términos de la cortesía en la escuela de vuesa merced, que es el más cortés y bien criado caballero que hay en toda la cortesanía; y en estas cosas, según he oído decir a vuesa merced, tanto se pierde por carta de más como por carta de menos[1]; y al buen entendedor, pocas palabras.

—Así es, como Sancho dice—dijo el Duque—: veremos el talle de la Condesa, y por él tantearemos la cortesía que se le debe.

En esto, entraron los tambores y el pífaro, como la vez primera.

Y aquí con este breve capítulo dió fin el autor, y comenzó el otro, siguiendo la mesma aventura, que es una de las más notables de la historia.

CAPITULO XXXVIII.—Donde se cuenta la que[2] dió de su mala andanza la Dueña Dolorida.

Detrás de los tristes músicos comenzaron a entrar por el jardín adelante hasta cantidad de doce dueñas, repartidas en dos hileras, todas vestidas de unos monjiles anchos, al parecer, de anascote[3] batanado, con unas tocas blancas de delgado canequí[4], tan luengas, que sólo el ribete del monjil descubrían. Tras ellas venía la Condesa Trifaldi, a quien traía de la mano el escudero Trifaldín de la Blanca Barba, vestido de finísima y negra bayeta por frisar, que a venir frisada, descubriera cada grano del grandor de un garbanzo de los buenos de Martos[5].

---

[1] De distinta manera hablaba Sancho unos días antes (cf. p. 872).
[2] *La* cuenta *que*.
[3] *Anascote* es una tela delgada de lana.
[4] *Canequí* es un lienzo delgado de algodón.
[5] Tal era la bayeta, que a estar frisada (= a tener levantado y retorcido el pelo) se formaran nudillos tamaños o granillos tamaños como los mejores garbanzos de Martos (Jaén).

La cola, o falda, o como llamarla quisieren, era de tres puntas, las cuales se sustentaban en las manos de tres pajes, asimesmo vestidos de luto, haciendo una vistosa y matemática figura con aquellos tres ángulos acutos que las tres puntas formaban; por lo cual cayeron todos los que la falda puntiaguda miraron que[1] por ella se debía llamar *la Condesa Trifaldi*, como si dijésemos *la Condesa de las Tres Faldas;* y así dice Benengeli que fué verdad, y que de su propio apellido se llamó *la Condesa Lobuna*, a causa que se criaban en su condado muchos lobos, y que si como eran lobos fueran zorras, la llamaran *la Condesa Zorruna*, por ser costumbre en aquellas partes tomar los señores la denominación de sus nombres[2] de la cosa o cosas en que más sus estados abundan; empero esta Condesa, por favorecer la novedad de su falda, dejó el *Lobuna* y tomó el *Trifaldi*[3].

Venían las doce dueñas y la señora a paso de procesión, cubiertos los rostros con unos velos negros, y no trasparentes como el de Trifaldín, sino tan apretados, que ninguna cosa se traslucían. Así como acabó de parecer el dueñesco escuadrón, el Duque, la Duquesa y don Quijote se pusieron en pie, y todos aquellos que la espaciosa[4] procesión miraban. Pasaron las doce dueñas, y hicieron calle, por medio de la cual la Dolorida se adelantó, sin dejarla de la mano Trifaldín; viendo lo cual el Duque, la Duquesa y don Quijote, se adelantaron obra de doce pasos a recebirla. Ella, puestas las rodillas[5] en el suelo, con voz antes basta y ronca que sutil y delicada[6], dijo:

—Vuestras grandezas sean servidas[7] de no hacer tanta cortesía a este su criado, digo, a esta su criada; porque según soy de dolorida, no acertaré a responder[8] a lo que debo, a causa que mi estraña y jamás vista desdicha me ha llevado el enten-

---

[1] En *que*.
[2] Si no hay pleonasmo, se ha de entender que se trata de la denominación o nombre que se había de agregar al nombre propio.
[3] Según R. Marín, Cervantes alude a la familia de los Girones en todo el relato de la Dueña Dolorida (las tres puntas de la falda son los tres jirones del escudo de los condes de Ureña; compárese lo de *Lobuna* y *Zorruna* con *Osuna*).
[4] Lenta.
[5] *Rodillas* es un complemento de limitación del participio *puesta* (cf. *Gram.*, § 510, 3.º).
[6] Como que era la del mayordomo del Duque.
[7] *Servidos* diríamos hoy.
[8] Corresponder.

— 898 —

2, 38.—AVENTURA DE LA DUEÑA DOLORIDA

dimiento no sé adónde, y debe de ser muy lejos, pues cuanto más le busco, menos le hallo.

—Sin él estaría—respondió el Duque—señora Condesa, el que no descubriese por vuestra persona vuestro valor, el cual, sin más ver, es merecedor de toda la nata de la cortesía y de toda la flor de las bien criadas ceremonias.

Y levantándola de la mano, la llevó a asentar en una silla junto a la Duquesa, la cual la recibió asimismo con mucho comedimiento. Don Quijote callaba, y Sancho andaba muerto por ver el rostro de la Trifaldi y de alguna de sus muchas dueñas; pero no fué posible, hasta que ellas de su grado y voluntad se descubrieron.

Sosegados todos y puestos en silencio, estaban esperando quién le había de romper, y fué la Dueña Dolorida, con estas palabras:

—Confiada estoy, señor poderosísimo, hermosísima señora y discretísimos circunstantes, que ha de hallar mi cuitísima[1] en vuestros valerosísimos pechos acogimiento, no menos plácido que generoso y doloroso; porque ella es tal, que es bastante a enternecer los mármoles, y a ablandar los diamantes, y a molificar[2] los aceros de los más endurecidos corazones del mundo: pero antes que salga a la plaza de vuestros oídos (por no decir *orejas*), quisiera que me hicieran sabidora si está en este gremio, corro y compañía, el acendradísimo[3] caballero don Quijote de la Manchísima y su escuderísimo Panza.

—El Panza—antes que otro respondiese, dijo Sancho—aquí está, y el don Quijotísimo asimismo; y así, podréis, dolorosísima dueñísima, decir lo que quisieridísimis; que todos estamos prontos y aparejadísimos a ser vuestros servidorísimos.

En esto, se levantó don Quijote, y encaminando sus razones a la Dolorida Dueña, dijo:

—Si vuestras cuitas, angustiada señora, se pueden prometer alguna esperanza de remedio por algún valor o fuerzas de algún andante caballero, aquí están las mías, que, aunque flacas y breves, todas se emplearán en vuestro servicio. Yo soy

---

[1] En estilo jocoso da Cervantes forma superlativa a varios sustantivos y hasta a un verbo.
[2] *Molificar* = ablandar.
[3] *Acendrar* = purificar en la cendra los metales por la acción del fuego. *Cendra* (del lat. *cinerem* = ceniza) = pasta de ceniza de huesos, limpia y lavada, con que se preparan las copelas (u hornos en forma de *copa*).

don Quijote de la Mancha, cuyo asumpto[1] es acudir a toda suerte de menesterosos; y siendo esto así, como lo es, no habéis menester, señora, captar benevolencias, ni buscar preámbulos, sino a la llana y sin rodeos decir vuestros males; que oídos os escuchan que sabrán, si no remediarlos, dolerse dellos.

Oyendo lo cual la Dolorida Dueña, hizo señal de querer arrojarse a los pies de don Quijote, y aun se arrojó, y pugnando por abrazárselos, decía:

—Ante estos pies y piernas me arrojo ¡oh caballero invicto! por ser los que son basas[2] y colunas de la andante caballería; estos pies quiero besar, de cuyos pasos pende y cuelga todo el remedio de mi desgracia, ¡oh valeroso andante, cuyas verdaderas fazañas dejan atrás y escurecen las fabulosas de los Amadises, Esplandianes y Belianises!

Y dejando a don Quijote, se volvió a Sancho Panza, y asiéndole de las manos, le dijo:

—¡Oh tú, el más leal escudero que jamás sirvió a caballero andante en los presentes ni en los pasados siglos, más luengo en bondad que la barba de Trifaldín, mi acompañador, que está presente! Bien puedes preciarte que en servir al gran don Quijote sirves en cifra a toda la caterva de caballeros que han tratado las armas en el mundo. Conjúrote, por lo que debes a tu bondad fidelísima, me seas buen intercesor con tu dueño, para que luego favorezca a esta humildísima y desdichadísima Condesa.

A lo que respondió Sancho:

—De que sea mi bondad, señora mía, tan larga y grande como la barba de vuestro escudero, a mí me hace muy poco al caso; barbada y con bigotes tenga yo mi alma cuando desta vida vaya, que es lo que importa: que de las barbas de acá poco o nada me curo; pero sin esas socaliñas[3] ni plegarias yo rogaré a mi amo (que sé que me quiere bien, y más agora que me ha menester para cierto negocio[4]), que favorezca y ayude a vuesa merced en todo lo que pudiere. Vuesa merced desembaúle su cuita, y cuéntenosla, y deje hacer; que todos nos entenderemos.

Reventaban de risa con estas cosas los Duques, como aque-

---

[1] Cf. p. 614, n. 1.
[2] «*Basa*, la peana y el asiento de la columna» (Cov.).
[3] *Socaliña* = ardid con que se le saca a uno lo que no está obligado a dar.
[4] El de los azotes.

2, 38.—AVENTURA DE LA DUEÑA DOLORIDA

llos que habían tomado el pulso a la tal aventura, y alababan entre sí la agudeza y disimulación de la Trifaldi, la cual, volviéndose a sentar, dijo:

—Del famoso reino de Candaya, que cae entre la gran Trapobana y el mar del Sur, dos leguas más allá del cabo Comorín, fué señora la reina doña Maguncia, viuda del rey Archipiela, su señor y marido, de cuyo matrimonio tuvieron y procrearon a la infanta Antonomasia, heredera del reino; la cual dicha infanta Antonomasia se crió y creció debajo de mi tutela y doctrina, por ser yo la más antigua y la más principal dueña de su madre. Sucedió, pues, que yendo días y viniendo días, la niña Antonomasia llegó a edad de catorce años, con tan gran perfección de hermosura, que no la pudo subir más de punto la naturaleza. Pues ¡digamos agora que la discreción era mocosa[1]! Así era discreta como bella, y era la más bella del mundo, y lo es, si ya los hados invidiosos y las Parcas[2] endurecidas no la han cortado la estambre[3] de la vida. Pero no habrán, que no han de permitir los cielos que se haga tanto mal a la tierra como sería llevarse en agraz el racimo del más hermoso veduño[4] del suelo. De esta hermosura (y no como se debe encarecida de mi torpe lengua) se enamoró un número infinito de príncipes, así naturales como estranjeros, entre los cuales osó levantar los pensamientos al cielo de tanta belleza un caballero particular que en la Corte estaba, confiado en su mocedad y en su bizarría, y en sus muchas habilidades y gracias, y facilidad y felicidad de ingenio; porque hago saber a vuestras grandezas, si no lo tienen por enojo, que tocaba una guitarra, que la hacía hablar; y más, que era poeta, y gran bailarín, y sabía hacer una jaula de pájaros, que solamente a hacerlas pudiera ganar la vida, cuando se viera en estrema necesidad; que todas partes y gracias son bastantes a derribar una montaña, no que[5] una delicada doncella. Pero toda su gentileza y buen donaire y todas sus gracias y habilidades fueran poca o nin-

---

[1] Aniñada, escasa.
[2] «*Parcas*. Fingían los antiguos heber sido tres deidades, *Cloto*, *Láquesis* y *Átropos*: las cuales presidían a la vida del hombre, hilándole el copo della. La primera tenía la rueca. La segunda hilaba la mazorca [hacía el hilo y lo revolvía en el huso, cf. p. 325, n. 2]. La tercera cortaba el hilo de la vida» (Cov.).
[3] *Estambre* = hilo.
[4] *Veduño* (o *viduño*) = calidad, especie o casta de vides o uvas.
[5] No ya (cf. pról. 37).

— 901 —

guna parte para rendir la fortaleza de mi niña, si el ladrón desuellacaras no usara del remedio de rendirme a mí primero. Primero quiso el malandrín y desalmado vagamundo granjearme la voluntad y cohecharme[1] el gusto, para que yo, mal alcaide, le entregase las llaves de la fortaleza que guardaba. En resolución, él me aduló el entendimiento y me rindió la voluntad con no sé qué dijes y brincos[2] que me dió; pero lo que más me hizo postrar y dar conmigo por el suelo, fueron unas coplas que le oí cantar una noche, desde una reja que caía a una callejuela donde él estaba, que si mal no me acuerdo decían:

> De la dulce mi enemiga
> Nace un mal que al alma hiere,
> Y por más tormento, quiere
> Que se sienta y no se diga[3].

Parecióme la trova de perlas, y su voz, de almíbar[4], y después acá, digo, desde entonces, viendo el mal en que caí por estos y otros semejantes versos, he considerado que de las buenas y concertadas repúblicas se habían de desterrar los poetas, como aconsejaba Platón, a lo menos los lascivos, porque escriben unas coplas, no como las del Marqués de Mantua, que entretienen y hacen llorar a los niños y a las mujeres, sino unas agudezas, que a modo de blandas espinas os atraviesan el alma, y como rayos os hieren en ella, dejando sano el vestido. Y otra vez cantó:

> Ven, muerte, tan escondida,
> Que no te sienta venir,
> Porque el placer del morir
> No me torne a dar la vida[5].

Y deste jaez otras coplitas y estrambotes, que cantados encantan y escritos suspenden. Pues ¿qué, cuando se humillan a

---

[1] Sobornarme, ganarme.
[2] Cf. p. 256, n. 2.
[3] Según Pellicer, esta redondilla es traducción de otra de Serafino Aquilano: *Dala dolce mia nimica | nasce un duol ch'esser non suole | e per più tormento vuole | che si senta e non si dica.*
[4] «*Almíbar*, el zumo del membrillo o de otra fruta, incorporado con el azúcar o miel de conserva hecha de azúcar» (Cov.).
[5] La forma primitiva de esta redondilla, que es del comendador Escrivá, discrepa en el segundo y tercer verso: ... *que no te sienta conmigo, | porque el gozo de contigo...*

componer un género de verso que en Candaya se usaba entonces, a quien ellos llamaban *seguidillas*? Allí era el brincar de las almas, el retozar de la risa, el desasosiego de los cuerpos, y, finalmente, el azogue de todos los sentidos. Y así, digo, señores míos, que los tales trovadores con justo título los debían desterrar a las islas de los Lagartos[1]. Pero no tienen ellos la culpa, sino los simples que los alaban y las bobas que los creen; y si yo fuera la buena dueña que debía, no me habían de mover sus trasnochados conceptos, ni había de creer ser verdad aquel decir: «Vivo muriendo, ardo en el hielo, tiemblo en el fuego, espero sin esperanza, pártome y quédome», con otros imposibles desta ralea, de que están sus escritos llenos. Pues ¿qué, cuando prometen el fénix de Arabia, la corona de Ariadna[2], los caballos del sol, del Sur[3] las perlas, de Tíbar el oro[4] y de Pancaya[5] el bálsamo? Aquí es donde ellos alargan más la pluma, como[6] les cuesta poco prometer lo que jamás piensan ni pueden cumplir. Pero ¿dónde me divierto[7]? ¡Ay de mí, desdichada! ¿Qué locura o qué desatino me lleva a contar las ajenas faltas, teniendo tanto que decir de las mías? ¡Ay de mí, otra vez, sin ventura!, que no me rindieron los versos, sino mi simplicidad; no me ablandaron las músicas, sino mi liviandad; mi mucha ignorancia y mi poco advertimiento abrieron el camino y desembarazaron la senda a los pasos de don Clavijo, que éste es el nombre del referido caballero; y así, siendo yo la medianera, él se halló una y muy muchas veces en la estancia de la por mí, y no por él, engañada Antonomasia, debajo del título de verdadero esposo; que, aunque pecadora, no consintiera que sin ser su marido le llegara a la vira[8] de las suelas de sus zapa-

---

[1] Así se llamaban ciertas islas deshabitadas y apartadas, de existencia fabulosa.
[2] Así se llama la constelación en que fué convertida Ariadna cuando fué abandonada por Teseo.
[3] De las costas del mar del Sur, descubierto por Vasco Núñez de Balboa.
[4] Para Covarrubias *Tíbar* era río. El que se llamaba *oro de Tíbar* (la R. A. E. escribe *tíbar* por no ser nombre propio, sino adjetivo árabe que significa *puro*) era finísimo y apreciadísimo.
[5] Pancaya *(Panchaia)*, región fabulosa de la Arabia celebrada por Virgilio y otros autores latinos.
[6] *Como* = porque.
[7] ¿Adónde me voy extraviando?
[8] «*Vira*... otras veces [significa] una corregüela, que se insiere en el zapato entre la suela y el cordobán, y se dixo assí porque le dan fuerza con ella» (Cov.).

— 903 —

tillas. ¡No, no, eso no; el matrimonio ha de ir adelante en cualquier negocio déstos que por mí se tratare! Solamente hubo un daño en este negocio, que fué el de la desigualdad, por ser don Clavijo un caballero particular, y la infanta Antonomasia heredera, como ya he dicho, del reino. Algunos días estuvo encubierta y solapada en la sagacidad de mi recato esta maraña, hasta que me pareció que la iba descubriendo a más andar no sé qué hinchazón del vientre de Antonomasia, cuyo temor nos hizo entrar en bureo[1] a los tres, y salió dél que antes que se saliese a luz el mal recado, don Clavijo pidiese ante el Vicario por su mujer a Antonomasia, en fe de una cédula que de ser su esposa la infanta le había hecho, notada[2] por mi ingenio, con tanta fuerza, que las de Sansón no pudieran romperla. Hiciéronse las diligencias, vió el Vicario la cédula, tomó el tal Vicario la confesión a la señora, confesó de plano, mandóla depositar en casa de un alguacil[3] de Corte muy honrado...

A esta sazón dijo Sancho:

—También en Candaya hay alguaciles de Corte, poetas y seguidillas; por lo que puedo jurar que imagino que todo el mundo es uno. Pero dése vuesa merced priesa, señora Trifaldi; que es tarde, y ya me muero por saber el fin desta tan larga historia.

—Sí haré—respondió la Condesa.

CAPITULO XXXIX.—Donde la Trifaldi prosigue su estupenda y memorable historia.

De cualquiera palabra que Sancho decía la Duquesa gustaba tanto como se desesperaba don Quijote; y mandándole que callase, la Dolorida prosiguió diciendo:

—En fin, al cabo de muchas demandas, y respuestas, como la Infanta se estaba siempre en sus trece, sin salir ni variar de la primera declaración, el Vicario sentenció en favor de don Clavijo, y se la entregó por su legítima esposa, de lo que recibió

---

[1] Cf. p. 711, n. 1.
[2] Dictada.
[3] «*Alguacil*. La ley 20, tít. 9, Partida 2, dice así: Alguazil llaman en arábigo aquel que ha de prender e de justiciar los omes en la Corte del Rey, por su mandado o de los Jueces que juzgan los pleitos» (Cov.).

tanto enojo la reina doña Maguncia, madre de la infanta Antonomasia, que dentro de tres días la enterramos.

—Debió de morir, sin duda—dijo Sancho.

—¡Claro está!—respondió Trifaldín—: que en Candaya no se entierran las personas vivas, sino las muertas.

—Ya se ha visto, señor escudero—replicó Sancho—, enterrar un desmayado creyendo ser muerto, y parecíame a mí que estaba la reina Maguncia obligada a desmayarse antes que a morirse; que con la vida muchas cosas se remedian, y no fué tan grande el disparate de la Infanta, que obligase a sentirle tanto. Cuando se hubiera casado esa señora con algún paje suyo, o con otro criado de su casa, como han hecho otras muchas, según he oído decir, fuera el daño sin remedio; pero el haberse casado con un caballero tan gentilhombre y tan entendido como aquí nos le han pintado, en verdad en verdad, que, aunque fué necedad, no fué tan grande como se piensa; porque según las reglas de mi señor, que está presente, y no me dejará mentir, así como se hacen de los hombres letrados los obispos, se pueden hacer de los caballeros, y más si son andantes, los reyes y los emperadores.

—Razón tienes, Sancho—dijo don Quijote—; porque un caballero andante, como tenga dos dedos de ventura, está en potencia propincua[1] de ser el mayor señor del mundo. Pero pase adelante la señora Dolorida; que a mí se me trasluce que le falta por contar lo amargo desta hasta aquí dulce historia.

—¡Y cómo si queda lo amargo!—respondió la Condesa—. Y tan amargo, que en su comparación son dulces las tueras[2] y sabrosas las adelfas[3]. Muerta, pues, la reina, y no desmayada, la enterramos; y apenas la cubrimos con la tierra y apenas le dimos el último *vale*[4], cuando (*quis talia fando temperet a lacrymis?*[5]), puesto sobre un caballo de madera, pareció encima de la sepultura de la reina el gigante Malambruno, primo cormano[6] de Maguncia, que junto con ser cruel era encantador, el cual con sus artes, en venganza de la muerte de su cormana, y por castigo del atrevimiento de don Clavijo, y por despecho de la

---

[1] Cf. p. 168, n. 1.
[2] La *tuera*, o fruto de la coloquíntida, es una calabacilla muy amarga, que se emplea en medicina como purgante.
[3] Cf. p. 143, n. 1.
[4] Como si dijéramos *el último adiós: vale* es voz latina.
[5] ¿Quién, oyendo esto, contendrá el llanto? (*Eneida*, II, 6 y 8.)
[6] *Cormano* = cohermano; primo hermano.

demasía de Antonomasia, los dejó encantados sobre la mesma sepultura, a ella, convertida en una jimia[1] de bronce, y a él, en un espantoso cocodrilo de un metal no conocido, y entre los dos está un padrón[2], asimismo de metal, y en él escritas en lengua siríaca unas letras, que habiéndose declarado en la candayesca, y ahora en la castellana, encierran esta sentencia: «No cobrarán su primera forma estos dos atrevidos amantes hasta que el valeroso manchego venga conmigo a las manos en singular batalla; que para solo su gran valor guardan los hados esta nunca vista aventura». Hecho esto, sacó de la vaina un ancho y desmesurado alfanje, y asiéndome a mí por los cabellos, hizo finta[3] de querer segarme la gola[4] y cortarme cercen[5] la cabeza. Turbéme; pegóseme la voz a la garganta; quedé mohina en todo estremo; pero, con todo, me esforcé lo más que pude, y, con voz temblorosa y doliente, le dije tantas y tales cosas, que le hicieron suspender la ejecución de tan riguroso castigo. Finalmente, hizo traer ante sí todas las dueñas de palacio, que fueron éstas que están presentes, y después de haber exagerado nuestra culpa y vituperado las condiciones de las dueñas, sus malas mañas y peores trazas, y cargando a todas la culpa que yo sola tenía, dijo que no quería con pena capital castigarnos, sino con otras penas dilatadas, que nos diesen una muerte civil[6] y continua; y en aquel mismo momento y punto que acabó de decir esto, sentimos todas que se nos abrían los poros de la cara, y que por toda ella nos punzaban como con puntas de agujas. Acudimos luego con las manos a los rostros y hallámonos de la manera que ahora veréis.

Y luego la Dolorida y las demás dueñas alzaron los antifaces con que cubiertas venían, y descubrieron los rostros, todos poblados de barbas, cuáles rubias, cuáles negras, cuáles blancas y cuáles albarrazadas[7], de cuya vista mostraron quedar admirados el Duque y la Duquesa, pasmados don Quijote y Sancho, y atónitos todos los presentes. Y la Trifaldi prosiguió:

[1] Cf. p. 134, n. 2.
[2] «*Padrón* llaman una columna, sobre la cual se pone una escritura que conviene ser pública y perpetua» (Cov.).
[3] *Hacer finta* = hacer ademán.
[4] *Gola* = cuello.
[5] Cf. p. 414, n. 4.
[6] *Civil* = miserable. «*Cevil*, el hombre apocado y miserable» (Cov.).
[7] *Albarrazado* o *albarazado* = de color mezclado de negro cetrino y rojo; abigarrado.

—Desta manera nos castigó aquel follón y mal intencionado de Malambruno, cubriendo la blandura y morbidez[1] de nuestros rostros con la aspereza destas cerdas; que pluguiera al cielo que antes con su desmesurado alfanje nos hubiera derribado las testas, que no que nos asombrara[2] la luz de nuestras caras con esta borra[3] que nos cubre; porque si entramos en cuenta, señores míos (y esto que voy a decir agora lo quisiera decir hechos mis ojos fuentes; pero la consideración de nuestra desgracia, y los mares que hasta aquí han llovido, los tienen sin humor y secos como aristas, y así, lo diré sin lágrimas), digo, pues, que ¿adónde podrá ir una dueña con barbas? ¿Qué padre o qué madre se dolerá de ella? ¿Quién la dará ayuda? Pues aun cuando tiene la tez[4] lisa y el rostro martirizado con mil suertes de menjurjes[5] y mudas apenas halla quien bien la quiera, ¿qué hará cuando descubra hecho un bosque su rostro? ¡Oh dueñas y compañeras mías, en desdichado punto nacimos; en hora menguada nuestros padres nos engendraron!

Y diciendo esto, dió muestras de desmayarse.

CAPITULO XL.—De cosas que atañen y tocan a esta aventura y a esta memorable historia.

Real y verdaderamente todos los que gustan de semejantes historias como ésta deben de mostrarse agradecidos a Cide Hamete, su autor primero, por la curiosidad que tuvo en contarnos las semínimas[6] della, sin dejar cosa, por menuda que fuese, que no la sacase a luz distintamente. Pinta los pensamientos, descubre las imaginaciones, responde a las tácitas[7], aclara las dudas, resuelve los argumentos; finalmente los átomos del más curioso deseo manifiesta. ¡Oh autor celebérrimo! ¡Oh don Quijote dichoso! ¡Oh Dulcinea famosa! ¡Oh

---

[1] *Mórbido* = blando, suave.
[2] Oscureciera.
[3] Cf. p. 690, n. 1.
[4] *Tez* = 1) superficie lisa; 2) superficie del rostro humano.
[5] *Menjurje, menjunje* o *mejunje* = cosmético o medicamento formado de varios ingredientes.
[6] Cf. p. 360, n. 1.
[7] *Tácitas* preguntas.

Sancho Panza gracioso! Todos juntos y cada uno de por sí viváis siglos infinitos, para gusto y general pasatiempo de los vivientes.

Dice, pues, la historia que así como Sancho vió desmayada a la Dolorida, dijo:

—Por la fe de hombre de bien juro, y por el siglo [1] de todos mis pasados los Panzas, que jamás he oído ni visto, ni mi amo me ha contado, ni en su pensamiento ha cabido, semejante aventura como ésta. Válgate mil satanases [2], por no maldecirte, por encantador y gigante, Malambruno, ¿y no hallaste otro género de castigo que dar a estas pecadoras sino el de barbarlas? ¿Cómo y no fuera mejor, y a ellas les estuviera más a cuento, quitarles la mitad de las narices de medio arriba, aunque hablaran gangoso, que no ponerles barbas? Apostaré yo que no tienen hacienda para pagar a quien las rape.

—Así es la verdad, señor—respondió una de las doce—: que no tenemos hacienda para mondarnos; y así, hemos tomado algunas de nosotras por remedio ahorrativo de usar de unos pegotes o parches pegajosos, y aplicándolos a los rostros, y tirando de golpe, quedamos rasas y lisas como fondo de mortero de piedra; que puesto que hay en Candaya mujeres que andan de casa en casa a quitar el vello y a pulir las cejas, y hacer otros menjurjes tocantes a mujeres, nosotras las dueñas de mi señora por jamás quisimos admitirlas, porque las más oliscan a terceras, habiendo dejado de ser primas; y si por el señor don Quijote no somos remediadas, con barbas nos llevarán a la sepultura.

—Yo me pelaría las mías—dijo don Quijote—en tierra de moros [3], si no remediase las vuestras.

A este punto, volvió de su desmayo la Trifaldi, y dijo:

—El retintín desta promesa, valeroso caballero, en medio de mi desmayo llegó a mis oídos, y ha sido parte para que yo dél vuelva y cobre todos mis sentidos; y así, de nuevo os suplico, andante ínclito y señor indomable, vuestra graciosa promesa se convierta en obra.

—Por mí no quedará—respondió don Quijote—: ved, se-

---

[1] Vida.
[2] Si no hay que leer *valgante* (fácilmente pudo omitirse sobre la *a* la tilde con que solía a menudo representarse la *n*), habrá que explicar la falta de concordancia por la representación colectiva de *mil satanases* (cf. pról. 8).
[3] Muchos moros, cuenta Haedo en su *Topografía* c. 35, se dejan crecer las barbas, y dan por razón que rapar la barba es de ganapanes y bellacos.

ñora, qué es lo que tengo de hacer; que el ánimo está muy pronto para serviros.

—Es el caso—respondió la Dolorida—que desde aquí al reino de Candaya, si se va por tierra, hay cinco mil leguas, dos más o menos; pero si se va por el aire y por la línea recta, hay tres mil y docientas y veinte y siete. Es también de saber que Malambruno me dijo que cuando la suerte me deparase al caballero nuestro libertador, que él le enviaría una cabalgadura harto mejor y con menos malicias que las que son de retorno[1], porque ha de ser aquel mesmo caballo de madera sobre quien llevó el valeroso Pierres robada a la linda Magalona[2]; el cual caballo se rige por una clavija que tiene en la frente, que le sirve de freno, y vuela por el aire con tanta ligereza, que parece que los mesmos diablos le llevan. Este tal caballo, según es tradición antigua, fué compuesto por aquel sabio Merlín; prestósele a Pierres, que era su amigo, con el cual hizo grandes viajes, y robó, como se ha dicho, a la linda Magalona, llevándola a las ancas por el aire, dejando embobados a cuantos desde la tierra los miraban; y no le prestaba sino a quien él quería o mejor se lo pagaba; y desde el gran Pierres hasta ahora[3] no sabemos que haya subido alguno en él. De allí le ha sacado Malambruno con sus artes, y le tiene en su poder, y se sirve dél en sus viajes, que los hace por momentos, por diversas partes del mundo, y hoy está aquí, y mañana en Francia, y otro día en Potosí; y es lo bueno que el tal caballo ni come, ni duerme, ni gasta herraduras, y lleva un portante[4] por los aires, sin tener alas, que el que lleva encima puede llevar una taza llena de agua en la mano sin que se le derrame gota, según camina llano y reposado; por lo cual la linda Magalona se holgaba mucho de andar caballera en él.

A esto dijo Sancho:

—Para andar reposado y llano, mi rucio, puesto que no anda por los aires; pero por la tierra, yo le cutiré[5] con cuantos portantes hay en el mundo.

---

[1] «*Mulas de retorno*, las que vuelven vacías» (Cov.).
[2] Cf. p. 558.
[3] Hasta que lo sacó de allí Malambruno.
[4] «*Andadura*, el portante de la bestia, que camina concertadamente y llano y no al trote» (Cov.). «Tienen [las hacas] un paso que llaman de portante, con el cual caminan muy menudo, llano y con ligereza» (Cov.).
[5] «*Cutir* es golpear una cosa con otra» (Cov.); 2) poner en competencia.

Riéronse todos, y la Dolorida prosiguió:

—Y este tal caballo (si es que Malambruno quiere dar fin a nuestra desgracia) antes que sea media hora entrada la noche estará en nuestra presencia; porque él me significó que la señal que me daría por donde yo entendiese que había hallado el caballero que buscaba, sería enviarme el caballo, donde fuese con comodidad y presteza.

—¿Y cuántos caben en ese caballo?—preguntó Sancho.

La Dolorida respondió:

—Dos personas, la una en la silla y la otra en las ancas; y por la mayor parte, estas tales dos personas son caballero y escudero, cuando falta alguna robada doncella.

—Querría yo saber, señora Dolorida—dijo Sancho—, qué nombre tiene ese caballo.

—El nombre—respondió la Dolorida—no es como el caballo de Belerofonte, que se llamaba Pegaso, ni como el del Magno Alejandro, llamado Bucéfalo, ni como el del furioso Orlando, cuyo nombre fué Brilladoro, ni menos Bayarte, que fué el de Reinaldos de Montalbán, ni Frontino, como el de Rugero, ni Bootes ni Peritoa [1], como dicen que se llaman los del sol, ni tampoco se llama Orelia, como el caballo en que el desdichado Rodrigo, último rey de los godos, entró en la batalla donde perdió la vida y el reino.

—Yo apostaré—dijo Sancho—que pues no le han dado ninguno desos famosos nombres de caballos tan conocidos, que tampoco le habrán dado el de [2] mi amo, Rocinante, que en ser propio excede a todos los que se han nombrado.

—Así es—respondió la barbada Condesa—; pero todavía le cuadra mucho, porque se llama Clavileño el Alígero, cuyo nombre conviene con el ser de leño, y con la clavija que trae en la frente, y con la ligereza con que camina; y así, en cuanto al nombre, bien puede competir con el famoso Rocinante.

—No me descontenta el nombre—replicó Sancho—; pero ¿con qué freno o con qué jáquima se gobierna?

—Ya he dicho—respondió la Trifaldi—que con la clavija, que volviéndola a una parte o a otra el caballero que va encima, le hace caminar como quiere, o ya por los aires, o ya ras-

---

[1] *Bootes* es el nombre de una constelación, y *Pirítoo*, el de un amigo de Teseo: con ellos confundió la Dolorida los de los caballos del sol, *Piroenta* y *Eoo* (cf. Ovidio, *Metam.*, I, 2).

[2] *El* nombre del *de*.

treando y casi barriendo la tierra, o por el medio, que es el que se busca y se ha de tener en todas las acciones bien ordenadas.

—Ya lo querría ver—respondió Sancho—; pero pensar que tengo de subir en él, ni en la silla ni en las ancas, es pedir peras al olmo. ¡Bueno es que apenas puedo tenerme en mi rucio, y sobre una albarda más blanda que la mesma seda, y querrían ahora que me tuviese en unas ancas de tabla, sin cojín ni almohada alguna! Pardiez, yo no me pienso moler por quitar las barbas a nadie: cada cual se rape como más le viniere a cuento; que yo no pienso acompañar a mi señor en tan largo viaje. Cuanto más que yo no debo de hacer al caso para el rapamiento destas barbas como lo soy para el desencanto de mi señora Dulcinea.

—Sí sois, amigo—respondió la Trifaldi—; y tanto, que sin vuestra presencia entiendo que no haremos nada.

—¡Aquí del Rey!—dijo Sancho—. ¿Qué tienen que ver los escuderos con las aventuras de sus señores? ¿Hanse de llevar ellos la fama de las que acaban, y hemos de llevar nosotros el trabajo? ¡Cuerpo de mí! Aún si dijesen los historiadores: «El tal caballero acabó la tal y tal aventura; pero con ayuda de fulano su escudero, sin el cual fuera imposible el acabarla...»; pero ¡que escriban a secas: «Don Paralipomenón de las Tres Estrellas acabó la aventura de los seis vestiglos», sin nombrar la persona de su escudero, que se halló presente a todo, como si no fuera en el mundo! Ahora, señores, vuelvo a decir que mi señor se puede ir solo, y buen provecho le haga; que yo me quedaré aquí, en compañía de la Duquesa mi señora, y podría ser que cuando volviese hallase mejorada la causa de la señora Dulcinea en tercio y quinto[1]; porque pienso, en los ratos ociosos y desocupados, darme una tanda de azotes, que no me la cubra pelo.

—Con todo eso[2], le habéis de acompañar si fuere necesario, buen Sancho, porque os lo rogarán buenos[3]; que no han de quedar por vuestro inútil temor tan poblados los rostros destas señoras, que cierto sería mal caso[4].

—¡Aquí del Rey otra vez!—replicó Sancho—. Cuando esta

---

[1] Cf. p. 233, n. 3.
[2] Debe de ser la Duquesa la que ahora habla.
[3] *Buenos* = personas de importancia y valía.
[4] Caso afrentoso, infamia.

caridad se hiciera por algunas doncellas recogidas, o por algunas niñas de la doctrina, pudiera el hombre[1] aventurarse a cualquier trabajo; pero que lo sufra por quitar las barbas a dueñas, ¡mal año! Mas que las viese yo a todas con barbas, desde la mayor hasta la menor, y de la más melindrosa hasta la más repulgada[2].

—Mal estáis con las dueñas, Sancho amigo—dijo la Duquesa—: mucho os vais tras la opinión del boticario toledano. Pues a fe que no tenéis razón: que dueñas hay en mi casa que pueden ser ejemplo de dueñas; que aquí está mi doña Rodríguez, que no me dejará decir otra cosa.

—Mas que la diga vuestra excelencia—dijo Rodríguez—; que Dios sabe la verdad de todo[3], y buenas o malas, barbadas o lampiñas que seamos las dueñas, también nos parieron nuestras madres como a las otras mujeres; y pues Dios nos echó en el mundo, Él sabe para qué, y a su misericordia me atengo, y no a las barbas de nadie.

—Ahora bien, señora Rodríguez—dijo don Quijote—, y señora Trifaldi y compañía, yo espero en el cielo que mirará con buenos ojos vuestras cuitas; que Sancho hará lo que yo le mandare, ya viniese Clavileño, y ya me viese con Malambruno; que yo sé que no habría navaja que con más facilidad rapase a vuestras mercedes como[4] mi espada raparía de los hombros la cabeza de Malambruno; que Dios sufre a los malos pero no para siempre.

—¡Ay!—dijo a esta sazón la Dolorida—. Con benignos ojos miren a vuestra grandeza, valeroso caballero, todas las estrellas de las regiones celestes, e infundan en vuestro ánimo toda prosperidad y valentía para ser escudo y amparo del vituperoso y abatido género dueñesco, abominado de boticarios, murmurado de escuderos y socaliñado[5] de pajes; que mal haya la bellaca

---

[1] *El hombre* = uno.

[2] «*Melindre*, un género de frutilla de sartén hecha con miel, comida delicada y tenida por golosina. De allí vino a significar este nombre el regalo con que suelen hablar algunas damas, a las cuales por esta razón llaman *melindrosas*» (Cov.). «*Repulgar*, retorcer la orilla de lienzo, seda o paño con el dedo pulgar» (Cov.), o sea, *hacer dobladillo*: de aquí *repulgado* vale *afectado*.

La oposición que parece haber aquí entre *melindrosa* y *repulgada* tal vez sea la que hay entre *delicada* y *encopetada* o *elegante*.

[3] Alude a que toda esta aventura es fingida.

[4] Hoy diríamos *que* (cf. pról. 28).

[5] Cf. p. 900, n. 3.

que en la flor de su edad no se metió primero a ser monja que a dueña. ¡Desdichadas de nosotras las dueñas; que aunque vengamos por línea recta, de varón en varón, del mismo Héctor el troyano, no dejaran de echarnos un *vos*[1] nuestras señoras, si pensasen por ello ser reinas! ¡Oh gigante Malambruno, que, aunque eres encantador, eres certísimo en tus promesas! Envíanos ya al sin par Clavileño, para que nuestra desdicha se acabe; que si entra el calor[2] y estas nuestras barbas duran, ¡guay de nuestra ventura!

Dijo esto con tanto sentimiento la Trifaldi, que sacó las lágrimas de los ojos de todos los circunstantes, y aun arrasó los de Sancho, y propuso en su corazón de acompañar a su señor hasta las últimas partes del mundo, si es que en ello consistiese quitar la lana de aquellos venerables rostros.

CAPITULO XLI.—De la venida de Clavileño, con el fin desta dilatada aventura.

Llegó, en esto, la noche, y con ella el punto determinado en que el famoso caballo Clavileño viniese, cuya tardanza fatigaba ya a don Quijote, pareciéndole que, pues Malambruno se detenía en enviarle, o que él no era caballero para quien estaba guardada aquella aventura, o que Malambruno no osaba venir con él a singular batalla. Pero veis aquí cuando a deshora entraron por el jardín cuatro salvajes, vestidos todos de verde hiedra, que sobre sus hombros traían un gran caballo de madera. Pusiéronle de pies en el suelo, y uno de los salvajes dijo:

—Suba sobre esta máquina el caballero que tuviere ánimo para ello...

—Aquí—dijo Sancho—yo no subo, porque ni tengo ánimo, ni soy caballero.

Y el salvaje prosiguió diciendo:

—Y ocupe las ancas el escudero, si es que lo tiene, y fíese del valeroso Malambruno, que si no fuere de su espada, de ninguna otra, ni de otra malicia, será ofendido; y no hay más que torcer esta clavija que sobre el cuello trae puesta[3], que él los

---

[1] Cf. p. 564, n. 1.
[2] La carta de Sancho (p. 891), como observa Clemencín, estaba escrita a 20 de julio, pero el lenguaje de la Trifaldi era más propio de la primavera.
[3] Esta clavija, que si no se equivocó la Trifaldi (cf. p. 910), estaba

llevará por los aires, adonde los atiende Malambruno; pero porque la alteza y sublimidad del camino no les cause váguidos[1], se han de cubrir los ojos hasta que el caballo relinche, que será señal de haber dado fin a su viaje.

Esto dicho, dejando a Clavileño, con gentil continente se volvieron por donde habían venido. La Dolorida, así como vió al caballo, casi con lágrimas dijo a don Quijote:

—Valeroso caballero, las promesas de Malambruno han sido ciertas: el caballo está en casa, nuestras barbas crecen, y cada una de nosotras y con cada pelo dellas te[2] suplicamos nos rapes y tundas[3], pues no está en más sino en que subas en él con tu escudero, y des felice principio a vuestro[4] nuevo viaje.

—Eso haré yo, señora condesa Trifaldi, de muy buen grado y de mejor talante, sin ponerme a tomar cojín, ni calzarme espuelas, por no detenerme; tanta es la gana que tengo de veros a vos, señora, y a todas estas dueñas rasas y mondas.

—Eso no haré yo—dijo Sancho—, ni de malo ni de buen talante, en ninguna manera; y si es que este rapamiento no se puede hacer sin que yo suba a las ancas, bien puede buscar mi señor otro escudero que le acompañe, y estas señoras otro modo de alisarse los rostros; que yo no soy brujo, para gustar de andar por los aires. ¿Y qué dirán mis insulanos cuando sepan que su gobernador se anda paseando por los vientos? Y otra cosa más: que habiendo tres mil y tantas leguas de aquí a Candaya, si el caballo se cansa, o el gigante se enoja, tardaremos en dar la vuelta media docena de años, y ya ni habrá ínsula, ni ínsulos en el mundo que me conozcan; y pues se dice comúnmente que en la tardanza va el peligro, y que cuando te dieron la vaquilla acudas con la soguilla, perdónenme las barbas destas señoras, que bien se está San Pedro en Roma; quiero decir, que bien me estoy en esta casa, donde tanta merced se me hace y de cuyo dueño tan gran favor espero como es verme gobernador.

A lo que el Duque dijo:

—Sancho amigo, la ínsula que yo os he prometido no es movible ni fugitiva: raíces tiene tan hondas, echadas en los

metida por un extremo en la frente, se movía, a lo que parece, por el otro extremo, que quedaba sobre el cuello.

[1] Cf. p. 896, n. 6.
[2] Hasta aquí la Dolorida había tratado a don Quijote de *vos*.
[3] Cf. p. 175, n. 3.
[4] Tal vez se haya de leer *deis*; en todo caso, *vuestro* se refiere al caballero y su escudero.

2, 41.—AVENTURA DE LA DUEÑA DOLORIDA: EL CLAVILEÑO

abismos de la tierra, que no la arrancarán ni mudarán de donde está a tres tirones; y pues vos sabéis que sé yo que no hay ningún género de oficio destos de mayor cantía[1] que no se granjee con alguna suerte de cohecho, cuál más, cuál menos, el que yo quiero llevar por este gobierno es que vais[2] con vuestro señor don Quijote a dar cima y cabo a esta memorable aventura; que ahora volváis sobre Clavileño con la brevedad que su ligereza promete, ora la contraria fortuna os traiga y vuelva a pie, hecho romero, de mesón en mesón y de venta en venta, siempre que volviéredes hallaréis vuestra ínsula donde la dejáis, y a vuestros insulanos con el mesmo deseo de recebiros por su gobernador que siempre han tenido, y mi voluntad será la mesma; y no pongáis duda en esta verdad, señor Sancho; que sería hacer notorio agravio al deseo que de serviros tengo.

—No más, señor—dijo Sancho—; yo soy un pobre escudero, y no puedo llevar a cuestas tantas cortesías; suba mi amo, tápenme estos ojos, y encomiéndenme a Dios, y avísenme si cuando vamos[2] por esas altanerías podré encomendarme a nuestro Señor, o invocar los ángeles, que me favorezcan[3].

A lo que respondió Trifaldi:

—Sancho, bien podéis encomendaros a Dios, o a quien quisiéredes; que Malambruno, aunque es encantador, es cristiano, y hace sus encantamientos con mucha sagacidad y con mucho tiento, sin meterse con nadie.

—¡Ea, pues—dijo Sancho—, Dios me ayude y la Santísima Trinidad de Gaeta[4]!

—Desde la memorable aventura de los batanes—dijo don Quijote—, nunca he visto a Sancho con tanto temor como ahora, y si yo fuera tan agorero como otros, su pusilanimidad me hiciera algunas cosquillas en el ánimo. Pero llegaos aquí, Sancho; que con licencia destos señores os quiero hablar aparte dos palabras.

Y apartando a Sancho entre unos árboles del jardín, y asiéndole ambas las manos, le dijo:

—Ya vees, Sancho hermano, el largo viaje que nos espera, y que sabe Dios cuándo volveremos dél, ni la comodidad y espa-

---

[1] Cuantía.
[2] Por *vayáis* (cf. pról. 1).
[3] Temía Sancho caer desde aquellas altanerías o alturas, si invocado el favor divino se deshacía de repente aquella brujería.
[4] Cf. p. 777, n. 3.

2, 41.—LOS DUQUES

cio que nos darán los negocios; y así, querría que ahora te retirases en tu aposento, como que vas a buscar alguna cosa necesaria para el camino, y en un daca las pajas[1] te dieses, a buena cuenta de los tres mil y trecientos azotes a que estás obligado, siquiera quinientos, que dados te los tendrás; que el comenzar las cosas es tenerlas medio acabadas.

—¡Par Dios—dijo Sancho—, que vuesa merced debe de ser menguado[2]! Esto es como aquello que dicen: «¿En priesa[3] me vees, y doncellez me demandas?» ¿Ahora que tengo de ir sentado en una tabla rasa, quiere vuesa merced que me lastime las posas? En verdad en verdad que no tiene vuesa merced razón. Vamos ahora a rapar estas dueñas; que a la vuelta, yo le prometo a vuesa merced, como quien soy, de darme tanta priesa a salir de mi obligación, que vuesa merced se contente, y no le digo más.

Y don Quijote respondió:

—Pues con esa promesa, buen Sancho, voy consolado, y creo que la cumplirás, porque, en efecto, aunque tonto, eres hombre verídico.

—No soy verde[4], sino moreno—dijo Sancho—; pero aunque fuera de mezcla[5], cumpliera mi palabra.

Y con esto se volvieron a[6] subir en Clavileño, y al subir dijo don Quijote:

—Tapaos, Sancho, y subid, Sancho; que quien de tan lueñes tierras envía por nosotros no será para engañarnos, por la poca gloria que le puede redundar de engañar a quien dél se fía; y puesto que todo sucediese al revés de lo que imagino, la gloria de haber emprendido esta hazaña no la podrá escurecer malicia alguna.

—Vamos, señor—dijo Sancho—; que las barbas y lágrimas destas señoras las tengo clavadas en el corazón, y no comeré bocado que bien me sepa hasta verlas en su primera lisura. Suba vuesa merced, y tápese primero; que si yo tengo de ir a las ancas, claro está que primero sube el de la silla.

—Así es la verdad—replicó don Quijote.

Y sacando un pañuelo de la faldriquera, pidió a la Dolo-

---

[1] Un momento.
[2] Menguado o falto de juicio.
[3] *En priesa* = en aprieto, en estrechura (de mujer que va a dar a luz).
[4] Sancho no entendió *verídico*, sino *verdico*.
[5] Cf. p. 43, n. 1.
[6] Para.

rida que le cubriese muy bien los ojos; y habiéndoselos cubierto, se volvió a descubrir y dijo:

—Si mal no me acuerdo, yo he leído en Virgilio aquello del paladión de Troya[1], que fué un caballo de madera que los griegos presentaron[2] a la diosa Palas, el cual iba preñado[3] de caballeros armados, que después fueron la total ruina de Troya; y así, será bien ver primero lo que Clavileño trae en su estómago.

—No hay para qué—dijo la Dolorida—; que yo le fío y sé que Malambruno no tiene nada de malicioso ni de traidor; vuesa merced, señor don Quijote, suba sin pavor alguno, y a mi daño si alguno le sucediere.

Parecióle a don Quijote que cualquiera cosa que replicase acerca de su seguridad sería poner en detrimento su valentía, y así, sin más altercar, subió sobre Clavileño, y le tentó la clavija, que fácilmente se rodeaba[4]; y como no tenía estribos, y le colgaban las piernas, no parecía sino figura de tapiz flamenco, pintada o tejida, en algún romano triunfo[5]. De mal talante y poco a poco llegó a subir Sancho, y acomodándose lo mejor que pudo en las ancas, las halló algo duras y no nada blandas, y pidió al Duque que, si fuese posible, le acomodasen de algún cojín, o de alguna almohada, aunque fuese del estrado de su señora la Duquesa, o del lecho de algún paje; porque las ancas de aquel caballo más parecían de mármol que de leño. A esto dijo la Trifaldi que ningún jaez ni ningún género de adorno sufría sobre sí Clavileño; que lo que podía hacer era ponerse a mujeriegas, y que así no sentiría tanto la dureza. Hízolo así Sancho, y diciendo *a Dios*, se dejó vendar los ojos, y ya después de vendados, se volvió a descubrir, y, mirando a todos los del jardín

---

[1] *Paladión* (de *palladium*) se llamaba en general cualquiera imagen de Palas, y en especial una muy antigua, de cuya conservación dependía la vida de Troya. Como Virgilio *(Eneida,* II, 15) dice que el célebre caballo de madera, ruina de Troya, se hizo gracias a la divina inspiración de Palas, no es difícil adivinar el origen de la confusión del caballo con el paladión, que no es exclusiva de Cervantes. Hablando Covarrubias de Bolonia y del colegio fundado por Albornoz dice que de él... «han salido, como del paladión o caballo troyano, valentísimos hombres en letras».
[2] Ofrendaron, regalaron.
[3] Lleno.
[4] Cf. p. 114, n. 2.
[5] Los antiguos, a juzgar por las estatuas y relieves, no conocieron el uso de los estribos para montar a caballo.

tiernamente y con lágrimas, dijo que le ayudasen en aquel trance con sendos paternostres y sendas avemarías, porque Dios deparase quien por ellos los dijese cuando en semejantes trances se viesen. A lo que dijo don Quijote:

—Ladrón, ¿estás puesto en la horca por ventura, o en el último término de la vida, para usar de semejantes plegarias? ¿No estás, desalmada y cobarde criatura, en el mismo lugar que ocupó la linda Magalona, del cual decendió, no a la sepultura, sino a ser reina de Francia[1], si no mienten las historias? Y yo, que voy a tu lado, ¿no puedo ponerme al del valeroso Pierres, que oprimió este mismo lugar que yo ahora oprimo? Cúbrete, cúbrete, animal descorazonado, y no te salga a la boca el temor que tienes, a lo menos, en presencia mía.

—Tápenme—respondió Sancho—; y pues no quieren que me encomiende a Dios ni que sea encomendado, ¿qué mucho que tema no ande por aquí alguna región[2] de diablos, que den con nosotros en Peralvillo[3]?

Cubriéronse, y sintiendo don Quijote que estaba como había de estar, tentó la clavija, y apenas hubo puesto los dedos en ella, cuando todas las dueñas y cuantos estaban presentes levantaron las voces, diciendo:

—¡Dios te guíe, valeroso caballero!

—¡Dios sea contigo, escudero intrépido!

—¡Ya, ya vais por esos aires, rompiéndolos con más velocidad que una saeta!

—¡Ya comenzáis a suspender y admirar a cuantos desde la tierra os están mirando!

—¡Tente, valeroso Sancho, que te bamboleas! ¡Mira no cayas; que será peor tu caída que la del atrevido mozo que quiso regir el carro del Sol, su padre[4]!

Oyó Sancho las voces, y apretándose con su amo, y ciñéndole con los brazos, le dijo:

—Señor, ¿cómo dicen éstos que vamos tan altos, si alcanzan acá sus voces, y no parece sino que están aquí hablando, junto a nosotros?

—No repares en eso, Sancho; que como estas cosas y estas volaterías van fuera de los cursos ordinarios, de mil leguas ve-

---

[1] De Nápoles debiera decir, según Clemencín.
[2] Legión (cf. p. 520, n. 4).
[3] En Peralvillo, cerca de Ciudad Real, asaeteaba la Santa Hermandad a los condenados a muerte.
[4] Alude a Faetón, cuya historia puede verse en Ovidio, *Metam.*, I.

rás y oirás lo que quisieres. Y no me aprietes tanto, que me derribas; y en verdad que no sé de qué te turbas ni te espantas; que osaré jurar que en todos los días de mi vida he subido en cabalgadura de paso más llano: no parece sino que no nos movemos de un lugar. Destierra, amigo, el miedo; que, en efecto, la cosa va como ha de ir, y el viento llevamos en popa.

—Así es la verdad—respondió Sancho—; que por este lado me da un viento tan recio, que parece que con mil fuelles me están soplando.

Y así era ello; que unos grandes fuelles le estaban haciendo aire: tan bien trazada estaba la tal aventura por el Duque y la Duquesa y su mayordomo, que no le faltó requisito que la dejase de hacer perfecta[1].

Sintiéndose, pues, soplar don Quijote, dijo:

—Sin duda alguna, Sancho, que ya debemos de llegar a las segunda región del aire, adonde se engendra el granizo o las nieves; los truenos, los relámpagos y los rayos se engendran en la tercera región; y si es que desta manera vamos subiendo, presto daremos en la región del fuego, y no sé yo cómo templar esta clavija para que no subamos donde nos abrasemos.

En esto, con unas estopas ligeras[2] de encenderse y apagarse desde lejos, pendientes de una caña, les calentaban los rostros. Sancho, que sintió el calor, dijo:

—Que me maten si no estamos ya en el lugar del fuego, o bien cerca; porque una gran parte de mi barba se me ha chamuscado, y estoy, señor, por descubrirme y ver en qué parte estamos.

—No hagas tal—respondió don Quijote—, y acuérdate del verdadero cuento del licenciado Torralba, a quien llevaron los diablos en volandas por el aire, caballero en una caña, cerrados los ojos, y en doce horas llegó a Roma, y se apeó en Torre de Nona, que es una calle de la ciudad, y vió todo el fracaso y asalto y muerte de Borbón, y por la mañana ya estaba de vuelta en Madrid, donde dió cuenta de todo lo que había visto; el cual asimismo dijo que cuando iba por el aire le mandó el diablo que abriese los ojos, y los abrió y se vió tan cerca, a su parecer, del

---

[1] Cervantes hubiera podido decir: *no le faltó requisito que no la hiciese perfecta*, y el sentido sería claro teniendo en cuenta que el segundo *no* sería redundante (cf. pról. 24). Pues bien, en vez de *no la hiciese* dijo su equivalente *la dejase de hacer*.

[2] Fáciles.

cuerpo de la luna, que la pudiera asir con la mano, y que no osó mirar a la tierra, por no desvanecerse. Así que, Sancho, no hay para qué descubrirnos; que el que nos lleva a cargo[1], él dará cuenta de nosotros; y quizá vamos tomando puntas[2] y subiendo en alto, para dejarnos caer de una sobre el reino de Candaya, como hace el sacre o neblí[3] sobre la garza para cogerla, por más que se remonte; y aunque nos parece que no ha media hora que nos partimos del jardín, créeme que debemos de haber hecho gran camino.

—No sé lo que es—respondió Sancho Panza—; sólo sé decir que si la señora Magallanes, o Magalona, se contentó destas ancas, que no debía de ser muy tierna de carnes.

Todas estas pláticas de los dos valientes oían el Duque y la Duquesa y los del jardín, de que recibían estraordinario contento; y queriendo dar remate a la estraña y bien fabricada aventura, por la cola de Clavileño le pegaron fuego con unas estopas, y al punto, por estar el caballo lleno de cohetes[4] tronadores, voló por los aires, con estraño ruido, y dió con don Quijote y con Sancho Panza en el suelo, medio chamuscados.

En este tiempo ya se habían desaparecido del jardín todo el barbado escuadrón de las dueñas, y la Trifaldi y todo, y los del jardín quedaron como desmayados, tendidos por el suelo. Don Quijote y Sancho se levantaron maltrechos, y mirando a todas partes quedaron atónitos de verse en el mesmo jardín de donde habían partido, y de ver tendido por tierra tanto número de gente; y creció más su admiración cuando a un lado del jardín vieron hincada una gran lanza en el suelo, y pendiente della y de dos cordones de seda verde un pergamino liso y blanco, en el cual con grandes letras de oro estaba escrito lo siguiente:

«El ínclito caballero don Quijote de la Mancha feneció y acabó la aventura de la condesa Trifaldi, por otro nombre llamada la Dueña Dolorida, y compañía, con sólo intentarla. Malambruno se da por contento y satisfecho a toda su volun-

---

[1] El que tiene cargo u oficio de llevarnos.
[2] *Tomar, dar, coger* o *hacer puntas* es, dice R. Marín, volar el ave de cetrería de un lado para otro, en diversas direcciones, esperando sazón para caer sobre el animal en que quiere hacer presa.
[3] *Sacre, neblí* = aves de rapiña usadas en la caza de cetrería.
[4] «Cohete, el cañuto de papel, reforzado con muchas vueltas, que tiene dentro pólvora y un solo respiradero, por donde prende el fuego, y se abre con un trueno» (Cov.).

tad[1], y las barbas de las dueñas ya quedan lisas y mondas, y los reyes don Clavijo y Antonomasia, en su prístino estado. Y cuando se cumpliere el escuderil vápulo, la blanca paloma se verá libre de los pestíferos girifaltes que la persiguen, y en brazos de su querido arrullador; que así está ordenado por el sabio Merlín, protoencantador de los encantadores.»

Habiendo, pues, don Quijote leído las letras del pergamino, claro entendió que del desencanto de Dulcinea hablaban; y dando muchas gracias al cielo de que con tan poco peligro hubiese acabado tan gran fecho, reduciendo a su pasada tez los rostros de las venerables dueñas, que ya no parecían, se fué adonde el Duque y la Duquesa aún no habían vuelto en sí, y trabando de la mano al Duque, le dijo:

—¡Ea, buen señor, buen ánimo; buen ánimo, que todo es nada! La aventura es ya acabada, sin daño de barras[2], como lo muestra claro el escrito que en aquel padrón está puesto.

El Duque, poco a poco y como quien de un pesado sueño recuerda[3], fué volviendo en sí, y por el mismo tenor la Duquesa y todos los que por el jardín estaban caídos, con tales muestras de maravilla y espanto, que casi se podían dar a entender haberles acontecido de veras lo que tan bien sabían fingir de burlas. Leyó el Duque el cartel con los ojos medio cerrados, y luego, con los brazos abiertos, fué a abrazar a don Quijote, diciéndole ser el más buen caballero que en ningún siglo se hubiese visto. Sancho andaba mirando por la Dolorida, por ver qué rostro tenía sin las barbas, y si era tan hermosa sin ellas como su gallarda disposición prometía; pero dijéronle que así como Clavileño bajó ardiendo por los aires y dió en el suelo, todo el escuadrón de las dueñas, con la Trifaldi, había desaparecido, y que ya iban rapadas y sin cañones[4]. Preguntó la Duquesa a Sancho que cómo le había ido en aquel largo viaje. A lo cual Sancho respondió:

—Yo, señora, sentí que íbamos, según mi señor me dijo, volando por la región del fuego, y quise descubrirme un poco los ojos; pero mi amo, a quien pedí licencia para descubrirme, no

---

[1] *Se da... voluntad* es frasecilla escribanil, dice R. Marín, de uso muy corriente en las cartas de pago.
[2] *Sin daño de barras* = sin perjuicio de tercero: está tomada del juego de la argolla (cf. Cov.).
[3] *Recuerda* = despierta.
[4] *Cañones* = plumas de las aves.

lo consintió; mas yo, que tengo no sé qué briznas[1] de curioso, y de desear saber lo que se me estorba y impide, bonitamente y sin que nadie lo viese, por junto a las narices aparté tanto cuanto el pañizuelo que me tapaba los ojos, y por allí miré hacia la tierra, y parecióme que toda ella no era mayor que un grano de mostaza, y los hombres que andaban sobre ella, poco mayores que avellanas; porque se vea cuán altos debíamos de ir entonces.

A esto dijo la Duquesa:

—Sancho amigo, mirad lo que decís; que, a lo que parece, vos no vistes la tierra, sino los hombres que andaban sobre ella; y está claro que si la tierra os pareció como un grano de mostaza, y cada hombre como una avellana, un hombre solo había de cubrir toda la tierra.

—Así es verdad—respondió Sancho—; pero, con todo eso, la descubrí por un ladito, y la vi toda.

—Mirad, Sancho—dijo la Duquesa—, que por un ladito no se vee el todo de lo que se mira.

—Yo no sé esas miradas—replicó Sancho—; sólo sé que será bien que vuestra señoría entienda que, pues volábamos por encantamento, por encantamiento podía yo ver toda la tierra y todos los hombres por doquiera que los mirara; y si esto no se me cree, tampoco creerá vuesa merced cómo, descubriéndome por junto a las cejas, me vi tan junto al cielo, que no había de mí a él palmo y medio, y por lo que puedo jurar, señora mía, que[2] es muy grande además[3]. Y sucedió que íbamos por parte donde están las Siete Cabrillas[4], y en Dios y en mi ánima que como yo en mi niñez fuí en mi tierra cabrerizo, que así como las ví, ¡me dió una gana de entretenerme con ellas un rato...! Y si no la cumpliera, me parece que reventara. Vengo, pues, y tomo, ¿y qué hago? Sin decir nada a nadie, ni a mi señor tampoco, bonita y pasitamente me apeé de Clavileño, y me entretuve con las cabrillas, que son como unos alhelíes y como unas flores, casi tres cuartos de hora, y Clavileño no se movió de un lugar, ni pasó adelante.

—Y en tanto que el buen Sancho se entretenía con las ca-

---

[1] *Brizna* = filamento o partecilla delgada de una cosa.
[2] Aseguro o juro *que...*
[3] En demasía (cf. pról. 11).
[4] Nombre vulgar de la constelación de las Pléyades o Atlántides, hijas de Atlas y la ninfa Pléyone.

bras—preguntó el Duque—, ¿en qué se entretenía el señor don Quijote?

A lo que don Quijote respondió:

—Como todas estas cosas y estos tales sucesos van fuera del orden natural, no es mucho que Sancho diga lo que dice. De mí sé decir que ni me descubrí por alto ni por bajo, ni vi el cielo, ni la tierra, ni la mar, ni las arenas. Bien es verdad que sentí que pasaba por la región del aire, y aun que tocaba a la del fuego; pero que pasásemos de allí no lo puedo creer, pues estando en la región del fuego entre el cielo de la luna y la última región del aire, no podíamos llegar al cielo donde están las Siete Cabrillas que Sancho dice, sin abrasarnos; y pues no nos asuramos[1], o Sancho miente, o Sancho sueña.

—Ni miento ni sueño—respondió Sancho—; si no, pregúntenme las señas de las tales cabras, y por ellas verán si digo verdad o no.

—Dígalas, pues, Sancho—dijo la Duquesa.

—Son—respondió Sancho—las dos verdes, las dos encarnadas, las dos azules, y la una de mezcla.

—Nueva manera de cabras es ésa—dijo el Duque—, y por esta nuestra región del suelo no se usan tales colores; digo, cabras de tales colores.

—Bien claro está eso—dijo Sancho—; sí que diferencia ha de haber de las cabras del cielo a las del suelo.

—Decidme, Sancho—preguntó el Duque—: ¿vistes allá entre esas cabras algún cabrón?

—No, señor—respondió Sancho—; pero oí decir que ninguno pasaba de los cuernos de la luna.

No quisieron preguntarle más de su viaje, porque les pareció que llevaba Sancho hilo de pasearse por todos los cielos, y dar nuevas de cuanto allá pasaba, sin haberse movido del jardín.

En resolución, éste fué el fin de la aventura de la dueña Dolorida, que dió que reír a los Duques, no sólo aquel tiempo, sino el de toda su vida, y que contar a Sancho siglos, si los viera; y llegándose don Quijote a Sancho, al oído le dijo:

—Sancho, pues vos queréis que se os crea lo que habéis visto en el cielo, yo quiero que vos me creáis a mí lo que vi en la cueva de Montesinos. Y no os digo más.

---

[1] *Asurar* = requemar, abrasar.

CAPITULO XLII.—De los consejos que dió don Quijote a Sancho Panza antes que fuese a gobernar la ínsula, con otras cosas bien consideradas.

Con el felice y gracioso suceso de la aventura de la Dolorida quedaron tan contentos los Duques, que determinaron pasar con las burlas adelante, viendo el acomodado sujeto que tenían para que se tuviesen por veras; y así, habiendo dado la traza y órdenes que sus criados y sus vasallos habían de guardar con Sancho en el gobierno de la ínsula prometida, otro día, que fué el que sucedió al vuelo de Clavileño, dijo el Duque a Sancho que se adeliñase[1] y compusiese para ir a ser gobernador; que ya sus insulanos le estaban esperando como el agua de mayo[2]. Sancho se le humilló, y le dijo:

—Después que bajé del cielo, y después que desde su alta cumbre miré la tierra, y la vi tan pequeña, se templó en parte en mí la gana que tenía tan grande de ser gobernador; porque ¿qué grandeza es mandar en un grano de mostaza, o qué dignidad o imperio el gobernar a media docena de hombres tamaños como avellanas, que, a mi parecer, no había más en toda la tierra? Si vuesa señoría fuese servido de darme una tantica parte del cielo, aunque no fuese más de media legua, la tomaría de mejor gana que la mayor ínsula del mundo.

—Mirad, amigo Sancho—respondió el Duque—: yo no puedo dar parte del cielo a nadie, aunque no sea mayor que una uña; que a solo Dios están reservadas esas mercedes y gracias. Lo que puedo dar os doy, que es una ínsula hecha y derecha, redonda y bien proporcionada, y sobremanera fértil y abundosa, donde si vos os sabéis dar maña, podéis con las riquezas de la tierra granjear las del cielo.

—Ahora bien—respondió Sancho—, venga esa ínsula; que yo pugnaré por ser tal gobernador, que, a pesar de bellacos, me vaya al cielo; y esto no es por codicia que yo tenga de salir de mis casillas ni de levantarme a mayores, sino por el deseo que tengo de probar a qué sabe el ser gobernador.

—Si una vez lo probáis, Sancho—dijo el Duque—, comeros heis las manos tras el gobierno, por ser dulcísima cosa el man-

---

[1] Aliñase o preparase.
[2] «*Agua de mayo, pan para todo el año,* porque en este mes es la sazón: y así le llaman la llave del año. *Deseado como agua de mayo*» (Cov.).

2, 42.—CONSEJOS DE DON QUIJOTE A SANCHO

dar y ser obedecido. A buen seguro que cuando vuestro dueño llegue a ser emperador, que lo será sin duda, según van encaminadas sus cosas, que no se lo arranquen como quiera, y que le duela y le pese en la mitad del alma del tiempo que hubiere dejado de serlo.

—Señor—replicó Sancho—, yo imagino que es bueno mandar, aunque sea a un hato de ganado.

—Con vos me entierren [1], Sancho, que sabéis de todo—respondió el Duque—; y yo espero que seréis tal gobernador como vuestro juicio promete; y quédese esto aquí, y advertid que mañana en ese mesmo día habéis de ir al gobierno de la ínsula, y esta tarde os acomodarán del traje conveniente que habéis de llevar, y de todas las cosas necesarias a vuestra partida.

—Vístanme—dijo Sancho—como quisieren; que de cualquier manera que vaya vestido, seré Sancho Panza.

—Así es verdad—dijo el Duque—; pero los trajes se han de acomodar con el oficio o dignidad que se profesa; que no sería bien que un jurisperito se vistiese como soldado, ni un soldado como un sacerdote. Vos, Sancho, iréis vestido parte de letrado y parte de capitán, porque en la ínsula que os doy tanto son menester las armas como las letras, y las letras como las armas.

—Letras—respondió Sancho—, pocas tengo, porque aun no sé el A B C; pero bástame tener el *Christus* [2] en la memoria para ser buen gobernador. De las armas manejaré las que me dieren, hasta caer, y Dios delante.

—Con tan buena memoria—dijo el Duque—, no podrá Sancho errar en nada.

En esto, llegó don Quijote, y sabiendo lo que pasaba y la celeridad con que Sancho se había de partir a su gobierno, con licencia del Duque le tomó por la mano y se fué con él a su estancia, con intención de aconsejarle cómo se había de haber en su oficio. Entrados, pues, en su aposento, cerró tras sí la puerta, y hizo casi por fuerza que Sancho se sentase junto a él, y con reposada voz le dijo:

—Infinitas gracias doy al cielo, Sancho amigo, de que antes y primero que yo haya encontrado con alguna buena dicha, te

---

[1] *Con vos me entierren.* Es manera usual de mostrar el gusto que nace de la conformidad de ideas y sentimientos.

[2] *Christus* era la cruz que precedía al abecedario en la cartilla, y también por extensión, el abecedario *(no saber ni el Christus).* Pero Sancho aplica ingeniosamente esta idea a la máxima de que para gobernar bien, importa más tener a Dios presente que el tener muchas letras.

haya salido a ti a recebir y a encontrar la buena ventura. Yo, que en mi buena suerte te tenía librada la paga de tus servicios, me veo en los principios de aventajarme[1], y tú, antes de tiempo, contra la ley del razonable discurso, te vees premiado de tus deseos. Otros cohechan, importunan, solicitan, madrugan, ruegan, porfían, y no alcanzan lo que pretenden; y llega otro, y sin saber cómo, ni cómo no, se halla con el cargo y oficio que otros muchos pretendieron; y aquí entra y encaja bien el decir que hay buena y mala fortuna en las pretensiones. Tú, que para mí, sin duda alguna, eres un porro[2], sin madrugar ni trasnochar, y sin hacer diligencia alguna, con solo el aliento que te ha tocado de la andante caballería, sin más ni más te vees gobernador de una ínsula, como quien no dice nada. Todo esto digo ¡oh Sancho! para que no atribuyas a tus merecimientos la merced recebida, sino que des gracias al cielo, que dispone suavemente las cosas, y después las darás a la grandeza que en sí encierra la profesión de la caballería andante. Dispuesto, pues, el corazón a creer lo que te he dicho, está ¡oh hijo! atento a este tu Catón[3], que quiere aconsejarte y ser norte y guía que te encamine y saque a seguro puerto deste mar proceloso donde vas a engolfarte; que los oficios y grandes cargos no son otra cosa sino un golfo profundo de confusiones.

Primeramente ¡oh hijo! has de temer a Dios; porque en el temerle está la sabiduría, y siendo sabio no podrás errar en nada.

Lo segundo, has de poner los ojos en quién eres, procurando conocerte a ti mismo, que es el más difícil conocimiento que puede imaginarse. Del conocerte saldrá el no hincharte como la rana que quiso igualarse con el buey[4]; que si esto haces,

---

[1] Ascender, medrar.
[2] Cf. p. 638, n. 3.
[3] En el siglo IV era ya conocida una colección de dísticos (de dos hexámetros) latinos, de autor desconocido; pues si bien en el título de los diversos códices figura siempre el nombre de Catón *(Dicta Marci Catonis ad filium suum, Libri Catonis philosophi, Dionysii Catonis disticha de moribus ad filium...)*, esto se debe a que Catón el Censor, que había escrito su *Carmen de moribus* para un hijo, era el tipo del sabio y experimentado Mentor de los jóvenes (cf. Schanz, *Geschichte der römischen Litteratur*, 3, 519). Esta colección, aumentada y alterada, fué durante la Edad Media el libro clásico para la educación de la juventud; y aun en nuestros días se llama *catón* el libro de frases y períodos cortos con que los muchachos aprenden a leer.
[4] Cf. Fedro, *Fáb.*, I, 24.

vendrá a ser feos pies de la rueda de tu locura la consideración de haber guardado puercos en tu tierra [1].

—Así es la verdad—respondió Sancho—; pero fué cuando muchacho; pero después, algo hombrecillo, gansos fueron los que guardé, que no puercos. Pero esto paréceme a mí que no hace al caso; que no todos los que gobiernan vienen de casta de reyes.

—Así es verdad—replicó don Quijote—; por lo cual los no de principios nobles deben acompañar la gravedad del cargo que ejercitan con una blanda suavidad que, guiada por la prudencia, los libre de la murmuración maliciosa, de quien no hay estado que se escape.

Haz gala, Sancho, de la humildad de tu linaje, y no te desprecies [2] de decir que vienes de labradores; porque viendo que no te corres, ninguno se pondrá a correrte; y préciate más de ser humilde virtuoso que pecador soberbio. Innumerables son aquellos que de baja estirpe nacidos, han subido a la suma dignidad pontificia e imperatoria; y desta verdad te pudiera traer tantos ejemplos, que te cansaran.

Mira, Sancho: si tomas por medio a la virtud, y te precias de hacer hechos virtuosos, no hay para qué tener envidia a los que tienen príncipes y señores [3]; porque la sangre se hereda, y la virtud se aquista [4], y la virtud vale por sí sola lo que la sangre no vale.

Siendo esto así, como lo es, que [5] si acaso viniere a verte cuando estés en tu ínsula alguno de tus parientes, no le deseches ni le afrentes; antes le has de acoger, agasajar y regalar; que con esto satisfarás al cielo, que gusta que nadie se desprecie de lo que él hizo, y corresponderás a lo que debes a la naturaleza bien concertada.

Si trujeres a tu mujer contigo (porque no es bien que los que asisten a gobiernos de mucho tiempo estén sin las propias), enséñala, doctrínala, y desbástala de su natural rudeza; porque

---

[1] Alude al pavo real que abriendo su hermosa cola forma la rueda y se envanece, pero mirando sus feos pies se avergüenza y la recoge (cf. Granada, *Guía de pecadores*, 2, 4, 1).
[2] *Despreciarse* = desdeñarse.
[3] A los que tienen hechos de príncipes y señores. *Príncipes* y *señores* están, pues, adjetivados, y corresponden al adjetivo *virtuosos*.
[4] *Aquistar* = adquirir.
[5] Te digo *que*...

todo lo que suele adquirir un gobernador discreto suele perder y derramar una mujer rústica y tonta.

Si acaso enviudares (cosa que puede suceder), y con el cargo mejorares de consorte, no la tomes tal, que te sirva de anzuelo y de caña de pescar, y del no quiero de tu capilla [1]; porque en verdad te digo que de todo aquello que la mujer del juez recibiere ha de dar cuenta el marido en la residencia [2] universal, donde pagará con el cuatro tanto en la muerte las partidas de que no se hubiere hecho cargo en la vida.

Nunca te guíes por la ley del encaje [3] que suele tener mucha cabida con los ignorantes que presumen de agudos.

Hallen en ti más compasión las lágrimas del pobre, pero no más justicia, que las informaciones del rico.

Procura descubrir la verdad por entre las promesas y dádivas del rico como por entre los sollozos e importunidades del pobre.

Cuando pudiere y debiere tener lugar la equidad, no cargues todo el rigor de la ley al delincuente; que no es mejor la fama del juez riguroso que la del compasivo.

Si acaso doblares la vara de la justicia, no sea con el peso de la dádiva, sino con el de la misericordia.

Cuando te sucediere juzgar algún pleito de algún tu enemigo, aparta las mientes de tu injuria, y ponlas en la verdad del caso.

No te ciegue la pasión propia en la causa ajena; que los yerros que en ella hicieres, las más veces serán sin remedio; y si le tuvieren, será a costa de tu crédito, y aun de tu hacienda.

Si alguna mujer hermosa veniere a pedirte justicia, quita los ojos de sus lágrimas y tus oídos de sus gemidos, y considera de espacio la sustancia de lo que pide, si no quieres que se anegue tu razón en su llanto y tu bondad en sus suspiros.

Al que has de castigar con obras no trates mal con palabras, pues le basta al desdichado la pena del suplicio, sin la añadidura de las malas razones.

Al culpado que cayere debajo de tu juridición considérale

---

[1] Alusión al refrán: *no quiero, no quiero, pero echádmelo en la capilla* (cf. p. 188, n. 1), o *en el sombrero*.
[2] «*Residencia*, la cuenta que da de sí el gobernador, corregidor o administrador, ante juez nombrado para ello: y porque ha de estar presente y *residir* en aquellos días, se dijo *residencia*» (Cov.).
[3] Cf. p. 131, n. 5.

hombre miserable, sujeto a las condiciones de la depravada naturaleza nuestra, y en todo cuanto fuere de tu parte, sin hacer agravio a la contraria, muéstratele[1] piadoso y clemente; porque aunque los atributos de Dios todos son iguales, más resplandece y campea a nuestro ver el de la misericordia que el de la justicia.

Si estos preceptos y estas reglas sigues, Sancho, serán luengos tus días, tu fama será eterna, tus premios colmados, tu felicidad indecible, casarás tus hijos como quisieres, títulos tendrán ellos y tus nietos, vivirás en paz y beneplácito de las gentes, y en los últimos pasos de la vida te alcanzará el de la muerte en vejez suave y madura, y cerrarán tus ojos las tiernas y delicadas manos de tus terceros netezuelos. Esto que hasta aquí te he dicho son documentos[2] que han de adornar tu alma; escucha ahora los que han de servir para adorno del cuerpo.

CAPITULO XLIII.—De los consejos segundos que dió don Quijote a Sancho Panza.

Quién oyera el pasado razonamiento de don Quijote que no le tuviera por persona muy cuerda y mejor intencionada? Pero, como muchas veces en el progreso desta grande historia queda dicho, solamente disparaba[3] en tocándole en la caballería, y en los demás discursos mostraba tener claro y desenfadado entendimiento, de manera, que a cada paso desacreditaban sus obras; pero en esta[4] destos segundos documentos que dió a Sancho mostró tener gran donaire, y puso su discreción y su locura en un levantado punto. Atentísimamente le escuchaba Sancho, y procuraba conservar en la memoria sus consejos, como quien pensaba guardarlos y salir por ellos a buen parto de la preñez de su gobierno. Prosiguió, pues, don Quijote, y dijo:

—En lo que toca a cómo has de gobernar tu persona y casa, Sancho, lo primero que te encargo es que seas limpio, y que te cortes las uñas, sin dejarlas crecer, como algunos hacen, a quien su ignorancia les ha dado a entender que las uñas largas les

---
[1] Cf. p. 468, n. 1.
[2] *Documentos* = enseñanzas.
[3] Disparataba.
[4] Obra.

hermosean las manos, como si aquel escremento y añadidura que se dejan de cortar fuese uña, siendo antes garras de cernícalo lagartijero[1]: puerco y extraordinario abuso.

No andes, Sancho, desceñido y flojo; que el vestido descompuesto da indicios de ánimo desmazalado, si ya la descompostura y flojedad no cae debajo de socarronería, como se juzgó en la de Julio César[2].

Toma con discreción el pulso a lo que pudiere valer tu oficio, y si sufriere que des librea a tus criados, dásela honesta y provechosa más que vistosa y bizarra, y repártela entre tus criados y los pobres: quiero decir que si has de vestir seis pajes, viste tres y otros tres pobres, y así tendrás pajes para el cielo y para el suelo; y este nuevo modo de dar libreas no le alcanzan los vanagloriosos.

No comas ajos ni cebollas, porque no saquen por el olor tu villanería.

Anda despacio; habla con reposo; pero no de manera, que parezca que te escuchas a ti mismo: que toda afectación es mala.

Come poco y cena más poco; que la salud de todo el cuerpo se fragua en la oficina del estómago.

Sé templado en el beber, considerando que el vino demasiado ni guarda secreto, ni cumple palabra.

Ten cuenta, Sancho, de no mascar a dos carrillos, ni de erutar delante de nadie.

—Eso de *erutar* no entiendo—dijo Sancho.

Y don Quijote le dijo:

—*Erutar*, Sancho, quiere decir *regoldar*, y éste es uno de los más torpes[3] vocablos que tiene la lengua castellana, aunque es muy significativo; y así, la gente curiosa[4] se ha acogido al latín, y al regoldar dice *erutar*, y a los *regüeldos*, *erutaciones;* y cuando algunos no entienden estos tér-

---

[1] «*Cernícalo*, avecilla de rapiña... Unos son de uñas blancas, y otros de uñas negras y de mejor casta» (Cov.).
[2] La flojedad de Julio César fué objeto de la socarronería de Cicerón, según cuenta Macrobio *(Saturn.*, II, 3).
[3] Feo, bajo.
[4] Culta, delicada.

nos, importa poco; que el uso los irá introduciendo con el tiempo, que con facilidad se entiendan; y esto es enriquecer la lengua, sobre quien tiene poder el vulgo y el uso.

—En verdad, señor—dijo Sancho—, que uno de los consejos y avisos que pienso llevar en la memoria ha de ser el de no regoldar, porque lo suelo hacer muy a menudo.

—*Erutar*, Sancho; que no *regoldar*—dijo don Quijote.

—*Erutar* diré de aquí adelante—respondió Sancho—, y a fee que no se me olvide.

—También, Sancho, no [1] has de mezclar en tus pláticas la muchedumbre de refranes que sueles; que puesto que los refranes son sentencias breves, muchas veces los traes tan por los cabellos, que más parecen disparates que sentencias.

—Eso Dios lo puede remediar—respondió Sancho—; porque sé más refranes que un libro, y viénenseme tantos juntos a la boca, cuando hablo, que riñen, por salir, unos con otros; pero la lengua va arrojando los primeros que encuentra, aunque no vengan a pelo. Mas yo tendré cuenta de aquí adelante de decir los que convengan a la gravedad de mi cargo; que en casa llena, presto se guisa la cena; y quien destaja, no baraja [2]; y a buen salvo está el que repica [3]; y el dar y el tener, seso ha menester.

—¡Eso sí, Sancho!—dijo don Quijote—. ¡Encaja, ensarta, enhila refranes; que nadie te va a la mano! ¡Castígame mi madre [4], y yo trómpogelas [5]! Estoyte diciendo que escuses refranes, y en un instante has echado aquí una letanía dellos, que así cuadran con lo que vamos tratando como por los cerros de Úbeda [6]. Mira, Sancho, no te digo yo que parece mal un refrán traído a propósito; pero cargar y ensartar refranes a troche moche hace la plática desmayada y baja.

Cuando subieres a caballo, no vayas echando el cuerpo sobre el arzón postrero, ni lleves las piernas tiesas y tiradas y desviadas de la barriga del caballo, ni tampoco vayas tan flojo, que parezca que vas sobre el rucio; que el andar a caballo a unos hace caballeros; a otros, caballerizos [7].

---

[1] *También... no* = tampoco (cf. pról. 17).
[2] Cf. p. 647, n. 4.
[3] Cf. p. 847, n. 1.
[4] *Castigar* = reprender. «Hácese el castigo, o de palabra con *reprehensión*, o con obra...» (Cov.).
[5] *Trómposelas. Trompar* = engañar, burlar.
[6] Véase más adelante, c. 57.
[7] Mozos de cuadra.

Sea moderado tu sueño; que el que no madruga con el sol no goza del día; y advierte ¡oh Sancho! que la diligencia es madre de la buena ventura; y la pereza, su contraria, jamás llegó al término que pide un buen deseo.

Este último consejo que ahora darte quiero, puesto que no sirva para adorno del cuerpo, quiero que le lleves muy en la memoria, que creo no te será de menos provecho que los que hasta aquí te he dado; y es que jamás te pongas a disputar de linajes, a lo menos, comparándolos entre sí, pues, por fuerza, en los que se comparan uno ha de ser el mejor; y del que abatieres serás aborrecido, y del que levantares, en ninguna manera premiado.

Tu vestido será calza entera[1], ropilla larga, herreruelo un poco más largo; gregüescos, ni por pienso; que no les están bien ni a los caballeros ni a los gobernadores.

Por ahora, esto se me ha ofrecido, Sancho, que aconsejarte; andará el tiempo, y según las ocasiones así serán mis documentos, como tú tengas cuidado de avisarme el estado en que te hallares.

—Señor—respondió Sancho—, bien veo que todo cuanto vuesa merced me ha dicho son cosas buenas, santas y provechosas; pero ¿de qué han de servir si de ninguna me acuerdo? Verdad sea que aquello de no dejarme crecer las uñas y de casarme otra vez, si se ofreciere, no se me pasará del magín; pero esotros badulaques[2] y enredos y revoltillos, no se me acuerda ni acordará más dellos que de las nubes de antaño, y así, será menester que se me den por escrito; que puesto que no sé leer ni escribir, yo se los daré a mi confesor para que me los encaje y recapacite[3] cuando fuere menester.

—¡Ah pecador de mí—respondió don Quijote—, y qué mal parece en los gobernadores el no saber leer ni escribir! Porque has de saber ¡oh Sancho! no saber un hombre leer, o ser zurdo, arguye una de dos cosas: o que fué hijo de padres demasiado de humildes y bajos, o él tan travieso y malo, que no pudo entrar en él el buen uso ni la buena doctrina. Gran falta es la que llevas contigo, y así, querría que aprendieses a firmar siquiera.

---

[1] Cf. p. 56, n. 4.
[2] «*Badulaque*, guisado de carne menuda, dividida y cortada en pedazuelos, con el caldo o la menestra espesa» (Cov.).
[3] *Recapacite* = recuerde.

2, 43.—CONSEJOS SEGUNDOS DE DON QUIJOTE A SANCHO

—Bien sé firmar mi nombre—respondió Sancho—; que cuando fuí prioste en mi lugar, aprendí a hacer unas letras como de marca de fardo que decían que decía mi nombre; cuanto más que fingiré que tengo tullida la mano derecha, y haré que firme otro por mí; que para todo hay remedio, si no es para la muerte; y teniendo yo el mando y el palo, haré lo que quisiere; cuanto más que el que tiene el padre alcalde[1]... Y siendo yo gobernador, que es más que ser alcalde, ¡llegaos, que la dejen ver! ¡No, sino popen[2] y calóñenme[3]!; que vendrán por lana, y volverán trasquilados; y a quien Dios quiere bien, la casa le sabe[4]; y las necedades del rico por sentencias pasan en el mundo; y siéndolo yo, siendo gobernador y juntamente liberal, como lo pienso ser, no habrá falta que se me parezca[5]. ¡No, sino haceos miel, y paparos han moscas!; tanto vales cuanto tienes, decía una mi agüela; y del hombre arraigado no te verás vengado.

—¡Oh, maldito seas de Dios, Sancho!—dijo a esta sazón don Quijote—. ¡Sesenta mil satanases te lleven a ti y a tus refranes! Una hora ha que los estás ensartando, y dándome con cada uno tragos de tormento[6]. Yo te aseguro que estos refranes te han de llevar un día a la horca; por ellos te han de quitar el gobierno tus vasallos, o ha de haber entre ellos comunidades[7]. Dime: ¿dónde los hallas, ignorante, o cómo los aplicas, mentecato, que para decir yo uno y aplicarle bien, sudo y trabajo como si cavase?

—Por Dios, señor nuestro amo—replicó Sancho—, que vuesa merced se queja de bien pocas cosas[8]. ¿A qué diablos se pudre de que yo me sirva de mi hacienda, que ninguna otra tengo, ni otro caudal alguno, sino refranes y más refranes? Y ahora se me ofrecen cuatro, que venían aquí pintiparados, o

---

[1] Seguro va a juicio.
[2] «*Popar* es tener a un hombre en poco; como si con las manos le diesen palmadas en la cabeza y en los hombros: del verbo *palpo, as*. Proverbio: *quien a su enemigo popa, a sus manos muere*» (Cov.).
[3] *Caloñar* = 1) calumniar, ultrajar; 2) multar.
[4] «*A quien Dios quiere bien, la casa le sabe* [= Dios conoce bien la casa de aquel a quien quiere]; porque al bueno, aunque esté arrinconado, Dios le busca, cuando al servicio suyo conviene» (Cov.).
[5] Se me vea, se me note.
[6] Alusión al tormento de la toca o del agua (cf. p. 243, n. 7).
[7] «*Comunidades*, levantamientos de pueblos» (Cov.).
[8] *Pocas* = menudas, de poca importancia.

como peras en tabaque[1]; pero no los diré, porque al buen callar llaman Sancho[2].

—Ese Sancho no eres tú—dijo don Quijote—; porque no sólo no eres buen callar, sino mal hablar y mal porfiar; y, con todo eso, querría saber qué cuatro refranes te ocurrían ahora a la memoria, que venían aquí a propósito; que yo ando recorriendo la mía, que la tengo buena, y ninguno se me ofrece.

—¿Qué mejores—dijo Sancho—que «entre dos muelas cordales nunca pongas tus pulgares», y «a idos de mi casa, y qué queréis con mi mujer, no hay responder», y, «si da el cántaro en la piedra, o la piedra en el cántaro, mal para el cántaro», todos los cuales vienen a pelo? Que nadie se tome con su gobernador, ni con el que manda, porque saldrá lastimado, como el que pone el dedo entre dos muelas cordales; y aunque no sean cordales, como sean muelas, no importa; y a lo que dijere el gobernador, no hay que replicar, como al «salíos de mi casa, y qué queréis con mi mujer». Pues lo de la piedra en el cántaro un ciego lo verá. Así que, es menester que el que vee la mota en el ojo ajeno, vea la viga en el suyo[3], porque no se diga por él: «espantóse la muerta de la degollada»; y vuesa merced sabe bien que más sabe el necio en su casa que el cuerdo en la ajena.

—Eso no, Sancho—respondió don Quijote—; que el necio en su casa ni en la ajena sabe nada, a causa que sobre el cimiento de la necedad no asienta ningún discreto edificio. Y dejemos esto aquí, Sancho; que si mal gobernares, tuya será la culpa, y mía la vergüenza; mas consuélame que he hecho lo que debía en aconsejarte con las veras y con la discreción a mí posible: con esto salgo de mi obligación y de mi promesa. Dios te guíe, Sancho, y te gobierne en tu gobierno, y a mí me saque del escrúpulo que me queda que has de dar con toda la ínsula patas arriba, cosa que pudiera yo escusar con descubrir al Duque quién eres, diciéndole que toda esa gordura y esa personilla que tienes no es otra cosa que un costal lleno de refranes y de malicias.

—Señor—replicó Sancho—, si a vuesa merced le parece que no soy de pro para este gobierno, desde aquí le suelto; que

---

[1] «*Tabaque*, género de cestico o canastillo pequeño de mimbres, en que las mujeres tienen su labor» (Cov.). *Como pera, o peras, en tabaque*, se dice de las cosas que se cuidan o presentan con delicadeza y esmero.

[2] «*Al buen callar llaman Sancho*, conviene a saber, *Sancio y Santo*» (Cov.).

[3] San Mateo. 7, 3.

más quiero un solo negro de la uña de mi alma, que a todo mi cuerpo; y así me sustentaré Sancho a secas con pan y cebolla como gobernador con perdices y capones; y más, que mientras se duerme, todos son iguales, los grandes y los menores, los pobres y los ricos; y si vuesa merced mira en ello, verá que sólo vuesa merced me ha puesto en esto de gobernar; que yo no sé más de gobierno de ínsulas que un buitre; y si se imagina que por ser gobernador me ha de llevar el diablo, más me quiero ir Sancho al cielo que gobernador al infierno.

—Por Dios, Sancho—dijo don Quijote—, que por solas estas últimas razones que has dicho juzgo que mereces ser gobernador de mil ínsulas: buen natural tienes, sin el cual no hay ciencia que valga; encomiéndate a Dios, y procura no errar en la primera intención: quiero decir que siempre tengas intento y firme propósito de acertar en cuantos negocios te ocurrieren, porque siempre favorece el cielo los buenos deseos. Y vámonos a comer; que creo que ya estos señores nos aguardan.

CAPITULO XLIV.—Cómo Sancho Panza fué llevado al gobierno, y de la estraña aventura que en el castillo sucedió a don Quijote.

Dicen que en el propio original desta historia se lee que llegando Cide Hamete a escribir este capítulo, no le tradujo su intérprete como él le había escrito[1], que fué un modo de queja que tuvo el moro de sí mismo, por haber tomado entre manos una historia tan seca y tan limitada como esta de don Quijote, por parecerle que siempre había de hablar dél y de Sancho, sin osar estenderse a otras digresiones y episodios más graves y más entretenidos: y decía que el ir siempre atenido el

---

[1] Queriendo explicar Cide Hamete por qué en la primera parte del Quijote había insertado algunas novelas sueltas y no en la segunda, llegando a este capítulo dijo que se apartó de lo que su intérprete (siendo Cide Hamete historiador arábigo, tendría alguno que le interpretase la historia o los documentos de don Quijote escritos en español) le había traducido, por parecerle seca y limitada la historia de solas dos personas, y que así, introdujo novelas sueltas en la primera parte; pero que luego viendo que éstas no serían leídas con atención, prefirió amenizar la historia con algunos episodios que pareciesen novelas.

entendimiento, la mano y la pluma a escribir de un solo sujeto [1] y hablar por las bocas de pocas personas era un trabajo incomportable, cuyo fruto no redundaba en el de [2] su autor, y que por huir de este inconveniente había usado en la primera parte del artificio de algunas novelas, como fueron la del *Curioso impertinente* y la del *Capitán cautivo* [3], que están como separadas de la historia, puesto que las demás que allí se cuentan son casos sucedidos al mismo don Quijote, que no podían dejar de escribirse. También pensó, como él dice, que muchos, llevados de la atención que piden las hazañas de don Quijote, no la darían a las novelas, y pasarían por ellas, o con priesa o con enfado, sin advertir la gala y artificio que en sí contienen, el cual se mostrara bien al descubierto, cuando por sí solas, sin arrimarse a las locuras de don Quijote, ni a las sandeces de Sancho, salieran a luz; y así, en esta segunda parte no quiso ingerir novelas sueltas ni pegadizas, sino algunos episodios que lo pareciesen, nacidos de los mesmos sucesos que la verdad ofrece, y aun éstos, limitadamente y con solas las palabras que bastan a declararlos; y pues se contiene y cierra en los estrechos límites de la narración, teniendo habilidad, suficiencia y entendimiento para tratar del universo todo, pide no se desprecie su trabajo, y se le den alabanzas, no por lo que escribe, sino por lo que ha dejado de escribir.

Y luego prosigue la historia, diciendo: que en acabando de comer don Quijote el día que dió los consejos a Sancho, aquella tarde se los dió escritos, para que él buscase quien se los leyese; pero apenas se los hubo dado, cuando se le cayeron y vinieron a manos del Duque, que los comunicó con la Duquesa, y los dos se admiraron de nuevo de la locura y del ingenio de don Quijote; y así, llevando adelante sus burlas, aquella tarde enviaron a Sancho con mucho acompañamiento al lugar que para él había de ser ínsula. Acaeció, pues, que el que le llevaba a cargo [4] era un mayordomo del Duque, muy discreto y muy gracioso (que no puede haber gracia donde no hay discreción), el cual había hecho la persona de la condesa Trifaldi, con el donaire que queda referido; y con esto, y con ir industriado de sus señores de cómo se había de haber con Sancho, salió con su

---

[1] Asunto.
[2] *En el* fruto o provecho *de*...
[3] Cf. p. 376 y 318.
[4] Cf. p. 920, n. 1.

2, 44.—SANCHO AL GOBIERNO

intento maravillosamente. Digo, pues, que acaeció que así como Sancho vió al tal mayordomo, se le figuró en su rostro el mesmo de la Trifaldi, y volviéndose a su señor, le dijo:

—Señor, o a mí me ha de llevar el diablo de aquí de donde estoy, en justo y encreyente[1], o vuesa merced me ha de confesar que el rostro deste mayordomo del Duque, que aquí está, es el mesmo de la Dolorida.

Miró don Quijote atentamente al Mayordomo, y habiéndole mirado, dijo a Sancho:

—No hay para qué te lleve el diablo, Sancho, ni en justo ni encreyente (que no sé lo que quieres decir); que el rostro de la Dolorida es el del Mayordomo, pero no por eso el Mayordomo es la Dolorida; que a serlo, implicaría contradición muy grande, y no es tiempo ahora de hacer estas averiguaciones, que sería entrarnos en intricados laberintos. Créeme, amigo que es menester rogar a nuestro Señor muy de veras que nos libre a los dos de malos hechiceros y de malos encantadores.

—No es burla, señor—replicó Sancho—, sino que denantes le oí hablar, y no pareció sino que la voz de la Trifaldi me sonaba en los oídos. Ahora bien, yo callaré; pero no dejaré de andar advertido de aquí adelante, a ver si descubre otra señal que confirme o desfaga mi sospecha.

—Así lo has de hacer, Sancho—dijo don Quijote—, y darásme aviso de todo lo que en este caso descubrieres, y de todo aquello que en el gobierno te sucediere.

Salió, en fin, Sancho, acompañado de mucha gente, vestido a lo letrado, y encima, un gabán muy ancho de chamelote[2] de aguas[3] leonado, con una montera de lo mesmo, sobre un macho a la jineta[4], y detrás dél, por orden del Duque, iba el rucio con jaeces y ornamentos jumentiles de seda y flamantes. Volvía Sancho la cabeza de cuando en cuando a mirar a su asno en cuya compañía iba tan contento, que no se trocara con el Emperador de Alemaña. Al despedirse de los Duques, les besó

---

[1] «*En justo y encreyente* vale al punto, súbitamente, aceleradamente» (Cov.).

[2] «*Chamelote*, tela hecha de pelo de camellos» (Cov.). «*Chamelote*, tela que se hace por lo común de pelo de cabra y lana o seda» (Terreros). Ni Covarrubias ni Terreros conocen la grafía *camelote*, que es la preferida por la R. A. E.

[3] «*Aguas*, los visos del chamelote que llamamos *con aguas*, que parecen ondas del mar» (Cov.).

[4] Arreglado a la jineta (cf. p. 67, n. 9).

las manos, y tomó la bendición de su señor, que se la dió con lágrimas, y Sancho la recibió con pucheritos [1].

Deja, lector amable, ir en paz y en hora buena al buen Sancho, y espera dos fanegas de risa, que te ha de causar el saber cómo se portó en su cargo, y en tanto, atiende a saber lo que le pasó a su amo aquella noche; que si con ello no rieres, por lo menos desplegarás los labios con risa de jimia [2], porque los sucesos de don Quijote, o se han de celebrar con admiración, o con risa. Cuéntase, pues, que apenas se hubo partido Sancho, cuando don Quijote sintió su soledad [3]; y si le fuera posible revocarle la comisión y quitarle el gobierno, lo hiciera. Conoció la Duquesa su melancolía, y preguntóle que de qué estaba triste; que si era por la ausencia de Sancho, que escuderos, dueñas y doncellas había en su casa, que le servirían muy a satisfacción de su deseo.

—Verdad es, señora mía—respondió don Quijote—, que siento la ausencia de Sancho; pero no es ésa la causa principal que me hace parecer que estoy triste, y de los muchos ofrecimientos que vuestra excelencia me hace solamente acepto y escojo el de la voluntad con que se me hacen, y en lo demás, suplico a vuestra excelencia que dentro de mi aposento consienta y permita que yo solo sea el que me sirva.

—En verdad—dijo la Duquesa—, señor don Quijote, que no ha de ser así: que le han de servir cuatro doncellas de las mías, hermosas como unas flores.

—Para mí—respondió don Quijote—no serán ellas como flores, sino como espinas que me puncen el alma. Así entrarán ellas en mi aposento, ni cosa que lo parezca, como volar [4]. Si es que vuestra grandeza quiere llevar adelante el hacerme merced sin yo merecerla, déjeme que yo me las haya conmigo, y que yo me sirva de mis puertas adentro; que yo ponga una muralla en medio de mis deseos y de mi honestidad, y no quiero perder esta costumbre por la liberalidad que vuestra alteza quiere mostrar conmigo. Y, en resolución, antes dormiré vestido que consentir que nadie me desnude.

—¡No más, no más, señor don Quijote!—replicó la Duque-

---

[1] «*Hacer pucheritos* es de los niños cuando quieren llorar: porque hinchan los carrillejos a modo del puchero, que es ventricoso» (Cov.).
[2] Es decir, viendo reír a otros harás a imitación de ellos algunas contorsiones.
[3] *Su soledad* = el dolor de su ausencia.
[4] Tan imposible será aquello como que yo vuele.

sa—. Por mí digo que daré orden que ni aun una mosca entre en su estancia, no que[1] una doncella; no soy yo persona, que[2] por mí se ha de descabalar la decencia del señor don Quijote; que, según se me ha traslucido, la que más campea entre sus muchas virtudes es la de la honestidad. Desnúdese vuesa merced y vístase a sus solas y a su modo, como y cuando quisiere; que no habrá quien lo impida, pues dentro de su aposento hallará los vasos necesarios al menester del que duerme a puerta cerrada, porque ninguna natural necesidad le obligue a que la abra. Viva mil siglos la gran Dulcinea del Toboso, y sea su nombre estendido por toda la redondez de la tierra, pues mereció ser amada de tan valiente y tan honesto caballero, y los benignos cielos infundan en el corazón de Sancho Panza, nuestro gobernador, un deseo de acabar presto sus diciplinas, para que vuelva a gozar el mundo de la belleza de tan gran señora.

A lo cual dijo don Quijote:

—Vuestra altitud ha hablado como quien es; que en la boca de las buenas señoras no ha de haber ninguna[3] que sea mala; y más venturosa y más conocida será en el mundo Dulcinea por haberla alabado vuestra grandeza que por todas las alabanzas que puedan darle los más elocuentes de la tierra.

—Agora bien, señor don Quijote—replicó la Duquesa—, la hora de cenar se llega, y el Duque debe de esperar: venga vuesa merced, y cenemos, y acostaráse temprano; que el viaje que ayer hizo de Candaya no fué tan corto, que no haya causado algún molimiento.

—No siento ninguno, señora—respondió don Quijote—; porque osaré jurar a vuestra excelencia que en mi vida he subido sobre la bestia más reposada ni de mejor paso que Clavileño, y no sé yo qué le pudo mover a Malambruno para deshacerse de tan ligera y tan gentil cabalgadura, y abrasarla así, sin más ni más.

—A eso se puede imaginar—respondió la Duquesa—que, arrepentido del mal que había hecho a la Trifaldi, y compañía, y a otras personas, y de las maldades que como hechicero y encantador debía de haber cometido, quiso concluir con todos los instrumentos de su oficio, y como a principal y que más le traía desasosegado, vagando de tierra en tierra, abrasó a Cla-

---

[1] No ya (cf. pról. 37).
[2] Tal, que (cf. pról. 15).
[3] *Ninguna* habla.

vileño; que con sus[1] abrasadas cenizas y con el trofeo del cartel queda eterno el valor del gran don Quijote de la Mancha.

De nuevo nuevas gracias dió don Quijote a la Duquesa, y en cenando, don Quijote se retiró en su aposento solo, sin consentir que nadie entrase con él a servirle: tanto se temía de encontrar ocasiones que le moviesen o forzasen a perder el honesto decoro que a su señora Dulcinea guardaba, siempre puesta en la imaginación la bondad de Amadís, flor y espejo de los andantes caballeros. Cerró tras sí la puerta, y a la luz de dos velas de cera se desnudó, y al descalzarse (¡oh desgracia, indigna de tal persona!), se le soltaron, no suspiros, ni otra cosa, que desacreditasen[2] la limpieza de su policía[3], sino hasta dos docenas de puntos de una media, que quedó hecha celosía. Aflígióse en estremo el buen señor, y diera él por tener allí un adarme[4] de seda verde una onza de plata; digo seda verde porque las medias eran verdes.

Aquí exclamó Benengeli, y escribiendo, dijo: «¡Oh pobreza, pobreza! ¡No sé yo con qué razón se movió aquel gran poeta cordobés[5] a llamarte

«Dádiva santa desagradecida[6]»!

Yo, aunque moro, bien sé, por la comunicación que he tenido con cristianos, que la santidad consiste en la caridad, humildad, fee, obediencia y pobreza; pero, con todo eso, digo que ha de tener mucho de Dios el que se viniere a contentar con ser pobre, si no es de aquel modo de pobreza de quien dice uno de sus mayores santos: «Tened todas las cosas como si no las tuviésedes[7]»; y a esto llaman pobreza de espíritu; pero tú, segunda pobreza[8] (que eres de la que yo hablo), ¿por qué quieres estrellarte con los hidalgos y bien nacidos más que con

---

[1] Hoy diríamos *con cuyas* (cf. pról. 21).
[2] El verbo en plural porque se refiere a esos eufemísticos suspiros: *ni otra cosa* es como un paréntesis.
[3] *Policía* = urbanidad.
[4] «*Adarme* es la mínima parte de una onza» (Cov.).
[5] Juan de Mena, *Trescientas*, copla 227.
[6] No agradecida, no apreciada por los hombres.
[7] San Pablo, *Ep.* I *ad Cor.*, 7, 31.
[8] La falta efectiva de bienes de este mundo.

2, 44.—AVENTURA DE ALTISIDORA (comienzo)

la otra gente? ¿Por qué los obligas a dar pantalia[1] a los zapatos, y a que los botones de sus ropillas unos sean de seda, otros de cerdas, y otros de vidrio[2]? ¿Por qué sus cuellos, por la mayor parte, han de ser siempre escarolados, y no abiertos con molde[3]?» Y en esto se echará de ver que es antiguo el uso del almidón y de los cuellos abiertos. Y prosiguió: «¡Miserable del bien nacido que va dando pistos[4] a su honra, comiendo mal y a puerta cerrada, haciendo hipócrita al palillo de dientes con que sale a la calle después de no haber comido cosa que le obligue a limpiárselos! ¡Miserable de aquel, digo, que tiene la honra espantadiza, y piensa que desde una legua se le descubre el remiendo del zapato, el trasudor del sombrero, la hilaza del herreruelo y la hambre de su estómago!»

Todo esto se le renovó a don Quijote en la soltura de sus puntos; pero consólose con ver que Sancho le había dejado unas botas de camino, que pensó ponerse otro día. Finalmente, él se recostó[5] pensativo, y pesaroso, así de la falta que Sancho le hacía, como de la irreparable desgracia de sus medias, a quien tomara los puntos aunque fuera con seda de otra color, que es una de las mayores señales de miseria que un hidalgo puede dar en el discurso de su prolija estrecheza. Mató las velas; hacía calor y no podía dormir; lavantóse del lecho y abrió un poco la ventana de una reja que daba sobre un hermoso jardín, y al abrirla, sintió y oyó que andaba y hablaba gente en el jardín. Púsose a escuchar atentamente. Levantaron la voz los de abajo, tanto, que pudo oír estas razones:

—No me porfíes ¡oh Emerencia! que cante, pues sabes que

---

[1] No se ha esclarecido aún el significado de *pantalia*.
[2] *Vidro* = vidrio.
[3] «*Abrir el cuello*, componerle como hoy día se hace: de que hay gente que lo tiene por oficio, y no se corre mal» (Cov.). Los cuellos, después de almidonados, solían recibir, con molde o sin él, diversas figuras, ya de celdillas de panal *(c. apanalados)*, ya simplemente de estrías, de hojas de lechuga o de escarola *(c. acanalados, c. alechugados o lechuguillas, c. escarolados)*, etc., cf. p. 253.
[4] «*Pisto* (de *pistum* = machacado), la sustancia que se saca del ave, habiéndola primero majado y puesto en una prensa, y el jugo que de allí sale volviéndolo a calentar se da al enfermo que no puede comer cosa que haya de mascar, porque con aquello en efeto le dan la sustancia del ave» (Cov.).
[5] Sin acostarse del todo.

desde el punto que este forastero entró en este castillo y mis ojos le miraron, yo no sé cantar, sino llorar; cuanto más que el sueño de mi señora tiene más de ligero que de pesado, y no querría que nos hallase aquí, por todo el tesoro del mundo. Y puesto caso que durmiese y no despertase, en vano sería mi canto si duerme y no despierta para oírle este nuevo Eneas, que ha llegado a mis regiones para dejarme escarnida [1].

—No des en eso, Altisidora amiga—respondieron—; que sin duda la Duquesa y cuantos hay en esa casa duermen, si no es el señor de tu corazón y el despertador de tu alma; porque ahora sentí que abría la ventana de la reja de su estancia, y sin duda debe de estar despierto. Canta, lastimada mía, en tono bajo y suave, al son de tu harpa, y cuando la Duquesa nos sienta, le echaremos la culpa al calor que hace.

—No está en eso el punto ¡oh Emerencia!—respondió la Altisidora—, sino en que no querría que mi canto descubriese mi corazón, y fuese juzgada de los que no tienen noticia de las fuerzas poderosas de amor por doncella antojadiza y liviana. Pero venga lo que viniere; que más vale vergüenza en cara que mancilla en corazón.

Y en esto, sintió tocar una harpa suavísimamente. Oyendo lo cual quedó don Quijote pasmado, porque en aquel instante se le vinieron a la memoria las infinitas aventuras semejantes a aquélla, de ventanas, rejas y jardines, músicas, requiebros y desvanecimientos que en los sus desvanecidos libros de caballerías había leído. Luego imaginó que alguna doncella de la Duquesa estaba dél enamorada, y que la honestidad la forzaba a tener secreta su voluntad, temió no le rindiese, y propuso en su pensamiento el no dejarse vencer; y encomendándose de todo buen ánimo y buen talante a su señora Dulcinea del Toboso, determinó de escuchar la música, y para dar a entender que allí estaba, dió un fingido estornudo, de que no poco se alegraron las doncellas, que otra cosa no deseaban sino que don Quijote las oyese. Recorrida, pues, y afinada la harpa, Altisidora dió principio a este romance:

>—¡Oh tú, que estás en tu lecho,
>Entre sábanas de holanda,
>Durmiendo a pierna tendida
>De la noche a la mañana,

---

[1] Como Eneas dejó escarnida o burlada a Dido en Cartago.

— 942 —

2, 44.—AVENTURA DE ALTISIDORA (*comienzo*)

  Caballero el más valiente
Que ha producido la Mancha,
Más honesto y más bendito
Que el oro fino de Arabia!
  Oye a una triste doncella,
Bien crecida y mal lograda,
Que en la luz de tus dos soles
Se siente abrasar el alma.
  Tú buscas tus aventuras,
Y ajenas desdichas hallas;
Das las feridas, y niegas
El remedio de sanarlas.
  Dime, valeroso joven,
Que Dios prospere tus ansias,
Si te criaste en la Libia,
O en las montañas de Jaca;
  Si sierpes te dieron leche;
Si a dicha fueron tus amas
La aspereza de las selvas
Y el horror de las montañas.
  Muy bien puede Dulcinea,
Doncella rolliza y sana,
Preciarse de que ha rendido
A una tigre y fiera brava.
  Por esto será famosa
Desde Henares a Jarama,
Desde el Tajo a Manzanares,
Desde Pisuerga hasta Arlanza[1].
  Trocárame yo por ella
Y diera encima una saya
De las más gayadas[2] mías,
Que de oro la adornan franjas.
  ¡Oh, quién se viera a tu lado,
O si no, junto a tu cara,
Rascándote la cabeza
Y matándote la caspa!
  Mucho pido, y no soy digna
De merced tan señalada:
Los pies quisiera traerte[3];
Que a una humilde esto le basta.

---

[1] Bien se ve el estilo festivo del romance al citar, como términos de extendidos países, ríos que se unen (el Henares y el Manzanares son afluyentes del Jarama, que a su vez lo es del Tajo; el Arlanza desemboca en el Arlazón, y éste en el Pisuerga).
[2] Cf. p. 773, n. 3.
[3] *Traerte* = restregarte.

2, 44.—LOS DUQUES

¡Oh, qué de cofias[1] te diera,
Qué de escarpines de plata[2],
Qué de calzas de damasco,
Qué de herreruelos de holanda!
¡Qué de finísimas perlas,
Cada cual como una agalla[3],
Que a no tener compañeras,
Las solas fueran llamadas[4]!
No mires de tu Tarpeya[5]
Este incendio que me abrasa,
Nerón manchego del mundo,
Ni le avives con tu saña.

Niña soy, pulcela[6] tierna;
Mi edad de quince no pasa:
Catorce tengo y tres meses,
Te juro en Dios y en mi ánima.
No soy renca[7], ni soy coja,
Ni tengo nada de manca;
Los cabellos, como lirios,
Que, en pie, por el suelo arrastran.

---

[1] «*Cofia* es cierta cobertura de la cabeza hecha de red, dentro de la cual las mujeres recogen el cabello» (Cov.).

[2] La cantora, dice R. Marín, va amontonando desatinos, tales como el de ofrecer *cofias* a un hombre, y *escarpines* (cf. p. 885, n. 5) metálicos, y *calzas* de damasco, y *herreruelos* de holanda.

[3] Cf. p. 296, n. 1.

[4] Se alude, según Pellicer, a la perla llamada *la Peregrina, la Huérfana* o *la Sola,* por no tener compañera, que tenían los reyes de España, y pereció en el incendio del palacio real de Madrid en 1734.

[5] Cf. p. 158, n. 3.

[6] *Pulcela* = doncella.

[7] Cf. p. 709, n. 2.

— 944 —

2, 44.—AVENTURA DE ALTISIDORA *(comienzo)*

>   Y aunque es mi boca aguileña
> Y la nariz algo chata,
> Ser mis dientes de topacios
> Mi belleza al cielo ensalza.
>   Mi voz, ya ves, si me escuchas,
> Que a la que es más dulce iguala,
> Y soy de disposición
> Algo menos que mediana.
>   Estas y otras gracias mías
> Son despojos de tu aljaba [1];
> Desta casa soy doncella,
> Y Altisidora me llaman.

Aquí dió fin el canto de la malferida Altisidora, y comenzó el asombro del requerido don Quijote, el cual, dando un gran suspiro, dijo entre sí: «—¡Que tengo de ser tan desdichado andante, que no ha de haber doncella que me mire que de mí no se enamore...! ¡Que tenga de ser tan corta de ventura la sin par Dulcinea del Toboso, que no la han de dejar a solas gozar de la incomparable firmeza mía...! ¿Qué [2] la queréis, reinas? ¿A qué la perseguís, emperatrices? ¿Para qué la acosáis, doncellas de a catorce a quince años? Dejad, dejad a la miserable que triunfe, se goce y ufane con la suerte que Amor quiso darle en rendirle mi corazón y entregarle mi alma. Mirad, caterva enamorada, que para sola Dulcinea soy de masa y de alfeñique [3], y para todas las demás soy de pedernal: para ella soy miel, y para vosotras acíbar; para mí sola Dulcinea es la hermosa, la discreta, la honesta, la gallarda y la bien nacida, y las demás, las feas, las necias, las livianas y las de peor linaje; para ser yo suyo, y no de otra alguna, me arrojó la naturaleza al mundo. Llore o cante Altisidora; desespérese Madama por quien me aporrearon en el castillo del moro encantado; que yo tengo de ser de Dulcinea, cocido o asado [4], limpio, bien criado y honesto, a pesar de todas las potestades hechiceras de la tierra».

Y con esto cerró de golpe la ventana, y despechado y pesaroso como si le hubiera acontecido alguna gran desgracia, se

---

[1] Como si don Quijote fuese algún Cupido o Amor, armado de arco y aljaba para llagar con flechas de amor los corazones.
[2] Para *qué*.
[3] Cf. p. 541, n. 3.
[4] *Cocido* o *asado* = de una manera o de otra, así o asado.

acostó en su lecho, donde le dejaremos por ahora, porque nos está llamando el gran Sancho Panza, que quiere dar principio a su famoso gobierno.

CAPITULO XLV.—De cómo el gran Sancho Panza tomó la posesión de su ínsula, y del modo que[1] comenzó a gobernar.

Oh perpetuo descubridor de los antípodas, hacha del mundo, ojo del cielo, meneo dulce de las cantimploras[2], Timbrio aquí, Febo allí, tirador acá, médico acullá, padre de la Poesía, inventor de la Música[3], tú que siempre sales, y, aunque lo parece, nunca te pones! A ti digo ¡oh sol, con cuya ayuda el hombre engendra al hombre[4]! a ti digo que me favorezcas, y alumbres la escuridad de mi ingenio, para que pueda discurrir por sus puntos en la narración del gobierno del gran Sancho Panza; que sin ti, yo me siento tibio, desmazalado y confuso.

Digo, pues, que con todo su acompañamiento llegó Sancho a un lugar de hasta mil vecinos, que era de los mejores que el Duque tenía. Diéronle a entender que se llamaba la ínsula *Barataria*, o ya porque el lugar se llamaba *Baratario*, o ya por el *barato*[5] con que se le había dado el gobierno. Al llegar a las puertas de la villa, que era cercada, salió el regimiento[6] del pueblo a recebirle; tocaron las campanas, y todos los vecinos

---

[1] Con *que* (cf. pról. 19).
[2] «*Cantimplora* es una garrafa de cobre con el cuello muy largo, para enfriar en ella el agua o el vino, metiéndola y enterrándola en la nieve, o *meneándola* dentro de un cubo con la dicha nieve: cosa muy conocida y usada en España y en todas partes. Díjose *cantimplora*, porque al dar el agua o el vino que tiene dentro, por razón del aire que se encuentra en el dicho cuello, suena en muchas diferencias, unas bajas y otras altas, unas tristes y otras alegres, que parece *cantar y llorar* juntamente... Por esta mesma razón llaman los Franceses *chantepleure* a cierto arcaduz y regadera con que sacan agua para regar los jardines» (Cov.). Meyer-Lübke, en su *Diccionario romance etimológico*, n. 1611, deriva esta palabra (usada también en portugués e italiano) de la francesa *chantepleure* y considera a ésta como compuesto de *cantare*.
El calor del sol excita a menear las cantimploras para enfriar el agua y apagar la sed.
[3] Estos seis dictados daban los antiguos al sol, o sea, al dios Apolo.
[4] Sin el calor no habría alimentos ni hombres.
[5] *Barato* = fraude, engaño.
[6] *Regimiento* = ayuntamiento.

2, 45.—GOBIERNO DE SANCHO: EN EL JUZGADO

dieron muestras de general alegría, y con mucha pompa le llevaron a la iglesia mayor a dar gracias a Dios, y luego con algunas ridículas ceremonias le entregaron las llaves del pueblo y le admitieron por perpetuo gobernador de la ínsula Barataria. El traje, las barbas, la gordura y pequeñez del nuevo gobernador tenía admirada a toda la gente que el busilis del cuento no sabía, y aun a todos los que lo sabían, que eran muchos. Finalmente, en sacándole de la iglesia le llevaron a la silla del juzgado y le sentaron en ella, y el Mayordomo del Duque le dijo:

—Es costumbre antigua en esta ínsula, señor Gobernador, que el que viene a tomar posesión desta famosa ínsula está obligado a responder a una pregunta que se le hiciere, que sea algo intrincada y dificultosa; de cuya respuesta el pueblo toma y toca el pulso del ingenio de su nuevo gobernador, y así, o se alegra o se entristece con su venida.

En tanto que el Mayordomo decía esto a Sancho, estaba él mirando unas grandes y muchas letras que en la pared frontera de su silla estaban escritas; y como él no sabía leer, preguntó que qué eran aquellas pinturas que en aquella pared estaban. Fuéle respondido:

—Señor, allí está escrito y notado el día que vuesa señoría tomó posesión desta ínsula, y dice el epitafio[1]: «Hoy día, a tantos de tal mes y de tal año, tomó la posesión desta ínsula el señor don Sancho Panza, que muchos años la goce».

—¿Y a quién llaman don Sancho Panza?—preguntó Sancho.

—A vuesa señoría—respondió el Mayordomo—; que en esta ínsula no ha entrado otro Panza sino el que está sentado en esa silla.

—Pues advertid, hermano—dijo Sancho—, que yo no tengo *don*, ni en todo mi linaje le ha habido: Sancho Panza me llaman a secas, y Sancho se llamó mi padre, y Sancho mi agüelo, y todos fueron Panzas, sin añadiduras de *dones* ni *donas;* y yo imagino que en esta ínsula debe haber más *dones* que piedras; pero basta: Dios me entiende, y podrá ser que si el gobierno me dura cuatro días, yo escardaré estos dones, que, por la muchedumbre, deben de enfadar como los mosquitos. Pase adelante con su pregunta el señor Mayordomo; que yo responderé lo mejor que supiere, ora se entristezca, o no se entristezca el pueblo.

A este instante entraron en el juzgado dos hombres, el uno

---
[1] *Epitafio* = inscripción.

vestido de labrador y el otro de sastre, porque traía unas tijeras en la mano, y el sastre dijo:

—Señor Gobernador, yo y este hombre labrador venimos ante vuesa merced en razón que este buen hombre llegó a mi tienda ayer (que yo, con perdón de los presentes[1], soy sastre examinado[2], que Dios sea bendito), y poniéndome un pedazo de paño en las manos, me preguntó: «Señor, ¿habría en este paño harto para hacerme una caperuza?» Yo, tanteando el paño, le respondí que sí; él debióse de imaginar, a lo que yo imagino, e imaginé bien, que sin duda yo le quería hurtar alguna parte del paño, fundándose en su malicia y en la mala opinión de los sastres, y replicóme que mirase si habría para dos; adivinéle el pensamiento, y díjele que sí; y él, caballero en su dañada y primera intención, fué añadiendo caperuzas, y yo añadiendo síes, hasta que llegamos a cinco caperuzas; y ahora en este punto acaba de venir por ellas: yo se las doy, y no me quiere pagar la hechura[3]; antes me pide que le pague o vuelva su paño.

—¿Es todo esto así, hermano?—preguntó Sancho.

—Sí, señor—respondió el hombre—; pero hágale vuesa merced que muestre las cinco caperuzas que me ha hecho.

—De buena gana—respondió el sastre.

Y sacando encontinente[4] la mano debajo del herreruelo, mostró en ella cinco caperuzas puestas en las cinco cabezas de los dedos de la mano, y dijo:

—He aquí las cinco caperuzas que este buen hombre me pide, y en Dios y en mi conciencia que no me ha quedado nada del paño, y yo daré la obra a vista[5] de veedores del oficio[6].

Todos los presentes se rieron de la multitud de las caperuzas y del nuevo pleito. Sancho se puso a considerar un poco, y dijo:

---

[1] No sólo para nombrar alguna cosa indecorosa, sino también para hablar uno de sí mismo, sobre todo con elogio, solía pedirse perdón a los presentes.

[2] Cf. p. 39, n. 2.

[3] «*Hechura*... otras veces significa el precio del trabajo del oficial, fuera de los materiales, que el italiano llama *manifatura*, el castellano *las manos*: como la hechura o hechuras del sayo y capa, que se da al sastre» (Cov.).

[4] En seguida.

[5] En presencia.

[6] *Veedor del oficio* era, en los antiguos gremios, el encargado de velar por la observancia de las reglas y ordenanzas del gremio en el régimen del trabajo, en los procedimientos y métodos de fabricación, etc.

2, 45.—GOBIERNO DE SANCHO: EN EL JUZGADO

—Paréceme que en este pleito no ha de haber largas dilaciones, sino juzgar luego a juicio de buen varón[1]; y así, yo doy por sentencia que el sastre pierda las hechuras, y el labrador el paño, y las caperuzas se lleven a los presos de la cárcel[2], y no haya más.

Si la sentencia pasada de la bolsa del ganadero[3] movió a admiración a los circunstantes, ésta les provocó a risa; pero, en fin, se hizo lo que mandó el Gobernador. Ante el cual se presentaron dos hombres ancianos: el uno traía una cañaheja[4] por báculo, y el sin báculo dijo:

—Señor, a este buen hombre le presté días ha diez escudos de oro en oro[5], por hacerle placer y buena obra, con condición que me los volviese cuando se los pidiese; pasáronse muchos días sin pedírselos, por no ponerle en mayor necesidad, de volvérmelos[6], que la que él tenía cuando yo se los presté; pero por parecerme que se descuidaba en la paga, se los he pedido una y muchas veces, y no solamente no me los vuelve, pero me los niega y dice que nunca tales diez escudos le presté, y que si se los presté, que ya me los ha vuelto. Yo no tengo testigos ni del prestado, ni de la vuelta, porque no me los ha vuelto; querría que vuesa merced le tomase juramento, y si jurare que me los ha vuelto, yo se los perdono para aquí y para delante de Dios.

—¿Qué decís vos a esto, buen viejo del báculo?—dijo Sancho.

A lo que dijo el viejo:

—Yo, señor, confieso que me los prestó, y baje vuesa merced esa vara; y pues él lo deja en mi juramento, yo juraré cómo se los he vuelto y pagado real y verdaderamente.

Bajó el Gobernador la vara, y en tanto, el viejo del báculo dió el báculo al otro viejo, que[7] se le tuviese en tanto que ju-

---

[1] «*A juicio de buen varón*, al albedrío de el hombre cuerdo, sin llegar al rigor de las leyes» (Cov.).

[2] Así burló Cervantes, dice R. Marín, de la frecuencia con que toda suerte de comisos en materia de abastos, y no ya por faltas de peso, sino aun por pésima calidad de los alimentos, se destinaba para los presos de la cárcel.

[3] Sin duda era *pasada* en la primera redacción del Quijote, pero invertido el orden de lo escrito, esta sentencia vino a quedar en tercer lugar.

[4] *Cañaheja* = caña.

[5] Como la locución *escudos de oro* podía designar tan sólo el valor (no el metal), para evitar la ambigüedad se añadía *en oro*.

[6] Si me los volvía.

[7] Para *que*.

raba, como si le embarazara mucho, y luego puso la mano en la cruz de la vara[1], diciendo que era verdad que se le habían prestado aquellos diez escudos que se le pedían; pero que él se los había vuelto de su mano a la suya, y que por no caer en ello se los volvía a pedir[2] por momentos. Viendo lo cual el gran Gobernador, preguntó al acreedor qué respondía a lo que decía su contrario, y dijo que sin duda alguna su deudor debía de decir verdad, porque le tenía por hombre de bien y buen cristiano, y que a él se le debía de haber olvidado el cómo y cuándo se los había vuelto, y que desde allí en adelante jamás le pediría nada. Tornó a tomar su báculo el deudor y, bajando la cabeza, se salió del juzgado; visto lo cual Sancho[3], y que sin más ni más se iba, y viendo también la paciencia del demandante, inclinó la cabeza sobre el pecho, y poniéndose el índice de la mano derecha sobre las cejas y las narices, estuvo como pensativo un pequeño espacio, y luego alzó la cabeza y mandó que le llamasen al viejo del báculo, que ya se había ido. Trujéronsele, y en viéndole Sancho, le dijo:

—Dadme, buen hombre, ese báculo; que le he menester.

—De muy buena gana—respondió el viejo—, hele aquí, señor.

Y púsosele en la mano. Tomóle Sancho, y dándosele al otro viejo, le dijo:

—Andad con Dios, que ya vais pagado.

—¿Yo, señor?—respondió el viejo—. Pues ¿vale esta cañaheja diez escudos de oro?

—Sí—dijo el Gobernador—; o si no, yo soy el mayor porro del mundo. Y ahora se verá si tengo yo caletre para gobernar todo un reino.

Y mandó que allí, delante de todos, se rompiese y abriese la caña. Hízose así, y en el corazón della hallaron diez escudos en oro; quedaron todos admirados, y tuvieron a su Gobernador por un nuevo Salomón[4]. Preguntáronle de donde había colegido que en aquella cañaheja estaban aquellos diez escudos, y respondió que, de haberle visto dar el viejo que juraba, a su contrario, aquel báculo, en tanto que hacía el juramento, y jurar que se los había dado real y verdaderamente, y que en

---

[1] Solían llevar tales varas una cruz en la parte superior para tomar en ella los juramentos.
[2] Por no reparar en ello se los volvía a pedir el acreedor.
[3] Habiendo *visto* lo cual Sancho (cf. pról. 18).
[4] Se alude al hecho narrado en el libro tercero de los Reyes, 3, 16.

2, 45.—GOBIERNO DE SANCHO: EN EL JUZGADO

acabando de jurar le tornó a pedir el báculo, le vino a la imaginación que dentro dél estaba la paga de lo que pedían. De donde se podía colegir que los que gobiernan, aunque sean unos tontos, tal vez los encamina[1] Dios en sus juicios; y más, que él había oído contar otro caso[2] como aquél al cura de su lugar, y que él tenía tan gran memoria, que a no olvidársele todo aquello de que quería acordarse, no hubiera tal memoria en toda la ínsula. Finalmente, el un viejo corrido y el otro pagado, se fueron, y los presentes quedaron admirados, y el que escribía las palabras, hechos y movimientos de Sancho no acababa de determinarse si le tendría y pondría por tonto, o por discreto.

Luego, acabado este pleito, entró en el juzgado una mujer asida fuertemente de un hombre vestido de ganadero rico, la cual venía dando grandes voces, diciendo:

—¡Justicia, señor Gobernador, justicia, y si no la hallo en la tierra, la iré a buscar al cielo! Señor Gobernador de mi ánima, este mal hombre me ha cogido en la mitad dese campo y se ha aprovechado de mi cuerpo como si fuera trapo mal lavado, y ¡desdichada de mí! me ha llevado lo que yo tenía guardado más de veinte y tres años ha, defendiéndolo de moros y cristianos, de naturales y estranjeros, y yo, siempre dura como un alcornoque, conservándome entera como la salamanquesa en el fuego[3], o como la lana entre las zarzas, para que este buen hombre[4] llegase ahora con sus manos limpias[5] a manosearme.

---

[1] *Los que..., los encamina Dios*, es una inconsecuencia gramatical (cf. pról. 13).
[2] Sin duda sería el que se cuenta en la Vida de San Nicolás de Bari. Allí el engañado fué un judío: el engañador, que había jurado sobre el altar de San Nicolás que pagaría, fué atropellado en la calle al salir del juzgado por un carro que le mató, y rompiendo su báculo puso de manifiesto el dinero y el engaño. Acudió el judío a la fama del suceso y antes de recoger su dinero ofreció que se bautizaría si San Nicolás resucitaba al difunto. El santo hizo el milagro y el judío recibió el bautismo. 
[3] «*Salamandra...* es una especie de lagartija, que comúnmente llamamos *salamanquesa...* Dicen della ser tan fría, que pasando por las ascuas las mata como si fuese puro hielo» (Cov.); cf. p. 230, n. 4.
[4] Cf. p. 182, n. 2.
[5] *Con sus manos limpias* = sin merecerlo (cf. p. 408, n. 1).

—Aún eso está por averiguar: si tiene limpias o no las manos este galán—dijo Sancho.

Y volviéndose al hombre, le dijo qué decía y respondía a la querella de aquella mujer. El cual, todo turbado, respondió:

—Señores, yo soy un pobre ganadero de ganado de cerda, y esta mañana salía deste lugar de vender, con perdón sea dicho, cuatro puercos, que[1] me llevaron de alcabalas[2] y socaliñas[3] poco menos de lo que ellos valían; volvíame a mi aldea, topé en el camino a esta buena dueña, y el diablo, que todo lo añasca[4] y todo lo cuece, hizo que yogásemos[5] juntos; paguéle lo soficiente, y ella, mal contenta, asió de mí, y no me ha dejado hasta traerme a este puesto. Dice que la forcé, y miente, para[6] el juramento que hago, o pienso hacer; y ésta es toda la verdad, sin faltar meaja[7].

Entonces el Gobernador le preguntó si traía consigo algún dinero en plata; él dijo que hasta veinte ducados tenía en el seno, en una bolsa de cuero. Mandó que la sacase y se la entregase, así como estaba, a la querellante; él lo hizo temblando; tomóla la mujer, y haciendo mil zalemas[8] a todos y rogando a Dios por la vida y salud del señor Gobernador, que así miraba por las huérfanas menesterosas y doncellas, con esto se salió del juzgado, llevando la bolsa asida con entrambas manos; aunque primero miró si era de plata la moneda que llevaba dentro. Apenas salió, cuando Sancho dijo al ganadero, que[9] ya se le saltaban las lágrimas, y los ojos y el corazón se iban tras su bolsa:

—Buen hombre, id tras aquella mujer, y quitadle la bolsa, aunque no quiera, y volved aquí con ella.

Y no lo dijo a tonto ni a sordo; porque luego partió como un rayo y fué a lo que se le mandaba. Todos los presentes estaban suspensos, esperando el fin de aquel pleito, y de allí a poco

---

[1] De suerte *que*.
[2] Impuestos.
[3] Cf. p. 900, n. 3.
[4] Cf. p. 218, n. 3.
[5] El pretérito de *yacer* hoy es *yací*, antes fué *yogue* (de iacui): y de éste se derivó el verbo regular *yogar*.
[6] Por (cf. pról. 12).
[7] Cf. p. 616, n. 1.
[8] Cf. p. 461, n. 1.
[9] A quien (cf. pról. 19).

volvieron el hombre y la mujer, más asidos y aferrados que la vez primera, ella la saya levantada y en el regazo[1] puesta la bolsa, y el hombre pugnando por quitársela; mas no era posible, según la mujer la defendía, la cual daba voces, diciendo:

—¡Justicia de Dios y del mundo! Mire vuesa merced, señor Gobernador, la poca vergüenza y el poco temor deste desalmado, que en mitad de poblado y en mitad de la calle me ha querido quitar la bolsa que vuesa merced mandó darme.

—¿Y háosla quitado?—preguntó el Gobernador.

—¿Cómo quitar?—respondió la mujer—. Antes me dejara yo quitar la vida que me quiten la bolsa. ¡Bonita es la niña! ¡Otros gatos me han de echar a las barbas[2], que no este desventurado y asqueroso! ¡Tenazas y martillos, mazos y escoplos[3] no serán bastantes a sacármela de las uñas, ni aun garras de leones: antes el ánima de en mitad en mitad de las carnes!

—Ella tiene razón—dijo el hombre—, y yo me doy por rendido y sin fuerzas, y confieso que las mías no son bastantes para quitársela, y déjola.

Entonces el Gobernador dijo a la mujer:

—Mostrad, honrada y valiente, esa bolsa.

Ella se la dió luego, y el Gobernador se la volvió al hombre, y dijo a la esforzada, y no forzada:

—Hermana mía, si el mismo aliento y valor que habéis mostrado para defender esta bolsa le mostrárades, y aun la mitad menos, para defender vuestro cuerpo, las fuerzas de Hércules no os hicieran fuerza. Andad con Dios, y mucho de enhoramala, y no paréis en toda esta ínsula, ni en seis leguas

---

[1] «*Regazo*, las faldas de la saya que se recogen y hacen seno sobre el vientre o barriga. Usa del regazo la mujer para llevar en él lo que no puede en solas las manos» (Cov.).

[2] «*Echar el gato a las barbas*, sacudir de sí el peligro y echarlo al otro» (Cov.).

[3] «*Escoplo*, el instrumento de hierro acerado con que el carpintero abre en la madera las cotanas [= agujeros cuadrados] y desbasta el entallador las figuras y la talla... También usa del escoplo el cantero para labrar las piedras, y el que labra de yeso, para correr las molduras. Estar una cosa hecha *a mazo y escoplo*, es estar fuerte, aunque grosera» (Cov.). Hoy el *escoplo (b)* se diferencia del *formón (a)* en que la sección del formón es un rectángulo de poca altura y mucha base, y la del escoplo un rectángulo de altura igual a la base o mayor.

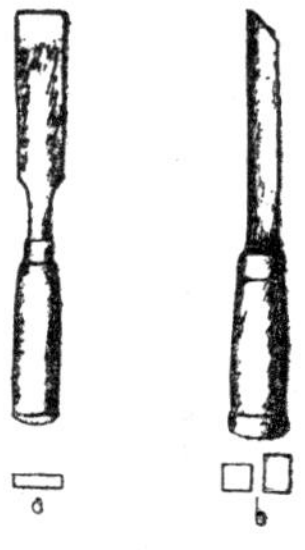

a la redonda, so pena de docientos azotes. ¡Andad luego digo, churrillera[1], desvergonzada y embaidora[2]!

Espantóse la mujer, y fuése cabizbaja y mal contenta, y el Gobernador dijo al hombre:

—Buen hombre, andad con Dios a vuestro lugar con vuestro dinero, y de aquí adelante, si no le queréis perder, procurad que no os venga en voluntad de yogar con nadie[3].

El hombre le dió las gracias lo peor que supo[4], y fuése, y los circunstantes quedaron admirados de nuevo de los juicios y sentencias de su nuevo Gobernador. Todo lo cual, notado de su coronista, fué luego escrito al Duque, que con gran deseo lo estaba esperando.

Y quédese aquí el buen Sancho; que es mucha la priesa que nos da su amo, alborozado[5] con la música de Altisidora.

CAPITULO XLVI.—Del temeroso espanto cencerril y gatuno que recibió don Quijote en el discurso de los amores de la enamorada Altisidora.

Dejamos al gran don Quijote envuelto en los pensamientos que le había causado la música de la enamorada doncella Altisidora. Acostóse con ellos, y, como si fueran pulgas, no le dejaron dormir ni sosegar un punto, y juntábansele los que le faltaban de sus medias; pero como es ligero el tiempo, y no hay barranco que le detenga, corrió caballero en las horas, y con mucha presteza llegó la de la mañana. Lo cual visto por don Quijote, dejó las blandas plumas, y no nada perezoso, se vistió su acamuzado vestido y se calzó sus botas de camino, por encubrir la desgracia de sus medias; arrojóse encima su mantón

---

[1] *Churrillero*, *churrullero* o *chorillero* = charlatán, embustero.
Dice R. Marín que así se denominaban los soldados que, cobrada la primera paga, venían a los *chorrillos* o bodegones (llamados así del *Chorillo* o *Chorrillo* [en italiano *Cerriglio*], famosa hostería napolitana), narrando estupendas valentías imaginarias.
[2] *Embaidor* = embustero, engañador.
[3] Bien pudo Cervantes haber leído este caso en el *Norte de los estados*, de Fr. Francisco de Osuna, pues andaba impreso desde 1531.
[4] De puro turbado.
[5] Aquí vale alborozado. Pero puede ser errata este *alborozado*, pues Cervantes, como Covarrubias, distingue bien entre *alborozado* (I, 4, p. 78) y *alborotado* (I, 35, p. 419).

2, 46.—AVENTURA (CENCERRIL Y GATUNA) DE ALTISIDORA

de escarlata y púsose en la cabeza una montera de terciopelo verde, guarnecida de pasamanos [1] de plata; colgó el tahelí de sus hombros con su buena y tajadora espada, asió un gran rosario que consigo contino traía [2], y con gran prosopopeya y contoneo salió a la antesala, donde el Duque y la Duquesa estaban ya vestidos y como esperándole. Y al pasar por una galería, estaban aposta esperándole Altisidora y la otra doncella su amiga, y así como Altisidora vió a don Quijote, fingió desmayarse, y su amiga la recogió en sus faldas, y con gran presteza la iba a desabrochar el pecho. Don Quijote, que lo vió, llegándose a ellas, dijo:

—Ya sé yo de qué proceden estos accidentes.

—No sé yo de qué—respondió la amiga—, porque Altisidora es la doncella más sana de toda esta casa, y yo nunca la he sentido un ¡ay! en cuanto ha que la conozco; que mal hayan cuantos caballeros andantes hay en el mundo, si es que todos son desagradecidos. Váyase vuesa merced, señor don Quijote; que no volverá en sí esta pobre niña en tanto que vuesa merced aquí estuviere.

A lo que respondió don Quijote:

—Haga vuesa merced, señora, que se me ponga un laúd esta noche en mi aposento; que yo consolaré lo mejor que pudiere a esta lastimada doncella; que en los principios amorosos los desengaños prestos suelen ser remedios calificados.

Y con esto, se fué, porque no fuese notado de los que allí le viesen. No se hubo bien [3] apartado, cuando volviendo en sí la desmayada Altisidora, dijo a su compañera:

—Menester será que se le ponga el laúd; que sin duda don Quijote quiere darnos música, y no será mala, siendo suya.

Fueron luego a dar cuenta a la Duquesa de lo que pasaba y del laúd que pedía don Quijote, y ella, alegre sobremodo, concertó con el Duque y con sus doncellas de hacerle una burla que fuese más risueña que dañosa, y con mucho contento esperaban la noche, que se vino tan apriesa como se había venido el día, el cual pasaron los Duques en sabrosas pláticas con don Quijote. Y la Duquesa aquel día real y verdaderamente despa-

---

[1] «*Pasamano*... también se llama la guarnición del vestido, por echarse en el borde» (Cov.).
[2] Sería desde su tercera salida: a lo menos en Sierra Morena (p. 296, n. 2) no lo traía.
[3] No bien se hubo (cf. pról. 27).

chó a un paje suyo (que había hecho en la selva la figura encantada de Dulcinea) a Teresa Panza, con la carta de su marido Sancho Panza, y con el lío de ropa que había dejado para que se le enviase, encargándole le trujese buena relación de todo lo que con ella pasase. Hecho esto, y llegadas las once horas de la noche, halló don Quijote una vihuela[1] en su aposento; templóla, abrió la reja, y sintió que andaba gente en el jardín; y habiendo recorrido los trastes de la vihuela, y afinándola lo mejor que supo, escupió y remondóse[2] el pecho, y luego, con una voz ronquilla, aunque entonada, cantó el siguiente romance, que él mismo aquél día había compuesto:

—Suelen las fuerzas de amor
Sacar de quicio a las almas,
Tomando por instrumento
La ociosidad descuidada.
 Suele el coser y el labrar[3],
Y el estar siempre ocupada,
Ser antídoto al veneno
De las amorosas ansias.
 Las doncellas recogidas
Que aspiran a ser casadas,
La honestidad es[4] la dote
Y voz de sus alabanzas.
 Los andantes caballeros,
Y los que en la corte andan,
Requiébranse con las libres;
Con las honestas se casan.
 Hay amores de Levante,
Que entre huéspedes se tratan,
Que llegan presto al Poniente,
Porque en el partirse[5] acaban.
 El amor recién venido,
Que hoy llegó y se va mañana,
Las imágines no deja
Bien impresas en el alma.
 Pintura sobre pintura,
Ni se muestra, ni señala;

---

[1] Cf. p. 687, n. 3.
[2] *Remondar* = limpiar.
[3] «*Hacer labor* y *labrar* y *labrandera* se dice de la ocupación de las mujeres en telas y las labores que hacen en ellas con la aguja» (Cov.).
[4] *Las doncellas... la honestidad es*, es una inconsecuencia gramatical (cf. pról. 13).
[5] En yéndose, en separándose.

2, 46.—AVENTURA (CENCERRIL Y GATUNA) DE ALTISIDORA

Y do hay primera belleza,
La segunda no hace baza[1].
 Dulcinea del Toboso
Del alma en la tabla rasa
Tengo pintada de modo,
Que es imposible borrarla.
 La firmeza en los amantes
Es la parte más preciada,
Por quien hace Amor milagros,
Y asimesmo los levanta[2].

Aquí llegaba don Quijote de su canto, a quien estaban escuchando el Duque y la Duquesa, Altisidora y casi toda la gente del castillo, cuando de improviso, desde encima de un corredor que sobre la reja de don Quijote a plomo caía, descolgaron un cordel donde venían más de cien cencerros asidos, y luego tras ellos derramaron un gran saco de gatos, que asimismo traían cencerros menores atados a las colas. Fué tan grande el ruido de los cencerros y el mayar de los gatos, que aunque los Duques habían sido inventores de la burla, todavía les sobresaltó, y, temeroso don Quijote, quedó pasmado; y quiso la suerte que dos o tres gatos se entraron por la reja de su estancia, y dando de una parte a otra, parecía que una región[3] de diablos andaba en ella. Apagaron las velas que en el aposento ardían, y andaban buscando por do escaparse. El descolgar y subir del cordel de los grandes cencerros no cesaba; la mayor parte de la gente del castillo, que no sabía la verdad del caso, estaba suspensa y admirada. Levantóse don Quijote en pie, y poniendo mano a la espada, comenzó a tirar estocadas por la reja, y a decir a grandes voces:

—¡Afuera malignos encantadores! ¡Afuera, canalla hechiceresca; que yo soy don Quijote de la Mancha, contra quien no valen ni tienen fuerza vuestras malas intenciones!

Y volviéndose a los gatos que andaban por el aposento, les tiró muchas cuchilladas; ellos acudieron a la reja, y por allí se salieron, aunque uno, viéndose tan acosado de las cuchilladas de don Quijote, le saltó al rostro y le asió de las narices con las uñas y los dientes, por cuyo dolor don Quijote comenzó a dar

---

[1] «*Baza*, la junta de dos, tres o más cartas que uno ha cogido y ganado en el juego de los naipes» (Cov.).

[2] Y por la cual también engrandece a los amantes. R. Marín lee *y a sí mesmo*, y hasta a sí mismo.

[3] Legión.

los mayores gritos que pudo. Oyendo lo cual el Duque y la Duquesa, y considerando lo que podía ser, con mucha presteza acudieron a su estancia, y abriendo con llave maestra[1], vieron al pobre caballero pugnando con todas sus fuerzas por arrancar el gato de su rostro. Entraron con luces y vieron[2] la desigual pelea; acudió el Duque a despartirla, y don Quijote dijo a voces:

—¡No me le quite nadie! ¡Déjenme mano a mano[3] con este demonio, con este hechicero, con este encantador; que yo le daré a entender de mí a él quién es don Quijote de la Mancha!

Pero el gato, no curándose destas amenazas, gruñía y apretaba; mas, en fin, el Duque se le desarraigó y le echó por la reja.

Quedó don Quijote acribado el rostro y no muy sanas las narices, aunque muy despechado porque no le habían dejado fenecer la batalla que tan trabada tenía con aquel malandrín encantador. Hicieron traer aceite de Aparicio[4], y la misma Altisidora con sus blanquísimas manos le puso unas vendas por todo lo herido, y al ponérselas, con voz baja le dijo:

—Todas estas malandanzas te suceden, empedernido caballero, por el pecado de tu dureza y pertinacia; y plega a Dios que se le olvide a Sancho tu escudero el azotarse, porque nunca salga de su poder esta tan amada tuya Dulcinea, ni tú la goces, ni llegues a tálamo con ella, a lo menos, viviendo yo, que te adoro.

A todo esto no respondió don Quijote otra palabra si no fué dar un profundo suspiro; y luego se tendió en su lecho, agradeciendo a los Duques la merced, no porque él tenía temor de aquella canalla gatesca, encantadora y cencerruna, sino porque había conocido la buena intención con que habían venido a socorrerle. Los Duques le dejaron sosegar, y se fueron, pesarosos del mal suceso de la burla; que no creyeron que tan pesada y costosa le saliera a don Quijote aquella aventura que le costó cinco días de encerramiento y de cama, donde le sucedió otra aventura más gustosa que la pasada, la cual no quiere su historiador contar ahora, por acudir a Sancho Panza que andaba muy solícito y muy gracioso en su gobierno.

[1] *Llave maestra* = la que abre y cierra todas las cerraduras de una casa.
[2] Penetraron *más adentro* y vieron *mejor*.
[3] *Mano a mano* (entre jugadores) = sin ventaja de uno a otro, o con partido igual.
[4] Aceite para curar heridas, inventado en el siglo XVI por Aparicio de Zubia, y muy costoso por estar compuesto de ingredientes caros.

CAPITULO XLVII.—**Donde se prosigue cómo se portaba Sancho Panza en su gobierno.**

Cuenta la historia que desde el juzgado llevaron a Sancho Panza a un suntuoso palacio, adonde en una gran sala estaba puesta una real y limpísima mesa; y así como Sancho entró en la sala, sonaron chirimías, y salieron cuatro pajes a darle aguamanos, que Sancho recibió con mucha gravedad. Cesó la música, sentóse Sancho a la cabecera de la mesa, porque no había más de aquel asiento, y no otro servicio en toda ella. Púsose a su lado en pie un personaje, que después mostró ser médico con una varilla de ballena[1] en la mano. Levantaron una riquísima y blanca toalla con que estaban cubiertas las frutas y mucha diversidad de platos de diversos manjares; uno que parecía estudiante echó la bendición, y un paje puso un babador randado[2] a Sancho; otro que hacía el oficio de Maestresala llegó un plato de fruta del ante[3]; pero apenas hubo comido un bocado, cuando, el de la varilla tocando[4] con ella en el plato, se le quitaron de delante con grandísima celeridad; pero el Maestresala le llegó otro, de otro manjar. Iba a probarle Sancho; pero antes que llegase a él ni le gustase, ya la varilla había tocado en él, y un paje alzádole con tanta presteza como el de la fruta. Visto lo cual por Sancho, quedó suspenso y, mirando a todos, preguntó si se había de comer aquella comida como juego de maesecoral[5]. A lo cual respondió el de la vara:

---

[1] *Ballena* = cada una de las láminas córneas y elásticas que tiene la ballena en la mandíbula superior y que, cortadas en tiras, sirven para diferentes usos (paraguas, corsés...).

[2] Servilleta con guarnición de randas o encaje de hilo, y cintas para atarla al cuello.

[3] «*Ante*, el principio, o principios, que se sirve en la comida; como en el pupilaje está obligado el bachiller de pupilos a dar fuera de la porción de carne su *ante* y *pos*» (Cov.).

[4] Hoy invertiríamos el orden: *cuando tocando el de la varilla*.

[5] «*Juego de maesecoral, o de pasa pasa, y de magesicomar*. Todos estos nombres tiene el embaidor que nos hace (como dicen) del cielo cebolla, por la liberalidad que tiene en trocar las cosas, y así en el juego se dice también *juego de manos:* y entre otros traen el de los cubiletes, a donde meten ciertas pelotillas, que a nuestro parecer quedan dentro, y al asentar el cubilete las saca, y las pone en otro que nos muestra ponerle cerca del vacío, y con un palillo da ciertos golpes y dice ciertas palabras, repitiendo el *pasa pasa*,

—No se ha de comer, señor gobernador, sino como es uso y costumbre en las otras ínsulas donde hay gobernadores. Yo, señor, soy médico, y estoy asalariado en esta ínsula para serlo de los gobernadores della, y miro por su salud mucho más que por la mía, estudiando de noche y de día, y tanteando la complexión del gobernador, para acertar a curarle cuando cayere enfermo; y lo principal que hago es asistir a sus comidas y cenas, y a dejarle comer de lo que me parece que le conviene, y a quitarle lo que imagino que le ha de hacer daño y ser nocivo al estómago; y así, mandé quitar el plato de la fruta, por ser demasiadamente húmeda, y el plato del otro manjar también le mandé quitar, por ser demasiadamente caliente y tener muchas especies[1], que acrecientan la sed; y el que mucho bebe, mata y consume el húmedo radical[2], donde consiste la vida.

—Desa manera, aquel plato de perdices que están allí asadas y, a mi parecer, bien sazonadas, no me harán algún daño.

A lo que el médico respondió:

—Ésas no comerá el señor Gobernador en tanto que yo tuviere vida.

—Pues ¿por qué?—dijo Sancho.

Y el Médico respondió:

—Porque nuestro maestro Hipócrates, norte y luz de la Medicina, en un aforismo suyo dice: *Omnis saturatio mala, perdices[3] autem pessima.* Quiere decir: «Toda hartazga es mala; pero la de las perdices, malísima».

—Si eso es así—dijo Sancho—, vea el señor Doctor de cuan-

---

de donde tomó el nombre el juego, y alzando muy despacio el cubilete, no se halla nada en él; da otros golpecitos al otro cubilete y halla las pelotillas todas en él: toma luego tres cubiletes y pone a nuestro parecer en cada uno la suya, y después derruécalos todos con la vara, y están vacíos; torna a ponellos, y hállalas todas tres en el cubilete, y volviendo a dejallas todas tres dentro, las halla después repartidas cada una en su cubilete» (Cov., v. *juego*). «*Juego de maestrecoral*, el juego de manos que dicen de pasa pasa. Diéronle este nombre porque los charlatanes y embusteros que traen estos juegos se desnudan de capa y sayo, y quedan en unas jaquetas o almillas coloradas, que parecen troncos de coral» (Cov., v. *coral*).

[1] «Las *especies* [o *especias*, cf. p. 755, n. 3] son todas de su naturaleza calientes, y si no se ministrasen con su moderación y justa dosis, podrían matar» (Cov.).

[2] Los médicos de antaño daban el nombre de *húmedo radical* a cierto humor sutil y balsámico que pretendían era el que daba vigor y elasticidad a las fibras que forman la textura del cuerpo.

[3] El aforismo dice *panis*, y no *perdices*, ni *perdicis* (que sería lo correcto).

tos manjares hay en esta mesa cuál me hará más provecho y cuál menos daño, y déjeme comer dél sin que me le apalee; porque por vida del Gobernador, y así Dios me le[1] deje gozar, que me muero de hambre, y el negarme la comida, aunque le pese al señor Doctor y él más me diga, antes será quitarme la vida que aumentármela.

—Vuesa merced tiene razón, señor Gobernador—respondió el Médico—; y así, es mi parecer que vuesa merced no coma de aquellos conejos guisados que allí están, porque es manjar peliagudo[2]. De aquella ternera, si no fuera asada y en adobo[3], aún se pudiera probar; pero no hay para qué.

Y Sancho dijo:

—Aquel platonazo que está más adelante vahando me parece que es olla podrida[4], que[5], por la diversidad de cosas que en las tales ollas podridas hay, no podré dejar de topar con alguna que me sea de gusto y de provecho.

—*Absit!* [6]—dijo el Médico—. ¡Vaya lejos de nosotros tan mal pensamiento: no hay cosa en el mundo de peor mantenimiento que una olla podrida! Allá las ollas podridas para los canónigos, o para los retores de colegios, o para las bodas labradorescas, y déjennos libres las mesas de los gobernadores, donde ha de asistir todo primor y toda atildadura; y la razón es porque siempre y a doquiera y de quienquiera son más estimadas las medicinas simples que las compuestas, porque en las simples no se puede errar, y en las compuestas sí, alterando la cantidad de las cosas de que son compuestas; mas lo que yo sé que ha de comer el señor Gobernador ahora para conservar

---

[1] *Le* se refiere a *gobierno* contenido en la palabra *gobernador* (cf. p. 114, n. 1).

[2] Como dice Covarrubias: «*Peliagudo* se dice del cabrito, ternero, conejo y otros animales semejantes» (Cov.) por tener el pelo largo y delgado; pero es de notar que la digestión de estas carnes se tenía por difícil, a lo menos para enfermos y convalecientes. De donde vino llamar peliagudo al negocio cuya inteligencia o resolución es difícil.

[3] Cf. p. 348, n. 4.

[4] «*Olla podrida*, la que es muy grande y contiene en sí varias cosas, como carnero, vaca, gallinas, capones, longaniza, pies de puerco, ajos, cebollas, etc. Púdose decir podrida, en cuanto se cuece muy despacio, que casi lo que tiene dentro viene a deshacerse, y por esta razón se pudo decir podrida, como la fruta que se madura demasiado. Pero aquello podrido es lo que da el gusto y punto» (Cov.).

[5] En *que* (cf. pról. 19).

[6] De ningún modo, Dios nos libre.

2, 47.—LOS DUQUES

su salud y corroborarla, es un ciento de cañutillos de suplicaciones[1], y unas tajadicas subtiles de carne de membrillo[2], que le asienten el estómago y le ayuden a la digestión.

Oyendo esto Sancho, se arrimó sobre el espaldar de la silla y miró de hito en hito al tal médico, y con voz grave le preguntó cómo se llamaba y dónde había estudiado. A lo que él respondió:

—Yo, señor Gobernador, me llamo el doctor Pedro Recio de Agüero, y soy natural de un lugar llamado Tirteafuera, que está entre Caracuel y Almodóvar del Campo, a la mano derecha, y tengo el grado de doctor por la universidad de Osuna.

A lo que respondió Sancho, todo encendido en cólera:

—Pues, señor doctor Pedro Recio de Mal Agüero, natural de Tirteafuera, lugar que está a la derecha mano como vamos de Caracuel a Almodóvar del Campo, graduado en Osuna, quíteseme luego delante; si no, voto al sol que tome un garrote, y que a garrotazos, comenzando por él[3], no me ha de quedar médico en toda la ínsula, a lo menos, de aquellos que yo entienda que son ignorantes; que a los médicos sabios, prudentes y discretos los pondré sobre mi cabeza y los honraré como a personas divinas. Y vuelvo a decir que se me vaya Pedro Recio de aquí; si no, tomaré esta silla donde estoy sentado y se la estrellaré en la cabeza y pídanmelo en residencia[4]; que yo me descargaré con decir que hice servicio a Dios en matar a un mal médico, verdugo de la república. Y denme de comer, o si no, tómense su gobierno; que oficio que no da de comer a su dueño no vale dos habas.

Alborotóse el Doctor viendo tan colérico al Gobernador, y quiso hacer tirteafuera[5] de la sala, sino que en aquel instante sonó una corneta de posta en la calle, y asomándose el Maestresala a la ventana, volvió diciendo:

—Correo viene del Duque mi señor; algún despacho debe de traer de importancia.

Entró el correo sudando y asustado, y sacando un pliego del seno, le puso en las manos del Gobernador, y Sancho le puso en las del Mayordomo, a quien mandó leyese el sobres-

---

[1] Barquillos en forma de cañutos (cf. p. 761, n. 2).
[2] «Licenciosamente llamamos *carne*, en las frutas, todo lo que no es corazón ni cáscara; y de aquí vino a llamarse la conserva del membrillo *carne*» (Cov., v. *carnero*).
[3] Por v. m. (cf. pról. 7).
[4] Cf. p. 928, n. 2.
[5] *Tirte* = tírate (como *guarte* = guárdate). *Tirarse afuera* = retirarse, huir.

crito, que decía así: «A don Sancho Panza, gobernador de la ínsula Barataria, en su propia mano, o en las de su secretario».
Oyendo lo cual Sancho, dijo:

—¿Quién es aquí mi secretario?

Y uno de los que presentes estaban respondió:

—Yo, señor, porque sé leer y escribir, y soy vizcaíno.

—Con esa añadidura —dijo Sancho—, bien podéis ser secretario del mismo Emperador [1]. Abrid ese pliego, y mirad lo que dice.

Hízolo así el recién nacido secretario, y habiendo leído lo que decía, dijo que era negocio para tratarle a solas. Mandó Sancho despejar la sala, y que no quedasen en ella sino el Mayordomo y el Maestresala; y los demás y el Médico; se fueron; y luego el Secretario leyó la carta, que así decía:

«A mi noticia ha llegado, señor don Sancho Panza, que unos enemigos míos y desa ínsula la han de dar un asalto furioso, no sé qué noche: conviene velar y estar alerta, porque no le tomen desapercebido. Sé también por espías verdaderas que han entrado en ese lugar cuatro personas disfrazadas para quitaros la vida, porque se temen de vuestro ingenio: abrid el ojo, y mirad quién llega a hablaros, y no comáis de cosa que os presentaren. Yo tendré cuidado de socorreros si os viéredes en trabajo, y en todo haréis como se espera de vuestro entendimiento. Deste lugar, a 16 de Agosto, a las cuatro de la mañana.

Vuestro amigo

EL DUQUE.»

---

[1] Porque los vizcaínos tienen fama de muy leales. Que así se ha de entender este pasaje, lo demuestra Apráiz *(Cervantes vascófilo)*, de quien es este párrafo: «Aun haciendo caso omiso de los propios monarcas de la casa de Austria *cuyas secretarías de Estado y del Despacho* (según frase de Llorente...) *llegaron a ser casi patrimonio de los vascongados*, ahí está el *Compendio historial* de Garibay, en cuyo c. XV del l. XV dice de los vascos, aunque refiriéndose más especialmente a los guipuzcoanos, que son *de buena habilidad, no sólo para las cosas de pluma como se ve de ordinario entre los ministros de la casa real y en la arte mercantiva y en los demás ejercicios de péndola, más también para el arte de la navegación y profesión de la disciplina militar...*» De Juan Martí, aunque en boca de un personaje de su *Segunda parte de Guzmán de Alfarache*, son estas palabras: *«En sabiéndola* [la lengua castellana], *no hay vizcaíno que no pruebe muy bien en toda cosa y, sobre todo, en gran lealtad, fidelidad y buena ley. Y así vemos que muchos son secretarios de príncipes, y de su Majestad, de grande entereza y confianza, y otros, contadores, y tienen a su cargo la administración de hacienda, y no se puede negar que la opinión que dellos se tiene es de muy leales.»*

Quedó atónito Sancho, y mostraron quedarlo asimismo los circunstantes, y volviéndose al Mayordomo, le dijo:

—Lo que agora se ha de hacer, y ha de ser luego, es meter en un calabozo al doctor Recio; porque si alguno me ha de matar, ha de ser él, y de muerte adminícula [1] y pésima, como es la de la hambre.

—También—dijo el Maestresala—me parece a mí que vuesa merced no coma de todo lo que está en esta mesa, porque lo han presentado [2] unas monjas, y como suele decirse, detrás de la cruz está el diablo.

—No lo niego—respondió Sancho—; y por ahora denme un pedazo de pan y obra de cuatro libras de uvas, que en ellas no podrá venir veneno; porque, en efecto, no puedo pasar sin comer, y si es que hemos de estar prontos para estas batallas que nos amenazan, menester será estar bien mantenidos, porque tripas llevan corazón, que no corazón tripas. Y vos, secretario, responded al Duque mi señor y decidle que se cumplirá lo que manda como lo manda, sin faltar punto; y daréis de mi parte un besamanos a mi señora la Duquesa, y que le suplico no se le olvide de enviar con un propio mi carta y mi lío a mi mujer Teresa Panza, que en ello recibiré mucha merced, y tendré cuidado de servirla con todo lo que mis fuerzas alcanzaren; y de camino, podéis encajar un besamanos a mi señor don Quijote de la Mancha, porque vea que soy pan agradecido [3]; y vos, como buen secretario y como buen vizcaíno, podéis añadir todo lo que quisiéredes y más viniere a cuento. Y álcense estos manteles, y denme a mí de comer; que yo me avendré con cuantas espías y matadores y encantadores vinieren sobre mí y sobre mi ínsula.

En esto entró un paje, y dijo:

—Aquí está un labrador negociante [4] que quiere hablar a vuesa señoría en un negocio, según él dice, de mucha importancia.

—Estraño caso es éste—dijo Sancho—destos negociantes. ¿Es posible que sean tan necios, que no echen de ver que semejantes horas como éstas no son en las que han de venir a negociar? ¿Por ventura los que gobernamos, los que somos jueces,

---

[1] ¿Qué quiso decir Sancho con esta palabra? ¿Estará alterado el texto?
[2] Regalado.
[3] Lo contrario de *pan mal conocido* (cf. p. 828, n. 1).
[4] Que viene a tratar negocios.

2. 47.—GOBIERNO DE SANCHO: UN LABRADOR

no somos hombres de carne y de hueso, y que[1] es menester que nos dejen descansar el tiempo que la necesidad pide, sino que quieren que seamos hechos de piedra mármol? Por Dios y en mi conciencia que si me dura el gobierno (que no durará[2], según se me trasluce), que yo ponga en pretina[3] a más de un negociante. Agora decid a ese buen hombre que entre; pero adviértase primero no sea alguno de los espías, o matador mío.

—No, señor—respondió el Paje—, porque parece una alma de cántaro[4], y yo sé poco, o él es tan bueno como el buen pan.

—No hay que temer—dijo el Mayordomo—; que aquí estamos todos.

—¿Sería posible—dijo Sancho—, Maestresala, que agora que no está aquí el doctor Pedro Recio, que comiese yo alguna cosa de peso y de sustancia, aunque fuese un pedazo de pan y una cebolla?

—Esta noche, a la cena, se satisfará la falta de la comida, y quedará vuesa señoría satisfecho y pagado—dijo el Maestresala.

—Dios lo haga—respondió Sancho.

Y en esto, entró el Labrador, que era de muy buena presencia, y de mil leguas se le echaba de ver que era bueno y buena alma. Lo primero que dijo fué:

—¿Quién es aquí el señor Gobernador?

—¿Quién ha de ser—respondió el secretario—sino el que está sentado en la silla?

—Humíllome, pues, a su presencia—dijo el Labrador.

Y poniéndose de rodillas, le pidió la mano para besársela. Negósela Sancho, y mandó que se levantase, y dijese lo que quisiese. Hízolo así el Labrador, y luego dijo:

—Yo, señor, soy labrador, natural de Miguel Turra, un lugar que está dos leguas de Ciudad Real.

—¡Otro Tirteafuera tenemos!—dijo Sancho—. Decid, hermano; que lo que yo os sé decir es que sé muy bien a Miguel Turra, y que no está muy lejos de mi pueblo.

—Es, pues, el caso, señor—prosiguió el Labrador—, que yo, por la misericordia de Dios, soy casado en paz y en haz[5]

---

[1] *Y tales que* (cf. pról. 15).
[2] Hoy diríamos *no me durará* (cf. pról. 10).
[3] *Pretina* = cintura. *Poner*, o *meter*, *a uno en pretina*, o *en cintura* = obligarle al cumplimiento de algo.
[4] Cf. p. 695, n. 1.
[5] *En haz*, o *en faz* = a vista.

de la santa Iglesia católica romana; tengo dos hijos estudiantes, que[1] el menor estudia para bachiller y el mayor para licenciado; soy viudo, porque se murió mi mujer, o, por mejor decir, me la mató un mal médico, que la purgó estando preñada, y si Dios fuera servido que saliera a luz el parto, y fuera hijo, yo le pusiera a estudiar para doctor, porque no tuviera invidia a sus hermanos el bachiller y el licenciado.

—De modo—dijo Sancho—que si vuestra mujer no se hubiera muerto, o la hubieran muerto, ¿vos no fuérades agora viudo?

—No, señor; en ninguna manera—respondió el Labrador.

—¡Medrados estamos!—replicó Sancho—. Adelante, hermano; que es hora de dormir más que de negociar.

—Digo, pues—dijo el Labrador—, que este mi hijo que ha de ser bachiller se enamoró en el mesmo pueblo de una doncella llamada Clara Perlerina, hija de Andrés Perlerino, labrador riquísimo; y este nombre de Perlerines no les viene de abolengo ni otra alcurnia, sino porque todos los deste linaje son perláticos[2], y, por mejorar el nombre, los llaman Perlerines; aunque si va a decir la verdad, la doncella es como una perla oriental, y mirada por el lado derecho, parece una flor del campo; por el izquierdo no tanto, porque le falta aquel ojo, que se le saltó de viruelas; y aunque los hoyos del rostro son muchos y grandes, dicen los que la quieren bien que aquellos no son hoyos, sino sepulturas donde se sepultan las almas de sus amantes. Es tan limpia, que por no ensuciar la cara, trae las narices, como dicen, arremangadas, que no parece sino que van huyendo de la boca; y, con todo esto, parece bien por estremo, porque tiene la boca grande, y, a no faltarle diez o doce dientes y muelas, pudiera pasar y echar raya[3] entre las más bien formadas. De los labios no tengo que decir; porque son tan sutiles y delicados, que si se usaran[4] aspar[5] labios, pudieran hacer dellos una madeja; pero como tienen diferente color de la que en los labios se usa comúnmente, parecen milagrosos, porque son jaspeados de azul y verde y aberenjenado[6]; y perdóneme el

---

[1] De los *que* (cf. pról. 19).
[2] Paralíticos.
[3] *Echar raya* = aventajarse.
[4] Hoy diríamos *usara*.
[5] Cf. p. 320, n. 2.
[6] De color de berenjena (morado).

señor Gobernador si por tan menudo[1] voy pintando las partes de la que al fin al fin ha de ser mi hija; que la quiero bien y no me parece mal.

—Pintad lo que quisiéredes—dijo Sancho—; que yo me voy recreando en la pintura, y si hubiera comido, no hubiera mejor postre para mí que vuestro retrato.

—Eso tengo yo por servir[2]—respondió el Labrador—; pero tiempo vendrá en que seamos[3], si ahora no somos. Y digo, señor, que si pudiera pintar su gentileza y la altura de su cuerpo, fuera cosa de admiración; pero no puede ser, a causa de que ella está agobiada y encogida, y tiene las rodillas con la boca, y, con todo eso, se echa bien de ver que si se pudiera levantar, diera con la cabeza en el techo; y ya ella hubiera dado la mano de esposa a mi bachiller, sino que no la puede estender, que está añudada; y, con todo, en las uñas largas y acanaladas se muestra su bondad y buena hechura.

—Está bien—dijo Sancho—, y haced cuenta, hermano, que ya la habéis pintado de los pies a la cabeza. ¿Qué es lo que queréis ahora? Y venid al punto sin rodeos ni callejuelas, ni retazos ni añadiduras.

—Querría, señor—respondió el Labrador—que vuesa merced me hiciese merced de darme una carta de favor para mi consuegro, suplicándole sea servido de que este casamiento se haga, pues no somos desiguales en los bienes de fortuna, ni en los de la naturaleza; porque, para decir la verdad, señor Gobernador, mi hijo es endemoniado, y no hay día que tres o cuatro veces no le atormenten los malignos espíritus; y de haber caído una vez en el fuego, tiene el rostro arrugado como pergamino, y los ojos algo llorosos y manantiales; pero tiene una condición de un ángel, y si no es que se aporrea y se da de puñadas él mesmo a sí mesmo, fuera un bendito.

—¿Queréis otra cosa, buen hombre?—replicó Sancho.

—Otra cosa querría—dijo el Labrador—, sino que no me atrevo a decirlo; pero ¡vaya!, que, en fin, no se me ha de podrir en el pecho: pegue o no pegue. Digo, señor, que querría que vuesa merced me diese trecientos o seiscientos ducados para ayuda a la dote de mi bachiller; digo, para ayuda de poner su

---

[1] Si tan por menudo.
[2] El postre (lo postrero de mi relación, o sea, los seiscientos ducados de mi petición) tengo yo sin servir.
[3] *Seamos* servidos.

casa, porque, en fin, han de vivir por sí, sin estar sujetos a las impertinencias de los suegros.

—Mirad si queréis otra cosa—dijo Sancho—, y no la dejéis de decir por empacho ni por vergüenza.

—No, por cierto—respondió el Labrador.

Y apenas dijo esto, cuando levantándose en pie el Gobernador, asió de la silla en que estaba sentado, y dijo:

—¡Voto a tal, don patán rústico y mal mirado, que si no os apartáis y ascondéis luego de mi presencia, que con esta silla os rompa y abra la cabeza! Hideputa, bellaco, pintor del mesmo demonio, ¿y a estas horas te vienes a pedirme seiscientos ducados? ¿Y dónde los tengo yo, hediondo? ¿Y por qué te los había de dar aunque los tuviera, socarrón y mentecato? ¿Y qué se me da a mí de Miguel Turra, ni de todo el linaje de los Perlerines? ¡Va[1] de mí, digo; si no, por vida del Duque mi señor que haga lo que tengo dicho! Tú no debes de ser de Miguel Turra, sino algún socarrón que para tentarme te ha enviado aquí el infierno. Dime, desalmado, aún no ha día y medio que tengo el gobierno, ¿y ya quieres que tenga seiscientos ducados?

Hizo de señas el Maestresala al Labrador que se saliese de la sala, el cual lo hizo cabizbajo y, al parecer, temeroso de que el Gobernador no[2] ejecutase su cólera, que el bellacón supo hacer muy bien su oficio.

Pero dejemos con su cólera a Sancho, y ándese la paz en el corro[3], y volvamos a don Quijote, que le dejamos vendado el rostro y curado[4] de las gatescas heridas, de las cuales no sanó en ocho días, en uno de los cuales le sucedió lo que Cide Hamete promete de contar con la puntualidad y verdad que suele contar las cosas desta historia, por mínimas que sean.

---

[1] *Va* = ve (cf. pról. 1).
[2] Hoy omitiríamos este *no* (cf. pról. 24).
[3] *Andar la paz en el corro*, o *en el coro*, se dice de las reuniones donde hay disensiones y riñas: tal vez por alusión a la paz que se besaba en la misa, puesta la gente en corro.
[4] Puesto en cura.

2, 48.—AVENTURA DE DOÑA RODRÍGUEZ (*comienzo*)

CAPITULO XLVIII.—De lo que sucedió a don Quijote con doña Rodríguez, la dueña de la Duquesa, con otros acontecimientos dignos de escritura y de memoria eterna.

Además[1] estaba mohino y malencólico el malferido caballero don Quijote, vendado el rostro y señalado, no por la mano de Dios, sino por las uñas de un gato, desdichas anejas a la andante caballería. Seis días estuvo sin salir en público, en una noche de los cuales, estando despierto y desvelado, pensando en sus desgracias y en el perseguimiento de Altisidora, sintió que con una llave abrían la puerta de su aposento, y luego imaginó que la enamorada doncella venía para sobresaltar su honestidad y ponerle en condición de faltar a la fee que guardar debía a su señora Dulcinea del Toboso. «—No—dijo creyendo a su imaginación, y esto, con voz que pudiera ser oída—; no ha de ser parte la mayor hermosura de la tierra para que yo deje de adorar la que tengo grabada y estampada en la mitad de mi corazón y en lo más escondido de mis entrañas, ora estés, señora mía, transformada en cebolluda labradora, ora en ninfa del dorado Tajo, tejiendo telas de oro y sirgo[2] compuestas, ora te tenga Merlín o Montesinos donde ellos quisieren; que adondequiera eres mía y adoquiera he sido yo, y he de ser, tuyo.»

El acabar estas razones y el abrir de la puerta fué todo uno. Púsose en pie sobre la cama, envuelto de arriba abajo en una colcha de raso amarillo, una galocha[3] en la cabeza, y el rostro y los bigotes vendados: el rostro, por los aruños[4]; los bigotes, porque no se le desmayasen y cayesen; en el cual traje parecía la más extraordinaria fantasma que se pudiera pensar. Clavó los ojos en la puerta, y cuando esperaba ver entrar por ella a la rendida y lastimada Altisidora, vió entrar a una reverendí-

---

[1] Por demás (cf. pról. 11).
[2] Cf. pág. 135, n. 2.
[3] *Galocha* = *galota* = *becoquín* = *bicoquete* = *papalina* (de *papal*) = gorra o birrete con dos puntas, que cubren las orejas.
[4] «*Aruño*, lo mesmo que *araño*» (Cov.). «*Araño*, la señal que deja el rasguño en la carne, rompiendo ligeramente el cuero o pellejo» (Cov.).

— 969 —

sima dueña con unas tocas blancas repulgadas[1] y luengas, tanto, que la cubrían y enmantaban[2] desde los pies a la cabeza. Entre los dedos de la mano izquierda traía una media vela encendida, y con la derecha se hacía sombra, porque no le diese la luz en los ojos, a quien cubrían unos muy grandes antojos. Venía pisando quedito y movía los pies blandamente.

Miróla don Quijote desde su atalaya[3], y cuando vió su adeliño[4] y notó su silencio, pensó que alguna bruja o maga venía en aquel traje a hacer en él alguna mala fechuría, y comenzó a santiguarse con mucha priesa. Fuése llegando la visión, y cuando llegó a la mitad del aposento, alzó los ojos y vió la priesa con que se estaba haciendo cruces don Quijote; y si él quedó medroso en ver tal figura, ella quedó espantada en ver la suya; porque así como le vió tan alto y tan amarillo, con la colcha y con las vendas, que le desfiguraban, dió una gran voz diciendo:

—¡Jesús! ¿Qué es lo que veo?

Y con el sobresalto se le cayó la vela de las manos; y viéndose a escuras, volvió las espaldas para irse, y con el miedo tropezó en sus faldas y dió consigo una gran caída. Don Quijote, temeroso, comenzó a decir:

—Conjúrote, fantasma, o lo que eres, que me digas quién eres, y que me digas qué es lo que de mí quieres. Si eres alma en pena, dímelo; que yo haré por ti todo cuanto mis fuerzas alcanzaren, porque soy católico cristiano y amigo de hacer bien a todo el mundo; que para esto tomé la orden de la caballería andante que profeso, cuyo ejercicio aun hasta hacer bien a las ánimas de purgatorio se estiende.

La brumada señora, que oyó conjurarse, por su temor coligió el de don Quijote, y con voz afligida y baja le respondió:

—Señor don Quijote (si es que acaso vuesa merced es don Quijote), yo no soy fantasma, ni visión, ni alma de purgatorio, como vuesa merced debe de haber pensado, sino doña Rodrí-

---

[1] Cf. p. 912, n. 2.
[2] Cubrían a manera de manto.
[3] «*Atalaya*, lugar alto, desde el cual se descubre la campiña: los que asisten en ellas, también se llaman *atalayas*. Estos dan avisos con humadas de día y fuegos de noche, si hay enemigos, o si está seguro el campo... Estas atalayas son unas torrecillas puestas en algunos lugares altos y dificultosos de subir a ellos. Las que están sobre la mar, cuando son fuertes y sumptuosas, se llaman *faros*» (Cov.).
[4] Aliño.

2, 48.—AVENTURA DE DOÑA RODRÍGUEZ (*comienzo*)

guez, la dueña de honor de mi señora la Duquesa, que con una necesidad de aquellas que vuesa merced suele remediar, a vuesa merced vengo.

—Dígame, señora doña Rodríguez—dijo don Quijote—: ¿por ventura viene vuesa merced a hacer alguna tercería? Porque le hago saber que no soy de provecho para nadie, merced a la sin par belleza de mi señora Dulcinea del Toboso. Digo, en fin, señora doña Rodríguez, que como vuesa merced salve y deje a una parte todo recado amoroso, puede volver a encender su vela, y vuelva, y departiremos de todo lo que más mandare y más en gusto le viniere, salvando, como digo, todo incitativo melindre [1].

—¿Yo recado de nadie, señor mío?—respondió la dueña—. Mal me conoce vuesa merced; sí que aún no estoy en edad tan prolongada, que me acoja a semejantes niñerías, pues, Dios loado, mi alma me tengo en las carnes [2], y todos mis dientes y muelas en la boca, amén de unos pocos que me han usurpado unos catarros, que en esta tierra de Aragón son tan ordinarios. Pero espéreme vuesa merced un poco; saldré a encender mi vela, y volveré en un instante a contar mis cuitas, como a remediador de todas las del mundo.

Y sin esperar respuesta, se salió del aposento, donde quedó don Quijote sosegado y pensativo esperándola; pero luego le sobrevinieron mil pensamientos acerca de aquella nueva aventura, y parecíale ser mal hecho y peor pensado ponerse en peligro de romper a su señora la fee prometida, y decíase a sí mismo: «—¿Quién sabe si el diablo, que es sutil y mañoso, querrá engañarme agora con una dueña, lo que no ha podido con emperatrices, reinas, duquesas, marquesas ni condesas? Que yo he oído decir muchas veces y a muchos discretos que, si él puede, antes os la dará roma que aguileña. ¿Y quién sabe si esta soledad, esta ocasión y este silencio despertará mis deseos que duermen, y harán que al cabo de mis años venga a caer donde nunca he tropezado? Y en casos semejantes mejor es huir que esperar la batalla. Pero yo no debo de estar en mi juicio, pues tales disparates digo y pienso; que no es posible que una dueña toquiblanca, larga y antojuna [3] pueda mover ni levantar pensamiento lascivo en el más desalmado pecho del mundo. ¿Por

---

[1] Cf. p. 912, n. 2, y p. 471, n. 3.
[2] *Tenerse* uno *su alma en las carnes* = estar aún ágil y vigoroso.
[3] *Antojuna* = provista de antojos o anteojos.

ventura hay dueña en la tierra que tenga buenas carnes? ¿Por ventura hay dueña en el orbe que deje de ser impertinente, fruncida[1] y melindrosa? ¡Afuera, pues, caterva dueñesca, inútil para ningún humano regalo! ¡Oh, cuán bien hacía aquella señora de quien se dice que tenía dos dueñas de bulto con sus antojos y almohadillas al cabo de su estrado[2], como que estaban labrando, y tanto le servían para la autoridad de la sala aquellas estatuas como las dueñas verdaderas! Y diciendo esto, se arrojó del lecho, con intención de cerrar la puerta y no dejar entrar a la señora Rodríguez; mas cuando la llegó a cerrar, ya la señora Rodríguez volvía, encendida una vela de cera blanca, y cuando ella vió a don Quijote de más cerca, envuelto en la colcha, con las vendas, galocha o becoquín, temió de nuevo, y retirándose atrás como dos pasos, dijo:

—¿Estamos seguras, señor caballero? Porque no tengo a muy honesta señal haberse vuesa merced levantado de su lecho.

—Eso mesmo es bien que yo pregunte, señora—respondió don Quijote—: y así, pregunto si estaré yo seguro de ser acometido y forzado.

—¿De quién o a quién pedís, señor caballero, esa seguridad? —respondió la dueña.

—A vos y de vos la pido—replicó don Quijote—; porque ni yo soy de mármol, ni vos de bronce, ni ahora son las diez del día, sino media noche, y aun un poco más, según imagino, y en una estancia más cerrada y secreta que lo debió de ser la cueva donde el traidor y atrevido Eneas gozó a la hermosa y piadosa Dido. Pero dadme, señora, la mano; que yo no quiero otra seguridad mayor que la de mi continencia y recato y la que ofrecen esas reverendísimas tocas.

Y diciendo esto, besó su derecha mano y la asió de la suya, que ella le dió con las mesmas ceremonias[3].

Aquí hace Cide Hamete un paréntesis, y dice que por Mahoma que diera, por ver ir a los dos así asidos y trabados desde la puerta al lecho, la mejor almalafa[4] de las que tenía.

Entróse, en fin, don Quijote en su lecho, y quedóse doña Rodríguez sentada en una silla, algo desviada de la cama, no quitándose los antojos ni la vela. Don Quijote se acorrucó y se

---

[1] *Fruncir* es arrugar la frente y las cejas en señal de desagrado, o de ira, o afectando modestia y encogimiento.
[2] Cf. p. 390, n. 3.
[3] Cada uno besó su propia mano antes de dársela al otro.
[4] Cf. p. 438, n. 3.

2, 48.—AVENTURA DE DOÑA RODRÍGUEZ (*comienzo*)

cubrió todo, no dejando más de el rostro descubierto; y habiéndose los dos sosegado, el primero que rompió el silencio fué don Quijote, diciendo:

—Puede vuesa merced ahora, mi señora doña Rodríguez, descoserse y desbuchar todo aquello que tiene dentro de su cuitado corazón y lastimadas entrañas; que será de mí escuchada con castos oídos, y socorrida con piadosas obras.

—Así lo creo yo—respondió la dueña—; que de la gentil y agradable presencia de vuesa merced no se podía esperar sino tan cristiana respuesta. Es, pues, el caso, señor don Quijote, que aunque vuesa merced me vee sentada en esta silla y en la mitad del reino de Aragón, y en hábito de dueña aniquilada y asendereada, soy natural de las Asturias de Oviedo[1], y de linaje, que[2] atraviesan por él muchos de los mejores de aquella provincia; pero mi corta suerte y el descuido de mis padres, que empobrecieron antes de tiempo, sin saber cómo ni cómo no, me trujeron a la Corte, a Madrid, donde, por bien de paz y por escusar mayores desventuras, mis padres me acomodaron a servir de doncella de labor a una principal señora; y quiero hacer sabidor a vuesa merced que en hacer vainillas[3] y labor blanca[4] ninguna me ha echado el pie adelante en toda la vida. Mis padres me dejaron sirviendo y se volvieron a su tierra, y de allí a pocos años se debieron de ir al cielo, porque eran además[5] buenos y católicos cristianos. Quedé huérfana, y atenida al miserable salario y a las angustiadas mercedes que a las tales criadas se suele dar en palacio; y en este tiempo, sin que diese yo ocasión a ello, se enamoró de mí un escudero de casa, hombre ya en días[6], barbudo y apersonado[7], y, sobre todo, hidalgo como el Rey, porque era montañés. No tratamos tan secretamente nuestros amores, que no viniesen a noticia de mi señora; la cual, por escusar dimes y diretes, nos casó en paz y en haz

---

[1] Distintas de las *Asturias de Santillana*.
[2] Tal, *que* (cf. pról. 15).
[3] *Vainilla*, o *vainica*, entre las costureras se llaman aquellos sutiles deshilados que se hacen a la orilla junto a los dobladillos. 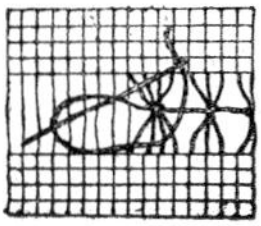 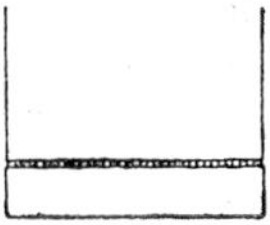
[4] *Labor blanca* = la que hacen las mujeres en lienzo.
[5] Por demás (cf. pról. 11).
[6] «*Hombre* [entrado] *en días*, el viejo y anciano» (Cov.).
[7] «*Apersonado, y de buena persona*, es hombre abultado» (Cov.)

de la santa madre Iglesia católica romana, de cuyo matrimonio nació una hija para rematar con mi ventura, si alguna tenía, no porque yo muriese del parto, que le tuve derecho y en sazón, sino porque desde allí a poco murió mi esposo de un cierto espanto que tuvo, que, a tener ahora lugar para contarle, yo sé que vuesa merced se admirara.

Y en esto, comenzó a llorar tiernamente, y dijo:

—Perdóneme vuesa merced, señor don Quijote; que no va más en mi mano: porque todas las veces que me acuerdo de mi mal logrado[1] se me arrasan los ojos de lágrimas. ¡Válame Dios, y con qué autoridad llevaba mi señora a las ancas de una poderosa mula, negra como el mismo azabache! Que entonces no se usaban coches ni sillas[2], como agora dicen que se usan, y las señoras iban a las ancas de sus escuderos. Esto, a lo menos, no puedo dejar de contarlo, porque se note la crianza y puntualidad de mi buen marido. Al entrar de la calle de Santiago, en Madrid, que es algo estrecha, venía a salir por ella un alcalde de Corte con dos alguaciles delante, y así como mi buen escudero le vió, volvió las riendas a la mula, dando señal de volver a acompañarle. Mi señora, que iba a las ancas, con voz baja le decía: «—¿Qué hacéis, desventurado? ¿No veis que voy aquí?» El Alcalde, de comedido, detuvo la rienda al caballo, y díjole: «—Seguid, señor, vuestro camino; que yo soy el que debo acompañar a mi señora doña Casilda» (que así era el nombre de mi ama). Todavía porfiaba mi marido, con la gorra en la mano, a querer ir acompañando al Alcalde; viendo lo cual mi señora, llena de cólera y enojo, sacó un alfiler gordo, o creo que un punzón, del estuche, y clavóselo por los lomos, de manera, que mi marido dió una gran voz, y torció el cuerpo, de suerte que dió con su señora en el suelo. Acudieron dos lacayos suyos a levantarla, y lo mismo hizo el Alcalde y los alguaciles; alborótose la Puerta de Guadalajara, digo, la gente baldía que en ella estaba; vínose a pie mi ama, y mi marido acudió en casa de un barbero, diciendo que llevaba pasadas de parte a parte las entrañas. Divulgóse la cortesía de mi esposo, tanto, que los muchachos le corrían por las calles; y por esto, y porque él era algún tanto corto de vista, mi señora le despidió, de cuyo pesar, sin duda alguna, tengo para mí que se le causó el mal de la muerte. Quedé yo viuda y desamparada, y con hija a cuestas, que iba

---

[1] Cf. p. 784, n. 4.
[2] Habla de las *sillas de manos* o *toldillos*.

2, 48.—AVENTURA DE DOÑA RODRÍGUEZ (*comienzo*)

creciendo en hermosura como la espuma de la mar. Finalmente, como yo tuviese fama de gran labrandera [1], mi señora la Duquesa, que estaba recién casada con el Duque mi señor, quiso traerme consigo a este reino de Aragón, y a mi hija ni más ni menos, adonde, yendo días y viniendo días, creció mi hija, y con ella todo el donaire del mundo: canta como una calandria, danza como el pensamiento, baila como una perdida [2], lee y escribe como un maestro de escuela, y cuenta como un avariento. De su limpieza no digo nada: que el agua que corre no es más limpia; y debe de tener agora, si mal no me acuerdo, diez y seis años, cinco meses y tres días, uno más a menos. En resolución, desta mi muchacha se enamoró un hijo de un labrador riquísimo que está en una aldea del Duque mi señor, no muy lejos de aquí. En efecto, no sé cómo ni cómo no, ellos se juntaron, y debajo de la palabra de ser su esposo burló a mi hija, y no se la quiere cumplir; y aunque el Duque mi señor lo sabe, porque yo me he quejado a él, no una, sino muchas veces, y pedídole mande que el tal labrador se case con mi hija, hace orejas de mercader y apenas quiere oírme; y es la causa que como el padre del burlador es tan rico, y le presta dineros, y le sale por fiador de sus trampas por momentos, no le quiere descontentar ni dar pesadumbre en ningún modo. Querría, pues, señor mío, que vuesa merced tomase a cargo el deshacer este agravio, o ya por ruegos, o ya por las armas, pues según todo el mundo dice, vuesa merced nació en él para deshacerlos, y para enderezar los tuertos y amparar los miserables; y póngasele a vuesa merced por delante la orfandad de mi hija, su gentileza, su mocedad, con todas las buenas partes que he dicho que tiene; que en Dios y en mi conciencia que de cuantas doncellas tiene mi señora, que no hay ninguna que llegue a la suela de su zapato, y que una que llaman Altisidora, que es la que tienen por más desenvuelta y gallarda, puesta en comparación de mi hija, no la llega con dos leguas. Porque quiero que sepa vuesa merced, señor mío, que no es todo oro lo que reluce; porque esta Altisidorilla tiene más de presunción que de hermosura, y más de desenvuelta que de recogida, además que no está muy sana; que tiene un cierto aliento cansado [3], que no hay sufrir el estar

---

[1] Cf. p. 956, n. 3.
[2] La danza era algo más estudiado, autorizado y complicado, y el baile, cosa más espontánea, ligera y desenvuelta (cf. p. 745, n. 3).
[3] *Cansado* = 1) gastado; 2) que cansa y molesta.

junto a ella un momento. Y aun mi señora la Duquesa... Quiero callar; que suele decir que las paredes tienen oídos.

—¿Qué tiene mi señora la Duquesa, por vida mía, señora doña Rodríguez?—preguntó don Quijote.

—Con ese conjuro—respondió la dueña—, no puedo dejar de responder a lo que se me pregunta con toda verdad. ¿Vee vuesa merced, señor don Quijote, la hermosura de mi señora la Duquesa, aquella tez de rostro, que no parece sino de una espada acicalada y tersa, aquellas dos mejillas de leche y de carmín, que en la una tiene el sol y en la otra la luna, y aquella gallardía con que va pisando y aun despreciando el suelo, que no parece sino que va derramando salud donde pasa? Pues sepa vuesa merced que lo puede agradecer, primero, a Dios; y luego, a dos fuentes que tiene en las dos piernas[1], por donde se desagua todo el mal humor de quien dicen los médicos que está llena.

—¡Santa María—dijo don Quijote—, y es posible que mi señora la Duquesa tenga tales desaguaderos! No lo creyera si[2] me lo dijeran frailes descalzos; pero pues la señora doña Rodríguez lo dice, debe de ser así. Pero tales fuentes, y en tales lugares, no deben de manar humor, sino ámbar líquido. Verdaderamente que ahora acabo de creer que esto de hacerse fuentes debe de ser cosa importante para salud.

Apenas acabó don Quijote de decir esta razón, cuando con un gran golpe abrieron las puertas del aposento, y del sobresalto del golpe se le cayó a doña Rodríguez la vela de la mano, y quedó la estancia como boca de lobo[3], como suele decirse. Luego sintió la pobre dueña que la asían de la garganta con dos manos, tan fuertemente que no la dejaban gañir[4], y que otra persona, con mucha presteza, sin hablar palabra, le alzaba las faldas, y con una, al parecer, chinela[5], le comenzó a dar

---

[1] «*Fuentes* son ciertas llagas en el cuerpo del hombre, que por manar podre y materia les dieron este nombre; y algunas son hechas a sabiendas, para descargar por ellas el mal humor» (Cov.).

[2] Aunque (cf. pról. 30).

[3] «*Obscuro como boca de lobo:* esta manera de hablar es muy usada y puédese entender en este sentido, que el lobo tiene la color pardilla, obscura, y la parte del hocico más negra que aun lo demás del cuerpo» (Cov.).

[4] «*Gañir*, el aullar del perro cuando se siente de algún golpe, o dolor que tenga» (Cov.).

[5] «*Chinela*, un género de calzado de dos o tres suelas, sin talón, que con facilidad se entra y se saca el pie dél, y tráese de ordinario con borceguí y así le usan los señores que andan en caballos a la jineta» (Cov.).

tantos azotes, que era una compasión; y aunque don Quijote se la tenía, no se meneaba del lecho, y no sabía qué podía ser aquello, y estábase quedo y callando, y aun temiendo no viniese por él la tanda y tunda azotesca. Y no fué vano su temor; porque en dejando molida a la dueña los callados verdugos (la cual no osaba quejarse), acudieron a don Quijote, y desenvolviéndole de la sábana y de la colcha, le pellizcaron tan a menudo y tan reciamente, que no pudo dejar de defenderse a puñadas, y todo esto, en silencio admirable. Duró la batalla casi media hora; saliéronse las fantasmas, recogió doña Rodríguez sus faldas, y gimiendo su desgracia, se salió por la puerta afuera, sin decir palabra a don Quijote; el cual doloroso y pellizcado, confuso y pensativo, se quedó solo, donde le dejaremos deseoso de saber quién había sido el perverso encantador que tal le había puesto. Pero ello se dirá a su tiempo; que Sancho Panza nos llama, y el buen concierto de la historia lo pide.

CAPITULO XLIX.—De lo que le sucedió a Sancho Panza rondando su ínsula.

Dejamos al gran Gobernador enojado y mohino con el Labrador pintor y socarrón, el cual, industriado del Mayordomo, y el Mayordomo del Duque[1], se burlaban de Sancho; pero él se las tenía tiesas a todos, maguera[2] tonto, bronco y rollizo, y dijo a los que con él estaban, y al doctor Pedro Recio, que como se acabó el secreto de la carta del Duque había vuelto a entrar en la sala:

—Ahora verdaderamente que entiendo que los jueces y gobernadores deben de ser, o han de ser, de bronce, para no sentir las importunidades de los negociantes, que a todas horas y a todos tiempos quieren que los escuchen y despachen, atendiendo sólo a su negocio, venga lo que viniere; y si el pobre del juez no los escucha y despacha, o porque no puede, o porque no es aquél el tiempo diputado para darles audiencia, luego le maldicen y murmuran, y le roen los huesos, y aun le deslindan los linajes. Negociante necio, negociante mentecato, no te apresures; espera sazón y coyuntura para negociar: no vengas a la hora del comer, ni a la del dormir; que los jueces son de carne

---

[1] Industriado *del duque.*
[2] Aunque.

y de hueso, y han de dar a la naturaleza lo que naturalmente les pide, si no es yo [1], que no le doy de comer a la mía, merced al señor doctor Pedro Recio Tirteafuera, que está delante, que quiere que muera de hambre, y afirma que esta muerte es vida, que así se la dé Dios a él y a todos los de su ralea, digo, a la de los malos médicos; que la de los buenos palmas y lauros merecen [2].

Todos los que conocían a Sancho Panza se admiraban oyéndole hablar tan elegantemente, y no sabían a qué atribuirlo, sino a que los oficios y cargos graves, o adoban, o entorpecen los entendimientos. Finalmente, el doctor Pedro Recio Agüero de Tirteafuera prometió de darle de cenar aquella noche, aunque excediese de todos los aforismos de Hipócrates. Con esto quedó contento el Gobernador, y esperaba con grande ansia llegase la noche y la hora de cenar; y aunque el tiempo, al parecer suyo, se estaba quedo, sin moverse de un lugar, todavía se llegó por él el tanto deseado [3], donde le dieron de cenar un salpicón [4] de vaca con cebolla, y unas manos cocidas de ternera algo entrada en días. Entregóse en todo, con más gusto que si le hubieran dado francolines de Milán, faisanes de Roma, ternera de Sorrento, perdices de Morón, o gansos de Lavajos, y entre la cena, volviéndose al Doctor, le dijo:

—Mirad, señor Doctor: de aquí adelante no os curéis de darme a comer cosas regaladas ni manjares esquisitos, porque será sacar a mi estómago de sus quicios, el cual está acostumbrado a cabra, a vaca, a tocino, a cecina, a nabos y a cebollas, y si acaso le dan otros manjares de palacio, los recibe con melindre, y algunas veces con asco. Lo que el Maestresala puede hacer es traerme estas que llaman ollas podridas, que miemtras más podridas son, mejor huelen [5], y en ellas puede embaular y encerrar todo lo que él quisiere, como sea de comer, que yo se lo agradeceré, y se lo pagaré algún día; y no se burle nadie conmigo, porque o somos, o no somos: vivamos todos, y comamos, en buena paz y compaña, pues cuando Dios amanece, para todos amanece. Yo gobernaré esta ínsula sin perdonar

---

[1] *Si no es* es una locución petrificada equivalente a *sino* o *menos:* de ahí que *es* no concuerde con *yo*.
[2] Por *merece* (cf. pról. 8).
[3] *Se le llegó el* tiempo *tanto deseado*.
[4] Cf. p. 55, n. 6.
[5] Cf. p. 961, n. 4.

derecho ni llevar cohecho[1], y todo el mundo traiga el ojo alerta y mire por el virote[2]; porque les hago saber que el diablo está en Cantillana[3] y que si me dan ocasión, han de ver maravillas. ¡No, sino haceos miel, y comeros han moscas!

—Por cierto, señor Gobernador—dijo el Maestresala—, que vuesa merced tiene mucha razón en cuanto ha dicho, y que yo ofrezco en nombre de todos los insulanos desta ínsula que han de servir a vuesa merced con toda puntualidad, amor y benevolencia, porque el suave modo de gobernar que en estos principios vuesa merced ha dado no les da lugar de hacer ni de pensar cosa que en deservicio de vuesa merced redunde.

—Yo lo creo—respondió Sancho—, y serían ellos unos necios si otra cosa hiciesen o pensasen. Y vuelvo a decir que se tenga cuenta de mi sustento y con el de mi rucio, que es lo que en este negocio importa y hace más al caso, y en siendo hora, vamos a rondar; que es mi intención limpiar esta ínsula de todo género de inmundicia y de gente vagamunda, holgazana y mal entretenida; porque quiero que sepáis, amigos, que la gente baldía y perezosa es en la república lo mesmo que los zánganos en las colmenas, que se comen la miel que las trabajadoras abejas hacen. Pienso favorecer a los labradores, guardar sus preeminencias a los hidalgos, premiar los virtuosos, y, sobre todo, tener respeto a la religión y a la honra de los religiosos. ¿Qué os parece desto amigos? ¿Digo algo, o quiébrome la cabeza[4]?

—Dice tanto vuesa merced, señor Gobernador—dijo el Mayordomo—, que estoy admirado de ver que un hombre tan sin letras como vuesa merced, que, a lo que creo, no tiene ninguna, diga tales y tantas cosas llenas de sentencias y de avisos, tan fuera de todo aquello que del ingenio de vuesa merced esperaban los que nos enviaron y los que aquí venimos. Cada día se veen cosas nuevas en el mundo: las burlas se vuelven en veras y los burladores se hallan burlados.

Llegó la noche, y cenó el Gobernador[5], con licencia del señor doctor Recio. Aderezáronse de ronda; salió con el Mayor-

---

[1] Cf. p. 862, n. 2.
[2] Cf. p. 704, n. 1.
[3] *Estar el diablo en Cantillana* = haber turbaciones o inquietudes en alguna parte.
[4] ¿... o son éstos imposibles y vanos quebraderos de cabeza?
[5] *Cenó*, como queda dicho, o acabó de cenar, *el gobernador* (no es que cenase por segunda vez).

domo, Secretario y Maestresala, y el coronista que tenía cuidado de poner en memoria sus hechos, y alguaciles y escribanos tantos, que podían formar un mediano escuadrón. Iba Sancho en medio, con su vara, que no había más que ver, y pocas calles andadas del lugar, sintieron ruido de cuchilladas; acudieron allá, y hallaron que eran dos solos hombres los que reñían, los cuales, viendo venir a la justicia, se estuvieron quedos, y el uno dellos dijo:

—¡Aquí de Dios y del Rey! ¿Cómo y que se ha de sufrir que roben en poblado en este pueblo, y que salgan a saltear en él en la mitad de las calles?

—Sosegaos, hombre de bien—dijo Sancho—, y contadme qué es la causa desta pendencia; que yo soy el Gobernador.

El otro contrario dijo:

—Señor Gobernador, yo la diré con toda brevedad. Vuesa merced sabrá que este gentilhombre acaba de ganar ahora en esta casa de juego que está aquí frontero[1] más de mil reales, y sabe Dios cómo; y hallándome yo presente, juzgué más de una suerte dudosa en su favor, contra todo aquello que me dictaba la conciencia; alzóse con la ganancia, y cuando esperaba que me había de dar algún escudo, por lo menos, de barato[2], como es uso y costumbre darle a los hombres principales como yo, que estamos asistentes para bien y mal pasar, y para apoyar sinrazones y evitar pendencias, él embolsó su dinero y se salió de la casa. Yo vine despechado tras él, y con buenas y corteses palabras le he pedido que me diese siquiera ocho reales, pues sabe que yo soy hombre honrado y que no tengo oficio ni beneficio, porque mis padres no me le enseñaron ni me le dejaron; y el socarrón, que[3] no es más ladrón Caco ni más fullero[4] Andradilla, no quería darme más de cuatro reales; ¡porque vea vuesa merced, señor Gobernador, qué poca vergüenza y qué poca conciencia! Pero a fee que si vuesa merced no llegara, que

---

[1] En frente (cf. pról. 2).
[2] «*Dar barato* = sacar los que juegan del montón común, o del suyo, para dar a los que sirven o asisten al juego» (Cov.).
[3] Tal, *que* (cf. pról. 15).
[4] «*Fullero*, el jugador de naipes o dados, que con mal término y conocida ventaja gana a los que con él juegan, conociendo las cartas, haciendo pandillas, jugando con naipes y dados falsos, andando en compañía con otros que se entienden para ser, como dicen, *tres al mohino* [= tres contra uno que se amohina por haber perdido]» (Cov.).

2, 49.—GOBIERNO DE SANCHO: DE RONDA

yo le hiciera vomitar la ganancia, y que había de saber con cuántas entraba en romana[1].

—¿Qué decís vos a esto?—preguntó Sancho.

Y el otro respondió que era verdad cuanto su contrario decía, y no había querido darle más de cuatro reales porque se los daba muchas veces; y los que esperan barato han de ser comedidos y tomar con rostro alegre lo que les dieren, sin ponerse en cuentas con los gananciosos, si ya no supiesen de cierto que son fulleros y que lo que ganan es mal ganado; y que para señal que él era hombre de bien, y no ladrón, como decía, ninguna había mayor que el no habérle querido dar nada; que siempre los fulleros son tributarios de los mirones que los conocen.

—Así es—dijo el Mayordomo—. Vea vuesa merced, señor Gobernador, qué es lo que se ha de hacer destos hombres.

—Lo que se ha de hacer es esto—respondió Sancho—: vos, ganancioso, bueno, o malo, o indiferente, dad luego a este vuestro acuchillador cien reales, y más[2] habéis de desembolsar treinta para los pobres de la cárcel; y vos, que no tenéis oficio ni beneficio, y andáis de nones[3] en esta ínsula, tomad luego esos cien reales, y mañana en todo el día salid desta ínsula desterrado por diez años, so pena, si lo[4] quebrantáredes, los cumpláis en la otra vida, colgándoos yo de una picota[5], o, a lo menos, el verdugo por mi mandado; y ninguno me replique, que le asentaré la mano.

---

[1] *Entrar la romana* (= instrumento para pesar) *con tanto* = comenzar su cuenta con cierto número de libras, arrobas, etcétera. *Hacer saber con cuántas entra la romana* = decirle a uno cuántas son dos y dos, o darle una buena lección.

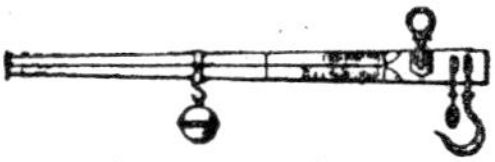

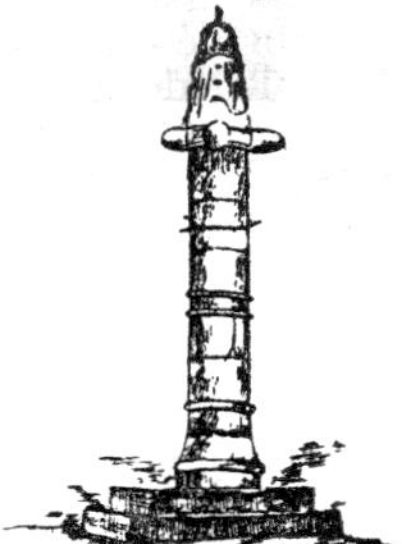

[2] Además.

[3] «*Andar de non* = andar desocupado, holgazán, libre: *quedar de non* = quedar solo, sobrar» (Terreros).

[4] *Lo* se refiere al *destierro*, contenido en *desterrado* (cf. p. 961, n. 1).

[5] *Picota* = rollo o columna de piedra que había en las entradas de algunos pueblos, donde se ponían las cabezas de los ajusticiados, o los reos, a la vergüenza.

Desembolsó el uno, recibió el otro, éste se salió de la ínsula, y aquél se fué a su casa, y el Gobernador quedó diciendo:

—Ahora, yo podré poco, o quitaré estas casas de juego; que a mí se me trasluce que son muy perjudiciales.

—Ésta, a lo menos—dijo un escribano—, no la podrá vuesa merced quitar, porque la tiene un gran personaje, y más es, sin comparación, lo que él pierde al año que lo que saca de los naipes. Contra otros garitos[1] de menor cantía[2] podrá vuesa merced mostrar su poder, que son los que más daño hacen y más insolencias encubren; que en las casas de los caballeros principales y de los señores no se atreven los famosos fulleros a usar de sus tretas; y pues tal vicio del juego se ha vuelto en ejercicio común, mejor es que se juegue en casas principales que no en la de algún oficial[3], donde cogen a un desdichado de media noche abajo y le desuellan vivo.

—Agora, Escribano—dijo Sancho—, yo sé que hay mucho que decir en eso.

Y en esto, llegó un corchete[4] que traía asido a un mozo, y dijo:

—Señor Gobernador, este mancebo venía hacia nosotros, y así como columbró la justicia, volvió las espaldas y comenzó a correr como un gamo: señal que debe de ser algún delincuente; yo partí tras él, y si no fuera porque tropezó y cayó, no le alcanzara jamás.

—¿Por qué huías, hombre?—preguntó Sancho.

A lo que el mozo respondió:

—Señor, por escusar de responder a las muchas preguntas que las justicias hacen.

—¿Qué oficio tienes?
—Tejedor.
—¿Y qué tejes?
—Hierros de lanzas, con licencia buena de vuesa merced.
—¿Graciosico me sois? ¿De chocarrero os picáis? ¡Está bien! ¿Y adónde íbades ahora?
—Señor, a tomar el aire.
—¿Y adónde se toma el aire en esta ínsula?

---

[1] *Garito* = 1) juego; 2) casa de juego.
[2] Cuantía.
[3] Artesano.
[4] «Se llamaron los ministros de justicia que llevan agarrados a la cárcel los presos, *corchetes*, porque asen como estos ganchuelos [o sea, como los broches]» (Cov.).

—Adonde sopla.

—¡Bueno: respondéis muy a propósito! Discreto sois, mancebo; pero haced cuenta que yo soy el aire, y que os soplo en popa, y os encamino a la cárcel. ¡Asilde, hola, y llevadle; que yo haré que duerma allí sin aire esta noche!

—¡Par Dios—dijo el mozo—, así me haga vuesa merced dormir en la cárcel como hacerme rey!

—Pues ¿por qué no te haré yo dormir en la cárcel?—respondió Sancho—. ¿No tengo yo poder para prenderte y soltarte cada y cuando que quisiere?

—Por más poder que vuesa merced tenga—dijo el mozo—, no será bastante para hacerme dormir en la cárcel.

—¿Cómo que no?—replicó Sancho—. Llevadle luego donde verá por sus ojos el desengaño, aunque más el alcaide quiera usar con él de su interesal liberalidad [1]; que yo le pondré pena de dos mil ducados si te deja salir un paso de la cárcel.

—Todo eso es cosa de risa—respondió el mozo—. El caso es que no me harán dormir en la cárcel cuantos hoy viven.

—Dime, demonio—dijo Sancho—, ¿tienes algún ángel que te saque y que te quite los grillos que te pienso mandar echar?

—Ahora, señor Gobernador—respondió el mozo con muy buen donaire—, estemos a razón y vengamos al punto. Prosuponga vuesa merced que me manda llevar a la cárcel, y que en ella me echan grillos y cadenas, y que me meten en un calabozo, y se le ponen al alcaide graves penas si me deja salir, y que él lo cumple como se le manda; con todo esto, si yo no quiero dormir, y estarme [2] despierto toda la noche, sin pegar pestaña, ¿será vuesa merced bastante con todo su poder para hacerme dormir, si yo no quiero?

—No, por cierto—dijo el Secretario—; y el hombre ha salido con su intención.

—De modo—dijo Sancho—, que no dejaréis de dormir por otra cosa que por vuestra voluntad, y no por contravenir a la mía.

—No, señor—dijo el mozo—, ni por pienso.

—Pues andad con Dios—dijo Sancho—: idos a dormir a vuestra casa, y Dios os dé buen sueño, que yo no quiero quitárosle; pero aconséjoos que de aquí adelante no os burléis con

---

[1] Su interesada condescendencia.
[2] Y quiero *estarme*.

la justicia, porque toparéis con alguna que os dé con la burla en los cascos.

—Fuése el mozo y el Gobernador prosiguió con su ronda, y de allí a poco vinieron dos corchetes que traían a un hombre asido, y dijeron:

—Señor Gobernador, este que parece hombre no lo es, sino mujer, y no fea, que viene vestida en hábito de hombre.

Lleráronle a los ojos dos o tres lanternas, a cuyas luces descubrieron un rostro de una mujer, al parecer, de diez y seis o pocos más años, recogidos los cabellos con una redecilla de oro y seda verde, hermosa como mil perlas. Miráronla de arriba abajo, y vieron que venía con unas medias de seda encarnada, con ligas de tafetán blanco y rapacejos[1] de oro y aljófar; los gregüescos eran verdes, de tela de oro, y una saltaembarca[2] o ropilla de lo mesmo, suelta, debajo de la cual traía un jubón de tela finísima de oro y blanco, y los zapatos eran blancos y de hombre; no traía espada ceñida, sino una riquísima daga[3], y en los dedos, muchos y muy buenos anillos. Finalmente, la moza parecía bien a todos, y ninguno la conoció de cuantos la vieron, y los naturales del lugar dijeron que no podían pensar quién fuese, y los consabidores de las burlas que se habían de hacer a Sancho fueron los que más se admiraron, porque aquel suceso y hallazgo no venía ordenado por ellos, y así, estaban dudosos, esperando en qué pararía el caso. Sancho quedó pasmado de la hermosura de la moza, y preguntóle quién era, adónde iba y qué ocasión le había movido para vestirse en aquel hábito. Ella, puestos los ojos en tierra con honestísima vergüenza, respondió:

—No puedo, señor, decir tan en público lo que tanto me

---

[1] *Rapacejo* = fleco liso, franja.
[2] *Saltaembarca* = especie de ropilla (cf. p. 253, n. 7) que se vestía por la cabeza.
[3] «*Daga*, arma corta, y así se puede traer secreta, por lo cual es vedada trayéndose sola... Esta arma con razón es defendida cuando no se trae con espada, porque siendo secreta se puede meter en las comunidades, y ayuntamientos donde se veda entrar con armas; y muchas muertes han sucedido, que se han hecho con dagas o puñales, que todo viene a ser una cosa» (Cov.). Hablando con propiedad el puñal *(b)* sólo hiere de punta, y la daga *(a)* tiene filo.

importaba fuera secreto. Una cosa quiero que se entienda: que no soy ladrón ni persona facinerosa, sino una doncella desdichada a quien la fuerza de unos celos ha hecho romper el decoro que a la honestidad se debe.

Oyendo esto el Mayordomo, dijo a Sancho:

—Haga, señor Gobernador, apartar la gente, porque esta señora con menos empacho pueda decir lo que quisiere.

Mandólo así el Gobernador; apartáronse todos, si no fueron el Mayordomo, Maestresala y el Secretario. Viéndose, pues, solos, la doncella prosiguió diciendo:

—Yo, señores, soy hija de Pedro Pérez Mazorca, arrendador de las lanas deste lugar [1], el cual suele muchas veces ir en casa de mi padre.

—Eso no lleva camino—dijo el Mayordomo—, señora, porque yo conozco muy bien a Pedro Pérez, y sé que no tiene hijo ninguno, ni varón ni hembra; y más, que decís que es vuestro padre, y luego añadís que suele ir muchas veces en casa de vuestro padre.

—Ya yo había dado en ello—dijo Sancho.

—Ahora, señores, yo estoy turbada, y no sé lo que me digo —respondió la doncella—; pero la verdad es que yo soy hija de Diego de la Llana, que todos vuesas mercedes deben de conocer.

—Aún [2] eso lleva camino—respondió el Mayordomo—; que yo conozco a Diego de la Llana, y sé que es un hidalgo principal y rico, y que tiene un hijo y una hija, y que después que enviudó no ha habido nadie en todo este lugar que pueda decir que ha visto el rostro de su hija; que la tiene tan encerrada, que no da lugar al sol que la vea; y, con todo esto, la fama dice que es en estremo hermosa.

—Así es la verdad—respondió la doncella—, y esa hija soy yo; si la fama miente, o no, en mi hermosura, ya os habréis, señores, desengañado, pues me habéis visto.

Y en esto, comenzó a llorar tiernamente; viendo lo cual el Secretario, se llegó al oído del Maestresala, y le dijo muy paso [3]:

—Sin duda alguna que a esta pobre doncella le debe de haber sucedido algo de importancia, pues en tal traje, y a tales horas, y siendo tan principal, anda fuera de su casa.

---

[1] Arrendador del cobro del impuesto sobre las lanas.
[2] Ahora. «*Aún*, vale lo que en latín *adhuc, etiam, nunc*» (Cov.). Falta esta acepción en el Diccionario de la Academia.
[3] Bajo.

—No hay dudar en eso—respondió el Maestresala—; y más, que esa sospecha la confirman sus lágrimas.

Sancho la consoló con las mejores razones que él supo, y le pidió que sin temor alguno les dijese lo que le había sucedido; que todos procurarían remediarlo con muchas veras y por toda las vías posibles.

—Es el caso, señores—respondió ella—, que mi padre me ha tenido encerrada diez años ha, que son los mismos que a mi madre come la tierra. En casa dicen misa en un rico oratorio, y yo en todo ese tiempo no he visto que [1] el sol del cielo de día, y la luna y las estrellas de noche, ni sé qué son calles, plazas ni templos, ni aun hombres, fuera de mi padre y de un hermano mío, y de Pedro Pérez el arrendador, que por entrar de ordinario en mi casa, se me antojó decir que era mi padre, por no declarar el mío. Este encerramiento y este negarme el salir de casa, siquiera a la iglesia, ha muchos días y meses que me trae muy desconsolada: quisiera yo ver el mundo, o, a lo menos, el pueblo donde nací, pareciéndome que este deseo no iba contra el buen decoro que las doncellas principales deben guardar a sí mesmas. Cuando oía decir que corrían toros y jugaban cañas [2], y se representaban comedias, preguntaba [3] a mi hermano, que es un año menor que yo, que me dijese qué cosas eran aquéllas, y otras muchas que yo no he visto; él me lo declaraba por los mejores modos que sabía; pero todo era encenderme más el deseo de verlo. Finalmente, por abreviar el cuento de mi perdición, digo que yo rogué y pedí a mi hermano, que nunca tal pidiera ni tal rogara...

Y tornó a renovar el llanto. El Mayordomo le dijo:

—Prosiga vuesa merced, señora, y acabe de decirnos lo que le ha sucedido; que nos tienen a todos suspensos sus palabras y sus lágrimas.

—Pocas me quedan por decir—respondió la doncella—, aunque muchas lágrimas sí que llorar, porque los mal colocados deseos no pueden traer consigo otros descuentos que los semejantes.

---

[1] O falta *más* delante de *que*, o tenemos aquí un *que*, que a Cervantes se le pegaría en el extranjero y que aún no se ha aclimatado en España.

[2] Fiesta de a caballo que la nobleza solía hacer en los regocijos públicos. Formábase de diferentes cuadrillas, que hacían varias escaramuzas, y corrían unas contra otras arrojándose recíprocamente las cañas, de que se resguardaban con sus adargas.

[3] Pedía.

Habíase sentado en el alma del Maestresala la belleza de la doncella, y llegó otra vez su lanterna para verla de nuevo, y parecióle que no eran lágrimas lo que lloraba, sino aljófar o rocío de los prados, y aun las subía de punto, y las llegaba a perlas orientales, y estaba deseando que su desgracia no fuese tanta como daban a entender los indicios de su llanto y de sus suspiros. Desesperábase el Gobernador de la tardanza que tenía la moza en dilatar su historia, y díjole que acabase de tenerlos más[1] suspensos; que era tarde y faltaba mucho que andar del pueblo. Ella, entre interrotos sollozos y mal formados suspiros, dijo:

—No es otra mi desgracia, ni mi infortunio es otro sino que yo rogué a mi hermano que me vistiese en hábitos de hombre con uno de sus vestidos, y que me sacase una noche a ver todo el pueblo, cuando nuestro padre durmiese; él, importunado de mis ruegos, condecendió con mi deseo, y poniéndome este vestido, y él vestiéndose de otro mío, que le está como nacido[2], porque él no tiene pelo de barba y no parece sino una doncella hermosísima, esta noche, debe de haber una hora, poco más o menos, nos salimos de casa, y guiados de nuestro mozo y desbaratado discurso, hemos rodeado todo el pueblo, y cuando queríamos volver a casa, vimos venir un gran tropel de gente, y mi hermano me dijo: «—Hermana mía, ésta debe de ser la ronda: aligera los pies y pon alas en ellos, y vente tras mí corriendo, porque no nos conozcan; que nos será mal contado[3]». Y diciendo esto, volvió las espaldas y comenzó, no digo a correr, sino a volar; yo, a menos de seis pasos, caí, con el sobresalto, y entonces llegó el ministro de la justicia que me trujo ante vuesas mercedes, adonde por mala y antojadiza me veo avergonzada ante tanta gente.

—¿En efecto, señora—dijo Sancho—, no os ha sucedido otro desmán alguno; ni celos, como vos al principio de vuestro cuento dijistes, no os sacaron de vuestra casa?

—No me ha sucedido nada, ni me sacaron celos, sino sólo el deseo de ver mundo, que no se estendía a más que a ver las calles de este lugar.

Y acabó de confirmar ser verdad lo que la doncella decía llegar los corchetes con su hermano preso, a quien alcanzó uno

---

[1] *Más* tiempo.
[2] Cf. p. 675, n. 4.
[3] Cf. p. 867, n. 1.

dellos cuando se huyó de su hermana. No traía sino un faldellín rico y una mantellina de damasco azul con pasamanos de oro fino, la cabeza, sin toca ni con otra cosa adornada que con sus mesmos cabellos, que eran sortijas de oro, según eran rubios y enrizados. Apartáronse con él el Gobernador, Mayordomo y Maestresala, y sin que lo oyese su hermana, le preguntaron cómo venía en aquel traje, y él, con no menos vergüenza y empacho, contó lo mesmo que su hermana había contado, de que recibió gran gusto el enamorado Maestresala. Pero el Gobernador les dijo:

—Por cierto, señores, que ésta ha sido una gran rapacería [1], y para contar esta necedad y atrevimiento no eran menester tantas largas ni tantas lágrimas y suspiros; que con decir: «Somos fulano y fulana, que nos salimos a espaciar [2] de casa de nuestros padres con esta invención, sólo por curiosidad, sin otro designio alguno», se acabara el cuento, y no gemidicos, y lloramicos [3], y darle [4].

—Así es la verdad—respondió la doncella—; pero sepan vuesas mercedes que la turbación que he tenido ha sido tanta, que no me ha dejado guardar el término que debía.

—No se ha perdido nada—respondió Sancho—. Vamos, y dejaremos a vuesas mercedes en casa de su padre; quizá no los habrá echado de menos. Y de aquí adelante no se muestren tan niños, ni tan deseosos de ver mundo; que la doncella honrada, la pierna quebrada, y en casa; y la mujer y la gallina, por andar se pierden aína [5]; y la que es deseosa de ver, también tiene deseo de ser vista. No digo más.

El mancebo agradeció al Gobernador la merced que quería hacerles de volverlos a su casa, y así, se encaminaron hacia ella, que no estaba muy lejos de allí. Llegaron, pues, y tirando el hermano una china a una reja, al momento bajó una criada, que los estaba esperando, y les abrió la puerta, y ellos se entra-

---

[1] Niñería, chiquillada.
[2] Cf. p. 491, n. 1.
[3] Por influjo de *lagrimicas* debió de formar Cervantes la voz *lloramicos*, que por lo nueva parecía más apta para extremar la nota diminutiva y despectiva. A este mismo fin contribuía mejor *lloramicos* porque *mico* podía suscitar la idea de mona pequeña y delicada.
[4] Cf. p. 215, n. 2.
[5] *Aína* = pronto. Este proverbio se parece a otro que cita y explica así Covarrubias: «*La mujer y la gallina, hasta casa la vecina*: dicen que si se aleja de su propia casa la gallina, que no sabe volver a ella.»

— 988 —

ron, dejando a todos admirados así de su gentileza y hermosura como del deseo que tenían de ver mundo, de noche y sin salir del lugar; pero todo lo atribuyeron a su poca edad. Quedó el Maestresala traspasado el corazón, y propuso de luego otro día pedírsela por mujer a su padre, teniendo por cierto que no se la negaría, por ser él criado del Duque; y aun a Sancho le vinieron deseos y barruntos de casar al mozo con Sanchica su hija, y determinó de ponerlo en plática[1] a su tiempo, dándose a entender que a una hija de un Gobernador ningún marido se le podía negar.

Con esto se acabó la ronda de aquella noche, y de allí a dos días el gobierno[2], con que se destroncaron y borraron todos sus designios, como se verá adelante.

CAPITULO L.—Donde se declara quién fueron los encantadores y verdugos que azotaron a la dueña y pellizcaron y arañaron a don Quijote, con el suceso que tuvo el paje que llevó la carta a Teresa Sancha[3], mujer de Sancho Panza.

Dice Cide Hamete, puntualísimo escudriñador de los átomos desta verdadera historia, que al tiempo que doña Rodríguez salió de su aposento para ir a la estancia de don Quijote, otra dueña que con ella dormía lo sintió, y que como todas las dueñas son amigas de saber, entender y oler, se fué tras ella, con tanto silencio, que la buena Rodríguez no lo echó de ver; y así como la dueña la vió entrar en la estancia de don Quijote, porque no le faltase en ella la general costumbre que todas las dueñas sienten de ser chismosas, al momento lo fué a poner en pico[4] a su señora la Duquesa, de cómo doña Rodríguez quedaba en el aposento de don Quijote. La Duquesa se lo dijo al Duque, y le pidió licencia para que ella y Altisidora viniesen a ver lo que

---

[1] Práctica.
[2] Al terminar el c. 53 se dice que duró diez días este gobierno; pero tuvieron que ser aún más si se atiende a los sucesos simultáneos de don Quijote, que piden catorce días. Bien dice Clemencín que está sumamente embrollado todo lo que tiene relación con el tiempo que duró el gobierno de Sancho.
[3] Teresa, la mujer de *Sancho Panza*, o *Sancho* a secas, unas veces se llama *Teresa Panza* y otras más familiarmente *Teresa Sancha*.
[4] *Poner en pico* = contar.

aquella dueña quería con don Quijote; el Duque se la dió, y las dos, con gran tiento y sosiego, paso ante paso, llegaron a ponerse junto a la puerta del aposento, y tan cerca, que oían todo lo que dentro hablaban; y cuando oyó la Duquesa que Rodríguez había echado en la calle el Aranjuez de sus fuentes[1], no lo pudo sufrir, ni menos Altisidora, y así, llenas de cólera y deseosas de venganza, entraron de golpe en el aposento, y acrebillaron a don Quijote y vapularon a la dueña del modo que queda contado; porque las afrentas que van derechas contra la hermosura y presunción de las mujeres despiertan en ellas en gran manera la ira y encienden el deseo de vengarse. Contó la Duquesa al Duque lo que le había pasado, de lo que se holgó mucho, y la Duquesa, prosiguiendo con su intención de burlarse y recibir pasatiempo con don Quijote, despachó al paje[2] que había hecho la figura de Dulcinea en el concierto de su desencanto (que tenía bien olvidado Sancho Panza con la ocupación de su gobierno) a Teresa Panza su mujer, con la carta de su marido, y con otra suya, y con una gran sarta de corales ricos presentados[3].

Dice, pues, la historia, que el Paje era muy discreto y agudo, y con deseo de servir a sus señores, partió de muy buena gana al lugar de Sancho; y antes de entrar en él, vió en un arroyo estar lavando cantidad de mujeres, a quien preguntó si le sabrían decir si en aquel lugar vivía una mujer llamada Teresa Panza, mujer de un cierto Sancho Panza, escudero de un caballero llamado don Quijote de la Mancha; a cuya pregunta se levantó en pie una mozuela que estaba lavando, y dijo:

—Esa Teresa Panza es mi madre; y ese tal Sancho, mi señor padre; y el tal caballero, nuestro amo.

—Pues venid, doncella—dijo el Paje—, y mostradme a vuestra madre; porque le traigo una carta y un presente del tal vuestro padre.

—Eso haré yo de muy buena gana, señor mío—respondió la moza, que mostraba ser de edad de catorce años, poco más a menos.

Y dejando la ropa que lavaba a otra compañera, sin tocarse

---

[1] *Aranjuez* es sitio real, famoso por sus fuentes: y de la Duquesa dijo la Rodríguez que tenía dos fuentes (cf. p. 976): Cervantes juega con el vocablo *fuentes*.

[2] Ya lo había despachado el día que precedió a la noche cencerril y gatuna (cf. p. 955 y 956).

[3] Regalados.

2, 50.—EMBAJADA A TERESA PANZA (*ida*)

ni calzarse, que estaba en piernas[1] y desgreñada, saltó delante de la cabalgadura del Paje, y dijo:

—Venga vuesa merced; que a la entrada del pueblo está nuestra casa, y mi madre en ella, con harta pena por no haber sabido muchos días ha de mi señor padre.

—Pues yo se las llevo tan buenas—dijo el Paje—, que tiene que dar bien gracias[2] a Dios por ellas.

Finalmente, saltando, corriendo y brincando, llegó al pueblo la muchacha, y antes de entrar en su casa dijo a voces desde la puerta:

—Salga, madre Teresa, salga, salga; que viene aquí un señor que trae cartas y otras cosas de mi buen padre.

A cuyas voces salió Teresa Panza su madre, hilando un copo de estopa, con una saya parda. Parecía, según era de corta, que se la habían cortado por vergonzoso lugar; con un corpezuelo asimismo pardo y una camisa de pechos[3]. No era muy vieja, aunque mostraba pasar de los cuarenta, pero fuerte, tiesa, nervuda y avellanada; la cual, viendo a su hija, y al Paje a caballo, le dijo:

—¿Qué es esto, niña? ¿Qué señor es éste?

—Es un servidor de mi señora doña Teresa Panza—respondió el Paje.

Y diciendo y haciendo, se arrojó del caballo y se fué con mucha humildad a poner de hinojos ante la señora Teresa diciendo:

—Déme vuesa merced sus manos, mi señora doña Teresa, bien así como mujer legítima y particular[4] del señor don Sancho Panza, gobernador propio de la ínsula Barataria.

—¡Ay señor mío, quítese de ahí: no haga eso—respondió Teresa—; que yo no soy nada palaciega, sino una pobre labradora, hija de un estripaterrones[5], y mujer de un escudero andante, y no de gobernador alguno!

---

[1] Descalza.

[2] Es decir *tiene bien* (por) *que dar gracias*. A Cervantes le gusta posponer el *bien* (cf. p. 369, n. 4).

[3] «*Camisa de pechos*, es la camisa propia de la mujer, y sobre ella suelen ponerse la gorguera [= el adorno del cuello y pechos de la mujer: cf. p. 793]; porque la camisa alta es de hombres, y llámase *camisón*: las mujeres ordinarias suelen traer las mangas y pechos de buen lienzo, y las faldas de estopa» (Cov.).

[4] *Particular* = 1) singular, excelente; 2) propio.

[5] El vulgo prefería, como hoy, la forma *es-* del prefijo *des-* (cf. *escarnar, espejar, espedazar, espatarrar, esperezarse* junto a *descarnar*...).

—Vuesa merced—respondió el Paje—es mujer dignísima de un gobernador archidignísimo; y para prueba desta verdad, reciba vuesa merced esta carta y este presente.

Y sacó al instante de la faldriquera una sarta de corales con estremos de oro, y se la echó al cuello, y dijo:

—Esta carta es del señor Gobernador, y otra que traigo y estos corales son de mi señora la Duquesa que a vuesa merced me envía.

Quedó pasmada Teresa, y su hija ni más ni menos, y la muchacha dijo:

—Que me maten si no anda por aquí nuestro señor amo don Quijote, que debe de haber dado a padre el gobierno o condado que tantas veces le había prometido.

—Así es la verdad—respondió el Paje—: que por respeto del señor don Quijote es ahora el señor Sancho gobernador de la ínsula Barataria, como se verá por esta carta.

—Léamela vuesa merced, señor gentilhombre—dijo Teresa—; porque aunque yo sé hilar, no sé leer migaja.

—Ni yo tampoco—añadió Sanchica—; pero espérenme aquí; que yo iré a llamar quien la lea, ora sea el Cura mesmo, o el bachiller Sansón Carrasco, que vendrán de muy buena gana, por saber nuevas de mi padre.

—No hay para qué se llame a nadie; que yo no sé hilar, pero sé leer, y la leeré.

Y así, se la leyó toda, que por quedar ya referida, no se pone aquí, y luego sacó otra de la Duquesa, que decía desta manera:

«Amiga Teresa: Las buenas partes de la bondad y del ingenio de vuestro marido Sancho me movieron y obligaron a pedir a mi marido el Duque le diese un gobierno de una ínsula, de muchas que tiene. Tengo noticia que gobierna como un girifalte[1], de lo que yo estoy muy contenta, y el Duque mi señor, por el consiguiente; por lo que doy muchas gracias al cielo de no haberme engañado en haberle escogido para tal gobierno; porque quiero que sepa la señora Teresa que con dificultad se halla un buen gobernador en el mundo, y tal me haga a mí Dios como Sancho gobierna.

»Ahí le envío, querida mía, una sarta de corales con estremos de oro: yo me holgara que fuera de perlas orientales; pero

---

[1] Cf. p. 862, n. 1.

quien te da el hueso no te querría ver muerta[1]: tiempo vendrá en que nos conozcamos y nos comuniquemos, y Dios sabe lo que será. Encomiéndeme a Sanchica su hija, y dígale de mi parte que se apareje; que la tengo de casar altamente cuando menos lo piense.

»Dícenme que en ese lugar hay bellotas gordas: envíeme hasta dos docenas, que las estimaré en mucho, por ser de su mano, y escríbame largo, avisándome de su salud y de su bienestar; y si hubiere menester alguna cosa, no tiene que hacer más que boquear; que su boca será medida, y Dios me la guarde. Deste lugar.

»Su amiga que bien la quiere,
La Duquesa».

—¡Ay!—dijo Teresa en oyendo la carta—. ¡Y qué buena y qué llana y qué humilde señora! Con estas tales señoras me entierren a mí[2], y no las hidalgas que en este pueblo se usan, que piensan que por ser hidalgas no las ha de tocar el viento, y van a la iglesia con tanta fantasía como si fuesen las mesmas reinas, que no parece sino que tienen a deshonra el mirar a una labradora; y veis aquí donde esta buena señora, con ser duquesa, me llama amiga, y me trata como si fuera su igual; que igual la vea yo con el más alto campanario que hay en la Mancha. Y en lo que toca a las bellotas, señor mío, yo le enviaré a su señoría un celemín[3], que[4] por gordas las pueden venir a ver, a la mira y a la maravilla[5]. Y por ahora, Sanchica, atiende a que se regale este señor[6]: pon en orden este caballo, y saca de la caballeriza güevos, y corta tocino adunia[7], y démosle de comer como a un príncipe; que las buenas nuevas que nos ha traído y la buena cara que él tiene lo merece todo; y en tanto, saldré yo a dar a mis vecinas las nuevas de nuestro con-

---

[1] *Muerto* dice el refrán; pero la Duquesa, sin necesidad, dijo *muerta* porque hablaba con mujer. Quien te da de lo que **tien**e, aunque poco o malo...
[2] Cf. p. 925, n. 1.
[3] O sea, cuatro litros y medio próximamente.
[4] De ellas, tales *que* (cf. pról. 15).
[5] *A la mira y a la maravilla*, locución adverbial para ponderar la excelencia de una cosa.
[6] Hoy diríamos *a este señor*.
[7] *Adunia* = en abundancia.

2, 50.—LOS DUQUES

tento, y al padre Cura y a maese Nicolás el Barbero, que tan amigos son y han sido de tu padre.

—Sí haré, madre—respondió Sanchica—; pero mire que me ha de dar la mitad desa sarta; que no tengo yo por tan boba a mi señora la Duquesa, que se la había de enviar a ella [1] toda.

—Todo es para ti, hija—respondió Teresa—; pero déjamela traer algunos días al cuello; que verdaderamente parece que me alegra el corazón.

—También se alegrarán—dijo el Paje—cuando vean el lío que viene en este portamanteo [2], que es un vestido de paño finísimo que el Gobernador sólo un día llevó a caza, el cual todo le envía para la señora Sanchica.

—Que me viva él mil años—respondió Sanchica—, y el que lo trae, ni más ni menos, y aun dos mil, si fuere necesidad.

Salióse, en esto, Teresa fuera de casa, con las cartas, y con la sarta al cuello, y iba tañendo en las cartas como si fuera en un pandero; y encontrándose acaso con el Cura y Sansón Carrasco, comenzó a bailar y a decir:

—¡A fee que agora que no hay pariente pobre! ¡Gobiernito tenemos! ¡No, sino tómese conmigo la más pintada hidalga; que yo la pondré como nueva!

—¿Qué es esto, Teresa Panza? ¿Qué locuras son éstas, y qué papeles son ésos?

—No es otra la locura sino que éstas son cartas de duquesas y de gobernadores, y estos que traigo al cuello son corales finos las avemarías, y los padrenuestros son de oro [3] de martillo [4], y yo soy gobernadora.

—De Dios en ayuso no os entendemos [5], Teresa, ni sabemos lo que os decís.

—Ahí lo podrán ver ellos [6]—respondió Teresa.

Y dióles las cartas. Leyólas el Cura de modo que las oyó Sansón Carrasco, y Sansón y el Cura se miraron el uno al otro, como admirados de lo que habían leído, y preguntó el Bachiller quién había traído aquellas cartas. Respondió Teresa que se

---

[1] A usted (cf. pról. 7).
[2] Cf. p. 743, n. 2.
[3] O la sarta era un rosario, o las piezas de coral y oro alternaban como las cuentas de un rosario.
[4] *Oro de martillo*, por oposición a *oro agrio*, es el que no se abre ni se rompe con el martillo o entre los cilindros del laminador.
[5] *Ayuso* = abajo. Excepto Dios, los demás no os entendemos.
[6] Ustedes (cf. pról. 7).

— 994 —

2, 50.—EMBAJADA A TERESA PANZA (ida)

viniesen con ella a su casa y verían el mensajero, que era un mancebo como un pino de oro[1], y que le traía otro presente que valía más de tanto[2]. Quitóle el Cura los corales del cuello, y mirólos y remirólos, y certificándose que eran finos, tornó a admirarse de nuevo, y dijo

—Por el hábito que tengo que no sé qué me diga ni qué me piense de estas cartas y destos presentes: por una parte, veo y toco la fineza de estos corales, y por otra, leo que una duquesa envía a pedir dos docenas de bellotas.

—¡Aderézame esas medidas[3]!—dijo entonces Carrasco—. Agora bien, vamos a ver al portador deste pliego; que dél nos informaremos de las dificultades que se nos ofrecen.

Hiciéronlo así, y volvióse Teresa con ellos. Hallaron al Paje cribando un poco de cabada para su cabalgadura, y a Sanchica cortando un torrezno para empedrarle con güevos[4] y dar de comer al Paje, cuya presencia y buen adorno contentó mucho a los dos; y después de haberle saludado cortésmente, y él a ellos, le preguntó Sansón les dijese nuevas así de don Quijote como de Sancho Panza; que puesto que habían leído las cartas de Sancho y de la señora Duquesa, todavía estaban confusos y no acababan de atinar qué sería aquello del gobierno de Sancho, y más de una ínsula, siendo todas o las más que hay en el mar Mediterráneo de su Majestad. A lo que el Paje respondió:

—De que el señor Sancho Panza sea gobernador, no hay que dudar en ello; de que sea ínsula, o no, la que gobierna, en eso no me entremeto; pero basta que sea un lugar de más de mil vecinos; y en cuanto a lo de las bellotas, digo que mi señora la Duquesa es tan llana y tan humilde, —que no decía él[5] enviar a pedir bellotas a una labradora; pero que le acontecía enviar a pedir un peine prestado a una vecina suya—. Porque quiero que sepan vuesas mercedes que las señoras de Aragón, aunque son tan principales, no son tan puntuosas y levantadas como las señoras castellanas: con más llaneza tratan con las gentes.

---

[1] *Pino de oro* = adorno dorado del tocado antiguo mujeril.
[2] *Más de otro tanto.*
[3] Como *¡adóbame esos candiles!* (cf. p. 540, n. 2).
[4] Para hacer de él un empedrado en tortilla de huevos (cf. *duelos y quebrantos*, p. 55, n. 7).
[5] De repente pasa al estilo indirecto, pero para dejarlo súbitamente a las pocas líneas.

Estando en la mitad destas pláticas, saltó[1] Sanchica con un halda de güevos, y preguntó al Paje:

—Dígame, señor: ¿mi señor padre trae por ventura calzas atacadas[2] después que es gobernador?

—No he mirado en ello—respondió el Paje—: pero sí debe de traer.

—¡Ay Dios mío—replicó Sanchica—, y que será de ver a mi padre con pedorreras[3]! ¿No es bueno[4] sino que desde que nací tengo deseo de ver a mi padre con calzas atacadas?

—Como con esas cosas le verá vuesa merced si vive—respondió el Paje—. Par Dios, términos lleva de caminar con papahigo[5], con solos dos meses que le dure el gobierno.

Bien echaron de ver el Cura y el Bachiller que el Paje hablaba socarronamente; pero la fineza de los corales y el vestido de caza que Sancho enviaba lo deshacía todo (que ya Teresa les había mostrado el vestido), y no dejaron de reírse del deseo de Sanchica, y más cuando Teresa dijo:

—Señor Cura, eche cata por ahí si hay alguien que vaya a Madrid o a Toledo, para que me compre un verdugado[6] redondo, hecho y derecho, y sea al uso y de los mejores que hubiere; que en verdad en verdad que tengo de honrar el gobierno de mi marido en cuanto yo pudiere, y aun que si me enojo, me tengo de ir a esa corte, y echar un coche, como todas; que la que tiene marido gobernador muy bien le puede traer y sustentar.

—¡Y cómo madre!—dijo Sanchica—. Pluguiese a Dios que

---

[1] *Saltar* = decir una cosa intempestivamente.
[2] Cf. p. 56, n. 4.
[3] «*Pedorreras*, las calzas justas escuderiles» (Cov.). El ajuste de estas calzas, llamadas también *follados*, se hacía rellenando las calzas con forros y aun con trapos. Cuenta Ambrosio de Salazar *(Las clavellinas de Recreación*, 99) que estando un hidalgo en visita con las calzas henchidas de salvado, se le vaciaron por un agujero que hizo un clavo de la silla, no sin risa de los circunstantes; y que reconvenido por el juez un escudero por llevar estas calzas, cuyo uso se prohibió por una pragmática, respondió que las traía por no tener otro baúl, y efectivamente empezó a sacar de ellas un peinador, una camisa, un par de manteles, dos servilletas y una sábana de la cama.
[4] ¿Me querrá creer que desde que...? (cf. p. 697, n. 7).
[5] «*Papahigo* es una como mascarilla, que cubre el rostro, de que usan los que van camino para defensa del aire y del frío» (Cov.). Era propio de personas acomodadas y delicadas.
[6] Cf. p. 633, n. 7.

2, 50.—EMBAJADA A TERESA PANZA *(ida)*

fuese antes hoy que mañana, aunque dijesen los que me viesen ir sentada con mi señora madre en aquel coche: «—Mirad la tal por cual[1], hija del harto de ajos, y cómo va sentada y tendida en el coche, como si fuera una papesa[2]!» Pero pisen ellos los lodos, y ándeme yo en mi coche, levantados los pies del suelo. ¡Mal año y mal mes para cuantos murmuradores hay en el mundo; y ándeme yo caliente, y ríase la gente! ¿Digo bien, madre mía?

—¡Y cómo que dices bien, hija!—respondió Teresa—. Y todas estas aventuras, y aun mayores, me las tiene profetizadas mi buen Sancho, y verás tú, hija, cómo no para hasta hacerme condesa; que todo es comenzar a ser venturosas; y como yo he oído decir muchas veces a tu buen padre (que así como lo es tuyo lo es de los refranes), cuando te dieren la vaquilla, corre con soguilla: cuando te dieren un gobierno, cógele; cuando te dieren un condado, agárrale; y cuando te hicieren tus, tus, con alguna buena dádiva, envásala. ¡No, sino dormíos, y no respondáis a las venturas y buenas dichas que están llamando a la puerta de vuestra casa!

—¿Y qué se me da a mí—añadió Sanchica—que diga el que quisiere cuando me vea entonada y fantasiosa: «—Vióse el perro en bragas de cerro...», y lo demás[3]?

Oyendo lo cual el Cura, dijo:

—Yo no puedo creer sino que todos los deste linaje de los Panzas nacieron cada uno con un costal de refranes en el cuerpo: ninguno dellos he visto que no los derrame a todas horas y en todas las pláticas que tienen.

—Así es la verdad—dijo el Paje—; que el señor gobernador Sancho a cada paso los dice; y aunque muchos no vienen a propósito, todavía dan gusto, y mi señora la Duquesa y el Duque los celebran mucho.

—¿Que todavía se afirma[4] vuesa merced, señor mío—dijo el Bachiller—, ser verdad esto del gobierno de Sancho, y de que hay Duquesa en el mundo que le envíe presentes y le escriba? Porque nosotros, aunque tocamos los presentes y hemos

---

[1] *Tal por cual* era una manera de nombrar despectiva.
[2] Como si tuviera honores papales.
[3] ... *y no conoció a su compañero*, o *vióse el villano en bragas de cerro, y él fierro que fierro.* Este refrán reprende la altanería de los que elevados a empleos superiores, desprecian a los que antes fueron sus iguales o compañeros.
[4] Este *se* no es complemento directo (cf. *se cree usted que es verdad...*).

leído las cartas, no lo creemos, y pensamos que ésta es una de las cosas de don Quijote nuestro compatrioto, que todas piensa que son hechas por encantamento; y así, estoy por decir que quiero tocar y palpar a vuesa merced, por ver si es embajador fantástico, o hombre de carne y hueso.

—Señores, yo no sé más de mí—respondió el Paje—sino que soy embajador verdadero, y que el señor Sancho Panza es gobernador efectivo, y que mis señores Duque y Duquesa pueden dar, y han dado, el tal gobierno, y que he oído decir que en él se porta valentísimamente el tal Sancho Panza: si en esto hay encantamento o no, vuesas mercedes lo disputen allá entre ellos; que yo no sé otra cosa, para[1] el juramento que hago, que es por vida de mis padres, que los tengo vivos y los amo y los quiero mucho.

—Bien podrá ello ser así—replicó el Bachiller; pero *dubitat Augustinus*[2].

—Dude quien dudare—respondió el Paje—, la verdad es la que he dicho, y es la que ha de andar siempre sobre la mentira, como el aceite sobre el agua; y si no, *operibus credite, et non verbis*[3]: véngase alguno de vuesas mercedes conmigo, y verán con los ojos lo que no creen por los oídos.

—Esa ida a mí toca—dijo Sanchica—: lléveme vuesa merced, señor, a las ancas de su rocín; que yo iré de muy buena gana a ver a mi señor padre.

—Las hijas de los gobernadores no han de ir solas por los caminos, sino acompañadas de carrozas y literas y de gran número de sirvientes.

—Par Dios—respondió Sancha—, también[4] me vaya yo sobre una pollina como sobre un coche. ¡Hallado la habéis la melindrosa[5]!

—Calla, mochacha—dijo Teresa—; que no sabes lo que te dices; y este señor está en lo cierto; que tal el tiempo, tal el tiento: cuando Sancho, Sancha, y cuando gobernador, señora, y no sé si digo algo.

—Más dice la señora Teresa de lo que piensa—dijo el Paje—;

---

[1] Por (cf. pról. 12).
[2] En las disputas teológicas entre estudiantes era manera vulgar de expresar la duda decir que San Agustín dudaba de la proposición afirmada por el contrario.
[3] Cf. p. 806, n. 5.
[4] Tan bien.
[5] Es irónico (cf. p. 724, n. 2., y p. 837, n. 2).

y denme de comer y despáchenme luego, porque pienso volverme esta tarde.
 A lo que dijo el Cura:
 —Vuesa merced se vendrá a hacer penitencia[1] conmigo; que la señora Teresa más tiene voluntad que alhajas para servir a tan buen huésped.
 Rehusólo el Paje; pero en efecto lo hubo de conceder por su mejora[2], y el Cura le llevó consigo de buena gana, por tener lugar de preguntarle de espacio por don Quijote y sus hazañas.
 El Bachiller se ofreció de escribir las cartas a Teresa, de la respuesta; pero ella no quiso que el Bachiller se metiese en sus cosas, que le tenía por algo burlón, y así, dió un bollo y dos huevos a un monacillo que sabía escribir, el cual le escribió dos cartas, una para su marido y otra para la Duquesa, notadas[3] de su mismo caletre, que no son las peores que en esta grande historia se ponen, como se verá adelante.

CAPITULO LI.—Del progreso del gobierno de Sancho Panza, con otros sucesos tales como buenos[4].

Amaneció el día que se siguió a la noche de la ronda del Gobernador, la cual el Maestresala pasó sin dormir, ocupado el pensamiento en el rostro, brío y belleza de la disfrazada doncella: y el Mayordomo ocupó lo que della faltaba en escribir a sus señores lo que Sancho Panza hacía y decía, tan admirado de sus hechos como de sus dichos: porque andaban mezcladas sus palabras y sus acciones, con asomos discretos y tontos. Levantóse, en fin, el señor Gobernador, y por orden del doctor Pedro Recio le hicieron desayunar con un poco de conserva[5] y cuatro tragos de agua fría, cosa que la trocara Sancho con un pedazo de pan y un racimo de uvas; pero viendo que aquello era más fuerza que voluntad, pasó por ello, con harto dolor de su alma y fatiga de su estómago, haciéndole creer Pedro Recio que los manjares pocos y delicados avivaban el ingenio, que era lo que más convenía a las personas constituídas en mandos

---

[1] Cf. p. 625, n. 2.
[2] Permitir por serle más conveniente.
[3] Dictadas.
[4] Cf. p. 695, n. 5.
« *Conserva*, cualquier fruta que se adereza con azúcar o miel» (Cov.).

y en oficios graves, donde se han de aprovechar no tanto de las fuerzas corporales como de las del entendimiento.

Con esta sofistería padecía hambre Sancho, y tal, que en su secreto maldecía el gobierno y aun a quien se le había dado; pero con su hambre y con su conserva se puso a juzgar aquel día, y lo primero que se le ofreció fué una pregunta que un forastero le hizo, estando presentes a todo el Mayordomo y los demás acólitos, que fué:

—Señor, un caudaloso río dividía dos términos de un mismo señorío... Y esté vuesa merced atento, porque el caso es de importancia y algo dificultoso. Digo, pues, que sobre este río estaba una puente, y al cabo della, una horca y una como casa de audiencia, en la cual de ordinario había cuatro jueces que juzgaban la ley [1] que puso el dueño del río, de la puente y del señorío, que era en esta forma: «Si alguno pasare por esta puente de una parte a otra, ha de jurar primero adónde y a qué va; y si jurare verdad, déjenle pasar; y si dijere mentira, muera por ello ahorcado en la horca que allí se muestra, sin remisión alguna». Sabida esta ley y la rigurosa condición della, pasaban muchos, y luego en lo que juraban se echaba de ver que decían verdad, y los jueces los dejaban pasar libremente. Sucedió, pues, que tomando juramento a un hombre, juró y dijo que para [2] el juramento que hacía, que iba a morir en aquella horca que allí estaba, y no a otra cosa. Repararon los jueces en el juramento, y dijeron: «Si a este hombre le dejamos pasar libremente, mintió en su juramento, y, conforme a la ley debe morir; y si le ahorcamos él juró que iba a morir en aquella horca, y habiendo jurado verdad, por la misma ley debe ser libre». Pídese a vuesa merced, señor Gobernador, qué harán los jueces de tal hombre; que aún hasta agora están dudosos y suspensos. Y habiendo tenido noticia del agudo y elevado entendimiento de vuesa merced, me enviaron a mí a que suplicase a vuesa merced de su parte diese su parecer en tan intrincado y dudoso caso.

A lo que respondió Sancho:

—Por cierto que esos señores jueces que a mí os envían lo pudieran haber escusado, porque yo soy un hombre que tengo más de mostrenco [3] que de agudo; pero, con todo eso, repetidme

---

[1] Aplicaban la ley o juzgaban según la ley.
[2] Por (cf. pról. 12).
[3] Cf. p. 611, n. 5.

otra vez el negocio de modo que yo le entienda: quizá podría ser que diese en el hito[1].

Volvió otra y otra vez el preguntante a referir lo que primero había dicho, y Sancho dijo:

—A mi parecer, este negocio en dos paletas[2] le declararé yo, y es así: el tal hombre jura que va a morir en la horca: y si muere en ella, juró verdad, y por la ley puesta merece ser libre y que pase la puente; y si no le ahorcan, juró mentira, y por la misma ley merece que le ahorquen.

—Así es como el señor Gobernador dice—dijo el mensajero—; y cuanto a la entereza y entendimiento[3] del caso, no hay más que pedir ni que dudar.

—Digo yo, pues, agora—replicó Sancho—que deste hombre aquella parte que juró verdad la dejen pasar, y la que dijo mentira la ahorquen, y desta manera se cumplirá al pie de la letra la condición del pasaje.

—Pues, señor Gobernador—replicó el preguntador—, será necesario que el tal hombre se divida en partes, en mentirosa y verdadera; y si se divide, por fuerza ha de morir, y así no se consigue cosa alguna de lo que la ley pide, y es de necesidad espresa que se cumpla con ella.

—Venid acá, señor buen hombre—respondió Sancho—: este pasajero que decís, o yo soy un porro[4], o él tiene la misma razón para morir que para vivir y pasar la puente; porque si la verdad le salva, la mentira le condena igualmente; y siendo esto así, como lo es, soy de parecer que digáis a esos señores que a mí os enviaron que, pues están en un fil[5] las razones de condenarle o asolverle, que le dejen pasar libremente, pues siempre es alabado más el hacer bien que mal; y esto lo diera firmado de mi nombre si supiera firmar[6], y yo en este caso no he hablado de mío, sino que se me vino a la memoria un precepto, entre otros muchos que me dió mi amo don Quijote la noche antes que viniese a ser gobernador desta ínsula: que fué que cuando la justicia estuviese en duda, me decantase[7] y acogiese a la

---

[1] Cf. p. 668, n. 7.
[2] Cf. p. 636, n. 5.
[3] Entera inteligencia (cf. pról. 35).
[4] Cf. p. 638, n. 3.
[5] *Estar en fil*, o *en un fil* = tener el mismo peso *(fil* es el *fiel* de la balanza).
[6] Dos veces (p. 890 y 993) nos ha dicho que sabía firmar.
[7] Desviase, inclinase.

misericordia[1]; y ha querido Dios que agora se me acordase, por venir en este caso como de molde.

—Así es—respondió el Mayordomo—, y tengo para mí que el mismo Licurgo, que dió leyes a los lacedemonios, no pudiera dar mejor sentencia que la que el gran Panza ha dado. Y acábese con esto la audiencia desta mañana, y yo daré orden como el señor Gobernador coma muy a su gusto.

—¡Eso pido, y barras derechas[2]!—dijo Sancho—: denme de comer, y lluevan casos y dudas sobre mí; que yo las despabilaré en el aire.

Cumplió su palabra el Mayordomo, pareciéndole ser cargo de conciencia matar de hambre a tan discreto Gobernador; y más, que pensaba concluir con él aquella misma noche haciéndole la burla última que traía en comisión de hacerle. Sucedió, pues, que habiendo comido aquel día contra las reglas y aforismos del doctor Tirteafuera, al levantar de los manteles, entró un correo con una carta de don Quijote para el Gobernador. Mandó Sancho al Secretario que la leyese para sí, y que si no viniese en ella alguna cosa digna de secreto, la leyese en voz alta. Hízolo así el Secretario, y repasándola primero, dijo:

—Bien se puede leer en voz alta; que lo que el señor don Quijote escribe a vuesa merced merece estar estampado y escrito con letras de oro, y dice así:

CARTA DE DON QUIJOTE DE LA MANCHA A SANCHO PANZA, GOBERNADOR DE LA ÍNSULA BARATARIA

«Cuando esperaba oír nuevas de tus descuidos e impertinencias, Sancho amigo, las of de tus discreciones, de que di por ello gracias particulares al cielo, el cual del estiércol sabe levantar los pobres[3], y de los tontos hacer discretos. Dícenme que gobiernas como si fueses hombre, y que eres hombre como si fueses bestia, según es la humildad con que te tratas; y quiero que adviertas, Sancho, que muchas veces conviene y es necesario, por la autoridad del oficio, ir contra la humildad del corazón, porque el buen adorno de la persona que está puesta en

---

[1] Entre los consejos del cap. 42, que se dieron por la mañana, el que más conexión tiene con el presente, como dice Clemencín, es que no se cargue todo el rigor de la ley al delincuente (p. 928).
[2] Cf. p. 237, n. 4.
[3] Reyes, I, 2, 8; Salmo 112, 7.

graves cargos ha de ser conforme a lo que ellos piden, y no a la medida de lo que[1] su humilde condición le inclina. Vístete bien: que un palo compuesto[2] no parece palo. No digo que traigas dijes ni galas, ni que siendo juez te vistas como soldado, sino que te adornes con el hábito que tu oficio requiere, con tal que sea limpio y bien compuesto.

»Para ganar la voluntad del pueblo que gobiernas, entre otras, has de hacer dos cosas: la una, ser bien criado con todos, aunque esto ya otra vez te lo he dicho; y la otra, procurar la abundancia de los mantenimientos; que no hay cosa que más fatigue el corazón de los pobres que la hambre y la carestía.

»No hagas muchas pragmáticas[3]; y si las hicieres, procura que sean buenas, y, sobre todo, que se guarden y cumplan; que las pragmáticas que no se guardan lo mismo es que si no lo fuesen; antes dan a entender que el príncipe que tuvo discreción y autoridad para hacerlas no tuvo valor para hacer que se guardasen, y las leyes que atemorizan y no se ejecutan, vienen a ser como la viga, rey de las ranas[4]: que al principio las espantó, y con el tiempo, la menospreciaron y se subieron sobre ella.

»Sé padre de las virtudes y padrastro de los vicios. No seas siempre riguroso, ni siempre blando, y escoge el medio entre estos dos estremos; que en esto está el punto de la discreción. Visita las cárceles, las carnicerías y las plazas; que la presencia del Gobernador en lugares tales es de mucha importancia: consuela[5] a los presos, que esperan la brevedad de su despacho, es coco a los carniceros, que por entonces igualan los pesos, y es espantajo a las placeras, por la misma razón. No te muestres, aunque por ventura lo seas (lo cual yo no creo), codicioso, mujeriego ni glotón; porque en sabiendo el pueblo y los que te tratan tu inclinación determinada, por allí te darán batería, hasta derribarte en lo profundo de la perdición. Mira y remira, pasa y repasa los consejos y documentos que te di por escrito antes que de aquí partieses a tu gobierno, y verás cómo hallas en ellos, si los guardas, una ayuda de costa[6] que te sobrelleve

---

[1] *De a lo que* = de aquello a que.
[2] Adornado, aderezado.
[3] Cf. p. 523, n. 2.
[4] Alude a la fábula *Las ranas pidiendo rey*.
[5] La presencia *consuela*.
[6] «*Ayuda de costa*, lo que se da fuera del salario» (Cov.). Metafóricamente vale *ayuda*.

los trabajos y dificultades que a cada paso a los gobernadores se les ofrecen. Escribe a tus señores, y muéstrateles[1] agradecido; que la ingratitud es hija de la soberbia, y uno de los mayores pecados que se sabe[2], y la persona que es agradecida a los que bien le han hecho, da indicio que también lo será a Dios, que tantos bienes le hizo y de contino le hace.

»La señora Duquesa despachó un propio con tu vestido y otro presente a tu mujer Teresa Panza; por momentos esperamos respuesta. Yo he estado un poco mal dispuesto, de un cierto gateamiento que me sucedió no muy a cuento de mis narices, pero no fué nada; que si hay encantadores que me maltraten, también los hay que me defiendan.

»Avísame si el Mayordomo que está contigo tuvo que ver en las acciones de la Trifaldi, como tú sospechaste, y de todo lo que te sucediere me irás dando aviso, pues es tan corto el camino: cuanto más que yo pienso dejar presto esta vida ociosa en que estoy, pues no nací para ella.

»Un negocio se me ha ofrecido, que creo que me ha de poner en desgracia destos señores[3]; pero aunque se me da mucho, no se me da nada, pues, en fin en fin tengo de cumplir antes con mi profesión que con su gusto, conforme a lo que suele decirse: *amicus Plato, sed magis amica veritas*[4]. Dígote este latín porque me doy a entender que después que eres gobernador lo habrás aprendido. Y a Dios, el cual te guarde de que ninguno te tenga lástima.

Tu amigo,
Don Quijote de la Mancha.»

Oyó Sancho la carta con mucha atención, y fué celebrada y tenida por discreta de los que la oyeron, y luego Sancho se levantó de la mesa, y llamando al Secretario, se encerró con él en su estancia, y sin dilatarlo más, quiso responder luego a su señor don Quijote, y dijo al Secretario que, sin añadir ni quitar cosa alguna, fuese escribiendo lo que él le dijese, y así lo hizo; y la carta de la respuesta fué del tenor siguiente:

---

[1] Cf. p. 468, n. 1.
[2] De *que* (cf. pról. 15).
[3] Alude al desagravio de la hija de doña Rodríguez (cf. p. 972).
[4] Que en un buen romance es *Amigo Pedro, amigo Juan, pero más amiga la verdad.*

CARTA DE SANCHO PANZA A DON QUIJOTE DE LA MANCHA

«La ocupación de mis negocios es tan grande, que no tengo lugar para rascarme la cabeza, ni aun para cortarme las uñas; y así, las traigo tan crecidas cual Dios lo remedie. Digo esto, señor mío de mi alma, porque vuesa merced no se espante si hasta agora no he dado aviso de mi bien o mal estar en este gobierno, en el cual tengo más hambre que cuando andábamos los dos por las selvas y por los despoblados.

»Escribióme el Duque mi señor el otro día, dándome aviso que habían entrado en esta ínsula ciertas espías para matarme, y hasta agora yo no he descubierto otra que un cierto doctor que está en este lugar asalariado para matar a cuantos gobernadores aquí vinieren: llámase el doctor Pedro Recio, y es natural de Tirteafuera: ¡porque vea vuesa merced qué nombre para no temer que he de morir a sus manos! Este tal doctor dice él mismo de sí mismo que él no cura las enfermedades cuando las hay, sino que las previene, para que no vengan; y las medicinas que usa son dieta[1] y más dieta, hasta poner la persona en los huesos mondos, como si no fuese mayor mal la flaqueza que la calentura. Finalmente, él me va matando de hambre, y yo me voy muriendo de despecho, pues cuando pensé venir a este gobierno a comer caliente y a beber frío, y a recrear el cuerpo entre sábanas de holanda, sobre colchones de pluma, he venido a hacer penitencia, como si fuera ermitaño; y como no la hago de mi voluntad, pienso que al cabo al cabo me ha de llevar el diablo.

»Hasta agora no he tocado derecho ni llevado cohecho, y no puedo pensar en qué va esto: porque aquí me han dicho que los gobernadores que a esta ínsula suelen venir, antes de entrar en ella, o les han dado[2] o les han prestado los del pueblo muchos dineros, y que ésta es ordinaria usanza en los demás que van a gobiernos; no solamente en éste.

»Anoche, andando de ronda, topé una muy hermosa doncella en traje de varón, y un hermano suyo en hábito de mujer; de la moza se enamoró mi Maestresala, y la escogió en su imaginación para su mujer, según él ha dicho, y yo escogí al mozo

---

[1] «*Dieta*... la comida tasada que el médico ordena al enfermo. *Comer de dieta* es comer poco. *Darle dieta*, quitarle de la comida» (Cov.).

[2] *Los gobernadores... les han dado*, es una inconsecuencia gramatical (cf. pról. 13).

para mi yerno; hoy los dos pondremos en plática[1] nuestros pensamientos con el padre de entrambos, que es un tal Diego de la Llana, hidalgo y cristiano viejo cuanto se quiere.

»Yo visito las plazas, como vuesa merced me lo aconseja, y ayer hallé una tendera que vendía avellanas nuevas, y averigüéle que había mezclado con una hanega de avellanas nuevas otra de viejas, vanas y podridas; apliquélas todas para los niños de la Doctrina, que las sabrían bien distinguir, y sentenciéla que por quince días no entrase en la plaza. Hanme dicho que lo hice valerosamente; lo que sé decir a vuesa merced es que es fama en este pueblo que no hay gente más mala que las placeras, porque todas son desvergonzadas, desalmadas y atrevidas, y yo así lo creo, por las que he visto en otros pueblos.

»De que mi señora la Duquesa haya escrito a mi mujer Teresa Panza, y enviádole el presente que vuesa merced dice, estoy muy satisfecho, y procuraré de mostrarme agradecido a su tiempo: bésele vuesa merced las manos de mi parte, diciendo que digo yo que no lo ha echado en saco roto, como lo verá por la obra.

»No querría que vuesa merced tuviese trabacuentas[2] de disgusto con esos mis señores, porque si vuesa merced se enoja con ellos, claro está que ha de redundar en mi daño, y no será bien que pues se me da a mí por consejo que sea agradecido, que vuesa merced no lo sea con quien tantas mercedes le tiene hechas y con tanto regalo ha sido tratado[3] en su castillo.

»Aquello del gateado no entiendo; pero imagino que debe de ser alguna de las malas fechorías que con vuesa merced suelen usar los malos encantadores; yo lo sabré cuando nos veamos.

»Quisiera enviarle a vuesa merced alguna cosa; pero no sé qué envíe, si no es algunos cañutos de jeringas[4], que para con vejigas[5] los hacen en esta ínsula muy curiosos; aunque si me

---

[1] Práctica.
[2] *Trabacuentas* = disputa.
[3] Debiera haber dicho: *y con aquel de quien con tanto regalo ha sido tratado*, o mejor, *y con tanto regalo le ha tratado*.
[4] «*Siringa*, comúnmente dicha *jeringa*, es un instrumento de metal que recoge a sí, por no dar vacío, el agua o otro cualquier licor. Las que son muy grandes sirven para matar el fuego. Las pequeñas para echar los clisteles o melecinas [cf. p. 168, n. 3] a los enfermos. Es nombre griego *syrinx* fístula, porque la siringa tiene forma de un cañuto» (Cov.).
[5] Son las odres de las gaitas o clisteles (cf. p. 168, n. 3). Aun hoy dice

dura el oficio, yo buscaré que enviar, de haldas o de mangas[1].

»Si me escribiere mi mujer Teresa Panza, pague vuesa merced el porte, y envíeme la carta; que tengo grandísimo deseo de saber del estado de mi casa, de mi mujer y de mis hijos. Y con esto, Dios libre a vuesa merced de mal intencionados encantadores, y a mí me saque con bien y en paz deste gobierno, que lo dudo, porque le pienso dejar con la vida, según me trata el doctor Pedro Recio.

Criado de vuesa merced,
Sancho Panza el gobernador.»

Cerró la carta el Secretario y despachó luego el correo; y juntándose los burladores de Sancho, dieron orden entre sí como despacharle del gobierno; y aquella tarde la pasó Sancho en hacer algunas ordenanzas tocantes al buen gobierno de la que él imaginaba ser ínsula, y ordenó que no hubiese regatones[2] de los bastimentos en la república, y que pudiesen meter en ella vino de las partes que quisiesen, con aditamento que declarasen el lugar de donde era, para ponerle el precio según su estimación, bondad y fama, y el que lo aguase o le mudase el nombre, perdiese la vida por ello; moderó el precio de todo calzado, principalmente el de los zapatos, por parecerle que corría con exorbitancia; puso tasa en los salarios de los criados, que caminaban a rienda suelta por el camino del interese; puso gravísimas penas a los que cantasen cantares lascivos y descompuestos, ni[3] de noche ni de día; ordenó que ningún ciego cantase milagro en coplas si no trujese testimonio auténtico de ser verdadero, por parecerle que los más que los ciegos cantan son fingidos, en perjuicio de los verdaderos; hizo y creó un alguacil de pobres, no para que los persiguiese, sino para que los examinase si lo eran; porque a la sombra de la manquedad fingida y de la llaga falsa andan los brazos ladrones y la salud borracha. En resolución, él ordenó cosas tan buenas, que hasta hoy se guardan en aquel lugar, y se nombran «Las constituciones del gran Gobernador Sancho Panza».

---

el vulgo «para con»: *¡qué conejo tan bueno para con arroz!* (es decir, PARA *comido* CON *arroz).*

[1] Cf. p. 445, n. 1.
[2] «*Regatón*, el que compra del forastero por junto y revende por menudo» (Cov.).
[3] Como *poner penas* equivale aquí a *prohibir*, emplea la negación *ni*.

CAPITULO LII.—Donde se cuenta la aventura de la segunda dueña Dolorida, o Angustiada, llamada por otro nombre doña Rodríguez.

Cuenta Cide Hamete que estando ya don Quijote sano de sus arañuños, le pareció que la vida que en aquel castillo tenía era contra toda la orden de caballería que profesaba, y así, determinó de pedir licencia a los Duques para partirse a Zaragoza, cuyas fiestas llegaban cerca, adonde pensaba ganar el arnés [1] que en las tales fiestas se conquista. Y estando un día a la mesa con los Duques, y comenzando a poner en obra su intención y pedir la licencia, veis aquí a deshora entrar por la puerta de la gran sala dos mujeres (como después pareció) cubiertas de luto de los pies a la cabeza, y la una dellas, llegándose a don Quijote, se le echó a los pies, tendida de largo a largo, la boca cosida con los pies de don Quijote, y daba unos gemidos tan tristes, tan profundos, y tan dolorosos, que puso en confusión a todos los que la oían y miraban; y aunque los Duques pensaron que sería alguna burla que sus criados querían hacer a don Quijote, todavía, viendo con el ahinco que [2] la mujer suspiraba, gemía y lloraba, los tuvo dudosos y suspensos, hasta que don Quijote, compasivo, la levantó del suelo y hizo que se descubriese, y quitase el manto de sobre la faz llorosa. Ella lo hizo así, y mostró ser lo que jamás se pudiera pensar; porque descubrió el rostro de doña Rodríguez, la dueña de casa, y la otra enlutada era su hija, la burlada del hijo del labrador rico. Admiráronse todos aquellos que la conocían, y más los Duques que ninguno; que puesto que la tenían por boba y de buena pasta, no por tanto, que viniese a hacer locuras. Finalmente, doña Rodríguez, volviéndose a los señores, les dijo:

—Vuesas excelencias sean servidos de darme licencia que yo departa un poco con este caballero, porque así conviene para salir con bien del negocio en que me ha puesto el atrevimiento de un mal intencionado villano.

El Duque dijo que él se la daba, y que departiese con el señor don Quijote cuanto le viniese en deseo. Ella, enderezando la voz y el rostro a don Quijote, dijo:

—Días ha, valeroso caballero, que os tengo dada cuenta

---

[1] *Arnés* = armadura (cf. p. 61, n. 5).
[2] Hoy diríamos *viendo el ahinco con que* (cf. pról. 26).

2, 52.—AVENTURA DE DOÑA RODRÍGUEZ (continuación)

de la sinrazón y alevosía que un mal labrador tiene fecha a mi muy querida y amada fija, que es esta desdichada que aquí está presente, y vos me habedes prometido de volver por ella, enderezándole el tuerto que le tienen fecho, y agora ha llegado a mi noticia que os queredes partir deste castillo, en busca de las buenas venturas que Dios os depare; y así, querría que antes que os escurriésedes[1] por esos caminos, desafiásedes a este rústico indómito, y le hiciésedes que se casase con mi hija, en cumplimiento de la palabra que le dió de ser su esposo, antes y primero que yogase con ella; porque pensar que el Duque mi señor me ha de hacer justicia es pedir peras al olmo, por la ocasión que ya a vuesa merced en puridad[2] tengo declarada. Y con esto, nuestro Señor dé a vuesa merced mucha salud, y a nosotras no nos desampare.

—A cuyas razones respondió don Quijote, con mucha gravedad y prosopopeya:

—Buena dueña, templad vuestras lágrimas, o, por mejor decir, enjugadlas y ahorrad de vuestros suspiros; que yo tomo a mi cargo el remedio de vuestra hija, a la cual le hubiera estado mejor no haber sido tan fácil en creer promesas de enamorados, las cuales, por la mayor parte, son ligeras de prometer y muy pesadas de cumplir; y así, con licencia del Duque mi señor, yo me partiré luego en busca dese desalmado mancebo, y le hallaré, y le desafiaré, y le mataré cada y cuando que se escusare de cumplir la prometida palabra; que el principal asumpto de mi profesión es perdonar a los humildes y castigar a los soberbios; quiero decir: acorrer[3] a los miserables y destruir a los rigurosos.

—No es menester—respondió el Duque—que vuesa merced se ponga en trabajo de buscar al rústico de quien esta buena dueña se queja, ni es menester tampoco que vuesa merced me pida a mí licencia para desafiarle; que yo le doy por desafiado, y tomo a mi cargo de hacerle saber este desafío, y que le acete, y venga a responder por sí a este mi castillo, donde a entrambos daré campo seguro, guardando todas las condiciones que en tales actos suelen y deben guardarse, guardando igualmente su justicia a cada uno, como están obligados a guardarla todos aquellos príncipes que dan campo franco a los que se combaten en los términos de sus señoríos.

---

[1] *Escurrirse* = salirse, deslizarse, escapar.
[2] *En puridad* = en secreto.
[3] Socorrer.

2, 52.—LOS DUQUES

—Pues con ese seguro, y con buena licencia de vuestra grandeza—replicó don Quijote—, desde aquí digo que por esta vez renuncio mi hidalguía, y me allano y ajusto con la llaneza del dañador, y me hago igual con él, habilitándole para poder combatir conmigo [1]; y así, aunque ausente, le desafío y repto [2], en razón de que hizo mal en defraudar a esta pobre que fué doncella, y ya por su culpa no lo es, y que le ha de cumplir la palabra que le dió de ser su legítimo esposo, o morir en la demanda.

Y luego, descalzándose un guante, le arrojó en mitad de la sala, y el Duque le alzó, diciendo que, como ya había dicho, él acetaba el tal desafío en nombre de su vasallo, y señalaba el plazo, de allí a seis días; y el campo, en la plaza de aquel castillo; y las armas, las acostumbradas de los caballeros: lanza y escudo, y arnés tranzado [3], con todas las demás piezas, sin engaño, superchería o superstición alguna [4], examinadas y vistas por los jueces del campo. —Pero ante todas cosas, es [5] menester que esta buena dueña y esta mala doncella pongan el derecho de su justicia en manos del señor don Quijote; que de otra manera no se hará nada, ni llegará a debida ejecución el tal desafío.

—Yo sí pongo—respondió la dueña.

—Y yo también—añadió la hija, toda llorosa y toda vergonzosa y de mal talante.

Tomado, pues, este apuntamiento, y habiendo imaginado el Duque lo que había de hacer en el caso, las enlutadas se fueron, y ordenó la Duquesa que de allí adelante no las tratasen como a sus criadas, sino como a señoras aventureras que venían a pedir justicia a su casa; y así, les dieron cuarto aparte, y las sirvieron como a forasteras, no sin espanto de las demás criadas, que no sabían en qué había de parar la sandez y desenvoltura de doña Rodríguez y de su malandante hija. Estando en esto, para acabar de regocijar la fiesta y dar buen fin a la comi-

---

[1] Nota Clemencín que según las leyes de los caballeros el retado podía *dar par* en linaje al retador, pero no al contrario, el retador al retado.
[2] Cf. p. 507, n. 2.
[3] *Arnés tranzado* = el compuesto de diversas piezas con sus junturas, para que el hombre armado con él pudiera hacer fácilmente todos los movimientos del cuerpo.
[4] Referíase el Duque, dice R. Marín, a los conjuros, amuletos, etc., que solían usarse para vencer en estas lides.
[5] Paso repentino al estilo directo.

da, veis aquí donde entró por la sala el Paje que llevó las cartas y presentes a Teresa Panza, mujer del gobernador Sancho Panza, de cuya llegada recibieron gran contento los Duques, deseosos de saber lo que le había sucedido en su viaje; y preguntándoselo, respondió el Paje que no lo podía decir tan en público ni con breves palabras: que sus excelencias fuesen servidos de dejarlo para a solas, y que entretanto se entretuviesen con aquellas cartas. Y sacando dos cartas, las puso en manos de la Duquesa. La una decía en el sobrescrito: «Carta para mi señora la Duquesa tal, de no sé dónde», y la otra: «A mi marido Sancho Panza, gobernador de la ínsula Barataria, que Dios prospere más años que a mí». No se le cocía el pan [1], como suele decirse, a la Duquesa hasta leer su carta; y abriéndola y leído [2] para sí, y viendo que la podía leer en voz alta para que el Duque y los circunstantes la oyesen, leyó desta manera:

CARTA DE TERESA PANZA A LA DUQUESA

«Mucho contento me dió, señora mía, la carta que vuesa grandeza me escribió, que en verdad que la tenía bien deseada [3]. La sarta de corales es muy buena, y el vestido de caza de mi marido no le va en zaga. De que vuesa señoría haya hecho gobernador a Sancho mi consorte ha recebido mucho gusto todo este lugar, puesto que no hay quien lo crea, principalmente el Cura, y mase [4] Nicolás el barbero, y Sansón Carrasco el bachiller; pero a mí no se me da nada; que como ello sea así, como lo es, diga cada uno lo que quisiere; aunque, si va a decir verdad, a no venir los corales y el vestido, tampoco yo lo creyera, porque en este pueblo todos tienen a mi marido por un porro, y que [5] sacado de gobernar un hato de cabras, no pueden imaginar para qué gobierno pueda ser bueno. Dios lo haga, y lo encamine como vee que lo han menester sus hijos.

»Yo, señora de mi alma, estoy determinada, con licencia de

---

[1] Cf. p. 45, n. 5.
[2] Y habiéndola *leído* (cf. pról. 18).
[3] ¿Que la tenía bien deseada? Sí: es frase de cajón para respuestas, que ya saliese del caletre de Teresa que dictaba la carta (p. 999), ya fuese inspiración del monacillo amanuense, hace gracia por lo extemporánea.
[4] Maese.
[5] Y tal *que* (cf. pról. 15).

— 1011 —

vuesa merced, de meter este buen día en mi casa[1], yéndome a la Corte a tenderme en un coche, para quebrar los ojos a mil envidiosos que ya tengo; y así, suplico a vuesa excelencia mande a mi marido me envíe algún dinerillo, y que sea algo qué[2]; porque en la Corte son los gastos grandes: que el pan vale a real, y la carne, la libra, a treinta maravedís, que es un juicio[3]; y si quisiere que no vaya, que me lo avise con tiempo, porque me están bullendo los pies por ponerme en camino; que me dicen mis amigas y mis vecinas que si yo y mi hija andamos orondas y pomposas en la Corte, vendrá a ser conocido mi marido por mí más que yo por él, siendo forzoso que pregunten muchos «—¿Quién son estas señoras deste coche?» Y un criado mío responderá: «—La mujer y la hija de Sancho Panza, gobernador de la ínsula Barataria»; y desta manera será conocido Sancho, y yo seré estimada, y a Roma por todo[4].

»Pésame cuanto pesarme puede que este año no se han cogido bellotas en este pueblo; con todo eso, envío a vuesa alteza hasta medio celemín, que una a una las fuí yo a coger y a escoger al monte, y no las hallé más mayores; yo quisiera que fueran como huevos de avestruz.

»No se le olvide a vuestra pomposidad de escribirme; que yo tendré cuidado de la respuesta, avisando de mi salud y de todo lo que hubiere que avisar deste lugar, donde quedo rogando a nuestro Señor guarde a vuestra grandeza, y a mí no olvide. Sancha mi hija y mi hijo besan a vuesa merced las manos.

»La que tiene más deseo de ver a vuesa señoría que de escribirla su criada

Teresa Panza.»

Grande fué el gusto que todos recibieron de oír la carta de Teresa Panza, principalmente los Duques, y la Duquesa pidió parecer a don Quijote si sería bien abrir la carta que venía para el Gobernador, que imaginaba debía de ser bonísima. Don Quijote dijo que él la abriría por darles gusto, y así lo hizo, y vió que decía desta manera:

---

[1] Dice el refrán: *el buen día métalo en casa.*
[2] Cf. p. 663, n. 4.
[3] *Ser un juicio* sirve, por alusión al Juicio final, para ponderar la angustia y congoja, o el ruido y confusión.
[4] *A Roma por todo* dice el que acomete con ánimo una empresa, por ardua que sea.

2, 52.—EMBAIADA A TERESA PANZA (vuelta)

CARTA DE TERESA PANZA A SANCHO PANZA SU MARIDO

«Tu carta recibí, Sancho mío de mi alma, y yo te prometo [1] y juro como católica cristiana que no faltaron dos dedos para volverme loca de contento. Mira, hermano: cuando yo llegué a oír que eres gobernador, me pensé allí caer muerta, de puro gozo; que ya sabes tú que dicen que así mata la alegría súbita como el dolor grande. A Sanchica tu hija se le fueron las aguas sin sentirlo, de puro contento. El vestido que me enviaste tenía delante, y los corales que me envió mi señora la Duquesa al cuello, y las cartas en las manos, y el portador dellas allí presente, y, con todo eso, creía y pensaba que era todo sueño lo que veía y lo que tocaba; porque ¿quién podía pensar que un pastor de cabras había de venir a ser gobernador de ínsulas? Ya sabes tú, amigo, que decía mi madre que era menester vivir mucho para ver mucho: dígolo porque pienso ver más si vivo más; porque no pienso parar hasta verte arrendador o alcabalero, que son oficios que aunque lleva el diablo a quien mal los usa, en fin en fin, siempre tienen y manejan dineros. Mi señora la Duquesa te dirá el deseo que tengo de ir a la Corte: mírate en ello, y avísame de tu gusto; que yo procuraré honrarte en ella andando en coche.

»El Cura, el Barbero, el Bachiller, y aun el Sacristán, no pueden creer que eres gobernador, y dicen que todo es embeleco, o cosas de encantamento, como son todas las de don Quijote tu amo; y dice Sansón que ha de ir a buscarte y a sacarte el gobierno de la cabeza, y a don Quijote, la locura de los cascos; yo no hago sino reírme, y mirar mi sarta, y dar traza del vestido que tengo de hacer del tuyo a nuestra hija.

»Unas bellotas envié a mi señora la Duquesa; yo quisiera que fueran de oro. Envíame tú algunas sartas de perlas, si se usan en esa ínsula.

»Las nuevas deste lugar son que la Berrueca casó a su hija con un pintor de mala mano, que llegó a este pueblo a pintar lo que saliese; mandóle el concejo pintar las armas [2] de su Majestad sobre las puertas del Ayuntamiento, pidió dos ducados, diéronselos adelantados, trabajó ocho días, al cabo de los cuales

---

[1] Aseguro.
[2] «*Armas*, significan algunas veces... la insignia del linaje y casa, porque se ponían en el escudo del que las ganaba por sus hazañas» (Cov.).

no pintó nada, y dijo que no acertaba a pintar tantas baratijas[1]; volvió el dinero, y, con todo eso, se casó a título de buen oficial; verdad es que ya ha dejado el pincel y tomado la azada, y va al campo como gentilhombre[2]. El hijo de Pedro de Lobo se ha ordenado de grados y corona[3], con intención de hacerse clérigo; súpolo Minguilla, la nieta de Mingo Silvato, y hale puesto demanda de que[4] la tiene dada palabra de casamiento; malas lenguas quieren decir que ha estado encinta[5] dél; pero él lo niega a pies juntillas.

»Hogaño no hay aceitunas, ni se halla una gota de vinagre en todo este pueblo. Por aquí pasó una compañía de soldados; lleváronse de camino tres mozas deste pueblo; no te quiero decir quién son: quizá volverán y no faltará quien las tome por mujeres, con sus tachas[6] buenas o malas.

»Sanchica hace puntas de randas[7]; gana cada día ocho maravedís horros[8], que los va echando en una alcancía para ayuda a su ajuar[9]; pero ahora que es hija de un gobernador, tú le darás la dote sin que ella lo trabaje. La fuente de la plaza se secó; un rayo cayó en la picota[10], y allí me las den todas.

»Espero respuesta désta, y la resolución de mi ida a la Corte; y con esto, Dios te me guarde más años que a mí, o tantos; porque no querría dejarte sin mí en este mundo.

Tu mujer
Teresa Panza.»

Las cartas fueron solenizadas, reídas, estimadas y admira-

---

[1] «*Baratijas*, cosas menudas y de poco valor, que todas juntas y a montón se suelen dar en poco precio» (Cov.).

[2] «*Gentiles hombres*, los de buen talle y bien proporcionados de miembros y facciones» (Cov.). Definiendo el mismo Covarrubias la voz soldado, dice que es «el gentilhombre que sirve en la milicia...»

[3] *Grados* son las órdenes menores, y *corona*, la tonsura.

[4] *De que* = porque.

[5] *Encinta*, que originariamente vale desceñida (del latín *incincta*) significa embarazada.

[6] *Tacha* = 1) nota, cualidad; 2) nota defectuosa.

[7] Cf. p. 245, p. 7 y p. 641, n. 2.

[8] Cf. p. 796, n. 6.

[9] «*Ajuar*, lo que la mujer lleva, cuando se casa, de atavíos, así de su persona como del adorno y servicio de su casa, el oro, plata y joyas» (Cov.).

[10] Cf. p. 981, n. 5.

das; y para acabar de echar el sello, llegó el correo, el que[1] traía la que Sancho enviaba a don Quijote, que asimesmo se leyó públicamente, la cual puso en duda la sandez del Gobernador. Retiróse la Duquesa, para saber del Paje lo que había sucedido en el lugar de Sancho, el cual se lo contó muy por estenso, sin dejar circunstancia que no refiriese: dióle las bellotas, y más un queso que Teresa le dió, por ser muy bueno, que se aventajaba a los de Tronchón. Recibiólo la Duquesa con grandísimo gusto, con el cual la dejaremos, por contar el fin que tuvo el gobierno del gran Sancho Panza, flor y espejo de todos los insulanos gobernadores.

CAPITULO LIII.—Del fatigado fin y remate que tuvo el gobierno de Sancho Panza.

Pensar que en esta vida las cosas della han de durar siempre en un estado, es pensar en lo escusado; antes parece que ella anda todo en redondo, digo, a la redonda: la primavera sigue[2] al verano, el verano al estío[3], el estío al otoño, y el otoño al invierno, y el invierno a la primavera, y así torna a andarse el tiempo con esta rueda continua; sola la vida humana corre a su fin ligera más que el viento, sin esperar renovarse si no es en la otra, que no tiene términos que la limiten.» Esto dice Cide Hamete, filósofo mahomético; porque esto de entender la ligereza e instabilidad de la vida presente, y la duración de la eterna que se espera, muchos sin lumbre de fe, sino[4] con la luz natural, lo han entendido; pero aquí nuestro autor lo dice por la presteza con que se acabó, se consumió, se deshizo, se fué como en sombra y humo el gobierno de Sancho.

El cual, estando en la séptima noche de los días de su gobierno en su cama, no harto de pan ni de vino, sino de juzgar

---

[1] A saber, *el que*.

[2] *Seguir*, en la descripció de cosas (aquí, de la rueda del tiempo), sigifica *estar unido a*, v. gr., *primero hay un gran arco*, sigue *una ancha calle*...

[3] «Dividieron el año en cuatro partes: entrando el sol en Aries empieza el *verano*: en Cancro, el *estío;* en Libra, el *autumno;* en Capricornio, la *hieme* o el *invierno*» (Cov., v. *estío).* «*Primavera*... es la entrada del verano... En la primavera todo es rosas y azucenas, y aquel tiempo se va todo en flores» (Cov.).

[4] La extrañeza de éste *sino* nace de que la negación exigida por la conjunción *sino* va algo disfrazada en la preposición *sin* (= no con).

y dar pareceres y de hacer estatutos y pragmáticas, cuando el sueño, a despecho y pesar de la hambre, le comenzaba a cerrar los párpados, oyó tan gran ruido de campanas y de voces, que no parecía sino que toda la ínsula se hundía. Sentóse en la cama, y estuvo atento y escuchando, por ver si daba en la cuenta de lo que podía ser la causa de tan grande alboroto; pero no sólo no lo supo, pero[1] añadiéndose al ruido de voces y campanas el de infinitas trompetas y atambores, quedó más confuso y lleno de temor y espanto; y levantándose en pie, se puso unas chinelas[2], por la humedad del suelo, y sin ponerse sobrerropa de levantar, ni cosa que se pareciese, salió a la puerta de su aposento, a tiempo cuando vió venir por unos corredores más de veinte personas con hachas encendidas en las manos y con las espadas desenvainadas, gritando todas a grandes voces:

—¡Arma, arma, señor Gobernador! ¡Arma, que han entrado infinitos enemigos en la ínsula, y somos perdidos si vuestra industria y valor no nos socorre!

Con este ruido, furia y alboroto llegaron donde Sancho estaba, atónito y embelesado de lo que oía y veía, y cuando llegaron a él, uno le dijo:

—¡Ármese luego vuesa señoría, si no quiere perderse y que toda esta ínsula se pierda!

—¿Qué me tengo de armar—respondió Sancho—, ni qué sé yo de armas ni de socorros? Estas cosas mejor será dejarlas para mi amo don Quijote, que en dos paletas las despachará y pondrá en cobro[3]; que yo, pecador fuí a Dios, no se me entiende nada destas priesas.

—¡Ah señor Gobernador!—dijo otro—. ¿Qué relente[4] es ése? ¡Ármese vuesa merced; que aquí le traemos armas ofensivas y defensivas, y salga a esa plaza, y sea nuestra guía y nuestro capitán, pues de derecho le toca el serlo, siendo nuestro Gobernador.

—Ármenme norabuena—replicó Sancho.

Y al momento le trujeron dos paveses[5], que venían proveí-

---

[1] Mejor sería *sino que*.
[2] Cf. p. 976, n. 5.
[3] Cf. p. 726, n. 3.
[4] *Relente* no se toma aquí por «humedad que se experimenta en noche serena», sino por «lentitud, frescura».
[5] «*Pavés*, especie de escudo largo que ocupaba todo el cuerpo del soldado» (Cov.).

dos dellos, y le pusieron encima de la camisa, sin dejarle tomar otro vestido, un pavés delante y otro detrás, y por unas concavidades que traían hechas le sacaron los brazos, y le liaron muy bien con unos cordeles, de modo, que quedó emparedado y entablado, derecho como un huso, sin poder doblar las rodillas ni menearse un solo paso. Pusiéronle en las manos una lanza, a la cual se arrimó para poder tenerse en pie. Cuando así le tuvieron, le dijeron que caminase, y los guiase, y animase a todos; que siendo él su norte, su lanterna y su lucero, tendrían buen fin sus negocios.

—¿Cómo tengo de caminar, desventurado yo—respondió Sancho—, que no puedo jugar las choquezuelas[1] de las rodillas, porque me lo impiden estas tablas que tan cosidas tengo con mis carnes? Lo que han de hacer es llevarme en brazos y ponerme, atravesado o en pie, en algún postigo[2]; que yo le guardaré, o con esta lanza, o con mi cuerpo.

—Ande, señor Gobernador—dijo otro—; que más el miedo que las tablas le impiden el paso; acabe y menéese, que es tarde, y los enemigos crecen, y las voces se aumentan, y el peligro carga.

Por cuyas persuasiones y vituperios probó el pobre Gobernador a moverse, y fué dar consigo en el suelo tan gran golpe, que pensó que se había hecho pedazos. Quedó como galápago[3], encerrado y cubierto con sus conchas, o como medio tocino metido entre dos artesas[4], o bien así como barca que da al través[5] en la arena; y no por verle caído aquella gente burladora le tuvieron compasión alguna; antes, apagando las antorchas, tornaron a reforzar las voces, y a reiterar el «¡arma!» con tan gran priesa, pasando por encima del pobre Sancho, dándole

---

[1] «*Chueca* es una bolita pequeña con que los labradores suelen jugar... Los huesos que juegan en las rodillas y codos llamamos *choquezuelas* porque son como medias bolillas» (Cov.).

[2] «*Postigo*, la puerta pequeña, que ordinariamente llamamos puerta falsa... Hoy día se usa en la corte entre señores cuando quieren huir el cuerpo a las audiencias y visitas importunas, salirse por la puerta falsa o postigo» (Cov.).
Por la *puerta falsa* de un corral salió don Quijote la primera vez (p. 63).

[3] «*Galápago*, especie de tortuga» (Cov.).

[4] «*Tocino*, el puerco que después de muerto, sacado todo lo interno, el lomo, las costillas, el almilla [una faja que le sacan de arriba abajo de pecho] y espinazo, queda dividido en dos *medios*» (Cov.). Según Clemencín, suelen ponerlo con sal entre tablas o artesas, apretándola para que se acecine.

[5] Tumbado sobre el costado cuando queda en seco.

infintas cuchilladas sobre los paveses, que si él no se recogiera y encogiera metiendo la cabeza entre los paveses, lo pasara muy mal el pobre gobernador; el cual, en aquella estrecheza recogido, sudaba y trasudaba, y de todo corazón se encomendaba a Dios, que [1] de aquel peligro le sacase. Unos tropezaban en él, otros caían, y tal hubo que se puso encima un buen espacio, y desde allí, como desde atalaya, gobernaba los ejércitos, y a grandes voces decía:

—¡Aquí de los nuestros; que por esta parte cargan más los enemigos! ¡Aquel portillo se guarde; aquella puerta se cierre; aquellas escalas se tronquen [2]! ¡Vengan alcancías; pez y resina en calderas de aceite ardiendo [3]! ¡Trinchéense [4] las calles con colchones!

En fin, él nombraba con todo ahinco todas las baratijas e instrumentos y pertrechos de guerra con que suele defenderse [5] el asalto de una ciudad, y el molido Sancho, que lo escuchaba y sufría todo, decía entre sí: «¡Oh, si mi señor fuese servido que se acabase ya de perder esta ínsula, y me viese yo, o muerto, o fuera desta grande angustia!» Oyó el cielo su petición, y cuando menos lo esperaba, oyó voces que decían:

—¡Vitoria, vitoria! ¡Los enemigos van de vencida! ¡Ea, señor Gobernador, levántese vuesa merced, y venga a gozar del vencimiento, y a repartir los despojos que se han tomado a los enemigos, por el valor dese invencible brazo.

—Levántenme—dijo con voz doliente el dolorido Sancho. Ayudáronle a levantar, y puesto en pie, dijo:

—El enemigo que yo hubiera vencido, quiero que me le claven en la frente [6]. Yo no quiero repartir despojos de enemigos, sino pedir y suplicar a algún amigo, si es que le tengo, que me dé un trago de vino, que me seco, y me enjugue este sudor, que me hago agua.

Limpiáronle, trujéronle el vino, desliáronle los paveses, sentóse sobre su lecho, y desmayóse del temor, del sobresalto

---

[1] Para *que* (cf. pról. 15).
[2] Se trunquen o corten.
[3] «Entre las demás armas ofensivas se han usado las alcancías con fuego de alquitrán lanzadas sobre los enemigos: y también estas mismas llenas de víboras, que cayendo en medio de los enemigos y quebradas han sido ofendidos con las mordeduras venenosas» (Cov.).
[4] Atrinchérense.
[5] Impedirse.
[6] ¡Que ya les costará! (cf. p. 827, n. 3).

y del trabajo. Ya les pesaba a los de la burla de habérsela hecho tan pesada; pero el haber vuelto en sí Sancho les templó la pena que les había dado su desmayo. Preguntó qué hora era; respondiéronle que ya amanecía. Calló, y sin decir otra cosa, comenzó a vestirse, todo sepultado en silencio, y todos le miraban, y esperaban en qué había de parar la priesa con que se vestía. Vistióse, en fin, y poco a poco, porque estaba molido y no podía ir mucho a mucho, se fué a la caballeriza, siguiéndole todos los que allí se hallaban, y llegándose al rucio, le abrazó y le dió un beso de paz en la frente, y no sin lágrimas en los ojos, le dijo:

—Venid vos acá, compañero mío, y amigo mío, y conllevador de mis trabajos y miserias: cuando yo me avenía con vos[1], y no tenía otros pensamientos que los que me daban los cuidados de remendar vuestros aparejos y de sustentar vuestro corpezuelo, dichosas eran mis horas, mis días y mis años; pero después que os dejé, y me subí sobre las torres de la ambición y de la soberbia, se me han entrado por el alma adentro mil miserias, mil trabajos y cuatro mil desasosiegos.

Y en tanto que estas razones iba diciendo, iba asimesmo enalbardando el asno, sin que nadie nada le dijese. Enalbardado, pues, el rucio, con gran pena y pesar subió sobre él, y encaminando sus palabras y razones al Mayordomo, al Secretario, al Maestresala, y a Pedro Recio el doctor, y a otros muchos que allí presentes estaban, dijo:

—Abrid camino, señores míos, y dejadme volver a mi antigua libertad: dejadme que vaya a buscar la vida pasada, para que me resucite de esta muerte presente. Yo no nací para ser gobernador, ni para defender ínsulas ni ciudades de los enemigos que quisieren acometerlas. Mejor se me entiende a mí de arar y cavar, podar y ensarmentar[2] las viñas, que de dar leyes ni de defender provincias ni reinos. Bien se está San Pedro en Roma: quiero decir que bien se está cada uno usando el oficio para que fué nacido. Mejor me está a mí una hoz en la mano que un cetro de gobernador; más quiero hartarme de gazpachos[3] que estar sujeto a la miseria de un médico impertinente

---

[1] Andaba junto con vos.

[2] *Ensarmentar* o *amugronar* es enterrar un sarmiento sin cortarlo de la vid para que arraigue y produzca nueva planta.

[3] «Gazpachos, cierto género de migas que se hacen con pan tostado y aceite y vinagre y algunas otras cosas que les mezclan, con que los polvorizan. Esta es comida de segadores y de gente grosera» (Cov.).

que me mate de hambre, y más quiero recostarme a la sombra de una encina en el verano, y arroparme con un zamarro de dos pelos [1] en el invierno, en mi libertad, que acostarme con la sujeción del gobierno entre sábanas de holanda y vestirme de martas cebollinas [2]. Vuesas mercedes se queden con Dios, y digan al Duque mi señor que desnudo nací, desnudo me hallo: ni pierdo ni gano: quiero decir que sin blanca entré en este gobierno, y sin ella salgo, bien al revés de como suelen salir los gobernadores de otras ínsulas. Y apártense: déjenme ir, que me voy a bizmar; que creo que tengo brumadas todas las costillas, merced a los enemigos que esta noche se han paseado sobre mí.

—No ha de ser así, señor Gobernador—dijo el doctor Recio—; que yo le daré a vuesa merced una bebida contra caídas y molimientos, que luego le vuelva en su prístina entereza y vigor; y en lo de la comida, yo prometo a vuesa merced de enmendarme, dejándole comer abundantemente de todo aquello que quisiere.

—¡Tarde piache [3]!—respondió Sancho—. ¡Así dejaré de irme como volverme turco! No son estas burlas para dos veces. Por Dios que así me quede en éste, ni admita otro gobierno, aunque me le diesen entre dos platos [4], como volar al cielo sin alas. Yo soy del linaje de los Panzas, que todos son testarudos, y si una vez dicen nones, nones han de ser, aunque sean pares, a pesar de todo el mundo. Quédense en esta caballeriza las alas de la hormiga [5], que me levantaron en el aire para que me co-

---

[1] *Zamarro de dos pelos.* Vestido hecho de pieles, dice R. Marín, con lana de dos años, es decir, no esquilada en ninguno de ellos.

[2] Cf. p. 703, n. 1.

[3] Cuentan que habiéndose uno tragado un huevo empollado, pió el pollito en el gaznate y le fué respondido *tarde piache*. Los gallegos dicen *piaste*, *piache* o *piaches*.

[4] *Entre dos platos*, dice R. Marín, como los manjares delicados y apetitosos que se dan a los convalecientes. Tal vez sean los dos platos el *ante* y el *post* (cf. p. 959, n. 3), según aquello del *Romancero general*, fol. 417, citado a otro propósito (en V, 436) por el mismo R. Marín:

Y si fué buen plato el ante
Y el post *no saliese malo,*
Importa poco que el medio
Sea nada entre dos platos.

[5] Cf. p. 867, n. 7.

2, 54.—AVENTURA DE DOÑA RODRÍGUEZ (continuación)

miesen vencejos y otros pájaros, y volvámonos a andar por el suelo con pie llano; que si no le adornaren zapatos picados[1] de cordobán, no le faltarán alpargatas[2] toscas de cuerda. Cada oveja con su pareja, y nadie tienda más la pierna de cuanto fuere larga la sábana; y déjenme pasar, que se me hace tarde.

A lo que el Mayordomo dijo:

—Señor Gobernador, de muy buena gana dejáramos ir a vuesa merced, puesto que nos pesará mucho de perderle; que su ingenio y su cristiano proceder obligan a desearle; pero ya se sabe que todo gobernador está obligado, antes que se ausente de la parte donde ha gobernado, a dar primero residencia[3]: déla vuesa merced de los diez días que ha que tiene el gobierno, y váyase a la paz de Dios.

—Nadie me la puede pedir—respondió Sancho—si no es quien ordenare el Duque mi señor: yo voy a verme con él, y a él se la daré de molde; cuanto más que saliendo yo desnudo, como salgo, no es menester otra señal para dar a entender que he gobernado como un ángel.

—Par Dios que tiene razón el gran Sancho—dijo el doctor Recio—, y que soy de parecer que le dejemos ir, porque el Duque ha de gustar infinito de verle.

Todos vinieron en ello, y le dejaron ir, ofreciéndole primero compañía y todo aquello que quisiese para el regalo de su persona y para la comodidad de su viaje. Sancho dijo que no quería más que un poco de cebada para el rucio y medio queso y medio pan para él; que pues el camino era tan corto, no había menester mayor ni mejor repostería[4]. Abrazáronle todos, y él, llorando, abrazó a todos, y los dejó admirados, así de sus razones como de su determinación tan resoluta y tan discreta.

CAPITULO LIV.—Que trata de cosas tocantes a esta historia, y no a otra alguna.

Resolviéronse el Duque y la Duquesa de que el desafío que don Quijote hizo a su vasallo por la causa ya referida pasase

---

[1] *Picados*, según Clemencín, labrados con agujerillos o cortaduras sutiles, como se usaron en algún tiempo entre damas y galanes.
[2] «*Alpargate*, calzado tejido de cordel, de que usan mucho los moriscos» (Cov.).
[3] Cf. p. 928, n. 2.
[4] Provisiones.

adelante; y puesto que[1] el mozo estaba en Flandes, adonde se había ido huyendo, por no tener por suegra a doña Rodríguez, ordenaron de poner en su lugar a un lacayo gascón, que se llamaba Tosilos, industriándole primero muy bien de todo lo que había de hacer. De allí a dos días dijo el Duque a don Quijote cómo desde allí a cuatro vendría su contrario, y se presentaría en el campo, armado como caballero, y sustentaría cómo la doncella mentía por[2] mitad de la barba, y aun por toda la barba entera, si se afirmaba que él le hubiese dado palabra de casamiento. Don Quijote recibió mucho gusto con las tales nuevas, y se prometió a sí mismo de hacer maravillas en el caso, y tuvo a gran ventura habérsele ofrecido ocasión donde aquellos señores pudiesen ver hasta dónde se estendía el valor de su poderoso brazo; y así, con alborozo y contento, esperaba los cuatro días, que se le iban haciendo, a la cuenta de su deseo, cuatrocientos siglos.

Dejémoslos pasar nosotros (como dejamos pasar otras cosas), y vamos a acompañar a Sancho, que entre alegre y triste venía caminando sobre el rucio a buscar a su amo, cuya compañía le agradaba más que ser gobernador de todas las ínsulas del mundo. Sucedió, pues, que no habiéndose alongado mucho de la ínsula del su gobierno (que él nunca se puso a averiguar si era ínsula, ciudad, villa o lugar la que gobernaba), vió que por el camino por donde él iba venían seis peregrinos con sus bordones, de estos estranjeros que piden la limosna cantando; los cuales, en llegando a él, se pusieron en ala[3], y levantando las voces todos juntos, comenzaron a cantar en su lengua lo que Sancho no pudo entender, si no fué una palabra que claramente pronunciaba[4] *limosna*, por donde entendió que era limosna la que en su canto pedían; y como él, según dice Cide Hamete, era caritativo además[5], sacó de sus alforjas medio pan y medio queso, de que venía proveído, y dióselo, diciéndoles por señas que no tenía otra cosa que darles. Ellos lo recibieron de muy buena gana, y dijeron:

—¡*Guelte*! ¡*Guelte*[6]!

---

[1] Supuesto que.
[2] Este *por* es aseverativo.
[3] Fila.
[4] Si no hay que leer *pronunciaban*, habrá que traducir *pronunciaba* por *anunciaba*.
[5] Por demás (cf. pról. 11).
[6] *Guelt* es la pronunciación de la voz alemana *geld*, que significa dinero.

—No entiendo—respondió Sancho—qué es lo que me pedís, buena gente.

Entonces uno de ellos sacó una bolsa del seno y mostrósela a Sancho, por donde entendió que le pedían dineros; y él, poniéndose el dedo pulgar en la garganta y estendiendo la mano arriba, les dió a entender que no tenía ostugo[1] de moneda, y picando al rucio, rompió por ellos; y al pasar, habiéndole estado mirando uno dellos con mucha atención, arremetió a él, echándole los brazos por la cintura, y en voz alta y muy castellana, dijo:

—¡Válame Dios! ¿Qué es lo que veo? ¿Es posible que tengo en mis brazos al mi caro amigo, al mi buen vecino Sancho Panza? ¡Sí tengo, sin duda, porque yo ni duermo, ni estoy ahora borracho!

Admiróse Sancho de verse nombrar por su nombre y de verse abrazar del estranjero peregrino, y después de haberle estado mirando, sin hablar palabra, con mucha atención, nunca pudo conocerle; pero viendo su suspensión el peregrino, le dijo:

—¿Cómo y es posible, Sancho Panza hermano, que no conoces a tu vecino Ricote el morisco, tendero de tu lugar?

Entonces Sancho le miró con más atención y comenzó a refigurarle, y, finalmente, le vino a conocer de todo punto, y sin apearse del jumento, le echó los brazos al cuello y le dijo:

—¿Quién diablos te había de conocer, Ricote, en ese traje de moharracho[2] que traes? Dime: ¿quién te ha hecho franchote[3], y cómo tienes atrevimiento de volver a España, donde si te cogen y conocen, tendrás harta mala ventura[4]?

—Si tú no me descubres, Sancho—respondió el peregrino—, seguro estoy que en este traje no habrá nadie que me conozca; y apartémonos del camino a aquella alameda que allí parece, donde quieren comer y reposar mis compañeros, y allí comerás con ellos, que son muy apacible gente, y yo tendré lugar de contarte lo que me ha sucedido después que me partí de nuestro lugar, por obedecer el bando de su Majestad, que con tanto rigor a los desdichados de mi nación amenazaba, según oíste.

Hízolo así Sancho, y hablando Ricote a los demás peregrinos,

---

[1] *Ostugo* = vestigio (cf. p. 664, n. 4).
[2] Cf. p. 608, n. 3.
[3] O *franchute*, nombre despectivo que se daba a los extranjeros que andaban por España.
[4] *Harta mala ventura* no significa ventura harto mala, sino mucha mala ventura, mucha desgracia.

se apartaron a la alameda que se parecía, bien desviados del camino real. Arrojaron los bordones, quitáronse las mucetas o esclavinas y quedaron en pelota[1], y todos ellos eran mozos y muy gentiles hombres, excepto Ricote, que ya era hombre entrado en años. Todos traían alforjas, y todas, según pareció, venían bien proveídas, a lo menos, de cosas incitativas y que llaman a la sed, de dos leguas. Tendiéronse en el suelo, y haciendo manteles de las hierbas, pusieron sobre ellas pan, sal, cuchillos, nueces, rajas de queso, huesos mondos de jamón, que si no se dejaban mascar, no defendían[2] el ser chupados. Pusieron asimismo un manjar negro que dicen que se llama *cabial* y es hecho de huevos de pescados, gran despertador de la colambre[3]. No faltaron aceitunas, aunque secas y sin adobo alguno; pero sabrosas y entretenidas[4]. Pero lo que más campeó en el campo de aquel banquete fueron seis botas de vino, que cada uno sacó la suya de su alforja; hasta el buen Ricote, que se había transformado de morisco en alemán o en tudesco[5], sacó la suya, que en grandeza podía competir con las cinco.

Comenzaron a comer con grandísimo gusto y muy de espacio, saboreándose con cada bocado, que le tomaban con la punta del cuchillo, y muy poquito de cada cosa, y luego al punto, todos a una, levantaron los brazos y las botas en el aire. Puestas las bocas en su boca, clavados los ojos en el cielo, no parecía sino que ponían en él la puntería; y desta manera, meneando las cabezas a un lado y a otro, señales que acreditaban el gusto que recebían, se estuvieron un buen espacio, trasegando en sus estómagos las entrañas de las vasijas. Todo lo miraba Sancho, y de ninguna cosa se dolía[6]; antes, por cumplir con el refrán, que él muy bien sabía, de «cuando a Roma fueres, haz como vieres»[7], pidió a Ricote la bota y tomó su puntería como los demás, y no con menos gusto que ellos.

Cuatro veces dieron lugar las botas para ser empinadas; pero la quinta no fué posible, porque ya estaban más enjutas

---

[1] En cuerpo gentil (cf. p. 164, n. 3).
[2] Impedían.
[3] *Despertar la colambre*, o *corambre* = excitar la sed de vino. *Corambre* = cuero, odre.
[4] Que le hacían pasar a uno un buen rato.
[5] *Tudesco* = alemán.
[6] Alusión cómica al conocidísimo romance: *Mira Nero de Tarpeya...* (cf. p. 158, n. 3).
[7] Del sabidísimo latín: *dum Romae fueris, romano vivito more*.

2. 54.—VUELTA DE SANCHO: RICOTE

y secas que un esparto, cosa que puso mustia la alegría que hasta allí habían mostrado. De cuando en cuando juntaba alguno su mano derecha con la de Sancho, y decía: —*Españoli y tudesqui, tuto uno: bon compaño;* y Sancho respondía: *¡Bon compaño, jura Di*[1]*!*, y disparaba con una risa que le duraba una hora, sin acordarse entonces de nada de lo que le había sucedido en su gobierno; porque sobre el rato y tiempo cuando se come y bebe, poca jurisdición suelen tener los cuidados. Finalmente, el acabársele[2] el vino fué principio de un sueño que dió a todos, quedándose dormidos sobre las mismas mesas y manteles; solos Ricote y Sancho quedaron alerta, porque habían comido más y bebido menos[3]; y apartando Ricote a Sancho, se sentaron al pie de una haya, dejando a los peregrinos sepultados en dulce sueño, y Ricote, sin tropezar nada en su lengua morisca, en la pura castellana le dijo las siguientes razones:

—Bien sabes ¡oh Sancho Panza, vecino y amigo mío! cómo el pregón y bando que su Majestad mandó publicar contra los de mi nación[4] puso terror y espanto en todos nosotros; a lo menos, en mí le puso de suerte, que me parece que antes del tiempo que se nos concedía para que hiciésemos ausencia de España, ya tenía el rigor de la pena ejecutado[5] en mi persona y en la de mis hijos. Ordené, pues, a mi parecer, como prudente (bien así como el que sabe que para tal tiempo le han de quitar la casa donde vive y se provee de otra donde mudarse), ordené, digo, de salir yo solo, sin mi familia, de mi pueblo, y ir a buscar donde llevarla con comodidad y sin la priesa con que los demás salieron; porque bien vi, y vieron todos nuestros ancianos, que aquellos pregones no eran sólo amenazas, como algunos decían, sino verdaderas leyes, que se habían de poner en ejecución a su determinado tiempo; y forzábame a creer esta verdad saber yo los ruines y disparatados intentos que los nuestros tenían, y tales, que me parece que fué inspiración divina la que movió a su Majestad a poner en efecto tan gallarda resolución, no porque todos fuésemos culpados, que algunos había cristianos

---

[1] *Jura Di* es italiano sanchesco por *juro a Dios.*
[2] Por *les* (cf. pról. 7).
[3] Porque se habían repartido la bota.
[4] Los dos edictos principales, dice Clemencín, se publicaron el primero en 9 de diciembre de 1609 para los reinos de Granada, Murcia, Andalucía y villa de Hornachos, y el segundo en 10 de julio de 1610 para las Castillas, Extremadura y la Mancha.
[5] El pregón *tenía ejecutado el rigor de la pena.*

firmes y verdaderos; pero eran tan pocos, que no se podían oponer a los que no lo eran, y no era bien criar la sierpe en el seno, teniendo los enemigos dentro de casa. Finalmente, con justa razón fuimos castigados con la pena del destierro, blanda y suave, al parecer de algunos; pero al nuestro, la más terrible que se nos podía dar. Doquiera que estamos lloramos por España; que, en fin, nacimos en ella y es nuestra patria natural; en ninguna parte hallamos el acogimiento que nuestra desventura desea; y en Berbería, y en todas las partes de África donde esperábamos ser recebidos, acogidos y regalados, allí es donde más nos ofenden y maltratan. No hemos conocido el bien hasta que le hemos perdido; y es el deseo tan grande que casi todos tenemos de volver a España, que los más de aquellos (y son muchos) que saben la lengua como yo, se vuelven a ella, y dejan allá sus mujeres y sus hijos desamparados: tanto es el amor que la tienen; y agora conozco y experimento lo que suele decirse: que es dulce el amor de la patria. Salí, como digo, de nuestro pueblo, entré en Francia, y aunque allí nos hacían buen acogimiento, quise verlo todo. Pasé a Italia, y llegué a Alemania, y allí me pareció que se podía vivir con más libertad, porque sus habitantes no miran en muchas delicadezas: cada uno vive como quiere, porque en la mayor parte della se vive con libertad de conciencia. Dejé tomada casa en un pueblo junto a Augusta[1]; juntéme con estos peregrinos, que tienen por costumbre de venir a España muchos dellos, cada año, a visitar los santuarios della, que los tienen por sus Indias, y por certísima granjería y conocida ganancia. Ándanla casi toda, y no hay pueblo ninguno de donde no salgan comidos y bebidos, como suele decirse, y con un real, por lo menos, en dineros[2], y al cabo de su viaje, salen con más de cien escudos de sobra, que trocados en oro, o ya en el hueco de los bordones, o entre los remiendos de las esclavinas, o con la industria que ellos pueden, los sacan del reino y los pasan a sus tierras, a pesar de las guardas de los puestos y puertos donde se registran. Ahora es mi intención, Sancho, sacar el tesoro que dejé enterrado, que por estar fuera del pueblo, lo podré hacer sin peligro, y escribir o pasar desde Valencia a mi hija y a mi mujer,

---

[1] O *Augsburgo* (antiguamente *Augusta Vindelicorum*), ciudad de Baviera.
[2] «*Dinero* en el reino de Valencia es moneda menuda: vale lo que en Castilla tres blancas: un real castellano vale veinte y tres dineros» (Cov.).

que sé que están en Argel, y dar traza como traerlas a algún puerto de Francia, y desde allí llevarlas a Alemania, donde esperaremos lo que Dios quisiere hacer de nosotros; que, en resolución, Sancho, yo sé cierto que la Ricota mi hija y Francisca Ricota mi mujer son católicas cristianas, y aunque yo no lo soy tanto, todavía tengo más de cristiano que de moro, y ruego siempre a Dios me abra los ojos del entendimiento y me dé a conocer cómo le tengo de servir. Y lo que me tiene admirado es no saber por qué se fué mi mujer y mi hija antes a Berbería que a Francia, adonde podía vivir como cristiana.

A lo que Sancho respondió:

—Mira, Ricote: eso no debió estar en su mano, porque las llevó Juan Tiopieyo, el hermano de tu mujer; y como debe de ser fino moro, fuése a lo más bien parado[1]; y séte decir otra cosa: que creo que vas en balde a buscar lo que dejaste encerrado; porque tuvimos nuevas que habían quitado a tu cuñado y tu mujer muchas perlas y mucho dinero en oro, que llevaban por registrar.

—Bien puede ser eso—replicó Ricote—: pero yo sé, Sancho, que no tocaron a mi encierro, porque yo no les descubrí dónde estaba, temeroso de algún desmán, y así, si tú, Sancho, quieres venir conmigo y ayudarme a sacarlo y a encubrirlo, yo te daré docientos escudos, con que podrás remediar tus necesidades, que ya sabes que sé yo que las tienes muchas.

—Yo lo hiciera—respondió Sancho—; pero no soy nada codicioso; que, a serlo, un oficio dejé yo esta mañana de las manos, donde pudiera hacer las paredes de mi casa de oro, y comer antes de seis meses en platos de plata; y así por esto como por parecerme haría traición a mi rey en dar favor a sus enemigos, no fuera contigo, si como me prometes docientos escudos, me dieras aquí de contado cuatrocientos.

—¿Y qué oficio es el que has dejado, Sancho?—preguntó Ricote.

—He dejado de ser gobernador de una ínsula—respondió Sancho—, y tal, que a buena fee que no hallen otra como ella a tres tirones.

—¿Y dónde está esa ínsula?—preguntó Ricote.

—¿Adónde?—respondió Sancho—. Dos leguas de aquí, y se llama la ínsula Barataria.

---

[1] *A lo más bien parado* = a lo mejor (o sea, Berbería).

—Calla, Sancho—dijo Ricote—; que las ínsulas están allá dentro de la mar; que no hay ínsulas en la tierra firme.

—¿Cómo no?—replicó Sancho—. Dígote, Ricote amigo, que esta mañana me partí della, y ayer estuve en ella gobernando a mi placer, como un sagitario [1]; pero con todo eso, la he dejado, por parecerme oficio peligroso el de los gobernadores.

—¿Y qué has ganado en el gobierno?—preguntó Ricote.

—He ganado—respondió Sancho—el haber conocido que no soy bueno para gobernar, si no es un hato de ganado, y que las riquezas que se ganan en los tales gobiernos son a costa de perder el descanso y el sueño, y aun el sustento; porque en las ínsulas deben de comer poco los gobernadores, especialmente si tienen médicos que miren por su salud.

—Yo no te entiendo, Sancho—dijo Ricote—; pero paréceme que todo lo que dices es disparate; que ¿quién te había de dar a ti ínsulas que gobernases? ¿Faltaban hombres en el mundo más hábiles para gobernadores que [2] tú eres? Calla, Sancho, y vuelve en ti, y mira si quieres venir conmigo, como te he dicho, a ayudarme a sacar el tesoro que dejé escondido (que en verdad que es tanto, que se puede llamar tesoro), y te daré con que vivas, como te he dicho.

—Ya te he dicho, Ricote—replicó Sancho—, que no quiero; conténtate que [3] por mí no serás descubierto, y prosigue en buena hora tu camino, y déjame seguir el mío; que yo sé que lo bien ganado se pierde, y lo malo, ello y su dueño [4].

—No quiero porfiar, Sancho—dijo Ricote—. Pero dime: ¿hallástete en nuestro lugar cuando se partió dél mi mujer, mi hija y mi cuñado?

—Si hallé [5]—respondió Sancho—, y séte decir que salió tu hija tan hermosa, que salieron a verla cuantos había en el pueblo, y todos decían que era la más bella criatura del mundo. Iba llorando y abrazaba a todas sus amigas y conocidas, y a cuantos llegaban a verla, y a todos pedía la encomendasen a Dios y a Nuestra Señora su madre; y esto, con tanto sentimiento, que a mí me hizo llorar, que no suelo ser muy llorón. Y a fee que muchos tuvieron deseo de esconderla y salir a quitársela

---

[1] Con la misma facilidad con que un saetero dispara sus saetas.
[2] De lo que.
[3] Este *que* puede ser causal *conténtate* [tranquilízate], *porque por mí...*; o completivo *conténtate con que, por mí...*
[4] Y lo mal ganado, se pierde ello y su dueño (cf. pról. 13).
[5] Hoy diríamos *me hallé* (cf. pról. 10).

en el camino: pero el miedo de ir contra el mandado del rey los detuvo. Principalmente se mostró más apasionado don Pedro Gregorio, aquel mancebo mayorazgo rico que tú conoces, que dicen que la quería mucho, y después que ella se partió, nunca más él ha parecido en nuestro lugar, y todos pensamos que iba tras ella para robarla; pero hasta ahora no se ha sabido nada.

—Siempre tuve yo mala sospecha—dijo Ricote—de que ese caballero amaba a mi hija; pero fiado en el valor de mi Ricota, nunca me dió pesadumbre el saber que la quería bien; que ya habrás oído decir, Sancho, que las moriscas pocas o ninguna vez se mezclaron por amores con cristianos viejos, y mi hija, que, a lo que yo creo, atendía a ser más cristiana que enamorada, no se curaría de las solicitudes de ese señor mayorazgo.

—Dios lo haga—replicó Sancho—; que a entrambos les estaría mal. Y déjame partir de aquí, Ricote amigo; que quiero llegar esta noche adonde está mi señor don Quijote.

—Dios vaya contigo, Sancho hermano; que ya mis compañeros se rebullen, y también es hora que prosigamos nuestro camino.

Y luego se abrazaron los dos, y Sancho subió en su rucio, y Ricote se arrimó a su bordón, y se apartaron.

CAPITULO LV.—De cosas sucedidas a Sancho en el camino, y otras, que no hay más que ver.

El haberse detenido Sancho con Ricote no le dió lugar a que aquel día llegase al castillo del Duque, puesto que llegó media legua dél, donde le tomó la noche, algo escura y cerrada; pero como era verano, no le dió mucha pesadumbre, y así, se apartó del camino con intención de esperar la mañana; y quiso su corta y desventurada suerte que buscando lugar donde mejor acomodarse, cayeron él y el rucio en una honda y escurísima sima que entre unos edificios muy antiguos estaba, y al tiempo del caer, se encomendó a Dios de todo corazón, pensando que no había de parar hasta el profundo de los abismos. Y no fué así; porque a poco más de tres estados[1] dió fondo el rucio, y él se halló encima dél, sin haber recebido lisión ni daño alguno. Tentóse todo el cuerpo, y recogió el aliento, por ver si estaba

---

[1] *Estado* = estatura regular del hombre, cf. p. 779, n. 4.

sano, o agujereado por alguna parte[1]; y viéndose bueno, entero y católico[2] de salud, no se hartaba de dar gracias a Dios nuestro Señor de la merced que le había hecho; porque sin duda pensó que estaba hecho mil pedazos. Tentó asimismo con las manos por las paredes de la sima, por ver si sería posible salir della sin ayuda de nadie; pero todas las halló rasas y sin asidero alguno, de lo que Sancho se congojó mucho, especialmente cuando oyó que el rucio se quejaba tierna y dolorosamente; y no era mucho, ni se lamentaba de vicio; que, a la verdad, no estaba muy bien parado. «—¡Ay—dijo entonces Sancho Panza—, y cuán no pensados sucesos suelen suceder a cada paso a los que viven en este miserable mundo! ¿Quién dijera que el que ayer se vió entronizado gobernador de una ínsula, mandando a sus sirvientes y a sus vasallos, hoy se había de ver sepultado en una sima, sin haber persona alguna que le remedie, ni criado ni vasallo que acuda a su socorro? Aquí habremos de perecer de hambre yo y mi jumento, si ya no nos morimos antes, él de molido y quebrantado, y yo de pesaroso. A lo menos, no seré yo tan venturoso como lo fué mi señor don Quijote de la Mancha, cuando decendió y bajó a la cueva de aquel encantado Montesinos, donde halló quien le regalase mejor que en su casa, que no parece sino que se fué a mesa puesta y a cama hecha. Allí vió él visiones hermosas y apacibles, y yo veré aquí, a lo que creo, sapos y culebras. ¡Desdichado de mí, y en qué han parado mis locuras y fantasías! De aquí sacarán mis huesos, cuando el cielo sea servido que me descubran, mondos, blancos y raídos, y los de mi buen rucio con ellos, por donde quizá se echará de ver quién somos, a lo menos, de los que tuvieren noticia que nunca Sancho Panza se apartó de su asno, ni su asno de Sancho Panza. Otra vez digo: ¡miserables de nosotros, que no ha querido nuestra corta suerte que muriésemos en nuestra patria y entre los nuestros, donde ya que no hallara remedio nuestra desgracia, no faltara quien dello se doliera, y en la hora última de nuestro pasamiento[3] nos cerrara los ojos! ¡Oh compañero y amigo mío, qué mal pago te he dado de tus buenos servicios! Perdóname y pide a la fortuna, en el mejor modo que supieres, que nos saque deste miserable trabajo en que estamos puestos los dos; que yo

---

[1] Cf. p. 823, n. 4.
[2] Sano.
[3] Muerte.

prometo de ponerte una corona de laurel en la cabeza, que no parezcas sino un laureado poeta, y de darte los piensos doblados.

Desta manera se lamentaba Sancho Panza, y su jumento le escuchaba sin responderle palabra alguna: tal era el aprieto y angustia en que el pobre se hallaba. Finalmente, habiendo pasado toda aquella noche en miserables quejas y lamentaciones, vino el día, con cuya claridad y resplandor vió Sancho que era imposible de toda imposibilidad salir de aquel pozo sin ser ayudado, y comenzó a lamentarse y dar voces, por ver si alguno le oía; pero todas sus voces eran dadas en desierto, pues por todos aquellos contornos no había persona que pudiese escucharle, y entonces se acabó de dar por muerto. Estaba el rucio boca arriba, y Sancho Panza le acomodó de modo, que le puso en pie, que apenas se podía tener; y sacando de las alforjas, que también habían corrido la mesma fortuna de la caída, un pedazo de pan, lo dió a su jumento[1], que no le supo mal, y díjole Sancho, como si lo entendiera:

—Todos los duelos con pan son buenos[2].

En esto, descubrió a un lado de la sima un agujero, capaz de caber por él una persona, si se agobiaba y encogía. Acudió a él Sancho Panza, y agazapándose, se entró por él, y vió que por de dentro era espacioso y largo; y púdolo ver porque por lo que se podía llamar techo entraba un rayo de sol que lo descubría todo. Vió también que se dilataba y alargaba por otra concavidad espaciosa; viendo lo cual volvió a salir adonde estaba el jumento, y con una piedra comenzó a desmoronar la tierra del agujero, de modo, que en poco espacio[3] hizo lugar donde con facilidad pudiese entrar el asno, como lo hizo; y cogiéndole del cabestro, comenzó a caminar por aquella gruta adelante, por ver si hallaba alguna salida por otra parte. A veces iba a escuras, y a veces sin luz pero ninguna vez sin miedo. «¡Válame Dios todopoderoso!—decía entre sí—. Ésta que para mí es desventura mejor fuera para aventura de mi amo don Quijote. Él sí que tuviera estas profundidades y mazmorras por jardines floridos y por palacios de Galiana[4], y espe-

---

[1] Sólo medio pan había sacado de la ínsula, y ése se lo dió a los peregrinos.
[2] O *son menos*, cf. p. 691.
[3] Tiempo.
[4] «*Palacios de Galiana*: éste es un edificio muy antiguo que está a la orilla del río Tajo, junto a Toledo, en el pago [= posesión, heredad] que

rara salir de esta escuridad y estrecheza a algún florido prado, pero yo sin ventura, falto de consejo y menoscabado de ánimo, a cada paso pienso que debajo de los pies de improviso se ha de abrir otra sima más profunda que la otra, que acabe de tragarme. Bien vengas, mal, si vienes solo.» Desta manera y con estos pensamientos le pareció que habría caminado poco más de media legua, al cabo de la cual descubrió una confusa claridad, que pareció ser ya de día[1], y que por alguna parte entraba; que[2] daba indicio de tener fin abierto aquel, para él, camino de la otra vida.

Aquí le deja Cide Hamete Benengeli, y vuelve a tratar de don Quijote, que alborozado y contento esperaba el plazo de la batalla que había de hacer con el robador de la honra de la hija de doña Rodríguez, a quien pensaba enderezar el tuerto y desaguisado que malamente le tenían fecho. Sucedió, pues, que saliéndose una mañana a imponerse y ensayarse en lo que había de hacer en el trance en que otro día pensaba verse, dando un repelón o arremetida a Rocinante, llegó a poner los pies junto a una cueva, que a no tirarle fuertemente las riendas, fuera imposible no caer en ella. En fin, le detuvo, y no cayó; y llegándose algo más cerca, sin apearse, miró aquella hondura; y estándola mirando, oyó grandes voces dentro; y escuchando atentamente, pudo percibir y entender que el que las daba decía: «—¡Ah de arriba! ¿Hay algún cristiano que me escuche, o algún caballero caritativo que se duela de un pecador enterrado en vida, de un desdichado desgobernado gobernador?»

Parecióle a don Quijote que oía la voz de Sancho Panza, de que quedó suspenso y asombrado; y levantando la voz todo lo que pudo, dijo:

—¿Quién está allá abajo? ¿Quién se queja?

—¿Quién puede estar aquí, o quién se ha de quejar—respondieron—, sino el asendereado de Sancho Panza, gobernador, por sus pecados y por su mala andanza, de la ínsula Barataria, escudero que fué del famoso caballero don Quijote de la Mancha?

---

llaman La Huerta de el Rey. Esta Galiana fué una princesa mora, hija de Gadalfe, gobernador de Toledo... De aquí quedó un proverbio de los que no se contentan con el aposento que les dan: *querer los palacios de Galiana»* (Cov.).

[1] *Vino el día* y *entraba un rayo de sol* nos dijo antes.
[2] Lo que.

Oyendo lo cual don Quijote, se le dobló la admiración y se le acrecentó el pasmo, viniéndosele al pensamiento que Sancho Panza debía de ser muerto, y que estaba allí penando su alma; y llevado desta imaginación, dijo:

—Conjúrote por todo aquello que puedo conjurarte como católico cristiano que me digas quién eres; y si eres alma en pena, dime qué quieres que haga por ti; que pues es mi profesión favorecer y acorrer a los necesitados deste mundo, también lo seré [1] para acorrer y ayudar a los menesterosos del otro mundo, que no pueden ayudarse por sí propios.

—Desa manera—respondieron—, vuesa merced que me habla debe de ser mi señor don Quijote de la Mancha; y aun en el órgano de la voz no es otro, sin duda.

—Don Quijote soy—replicó don Quijote—: el que profeso socorrer y ayudar en sus necesidades a los vivos y a los muertos. Por eso dime quién eres, que me tienes atónito; porque si eres mi escudero Sancho Panza y te has muerto, como no te hayan llevado los diablos, y por la misericordia de Dios, estés en el purgatorio, sufragios tiene nuestra santa madre la Iglesia Católica Romana bastantes a sacarte de las penas en que estás, y yo, que lo solicitaré con ella, por mi parte, con cuanto mi hacienda alcanzare; por eso acaba de declararte y dime quién eres.

—Voto a tal—respondieron—, y por el nacimiento de quien vuesa merced quisiere juro, señor don Quijote de la Mancha, que yo soy su escudero Sancho Panza, y que nunca me he muerto en todos los días de mi vida; sino que habiendo dejado mi gobierno por cosas y causas que es menester más espacio para decirlas, anoche caí en esta sima donde yago, el rucio conmigo, que no me dejará mentir, pues, por más señas, está aquí conmigo [2].

Y hay más: que no parece sino que el jumento entendió lo que Sancho dijo, porque al momento comenzó a rebuznar, tan recio, que toda la cueva retumbaba.

—¡Famoso testigo!—dijo don Quijote—. El rebuzno conozco, como si le pariera, y tu voz oigo, Sancho mío. Espérame;

---

[1] Seré necesitado o forzado. *Lo* reproduce la palabra próxima *necesitado* (no la voz *profesión*, como dice R. Marín), pero no con el significado de *menesteroso*, sino de *forzado;* pues ambos tiene, como dice Covarrubias: «*Necessitado*, el menesteroso, o el forzado».

[2] Concorde *conmigo*.

iré al castillo del Duque, que está aquí cerca, y traeré quien te saque desta sima, donde tus pecados te deben de haber puesto.

—Vaya vuesa merced—dijo Sancho—, y vuelva presto, por un solo Dios; que ya no lo puedo llevar el estar aquí sepultado en vida, y me estoy muriendo de miedo.

Dejóle don Quijote, y fué al castillo a contar a los Duques el suceso de Sancho Panza, de que no poco se maravillaron, aunque bien entendieron que debía de haber caído por la correspondencia [1] de aquella gruta, que de tiempos inmemoriales estaba allí hecha; pero no podían pensar cómo había dejado el gobierno sin tener ellos aviso de su venida [2]. Finalmente, como dicen, llevaron sogas y maromas, y a costa de mucha gente y de mucho trabajo, sacaron al rucio y a Sancho Panza de aquellas tinieblas a la luz del sol. Vióle un estudiante, y dijo:

—Desta manera habían de salir de sus gobiernos todos los malos gobernadores; como sale este pecador del profundo del abismo: muerto de hambre, descolorido, y sin blanca, a lo que yo creo.

Oyólo Sancho, y dijo:

—Ocho días o diez ha, hermano murmurador, que entré a gobernar la ínsula que me dieron, en los cuales no me vi harto de pan siquiera un hora; en ellos me han perseguido médicos, y enemigos me han brumado los güesos; ni he tenido lugar de hacer cohechos, ni de cobrar derechos; y siendo esto así, como lo es, no merecía yo, a mi parecer, salir de esta manera; pero el hombre pone y Dios dispone, y Dios sabe lo mejor y lo que le está bien a cada uno; y cual el tiempo, tal el tiento; y nadie diga «desta agua no beberé»; que adonde se piensa que hay tocinos, no hay estacas [3]; y Dios me entiende, y basta, y no digo más, aunque pudiera.

—No te enojes, Sancho, ni recibas pesadumbre de lo que oyeres; que será nunca acabar; ven tú con segura conciencia, y digan lo que dijeren; y es querer atar las lenguas de los maldicientes lo mesmo que querer poner puertas al campo. Si el gobernador sale rico de su gobierno, dicen dél que ha sido un ladrón; y si sale pobre, que ha sido un para poco y un mentecato.

—A buen seguro—respondió Sancho—que por esta vez antes me han de tener por tonto que por ladrón.

---

[1] Por la otra boca.
[2] Con razón afirma Clemencín que esta ignorancia es inverosímil.
[3] Cf. p. 278, n. 3.

2, 55.—VUELTA DE SANCHO: CAÍDA

En estas pláticas llegaron, rodeados de muchachos y de otra mucha gente, al castillo, adonde en unos corredores estaban ya el Duque y la Duquesa esperando a don Quijote y a Sancho, el cual no quiso subir a ver al Duque sin que primero no [1] hubiese acomodado al rucio en la caballeriza, porque decía que había pasado muy mala noche en la posada; y luego subió a ver a sus señores, ante los cuales puesto de rodillas, dijo:

—Yo, señores, porque lo quiso así vuestra grandeza, sin ningún merecimiento mío, fuí a gobernar vuestra ínsula Barataria, en la cual entré desnudo, y desnudo me hallo: ni pierdo ni gano. Si he gobernado bien o mal, testigos he tenido delante, que dirán lo que quisieren. He declarado dudas, sentenciado pleitos, y siempre muerto de hambre, por haberlo querido así el doctor Pedro Recio, natural de Tirteafuera, médico insulano y gobernadoresco. Acometiéronnos enemigos de noche, y habiéndonos puesto en grande aprieto, dicen los de la ínsula que salieron libres y con vitoria por el valor de mi brazo, que tal salud les dé Dios como ellos dicen verdad. En resolución, en este tiempo yo he tanteado las cargas que trae consigo, y las obligaciones, el gobernar, y he hallado por mi cuenta que no las podrán llevar mis hombros, ni son peso de mis costillas, ni flechas de mi aljaba; y así, antes que diese conmigo al través el gobierno, he querido yo dar con el gobierno al través, y ayer de mañana dejé la ínsula, como la hallé: con las mismas calles, casas y tejados que tenía cuando entré en ella. No he pedido prestado a nadie, ni metídome en granjerías; y aunque pensaba hacer algunas ordenanzas provechosas, no hice ninguna [2], temeroso que no se habían de guardar; que es lo mesmo [3] hacerlas que no hacerlas. Salí, como digo, de la ínsula sin otro acompañamiento que el de mi rucio; caí en una sima, víneme por ella adelante, hasta que esta mañana, con la luz del sol, vi la salida, pero no tan fácil; que a no depararme el cielo a mi señor don Quijote, allí me quedara hasta la fin del mundo. Así que, mis señores Duque y Duquesa, aquí está vuestro gobernador Sancho Panza, que ha granjeado en solos diez días que ha tenido el gobierno conocer que no se le ha de dar nada por ser gobernador, no que [4] de una ínsula, sino de todo el mundo; y con este

---
[1] Hoy suprimiríamos este *no*, que ya va envuelto en el *sin que*.
[2] No recordaba Cervantes lo que había dicho en la p. 1007 y 1016 de las *ordenanzas de Sancho*.
[3] *Que*, a no guardarse, *es lo mesmo*.
[4] Hoy diríamos *no ya* (cf. pról. 36).

presupuesto, besando a vuesas mercedes los pies, imitando al juego de los muchachos, que dicen «salta tú, y dámela tú»[1], doy un salto del gobierno y me paso al servicio de mi señor don Quijote; que, en fin, en él, aunque como el pan con sobresalto, hártome, a lo menos; y para mí, como yo esté harto, eso[2] me hace que sea de zanahorias que de perdices.

Con esto dió fin a su larga plática Sancho, temiendo siempre don Quijote que había de decir en ella millares de disparates; y cuando le vió acabar con tan pocos, dió en su corazón gracias al cielo, y el Duque abrazó a Sancho, y le dijo que le pesaba en el alma de que hubiese dejado tan presto el gobierno; pero que él haría de suerte, que se le diese en su estado otro oficio de menos carga y de más provecho. Abrazóle la Duquesa asimismo, y mandó que le regalasen, porque daba señales de venir mal molido y peor parado.

CAPITULO LVI.—De la descomunal y nunca vista batalla que pasó entre don Quijote de la Mancha y el lacayo Tosilos, en la defensa de la hija de la dueña doña Rodríguez.

No quedaron arrepentidos los Duques de la burla hecha a Sancho Panza del gobierno que le dieron; y más que aquel mismo día vino su Mayordomo, y les contó punto por punto, todas casi, las palabras y acciones que Sancho había dicho y hecho en aquellos días, y finalmente les encareció el asalto de la ínsula, y el miedo de Sancho, y su salida, de que no pequeño gusto recibieron. Después desto, cuenta la historia que se llegó el día de la batalla aplazada, y habiendo el Duque una y muy

---

[1] Trae R. Marín esta cita del *Dicc. de Autoridades: «Salta tú y dámela tú.* Juego de los muchachos, el cual le ejecutan formando dos partidos, y poniéndose en dos bandas o filas: uno de ellos esconde entre los de su partido una prenda, y otro del partido contrario viene a acertar quién la tiene: si la acierta, se están ambas filas quietas en sus puestos; pero si la yerra, pasa el que la escondió a la frente de su fila, y dando un salto, cuanto puede, los de su fila se adelantan todo el trecho del salto: alternativamente se ejecuta esto mismo en cada partido; y la fila que de este modo llega antes a un término que está señalado, gana el juego». Parece, pues, que el jefe de la banda que permanecía en su puesto diría al que tenía la prenda: *salta tú* para que los tuyos se adelanten, *y dámela tú* y dame la prenda para esconderla entre los míos.

[2] Lo mismo.

muchas veces advertido a su lacayo Tosilos cómo se había de avenir con don Quijote para vencerle sin matarle ni herirle, ordenó que se quitasen los hierros a las lanzas, diciendo a don Quijote que no permitía la cristiandad de que él se preciaba que aquella batalla fuese con tanto riesgo y peligro de las vidas, y que se contentase con que le daba campo franco en su tierra, puesto que iba contra el decreto del santo Concilio, que prohibe los tales desafíos[1], y no quisiese llevar por todo rigor aquel trance tan fuerte. Don Quijote dijo que su excelencia dispusiese las cosas de aquel negocio como más fuese servido; que él le obedecería en todo. Llegado, pues, el temeroso día, y habiendo mandado el Duque que delante de la plaza del castillo se hiciese un espacioso cadahalso[2], donde estuviesen los jueces del campo y las dueñas, madre y hija, demandantes, había acudido de todos los lugares y aldeas circunvecinas infinita gente, a ver la novedad de aquella batalla; que nunca otra tal no[3] habían visto, ni oído decir, en aquella tierra los que vivían ni los que habían muerto.

El primero que entró en el campo y estacada fué el Maestro de las ceremonias, que tanteó el campo y le paseó todo, porque en él no hubiese algún engaño, ni cosa encubierta donde se tropezase y cayese; luego entraron las dueñas y se sentaron en sus asientos, cubiertas con los mantos hasta los ojos, y aun hasta los pechos, con muestras de no pequeño sentimiento, presente don Quijote en la estacada. De allí a poco, acompañado de muchas trompetas, asomó por una parte de la plaza, sobre un poderoso caballo, hundiéndola toda, el grande lacayo Tosilos, calada la visera y todo encambronado[4], con unas fuertes y lu-

---

[1] Se refiere al Tridentino (sess. 25, *de reformatione*, c. 19).
[2] *Cadahalso* = cadalso, teatro, tablado, cf. p. 764, n. 13.
[3] Hoy suprimiríamos el *no* o lo antepondríamos junto con el verbo a toda otra negación (*no habían visto nunca*).
[4] «*Encambronado*, el que está muy grave y muy tieso, que no tuerce la cabeza a mirar al que le habla; y encambronados andan el día de hoy los que traen unas lechuguillas [cf. p. 941, n. 3] de más que tercia, por envidia que han tenido de las arandelas de las mujeres» (Cov.).

— 1037 —

cientes armas. El caballo mostraba ser frisón[1], ancho y de color tordillo[2]; de cada mano y pie le pendía una arroba de lana[3]. Venía el valeroso combatiente bien informado del Duque su señor de cómo se había de portar con el valeroso don Quijote de la Mancha, advertido[4] que en ninguna manera le matase, sino que procurase huir el primer encuentro, por escusar el peligro de su[5] muerte, que estaba[6] cierto si de lleno en lleno le encontrase. Paseó la plaza, y llegando donde las dueñas estaban, se puso algún tanto a mirar a la que por esposo le pedía. Llamó el Maese de campo[7] a don Quijote, que ya se había presentado en la plaza, y junto con Tosilos habló a las dueñas, preguntándoles si consentían que volviese por su derecho don Quijote de la Mancha. Ellas dijeron que sí, y que todo lo que en aquel caso hiciese lo daban por bien hecho, por firme y por valedero. Ya en este tiempo estaban el Duque y la Duquesa puestos en una galería que caía sobre la estacada, toda la cual estaba coronada de infinita gente, que esperaba ver el riguroso trance, nunca visto. Fué condición de los combatientes que si don Quijote vencía, su contrario se había de casar con la hija de doña Rodríguez; y si él fuese vencido, quedaba libre su contendor[8] de la palabra que se le pedía, sin dar otra satisfación alguna.

Partióles el Maestro de las ceremonias el sol[9] y puso a los dos cada uno en el puesto donde habían de estar. Sonaron los atambores, llenó el aire el son de las trompetas, temblaba debajo de los pies la tierra; estaban suspensos los corazones de la mirante turba, temiendo unos y esperando otros el bueno o el mal suceso de aquel caso. Finalmente, don Quijote, encomendándose de todo su corazón a Dios nuestro Señor y a la señora

---

[1] «Los *frisones* son unos caballos fuertes, de pies muy anchos, y con muchas cernejas [= mechón de pelo que las caballerías tienen detrás del menudillo: cf. p. 650, n. 4]... y por traerlos de Frisia [Países Bajos] se llamaron frisones» (Cov.).

[2] Cf. p. 714, n. 3.

[3] Alude a las cernejas.

[4] *Advertido* Tosilos.

[5] Este *su* parece referirse a don Quijote.

[6] Era.

[7] Según Clemencín, este maese de campo era el maestro de ceremonias, que ciertamente actuaba de juez de campo.

[8] Contendedor, contendiente.

[9] Cf. p. 640, n. 2.

Dulcinea del Toboso, estaba aguardando que se le diese señal precisa de la arremetida; empero nuestro lacayo tenía diferentes pensamientos: no pensaba él sino en lo que agora diré.

Parece ser que cuando estuvo mirando a su enemiga le pareció la más hermosa mujer que había visto en toda su vida; y el niño ceguezuelo a quien suelen llamar de ordinario Amor por esas calles, no quiso perder la ocasión que se le ofreció de triunfar de una alma lacayuna y ponerla en la lista de sus trofeos; y así, llegándose a él bonitamente sin que nadie le viese; le envasó al pobre lacayo una flecha de dos varas por el lado izquierdo, y le pasó el corazón de parte a parte; y púdolo hacer bien al seguro, porque el Amor es invisible, y entra y sale por do quiere, sin que nadie le pida cuenta de sus hechos. Digo, pues, que cuando dieron la señal de la arremetida estaba nuestro lacayo transportado, pensando en la hermosura de la que ya había hecho señora de su libertad, y así, no atendió al son de la trompeta, como hizo don Quijote, que apenas la hubo oído, cuando arremetió, y a todo correr que permitía Rocinante, partió contra su enemigo; y viéndole partir su buen escudero Sancho, dijo a grandes voces:

—¡Dios te guíe, nata y flor de los andantes caballeros! ¡Dios te dé la vitoria, pues llevas la razón de tu parte!

Y aunque Tosilos vió venir contra sí a don Quijote, no se movió un paso de su puesto; antes, con grandes voces, llamó al Maese de campo, el cual venido a ver lo que quería, le dijo:

—Señor, ¿esta batalla no se hace porque yo me case, o no me case, con aquella señora?

—Así es—le fué respondido.

—Pues yo—dijo el lacayo—soy temeroso de mi conciencia, y pondríala en gran cargo si pasase adelante en esta batalla; y así, digo que yo me doy por vencido, y que quiero casarme luego con aquella señora.

Quedó admirado el Maese de campo de las razones de Tosilos; y como era uno de los sabidores de la máquina de aquel caso, no le supo responder palabra. Detúvose don Quijote en la mitad de su carrera, viendo que su enemigo no le acometía. El Duque no sabía la ocasión por que no se pasaba adelante en la batalla; pero el Maese de campo le fué a declarar lo que Tosilos decía, de lo que quedó suspenso y colérico en estremo. En tanto que esto pasaba, Tosilos se llegó adonde doña Rodríguez estaba, y dijo a grandes voces:

—Yo, señora, quiero casarme con vuestra hija, y no quiero

2, 56.—LOS DUQUES

alcanzar por pleitos ni contiendas lo que puedo alcanzar por paz y sin peligro de muerte.

Oyó esto el valeroso don Quijote, y dijo:

—Pues esto así es, yo quedo libre y suelto de mi promesa: cásense en hora buena, y pues Dios nuestro Señor se la dió, San Pedro se la bendiga.

El Duque había bajado a la plaza del castillo, y llegándose a Tosilos, le dijo:

—¿Es verdad, caballero, que os dais por vencido, y, que instigado de vuestra temerosa conciencia, os queréis casar con esta doncella?

—Sí, señor—respondió Tosilos.

—Él hace muy bien—dijo a esta sazón Sancho Panza—; porque lo que has de dar al mur[1], dalo al gato, y sacarte ha de cuidado.

Íbase Tosilos desenlazando la celada, y rogaba que apriesa le ayudasen, porque le iban faltando los espíritus del aliento, y no podía verse encerrado tanto tiempo en la estrecheza de aquel aposento. Quitáronsela apriesa, y quedó descubierto y patente su rostro de lacayo. Viendo lo cual doña Rodríguez y su hija, dando grandes voces, dijeron:

—¡Éste es engaño! ¡Engaño es éste! ¡A Tosilos, el lacayo del Duque mi señor, nos han puesto en lugar de mi verdadero esposo! ¡Justicia de Dios y del Rey de[2] tanta malicia, por no decir bellaquería!

—No vos acuitéis, señoras—dijo don Quijote—; que ni ésta es malicia ni es bellaquería; y si lo es, no ha sido la causa el Duque, sino los malos encantadores que me persiguen, los cuales, invidiosos de que yo alcanzase la gloria deste vencimiento, han convertido el rostro de vuestro esposo en el de este que decís que es lacayo del Duque. Tomad mi consejo, y a pesar de la malicia de mis enemigos, casaos con él; que sin duda es el mismo que vos deseáis alcanzar por esposo.

El Duque, que esto oyó, estuvo por romper en risa toda su cólera, y dijo:

—Son tan extraordinarias las cosas que suceden al señor don Quijote, que estoy por creer que este mi lacayo no lo es; pero usemos deste ardid y maña: dilatemos el casamiento quince días, si quieren, y tengamos encerrado a este personaje

---

[1] *Mur* = ratón.
[2] Por.

que nos tiene dudosos, en los cuales podría ser que volviese a su prístina figura; que no ha de durar tanto el rancor que los encantadores tienen al señor don Quijote, y más yéndoles tan poco en usar estos embelecos y transformaciones.

—¡Oh, señor!—dijo Sancho—que ya tienen estos malandrines por uso y costumbre de mudar las cosas, de unas en otras, que tocan a mi amo. Un caballero que venció los días pasados, llamado el de los Espejos, le volvieron [1] en la figura del bachiller Sansón Carrasco, natural de nuestro pueblo y grande amigo nuestro, y a mi señora Dulcinea del Toboso la han vuelto en una rústica labradora; y así, imagino que este lacayo ha de morir y vivir lacayo todos los días de su vida.

A lo que dijo la hija de Rodríguez:

—Séase quien fuere este que me pide por esposa (que yo se lo agradezco); que más quiero ser mujer legítima de un lacayo que no amiga y burlada de un caballero; puesto que el que a mí me burló no lo es.

En resolución, todos estos cuentos y sucesos pararon en que Tosilos se recogiese, hasta ver en qué paraba su transformación; aclamaron todos la vitoria por don Quijote, y los más quedaron tristes y melancólicos, de ver que no se habían hecho pedazos los tan esperados combatientes, bien así como los mochachos quedan tristes cuando no sale el ahorcado [2] que esperan, porque le ha perdonado, o la parte, o la justicia. Fuése la gente, volviéronse el Duque y don Quijote al castillo, encerraron a Tosilos, quedaron doña Rodríguez y su hija contentísimas de ver que, por una vía o por otra, aquel caso había de parar en casamiento, y Tosilos no esperaba menos.

CAPITULO LVII.—Que trata de cómo don Quijote se despidió del Duque y de lo que sucedió con la discreta y desenvuelta Altisidora, doncella de la Duquesa.

Ya le pareció a don Quijote que era bien salir de tanta ociosidad como la que en aquel castillo tenía; que se imaginaba ser grande la falta que su persona hacía en dejarse estar encerrado y perezoso entre los infinitos regalos y deleites que como

---

[1] *Un caballero... le volvieron*, es una inconsecuencia gramatical (cf. pról. 13).
[2] Cf. p. 824, n. 1.

a caballero andante aquellos señores le hacían, y parecíale que había de dar cuenta estrecha al cielo de aquella ociosidad y encerramiento; y así, pidió un día licencia a los Duques para partirse. Diéronsela, con muestras de que en gran manera les pesaba de que los dejase. Dió la Duquesa las cartas de su mujer a Sancho Panza, el cual lloró con ellas, y dijo:

—¿Quién pensara que esperanzas tan grandes como las que en el pecho de mi mujer Teresa Panza engendraron las nuevas de mi gobierno habían de parar en volverme yo agora a las arrastradas aventuras de mi amo don Quijote de la Mancha? Con todo esto, me contento de ver que mi Teresa correspondió a ser quién es, enviando las bellotas a la Duquesa; que a no habérselas enviado, quedando yo pesaroso, se mostrara ella desagradecida. Lo que me consuela es que esta dádiva no se le puede dar [1] nombre de cohecho, porque ya tenía yo el gobierno cuando ella las envió, y está puesto en razón que los que reciben algún beneficio, aunque sea con niñerías, se muestren agradecidos. En efecto, yo entré desnudo en el gobierno y salgo desnudo dél; y así, podré decir con segura conciencia, que no es poco: «desnudo nací, desnudo me hallo: ni pierdo ni gano».

Esto pasaba entre sí Sancho el día de la partida; y saliendo don Quijote [2], habiéndose despedido la noche antes de los Duques, una mañana se presentó armado en la plaza del castillo. Mirábanle de los corredores toda la gente del castillo, y asimismo los Duques salieron a verle. Estaba Sancho sobre su rucio, con sus alforjas, maleta y repuesto, contentísimo, porque el mayordomo del Duque, el que fué la Trifaldi, le había dado un bolsico con docientos escudos de oro, para suplir los menesteres del camino, y esto aún no lo sabía don Quijote. Estando, como queda dicho, mirándole todos, a deshora, entre las otras dueñas y doncellas de la Duquesa, que le miraban, alzó la voz la desenvuelta y discreta Altisidora, y en son lastimero dijo:

—Escucha, mal caballero;
Detén un poco las riendas;
No fatigues las ijadas
De tu mal regida bestia.
 Mira, falso, que no huyes
De alguna serpiente fiera,

---

[1] *Esta... no se le puede dar*, es una inconsecuencia gramatical (cf. pról. 13).
[2] Es decir, y ya de partida.

Sino de una corderilla
Que está muy lejos de oveja[1].
 Tú has burlado, monstruo horrendo,
La más hermosa doncella
Que Diana vió en sus montes,
Que Venus miró en sus selvas.
Cruel Vireno[2], *fugitivo Eneas,*
Barrabás te acompañe; allá te avengas.
 Tu llevas ¡llevar impío!
En las garras de tus cerras[4]
Las entrañas de una humilde,
Como enamorada, tierna.
 Llévaste tres tocadores,
Y unas ligas[4], de unas piernas
Que al mármol paro se igualan
En lisas, blancas y negras[5].
 Llévaste dos mil suspiros,
Que, a ser de fuego, pudieran
Abrasar a dos mil Troyas,
Si dos mil Troyas hubiera.
Cruel Vireno, fugitivo Eneas,
Barrabás te acompañe; allá te avengas.
 De ese Sancho tu escudero
Las entrañas sean tan tercas
Y tan duras, que no salga
De su encanto Dulcinea.
 De la culpa que tú tienes
Lleve la triste la pena;
Que justos por pecadores
Tal vez pagan en mi tierra.
 Tus más finas aventuras
En desventuras se vuelvan,
En sueños tus pasatiempos,
En olvidos tus firmezas.
Cruel Vireno, fugitivo Eneas,
Barrabás te acompañe; allá te avengas.
 Seas tenido por falso
Desde Sevilla a Marchena,
Desde Granada hasta Loja,
De Londres a Ingalaterra.

---

[1] Que ha de vivir aún mucho para ser oveja.
[2] Vireno abandonó, como se cuenta en el *Orlando* y en varios romances, a su amante y bienhechora *Olimpia* en una isla desierta.
[3] *Cerras* = manos.
[4] Cf. p. 304, n. 5.
[5] *Blancas y negras* se ha de juntar con *ligas*.

2, 57.—LOS DUQUES

Si jugares al reinado,
Los cientos, o la primera,
Los reyes huyan de ti;
Ases ni sietes no veas [1].
 Si te cortares los callos,
Sangre las heridas viertan,
Y quédente los raigones
Si te sacares las muelas.
Cruel Vireno, fugitivo Eneas,
Barrabás te acompañe; allá te avengas.

En tanto que de la suerte que se ha dicho se quejaba la lastimada Altisidora, la estuvo mirando don Quijote y, sin responderla palabra, volviendo el rostro a Sancho, le dijo:

—Por el siglo [2] de tus pasados, Sancho mío, te conjuro que me digas una verdad. Dime, ¿llevas por ventura los tres tocadores y las ligas que esta enamorada doncella dice?

A lo que Sancho respondió:

—Los tres tocadores sí llevo; pero las ligas, como por los cerros de Úbeda [3].

Quedó la Duquesa admirada de la desenvoltura de Altisidora; que aunque la tenía por atrevida, graciosa y desenvuelta, no en grado, que se atreviera a semejantes desenvolturas; y como no estaba advertida desta burla, creció más su admiración. El Duque quiso reforzar el donaire, y dijo:

—No me parece bien, señor caballero, que habiendo recebido en este mi castillo el buen acogimiento que en él se os ha hecho, os hayáis atrevido a llevaros tres tocadores por lo menos, si por lo más [4] las ligas de mi doncella; indicios son de mal pecho, y muestras que no corresponden a vuestra fama. Volvedle

---

[1] *El reinado, los cientos* y *la primera* eran juegos de naipes, en que los reyes, ases y sietes eran, respectivamente, las mejores cartas.
[2] Vida.
[3] «*Ir por los cerros de Ubeda* se dice del que no lleva camino en lo que dice y procede por términos remotos y desproporcionados» (Cov.). Como *ir descaminado* equivalía en muchas ocasiones a decir cosas falsas o imposibles, la locución *por los cerros de Ubeda*, aun sin verbo, llegó a ser sinónima de falsedad o imposibilidad, y se empleaba en frases comparativas: v. g., *así haré yo lo que me manden como por los cerros de Ubeda* (es decir, *no lo haré*). Ya antes (p. 866) salió esta locución, que no se anotó allí, por olvido.
[4] Cuando *por lo más* (contraposición cómica) os llevasteis las ligas. Tal vez haya que leer *y por sí*.

las ligas; si no, yo os desafío a mortal batalla, sin tener temor que malandrines encantadores me vuelvan ni muden el rostro, como han hecho en el de Tosilos mi lacayo, el que entró con vos en batalla.

—No quiera Dios—respondió don Quijote—que yo desenvaine mi espada contra vuestra ilustrísima persona, de quien tantas mercedes he recebido: los tocadores volveré, porque dice Sancho que los tiene; las ligas es imposible, porque ni yo las he recebido, ni él tampoco; y si esta vuestra doncella quisiere mirar sus escondrijos, a buen seguro que las halle. Yo, señor Duque, jamás he sido ladrón, ni lo pienso ser en toda mi vida, como Dios no me deje de su mano. Esta doncella habla (como ella dice) como enamorada, de lo que yo no le tengo culpa; y así, no tengo de qué pedirle perdón, ni a ella, ni a vuestra excelencia, a quien suplico me tenga en mejor opinión, y me dé de nuevo licencia para seguir mi camino.

—Déosle Dios tan bueno—dijo la Duquesa—, señor don Quijote, que siempre oigamos buenas nuevas de vuestras fechurías[1]. Y andad con Dios; que mientras más os detenéis, más aumentáis el fuego en los pechos de las doncellas que os miran; y a la mía, yo la castigaré de modo, que de aquí en adelante no se desmande con la vista ni con las palabras.

—Una no más quiero que me escuches ¡oh valeroso don Quijote!—dijo entonces Altisidora—; y es que te pido perdón del latrocinio[2] de las ligas, porque en Dios y en mi ánima que las tengo puestas, y he caído en el descuido del que yendo sobre el asno, le buscaba[3].

—¿No lo dije yo?—dijo Sancho—. ¡Bonico soy yo para encubrir hurtos! Pues, a quererlos hacer, de paleta[4] me había venido la ocasión en mi gobierno.

Abajó la cabeza don Quijote y hizo reverencia a los Duques y a todos los circunstantes, y volviendo las riendas a Rocinante, siguiéndole Sancho sobre el rucio, se salió del castillo, enderezando su camino a Zaragoza.

---

[1] Con sorna, por *hazañas*.
[2] No del latrocinio *hecho*, sino *imputado*.
[3] Haciendo el recuento de los asnos de su recua, se olvidaba de contar el asno en que iba montado.
[4] *De paleta* = de perlas, a pedir de boca.

CAPITULO LVIII.—Que trata de cómo menudearon sobre don Quijote aventuras tantas, que no se daban vagar[1] unas a otras.

Cuando don Quijote se vió en la campaña rasa, libre y desembarazado de los requiebros de Altisidora, le pareció que estaba en su centro, y que los espíritus se le renovaban para proseguir de nuevo el asumpto de sus caballerías, y volviéndose a Sancho, le dijo:

—La libertad, Sancho, es uno de los más preciosos dones que a los hombres dieron los cielos; con ella no pueden igualarse los tesoros que encierra la tierra ni el mar encubre: por la libertad, así como por la honra, se puede y debe aventurar la vida; y, por el contrario, el cautiverio es el mayor mal que puede venir a los hombres. Digo esto, Sancho, porque bien has visto el regalo, la abundancia que en este castillo que dejamos hemos tenido; pues en metad de aquellos banquetes sazonados y de aquellas bebidas de nieve, me parecía a mí que estaba metido entre las estrechezas de la hambre, porque no lo gozaba con la libertad que lo gozara si fueran míos; que las obligaciones de las recompensas de los beneficios y mercedes recebidas son ataduras que no dejan campear al ánimo libre. ¡Venturoso aquel a quien el cielo dió un pedazo de pan, sin que le quede obligación de agradecerlo a otro que al mismo cielo!

—Con todo eso—dijo Sancho—que vuesa merced me ha dicho, no es bien que se quede[2] sin agradecimiento de nuestra parte docientos escudos de oro que en una bolsilla me dió el mayordomo del Duque, que como píctima[3] y confortativo la llevo puesta sobre el corazón, para lo que se ofreciere; que no siempre hemos de hallar castillos donde nos regalen: que tal vez toparemos con algunas ventas donde nos apaleen.

En estos y otros razonamientos iban los andantes, caballero y escudero, cuando vieron, habiendo andado poco más de una legua, que encima de la hierba de un pradillo verde, encima de sus capas, estaban comiendo hasta una docena de hombres,

---

[1] *Vagar* = tiempo libre, espacio, lugar.
[2] Por *se queden* (cf. pról. 8).
[3] *Pictima* vale *pitima* o *epítima*, que según Covarrubias es «el emplasto o socrocio [= emplasto en que entra el azafrán] que se pone sobre el corazón para desahogarlo y alegrarlo» (Cov.).

2, 58.—AVENTURA DE LAS IMÁGENES

vestidos de labradores. Junto a sí tenían unas como sábanas blancas, con que cubrían alguna cosa que debajo estaba; estaban empinadas y tendidas[1] y de trecho a trecho puestas. Llegó don Quijote a los que comían, y saludándolos primero cortésmente, les preguntó que qué era lo que aquellos lienzos cubrían. Uno dellos le respondió:

—Señor, debajo destos lienzos están unas imágenes de relieve y entalladura[2] que han de servir en un retablo que hacemos en nuestra aldea; llevámoslas cubiertas, porque no se desfloren, y en hombros, porque no se quiebren.

—Si sois servidos—replicó don Quijote—, holgaría de verlas; pues imágines que con tanto recato se llevan, sin duda deben de ser buenas.

—¡Y cómo si lo son!—dijo otro—. Si no, dígalo lo que cuestan: que en verdad que no hay ninguna que no esté en[3] más de cincuenta ducados; y porque vea vuesa merced esta verdad, espere vuesa merced, y verla ha por vista de ojos.

Y levantándose, dejó de comer y fué a quitar la cubierta de la primera imagen, que mostró ser la de San Jorge puesto a caballo, con una serpiente enroscada a los pies y la lanza atravesada por la boca, con la fiereza que suele pintarse. Toda la imagen parecía una ascua de oro, como suele decirse. Viéndola don Quijote, dijo:

Este caballero fué uno de los mejores andantes que tuvo la milicia divina; llamóse don[4] San Jorge, y fué además defendedor de doncellas. Veamos esta otra.

Descubrióla el hombre, y pareció ser la de San Martín puesto a caballo, que partía la capa con el pobre; y apenas la hubo visto don Quijote, cuando dijo:

—Este caballero también fué de los aventureros cristianos, y creo que fué más liberal que valiente[5], como lo puedes echar de ver, Sancho, en que está partiendo la capa con el pobre, y le da la mitad; y sin duda debía de ser entonces invierno; que si no, él se la diera toda, según era de caritativo.

—No debió de ser eso—dijo Sancho—, sino que se debió de atener al refrán que dicen: que para dar y tener, seso es menester.

Rióse don Quijote y pidió que quitasen otro lienzo, debajo

---

[1] Extendidas.
[2] «*Entallador*, el que hace figuras de bulto» (Cov.).
[3] *Estar en* = costar.
[4] Recuérdese que originariamente *don (dominus)* significa *señor*.
[5] Que fué valiente, y más que valiente, liberal.

2, 58.—AVENTURA DE LAS IMÁGENES

del cual se descubrió la imagen del Patrón de las Españas a caballo, la espada ensangrentada, atropellando moros y pisando cabezas; y en viéndola, dijo don Quijote:

—Éste sí que es caballero, y de las escuadras de Cristo: éste se llama don San Diego [1] Matamoros; uno de los más valientes santos y caballeros que tuvo el mundo y tiene agora el cielo.

Luego descubrieron otro lienzo, y pareció [2] que encubría la caída de San Pablo del caballo abajo, con todas las circunstancias que en el retablo de su conversión suelen pintarse. Cuando le vido [3] tan al vivo, que dijeran que Cristo le hablaba y Pablo respondía.

—Éste—dijo don Quijote—fué el mayor enemigo que tuvo la Iglesia de Dios nuestro Señor en su tiempo, y el mayor defensor suyo que tendrá jamás; caballero andante por la vida, y santo a pie quedo por la muerte, trabajador incansable en la viña del Señor, doctor de las gentes, a quien sirvieron de escuelas los cielos y de catedrático y maestro que le enseñase el mismo Jesucristo.

No había más imágines, y así, mandó don Quijote que las volviesen a cubrir, y dijo a los que las llevaban:

—Por buen agüero he tenido, hermanos, haber visto lo que he visto, porque estos santos y caballeros profesaron lo que yo profeso, que es el ejercicio de las armas; sino que la diferencia que hay entre mí y ellos es que ellos fueron santos y pelearon a lo divino, y yo soy pecador y peleo a lo humano. Ellos conquistaron el cielo a fuerza de brazos, porque el cielo padece fuerza [4], y yo hasta agora no sé lo que conquisto a fuerza de mis trabajos; pero si mi Dulcinea del Toboso saliese de los que padece, mejorándose mi ventura y adobándoseme el juicio [5], podría ser que encaminase mis pasos por mejor camino del que llevo.

—Dios lo oiga y el pecado [6] sea sordo—dijo Sancho a esta ocasión.

---

[1] *San D-iego* proviene de *Sant-iago*, que a su vez viene de *Sanctum Iácobu(m)* con acentuación a la griega, Ἰάκωβος (la acentuación latina *Iacóbum* persiste en *Jacobo*).

[2] Se vió.

[3] Por *vió* (cf. pról. 1).

[4] Traducción del *regnum caelorum vim patitur*, San Mateo, 11, 12.

[5] Mejorándoseme el juicio de menos acertado en mejor, no precisamente de loco en sano.

[6] *El pecado* = el diablo, el mal. Con esta frase se expresa el deseo de que suceda bien alguna empresa.

2, 58.—DON QUIJOTE Y SANCHO

Admiráronse los hombres así de la figura como de las razones de don Quijote, sin entender la mitad de lo que en ellas decir quería. Acabaron de comer, cargaron con sus imágines, y despidiéndose de don Quijote, siguieron su viaje.

Quedó Sancho de nuevo como si jamás hubiera conocido a su señor, admirado de lo que sabía, pareciéndole que no debía de haber historia en el mundo, ni suceso, que no lo tuviese cifrado en la uña y clavado en la memoria, y díjole:

—En verdad, señor nuestramo [1], que si esto que nos ha sucedido hoy se puede llamar aventura, ella ha sido de las más suaves y dulces que en todo el discurso de nuestra peregrinación nos han sucedido: della habemos salido sin palos y sobresalto alguno, ni hemos echado mano a las espadas, ni hemos batido [2] la tierra con los cuerpos, ni quedamos hambrientos. ¡Bendito sea Dios, que tal me ha dejado ver con mis propios ojos!

—Tú dices bien, Sancho—dijo don Quijote—; pero has de advertir que no todos los tiempos son unos, ni corren de una misma suerte; y esto que el vulgo suele llamar comúnmente agüeros, que no se fundan sobre natural razón alguna, del que es discreto han de ser tenidos y juzgados por buenos acontecimientos [3]. Levántase uno destos agoreros por la mañana, sale de su casa, encuéntrase con un fraile de la orden del bienaventurado San Francisco, y como si hubiera encontrado con un grifo [4], vuelve las espaldas, y vuélvese a su casa. Derrámasele al otro Mendoza la sal encima de la mesa [5], y derrámasele a él la melancolía por el corazón; como si estuviese obligada la naturaleza a dar señales de las venideras desgracias con cosas tan de poco momento como las referidas. El discreto y cristiano no ha de andar en puntillos con lo que quiere hacer el cielo. Llega Cipión [6] a África, tropieza en saltando en tierra, tiénenlo por mal agüero sus soldados; pero él, abrazándose con el suelo, dijo: «No te me podrás huir, África, porque te tengo asida y

---

[1] *Nostramo* o *nuestramo* es tratamiento que aun hoy dan los rústicos en algunas partes de España a las personas de respeto.
[2] Golpeado.
[3] El discreto no hace caso de esas supersticiones y agüeros infundados que corren por el vulgo.
[4] Cf. p. 283, n. 3.
[5] *Ser Mendoza*, o *mendocino*, equivale a tener este agüero o superstición de la sal.
[6] Escipión.

— 1049 —

entre mis brazos». Así que, Sancho, el haber encontrado con estas imágines ha sido para mí felicísimo acontecimiento.

—Yo así lo creo—respondió Sancho—, y querría que vuesa merced me dijese qué es la causa porque dicen los españoles cuando quieren dar alguna batalla, invocando aquel San Diego Matamoros: «¡Santiago, y cierra España» ¿Está por ventura España abierta, y de modo, que es menester cerrarla, o qué ceremonia es ésta[1]?

—Simplicísimo eres, Sancho—respondió don Quijote—; y mira que este gran caballero de la cruz bermeja háselo dado Dios a España por patrón y amparo suyo, especialmente en los rigurosos trances que con los moros los españoles han tenido, y así, le invocan y llaman como a defensor suyo en todas las batallas que acometen, y muchas veces le han visto visiblemente[2] en ellas, derribando, atropellando, destruyendo y matando los agarenos escuadrones; y desta verdad te pudiera traer muchos ejemplos que en las verdaderas historias españolas se cuentan.

Mudó Sancho plática, y dijo a su amo:

—Maravillado estoy, señor, de la desenvoltura de Altisidora, la doncella de la Duquesa: bravamente la debe tener herida y traspasada aquel que llaman Amor, que dicen que es un rapaz ceguezuelo que, con estar lagañoso, o, por mejor decir, sin vista, si toma por blanco un corazón, por pequeño que sea, le acierta y traspasa de parte a parte con sus flechas. He oído decir también que en la vergüenza y recato de las doncellas se despuntan y embotan las amorosas saetas; pero en esta Altisidora más parece que se aguzan que despuntan.

—Advierte, Sancho—dijo don Quijote—, que el amor ni mira respetos ni guarda términos de razón en sus discursos, y tiene la misma condición que la muerte: que así acomete los altos alcázares de los reyes como las humildes chozas de los pastores, y cuando toma entera posesión de una alma, lo primero que hace es quitarle el temor y la vergüenza; y así, sin ella declaró Altisidora sus deseos, que engendraron en mi pecho antes confusión que lástima.

—¡Crueldad notoria!—dijo Sancho—. ¡Desagradecimiento inaudito! Yo de mí sé decir que me rindiera y avasallara la más mínima razón amorosa suya. ¡Hideputa, y qué corazón de már-

---

[1] Queda explicada la invocación en la p. 628, n. 7.
[2] No imaginariamente, sino sensible, visiblemente.

mol, qué entrañas de bronce y qué alma de argamasa! Pero no puedo pensar qué es lo que vió esta doncella en vuesa merced que así la rindiese y avasallase: qué gala, qué brío, qué donaire, qué rostro, qué cada cosa por sí déstas, o todas juntas, la enamoraron; que en verdad en verdad que muchas veces me paro a mirar a vuesa merced desde la punta del pie hasta el último cabello de la cabeza, y que veo más cosas para espantar que para enamorar, y habiendo yo también oído decir que la hermosura es la primera y principal parte que enamora, no teniendo vuesa merced ninguna, no sé yo de qué se enamoró la pobre.

—Advierte, Sancho—respondió don Quijote—, que hay dos maneras de hermosura: una del alma y otra del cuerpo; la del alma campea y se muestra en el entendimiento, en la honestidad, en el buen proceder, en la liberalidad y en la buena crianza, y todas estas partes caben y pueden estar en un hombre feo; y cuando se pone la mira en esta hermosura, y no en la del cuerpo, suele nacer el amor con ímpetu y con ventajas. Yo, Sancho, bien veo que no soy hermoso; pero también conozco que no soy disforme; y bástale a un hombre de bien no ser monstruo para ser bien querido, como tenga los dotes del alma que te he dicho.

En estas razones y pláticas, se iban entrando por una selva que fuera del camino estaba, y a deshora, sin pensar en ello, se halló don Quijote enredado entre unas redes de hilo verde, que desde unos árboles a otros estaban tendidas; y sin poder imaginar qué pudiese ser aquello, dijo a Sancho:

—Paréceme, Sancho, que esto destas redes debe de ser una de las más nuevas aventuras que pueda imaginar. ¡Que me maten si los encantadores que me persiguen no quieren enredarme en ellas y detener mi camino, como en venganza de la riguridad que con Altisidora he tenido! Pues mándoles[1] yo que aunque estas redes, si[2] como son hechas de hilo verde, fueran de durísimos diamantes, o más fuertes que aquella con que el celoso dios de los herreros enredó a Venus y a Marte, así las rompiera como si fueran de juncos marinos, o de hilachas de algodón.

Y queriendo pasar adelante y romperlo todo, al improviso se le ofrecieron delante, saliendo de entre unos árboles, dos hermosísimas pastoras; a lo menos, vestidas como pastoras, sino

---

[1] Asegúroles.
[2] *Si* = así.

que los pellicos[1] y sayas eran de fino brocado, digo que[2] las sayas eran riquísimos faldellines de tabí[3] de oro. Traían los cabellos sueltos por las espaldas, que en rubios podían competir con los rayos del mismo sol; los cuales se coronaban con dos guirnaldas, de verde laurel y de rojo amaranto tejidas. La edad, al parecer, ni bajaba de los quince, ni pasaba de los diez y ocho.

Vista fué ésta que admiró a Sancho, suspendió a don Quijote, hizo parar al sol en su carrera para verlas, y tuvo en maravilloso silencio a todos cuatro. En fin, quien primero habló fué una de las dos zagalas, que dijo a don Quijote:

—Detened, señor caballero, el paso, y no rompáis las redes, que no para daño vuestro, sino para nuestro pasatiempo ahí están tendidas; y porque sé que nos habéis de preguntar para qué se han puesto, y quién somos, os lo quiero decir en breves palabras. En una aldea que está hasta dos leguas de aquí, donde hay mucha gente principal y muchos hidalgos y ricos, entre muchos amigos y parientes se concertó que con sus hijos, mujeres y hijas, vecinos, amigos y parientes nos viniésemos a holgar a este sitio, que es uno de los más agradables de todos estos contornos, formando entre todos una nueva y pastoril Arcadia, vistiéndonos las doncellas de zagalas y los mancebos de pastores. Traemos estudiadas dos églogas, una del famoso poeta Garcilaso, y otra del excelentísimo Camoes, en su misma lengua portuguesa, las cuales hasta agora no hemos representado. Ayer fué el primero día que aquí llegamos; tenemos entre estos ramos plantadas algunas tiendas, que dicen se llaman de campaña, en el margen de un abundoso arroyo que todos estos prados fertiliza; tendimos la noche pasada estas redes de estos árboles, para engañar los simples pajarillos que, ojeados[4] con nuestro ruido, vinieren a dar en ellas. Si gustáis, señor, de ser nuestro huésped, seréis agasajado liberal y cortésmente; porque por agora en este sitio no ha de entrar la pesadumbre ni la melancolía.

Calló, y no dijo más. A lo que respondió don Quijote:

—Por cierto, hermosísima señora, que no debió de quedar

---

[1] Lo que hacía de pellicos, cf. p. 137, n. 4.

[2] ... (o con más exactitud, pues los pellicos y las sayas no eran del mismo género) digo que...

[3] *Tabí* = tela de seda con labores ondeadas y que forman aguas o visos.

[4] Cf. p. 385, n. 3.

más suspenso ni admirado Anteón[1] cuando vió al improviso bañarse en las aguas a Diana, como[2] yo he quedado atónito en ver vuestra belleza. Alabo el asumpto de vuestros entretenimientos, y el de vuestros ofrecimientos agradezco; y si os puedo servir, con seguridad de ser obedecidas me lo podéis mandar; porque no es otra la profesión mía sino de mostrarme agradecido y bienhechor con todo género de gente, en especial con la principal que vuestras personas representa; y si como estas redes, que[3] deben de ocupar algún pequeño espacio, ocuparan toda la redondez de la tierra, buscara yo nuevos mundos por do pasar sin romperlas; y porque deis algún crédito a esta mi exageración, ved que os lo promete, por lo menos[4], don Quijote de la Mancha, si es que ha llegado a vuestros oídos este nombre.

—¡Ay, amiga de mi alma—dijo entonces la otra zagala—, y qué ventura tan grande nos ha sucedido! ¿Ves este señor que tenemos delante? Pues hágote saber que es el más valiente y el más enamorado, y el más comedido que tiene el mundo, si no es que nos miente y nos engaña una historia que de sus hazañas anda impresa, y yo he leído. Yo apostaré que este buen hombre que viene consigo[5] es un tal Sancho Panza, su escudero, a cuyas gracias no hay ningunas que se le[6] igualen.

—Así es la verdad—dijo Sancho—: que yo soy ese gracioso y ese escudero que vuesa merced dice, y este señor es mi amo, el mismo don Quijote de la Mancha, historiado y referido.

—¡Ay!—dijo la otra—. Supliquémosle, amiga, que se quede; que nuestros padres y nuestros hermanos gustarán infinito dello; que también he oído yo decir de su valor y de sus gracias lo mismo que tú me has dicho, y, sobre todo, dicen dél que es el más firme y más leal enamorado que se sabe, y que su dama es una tal Dulcinea del Toboso, a quien en toda España la dan la palma de la hermosura.

—Con razón se la dan—dijo don Quijote—, si ya no lo pone[7] en duda vuestra sin igual belleza. No os canséis, señoras, en

---

[1] En vez de *Acteón:* confusión frecuente en los literatos de entonces.
[2] Hoy diríamos *que* (cf. pról. 28).
[3] Sobra *como,* o *que.*
[4] Nada menos que.
[5] Por *con él* (cf. pról. 7).
[6] Por *les* (cf. pról. 7).
[7] *Pone* es causativo *(hace poner).*

detenerme, porque las precisas obligaciones de mi profesión no me dejan reposar en ningún cabo[1].

Llegó, en esto, adonde los cuatro estaban un hermano de una de las dos pastoras, vestido asimismo de pastor, con la riqueza y galas que a las de las zagalas correspondía; contáronle ellas que el que con ellas estaba era el valeroso don Quijote de la Mancha, y el otro, su escudero Sancho, de quien tenía él ya noticia, por haber leído su historia. Ofreciósele el gallardo pastor; pidióle que se viniese con él a sus tiendas; húbolo de conceder don Quijote, y así lo hizo. Llegó, en esto, el ojeo; llenáronse las redes de pajarillos diferentes, que, engañados de la color de las redes, caían en el peligro de que iban huyendo. Juntáronse en aquel sitio más de treinta personas, todas bizarramente[2] de pastores y pastoras vestidas, y en un instante quedaron enteradas de quiénes eran don Quijote y su escudero, de que no poco contento recibieron, porque ya tenían dél noticia por su historia. Acudieron a las tiendas, hallaron las mesas puestas, ricas, abundantes y limpias; honraron a don Quijote dándole el primer lugar en ellas; mirábanle todos, y admirábanse de verle. Finalmente, alzados los manteles, con gran reposo alzó don Quijote la voz, y dijo:

—Entre los pecados mayores que los hombres cometen, aunque algunos dicen que es[3] la soberbia, yo digo que es el desagradecimiento, ateniéndome a lo que suele decirse: que de los desagradecidos está lleno el infierno. Este pecado, en cuanto me ha sido posible, he procurado yo huir desde el instante que tuve uso de razón; y si no puedo pagar las buenas obras que me hacen con otras obras, pongo en su lugar los deseos de hacerlas, y cuando éstos no bastan, las publico; porque quien dice y publica las buenas obras que recibe, también las recompensara con otras, si pudiera; porque, por la mayor parte, los que reciben son inferiores a los que dan, y así es Dios sobre todos; porque es dador sobre todos, y no pueden corresponder las dádivas del hombre a las de Dios en igualdad, por infinita distancia; y esta estrecheza y cortedad, en cierto modo, la suple el agradecimiento. Yo, pues, agradecido a la merced que aquí se me ha hecho, no pudiendo corresponder a[4] la misma

---
[1] *Cabo* = parte, modo.
[2] Gallardamente.
[3] *Que* el mayor *es*.
[4] Con.

medida, conteniéndome en los estrechos límites de mi poderío, ofrezco lo que puedo, y lo que tengo de mi cosecha; y así, digo que sustentaré dos días naturales en metad de ese camino real que va a Zaragoza, que estas señoras zagalas contrahechas[1] que aquí están son las más hermosas doncellas, y más corteses, que hay en el mundo, exceptando sólo a la sin par Dulcinea del Toboso, única señora de mis pensamientos, con paz sea dicho de cuantos y cuantas me escuchan.

Oyendo lo cual Sancho, que con grande atención le había estado escuchando, dando una gran voz, dijo:

—¿Es posible que haya en el mundo personas que se atrevan a decir y a jurar que este mi señor es loco? Digan vuesas mercedes, señores pastores: ¿hay cura de aldea, por discreto y por estudiante que sea, que pueda decir lo que mi amo ha dicho, ni hay caballero andante, por más fama que tenga de valiente, que pueda ofrecer lo que mi amo aquí ha ofrecido?

Volvióse don Quijote a Sancho, y encendido el rostro y colérico, le dijo:

—¿Es posible ¡oh Sancho! que haya en todo el orbe alguna persona que diga que no eres tonto, aforrado de lo mismo, con no sé qué ribetes de malicioso y de bellaco? ¿Quién te mete a ti en mis cosas, y en averiguar si soy discreto o majadero? Calla y no me repliques, sino ensilla, si está desensillado Rocinante: vamos a poner en efecto mi ofrecimiento; que con la razón que va de mi parte puedes dar por vencidos a todos cuantos quisieren contradecirla.

Y con gran furia y muestras de enojo, se levantó de la silla, dejando admirados a los circunstantes, haciéndoles dudar si le podían tener por loco, o por cuerdo. Finalmente, habiéndole persuadido[2] que no se pusiese en tal demanda, que ellos daban por bien conocida su agradecida voluntad y que no eran menester nuevas demostraciones para conocer su ánimo valeroso, pues bastaban las que en la historia de sus hechos se referían, con todo esto, salió don Quijote con su intención, y puesto sobre Rocinante, embrazando su escudo y tomando su lanza, se puso en la mitad de un real camino que no lejos del verde prado estaba. Siguióle Sancho sobre su rucio, con toda la gente del pastoral rebaño, deseosos de ver en qué paraba su arrogante y nunca visto ofrecimiento.

---

[1] Fingidas.
[2] Habiéndole traído razones para persuadirle.

Puesto, pues, don Quijote en mitad del camino (como os he dicho), hirió el aire con semejantes palabras:

—¡Oh vosotros, pasajeros y viandantes caballeros, escuderos, gente de a pie y de a caballo que por este camino pasáis, o habéis de pasar en estos dos días siguientes! Sabed que don Quijote de la Mancha, caballero andante, está aquí puesto para defender que a todas las hermosuras y cortesías del mundo exceden las que se encierran en las ninfas habitadoras destos prados y bosques, dejando a un lado a la señora de mi alma Dulcinea del Toboso. Por eso, el que fuere de parecer contrario, acuda; que aquí le espero.

Dos veces repitió estas mismas razones, y dos veces no fueron oídas de ningún aventurero; pero la suerte, que sus cosas iba encaminando de mejor en mejor, ordenó que de allí a poco se descubriese por el camino muchedumbre de hombres de a caballo, y muchos dellos con lanzas en las manos, caminando todos apiñados, de tropel y a gran priesa. No los hubieron bien[1] visto los que con don Quijote estaban, cuando, volviendo las espaldas, se apartaron bien lejos del camino, porque conocieron que si esperaban les podía suceder algún peligro; sólo don Quijote, con intrépido corazón, se estuvo quedo, y Sancho Panza se escudó con las ancas de Rocinante. Llegó el tropel de los lanceros, y uno dellos, que venía más delante, a grandes voces comenzó a decir a don Quijote:

—¡Apártate, hombre del diablo, del camino; que te harán pedazos estos toros!

—¡Ea, canalla—respondió don Quijote—, para mí no hay toros que valgan, aunque sean de los más bravos que cría Jarama en sus riberas! Confesad, malandrines, así, a carga cerrada, que es verdad lo que yo aquí he publicado; si no, conmigo sois en batalla.

No tuvo lugar de responder el vaquero, ni don Quijote le tuvo de desviarse, aunque quisiera; y así, el tropel de los toros bravos y el de los mansos cabestros, con la multitud de los vaqueros y otras gentes que a encerrar los llevaban a un lugar donde otro día habían de correrse, pasaron sobre don Quijote y sobre Sancho, Rocinante y el rucio, dando con todos ellos en tierra, echándoles a rodar por el suelo. Quedó molido Sancho, espantado don Quijote, aporreado el rucio y no muy católico[2]

---

[1] No bien los... (cf. pról. 27).
[2] Sano.

Rocinante; pero, en fin, se levantaron todos, y don Quijote, a gran priesa, tropezando aquí y cayendo allí, comenzó a correr tras la vacada, diciendo a voces:

—¡Deteneos y esperad, canalla malandrina; que un solo caballero os espera, el cual no tiene condición ni es de parecer de los que dicen que al enemigo que huye, hacerle la puente de plata[1]!

Pero no por eso se detuvieron los apresurados corredores[2] ni hicieron más caso de sus amenazas que de las nubes de antaño. Detúvole el cansancio a don Quijote, y, más enojado que vengado, se sentó en el camino, esperando a que Sancho, Rocinante y el rucio llegasen. Llegaron, volvieron a subir amo y mozo, y sin volver a despedirse de la Arcadia fingida o contrahecha, y con más vergüenza que gusto, siguieron su camino.

CAPITULO LIX.—Donde se cuenta del[3] estraordinario suceso, que se puede tener por aventura, que le sucedió a don Quijote.

Al polvo y al cansancio que don Quijote y Sancho sacaron del descomedimiento de los toros socorrió una fuente clara y limpia que entre una fresca arboleda hallaron, en el margen de la cual, dejando libres, sin jáquima[4] y freno, al rucio y a Rocinante, los dos asendereados amo y mozo se sentaron. Acudió Sancho a la repostería de sus alforjas, y dellas sacó de lo que él solía llamar condumio[5]; enjuagóse[6] la boca, lavóse don Quijote el rostro, con cuyo refrigerio cobraron aliento los espíritus desalentados. No comía don Quijote, de puro pesaroso, ni[7] Sancho no osaba tocar a los manjares que delante tenía, de puro comedido, y esperaba que su señor hiciese la salva[8]; pero viendo que, llevado de sus imaginaciones, no se acordaba de

---

[1] Acelerando su huída, sin reparar en gastos.
[2] «*Corredor*, el que interviene en las compras y ventas» (Cov.).
[3] *Contar de* = hablar de.
[4] Cf. p. 525, n. 3.
[5] «*Condumio*, vocablo antiguo rústico, vale el manjar que se come con el pan» (Cov.).
[6] *Enjuagar* (de *enjaguar*, y éste a su vez del lat. *exaquare*) = limpiar la boca y dentadura con agua u otro licor.
[7] Cf. p. 720, n. 5.
[8] Empezase (cf. p. 551, n. 1).

llevar el pan a la boca, no abrió la suya[1], y atropellando por todo género de crianza, comenzó a embaular en el estómago el pan y queso que se le ofrecía.

—Come, Sancho amigo—dijo don Quijote—: sustenta la vida, que más que a mí te importa, y déjame morir a mí a manos de mis pensamientos y a fuerzas de mis desgracias. Yo, Sancho, nací para vivir muriendo, y tú para morir comiendo; y porque veas que te digo verdad en esto, considérame impreso en historias, famoso en las armas, comedido en mis acciones, respetado de príncipes, solicitado de doncellas; al cabo al cabo, cuando esperaba palmas, triunfos y coronas, granjeadas y merecidas por mis valerosas hazañas, me he visto esta mañana pisado, y acoceado, y molido, de los pies de animales inmundos y soeces. Esta consideración me embota los dientes, entorpece las muelas, y entomece[2] las manos, y quita de todo en todo la gana del comer, de manera, que pienso dejarme morir de hambre, muerte la más cruel de las muertes.

—Desa manera—dijo Sancho, sin dejar de mascar apriesa—, no aprobará vuesa merced aquel refrán que dicen «muera Marta, y muera harta». Yo, a lo menos, no pienso matarme a mí mismo; antes pienso hacer como el zapatero, que tira[3] el cuero con los dientes hasta que le hace llegar donde él quiere: yo tiraré de mi vida comiendo hasta que llegue al fin que le tiene determinado el cielo, y sepa, señor, que no hay mayor locura que la que toca en querer desesperarse como vuesa merced, y créame, y después de comido, échese a dormir un poco sobre los colchones verdes destas hierbas, y verá cómo cuando despierte se halla algo más aliviado.

Hízolo así don Quijote, pareciéndole que las razones de Sancho más eran de filósofo que de mentecato, y díjole:

—Si tú ¡oh Sancho! quisieses hacer por mí lo que yo ahora te diré, serían mis alivios más ciertos y mis pesadumbres no tan grandes; y es que mientras yo duermo obedeciendo tus consejos, tú te desviases un poco lejos de aquí, y con las riendas de Rocinante, echando al aire tus carnes, te dieses trecientos o cuatrocientos azotes a buena cuenta de los tres mil y tantos que te has de dar por el desencanto de Dulcinea; que es

---

[1] No habló.
[2] Entumece.
[3] Estira.

lástima no pequeña que aquella pobre señora esté encantada por tu descuido y negligencia.

—Hay mucho que decir en eso—dijo Sancho—. Durmamos, por ahora, entrambos, y después, Dios dijo lo que será. Sepa vuesa merced que esto de azotarse un hombre a sangre fría es cosa recia, y más si caen los azotes sobre un cuerpo mal sustentado y peor comido: tenga paciencia mi señora Dulcinea; que cuando menos se cate, me verá hecho una criba, de azotes; y hasta la muerte, todo es vida; quiero decir, que aún yo la tengo, junto con el deseo de cumplir con lo que he prometido.

Agradeciéndoselo don Quijote, comió algo, y Sancho mucho, y echáronse a dormir entrambos, dejando a su albedrío y sin orden alguna pacer del abundosa hierba de que aquel prado estaba lleno a los dos continuos compañeros y amigos Rocinante y el rucio. Despertaron algo tarde, volvieron a subir, y a seguir su camino, dándose priesa para llegar a una venta que, al parecer, una legua de allí se descubría. Digo que era venta porque don Quijote la llamó así, fuera del uso que tenía de llamar a todas las ventas castillos.

Llegaron, pues, a ella; preguntaron al Huésped si había posada. Fuéles respondido que sí, con toda la comodidad y regalo que pudieran hallar en Zaragoza. Apeáronse y recogió Sancho su repostería en un aposento, de quien el Huésped le dió la llave; llevó las bestias a la caballeriza, echóles sus piensos, salió a ver lo que don Quijote, que estaba sentado sobre un poyo, le mandaba, dando particulares gracias al cielo de que a su amo no le hubiese parecido castillo aquella venta. Llegóse la hora de cenar; recogiéronse a su estancia; preguntó Sancho al Huésped que qué tenía para darles de cenar. A lo que el Huésped respondió que su boca sería medida[1]; y así, que pidiese lo que quisiese; que de las pajaricas del aire, de las aves de la tierra[2] y de los pescados del mar estaba proveída aquella venta.

—No es menester tanto—respondió Sancho—; que con un par de pollos que nos asen tendremos lo suficiente, porque mi señor es delicado y come poco, y yo no soy tragantón en demasía.

---

[1] La medida.
[2] Gallinas, pavos y demás aves de corral o de bajo vuelo: a no ser que festivamente llame *aves de tierra* al cerdo, carnero y otros animales corpulentos.

2, 59.—UNA VENTA

Respondióle el Huésped que no tenía pollos, porque los milanos los tenían asolados.

—Pues mande el señor Huésped—dijo Sancho—asar una polla que sea tierna.

—¿Polla? ¡Mi padre!—respondió el Huésped—. En verdad que envié ayer a la ciudad a vender más de cincuenta; pero, fuera de pollas, pida vuesa merced lo que quisiere.

—Desa manera—dijo Sancho—, no faltará ternera, o cabrito.

—En casa, por ahora—respondió el Huésped—, no lo hay, porque se ha acabado; pero la semana que viene lo habrá de sobra.

—¡Medrados estamos con eso!—respondió Sancho—. Yo pondré[1] que vienen a resumirse todas estas faltas en las sobras que debe de haber de tocino y huevos[2].

—¡Por Dios—respondió el Huésped—que es gentil relente[3] el que mi huésped[4] tiene! Pues héle dicho que ni tengo pollas ni gallinas, ¿y quiere que tenga huevos? Discurra, si quiere, por otras delicadezas, y déjese de pedir gallinas.

—Resolvámonos, cuerpo de mí—dijo Sancho—, y dígame finalmente lo que tiene, y déjese de discurrimientos, señor Huésped.

Dijo el Ventero:

—Lo que real y verdaderamente tengo son dos uñas de vaca[5] que parecen manos de ternera, o dos manos de ternera que parecen uñas de vaca[6]; están cocidas, con sus garbanzos, cebollas y tocino, y la hora de ahora están diciendo: «¡Coméme! ¡Coméme[7]!»

—Por mías las marco[8] desde aquí—dijo Sancho—, y nadie las toque; que yo las pagaré mejor que otro, porque para mí ninguna otra cosa pudiera esperar de más gusto, y no se me daría nada que fuesen manos, como fuesen uñas.

---

[1] «*Poner* es apostar» (Cov.).
[2] Cf. p. 55, n. 7.
[3] Cf. p. 1018, n. 4.
[4] Cf. p. 68, n. 5.
[5] «*Uña de vaca*, el pie o mano de la vaca o buey, y si es de ternera la llamamos *mano*. En estas cosas tiene mucha fuerza el uso: y así no hay que dar razón della, ni pedilla» (Cov.).
[6] Parecían, dice R. Marín, manos de ternera por lo tiernas, y uñas de vaca por lo grandes.
[7] Hoy diríamos *comedme* (cf. pról. 1).
[8] Les pongo mi marca, las hago mías.

2, 59.—DON JERÓNIMO Y DON JUAN *(el Quijote de Avellaneda)*

—Nadie las tocará—dijo el Ventero—; porque otros huéspedes que tengo, de puro principales, traen consigo cocinero, despensero y repostería.

—Si por principales va—dijo Sancho—, ninguno más que mi amo; pero el oficio que él trae no permite despensas ni botillerías [1]: ahí nos tendemos en mitad de un prado y nos hartamos de bellotas o de nísperos.

Ésta fué la plática que Sancho tuvo con el Ventero, sin querer Sancho pasar adelante en responderle; que ya le había preguntado qué oficio o qué ejercicio era el de su amo. Llegóse, pues, la hora del cenar, recogióse a su estancia don Quijote, trujo el Huésped la olla, así como estaba, y sentóse [2] a cenar muy de propósito. Parece ser que en otro aposento que junto al de don Quijote estaba, que no le dividía más que un sutil tabique, oyó decir don Quijote:

—Por vida de vuesa merced, señor don Jerónimo, que en tanto que traen la cena leamos otro capítulo de la *Segunda parte de don Quijote de la Mancha*.

Apenas oyó su nombre don Quijote, cuando se puso en pie, y con oído alerto [3] escuchó lo que dél trataban, y oyó que el tal don Jerónimo referido respondió:

—¿Para qué quiere vuesa merced, señor don Juan, que leamos estos disparates, si el que hubiere leído la primera parte de la *Historia de don Quijote de la Mancha* no es posible que pueda tener gusto en leer esta segunda [4]?

—Con todo eso—dijo el don Juan—, será bien leerla, pues no hay libro tan malo, que no tenga alguna cosa buena. Lo que a mí en éste más desplace es que pinta a don Quijote ya desenamorado de Dulcinea del Toboso.

Oyendo lo cual don Quijote, lleno de ira y de despecho, alzó la voz y dijo:

—Quienquiera que dijere que don Quijote de la Mancha ha olvidado, ni puede olvidar, a Dulcinea del Toboso, yo le haré entender con armas iguales que va muy lejos de la verdad; porque la sin par Dulcinea del Toboso ni puede ser olvidada, ni en don Quijote puede caber olvido: su blasón es la firmeza,

---

[1] «*Botillería*, la despensa de un señor: y tomó el nombre de las botas o cubetas del vino, aunque haya en ella todo género de vituallas» (Cov.).
[2] El huésped.
[3] *Alerto (-a)* = vigilante, cuidadoso.
[4] Por este capítulo andaba Cervantes cuando llegó a sus manos el Quijote del supuesto Avellaneda.

y su profesión, el guardarla con suavidad y sin hacerse fuerza alguna.

—¿Quién es el que nos responde?—respondieron del otro aposento.

—¿Quién ha de ser—respondió Sancho—sino el mismo don Quijote de la Mancha, que hará bueno cuanto ha dicho, y aun cuanto dijere: que al buen pagador no le duelen prendas?

Apenas hubo dicho esto Sancho, cuando entraron por la puerta de su aposento dos caballeros, que tales lo parecían, y uno dellos echando los brazos al cuello de don Quijote, le dijo:

—Ni vuestra presencia puede desmentir vuestro nombre, ni vuestro nombre puede no acreditar vuestra presencia: sin duda vos, señor, sois el verdadero don Quijote de la Mancha, norte y lucero de la andante caballería, a despecho y pesar del que ha querido usurpar vuestro nombre y aniquilar vuestras hazañas, como lo ha hecho el autor deste libro que aquí os entrego.

Y poniéndole un libro en las manos, que traía su compañero, le tomó don Quijote, y sin responder palabra, comenzó a hojearle, y de allí a un poco se le volvió, diciendo:

—En esto poco que he visto he hallado tres cosas en este autor dignas de reprehensión. La primera es algunas palabras que he leído en el prólogo [1]; la otra, que el lenguaje es aragonés, porque tal vez [2] escribe sin artículos; y la tercera, que más le confirma por ignorante, es que yerra y se desvía de la verdad en lo más principal de la historia; porque aquí dice que la mujer de Sancho Panza mi escudero se llama Mari Gutiérrez, y no llama [3] tal sino Teresa Panza [4]; y quien en esta parte tan principal yerra, bien se podrá temer que yerra en todas las demás de la historia.

A esto dijo Sancho:

—¡Donosa cosa de historiador! ¡Por cierto, bien debe de estar en el cuento de nuestros sucesos, pues llama a Teresa Panza mi mujer Mari Gutiérrez! Torne a tomar el libro, señor, y mire si ando yo por ahí, y si me ha mudado el nombre.

—Por lo que he oído hablar, amigo—dijo don Jerónimo—,

---

[1] Probablemente serán, dice Clemencín, las que tachan a Cervantes de viejo, manco y envidioso (cf. p. 593).
[2] Alguna vez.
[3] Hoy diríamos *se llama* (cf. pról. 10).
[4] No es justo este reparo (cf. p. 106, n. 2).

2, 59.—DON JERÓNIMO Y DON JUAN *(el Quijote de Avellaneda)*

sin duda debéis de ser Sancho Panza, el escudero del señor don Quijote.

—Sí soy—respondió Sancho—, y me precio dello.

—Pues a fe—dijo el caballero—, que no os trata este autor moderno con la limpieza que en vuestra persona se muestra: píntaos comedor, y simple[1], y no nada gracioso, y muy otro del Sancho que en la primera parte de la historia de vuestro amo se describe.

—Dios se lo perdone—dijo Sancho—. Dejárame en mi rincón, sin acordarse de mí, porque quien las sabe las tañe, y bien se está San Pedro en Roma.

Los dos caballeros pidieron a don Quijote se pasase a su estancia a cenar con ellos; que bien sabían que en aquella venta no había cosas pertenecientes[2] para su persona. Don Quijote, que siempre fué comedido, condecendió con su demanda, y cenó con ellos; quedóse Sancho con la olla con mero mixto imperio[3]: sentóse en cabecera de mesa, y con él el Ventero, que no menos que Sancho estaba de sus manos y de sus uñas aficionado.

En el discurso de la cena preguntó don Juan a don Quijote qué nuevas tenía de la señora Dulcinea del Toboso; si se había casado, si estaba parida o preñada, o si, estando en su entereza, se acordaba (guardando su honestidad y buen decoro) de los amorosos pensamientos del señor don Quijote. A lo que él respondió:

—Dulcinea se está entera, y mis pensamientos más firmes que nunca; las correspondencias, en su sequedad antigua; su hermosura, en la de una soez labradora transformada.

Y luego les fué contando punto por punto el encanto de la señora Dulcinea, y lo que le había sucedido en la cueva de Montesinos, con la orden que el sabio Merlín le había dado para desencantarla, que fué la de los azotes de Sancho. Sumo fué el contento que los dos caballeros recibieron de oír contar a don Quijote los estraños sucesos de su historia, y así quedaron admirados de sus disparates como del elegante modo con que los contaba. Aquí le tenían por discreto, y allí se les deslizaba

---

[1] En estas dos cosas no se equivocaba.
[2] Convenientes, dignas.
[3] *Con mero (y) mixto imperio* = con dominio absoluto. *Mero imperio* = potestad para imponer penas a los delincuentes. *Mixto imperio* = potestad para fallar y ejecutar en las causas civiles.

por mentecato, sin saber determinarse qué grado le darían entre la discreción y la locura[1].

Acabó de cenar Sancho, y dejando hecho equis[2] al Ventero, se pasó a la estancia de su amo, y en entrando, dijo:

—Que me maten, señores, si el autor deste libro que vuesas mercedes tienen quiere que comamos buenas migas[3] juntos; yo querría que ya que me llama comilón, como vuesas mercedes dicen, no me llamase también borracho.

—Sí llama—dijo don Jerónimo—; pero no me acuerdo en qué manera, aunque sé que son malsonantes las razones, y además, mentirosas, según yo echo de ver en la fisonomía del buen Sancho que está presente.

—Créanme vuesas mercedes—dijo Sancho—que el Sancho y el don Quijote desa historia deben de ser otros que los que andan en aquella que compuso Cide Hamete Benengeli, que somos nosotros: mi amo, valiente, discreto y enamorado; y yo, simple gracioso, y no comedor ni borracho.

—Yo así lo creo—dijo don Juan—; y si fuera posible, se había de mandar que ninguno fuera osado a tratar de las cosas del gran don Quijote, si no fuese Cide Hamete su primer autor, bien así como mandó Alejandro que ninguno fuese osado a retratarle sino Apeles.

—Retráteme el que quisiere—dijo don Quijote—, pero no me maltrate[4]; que muchas veces suele caerse la paciencia cuando la cargan de injurias.

—Ninguna—dijo don Juan—se le puede hacer al señor don Quijote de quien él no se pueda vengar, si no la repara[5] en el escudo de su paciencia, que, a mi parecer, es fuerte y grande.

En estas y otras pláticas se pasó gran parte de la noche; y aunque don Juan quisiera que don Quijote leyera más del libro, por ver lo que discantaba[6], no lo pudieron acabar[7] con él,

---

[1] Si le graduarían de discreto o de loco.
[2] «Al borracho decimos *estar hecho equis*, porque con la debilidad de las piernas las va atravesando una con otra» (Cov.).
[3] *Hacer buenas migas con alguno* = avenirse, hallarse, entenderse con él. Quiere decir: a buen seguro que el autor de ese libro no quiere que estemos acordes (en lo que él dice y yo soy). Para *migas*, cf. p. 246, n. 2.
[4] Juega con *re-tratar* y *mal-tratar*.
[5] *Reparar* = detener.
[6] *Discantar* = glosar, comentar, hablar.
[7] Recabar.

2, 59.—DON JERÓNIMO Y DON JUAN (el Quijote de Avellaneda)

diciendo que él lo daba por leído y lo confirmaba por todo necio[1], y que no quería, si acaso llegase a noticia de su autor que le había tenido en sus manos, se alegrase con pensar que le había leído; pues de las cosas obscenas y torpes los pensamientos se han de apartar, cuanto más los ojos. Preguntáronle que adónde llevaba determinado su viaje. Respondió que a Zaragoza, a hallarse en las justas del arnés[2], que en aquella ciudad suelen hacerse todos los años. Díjole don Juan que aquella nueva historia contaba cómo don Quijote, sea quien se quisiere, se había hallado en ella en una sortija[3], falta de invención, pobre de letras[4], pobrísima de libreas[5], aunque rica de simplicidades.

—Por el mismo caso—respondió don Quijote—no pondré los pies en Zaragoza, y así sacaré a la plaza del mundo la mentira dese historiador moderno, y echarán de ver las gentes cómo yo no soy el don Quijote que él dice.

—Hará muy bien—dijo don Jerónimo—: y otras justas hay en Barcelona, donde podrá el señor don Quijote mostrar su valor.

—Así lo pienso hacer—dijo don Quijote—; y vuesas mercedes me den licencia, pues ya es hora, para irme al lecho, y me tengan y pongan en el número de sus mayores amigos y servidores.

—Y a mí también—dijo Sancho—: quizá seré bueno para algo.

Con esto, se despidieron, y don Quijote y Sancho se retiraron a su aposento, dejando a don Juan y a don Jerónimo admirados de ver la mezcla que había hecho de su discreción y de su locura, y verdaderamente creyeron que éstos eran los verdaderos don Quijote y Sancho, y no los que describía su autor aragonés.

Madrugó don Quijote, y dando golpes al tabique del otro aposento, se despidió de sus huéspedes. Pagó Sancho al Ventero magníficamente, y aconsejóle que alabase menos la provisión de su venta, o la tuviese más proveída.

---

[1] Totalmente necio.
[2] Cf. p. 628, n. 4.
[3] «Sortija, un juego de gente militar, que corriendo a caballo apuntan con la lanza a una sortija, que está puesta a cierta distancia de la carrera» (Cov.).
[4] Letras = motes y letrillas que solían sacar los caballeros en las fiestas.
[5] Cf. p. 50, n. 1.

CAPITULO LX.—De lo que sucedió a don Quijote yendo a Barcelona.

Era fresca la mañana, y daba muestras de serlo asimesmo el día en que don Quijote salió de la venta, informándose primero cuál era el más derecho camino para ir a Barcelona, sin tocar en Zaragoza: tal era el deseo que tenía de sacar mentiroso a aquel nuevo historiador que tanto decían que le vituperaba. Sucedió, pues, que en más de seis días no le sucedió cosa digna de ponerse en escritura; al cabo de los cuales, yendo fuera de camino, le tomó la noche entre unas espesas encinas, o alcornoques; que en esto no guarda la puntualidad Cide Hamete que en otras cosas suele.

Apeáronse de sus bestias amo y mozo, y acomodándose a los troncos de los árboles, Sancho, que había merendado aquel día, se dejó entrar de rondón por las puertas del sueño; pero don Quijote, a quien desvelaban sus imaginaciones mucho más que la hambre, no podía pegar sus ojos; antes iba y venía con el pensamiento por mil géneros de lugares. Ya le parecía hallarse en la cueva de Montesinos; ya ver brincar y subir sobre su pollina a la convertida en labradora Dulcinea; ya que le sonaban en los oídos las palabras del sabio Merlín, que le referían las condiciones y diligencias que se habían de hacer y tener en el desencanto de Dulcinea. Desesperábase de ver la flojedad y caridad poca de Sancho su escudero, pues, a lo que creía, solos cinco azotes se había dado, número desigual[1] y pequeño para los infinitos que le faltaban; y desto recibió tanta pesadumbre y enojo, que hizo este discurso: «Si nudo gordiano[2] cortó el Magno Alejandro, diciendo «Tanto monta cortar como desatar», y no por eso dejó de ser universal señor de toda la Asia, ni más ni menos podría suceder ahora en el desencanto de Dulcinea, si yo azotase a Sancho a pesar suyo; que si la condición deste remedio está en que Sancho reciba los tres mil y tantos azotes, ¿qué se me da a mí que se los dé él, o que se los dé otro, pues la sustancia está en que él los reciba, lleguen por do llegaren?»

Con esta imaginación, se llegó a Sancho, habiendo primero tomado las riendas de Rocinante, y acomodándolas en modo,

---

[1] «*Desigualdad* vale desproporción» (Cov.).
[2] Cf. p. 746, n. 6.

que pudiese azotarle con ellas, comenzóle a quitar las cintas, que es opinión que no tenía más que la delantera, en que se sustentaban los gregüescos; pero apenas hubo llegado, cuando Sancho despertó en todo su acuerdo, y dijo:

—¿Qué es esto? ¿Quién me toca y desencinta?

—Yo soy—respondió don Quijote—, que vengo a suplir tus faltas y a remediar mis trabajos: véngote a azotar, Sancho, y a descargar, en parte, la deuda a que te obligaste. Dulcinea perece; tú vives en descuido; yo muero deseando; y así, desatácate[1] por tu voluntad, que la mía es de darte en esta soledad, por lo menos, dos mil azotes.

—Eso no—dijo Sancho—: vuesa merced se esté quedo; si no, por Dios verdadero que nos han de oír los sordos. Los azotes a que yo me obligué han de ser voluntarios y no por fuerza, y ahora no tengo gana de azotarme; basta que doy a vuesa merced mi palabra de vapularme y mosquearme[2] cuando en voluntad me viniere.

—No hay dejarlo a tu cortesía, Sancho—dijo don Quijote—, porque eres duro de corazón, y aunque villano, blando de carnes.

Y así, procuraba y pugnaba por desenlazarle. Viendo lo cual Sancho Panza, se puso en pie y arremetiendo a su amo, se abrazó con él a brazo partido[3], y echándole una zancadilla, dió con él en el suelo boca arriba; púsole la rodilla derecha sobre el pecho, y con las manos le tenía las manos, de modo, que ni le dejaba rodear[4] ni alentar. Don Quijote le decía:

—¿Cómo, traidor? ¿Contra tu amo y señor natural te desmandas? ¿Con quien te da su pan te atreves?

—Ni quito rey, ni pongo rey—respondió Sancho—, sino ayúdome a mí, que soy mi señor[5]. Vuesa merced me prometa que se estará quedo, y no tratará de azotarse por agora; que yo le dejaré libre y desembarazado; donde no,

> Aquí morirás, traidor,
> Enemigo de doña Sancha[6].

---

[1] Cf. p. 56, n. 4.
[2] Cf. p. 888, n. 1.
[3] «*Luchar a brazo partido* es proceder igualmente sin ventaja de uno a otro» (Cov.).
[4] Volverse.
[5] Acomodación del dicho de Duguesclín en la lucha de don Pedro el Cruel y su hermano don Enrique: *ni quito ni pongo rey, pero ayudo a mi señor*.
[6] Estos versos son de un romance referente a los Infantes de Lara.

2, 60.—AVENTURA DE LOS BANDOLEROS

Prometióselo don Quijote, y juró por vida de sus pensamientos no tocarle en el pelo de la ropa, y que dejaría en toda su voluntad y albedrío el azotarse cuando quisiese. Levantóse Sancho, y desvióse de aquel lugar un buen espacio; y yendo a arrimarse a otro árbol, sintió que le tocaban en la cabeza, y alzando las manos, topó con dos pies de persona, con zapatos y calzas. Tembló de miedo; acudió a otro árbol, y sucedióle lo mesmo. Dió voces llamando a don Quijote, que le favoreciese. Hízolo así don Quijote, y preguntándole qué le había sucedido, y de qué tenía miedo, le respondió Sancho que todos aquellos árboles estaban llenos de pies y de piernas humanas. Tentólos don Quijote, y cayó luego en la cuenta de lo que podía ser; y díjole a Sancho:

—No tienes de qué tener miedo, porque estos pies y piernas que tientas y no vees sin duda son de algunos forajidos y bandoleros que en estos árboles están ahorcados; que por aquí los suele ahorcar la justicia cuando los coge, de veinte en veinte y de treinta en treinta; por donde me doy a entender que debo de estar cerca de Barcelona.

Y así era la verdad como él lo había imaginado.

Al parecer el alba, alzaron los ojos, y vieron los racimos de aquellos árboles, que eran cuerpos de bandoleros. Ya, en esto, amanecía, y si los muertos los habían espantado, no menos los atribularon más de cuarenta bandoleros vivos que de improviso los rodearon, diciéndoles en lengua catalana que estuviesen quedos y se detuviesen, hasta que llegase su capitán. Hallóse don Quijote a pie, su caballo sin freno, su lanza arrimada a un árbol, y, finalmente, sin defensa alguna; y así, tuvo por bien de cruzar las manos e inclinar la cabeza guardándose para mejor sazón y coyuntura.

Acudieron los bandoleros a espulgar [1] al rucio, y a no dejarle ninguna cosa de cuantas en las alforjas y la maleta traía; y avínole bien a Sancho que en una ventrera [2] que tenía ceñida venían los escudos del Duque y los que había sacado de su tierra; y, con todo eso, aquella buena gente le escardara y le mirara hasta lo que entre el cuero y la carne tuviera escondido,

---

La *e-* de *enemigo* fonéticamente pertenece al verso anterior, lo cual en prosodia latina se denomina *sinafia* (Havet *Métrique grecque et latine*, n. 46).

[1] *Espulgar* = examinar y reconocer una cosa con cuidado y por menor.
[2] *Ventrera* = faja que se pone en el vientre ceñida y apretada, en la que se guardaba el dinero.

si no llegara en aquella sazón su capitán, el cual mostró ser de hasta edad de treinta y cuatro años, robusto, más que de mediana proporción, de mirar grave y color morena. Venía sobre un poderoso caballo, vestida la acerada cota[1], con cuatro pistoletes (que en aquella tierra se llaman pedreñales[2]) a los lados. Vió que sus escuderos, que así llaman a los que andan en aquel ejercicio, iban a despojar a Sancho Panza: mandóles que no lo hiciesen, y fué luego obedecido, y así se escapó la ventrera. Admiróle ver lanza arrimada al árbol, escudo en el suelo, y a don Quijote armado y pensativo, con la más triste y melancólica figura que pudiera formar la misma tristeza. Llegóse a él, diciéndole:

—No estéis tan triste, buen hombre; porque no habéis caído en las manos de algún cruel Osiris[3], sino en las de Roque Guinart[4], que tiene más de compasivas que de rigurosas.

—No es mi tristeza—respondió don Quijote—haber caído en tu poder ¡oh valeroso Roque, cuya fama no hay límites en la tierra que la encierren!, sino por haber sido tal mi descuido, que me hayan cogido tus soldados sin el freno[5], estando yo obligado, según la orden de la andante caballería, que profeso, a vivir contino[6] alerta, siendo a todas horas centinela de mí mismo; porque te hago saber ¡oh gran Roque! que si me hallaran sobre mi caballo, con mi lanza y con mi escudo, no les fuera muy fácil rendirme, porque yo soy don Quijote de la Mancha, aquel que de sus hazañas tiene lleno todo el orbe.

Luego Roque Guinart conoció que la enfermedad de don Quijote tocaba más en locura que en valentía, y aunque algunas veces le había oído nombrar, nunca tuvo por verdad sus

---

[1] «Cota, una cierta armadura del cuerpo, que resiste a los golpes y punta de espada... Ultimamente las cotas... las hicieron todas de anillejos de acero enlazados uno con otro, que son las que hoy se usan, que llaman de malla» (Cov.): cf. p. 606, n. 5.

[2] «Pedreñal, arcabuz pequeño o pistolete que se dispara con pedernal. Desta arma usan los forajidos» (Cov.). «Otros arcabuces, de que usan los forajidos, se llaman pedreñales, porque no encienden con mecha, sino con pedernal, de donde tomaron el nombre» (Cov., v. arcabuz): cf. p. 241, n. 3.

[3] El capitán trocó en Osiris el nombre de Busiris, rey de Egipto, que sacrificaba extranjeros a Júpiter, y fué muerto por Hércules.

[4] Es el célebre bandolero Perot Roca Guinarda, que figuró a principios del siglo XVII.

[5] Es decir, sin el caballo, apeado (hay aquí sinécdoque, pues se expresa la parte por el todo).

[6] Continuamente (cf. pról. 2).

2, 60.—AVENTURA DE LOS BANDOLEROS

hechos, ni se pudo persuadir a que semejante humor reinase en corazón de hombre; y holgóse en estremo de haberle encontrado, para tocar de cerca lo que de lejos dél había oído, y así le dijo:

—Valeroso caballero, no os despechéis, ni tengáis a siniestra fortuna esta en que os halláis; que podía ser que en estos tropiezos vuestra torcida suerte se enderezase; que el cielo, por estraños y nunca vistos rodeos (de los hombres no imaginados), suele levantar los caídos y enriquecer los pobres.

Ya le iba a dar las gracias don Quijote, cuando sintieron a sus espaldas un ruido como de tropel de caballos, y no era sino un solo, sobre el cual venía a toda furia un mancebo, al parecer, de hasta veinte años, vestido de damasco verde, con pasamanos de oro, greguescos y saltaembarca[1], con sombrero terciado a la valona[2], botas enceradas[3] y justas, espuelas, daga y espada[4] doradas, una escopeta pequeña en las manos y dos pistolas a los lados. Al ruido, volvió Roque la cabeza y vió esta hermosa figura, la cual, en llegando a él, dijo:

—En tu busca venía ¡oh valeroso Roque! para hallar en ti, si no remedio, a lo menos, alivio en mi desdicha; y por no tenerte suspenso, porque sé que no me has conocido, quiero decirte quién soy: yo soy Claudia Jerónima, hija de Simón Forte, tu singular amigo y enemigo particular de Clauquel Torrellas que asimismo lo es tuyo, por ser uno de los de tu contrario bando; y ya sabes que este Torrellas tiene un hijo que don Vicente Torrellas se llama, o, a lo menos, se llamaba no ha dos horas. Éste, pues, por abreviar el cuento de mi desventura, te diré en breves palabras la que me ha causado. Vióme, requebróme, escuchéle, enamoréme a hurto de mi padre; porque no hay mujer, por retirada que esté y recatada que sea, a quien no le sobre tiempo para poner en ejecución y efecto sus atropellados deseos. Finalmente, él me prometió de ser mi esposo y yo le di la palabra de ser suya, sin que en obras pasásemos adelante. Supe ayer que, olvidado de lo que me debía, se casaba con otra, y que esta mañana iba a desposarse, nueva que me turbó el sentido y acabó la paciencia, y por no estar mi padre en el lugar, le tuve yo de ponerme en el traje que vees, y apresurando

---

[1] Cf. p. 984, n. 2.
[2] Con la pluma o plumas como se estilaba entre los valones.
[3] Cf. p. 734, n. 7.
[4] Cf. p. 984, n. 3.

el paso a este caballo, alcancé a don Vicente obra de una legua de aquí, y, sin ponerme a dar quejas ni a oír disculpas, le disparé esta escopeta, y, por añadidura, estas dos pistolas, y, a lo que creo, le debí de encerrar más de dos balas en el cuerpo, abriéndole puertas por donde envuelta en su sangre saliese mi honra. Allí le dejo entre sus criados, que no osaron ni pudieron ponerse en su defensa. Vengo a buscarte para que me pases a Francia, donde tengo parientes con quien viva, y asimesmo a rogarte defiendas a mi padre, porque los muchos de don Vicente no se atrevan a tomar en él desaforada venganza.

Roque, admirado de la gallardía, bizarría, buen talle y suceso de la hermosa Claudia, le dijo:

—Ven, señora, y vamos a ver si es muerto tu enemigo; que después veremos lo que más te importare.

Don Quijote, que estaba escuchando atentamente lo que Claudia había dicho y lo que Roque Guinart respondió, dijo:

—No tiene nadie para qué tomar trabajo en defender a esta señora; que lo tomo yo a mi cargo: denme mi caballo y mis armas, y espérenme aquí; que yo iré a buscar a ese caballero, y, muerto o vivo, le haré cumplir la palabra prometida a tanta belleza.

—Nadie dude de esto—dijo Sancho—, porque mi señor tiene muy buena mano para casamentero, pues no ha muchos días que hizo casar a otro que también negaba a otra doncella su palabra; y si no fuera porque los encantadores que le persiguen le mudaron su verdadera figura en la de un lacayo, ésta fuera la hora que ya la tal doncella no lo fuera.

Roque, que atendía más a pensar en el suceso de la hermosa Claudia que en las razones de amo y mozo, no las entendió; y mandando a sus escuderos que volviesen a Sancho todo cuanto le habían quitado del rucio, mandóles asimesmo que se retirasen a la parte donde aquella noche habían estado alojados, y luego se partió con Claudia a toda priesa, a buscar al herido, o muerto, don Vicente. Llegaron al lugar donde lo encontró Claudia, y no hallaron en él sino recién derramada sangre; pero tendiendo la vista por todas partes, descubrieron por un recuesto arriba alguna gente, y diéronse a entender, como era la verdad, que debía ser don Vicente, a quien sus criados, o muerto o vivo, llevaban, o para curarle, o para enterrarle; diéronse priesa a alcanzarlos, que, como iban de espacio, con facilidad lo hicieron. Hallaron a don Vicente en los brazos de sus criados, a quien con cansada y debilitada voz rogaba que le dejasen allí morir, porque el dolor de las heridas no consentía que más adelante pasase.

Arrojáronse de los caballos Claudia y Roque, llegáronse a él, temieron los criados la presencia de Roque, y Claudia se turbó en ver la de don Vicente; y así, entre enternecida y rigurosa, se llegó a él, y asiéndole de las manos, le dijo:

—Si tú me dieras éstas, conforme a nuestro concierto, nunca tú te vieras en este paso.

Abrió los casi cerrados ojos el herido caballero, y conociendo a Claudia, le dijo:

—Bien veo, hermosa y engañada señora, que tú has sido la que me has muerto, pena no merecida, ni debida a mis deseos, con los cuales, ni con mis obras, jamás quise ni supe ofenderte.

—Luego ¿no es verdad—dijo Claudia—que ibas esta mañana a desposarte con Leonora, la hija del rico Balvastro?

—No, por cierto—respondió don Vicente—; mi mala fortuna te debió de llevar estas nuevas, para que, celosa, me quitases la vida; la cual pues la dejo [1] en tus manos y en tus brazos, tengo mi suerte por venturosa. Y para asegurarte desta verdad, aprieta la mano y recíbeme por esposo, si quisieres; que no tengo otra mayor satisfacción que darte del agravio que piensas que de mí has recebido.

Apretóle la mano Claudia, y apretósela a ella el corazón, de manera que sobre la sangre y pecho de don Vicente se quedó desmayada, y a él le tomó un mortal parasismo. Confuso estaba Roque, y no sabía qué hacerse. Acudieron los criados a buscar agua que echarles en los rostros, y trujéronla, con que se los bañaron. Volvió de su desmayo Claudia; pero no de su parasismo don Vicente, porque se le acabó la vida. Visto lo cual de Claudia, habiéndose enterado que ya su dulce esposo no vivía, rompió los aires con suspiros, hirió los cielos con quejas, maltrató sus cabellos, entregándolos al viento, afeó su rostro con sus propias manos, con todas las muestras de dolor y sentimiento que de un lastimado pecho pudieran imaginarse.

—¡Oh cruel e inconsiderada mujer—decía—, con qué facilidad te moviste a poner en ejecución tan mal pensamiento! ¡Oh fuerza rabiosa de los celos, a qué desesperado fin conducís a quien os da acogida en su pecho! ¡Oh esposo mío, cuya desdichada suerte, por ser prenda mía, te ha llevado del tálamo a la sepultura!

---

[1] Dejada la cual...

2, 60.—CLAUDIA Y VICENTE

Tales y tan tristes eran las quejas de Claudia, que sacaron las lágrimas de los ojos de Roque, no acostumbrados a verterlas en ninguna ocasión. Lloraban los criados, desmayábase a cada paso Claudia, y todo aquel circuito parecía campo de tristeza y lugar de desgracia. Finalmente, Roque Guinart ordenó a los criados de don Vicente que llevasen su cuerpo al lugar de su padre, que estaba allí cerca, para que le diesen sepultura. Claudia dijo a Roque que querría irse a un monasterio donde era abadesa una tía suya, en el cual pensaba acabar la vida, de otro mejor esposo y más eterno acompañada. Alabóle Roque su buen propósito, ofrecióle de acompañarla hasta donde quisiese, y de defender a su padre de los parientes de don Vicente, y de todo el mundo, si ofenderle quisiese. No quiso su compañía Claudia, en ninguna manera, y agradeciendo sus ofrecimientos con las mejores razones que supo, se despidió dél llorando. Los criados de don Vicente llevaron su cuerpo, y Roque se volvió a los suyos, y este fin tuvieron los amores de Claudia Jerónima. Pero ¿qué mucho, si tejieron la trama[1] de su lamentable historia las fuerzas invencibles y rigurosas de los celos?

Halló Roque Guinart a sus escuderos en la parte donde les había ordenado, y a don Quijote entre ellos, sobre Rocinante, haciéndoles una plática en que les persuadía dejasen aquel modo de vivir tan peligroso así para el alma como para el cuerpo; pero como los más eran gascones[2], gente rústica y desbaratada, no les entraba bien la plática de don Quijote. Llegado que fué Roque, preguntó a Sancho Panza si le habían vuelto y restituído las alhajas y preseas que los suyos del rucio le habían quitado. Sancho respondió que sí, sino que le faltaban tres tocadores, que valían tres ciudades.

—¿Qué es lo que dices, hombre?—dijo uno de los presentes—; que yo los tengo, y no valen tres reales.

—Así es—dijo don Quijote—; pero estímalos mi escudero en lo que ha dicho, por habérmelos dado quien me los dió.

Mandóselos volver al punto Roque Guinart, y mandando poner los suyos en ala[3], mandó traer allí delante todos los vestidos, joyas y dineros, y todo aquello que desde la última repartición habían robado; y haciendo brevemente el tanteo,

---

[1] La trama, observa Clemencín, no se teje, sino la tela.
[2] De Gascuña, antigua provincia de Francia.
[3] Fila.

volviendo lo no repartible y reduciéndolo a dineros, lo repartió por toda su compañía[1], con tanta legalidad y prudencia, que no pasó un punto ni defraudó nada de la justicia distributiva. Hecho esto, con lo cual todos quedaron contentos, satisfechos y pagados[2], dijo Roque a don Quijote:

—Si no se guardase esta puntualidad con éstos, no se podría vivir con ellos.

A lo que dijo Sancho:

—Según lo que aquí he visto, es tan buena la justicia, que es necesario que se use aun entre los mesmos ladrones.

Oyólo un escudero, y enarboló el mocho[3] de un arcabuz, con el cual, sin duda, le abriera la cabeza a Sancho, si Roque Guinart no le diera voces que se detuviese. Pasmóse Sancho, y propuso de no descoser los labios en tanto que entre aquella gente estuviese.

Llegó, en esto, uno o algunos de aquellos escuderos que estaban puestos por centinelas por los caminos para ver la gente que por ellos venía y dar aviso a su mayor[4] de lo que pasaba, y éste dijo:

—Señor, no lejos de aquí, por el camino que va a Barcelona, viene un gran tropel de gente.

A lo que respondió Roque:

—¿Has echado de ver si son de los que nos buscan, o de los que nosotros buscamos?

—No sino de los que buscamos—respondió el escudero.

—Pues salid todos—replicó Roque—, y traédmelos aquí luego, sin que se os escape ninguno.

Hiciéronlo así, y quedándose solos don Quijote, Sancho y Roque, aguardaron a ver lo que los escuderos traían; y en este entretanto dijo Roque a don Quijote:

—Nueva manera de vida le debe de parecer al señor don Quijote la nuestra, nuevas aventuras, nuevos sucesos, y todos peligrosos; y no me maravillo que así le parezca, porque realmente le confieso que no hay modo de vivir más inquieto ni más sobresaltado que el nuestro. A mí me han puesto en él no sé qué deseos de venganza, que tienen fuerza de turbar los más

---

[1] Dividiendo los bandoleros a partes iguales lo repartible y devolviendo al capitán lo no repartible, para que a manera de comprador lo redujese a dineros y así pudiese distribuir su valor, lo repartió todo.

[2] Cf. p. 84, n. 4.

[3] *Mocho* = culata.

[4] Jefe.

sosegados corazones: yo, de mi natural, soy compasivo y bien intencionado; pero, como tengo dicho, el querer vengarme de un agravio que se me hizo, así da con todas mis buenas inclinaciones en tierra, que persevero en este estado, a despecho y pesar de lo que entiendo; y como un abismo llama a otro[1] y un pecado a otro pecado, hanse eslabonado las venganzas de manera, que no sólo las mías, pero las ajenas tomo a mi cargo; pero Dios es servido de que, aunque me veo en la mitad del laberinto de mis confusiones, no pierdo la esperanza de salir dél a puerto seguro.

Admirado quedó don Quijote de oír hablar a Roque tan buenas y concertadas razones, porque él se pensaba que entre los de oficios semejantes de robar, matar y saltear no podía haber alguno que tuviese buen discurso, y respondióle:

—Señor Roque, el principio de la salud está en conocer la enfermedad y en querer tomar el enfermo las medicinas que el médico le ordena: vuesa merced está enfermo, conoce su dolencia, y el cielo, o Dios, por mejor decir, que es nuestro médico, le aplicará medicinas que le sanen, las cuales suelen sanar poco a poco, y no de repente y por milagro; y más, que los pecadores discretos están más cerca de enmendarse que los simples; y pues vuesa merced ha mostrado en sus razones su prudencia, no hay sino tener buen ánimo y esperar mejoría de la enfermedad de su conciencia; y si vuesa merced quiere ahorrar camino y ponerse con facilidad en el de su salvación, véngase conmigo; que yo le enseñaré a ser caballero andante, donde se pasan tantos trabajos y desventuras, que, tomándolas por penitencia, en dos paletas le pondrán en el cielo.

Rióse Roque del consejo de don Quijote, a quien, mudando plática, contó el trágico suceso de Claudia Jerónima, de que le pesó en estremo a Sancho; que no le había parecido mal la belleza, desenvoltura y brío de la moza.

Llegaron, en esto, los escuderos de la presa, trayendo consigo dos caballeros a caballo, y dos peregrinos a pie, y un coche de mujeres con hasta seis criados, que a pie y a caballo las acompañaban, con otros dos mozos de mulas que los caballeros traían. Cogiéronlos los escuderos en medio, guardando vencidos y vencedores gran silencio, esperando a que el gran Roque Guinart hablase; el cual preguntó a los caballeros que quién

---

[1] Salmo 41, 8.

2, 60.—AVENTURA DE LOS BANDOLEROS

eran y adónde iban, y qué dinero llevaban. Uno dellos le respondió:

—Señor, nosotros somos dos capitanes de infantería española; tenemos nuestras compañías en Nápoles y vamos a embarcarnos en cuatro galeras, que dicen están en Barcelona con orden de salir a Sicilia; llevamos hasta docientos o trecientos escudos, con que, a nuestro parecer, vamos ricos y contentos, pues la estrecheza ordinaria de los soldados no permite mayores tesoros.

Preguntó Roque a los peregrinos lo mesmo que a los capitanes; fuéle respondido que iban a embarcarse para pasar a Roma, y que entre entrambos podían llevar hasta sesenta reales. Quiso saber también quién iba en el coche, y adónde, y el dinero que llevaban, y uno de los de a caballo dijo:

—Mi señora doña Guiomar de Quiñones, mujer del regente de la Vicaría de Nápoles, con una hija pequeña, una doncella y una dueña, son las que van en el coche; acompañámosla seis criados, y los dineros son seiscientos escudos.

—De modo—dijo Roque Guinart—, que ya tenemos aquí novecientos escudos y sesenta reales: mis soldados deben de ser hasta sesenta; mírese a cómo le cabe a cada uno, porque yo soy mal contador.

Oyendo decir esto los salteadores, levantaron la voz, diciendo:

—¡Viva Roque Guinart muchos años, a pesar de los *lladres*[1] que su perdición procuran!

Mostraron afligirse los capitanes, entristecióse la señora regenta, y no se holgaron nada los peregrinos, viendo la confiscación[2] de sus bienes. Túvolos así un rato suspensos Roque; pero no quiso que pasase adelante su tristeza, que ya se podía conocer a tiro de arcabuz, y volviéndose a los capitanes, dijo:

—Vuesas mercedes, señores capitanes, por cortesía, sean servidos de prestarme sesenta escudos, y la señora Regenta ochenta, para contentar esta escuadra que me acompaña, porque el abad, de lo que canta yanta[3], y luego puédense ir su camino libre y desembarazadamente, con un salvoconducto que yo les daré, para que si toparen otras de algunas escuadras

---

[1] *Lladres* = ladrones.
[2] «*Confiscar* es aplicar los bienes de algún particular, reo, al fisco» [= erario o tesoro público] (Cov.).
[3] El sacerdote come de su oficio, que entre otros es cantar las alabanzas del Señor.

— 1076 —

mías que tengo divididas por estos contornos, no les hagan daño; que no es mi intención de agraviar a soldados, ni a mujer alguna, especialmente a las que son principales.

Infinitas y bien dichas fueron las razones con que los capitanes agradecieron a Roque su cortesía y liberalidad, que por tal la tuvieron, en dejarles su mismo dinero. La señora doña Guiomar de Quiñones se quiso arrojar del coche para besar los pies y las manos del gran Roque; pero él no lo consintió en ninguna manera; antes le pidió perdón del agravio que le hacía, forzado de cumplir con las obligaciones precisas de su mal oficio. Mandó la señora Regenta a un criado suyo diese luego los ochenta escudos que le habían repartido, y ya los capitanes habían desembolsado los sesenta. Iban los peregrinos a dar toda su miseria; pero Roque les dijo que se estuviesen quedos, y volviéndose a los suyos, les dijo:

—Destos escudos dos tocan a cada uno, y sobran veinte; los diez se den a estos peregrinos, y los otros diez a este buen escudero [1], porque pueda decir bien de esta aventura.

Y trayéndole aderezo de escribir, de que siempre andaba proveído, Roque les dió por escrito un salvoconducto para los mayorales de sus escuadras, y despidiéndose dellos, los dejó ir libres, y admirados de su nobleza, de su gallarda disposición y estraño proceder, teniéndole más por un Alejandro Magno que por ladrón conocido. Uno de los escuderos dijo, en su lengua gascona y catalana:

—Este nuestro capitán más es para *frade* [2] que para bandolero: si de aquí adelante quisiere mostrarse liberal, séalo con su hacienda, y no con la nuestra.

No lo dijo tan paso [3] el desventurado, que dejase de oírlo Roque, el cual, echando mano a la espada, le abrió la cabeza casi [4] en dos partes, diciéndole:

—Desta manera castigo yo a los deslenguados y atrevidos.

Pasmáronse todos, y ninguno le osó decir palabra: tanta era la obediencia que le tenían.

Apartóse Roque a una parte y escribió una carta a un su amigo, a Barcelona, dándole aviso cómo estaba consigo [5] el famoso don Quijote de la Mancha, aquel caballero andante de

---

[1] Sancho.
[2] *Frade* = fraile.
[3] Bajo.
[4] Casi le abrió.
[5] Con él (cf. pról. 7).

quien tantas cosas se decían, y que le hacía saber que era el más gracioso y el más entendido hombre del mundo, y que de allí a cuatro días, que era el de San Juan Bautista[1], se le pondría en mitad de la playa de la ciudad, armado de todas sus armas, sobre Rocinante su caballo, y a su escudero Sancho sobre su asno, y que diese noticia desto a sus amigos los Niarros para que con él se solazasen; que él quisiera que careciaran deste gusto los Cadells[2] sus contrarios; pero que esto era imposible, a causa que las locuras y discreciones de don Quijote y los donaires de su escudero Sancho Panza no podían dejar de dar gusto general a todo el mundo. Despachó esta carta con uno de sus escuderos, que mudando el traje de bandolero en el de un labrador, entró en Barcelona y la dió a quien iba.

CAPITULO LXI.—De lo que le sucedió a don Quijote en la entrada de Barcelona, con otras cosas que tienen más de lo verdadero que de lo discreto.

Tres días y tres noches estuvo don Quijote con Roque, y si estuviera trecientos años, no le faltara qué mirar y admirar en el modo de su vida: aquí amanecían, acullá comían; unas veces huían, sin saber de quién, y otras esperaban, sin saber a quién. Dormían en pie, interrompiendo el sueño, mudándose de un lugar a otro. Todo era poner espías, escuchar centinelas, soplar las cuerdas[3] de los arcabuces, aunque traían pocos, porque casi todos se servían de pedreñales. Roque pasaba las noches apartado de los suyos, en partes y lugares donde ellos no pudiesen saber dónde estaba; porque los muchos bandos que el Visorrey de Barcelona había echado sobre su vida le traían inquieto y temeroso, y no se osaba fiar de ninguno, temiendo que los mismos suyos, o le habían de matar, o entregar a la justicia: vida, por cierto, miserable y enfadosa.

---

[1] No se refiere a la Degollación (29 de agosto), sino a la Natividad (24 de junio) de San Juan, como se ve por los regocijos propios de este día de que luego se habla. Que esta fecha pugne con la de las cartas escritas en casa de los Duques (p. 891), nada significa donde hay tantos descuidos cronológicos.
[2] *Niarros* y *Cadells* fueron dos bandos que existieron por entonces en Cataluña y costaron mucha sangre al Principado.
[3] Cf. p. 484, n. 5.

2, 61.—LA MAÑANA DE SAN JUAN

En fin, por caminos desusados, por atajos y sendas encubiertas, partieron Roque, don Quijote y Sancho con otros seis escuderos a Barcelona. Llegaron a su playa la víspera de San Juan en la noche y abrazando Roque a don Quijote y a Sancho, a quien dió los diez escudos prometidos, que hasta entonces no se los había dado, los dejó, con mil ofrecimientos que de la una a la otra parte se hicieron.

Volvióse Roque: quedóse don Quijote esperando el día, así, a caballo, como estaba y no tardó mucho cuando comenzó a descubrirse por los balcones del Oriente la faz de la blanca aurora, alegrando las hierbas y las flores, en lugar de alegrar el oído; aunque al mesmo instante alegraron también el oído el son de muchas chirimías y atabales, ruido de cascabeles, «¡trapa, trapa[1], aparta, aparta!» de corredores[2], que, al parecer, de la ciudad salían. Dió lugar la aurora al sol, que, un rostro[3] mayor que el de una rodela[4], por el más bajo horizonte poco a poco se iba levantando.

Tendieron don Quijote y Sancho la vista por todas partes: vieron el mar, hasta entonces dellos no visto; parecióles espaciosísimo y largo, harto más que las lagunas de Ruidera, que en la Mancha habían visto; vieron las galeras que estaban en la playa, las cuales, abatiendo las tiendas[5], se descubrieron llenas de flámulas y gallardetes[6] que tremolaban al viento y besaban y barrían el agua; dentro sonaban clarines, trompetas y chirimías, que cerca y lejos llenaban el aire de suaves y belicosos acentos. Comenzaron a moverse y a hacer modo de escaramuza por las sosegadas aguas, correspondiéndoles casi al mismo modo infinitos caballeros que de la ciudad sobre hermosos caballos y con vistosas libreas salían. Los soldados de las

---

[1] *Trapa*, y más frecuentemente *trapa trapa*, se usa, ya como interjección (= ¡pasó!), ya como sustantivo (= ruido: v. g., *oyóse un trapa trapa*).

[2] *Corredor* = el que corre.

[3] *Rostro* es complemento circunstancial de *se iba levantando*, que viene luego.

[4] El rostro, o cara exterior, de la rodela es tan grande como la misma rodela.

[5] *Tienda* = toldo o cubierta de lona para resguardo del sol o de la lluvia. *Abatir la tienda* = quitarla o recogerla. *Hacer la tienda* = extenderla.

[6] Son especies de grímpolas o banderas angostas y rematadas en punta. «*Flámula*, una cierta forma de bandera pequeña que por estar cortada en los remates a forma de llamas torcidas le dieron este nombre: como *gallardetes*, por imitar la cola del gallo» (Cov.): cf. p. 452, n. 2.

galeras disparaban infinita artillería[1], a quien respondían los que estaban en las murallas y fuertes de la ciudad, y la artillería gruesa con espantoso estruendo rompía los vientos, a quien respondían los cañones de crujía[2] de las galeras. El mar alegre, la tierra jocunda, el aire claro, sólo tal vez[3] turbio del humo de la artillería, parece que iba infundiendo y engendrando gusto súbito en todas las gentes. No podía imaginar Sancho cómo pudiesen tener tantos pies aquellos bultos que por el mar se movían.

En esto, llegaron, corriendo, con grita, lililíes[4] y algazara, los de las libreas adonde don Quijote suspenso y atónito estaba, y uno dellos, que era el avisado de[5] Roque, dijo en alta voz a don Quijote:

—Bien sea venido a nuestra ciudad el espejo, el faro[6], la estrella y el norte de toda la caballería andante, donde más largamente se contiene[7]. Bien sea venido, digo, el valeroso don Quijote de la Mancha: no el falso, no el ficticio, no el apócrifo que en las falsas historias estos días nos han mostrado, sino el verdadero, el legal y el fiel[8] que nos descubrió Cide Hamete Benengeli, flor de los historiadores.

No respondió don Quijote palabra, ni los caballeros esperaron a que la respondiese, sino volviéndose y revolviéndose con los demás que los seguían, comenzaron a hacer un revuelto caracol al derredor de don Quijote, el cual, volviéndose a Sancho, dijo:

---

[1] *Artillería* = piezas de artillería.

[2] «*Cañón de crujía*, la pieza grande que va ingerida debajo de la crujía de la galera y sale a la proa sobre el espolón, que suele ser muy grande y fuerte» (Cov.). «*Crujía*, el paseo y carrera de la galera que se forma en medio della, entre una y otra banda de los remeros» (Cov.). El grabado representa una galera capitana (cf. G. de Artíñano: *La Arquit. nav. esp.*, p. 44).

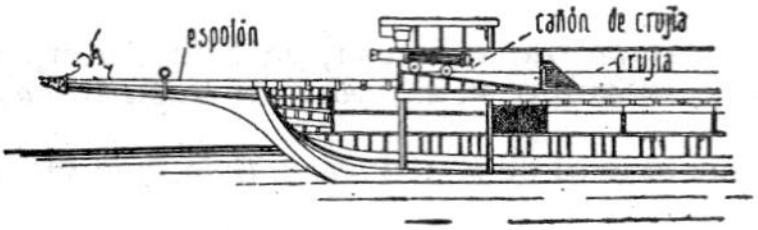

[3] Alguna vez.

[4] Cf. p. 877, n. 2.

[5] Por.

[6] Cf. p. 882, n. 6.

[7] Cf. p. 125, n. 3.

[8] Cf. p. 212, n. 2.

—Éstos bien nos han conocido: yo apostaré que han leído nuestra historia, y aun la del aragonés recién impresa.

Volvió otra vez el caballero que habló a don Quijote, y díjole:

—Vuesa merced, señor don Quijote, se venga con nosotros; que todos somos sus servidores, y grandes amigos de Roque Guinart.

A lo que don Quijote respondió:

—Si cortesías engendran cortesías, la vuestra, señor caballero, es hija o parienta muy cercana de las del gran Roque. Llevadme do quisiéredes; que yo no tendré otra voluntad que la vuestra, y más si la queréis ocupar en vuestro servicio.

Con palabras no menos comedidas que éstas le respondió el caballero, y encerrándole todos en medio, al son de las chirimías y de los atabales, se encaminaron con él a la ciudad; al entrar de la cual, el malo[1], que todo lo malo ordena, y los muchachos, que son más malos que el malo, dos dellos, traviesos y atrevidos, se entraron por toda la gente, y alzando el uno de la cola del rucio y el otro la de Rocinante, les pusieron y encajaron sendos manojos de aliagas. Sintieron los pobres animales las nuevas espuelas, y apretando las colas, aumentaron su disgusto de manera, que, dando mil corcovos, dieron con sus dueños en tierra. Don Quijote, corrido y afrentado, acudió a quitar el plumaje de la cola de su matalote[2], y Sancho, el de su rucio. Quisieran los que guiaban a don Quijote castigar el atrevimiento de los muchachos, y no fué posible, porque se encerraron entre más de otros mil que los seguían.

Volvieron a subir don Quijote y Sancho, y con el mismo aplauso[3] y música llegaron a la casa de su guía, que era grande y principal, en fin, como de caballero rico; donde le dejaremos por agora, porque así lo quiere Cide Hamete.

---

[1] El diablo (cf. pról. 3).
[2] *Matalote* o *matalón* = caballería flaca, endeble y que rara vez se halla libre de mataduras.
[3] Cf. p. 369, n. 1.

CAPITULO LXII.—Que trata de la aventura de la cabeza encantada, con otras niñerías que no pueden dejar de contarse.

Don Antonio Moreno se llamaba el huésped de don Quijote, caballero rico y discreto, y amigo de holgarse a lo honesto y afable; el cual, viendo en su casa a don Quijote, andaba buscando modos como, sin su perjuicio, sacase a plaza sus locuras; porque no son burlas las que duelen, ni hay pasatiempos que valgan, si son con daño de tercero. Lo primero que hizo fué hacer desarmar a don Quijote, y sacarle a vistas[1] con aquel su estrecho y acamuzado[2] vestido (como ya otras veces le hemos descrito y pintado) a un balcón que salía a una calle de las más principales de la ciudad, a vista de las gentes, y de los muchachos, que como a mona le miraban. Corrieron de nuevo delante dél los de las libreas, como si para él solo, no para alegrar aquel festivo día, se las hubieran puesto, y Sancho estaba contentísimo, por parecerle que se había hallado, sin saber cómo ni cómo no, otras bodas de Camacho, otra casa como la de don Diego de Miranda y otro castillo como el del Duque.

Comieron aquel día con don Antonio algunos de sus amigos, honrando todos y tratando a don Quijote como a caballero andante, de lo cual hueco y pomposo, no cabía en sí de contento. Los donaires de Sancho fueron tantos, que de su boca andaban como colgados todos los criados de casa y todos cuantos le oían. Estando a la mesa, dijo don Antonio a Sancho:

—Acá tenemos noticia, buen Sancho, que sois tan amigo de manjar blanco[3] y de albondiguillas[4], que si os sobran, las guardáis en el seno para el otro día[5].

—No, señor, no es así—respondió Sancho—; porque tengo

---

[1] *A vistas* = a ser visto.
[2] Cf. p. 734, n. 3.
[3] «*Manjar blanco*, por ser de leche, azúcar y pechugas de gallinas, plato de españoles [pero de origen francés]: antiguamente se guisaba en las casas de los príncipes o señores, agora se vende públicamente con la tablilla a la puerta, que dice: *aquí se venden tortas, y manjar blanco*» (Cov.). Solía servirse, dice Clemencín, en forma de pellas.
[4] «*Albóndiga*... es carne picada, y sazonada con especies, hecha en forma de nueces o bodoques... el diminutivo de *albóndiga* es *albondiguilla*» (Cov.).
[5] Lo de las albondiguillas se cuenta en el c. 12 del Quijote de Avellaneda.

2, 62.—LA CABEZA ENCANTADA (comienzo)

más de limpio que de goloso, y mi señor don Quijote, que está delante, sabe bien que con un puño de bellotas, o de nueces, nos solemos pasar entrambos ocho días. Verdad es que si tal vez me sucede que me den la vaquilla, corro con la soguilla; quiero decir que como lo que me dan, y uso de los tiempos como los hallo; y quienquiera que hubiere dicho que yo soy comedor aventajado[1] y no limpio, téngase por dicho que no acierta; y de otra manera dijera esto[2] si no mirara a las barbas honradas[3] que están a la mesa.

—Por cierto—dijo don Quijote—, que la parsimonia y limpieza con que Sancho come se puede escribir y grabar en láminas de bronce, para que quede en memoria eterna en los siglos venideros. Verdad es que cuando él tiene hambre, parece algo tragón, porque come apriesa y masca a dos carrillos; pero la limpieza siempre la tiene en su punto, y en el tiempo que fué gobernador aprendió a comer a lo melindroso: tanto, que comía con tenedor las uvas, y aun los granos de la granada.

—¡Cómo!—dijo don Antonio—. ¿Gobernador ha sido Sancho?

—Sí—respondió Sancho—, y de una ínsula llamada la Barataria. Diez días la goberné a pedir de boca; en ellos perdí el sosiego, y aprendí a despreciar todos los gobiernos del mundo; salí huyendo della, caí en una cueva, donde me tuve por muerto, de la cual salí vivo por milagro.

Contó don Quijote por menudo todo el suceso del gobierno de Sancho, con que dió gran gusto a los oyentes.

Levantados los manteles, y tomando don Antonio por la mano a don Quijote, se entró con él en un apartado aposento, en el cual no había otra cosa de adorno que una mesa, al parecer, de jaspe, que sobre un pie de lo mesmo se sostenía, sobre la cual estaba puesta, al modo de las cabezas de los emperadores romanos, de los pechos arriba, una que semejaba ser de bronce. Paseóse don Antonio con don Quijote por todo el aposento, rodeando muchas veces la mesa, después de lo cual, dijo:

—Agora, señor don Quijote, que estoy enterado que no nos oye y escucha alguno, y está cerrada la puerta, quiero contar a vuesa merced una de las más raras aventuras, o, por mejor

---

[1] Egregio, extraordinario.
[2] Yo dijera *que miente* (cf. p. 80, n. 2).
[3] Cf. p. 528, n. 2.

decir, novedades, que imaginarse pueden, con condición que lo que a vuesa merced dijere lo ha de depositar en los últimos retretes[1] del secreto.

—Así lo juro—respondió don Quijote—, y aun le echaré una losa encima, para más seguridad; porque quiero que sepa vuesa merced, señor don Antonio (que ya sabía su nombre), que está hablando con quien, aunque tiene oídos para oír, no tiene lengua para hablar; así que, con seguridad puede vuesa merced trasladar lo que tiene en su pecho en el mío y hacer cuenta que lo ha arrojado en los abismos del silencio.

—En fee de esa promesa—respondió don Antonio—, quiero poner a vuesa merced en admiración con lo que viere y oyere, y darme a mí algún alivio de la pena que me causa no tener con quien comunicar mis secretos, que no son para fiarse de todos.

Suspenso estaba don Quijote, esperando en qué habían de parar tantas prevenciones. En esto, tomándole la mano don Antonio, se la paseó por la cabeza de bronce, y por toda la mesa, y por el pie de jaspe sobre que se sostenía, y luego dijo:

Esta cabeza, señor don Quijote, ha sido hecha y fabricada por uno de los mayores encantadores y hechiceros que ha tenido el mundo, que creo era polaco de nación y dicípulo del famoso Escotillo[2], de quien tantas maravillas se cuentan; el cual estuvo aquí en mi casa, y por precio de mil escudos que le di labró esta cabeza, que tiene propiedad y virtud de responder a cuantas cosas al oído le preguntaren. Guardó rumbos, pintó carácteres[3], observó astros, miró puntos, y, finalmente, la sacó con la perfección que veremos mañana; porque los viernes está muda, y hoy, que lo es, nos ha de hacer esperar hasta mañana. En este tiempo podrá vuesa merced prevenirse de lo que querrá preguntar; que por experiencia sé que dice verdad en cuanto responde.

Admirado quedó don Quijote de la virtud y propiedad de la cabeza, y estuvo por no creer a don Antonio; pero por ver cuán

---

[1] «*Retrete*, el aposento pequeño y recogido en la parte más secreta de la casa y más apartada» (Cov.). En tiempo de Cervantes no significaba *excusado* o *común*.

[2] No son pocos los astrólogos y encantadores que han figurado con el nombre de *Escoto* o *Escotillo*, a juzgar por la enumeración que hace Clemencín.

[3] Cf. p. 882, n. 4.

poco tiempo había[1] para hacer la experiencia, no quiso decirle otra cosa sino que le agradecía el haberle descubierto tan gran secreto. Salieron del aposento, cerró la puerta don Antonio con llave, y fuéronse a la sala, donde los demás caballeros estaban. En este tiempo les había contado Sancho muchas de las aventuras y sucesos que a su amo habían acontecido.

Aquella tarde sacaron a pasear a don Quijote, no armado, sino de rúa[2], vestido un balandrán[3] de paño leonado[4], que pudiera hacer sudar en aquel tiempo al mismo hielo. Ordenaron con sus criados que entretuviesen a Sancho, de modo, que no le dejasen salir de casa. Iba don Quijote, no sobre Rocinante, sino sobre un gran macho de paso llano, y muy bien aderezado. Pusiéronle el balandrán, y en las espaldas, sin que lo viese, le cosieron un pergamino, donde le escribieron con letras grandes: *Este es don Quijote de la Mancha*. En comenzando el paseo, llevaba el rétulo los ojos de cuantos venían a verle, y como leían: «Éste es don Quijote de la Mancha», admirábase don Quijote de ver que cuantos le miraban le nombraban y conocían; y volviéndose a don Antonio, que iba a su lado, le dijo:

—Grande es la prerrogativa que encierra en sí la andante caballería, pues hace conocido y famoso al que la profesa por todos los términos de la tierra; si no, mire vuesa merced, señor don Antonio, que hasta los muchachos desta ciudad, sin nunca haberme visto, me conocen.

—Así es, señor don Quijote—respondió don Antonio—; que así como el fuego no puede estar escondido y encerrado, la virtud no puede dejar de ser conocida; y la que se alcanza por la profesión de las armas resplandece y campea sobre todas las otras.

Acaeció, pues, que yendo don Quijote con el aplauso[5] que se ha dicho, un castellano que leyó el rétulo de las espaldas alzó la voz, diciendo:

—¡Válgate el diablo por don Quijote de la Mancha[6]! ¿Cómo que hasta aquí has llegado, sin haberte muerto los infinitos palos que tienes a cuestas? Tú eres loco, y si lo fueras a solas y dentro

---

[1] Es decir, quedaba, faltaba.
[2] En traje *de rúa* (= calle, paseo).
[3] *Balandrán* = traje talar, abierto por delante, con mangas cortas.
[4] Esto es una cláusula participial (semejante a *Salió Juan, terciada la gorra*).
[5] Cf. p. 369, n. 1.
[6] Cf. p. 227, n. 3.

de las puertas de tu locura, fuera menos mal; pero tienes propiedad de volver locos y mentecatos a cuantos te tratan y comunican; si no, mírenlo por estos señores que te acompañan. Vuélvete, mentecato, a tu casa, y mira por tu hacienda, por tu mujer y tus hijos, y déjate destas vaciedades que te carcomen el seso y te desnatan el entendimiento.

—Hermano —dijo don Antonio—, seguid vuestro camino, y no déis consejos a quien no os los pide. El señor don Quijote de la Mancha es muy cuerdo, y nosotros, que le acompañamos, no somos necios; la virtud se ha de honrar dondequiera que se hallare; y andad enhoramala, y no os metáis donde no os llaman.

—Par diez, vuesa merced tiene razón —respondió el castellano—; que aconsejar a este buen hombre es dar coces contra el aguijón; pero, con todo eso, me da muy gran lástima que el buen ingenio que dicen que tiene en todas las cosas este mentecato se desagüe por la canal de su andante caballería; y la enhoramala que vuesa merced dijo, sea para mí y para todos mis descendientes si de hoy más, aunque viviese más años que Matusalén, diere consejo a nadie, aunque me lo pida.

Apartóse el consejero; siguió adelante el paseo; pero fué tanta la priesa que los muchachos y toda la gente tenía leyendo el rétulo, que se le hubo de quitar don Antonio, como que le quitaba otra cosa.

Llegó la noche; volviéronse a casa; hubo sarao [1] de damas, porque la mujer de don Antonio, que era una señora principal y alegre, hermosa y discreta, convidó a otras sus amigas a que viniesen a honrar a su huésped y a gustar de sus nunca vistas locuras. Vinieron algunas, cenóse espléndidamente y comenzóse el sarao casi a las diez de la noche. Entre las damas había dos de gusto pícaro y burlonas, y, con ser muy honestas, eran algo descompuestas [2], por dar lugar que [3] las burlas alegrasen sin enfado. Éstas dieron tanta priesa en sacar a danzar a don Quijote, que le molieron, no sólo el cuerpo, pero el ánima. Era cosa de ver la figura de don Quijote, largo, tendido, flaco, amarillo, estrecho en el vestido, desairado, y, sobre todo, no nada lige-

---

[1] Covarrubias lo llama *serao*, y dice que es «la junta de damas y galanes en fiesta principal, y acordada particularmente en los palacios de los reyes y grandes señores, adonde en una sala muy adornada y grande... se danza al son de muchos instrumentos músicos, y también suele haber música de cantores» (Cov.).

[2] Algo descompuestas (= algo atrevidas) lo suficiente...

[3] *Por* (= para) *dar lugar* a *que*.

ro. Requebrábanle como a hurto las damiselas, y él, también, como a hurto, las desdeñaba; pero viéndose apretar de requiebros, alzó la voz y dijo:

—*Fugite, partes adversae*[1]! Dejadme en mi sosiego, pensamientos mal venidos. Allá os avenid, señoras, con vuestros deseos; que la que es reina de los míos, la sin par Dulcinea del Toboso, no consiente que ningunos otros que los suyos me avasallen y rindan.

Y diciendo esto, se sentó en mitad de la sala, en el suelo, molido y quebrantado de tan bailador ejercicio. Hizo don Antonio que le llevasen en peso a su lecho, y el primero que asió dél fué Sancho, diciéndole:

—¡Nora en tal[2], señor nuestro amo, lo habéis bailado! ¿Pensáis que todos los valientes son danzadores y todos los andantes caballeros bailarines? Digo que si lo pensáis, que estáis engañado: hombre hay que se atreverá a matar a un gigante antes que a hacer una cabriola. Si hubiérades de zapatear[3], yo supliera vuestra falta, que zapateo como un girifalte[4]; pero en lo del danzar no doy puntada.

Con estas y otras razones dió que reír Sancho a los del sarao, y dió con su amo en la cama, arropándole para que sudase la frialdad de su baile.

Otro día le pareció a don Antonio ser bien hacer la experiencia de la cabeza encantada, y con don Quijote, Sancho y otros dos amigos, con las dos señoras que habían molido a don Quijote en el baile, que aquella propia noche se habían quedado con la mujer de don Antonio, se encerró en la estancia donde estaba la cabeza. Contóles la propiedad que tenía, encargóles el secreto y díjoles que aquél era el primero día donde se había de probar la virtud[5] de la tal cabeza encantada[6]; y si no eran los dos amigos de don Antonio, ninguna otra persona sabía el busilis del encanto, y aun si don Antonio no se le hubiera descubierto primero a sus amigos, también ellos cayeran en la

---

[1] En los oficios de la Invención y Exaltación de la santa Cruz y en los exorcismos de la Iglesia se lee: *Ecce crucem Domini, fugite, partes adversae*: he aquí la cruz del Señor, huíd, enemigos.
[2] Cf. p. 672, n. 2.
[3] Cf. p. 745, n. 2 y 3.
[4] Cf. p. 862, n. 1.
[5] Cf. p. 74, n. 3.
[6] Sería en público, pues a don Quijote le tenía dicho (p. 1084): *por esperiencia sé que dice verdad en cuanto responde*.

admiración en que los demás cayeron, sin ser posible otra cosa: con tal traza y tal orden estaba fabricada.

El primero que se llegó al oído de la cabeza fué el mismo don Antonio, y díjole en voz sumisa [1], pero no tanto, que de todos no fuese entendida:

—Dime, cabeza, por la virtud que en ti se encierra: ¿qué pensamientos tengo yo agora?

Y la cabeza le respondió, sin mover los labios, con voz clara y distinta, de modo, que fué de todos entendida, esta razón:

—Yo no juzgo de pensamientos.

Oyendo lo cual todos quedaron atónitos, y más, viendo que en todo el aposento ni al derredor de la mesa no había persona humana que responder pudiese.

—¿Cuántos estamos aquí?—tornó a preguntar don Antonio.

Y fuéle respondido por el propio tenor, paso:

—Estáis tú y tu mujer, con dos amigos tuyos, y dos amigas della, y un caballero famoso llamado don Quijote de la Mancha, y un su escudero que Sancho Panza tiene por nombre.

¡Aquí sí que fué el admirarse de nuevo; aquí sí que fué el erizarse los cabellos a todos, de puro espanto! Y apartándose don Antonio de la cabeza, dijo:

—¡Esto me basta para darme a entender que no fuí engañado del que te me vendió, cabeza sabia, cabeza habladora, cabeza respondona [2], y admirable cabeza! Llegue otro y pregúntele lo que quisiere.

Y como las mujeres de ordinario son presurosas y amigas de saber, la primera que se llegó fué una de las dos amigas de la mujer de don Antonio, y lo que le preguntó fué:

—Dime, cabeza, ¿qué haré yo para ser muy hermosa?

Y fuéle respondido:

—Sé muy honesta.

—No te pregunto más—dijo la preguntanta.

Llegó luego la compañera, y dijo:

—Querría saber, cabeza, si mi marido me quiere bien, o no.

Y respondiéronle:

—Mira las obras que te hace, y echarlo has de ver.

Apartóse la casada, diciendo:

—Esta respuesta no tenía necesidad de pregunta; porque,

---

[1] En voz baja, paso.
[2] Ni *habladora* ni *respondona* denotan mala cualidad: equivalen a *parlante* y *respondiente*.

en efecto, las obras que se hacen declaran la voluntad que tiene el que las hace.

Luego llegó uno de los dos amigos de don Antonio, y preguntóle:

—¿Quién soy yo?

Y fuéle respondido:

—Tú lo sabes.

—No te pregunto eso—respondió el caballero—, sino que me digas si me conoces tú.

—Sí conozco[1]—le respondieron—, que eres don Pedro Noriz.

—No quiero saber más; pues esto basta para entender ¡oh cabeza! que lo sabes todo.

—Y apartándose, llegó el otro amigo y preguntóle:

—Dime, cabeza, ¿qué deseos tiene mi hijo el mayorazgo?

—Ya yo he dicho—le respondieron—que yo no juzgo de deseos; pero, con todo eso, te sé decir que los que tu hijo tiene son de enterrarte.

—¡Eso es—dijo el caballero—: lo que veo por los ojos, con el dedo lo señalo[2]!

Y no preguntó más. Llegóse la mujer de don Antonio, y dijo:

—Yo no sé, cabeza, qué preguntarte; sólo querría saber de ti si gozaré muchos años de buen marido.

Y respondiéronle:

—Sí gozarás, porque su salud y su templanza en el vivir prometen muchos años de vida, la cual muchos suelen acortar por su destemplanza.

Llegóse luego don Quijote, y dijo:

—Dime tú, el que respondes: ¿fué verdad, o fué sueño lo que yo cuento que me pasó en la cueva de Montesinos? ¿Serán ciertos los azotes de Sancho mi escudero? ¿Tendrá efeto el desencanto de Dulcinea?

—A lo de la cueva—respondieron—, hay mucho que decir: de todo tiene; los azotes de Sancho irán de espacio; el desencanto de Dulcinea llegará a debida ejecución.

—No quiero saber más—dijo don Quijote—; que como yo vea a Dulcinea desencantada, haré cuenta que vienen de golpe todas las venturas que acertare a desear.

El último preguntante fué Sancho, y lo que preguntó fué:

---

[1] *Sí* te *conozco* (cf. pról. 10), *porque...,* como *que.*
[2] Expresión equivalente a: *para ese viaje no se necesitan alforjas.*

—¿Por ventura, cabeza, tendré otro gobierno? ¿Saldré de la estrecheza de escudero? ¿Volveré a ver a mi mujer y a mis hijos?

A lo que le respondieron:

—Gobernarás en tu casa; y si vuelves a ella, verás a tu mujer y a tus hijos; y dejando de servir, dejarás de ser escudero.

—¡Bueno par[1] Dios!—dijo Sancho Panza—. Esto yo me lo dijera. ¡No dijera más el profeta Pero Grullo[2]!

—Bestia—dijo don Quijote—, ¿qué quieres que te respondan? ¿No basta que las respuestas que esta cabeza ha dado correspondan a lo que se le pregunta?

—Sí basta—respondió Sancho—; pero quisiera yo que se declarara más y me dijera más.

Con esto se acabaron las preguntas y las respuestas; pero no se acabó la admiración en que todos quedaron, excepto los dos amigos de Antonio, que el caso sabían. El cual quiso Cide Hamete Benengeli declarar luego, por no tener suspenso al mundo, creyendo que algún hechicero y extraordinario misterio en la tal cabeza se encerraba, y así, dice que don Antonio Moreno, a imitación de otra cabeza que vió en Madrid, fabricada por un estampero, hizo ésta en su casa, para entretenerse y suspender a los ignorantes; y la fábrica era de esta suerte: la tabla de la mesa era de palo, pintada y barnizada como jaspe, y el pie sobre que se sostenía era de lo mesmo, con cuatro garras de águila que dél salían, para mayor firmeza del peso. La cabeza, que parecía medalla[3] y figura de emperador romano, y de color de bronce, estaba toda hueca, y ni más ni menos la tabla de la mesa, en que se encajaba tan justamente, que ninguna señal de juntura se parecía. El pie de la tabla era ansimesmo hueco, que respondía[4] a la garganta y pechos de la cabeza, y todo esto venía a responder a otro aposento, que debajo de la estancia de la cabeza estaba. Por todo este hueco de pie, mesa, garganta y pechos de la medalla y figura referida se encaminaba un cañón de hoja de lata, muy justo, que de nadie podía ser visto. En el aposento de abajo correspondiente al de arriba se ponía el que había de responder, pegada la boca

---

[1] Cf. p. 239, n. 2.
[2] De *Pero Grullo* se cuenta que a la mano cerrada llamaba puño. Los dichos semejantes a éste se llamaban *profecías* (si se referían al porvenir), *verdades de Pero Grullo* o *perogrulladas*.
[3] *Medalla* = efigie.
[4] Correspondía.

con el mesmo cañón, de modo, que, a modo de cerbatana [1], iba la voz de arriba abajo y de abajo arriba, en palabras articuladas y claras, y de esta manera no era posible conocer el embuste. Un sobrino de don Antonio, estudiante, agudo y discreto, fué el repondiente; el cual estando avisado de su señor tío de los que habían de entrar con él en aquel día en el aposento de la cabeza, le fué fácil [2] responder con presteza y puntualidad a la primera pregunta; a las demás respondió por conjeturas, y, como discreto, discretamente. Y dice más Cide Hamete: que hasta diez o doce días duró esta maravillosa máquina; pero que divulgándose por la ciudad que don Antonio tenía en su casa una cabeza encantada, que a cuantos le preguntaban respondía, temiendo no [3] llegase a los oídos de las despiertas centinelas de nuestra Fe, habiendo declarado el caso a los señores inquisidores, le mandaron que la deshiciese y no pasase más adelante, porque el vulgo ignorante no se escandalizase; pero en la opinión de don Quijote y de Sancho Panza, la cabeza quedó por encantada y por respondona, más a satisfación de don Quijote que de Sancho.

Los caballeros de la ciudad, por complacer a don Antonio y por agasajar a don Quijote y dar lugar a que descubriese sus sandeces, ordenaron de correr sortija [4] de allí a seis días; que no tuvo efecto, por la ocasión que se dirá adelante. Dióle gana a don Quijote de pasear la ciudad a la llana y a pie, temiendo que si iba a caballo le habían de perseguir los mochachos, y así, él y Sancho, con otros dos criados que don Antonio le dió, salieron a pasearse. Sucedió, pues, que yendo por una calle, alzó los ojos don Quijote, y vió escrito sobre una puerta, con letras muy grandes: *Aquí se imprimen libros;* de lo que se contentó mucho, porque hasta entonces no había visto emprenta alguna, y deseaba saber cómo fuese. Entró dentro, con todo su acompañamiento, y vió tirar en una parte, corregir en otra, componer en ésta, enmendar en aquélla, y, finalmente, toda aquella máquina [5] que en las emprentas grandes se muestra. Llegábase don Quijote a un cajón, y preguntaba qué era aquello que allí

---

[1] *Cerbatana* o *cebratana* es, dice Covarrubias, «una vara larga hueca que puesta a la boca tiran con ella a los pajarillos con garbanzos o bodoques pequeños».

[2] Avisado el cual..., le fué fácil.

[3] Hoy omitiríamos este *no* (cf. pról. 24).

[4] Cf. p. 1065, n. 3.

[5] Conjunto ordenado de cosas.

se hacía; dábanle cuenta los oficiales; admirábase, y pasaba adelante. Llegó en otras a uno, y preguntóle qué era lo que hacía. El oficial le respondió:

—Señor, este caballero que aquí está—y enseñóle a un hombre de muy buen talle y parecer y de alguna gravedad—ha traducido un libro toscano [1] en nuestra lengua castellana, y estoyle yo componiendo, para darle a la estampa.

—¿Qué título tiene el libro?—preguntó don Quijote.

A lo que el autor respondió:

—Señor, el libro, en toscano, se llama *Le Bagattelle*.

—¿Y qué [2] responde *le bagattelle* en nuestro castellano?—preguntó don Quijote.

—*Le bagattelle*—dijo el autor—es como si en castellano dijésemos *los juguetes;* y aunque este libro es en el nombre humilde, contiene y encierra en sí cosas muy buenas y sustanciales.

—Yo—dijo don Quijote—sé algún tanto del toscano, y me precio de cantar algunas estancias del Ariosto. Pero dígame vuesa merced, señor mío (y no digo esto porque quiero examinar el ingenio de vuesa merced, sino por curiosidad no más): ¿ha hallado en su escritura alguna vez nombrar *piñata?*

—Sí, muchas veces—respondió el autor.

—¿Y cómo la traduce vuesa merced en castellano?—preguntó don Quijote.

—¿Cómo la había de traducir—replicó el autor—sino diciendo *olla?*

—¡Cuerpo de tal—dijo don Quijote—, y qué adelante está vuesa merced en el toscano idioma! Yo apostaré una buena apuesta que adonde diga en el toscano *piace*, dice vuesa merced en el castellano *place*, adonde diga *piú*, dice *más*, y el *su* declara con *arriba*, y el *giú* con *abajo*.

—Sí declaro, por cierto—dijo el autor—, porque ésas son sus propias correspondencias.

—Osaré yo jurar—dijo don Quijote—que no es vuesa merced conocido en el mundo, enemigo siempre de premiar los floridos ingenios ni los loables trabajos. ¡Qué de habilidades hay perdidas por ahí! ¡Qué de ingenios arrinconados! ¡Qué de virtudes menospreciadas! Pero, con todo esto, me parece que el traducir de una lengua en otra, como no sea de las reinas de

---

[1] *Toscano* vale *italiano;* como *castellano, español.*
[2] *¿A qué?*

2, 62.—EN UNA IMPRENTA

las lenguas, griega y latina, es como quien mira los tapices flamencos por el revés[1]; que aunque se veen las figuras, son llenas de hilos que las escurecen, y no se veen con la lisura y tez de la haz; y el traducir de lenguas fáciles, ni arguye ingenio, ni elocución, como no le arguye el que traslada, ni el que copia un papel de otro papel. Y no por esto quiero inferir que no sea loable este ejercicio del traducir; porque en otras cosas peores se podría ocupar el hombre, y que menos provecho le trujesen. Fuera desta cuenta van los dos famosos traductores: el uno, el doctor Cristóbal de Figueroa, en su *Pastor Fido*, y el otro, don Juan de Jáurigui[2], en su *Aminta*, donde felizmente ponen en duda[3] cuál es la tradución o cuál el original. Pero dígame vuesa merced: este libro ¿imprímese por su cuenta, o tiene ya vendido el privilegio a algún librero?

—Por mi cuenta lo imprimo—respondió el autor—, y pienso ganar mil ducados, por lo menos, con esta primera impresión, que ha de ser de dos mil cuerpos[4], y se han de despachar a seis reales cada uno, en daca las pajas.

—¡Bien está vuesa merced en la cuenta[5]!—respondió don Quijote—. Bien parece que no sabe las entradas y salidas de los impresores, y las correspondencias que hay de unos a otros. Yo le prometo que cuando se vea cargado de dos mil cuerpos de libros, vea tan molido su cuerpo, que se espante, y más si el libro es un poco avieso y no nada picante[6].

—Pues ¿qué?—dijo el autor—. ¿Quiere vuesa merced que se lo dé a un librero que me dé por el privilegio[7] tres maravedís, y aún piensa que me hace merced en dármelos? Yo no imprimo mis libros para alcanzar fama en el mundo: que ya en él soy conocido por mis obras; provecho quiero: que sin él no vale un cuatrín[8] la buena fama.

---

[1] Pudiendo verlos de frente, por no tratarse de lenguas difíciles como la griega y la latina.

[2] Poeta y pintor sevillano. El fué, según parece, el autor del retrato de Cervantes que la R. A. E. posee.

[3] En las que felizmente hacen dudar.

[4] *Cuerpo* = volumen.

[5] *Mil* ducados hacen *once mil* reales, y esta venta daría *doce mil* reales (6 × 2.000). Pensaba equivocadamente el autor que con menos de *mil* reales dejaría contento al impresor y que la venta no había de costarle dinero.

[6] Un poco defectuoso y nada picante.

[7] La facultad exclusiva de publicar el libro.

[8] «*Cuatrín*, moneda antigua baja» (Cov.).

—Dios le dé a vuesa merced buena manderecha [1]—respondió don Quijote.

Y pasó adelante a otro cajón, donde vió que estaban corrigiendo un pliego de un libro que se intitulaba *Luz del alma* [2], y en viéndole, dijo:

—Estos tales libros, aunque hay muchos deste género, son los que se deben imprimir, porque son muchos los pecadores que se usan, y son menester infinitas luces para tantos desalumbrados.

Pasó adelante y vió que asimesmo estaban corrigiendo otro libro; y preguntando su título, le respondieron que se llamaba la *Segunda parte del Ingenioso Hidalgo don Quijote de la Mancha*, compuesta por un tal, vecino [3] de Tordesillas [4].

—Ya yo tengo noticia deste libro—dijo don Quijote—, y en verdad y en mi conciencia que pensé que ya estaba quemado y hecho polvos, por impertinente; pero su San Martín se le llegará, como a cada puerco [5]; que las historias fingidas tanto tienen de buenas y de deleitables cuanto se llegan a la verdad o la semejanza della, y las verdaderas tanto son mejores cuanto son más verdaderas.

Y diciendo esto, con muestras de algún despecho, se salió de la emprenta. Y aquel mesmo día ordenó don Antonio de llevarle a ver las galeras que en la playa estaban, de que Sancho se regocijó mucho, a causa que en su vida las había visto. Avisó don Antonio al Cuatralbo [6] de las galeras cómo aquella tarde había de llevar a verlas a su huésped el famoso don Quijote de la Mancha, de quien ya el Cuatralbo y todos los vecinos de la ciudad tenían noticia; y lo que le sucedió en ellas se dirá en el siguiente capítulo.

---

[1] Cf. p. 774, n. 7.
[2] Parece ser del dominico Fray Felipe de Meneses.
[3] En la portada del Quijote de Avellaneda se dice *natural;* Cervantes se corrigió más adelante, c. 70 y 72.
[4] Nadie ignora que esta segunda edición (cf. p. 1061) del Quijote de Avellaneda en Barcelona es ficticia: la obra no se reeditó hasta 1732 (Madrid)
[5] Así se dice aludiendo al tiempo (noviembre) en que muchos hacen la matanza del cerdo.
[6] *Cuatralbo* = jefe o cabo de cuatro galeras.

CAPITULO LXIII.—De lo mal que le avino a Sancho Panza con la visita de las galeras, y la nueva aventura de la hermosa morisca.

Grandes eran los discursos que don Quijote hacía sobre la respuesta de la encantada cabeza, sin que ninguno dellos diese en el embuste, y todos paraban con la promesa, que él tuvo por cierta, del desencanto de Dulcinea. Allí iba y venía, y se alegraba entre sí mismo, creyendo que había de ver presto su cumplimiento; y Sancho, aunque aborrecía el ser gobernador, como queda dicho, todavía deseaba volver a mandar y a ser obedecido; que esta mala ventura trae consigo el mando, aunque sea de burlas.

En resolución, aquella tarde don Antonio Moreno su huésped, y sus dos amigos, con don Quijote y Sancho, fueron a las galeras. El Cuatralbo, que estaba avisado de su buena venida, por ver a los dos tan famosos Quijote y Sancho, apenas llegaron a la marina, cuando todas las galeras [1] abatieron tienda [2], y sonaron las chirimías; arrojaron luego el esquife al agua, cubierto de ricos tapetes y de almohadas de terciopelo carmesí, y en poniendo que puso los pies en él don Quijote, disparó la capitana el cañón de crujía, y las otras galeras hicieron lo mesmo, y al subir don Quijote por la escala derecha [3], toda la chusma le saludó como es usanza cuando una persona principal entra en la galera, diciendo: «¡Hu, hu, hu!» tres veces. Dióle la mano el General, que con este nombre le llamaremos, que era un principal caballero valenciano; abrazó a don Quijote, diciéndole:

—Este día señalaré yo con piedra blanca [4], por ser uno de los mejores que pienso llevar en mi vida, habiendo visto al señor don Quijote de la Mancha; tiempo y señal que nos mues-

---

[1] La incorrección que aquí se advierte (como está, *el cuatralbo* es sujeto sin verbo) desaparece invirtiendo el orden (debido acaso al impresor) de las oraciones: *Por ver o viendo a los dos tan famosos Quijote y Sancho el cuatralbo, que estaba avisado de su buena venida, apenas...*
[2] Cf. p. 1079, n. 5.
[3] Que es la de preferencia y queda a la derecha del buque mirando de popa a proa.
[4] Cf. p. 669, n. 3.

tra que en él se encierra[1] y cifra todo el valor de la andante caballería.

Con otras no menos corteses razones le respondió don Quijote, alegre sobremanera de verse tratar tan a lo señor. Entraron todos en la popa, que estaba muy bien aderezada, y sentáronse por los bandines[2]; pasóse el cómitre[3] en crujía y dió señal con el pito que la chusma[4] hiciese fuera ropa[5], que se hizo en un instante. Sancho, que vió tanta gente en cueros, quedó pasmado, y más cuando vió hacer tienda[6] con tanta priesa, que a él le pareció que todos los diablos andaban allí trabajando; pero esto todo fueron tortas y pan pintado para lo que ahora diré. Estaba Sancho sentado sobre el estanterol[7], junto al espalder[8] de la mano derecha, el cual, ya avisado de lo que había de hacer, asió de Sancho, y levantándole en los

---

[1] Y el día así señalado (cf. pról. 35) nos mostrará que en vuestra merced (cf. pról. 7) se encierra...

[2] *Bandín* = cada uno de los asientos que se ponen en las embarcaciones, alrededor de las bandas o costados que forman la popa, para individuos de graduación, invitados...

[3] «*Cómite* o *cómitre*, cierto ministro de la galera, a cuyo cargo está la orden y castigo de los remeros» (Cov.).

[4] Cf. p. 460, n. 2.

[5] «*Ropa afuera*, término de las galeras, cuando se ha de remar con hígado» (Cov.). Este quitarse la ropa hasta quedarse en cueros se ha de entender de la cintura para arriba, como se ve en estos dibujos tomados de tapices que representan la conquista de Túnez (cf. G. de Artíñano: *La Arquit. nav. esp.*, láminas 33 y 34).

[6] Cf. p. 1079, n. 5.

[7] Cf. p. 435, n. 5.

[8] «*Espalderes*, los remeros de popa [uno a la derecha y otro a la *izquierda*] en la galera, porque hacen espaldas a todos los demás, y los gobiernan yendo [los demás] al compás que ellos traen el remo» (Cov.). La Real Academia Española dice que iban de espalda a la popa mirando a los demás remeros.

brazos, toda la chusma puesta en pie y alerta, comenzando de la derecha banda, le fué dando y volteando sobre los brazos de la chusma de banco en banco, con tanta priesa, que el pobre Sancho perdió la vista de los ojos, y sin duda pensó que los mismos demonios le llevaban, y no pararon con él hasta volverle por la siniestra banda y ponerle en la popa. Quedó el pobre molido, y jadeando, y trasudando, sin poder imaginar qué fué lo que sucedido le había. Don Quijote, que vió el vuelo sin alas de Sancho, preguntó al General si eran ceremonias aquéllas que se usaban con los primeros que entraban en las galeras; porque si acaso lo fuese, él, que no tenía intención de profesar en ellas, no quería hacer semejantes ejercicios, y que votaba a Dios que si alguno llegaba a asirle para voltearle, que le había de sacar el alma a puntillazos[1]; y diciendo esto, se levantó en pie y empuñó la espada.

A este instante abatieron tienda, y con grandísimo ruido dejaron caer la entena[2] de alto abajo. Pensó Sancho que el cielo se desencajaba de sus quicios, y venía a dar sobre su cabeza; y agobiándola[3] lleno de miedo, la puso entre las piernas. No las tuvo todas consigo don Quijote; que también se estremeció, y encogió de hombros, y perdió la color del rostro. La chusma izó la entena con la misma priesa y ruido que la habían amainado[4], y todo esto, callando, como si no tuvieran voz ni aliento. Hizo señal el cómitre que zarpasen[5] el ferro, y saltando en mitad de la crujía con el corbacho o rebenque[6] comenzó a mosquear las espaldas de la chusma, y a largarse[7] poco a poco a la mar. Cuando Sancho vió a una moverse tantos pies colorados, que tales pensó él que eran los remos, dijo entre sí:

—Éstas sí son verdaderamente cosas encantadas, y no las que mi amo dice. ¿Qué han hecho estos desdichados, que ansí

---

[1] «*Puntillazo*, el golpe que se da con la punta del pie» (Cov.).

[2] *Entena* o *antena* = vara o palo encorvado y muy largo, al cual está asegurada la vela latina (cf. p. 483, n. 3). Distínguese de la *verga*, que es la que sirve a las velas cuadradas, en ser mucho más larga y formar una curva.

[3] Inclinándola.

[4] Cf. p. 483, n. 5.

[5] «*Zarpar*, sacar el áncora de debajo del agua y entrarla en la galera o navío para navegar» (Cov.).

[6] Cf. p. 249, n. 5.

[7] *Largarse* = hacerse la nave a la mar, apartarse.

los azotan, y cómo este hombre solo, que anda por aquí silbando, tiene atrevimiento para azotar a tanta gente? Ahora yo digo que éste es infierno, o, por lo menos, el purgatorio.

Don Quijote, que vió la atención con que Sancho miraba lo que pasaba, le dijo:

—¡Ah, Sancho amigo, y con qué brevedad y cuán a poca costa os podíades vos, si quisiésedes, desnudar de medio cuerpo arriba, y poneros entre estos señores, y acabar con el desencanto de Dulcinea! Pues con la miseria y pena de tantos, no sentiríades vos mucho la vuestra; y más, que podría ser que el sabio Merlín tomase en cuenta cada azote déstos, por ser dados de buena mano, por diez de los que vos finalmente os habéis de dar.

Preguntar quería el General qué azotes eran aquéllos, o qué desencanto de Dulcinea, cuando dijo el marinero:

—Señal hace Monjuí[1] de que hay bajel de remos en la costa, por la banda de Poniente.

Esto oído, saltó el General en la crujía, y dijo:

—¡Ea, hijos, no se nos vaya! Algún bergantín[2] de cosarios de Argel debe de ser este que la atalaya nos señala.

Llegáronse luego las otras tres galeras a la capitana, a saber lo que se les ordenaba. Mandó el General que las dos saliesen a la mar, y él con la otra iría tierra a tierra[3], porque ansí el bajel no se les escaparía. Apretó la chusma los remos, impeliendo las galeras con tanta furia, que parecía que volaban. Las que salieron a la mar a obra de dos millas descubrieron un bajel, que con la vista le marcaron[4] por de hasta catorce o quince bancos, y así era la verdad; el cual bajel, cuando descubrió las galeras, se puso en caza[5], con intención y esperanza de escaparse por su ligereza; pero avínole mal, porque la galera capitana era de los más ligeros bajeles que en la mar navegaban, y así le fué entrando[6], que claramente los del bergantín conocieron que no podían escaparse, y así, el arráez[7] quisiera que

---

[1] El vigía o atalaya de Montjuich.
[2] «*Bergantín* es un bajel pequeño, que en las armadas suelen echar delante, para descubrir si hay enemigos» (Cov.).
[3] Cf. p. 478, n. 7.
[4] «*Marcar*, notar, señalar, aprobar las medidas confrontándolas con el modelo... Lat. *metire*, probare ad modulum...» (Terreros).
[5] *Ponerse en caza* = maniobrar un bajel para huir.
[6] Dando alcance.
[7] Cf. p. 476, n. 1.

2, 63.—CAZA DE UN BERGANTÍN

dejaran los remos y se entregaran, por no irritar a enojo al capitán que nuestras galeras regía; pero la suerte, que de otra manera lo guiaba, ordenó que ya que la capitana llegaba tan cerca, que podían los del bajel oír las voces que desde ella les decían que se rindiesen, dos *toraquis*, que es como decir dos turcos, borrachos, que en el bergantín venían con otros doce, dispararon dos escopetas, con que dieron muerte a dos soldados que sobre nuestras arrumbadas[1] venían. Viendo lo cual, juró el General de no dejar con vida a todos cuantos[2] en el bajel tomase, y llegando a embestir con toda furia, se le escapó por debajo de la palamenta[3]. Pasó la galera adelante un buen trecho; los del bajel se vieron perdidos, hicieron vela en tanto que la galera volvía, y de nuevo, a vela y a remo, se pusieron en caza; pero no les aprovechó su diligencia tanto como les dañó su atrevimiento: porque alcanzándoles la capitana a poco más de media milla, les echó la palamenta encima, y los cogió vivos a todos. Llegaron, en esto, las otras dos galeras, y todas cuatro con la presa volvieron a la playa, donde infinita gente los estaba esperando, deseosos de ver lo que traían. Dió fondo el General cerca de tierra, y conoció que estaba en la marina el Virrey de la ciudad. Mandó echar el esquife para traerle, y mandó amainar la entena para ahorcar luego luego al arráez y a los demás turcos que en el bajel había cogido, que[4] serían hasta treinta y seis personas, todos gallardos, y los más, escopeteros turcos. Preguntó el General quién era el arráez del bergantín, y fuéle respondido por uno de los cautivos, en lengua castellana, que después pareció ser renegado español:

—Este mancebo, señor, que aquí vees es nuestro arráez.

Y mostróle uno de los más bellos y gallardos mozos que pudiera pintar la humana imaginación. La edad, al parecer, no llegaba a veinte años. Preguntóle el General:

—Dime, mal aconsejado perro, ¿quién te movió a matarme mis soldados, pues veías ser imposible el escaparte? ¿Ese res-

---

[1] *Arrumbada* = cada una de las bandas del castillo de proa, en las galeras.

[2] Hoy diríamos: a ninguno de cuantos.

[3] *Palamenta*, dice Clemencín, es el conjunto de remos de una embarcación, que cayendo sobre el borde de otra, sirve de puente para pasar a ella. Iría con tal velocidad la galera, que cuando bajaron los remos ya habría pasado el corsario.

[4] Este *que* tal vez no se refería en la intención de Cervantes a los turcos, pues poco ha dicho que eran catorce, sino a los *cogidos*.

— 1099 —

peto se guarda a las capitanas? ¿No sabes tú que no es valentía la temeridad? Las esperanzas dudosas han de hacer a los hombres atrevidos; pero no temerarios.

Responder quería el arráez; pero no pudo el General, por entonces, oír la respuesta, por acudir a ecebir al Virrey, que ya entraba en la galera, con el cual entraron algunos de sus criados y algunas personas del pueblo.

—¡Buena ha estado la caza, señor General!—dijo el Virrey.

—Y tan buena—respondió el General—cual la verá vuestra excelencia agora colgada de esta entena.

—¿Cómo ansí?—replicó el Virrey.

—Porque me han muerto—respondió el General—, contra toda ley y contra toda razón y usanza de guerra, dos soldados de los mejores que en estas galeras venían, y yo he jurado de ahorcar a cuantos he cautivado, principalmente a este mozo, que es el arráez del bergantín.

Y enseñóle al que ya tenía atadas las manos y echado el cordel a la garganta, esperando la muerte. Miróle el Virrey, y viéndole tan hermoso, y tan gallardo, y tan humilde, dándole en aquel instante una carta de recomendación su hermosura, le vino deseo de escusar su muerte, y así le preguntó:

—Dime, arráez, ¿eres turco de nación, o moro, o renegado?

A lo cual el mozo respondió, en lengua asimesmo castellana:

—Ni soy turco de nación, ni moro, ni renegado.

—Pues ¿qué eres?—replicó el Virrey.

—Mujer cristiana—respondió el mancebo.

—¿Mujer, y cristiana, y en tal traje, y en tales pasos? Más es cosa para admirarla que para creerla.

—Suspended—dijo el mozo—¡oh señores! la ejecución de mi muerte; que no se perderá mucho en que se dilate vuestra venganza en tanto que yo os cuente mi vida.

¿Quién fuera el de corazón tan duro, que con estas razones no se ablandara, o, a lo menos, hasta[1] oír las que el triste y lastimado mancebo decir quería? El General le dijo que dijese lo que quisiese; pero que no esperase alcanzar perdón de su conocida culpa. Con esta licencia, el mozo comenzó a decir desta manera:

—De aquella nación más desdichada que prudente sobre quien ha llovido estos días un mar de desgracias, nací yo, de moriscos padres engendrada. En la corriente de su desventura

---

[1] Totalmente, *o, a lo menos, hasta...*

fuí yo por dos tíos míos[1] llevada a Berbería, sin que me aprovechase decir que era cristiana, como, en efecto, lo soy, y no de las fingidas ni aparentes, sino de las verdaderas y católicas. No me valió con los que tenían a cargo nuestro miserable destierro decir esta verdad, ni mis tíos quisieron creerla; antes la tuvieron por mentira y por invención para quedarme en la tierra donde había nacido, y así, por fuerza, más que por grado, me trujeron consigo. Tuve una madre cristiana, y un padre discreto y cristiano ni más ni menos: mamé la Fe católica en la leche; criéme con buenas costumbres; ni en la lengua ni en ellas jamás, a mi parecer, di señales de ser morisca. Al par y al paso destas virtudes (que yo creo que lo son) creció mi hermosura, si es que tengo alguna; y aunque mi recato y mi encerramiento fué mucho, no debió de ser tanto, que no tuviese lugar de verme un mancebo caballero llamado don Gaspar Gregorio[2], hijo mayorazgo de un caballero que junto a nuestro lugar otro suyo tiene. Cómo me vió, cómo nos hablamos, cómo se vió perdido por[3] mí y cómo yo no muy ganada por él, sería largo de contar, y más en tiempo que estoy temiendo que entre la lengua y la garganta se ha de atravesar el riguroso cordel que me amenaza; y así, sólo diré cómo en nuestro destierro quiso acompañarme don Gregorio. Mezclóse con los moriscos que de otros lugares salieron, porque sabía muy bien la lengua, y en el viaje se hizo amigo de dos tíos míos que consigo me traían; porque mi padre, prudente y prevenido, así como oyó el primer bando de nuestro destierro, se salió del lugar y se fué a buscar alguno en los reinos estraños que nos acogiese. Dejó encerradas y enterradas en una parte de quien yo sola tengo noticia muchas perlas y piedras de gran valor, con algunos dineros en cruzados[4] y doblones de oro. Mandóme que no tocase al tesoro que dejaba, en ninguna manera, si acaso antes que él volviese nos desterraban. Hícelo así, y con mis tíos, como tengo dicho, y otros parientes y allegados pasamos a Berbería, y el lugar donde hicimos asiento fué en Argel, como si le hiciéramos en el mismo infierno. Tuvo noticia el Rey de mi hermosura, y la fama se la dió de mis riquezas, que, en parte, fué ventura mía. Llamóme ante sí, preguntóme de qué parte de España era y

---

[1] Uno de ellos era el tío Juan Tiopieyo (p. 1027): y el otro pudo ser su mujer.
[2] En la p. 1029 se le llamó Pedro Gregorio.
[3] Enamorado de...
[4] *Cruzado* es nombre de moneda: los hubo de plata y de oro.

qué dineros y qué joyas traía. Díjele el lugar, y que las joyas y dineros quedaban en él enterrados; pero que con facilidad se podrían cobrar si yo misma volviese por ellos. Todo esto le dije, temerosa de que no[1] le cegase mi hermosura, sino[2] su codicia. Estando conmigo en estas pláticas, le llegaron a decir cómo venía conmigo uno de los más gallardos y hermosos mancebos que se podía imaginar. Luego entendí que lo decían por don Gaspar Gregorio, cuya belleza se deja atrás las mayores que encarecer se pueden. Turbéme, considerando el peligro que don Gregorio corría, porque entre aquellos bárbaros turcos en más se tiene y estima un mochacho o mancebo hermoso que una mujer, por bellísima que sea. Mandó luego el Rey que se le trujesen allí adelante para verle, y preguntóme si era verdad lo que de aquel mozo le decían. Entonces yo, casi como prevenida del cielo, le dije que sí era; pero que le hacía saber que no era varón, sino mujer como yo, y que le suplicaba me la dejase ir a vestir en su natural traje, para que de todo en todo mostrase su belleza, y con menos empacho pareciese ante su presencia. Díjome que fuese en buena hora, y que otro día hablaríamos en el modo que se podía tener para que yo volviese a España a sacar el escondido tesoro. Hablé con don Gaspar, contéle el peligro que corría el mostrar ser hombre, vestíle de mora, y aquella mesma tarde le truje a la presencia del Rey, el cual, en viéndole, quedó admirado, y hizo disignio de guardarla para hacer presente della al Gran Señor; y por huir del peligro que en el serrallo[3] de sus mujeres podía tener, y temer de sí mismo, la mandó poner en casa de unas principales moras que la guardasen y la sirviesen, adonde le llevaron luego. Lo que los dos sentimos (que no puedo negar que no[4] le quiero) se deje a la consideración de los que se apartan, si bien se quieren. Dió luego traza el Rey de que yo volviese a España en este bergantín, y que me acompañasen dos turcos de nación, que fueron los que mataron vuestros soldados. Vino también conmigo este renegado español—señalando al que había hablado primero—, del cual sé yo bien que es cristiano encubierto, y que viene con más deseo de quedarse en España que de volver a Berbería; la demás chusma del bergantín son moros y turcos,

---

[1] Hoy omitiríamos este *no* (cf. pról. 24).
[2] Y no (cf. p. 831, n. 5).
[3] *Serrallo* = lugar en que los mahometanos tienen sus mujeres y concubinas.
[4] Hoy omitiríamos este *no* (cf. pról. 24).

2, 63.—AVENTURA DE ANA FÉLIX (*comienzo*)

que no sirven de más que de bogar al remo. Los dos turcos, codiciosos e insolentes, sin guardar el orden que traíamos de que a mí y a este renegado en la primer parte de España, en hábito de cristianos (de que venimos proveídos) nos echasen en tierra, primero quisieron barrer esta costa y hacer alguna presa, si pudiesen, temiendo que si primero nos echaban en tierra, por algún acidente que a los dos nos sucediese podríamos descubrir que quedaba el bergantín en la mar, y si acaso hubiese galeras por esta costa, los tomasen. Anoche descubrimos esta playa, y sin tener noticia destas cuatro galeras, fuimos descubiertos, y nos ha sucedido lo que habéis visto. En resolución, don Gregorio queda en hábito de mujer entre mujeres, con manifiesto peligro de perderse, y yo me veo atadas las manos, esperando, o, por mejor decir, temiendo[1] perder la vida, que ya me cansa. Éste es, señores, el fin de mi lamentable historia, tan verdadera como desdichada; lo que os ruego es que me dejéis morir como cristiana, pues, como ya he dicho, en ninguna cosa he sido culpante de la culpa[2] en que los de mi nación han caído.

Y luego calló preñados los ojos de tiernas lágrimas, a quien, acompañaron muchas de los que presentes estaban. El Virrey, tierno y compasivo, sin hablarle palabra, se llegó a ella y le quitó con sus manos el cordel que las hermosas de la mora ligaba.

En tanto, pues, que la morisca cristiana su peregrina historia trataba, tuvo clavados los ojos en ella un anciano peregrino que entró en la galera cuando entró el Virrey[3]; y apenas dió fin a su plática la morisca, cuando él se arrojó a sus pies, y abrazado dellos, con interrumpidas palabras de mil sollozos y suspiros, le dijo:

—¡Oh Ana Félix, desdichada hija mía! Yo soy tu padre Ricote, que volvía a buscarte, por no poder vivir sin ti, que eres mi alma.

A cuyas palabras abrió los ojos Sancho, y alzó la cabeza (que inclinada tenía, pensando en la desgracia de su paseo), y mirando al peregrino, conoció ser el mismo Ricote que topó el

---

[1] Tal vez, observa R. Marín, estaría mejor así: *temiendo*, o por mejor decir, *esperando*...
[2] Participante de la culpa.
[3] Razón tiene Clemencín en decir que es muy inverosímil la entrada en la galera de este desconocido peregrino.

— 1103 —

día que salió de su gobierno, y confirmóse que [1] aquélla era su hija, la cual, ya desatada, abrazó a su padre, mezclando sus lágrimas con las suyas; el cual dijo al General y al Virrey:

—Ésta, señores, es mi hija, más desdichada en sus sucesos que en su nombre. Ana Félix se llama, con el sobrenombre de Ricote, famosa tanto por su hermosura como por mi riqueza. Yo salí de mi patria a buscar en reinos estraños quien nos albergase y recogiese, y habiéndole hallado en Alemania, volví en este hábito de peregrino, en compañía de otros alemanes, a buscar mi hija, y a desenterrar muchas riquezas que dejé escondidas. No hallé a mi hija; hallé el tesoro, que conmigo traigo, y agora, por el estraño rodeo que habéis visto, he hallado el tesoro que más me enriquece, que es mi querida hija. Si nuestra poca culpa y sus lágrimas y las mías por la integridad de vuestra justicia pueden abrir puertas a la misericordia, usadla con nosotros, que jamás tuvimos pensamiento de ofenderos, ni convenimos en ningún modo con la intención de los nuestros, que justamente han sido desterrados.

Entonces dijo Sancho:

—Bien conozco a Ricote, y sé que es verdad lo que dice en cuanto a ser Ana Félix su hija; que en esotras zarandajas de ir y venir, tener buena o mala intención, no me entremeto.

Admirados del estraño caso todos los presentes, el General dijo:

—Una por una [2], vuestras lágrimas no me dejarán cumplir mi juramento: vivid, hermosa Ana Félix, los años de vida que os tiene determinados el cielo, y lleven la pena de su culpa los insolentes y atrevidos que la cometieron.

Y mandó luego ahorcar de la entena a los dos turcos que a sus dos soldados habían muerto; pero el Virrey le pidió encarecidamente no los ahorcase, pues más locura que valentía había sido la suya. Hizo el General lo que el Virrey le pedía, porque no se ejecutan bien las venganzas a sangre helada; procuraron luego dar traza de sacar a don Gaspar Gregorio del peligro en que quedaba; ofreció Ricote para ello más de dos mil ducados que en perlas y en joyas tenía. Diéronse muchos medios; pero ninguno fué tal como el que dió el Renegado español que se ha dicho, el cual se ofreció de volver a Argel en algún barco pequeño, de hasta seis bancos, armado de remeros cristianos,

---

[1] En *que* (cf. pról. 15).
[2] En todo caso.

porque él sabía dónde, cómo y cuándo podía y debía desembarcar, y asimismo no ignoraba la casa donde don Gaspar quedaba. Dudaron el General y el Virrey el fiarse del Renegado, ni confiar dél los cristianos que habían de bogar el remo; fióle[1] Ana Félix, y Ricote su padre dijo que salía a dar el rescate de los cristianos, si acaso se perdiesen.

Firmados[2], pues, en este parecer, se desembarcó el Virrey, y don Antonio Moreno se llevó consigo a la morisca y a su padre, encargándole el Virrey que los regalase y acariciase cuanto le fuese posible; que de su parte le ofrecía lo que en su casa hubiese para su regalo. Tanta fué la benevolencia y caridad que la hermosura de Ana Félix infundió en su pecho.

CAPITULO LXIV.—Que trata de la aventura que más pesadumbre dió a don Quijote de cuantas hasta entonces le habían sucedido.

La mujer de don Antonio Moreno cuenta la historia que recibió grandísimo contento de ver a Ana Félix en su casa. Recibióla con mucho agrado, así enamorada de su belleza como de su discreción, porque en lo uno y en lo otro era estremada la morisca, y toda la gente de la ciudad, como a campana tañida, venían a verla.

Dijo don Quijote a don Antonio que el parecer que habían tomado en la libertad de don Gregorio no era bueno, porque tenía más de peligroso que de conveniente, y que sería mejor que le pusiesen a él en Berbería con sus armas y caballo; que él le sacaría a pesar de toda la morisma, como había hecho[3] don Gaiferos a su esposa Melisendra.

—Advierta vuesa merced—dijo Sancho, oyendo esto—que el señor don Gaiferos sacó a su esposa de tierra firme, y la llevó a Francia por tierra firme; pero aquí, si acaso sacamos a don Gregorio, no tenemos por dónde traerle a España, pues está la mar en medio.

—Para todo hay remedio, si no es para la muerte—respondió don Quijote—; pues llegando el barco a la marina, nos podremos embarcar en él, aunque todo el mundo lo impida.

---

[1] *Salió en favor de, salió fiador o responsable.*
[2] Firmes, confirmados.
[3] Había sacado.

—Muy bien lo pinta y facilita vuesa merced—dijo Sancho—; pero del dicho al hecho hay gran trecho, y yo me atengo al Renegado, que me parece muy hombre de bien y de muy buenas entrañas.

Don Antonio dijo que si el Renegado no saliese bien del caso, se tomaría el espediente de que el gran don Quijote pasase en [1] Berbería.

De allí a dos días partió el Renegado en un ligero barco de seis remos por banda, armado de valentísima chusma, y de allí a otros dos se partieron las galeras a Levante, habiendo pedido el General al Visorrey fuese servido de avisarle de lo que sucediese en la libertad de don Gregorio y en el caso de Ana Félix; quedó el Visorrey de hacerlo así como se lo pedía.

Y una mañana, saliendo don Quijote a pasearse por la playa, armado de todas sus armas, porque, como muchas veces decía, ellas eran sus arreos, y su descanso el pelear, y no se hallaba sin ellas un punto, vió venir hacia él un caballero armado asimismo de punta en blanco [2], que en el escudo traía pintada una luna resplandeciente; el cual, llegándose a trecho que podía ser oído, en altas voces, encaminando sus razones a don Quijote, dijo:

—Insigne caballero y jamás como se debe alabado don Quijote de la Mancha, yo soy el Caballero de la Blanca Luna, cuyas inauditas hazañas quizá te le habrán traído a la memoria; vengo a contender contigo, y a probar la fuerza de tus brazos, en razón de hacerte conocer y confesar que mi dama, sea quien fuere, es sin comparación más hermosa que tu Dulcinea del Toboso; la cual verdad si tú la confiesas de llano en llano, escusarás tu muerte, y el trabajo que yo he de tomar en dártela; y si tú pelcares y yo te venciere, no quiero otra satisfación sino que, dejando las armas y absteniéndote de buscar aventuras, te recojas y retires a tu lugar por tiempo de un año, donde has de vivir sin echar mano a la espada, en paz tranquila y en provechoso sosiego, porque así conviene al aumento de tu hacienda y a la salvación de tu alma; y si tú me vencieres, quedará a tu discreción mi cabeza, y serán tuyos los despojos de mis armas y caballo, y pasará a la tuya la fama de mis hazañas. Mira lo que te está mejor, y respóndeme luego, porque hoy todo el día [3] traigo de término para despachar este negocio.

---
[1] A (cf. pról. 12).
[2] Cf. p. 678, n. 3.
[3] Todo el día de hoy.

2, 64.—AVENTURA DEL CABALLERO DE LA BLANCA LUNA

Don Quijote quedó suspenso y atónito, así de la arrogancia del Caballero de la Blanca Luna como de la causa por que le desafiaba, y con reposo y ademán severo le respondió:

—Caballero de la Blanca Luna, cuyas hazañas hasta agora no han llegado a mi noticia, yo osaré jurar que jamás habéis visto a la ilustre Dulcinea; que si visto la hubiérades, yo sé que procurárades no poneros en esta demanda, porque su vista os desengañara de que no ha habido ni puede haber belleza que con la suya comparar se pueda; y así, no diciéndoos que mentís, sino que no acertáis en lo propuesto, con las condiciones que habéis referido aceto vuestro desafío, y luego, porque no se pase el día que traéis determinado; y sólo exceto de las condiciones la de que se pase a mí la fama de vuestras hazañas, porque no sé cuáles ni qué tales sean: con las mías me contento, tales cuales ellas son. Tomad, pues, la parte del campo que quisiéredes; que yo haré lo mesmo, y a quien Dios se la diere, San Pedro se la bendiga.

Habían descubierto de la ciudad al Caballero de la Blanca Luna, y díchoselo al Visorrey, y que estaba hablando con don Quijote de la Mancha. El Visorrey, creyendo sería alguna nueva aventura fabricada por don Antonio Moreno, o por otro algún caballero de la ciudad, salió luego a la playa, con don Antonio y con otros muchos caballeros que le acompañaban, a tiempo cuando don Quijote volvía las riendas a Rocinante, para tomar del campo lo necesario. Viendo, pues, el Visorrey que daban los dos señales de volverse a encontrar[1], se puso en medio, preguntándoles qué era la causa que les movía a hacer tan de improviso batalla. El Caballero de la Blanca Luna respondió que era precedencia de hermosura, y en breves razones le dijo las mismas que había dicho a don Quijote, con la acetación de las condiciones del desafío hechas por entrambas partes. Llegóse el Visorrey a don Antonio, y preguntóle paso si sabía quién era el tal Caballero de la Blanca Luna, o si era alguna burla que querían hacer a don Quijote. Don Antonio le respondió que ni sabía quién era, ni si era de burlas ni de veras el tal desafío. Esta respuesta tuvo perplejo al Visorrey en si las dejaría, o no, pasar adelante en la batalla; pero no pudiéndose persuadir a que fuese sino burla, se apartó diciendo:

—Señores caballeros, si aquí no hay otro remedio sino confesar o morir, y el señor don Quijote está en sus trece, y vuesa

---
[1] Para encontrarse.

merced el de la Blanca Luna en sus catorce, a la mano de Dios, y dense.

Agradeció el de la Blanca Luna con corteses y discretas razones al Visorrey la licencia que se les daba, y don Quijote hizo lo mesmo; el cual, encomendándose al cielo de todo corazón y a su Dulcinea (como tenía de costumbre al comenzar de las batallas que se le ofrecían), tornó a tomar otro poco más del campo, porque vió que su contrario hacía lo mismo, y sin tocar trompeta ni otro instrumento bélico que les diese señal de arremeter, volvieron entrambos a un mesmo punto[1] las riendas a sus caballos; y como era más ligero el[2] de la Blanca Luna, llegó a don Quijote a dos tercios andados de la carrera, y allí le encontró con tan poderosa fuerza, sin tocarle con la lanza (que la levantó, al parecer, de propósito[3]), que dió[4] con Rocinante y con don Quijote por el suelo una peligrosa caída. Fué luego sobre él, y poniéndole la lanza sobre la visera, le dijo:

—Vencido sois, caballero, y aun muerto, si no confesáis las condiciones[5] de nuestro desafío.

Don Quijote, molido y aturdido, sin alzarse la visera, como si hablara dentro de una tumba, con voz debilitada y enferma, dijo:

—Dulcinea del Toboso es la más hermosa mujer del mundo, y yo el más desdichado caballero de la tierra, y no es bien que mi flaqueza defraude esta verdad. ¡Aprieta, caballero, la lanza, y quítame la vida, pues me has quitado la honra!

—Eso no haré yo, por cierto—dijo el de la Blanca Luna—: viva, viva en su entereza la fama de la hermosura de la señora Dulcinea del Toboso; que sólo me contento con que el gran don Quijote se retire a su lugar un año, o hasta el tiempo que por mí le fuere mandado, como concertamos antes de entrar en esta batalla[6].

Todo esto oyeron el Visorrey y don Antonio, con otros muchos que allí estaban, y oyeron asimismo que don Quijote respondió que como no le pidiese cosa que fuese en perjuicio de Dulcinea, todo lo demás cumpliría como caballero puntual y

---

[1] Tiempo.
[2] Como era más ligero el caballero (por tener, claro está, mejor caballo)...
[3] Al levantar su lanza el Caballero de la Blanca Luna, la caballerosidad pedía que don Quijote hiciese lo mismo en justa correspondencia.
[4] *Dió* es causativo: les hizo dar una caída.
[5] Si no decís (que cumpliréis) las condiciones.
[6] De esta prolongación no se había hablado antes.

verdadero[1]. Hecha esta confesión, volvió las riendas el de la Blanca Luna, y haciendo mesura[2] con la cabeza al Visorrey, a medio galope se entró en la ciudad.

Mandó el Visorrey a don Antonio que fuese tras él, y que en todas maneras supiese quién era. Levantaron a don Quijote, descubriéronle el rostro, y halláronle sin color y trasudando. Rocinante, de puro malparado, no se pudo mover por entonces. Sancho, todo triste, todo apesarado, no sabía qué decirse ni qué hacerse; parecíale que todo aquel suceso pasaba en sueños, y que toda aquella máquina era cosa de encantamento. Veía a su señor rendido y obligado a no tomar armas en un año; imaginaba la luz de la gloria de sus hazañas escurecida, las esperanzas de sus nuevas promesas deshechas, como se deshace el humo con el viento. Temía si quedaría, o no, contrecho[3] Rocinante, o deslocado[4] su amo; que no fuera poca ventura si deslocado quedara. Finalmente, con una silla de manos, que mandó traer el Visorrey, le llevaron a la ciudad, y el Visorrey se volvió también a ella, con deseo de saber quién fuese el Caballero de la Blanca Luna, que de tan mal talante había dejado a don Quijote.

CAPITULO LXV.—**Donde se da noticia quién era el de la Blanca Luna, con la libertad de don Gregorio, y de otros sucesos.**

Siguió don Antonio Moreno al Caballero de la Blanca Luna y siguiéronle también, y aun persiguiéronle, muchos muchachos, hasta que le cerraron en un mesón, dentro de la ciudad. Entró el don Antonio con deseo de conocerle; salió un escudero a recebirle y a desarmarle[5]; encerróse en una sala baja, y con él don Antonio, que no se le cocía el pan[6] hasta saber quién fuese. Viendo, pues, el de la Blanca Luna que aquel caballero no le dejaba, le dijo:

—Bien sé, señor, a lo que venís, que es a saber quién soy;

---

[1] Veraz.
[2] «*Mesura* es un género de reverencia que se hace a la persona venerable» (Cov.).
[3] Contrahecho, lisiado.
[4] Aquí vale *dislocado*; luego, *sin locura*.
[5] Al de la Blanca Luna.
[6] Cf. p. 45, n. 5.

y porque no hay para qué negároslo, en tanto que este mi criado me desarma os lo diré, sin faltar un punto a la verdad del caso. Sabed, señor, que a mí me llaman el bachiller Sansón Carrasco; soy del mesmo lugar de don Quijote de la Mancha, cuya locura y sandez mueve a que le tengamos lástima todos cuantos le conocemos, y entre los que más se la han tenido, he sido[1] yo; y creyendo que está su salud en su reposo, y en que se esté en su tierra y en su casa, di traza para hacerle estar en ella, y así, habrá tres meses que le salí al camino como caballero andante, llamándome el Caballero de los Espejos, con intención de pelear con él y vencerle, sin hacerle daño, poniendo por condición de nuestra pelea que el vencido quedase a discreción del vencedor; y lo que yo pensaba pedirle (porque ya le juzgaba por vencido) era que se volviese a su lugar, y que no saliese dél en todo un año, en el cual tiempo podría ser curado; pero la suerte lo ordenó de otra manera, porque él me venció a mí, y me derribó del caballo, y así, no tuvo efecto mi pensamiento. Él prosiguió su camino, y yo me volví, vencido, corrido y molido de la caída, que fué además[2] peligrosa; pero no por esto se me quitó el deseo de volver a buscarle y a vencerle, como hoy se ha visto. Y como él es tan puntual en guardar las órdenes de la andante caballería, sin duda alguna guardará la que le he dado, en cumplimiento de su palabra. Esto es, señor, lo que pasa, sin que tenga que deciros otra cosa alguna: suplícoos no me descubráis, ni le digáis a don Quijote quién soy, porque tengan efecto los buenos pensamientos míos, y vuelva a cobrar su juicio un hombre que lo tiene bonísimo, como le dejen las sandeces de la caballería.

—¡Oh, señor—dijo don Antonio—, Dios os perdone el agravio que habéis hecho a todo el mundo en querer volver cuerdo al más gracioso loco que hay en él! ¿No veis, señor, que no podrá llegar el provecho que cause la cordura de don Quijote a lo que llega el gusto que da con sus desvaríos? Pero yo imagino que toda la industria del señor Bachiller no ha de ser parte para volver cuerdo a un hombre tan rematadamente loco; y si no fuese contra caridad, diría que nunca sane don Quijote, porque con su salud, no solamente perdemos sus gracias, sino las de Sancho Panza su escudero, que cualquiera dellas puede volver a alegrar a la misma melancolía. Con todo esto, callaré,

---

[1] *Ser* = hallarse, estar.
[2] Por demás (cf. pról. 11).

y no le diré nada, por ver si salgo verdadero en sospechar que no ha de tener efecto la diligencia hecha por el señor Carrasco.

El cual respondió que ya una por una [1] estaba en buen punto aquel negocio, de quien esperaba feliz suceso; y habiéndose ofrecido don Antonio de hacer lo que más [2] le mandase, se despidió dél, y hecho [3] liar sus armas sobre un macho, luego al mismo punto, sobre el caballo con que entró en la batalla, se salió de la ciudad aquel mismo día, y se volvió a su patria sin sucederle cosa que obligue a contarla en esta verdadera historia. Contó don Antonio al Visorrey todo lo que Carrasco le había contado, de lo que el Visorrey no recibió mucho gusto, porque en el recogimiento de don Quijote se perdía el que podían tener todos aquellos que de sus locuras tuviesen noticia.

Seis días estuvo don Quijote en el lecho, marrido [4], triste, pensativo y mal acondicionado, yendo y viniendo con la imaginación en el desdichado suceso de su vencimiento. Consolábale Sancho, y, entre otras razones, le dijo:

—Señor mío, alce vuesa merced la cabeza, y alégrese, si puede, y dé gracias al cielo que, ya que le derribó en la tierra, no salió con alguna costilla quebrada; y pues sabe que donde las dan las toman, y que no siempre hay tocinos donde hay estacas [5], dé una higa [6] al médico (pues no le ha menester para que le cure en esta enfermedad), volvámonos a nuestra casa, y déjémonos de andar buscando aventuras por tierras y lugares que no sabemos; y si bien se considera, yo soy aquí el más perdidoso, aunque es vuesa merced el más malparado. Yo, que dejé con el gobierno los deseos de ser más [7] gobernador, no dejé la gana de ser conde, que jamás tendrá efecto si vuesa merced deja de ser rey, dejando el ejercicio de su caballería; y así, vienen a volverse en humo mis esperanzas.

—Calla, Sancho, pues ves que mi reclusión y retirada no ha de pasar de un año; que luego volveré a mis honrados ejercicios, y no me ha de faltar reino que gane, y algún condado que darte.

---

[1] En todo caso.
[2] Además.
[3] Habiendo *hecho* (cf. pról. 18).
[4] «*Marrido* vale flaco y enfermo» (Cov.).
[5] Cf. p. 278, n. 3.
[6] Cf. p. 373, n. 4.
[7] Ya más, nunca jamás.

—Dios lo oiga—dijo Sancho—, y el pecado sea sordo[1]; que siempre he oído decir que más vale buena esperanza que ruin posesión.

En esto estaban, cuando entró don Antonio, diciendo con muestras de grandísimo contento:

—¡Albricias, señor don Quijote; que don Gregorio y el Renegado que fué por él está en la playa! ¿Qué digo en la playa? Ya está en casa del Visorrey, y será aquí al momento.

Alegróse tanto don Quijote, y dijo:

—En verdad que estoy por decir que me holgara que hubiera sucedido todo al revés, porque me obligara a pasar en Berbería, donde con la fuerza de mi brazo diera libertad no sólo a don Gregorio, sino a cuantos cristianos cautivos hay en Berbería. Pero ¿qué digo, miserable? ¿No soy yo el vencido? ¿No soy yo el derribado? ¿No soy yo el que no puede tomar arma[2] en un año? Pues ¿qué prometo? ¿De qué me alabo, si antes me conviene usar de la rueca[3] que de la espada?

—Déjese deso, señor—dijo Sancho—: viva la gallina, aunque con su pepita; que hoy por ti, y mañana por mí; y en estas cosas de encuentros y porrazos no hay tomarles tiento alguno, pues el que hoy cae puede levantarse mañana, si no es que se quiera estar en la cama; quiero decir, que se deje desmayar, sin cobrar nuevos bríos para nuevas pendencias. Y levántese vuesa merced agora, para recebir a don Gregorio; que me parece que anda la gente alborotada, y ya debe de estar en casa.

Y así era la verdad; porque habiendo ya dado cuenta don Gregorio y el Renegado al Visorrey de su ida y vuelta, deseoso don Gregorio de ver a Ana Félix, vino con el Renegado a casa de don Antonio; y aunque don Gregorio cuando le sacaron de Argel, fué con hábitos de mujer, en el barco los trocó por los de un cautivo que salió consigo[4], pero en cualquiera que viniera, mostrara ser persona para ser codiciada, servida y estimada, porque era hermoso sobremanera, y la edad, al parecer, de diez y siete o diez y ocho años. Ricote y su hija salieron a recebirle, el padre con lágrimas, y la hija con honestidad. No se abrazaron unos a otros, porque donde hay mucho amor no suele haber demasiada desenvoltura. Las dos bellezas juntas

---

[1] Cf. p. 1048, n. 6.
[2] *Arma* alguna.
[3] Cf. p. 325, n. 2.
[4] Con él (cf. pról. 7).

2, 65.—AVENTURA DE ANA FÉLIX (*conclusión*)

de don Gregorio y de Ana Félix admiraron en particular[1] a todos juntos[2] los que presentes estaban. El silencio fué allí el que habló por los dos amantes, y los ojos fueron las lenguas que descubrieron sus alegres y honestos pensamientos. Contó el Renegado la industria y medio que tuvo para sacar a don Gregorio; contó don Gregorio los peligros y aprietos en que se había visto con las mujeres con quien había quedado, no con largo razonamiento, sino con breves palabras donde mostró que su discreción se adelantaba a sus años. Finalmente, Ricote pagó y satisfizo liberalmente así al Renegado como a los que habían bogado al remo. Reincorporóse y redújose el Renegado con la Iglesia[3], y de miembro podrido, volvió limpio y sano con la penitencia y el arrepentimiento.

De allí a dos días trató el Visorrey con don Antonio qué modo tendrían para que Ana Félix y su padre quedasen en España, pareciéndoles no ser de inconveniente alguno que quedasen en ella hija tan cristiana y padre, al parecer, tan bien intencionado. Don Antonio se ofreció venir a la Corte a negociarlo, donde había de venir forzosamente a otros negocios, dando a entender que en ella, por medio del favor y de las dádivas, muchas cosas dificultosas se acaban[4].

—No—dijo Ricote, que se halló presente a esta plática—hay[5] que esperar en favores ni en dádivas; porque con el gran don Bernardino de Velasco, conde de Salazar, a quien dió su Majestad cargo de nuestra expulsión, no valen ruegos, no promesas, no dádivas, no lástimas; porque aunque es verdad que él mezcla la misericordia con la justicia, como él vee que todo el cuerpo de nuestra nación está contaminado y podrido, usa con él antes del cautiverio que abrasa, que del ungüento que mollifica[6]; y así, con prudencia, con sagacidad, con diligencia, y con miedos que pone, ha llevado sobre sus fuertes hombros a debida ejecución[7] el peso desta gran máquina, sin que nuestras industrias, estratagemas, solicitudes y fraudes hayan po-

---

[1] *En particular* manera, singular o extraordinariamente.
[2] Juntamente.
[3] Cf. p. 459, n. 3.
[4] Se llevan a cabo.
[5] Hoy repetiríamos el *no* delante del *hay*.
[6] Cf. p. 899, n. 2.
[7] A debido término.

dido deslumbrar sus ojos de Argos[1], que contino[2] tiene alerta, porque no se le quede ni encubra ninguno de los nuestros, que, como raíz escondida, con el tiempo venga después a brotar, y a echar frutos venenosos en España, ya limpia, ya desembarazada de los temores en que nuestra muchedumbre la tenía. ¡Heroica resolución del gran Filipo Tercero, y inaudita prudencia en haberla encargado al tal don Bernardino de Velasco!

—Una por una, yo haré, puesto allá, las diligencias posibles, y haga el cielo lo que más fuere servido—dijo don Antonio—. Don Gregorio se irá conmigo a consolar la pena que sus padres deben tener por su ausencia; Ana Félix se quedará con mi mujer en mi casa, o en un monasterio, y yo sé que el señor Visorrey gustará se quede en la suya el buen Ricote, hasta ver cómo yo negocio.

El Visorrey consintió en todo lo propuesto; pero don Gregorio, sabiendo lo que pasaba, dijo que en ninguna manera podía ni quería dejar a doña Ana Félix; pero teniendo intención de ver a sus padres, y de dar traza de volver por ella, vino en el decretado concierto. Quedóse Ana Félix con la mujer de don Antonio, y Ricote en casa del Visorrey.

Llegóse el día de la partida de don Antonio, y el[3] de don Quijote y Sancho, que fué de allí a otros dos; que la caída no le concedió que más presto se pusiese en camino. Hubo lágrimas, hubo suspiros, desmayos y sollozos al despedirse don Gregorio de Ana Félix. Ofrecióle Ricote a don Gregorio mil escudos, si los quería; pero él no tomó ninguno, sino solos cinco que le prestó don Antonio, prometiendo la paga dellos en la Corte. Con esto, se partieron los dos y don Quijote y Sancho después, como se ha dicho: don Quijote, desarmado y de camino[4]; Sancho, a pie, por ir el rucio cargado con las armas.

---

[1] Juno encargó la custodia de Io, transformada en ternera, a Argos, que tenía cincuenta ojos abiertos mientras otros tantos dormían; pero Mercurio, por orden de Júpiter, le adormeció con el dulce sonido de la flauta y le cortó la cabeza. Juno trasladó aquellos cien ojos a la cola del pavo real, su pájaro favorito.
[2] Continuamente (cf. pról. 2).
[3] Este *el* no se refiere sólo a *día*, sino al *día de-la-partida*.
[4] En traje *de camino* (cf. p. 1085, n. 2).

CAPITULO LXVI.—**Que trata de lo que verá el que lo leyere o lo oirá el que lo escuchare leer.**

Al salir de Barcelona, volvió don Quijote a mirar el sitio donde había caído, y dijo:

—¡Aquí fué Troya [1]! ¡Aquí mi desdicha, y no mi cobardía, se llevó mis alcanzadas glorias; aquí usó la fortuna conmigo de sus vueltas y revueltas; aquí se escurecieron mis hazañas; aquí, finalmente, cayó mi ventura para jamás levantarse!

Oyendo lo cual Sancho, dijo:

—Tan de valientes corazones es, señor mío, tener sufrimiento en las desgracias como alegría en las prosperidades; y esto lo juzgo por mí mismo, que si cuando era gobernador estaba alegre, agora que soy escudero de a pie, no estoy triste; porque he oído decir que esta que llaman por ahí Fortuna es una mujer borracha y antojadiza, y, sobre todo, ciega, y así, no vee lo que hace, ni sabe a quién derriba, ni a quién ensalza.

—Muy filósofo estás, Sancho—respondió don Quijote—; muy a lo discreto hablas; no sé quién te lo enseña. Lo que te sé decir es que no hay Fortuna en el mundo, ni las cosas que en él suceden, buenas o malas que sean, vienen acaso, sino por particular providencia de los cielos, y de aquí viene lo que suele decirse: que cada uno es artífice de su ventura [2]. Yo lo he sido de la mía; pero no con la prudencia necesaria, y así, me han salido al gallarín [3] mis presunciones; pues debiera pensar que al poderoso grandor del caballo del de la Blanca Luna no podía resistir la flaqueza de Rocinante. Atrevíme, en fin; hice lo que pude; derribáronme, y aunque perdí la honra, no perdí, ni puedo perder, la virtud de cumplir mi palabra. Cuando era caballero andante, atrevido y valiente, con mis obras y con mis

---

[1] Esta frase, que equivale a 'aquí dejó de existir mi gloria', nació sin duda de la *Eneida*, 3, 10: *litora cum patriae lacrimans portusque relinquo et campos* ubi Troia fuit.

[2] Cervantes supone que esa particular providencia no es ciega como la fortuna, sino que ve y tiene en cuenta la libre actividad de los hombres «y de aquí viene—dice—... que cada uno es artífice de su ventura». Esta sentencia la dijo ya Apio Claudio el Ciego (según se refiere en el opúsculo *Ad Caesarem de republica* (I, 1, 2) falsamente atribuído a Salustio: *in carminibus Appius ait: fabrum esse suae quemque fortunae*).

[3] *Gallarín* = pérdida o ganancia exorbitante. *Salir una cosa al gallarín* = resultar mal una cosa.

manos acreditaba mis hechos; y agora, cuando soy escudero pedestre, acreditaré mis palabras cumpliendo la que di de mi promesa. Camina, pues, amigo Sancho, y vamos a tener en nuestra tierra el año del noviciado, con cuyo encerramiento cobraremos virtud nueva para volver al nunca de mí olvidado ejercicio de las armas.

—Señor—respondió Sancho—, no es cosa tan gustosa el caminar a pie, que me mueva e incite a hacer grandes jornadas. Dejemos estas armas colgadas de algún árbol, en lugar de un ahorcado, y ocupando yo las espaldas del rucio, levantados los pies del suelo, haremos las jornadas como vuesa merced las pidiere y midiere; que pensar que tengo de caminar a pie y hacerlas grandes es pensar en lo escusado.

—Bien has dicho, Sancho—respondió don Quijote—: cuélguense mis armas por trofeo, y al pie dellas, o alrededor dellas, grabaremos en los árboles lo que en el trofeo de las armas de Roldán estaba escrito:

> «Nadie las mueva
> Que estar no pueda con Roldán a prueba [1].»

—Todo eso me parece de perlas—respondió Sancho—; y si no fuera por la falta que para el camino nos había de hacer Rocinante, también fuera bien dejarle colgado.

—¡Pues ni él ni las armas—replicó don Quijote—quiero que se ahorquen, porque no se diga que a buen servicio, mal galardón!

—Muy bien dice vuesa merced—respondió Sancho—, porque según opinión de discretos, la culpa del asno no se ha de echar a la albarda; y pues deste suceso vuesa merced tiene la culpa, castíguese a sí mesmo, y no revienten sus iras por las ya rotas y sangrientas armas, ni por las mansedumbres de Rocinante, ni por la blandura de mis pies, queriendo que caminen más de lo justo.

En estas razones y pláticas se les pasó todo aquel día, y aun otros cuatro, sin sucederles cosa que estorbase su camino; y al quinto día, a la entrada de un lugar, hallaron a la puerta de un mesón mucha gente, que, por ser fiesta, se estaba allí solazando. Cuando llegaba a ellos don Quijote, un labrador alzó la voz diciendo:

---

[1] Cf. p. 150.

—Alguno destos dos señores que aquí vienen, que no conocen las partes, dirá lo que se ha de hacer en nuestra apuesta.

—Sí diré, por cierto—respondió don Quijote—, con toda rectitud, si es que alcanzo a entenderla.

—Es, pues, el caso—dijo el labrador—, señor bueno, que un vecino deste lugar, tan gordo, que pesa once arrobas, desafió a correr a otro su vecino, que no pesa más que cinco. Fué la condición que habían de correr una carrera de cien pasos con pesos iguales; y habiéndole preguntado al desafiador cómo se había de igualar el peso, dijo que el desafiado, que pesa cinco arrobas, se pusiese seis de hierro a cuestas, y así se igualarían las once arrobas del flaco con las once del gordo.

—Eso no—dijo a esta sazón Sancho, antes que don Quijote respondiese—. Y a mí, que ha pocos días que salí de ser gobernador y juez, como todo el mundo sabe, toca averiguar estas dudas y dar parecer en todo pleito.

—Responde en buen hora—dijo don Quijote—, Sancho amigo; que yo no estoy para dar migas a un gato [1], según traigo alborotado y trastornado el juicio.

Con esta licencia, dijo Sancho a los labradores, que estaban muchos alrededor dél, la boca abierta, esperando la sentencia de la suya:

—Hermanos, lo que el gordo pide no lleva camino, ni tiene sombra de justicia alguna; porque si es verdad lo que se dice, que el desafiado puede escoger las armas, no es bien que éste las escoja tales [2], que le impidan ni estorben el salir vencedor; y así, es mi parecer que el gordo desafiador se escamonde [3], monde, entresaque, pula y atilde, y saque seis arrobas de sus carnes, de aquí o de allí de su cuerpo, como mejor le pareciere y estuviere, y desta manera quedando en cinco arrobas de peso, se igualará y ajustará con las cinco de su contrario, y así podrán correr igualmente.

—¡Voto a tal—dijo un labrador que escuchó la sentencia de Sancho—que este señor ha hablado como un bendito, y sentenciado como un canónigo! Pero a buen seguro que no ha de querer quitarse el gordo una onza de sus carnes, cuanto más seis arrobas.

---

[1] Como si dijera no estoy ni para levantar una paja del suelo.
[2] Por imposición del desafiador *las escoja tales*.
[3] *Escamondar* = limpiar los árboles quitándoles las ramas inútiles y las hojas secas.

—Lo mejor es que no corran—respondió otro—, porque el flaco no se muela con el peso, ni el gordo se descarne; y échese la mitad de la apuesta en vino, y llevemos estos señores a la taberna de lo caro[1], y sobre mí..., la capa cuando llueva[2].

—Yo, señores—respondió don Quijote—, os lo agradezco; pero no puedo detenerme un punto, porque pensamientos y sucesos tristes me hacen parecer descortés y caminar más que de paso.

Y así, dando de las espuelas a Rocinante, pasó adelante, dejándolos admirados de[3] haber visto y notado así su estraña figura como la discreción de su criado; que por tal juzgaron a Sancho. Y otro de los labradores dijo:

—Si el criado es tan discreto, ¡cuál debe de ser el amo! Yo apostaré que si van a estudiar a Salamanca, que a un tris[4] han de venir a ser alcaldes de Corte; que todo es burla, sino estudiar y más estudiar, y tener favor y ventura; y cuando menos se piensa el hombre, se halla con una vara en la mano, o con una mitra en la cabeza.

Aquella noche la pasaron amo y mozo en mitad del campo, al cielo raso y descubierto, y otro día, siguiendo su camino, vieron que hacia ellos venía un hombre de a pie, con unas alforjas al cuello y una azcona o chuzo[5] en la mano, propio talle de correo de a pie; el cual como llegó junto a don Quijote, adelantó el paso, y medio corriendo llegó a él, y abrazándole por el muslo derecho, que no alcanzaba a más, le dijo, con muestras de mucha alegría:

—¡Oh mi señor don Quijote de la Mancha, y qué gran contento ha de llegar al corazón de mi señor el Duque cuando sepa que vuesa merced vuelve a su castillo, que todavía se está en él con mi señora la Duquesa!

—No os conozco, amigo—respondió don Quijote—, ni sé quién sois, si vos no me lo decís.

—Yo, señor don Quijote—respondió el correo—, soy Tosi-

---

[1] Del vino bueno y caro (cf. p. 793, n. 2).
[2] Parecía que iba a decir *y sobre mí sea la responsabilidad*, pero remata la frase con una salida inesperada.
[3] Por.
[4] En un momento. *Tris* = leve sonido que hace una cosa delicada, como el vidrio, al quebrarse.
[5] «*Azcona*, lanzuela de que usan los montañeses, arma arrojadiza como dardo» (Cov.). *Chuzo* = palo armado de una punta aguda de hierro, arma defensiva y ofensiva.

los, el lacayo del Duque mi señor, que no quise pelear con vuesa merced sobre el casamiento de la hija de doña Rodríguez.

—¡Válame Dios!—dijo don Quijote—. ¿Es posible que sois vos el que los encantadores mis enemigos transformaron en ese lacayo que decís, por defraudarme de la honra de aquella batalla?

—Calle, señor bueno—replicó el cartero—; que no hubo encanto alguno, ni mudanza de rostro ninguna: tan lacayo Tosilos entré en la estacada como Tosilos lacayo salí della. Yo pensé casarme sin pelear, por haberme parecido bien la moza; pero sucedióme al revés mi pensamiento, pues así como vuesa merced se partió de nuestro castillo, el Duque mi señor me hizo dar cien palos, por haber contravenido a las ordenanzas que me tenía dadas antes de entrar en la batalla, y todo ha parado en que la muchacha es ya monja, y doña Rodríguez se ha vuelto a Castilla, y yo voy ahora a Barcelona a llevar un pliego[1] de cartas al Virrey, que le envía mi amo. Si vuesa merced quiere un traguito, aunque caliente, puro, aquí llevo una calabaza llena de lo caro, con no sé cuántas rajitas de queso de Tronchón, que servirán de llamativo y despertador de la sed, si acaso está durmiendo.

—Quiero el envite—dijo Sancho—, y échese el resto[2] de la cortesía, y escancie el buen Tosilos, a despecho y pesar de cuantos encantadores hay en las Indias.

—En fin—dijo don Quijote—, tú eres, Sancho, el mayor glotón del mundo, y el mayor ignorante de la tierra, pues no te persuades que este correo es encantado, y este Tosilos contrahecho[3]. Quédate con él, y hártate; que yo me iré adelante poco a poco, esperándote a que vengas.

Rióse el lacayo, desenvainó su calabaza, desalforjó sus rajas, y sacando un panecillo, él y Sancho se sentaron sobre la hierba verde, y en buena paz compaña despabilaron y dieron fondo con todo el repuesto[4] de las alforjas, con tan buenos alientos, que lamieron el pliego de las cartas, sólo porque olía a queso. Dijo Tosilos a Sancho:

[1] *Pliego* = conjunto de papeles contenidos en un mismo sobre o cubierta.
[2] Ambas frases están tomadas del juego de naipes (cf. p. 625, n. 3, y p. 86, n. 3).
[3] Fingido.
[4] Acabaron el repuesto. *Dar fondo con una barca* es anclar, y (por extensión) llegar al término de la navegación.

—Sin duda este tu amo, Sancho amigo, debe de ser un loco.
—¿Cómo debe?—respondió Sancho—. No debe nada a nadie; que todo lo paga, y más, cuando la moneda es locura [1]. Bien lo veo yo, y bien se lo digo a él; pero ¿qué aprovecha? Y más agora, que va rematado [2], porque va vencido del Caballero de la Blanca Luna.

Rogóle Tosilos le contase lo que le había sucedido; pero Sancho le respondió que era descortesía dejar que su amo le esperase; que otro día, si se encontrasen, habría lugar para ello. Y levantándose después de haberse sacudido el sayo y las migajas de las barbas, antecogió al rucio, y diciendo «a Dios», dejó a Tosilos, y alcanzó a su amo, que a la sombra de un árbol le estaba esperando.

CAPITULO LXVII.—De la resolución que tomó don Quijote de hacerse pastor y seguir la vida del campo en tanto que se pasaba el año de su promesa, con otros sucesos en verdad gustosos y buenos.

Si muchos pensamientos fatigaban a don Quijote antes de ser derribado, muchos más le fatigaron después de caído. A la sombra del árbol estaba, como se ha dicho, y allí, como moscas a la miel, le acudían y picaban pensamientos: unos iban al desencanto de Dulcinea, y otros a la vida que había de hacer en su forzosa retirada. Llegó Sancho, y alabóle la liberal condición del lacayo Tosilos.

—¿Es posible—le dijo don Quijote—que todavía ¡oh Sancho! pienses que aquél sea verdadero lacayo? Parece que se te ha ido de las mientes haber visto a Dulcinea convertida y transformada en labradora, y al Caballero de los Espejos, en el bachiller Carrasco, obras todas de los encantadores que me persiguen. Pero dime agora: ¿preguntaste a ese Tosilos que dices qué ha hecho Dios de Altisidora: si ha llorado mi ausencia, o si ha dejado ya en las manos del olvido los enamorados pensamientos que en mi presencia la fatigaban?

—No eran—respondió Sancho—los que yo tenía tales, que me diesen lugar a preguntar boberías. ¡Cuerpo de mí!, señor,

---
[1] Cuando la deuda contraída es alguna locura suya.
[2] Juega con el *rematado*, que puede ser *loco rematado*, y *vencido*.

¿está vuesa merced ahora en términos de inquirir pensamientos ajenos, especialmente amorosos?

—Mira, Sancho—dijo don Quijote—, mucha diferencia hay de las obras que se hacen por amor a las que se hacen por agradecimiento. Bien puede ser que un caballero sea desamorado; pero no puede ser, hablando con todo rigor, que sea desagradecido. Quísome bien, al parecer, Altisidora; dióme los tres tocadores que sabes[1]; lloró en mi partida; maldíjome, vituperóme, quejóse, a despecho de la vergüenza, públicamente: señales todas de que me adoraba; que las iras de los amantes suelen parar en maldiciones. Yo no tuve esperanzas que darle, ni tesoros que ofrecerle, porque las mías las tengo entregadas a Dulcinea, y los tesoros de los caballeros andantes son, como los de los duendes[2], aparentes y falsos, y sólo puedo darle estos acuerdos que della tengo, sin perjuicio, pero[3], de los que tengo de Dulcinea, a quien tú agravias con la remisión que tienes en azotarte y en castigar esas carnes (que vea yo comidas de lobos), que quieren guardarse antes para los gusanos que para el remedio de aquella pobre señora.

—Señor—respondió Sancho—, si va a decir la verdad, yo no me puedo persuadir que los azotes de mis posaderas tengan que ver con los desencantos de los encantados, que es como si dijésemos: «Si os duele la cabeza, untaos las rodillas». A lo menos, yo osaré jurar que en cuantas historias vuesa merced ha leído que tratan de la andante caballería, no ha visto algún desencantado por azotes; pero, por sí o por no, yo me los daré, cuando tenga gana y el tiempo me dé comodidad para castigarme.

—Dios lo haga—respondió don Quijote—, y los cielos te den gracia para que caigas en la cuenta, y en la obligación que te corre de ayudar a mi señora, que lo es tuya, pues tú eres mío.

---

[1] Aquí recordaría Sancho la parte que tuvo en que Altisidora se los diese (cf. p. 1044).

[2] «*Tesoro de duende* decimos la hacienda que toda se consume y se deshace sin saber en qué se ha gastado. Hay opinión que estos duendes, que habitan los lugares subterráneos, tienen a su cuenta el guardar los tesoros escondidos: y algunos dicen que en la fin del mundo los han de manifestar al antecristo... y que por esta causa cuando los que buscan tesoros dan en los lugares donde están; o se les vuelven en carbones, de donde nació el proverbio *tesoro de duende*, o ellos se les representan en figura de dragones... con que los espantan» (Cov.).

[3] Cf. p. 573, n. 1.

En estas pláticas iban siguiendo su camino, cuando llegaron al mesmo sitio y lugar donde fueron atropellados de los toros. Reconocióle don Quijote; dijo a Sancho:

—Éste es el prado donde topamos a las bizarras pastoras y gallardos pastores que en él querían renovar e imitar a la pastoral Arcadia, pensamiento tan nuevo como discreto, a cuya imitación, si es que a ti te parece bien, querría ¡oh Sancho! que nos convirtiésemos en pastores, siquiera el tiempo que tengo de estar recogido. Yo compraré algunas ovejas, y todas las demás cosas que al pastoral ejercicio son necesarias, y llamándome yo *el pastor Quijotiz,* y tú *el pastor Pancino,* nos andaremos por los montes, por las selvas y por los prados, cantando aquí, endechando allí, bebiendo de los líquidos cristales de las fuentes, o ya de los limpios arroyuelos, o de los caudalosos ríos. Daránnos con abundantísima mano de su dulcísimo fruto las encinas, asiento los troncos de los durísimos alcornoques, sombra los sauces, olor las rosas, alfombras de mil colores matizadas los estendidos prados, aliento el aire claro y puro, luz la luna y las estrellas, a pesar de la escuridad de la noche, gusto el canto, alegría el lloro, Apolo versos, el amor conceptos, con que podremos hacernos eternos y famosos, no sólo en los presentes, sino en los venideros siglos.

—Pardiez—dijo Sancho—, que me ha cuadrado, y aun esquinado, tal género de vida; y más, que no la ha de haber aún bien visto el bachiller Sansón Carrasco y maese Nicolás el Barbero, cuando la han de querer seguir, y hacerse pastores con nosotros; y aun quiera Dios no le venga en voluntad al Cura de entrar también en el aprisco, según es de alegre y amigo de holgarse.

—Tú has dicho muy bien—dijo don Quijote—; y podrá llamarse el bachiller Sansón Carrasco, si entra en el pastoral gremio, como entrará sin duda, *el pastor Sansonino,* o ya *el pastor Carrascón;* el barbero Nicolás se podrá llamar *Miculoso*[1], como ya el antiguo Boscán se llamó *Nemoroso;* al Cura no sé qué nombre le pongamos, si no es algún derivativo de su nombre llamándole *el pastor Curiambro*. Las pastoras de quien hemos de ser amantes, como entre peras podremos escoger sus nombres[2]; y pues el de mi señora cuadra así al de pastora como

---

[1] *Micolás, Miculás* y *Miculao* son, como anota R. Marín, variantes del nombre *Nicolás.*

[2] Hay inconsecuencia gramatical (cf. pról. 13), que se evitaría así: como entre peras... los nombres de las pastoras de quien...

2, 67.—HAGÁMONOS PASTORES

al de princesa, no hay para qué cansarme en buscar otro que mejor le venga; tú, Sancho, pondrás a la tuya el que quisieres.

—No pienso—respondió Sancho—ponerle otro alguno sino el de *Teresona*, que le vendrá bien con su gordura[1] y con el propio que tiene, pues se llama Teresa; y más, que celebrándola yo en mis versos, vengo a descubrir mis castos deseos, pues no ando a buscar pan de trastrigo[2] por las casas ajenas. El Cura no será bien que tenga pastora, por dar buen ejemplo; y si quisiere el Bachiller tenerla, su alma en su palma[3].

—¡Válame Dios—dijo don Quijote—, y qué vida nos hemos de dar, Sancho amigo! ¡Qué de churumbelas[4] han de llegar a nuestros oídos, qué de gaitas zamoranas, qué de tamborines y qué de sonajas, y qué de rabeles! Pues ¡qué, si entre estas diferencias de músicas resuena la de los albogues! Allí se verán casi todos los instrumentos pastorales.

—¿Qué son *albogues*—preguntó Sancho—, que ni los he oído nombrar, ni los he visto en toda mi vida?

—*Albogues* son—respondió don Quijote—unas chapas a modo de candeleros de azófar, que dando una con otra por lo vacío y hueco, hace un son, que si no muy agradable ni armónico, no descontenta, y viene bien con la rusticidad de la gaita y del tamborín; y este nombre *albogues*[5] es morisco, como lo son todos aquellos que en nuestra lengua castellana comienzan en *al*[6], conviene a saber: *almohaza, almorzar, alhombra, alguacil, alhucema, almacén, alcancía*, y otros semejantes, que deben ser pocos más; y solos tres tiene nuestra lengua que son moriscos y acaban en *í*, y son *borceguí, zaquizamí* y *maravedí*. *Alhelí* y *alfaquí*, tanto por el *al* primero como por el *í* en que acaban, son conocidos por arábigos. Esto te he dicho, de paso, por habérmelo reducido a la memoria la ocasión de haber nombrado *albogues;* y hanos de ayudar mucho al parecer en perfección[7] este ejercicio el ser yo algún tanto poeta, como tú sabes y el serlo también en estremo el bachiller Sansón Carrasco. Del

---

[1] Antes (cf. p. 991) Teresa era *avellanada*.
[2] Cf. p. 103, n. 2.
[3] En su mano está, allá se las haya.
[4] «*Churumbela*, género de instrumento músico, que se tañe con la boca, en forma de chirimía» (Cov.), pero de menores dimensiones.
[5] Cf. p. 751, n. 3.
[6] ¿Habrá necesidad de advertir que ni esta observación lingüística ni la siguiente son exactas?
[7] A que parezca en perfección.

2, 67.—DON QUIJOTE Y SANCHO

Cura no digo nada; pero yo apostaré que debe de tener sus puntas y collares[1] de poeta; y que las tenga también maese Nicolás, no dudo en ello, porque todos, o los más[2], son guitarristas y copleros. Yo me quejaré de ausencia; tú te alabarás de firme enamorado; el pastor Carrascón, de desdeñado; y el cura Curiambro de lo que él más puede servirse, y así, andará la cosa, que no haya más que desear.

A lo que respondió Sancho:

—Yo soy, señor, tan desgraciado, que temo no ha de llegar el día en que en tal ejercicio me vea. ¡Oh, qué polidas cucharas[3] tengo de hacer cuando pastor me vea! ¡Qué de migas, qué de natas, qué de guirnaldas y qué de zarandajas pastoriles, que, puesto que no me granjeen fama de discreto, no dejarán de granjearme la de ingenioso! Sanchica mi hija nos llevará la comida al hato. Pero ¡guarda! que es de buen parecer, y hay pastores más maliciosos que simples, y no querría que fuese por lana y volviese trasquilada; y también suelen andar los amores y los no buenos deseos por los campos como por las ciudades, y por las pastorales chozas como por los reales palacios, y quitada la causa, se quita el pecado; y ojos que no veen, corazón que no quiebra[4]; y más vale salto de mata que ruego de hombres buenos[5].

—No más refranes, Sancho—dijo don Quijote—, pues cualquiera de los que has dicho basta para dar a entender tu pensamiento; y muchas veces te he aconsejado que no seas tan pródigo de refranes, y que te vayas a la mano en decirlos; pero paréceme que es «predicar en desierto» y «castígame mi madre, y yo trómpogelas»[6].

—Paréceme—respondió Sancho—que vuesa merced es como lo que dicen: «Dijo la sartén a la caldera: —Quítate allá, ojinegra»: estáme reprehendiendo que no diga yo refranes, y ensártalos vuesa merced de dos en dos.

—Mira, Sancho—respondió don Quijote—: yo traigo los refranes a propósito, y vienen cuando los digo como anillo en

---

[1] Cf. p. 245, n. 7.
[2] De su profesión barberil.
[3] «Cuchar o cuchara» (Cov.).
[4] *Quebrar* es intransitivo.
[5] Este refrán declara que, cometido el crimen, es preferible *el salto de mata* (= la huída) a lo que se puede esperar de la intercesión de las personas autorizadas.
[6] Cf. p. 931, n. 5.

el dedo; pero tráeslos tan por los cabellos, que los arrastras, y no los guías; y si no me acuerdo mal, otra vez te he dicho que los refranes son sentencias breves, sacadas de la experiencia y especulación de nuestros antiguos sabios; y el refrán que no viene a propósito antes es disparate que sentencia. Pero dejémonos desto, y pues ya viene la noche, retirémonos del camino real algún trecho, donde pasaremos esta noche, y Dios sabe lo que será mañana.

Retiráronse, cenaron tarde y mal, bien contra la voluntad de Sancho, a quien se le representaban las estrechezas de la andante caballería usadas en las selvas y en los montes, si bien tal vez[1] la abundancia se mostraba en los castillos y casas, así de don Diego de Miranda como en las bodas del rico Camacho, y de don Antonio Moreno; pero consideraba no ser posible ser siempre de día, ni siempre de noche, y así, pasó aquélla durmiendo, y su amo velando.

CAPITULO LXVIII.—De la cerdosa aventura que le aconteció a don Quijote.

Era la noche algo escura, puesto que la luna estaba en el cielo; pero no en parte que pudiese ser vista: que tal vez la señora Diana se va a pasear a los antípodas, y deja los montes negros y los valles escuros. Cumplió don Quijote con la naturaleza durmiendo el primer sueño, sin dar lugar al segundo; bien al revés de Sancho, que nunca tuvo segundo, porque le duraba el sueño desde la noche hasta la mañana, en que se mostraba su buena complexión y pocos cuidados. Los de don Quijote le desvelaron de manera, que despertó a Sancho, y le dijo:

—Maravillado estoy, Sancho, de la libertad de tu condición: yo imagino que eres hecho de mármol o de duro bronce, en quien no cabe movimiento ni sentimiento alguno. Yo velo cuando tú duermes; yo lloro cuando cantas; yo me desmayo de ayuno cuando tú estás perezoso y desalentado de puro harto. De buenos criados es conllevar las penas de sus señores, y sentir sus sentimientos, por el bien parecer siquiera. Mira la serenidad desta noche, la soledad en que estamos, que nos convida a entremeter alguna vigilia entre nuestro sueño. Levántate,

---

[1] Alguna vez.

por tu vida, y desvíate algún trecho de aquí, y con buen ánimo y denuedo agradecido, date trecientos o cuatrocientos azotes a buena cuenta de los del desencanto de Dulcinea; y esto, rogando te lo suplico; que no quiero venir contigo a los brazos como la otra vez, porque sé que los tienes pesados. Después que te hayas dado, pasaremos lo que resta de la noche cantando, yo mi ausencia, y tú tu firmeza, dando desde agora principio al ejercicio pastoral que hemos de tener en nuestra aldea.

—Señor—respondió Sancho—, no soy yo religioso, para que desde la mitad de mi sueño me levante y me dicipline, ni menos me parece que del estremo del dolor de los azotes se pueda pasar al de la música. Vuesa merced me deje dormir, y no me apriete en lo del azotarme; que me hará hacer juramento de no tocarme jamás al pelo del sayo, no que[1] al de mis carnes.

—¡Oh alma endurecida! ¡Oh escudero sin piedad! ¡Oh pan mal empleado, y mercedes mal consideradas las que te he hecho y pienso de hacerte! Por mí te has visto gobernador, y por mí te vees con esperanzas propincuas de ser conde, o tener otro título equivalente, y no tardará el cumplimiento de ellas más de cuanto tarde en pasar este año; que yo *post tenebras spero lucem*[2].

—No entiendo eso—replicó Sancho—: sólo entiendo que en tanto que duermo, ni tengo temor, ni esperanza, ni trabajo, ni gloria; y bien haya el que inventó el sueño, capa que cubre todos los humanos pensamientos, manjar que quita la hambre, agua que ahuyenta la sed, fuego que calienta el frío, frío que templa el ardor, y, finalmente, moneda general con que todas las cosas se compran, balanza y peso que iguala al pastor con el rey y al simple con el discreto. Sola una cosa tiene mala el sueño, según he oído decir, y es que se parece a la muerte, pues de un dormido a un muerto hay muy poca diferencia.

—Nunca te he oído hablar, Sancho—dijo don Quijote—, tan elegantemente como ahora; por donde vengo a conocer ser verdad el refrán que tú algunas veces sueles decir: «No con quien naces, sino con quien paces»[3].

—¡Ah, pesi a tal—replicó Sancho—, señor nuestro amo! No soy yo ahora el que ensarta refranes; que también a vuesa

---

[1] Hoy diríamos *no ya* (cf. pról. 37).
[2] *Job*, 17, 12.
[3] Cf. p. 668.

merced se le caen de la boca de dos en dos[1] mejor que a mí, sino que debe de haber entre los míos y los suyos esta diferencia: que los de vuesa merced vendrán a tiempo, y los míos a deshora; pero, en efecto, todos son refranes.

En esto estaban, cuando sintieron un sordo estruendo y un áspero ruido, que por todos aquellos valles se estendía. Levantóse en pie don Quijote y puso mano a la espada, y Sancho se agazapó debajo del rucio, poniéndose a los lados el lío de las armas y la albarda de su jumento, tan temblando de miedo como alborotado don Quijote. De punto en punto iba creciendo el ruido, y llegándose cerca a los dos temerosos: a lo menos, al uno; que al otro, ya se sabe su valentía[2]. Es, pues, el caso que llevaban unos hombres a vender a una feria más de seiscientos puercos, con los cuales caminaban a aquellas ahoras, y era tanto el ruido que llevaban, y el gruñir y el bufar, que ensordecieron los oídos de don Quijote y de Sancho, que no advirtieron lo que ser podía. Llegó de tropel la estendida y gruñidora piara, y sin tener respeto a la autoridad de don Quijote, ni a la de Sancho, pasaron por cima de los dos, deshaciendo las trincheas de Sancho, y derribando no sólo a don Quijote, sino llevando, por añadidura, a Rocinante. El tropel, el gruñir, la presteza con que llegaron los animales inmundos, puso en confusión y por el suelo a la albarda, a las armas, al rucio, a Rocinante, a Sancho y a don Quijote. Levantóse Sancho como mejor pudo, y pidió a su amo la espada[3] diciéndole que quería matar media docena de aquellos señores y descomedidos puercos; que ya había conocido que lo eran. Don Quijote le dijo:

—Déjalos estar, amigo; que esta afrenta es pena de mi pecado; y justo castigo del cielo es que a un caballero andante vencido le coman adivas[4], y le piquen avispas, y le hollen[5] puercos.

—También debe de ser castigo del cielo—respondió Sancho—que a los escuderos de los caballeros vencidos los puncen moscas, los coman piojos y les embista la hambre. Si los escuderos fuéramos hijos de los caballeros a quien servimos, o pa-

---

[1] Como se vió en el capítulo anterior, p. 1124.
[2] *Al otro... se sabe su valentía* es inconsecuencia gramatical (cf. pról. 13).
[3] Cf. p. 702, n. 3.
[4] *Adiva* o *adive* = especie de chacal o raposa.
[5] Hoy se dice *huellen*.

rientes suyos muy cercanos, no fuera mucho que nos alcanzara la pena de sus culpas, hasta la cuarta generación: pero ¿qué tienen que ver los Panzas con los Quijotes? Ahora bien, tornémonos a acomodar, y durmamos lo poco que queda de la noche, y amanecerá Dios, y medraremos.

—Duerme tú, Sancho—respondió don Quijote—, que naciste para dormir; que yo, que nací para velar, en el tiempo que falta de aquí al día, daré rienda a mis pensamientos, y los desfogaré en un madrigalete, que, sin que tú lo sepas, anoche compuse en la memoria.

—A mí me parece—respondió Sancho—que los pensamientos que dan lugar a hacer coplas no deben de ser muchos. Vuesa merced coplee cuanto quisiere; que yo dormiré cuanto pudiere.

Y luego, tomando en el suelo cuanto quiso, se acurrucó y durmió a sueño suelto, sin que fianzas ni deudas, ni dolor alguno se lo estorbase. Don Quijote, arrimado a un tronco de una haya, o de un alcornoque (que Cide Hamete Benengeli no distingue el árbol que era), al son de sus mesmos suspiros, cantó de esta sierte:

—Amor, cuando yo pienso
En el mal que me das, terrible y fuerte,
Voy corriendo a la muerte,
Pensando así acabar mi mal inmenso;
  Mas en llegando al paso
Que es puerto en este mar de mi tormento,
Tanta alegría siento,
Que la vida se esfuerza, y no le paso.
  Así el vivir me mata,
Que la muerte me torna a dar la vida.
¡Oh condición no oída
La que conmigo muerte y vida trata [1]!

Cada verso déstos acompañaba con muchos suspiros y no pocas lágrimas, bien como aquel cuyo corazón venía [2] traspasado con el dolor del vencimiento y con la ausencia de Dulcinea.

Llegóse en esto el día, dió el sol con sus rayos en los ojos de Sancho; despertó, y esperezóse, sacudiéndose y estirándose los perezosos miembros; miró el destrozo que habían hecho los puercos en su repostería, y maldijo la piara, y aun más ade-

---

[1] ¡Oh triste suerte que me hace cantar a un tiempo mismo vida y muerte!

[2] La edición príncipe dice *tenía*.

2, 68.—AVENTURA DE ALTISIDORA (conclusión)

lante. Finalmente, volvieron los dos a su comenzado camino, y al declinar de la tarde vieron que hacia ellos venían hasta diez hombres de a caballo y cuatro o cinco de a pie. Sobresaltóse el corazón de don Quijote y azaróse el de Sancho, porque la gente que les llegaba traía lanzas y adargas y venía muy a punto de guerra. Volvióse don Quijote a Sancho, y díjole:

—Si yo pudiera, Sancho, ejercitar mis armas, y mi promesa no me hubiera atado los brazos, esta máquina que sobre nosotros viene la tuviera yo por tortas y pan pintado; pero podría ser fuese otra cosa de la que tememos.

Llegaron, en esto, los de a caballo, y arbolando las lanzas, sin hablar palabra alguna rodearon a don Quijote, y se las pusieron a las espaldas y pechos, amenazándole de muerte. Uno de los de a pie, puesto un dedo en la boca en señal de que callase, asió del freno de Rocinante, y le sacó del camino; y los demás de a pie, antecogiendo a Sancho y al rucio, guardando todos maravilloso silencio, siguieron los pasos del que llevaba a don Quijote, el cual dos o tres veces quiso preguntar adónde le llevaban, o qué querían; pero apenas comenzaba a mover los labios, cuando se los iban a cerrar con los hierros de las lanzas; y a Sancho le acontecía lo mismo: porque apenas daba muestras de hablar, cuando uno de los de a pie con un aguijón le punzaba, y al rucio ni más ni menos, como si hablar quisiera. Cerró la noche, apresuraron el paso, creció en los dos presos el miedo, y más cuando oyeron que de cuando en cuando les decían:

—¡Caminad, trogloditas[1]!
—¡Callad, bárbaros!
—¡Pagad, antropófagos!
—¡No os quejéis, scitas[2], ni abráis los ojos, Polifemos[3] matadores, leones carniceros!

Y con otros nombres semejantes a éstos, con que atormentaban los oídos de los miserables amo y mozo. Sancho iba diciendo entre sí: «—¿Nosotros tortolitas? ¿Nosotros barberos ni

---

[1] «*Trogloditas*, ciertos pueblos de Etiopía, bajo Egipto, hacia el sino [= golfo] Arábico; es gente muy bárbara, sústentanse de carnes de serpientes, viven en cuevas, no tienen lenguaje ni voz, sino dan sólo un chillido» (Cov.).
[2] *Citas* se pronunciaba esta palabra, y así la escribe Covarrubias (voz *camello*); cf. *Cipión*, p. 149, n. 5.
[3] Polifemo, uno de los cíclopes de Sicilia, era un monstruo gigantesco que se devoraba los hombres.

2, 69.—AVENTURA DE ALTISIDORA (conclusión)

estropajos? ¿Nosotros perritas, a quien dicen *cita, cita*[1]? No me contentan nada estos nombres: a mal viento va esta parva[2]; todo el mal nos viene junto, como al perro los palos, ¡y ojalá parase en ellos lo que amenaza esta aventura tan desventurada!»

Iba don Quijote embelesado, sin poder atinar con cuantos discursos hacía qué serían aquellos nombres llenos de vituperios que les ponían, de los cuales sacaba en limpio no esperar ningún bien y temer mucho mal. Llegaron, en esto, un hora casi de la noche, a un castillo, que bien conoció don Quijote que era el del Duque, donde había poco que habían estado.

—¡Válame Dios!—dijo así como conoció la estancia—, ¿y qué será esto? Sí que[3] en esta casa todo es cortesía y buen comedimiento; pero para los vencidos el bien se vuelve en mal, y el mal en peor.

Entraron[4] al patio principal del castillo, y viéronle aderezado y puesto de manera, que les acrecentó la admiración y les dobló el miedo, como se verá en el siguiente capítulo.

CAPITULO LXIX.—Del más raro y más nuevo suceso que en todo el discurso desta grande historia avino a don Quijote.

Apeáronse los de a caballo, y junto con los de a pie, tomando en peso y arrebatadamente a Sancho y a don Quijote, los entraron en el patio, alrededor del cual ardían casi cien hachas, puestas en sus blandones[5], y por los corredores del patio, más de quinientas luminarias; de modo, que a pesar de

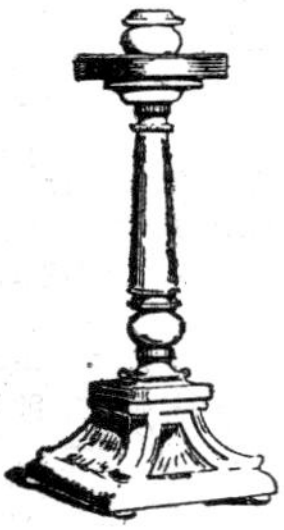

---

[1] Dice Covarrubias: «*Cito*, un término que tenemos con que llamamos los perros, alargándoles la mano y dándoles castañetas» [= «el golpe y sonido que se da con el dedo pulgar y el dedo medio». Cov.].

[2] «*Parva*, la mies que tiene el labrador en la era, trillada y recogida en un montón, antes de ablentarla [= aventarla] y apartar la paja del grano» (Cov.).

[3] Cierto que.

[4] O mejor, *los entraron*, como luego se dirá.

[5] *Blandón* = 1) hacha de cera; 2) hachero o candelero grande.

— 1130 —

2, 69.—AVENTURA DE ALTISIDORA (*conclusión*)

la noche, que se mostraba algo escura, no se echaba de ver la falta del día. En medio del patio se levantaba un túmulo como dos varas del suelo, cubierto todo con un grandísimo dosel de terciopelo negro, alrededor del cual[1], por sus gradas, ardían velas de cera blanca sobre más de cien candeleros de plata; encima del cual túmulo se mostraba un cuerpo muerto de una tan hermosa doncella, que hacía parecer con su hermosura hermosa a la misma muerte. Tenía la cabeza sobre una almohada de brocado, coronada con una guirnalda de diversas y odoríferas flores tejida, las manos cruzadas sobre el pecho, y entre ellas, un ramo de amarilla y vencedora palma[2]. A un lado del patio estaba puesto un teatro[3] y dos sillas, sentados dos personajes, que por tener coronas en la cabeza y ceptros en las manos, daban señales de ser algunos reyes, ya verdaderos, o ya fingidos. Al lado deste teatro, adonde se subía por algunas gradas, estaban otras dos sillas, sobre las cuales los que trujeron los presos sentaron a don Quijote y a Sancho, todo esto callando, y dándoles a entender con señales a los dos que asimismo callasen; pero sin que se lo señalaran, callaran ellos, porque la admiración de lo que estaban mirando les tenía atadas las lenguas. Subieron, en esto, al teatro, con mucho acompañamiento, dos principales personajes, que luego fueron conocidos de don Quijote ser el Duque y la Duquesa, sus huéspedes, los cuales se sentaron en dos riquísimas sillas, junto a los dos que parecían reyes. ¿Quién no se había de admirar con esto, añadiéndose a ello haber conocido don Quijote que el cuerpo muerto que estaba sobre el túmulo era el de la hermosa Altisidora? Al subir el Duque y la Duquesa en el teatro se levantaron don Quijote y Sancho, y les hicieron una profunda humillación, y los Duques hicieron lo mesmo, inclinando algún tanto las cabezas.

Salió en esto, de través, un ministro, y llegándose a Sancho, le echó una ropa de bocací[4] negro encima, toda pintada con llamas de fuego, y quitándole la caperuza, le puso en la cabeza una coroza[5], al modo de las que sacan los penitenciados por el Santo Oficio, y díjole al oído que no descosiese los

---

[1] Del cual túmulo.
[2] En señal de virginidad.
[3] Cf. p. 764, n. 13.
[4] Cf. p. 743, n. 3.
[5] Cf. p. 245, n. 4; y p. 641, n. 1.

2, 69.—AVENTURA DE ALTISIDORA (*conclusión*)

labios, porque le echarían una mordaza, o le quitarían la vida. Mirábase Sancho de arriba abajo; veíase ardiendo en llamas; pero como no le quemaban, no las estimaba en dos arditas. Quitóse la coroza; vióla pintada de diablos[1]; volviósela a poner, diciendo entre sí:

—Aun bien que[2] ni ellas me abrasan, ni ellos me llevan.

Mirábale también don Quijote, y aunque el temor le tenía suspensos los sentidos, no dejó de reírse de ver la figura de Sancho. Comenzó, en esto, a salir, al parecer, debajo del túmulo un son sumiso[3] y agradable de flautas, que por no ser impedido de alguna humana voz, porque en aquel sitio el mesmo silencio guardaba silencio a sí mismo, se mostraba blando y amoroso. Luego hizo de sí improvisa muestra[4], junto a la almohada del, al parecer, cadáver, un hermoso mancebo vestido a lo romano, que al son de una arpa, que él mismo tocaba, cantó con suavísima y clara voz estas dos estancias:

> En tanto que en sí vuelve Altisidora,
> Muerta por la crueldad de don Quijote,
> Y en tanto que en la corte encantadora
> Se vistieren las damas de picote[5],
> Y en tanto que a sus dueñas mi señora
> Vistiere de bayeta[6] y de anascote[7],
> Cantaré su belleza y su desgracia,
> Con mejor plectro que el cantor de Tracia[8].
>
> Y[9] aun no se me figura que me toca
> Aqueste oficio solamente en vida;
> Mas con la lengua muerta y fría en la boca
> Pienso mover la voz a ti debida.
> Libre mi alma de su estrecha roca[10],

---

[1] En los sambenitos y corozas que el Santo Oficio mandaba poner a los condenados y relajados que morían contritos no les ponían más que llamas de fuego pintadas, y a los que morían obstinados y pertinaces les añadían muchos demonios.

[2] A bien que.

[3] Apagado, suave.

[4] *Muestra* = demostración, ostentación.

[5] «*Picote* es una tela basta de pelos de cabra» (Cov.).

[6] Cf. p. 600, n. 3.

[7] Cf. p. 897, n. 3.

[8] Para *plectro* véase p. 584, n. 2. El cantor de Tracia es Orfeo.

[9] En esta estancia, que es la segunda octava de la tercera égloga de Garcilaso, se aspira el aroma virgiliano de la fábula de Aristeo (*Geórg.*, IV).

[10] A su cuerpo llama *roca*, que está por prisión de castillo roquero.

— 1132 —

2, 69.—AVENTURA DE ALTISIDORA (conclusión)

Por el estigio lago conducida,
Celebrándote irá, y aquel sonido
Hará parar las aguas del olvido.

—No más—dijo a esta sazón uno de los dos que parecían reyes—: no más, cantor divino; que sería proceder en infinito representarnos ahora la muerte y las gracias de la sin par Altisidora, no muerta, como el mundo ignorante piensa, sino viva en las lenguas de la Fama, y en la pena que para volverla a la perdida luz ha de pasar Sancho Panza, que está presente; y así, ¡oh tú, Radamanto, que conmigo juzgas en las cavernas lóbregas de Dite[1]!, pues sabes todo aquello que en los inescrutables hados está determinado acerca de volver en sí esta doncella, dilo y declaralo luego, porque no se nos dilate el bien que con su nueva vuelta esperamos.

Apenas hubo dicho esto Minos, juez, y compañero de Radamanto, cuando levantándose en pie Radamanto, dijo:

—¡Ea, ministros desta casa, altos y bajos, grandes y chicos, acudid unos tras otros, y sellad el rostro de Sancho con veinticuatro mamonas[2], y doce pellizcos y seis alfilerazos en brazos y lomos; que en esta ceremonia consiste la salud de Altisidora!

Oyendo lo cual Sancho Panza, rompió el silencio, y dijo:

—¡Voto a tal, así me deje yo sellar el rostro ni manosearme la cara como volverme moro! ¡Cuerpo de mí! ¿Qué tiene que ver manosearme el rostro con la resurreción desta doncella? Regostóse la vieja a los bledos[3]... ¡Encantan a Dulcinea, y azótanme para que se desencante; muérese Altisidora de males que Dios quiso darle, y hanla de resucitar hacerme a mí veinticuatro mamonas, y acribarme el cuerpo a alfilerazos, y acardenalarme los brazos a pellizcos. ¡Esas burlas, a un cuñado; que yo soy perro viejo, y no hay conmigo tus, tus!

—¡Morirás!—dijo en alta voz Radamanto—. ¡Ablándate, tigre; humíllate, Nembrot[4] soberbio, y sufre y calla, pues no

---

[1] En la edición príncipe se lee *Lite*, que en boca de Sancho podría pasar, pero no en la de este presunto rey.

[2] Cf. p. 827, n. 4.

[3] *Ni dejó verdes ni secos*, termina el refrán. *Regostarse* o *arregostarse* (de *regustare*) = aficionarse o engolosinarse. *Bledos* = especie de berros. Aplícase (el refrán), dice Covarrubias, «a los que en los principios no arrostran a una cosa y después la apetecen en demasía».

[4] De Nemrod, descendiente de Cam, se habla en el *Génesis*, 10, 8.

2, 69.—AVENTURA DE ALTISIDORA (conclusión)

te piden imposibles! Y no te metas en averiguar las dificultades deste negocio: ¡mamonado has de ser; acrebillado te has de ver; pellizcado has de gemir! ¡Ea, digo, ministros, cumplid mi mandamiento; si no, por la fe de hombre de bien que habéis de ver para lo que nacistes!

Parecieron, en esto, que por el patio venían [1], hasta seis dueñas en procesión, una tras otra, las cuatro con antojos, y todas levantadas las manos derechas en alto, con cuatro dedos de muñecas de fuera, para hacer las manos más largas, como ahora se usa. No las hubo visto Sancho, cuando bramando como un toro, dijo:

—Bien podré yo dejarme manosear de todo el mundo; pero consentir que me toquen dueñas, ¡eso no! Gatéenme el rostro, como hicieron a mi amo en este mesmo castillo; traspásenme el cuerpo con puntas de dagas buídas [2]; atenácenme los brazos con tenazas de fuego, que yo lo llevaré en paciencia, o serviré a estos señores; pero que me toquen dueñas no lo consentiré, si [3] me llevase el diablo.

Rompió también el silencio don Quijote, diciendo a Sancho:

—Ten paciencia, hijo, y da gusto a estos señores, y muchas gracias al cielo por haber puesto tal virtud en tu persona, que con el martirio della desencantes los encantados y resucites los muertos.

Ya estaban las dueñas cerca de Sancho, cuando él, más blando y más persuadido, poniéndose bien en la silla, dió rostro y barba a la primera, la cual le hizo una mamona muy bien sellada, y luego una gran reverencia.

—¡Menos cortesía; menos mudas [4], señora dueña—dijo Sancho—; que por Dios que traéis las manos oliendo a vinagrillo [5]!

Finalmente, todas las dueñas le sellaron, y otra mucha gente de casa le pellizcaron; pero lo que él no pudo sufrir fué el punzamiento de los alfileres; y así, se levantó de la silla, al parecer, mohino, y asiendo de una hacha encendida que junto a él estaba, dió tras las dueñas, y tras todos sus verdugos, diciendo:

—¡Afuera, ministros infernales; que no soy yo de bronce, para no sentir tan extraordinarios martirios!

---

[1] Se vieron entonces, pues por el patio venían, hasta...
[2] Cf. p. 781, n. 2.
[3] Aunque (cf. pról. 30).
[4] Afeites (cf. p. 218, n. 8).
[5] El *vinagrillo* es una de las mudas o afeites.

2, 69.—AVENTURA DE ALTISIDORA

En esto, Altisidora, que debía de estar cansada, por haber estado tanto tiempo supina, se volvió de un lado; visto lo cual por los circunstantes, casi todos a una voz, dijeron:

—¡Viva es Altisidora! ¡Altisidora vive!

Mandó Radamanto a Sancho que depusiese la ira, pues ya se había alcanzado el intento que se procuraba.

Así como don Quijote vió rebullir a Altisidora, se fué a poner de rodillas delante de Sancho, diciéndole:

—¡Agora es tiempo, hijo de mis entrañas, no que[1] escudero mío, que te des algunos de los azotes que estás obligado a dar por el desencanto de Dulcinea! ¡Ahora, digo, que es el tiempo donde tienes sazonada la virtud, y con eficacia de obrar el bien que de ti se espera!

A lo que respondió Sancho:

—Esto me parece argado[2] sobre argado, y no miel sobre hojuelas[3]. ¡Bueno sería que tras pellizcos, mamonas y alfilerazos, viniesen ahora los azotes! No tienen más que hacer sino tomar una gran piedra, y atármela al cuello, y dar conmigo en un pozo, de lo que a mí no pesaría mucho, si es que para curar los males ajenos tengo yo de ser la vaca de la boda[4]. Déjenme: si no, por Dios que lo arroje y lo eche todo a trece, aunque no se venda[5].

Ya, en esto, se había sentado en el túmulo Altisidora, y al mismo instante sonaron las chirimías, a quien acompañaron las flautas, y las voces de todos, que aclamaban:

—¡Viva Altisidora! ¡Altisidora viva!

Levantáronse los Duques y los reyes Minos y Radamanto, y todos juntos, con don Quijote y Sancho, fueron a recebir a Altisidora, y a bajarla del túmulo; la cual, haciendo de la desmayada, se inclinó a los Duques y a los reyes, y mirando de través a don Quijote, le dijo:

—Dios te lo perdone, desamorado caballero, pues por tu crueldad he estado en el otro mundo, a mi parecer, más de mil

---

[1] Hoy diríamos *no ya* o *que no* (cf. pról. 37).
[2] *Argado* = enredo, travesura.
[3] «*Hojuelas* es cierta fruta de sartén, hecha de masa estendida muy delgada como hojas, de donde tomaron el nombre... Cuando una cosa tiene suficientemente lo que le basta, si sobre aquello se le añade cosa que la mejore, decimos vulgarmente que es *miel sobre hojuelas*» (Cov.).
[4] La *vaca de la boda* se dice de la persona que sirve de diversión a los que concurren a ella, y del sujeto a quien acuden todos en sus aprietos.
[5] Cf. p. 292, n. 4.

años; y a ti ¡oh el más compasivo escudero que contiene el orbe! te agradezco la vida que poseo. Dispón desde hoy más, amigo Sancho, de seis camisas mías que te mando, para que hagas otras seis para ti; y si no son todas sanas, a lo menos son todas limpias.

Besóle por ello las manos Sancho, con la coroza en la mano y las rodillas en el suelo. Mandó el Duque que se la quitasen, y le volviesen su caperuza, y le pusiesen el sayo, y le quitasen la ropa de las llamas. Suplicó Sancho al Duque que le dejasen la ropa y mitra[1]; que las quería llevar a su tierra, por señal y memoria de aquel nunca visto suceso. La Duquesa respondió que sí dejarían[2]; que ya sabía el cuán grande amiga suya era. Mandó el Duque despejar el patio, y que todos se recogiesen a sus estancias, y que a don Quijote y a Sancho los llevasen a las que ellos ya se sabían.

CAPITULO LXX.—Que sigue al sesenta y nueve, y trata de cosas no escusadas para la claridad desta historia.

Durmió Sancho aquella noche en una carriola[3], en el mesmo aposento de don Quijote, cosa que él quisiera escusarla, si pudiera, porque bien sabía que su amo no le había de dejar dormir a preguntas y a respuestas, y no se hallaba en disposición de hablar mucho, porque los dolores de los martirios pasados los tenía presentes, y no le dejaban libre la lengua, y viniérale más a cuento dormir en una choza solo, que no en aquella rica estancia acompañado. Salióle su temor tan verdadero y su sospecha tan cierta, que apenas hubo entrado su señor en el lecho, cuando dijo:

—¿Qué te parece, Sancho, del suceso desta noche? Grande y poderosa es la fuerza del desdén desamorado, como[4] por tus mismos ojos has visto muerta a Altisidora, no con otras saetas,

---

[1] «*Coroza*... Por no tener nombre señalado la llamaron los doctores *mitra*. Antonio de Nebrija la llama *mitra scelerata*, vocablo nuevo, a distinción de la mitra de los prelados, que en todo es diferente, por ser mitra de honor y *ser partida*» (Cov.); cf. p. 641, n. 1.

[2] Hoy diríamos *le dejarían* (cf. pról. 10).

[3] *Carriola* = cama baja o tarima con ruedas.

[4] *Como* = porque, ya que. Otro ejemplo de *cómo* causal puede verse en II, 46 (p. 954): como *es ligero el tiempo*..., *corrió caballero en las horas*.

2, 70.—AVENTURA DE ALTISIDORA (*conclusión*)

ni con otra espada, ni con otro instrumento bélico, ni con venenos mortíferos, sino con la consideración del rigor y el desdén con que yo siempre la he tratado.

—Muriérase ella en hora buena cuando quisiera y como quisiera—respondió Sancho—, y dejárame a mí en mi casa, pues ni yo la enamoré ni la desdeñé en mi vida. Yo no sé, ni puedo pensar cómo sea que la salud de Altisidora, doncella más antojadiza que discreta, tenga que ver, como otra vez he dicho, con los martirios de Sancho Panza. Agora sí que vengo a conocer clara y distintamente que hay encantadores y encantos en el mundo, de quien Dios me libre, pues yo no me sé librar; con todo esto, suplico a vuesa merced me deje dormir, y no me pregunte más, si no quiere que me arroje por una ventana abajo.

—Duerme, Sancho amigo—respondió don Quijote—, si es que te dan lugar los alfilerazos y pellizcos recebidos y las mamonas hechas.

—Ningún dolor—replicó Sancho—llegó a la afrenta de las mamonas, no por otra cosa que por habérmelas hecho dueñas, que confundidas sean; y torno a suplicar a vuesa merced me deje dormir; porque el sueño es alivio de las miserias de los que las tienen despiertos.

—Sea así—dijo don Quijote—, y Dios te acompañe.

Durmiéronse los dos, y en este tiempo quiso escribir y dar cuenta Cide Hamete, autor desta grande historia, qué les movió a los Duques a levantar el edificio de la máquina referida; y dice que, no habiéndosele olvidado al bachiller Sansón Carrasco cuando[1] el Caballero de los Espejos fué vencido y derribado por don Quijote, cuyo[2] vencimiento y caída borró y deshizo todos sus designios, quiso volver a probar la mano, esperando mejor suceso que el pasado; y así, informándose del paje que llevó la carta y presente a Teresa Panza, mujer de Sancho, adónde don Quijote quedaba, buscó nuevas armas y caballo, y puso en el escudo la blanca luna, llevándolo todo sobre un macho, a quien guiaba un labrador, y no Tomé Cecial su antiguo escudero, porque no fuese conocido de Sancho ni de don Quijote. Llegó, pues, al castillo del Duque, que le informó el camino y derrota que don Quijote llevaba, con intento de hallarse en las justas de Zaragoza. Díjole asimismo las bur-

---

[1] La ocasión o tiempo *cuando*.
[2] *Cuyo* no se refiere a don Quijote, sino al Caballero de los Espejos.

2, 70.—AVENTURA DE ALTISIDORA (*conclusión*)

las que le había hecho con la traza del desencanto de Dulcinea, que había de ser a costa de las posaderas de Sancho. En fin, dió cuenta de la burla que Sancho había hecho a su amo, dándole a entender que Dulcinea estaba encantada y transformada en labradora, y cómo la Duquesa su mujer había dado a entender a Sancho que él era el que se engañaba, porque verdaderamente estaba encantada Dulcinea; de que no poco se rió y admiró el Bachiller, considerando la agudeza y simplicidad de Sancho, como del estremo de la locura de don Quijote. Pidióle el Duque que si le hallase, y le venciese o no, se volviese por allí, a darle cuenta del suceso. Hízolo así el Bachiller; partióse en su busca; no le halló en Zaragoza; pasó adelante, y sucedióle lo que queda referido. Volvióse por el castillo del Duque, y contóselo todo, con las condiciones de la batalla, y que ya don Quijote volvía a cumplir, como buen caballero andante, la palabra de retirarse un año en su aldea, en el cual tiempo podía ser, dijo el Bachiller, que sanase de su locura; que ésta era la intención que le había movido a hacer aquellas transformaciones, por ser cosa de lástima que un hidalgo tan bien entendido como don Quijote fuese loco. Con esto, se despidió del Duque, y se volvió a su lugar, esperando en él a don Quijote, que tras él venía. De aquí tomó ocasión el Duque de hacerle aquella burla: tanto era lo que gustaba de las cosas de Sancho y de don Quijote; y haciendo tomar los caminos cerca y lejos del castillo por todas las partes que[1] imaginó que podría volver don Quijote, con muchos criados suyos de a pie y de a caballo, para que por fuerza o de grado le trujesen al castillo, si le hallasen, halláronle, dieron aviso al Duque, el cual ya prevenido de todo lo que había de hacer, así como tuvo noticia de su llegada, mandó encender las hachas y las luminarias del patio, y poner a Altisidora sobre el túmulo, con todos los aparatos que se han contado, tan al vivo y tan bien hechos, que de la verdad a ellos había bien poca diferencia. Y dice más Cide Hamete: que tiene para sí ser tan locos los burladores como los burlados, y que no estaban los Duques dos dedos de parecer tontos, pues tanto ahinco ponían en burlarse de dos tontos. Los cuales, el uno durmiendo a sueño suelto, y el otro velando a pensamientos desatados, les tomó[2] el día, y la gana de levan-

---

[1] Por *que* (cf. pról. 19) = por donde.
[2] *Los cuales... les tomó*, es una inconsecuencia gramatical (cf. pról. 13).

2, 70.—AVENTURA DE ALTISIDORA (*conclusión*)

tarse; que las ociosas plumas, ni vencido ni vencedor, jamás dieron gusto a don Quijote.

Altisidora (en la opinión de don Quijote, vuelta de muerte a vida), siguiendo el humor de sus señores, coronada con la misma guirnalda que en el túmulo tenía, y vestida una tunicela[1] de tafetán blanco, sembrada de flores de oro, y sueltos los cabellos por las espaldas, arrimada a un báculo de negro y finísimo ébano, entró en el aposento de don Quijote; con cuya presencia turbado y confuso, se encogió y cubrió casi todo con las sábanas y colchas de la cama, muda la lengua, sin que acertase a hacerle cortesía ninguna. Sentóse Altisidora en una silla, junto a su cabecera, y después de haber dado un gran suspiro, con voz tierna y debilitada, le dijo:

—Cuando las mujeres principales y las recatadas doncellas atropellan por la honra, y dan licencia a la lengua que[2] rompa por todo inconveniente, dando noticia en público de los secretos que su corazón encierra, en estrecho término se hallan. Yo, señor don Quijote de la Mancha, soy una déstas, apretada, vencida y enamorada; pero, con todo esto, sufrida y honesta; tanto, que por serlo tanto, reventó mi alma por mi silencio[3] y perdí la vida. Dos días ha que por la consideración del rigor con que me has tratado,

«¡Oh más duro que mármol a mis quejas[4]»,

empedernido caballero!, he estado muerta, o, a lo menos, juzgada por tal de los que me han visto; y si no fuera porque el Amor, condoliéndose de mí, depositó mi remedio en los martirios deste buen escudero, allá me quedara en el otro mundo.

—Bien pudiera el Amor—dijo Sancho—depositarlos en los de mi asno; que yo se lo agradeciera. Pero dígame, señora, así el cielo la acomode con otro más blando amante que mi amo: ¿qué es lo que vió en el otro mundo?; ¿qué hay en el infierno? Porque quien muere desesperado, por fuerza ha de tener aquel paradero.

—La verdad que os diga—respondió Altisidora—, yo no debí de morir del todo, pues no entré en el infierno; que si allá

---

[1] Túnica.
[2] Para *que*.
[3] Salió (cf. p. 78, n. 5) a causa de.
[4] Este verso es de la égloga primera de Garcilaso.

— 1139 —

2, 70.—AVENTURA DE ALTISIDORA (*conclusión*)

entrara, una por una[1] no pudiera salir dél, aunque quisiera. La verdad es que llegué a la puerta adonde estaban jugando hasta una docena de diablos a la pelota, todos en calzas y enjubón, con valonas guarnecidas con puntas de randas flamencas[2], y con unas vueltas de lo mismo que les servían de puños con cuatro dedos de brazo de fuera, porque pareciesen las manos más largas; en las cuales tenían unas palas de fuego; y lo que más me admiró fué que les servían, en lugar de pelotas, libros, al parecer, llenos de viento y de borra[3], cosa maravillosa y nueva; pero esto no me admiró tanto como el ver que, siendo natural de los jugadores el alegrarse los gananciosos y entristecerse los que pierden, allí en aquel juego todos gruñían, todos regañaban y todos se maldecían.

—Eso no es maravilla—respondió Sancho—; porque los diablos, jueguen o no jueguen, nunca pueden estar contentos, ganen o no ganen.

—Así debe de ser—respondió Altisidora—; mas hay otra cosa que también me admira (quiero decir que me admiró entonces), y fué que al primer voleo, no quedaba pelota en pie, ni de provecho para servir otra vez; y así, menudeaban libros nuevos y viejos, que era una maravilla. A uno dellos, nuevo, flamante y bien encuadernado, le dieron un papirotazo[4], que[5] le sacaron las tripas y le esparcieron las hojas. Dijo un diablo a otro: «—Mirad qué libro es ése». Y el diablo le respondió: «—Ésta es la *Segunda parte de la historia de don Quijote de la Mancha*, no compuesta por Cide .Hamete, su primer autor, sino por un aragonés, que[6] él dice ser natural de Tordesillas[7]». «—Quitádmele de ahí—respondió el otro diablo—, y metedle en los abismos del infierno: no le vean más mis ojos.» «—¿Tan malo es?—respondió el otro». «—Tan malo—replicó el primero—, que si de propósito yo mismo me pusiera a hacerlo peor, no acertara». Prosiguieron su juego, peloteando otros libros, y yo, por haber oído nombrar a don Quijote, a quien tanto adamo y quiero, procuré que se me quedase en la memoria esta visión.

---

[1] Realmente.
[2] Cf. p. 734, n. 5.
[3] Cf. p. 690, n. 1.
[4] *Papirotazo, capirotazo* o *capirote* = golpe.
[5] Tal, *que* (cf. pról. 15).
[6] Aunque.
[7] Vallisoletano.

2, 70.—AVENTURA DE ALTISIDORA (*conclusión*)

—Visión debió de ser, sin duda—dijo don Quijote—, porque no hay otro yo en el mundo, y ya esa historia anda por acá de mano en mano; pero no para en ninguna, porque todos la dan del[1] pie. Yo no me he alterado en oír que ando como cuerpo fantástico por las tinieblas del abismo, ni por la claridad de la tierra, porque no soy aquel de quien esa historia trata. Si ella fuere buena, fiel y verdadera, tendrá siglos de vida; pero si fuere mala, de su parto a la sepultura no será muy largo el camino.

Iba Altisidora a proseguir en quejarse de don Quijote, cuando le dijo don Quijote:

—Muchas veces os he dicho, señora, que a mí me pesa de que hayáis colocado en mí vuestros pensamientos, pues de los míos antes pueden ser agradecidos que remediados[2]: yo nací para ser de Dulcinea del Toboso, y los hados (si los hubiera) me dedicaron para ella; y pensar que otra alguna hermosura ha de ocupar el lugar que en mi alma tiene es pensar lo imposible. Suficiente desengaño es éste para que os retiréis en los límites de vuestra honestidad, pues nadie se puede obligar a lo imposible.

Oyendo lo cual Altisidora, mostrando enojarse y alterarse, le dijo:

—¡Vive el Señor, don bacallao, alma de almirez[3], cuesco[4] de dátil, más terco y duro que villano rogando cuando tiene la suya sobre el hito[5], que si arremeto a vos, que os tengo de sacar los ojos! ¿Pensáis por ventura, don vencido y don molido a palos, que yo me he muerto por vos? Todo lo que habéis visto esta noche ha sido fingido; que no soy yo mujer que por semejantes camellos había de dejar que me doliese un negro de la uña, cuanto más morirme.

—Eso creo yo muy bien—dijo Sancho—; que esto de morirse los enamorados es cosa de risa: bien lo pueden ellos decir; pero hacer, créalo Judas[6].

---

[1] Del, o con el.

[2] Sin tanta delicadeza: «vuestros pensamientos pueden ser agradecidos, pero no remediados».

[3] «*Almirez* es el mortero de metal, como el de las campanas, donde se muelen muchas y diversas cosas» (Cov.), cf. p. 638, n. 3.

[4] *Cuesco* = hueso de la fruta, como el de la guinda, melocotón...

[5] Cf. p. 668, n. 7.

[6] Traducción macarrónica, dice Clemencín, de *credat iudaeus Apella* Horacio: *Sát.*, I, 6, 100), semejante a «la necesidad tiene cara de hereje»

2, 70.—AVENTURA DE ALTISIDORA (conclusión)

Estando en estas pláticas, entró el músico, cantor y poeta que había cantado las dos ya referidas estancias, el cual, haciendo una gran reverencia a don Quijote, dijo:

—Vuesa merced, señor caballero, me cuente y tenga en el número de sus mayores servidores, porque ha muchos días que le soy muy aficionado, así por su fama como por sus hazañas.

Don Quijote le respondió:

—Vuesa merced me diga quién es, porque mi cortesía responda a sus merecimientos.

El mozo respondió que era el músico y panegírico [1] de la noche antes.

—Por cierto—replicó don Quijote—, que vuesa merced tiene estremada voz; pero lo que cantó no me parece que fué muy a propósito; porque ¿qué tienen que ver las estancias de Garcilaso con la muerte desta señora?

—No se maraville vuesa merced deso—respondió el músico—; que ya entre los intonsos [2] poetas de nuestra edad se usa que cada uno escriba como quisiere, y hurte de quien quisiere, venga o no venga a pelo de su intento, y ya no hay necedad que canten o escriban que no se atribuya a licencia poética.

Responder quisiera don Quijote; pero estorbáronlo el Duque y la Duquesa, que entraron a verle, entre los cuales pasaron [3] una larga y dulce plática, en la cual dijo Sancho tantos donaires y tantas malicias, que dejaron [4] de nuevo admirados a los Duques, así con su simplicidad como con su agudeza. Don Quijote les suplicó le diesen licencia para partirse aquel mismo día, pues a los vencidos caballeros, como él, más les convenía habitar una zahurda [5] que no reales palacios. Diéronsela de muy buena gana, y la Duquesa le preguntó si quedaba en su gracia Altisidora. Él le respondió:

—Señora mía, sepa vuestra señoría que todo el mal desta doncella nace de ociosidad, cuyo remedio es la ocupación ho-

---

sacada de *necessitas caret lege* o a «ya no hay cielo» de *ianua caeli*, que menciona Cuervo (*Apuntaciones*, n. 95).

[1] Panegirista.
[2] *Intonso* = que no tiene cortado el pelo; inculto; joven, principiante.
[3] Tuvieron.
[4] Los donaires y malicias.
[5] «*Zahurda*, la pocilga donde se recogen los puercos...; cuando mucha gente pobre y miserable se recoge en algún sótano o lugar subterráneo, decimos que están en una zahurda» (Cov.).

— 1142 —

2, 70.—AVENTURA DE ALTISIDORA (*conclusión*)

nesta y continua. Ella me ha dicho aquí que se usan randas en el infierno; y pues ella las debe de saber hacer, no las deje de la mano; que ocupada en menear los palillos, no se menearán en su imaginación la imagen o imágines de lo que bien quiere; y ésta es la verdad, éste mi parecer y éste es mi consejo.

—Y el mío—añadió Sancho—, pues no he visto en toda mi vida randera que por amor se haya muerto; que las doncellas ocupadas más ponen sus pensamientos en acabar sus tareas que en pensar en sus amores. Por mí lo digo, pues mientras estoy cavando no me acuerdo de mi oíslo, digo, de mi Teresa Panza, a quien quiero más que a las pestañas de mis ojos.

—Vos decís muy bien—dijo la Duquesa—y yo haré que mi Altisidora se ocupe de aquí adelante en hacer alguna labor blanca, que la sabe hacer por estremo.

—No hay para qué, señora—respondió Altisidora—, usar dese remedio, pues la consideración de las crueldades que conmigo ha usado este malandrín mostrenco me le borrarán de la memoria sin otro artificio alguno. Y con licencia de vuestra grandeza, me quiero quitar de aquí, por no ver delante de mis ojos ya no su triste figura, sino su fea y abominable catadura.

—Eso me parece—dijo el Duque—a lo que suele decirse:

«Porque aquel que dice injurias,
Cerca está de perdonar».

Hizo Altisidora muestra de limpiarse las lágrimas con un pañuelo, y haciendo reverencia a sus señores se salió del aposento.

—Mándote yo—dijo Sancho—, pobre doncella, mándote digo, mala ventura, pues las has habido con una alma de esparto y con un corazón de encina. ¡A fee que si las hubieras conmigo, que otro gallo te cantara!

Acabóse la plática, vistióse don Quijote, comió con los Duques, y partióse aquella tarde.

CAPITULO LXXI.—De lo que a don Quijote le sucedió con su escudero Sancho yendo a su aldea.

Iba el vencido y asendereado don Quijote pensativo además[1] por una parte, y muy alegre por otra. Causaba su tristeza el vencimiento; y la alegría, el considerar[2] en la virtud de Sancho, como lo había mostrado en la reyreción de Altisidora, aunque con algún escrúpulo se persuadía a que la enamorada doncella fuese muerta de veras. No iba nada Sancho alegre, porque le entristecía ver que Altisidora no le había cumplido la palabra de darle las camisas; y yendo y viniendo en esto, dijo a su amo:

—En verdad, señor, que soy el más desgraciado médico que se debe de hallar en el mundo, en el cual hay físicos[3] que, con matar al enfermo que curan, quieren ser pagados de su trabajo, que no es otro sino firmar una cedulilla de algunas medicinas, que no las hace él, sino el boticario, y cátalo cantusado[4]; y a mí, que[5] la salud ajena me cuesta gotas de sangre, mamonas, pellizcos, alfilerazos y azotes, no me dan un ardite. Pues yo les voto a tal que si me traen a las manos otro algún enfermo, que antes que le cure, me han de untar[6] las mías; que el abad, de donde canta yanta, y no quiero creer que me haya dado el cielo la virtud que tengo para que yo la comunique con otros *de bóbilis, bóbilis*.

—Tú tienes razón, Sancho amigo—respondió don Quijote—, y halo hecho muy mal Altisidora en no haberte dado las prometidas camisas; y puesto que tu virtud es *gratis data*, que no te ha costado estudio alguno, más que estudio es recibir martirios en tu persona. De mí te sé decir si quisieras paga por los azotes del desencanto de Dulcinea, ya te la hubiera dado tal como buena[7]; pero no sé si vendrá bien con la cura la paga, y no querría que impidiese el premio a la medicina.

---

[1] Por demás (cf. pról. 11).
[2] Pensar.
[3] *Físico* = médico.
[4] *Cantusar* = quitar con engaño; engañar. *Cátalo cantusado* será, pues, «hételo aquí al enfermo robado o engañado».
[5] Aunque.
[6] Pagar.
[7] Cf. p. 695, n. 5.

2, 71.—AZOTES DE SANCHO

Con todo eso, me parece que no se perderá nada en probarlo: mira, Sancho, el que quieres, y azótate luego, y págate de contado y de tu propia mano, pues tienes dineros míos.

A cuyos ofrecimientos abrió Sancho los ojos y las orejas de un palmo, y dió consentimiento en su corazón a azotarse de buena gana, y dijo a su amo:

—Agora bien, señor, yo quiero disponerme a dar gusto a vuesa merced en lo que desea, con provecho mío; que el amor de mis hijos y de mi mujer me hace que me muestre interesado. Dígame vuesa merced: ¿cuánto me dará por cada azote que me diere?

—Si yo te hubiera de pagar, Sancho—respondió don Quijote—, conforme lo que merece la grandeza y calidad deste remedio, el tesoro de Venecia, las minas del Potosí fueran poco para pagarte; toma tú el tiento a lo que llevas mío, y pon el precio a cada azote.

—Ellos—respondió Sancho—son tres mil y trecientos y tantos; dellos me he dado hasta cinco: quedan los demás; entren entre los tantos estos cinco, y vengamos a los tres mil y trecientos, que a cuartillo cada uno (que no llevaré menos si todo el mundo me lo mandase), montan tres mil y trecientos cuartillos, que son los tres mil, mil y quinientos medios reales que hacen setecientos y cincuenta reales; y los trecientos hacen ciento y cincuenta medios reales, que vienen a hacer setenta y cinco reales, que juntándose a los setecientos y cincuenta, son por todos ochocientos y veinte y cinco reales. Estos desfalcaré yo de los que tengo de vuesa merced, y entraré en mi casa rico y contento, aunque bien azotado; porque no se toman truchas...[1], y no digo más.

—¡Oh Sancho bendito! ¡Oh Sancho amable—respondió don Quijote—, y cuán obligados hemos de quedar Dulcinea y yo a servirte todos los días que el cielo nos diere de vida! Si ella vuelve al ser perdido (que no es posible sino que vuelva), su desdicha habrá sido dicha, y mi vencimiento, felicísimo triunfo. Y mira, Sancho, cuándo quieres comenzar la diciplina; que porque la abrevies, te añado cien reales.

—¿Cuándo?—replicó Sancho—. Esta noche, sin falta. Procure vuesa merced que la tengamos en el campo, a cielo abierto, que yo me abriré mis carnes.

Llegó la noche, esperada de don Quijote con la mayor ansia

---

[1] ... *a bragas enjutas* (sin mojarse).

2, 71.—AZOTES DE SANCHO

del mundo, pareciéndole que las ruedas del carro de Apolo[1] se habían quebrado, y que el día se alargaba más de lo acostumbrado, bien así como acontece a los enamorados, que jamás ajustan[2] la cuenta de sus deseos. Finalmente, se entraron entre unos amenos árboles que poco desviados del camino estaban, donde, dejando vacías la silla y albarda de Rocinante y el rucio, se tendieron sobre la verde hierba y cenaron del repuesto de Sancho; el cual, haciendo del cabestro y de la jáquima del rucio un poderoso y flexible azote, se retiró hasta veinte pasos de su amo, entre unas hayas. Don Quijote, que le vió ir con denuedo y con brío, le dijo:

—Mira, amigo, que no te hagas pedazos: da lugar que unos azotes aguarden a otros; no quieras apresurarte tanto en la carrera, que en la mitad della te falte el aliento; quiero decir que no te des tan recio, que te falte la vida antes de llegar al número deseado. Y porque no pierdas por carta de más ni de menos, yo estaré desde aparte, contando por este mi rosario los azotes que te dieres. Favorézcate el cielo conforme tu buena intención merece.

—Al buen pagador no le duelen prendas—respondió Sancho—: yo pienso darme de manera, que sin matarme, me duela; que en esto debe de consistir la sustancia deste milagro.

Desnudóse luego de medio cuerpo arriba, y arrebatando el cordel, comenzó a darse, y comenzó don Quijote a contar los azotes. Hasta seis o ocho se habría dado Sancho, cuando le pareció ser pesada la burla, y muy barato el precio della, y deteniéndose un poco, dijo a su amo que se llamaba a engaño, porque merecía cada azote de aquéllos ser pagado a medio real, no que[3] a cuartillo.

—Prosigue, Sancho amigo, y no desmayes—le dijo don Quijote—; que yo doblo la parada[4] del precio.

—Dese modo—dijo Sancho—, ¡a la mano de Dios, y lluevan azotes!

Pero el socarrón dejó de dárselos en las espaldas y daba en los árboles, con unos suspiros de cuando en cuando, que parecía que con cada uno dellos se le arrancaba el alma. Tierna la de don Quijote, temeroso de que no[5] se le acabase la vida, y

---

[1] El Sol.
[2] *Ajustar* = hacer justa.
[3] Hoy diríamos *no ya* (cf. pról. 37).
[4] Cf. p. 886, n. 2.
[5] Hoy omitiríamos este *no* (cf. pról. 24).

no consiguiese su deseo por la imprudencia de Sancho, le dijo:

—Por tu vida, amigo, que se quede en este punto este negocio; que me parece muy áspera esta medicina, y será bien dar tiempo al tiempo; que no se ganó Zamora en una hora. Más de mil azotes, si yo no he contado mal, te has dado: bastan por agora; que el asno (hablando a lo grosero) sufre la carga, mas no la sobrecarga.

—No, no, señor—respondió Sancho—: no se ha de decir por mí «a dineros pagados, brazos quebrados»[1]. Apártese vuesa merced otro poco, y déjeme dar otros mil azotes siquiera; que a dos levadas[2] déstas habremos cumplido con esta partida, y aún nos sobrará ropa.

—Pues tú te hallas con tan buena disposición—dijo don Quijote—, el cielo te ayude, y pégate; que yo me aparto.

Volvió Sancho a su tarea con tanto denuedo, que ya había[3] quitado las cortezas a muchos árboles: tal era la riguridad con que se azotaba; y alzando una vez la voz, y dando un desaforado azote a una haya, dijo:

—¡Aquí morirá Sansón, y cuantos con él son!

Acudió don Quijote luego al son de la lastimada voz y del golpe del riguroso azote, y asiendo del torcido cabestro que le servía de corbacho a Sancho, le dijo:

—No permita la suerte, Sancho amigo, que por el gusto mío pierdas tú la vida, que ha de servir para sustentar a tu mujer y a tus hijos: espere Dulcinea mejor coyuntura; que yo me contendré en los límites de la esperanza propincua, y esperaré que cobres fuerzas nuevas, para que se concluya este negocio a gusto de todos.

—Pues vuesa merced, señor mío, lo quiere así—respondió Sancho—, sea en buena hora, y écheme su ferreruelo sobre estas espaldas, que estoy sudando, y no querría resfriarme; que los nuevos diciplinantes corren este peligro.

Hízolo así don Quijote, y quedándose en pelota[4], abrigó a Sancho, el cual se durmió hasta que le despertó el sol, y luego volvieron a proseguir su camino, a quien dieron fin, por entonces, en un lugar que tres leguas de allí estaba. Apeáronse en un mesón, que por tal le reconoció don Quijote, y no por cas-

---

[1] O *paga adelantada, paga viciosa*.
[2] *Levada*, término de esgrima, vale preludio, floreo (cf. p. 47, n. 4).
[3] *Que ya*, al poco tiempo, *había*...
[4] Cf. p. 164, n. 3.

2, 71.—EN UN MESÓN

tillo de cava honda, torres, rastrillos[1] y puente levadiza: que después que le vencieron, con más juicio en todas las cosas discurría, como agora se dirá. Alojáronle en una sala baja, a quien servían de guadameciles[2] unas sargas[3] viejas pintadas, como se usan en las aldeas. En una dellas estaba pintado de malísima mano el robo de Elena, cuando el atrevido huésped se la llevó a Menalao[4], y en otra estaba la historia de Dido y de Eneas, ella sobre una alta torre, como que hacía de señas con una media sábana al fugitivo huésped, que por el mar, sobre una fragata o bergantín, se iba huyendo. Notó en las dos historias que Elena no iba de muy mala gana, porque se reía a socapa y a lo socarrón; pero la hermosa Dido mostraba verter lágrimas del tamaño de nueces por los ojos. Viendo lo cual don Quijote, dijo:

—Estas dos señoras fueron desdichadísimas, por no haber nacido en esta edad, y yo sobre todos desdichado en no haber nacido en la suya; si yo encontrara a aquestos señores, ni fuera abrasada Troya, ni Cartago destruída, pues con sólo que yo matara a Paris se escusaran tantas desgracias.

—Yo apostaré—dijo Sancho—que antes de mucho tiempo, no ha de haber bodegón[5], venta ni mesón, o tienda de barbero donde no ande pintada la historia de nuestras hazañas. Pero querría yo que la pintasen manos de otro mejor pintor que el que ha pintado a éstas.

—Tienes razón, Sancho—dijo don Quijote—, porque este pintor es como Orbaneja, un pintor que estaba en Úbeda; que cuando le preguntaban qué pintaba, respondía: «Lo que saliere»; y si por ventura pintaba un gallo, escribía debajo: «Éste es gallo», porque no pensasen que era zorra[6]. Desta manera me parece a mí, Sancho, que debe ser el pintor o escritor, que

---

[1] *Rastrillo* = compuerta formada con una reja o verja fuerte y espesa, que se echa en las puertas de las plazas de armas para defender la entrada, y se levanta con cuerdas fuertes o cadenas cuando se quiere dejar libre (cf. p. 66).

[2] *Guadamecil, guadamecí; guadamacil, guadamací; guadalmecí* (de *Gadames*, ciudad del Sahara, en la regencia de Trípoli) = cuero adobado, y adornado con dibujos de pintura o relieve: se usaba, entre otras cosas, para cubrir las paredes de las habitaciones.

[3] Cf. p. 66, n. 4.

[4] Cuando Paris se la robó a su marido Menelao.

[5] «*Bodegón*, el sótano o portal bajo, dentro del cual está la bodega, adonde el que no tiene quien le guise la comida la halla allí aderezada, y juntamente la bebida» (Cov.).

[6] Por segunda vez (cf. p. 622) saca a cuento don Quijote esta anécdota.

todo es uno, que sacó a luz la historia deste nuevo don Quijote que ha salido; que pintó o escribió «lo que saliere»; o habrá sido como un poeta que andaba los años pasados en la Corte, llamado Mauleón, el cual respondía de repente a cuanto le preguntaban; y preguntándole uno que qué quería decir *Deum de Deo*, respondió: «Dé donde diere». Pero dejando esto aparte, dime si piensas, Sancho, darte otra tanda esta noche, y si quieres que sea debajo de techado, o al cielo abierto.

—Pardiez, señor—respondió Sancho—, que para lo que yo pienso darme, eso[1] se me da en casa que en el campo; pero, con todo eso, querría que fuese entre árboles, que parece que me acompañan y me ayudan a llevar mi trabajo maravillosamente.

—Pues no ha de ser así, Sancho amigo—respondió don Quijote—, sino que, para que tomes fuerzas, lo hemos de guardar para nuestra aldea, que, a lo más tarde, llegaremos allá después de mañana[2].

Sancho respondió que hiciese su gusto; pero que él quisiera concluir con brevedad aquel negocio, a sangre caliente y cuando estaba picado el molino[3], porque en la tardanza suele estar muchas veces el peligro; y a Dios rogando, y con el mazo dando, y que más valía un «toma» que dos «te daré», y el pájaro en la mano que el buitre volando.

—No más refranes, Sancho, por un solo Dios—dijo don Quijote—; que parece que te vuelves al *sicut erat*[4]: habla a lo llano, a lo liso, a lo no intricado, como muchas veces te he dicho, y verás cómo te vale un pan por ciento.

—No sé qué mala ventura es esta mía—respondió Sancho—, que no sé decir razón sin refrán, ni refrán que no me parezca razón; pero yo me emendaré, si pudiere.

Y con esto, cesó, por entonces, su plática.

---

[1] Lo mismo.
[2] Compárese esta locución con *antes de ayer*.
[3] Los molinos de harina muelen mejor cuando está recién picada la piedra del molino.
[4] Para decir «a lo que eras antes», cita el *sicut erat (in principio)* del *Gloria Patri*, cf. p. 530.

CAPITULO LXXII.—De cómo don Quijote y Sancho llegaron a su aldea.

Todo aquel día, esperando la noche, estuvieron en aquel lugar y mesón don Quijote y Sancho, el uno para acabar en la campaña rasa la tanda de su diciplina, y el otro para ver el fin della, en el cual consistía el de su deseo. Llegó en esto al mesón un caminante a caballo, con tres o cuatro criados, uno de los cuales dijo al que el señor dellos parecía:

—Aquí puede vuesa merced, señor don Álvaro Tarfe, pasar hoy la siesta: la posada parece limpia y fresca.

Oyendo esto don Quijote, le dijo a Sancho:

—Mira, Sancho: cuando yo hojeé aquel libro de la segunda parte de mi historia, me parece que de pasada topé allí este nombre de don Álvaro Tarfe.

—Bien podrá ser—respondió Sancho—. Dejémosle apear; que después se lo preguntaremos.

El caballero se apeó, y frontero[1] del aposento de don Quijote la huéspeda le dió una sala baja, enjaezada con otras pintadas sargas, como las que tenía la estancia de don Quijote. Púsose el recién venido caballero a lo de verano y, saliéndose al portal del mesón, que era espacioso y fresco, por el cual se paseaba don Quijote, le preguntó:

—¿Adónde bueno camina vuesa merced, señor gentilhombre?

Y don Quijote le respondió:

—A una aldea que está aquí cerca, de donde soy natural. Y vuesa merced, ¿dónde camina?

—Yo, señor—respondió el caballero—, voy a Granada, que es mi patria.

—¡Y buena patria!—replicó don Quijote—. Pero dígame vuesa merced, por cortesía, su nombre; porque me parece que me ha de importar saberlo más de lo que buenamente podré decir.

—Mi nombre es don Álvaro Tarfe—respondió el huésped.

A lo que replicó don Quijote:

—Sin duda alguna pienso que vuesa merced debe de ser aquel don Álvaro Tarfe que anda impreso en la *Segunda parte*

---

[1] En frente (cf. pról. 2).

de la historia de don Quijote de la Mancha, recién impresa y dada a la luz del mundo por un autor moderno.

—El mismo soy—respondió el caballero—, y el tal don Quijote, sujeto principal de la tal historia, fué grandísimo amigo mío, y yo fuí el que le sacó de su tierra, o, a lo menos le moví a que viniese a unas justas que se hacían en Zaragoza, adonde yo iba; y en verdad en verdad que le hice muchas amistades[1], y que le quité de que no[2] le palmease las espaldas el verdugo, por ser demasiadamente atrevido.

—Y dígame vuesa merced, señor don Álvaro, ¿parezco yo en algo a ese don Quijote que vuesa merced dice?

—No, por cierto—respondió el huésped—: en ninguna manera.

—Y ese don Quijote—dijo el nuestro—, ¿traía consigo a un escudero llamado Sancho Panza?

—Sí traía—respondió don Álvaro—; y aunque tenía fama de muy gracioso, nunca le oí decir gracia que la tuviese.

—Eso creo yo muy bien—dijo a esta sazón Sancho—, porque el decir gracias no es para todos; y ese Sancho que vuesa merced dice, señor gentilhombre, debe de ser algún grandísimo bellaco, frión[3] y ladrón juntamente; que el verdadero Sancho Panza soy yo, que tengo más gracias que llovidas; y si no, haga vuesa merced la experiencia, y ándese tras de mí, por lo menos un año, y verá que se me caen a cada paso, y tales y tantas, que sin saber yo las más veces lo que me digo, hago reír a cuantos me escuchan; y el verdadero don Quijote de la Mancha, el famoso, el valiente y el discreto, el enamorado, el desfacedor de agravios, el tutor de pupilos y huérfanos, el amparo de las viudas, el matador de las doncellas[4], el que tiene por única señora a la sin par Dulcinea del Toboso, es este señor que está presente, que es mi amo; todo cualquier otro don Quijote y cualquier otro Sancho Panza es burlería y cosa de sueño.

—¡Por Dios que lo creo—respondió don Álvaro—, porque más gracias habéis dicho vos, amigo, en cuatro razones que habéis hablado que el otro Sancho Panza en cuantas yo le oí

---

[1] Actas de amistad, obsequios (para este cambio de significación compárese esta voz con *bondad, bondades*).
[2] Hoy omitiríamos este *no* (cf. pról. 24).
[3] *Frión* = muy frío, soso.
[4] Lo dice por Altisidora; pero, omitida la causa, resulta muy cómico el contraste entre este y los precedentes títulos.

hablar, que fueron muchas! Más tenía de comilón que de bien hablado, y más de tonto que de gracioso, y tengo por sin duda que los encantadores que persiguen a don Quijote el bueno han querido perseguirme a mí con don Quijote el malo. Pero no sé qué me diga; que osaré yo jurar que le dejo metido en casa del Nuncio[1], en Toledo, para que le curen, y agora remanece[2] aquí otro don Quijote, aunque bien diferente del mío.

—Yo—dijo don Quijote—no sé si soy bueno; pero sé decir que no soy el malo; para prueba de lo cual quiero que sepa vuesa merced, mi señor don Álvaro Tarfe, que en todos los días de mi vida no he estado en Zaragoza; antes por haberme dicho que ese don Quijote fantástico se había hallado en las justas desa ciudad, no quise yo entrar en ella, por sacar a las barbas del mundo su mentira; y así, me pasé de claro[3] a Barcelona, archivo de la cortesía, albergue de los estranjeros, hospital de los pobres, patria de los valientes, venganza de los ofendidos, y correspondencia grata de firmes amistades, y en sitio y en belleza, única. Y aunque los sucesos que en ella me han sucedido no son de mucho gusto, sino de mucha pesadumbre, los llevo sin ella, sólo por haberla visto. Finalmente, señor don Álvaro Tarfe, yo soy don Quijote de la Mancha, el mismo que dice la fama, y no ese desventurado que ha querido usurpar mi nombre y honrarse con mis pensamientos. A vuesa merced suplico, por lo que debe a ser caballero, sea servido de hacer una declaración ante el alcalde deste lugar, de que vuesa merced no me ha visto en todos los días de su vida hasta agora, y de que yo no soy el don Quijote impreso en la *Segunda parte*, ni este Sancho Panza mi escudero es aquel que vuesa merced conoció.

—Eso haré yo de muy buena gana—respondió don Álvaro—, puesto que cause admiración ver dos don Quijotes y dos Sanchos a un mismo tiempo, tan conformes en los nombres como diferentes en las acciones; y vuelvo a decir y me afirmo que no he visto lo que he visto, ni ha pasado por mí lo que ha pasado.

—Sin duda—dijo Sancho—que vuesa merced debe de estar encantado, como mi señora Dulcinea del Toboso; y pluguiera

---

[1] *La casa del Nuncio* era el manicomio, llamado también *el Nuncio*, porque lo fundó don Francisco Ortiz, canónigo de Toledo y Nuncio Apostólico.

[2] «Remanecer», ofrecerse en presencia alguna cosa que no esperábamos» (Cov.).

[3] *De claro* = derechamente (cf. p. 58, n. 2).

2, 72.—DON ÁLVARO TARFE: AZOTES DE SANCHO

al cielo que estuviera su desencanto de [1] vuesa merced en darme otros tres mil y tantos azotes, como me doy por ella; que yo me los diera sin interés alguno.

—No entiendo eso de azotes—dijo don Álvaro.

Y Sancho le respondió que era largo de contar; pero que él se lo contaría, si acaso iban un mesmo camino. Llegóse en esto la hora de comer; comieron juntos don Quijote y don Álvaro. Entró acaso el alcalde del pueblo en el mesón, con un escribano, ante el cual alcalde pidió don Quijote, por una petición [2], de que a su derecho convenía de que don Álvaro Tarfe, aquel caballero que allí estaba presente, declarase ante su merced cómo no conocía a don Quijote de la Mancha, que asimismo estaba allí presente, y que no era aquel que andaba impreso en una historia intitulada: *Segunda parte de don Quijote de la Mancha*, compuesta por un tal de Avellaneda, natural de Tordesillas. Finalmente, el alcalde proveyó jurídicamente; la declaración se hizo con todas las fuerzas que [3] en tales casos debían hacerse, con lo que quedaron don Quijote y Sancho muy alegres, como si les importara mucho semejante declaración y no mostrara [4] claro la diferencia de los dos don Quijotes y la de los dos Sanchos sus obras y sus palabras. Muchas de [5] cortesías y ofrecimientos pasaron entre don Álvaro y don Quijote, en las cuales mostró el gran manchego su discreción, de modo, que desengañó a don Álvaro Tarfe del error en que estaba; el cual se dió a entender que debía de estar encantado, pues tocaba con la mano dos tan contrarios don Quijotes.

Llegó la tarde, partiéronse de aquel lugar, y a obra de media legua se apartaban dos caminos diferentes: el uno que guiaba a la aldea de don Quijote, y el otro el que había de llevar don Álvaro. En este poco espacio le contó don Quijote la desgracia de su vencimiento y el encanto y el remedio de Dulcinea, que todo puso en nueva admiración a don Álvaro, el cual, abrazando a don Quijote y a Sancho, siguió su camino, y don Quijote el suyo, que aquella noche la pasó entre otros árboles, por dar lugar a Sancho de cumplir su penitencia, que la cumplió del mismo modo que la pasada noche, a costa de las

---

[1] *Su... de* (cf. pról. 6).
[2] «*Petición*, la demanda, o por palabra, o *por escrito*» (Cov.).
[3] Con *que* (cf. pról. 19) tales declaraciones.
[4] Por *mostraran* (cf. pról. 8).
[5] Hoy omitiríamos este *de* (cf. pról. 6).

cortezas de las hayas, harto más que de sus espaldas, que las guardó tanto, que no pudieran quitar los azotes una mosca, aunque la tuviera encima. No perdió el engañado don Quijote un solo golpe de la cuenta, y halló que con los de la noche pasada eran tres mil y veinte y nueve. Parece que había madrugado el sol a ver el sacrificio, con cuya luz volvieron a proseguir su camino, tratando entre los dos del engaño de don Alvaro, y de cuán bien acordado había sido tomar su declaración ante la justicia, y tan auténticamente.

Aquel día y aquella noche caminaron sin sucederles cosa digna de contarse, si no fué que en ella acabó Sancho su tarea, de que quedó don Quijote contento sobremodo, y esperaba el día, por ver si en el camino topaba ya desencantada a Dulcinea su señora; y siguiendo su camino, no topaba mujer ninguna que no iba a reconocer si era Dulcinea del Toboso, teniendo por infalible no poder mentir las promesas de Merlín. Con estos pensamientos y deseos, subieron una cuesta arriba, desde la cual descubrieron su aldea; la cual vista de Sancho, se hincó de rodillas y dijo:

—Abre los ojos, deseada patria, y mira que vuelve a ti Sancho Panza tu hijo, si no muy rico, muy bien azotado. Abre los brazos, y recibe también tu hijo don Quijote, que si viene vencido de los brazos ajenos, viene vencedor de sí mismo; que, según él me ha dicho, es el mayor vencimiento que desearse puede. Dineros llevo, porque si buenos azotes me daban, bien caballero me iba [1].

—Déjate desas sandeces—dijo don Quijote—, y vamos con pie derecho [2] a entrar en nuestro lugar, donde daremos vado [3] a nuestras imaginaciones, y la traza que en la pastoral vida pensamos ejercitar.

Con esto, bajaron de la cuesta y se fueron a su pueblo.

---

[1] Cf. p. 890.
[2] Con ventura.
[3] Cf. p. 571, n. 3.

CAPITULO LXXIII.—De los agüeros que tuvo don Quijote al entrar de su aldea, con otros sucesos que adornaron esta grande historia.

A la entrada del cual[1], según dice Cide Hamete, vió don Quijote que en las eras del lugar estaban riñendo dos mochachos, y el uno dijo al otro:

—No te canses, Periquillo; que no la has de ver en todos los días de tu vida.

Oyólo don Quijote y dijo a Sancho:

—¿No adviertes, amigo, lo que aquel mochacho ha dicho: «no la has de ver en todos los días de tu vida»?

—Pues bien, ¿qué importa—respondió Sancho—que haya dicho eso el mochacho?

—¿Qué?—replicó don Quijote—. ¿No vees tú que aplicando aquella palabra a mi intención, quiere significar que no tengo de ver más a Dulcinea?

Queríale responder Sancho, cuando se lo estorbó ver que por aquella campaña venía huyendo una liebre, seguida de muchos galgos y cazadores, la cual, temerosa, se vino a recoger y a agazapar debajo de los pies del rucio. Cogióla Sancho a mano salva, y presentósela a don Quijote, el cual estaba diciendo:

—*Malum signum! Malum signum!* Liebre huye; galgos la siguen: ¡Dulcinea no parece!

—Estraño es vuesa merced—dijo Sancho—. Presupongamos que esta liebre es Dulcinea del Toboso y estos galgos que la persiguen son los malandrines encantadores que la transformaron en labradora; ella huye, yo la cojo y la pongo en poder de vuesa merced, que la tiene en sus brazos y la regala: ¿qué mala señal es ésta, ni qué mal agüero se puede tomar de aquí?

Los dos mochachos de la pendencia se llegaron a ver la liebre, y al uno dellos preguntó Sancho que por qué reñían. Y fuéle respondido por el que había dicho «no la verás más en toda tu vida» que él había tomado al otro mochacho una jaula de grillos, la cual no pensaba volvérsela en toda su vida. Sacó

---

[1] *El cual* se refiere a la última palabra del capítulo anterior, *pueblo* (cf. p. 78, n. 4, y p. 92, n. 1).

2, 73.—TERCERA ENTRADA DE DON QUIJOTE

Sancho cuatro cuartos de la faltriquera, y dióselos al mochacho por la jaula, y púsosela en las manos a don Quijote, diciendo:

—He aquí, señor, rompidos y desbaratados estos agüeros, que no tienen que ver más con nuestros sucesos, según que yo imagino, aunque tonto, que con las nubes de antaño. Y si no me acuerdo mal, he oído decir al cura de nuestro pueblo que no es de personas cristianas ni discretas mirar en estas niñerías; y aun vuesa merced mismo me lo dijo los días pasados [1], dándome a entender que eran tontos todos aquellos cristianos que miraban en agüeros. Y no es menester hacer hincapié en esto, sino pasemos adelante y entremos en nuestra aldea.

Llegaron los cazadores, pidieron su liebre, y diósela don Quijote; pasaron adelante, y a la entrada del pueblo toparon en un pradillo rezando al Cura y al Bachiller Carrasco [2]. Y es de saber que Sancho Panza había echado sobre el rucio y sobre el lío de las armas, para que sirviese de repostero [3], la túnica de bocací pintada de llamas de fuego que le vistieron en el castillo del Duque la noche que volvió en sí Altisidora. Acomodóle también la coroza en la cabeza, que fué la más nueva transformación y adorno con que se vió jamás jumento en el mundo.

Fueron luego conocidos los dos del Cura y del Bachiller, que se vinieron a ellos con los brazos abiertos. Apeóse don Quijote, y abrazólos estrechamente; y los mochachos, que son linces no escusados [4], divisaron la coroza del jumento, y acudieron a verle, y decían unos a otros:

—Venid, mochachos, y veréis el asno de Sancho Panza más galán que Mingo, y la bestia de don Quijote más flaca hoy que el primer día.

Finalmente, rodeados de mochachos y acompañados del Cura y del Bachiller, entraron en el pueblo, y se fueron a casa de don Quijote, y hallaron a la puerta della al Ama y a su Sobrina, a quien ya habían llegado las nuevas de su venida. Ni más ni menos se las habían dado a Teresa Panza, mujer de Sancho, la cual, desgreñada y medio desnuda, trayendo de la mano a Sanchica su hija, acudió a ver a su marido; y vién-

---

[1] Cf. p. 1049.
[2] Recuérdese que era clérigo (cf. p. 618, n. 2).
[3] «*Repostero*, un paño cuadrado con las armas del señor, que se pone sobre las acémilas» (Cov.), delante de las puertas en las antecámaras, y en los balcones.
[4] *No excusados* = inevitables.

2, 73.—HAGÁMONOS PASTORES

dole no tan bien adeliñado como ella se pensaba que había de estar un gobernador, le dijo:

—¿Cómo venís así, marido mío, que me parece que venís a pie y despeado[1], y más traéis semejanza de desgobernado que de gobernador?

—Calla, Teresa—respondió Sancho—; que muchas veces donde hay estacas no hay tocinos[2]; y vámonos a nuestra casa, que allá oirás maravillas. Dineros traigo, que es lo que importa, ganados por mi industria, y sin daño de nadie.

—Traed vos dineros, mi buen marido—dijo Teresa—, y sean ganados por aquí o por allí; que como quiera que los hayáis ganado, no habréis hecho usanza nueva en el mundo.

Abrazó Sanchica a su padre, y preguntóle si traía algo; que le estaba esperando como el agua de mayo[3]; y asiéndole de un lado del cinto, y su mujer de la mano, tirando su hija al rucio, se fueron a su casa, dejando a don Quijote en la suya, en poder de su Sobrina y de su Ama, y en compañía del Cura y del Bachiller.

Don Quijote, sin guardar términos ni horas, en aquel mismo punto se apartó a solas con el Bachiller y el Cura, y en breves razones les contó su vencimiento, y la obligación en que había quedado de no salir de su aldea en un año, la cual pensaba guardar al pie de la letra, sin traspasarla en un átomo, bien así como caballero andante, obligado por la puntualidad y orden de la andante caballería, y que tenía pensado de hacerse aquel año pastor, y entretenerse en la soledad de los campos, donde a rienda suelta podía dar vado[4] a sus amorosos pensamientos, ejercitándose en el pastoral y virtuoso ejercicio; y que les suplicaba, si no tenían mucho que hacer y no estaban impedidos en negocios más importantes, quisiesen ser sus compañeros; que él compraría ovejas y ganado suficiente que les

---

[1] «*Despearse*, no poder caminar por haber maltratado los pies en el camino, el hombre por ir descalzo o mal calzado, y la bestia por ir desherrada» (Cov.).

[2] Quiere Sancho decir que muchas veces donde no hay estacas (es decir, apariencias de cosa buena, como en él ocurre) hay tocinos (porque trae dineros); pero Cervantes le hace tergiversar los términos con la emoción de la vuelta.—Sin embargo, aun trastrocados los términos, tiene buen sentido la frase: no te fíes de apariencias, que muchas veces las apariencias son buenas (hay estacas), y las realidades, despreciables (no hay tocinos).

[3] Cf. p. 924, n. 2.

[4] Cf. p. 571, n. 3.

diese nombres de pastores; y que les hacía saber que lo más principal de aquel negocio estaba hecho, porque les tenía puestos los nombres, que les vendrían como de molde. Díjole el Cura que los dijese. Respondió don Quijote que él se había de llamar *el pastor Quijotiz;* y el Bachiller, *el pastor Carrascón;* y el Cura, *el pastor Curambro;* y Sancho Panza, *el pastor Pancino*. Pasmáronse todos de ver la nueva locura de don Quijote; pero porque no se les fuese otra vez del pueblo a sus caballerías, esperando que en aquel año podría ser curado, concedieron[1] con su nueva intención, y aprobaron por discreta su locura, ofreciéndosele por compañeros en su ejercicio.

—Y más—dijo Sansón Carrasco—, que, como ya todo el mundo sabe, yo soy celebérrimo poeta, y a cada paso compondré versos pastoriles, o cortesanos, o como más me viniere a cuento, para que nos entretengamos por esos andurriales donde habemos de andar; y lo que más es menester, señores míos, es que cada uno escoja el nombre de la pastora que piensa celebrar en sus versos, y que no dejemos árbol, por duro que sea, donde no la retule[2] y grabe su nombre, como es uso y costumbre de los enamorados pastores.

—Eso está de molde—respondió don Quijote—, puesto que yo estoy libre de buscar nombre de pastora fingida, pues está ahí la sin par Dulcinea del Toboso, gloria destas riberas, adorno destos prados, sustento de la hermosura, nata de los donaires y, finalmente, sujeto sobre quien puede asentar bien toda alabanza, por hipérbole que sea.

—Así es verdad—dijo el Cura—; pero nosotros buscaremos por ahí pastoras mañeruelas[3], que si no nos cuadraren, nos esquinen[4].

A lo que añadió Sansón Carrasco:

—Y cuando faltaren, darémosles los nombres de las estampadas e impresas, de quien está lleno el mundo: Fílidas, Amarilis, Dianas, Fléridas, Galateas y Belisardas; que pues las venden en las plazas, bien las podemos comprar nosotros y tenerlas por nuestras. Si mi dama, o, por mejor decir, mi pastora, por ventura se llamare Ana, la celebraré debajo del nombre de *Anarda;* y si Francisca, la llamaré yo *Francenia;* y si Lucía,

---

[1] Condescendieron.
[2] *Donde* cada uno *no la retule*.
[3] Manejables (cf. p. 646, n. 5).
[4] Cf. p. 1122.

2, 73.—HAGÁMONOS PASTORES

Lucinda, que todo se sale allá; y Sancho Panza, si es que ha de entrar en esta cofradía[1], podrá celebrar a su mujer Teresa Panza con nombre de *Teresaina*.

Rióse don Quijote de la aplicación del nombre, y el Cura le alabó infinito su honesta y honrada resolución, y se ofreció de nuevo a hacerle compañía todo el tiempo que le vacase de atender a sus forzosas obligaciones. Con esto, se despidieron dél, y le rogaron y aconsejaron tuviese cuenta con su salud, con regalarse lo que fuese bueno[2].

Quiso la suerte que su Sobrina y el Ama oyeron la plática de los tres; y así como se fueron, se entraron entrambas con don Quijote, y la Sobrina le dijo:

—¿Qué es esto, señor tío? Ahora que pensábamos nosotras que vuesa merced volvía a reducirse en su casa, y pasar en ella una vida quieta y honrada, ¿se quiere meter en nuevos laberintos, haciéndose

«Pastorcillo, tú que vienes,
Pastorcico, tú que vas[3]?»

¡Pues en verdad que está ya duro el alcacel para zampoñas[4]!

A lo que añadió el Ama:

—¿Y podrá vuesa merced pasar en el campo las siestas del verano, los serenos del invierno, el aullido de los lobos? No, por cierto; que éste es ejercicio y oficio de hombres robustos, curtidos y criados para tal ministerio casi desde las fajas y mantillas. Aun, mal por mal, mejor es ser caballero andante que pastor. Mire, señor, tome mi consejo; que no se le doy sobre estar harta de pan y vino, sino en ayunas, y sobre cincuenta años que tengo de edad[5]: estése en su casa, atienda a su hacienda, confiese a menudo, favorezca a los pobres, y sobre mi ánima si mal le fuere.

—Callad, hijas—les respondió don Quijote—; que yo sé

---

[1] Cf. p. 192, n. 2.

[2] Lo que (= cuanto) fuese bueno (o conveniente).

[3] Alusión a un villancico citado por Clemencín: *Pastorcillo, tú que vienes, / donde mi señora está, / di, ¿qué nuevas hay allá?*

[4] «*Alcacel*... es la cebada verde antes que acabe de granar. *Duro es ya el alcacel para zampoñas*. Los niños suelen hacer de las cañas del alcacel cuando está tierno, unas pipas que suenan; pero si se endurecen, no les pueden servir para ellas: acomódase... a los viejos cuerdos, cuando los quieren persuadir a tratar cosas de mozos» (Cov.).

[5] En la p. 56 nos dijo Cervantes del Ama que pasaba de los cuarenta.

bien lo que me cumple. Llevadme al lecho, que me parece que no estoy muy bueno, y tened por cierto que, ahora sea caballero andante, o pastor por andar, no dejaré siempre de acudir a lo que hubiéredes menester, como lo veréis por la obra.

Y las buenas hijas (que lo eran sin duda Ama y Sobrina), le llevaron a la cama, donde le dieron de comer y regalaron lo posible.

CAPITULO LXXIV.—De cómo don Quijote cayó malo, y del testamento que hizo, y su muerte.

Como las cosas humanas no sean eternas, yendo siempre en declinación de [1] sus principios hasta llegar a su último fin, especialmente las vidas de los hombres, y como la de don Quijote no tuviese privilegio del cielo para detener el curso de la suya [2], llegó su fin y acabamiento cuando él menos lo pensaba; porque, o ya fuese de la melancolía que le causaba el verse vencido, o ya por la disposición del cielo, que así lo ordenaba, se le arraigó una calentura, que le tuvo seis días en la cama, en los cuales fué visitado muchas veces del Cura, del Bachiller y del Barbero, sus amigos, sin quitársele de la cabecera Sancho Panza, su buen escudero. Estos, creyendo que la pesadumbre de verse vencido y de no ver cumplido su deseo en la libertad y desencanto de Dulcinea le tenía de aquella suerte, por todas las vías posibles procuraban alegrarle, diciéndole el Bachiller que se animase y levantase para comenzar su pastoral ejercicio, para el cual tenía ya compuesta una égloga, que mal año para cuantas Sanazaro había compuesto, y que ya tenía comprados de su propio dinero dos famosos perros para guardar el ganado, el uno llamado Barcino [3], y el otro Butrón, que se los había vendido un ganadero del Quintanar. Pero no por esto dejaba don Quijote sus tristezas.

Llamaron sus amigos al Médico, tomóle el pulso, y no le contentó mucho, y dijo que, por sí o por no, atendiese a la salud de su alma, porque la del cuerpo corría peligro. Oyólo don Quijote con ánimo sosegado; pero no lo oyeron así su Ama,

---

[1] Desde.
[2] *El curso de la suya* = su propio curso.
[3] *Barcino* se llama el perro o toro de pelo blanco y pardo, y a veces rojizo.

2, 74.—ENFERMEDAD DE DON QUIJOTE

su Sobrina y su Escudero, los cuales comenzaron a llorar tiernamente, como si ya le tuvieran muerto delante. Fué el parecer del Médico que melancolías y desabrimientos le acababan. Rogó don Quijote que le dejasen solo, porque quería dormir un poco. Hiciéronlo así, y durmió de un tirón, como dicen, más de seis horas; tanto, que pensaron el Ama y la Sobrina que se había de quedar en el sueño. Despertó al cabo del tiempo dicho, y dando una gran voz, dijo:

—¡Bendito sea el poderoso Dios, que tanto bien me ha hecho! En fin, sus misericordias no tienen límite, ni las abrevian ni impiden los pecados de los hombres.

Estuvo atenta la Sobrina a las razones del tío, y pareciéronle más concertadas que [1] él solía decirlas, a lo menos en aquella enfermedad, y preguntóle:

—¿Qué es lo que vuesa merced dice, señor? ¿Tenemos algo de nuevo? ¿Qué misericordias son éstas, o qué pecados de los hombres?

—Las misericordias—respondió don Quijote—, Sobrina, son las que en este instante ha usado Dios conmigo, a quien, como dije, no las impiden mis pecados. Yo tengo juicio ya, libre y claro, sin las sombras caliginosas de la ignorancia, que sobre él me pusieron mi amarga y continua leyenda de los detestables libros de las caballerías [2]. Ya conozco sus disparates y sus embelecos, y no me pesa sino que este desengaño ha llegado tan tarde, que no me deja tiempo para hacer alguna recompensa [3], leyendo otros que sean luz del alma. Yo me siento, Sobrina, a punto de muerte; querría hacerla de tal modo, que diese a entender que no había sido mi vida tan mala, que dejase renombre de loco; que puesto que lo he sido, no querría confirmar esta verdad en mi muerte. Llámame, amiga, a mis buenos amigos: al Cura, al bachiller Sansón Carrasco y a maese Nicolás el barbero; que quiero confesarme y hacer mi testamento.

Pero de este trabajo se escusó la Sobrina con la entrada de los tres. Apenas los vió don Quijote, cuando dijo:

—Dadme albricias, buenos señores, de que ya yo no soy

---

[1] De lo *que*.

[2] El sujeto de *pusieron* es *leyenda* (o *lectura*), gramaticalmente singular, pero plural en la mente de Cervantes que pensaba en las muchas veces y los muchos libros que leyó don Quijote (cf. pról. 8).

[3] Reparación: aun hoy decimos *recompensar* (= reparar, resarcir) *el tiempo perdido*.

don Quijote de la Mancha, sino Alonso Quijano, a quien mis costumbres me dieron[1] renombre de *Bueno*. Ya soy enemigo de Amadís de Gaula y de toda la infinita caterva de su linaje; ya me son odiosas todas las historias profanas de la andante caballería; ya conozco mi necedad y el peligro en que me pusieron haberlas leído[2]; ya, por misericordia de Dios, escarmentando en cabeza propia, las abomino.

Cuando esto le oyeron decir los tres, creyeron, sin duda, que alguna nueva locura le había tomado. Y Sansón le dijo:

—¿Ahora, señor don Quijote, que tenemos nueva que está desencantada la señora Dulcinea, sale vuesa merced con eso? ¿Y agora que estamos tan a pique de ser pastores, para pasar cantando la vida, como unos príncipes, quiere vuesa merced hacerse ermitaño? Calle por su vida, vuelva en sí, y déjese de cuentos.

—Los de hasta aquí—replicó don Quijote—, que han sido verdaderos en mi daño, los ha de volver mi muerte, con ayuda del cielo, en mi provecho. Yo, señores, siento que me voy muriendo a toda priesa: déjense burlas aparte, y tráiganme un confesor que me confiese y un escribano que haga mi testamento; que en tales trances como éste no se ha de burlar el hombre con el alma; y así, suplico que en tanto que el señor Cura me confiesa, vayan por el Escribano.

Miráronse unos a otros, admirados de las razones de don Quijote, y, aunque en duda, le quisieron creer; y una de las señales por donde conjeturaron se moría, fué el haber vuelto con tanta facilidad de loco a cuerdo; porque a las ya dichas razones añadió otras muchas tan bien dichas, tan cristianas y con tanto concierto, que del todo les vino a quitar la duda, y a hacer creer que estaba cuerdo.

Hizo salir la gente el Cura, y quedóse solo con él, y confesóle. El Bachiller fué por el Escribano, y de allí a poco volvió con él y con Sancho Panza; el cual Sancho (que ya sabía por nuevas del Bachiller en qué estado estaba su señor), hallando a la Ama y a la Sobrina llorosas, comenzó a hacer pucheros[3] y a derramar lágrimas. Acabóse la confesión, y salió el Cura, diciendo:

---

[1] Hoy diríamos *a quien* sus *costumbres* le *dieron*.
[2] *Pusieron* influído por *historias*, que han precedido, y se contiene en *haberlas* (cf. pról. 8).
[3] Cf. p. 938, n. 1.

2, 74.—TESTAMENTO DE ALONSO QUIJANO EL BUENO

—Verdaderamente se muere, y verdaderamente está cuerdo Alonso Quijano el Bueno; bien podemos entrar para que haga su testamento.

Estas nuevas dieron un terrible empujón a los ojos preñados de Ama, Sobrina, y de Sancho Panza su buen escudero, de tal manera, que los[1] hizo reventar las lágrimas de los ojos y mil profundos suspiros del pecho; porque verdaderamente, como alguna vez se ha dicho, en tanto que don Quijote fué Alonso Quijano el Bueno, a secas, y en tanto que fué don Quijote de la Mancha, fué siempre de apacible condición y de agradable trato, y por esto no sólo era bien querido de los de su casa, sino de todos cuantos le conocían. Entró el Escribano con los demás, y después de haber hecho la cabeza del testamento y ordenado su alma[2] don Quijote, con todas aquellas circunstancias cristianas que se requieren, llegando a las mandas[3], dijo:

—Item, es mi voluntad que de ciertos dineros que Sancho Panza, a quien en mi locura hice mi escudero, tiene, que porque ha habido entre él y mí ciertas cuentas, y dares y tomares, quiero que[4] no se le haga cargo dellos, ni se le pida cuenta

---
[1] *Los* por *les*.
[2] Para muestra de estos encabezamientos y ordenaciones copiaré el principio del testamento otorgado por Sebastián del Cano, a bordo de la nao Victoria, a 26 de julio de 1526.

In Dei nomine, amén. Sepan cuantos esta carta de testamento vieren cómo yo el capitán Juan Sebastián del Cano, vecino de la villa de Guetaria, estando enfermo de mi persona, e sano de mi entendimiento e juicio natural, tal cual Dios nuestro Señor me quiso dar, e sabiendo que la vida del hombre es mortal, e la muerte muy cierta e la hora muy incierta, e para ello cualquier católico cristiano ha de estar aparejado como fiel cristiano para cuando fuese la voluntad de Dios; por ende yo creyendo firmemente todo lo que la Santa Madre Iglesia cree fué verdaderamente, ordeno e fago mi testamento e postrimera voluntad en la forma siguiente:

Primeramente mando mi ánima a Dios que me la crió e me redimió por su preciosa sangre en la santa cruz ✝ e ruego e suplico a su bendita madre Santa María, nuestra Señora, que ella sea mi abogada delante su precioso Hijo, que me quiera alcanzar perdón de mis pecados e me lleve a su gloria santa.

Item mando que se hagan mis aniversarios y exequias en...

Item mando a las Ordenes de la Redención para sacar cautivos, seis ducados...

Item mando...

[3] Cf. p. 103, n. 1.
[4] Este *quiero que* es repetición del *es mi voluntad que*.

2, 74.—TESTAMENTO DE ALONSO QUIJANO EL BUENO

alguna; sino que si sobrare alguno después de haberse pagado de lo que le debo, el restante sea suyo, que será bien poco, y buen provecho le haga; y si como estando yo loco fuí parte para darle el gobierno de la ínsula, pudiera agora, estando cuerdo, darle el de un reino, se le diera, porque la sencillez de su condición y fidelidad de su trato lo merece.

Y volviéndose a Sancho, le dijo:

—Perdóname, amigo, de la ocasión que te he dado de parecer loco como yo, haciéndote caer en el error en que yo he caído de que hubo y hay caballeros andantes en el mundo.

—¡Ay!—respondió Sancho, llorando—. No se muera vuesa merced, señor mío, sino tome mi consejo, y viva muchos años; porque la mayor locura que puede hacer un hombre en esta vida es dejarse morir, sin más ni más, sin que nadie le mate, ni otras manos le acaben que las de la melancolía. Mire no sea perezoso, sino levántese desa cama, y vámonos al campo vestidos de pastores, como tenemos concertado: quizá tras de alguna mata hallaremos a la señora doña Dulcinea desencantada, que [1] no haya más que ver. Si es que se muere de pesar de verse vencido, écheme a mí la culpa, diciendo que por haber yo cinchado mal a Rocinante le derribaron; cuanto más que vuesa merced habrá visto en sus libros de caballerías ser cosa ordinaria derribarse unos caballeros a otros, y el que es vencido hoy ser vencedor mañana.

—Así es—dijo Sansón—, y el buen Sancho Panza está muy en la verdad destos casos.

—Señores—dijo don Quijote—, vámonos poco a poco, pues ya en los nidos de antaño no hay pájaros hogaño. Yo fuí loco, y ya soy cuerdo: fuí don Quijote de la Mancha, y soy agora, como he dicho, Alonso Quijano el Bueno. Pueda con vuesas mercedes mi arrepentimiento y mi verdad volverme a la estimación que de mí se tenía, y prosiga adelante el señor Escribano.—Item, mando toda mi hacienda, a puerta cerrada [2] a Antonia Quijano mi sobrina [3], que está presente, habiendo

---

[1] De suerte *que* (cf. pról. 15).
[2] *A puerta cerrada* = enteramente (como quien entrega las llaves de la casa).
[3] Antonia era hija de una hermana de don Quijote (p. 641); pero sabido es que en cuestión de apellidos reinaba entonces una grande anarquía. Lo de *Quijana* por *Quijano* (como lo de *Ricota* por *Ricote)* era frecuentísimo.

2, 74.—MUERTE DE ALONSO QUIJANO EL BUENO

sacado primero de lo más bien parado [1] della lo que fuere menester para cumplir las mandas que dejo hechas; y la primera satisfación que se haga quiero que sea pagar el salario que debo del tiempo que mi Ama me ha servido, y más [2] veinte ducados para un vestido. Dejo por mis albaceas [3] al señor Cura y al señor Bachiller Sansón Carrasco, que están presentes.—Item es mi voluntad que si Antonia Quijano mi sobrina quisiere casarse, se case con hombre de quien primero se haya hecho información que no sabe qué cosas sean libros de caballerías; y en caso que se averiguare que lo sabe, y, con todo eso, mi Sobrina quisiere casarse con él, y se casare, pierda todo lo que le he mandado, lo cual puedan mis albaceas distribuir en obras pías, a su voluntad.—Item, suplico a los dichos señores mis albaceas que si la buena suerte les trujere a conocer al autor que dicen que compuso una historia que anda por ahí con el título de *Segunda parte de las hazañas de don Quijote de la Mancha*, de mi parte le pidan, cuan encarecidamente ser pueda, perdone la ocasión que sin yo pensarlo le di de haber escrito tantos y tan grandes disparates como en ella escribe; porque parto desta vida con escrúpulo de haberle dado motivo para escribirlos.

Cerró con esto el testamento, y tomándole un desmayo, se tendió de largo a largo en la cama. Alborotáronse todos, y acudieron a su remedio, y en tres días que vivió después deste donde [4] hizo el testamento, se desmayaba muy a menudo. Andaba la casa alborotada; pero, con todo, comía la Sobrina, brindaba el Ama, y se regocijaba Sancho Panza; que esto del heredar algo borra o templa en el heredero la memoria de la pena que es razón que deje el muerto [5]. En fin, llegó el último [6] de don Quijote, después de recebidos todos los sacramentos y después de haber abominado con muchas y eficaces razones de los libros de caballerías. Hallóse el Escribano presente, y dijo que nunca había leído en ningún libro de caballerías que

---

[1] Cf. p. 1027, n. 1.
[2] Además.
[3] «*Albacea*, testamentario, a quien el difunto deja encargada la ejecución de su testamento y última voluntad: por otro nombre *cabezaleros*, porque se hallan a su cabecera en la enfermedad y en la muerte» (Cov.).
[4] En que.
[5] Observa Hartzenbusch que estas palabras *(el heredar algo borra...)* ofrecen una cláusula en cuatro versos de romance.
[6] *Ultimo* fin.

algún caballero andante hubiese muerto en su lecho tan sosegadamente y tan cristiano como don Quijote; el cual, entre compasiones y lágrimas de los que allí se hallaron, dió su espíritu: quiero decir que se murió.

Viendo lo cual el Cura, pidió al Escribano le diese por testimonio[1] cómo Alonso Quijano el Bueno, llamado comúnmente don Quijote de la Mancha, había pasado desta presente vida, y muerto naturalmente[2]; y que el tal testimonio pedía para quitar la ocasión de que algún otro autor que Cide Hamete Benengeli le resucitase falsamente, y hiciese inacabables historias de sus hazañas. Este fin tuvo el Ingenioso Hidalgo de la Mancha, cuyo lugar no quiso poner Cide Hamete puntualmente, por dejar que todas las villas y lugares de la Mancha contendiesen entre sí por ahijársele y tenérsele por suyo, como contendieron las siete ciudades de Grecia por Homero.

Déjanse de poner aquí los llantos de Sancho, Sobrina y Ama de don Quijote, los nuevos epitafios de su sepultura, aunque Sansón Carrasco le puso éste:

> Yace aquí el hidalgo fuerte
> Que a tanto estremo llegó
> De valiente, que se advierte
> Que la muerte no triunfó
> De su vida con su muerte.
> Tuvo a todo el mundo en poco;
> Fué el espantajo y el coco
> Del mundo, en tal coyuntura,
> Que acreditó su ventura
> Morir cuerdo y vivir loco.

Y el prudentísimo Cide Hamete dijo a su pluma «Aquí quedarás, colgada desta espetera[3] y deste hilo de alambre, ni sé si bien cortada o mal tajada péñola[4] mía, adonde vivirás luengos siglos, si presuntuosos y malandrines historiadores no te descuelgan para profanarte. Pero antes que a ti lleguen, les puedes advertir y decirles en el mejor modo que pudieres:

---

[1] Cf. p. 729, n. 1.
[2] *Naturalmente* = no aparente, sino realmente. Dice Terreros: «*natural*... se toma también por verdadero... lat. *verus*».
[3] *Espetera* (de *espeto* «asador») = tabla con garfios en que se cuelgan carnes, aves y untensilios de cocina, como cazos, sartenes, asadores...
[4] Cf. p. 244, n. 5.

«¡Tate, tate[1], folloncicos!
De ninguno sea tocada;
Porque esta empresa, buen rey,
Para mí estaba guardada.»

«Para mí sola nació don Quijote, y yo para él; él supo obrar y yo escribir; solos los dos somos para en uno[2], a despecho y pesar del escritor fingido y tordesillesco que se atrevió, o se ha de atrever, a escribir con pluma de avestruz grosera y mal deliñada[3] las hazañas de mi valeroso caballero, porque no es carga de sus hombros, ni asunto de su resfriado ingenio; a quien advertirás, si acaso llegas a conocerle, que deje reposar en la sepultura los cansados y ya podridos huesos de don Quijote, y no le quiera llevar, contra todos los fueros de la muerte a Castilla la Vieja[4], haciéndole salir de la fuesa[5] donde real y verdaderamente yace tendido de largo a largo, imposibilitado de hacer tercera jornada[6] y salida nueva; que para hacer burla de tantas como hicieron tantos andantes caballeros, bastan las dos que él hizo, tan a gusto y beneplácito de las gentes a cuya noticia llegaron, así en estos como en los estraños reinos.» Y con esto cumplirás con tu cristiana profesión, aconsejando bien a quien mal te quiere, y yo quedaré satisfecho y ufano de haber sido el primero que gozó el fruto de sus escritos enteramente, como deseaba, pues no ha sido otro mi deseo que poner en aborrecimiento de los hombres las fingidas y disparatadas historias de los libros de caballerías, que por las de mi verdadero don Quijote van ya tropezando, y han de caer del todo, sin duda alguna.» *Vale*[7].

FIN
DE LA PARTE SEGUNDA

---

[1] *¡Tate, tate!* = ¡deténte!, ¡poco a poco!
[2] Cf. p. 744, n. 2.
[3] *Deliñada* = adeliñada.
[4] Avellaneda dice al final de su Quijote que el héroe después de estar en el manicomio de Toledo, vino a Castilla la Vieja, llamándose el Caballero de los Trabajos, «los cuales no faltará mejor pluma que los celebre».
[5] *Fuesa* = huesa, fosa o sepultura.
[6] Se ve que Cervantes contaba aquí por *una* sola las dos primeras jornadas y salidas de don Quijote, narradas en la *primera* parte.
[7] Cf. p. 43, n. 3.

INDICE
DE LAS PRINCIPALES PALABRAS DECLARADAS
(con indicación de páginas y notas)

N. B. Para las palabras declaradas por el *Tesoro* de Covarrubias (cf. p. 19) se emplea la letra *bastardilla;* para las ilustradas con gráficos, la letra **negrita**.

a (= en), pról., 12.
abad 136, 4; *el a. de lo que canta yanta* 1076, 3.
abarraganada 633, 2
abonar 602, 2
abrojos 889, 4
abuelo, tomá que mi 673, 2
acabable 657, 5
acabar con 264, 1
acaecer 468, 2
acebo 143, 2
acedo 666, 1
aceite de Aparicio 958, 4
acémila 208, 3
acendrado 899, 3
aceña 833, 2.
acertar 420, 3
ación 706, 2
acomodado 607, 2
acomodarse 78, 8
acompañado 694, 11
acorrucarse 178, 2
acostumbradas, las 245, 3
acotán, v. alcotán
acto 90, 4
acuciar 565, 2
acuchillado 303, 3; 444, 3
achaque 111, 4

adahala 364, 3
adamada 884, 1
adarga 55, 4; 104, 4
adarme 940, 4
adarvar 884, 5
adehala, v. adahala
adelantado 106, 4
adelfa 143, 1
adeliñado 863, 6
además, pról. 11
aderezo 846, 3
adiva 1127, 4
administrar 783, 1
adobar 348, 2
adunia 993, 7.
aechar, v. ahechar
afincamiento 65, 2
aforro 536, 2
agalla 296, 1
agallas 674, 6
agible 301, 1
Agrajes: ahora lo veredes, dijo Agrajes 113, 5
Agramante, v. campo de A.
aguas 937, 3; *de ángeles* 863, 1; *de Mayo* 924, 2; bailar el a. delante 629, 1; de a. y lana 696, 1
aguachirle 761, 4

— 1169 —

ÍNDICE DE PALABRAS

agudo, despuntar de 47, 3
aguijar 707, 2
agujero 187, 3
ahechar 359, 2
ahitarse 443, 2
ahorcado 824, 1
ahorrar 796, 6
aína 200, 2
aire, cortarlas en el 748, 3
ajorca 461, 2
ajuar 1014, 9
ál 67, 7
ala, en 682, 2
alabarda 792, 2
alambicar 773, 5
alárabe 454, 3
albacea 1165, 3
albanega 176, 4
albar 695, 7
albarda 525, 3
albarrazado 906, 7
albogue 751, 3
alborozado 954, 5
albricias 333, 3
albondiguilla 1082, 4
alcabala 38, 1
alcacel: duro es ya el a. para zampoñas 1159, 4
alcaide 68, 3
alcalde de corte 612, 2
alcaller 840, 3
alcancía 760, 3; 1018, 3
alcatifa 635, 2
alcotán 674, 1
alemaña 832, 5
alevosía 76, 6
alfana 193, 5
alfanje 437, 5
alfeñique 541, 3
alferecía 704, 5
alforjas 218, 7
algalia 85, 2
algazara 756, 4
álgebra 712, 2
algo qué 633, 4
algodones, entre 85, 3
alguacil 904, 3
alhaja 199, 2

alheña 597, 2
alimaña 565, 5
aljaba 678, 2
aljamiado 117, 7
aljófar 471, 6
alma de cántaro 695, 1
alma: su a. en su palma 864, 4; tener uno su a. en las carnes 971, 2
almacén 459, 6
almagre 669, 4
almalafa 438, 3
almena 66, 4
almete 59, 1
almíbar 902, 4
almilla 600, 2
almirez 1141, 3
almohada 332, 2
almohaza 864, 1
alpargate 1021, 2
alquimia 641, 3
altanería 836, 4
altanero 771, 5
altibajo 750, 2
alto 438, 2
allende, en 59, 2
ámago 593, 2
amainar 483, 5
ámbar 85, 1; 266, 3
amén 68, 2
amigo: de amigo a amigo la chinche en el ojo 686, 4
amohinar 186, 5
amojamado 600, 5
amoroso 177, 3
ampo 671, 2
anascote 897, 3
anatomía 405, 3; 680, 4
andadura 434, 2
andamio 706, 3
ángulo 749, 4
animalia 634, 6
anjeo 175, 3
ansia, cantar en el 243, 7
ante 55, 4; 266, 2; 959, 2
antecoger 210, 8; 729, 4
antojos 111, 2; 747, 6
antojuno 971, 3
añadidura 59, 5

— 1170 —

añascar 218, 3
aparador 864, 5
apariencia 547, 4
apellidar 478, 1
apenas no, *pról.* 27
apercibirse 723, 2
apero 567, 1
apersonado 973, 7
apetite 703, 2
aplauso 369, 1
aposta 345, 1
aprobación 234, 4
apuntarse 797, 1; a. con uno 748, 1
aquistar 927, 4
arambel 635, 3
arancel 417, 6
árbol 454, 1
arcaduz 130, 1; 709, 1
arco 118, 4; a. turquesco 171, 2
ardimiento 206, 2
ardite 189, 1
arenque 200, 5
argado 1135, 2
argamasa 129, 8
argentería 881, 1
armas 1013, 2; a. blancas 63, 4 y 63 1; *tocar arma* 601, 1
armiño 240, 4
arnaúte 456, 2
arnés 1008, 1
arnés tranzado 1010, 3
arpa, v. harpa
arpillera, v. harpillera
arráez 476, 1
arremeter 839, 1; arremeterse 614, 3
arreo 689, 3
arreos 68, 4
arrequive 635, 7
arrocadas, mangas 490, 4
arrumbada 1099, 1
artesa; artesoncillo 862, 6
aruño 969, 4
arzón 216, 3
asada 694, 9
asadura 231, 6
ascua de oro 670, 1
asegurar 486, 1
asendereado 282, 2

asentar 104, 2; 451, 1
así (= pues) 849, 3
aspar 320, 2
aspetatores 750, 1
asqueroso 762, 4
astas, darse de las 690, 2
astillero 55, 3
astrolabio 831, 7
astrología judiciaria 653, 2; 805, 2
astroso 267, 1; 629, 5
asumpto 614, 1
asurar 923, 1
atabal 807, 5
atacar 56, 4
atalaya 970, 3
atambor 807, 5
atender 76, 2
atentado 176, 6
atentar 201, 2
atraillado 245, 1
atusar 861, 4
aún (= ahora) 985, 2
aun bien que 608, 2
aunque más, *pról.* 30
autor 115, 1; 545, 3
avellanado 37, 1
aventajar 440, 3
averiguarse con 103, 6
ayuda de costa 1003, 6
ayunar 229, 1
ayuso 994, 5
azacán 238, 4
azar 279, 2
azcona 1118, 5
azófar 229, 2
azogue 203, 5
azor 837, 1
azumbre 124, 6

babador 862, 4
babera 516, 5
bacía 229, 1
bacín 251, 2
bachillear 646, 3
bachiller 206, 5
badea 628, 6
badulaque 932, 2
bagaje 794, 6

ÍNDICE DE PALABRAS

bagarino 475, 1
bajel redondo 483, 3
baladro 154, 1
balandrán 1085, 3
bálsamo de Fierabrás 124, 1
ballena 959, 1
ballenato 821, 2
ballesta 118, 4
bancos: pasar por los b. de Flandes 764, 12
bandín 1096, 2
bando 333, 1
baño 459, 5
barata 329, 1
baratijas 1014, 1
barato 946, 5; dar b. 980, 2; hacer b. 817, 4
barba: ¡a la b. de...! 761, 2; echar la buena b. 761, 2; pelarse uno las b. 248, 8; por las b. 192, 6; sacar a uno la b., o el pie, del lodo 287, 4
barbecho 288, 3
barbilucio 710, 2
barbiponiente 610, 2
barbitaheño 610, 1
barca 219, 2; 524, 1
barcino 1160, 3
barda 148, 2
barranco 334, 4
barras derechas 237, 4
barroso 304, 9
basa 900, 2
basilisco 158, 1
bastimento 136, 1
batalla 237, 3
batán 223, 4
bauzán 677, 4
bayeta 600, 3
baza 957, 1
beber por 129, 1
beca 780, 2
becoquín 969, 3
belitre 354, 10
bellaco 243, 1
bendición 138, 6
beneficiado 139, 1
beneficio eclesiástico 301, 3
berenjenero 821, 2

bergante 724, 1
bergantín 1098, 2
bermellón 84, 5
berzas: mezclar zuno b. con capachos 622, 2
bigote 348, 9
birlar 745, 7
bisunto 734, 4
bizarría 738, 1
bizcocho 249, 5
bizma 167, 1
blanca 73, 8; 187, 1
blanco 374, 4
blandir 80, 1
blandón 1130, 5
bledos 1133, 3
boba 643, 1
boca: a ¿qué quieres b.? 772, 2
boca de lobo 976, 3
bocací 743, 3
bocina 214, 2
bodega 733, 1
bodegón 1148, 5
bodoque 172, 5
bojiganga 680, 2 y 3
bonete 437, 2
bonetillo 415, 3
bonitamente 124, 3; 108,
boquirrubio 45, 3
borceguí 437, 3
bordón 218, 6
borra 690, 2
borrego 690, 1
bota 437, 3
botana 416, 4.
botillería 1061, 1
boto 289, 1
botones (de las espuelas) 707, 3; contarle uno los b. a otro 750, 5
braza 775, 3
brazo: a b. partido 1067, 3
breva 886, 4
brida 67, 9
brinco 256, 2
brindar 871, 4
brizna 922, 1
brocado 438, 2; 869, 1
brumar 86, 5

brutesco 561, 5
búcaro 863, 9
bucólica 652, 2
buen 147, 1; *b. hombre* 182, 2; 415, 2
buenas: de b. a b. 629, 6; tente en b. 763, 1
bueno: ¿adónde b.? 794, 5 ¿no; es b. que...? 697, 7; 713, 1; 740, 5; 996, 4
buenos 911, 3
buey: el b. suelto bien se lame 772, 5
buído 781, 2
bullir 576, 2
burdo 783, 2
bureo 711, 1
buril 857, 3
burra: jo, que te estrego, burra de mi suegro 672, 4
buzcorona 50, 6

ca 67, 4
caballerizo 240, 6
caballero 89, 4; 446, 4; tirar a c. 454, 7
caber 754, 6
cabestro 525, 3
cabeza, poner sobre la 95, 2
cabo: a c. de rato 251, 1; por el c. 138, 2
cabrahigo 776, 2
cabriola 619, 2
cachopín de Laredo 150, 3
cada (= cada uno) 450, 2
cala 469, 5; *cala y cata* 96, 3
calar 777, 1
caleta 469, 5
caloña 615, 7
calumniar 38, 4
calvatrueno 581, 3
calzas 56, 4; en c. y en jubón 343, 2
calzones 220, 5
callar: al buen c. llaman Sancho 934, 2
camaranchón 369, 3
cambronera 776, 1
camino: no llevar c. una cosa 351, 6; tomar c. entre las manos 368, 3
camisa de pechos 991, 3
campear 700, 2
campo 193, 2; c. de Agramante 520, 3; c. real 200, 8

camuza, v. gamuza
canario 243, 6
canas: quitar mil c. a uno 370, 4
candeal 359, 3
candiles: ¡adóbame esos c.! 540, 2
canelón 889, 5
canequí 897, 4
canilla 609, 3
canonizar 410, 2
cansado 975, 3
cantarillo: tantas veces va el c. a la... 355, 3
cántaro 226, 3
cantillo 353, 5
cantimplora 946, 2
cantueso 632, 4
cantusado: cátalo c. 1144, 4
cañaheja 949, 4
cañas 986, 2
cañón de crujía 1080, 2
cañones 921, 4
cañutillo 359, 1
cañuto 596, 4
capa gascona 809, 6; de c. y espada 721, 5
capataz 324, 3
capellina 59, 1
caperuza: dar en c. a uno 48, 1
capilla 188, 1
capirote 577, 2
capotillo de dos haldas 321, 2
capuz 780, 1
caramanchón, v. camaranchón
caramillos, levantar 860, 1
carátula 680, 1
carbunco 562, 2
carcaj 678, 2
carga: a c. cerrada 100, 4
cargo, llevar a 920, 1
carmesí 765, 1
carne de membrillo 962, 2
caro, de lo 793, 2
carpir 574, 3
carrera tirada 575, 1
carril 866, 3
carriola 1136, 3
carta de examen 39, 2; 516, 2 c. **mi-**

ÍNDICE DE PALABRAS

siva 259, 4; hablen c. y callen barbas 647, 3; *por c. de más* 732, 1
cascabel 745, 1
cascos, de lucios 711, 2
casi que 145, 3
castellano 68, 3
castigar 931, 4
castor 230, 4
cata 62, 8; 96, 3
catadura 573, 2
catar 123, 3; 140, 1
cataratas 673, 1
catarriberas 795, 4
católico 534, 5; 697, 2
catorceno 633, 6
cautela 222, 4
cautivo 53, 7
cava 66, 2
cayado 137, 3
caza, ponerse en 1098, 5
cazolero 821, 2
cebellina 703, 1
cebra 194, 1.
Ceca: andar de C. en Meca 190, 1
cecear 502, 3
cedazo 606, 1
celada de encaje 59, 1
celemín 993, 3
cendal 176, 7
¡cepos quedos! 784, 5
cerbatana 1091, 1
cercen, a 414, 4
cercenar 414, 4
cernadero 862, 4
cernícalo 930, 1
cerra 1043, 3
cerrar 628, 7
cerro 886, 1
cerros: por los c. de Úbeda 1044, 3
cibera 86, 1
cientos 1044, 1
cimitarra 414, 5
cincel 857, 3
cinco: no saber cuántas son c. 374, 1
cincha 525, 3
cinchado 655, 2
cinta 532, 10
círculo 749, 4

cita 1129, 2
civil 906, 6
claraboya 656, 3
clarín 877, 3
claro: de c. 1152, 3; de c. en c. 58, 2
clavo, dar en el 45, 7
cobro, poner en 726, 3
coco 834, 2
coche: andar a c. acá, cinchado 655, 2
codicilo 651, 1
codo 609, 2
cofia 944, 1
cohecho 862, 2, *ni tomes c. ni pierdas derecho* 862, 2
cohete 920, 4
cohonder 277, 5
coima 177, 4
cojín 257, 6
cola, llevar 749, 3
colcha 172, 4
colchar 304, 3
cólera 96, 4; cortar la c. 233, 5
coleto 266, 2
colgado 114, 3
colmo 571, 5
colodrillo 215, 1; 671, 1
colodra 190, 2
columbrar 228, 3
cómitre 1096, 3
como (= luego que) 120, 4
como (= porque) 903, 6
cómo (= *que* compl.) 76, 4
como (= que consec.) *pról.* 29
como eso 150, 4; 198, 2
cómo que 39, 4
cómodo 129, 4; 364, 2
compañía 680, 2; c. real y de título 681, 4
compás de pies 749, 4
comunicar 377, 3
comunidades 933, 7
conceder 741, 1
conciencia: hacer 540, 1; *formar* 552, 5
condición 312, 2
condumio 1057, 5
confiscación 1076, 2

— 1174 —

conformidad 714, 1
conocido, pan mal 828, 1
conorte 54, 4
conseja 217, 1
consejo: el c. de la mujer es poco y el que no le toma es loco 647, 5
conserva 999, 5
consigo 1053, 5; 1077, 5; 1112, 4
contado, de 292, 1
contado: mal c. te será 867, 1
contar 878, 1
contendor 705, 1
contenido 705, 3
continente 880, 1; en c. 235, 4
contingible 790, 2
continuar 377, 1
contra (= enfrente de) 445, 5
contrahacer 67, 8; 1109, 3
contrapunto 157, 2
contrastar 498, 2
contrecho 174, 1
conveniencia 701, 2
copo 655, 10
corbacho 249, 6
corchete 982, 4
cordelejo, dar 226, 2
cordellate 743, 6
cordobán 697, 8
corma 839, 4
cormano 905, 6
cornado 187, 1
corneja 154, 2
coroza 245, 4; 1136, 1
corpiño 303, 4
corredor 654, 1; 1057, 2; 1079, 2 c. de lonja 246, 1; c. de oreja 245, 5
correoso 360, 6
correrse 67, 5
correr turbio 792, 1
corrido, andar 662, 4
corriente y moliente 696, 5
corsario 445, 6
corte 703, 5
corveta 222, 1
cosa: *pasar en c. juzgada* 285, 8
cosario, v. corsario
coselete 67, 9
costas, condenar a uno en 169, 5

cota 1069, 1
coto 360, 3
cotonía 788, 4
cotufas: pedir c. en el golfo 354, 2
coxquear 628, 3
coyunda 135, 1
credo, en un 294, 1
creerse de 368, 1
criado 59, 1; 645, 4
cribar 194, 3
cristel 686, 5
cristiano 439, 2; c. viejo 223, 1
crujía 1080, 2
cruz: tras la c. está el diablo 94, 1; trasquilar a cruces 864, 3
cruzado 1101, 4
cuadra 845, 3
cuadrado 794, 2
cuadrillero 122, 6
cuajada 764, 8
cualque 691, 3
cuando, *pról.* 30
cuanto más (= cuanto menos) 266, 1
cuartal 200, 3
cuartana 204, 3
cuarteles, bogar a 479, 1
cuartillo 754, 1
cuarto 60, 4; 753, 5
cuatralbo 1094, 6
cuatrín 1093, 8
cubrir 304, 6
cuchar 1124, 3
cuchilla 617, 2
cuchillada 750, 2
cuello: abrir el c. 941, 3; c. escarolado 941, 3
cuento 309, 1; cuentos 103, 5; como digo de mi c. 217, 3
cuento 753, 3; 765, 2
cuerda 484, 5
cuerpo 1093, 4
cuesco 1141, 4
cueva 733, 1
cuidado ajeno de pelo cuelga 825, 1; c. ajenos matan al asno 694, 6; en c. me lo tengo 142, 2
cuita 54, 2
culpante 1103, 2

— 1175 —

ÍNDICE DE PALABRAS

cumplir 313, 1
curar 69, 5; 75, 3
curioso 45, 9
curiosidad 41, 2
cutir 909, 5
cuyo... de, *pról.* 6

chamelote 937, 2
chantar 636, 6
chapa, de: chapado 287, 3; 764, 11
chapín: ch. de la reina 524, 1
chapitel 66, 1
chillador 809, 2
chinela 976, 5
chirimía 811, 2
choquezuela 1017, 1
Christus 925, 2
chufeta 367, 1
churrillero 954, 1
churumbela 1123, 4
chusma 460, 2
chuzo 1118, 5

dado: echar d. falso 540, 6; tal podrá correr el d. 225, 2
daga 984, 3
damasquino 640, 3
danza de espadas 744, 4
daño: sin d. de barras 921, 2; su daño 870, 5
dar 271, 5; 351, 4; 358, 2; 595, 3; y dalle 215, 2
data, de buena 692, 1
de *pról.* 6, 12, 25
debajo de 540, 5
decantar 832, 4
decorar 131, 4
dedo, atar uno bien su 647, 2; poner bien los d. 45, 4.
defender 611, 4
demasiado 353, 1
derecho facer 302, 1
derrengar 238, 1
derrota 105, 3
desafiar 507, 2
desaguisado 54, 1
desaliñar 685, 3

desatacar 56, 4
desatada (escritura) 544, 2
desatentado 768, 3
desbaratado 746, 4
desconocido 160, 3
desembarcadero 455, 1
desenvainar 726, 1
desenvoltura 274, 1
desfallecer 75, 4
desgraciado 672, 1
deshora, a 38, 5
designo 652, 1
desigual 701, 3; 1066, 1
desistirse 563, 3
desjarretar 650, 4
deslumbrado 857, 5
desmentir a uno 80, 2
despabilar 671, 3; 763, 3
despartir 415, 2
despeado 1157, 1
despecho 348, 8
despenar 334, 5
despensa 256, 3
despreciarse 927, 2
despuntar 47, 3
destajar 647, 4
destetarse con algo 552, 1
destreza 749, 4
devaneo 103, 3
devengar 238, 1
día, otro, *pról.* 5; *yendo días y viniendo días* 218, 2; hombre en días 973, 6
diablo 88, 3; aun ahí sería el d. 171, 1; daré al d. el hato y el garabato 201, 1; encomiendo al d. 147, 14; los d. lleven 229, 1; estar el d. en Cantillana 979, 3; ofrecido sea al d. el maravedí 580, 1
diciplinante, v. disciplinante
dictado 240, 1
dicha, a (o *por*) 70, 3
diente, estar a 239, 1
dieta 1005, 1
diez, a las 594, 1
dinero 1026, 2; a d. pagados, brazos quebrados 1147, 1
Dios lo oiga y el pecado sea sordo

1048, 6; D. y ayuda 106, 3; a quien D. quiere bien, la casa le sabe 933, 4; ayude D. con lo suyo a cada uno 815, 5
dirección 46, 6
dirigir 791, 2
discantar 1064, 6
disciplinante de luz 880, 3
disparar 603, 1
dispuesto, mal 237, 1
distinto 230, 3
divertir 271, 4
divina comedia 547, 3
dobla 471, 4
doblón 694, 2
docena: entrar en d. con 691, 1
documento 929, 2
don 248, 4
doncella 131, 6
dornajo 128, 3
dosel 866, 2
ducado 249, 3
duecho 104, 5
dudar 627, 3
dudoso 542, 8
duelo 49, 5
duelos y quebrantos 55, 7
dueñas, púsola cual no digan 656, 1
dulzaina 811, 2

eceto 77, 1
echacuervos 845, 4
efecto, en 467, 3; 611, 2; 647, 1
ejecutar en 309, 4
ejecutoria 523, 3
él (= v. m.), *pról.* 7
elche 469, 4
embaír 550, 2
embazar 512, 1
embeleco 617, 5
embocar 834, 1
embozo 424, 1
empachado 349, 3
empachar 357, 1
empanada 695, 6
empreñarse 540, 3
empresa 63, 4; 194, 3
en (= a), *pról.* 12

encaje 59, 1; *ley del e.* 131, 5
encalabrinar 674, 5
encambronado 1037, 4
encamisado 204, 2
encarar 823, 2
encargar 84, 2
encerado 734, 7
encinta 1014, 5
encomendar 252, 3
enconarse en 310, 2
encuentro 279, 2
endecha 141, 2
endechadera 651, 6
endriago 280, 1
enea 175, 2
enjalma 172, 3
enjuagar 1057, 6
enjundia 630, 3
enrejalar 755, 2
ensalada 471, 2
ensalmo 345, 4
ensarmentar 1019, 2
ensayado 346, 4
entablar 710, 1
entallador 1047, 2
entena 1097, 2
enterrar: con tal persona me entierren 925, 1
entonado 635, 5
entrar 453, 2
entreclaro 661, 1
entremés 598, 1
entremetido 742, 6
entretenerse 445, 2
entretenido 863, 8
entretenimiento 795, 3
entreverar 738, 4
envaramiento 809, 2
envidar 46, 5
envite, tener el 625, 3
equis, estar hecho 1064, 2
escamondar 1117, 3
escaño 865, 2
escarlata 235, 6
escarmenar 260, 6
escarnir 768, 4
escarolado, v. cuello
escarpín 885, 5

ÍNDICE DE PALABRAS

escopeta de rueda, 241, 3
escoplo 953, 3
escote 50, 2
escribano 738, 3
escudilla 92, 2
escudillar 825, 5
escudo 258, 2
escurrirse 1009, 1
esfera 649, 5
eso 70, 5
espaciarse 491, 1
espacioso 534, 2
espadas negras y blancas 743, 7; e. del perrillo 728, 2
espadachín 746, 4
espaldar 69, 4
espalder 1096, 8
especias 755, 3
especies 960, 1
especular 776, 3
esperar 112, 1
espeso 804, 2
espetar 754, 5
espetera 1166, 3
espilorchería 795, 8
espina 625, 1; poner a uno en la e. de Santa Lucía, 459, 5
espíritu, 259, 1
espulgar 1068, 1
esquero 818, 3
esquilón 776, 6
estacada 390, 2
estacas, v. tocinos
estaciones, andar 605, 1
estado 698, 2; 779, 4
estambre 901, 3
estandarte 819, 1
estanterol 435, 5
estaño 455, 6
estar 142, 1; 527, 3; e. en 1047, 3; e. poco por 236, 5
estevado 609, 5
estimar 400, 3
estirado 737, 3
estocada 169, 1
estopa 167, 1
estoque 169, 1
estrado 390, 3

estrella 721, 4
estremecerse 626, 2
estricote, al 49, 6
ético, v. hético
excusado, pensar en lo 648, 5
excusar 88, 4

fábula apóloga y milesia 541, 1
fación 569, 3
falda, de 445, 1
faldamento 206, 1
faldellín 788, 3
faldriquera 708, 1
familiar 596, 1; 636, 3
faquín 354, 9
farándula 680, 2
farol 882, 6
farseto 235, 7
fe 242, 5; 281, 3; mía fe 347, 4
fee 90, 2
fendiente 116, 1
fénix 353, 4
ferreruelo 304, 7
ferro 831, 1
fiambre 565, 4
fiel 732, 2
fiel y legal 212, 2
fieltro 696, 1
figuras, levantar 805, 2
figuro 841, 1
fil, estar en un 1001, 5
filo, por 660, 3
finta 906, 3
fisga 224, 1
físico 1144, 3
flagrante, en 243, 2
flámula 1079, 6
flechar 758, 6
flema 416, 2
flojo 738, 2
flor 47, 4
flores, en 127, 1; f. de cantueso, f. 632, 4
floresta 110, 1
follón 53, 6
fondo: dar f. con 1119, 4
formalmente 859, 2
fortuna 765, 4
frade 1077, 2

— 1178 —

fragante, en; v. flagrante
fragata 478, 3
frailecito 373, 2
Francia: ¿estamos aquí o en F.? 676, 2
franchote 1023, 3
frasis 520, 6
frazada 172, 6
frenillar 483, 2
frente, clavar en la 827, 3
fresco 645, 1
frión 1151, 3
frisar la bayeta 897, 5
frisón 1038, 1
frontera 758, 3
fruncir 972, 1
fruta de sartén 755, 4
fuente 976, 1; 990, 1
fuerza 446, 1
fuesa 1167, 5
fuga 359, 4
fullero 980, 4
fustán 176, 5

gabán 188, 1
gacha 723, 3
gafo 832, 1
gaita 757, 3
galápago 1017, 3
galeote 242, 3
galería 502, 1
galgo 120, 1
galocha 969, 3
galope 575, 1
gallardete 1079, 6
gallarín, salir una cosa al 1115, 3
gallipavo 129, 3
gamella 135, 3
gamo 229, 5
gamuza 734, 3
ganapán 354, 9
gañán 354, 8
gañir 976, 4
garabato 201, 1
garbear 444, 2
garito 982, 1
garnacha 490, 4
garrancho 137, 1

garrido 763, 4
garrucha 506, 3
gascón 1073, 2
gastado 382, 1
gato 760, 5; g. romano 760, 6; echar el g. a las barbas 953, 2; llevar el g. al agua 113, 3
gallado 773, 3
gazpacho 1019, 3
generales, las 284, 3
genízaro 453, 1
gentil 67, 3; *gentil hombre* 1014, 2
gerifalte 862, 1
gimnasio 737, 4
gimnosofista 538, 3
gira, v. jira
girifalte, v. gerifalte
godo 53, 1
gola 69, 4; 906, 4
golosina 260, 9
gollería 547, 2
gomia 455, 4
gorra milanesa 780, 3
gótica 622, 3
gracia: hacer a uno g. de algo 81, 6
grado: ni g. ni gracias 281, 1
grana 743, 5
grande 298, 3
greba 254, 1
gregüescos 220, 5
gremio 459, 3
Grial, el Santo 557, 5
grifo 283, 3
grumete 464, 2
guadamecil 1148, 2
¡guarda! 597, 3
guelt 1022, 6
guilla 137, 2
guindas, beber con 886, 3
guisa 115, 5
guitarra 687, 3
gulluría, v. gollería

haberlo de 646, 2
hábito 136, 2; h. de San Pedro 618, 1
hablar en 108, 2; 308, 1; *hablara yo para mañana* 208, 1
haca galiciana 163, 5

ÍNDICE DE PALABRAS

hacanea 670, 4
hacer 304, 10; 400, 1; 629, 5
hacienda 302, 1; 843, 1
haldas, v. faldas
hallazgo 333, 3
harbar 627, 5
harón 885, 1
harpa 325, 3
harpillera, 773, 3
hato 79, 3
haz, en 965, 5
hechura 813, 1; 948, 3
heredar 138, 3
herir 704, 4
herrada 74, 1
herreruelo, v. ferreruelo
hético confirmado 119, 1
hidalgo de devengar quinientos sueldos 238, 1
hideputa 178, 3
higa 373, 4
hilas 285, 4
hilaza, descubrir la 634, 2
hilo: por el h. se saca el ovillo 84, 3
hipogrifo 283, 3
hito 668, 7; dar en el h. 668, 7; tener uno la suya sobre el h. 668, 7
hocicar 528, 3
hocicos, salirle a los 694, 7
hogaza 200, 4; a quien cuece y amasa no le hurtes h. 869, 4
hojuelas 1135, 3
hombre, el (= uno) 566, 3; 912, 1; hombre humano 320, 3
hopo, sudar el 123, 4
hora: en h. maza 91, 2; h. menguada 176, 3
horcajadas, a 304, 8
horondo, v. orondo
horro 796, 6
hoz: de h. y de coz 520, 2
hoto: en h. de 629, 4
huésped 68, 5
hueso: quien te da el h. no te querría ver muerto 993, 1
huevo: sobre un h. pone la gallina 648, 1
húmedo radical 960, 2

hurón 718, 1
hurta cordel, a 854, 1
huso 325, 2; husos del Guadarrama 85, 4

ides, *pról.* 1
ijada, ijadear 164, 4
imágenes 532, 9
imitación a 276, 1
imperio, mero mixto 1063, 3
incómodo 186, 2
indecente 510, 2
insolencia 280, 3
intención 510, 2
intonso 1142, 2
intricar 235, 5
ir: ides, vamos *pról.* 1; si va a tratar 694, 4
isla 72, 3
islilla 411, 2

jabonero 821, 2
jacinto 562, 1
jadear 164, 4
jaez 515, 1
jalde 193, 1
jáquima 525, 3
jara 788, 1
jarcia 632, 3
jaula 531, 2
jayán 91, 5
jerigonza 744, 1
jeringa 1006, 4
jimio, v. simio
jineta, jinete 67, 9
jira 826, 4
jirón 714, 4; 819, 1; 859, 1
jironado 714, 4
¡jo...! v. burra
jornada 65, 7
jubón 343, 2
Judas, créalo 1141, 6
judiciaria, v. astrología
jugar las armas 745, 8
juglar 843, 4
juicio 745, 3; *a j. de buen varón*, 949, 1; ser un j. 1012, 3

— 1180 —

CON INDICACIÓN DE PÁGINAS Y NOTAS

junco 753, 4
justa 558, 6; 774, 1; justas del arnés 628, 4
justicia distributiva y conmutativa 736, 2
justiciar 571, 6
justo: en j. y encreyente 937, 1
labor 438, 2; labor blanca 973, 4; hacer l. 956, 3
labrandera 956, 3
labrar 956, 3
lacayo 546, 8
ladino 473, 2
lagartos, isla de los 903, 1
lambicar, v. alambicar
lampazo 131, 3
lanzas, *romper* 525, 6
lanzón 185, 1
largamente; donde más l. se contiene 125, 3
largarse 1097, 7
lastar 715, 2
latín, coger a uno en mal 739, 1
laúd 687, 3
le (= les), pról. 7
lectura, con 45, 2
leer 593, 5
legal 212, 2
lela 440, 4
lelilí 877, 2
lengua 245, 2
lenitivo 220, 3
leonado 193, 3
lercha 674, 6
letra 1065, 4
letrado 370, 2
leva 47, 4
levada 47, 4
levente 453, 1
leyenda 77, 2
librea 50, 1
licencia 736, 1
liga 304, 5
lililí, v. lelilí
límiste 868, 2
limitado 846, 7
lince 326, 1
lindezas, a las mil 233, 2

línea equinoccial 831, 8
lirón 703, 4
lizo 544, 1
loba 206, 1
logrado, mal 784, 4
lonja 246, 1; 654, 2
loriga 122, 3
los (= les) 768, 1; 826, 1; 1163, 1
luego 400, 5

lladre 1076, 1
llano 639, 1
llave maestra 958, 1
llegar 104, 3
llego 300, 3
llevar 373, 3
lloramicos 988, 3
llovidos, como 649, 2

maesecoral 959, 5
maestre de campo 493, 2
maestresala 846, 5
maestro 39, 2; 57, 6; 289, 6; maestro de esgrima 749, 5
magín 621, 7
maguer 53, 3
maguera 867, 6
malherido 744, 3
majada 65, 4
majadero 638, 3
majagranzas 849, 4
malandrín 62, 6
maleante 69, 1
malenconía 224, 1
maleta 257, 8
malo, *pról.* 3
malograrse 784, 4
malvas, haber nacido en las 630, 2
malla 606, 5
mamona: m. sellada 827, 4
mandar 103, 1
manderecha 774, 7
mandoble 750, 2
mangas: buenas son m. después de Pascua 362, 1; *de m.* 445, 1
manida 265, 2
manjar blanco 1082, 3
mano 59, 3; *m. a m.* 798, 2; m. de

— 1181 —

ternera 1060, 5; a la m. de Dios 109, 3; *comerse las m. tras*, o *por* 45, 8; con sus m. lavadas 408, 1; con las m. limpias 951, 5; dar la mano de 419, 1; *darse manos para algo* 253, 5; *de manos a boca* 45, 6; de una m. a otra 299, 1; en buena m. está 799, 1; o mal me han de andar las m. 165, 4; ponerle a uno la m. en la horcajadura 354, 6; probar la m. 521, 6; *si a m. viene* 506, 1; sobre m. 823, 1; *tomar la m.* 335, 2
mantellina 338, 1
mantenedor 731, 3
mantener justa, o *torneo* 731, 3
manual 607, 2
mañero 601, 3; 646, 5
máquina 68, 1
maraña 769, 1
maravedí 40, 2
marca 248, 5
marcar 464, 3; 1060, 8; 1098, 4
marchar 191, 3
marfuz 46, 1
Marica: buscar a M. por Ravena 668, 4
marras 281, 2
marrido 1111, 4
marta cebellina 703, 1
más... como, *pról.* 28
mas que, *pról.* 30
más... sino, *pról.* 28
mase 801, 1
matalotaje 203, 3
matalote 1081, 2
mayor 524, 4
mayoral 324, 2
mazo 344, 3
mazorca 670, 2
meaja 616, 1
medalla 1090, 3
mediar 525, 2
melanconía 224, 1
melecina 168, 3
melindre 912, 2; hacer m. 471, 3
membrarse 65, 3
Mendoza 1049, 5

meneallo, peor es 221, 4
menester 654, 6
menguado 348, 5
menjurje 907, 5
menos: de m. me hizo Dios 867, 5; por lo m. 41, 3
menuda 750, 3
merced 648, 4; mercedes a 696, 6
mesnada 770, 1
mesura 1109, 2
mezcla 43, 1
mía, saco la 566, 1
micer 558, 5
miel sobre hojuelas 1135, 3
migas 246, 2; no estar para dar m. a un gato 1117, 1
milla 83, 3
mínima 241, 2; 360, 1
misericordia 871, 5
mitra 1136, 1
mocedad 828, 3
mocoso 737, 2
mocho 1074, 3
modo de composición 202, 4
moharracho 680, 3
mohatra 845, 5
mohíno 254, 3
mojón 697, 5
molde, de 83, 6
molificar 899, 2
molino, estar picado el 1149, 3
mollera 103, 7
momia 566, 4
mona 815, 8; hacer a uno m. 818, 2
moneda forera 524, 1
monjil 896, 5
montante 372, 3
montar: no estar la monta en 400, 4 *tanto monta* 519, 1; ¡y montas (o monta) que...! 239, 3
montazgo 252, 4
morbidez 907, 1
mordaza 820, 1
morena: o sobre eso (o ello) morena 298, 8
morir: y muérame yo luego 126, 3
morrión 59, 8
mosén 558, 5

CON INDICACIÓN DE PÁGINAS Y NOTAS

mosquear 888, 1
mostrenco 611, 5
mote 194, 3
motilón 289, 3
muchos, los 737, 6
muda 218, 8
mudanza 758, 5
mudarse 221, 1
muebles 138, 4
muela cordal 201, 3
muerte civil 248, 1
mugre 734, 4
mujer: la m. y la gallina por andar se pierden aína 988, 5
mujer del partido 65, 5
mujeriegas, a 304, 8
mula de retorno 909, 1
muleta 218, 6
muñeca de la mano 471, 5
muñido 745, 2
muñidor 240, 2
musaraña 869, 7

nacido 675, 4
natural 385, 2; 488, 1; 721 1; 782, 1
naturalmente 1166, 2
neblí 920, 3
necesitado 1033, 1
necesitar 723, 1
negrura 561, 1
negro 214, 1
neguijón 201, 4
ni, *pról.* 34.
nigromancia, nigromante 362, 2
niños de la doctrina 884, 4
no (redundante), *pról.* 24
no bien, *pról.* 27
no nada, *pról.* 17
no que, *pról.* 36
¡no, sino...!, *pról.* 37
noches, a buenas 868, 3
nombre, poner 479, 4
nones 244, 2; de n. 853, 2; andar de n. 981, 2
notar 890, 1
notomía, v. anatomía
nubes 673, 1
nudo gordiano 746, 6

nueso 672, 6
nuestramo 1049, 1
nuez de ballesta 118, 4

obra: a o. de 110, 2
obsequias 157, 1
ocasión 595, 5
oficial 39, 2
oído: sin ser o. ni visto 842, 2
oidor 490, 3
oíslo 106, 1
ojear 385, 3; 1052, 4
ojos: estos o. que han de comer la tierra 287, 1; hacer del o. 253, 4; lo que veo por los o. con el dedo lo señalo 1089, 2
olla podrida 961, 4
omecillo 123, 2
oponerse 615, 1
oposición, hablar de 685, 1
orégano 228, 2
oro de cañutillo 359, 1; o. de martillo 994, 4; o. de Tíbar 903, 4
orondo 755, 5
oropel 569, 7
orza, a 483, 4
ostugo 664, 4; 1023, 1
otero 131, 1
otro 620, 2; otro día, *pról.* 5
oxte 667, 5

paciencia y barajar 783, 3
padrón 906, 2
pagado 84, 4
pagador: al buen p. no le duelen prendas 701, 2
paja: de p. o heno, el vientre lleno 868, 1; en dácame esas p. 342, 5; *no dormirse en las p.* 628, 1
pala y azadón 867, 4
palabras, en dos 173, 2
palacios de Galiana 1031, 4
palafrén 117, 1; 340, 1
palamenta 1099, 3
paleta, de 1045, 4; en dos p. 636, 5
palillo 641, 2
palmilla 757, 1

— 1183 —

ÍNDICE DE PALABRAS

palmito vestir a uno como un 638, 1
pan 69, 3; no conocérsele a uno el p. 45, 5
panegírico 1142, 1
pantalia 941, 1
pantufluo 56, 6
papahígo 996, 5
papar 191, 1
papel 33, 2
papelón 67, 2
papilla: dar p. a uno 374, 3
papirotazo 1140, 4
par Dios 239, 2
para (= por), *pról.* 12
parada, doblar la 886, 2
parado 1027, 1
paramento 635, 4
paranza 874, 1
parar 91, 4
parasismo 180, 2
parecerse 74, 5
pared en medio 713, 3; p. y medio 745, 5
parejas: correr p. a lo flojo 52, 1
partes 271, 1; las dos partes... 56, 2
partesana 818, 5
participante 203, 1
partida, mediar la 814, 2
partidas: las siete p. del mundo 789, 4
partido 65, 5; 455, 5
parva 1130, 2
pasagonzalo 706, 1
pasamano 955, 1
pasar 103, 1
paso 83, 5; 144, 3; *p., pasito* 340, 4; p. ante (o tras, o entre) p. 727, 3 a p. tirado 122, 4; *para el p. en que estoy* 80, 4
patena 764, 1
pausas, por sus 730, 1
pavés 1018, 5
pavo 129, 3
paz: andar la p. en el corro 968, 3; dar p. a uno 235, 3
pazpuerca 635, 9
pecado, *pról.* 3
pechero, pecho 166, 1

pedir 263, 3; 334, 3; 420, 2
pedorreras 996, 3
pedreñal 1069, 2
pegujar 612, 3
peje 737, 1
pelaire 187, 2
peladilla 197, 3
pelaza 178, 1
peliagudo 961, 2
pelillos: echar p. a la mar 358, 1
pelón 794, 7
pelota, en 164, 3; 254, 2
pellico 137, 4
penado 187, 6
penante 863, 9
péndola 244, 5
penitencia, hacer 625, 2
pensar 125, 1; 753, 1
péñola 244, 5
pepita 632, 5
per signum crucis 824, 2
peraile, v. pelaire
perdigón 717, 5
peregrino 63, 1
pergenio 232, 4
perlas, de 57, 2
perro 120, 1; a p. viejo no hay tus tus 869, 6; no querer p. con cencerro 263, 8; vióse el p. en bragas de cerro... 997, 3
persona (= nadie) 105, 2; hacer uno de su p. 221, 3
pesadilla 178, 4
pesia a mí 180, 4
peso ensayado 346, 4
petición 1153, 2
peto 69, 4
petral 756, 3
piache, tarde 1020, 3
picar 164, 1
pícaro 862, 5
picarse de 748, 7; *estar picado* 86, 2; picarse la mar 478, 6
pico, poner en 989, 4
picota 981, 5
picote 1132, 5
píctima, v. pítima
pie: a p. enjuto 632, 1; buscar tres

— 1184 —

o cinco, p. al gato 251, 3; poner pies en polvorosa 51, 1; sacar a uno el p. del lodo 635, 1; tenerle a uno el p. al herrar 628, 2
piedra de toque 642, 1
piernas: poner p. al caballo 216, 1
pieza 85, 5; 102, 3
pífano 807, 5
pinganitos, en 539, 4
pino de oro 995, 1
pintado, el más 620, 3
pintiparado 231, 1
pipote 297, 2
piruétano 696, 8
pisto 941, 4
pistolete 1069, 2
pítima 1046, 3
pizmiento 447, 3
platicar, *plático* 387, 2; plática 389, 1
platos, entre dos 1020, 4
plaza 451, 1
plectro 584, 2
plumas 64, 7
polaina 321, 2
política 720, 4
pomo de vidrio 842, 3
poner 1060, 1
popar 933, 2
por (= para), *pról.* 12
porqué 147, 1
porra, porro 638, 3
portamanteo 743, 2
portante 909, 4
portazgo 524, 1
posesión 409, 1
posesivo, acto 128, 1
posta, a 345, 1; estar de p. 446, 2; por la p. 167, 2
postigo 1017, 2
postillón 877, 5
potencia; en p. propincua 168, 1
pragmática 523, 2
precioso 527, 1
preciosos 243, 5
predicamento 493, 1
preguntar 88, 1
premática, v. pragmática
preñado 466, 1

presentado 289, 7
presentar 62, 4
presupuesto 72, 2
pretina 79, 2; 965, 3
prez 101, 3
priesa 916, 3
primavera 1015, 3
primera 46, 5; 1044, 1
prioste 240, 1
pro 70, 1
procesada, letra 286, 4
profesión 144, 2
prometer 209, 2
propio 593, 4
propósito 837, 4
prosupuesto 72, 2
pucheritos, hacer 938, 1
puerta: a p. cerrada 1164, 2
puesto, bien 608, 4
puesto que, *pról.* 30
pulcela 944, 6
pulpo 750, 7
pulla 672, 5
puntada: dar una p. en un negocio 392, 1
puntas 245, 7; **p. y collar** 245, 7; de punta en blanco 678, 3; tomar puntas 920, 2
puntapié 846, 1
puntillazo 1097, 1
punto 95, 5; 533, 2; 600, 1; 615, 3
puntoso 609, 4
puño 663, 1
pupilaje 851, 4
pupilo 606, 3; 851, 4
puridad, en 1009, 2
puta 178, 3

que, *pról.* 15, 19, 23
que... su, *pról.* 21
querencia 79, 1
querer 702, 1; q. decir 56, 9
quien, *pról.* 20.
quijote 61, 5
quilatar, quilate 499, 1
quimera 149, 2
quimerista 617, 6
quínola 843, 7

quitación 795, 5
quitar 249, 1
quito 417, 1

rabel 132, 1
rahez 53, 8
raíces 138, 4
raja de Florencia 99, 2
rampante 532, 6
rancho 179, 4; 463, 2; 836, 1
randa 641, 2
rapacejo 984, 1
rasgado, a lo 569, 6
rasguño 857, 6
raso 304, 1
rastrillar 288, 6
rastrillo 1148, 1
rastro 754, 7
rastrojo 66, 6
rasa por cantidad 222, 3
raya, echar 966, 3
rayo: allá darás, r. 668, 1
razón 75, 2; r. de estado 51, 4; *hacer la r.* 871, 4
razonar 75, 2
real, real de a ocho 230, 5
reata, de 171, 4
rebenque 249, 5
recado 165, 1; 549, 2
recámara 403, 2
recambio 311, 4
recordar 921, 3
recuestar 144, 1
recuesto 537, 1
redoma 74, 2
redropelo, al 684, 1
reducir 257, 3
refocilar 770, 3
regatón 1007, 2
regazo 953, 1
regidor 598, 3
regimiento 946, 6
región 520, 4; 918, 2; 957, 3
regodeo 250, 2
regostarse 1133, 3
reinado 1044, 1
rejo 288, 2
relente 1018, 4

relieves 211, 6
remanecer 1152, 2
remanso 728, 4
remendado 670, 5
remondar 956, 2
renco 709, 2
renquear 839, 5
renta rentada 301, 5
reparar 76, 3; 337, 2; 1064, 5
repetir 217, 4
reportar 225, 3
respostería 873, 4
repostero 873, 4; 1156, 3
repuesta 885, 2
respuesto 208, 3
repulgar 912, 2
requebrar 57, 3
requerir 341, 3; r. la espada 724, 4
requesón 722, 5
resentirse 165, 2
residencia 928, 2
respeto 381, 1
resquebrajo 673, 3
resto, envidar el 86, 3
retablo 800, 2
retar 507, 2
retirar 255, 4
retraerse 122, 5
retrete 1084, 1
reuma 201, 5
revellín 446, 3
reverendas, tocas 558, 2
revés 116, 1
rey: el r. es mi gallo 761, 1; ni r. ni roque 601, 4; salirse con algo como el r. con sus alcabalas 861, 5
ribera, volar 612, 4
rieto 507, 2
rijoso 615, 6
rimero 92, 4
ripio: dar r. a la mano 627, 6
risa: retozar la r. en el cuerpo 855, 1
ristre 108, 1
rixoso 163, 6
rocín 54, 7
rodado 228, 2
rodaja 747, 5
rodear 114, 2; rodearse de 370, 3

rodela 104, 4
rodilla 864, 5
Roma: a R. por todo 1012, 4
romadizado 361, 1
romana: entrar la r. con tanto 981, 1
romancista 719, 1
ronzal 525, 3
¡ropa afuera! 1096, 5; hacer a toda r. 484, 1
ropilla 253, 7
ropón ducal 240, 4
roque, v. rey
rosario 296, 2
roto 266, 5
rozagante 881, 4
roznar 831, 2
rúa 1085, 2
rubión 359, 3
rucio 228, 2
rueca 325, 2
rueda 927, 1
ruina 120, 3

sabeo 360, 5
saber 136, 5
sabidor 349, 4
sabiduría 312, 1
saboga 830, 2
saboyana 579, 1
sacabuche 821, 3
sacre 920, 3
sahumado 81, 5
sal: poner en s. a uno 417, 2
salamanquesa 952, 3
salirse 645, 2
salpicón 55, 6
salta tú y dámela tú 1036, 1
saltaembarca 984, 2
salterio 751, 3
salto: más vale s. de mata que ruego de hombres buenos 1124, 5
saludes 266, 4
salva 551, 1; *hacer la s.* 551, 1
salvo: en s. está el que repica 847, 1
sambenito 641, 1
Santiago y cierra, España 628, 7
santiguada, para mi 91, 6.
santiguar 169, 3

sarao 1086, 1
sardesco 819, 2
sarga 93, 2
sarta 343, 1
sastre: el s. del cantillo 545, 1
saturnino 627, 4
saya, sayo 272, 3
secutoria, v. ejecutoria
seguido 202, 1
seguro 311, 2
semeja 887, 2
semínima 360, 1
señero 131, 7
señor 248, 4; 535, 2; 542, 2; ser s. de 514, 3
señuelo 133, 3
ser: es no es 255, 2
sereno 142, 4
serga 93, 2
serrallo 1102, 3
servicio 252, 4
sesgo 767, 1
setenas 82, 1
si (repetido), *pról.* 23; si (= aunque) *pról.* 30; por sí o por no 697, 1
siglo 418, 1; 746, 2
silo 529, 3
silla a la jineta 675, 7; s. rasa 675, 1
sillón 423, 4
simio 134, 2
sinabafa 167, 3
singular 62, 7
siniestro 163, 3
sino (= y no) 595, 4; 831, 5; 1102, 1
siquiera 598, 5
sirgo 135, 2
sirte 443, 3
sobrar 379, 2
sobre: un real s. otro 80, 6
sobrebarbero 518, 3
socaliña 900, 3
socapa, a 525, 4
soga: echar la s. tras el caldero 662, 5; *nombrar la s. en casa del ahorcado* 824, 1
sol: aun hay s. en las bardas 621, 1; partir el s. 640, 2
soledad 938, 3

sólito 733, 5
sombras y lejos 188, 2
sonajas 751, 3
sonda 859, 3
sopa de arroyo, sopa de tente bonete 682, 3
sortija 1065, 3
sotaermitaño 793, 1
sotana 206, 1
sotanilla 750, 6
sotavento 484, 2
sotil 263, 4; 416, 1
su... de, *prol.* 6
sueldo 238, 1
suelta 163, 1
sujeto 120, 2
supeditar 742, 4
superchería 811, 3
suplicación 761, 2
sutileza 73, 1
suyo... de, *prol.* 6.

tabaque, como peras en 934, 1
tabí 1052, 3
tabla del muslo 675, 3
tablas 236, 2; 808, 1
tacha 61, 1; 1014, 6
tafetán 304, 1 y 4
tagarino 467, 4
tagarnina 606, 7
tahalí, tahelí 438, 1
tajo 116, 1
tal, *prol.* 3; t. por cual 997, 1; t. como bueno 695, 5
talante 54, 3
tamaño 76, 1
también = tan bien, *prol.* 28
también no, *prol.* 17
tamboril, tamborino 751, 3
tanto cuanto 166, 2; t. más cuanto 563, 2
tapaboca 750, 4
tapete 773, 3
tarazar 230, 2
tártago 681, 1
tasajo 128, 2
¡tate, tate! 1167, 2
teatro 764, 13

tela 731, 1; echar una t. 96, 6
templo 658, 2
tenería 748, 4
tenor 522, 4
terciar 186, 4
tercio 576, 1; mejorado en t. y quinto 233, 3
terciopelo 764, 4
término 431, 1; 688, 3; 689, 2; 693, 3; t. ultramarino 96, 5
terrado 460, 6
terrero 674, 2
tesoro de duendes 1121, 2
tez 907, 4
tienda, abatir (o hacer) la 1079, 5
tierra, descubrir 825, 2; *ir t. a t.* 478, 7
timón del arado 609, 5
tinelo 441, 1
tiquitoc 584, 1
tiramira 885, 4
tirar: ni me tiro ni me pago 621, 5
tirte afuera 962, 5
toca 303, 1
tocado 315, 4
tocar 304, 2
tocino 1017, 4; *donde pensáis que hay tocinos, no hay estacas* 278, 3; 911, 3; 666, 2; 1157, 2
tocho 634, 4
todo: de t. en t. 533, 3; echarlo t. a doce, o a trece 292, 4; hacer a t. 762, 5; y t. 102, 1
toldo: en t. y en peana 636, 8
tomarse con uno 79, 4; tomaos con mi padre 372, 4
tordillo 714, 3
torneo 558, 6
torniscón 277, 4
toros, ciertos son los 417, 3
torpe 458, 6
tortas: ser algo t. y pan pintado 181, 1
trabacuentas 1006, 2
trabuco 141, 1
tracista 343, 1
traer 943, 3
tramontana 478, 5
¡trapa, trapa! 1079, 1

trasijado 707, 1
traspié 402, 1
trastrigo 103, 2
trastulo 650, 3
través, dar al 205, 1
traza 343, 1
trechel 359, 3
treta 295, 2
trinchea 454, 5
triquete, a cada 736, 3
tris, a un 1118, 4
·rochemoche, a 621, 6
trofeo 150, 1
troglodita 1129, 1
trompar 931, 5
trucos 374, 5
truchuela 70, 4
trujamán 807, 3
tú 564, 1
tuera 905, 2
tuerto 53, 4
tumba 294, 3
tundir 175, 3; 690, 1
turquesa 613, 1
turbio: de t. en t. 58, 2

una por una 286, 2; 355, 2; 661, 2
único 99, 1
unicornio 209, 1
uno 620, 2; para en uno 744, 2
uña de vaca 1060, 5
uva, hacerse 519, 3

va, *pról.* 1
vaca: la v. de la boda 1135, 4
vado 141, 3; 571, 3
vago, en 724, 3
vagar 1046, 1
váguido 896, 6
vainilla 973, 3
vale 43, 3
·valentón 777, 4
valer: ¡válgate el diablo por...! 227, 3
valía 760, 7
valiente 130, 5
valona 734, 5
valones 734, **2**
vamos, vais, *pról.* 1

vapular 83, 1
vaqueta 560, 1
vaquilla: cuando te dieren la v. corre con la soguilla 629, 7
vara, media 179, 3
variado 561, 4
vedija 260, 5
veduño 901, 4
veedor del oficio 948, 6
vegada 53, 5
veinticuatro 598, 3
velarte 56, 3
vellón 690, 1
vellorí 56, 7
velludo 56, 5
venablo 874, 2
venir 391, 1
ventaja 794, 8
ventrera 1068, 2
verano 1015, 3
verdadero 425, 1
verdugado 633, 7
veros 194, 2
vestiglo 210, 3
vez, en 271, 3; tal vez 133, 2
vía, *pról.* 1.
vicioso 282, 1
vido, *pról.* 1
vieja: regostóse la v. a los bledos, ni dejó verdes ni secos 1133, 3
viento largo 479, 2
vihuela 687, 3
Villadiego, coger (o tomar) *las de* 51, 3
vinagrillo 1134, 5
vira 903, 8
virote, mirar por el 704, 1
virtualmente 859, 2
virtud 74, 3
virtuoso 596, 3
visera 67, 1
vistas, a 1082, 1
vobis vobis, de 354, 4
vocación 656, 2
volar 342, 6
volteador 775, 2
voluntad, de mala 552, 4
volver 65, 1; 370, 1; 747, 2

ÍNDICE DE PALABRAS

vos 564, 1
voto a Dios que 126, 6
vuelta: irse (o ir) la v. de 470, 2

y, *pról.* 36
yantar 70, 2
yelmo 59, 1
yogar 952, 5
yogue 532, 4
yugo, 668, 5

zaga, ir en 58, 1; 171, 3
zahareño 218, 1
zahorí 843, 2
zahurda 1142, 5
zalá 463, 3

zalea 129, 6
zalema 461, 1
zamarro de dos pelos 1020, 1
zancajos, roer los 891, 1
zapateador, zapatear 294, 2; 745, 2 y 3
zapateta 294, 2
zapatilla 743, 7
zapatos picados 1021, 1; *saber dónde le aprieta el z. a uno* 374, 2
zaque 130, 2
zarandajas 789, 3
zarpar 1097, 5
zarzo 678, 1
zoca: andar de z. en colodra 190, 2
zoltaní 472, 3
zueco 633, 5

— 1190 —

VARIANTES

de esta edición   comparada con la de   R. Marín (cf. p. 19)

pág.	lín.		tomo	pág.	lín.	
37	24	y ni eres	I	21	11	pues ni eres
42	1	encantadores	I	39	6	encantadoras
62	20	, y rendido	I	101	8	y rendida
64	8	¿quién duda sino que	I	108	11	¿quien duda, sino que
66	17	así llaman	I	116	14	así se llaman
67	13	sandez además la	I	118	17	sandez, a demás la
70	31	alzada la babera	I	129	3	alzada la visera
76	16	cómo [1]	I	142	9	como
76	18	las daba mayores	I	143	1	las daba, mayores
91	8	cate y cure de mis	I	192	18	cure y cate mis
97	13	con estas cosas	I	219	7	con otras cosas
107	9	allí... donde	I	253	10	allí... dónde
119	5	hético	I	295	5	ético
129	7	también, y mejor	I	323	5	también y mejor
156	32	su mortal	I	401	1	su inmortal
159	12	decís, y aun queréis que	I	406	17	decís, y aun queréis, que
160	12	, al fin de ninguno dellos	I	409	13	, en fin, de ninguno dellos
184	10	ruidos	II	16	23	ruinas
218	18	mas que	II	112	7	más que
225	34	Sí que [2]	II	133	11	Sí, que
229	21	si no fué	II	144	4	sino fué
263	10	se levanta al hombre	II	239	4	se le levanta al hombre
277	34	fermosa además	II	279	5	fermosa, además
291	18	qué bien encaja	II	316	2	qué bien encaja

---

[1] Acentuó siempre el *cómo* completivo para uniformar su pronunciación, tal vez variable (cf. Gram., § 706).

[2] Tras el *sí* subordinante (cf. *Rev. de Fil. Esp.*, XII, p. 154) omito siempre la coma. Rodríguez Marín unas veces considera el *sí* como subordinante, y otras como corroborativo; el *que*, ya como completivo, ya como causal.

— 1191 —

VARIANTES

pág.	lin.		tomo	pág.	lin.	
294	28	la planta del pie	II	324	6	la punta del pie
296	9	rezar, y así lo haré, *etc.*	II	327	11	rezar y encomendarse, *etc.*
311	4	se ofreció hablar	II	358	11	se ofreció a hablar
371	13	¡Y Jesús! yo	III	12	6	Y ¡Jesús! yo
373	1	leí yo	III	14	13	oí yo
375	34	algunos... les ha contentado	III	20	14	a algunos... les ha contentado
380	11	temerosa a la que	III	31	15	temerosa la que
438	13	llevadas... y para ellas	III	164	1	llevados... y para ellos
451	9	se tuvo nueva	III	192	15	se tuvo nuevas
460	1	si no es	III	212	1	sino es
478	9	buscallos... y les tomasen	III	252	13	buscarnos... y nos tomasen
520	13	región	III	345	8	legión
527	8	destruílle?, y dándole	III	359	9	destruille, y dándole
559	24	porque no	III	432	14	no porque
573	12	si no es favorecer	III	461	7	sino es favorecer
602	24	Belianís, o alguno	IV	46	8	Belianís, o algunos
624	16	como *de stultorum*	IV	101	7	como *stultorum*
669	7	y deteniéndose... sucedióle	IV	207	8	deteniéndose...; y sucedióle
688	9	atónitos	IV	253	14	atentos
689	22	o la del	IV	257	9	o de la del
693	27	vituperio, en aquel término	IV	268	7	vituperio en aquel término
703	10	término; y que	IV	289	6	término y que
723	19	el cual como	IV	334	15	el cual, como
747	6	don Quijote, que	IV	387	20	don Quijote:
768	15	los echó	IV	435	29	les echó
772	21	algo alto Sancho	IV	444	22	algo Sancho
782	29	la cual	IV	469	5	a la cual
809	28	aquí ven su esposa	V	58	6	aquí su esposa
825	23	fué servido	V	93	14	fuese servido
862	25	dejarse lavar	V	179	11	dejársela lavar
862	26	se lavó	V	179	12	se la lavó
864	23	si no es	V	185	16	sino es
871	13	señor, que más vale	V	200	17	señor, más vale
913	25	pusiéronle de pies	V	311	13	pusiéronle los pies
956	8	y afinándola	V	425	18	y afinádola
957	10	y asimesmo	V	428	12	y a sí mesmo
958	25	si no fué	V	431	11	sino fué
987	8	dilatar	VI	28	3	relatar

VARIANTES

pág.	lin.		tomo	pág.	lin.	
996	7	y que será	VI	50	1	y qué será
1027	15	encerrado	VI	130	9	enterrado
1027	20	encierro	VI	130	14	entierro
1060	17	gallinas	VI	215	7	gollurías
1064	6	quiere que comamos	VI	224	23	no quiere que no comamos
1077	9	le hacía	VI	250	16	le había hecho
1128	33	venía	VI	376	6	gemía
1148	16	: si yo no encontrara a aquestos señores, ni fuera	VI	422	11	: encontrara a aquestos señores, y ni fuera
1167	9	deliñada	VI	470	6	adeliñada

INDICE DE CAPITULOS

Págs.

Introducción:
   Biografía de Cervantes 5
   El Quijote 10
   Advertencias 19

EL INGENIOSO HIDALGO
DON QUIJOTE DE LA MANCHA

PARTE PRIMERA

Tasa, Fe de erratas, Privilegio 33
Dedicatoria 36
Prólogo 37
Versos preliminares 45

Págs.

Capítulo I.—Que trata de la condición y ejercicio del famoso hidalgo don Quijote de la Mancha....... 55
Cap. II.—Que trata de la primera salida que de su tierra hizo el ingenioso don Quijote............. 63
Cap. III.—Donde se cuenta la graciosa manera que tuvo don Quijote en armarse caballero......... 71
Cap. IV.—De lo que le sucedió a nuestro caballero cuando salió de la venta.. 78
Cap. V.—donde se prosigue la narración de la desgracia de nuestro caballero.. 86
Cap. VI.—Del donoso y grande escrutinio que el cura y el barbero hicieron en la librería de nuestro ingenioso hidalgo....... 92
Cap. VII.—De la segunda salida de nuestro buen caballero don Quijote de la Mancha................. 100
Cap. VIII.—Del buen suceso que el valeroso don Quijote tuvo en la espantable y jamás imaginada aventura de los molinos de viento, con otros sucesos dignos de felice recordación................. 107
Cap. IX.—Donde se concluye y da fin a la estupenda batalla que el gallardo vizcaíno y el valiente manchego tuvieron. 115

ÍNDICE DE CAPÍTULOS

	Págs.
Cap. X.—De lo que más le avino a don Quijote con el vizcaíno, y del peligro en que se vió con una turba de yangüeses. [Este capítulo trata: *De los graciosos razonamientos que pasaron entre don Quijote y Sancho Panza su escudero*]	121
Cap. XI.—De lo que sucedió a don Quijote con unos cabreros	128
Cap. XII.—De lo que contó un cabrero a los que estaban con don Quijote	136
Cap. XIII.—Donde se da fin al cuento de la pastora Marcela, con otros sucesos	142
Cap. XIV.—Donde se ponen los versos desesperados del difunto pastor, con otros no esperados sucesos	153
Cap. XV.—Donde se cuenta la desgraciada aventura que se topó don Quijote en topar con unos desalmados yangüeses	163
Cap. XVI.—De lo que le sucedió al ingenioso hidalgo en la venta que él imaginaba ser castillo	171
Cap. XVII.—Donde se prosiguen los innumerables trabajos que el bravo don Quijote y su buen escudero Sancho Panza pasaron en la venta que, por su mal, pensó que era castillo	180
Cap. XVIII. — Donde se cuentan las razones que pasó Sancho Panza con su señor don Quijote, con otras aventuras dignas de ser contadas	189
Cap. XIX.—De las discretas razones que Sancho pasaba con su amo, y de la aventura que le sucedió con un cuerpo muerto, con otros acontecimientos famosos	202
Cap. XX.—De la jamás vista ni oída aventura que con más poco peligro fué acabada de famoso caballero en el mundo, como la que acabó el valeroso don Quijote de la Mancha	211
Cap. XXI.—Que trata de la alta aventura y rica ganancia del yelmo de Mambrino, con otras cosas sucedidas a nuestro invencible caballero	227
Cap. XXII.—De la libertad que dió don Quijote a muchos desdichados que, mal de su grado, los llevaban donde no quisieran ir	241
Cap. XXIII.—De lo que le aconteció al famoso don Quijote en Sierra Morena, que fué una de las más raras aventuras que en esta verdadera historia se cuentan	254
Cap. XXIV.—Donde se prosigue la aventura de la Sierra Morena	267
Cap. XXV.—Que trata de las estrañas cosas que en Sierra Morena sucedieron al valiente caballero de la Mancha, y de la imitación que hizo a la penitencia de Beltenebros	276
Cap. XXVI.—Donde se pro-	

ÍNDICE DE CAPÍTULOS

	Págs.
siguen las finezas que de enamorado hizo don Quijote en Sierra Morena....	294
Cap. XXVII.—De cómo salieron con su intención el cura y el barbero, con otras cosas dignas de que se cuenten en esta grande historia..................	303
Cap. XXVIII.—Que trata de la nueva y agradable aventura que al cura y barbero sucedió en la mesma sierra................	320
Cap. XXIX.—Que trata del gracioso artificio y orden que se tuvo en sacar a nuestro enamorado caballero de la asperísima penitencia en que se había puesto..................	335
Cap. XXX.—Que trata de la discreción de la hermosa Dorotea, con otras cosas de mucho gusto y pasatiempo................	347
Cap. XXXI.—De los sabrosos razonamientos que pasaron entre don Quijote y Sancho Panza su escudero, con otros sucesos.....	359
Cap. XXXII.—Que trata de lo que sucedió en la venta a toda la cuadrilla de don Quijote..................	369
Cap. XXXIII.—Donde se cuenta la *Novela del curioso impertinente*.......	376
Cap. XXXIV.—Donde se prosigue la *Novela del curioso impertinente*........	395
Cap. XXXV.—Que trata de la brava y descomunal batalla que don Quijote tuvo con unos cueros de vino tinto y se da fin a la	

	Págs.
Novela del curioso impertinente................	414
Cap. XXXVI.—Que trata de otros raros sucesos que en la venta sucedieron.....	423
Cap. XXXVII.—Donde se prosigue la historia de la famosa infanta Micomicona, con otras graciosas aventuras.................	432
Cap. XXXVIII.—Que trata del curioso discurso que hizo don Quijote de las armas y las letras........	444
Cap. XXXIX.—Donde el cautivo cuenta su vida y sucesos.................	448
Cap. XL.—Donde se prosigue la historia del cautivo.	457
Cap. XLI.—Donde todavía prosigue el cautivo su suceso....................	469
Cap. XLII.—Que trata de lo que más sucedió en la venta y de otras muchas cosas dignas de saberse....	489
Cap. XLIII. — Donde se cuenta la agradable historia del mozo de mulas, con otros estraños acaecimientos en la venta sucedidos.	497
Cap. XLIV.—Donde se prosiguen los inauditos sucesos de la venta........	507
Cap. XLV.—Donde se acaba de averiguar la duda del yelmo de Mambrino y de la albarda, y otras aventuras sucedidas, con toda verdad................	515
Cap. XLVI.—De la notable aventura de los cuadrilleros, y la gran ferocidad de nuestro buen caballero don Quijote..................	524
Cap. XLVII.—Del estraño	

— 1196 —

	Págs.		Págs.
modo con que fué encantado don Quijote de la Mancha, con otros famosos sucesos............	534	Cap. L.—De las discretas altercaciones que don Quijote y el canónigo tuvieron, con otros sucesos....	560
Cap. XLVIII.—Donde prosigue el canónigo la materia de los libros de caballerías, con otras cosas dignas de su ingenio........	544	Cap. LI.—Que trata de lo que contó el cabrero a todos los que llevaban a don Quijote................	567
Cap. XLIX.—Donde se trata del discreto coloquio que Sancho Panza tuvo con su señor don Quijote...................	552	Cap. LII.—De la pendencia que don Quijote tuvo con el cabrero, con la rara aventura de los diciplinantes, a quien dió felice fin a costa de su sudor...	572

EL INGENIOSO HIDALGO
DON QUIJOTE DE LA MANCHA

PARTE SEGUNDA

Tasa, Fe de erratas, Aprobaciones, Privilegio 587
Dedicatoria 593
Prólogo al lector 595

	Págs.		Págs.
Capítulo I.—De lo que el cura y el barbero pasaron con don Quijote cerca de su enfermedad..........	599	Panza satisface al bachiller Sansón Carrasco de sus dudas y preguntas, con otros sucesos dignos de saberse y de contarse..	625
Cap. II.—Que trata de la notable pendencia que Sancho Panza tuvo con la sobrina y ama de don Quijote, con otros sucesos graciosos.................	611	Cap. V.—De la discreta y graciosa plática que pasó entre Sancho Panza y su mujer Teresa Panza, y otros sucesos dignos de felice recordación.......	631
Cap. III.—Del ridículo razonamiento que pasó entre don Quijote, Sancho Panza y el bachiller Sansón Carrasco...............	617	Cap. VI.—De lo que pasó a don Quijote con su sobrina y con su ama, y es uno de los importantes capítulos de toda la historia......	639
Cap. IV.—Donde Sancho		Cap. VII.—De lo que pasó don Quijote con su escu-	

ÍNDICE DE CAPÍTULOS

	Págs.
dero, con otros sucesos famosísimos..............	644
Cap. VIII.—Donde se cuenta lo que le sucedió a don Quijote yendo a ver su señora Dulcinea del Toboso.	652
Cap. IX.—Donde se cuenta lo que en él se verá......	660
Cap. X.—Donde se cuenta la industria que Sancho tuvo para encantar a la señora Dulcinea y de otros sucesos tan ridículos como verdaderos................	665
Cap. XI. — De la estraña aventura que le sucedió al valeroso don Quijote con el carro o carreta de *Las Cortes de la Muerte*......	676
Cap. XII. — De la estraña aventura que le sucedió al valeroso don Quijote con el bravo Caballero de los Espejos................	683
Cap. XIII.—Donde se prosigue la aventura del Caballero del Bosque, con el discreto, nuevo y suave coloquio que pasó entre los dos escuderos........	691
Cap. XIV.—Donde se prosigue la aventura del Caballero del Bosque.......	698
Cap. XV.—Donde se cuenta y da noticia de quién era el Caballero de los Espejos y su escudero.........	710
Cap. XVI.—De lo que sucedió a don Quijote con un discreto caballero de la Mancha...............	712
Cap. XVII.—De dónde se declaró el último punto y estremo adonde llegó y pudo llegar el inaudito ánimo de don Quijote, con	

	Págs.
la felicemente acabada aventura de los leones....	722
Cap. XVIII.—De lo que sucedió a don Quijote en el castillo o casa del Caballero del Verde Gabán, con otras cosas extravagantes.	733
Cap. XIX.—Donde se cuenta la aventura del pastor enamorado, con otros en verdad graciosos sucesos.	743
Cap. XX.—Donde se cuentan las bodas de Camacho el rico con el suceso de Basilio el pobre.........	752
Cap. XXI.—Donde se prosiguen las bodas de Camacho, con otros gustosos sucesos................	763
Cap. XXII.—Donde se da cuenta de la grande aventura de la cueva de Montesinos, que está en el corazón de la Mancha, a quien dió felice cima el valeroso don Quijote de la Mancha..............	770
Cap. XXIII.—De las admirables cosas que el estremado don Quijote contó que había visto en la profunda cuerva de Montesinos, cuya imposibilidad y grandeza hace que se tenga esta aventura por apócrifa...............	779
XXIV.—Donde se cuentan mil zarandajas tan impertinentes como necesarias al verdadero entendimiento de esta grande historia...................	790
Cap. XXV.—Donde se apunta la aventura del rebuzno y la graciosa del titerero, con las memorables	

— 1198 —

ÍNDICE DE CAPÍTULOS

	Págs.
adivinanzas del mono adivino...	797
XXVI.—Donde se prosigue la graciosa aventura del titerero, con otras cosas en verdad harto buenas...	807
Cap. XXVII.—Donde se da cuenta quiénes eran maese Pedro y su mono, con el mal suceso que don Quijote tuvo en la aventura del rebuzno, que no la acabó como él quisiera y como lo tenía pensado...	816
Cap. XXVIII. — De cosas que dice Benengeli que las sabrá quien le leyere, si las lee con atención...	823
Cap. XXIX.—De la famosa aventura del barco encantado...	829
Cap. XXX.—De lo que le avino a don Quijote con una bella cazadora...	836
Cap. XXXI.—Que trata de muchas y grandes cosas...	841
Cap. XXXII.—De la respuesta que dió don Quijote a su reprehensor, con otros graves y graciosos sucesos...	851
Cap. XXXIII.—De la sabrosa plática que la Duquesa y sus doncellas pasaron con Sancho Panza, digna de que se lea y de que se note...	865
Cap. XXXIV.—Que cuenta de la noticia que se tuvo de cómo se había de desencantar la sin par Dulcinea del Toboso, que es una de las aventuras más famosas deste libro...	873
Cap. XXXV. — Donde se prosigue la noticia que tuvo don Quijote del desencanto de Dulcinea, con otros admirables sucesos...	880
Cap. XXXVI. — Donde se cuenta la estraña y jamás imaginada aventura de la Dueña Dolorida, alias de la condesa Trifaldi, con una carta que Sancho Panza escribió a su mujer Teresa Panza...	889
Cap. XXXVII.—Donde se prosigue la famosa aventura de la Dueña Dolorida	895
Cap. XXXVIII.—Donde se cuenta la que dió de su mala andanza la Dueña Dolorida...	897
Cap. XXXIX.—Donde la Trifaldi prosigue su estupenda y memorable historia...	904
Cap. XL.—De cosas que atañen y tocan a esta aventura y a esta memorable historia...	907
Cap. XLI.—De la venida de Clavileño, con el fin de esta dilatada aventura...	913
Cap. XLII.—De los consejos que dió don Quijote a Sancho Panza antes que fuese a gobernar la ínsula, con otras cosas bien consideradas...	924
Cap. XLIII.—De los consejos segundos que dió don Quijote a Sancho Panza...	929
Cap. XLIV.—Cómo Sancho Panza fué llevado al gobierno, y de la estraña aventura que en el castillo sucedió a don Quijote...	935
Cap. XLV. — De cómo el gran Sancho Panza tomó la posesión de su ínsula, y	

ÍNDICE DE CAPÍTULOS

	Págs.
del Modo que comenzó a gobernar...	946
Cap. XLVI.—Del temeroso espanto cencerril y gatuno que recibió don Quijote en el discurso de los amores de la enamorada Altisidora..	954
Cap. XLVII.—Donde se prosigue cómo se portaba Sancho Panza en su gobierno.	959
Cap. XLVIII.—De lo que le sucedió a don Quijote con Doña Rodríguez, la dueña de la Duquesa, con otros acontecimientos dignos de escritura y de memoria eterna...	969
Cap. XLIX.—De lo que le sucedió a Sancho Panza rondando su ínsula...	977
Cap. L.—Donde se declara quién fueron los encantadores y verdugos que azotaron a la dueña y pellizcaron y arañaron a don Quijote, con el suceso que tuvo el paje que llevó la carta a Teresa Sancha, mujer de Sancho Panza..	989
Cap. LI.—Del progreso del gobierno de Sancho Panza, con otros sucesos tales como buenos...	999
Cap. LII.—Donde se cuenta la aventura de la segunda Dueña Dolorida, o Angustiada, llamada por otro nombre doña Rodríguez...	1008
Cap. LIII.—Del fatigado fin y remate que tuvo el gobierno de Sancho Panza..	1015
Cap. LIV.—Que trata de cosas tocantes a esta historia, y no a otra alguna...	1021
Cap. LV.—De cosas sucedidas a Sancho en el camino y otras, que no hay más que ver...	1029
Cap. LVI.—De la descomunal y nunca vista batalla que pasó entre don Quijote de la Mancha y el lacayo Tosilos, en la defensa de la hija de la dueña doña Rodríguez...	1036
Cap. LVII.—Que trata de cómo don Quijote se despidió del Duque y de lo que le sucedió con la discreta y desenvuelta Altisidora, doncella de la Duquesa...	1041
Cap. LVIII.—Que trata de cómo menudearon sobre don Quijote aventuras tantas, que no se daban vagar unas a otras...	1046
Cap. LIX.—Donde se cuenta del estraordinario suceso, que se puede tener por aventura, que le sucedió a don Quijote...	1057
Cap. LX.—De lo que sucedió a don Quijote yendo a Barcelona...	1066
Cap. LXI.—De lo que le sucedió a don Quijote en la entrada de Barcelona, con otras cosas que tienen más de lo verdadero que de lo discreto...	1078
Cap. LXII.—Que trata de la aventura de la cabeza encantada, con otras niñerías que no pueden dejar de contarse...	1082
Cap. LXIII.—De lo mal que le avino a Sancho Panza con la visita de las galeras, y la nueva aventura de la hermosa morisca...	1095
Cap. LXIV.—Que trata de la	

ÍNDICE DE CAPÍTULOS

	Págs.
aventura que más pesadumbre dió a don Quijote de cuantas hasta entonces le habían sucedido......	1105
Cap. LXV.—Donde se da noticia quién era el de la Blanca Luna, con la libertad de don Gregorio, y de otros sucesos............	1109
Cap. LXVI.—Que trata de lo que verá el que lo leyere, o lo oirá el que lo escuchare leer............	1115
Cap. LXVII.—De la resolución que tomó don Quijote de hacerse pastor y seguir la vida del campo en tanto que se pasaba el año de su promesa, con otros sucesos en verdad gustosos y buenos.......	1120
Cap. LXVIII.—De la cerdosa aventura que le aconteció a don Quijote......	1125
Cap. LXIX.—Del más raro	

	Págs.
y más nuevo suceso que en todo el discurso desta grande historia avino a don Quijote............	1130
Cap. LXX.—Que sigue al sesenta y nueve, y trata de cosas no escusadas para la claridad desta historia.	1136
Cap. LXXI.—De lo que a don Quijote le sucedió con su escudero Sancho yendo a su aldea............	1144
Cap. LXXII.—De cómo don Quijote y Sancho llegaron a su aldea.............	1150
Cap. LXXIII.—De los agüeros que tuvo don Quijote al entrar de su aldea, con otros sucesos que adornan y acreditan esta grande historia................	1155
Cap. LXXIV. — De cómo don Quijote cayó malo, y del testamento que hizo, y su muerte............	1160

ÍNDICE DE SITUACIONES

Locura de don Quijote, p. 55.

PRIMERA SALIDA

Preparativos, p. 59; salida, p. 63.
Primera venta: llegada, p. 65; cena, p. 70. Don Quijote es armado caballero, p. 71.

Vuelta

Aventura de Haldudo y Andrés, p. 79.
Aventura de los mercaderes toledanos, p. 83.
Encuentro de Pedro Alonso, p. 87; entrada en la aldea, p. 89.

SEGUNDA SALIDA

Escrutinio de la librería de don Quijote, p. 92; convalecencia de don Quijote, p. 100. Preparativos, p. 103; salida, p. 105.
Aventura de los molinos de viento, p. 107.
Aventura de los frailes de San Benito, p. 111.
Aventura del vizcaíno, p. 113; diálogo de don Quijote y Sancho, p. 121.
Aventura de los cabreros, p. 128; discurso de la edad de oro, p. 130; Marcela y Grisóstomo, p. 136.
Aventura de los yangüeses, p. 163; diálogo de don Quijote y Sancho, p. 165.

Segunda venta, p. 171; curación, p. 172; pelea nocturna, página 174; diálogo de don Quijote y Sancho, p. 180; candilazo del cuadrillero, p. 182; bálsamo de Fierabrás, p. 183; salida de don Quijote, p. 184; manteamiento de Sancho, p. 186; diálogo de don Quijote y Sancho, p. 189.

Aventura de los rebaños, p. 191; diálogo de don Quijote y Sancho, p. 198.
Aventura del cuerpo muerto, p. 203.
Aventura de los batanes, p. 211.
Aventura del yelmo de Mambrino, p. 227; diálogo de don Quijote y Sancho, p. 230.
Aventura de los galeotes, p. 241.

Aventura de la Sierra Morena, p. 254:
Hurto del rucio, p. 256.
Hallazgo inesperado, p. 257; el Roto, p. 261; Cardenio y Luscinda *(comienzo)*, p. 269.
Diálogo de don Quijote y Sancho, p. 276; penitencia de don Quijote, p. 279; Sancho con el cura y el barbero, p. 297.
Cardenio y Luscinda *(conclusión)*, p. 306. Dorotea y Fernando, p. 320. Dorotea y Cardenio se reconocen, p. 335.

Vuelta

Aventura de la princesa Micomicona *(comienzo)*, p. 337. Sancho recobra su rucio, p. 356. Diálogo de don Quijote y Sancho, p. 358. Andrés, p. 365.

Segunda venta, p. 369:
De libros de caballerías, p. 370. *El curioso impertinente (comienzo)*, p. 376. Aventura de los cueros de vino, p. 414. *El curioso impertinente (conclusión)*, p. 418.
Cardenio, Luscinda, Fernando y Dorotea se reconocen, página 423. Aventura de la princesa Micomicona *(continuación)*, página 432.
El cautivo y Zoraida, p. 437. Cena: discurso de las letras y las armas, p. 441. Historia del cautivo, p. 448; el oidor y el cautivo se reconocen, p. 490.
La hija del oidor y el mozo de mulas, p. 496. Don Quijote guardando el castillo, p. 501. Los criados de don Luis, p. 505. El ventero aporreado, p. 511. El oidor y don Luis, p. 512.
El dueño del yelmo y de la albarda, p. 513; los cuadrilleros y el campo de Agramante, p. 519; los cuadrilleros y don Quijote, p. 520. Aventura de la princesa Micomicona *(conclusión)*, página 526.

Don Quijote encantado y *enjaulado*, p. 531; diálogo de don Quijote y Sancho, p. 534; despedidas, p. 536; caminando, p. 537; el canónigo toledano, p. 537; el canónigo y el cura hablan de los libros de caballerías, p. 541; y de las comedias, p. 545.

Diálogo de don Quijote y Sancho, p. 550; don Quijote *desenjaulado* y el canónigo hablan de la caballería andante, página 555. El cabrero, p. 565; cuento de Vicente y Leandra, página 567; pendencia de don Quijote con el cabrero, p. 573. Aventura de los disciplinantes, p. 574.

Entrada en la aldea, p. 578.
Fin de la parte primera, p. 580.

TERCERA SALIDA

El cura y el barbero con don Quijote, p. 599; Sancho en casa de don Quijote, p. 611; Sancho y el Bachiller con don Quijote, p. 617.

Sancho y su mujer, p. 631; don Quijote con el ama y la sobrina, p. 639; el ama y el bachiller, p. 644.

Don Quijote y Sancho, 646; don Quijote, Sancho, el bachiller, el ama y la sobrina, p. 649.

Salida, p. 652; diálogo de don Quijote y Sancho, p. 653.

Aventura del Toboso: de noche, p. 660; embajada de Sancho, p. 665; soliloquio de Sancho, p. 667; las tres labradoras, página 669; Dulcinea encantada, p. 672.

Aventura de la carreta de la Muerte, p. 678; diálogo de don Quijote y Sancho, p. 682; amistad del rucio y de Rocinante, página 685.

Aventura del Caballero del Bosque, p. 687; coloquio de los escuderos, p. 690; ídem de los caballeros, p. 698; desafío de los caballeros, p. 700; ídem de los escuderos, p. 702; lucha, p. 704; antecedentes y consiguientes, p. 710; diálogo de don Quijote y Sancho, p. 712.

El Caballero del Verde Gabán, p. 714; discurso sobre la poesía, p. 719. Aventura de los leones, p. 722. En casa del Caballero del Verde Gabán, p. 733.

Las bodas de Camacho *(invitación)*, p. 743; los dos estudiantes, p. 743; las bodas de Camacho *(celebración)*, p. 751; en casa de Basilio, p. 770.

ÍNDICE DE SITUACIONES

La cueva de Montesinos, p. 773.
Una ermita, p. 792. El paje, p. 793. Una venta: aventura del rebuzno *(comienzo)*, p. 797; aventura del titerero, p. 800.
Aventura del rebuzno *(conclusión)*, p. 818; diálogo de don Quijote y Sancho, p. 824.
Aventura del barco encantado, p. 829.

Los Duques: encuentro, p. 836; entrada en casa, p. 841; siéntanse a la mea, p. 846; el eclesiástico y don Quijote, p. 850; jabonadura de don Quijote, p. 855; hablan de Dulcinea, p. 857; jabonadura de Sancho, p. 862.
La Duquesa y Sancho, p. 865.
De caza, p. 873; desencanto de Dulcinea, p. 877.
La Duquesa y Sancho, p. 889.
Aventura de la Dueña Dolorida, p. 892; el Clavileño, p. 909.
Consejos de don Quijote a Sancho, p. 924.

Sancho al gobierno, p. 936; en el juzgado, p. 946; comida, página 959; carta del Duque, página 962; un labrador, página 965; cena, p. 977; de ronda, p. 979; desayuno, p. 999; un forastero, p. 1000; carta de don Quijote, p. 1002; carta a don Quijote, p. 1004; ordenanzas, p. 1007; fin del gobierno, p. 1015; vuelta de Sancho: Ricote, p. 1022; caída, página 1029.

Melancolía de don Quijote, página 938; aventura de Altisidora *(comienzo)*, p. 941 y 954; aventura de doña Rodríguez *(comienzo)*, p. 969; *(continuación)*, p. 989; embajada a Teresa Panza *(ida)*, p. 990; aventura de doña Rodríguez *(continuación)*, p. 1008; embajada a Teresa Panza *(vuelta)*, p. 1017; aventura de doña Rodríguez *(continuación)*, página 1021.

Aventura de doña Rodríguez *(conclusión)*: batalla con Tosilos, p. 1036.
Despedida de los Duques y aventura de Altisidora *(continuación)*, p. 1041.

A Zaragoza:
Aventura de las imágenes, p. 1046; diálogo de don Quijote y Sancho, p. 1049.
Nueva Arcadia, p. 1051.
Aventura de los toros, p. 1056; diálogo de don Quijote y Sancho, p. 1057.

Una venta: Sancho y el ventero, p. 1059; don Jerónimo y don Juan (el QUIJOTE de *Avellaneda)*, p. 1061.

A Barcelona:
Sancho se defiende de don Quijote, p. 1067.
Aventura de los bandoleros, p. 1068; Roque Guinart, página 1069; Claudia y Vicente, p. 1070; un grupo de viajeros, página 1074; a Barcelona, p. 1077.

En Barcelona:
La mañana de San Juan, p. 1079.
Don Antonio Moreno, p. 1080; la cabeza encantada *(comienzo)*, p. 1083; por las calles de Barcelona, p. 1085; sarao, página 1086; la cabeza encantada *(conclusión)*, p. 1087; en una imprenta, p. 1091. Visita de las galeras, p. 1095; caza de un bergantín, p. 1098; aventura de Ana Félix *(comienzo)*, página 1100.

Vuelta

Aventura del Caballero de la Blanca Luna, p. 1106. Aventura de Ana Félix *(conclusión)*, p. 1112. Despedida de don Antonio Moreno, p. 1114.

Diálogo de don Quijote y Sancho, p. 1115. A la puerta de un mesón, p. 1116. Tosilos, p. 1118. *Hagámonos pastores*, página 1120. Aventura cerdosa, p. 1127. Aventura de Altisidora *(conclusión)*, p. 1129. Azotes de Sancho, p. 1144. En un mesón, página 1147; don Álvaro Tarfe, p. 1150; azotes de Sancho, página 1153; a vista de la aldea, p. 1154.

Entrada en la aldea, p. 1156; *Hagámonos pastores*, p. 1157.
Enfermedad de don Quijote, p. 1160; testamento y muerte de Alonso Quijano el Bueno, p. 1163.
Fin de la parte segunda, p. 1166.

ESTA OBRA ACABÓSE DE IMPRIMIR EN LOS
TALLERES TIPOGRÁFICOS SUCESORES
DE RIVADENEYRA, S. A., PASEO
DE ONÉSIMO REDONDO, 26,
EL DÍA VEINTE DE NO-
VIEMBRE DE MIL NO-
VECIENTOS CIN-
CUENTA
Y TRES